rororo

«Wo man den Roman aufschlägt, ist man mittendrin. Mittendrin in einer Revolution und in einem Meisterwerk, das uns nicht erklärt, sondern spüren lässt, was das ist, eine Revolution.»
(Neue Zürcher Zeitung)

«Unbedingt entdecken sollten Sie dieses Buch. Ein Panorama des frühen 20. Jahrhunderts, in dem jedes Detail der Entdeckung wert ist.»
(Brigitte)

«Ein atemberaubendes Revolutionspanorama.»
(Süddeutsche Zeitung)

«Eine grandiose Studie über Jugend, Erotik und Politik in der russischen Revolution von 1905.»
(Stern)

«Wunderbar!»
(Frankfurter Rundschau)

«Was Sigmund Freud im bürgerlichen Wien mit wissenschaftlicher Analyse leistete, versucht Schitkow zeitgleich in Russland als literarische Großuntersuchung ... Von erstaunlicher Aktualität.»
(Literaturen)

Boris Stepanowitsch Schitkow wurde 1882 in Nowgorod geboren und wuchs in Odessa auf. Er fuhr als Steuermann zur See, studierte Chemie und Schiffbau. 1923 siedelte er nach Petrograd über und veröffentlichte in den folgenden Jahren mehr als sechzig Kinderbücher. Schitkow starb 1938 in Moskau an Lungenkrebs, ohne die Publikation seines Hauptwerks, des Romans «Wiktor Wawitsch», erlebt zu haben, an dem er zwischen 1929 und 1934 gearbeitet hatte. Erstmals erscheinen sollte es 1941, doch die fertig gedruckte Auflage musste auf Parteianweisung eingestampft werden. Erst 60 Jahre später fand das Buch seinen Weg an die russische Öffentlichkeit.

Boris Schitkow

WIKTOR WAWITSCH

Roman

Deutsch von Rosemarie Tietze

Mit einem Vorwort von Rolf Vollmann und

einem Nachwort von Rosemarie Tietze

ROWOHLT TASCHENBUCH VERLAG

Die Originalausgabe erschien erstmals 1999 unter dem Titel *Wiktor Wawitsch* bei Nesawissimaja Gaseta, Moskau.

Die Übersetzung wurde gefördert vom Literarischen Colloquium Berlin mit Mitteln des Auswärtigen Amts und der Senatsverwaltung für Wissenschaft, Forschung und Kultur Berlin.

Die Arbeit der Übersetzerin am vorliegenden Text wurde durch den Deutschen Literaturfonds e.V. gefördert.

Linguistische Beratung: Vladimir Tourovski

Veröffentlicht im Rowohlt Taschenbuch Verlag,
Reinbek bei Hamburg, September 2005

Umschlaggestaltung any.way, Wiebke Jakobs
(Abbildung: akg images)
Satz Sabon und Futura PostScript (PageOne) bei
Dörlemann Satz Lemförde
Druck und Bindung Clausen & Bosse, Leck
Printed in Germany
ISBN 3 499 23870 5

in der Provinz

FAMILIE WAWITSCH

Wsewolod Iwanowitsch

Vater, Landvermesser im Ruhestand

Glafira Sergejewna

Mutter, chronisch krank, bettlägerig

Wiktor Wsewolodowitsch (Witja, Witenka)

Sohn, möchte Soldat werden, landet bei der Polizei

Taissija Wsewolodowna (Taissa, Taissenka)

Tochter, kümmert sich um den Haushalt und die kranke Mutter

SOROKINA

Agrafena Petrowna (Grunja, Grunetschka)

Wiktors Braut

SOROKIN

Pjotr Sawwitsch

ihr Vater, Gefängnisaufseher

ISRAILSON

Ilja Solomonowitsch (Israil)

Taissas Angebeteter, Flötist

in der großen Stadt N.

FAMILIE TIKTIN

Andrej Stepanowitsch

Vater, Bankdirektor, liberaler Abgeordneter der städtischen Duma

Anna Grigorjewna

besorgte Mutter

Nadeschda Andrejewna (Nadia, Nadenka)

belesene Tochter mit Neigung zum Marxismus

Alexander Andrejewitsch (Sanka)

Sohn, Student der Chemie

RSCHEWSKAJA

Tatjana Alexandrowna (Tanja, Tanetschka)

Nadjas Freundin

PODGORNY

Alexej (Aljoscha)

Sankas Kommilitone

BASCHKIN

Semjon Petrowitsch

Sankas und Nadjas Bekannter, gerät in die Mühlen der Polizei

Dunjascha

Hausmädchen der Tiktins

Das ist nun wirklich kein ganz kleiner oder unverschlungener Weg, den der Leser hier vor sich hat, durch mehr als einhundertfünfzig Kapitel hindurch; und das bei immer wechselnder, schwankender, fast unsicherer Beleuchtung – denn das wird dem Leser bald auffallen: Dieses sonderbar flackernde Licht über allem, dieses unruhige Kerzenlicht, dieses blakende Öllampenlicht, die Gaslaternen, Mondschein, Schneelicht, und dann das lodernde Licht brennender Häuser, brennender Theater, und wieder das öde Licht in schlechten Kneipen, das schwüle Licht verspielter, vertrunkner Nächte, das verheißungsvolle Licht im Ballsaal und das strahlende Licht der Lüster und Kronleuchter in den reichen Häusern und den Palästen, wir sind im Russland des beginnenden zwanzigsten Jahrhunderts, zögernd hält die Elektrizität (Lenin wird sie preisen) Einzug: Man sieht den Stolz des Titelhelden, als er in seine neue Wohnung zum ersten Mal Gäste lädt und am Schalter knipst, und alles wird wunderbar hell, kindisch knipst er das Licht an und aus und wieder an, und am Ende sieht man ihn noch einmal, ein letztes Mal nach seinem geliebten Lichtschalter greifen, aber es reicht ihm nicht mehr, er stirbt im Dunkeln, das kann man ruhig verraten, dieser Held ist nun wirklich einer von denen, die froh sein dürfen, überhaupt einen so langen Roman durchzustehen.

Und dieses so aufregend unruhige Licht beleuchtet nun lauter Szenen, wenigstens einhundertfünfzig also, die selber auch nur gewissermaßen flackernd aneinander hängen. Gleichwohl kann der Leser leicht folgen, der Autor hält sich im Großen und Ganzen an ein zeitliches Nacheinander, er legt es auf keine Verwirrung an, im Gegenteil, man kann sich ihm wirklich anvertrauen; das Flackernde am Zusammenhang der Szenen liegt in der Realität, um die es da geht, liegt in der Unruhe der Zeit, die das Buch schildert. Eine alte Ordnung löst sich in diesen berühmten russischen Jahren 1904 und 1905 auf, die zaristische Regierung weiß nicht weiter, die Arbeiter schließen sich zusammen, die Studenten werden zu Revolutionären zwischen den Fronten, ein heimlicher Antisemitismus kommt ans Licht, an ein übles Licht, das manche nutzen, um eine Volkswut, die ihnen selber gelten müsste, eben auf die Juden loszulassen.

Eine ganze Gesellschaft zerbricht, und diesen Vorgang fängt der Roman auf, als spiele nun das flackernde Licht dieses immer wüster werdenden Geschehens wie in den tausend Scherben eines eben zerbrechenden Spiegels. Der Autor gibt sich alle Mühe, aber weder er noch der Leser haben es eben ganz leicht, immer Schritt zu halten mit dem, was alles und fast gleichzeitig an den verschiedensten Orten passiert; auch die Leute werden immer aufgeregter, man merkt das sehr schön an ihrer Sprache: Sie fluchen immer mehr, und sie fluchen immer wilder und wüster, immer abgebrochener, als wagten sie kaum mehr, so wild zu fluchen, wie sie am liebsten fluchen würden. Und fast allen geht es so, und es sind eben sehr viele in diesem Buch.

Der Titelheld, alles andere im Grund als ein Held, nicht einmal sympathisch, will aufsteigen, in diesen Jahren in einer Welt, in der man aus seinen Kreisen vielleicht wirklich nur aufsteigen kann, wenn man mieser wird, als man war – so jedenfalls sieht er das, oder dahin fühlt er sich gedrängt, und daran geht er zugrunde. Ein anderer, der fast gar keinen Charakter hat, in früheren Zeiten hätte man da von einem Zerrissenen geredet, diesen Zerrissenen hat man im Jahrhundert davor ganze Romane gewidmet, und sie waren es wert, dieser andere nun in diesem späten Roman, in Zeiten, in denen es die meisten längst zerrissen hat, geht zugrunde, indem er sich in einem sonderbaren Aufschwung zu einer Höhe erhebt, die ihm keiner zugetraut hätte, er selber sich am wenigsten, aber seine Wut auf eine Welt, in der er gar nichts sein darf, treibt ihn, fast möchte man sagen: einem ungeahnten besseren Selbst in die Arme – nur kann er damit nun wirklich gar nichts mehr anfangen, nur besser sterben kann er noch, als er gelebt hat. Wieder ein anderer, ein junger Mann, eigentlich jener junge Mann, der in früheren Romanen der Mensch gewesen wäre, dessen Entwicklung ein Romancier mit Lust und Ausdauer geschildert hätte, und die Leser hätten das verschlungen, und die Leserinnen vor allem, landet hier, geliebt zwar und heil, das schon, aber eben doch irgendwo in der Verbannung.

Und die Liebe, was sie angeht, es gibt sie, und es gibt hinreißende junge Frauen, hier lässt der Autor nicht mit sich handeln, und fast sieht es so aus, als würden diese jungen Frauen (und mit ihnen manche von denen, die sie lieben) umso ruhiger und unwankelmütiger, je aufgeregter um sie herum alle andern werden, und zwar die einen, indem sie sich bedingungslos denen verbinden, die es am schwersten haben, etwa die Schwester des Titelhelden einem jungen jüdischen Musiker, wie aus den schönsten Bildern von Chagall beide Figuren nun; und die andern, indem sie selber das Heft in die Hand nehmen, wenn man so lax reden darf, etwa Tanja, diese Tochter aus sehr gutem reichem bürgerlichem Haus, eine irgendwie auch rätselhafte, selbstverliebte junge Dame, die ohne vieles Diskutieren den Weg einschlägt, den selbst der mutigste Leser kaum einer Figur zutrauen würde, und am Schluss einen erstaunlichen Mord begeht und dann dem schon erwähnten jungen Geliebten in die Verbannung folgt.

Gibt es gute Morde? Das gehört zum Wagnis dieses Erzählers, dass er solche Fragen aufwerfen kann. Diese junge Frau, um die es da geht, kann tatsächlich auch mutigen Lesern einen leisen Schrecken einjagen. Denn in alten Romanen ist es ja in der Regel so, dass jeder männliche Leser die schönsten und verwegensten jungen

Frauen wahnsinnig gern selber für sich hätte, selten zum Beispiel hat eine Frau gerade die beherztesten jungen Männer Europas so für sich eingenommen wie die fast männlich verwegene blatternarbige Marian Halcombe aus der *Frau in Weiß* von Wilkie Collins, eine Frau, die sich den Teufel scherte um das, was die Welt damals jungen Frauen anriet. Und so ist auch hier die junge Tanja eine Frau, von der sich kaum voraussagen ließe, unter so völlig andern Verhältnissen als damals, ob aus ihr etwa wirklich die Volkskommissarin werden würde (das hätte die sowjetische Zensur zweifellos gern gehabt) oder nicht doch – ja, das ist es eben, was den Autor hier in Bedrängnis bringt: Was kann er aus einer jungen Frau werden lassen, die einen Mord begeht, der seinen wahren Grund in einer Freiheit hat, die keine Partei, keine Ideologie für sich in Anspruch nehmen kann? Es gibt da einen Augenblick, da entdeckt dieses Mädchen, das Seide liebt, die beinahe waffenähnliche Schönheit ihrer Beine – von diesem Augenblick an, glaube ich, wusste der Autor wirklich, wer er war und dass er da etwas entdeckt hatte, womit er jeden Zensor in Wut versetzen konnte über einen Job, der ihn zwang, solcher Schönheit keine Leser zu gönnen.

Solche Zensoren ist Russland los, wir alle sind reicher geworden. Wir haben auch besser lesen gelernt, wir kennen aus den dreißiger Jahren die Romane Faulkners und Nabokovs, und wir kennen, wenn sie auch weit weniger gelesen werden, zum Beispiel die Romane von Powys, die Bücher Sologubs und für unsern Fall hier besonders die etwas früheren großen Romane von Witkiewicz, dessen *Unersättlichkeit* und dessen *Abschied vom Herbst* uns ja wirklich die Augen dafür geöffnet haben, wie sich das erzählt liest, wenn Zeiten aus den Fugen gehn. Ganz anders als sein Landsmann Bely (beide sind fast derselbe Jahrgang), der zwanzig Jahre vor Schitkow in seinem Roman *Petersburg* dieselben Ereignisse von 1905 zum Thema eines Romans machte, aber mehr, indem er sie fast ganz und gar in ein glänzendes sprachliches Ereignis verwandelte, bleibt Schitkow (dem vielleicht Belys frühere *Silberne Taube* besser gefallen hätte) so hart an der Realität, dass er seinerseits nun jede Behäbigkeit oder Behaglichkeit des gewohnten guten alten Erzählens daran zerschellen lässt, und zwar mehr und mehr so gründlich und aber auch wieder schön, dass wir sie überhaupt nicht mehr vermissen und, mit Tanja und den andern an der Seite, dem hier so großartig neu entdeckten Autor immer dankbarer dafür werden, wie er mehr und mehr auf die Mitarbeit unserer Lesephantasie und -lust baut bei diesem Riesenpanorama einer gewaltigen Umwälzung.

Rolf Vollmann

ERSTES BUCH

Der Sonnentag wälzte sich durch die Stadt. Gegen Mittag hatten die leeren Straßen schlappgemacht.

Bei den Wawitschs im Hof fuhr der Wind ins Stroh und ließ wieder ab davon – zu träge, es hochzuwerfen. Der Welpe lag, die Schnauze zwischen den Pfoten, und winselte vor Trübsinn. Sein Hinterbein zuckte, wirbelte Staub auf. Der hing in der Luft, zu träge zum Fliegen, zu träge, sich zu setzen, ein schläfriges Gold, blinzelte in die Sonne.

Dermaßen still war es bei den Wawitschs, dass im Haus zu hören war, wie im Stall die Pferde mahlten – wie eine Maschine, chram-chram.

Plötzlich knarrten Hoftreppe und Stiefel, und in den Hof trat mit Schneid der junge Wawitsch. Freiwilliger der zweiten Kategorie. Kleines Schnurrbärtchen, pflaumenweich und schwärzlich. Das Koppel festgezurrt – für wen, im leeren Hof? Die Kanonenstiefel gewienert, keine vom Militär, eigene, auch keine stutzerhaften – maßvolle. Einschmeichelnde Kanonenstiefel. Keine vom Militär, doch kein Grund für einen Anranzer. Wawitsch hielt leicht, wie ein Spazierstöckchen, ein Gewehr, Mündung nach unten. Ein musterhaft gereinigtes. Die Enten wurden unruhig, watschelten in die Ecke, schnatterten verärgert. Wiktor Wawitsch aber marschierte im Exerzierschritt vom Vorgärtchen zum Zaun.

«Links, zwei, drei!»

Während er marschierte, wurde sein Gesicht kühn und ergeben. Als sähe die Obrigkeit zu, und er fände Beifall.

«Neunundzwanzig, dreißig!»

Am Zaun blieb Wiktor stehen. Nun holte er ein akkurat gefaltetes Blatt aus der Tasche. Eine Zielscheibe. Eine für Offiziere, mit Kreisen und schwarzer Mitte. Die spannte er mit Heftzwecken an den Zaun und machte kehrt. Flott patschte er Stiefelschaft auf Stiefelschaft. Präzis:

«Pflapp!» Wiktor stand still, lauschte, und noch einmal: «Pflapp!»

Am Fenster räusperte sich der Alte. Wiktor wurde verlegen. Der schläft doch sonst um diese Zeit.

Wiktor zog am Stiefelschaft und sagte mürrisch:

«Peinlich, wie die klatschen!» Und ging ohne Tritt zum Vorgärtchen.

Der alte Wawitsch stand am Fenster, die alte Landvermesserjacke aufgeknöpft überm Nachthemd. Mit dicken Fingern drehte er sich eine dicke Papirossa, die Hände zwirbelten gleichsam einen zusätzlichen Finger, und zwischendurch blickte er zum Sohn, spähte hervor unter den Brauen.

Wiktor blieb stehen und zog erneut am Stiefelschaft – böse, als zöge er den Welpen am Ohr.

«Ah, zum Teufel, ein Pfuscher, dieser Schuster.»

Warf einen Blick zum Fenster. Der Vater hatte ihm schon den Rücken zugedreht und schlappte ins Esszimmer. Er rauchte an, er paffte los, und mit dem Rauch schnaubte er unterm Schnurrbart vor:

«Klatscht die Stiefelschäfte!»

«Wer klatscht?» Taissa freute sich. «Sind die armen Musikanten im Hof?»

Es raschelte gestärkter Kattun, und Taissa streckte das weißblonde Köpfchen mit den Sommersprossen und dem spitzen Näschen zur Tür herein.

«Die Stiefelschäfte! Klatscht die Stiefelschäfte aneinander, unser Tunichtgut! Stör ihn nicht», sagte der Alte, als die Tochter zum Fenster wollte. «Lass ihn!»

Ihm selbst aber wurde innerlich warm, im Magen gleichsam, weil der Sohn zwar ein Dummkopf war, aber schön. Schön, geschmeidig.

Laut jedoch schalt sich der Alte für diese Gefühle:

«Wir haben in seinem Alter in der Landvermesserbude gelesen, diesen – wie hieß er gleich? Es gibt auch ein Lied über ihn.» An die Melodie erinnerte er sich: «‹Wir trinken auf das Wohl von hm-hm!› Und wir haben getrunken. Ideell getrunken. Und nicht ‹Links, zwei, drei!›. Dummkopf!»

Wiktor blickte scheel, mit Argwohn, zu den Fenstern. Kein Mensch. Er vertrat sich die Beine, rückte die Mütze zurecht. Plötzlich runzelte er die Stirn und sagte:

«Zum Teufel mit euch!» Und wieder maß er dreißig Schritt ab, von der Zielscheibe bis zum Haus. Stand still, das Gewehr bei Fuß. Eins! – und Wiktor setzte geschickt das linke Bein vor, ging in Gefechtsstellung.

«Kommando zurück!», flüsterte Wiktor sich zu. Behänd, knapp und weich nahm er das Gewehr bei Fuß. Klatschte die Stiefelschäfte. Wollte sich umblicken. «Ah, was soll's! Ich tu, was ich tun muss. Jedem das Seine. Eins!» Und wie von allein flog das Gewehr zielsicher in die Achselhöhle und erstarrte. Wiktor ging in Visierstellung. Er sah sich selbst von der Seite. Ha, dieser Freiwillige! Was für ein Bild! Er spürte, wie ihm die Tellermütze keck auf dem Kopf saß, er schmiegte sich ans Gewehr. Vorerst sah er die Zielscheibe noch nicht, blickte er nicht aufs Richtkorn, er blickte nur auf den wackeren Freiwilligen.

Hinterm Zaun ein Scharren, nacheinander tauchten zwei kurz geschorene Köpfe auf. Zwei Jungen glotzten Wawitsch an, erstarrten, kauten nicht weiter – den Mund voll mit unreifen, sauren Birnen.

‹Gleich feuert er!›, dachten beide.

Aber Wawitsch feuerte nicht. Das Gewehr im Anschlag, ließ er den Hahn schnappen, riss den Kopf mit heftigem Ruck vom Kolben und ging zurück in Gefechtsbereitschaft. Nun legte er an und zielte akkurat, den Atem angehalten, und sagte sich im Stillen vor: ‹Wie ein Glas Wasser.› Sorgfältig führte er das Richtkorn zum Ziel. Erstarrte. Auch die Jungen hielten die Luft an.

Zock! schnappte der Hahn, und alle drei atmeten auf.

Die Freiwilligen waren zum Wettschießen der Offiziere zugelassen. Wawitsch würde alle übertrumpfen. All diese zivilen Milchbärte der ersten Kategorie.

‹Diese Gymnasialen!›, dachte er über die erste Kategorie. Und presste den Kolben noch fester gegen die Schulter.

Dann bekäme er das Abzeichen für hervorragendes Schießen. Er spürte sogar, wie es hart auf seiner Brust prangte. Aus Bronze. Eine ebensolche Zielscheibe und zwei Gewehre, über Kreuz.

Übertrumpfen würde er die Offiziere. Die Offiziere wären verlegen. Sie würden ihm die Hand drücken, sprachlos vor Bosheit und Neid. Und er – als merkte er nichts. Stünde stramm, die Hacken aneinander gepresst.

‹Wackerer Kerl!› – ‹Stets zu Diensten!›

Ein Held, aber steht wie im Glied. Das schafft noch mehr böses Blut.

Was für ein Bild!

KRÄNKUNGEN

Wiktor Wawitsch mochte den Sommer nicht. Sommers war er immer gekränkt. Sommers kamen die Studenten angereist. Vor allem die Eisenbahner in ihren weißen Jacken, den Offiziersjacken mit senffarbenen Achselklappen. Und sogar mit Initialen – pah, Kanzleihengste aus der Suite Ihrer Majestät. (Die Techniker, die waren tollpatschiger.) Aber erst die in den Steghosen! Mit denen unterhielten sich die Fräulein absichtlich laut und fächelten dabei mit den Äuglein nach allen Seiten – angenehm, wenn alles schaut. Und absichtlich laut über Schauspieler oder Professoren:

«Weiß ich doch! Kusmin-Karawajew. Habe ich gelesen. Unvergleichlich!»

Und der Student dabei ihr zugeneigt, ihr zugeneigt, kratzfüßelt über den Gehsteig.

Ah, die mag der Teufel holen. Aber jene Fräulein, die winters mit Wiktor getanzt hatten – und was für Briefchen hatten sie ihm über die Feldpost geschickt! (Wiktor verwahrte alle Briefchen in einer Blechdose und las sie immer wieder) –, ebendiese Winterfräulein gingen jetzt mit den Junkern und nickten Wiktor hastig und erschrocken zu, wenn er ihnen salutierte. Von den Junkern reagierte jeder in seiner Art auf den Gruß, vor allem die Kavalleristen. Wawitsch schwor sich jedes Mal erneut:

‹Bin ich erst Offizier, werd ich die Kanaillen samt und sonders anranzen! Salutiert mir einer wie ein Geck, drauf ich: ‹Härr Junker, treten Sie mal näher!› Und wink ihn herzu mit dem Finger. So richtig garstig.›

Wiktor bewegte den Finger. ‹Und dann wird das Fräulein dastehn, sich abwenden, und ihn, ihn knöpf ich mir vor: ‹Was wollten Sie mit dieser Bewegung sagen? Krumm wie eine Kurbette, Herr Kavalier!› Er wird rot, drauf ich: ‹Bemühen Sie gefälligst den Ellbogen höher!›

Freilich trieben Studenten und Junker nicht länger als einen Monat ihr Unwesen, aber Wawitsch wusste schon: Den Kopf verdrehen würden sie den Mädchen bis Weihnachten.

Wiktor war erbost, und um den Ärger zu verbergen, tat er immer geschäftig, wenn er aus dem Ausbildungslager in die Stadt kam. Als zöge er morgen auf einen Marsch und kümmerte sich um letzte Vorbereitungen und wichtige Aufträge.

‹Ihr springt herum, ich hab zu tun!› Und sorgenschwer schritt er die Hauptstraße lang.

Wawitsch schritt zum Gefängnis, und je näher er kam, desto mehr beschleunigte sich sein Gang, desto freier bewegten sich seine Schultern, er war aufgezwickt, sein ganzer Körper lächelte. Lächelte unbändig, und er machte weite Sprünge über kleine Steinchen.

An der Pforte zum Aufsehergarten schlug er hastig mit dem Taschentuch den Staub von den Kanonenstiefeln.

Gefängnisaufseher Sorokin war Witwer und lebte mit seiner zwanzigjährigen Tochter Agrafena, genannt Grunja.

DER GEFÄNGNISAUFSEHER

Pjotr Sawwitsch Sorokin war ein stämmiger Mann mit kugelrundem, kurz geschorenem Kopf. Von weitem betrachtet: aschgrauer Walrossschnauzbart und schwarze Brauen. Die Augen nicht zu sehen, die lagen tief und schauten wie unter einem Dach vor. Der Uniformrock eng anliegend, als trüge er ihn auf dem nackten Leib, wie bei Kriegerdenkmälern. Er nahm niemals den Säbel ab; mit Säbel aß er zu Mittag; er trug ihn, ohne es zu merken, wie man eine Uhr trägt oder ein Armband.

Wawitsch mochte niemals zugeben, dass er Grunjas wegen in jedem Urlaub zu den Sorokins rannte. Traf er Pjotr Sawwitsch allein im Esszimmer an, fragte er deshalb mit keinem Wort nach Grunja. Er machte seinen Kratzfuß und neigte knapp den Kopf – soldatisch. Sie setzten sich. Der Alte schwieg und glättete mit der Hand das Tischtuch. Erst vor sich, dann ausholender, weiträumiger. Wawitsch wusste nicht, was er sagen sollte, und fragte schließlich:

«Sie gestatten, dass ich rauche?»

Pjotr Sawwitschs Hand hielt inne, seine Augen tasteten Wawitsch ab – ob dieser scherzte oder es ernst meinte, wollte er wissen. Und antwortete nicht gleich:

«Ja, schon, rauchen Sie.»

Erneut wischte der Ärmel übers Tischtuch.

Gefängnisaufseher Sorokin kannte nur zweierlei Gespräche, das ernste und das komische. Wenn er ein Gespräch für ernst hielt, schaute er aufmerksam und mit Argwohn – dass er bloß nichts vergisst, wenn etwas Wichtiges kommt, und vor allem prüfte er, ob da kein Schmu mit dabei war. Misstrauisch der Blick. Vor Überraschung fing so mancher Häftling das Faseln an, sagte sogar die Wahrheit, schaute er jedoch Sorokin in die Augen, verhedderte er sich mitten im Satz und wurde zu Brei. Während Sorokin schwieg und seine Augen pressten – von dort, hinterm Dachvorsprung der Brauen hervor. Der Häftling wand sich, stehen konnte er nicht, und wegzutreten wagte er nicht. Sorokin wusste da allerdings mit Bestimmtheit: Im Dienst war das Gespräch immer ernst. Bei Tisch wusste er nicht, was für ein Gespräch es war, und konnte nicht gleich entscheiden, ob es auf Komisches zusteuerte oder auf Ernstes. Hatte er sich aber schließlich vergewissert, dass es auf Komisches zusteuerte, fältelte sich sogleich sein ganzes Gesicht zu einem Lächeln, und aus der mürrischen Physiognomie blickte mit einem Mal ein fröhlicher Narr. Dann glaubte er uneingeschränkt, es sei alles komisch, und hielt sich den Bauch vor Lachen, platzte schier, lachte Tränen, Schweiß. Auch wenn es schon wieder um Ernstes ging, lachte er noch.

«An Typhus! An Bauchtyphus!», wurde ihm erklärt.

Doch er winkte ab: «An Bauchtyphus! Nein, ich kann nicht mehr! Sagt der – an Bauchtyphus!»

Und patschte sich auf den Wanst. Wieder schüttelte ihn das

Gelächter, als holte er alles Lachen für einen ganzen strengen Monat nach.

Nun jedoch saß er am Tisch und nagelte Wawitsch mit strengem und misstrauischem Blick fest. Wawitsch zündete sich bedächtig die Papirossa an, um Zeit zu schinden. Der Alte schaute um sich, und Wawitsch sprang federnd auf und griff nach dem Aschenbecher. Setzte sich wieder ganz akkurat. Dachte: ‹Was sag ich bloß?› – ihm fiel nichts ein. Plötzlich warf sich der Alte gegen die Stuhllehne, und Wawitsch zuckte zusammen, ihm schien, als wollte der Aufseher etwas sagen. Wiktor beugte sich beflissen vor.

Der Aufseher nagelte ihn mit dem Blick fest.

«Nein, nein. Ist nichts. Rauchen Sie nur» – er schwieg, seufzte und fügte hinzu –, «junger Mann.»

Grunja kam nicht, und Wawitsch dachte: ‹Wieso, ist sie nicht zu Haus?› Er musste beginnen. Und begann:

«Wie steht es bei Ihnen, Pjotr Sawwitsch, alles ruhig?»

«Bei uns?», fragte der Alte zurück und blickte misstrauisch – wozu fragt er das? «Nein, Vorkommnisse hat es bei uns keine gegeben.» Er nestelte an den Fransen des Tischtuchs, den Blick auf die Knie gerichtet. «Bloß dass zwei ausreißen wollten.» Der Aufseher seufzte dumpf.

«Was denn für welche?», fragte Wawitsch lebhaft, platzte richtig heraus. Und fixierte Pjotr Sawwitsch ehrerbietig.

«Dummköpfe», sagte der Aufseher. Er stützte seine Schläfe auf den Säbel und sah zum Fenster hinaus.

Wiktor versuchte es erneut. «Durch einen Graben?»

«Nein, durch eine Bresche. Sind musterhaft durch die Wand gebrochen, kann ich sagen. Und fielen trotzdem rein.»

«Jetzt wird bestraft?»

Der Aufseher sah Wawitsch an. Wawitsch schlug die Augen

nieder. Streifte sorgfältig die Asche ab. Und plötzlich belferte der Alte los, er schnauzte:

«Bekamen die Hucke voll, und ab in den Karzer. Wozu vor Gericht? Dummköpfen tu ich nichts Böses.»

Da klapperten auf der Hintertreppe Schritte. Wiktor erkannte sie: ‹Sie ist zu Haus, ist zu Haus!› Bemühte sich, seine Freude zu verbergen. Wurde aber rot. Er hörte, wie hinter ihm Grunjas Schuhe leise klapperten, und er sah mit dem Rücken, wie Grunja sich bewegte. Jetzt stellt sie klirrend die Waschschüssel ab. Jetzt wischt sie sich wohl die Hände trocken. Jetzt geht sie zur Tür. Und erst als sie über die Schwelle trat, stand Wiktor auf.

GRUNJA

Grunja war groß und breit und wirkte in ihrem weiten, offenen Hauskleid noch dicker. Sie brachte ihr eigenes Wetter mit, als ob im Umkreis von einem Saschen eine dämpfige Wärme um sie herrschte, und diese Wärme hüllte sogleich Wawitsch ein. Grunja lächelte breit und zufrieden, als ob sie gerade etwas Feines gegessen hätte und aller Welt schnellstens davon berichten wollte.

«Ausgebüxt?», fragte Grunja, als sie ihre füllige Hand reichte. Die Hand war frisch, ein bisschen feucht.

«I wo, auf Urlaub.»

«Ohne Urlaubsschein! Ich schwör's! Schwindeln Sie nicht?» So fröhlich sah sie Wiktor in die Augen, dass er am liebsten gelogen und gesagt hätte, er habe keinen Urlaub.

«Deck auf, deck den Tisch, Agrafena», brummelte der Alte. Grunja wandte sich zur Tür.

«Sie gestatten, dass ich helfe?» Wawitsch schlug die Hacken zusammen. Er konnte nicht hier bleiben, er fürchtete sich, die warme

Atmosphäre zu verlassen, die um Grunja herrschte, wie es einen schreckt, unter der Decke vorzukriechen, auf den kalten Boden. In der Küche lud Grunja ihm Teller auf.

Sie zählte: Eins! – und lachte Wawitsch an. Zwei! – und lachte wieder.

Vor dem Essen erhob sich der Aufseher und schritt zum Heiligenwinkel. Rückte das Säbelkoppel zurecht. Er stand vor dem Heiligenbild wie vor der Obrigkeit und betete mit lautem Flüstern und einigen Eigenmächtigkeiten.

«Aller Augen warten auf dich», betete der Aufseher, «und du gibst ihnen ihre Speise», und danach war zu hören: «Und ich tu meinen Dienst. Weil es sein muss.»

Grunja und Wiktor standen hinter ihren Stühlen. Grunja sah zu, wie die Kohlsuppe dampfte, und Wiktor tat es dem Aufseher nach und bekreuzigte sich ehrerbietig.

Wenn der Aufseher zu Mittag aß, setzte er sich mit dem Rücken zu den Fenstern, mit dem Rücken zum Gefängnis, um in dieser halben Stunde nicht auf den Backsteinbau mit den Gittern zu schauen. Sonst schaute er immer – aufs Fenster, auf den Gefängnishof. Und sprach zu sich: ‹Ein Aufseher muss ja auf alles sehen. So schaue ich eben.›

Nur während des Mittagessens wandte er sich ab von den Fenstern, spürte aber (immer spürte er das), wie dort hinter seinem Rücken die Häftlingsschwermut die Gefängnismauern auseinander trieb, gegen die Backsteine presste wie Wasser gegen den Staudamm. Und ihm war, als ob er während des Essens, vorübergehend, die Gefängnismauern mit dem Rücken abstützte.

Grunja kredenzte den ersten Teller dem Vater.

Der Aufseher schenkte sich selbst und Wawitsch aus einer bemalten Karaffe ein.

Wiktor wusste jedes Mal nicht, ob er trinken sollte.

‹Trink ich, denkt er: Wenn jetzt schon glasweise, dann später flaschenweise.› Trank er nicht, fürchtete er, als weibisch zu erscheinen.

Der Aufseher fragte jedes Mal erstaunt:

«Machen sich nichts draus?» Und kippte sein Gläschen. Wawitsch griff rasch zu dem seinen und vergaß vor lauter Eile, einen Happen nachzuschieben.

Der Aufseher aß hastig wie auf dem Bahnhof, und tief über den Teller gebeugt, verschlang er dicke Scheiben Brot.

Grunja aß fröhlich, als ob sie den ganzen Tag bloß darauf gewartet hätte, auf diesen Teller Kohlsuppe. Sie lächelte dem Kohl zu, und wie ein freudiges Geschenk klackste sie jedem einen Esslöffel Sauerrahm auf den Teller.

«Ah, wie gern ich Rahm mag», sagte Grunja, und sie sagte es wie über eine Freundin.

Lächelnd dachte Wawitsch: ‹Schön, Rahm gern zu mögen!› Und mochte ihn selbst von Herzen gern. Wawitsch spürte ganz nah, hier auf dem Tisch, Grunjas bloßen Ellbogen, und ihn umfing das heiße Leben, das in Grunjas ganzem breitem Körper strömte. Er kniff die Augen zu wie in der Sonne, reckte wohlig die Schultern unter der weißen Feldbluse.

Nach dem zweiten Gläschen kommandierte Pjotr Sawwitsch Grunja: «Räum ab!»

Der Aufseher fürchtete den Wodka, und Grunja schlug jedes Mal die Augen nieder, wenn sie die Karaffe im Büfett verwahrte.

DER FINGER

Den Tee trank Pjotr Sawwitsch bereits auf dem Sofa, das Gesicht zu den Fenstern. Zum Tee erlaubte er sich, noch nicht hinauszusehen, bloß ab und zu. Und er wollte die mittägliche Erholung auskosten, das Gespräch auf Komisches lenken. Er schlürfte laut den Tee aus der Untertasse, lutschte den Schnauzbart aus und wandte sich fröhlich zu Wawitsch um.

«Bringen wir es bald zum General?»

Wawitsch war gekränkt. Ihm wurde anders zumute. ‹Was ist? Macht er sich lustig?› Wiktor errötete und brummte:

«Ich habe gar nicht vor … die Soldatenlaufbahn …»

Aber Pjotr Sawwitsch war schon im komischen Fahrwasser:

«Die geistliche? Oder gleich als Mönch?»

Und der Aufseher fältelte sein Gesicht, bereit loszulachen, spannte den Bauch.

Grunja prustete.

Wawitsch hielt es nicht aus. Stand auf. Setzte sich dann. Und stand wieder auf, reckte sich. Der Alte wartete regungslos und wunderte sich: ‹Was ist los? Warum klappt es nicht?›

Wiktor aber errötete, dass ihm der Schweiß ausbrach.

«Herr … Pjotr Sawwitsch …», sagte Wiktor. Kam aus dem Takt, schluckte und begann erneut: «Herr …»

Grunja sah ihn besorgt an, die Augen aufgesperrt.

Wawitsch zupfte an seiner Feldbluse.

«Was gibt es da … zu lachen?»

«Setzen Sie sich, setzen Sie sich», flüsterte Grunja.

Wiktor aber standen schon die Tränen in den Augen.

«Wenn ich nicht die Soldatenlaufbahn anstrebe, so heißt das nicht … heißt das keinesfalls, dass ich … ein Luftikus bin!»

Des Aufsehers Augen verschwanden sogleich unterm Dach, wieder hingen Schnauzbart und Brauen davor.

«Entschuldigen schon», sagte dumpf, aus dem Bauch, der Aufseher. «Wollte nicht kränken. Eher im Gegenteil … Warum nicht? Ist doch ehrenwert. Habe ja gehört, Sie beliebten zu sagen: in die Junkerschule. Wenn dem so ist, soll es mich freuen. Weiß Gott, weiß Gott!»

«Setzen Sie sich», sagte Grunja laut.

Wawitsch stand.

«Auf den Stuhl!», sagte Grunja und zog Wiktor am Ärmel. Er blickte sich zu Grunja um. Verzehrende Hitze wehte Wiktor an. Er setzte sich. Am liebsten hätte er geweint. Er schaute aufs Tischtuch, angespannt, atmete nicht, um nicht loszuschluchzen.

Pjotr Sawwitsch rückte auf dem Sofa näher zu Wiktor und begann mit dumpfem Flüstern:

«Ich hatte, Sie verzeihen, meine Zweifel. Was ist das schon für ein Weg? Stimmt doch? Drei Jahre Junkerschule.» Der Alte beugte den Daumen. Einen dicken, einen Soldatendaumen. «Dann Un-ter-fähn-rich, im Soldatenmantel, für achtzehn Rubel, auch an die drei Jahre? Ja?»

Grunja setzte sich dazu, und den vollen Busen auf den Tisch gelehnt, sah sie bald den Vater, bald Wawitsch erschrocken an.

Wawitsch begriff auf einen Schlag, instinktiv, dass alles, alles aus war. Aus mit den Achselklappen, mit der Offizierskokarde. Weil es den Alten freute, dass er eine zivile Laufbahn … Wiktor sackte zusammen. Als hinge in ihm etwas Kaltes, Nasses und schlackerte.

«Wenn Sie solche Meinungen vertreten, junger Mann, Herr Wawitsch» – und der Aufseher legte Wiktor die Hand auf den Ärmel (den Daumen hatte er noch immer nicht gerade gebogen, als sei die Sache noch nicht am Ende, zu früh zum Geradebiegen) –, «wenn Sie nun solche Meinungen vertreten, wäre ich sogar bereit, behilflich zu sein … zur Polizeilaufbahn zum Beispiel.»

Wawitsch, über und über rot, blickte zu Boden und atmete kurz und heftig wie ein Kaninchen.

«Reden wir mal darüber», sagte der Aufseher mit dumpfem Bass. Und sprang plötzlich auf. «Wohin denn, wohin!», brüllte er, den Blick zum Fenster hinaus. Sprang auf, zog das Säbelkoppel stramm, stieß das Oberlicht auf und dröhnte über den ganzen Hof: «Wohin schmeißt ihr Kanaillen den Müll? Satansbraten!» Er packte die Mütze und rannte hinaus in den Hof.

Wiktor stand auf.

«Ich gehe», wollte Wiktor sagen. Es klappte nicht. Aber Grunja verstand ihn.

«Wieso? Wieso?» Grunja sah ihn erschrockenen Blickes an.

«Es ist Zeit, es ist spät.» Wawitsch schaute auf die Uhr. Wollte sagen, wie spät es war. Aber er schaute nur und konnte nicht begreifen, was die Uhr zeigte.

«Und der Tee?» Grunja legte ihm die Hand auf die Schulter. Zum ersten Mal. Wawitsch setzte sich. Nahm einen Schluck Tee ganz vom Rand, und plötzlich fühlte er sich vom Tee so gekränkt, als wäre er ein kleiner Junge und als würde ihm Zuckerwasser eingeflößt. Bitter wurde ihm zumute, drängend stiegen Tränen in ihm auf. Wawitsch griff nach seiner Mütze und drückte ein paarmal, mechanisch, Grunjas Hand. Auf dem Weg zur Gartenpforte verabschiedete er sich noch zweimal.

Er zog fast im Laufschritt davon, seine Füße schlugen auf den Boden. Über Nebenstraßen gelangte er auf den Weg zum Ausbildungslager. Er ging und blickte zu Boden und sah andauernd den breiten Bauernfinger des Aufsehers: Wie er ihn gekrümmt hatte! Gekrümmt!

Am nächsten Tag erklärte Wawitsch dem Kompanieführer, er werde am Preisschießen der Offiziere nicht teilnehmen.

Und sich selbst schwor Wawitsch, nicht mehr zu den Sorokins zu gehen.

Er war allein im Zelt.

«Ich geh nicht! Geh nicht! Geh nicht!», sagte Wawitsch und stampfte jedes Mal mit dem Fuß auf den Boden. Rammte ihn hinein, um nicht wieder hinzugehen.

Ein roter Sonnenstrahl lag auf dem alten Glockenturm, lehnte dagegen, als wäre er eingeschlafen. Und leichtatmig stand über der Stadt der Sommerabend, erwartungsvoll.

Taissa saß am Fenster und säumte Taschentücher. Sie wartete, dass der Eismann mit seinem Gesang aufhörte, sonst war die Flöte nicht zu hören. Drei Höfe weiter spielte nämlich eine Flöte. Schillert wie Wasser in Trillern und Läufen. Hastet hoch hinauf und flattert dort, schlägt die zarten Flügel. Es benahm Taissa den Atem, und die Nadel stockte ihr in den Fingern. Wieder abwärts springt die Flöte. «Ah!» Taissa holte tief Luft. Sie kannte diesen Flötisten nicht, hatte ihn nie gesehen. Hatte bisweilen am Fenster gewartet, ob nicht wer vorbeikam mit so einem langen Ding unterm Arm. Schließlich ging er zum Spielen ins Theater. Taissa wusste nicht, dass eine Flöte in Teile zerlegt wird und dass dieser schwarze kleine Jude mit dem kurzen Futteral der Flötist war, der zum offenen Fenster hinaus über die ganze Straße trillerte. Ein winziges Futteral. Taissa meinte, es sei für Reißzeug. Papa hatte so eines, für die Zirkel.

Taissa meinte, er sei hoch gewachsen, habe versonnene Augen und langes Haar. Wahrscheinlich hat er sie bemerkt und weiß von ihr und will sie womöglich kennen lernen, hat bloß keine Gelegenheit. Bescheiden ist er. Und spielt für sie jetzt mit Fleiß, damit sie begreift. Warum verkleidet er sich nicht als Straßenmusikant und kommt nicht zu ihnen in den Hof? Könnte sich unterm Fenster aufstellen und zu spielen anfangen. Taissa würde ihn gleich erkennen.

Die Flöte fällt jäh zu den tiefen Tönen, läuft dann wieder aufwärts, doch nicht ganz hinauf, und bewegt sich in stillen, schmachtenden Seufzern aufs Ende zu. Tropft und tropft, in lichten Tropfen. Da plätschert ein Triller. Breiter strömt es hinab über Sternenhalden. Taissa neigte das Köpfchen. Der Vater stand mitten im Raum und hauchte zusammen mit der Flöte behutsam den Rauch aus.

«Schenkt doch der Herrgott den Itzigs … diesen Juden ein Talent!»

Die Flöte aber war schon wieder in Schwung, unermüdlich, nicht zu bändigen, immer hitziger, immer schneller.

«Ist er – Jude?», fragte Taissa so beiläufig wie möglich.

«Aber ja! Hast ihn nicht gesehen? So ein Kleiner, Schwarzer. Israilson oder Israilewitsch, weiß der Teufel.»

Wsewolod Iwanowitsch sah auf einmal, dass das Karnies an der Etagere schief hing. Er wollte es befestigen. Drückte mit der Hand dagegen. Das Karnies hing runter und wackelte. Wsewolod Iwanowitsch probierte es noch und noch, damit es irgendwie hielt. Verflixt! Wieder hing es runter.

«Da sollt ich mal drangehn, Teufel nochmal!», knurrte er und schlurfte von dannen.

‹Macht doch nichts, dass er Jude ist›, überlegte Taissa. ‹Ein armer Jude mit schwarzen, traurigen Augen. Und dass er klein ist, macht auch nichts. Bloß wäre Israilson besser als Israilewitsch.› Ihr kam der Religionsunterricht in den Sinn und der Pope und wie sie das mit Israil durchnahmen. ‹Der war doch, glaub ich, ganz behaart? Ach nein, das war Esau!› Und Taissa freute sich sehr, dass es Esau war.

Die Flöte war verstummt. Taissa wartete noch. In ihrem Kopf hing, als wehmütiges Flechtwerk, die letzte Melodie. Taissa raffte die Taschentücher zusammen und ging zum Nähen ins Esszimmer, ans Fenster. Sie nähte und spähte andauernd zum Zaun gegenüber, zur Traubenkirsche. Er musste doch vorbeikommen.

Herein trat der Vater, ein Hämmerchen in der Greisenhand.

«Guckst dir die Augen aus», sagte Wsewolod Iwanowitsch.

Taissa wurde rot. ‹Woher weiß er das?›

«Sage doch, näh nicht im Dusteren», knurrte Wsewolod Iwanowitsch.

Er ließ die Augen über die Wände schweifen.

«Kein einziger Nagel im Haus. Hab es hundertmal gesagt.» Und schlurfte weiter. Taissa hörte, wie er den Hammer fallen ließ und in die Hände klatschte, um die Spatzen zu verjagen. Im Vorgärtchen zischte er:

«Sch-sch-sch! Verfluchte Bande!»

Das Abendrot war erloschen, auf der Straße war nun ein Licht ohne Schatten. Taissa kam es vor, als würde dieses Licht gleich vom Wind aus der Straße geblasen, dann wäre nichts mehr zu sehen. Auch nicht, wie er vorbeikäme. Schritte trommelten über den Bretersteg. ‹Auf unserer Seite!› Und Taissa beugte sich über die Nadel. Der Eismann trug, in den Hüften schaukelnd, seinen Zuber auf dem Kopf. Sie hielt den Blick gesenkt. Als die Schritte nah waren, schaute sie auf.

Taissa runzelte die Stirn. Blickte unzufrieden auf den Kerl. Doch da liefen hastige Schritte, unregelmäßig und fahrig, den Zaun entlang. Taissa hatte noch nicht die Grimasse vom Gesicht gewischt, da schritt schon der «Kleine, Schwarze» vorüber. Warf das eine Bein immer irgendwie vor. Taissa bemerkte die Melone, die auf federndem Kraushaar wippte.

‹Wie in unserem Sofa›, dachte Taissa über die Haare. Beschloss aber sogleich, das sei sehr gut: Solche hatte niemand, bloß er. Ihr waren wohl auch die eckige Nase und der kurze schwarze Schnurrbart aufgefallen, der abstand wie eine Zahnbürste.

‹Israil!› In Gedanken begleitete Taissa den Flötisten und bemühte sich, das Flötentrillern mit dem schwarzen Israil in Einklang zu bringen.

‹Vielleicht ist er das gar nicht? Nicht der?›, dachte Taissa und freute sich.

Besann sich aber sogleich und gewann Israil doppelt lieb, dafür, dass sie gezweifelt, dass sie sich quasi gefreut hatte.

KREUZKÖNIG

Es war schon Nacht, als die Alte endlich zu stöhnen aufhörte. Sie nickte ein, die halb offenen Augen auf das grüne Auge des Heiligenlämpchens gerichtet. Wehmütig schaute der Erlöser aus dem Schrein, die Hand erhoben, als ob er nicht segnete, sondern ein Zeichen gäbe: Leise!

Taissa stahl sich aus dem Schlafzimmer. Vorsichtig tickte im Esszimmer die Uhr – wie auf Zehenspitzen schlich die Zeit. Den Schirm schief, blies die Lampe Trübsal, und ihr matter Abglanz regte sich trüb auf dem Samowar.

Taissa setzte sich und blickte aus dem schwarzen Fenster auf den nächtlichen Hof. Wohin bloß vor dem Fenster die Nacht gleitet – sie seufzte aus tiefster Brust. Endlich allein. Sie tastete zwischen den Rockfalten. Blickte um sich und zog vorsichtig einen Stoß Karten aus der Tasche.

Auf dem Hof war es so finster und still, dass es schien, als sei das Fenster nicht offen, sondern verhangen mit Finsternis.

Was war er? Kreuz, natürlich Kreuz. Taissa schaute auf den einfältigen Greis mit Krone, und obwohl er überhaupt nicht dem drahthaarigen schwarzen Israil ähnlich sah, wusste Taissa: Das ist er. Sie betrachtete ihn wie ein teures Porträt. Hätte ihn am liebsten geküsst. Taissa blickte noch einmal um sich, wischte sorgfältig Krümel weg und legte den König behutsam aufs Tischtuch. Geheimnisvoll und unnahbar lag er da und sah nicht sie an – zur Seite. Taissa mischte, die Finger verhedderten sich, die alten Karten buckelten und hakten. Ein Frösteln zog über die Schulterblätter, als Taissa abhob, mit der Linken, auf sich selbst zu. Die Herzdame kam links zu liegen. Gelassen war sie, mit großem Busen. Taissa schaute sie zum ersten Mal an, als wäre sie lebendig. Das Gesicht der Karte blickte spöttisch, und die Brust im engen Mieder schien leicht zu atmen. Danach lauter Neuner und Sechser. Kreuzdame kam zu Füßen zu liegen. Unverschämt war sie, selbstzufrieden. Wer mochte das sein? Taissa betrachtete sie unverwandt, hätte es gerne gewusst.

Könige, Buben.

Sie umdrängten den gekrönten Israil, und Karokönig blickte fröhlich und selbstsicher im Profil. Eine unerbittliche Macht, ihre Kartenmacht, fesselte Israil. Und Taissas Blick irrte umher, suchte nach Freunden, wer sie ansähe in diesem Kartenpalast, wer zu erweichen wäre. Kreuzbube hielt krampfhaft sein Beil und wartete. Der war ernst. Und gerecht. Auf ihn allein setzte Taissa ihre Hoffnung. Die Karten atmeten und lebten, die satten Zehner flimmerten vor Taissas Augen.

Der Hund unterm Fenster kratzte sich, es klirrte die Kette. Taissa zuckte zusammen. Und nun erklang ein lang gezogener Ton, ein Faden aus Licht. Rein und klar. Die Flöte stieg langsam, einschmeichelnd, Stufe um Stufe eine Treppe hoch, irgendwohin. Eine kristallene Treppe. Und auf einmal war alles wie durchsichtig, wie mit stillen Farben auf Glas gemalt. Sie gehen irgendwohin, Israil und sie. Taissa ist die Prinzessin. Israil führt sie die Kristalltreppe hoch – geheimnisvoll ist das, süß. Taissa atmete zusammen mit der Flöte, am liebsten hätte sie sich an den Klang geschmiegt, die Wange drangepresst und die Augen geschlossen. Die Flöte aber führt höher und höher; jetzt eine Kehre, Israil führt sie sanft bei der Hand, voller Achtung und Grazie, wie eine Königin. Und sie schreitet im Takt Kristallstufe um Kristallstufe hoch. Vor Glück wird sie ganz lieb und gut, wird naiv, schön und opferbereit. Nie hätte sie gedacht, dass sie einen so erstrebenswerten, feierlichen Tod haben würde, soll doch das tiefrote, funkelnde Blut zur Musik über die Kristallstufen tropfen, bis zum Schluss, bis der Ton erstirbt.

Taissa trat ans Fenster, stieg auf einen Stuhl, aufs Fensterbrett. Schritt leicht und barfüßig auf die Terrasse. Sie ging im Takt über die bekannte Holztreppe, im Finstern, und atmete tief. Sie nahm nicht wahr, wie sie den scheppernden Riegel zurückschob, auf die Straße hinaustrat. Ein wenig rauschte die Traubenkirsche von gegenüber. Der Flötist stand in seinem Mezzaninzimmer, im Finstern, er blies, die Augen zugekniffen, in seine Flöte. Von der Wärme der Nacht fühlte er sich matt und schlapp in der Brust, er wusste selbst nicht, was er spielte. Er streifte zwischen den Tönen umher und suchte unaufhörlich. Suchte, wovon ihm das Herz gänzlich überginge, soll doch mit dem letzten Atemhauch auch der Geist entweichen. Er konnte die Flöte nicht weglegen, wieder war ihm, als spiele die Flöte von selbst, während er nur denkt. Vielleicht spielt die Flöte ja gar nicht, er atmet bloß, und die Töne kommen wie im Traum.

Taissa stützte sich auf den Zaun, an der Pforte, es klapperte die Türschließe, und jenseits des Zaunes bellte erschrocken und wütend der junge Hund los. Die Melodie brach ab. Der Flötist beugte sich zum Fenster heraus und schrie von oben:

«Kusch! Ist da wer? Hören Sie! Was wollen Sie?»

Taissa patschte auf bloßen Füßen Hals über Kopf davon.

«Nein, also wirklich!», schrie der Flötist.

NADJA

Über das aufgeheizte steinerne Trottoir einer anderen, einer steinernen Stadt schritt aus seinem Dienst, vorbei an heißen Häusern, Andrej Stepanowitsch Tiktin. Er schwitzte im grauen Havelock, die dicken Finger klebten an der Ledermappe, und ringsum, gleichsam auch von oben, wurde die Luft zersägt und zerstückelt vom Dröhnen der Droschken auf dem Granitpflaster. Als ob heißer Kies in der Luft wild durcheinander geschüttelt würde und ihn daran hinderte, nachzudenken, sich zu sammeln und den wichtigsten Gedanken zu einem Knoten zu schürzen.

Andrej Stepanowitsch hatte sogar vergessen: welchen Gedanken eigentlich? Er blieb vor einem Schaufenster stehen, damit ihm der Gedanke einfiele, und erblickte in der staubigen Scheibe sein rotes Gesicht, den weißgrauen Bart. Er zog die Brauen empor, sein Gesicht bekam einen klugen Ausdruck, doch das Dröhnen und der drückende Lärm rotierten über seinem Kopf, und er vergaß, weshalb er vor dem Wurstgeschäft stehen geblieben war.

‹Daheim, daheim fällt es mir ein!› Andrej Stepanowitsch trug die emporgezogenen Brauen bis nach Hause, suchte den Gedanken festzuhalten. Im kühlen Treppenhaus stellte sich in seinem Kopf die Ordnung auch gleich wieder her.

Andrej Stepanowitsch blieb einen Augenblick stehen.

«Ja, ganz recht», sagte er laut. «Nadja!» Er begann hinaufzusteigen, und ihm schien, als formierte der Gedanke sich mehr und mehr, Stufe für Stufe, und wenn er oben an der Tür wäre, würde sich alles lösen. Würde sich lösen und in Ruhe klären, was er Nadja zu den Kursen sagen müsste.

‹Beweisgründe anführen und in Ruhe alles gemeinsam abwägen.› Kaum hatte Tiktin das gedacht, da spürte er das Töchterchen auf seinen Knien, Nadja, noch klein – das Knie ist schon taub, doch mag er sie nicht stören, wie nett ihre Fingerchen die Seiten umblättern; auf dem Tisch liegt unter der Lampe die «Geschichte der europäischen Völker», und wie warm ihr kleiner Körper ist und wie vernünftig sie erzählt mit ihren zwölf Jahren und Fragen stellt. Schon ruft Anna Grigorjewna, es sei Bettgehenszeit, und Nadja wirft einen schrägen Blick, damit er der Mutter antwortet, und Tiktin sagt:

«Attendez, je vous en prie!»

Wie er sie küssen möchte, diese kleinen Händchen, sie sind wie lebendiges Spielzeug. Jetzt ist sie zweiundzwanzig. Und gestern hatte Nadja, zum ersten Mal, dem Vater keine Antwort gegeben, ihn nur aus zusammengekniffenen Augen angeblickt, aus einem fremden Gesicht, und schweigend ihre Suppe gegessen. Er hatte schlicht über die Gründe – was für Gründe? – ah ja, des Hungers in Russland gesprochen. Tiktin war an der Tür, er steckte den flachen Schlüssel in den schmalen Spalt und hoffte, unbemerkt in sein Kabinett zu gelangen, dort würde seine Frau warten … Direkt und vor allem schlicht müsste er die Sache ansehen, das heißt trotz allem ihr in die Augen sehen, denn wenn es keine Klarheit gäbe, würde das Gestrige sich verfestigen. Schlicht, das brachte Tiktin jetzt noch nicht fertig, doch akzeptierte er das Gestrige, würde jenes warme Mädchen ihm ein für alle Mal von den Knien springen, und er fürchtete, die angesessene Wärme würde sich sehr bald verflüchtigen.

Andrej Stepanowitsch zog sich ohne Hast um und dachte: ‹Bin ein Dummkopf, hätte schlicht und sofort und ohne weiteres fragen müssen: Was soll diese Miene? Sie schlicht ansprechen› – er begab sich entschlossen zum Mittagessen –, ‹schlicht wie ein kleines Mädchen, und falls da was … gleich innehalten und sagen …› Aber Nadjas Stuhl stand leer. Auch Sohn Sanka war nicht da. Andrej Stepanowitsch warf über den Tisch einen Blick zu seiner Frau.

«Wo sind die zwei?» Er wies mit dem Kinn auf die leeren Gedecke.

«Woher soll ich das wissen?», seufzte Anna Grigorjewna. Tiktin blickte noch einmal, und plötzlich war ihm, als wüsste seine Frau über Nadja Bescheid und steckte sogar mit ihr unter einer Decke: Weibergeheimnisse. Schweigend löffelte er seine Suppe aus und fragte gereizt:

«Eine Romanze?» Und wusste doch selbst, dass es keine Romanze war, das hatte es bis heute bei Nadja nicht gegeben. Wusste auch, dass Anna Grigorjewna deshalb in Sorge war. «Eine Romanze, oder wie?»

Anna Grigorjewna blickte empört, Tiktin bewegte ärgerlich die Brauen.

«Den Tee schick mir ins Kabinett!» Er warf die Serviette auf den Stuhl.

‹Dumm gelaufen, glaub ich!› Im Kabinett ärgerte sich Tiktin. Er blätterte in den «Problemen der Philosophie und Psychologie», der neusten Nummer. Aber seine Augen spießten keine Buchstaben auf, und die Zeilen hoben sich nicht in lebendiger Bedeutung von den Seiten. Andrej Stepanowitsch kaute auf dem Ende des Holzmessers und schnitt den Band nicht auf.

EIN WÜRDEVOLLER JÜNGLING

‹Und wenn es eine Romanze ist, warum muss er angewidert das Gesicht verziehen?›, dachte Anna Grigorjewna. Sie dachte es gekränkt, sprach es fast laut aus. Wusste jedoch, dass Andrej Stepanowitsch vor Rührung zerfließen würde, wenn er erführe, dass Nadja tatsächlich heiraten wollte. Anna Grigorjewna wusste sogar, was für ein Festtag es wäre für Andrej Stepanowitsch, wie er nach schwerfälligen, gelehrten Bonmots suchen und befürchten würde, sentimental zu erscheinen. Nur müsste der Bräutigam mindestens Privatdozent sein – Pincenez, Schrank voller Bücher, eigene Werke, kluges Lächeln, hohe Stirn. Andrej Stepanowitsch würde plaudern und seine Bildung an ihm wetzen.

‹Wenn es so wäre, wenn es eine Romanze wäre …› Wieder versank Anna Grigorjewna in Nachdenken über Nadja.

Unablässig dachte sie nun über sie nach. Sie wusste selbst nicht, dass sie sich ständig mit ihr beschäftigte. Sie betete ihre Gedanken herunter wie ein Mönch den Rosenkranz, bis sich der Kreis wieder schloss.

‹Nein, irgendwie ist sie anders›, dachte Anna Grigorjewna. Anders, das hieß: nicht so, wie sie selbst gewesen war, Anna Grigorjewna. Bei ihr hatte alles wie von allein geklappt. Daher auch ihr Lachen.

Ein anziehendes Lachen. Anna Grigorjewna erinnerte sich, wie sie ihr Lachen einmal selbst gehört hatte. Und darauf dachte: ‹Was habe ich heute für ein Lachen!› Dann probierte sie es für sich im Zimmer aus, es klappte wieder – ein von innen kommendes, lockendes Lachen, gleichsam ein Signal der Freude, wie bei einem jungen Pferd im Freien. Es kam von selbst, ohne ihren Willen, und es ließ die Männer erbeben, nach Bonmots suchen, ihr Gesicht zeigen. Und wenn es ihnen missglückte, genierten sie sich vor ihr … Und ihr, Anna Grigorjewna, fiel das ganz leicht. Ein Klang lebte damals in ihr, und sie wusste, dass jeder daran rühren mochte, damit er es wäre, der dieses Klangvolle, Fröhliche zum Klingen gebracht hätte.

Sie erinnerte sich an den Schlitten, den Kamennoostrowski Prospekt, den Technikstudenten. Wie süß es war und wie grauslich, und sie wusste damals, dass es ihretwegen so grauslich war, so den Atem verschlug. Sie begriff selbst nicht, wie es dazu kam, dass sie beide nicht wussten, wohin sie fuhren mit diesem Finnenschlitten während der Butterwoche, für «reißik Kopeke». Anna Grigorjewna verhieß etwas, eine Ferne, eine Heldentat, und sie glaubte, war durchdrungen von dem Glauben, dass es zu der Heldentat käme. Sie verhieß es in unausgesprochenen Worten, sie lächelte in sich hinein, und alles kam von selbst, riss sie mit sich fort, sie brauchte sich nur dem Flug hinzugeben.

Straßenlaternen, flott die Fahrt, das Rütteln der Schlittenglocken – es war alles nur für sie da, der trunkene finnische Kutscher wie die eisbedeckten Wachmänner, nur dafür, dass der Student ihnen Lustiges zurufen und sie nach Streichhölzern fragen konnte. Und auf der Jelagin-Insel war es dann still, weiß, weich und unvertraut. Vom Himmel streute jemand Schnee herab und steckte dem breiten Pelz an Annas Kragen feierliche Funken auf. Und in ihr pulsierte etwas Warmes, Teures, das Allerwichtigste. Und der Student drückte sich an sie und hielt sich an Anna Grigorjewna fest und hütete dieses Teure und Wichtige wie sein Leben. Anna schaute dem Studenten in die Augen, schweigend und eindringlich – es schaute sich ganz von allein. Der Student drückte sich noch fester und wärmer an Annas Pelz.

Doch war es etwa nur das? Sprachen sie nicht auch über Kluges? Anna Grigorjewna erinnerte sich, wie derselbe Student auf einer Abendgesellschaft bei ihrer Freundin zu disputieren begann, in Rage geriet und sagte, Hegel sei ein Dummkopf. Anna Grigorjewna warf sich in die Bresche, darauf schrie er:

«Somit sind auch Sie nicht mehr wert!»

Und alle lachten. Auch der Student, auch Anna Grigorjewna. Danach nannten sie Anna Grigorjewna noch lange Zeit Hegel. Fröhlich war es, alles in Bewegung, jagte irgendwohin, und in diesem Strom jagte auch Anna Grigorjewna. Und alles kam von selbst und war gut so und war, wie es sein musste.

Nadja hingegen … Nadja hielt sich gleichsam in Ufernähe, klammerte sich gleichsam an Sträuchern und Krummholz fest, und Anna Grigorjewna kamen die Tränen vor Schmerz um die Tochter, sie hätte am liebsten ihren Klammergriff gelöst und sie in die Mitte gestoßen, hinein in die Strömung, wo alles fröhlich sang und sich drehte. Oder war womöglich das Leben anders geworden?

Zu gerne wäre sie zu Nadja hingegangen und hätte ihr erklärt, wie es sein musste. Hätte sich neben sie gesetzt und es ihr vernünftig dargelegt. Einmal stand sie sogar auf und ging zu Nadja ins Zimmer. Doch als sie dort war, warf sie nur einen Blick auf Nadja mit ihrem Buch und fragte tonlos:

«Hast du alle deine Taschentücher beisammen? Morgen ist doch Waschtag.»

Und das kam so bitter heraus, dass Nadja sogar verwundert vom Buch aufsah.

‹Nein›, dachte Anna Grigorjewna, ‹nichts, gar nichts bringt sie zur Besinnung.› Es kam ihr vor, als sei ihre Tochter behindert zur Welt gekommen, und einzig sie zu bedauern sei jetzt ihre mütterliche Pflicht. Diese Bücher, die Andrej Stepanowitsch manchmal für sie aussuchte, weckten im Herzen der alten Dame nur Bitternis. Da lagen sie in gleichmäßigen Beugen auf dem Tisch. Niemals schaute Anna Grigorjewna hinein. Mit nassen Augen ging sie in ihr Schlafzimmer. Sie hatte niemanden, dem sie ihren Kummer hätte erzählen können.

UNHEILVOLL

Seit jenem Mittagessen, als Nadja den Vater mit zugekniffenen Augen angesehen und ihm keine Antwort gegeben hatte, war Andrej Stepanowitsch somit bitter gekränkt. Anna Grigorjewna hingegen war aufgestört, aufgewühlt. Scheue Freude suchte Anna Grigorjewna bisweilen heim. ‹Sollte sie, sollte sie wirklich?›, dachte die alte Dame, ohne es sich selbst einzugestehen. ‹Sie ist anders, Nadja ist anders geworden. Da ist ein Geheimnis. Sollte sie einen Sieg, wirklich einen Sieg errungen haben? Sie geht, als trüge sie eine Krone.› Wer hatte ihre Nadja zu schätzen gewusst, wer? Wer sich verliebt? Aber warum auf solch eine böse Art? Ist stolz, aber nicht fröhlich. Na, hat auch lang genug warten müssen!

Und so stellte Anna Grigorjewna keine Fragen, fürchtete gar, ein Wörtlein zu viel zu Nadja zu sagen, um bloß diesen – wie ihr schien – Sieger nicht zu vertreiben. Sie lebte auf, die alte Dame, bedeutsamer nahm sie Platz und schenkte sie den Tee aus, und zu Andrej Stepanowitsch war sie nun gänzlich einsilbig, als hätten Nadja und sie ihr weibliches, ernstes und bedeutsames Geheimnis.

Fragte Andrej Stepanowitsch beim Tee:

«Weißt du nicht, Anna Grigorjewna, ob die Juni-Nummer vom ‹Russischen Reichtum› schon gekommen ist?»

So schüttelte Anna Grigorjewna abwehrend den Kopf:

«Oh, das weiß ich nicht, weiß ich tatsächlich nicht. Vielleicht ist sie ja schon gekommen.» Dann wandte sie sich an Nadja und fragte mit vollkommen anderer Stimme: «Hast du gesehen, Nadja, es war jemand zur Anprobe da, liegt alles bei dir auf dem Sofa.»

Andrej Stepanowitsch hatte eine Neuigkeit in der Zeitung entdeckt, eine politische, sperrige, verzwickte Neuigkeit. Die las er laut vor, mit absichtsvoller, eindrucksvoller Stimme. Las sie vor und blickte vieldeutig zur Frau, zur Tochter: Na, was sagt ihr dazu, hm?

Nadja schüttelte dann nur den Kopf in seine Richtung und rührte mit dem Löffelchen im Teeglas.

Nadja wusste, dass man über derartige Aufregungen – ob Kleigels oder Trepow – nur lächeln kann. Solche wie der Vater sitzen eben wie Krebse in der Schale und bewegen honorig die Bartfäden. ‹Die werden erst rot, wenn sie im Kessel der Revolution gekocht werden.› Das hatte Nadja sich gemerkt; ein Student hatte es gesagt.

Anna Grigorjewna blickte dann schweigend auf ihren Mann und dachte: ‹Nichts hat er je begriffen und ist genauso unsensibel wie alle Männer. Der von Nadja sicher auch.›

Andrej Stepanowitsch machte eine Pause, wartete auf Repliken. Anna Grigorjewna sah ihn beharrlich an, sogar herausfordernd, wandte sich ab und stülpte den hahnenförmigen Teewärmer über die Teekanne.

Andrej Stepanowitsch blickte irritiert, nahm sogar das Pincenez ab. Dann setzte er es erneut auf die Nase und brummte halblaut in seine Zeitung:

«Doch, mir erscheint das sehr, außerordentlich, ehem, bedeutungsvoll und sogar ... ich würde sagen: unheilvoll, sehr sogar!»

Danach war er rundum gekränkt und verkroch sich hinter seiner Zeitung, las die «Briefe aus Paris» und stellte eine finstere Miene zur Schau. Diese Briefe waren nichts als ridiküles Geschwafel, niemals sonst las sie Tiktin, jetzt las er sie zum Trotz. Und begriff nichts, dachte ständig: ‹Wieso auf einmal solche Obstruktion?› Aber ließ sich nicht zu Erkundigungen herab. Auch wenn es schmerzte.

WALJA

Nadja ging, ohne abzulegen, geradewegs in ihr Zimmer. Geradewegs, ohne nach links und rechts zu sehen, begegnete aber niemandem. Sie drehte den Schlüssel um, legte ein festes, in Zeitung eingeschlagenes Päckchen auf den Boden, runzelte die Stirn und wedelte die Hand durch die Luft – der Bindfaden hatte schmerzhaft in die Finger geschnitten.

Begierig und ehrfürchtig kauerte sich Nadja neben dem Päckchen hin – überrot, außer Puste.

Zum ersten Mal war sie heute «Genossin Walja» genannt worden, zum ersten Mal hatten sie ihr etwas anvertraut. Diese Blätter bei sich aufzubewahren. Eine Zeitschrift auf dünnem ausländischem Papier. Und einer – gerade ihn kannte sie nicht – hatte dumpf und halblaut gesagt:

«Die Genossen haben einiges riskiert, haben das über die Grenze geschafft ... jetzt ist es hier. Lassen Sie es nicht auffliegen.»

Nadja zerrte am straffen Knoten der Schnur und durchstöberte in Gedanken alle Winkel in der Wohnung. Egal, wohin damit – ihr kam es vor, als würde dieses dünne graue Papier durch die Kommode, durch die Schrankwände und durch die Sofakissen hindurchscheinen. Sie betrachtete das Zimmer, und im unteren Teil des Trumeaus erblickte sie sich selbst in der Hocke auf dem Boden – aus einem roten Gesicht blickten große blaue Augen. Der Trumeau war alt, von der Großmutter, mit altmodischem Nussbaumrahmen. An ebenso verschreckte Augen erinnerte sich Nadja – an ihre eigenen, wenn sie dem Spiegel gegenüber auf dem Sofa gelegen und sich vorgestellt hatte, sie wäre tot.

Sogleich war ihr alles wieder gegenwärtig. Augenblicklich, klar und geheimnisvoll, wie es gewesen war.

Nadja war zwölf. Niemand war zu Hause. Nadja ging durch die ganze Wohnung – ist auch keiner dageblieben? Tagsüber ist Alleinsein nicht schlimm, im Gegenteil, gut. Niemand sieht es. Das Allergeheimste. Nadja jagte die Katze aus dem Zimmer – auch die Katze durfte es nicht sehen – und sperrte die Tür ab. Schaute in den Trumeau. Der Trumeau war alt, von der Großmutter. Düster und staubig. Ein Staub wie von innen, nicht abzuwischen.

Nadja beeilte sich, damit niemand dazwischenkam, sie überraschte. Die Hände zitterten und der Atem stockte, wenn sie das weiße Kissen auf dem Sofa arrangierte. Dann den Spitzenüberwurf. Sie riss am Band des dünnen Zöpfchens, um rasch die Haare aufzulösen. Sie knöpfte den Kragen auf und schlug ihn zu einem dreieckigen Dekolleté um. Legte sich aufs Sofa, rückte sich zurecht. Breitete auf dem Kissen die Haare aus, sodass sie sich in rührende Locken legten. Schloss die Augen und schielte durch einen Spalt zum Spiegel.

‹So bezaubernd und musste sterben, werden sie sagen›, dachte Nadja. ‹Werden den Raum auf Zehenspitzen betreten und sich ehrfürchtig über das Sofa beugen.›

‹Macht leise! Wie konnten wir nur früher übersehen, dass sie …›

Nadja machte ihr rührendstes, nettestes Gesicht. Sprang jedoch auf, ihr war im Esszimmer die Rose in der Vase eingefallen. Sie schob den nassen, dornigen Stängel in ihr Dekolleté – Tote kennen ja keinen Schmerz. Sie schaute in den Spiegel. Zu gerne hätte sie die Palme neben sich gehabt. Sie hockte sich hin, umfing den schweren Topf mit dünnen Ärmchen, drückte ihn gegen die Brust – schmerzhaft stach die Rose. Das verlieh ihr Kraft. Sie beeilte sich und zitterte, wie jemand, der zum ersten Mal stiehlt. Sie stellte die Palme ans Kopfende des Sofas und legte sich mit der zerdrückten Rose hin.

Jetzt war es richtig gut. Nadja drehte den Kopf ein wenig ins Profil – so ist es schöner – und erstarb.

‹Psst! Sie scheint zu schlafen.›

Schon ist anscheinend eine ganze Menschenmenge im Zimmer. Alle schauen. Auch Katja ist da, die Freundin. Katja ist neidisch, dass sich alle nicht satt sehen können an Nadja. Nadja seufzt stolz. Nun erstarrt sie zu Stein, regt sich nicht mehr. Die Augen hat sie fest geschlossen. Hunderte von Augen fühlt sie auf sich ruhen. Die Blicke kitzeln die Wangen. Sie setzt ihnen ihr Gesicht aus, als hielte sie es in die Sonne. Atmet stoßweise. Errötet, erglüht. Sosehr sie kann, streckt sie sich auf dem Sofa aus.

‹Nadja, mein Herz! Du Liebe!› Das sagt Mama. ‹Meine Schönste!›

Nadja empfindet Stolz und Bedauern. Tränen befeuchten die Wimpern. Nadja schlägt die Augen nicht auf. Sie ist erstarrt. Nun weiß sie nicht mehr, was noch alles gesagt wird. So Gutes wird gesagt, dass man sich das gar nicht ausdenken kann, und so vieles, dass sie in Gedanken gar nicht nachkommt. Das Zimmer ist völlig erfüllt davon. Mehr, immer noch mehr! Nadja raubt es den Atem. Mehr, mehr!

Da klingelte es.

Nadja sprang erschrocken auf.

Kissen, Rose, Palme! Natürlich zuerst die Palme. Steht schief, was soll's. Erst beim dritten Klingeln fragte Nadja durch die Tür:

«Wer da?»

Das Mädchen:

«Gewiss, Fräulein, die Tür aufmachen, da haben Sie Angst. So allein in der Wohnung. Sind sogar rot geworden, und wie!»

In diesem Spiegel klaffte unten, am Ansatz des Schränkchens, zwischen den Spiegelscheiben ein schmaler Schlitz, und da hinein könnte sie, wie in einen Briefkastenschlitz, einzeln diese Blätter stecken, eins nach dem anderen. Nadja stand auf und besah sich den Spalt.

APFELSINEN

Andrej Stepanowitsch bewahrte eine Begebenheit aus seinem Leben im Gedächtnis, eine dumme Begebenheit. Eigentlich keine Begebenheit, bloß ein Gespräch. Als Student hatte er einmal auf einer häuslichen Abendgesellschaft eine Apfelsine von einem Teller genommen, sehr geschickt einen Kratzfuß hingelegt und die Apfelsine auf drei Fingern einer hoch gewachsenen Kursistin dargeboten. Als die Kursistin schon lächelnd die Hand nach der Apfelsine ausstreckte, bellte plötzlich ein Gast – einer mit Zottelmähne, mit schmutzigem Hemd unterm Sakko – aus seinem wirren Bart heraus:

«Ja, ja! Wie können Sie … wie können wir hier Apfelsinen essen, während dort, dort» – sein knöcherner Finger deutete zum Fenster hinaus –, «dort das Volk Hungers stirbt. Hungers stirbt!», brüllte er Andrej Stepanowitsch wie einem Tauben direkt ins Ohr. Dazu blitzende Augen. Die krumme Brille auf der Nase hüpfend.

Für einen Moment schwieg ringsum alles. Andrej Stepanowitsch wandte sich dem Bebrillten zu, und noch in derselben geneigten Haltung, die Apfelsine auf drei Fingern, sagte er:

«Nehmen Sie diese Apfelsine und verköstigen Sie damit bitte das Gouvernement Ufa.»

Der Bebrillte nahm die Apfelsine nicht, aber auch die Kursistin nahm sie nicht, und Andrej Stepanowitsch legte die Apfelsine auf den Teller zurück. Seither musste Andrej Stepanowitsch sich zwingen, Apfelsinen zu essen; er spürte, dass er ihnen auswich. Und beim Anblick von Apfelsinen musste Tiktin jedes Mal diesen Gedanken abwehren.

Er sagte sich immer wieder:

«Die Behandlung sozialer Übel durch persönliche Askese ist Tolstojanertum und heißt, dass man seine Hände in Unschuld wäscht. Eine Pilatus-Tugend.»

Diese Apfelsine ging Tiktin niemals aus dem Sinn, und von Zeit zu Zeit frischte er seine Argumente auf. Abends im Bett, nach dem Besuch kluger Gäste, sortierte Andrej Stepanowitsch seine Gedanken. Vieles, vieles war laut und klug gegen die Apfelsine gesagt worden, aber irgendwo unterm Boden scharrten Hungerkrallen. Und alle Gedanken gegen die Apfelsine kehrten wieder und traten zur Musterung an.

Abends im Bett ließ Andrej Stepanowitsch dann die Zeitung zu Boden sinken, legte die Hände unter den Kopf und schaute zum Karnies an der Decke hoch. Jetzt hatte er den Vorsitz und formulierte die Gedanken, die ihm untertags zugeflogen waren. Die Gedanken hatten Ecken und Kanten, manchmal geschnörkelte, und passten nicht zueinander. Andrej Stepanowitsch dachte sich hinein, formulierte erneut und schliff die Gedanken aneinander ab. Er drehte und wendete sie, fügte sie zusammen wie große Steinplatten, bis die Gedanken schließlich zu einem dichten Parkett verfugt waren.

Andrej Stepanowitsch prüfte noch einmal, streng und unbestechlich, ob es auch keine Lücken gäbe, dann löschte er entschieden das Licht und drehte sich auf die Seite. Er legte nach Kinderart seine dicke Hand unter die Wange, und sein Kopf, einem ausbüxenden Schüler gleich, entführte ihn zu fröhlichen Albernheiten. Er hatte die Vorstellung, in einem gemütlichen Boot zu sitzen. Innen ist es ganz mit Samt ausgeschlagen, das Boot fährt auch von allein, hat irgendwo, scheint's, ein eigenes Maschinchen. Das Boot fährt einen ruhigen Fluss entlang, und Andrej Stepanowitsch ist unterwegs zu einem glücklichen Ziel. Und er selbst ist ein lieber Junge. Alle sind ihm wohlgesinnt, und er selbst ist sich auch wohlgesinnt. Andrej Stepanowitsch kam niemals an seinem glücklichen Ziel an, er schlief stets unterwegs ein, die Wange auf den dichten, angegrauten Bart gebettet.

Nadja hatte in Vaters Kabinett Stimmen gehört, viele satte Männerstimmen sowie eine verhasste, langsame, näselnde, die Aufmerksamkeit heischte. Um besser hören zu können, ging Nadja ins Esszimmer und suchte lange im Büfett nach einem passenden Glas, derweil zischte die verhasste Stimme zwischen den Zähnen hervor:

«Ja, aus der Sicht der Bauern sind wir alle Nichtstuer, Tagediebe. Und ich bin als Richter gar ein schädlicher Mensch, ich setze Kompanien von Häftlingen in Marsch.»

Andrej Stepanowitschs Bass:

«Doch tragen ja wir, wir für das alles die Verantwortung? Oder tragen wir sie nicht? Geben Sie mir darauf, bitte schön, eine Antwort!»

Nadja hörte auf, mit den Gläsern zu klirren.

«Vor wem?», sprach der Richter, näselnd und ohne Eile. «Vor der Kultur oder vor dem Volk?»

«Vor uns selbst!», blaffte Andrej Stepanowitsch, und zu hören war, wie seine Hand grimmig auf den Tisch klatschte.

Einen Augenblick war es still, und Nadja, ein Glas in der Hand, verharrte unbeweglich.

«Was ist das – eine Selbstbezichtigung?», näselte die Stimme spöttisch.

Auf einmal platzte ein Schwarm satter, rascher Stimmen los, Nadja hörte, wie ein Sessel zurückgeschoben wurde, wie der Vater durch den Raum schritt, und sie goss sich aus der Karaffe Wasser ein. Nur Satzfetzen drangen an ihr Ohr:

«Also, wie die Römer? Festigung der Sklaverei?»

«Und das Ergebnis? das Ergebnis? das Ergebnis?» Vaters beharrlicher, erregter Bass suchte die Stimmen zu übertönen. Und in allen Stimmen schwangen Alarmsignale.

«Aber was? aber wer?» Nadja hörte eine heisere, kranke Stimme. «Dasitzen, die Hände im Schoß, und warten?»

Nadja klopfte das Herz: ‹Jetzt, jetzt! Auch diesem Richter die Wahrheit ins Gesicht schleudern!› Es raubte ihr den Atem; alle diese Leute dort im Kabinett, diese Erwachsenen, Gäste und Bekannte des Vaters – Nadja war es gewohnt, sie zu achten und zu fürchten, und so schob sie den Moment hinaus. Vorsichtig trat sie ins Kabinett. Die Lampe beschien unter tief hängendem Lampenschirm den verrauchten unteren Teil des Raums, den Teppich, die Hosen, die Sesselbeine. Nadja setzte sich auf die Armlehne des Sofas; ihr Gesicht war, das wusste sie, im Dunkeln nicht zu sehen.

Nadja probte hastig in Gedanken, mit der inneren Stimme, was sie sagen würde – drei oder fünf Worte würde sie sagen, einen kurzen Satz würde sie dazwischenschießen, dazwischenplatzen lassen, geringschätzig, doch treffend, in seiner Bedeutung vernichtend, würde sich umdrehen und gehen, und alle würden verblüfft, verwirrt, mit offenen Mündern zurückbleiben. Sie lauschte dem Stimmengewirr und passte den Moment ab, vor Erregung halb erstickt.

«Wann, sagen Sie, ist es zu spät? Wann?», schrie Andrej Stepanowitsch.

Einen Augenblick verstummten alle. Es war unklar, wen Andrej Stepanowitsch angesprochen hatte. Da hob in der Ecke die geringschätzige, Nadja verhasste Stimme ungerührt und methodisch an:

«Ich habe es so aufgefasst, dass man hier fürchtet, es könnte zu spät sein, wenn das Volk sich gegen die Nichtstuer erhebt, das heißt gegen die Kultur, soweit ich es verstehe.»

«Ja», sagte Andrej Stepanowitsch in die Stille hinein, «das hieße Aufruhr à la Pugatschow!»

Trübe Stille ballte sich im Raum.

«Sie fürchten den Aufruhr à la Pugatschow, das heißt, Sie fürchten schlicht und einfach das Volk …»

Nadja erschrak selbst über ihre Stimme: nicht die ihre, aber eine feste Stimme. Andrej Stepanowitsch fuhr zu ihr herum, erregt und erschrocken. Alle Köpfe wandten sich her und erstarrten. Nadja sah es nicht, aber sie wusste, dass alle sie anschauten. Für einen Moment dachte Nadja: ‹Belasse es dabei, gehe nicht weiter.› Ihr wurde angst und bang. Doch die Stimme redete von allein:

«Das Volk, die Massen, das Proletariat, das nichts zu verlieren und nichts zu fürchten hat. Gegen das Bajonette und Kugeln gerichtet sind …»

Nadja merkte schon, dass es mit der Ironie nicht klappte, eine andere Stimme sprach, nicht so, wie sie gedacht hatte.

«Das Volk bewegt sich auf den bewaffneten Aufstand zu, die Arbeiter organisieren sich in ihrer Arbeiterpartei, und wer sich vor der fürchtet, ist mit der Bourgeoisie und der zaristischen Bürokratie und den Nagaikas im Bund.»

Nadja spürte, dass ihr die Stimme ausging und nur ein heftiges, abgerissenes Atmen übrig war, und in der Stille war das Atmen zu hören, und womöglich bräche sie gleich in Tränen aus, statt sich stolz abzuwenden. Sie spürte, wie ihr das Blut im Gesicht pulsierte. Nadja öffnete die Fäuste, raffte den Rock, als fürchtete sie, irgendwo hängen zu bleiben, machte heftig kehrt und stürzte zur Tür. Sie ging durchs Esszimmer, den Kopf gesenkt, Tränen in den Augen.

«Nadja, was ist passiert?» Anna Grigorjewna hielt sie im Flur auf. Aber Nadja ging eilenden Schrittes in ihr Zimmer, ins Dunkle, und drückte das Gesicht ins Kissen.

Anna Grigorjewna hastete ins Kabinett, um zu erkunden, was passiert sei, wer Nadja gekränkt habe.

Nach Nadjas Rede war das Kabinett eine Minute lang wie leer. Eine Minute lang hatte jeder das Gefühl, er sei allein im Raum.

Jemand ließ das Zigarettenetui klacken, ließ die Stille entweichen. Klopfte munter die Papirossa auf dem Deckel.

«Soso», sagte Andrej Stepanowitsch gedehnt und neigte seinen großen Kopf, breitete den Bart auf der Brust aus.

«Sososo», sagte der Mediziner und schritt mit federnden Knien über den Teppich.

Anna Grigorjewna stand still unter der Tür und konnte nichts begreifen, für alle Fälle lächelte sie.

«Ein Meeting in einer Fabrik», sprach der Richter und stieß geräuschvoll den Rauch aus.

Andrej Stepanowitsch überlegte, welches Resümee zu ziehen wäre, aber es kam nichts dabei heraus.

«Kommen Sie Tee trinken», sagte Anna Grigorjewna freundlich von der Schwelle.

Alle erhoben sich sofort. Die Gäste blinzelten angesichts des blendenden Tischtuchs, des blinkenden Samowars.

«Tüchtig, wie Ihre Tochter uns gerade die Leviten gelesen hat», sagte der Richter zu Anna Grigorjewna und lächelte schmeichlerisch.

In Nadjas Ohren klang jedoch immer noch ihre Stimme, und sie wusste nicht, was herausgekommen war. Irgendwas war herausgekommen, und zwar so, dass es kein Zurück gab. Ein Zurück wohin? Nadja wusste nicht, wo sie vorher gewesen war. Jetzt war ihr alles gleichgültig.

WIND

Wiktor fürchtete sich während der nächsten Woche, in die Stadt zu gehen – dass es ihn bloß nicht zu den Sorokins zog. Er lungerte auf dem Feldbett, spazierte zwischen den Zelten. Am Samstag bürstete und schmierte er fünfmal die Stiefel. Rasierte sich gegen Abend noch einmal. Die Zeit wurde ihm furchtbar lang. Er phantasierte: ‹Gut wäre, wenn ich krank würde. Im Lazarett läge. Ist dort ja wie im Gefängnis. Oder mir was zuschulden kommen ließe und keinen Ausgang bekäme. Ich verhunze einfach der Kompanie das Exerzieren, schinde meinen Trupp derart, dass ich … dass ich gleich in Haft … Und alles ihretwegen.›

Wawitsch gefiel das: ihretwegen in Haft! Sie dürfte es nie erfahren … Das heißt, sie dürfte es erfahren, bloß nicht von ihm. Er würde sogar schimpfen, weil er verraten wurde.

Am Morgen darauf dachte Wiktor:

‹Meine kranke Mutter kann ich aber doch besuchen? Hab schließlich eine kranke Mutter.›

Laut sagte Wawitsch: «Ist doch ein Witz, wirklich wahr.»

Noch einmal traktierte er die Kanonenstiefel mit der Bürste, prüfte mit der Hand das Kinn – war es auch glatt rasiert? – und begab sich dann zum Diensthabenden, den Urlaubsschein holen.

Unterwegs legte Wawitsch bald einen Schritt zu, bald ertappte er sich und ging in gemäßigtem Tempo weiter, im Tempo «des ehrlichen Infanteristen», wie er bei sich hinzusetzte.

Ein ehrlicher Infanterist, schritt er feierlich und traurig – die Infanterie zieht in den Tod: «Sterben muss man können», hatte Wawitsch irgendwo gelesen. Ein ehrlicher Infanterist, schritt er bis zum Moskauer Tor, dort beschleunigte er seinen Lauf. Mit Gewalt bog er in die heimische Abrahamowskaja, an der Ecke kommandierte er sich im Geist: «Rechts schwenkt marsch!», und machte einen Schwenk wie beim Exerzieren. Er ging mit Mühe, wie gegen den Wind. Der Wind blies andersherum – zum Gefängnis. Und Wiktor beugte sich beim Gehen vor, setzte jeden Fuß fest auf den Gehsteig.

An der Hoftreppe empfing ihn Taissa.

«Sie schläft, schläft, ist gerade eingeschlafen», flüsterte Taissa.

«Na, dann komm ich nicht rein, nicht rein», haspelte Wiktor, «macht nichts, macht nichts, komme später» – als hätte Taissa ihn nicht ins Haus gelassen.

Wiktor machte kehrt und hatte nun den Wind im Rücken, er stemmte die Füße auf den Boden, um nicht zu laufen.

Es war noch früh, in den Kirchen der Gottesdienst noch nicht zu Ende, und Wawitsch wusste, dass der Aufseher jetzt in der Gefängniskirche vor der grauen Häftlingsmenge stand und sich akkurat vor der Ikonostase bekreuzigte. Und dass Grunja zu Hause war.

‹Nein, ich geh nicht, hab es mir geschworen.›

Erneut schritt er in gemäßigtem Tempo, ein ehrlicher Infanterist. Wiktor lenkte sich selbst zum Stadtgarten, schwenkte sich selbst zum Tor hinein, wie ein Dampfer mit dem Steuerruder gewendet wird.

Kindermädchen saßen mit Kleinkindern in einer Reihe auf der Bank, knabberten Sonnenblumenkerne. Hinter ihnen bauschten sich die Ballons ihrer gefältelten, vielfarbigen Röcke. Die größeren Kinder hatten sich über die Parkwege zerstreut. Die Kindermädchen ließen einen Moment die Sonnenblumenkerne sein, blinzelten in die Sonne und sahen dem flotten Soldaten nach. Was für ein Kerl! Und entschieden sogleich: einer aus dem Herrenstand.

Wawitsch spazierte bis ganz ans Ende des Stadtgartens und setzte sich auf eine Bank. Stand im nächsten Augenblick wieder auf und beschloss, hin und her zu gehen. Doch die Beine strebten dem Ausgang zu. Wiktor nötigte sich erneut zum Sitzen.

Er kam zu dem Schluss: ‹Kann doch auch sitzen und denken. Gibt es doch, dass Leute sitzen und denken, denken bis zum Abend. Und abends spät geh ich dorthin. Und dann nach Haus.›

Wiktor runzelte die Stirn, um zu denken. Aber es kam ihm kein Gedanke.

‹Weiß nicht, worüber, ein Elend!›, sinnierte Wiktor.

Plötzlich erblickte er auf dem Parkweg einen Rekruten aus seinem Trupp. Der Soldat schlich vorsichtig dorthin, wo die bunten Röcke in der Sonne brannten.

Wiktor sprang auf.

«Garpenko!», rief Wawitsch.

Der Soldat schreckte zusammen, blickte sich um. Wiktor winkte ihn bereits garstig mit dem Finger herbei.

«Komm, komm her, du Held.»

Der Soldat kam näher und legte die Hand an die Mütze.

Einfachen Soldaten war es verboten, in den Stadtgarten zu gehen.

«Was hast du denn hier zu suchen?», fragte Wiktor. «Steh, wie es sich gehört. Kannst nicht mal stehen.»

Der Soldat schwitzte, errötete und war sichtlich auf allerlei gefasst.

«Bitte um Vergebung, Herr Truppführer», flüsterte Garpenko.

Wiktor schaute und dachte nach, was er tun könnte.

Plötzlich griff Wiktor in die Tasche, zog die zusammengefaltete

Zielscheibe heraus und riss ein Viertel ab. Mit einem Bleistiftstummel schrieb er auf der Bank rasch ein paar Worte.

«Hör zu. Mit dem Briefchen begibst du dich ins Gefängnis.»

«Verzeihung, allergnädigster Herr, wofür?», flüsterte der Rekrut. Er wäre fast in Tränen ausgebrochen.

Die Kindermädchen erhoben sich von ihrer Bank, stellten sich auf den Weg und schauten, was der Herr mit dem Soldaten machte.

Strenge.

«Nimm die Hand runter», sagte Wawitsch. «Der Truppführer befiehlt dir. Lauf zum Gefängnis, Dummkopf, und übergib dieses Briefchen der Aufseherstochter …»

Der Soldat atmete auf.

«Und stell unterwegs keine Fragen. Ich geb dir einen Zehner.»

«Zu Befehl, allergnädigster Herr», blaffte der Soldat und wollte los.

«Halt!» Wiktor erklärte Garpenko ausführlich, wie er zu Grunja käme. «Und jetzt dalli!»

Der Soldat stürmte aus dem Stadtgarten. Und Wiktor verzog sich in eine andere Allee, weg von den Kindermädchen.

Jetzt ging er Wetten mit sich ein. ‹Falls ich dem Ersten Offizier des Stabskapitäns begegne, übergibt Garpenko das Briefchen. Womöglich gibt er es, das Briefchen, aber direkt dem Aufseher? Rekruten sind Dummköpfe. Ganz bestimmt steckt er es Pjotr Sawwitsch zu. Das gibt einen Skandal!›

Wawitsch wollte schon dem Soldaten nachsetzen. Mit der Droschke! Beruhigte sich aber sogleich:

‹Was soll's, habe beschlossen, nicht hinzugehen. Komme, was wolle.›

Und er betete flüsternd:

«Gott, hilf, Gott, hilf, Herrgott, hilf, Herrgott, hilf doch, Jesus Christus, lieber Gott, hilf, dass es klappt!»

Grunja brachte ein sauberes Schmucktuch an der Ikone an. Trat zurück, um zu schauen, ob es nicht schief hing.

Auf einmal sah sie durchs Fenster, wie ein Soldat von der Pforte kam. Der Soldat streckte die linke Hand vor, und zwischen seinen Fingern flatterte ein Briefchen, als hätte der Soldat einen Schmetterling gefangen und brächte ihn Grunja. Grunja rannte ihm entgegen. Sowohl Garpenko wie auch Grunja atmeten schwer, und beide lächelten.

Während Grunja die ungelenke Handschrift entzifferte, klirrte bereits die Pforte. Da besann sich Grunja.

«Soldat! He, Soldat! Komm her, komm zurück. Im Stadtgarten?»

Garpenko nickte.

Grunja schüttete alle Kupfermünzen, alles Wechselgeld vom Markt ihm in die Faust und drückte sie zu. Der Soldat scheute sich, das Geld zu nehmen.

Dann las Grunja noch einmal das Briefchen:

«In der Stille des Gartens denke ich an Sie.

Ihr Wiktor.»

Grunja hatte nur «Garten» und «Wiktor» begriffen. Hatte vom Soldaten erfahren, in welchem Garten. Aber das eine spürte sie – sie musste da hin, und zwar sofort. Grunja schmiss sorgfältig zusammengelegte Strümpfe aus der Kommode, musterte eilig das weiße Blüschen, ob es auch nirgends zerrissen war. Grunja wusste, dass er litt und dass sie schnell, ganz schnell hinmusste. Rasch kleidete sie sich an, griff nach ihrem rosa Sonnenschirm. Ihr Atem ging unregelmäßig, ihre Lippen waren trocken, der Mund geöffnet.

Unterwegs weckte sie einen Kutscher aus dem Schlaf und fuhr, ohne einen Preis auszuhandeln, zum Stadtgarten. Die Droschke schuckelte mit letzter Kraft über die städtischen Pflastersteine, der Kutscher schwang auch mal seine Reepknute und murmelte versonnen:

«Macht ein Rubelchen. Bei Jesus Christus, macht mindestens ein Rubelchen.»

Grunja stieß den Kutscher. «Fahr zu, fahr zu!»

Beim Stadtgarten sprang Grunja ab und legte, ohne hinzuschauen, zwei Zwanziger auf die raue Hand.

«Oho, heilige Muttergottes!» Der Kutscher wiegte den Kopf. Und rief hinterdrein: «Wollen Sie, dass ich warte?»

Erst als sie den Stadtgarten betreten hatte, fiel es Grunja ein, den Schirm aufzuspannen.

Ein tönender rosa Ballon, flammte der Sonnenschirm in der Sonne auf.

Wawitsch hatte durchs Gebüsch sogleich das rosa Licht erblickt, er zupfte und zerrte die Uniform zurecht und wusste nicht, ob er entgegengehen sollte, er fürchtete, ins Laufen zu geraten. Vor Anspannung wurde er zu Stein und stand da mit schiefem Lächeln.

Grunja kam, sie arbeitete mit den Ellbogen, als grabe sie die Luft um, und im Takt dazu arbeitete über ihr der rosa Pilz. Es war Mittag. Die Glocken läuteten, und Wawitsch schaute zu, wie Grunja aus der Sonne in den Schatten tauchte. Sie eilte, wie wenn sie zu Hilfe käme, wie wenn Wawitsch sich verletzt hätte und auf dem Parkweg stöhnte.

Wiktor konnte nichts sagen zur Begrüßung, er war stocksteif.

Grunja hätte ihn am liebsten mit dem Sonnenschirm zugedeckt und weit fortgeführt, irgendwohin, ihn sich auf den Schoß gesetzt, auf die Arme genommen.

«Ach, wie gut», sagte Grunja nach kurzem Verschnaufen, «da bin ich ja noch recht gekommen.»

Wiktor schwieg, alle Worte, die er sich während des Wartens

ausgedacht hatte, waren verbrannt, verdorrt und steckten in der Kehle fest.

Grunja wartete, sie wusste, er würde zu sich kommen, gleich zu sich kommen, die Starre verlieren, und führte ihn tiefer in den Stadtgarten hinein.

«Der Soldat hat das Briefchen wie einen Schmetterling an den Flügelchen gehalten», sagte Grunja.

AUF DEM WEG

Grunja nötigte Wiktor zum Sitzen. Der Parkweg war hier breiter, und staubbedeckte Fliederbüsche grenzten ein Zimmer ab. Hinter dem Gebüsch, hinterm Parkgitter, warfen Jungen Knöpfe, stritten und schimpften. Doch weder Wawitsch noch Grunja hörten sie. Grunja saß neben Wiktor und verdeckte ihn rückwärts unauffällig mit dem Schirm. Sie spürte, wie er zu sich kam, auftaute.

«Ich hab das Mittagessen einfach auf dem Herd gelassen!», sagte Grunja und blickte zu Boden. «Verbrennt es, kochen wir ein neues.»

Wiktor erbebte im Innersten, er verstand, sie würden es kochen, er und Grunja. Das brannte heiß, und ein wenig war es unheimlich.

Grunja verstummte. Sie saßen ganz nah beisammen, und jeder der beiden hörte, wie im Kopf ein Strom rauschte. Keine Gedanken, sondern ein Rauschen. Als wären sie unterwegs, rollten einen Weg entlang. Und als näherten sich ihre Wege mehr und mehr. Sie konnten dieses Strömen nicht aufhalten, und jetzt hatte es sie so nah zueinander getrieben, dass es Wawitsch vorkam, als hörte er schon, wie es in Grunjas Kopf rauschte. Nun fuhren sie nicht mehr nebeneinander, sondern gemeinsam. Da seufzte Grunja tief und erleichtert. Blickte Wiktor in die angespannten Augen. Und er schaute, wie man auf den Weg schaut, wenn man den Berg hinabrast. Grunja wandte den Blick ab und fragte:

«Also, gut?» Plötzlich erschrak sie, wurde rot und fügte hinzu: «Im Sommer?»

Wawitschs Augen bekamen plötzlich einen nassen Glanz, er zwinkerte und sagte leise:

«Vor allem … vor allem … Agrafena Petrowna», und Hitze überschwemmte seine Brust. «Hätte ja niemals gedacht …»

Er sah Grunja unverwandt an. Unterm Schirm war Grunja rosig, und ihr Blüschen war rosig wie ein Blütenblatt, dazu das dünne Goldkettchen am Hals, das im dreieckigen Ausschnitt an der Brust verschwand. Festgeklammert hätte sich Wiktor am liebsten, sich hineingewühlt – das wird ein gutes Leben, ein starkes! So hatte er als Junge den Frühlingssaft aus der Birke gesogen, die Lippen festgepresst, und kam nicht mehr los.

«Und ich hatte gedacht …», sagte Grunja und lächelte bestrickend. Wawitsch begriff: Sie hatte gedacht, er liebte sie nicht mehr. Da kam aus dem Gebüsch ein kleines Mädchen getappt, rot vor Anstrengung. Die nackten Beinchen in den roten Söckchen watschelten unsicher. Hinter ihm rollte an einer Schnur ein Stoffhäschen über den Sand.

Grunja erhob sich plötzlich, der Sonnenschirm flog nach hinten. Sie hockte sich neben das Kind, umfing es mit fülligen, heißen Armen, drückte es an sich und küsste es ab, besinnungslos, den Tränen nah. Sie war außer Puste, drückte dem Kind die Luft ab und merkte nicht, dass es weinte.

Wiktor schaute aus weit aufgerissenen Augen, plötzlich stiegen ihm die Tränen in die Augen, er hob die Hand und hieb mit aller Kraft die Faust auf die Bank.

Grunja blickte sich um, richtete den getrübten Blick auf Wawitsch. Ein Kindermädchen kam hastig zu dem Kind gewackelt, in der Hand einen Kinderrechen, unterm Arm eine Puppe.

Wawitsch erhob sich, reichte Grunja den Schirm. Seine Hand zitterte leicht.

In der Hauptallee stand Wawitsch vor einem abgedankten Divisionsintendanten stramm, freudig und zackig. Er hätte das nicht gemusst, es war ein Geschenk für den Greis.

DONNERGROLLEN

Der Abend war heiß und schwül. Die schwarze Luft schien von der dichten Wärme durchtränkt zu sein.

Am Tisch beim Gefängnisaufseher Sorokin saß Wawitsch in sauberem weißem Hemd mit funkelnagelneuen Achselklappen. An ihrem Rand eine dünne Unteroffizierstresse. Die hatte Grunja daran genäht. Der Aufseher saß auf dem Platz des Gastgebers. Er hatte sich zurückgelehnt, den Säbel zwischen die Knie gestellt, und lauschte beflissen, wie der Polizeihauptmann redete.

Der Polizeihauptmann war von hohem Wuchs, hatte einen langen roten Hals. Der Polizeihauptmann war ehemaliger Gardeoffizier, und der Aufseher war voller Respekt: Er hatte danach bei der Sankt Petersburger hauptstädtischen Polizei gedient, und das sah Sorokin vor sich, als stünde es in gestrengen Buchstaben auf amtlichem Formular.

Wawitsch wusste, dass der Polizeihauptmann sein Regiment eines Skandals wegen verlassen hatte, und dachte gewöhnlich: einer von den gefallenen Leutnants. Jetzt aber schaute Wawitsch zu, wie der Polizeihauptmann den gefärbten Schnurrbart würdevoll mit der Serviette abwischte und dann die Serviette forsch auf die Knie warf – schaute voll Schüchternheit.

«Erlauben Sie, erlauben Sie, mein bester Wiktor Wikentjewitsch – wenn ich nicht irre.»

«Wsewolodowitsch», korrigierte Grunja.

Der Aufseher gab Grunja mit dem Blick einen Stups. Grunja schlug die Augen nieder und schenkte dem Polizeihauptmann aus der Karaffe ein.

«Erlauben Sie, mein Bester», sprach der Polizeihauptmann, «Sie sind also bei der Armee. Wissen Sie, ich war selbst bei der Armee. Sie sagen: die Heimat verteidigen ...»

Wiktor hatte noch gar nichts gesagt, nickte aber verwirrt.

«Entschuldigen Sie mal» – der Polizeihauptmann kippte das Gläschen und stieß die Gabel in die Pilze –, «entschuldigen Sie. Und die Polizei, was tut die Polizei? Was tut, Ihrer Meinung nach, die Polizei?» Der Polizeihauptmann warf die Serviette hin, stützte sich auf die Knie.

Wiktor zwinkerte, sah dem Polizeihauptmann in die Augen.

«Die Polizei ist immer auf Posten! Die Polizei ist immer im Dienst. Die Polizei ist unablässig im Kampf. Auch ich, Sie gestatten!» Der Polizeihauptmann stand auf, deutete auf seine Brust. «Diesen Augenblick. Ein Schrei auf der Straße – schon bin ich dort.» Er wies weiträumig zum Fenster hinaus. «Ohne zu überlegen, ohne zu fragen. Und wann waren Sie das letzte Mal im Krieg?» Der Polizeihauptmann kniff die Augen zu und hielt Wawitsch sein Ohr hin.

Wawitschs Lippen bewegten sich tonlos.

«Vor einem Vierteljahrhundert, mit Verlaub!» Der Polizeihauptmann setzte sich wieder, polterte mit dem Stuhl. Grunja schenkte ihm nach.

Der Polizeihauptmann trank und wurde rot, wurde in Gesicht und Nacken rot. Das eckige, glatt rasierte Kinn glänzte vor Schweiß wie lackiert.

«Sie ruhen nachts angenehm, eia popeia? Warum? Vorhang zu und basta? Sie sehen ja nicht vor dem Fenster draußen» – sein Daumen nickte ein paarmal über die Schulter –, «dort auf dem Pflaster! in klirrender Kälte, jawohl! dort steht der Schutzmann. Ja, ja, der, den Sie als Polypen hänseln» – der Blick des Polizeihauptmanns schrammte böse über Wawitsch –, «der steht da die ganze Nacht, der Bart friert ihm an der Kapuze fest! Geht dieser Schutzmann aber mal wo rein und genehmigt sich am Tresen ein Gläschen, dann brüllt alles: Bestechung! Braucht euch bloß mal einer auf einer finsteren Straße anzupacken, dann brüllt ihr aus voller Kehle: Schutzmann! Wird auf dem Markt ein Apfel stibitzt: Schutzmann! Stürzt ein Pferd: Schutzmann! Wieso rufen Sie denn nicht: Polyp! wenn ich fragen darf?»

Der Polizeihauptmann stierte Wawitsch an, die Brauen hochgezogen. Wawitsch wurde rot.

«Ich frage Sie, warum Sie das nicht rufen!»

Der Aufseher blickte ebenfalls Wiktor an, den Kopf zurückgelegt. Unbeugsam schaute er ihn an wie einen Angeklagten. Grunja kam eilends mit der Karaffe zu Hilfe, warf einen heimlichen Blick auf Wiktor.

«Ja, natürlich, das gibt es, dass nicht anerkannt wird …», sagte Wiktor unsicher und zündete sich die qualmende Papirossa an.

«Nicht anerkannt wird? Aber – ‹Bestechung, Bestechung› brüllen!» Der Polizeihauptmann stand auf. «Und wer ruft das?» Der Polizeihauptmann kniff derart die Augen zu, dass es Wiktor graute. «Die Studenten? Ist Ihr Student erst einmal Ingenieur, zieht der den Lieferanten so das Fell über die Ohren, dass es den Himmel erbarmt. In den blanken Ruin treiben sie die Lieferanten», brüllte der Polizeihauptmann. «Und die Landvermesser? Na? Messen ganz aus Versehen noch ein Stück Neuland mehr ab, ja? Hören Sie auf! Und im Staatsrat?», presste der Polizeihauptmann heiser hervor. Der Aufseher ruckte auf seinem Stuhl. «Ja, ja!», schrie der Polizeihauptmann, nun zum Aufseher gewandt. «Beim Straßenanlegen sind Städte, ganze Städte ausgelassen worden! Gouvernements! Aber wenn ein Schutzmann auf seinem Posten durchgefroren ist … In warmen Sesseln lässt sich leicht rechten. Da wird jeder fündig, wie das Schwein an der Eichenwurzel, ja. Aber ziehen Sie mal einen Tag die Polizei ab. Ach was – eine Stunde! Und schauen Sie, was herauskommt. Sie werden schreien, mit Verlaub!»

Alle blickten schweigend zu Boden. Der Polizeihauptmann setzte sich.

«Ich finde», sagte Grunja plötzlich, «wer die Polizei nicht mag …»

Der Polizeihauptmann unterbrach: «Diebe, Diebe, darf ich Ihnen versichern, die mögen die Polizei vor allem nicht!»

Grunja rückte den Kaviar näher.

«Denn, Sie wollen beachten», sprach der Polizeihauptmann fröhlich weiter und schmierte sich Kaviar aufs Brot, «denn je gebildeter die Gesellschaft, je hochstehender, würde ich sagen, desto mehr achtet sie die Hüter von Recht und Ordnung. Nehmen Sie England: Der Policeman ist dort höchst angesehen. Und der Revieraufseher, der einfache Beamte, bewegt sich in der besten Gesellschaft. Natürlich bekommt er auch ein anständiges Gehalt ausgezahlt, in Pfund.»

Sorokin staunte. «Pfundweise?»

Der Polizeihauptmann schwitzte, seine Bürstenhaare pappten nun aneinander und ragten als spitze Hörnchen über seinem Scheitel. Die Nacht vor dem Fenster war außer Puste. Ein Gewitter türmte sich auf. Alle spürten, wie hinter ihren Rücken schwarz die Stille stand.

Grunja räumte schweigend die zerstörten, zerstocherten Vorspeisen ab. Der Aufseher rieb sich die Stirn mit einem blau gesäumten Tuch.

Wawitsch blickte immer noch argwöhnisch zum Polizeihauptmann.

Grunja brachte aus der Küche eine längliche Platte, Zander in Aspik.

«Essen Sie», sagte der Aufseher flüsternd und deutete mit dem Kinn auf den Zander. Aber alle saßen unbeweglich, hingen ihren Gedanken nach.

Plötzlich grollte ferner Donner munter über den Himmel.

Alle fuhren auf, als wäre derjenige, den sie erwarteten, am Tor vorgefahren, fröhlich und lustig.

Der Aufseher bekreuzigte sich. «Rette uns und erbarme dich!» Doch er bekreuzigte sich fröhlich.

«Na denn, auf das Wohl der ordnungsliebenden Jugend», sagte der Polizeihauptmann, nahm Grunja die Karaffe aus der Hand und goss selber Wawitsch ein. «Ein willkommenes Geschenk.»

Wawitsch lächelte. Grunja blickte glücklich zu Wiktor.

«Gehn wir es an, gehn wir es an!», kommandierte der Aufseher und wedelte mit der gespreizten Hand durch die Luft.

WALZER

Sanka Tiktin mochte Bälle. Sanka war ein Tänzer, und auf Bälle kam er geschniegelt. Den Rock ließ er beim besten Schneider schneidern, «für all sein Geld». Der Kragen war nicht tiefblau wie bei anderen Studenten, sondern himmelblau, und der Rock insgesamt recht lang. Sanka tanzte, ohne zu ermüden, mit Hingabe, tanzte jedoch streng im Takt. Er nahm nicht wahr, was seine Beine taten, wie ein Redner seine Gesten nicht wahrnimmt. Beim Tanzen legte Sanka unwillkürlich Verve und Ehrerbietung, intime Fröhlichkeit und lässige Zurückhaltung an den Tag.

Jedes Mal, wenn Sanka sich zu einem Ball fertig machte, tat er es mit Herzklopfen. Etwas müsste geschehen, so schien es, etwas Freudiges, Verheißungsvolles, Entscheidendes, und er war aufgeregt, wenn er saubere Taschentücher in alle Taschen steckte.

Die Bälle begannen immer mit einem Konzert und langen Pausen dazwischen – man wartete auf die Musiker. Die hielten nicht Wort oder kamen zu spät. Sanka drückte sich aufgeregt in den Gängen und auf der Treppe herum und rauchte unaufhörlich. Aus dem Saal drang gedämpft nach draußen, wie ein Bariton behutsam, ohne Eile, die letzten Töne darbot.

Klatschen. Scheint auf eine Zugabe hinauszulaufen.

Plötzlich wurden Stühle gerückt, und mit freudigem, verheißungsvollem Lärm öffneten sich die Türen. In dem Lärm und dem Mädchengeplapper vernahm Sanka dieselbe Erwartung, die ihm nun die Brust überflutete und ihn tief atmen ließ.

Diener in langschößigen, betressten Livreen schoben die Stühle aus dem Saal und schrien über das Tosen der Menge: «Vorsehen, vorsehen!»

Junge Damen in Ballkleidern kamen aus der Toilette gelaufen und musterten sich rasch und verstohlen, ob ihnen auch kein Puder auf den Busen gefallen war. Graziös die Füßchen setzend, liefen sie weiter in den Saal, suchten die Frau Mama. Alles machte sich bereit – gleich würde es beginnen, jenes «Echte», wozu sie hergefahren waren und worauf sie sich vorbereitet hatten wie zu einer Heerschau, wie zu einem Turnier.

Die Kavaliere zogen die weißen Handschuhe straff. Soldaten mit Blasinstrumenten nahmen geschäftig auf der Empore Platz.

Sanka betrat den Saal. Am riesigen Viereck des Parketts wogten rosige, weiße, himmelblaue Ufer aus Musselin.

Die hohe Decke war in den Quadraten der polierten Eichenbalken allerorts mit elektrischen Lampen bestückt. Noch war die

Luft rein, deutlich und durchsichtig waren oben die Glühlampen zu sehen. Es war der Morgen des Balls.

Sanka gehörte zu den Ordnern. Eine Rosette auf der Brust gab ihm das Recht, jede Dame aufzufordern, ohne sich vorzustellen. Er ließ den Blick über die ferneren Parkettufer schweifen.

Der Dirigent, selbst Student, schwenkte die weiße Hand durch die Luft, und wie zu einem offenen Fenster hereingeweht, schwebte in den Saal die Musik. Einschmeichelnd summten die Bläser, und in gleichmäßigen Wellen schaukelte der Walzer durch den Saal. Sanka kam es vor, als begänne zum Schlängeln der Melodie der ganze Saal zu schaukeln, als hätte der Walzer alles erfüllt, als dächten und lebten alle unter dieser Melodie.

Balldame Warja – eine von denen, die ohne Frau Mama auf Bälle fuhren – lächelte ihm von weitem zu. Sanka ging in ihre Richtung, setzte die dünnen Sohlen auf den glatten Boden. Ihm war, als wankte das gesamte Musselinufer im Takt des Walzers. Auch die Dame schwankte. Sanka kam aber gar nicht bis zu der Balldame. Er bemerkte, dass der Dirigent bereits den Ball eröffnet hatte und mit einer kleinen, dicken Dame dahinglitt, ehrerbietig über sie gebeugt. Da legten noch drei Paare los, und Sanka wusste, gleich würde der ganze Saal auffahren und ein Stoßen und Drängen anfangen. Sanka wollte aber wenigstens eine Runde frei und ungehindert dahinschweben.

Ein Dämchen, fast ein Mädchen noch, saß, blondköpfig, und blickte auf die Schuhe. Sanka blieb stehen und machte seinen Kratzfuß. Sie stand auf, noch ohne den Blick zu heben, und legte Sanka die Hand auf die Schulter. Den weißen Handschuh vorsichtig auf das grüne Tuch. Sanka legte los, und das Dämchen zog leichtfüßig mit.

Ein wenig aus dem Takt fallend, bewegte sie sich um ihren Kavalier herum. Sie waren kein Paar, da tanzten zwei nebeneinanderher. Sanka umfing die biegsame Taille fester, zog sie enger an sich. Er schwenkte seine Dame kraftvoll und sicher, und sie kamen beide mehr und mehr in die Musik hinein, sie drehten sich und ließen den Raum hinter sich, als ob Sanka seine Dame auf eine Reise mitnähme, eine lange, wonnevolle Reise. Er spürte, wie die Hand im weißen Handschuh sich vertrauensvoller auf die Schulter stützte, als geleitete er sie durch eine gefährliche Furt. Die Taille fügte sich sanfter und freier seiner Hand, sie vertraute sich ihm nach der ersten Bekanntschaft an.

Die Musiker gingen zur nächsten Tanzfigur über, der Walzer erklang machtvoll, akzentuiert durch Bläser und Becken. Sanka schwenkte seine Dame heftiger, mit Verve, und sie überließ sich der Verve, den Kopf leicht zurückgeworfen.

Aus halb offenen, verschleierten, trunkenen Augen blickte sie Sanka an.

Jetzt waren sie allein im Saal. Sanka sah die wogenden Ufer nicht mehr, sah nicht, wie der ganze Saal sich nun erhoben hatte und walzte. Sanka beugte sich über seine Dame, ihr Haar kitzelte leicht an seiner Wange. Er sah nicht, spürte eher, wie andere Paare angeflogen kamen, und drehte seine Dame geschickt vor den Stößen weg, hielt seinen Rücken hin. Sie gehörte jetzt ihm – er drückte sie enger an sich, und sie fügte sich gehorsam.

Sie tanzten nun schon den zweiten Tanz. Jetzt hatte sie die Augen weit offen, und Sanka bemerkte, dass sie ihn aufmerksam betrachtete, als hätte sie erst jetzt erkannt, wer er ist. Gleichmäßig arbeiteten beide, ohne ihre Bewegungen wahrzunehmen, mit den Füßen, als ob sie, eng umschlungen, in einem vierbeinigen Gefährt reisten. Sie hatten sich aneinander gewöhnt, ruhig und vertrauensvoll, als hätten sie ein halbes Leben gemeinsam verlebt. Er suchte sie erneut an sich zu ziehen, bewegte sich noch schneller, und sie gab sich hin – wie man sich einer Gewohnheit, einer Erinnerung hingibt.

Sanka schaute sich um, ob es noch weit war zu dem Platz, wo sie neben ihrer Frau Mama den Fächer auf dem Stuhl gelassen hatte.

Er musste dieser Romanze in zwei Tänzen ein Ende bereiten, und er schätzte mit den Augen die Entfernung. Jetzt war es egal, jetzt könnte sie sogar reden, und um die Zeit zu verkürzen, öde Zeit (wie neben einer dicken Dame in der Kutsche), fragte Sanka:

«Warum tragen Sie keine Ohranhänger? Würde Ihnen gut stehen.»

Beim ersten Klang seiner Stimme stutzte sie, aber als sie die ganze Frage gehört hatte, wandte sie sich zur Seite und suchte ihren Platz.

«Merci!», sagte sie, vom Drehen leicht schwankend, und setzte sich auf ihren Stuhl. Auf Sankas Verbeugung nickte die Mutter mit doppeltem Doppelkinn, die fetten Falten glänzten.

‹Nicht das Wahre›, dachte Sanka, während er sich zur Tür durchschlängelte. ‹Das Wahre müsste stechen wie ein Dolchstich, süß und tödlich.›

Sanka wollte noch zweimal ziehen und die Papirossa wegwerfen. Da trat auf den Treppenabsatz ein junger Mann in zivilem Rock, den Arm in einer schwarzen Schlinge, das Gesicht pickelig.

«Oh, Tiktin! Auch Sie schwingen das Tanzbein zur Freude der Hungernden in Samara?» Er kniff die kleinen Augen zusammen und verzog die dicken Lippen.

Sanka warf ihm einen bösen Blick zu, schmiss die Papirossa in die Ecke und schritt zur Tür.

«Warum auch nicht?», fuhr der junge Mann fort und machte sogleich ein ernstes und kluges Gesicht. «Ist doch einfach angenehm. Ich habe zugeschaut: mit jungen Damen. Die so mit ihren Schultern …» Er führte vor, wie sie die Schultern hin und her wenden, und kniff erneut die kleinen Augen zusammen.

«Schon gut», sagte Sanka. «Was, zum Teufel, müssen Sie, Baschkin …»

Sanka wollte etwas Bissiges anfügen. Fand aber nichts und ärgerte sich. Baschkin jedoch redete absichtlich laut weiter, mit gekränkter Weiberstimme:

«Ich tanze selbst, wieso nicht? Ist sogar hygienisch! Weiß Gott! Wäre nicht mein Arm!» Und er schleuderte den Arm vor.

Sanka sah, dass Baschkin zu gern nach dem Arm gefragt worden wäre, und fragte absichtlich nicht.

Derweil klang der Walzer langsam aus und brach ab. Man hörte die Menschenmenge. Türen schlugen. Ins Treppenhaus traten Kavaliere, rot und verschwitzt, fächelten sich Luft zu, begannen zu rauchen.

Baschkin stützte sich auf die Balustrade, unnatürlich und ungeschickt: Was seid ihr alles für Gecken, ich dagegen, ich bin so, bin absichtlich so, und dann noch mein Arm. Er wurde angesprochen, reichte zum Gruß die Linke.

«Was ist mit Ihnen?»

Sanka hörte, wie Baschkin die Begebenheit erzählte, munter und ausgeschmückt.

Die Begebenheit bestand darin, dass Baschkin ja keineswegs einer bestimmten Dame den Hof gemacht hatte … Aber der Mann bekam es mit der Eifersucht. Ein dicker Mann, abonniert die Zeitschrift «Niwa» und spielt Schach. Warum soll er auch nicht Schach spielen? Baschkin hat gar nichts dagegen. Alle Leute, die «Niwa» abonniert haben, spielen unweigerlich Dame oder Schach.

Die Zuhörer verzogen sich unterdessen, andere traten hinzu. Sanka hörte, wie die Begebenheit sich auswuchs. Nicht Baschkin hatte der Dame den Hof gemacht, sondern jemand anders, ebenso groß und den Arm ebenfalls in der Schlinge. Das heißt, dieser Herr trug nun den Arm ebenfalls in der Schlinge. Bloß nicht den rechten, sondern den linken. Und die Schlinge war braun. Oder eher gelb.

Er blickte sich zu Sanka um und zog rasch ein schlaues Gesicht, zwinkerte sogar leicht.

Da hob das Orchester im Saal zum Pas de quatre an, und die Menschenmenge drängte zur Tür.

«Das mach ich mit Absicht. Ist doch, weiß Gott, interessant, wie wer reagiert. Ich schreibe es hinterher auf. Habe schon eine ganze Statistik. Kommen Sie mal zu Besuch. Ja, also wirklich!» Wieder machte er ein kluges Gesicht. «Gehen Sie, gehen Sie nur, ich kann nicht, mit dem Arm. Danke, Sie treten für mich ein! Was für ein guter Mensch Sie sind! Ja, kommen Sie zu Besuch, dann sprechen wir über alles!», flötete Baschkin über Sankas Ohr.

Da zog jemand Sanka heftig am Ärmel. Er blickte sich um.

Aljoscha Podgorny, auch Student der Naturwissenschaften, einen halben Kopf größer als die Menge, drängte sich zu ihm durch und nickte:

«Müsste kurz mit dir reden.»

Aljoscha war Sohn eines Kreispolizeichefs, und Sanka kannte ihn als verwegenen Burschen. Im Chemielabor veranstaltete Aljoscha Feuerwerke, mit Gekrach und Explosionen, er brachte die Kommilitonen zum Lachen und verstörte den Labordiener. Sanka war gespannt, was für einen Streich Podgorny auf dem Ball ausgeheckt hatte.

Im breiten Gang hakte Podgorny Sanka unter.

«Folgendes, Tiktin, ich bin zwar hier, aber bei mir zu Haus sind die Bullen. Was sagst du? Wirklich wahr, eine Haussuchung. Ich hab es schon geahnt, nun wurde es mir hier hinterbracht. Die sitzen jetzt dort, warten.»

«Und?», fragte Sanka beunruhigt.

«Könnte ich nicht zu dir kommen diese Nacht? Untertauchen? Hier spitzeln sie nicht, wenn die Leute in Massen rauskommen. Hm? Was meinst du?»

Baschkin hastete geschäftig an ihnen vorbei durch den Gang. Sein linker Arm stützte den rechten. Im Vorbeigehen drehte er sich um, nickte freundschaftlich.

«Wir beide unterhalten uns noch.» Er schob sich durch eine Tür und jagte weiter.

«Wenn nicht», fuhr Podgorny fort, «auch kein Beinbruch, ich drück mich bis morgen früh irgendwo rum.»

«Quatsch, komm zu uns», sagte Sanka.

«Gut, ich bin dann im Buffet.»

Aljoscha zog weiter. Sanka schaute auf seinen breiten Rücken, das stämmige Genick und seinen Gang, einen festen, schneidigen. So geht, wer Herr im Haus ist, über sein Land.

Sanka führte mechanisch die Tanzschritte aus und dachte dabei an Podgorny. Der Vater Kreispolizeichef und beim Sohn eine Haussuchung …

IN DIE FRESSE

Sanka war zweimal zum Buffet hinabgelaufen. Aljoscha saß an einem Tischchen und trank Rotwein aus einem Glas. Zwei leere Flaschen standen neben ihm.

Der Ball ging dem Ende zu. Sanka hatte schon zweimal Betrunkene hinauskomplimentieren müssen. Im Buffet tanzten georgische Studenten in Tscherkessenröcken die Lesginka. Lederbestrumpft bis übers Knie, trippelten sie in winzigen, leichten Schritten auf der Stelle. Eine Zurna quäkte.

«Krämpfe der unteren Extremitäten», brüllte ein betrunkener Medizinstudent.

Doch die Damen standen im Ring um die Tanzenden und schlugen mit den Handschuhen den Takt, die heißen Münder halb geöffnet. Und als ein Georgier den Dolch zog, stöhnten alle laut auf. Der Georgier bohrte den Dolch mit einem Wurf in den Boden. Der Dolch stand, leicht zitternd, und dicht bei der Schneide schleuderte der Tänzer die Beine.

«Huch, huch», kreischten die Damen. Stärker noch hämmerte das Tamburin.

Aljoscha zwängte sich zu Sanka durch.

«Gehn wir, hol sie der Teufel, es ist Zeit.» Er hatte eine Fahne.

Im Gedränge des Vestibüls reckten sich Hände mit Nummernschildern an Schnürchen, alles schrie durcheinander. Kavaliere zwängten sich, Rotonden und Mäntel in beiden Armen, heldenhaft zu ihren Damen durch. Jemandem waren die Galoschen vertauscht worden, er schrie beleidigt:

«Schweinerei, Herrschaften!»

«Genau die rechte Zeit», sagte Aljoscha. Und warf sich ins Gewühl an der Garderobe. Er schaufelte die Menge mit den Armen auseinander, als kletterte er durch dichtes Gebüsch.

Draußen war es kühl und feucht. Sanka ging, den Studentenmantel aufgeknöpft, und atmete tief die Nachtluft ein. Der verschwitzte Rock klebte am Rücken.

«Gehn wir, wo wenig los ist», flüsterte Podgorny. «Da fällt mehr auf, wenn uns ein Spitzel folgt.»

Sie überquerten die Straße, bogen in eine Gasse. Schritte, Schritte von hinten. Eilige, flinke.

«Bleiben wir stehen, lassen wir ihn vorbei», sagte Aljoscha.

Der Mann kam näher.

«Nein, kein Spitzel», flüsterte Podgorny.

Aber Sanka hatte ihn schon erkannt. In Riesenschritten schlackerte Baschkin herbei. Der Verband war weg, die Arme steckten in den Mantelärmeln, die Hände in den Taschen.

«Ich möchte ein Stück mit Ihnen gehen. Ich gehe gern durch die Nacht. Überhaupt gehen wir Russen gern durch die Nacht. Stimmt doch? Wieso stellen Sie mich nicht vor?»

«Guten Tag!» Aljoscha streckte die Hand aus. Er hielt Baschkins Hand in der seinen und betrachtete ihn im Dunkeln aufmerksam.

«Semjon Baschkin», sagte Baschkin mit Weiberstimme, «Kunde der Firma Singer, habe meiner Frau per Ratenzahlung eine Nähmaschine gekauft.»

«Na, gehn wir», sagte Sanka missgelaunt.

«Fällt Ihnen auf, wie ich diese Hand jetzt frei gebrauche?», trompetete Baschkin über die ganze Gasse, als stünde er vor einer Menschenmenge. Und er schwenkte albern die Hand, verdrehte sie in der Luft. Plötzlich wandte er sich zu Podgorny um: «Sagen Sie, haben Sie als Kind nicht auch gern heimlich in Hebammenbüchern geblättert?»

«Rauchen wir eine», sagte Aljoscha und blieb stehen.

Baschkin ging weiter und wartete in drei Schritt Entfernung. Während Aljoscha das Streichholz anzündete, sagte er heiser: «Hör mal, ich hau ihm eins in die Fresse. Kann ich das?»

«Lass sein», flüsterte Sanka, «er ist, weiß Gott, nicht übel. Wenn ich was sage, geht er.»

«Meinetwegen», sagte Aljoscha laut.

«Ich habe gehört, was Sie gesagt haben», sagte Baschkin, als sie ihn einholten. Seine Stimme war ernst, mit freundschaftlichem Unterton und ganz anders – aufrichtig. «Ich habe gehört, Sie wollten mir eins in die Fresse hauen. Stimmt doch? Es stimmt, ich habe es gehört.»

«Ja, wollte ich», sagte Aljoscha und sah Baschkin an. Baschkin blickte ihm angespannt und durchdringend in die Augen.

«Sie haben eine Fahne. Aber Sie sind doch nicht betrunken? Nicht im Geringsten?»

«Nicht die geringste Spur.» Aljoscha lächelte.

Seine Schritte hallten auf dem Trottoir. Baschkin quatschte in seinen Galoschen unregelmäßig nebenher.

«Mir scheint sogar, dass Sie ein gutherziger Mensch sind. Nein, nein, das ist durchaus kein Kompliment. Mich hat immer interessiert, wie Menschen – für mich ist das vollkommen unfassbar, wie, nun ja, wie Glas zu schlucken, es ist mir unverständlich, wie man einen Menschen ins Gesicht schlagen kann. Sagen Sie, und Sie hätten mich tatsächlich auf die Wange geschlagen?» Er hielt sich selbst die behandschuhte Faust ans Gesicht. «Doch, im Ernst, das interessiert mich sehr. Ich habe mal zugeschaut, wie ein Schutzmann einen Betrunkenen ins Gesicht schlug, als er ihn in eine Droschke setzte. Er machte das wie bei einem Kissen, wenn es nicht in den Koffer reinpasst. Und bei Ihnen wäre es wie?»

Baschkin ging, leicht seitwärts zu Aljoscha gewandt, und sah ihm die ganze Zeit aufmerksam in die Augen.

«Sie wollten doch nicht zuschlagen, um es hinterher zu bereuen? Natürlich nicht, natürlich nicht. Also fühlten Sie sich im Recht.»

«Sie wollen sagen: Welches Recht habe ich …»

«Nein, das meine ich nicht. Tatsächlich beneide ich Menschen, die das Recht haben, zu urteilen und zu strafen. Als wären sie Propheten und kennten die Wahrheit. Sie haben doch nicht im Geringsten gezweifelt, dass Sie gut daran täten, mir eins in die Fresse zu hauen. Doch, im Ernst. Und ich tröste mich damit, dass solche Menschen das nicht aufgrund eines höheren Willens tun, sondern aus …»

«Beschränktheit», ergänzte Aljoscha nachdenklich.

«Eben, eben», pflichtete Baschkin bei.

«Wir müssen nach rechts», sagte Sanka.

«Hören Sie», sagte Baschkin und reichte Podgorny die Hand, «wir müssen uns unbedingt wiedersehen. Für mich ist das sehr wichtig.» Er drückte und schüttelte Aljoschas Hand. «Leb wohl, Bruder», wandte er sich plötzlich per Du an Sanka, und ohne ihm die Hand zu geben, bog er um die Ecke.

JETZT WAS ZU TRINKEN

«Hör mal, was ist das denn für ein … weiß der Teufel», fragte Aljoscha und blieb stehen.

«Hast du so was schon gesehen? Der ist immer so, ist jedes Mal so. Und wer er ist, auch das – weiß der Teufel. Kommt auf den Ball, den Arm verbunden. Damit alle ihn fragen. Morgen fängt er bestimmt an zu hinken. Und Hebräisch hat er, meine ich, aus dem gleichen Grund gelernt.»

Aljoscha wunderte sich. «Er ist doch Russe.»

«Eben … Und gibt einem nicht mal die Hand.»

«Da hat er für die ‹Fresse› die Wut an dir ausgelassen.»

«Weiß der Teufel. Lassen wir ihn.» Sanka schmiss die Papirossa weg und knöpfte den Mantel zu.

Müde stapften sie über das nasse Trottoir. Schwiegen.

Plötzlich fragte Aljoscha:

«Wie ist es bei dir mit dem Hausknecht? Womöglich lässt er uns nicht rein?»

«Ich habe einen Schlüssel für den Vordereingang. Weißt du, ich denke gerade, dass es jedes Mal so ist: Du wartest, wartest, mehr und mehr – ich spreche vom Ball –, jetzt, jetzt muss etwas geschehen, das Wichtigste, Allerwichtigste. Du meinst sogar, es käme näher, würde größer. Und auf einmal – der Marsch. Schluss. Und wieder nichts. Aus.»

«Was hättest du denn gewollt?» Aljoscha drehte sich fröhlich um.

«Verstehst du, ich denke andauernd, dass es auch im Leben so ist. Weiß der Teufel, du bist außer Atem, jagst etwas nach, vor allem, du erwartest, dass in deinem Leben etwas geschieht. Mit einem Wort: dass sich der Himmel auftut. Gleich ist es so weit, meinst du sogar, jetzt, noch ein kleines Stück. Du strengst dich an, bläst aus aller Kraft, damit das Feuer nicht ausgeht. Und auf einmal – der Marsch. Und du stirbst, mit offenem Mund. Irgendwie Betrug. Hast du so etwas nie?»

«Nö-ö», äußerte Aljoscha nachdenklich, «ich warte auf etwas anderes, eine Gelegenheit oder so. Wie soll ich dir sagen …»

«Eine Begegnung?», fragte Sanka und legte sogleich einen Schritt zu.

«Nö, nö! Wie erklär ich das möglichst einfach, verflixt! Stell dir vor, du hast einen Revolver in der Tasche. Mit einer einzigen Patrone, einer fürs ganze Leben. Schießen kannst du, wann du möchtest. Aber nur einmal, und es muss tödlich sein.»

«Und dann?»

«Das war's schon. Damit verbrennst auch du. Alles Blut wird auflodern, und zwar für das, was dir das Wichtigste ist, das Teuerste. Dann muss alles von einer grellen Flamme erleuchtet sein, sich von allein erkennen lassen … Wenn man bloss wüsste, wann, um es nicht zu verpassen und es bis dahin auszuhalten.»

«Hm. Auf jeden Fall, du wartest also?», sagte Sanka nach einer Weile.

«Gehn wir, Bruder, gehn wir», sagte Aljoscha und schritt aus. «Jetzt was zu trinken, ach …»

«Was zu trinken, stimmt, das wäre prima.»

Sie näherten sich dem Haus, und Sanka wühlte in den Taschen nach dem Schlüssel. Aljoscha sah sich nach allen Seiten um: Die Luft war rein, kein Mensch.

KLEINE SPINNEN

In Sankas Zimmer trat Aljoscha sofort ans Fenster.

«Zum Hof hinaus? Einem fremden? Und ist natürlich zugeklebt. Schade.»

«Wieso?», fragte Sanka und begriff dann. «Mach ruhig auf.»

Aljoscha lockerte den Schieber, stemmte sich mit dem Knie gegen das Fensterbrett und zog. Der frische Dichtungsknet löste sich und pflappte, fetten Würmern gleich, auf das Fensterbrett. Die Scheiben zitterten, das Fenster gab nach.

Aljoscha riss ruhig und systematisch auch das Außenfenster auf, scharrte sorgfältig den Schmutz auf dem Fensterbrett zusammen und schleuderte ihn weit in den fremden Hof.

«Erster Stock», sagte Aljoscha, «prima. Raus aufs Karnies, am Karnies lass ich mich hinunter, das geht ohne Lärm ab.» Er begutachtete den Hof und schloss das Fenster.

Sanka gefielen diese Vorkehrungen. Nichts Spielerisches, nichts Unnützes.

«Ich glaube, hierher kommen sie nicht», sagte Sanka.

«Wohl kaum», meinte Aljoscha fröhlich. «Trotzdem, für alle Fälle.» Er nahm den Mantel ab, legte ihn aufs Bett, knöpfte den Rock auf. Aus dem Hosenbund ragte ein flacher Revolverknauf.

Sanka hätte gerne gewusst, warum Aljoscha einen Revolver dabeihatte und was das für eine Haussuchung war, aber er fragte nicht. Das wirkte ja womöglich, als fragte ein kleiner Junge einen

Erwachsenen, einen Großen. Und war auch peinlich: als ob er für das Obdach Geständnisse verlangte.

Auf Zehenspitzen stahl Sanka sich aus dem Zimmer, polterte im Finstern gegen einen Stuhl. Aljoscha saß am Schreibtisch und klopfte nachdenklich mit einem Bleistift gegen die Tintenkleckse auf dem grünen Tuch.

Sanka kehrte mit einer Flasche Madeira und Gläsern zurück. Sie schenkten ein und stießen schweigend an.

Aljoscha blickte unablässig zu Boden, die Brauen angespannt hochgezogen. Sanka kam es vor, als hörte er Aljoscha laut denken, aber er verstand nicht, was.

«Ich halte das nicht aus», sagte Aljoscha schließlich, wie zu sich selbst, und schüttelte den Kopf.

Sanka schwieg, er befürchtete, Aljoscha zu verschrecken, und nippte von dem starken Wein.

«Dreckskerle», sagte Aljoscha. «Weil der Mensch nämlich überhaupt nichts machen kann. Mit dem Absatz ins Gesicht, gegen die Zähne …»

«Wem?», fragte Sanka leise, als befürchtete er, jemanden aufzuwecken.

«Wem du willst!» Aljoscha lehnte sich zurück, kippte das halbe Glas hinunter. «Auch uns beiden, wenn nötig. Ja. Und jeder sitzt und wartet, bis er an der Reihe ist. Solange er nicht dran ist, schweigt er, trifft es ihn, schreit er.»

Aljoscha trank wütend das Glas aus. Sanka goss vorsichtig nach. Podgorny stieg der Wein in den Kopf.

«Verstehst du», sagte er und blickte Sanka direkt in die Pupillen, unverwandt, als hielte er sich mit dem Blick an ihm fest, um nicht zu schwanken, nicht von dem Gedanken abzugleiten. «Verstehst du, du liebst eine Frau, heiratest sie, heiratest vor lauter Glück, es kommen Kinder. Sie sind dein, Kinder deines Glücks –

gieß alles ein, was soll's –, und diese Kinder sind in der Fabrik, einer Tabakfabrik, mit sieben oder acht Jahren. Ich habe selbst solche gesehen. Sind ganz weiß, große Augen, sind ausgelaugt, rot und arbeiten mit hauchdünnen Ärmchen, wie kleine Spinnen. Und vor deinen Augen gehen sie ein wie die jungen Hunde, da kannst du mit dem Schädel gegen eine Backsteinwand rennen … Was würdest du tun? Hm?», fragte Aljoscha.

Er fragte, als müsste gleich etwas getan werden, als müsste sofort eine Antwort her. Er wartete, hielt das Glas unausgetrunken in der Hand.

Sanka wusste nicht, was er sagen sollte, er sah Aljoscha in die Augen. Das war schwierig, aber ebendeshalb hätte Sanka es für eine Schande gehalten, den Blick abzuwenden.

«Alle könnte ich in Stücke reißen», sagte Aljoscha. Und runzelte die Stirn.

Sanka reagierte ebenfalls mit einem Stirnrunzeln, er wandte nun den Blick ab und sah zornig zu Boden.

«Und auf der Wache, da treten sie dir mit Stiefeln das Gesicht zu Brei, sie halten die Hände fest und hauen dir mit allem, was ihnen unter die Finger kommt, in die Fresse. Geraten in Rage, die Dreckskerle, und ihre eigenen Fressen verzerren sich vor Vergnügen. Vor Wollust.»

Sanka war es, als machte Podgorny ihm Vorwürfe. Auch war unangenehm, dass er nicht gleich sagte, was er tun würde. Sanka rief sich alle klugen Gespräche in Andrej Stepanowitschs Kabinett ins Gedächtnis und versuchte, selbst etwas zu sagen.

«Nicht alles auf einmal … Die Öffentlichkeit muss wachsen … Eine Organisation, Propaganda unter den …» Er spürte, dass er nicht das Rechte sagte, und stockte.

«Ach was», unterbach ihn Aljoscha laut, fast schreiend, «stell dir nur einmal vor, du wirst durch jenes Tor geführt» – er stieß den

Finger vor, als hackte er auf die Luft ein –, «und dort machen sie dich zum Krüppel. Ach, hör mir auf! Du denkst dann nur: Was schauen sie, die Dreckskerle, die in Freiheit sind, was warten sie, helfen nicht! Du verfluchst uns alle nach Strich und Faden, als Mistkerle, als Feiglinge, als die letzten Lumpen. Und denkst: ‹Also, wenn ich in Freiheit wäre, ich würde die Augen aufreißen, mich wie ein wildes Tier auf sie stürzen …› Aber alle schauen nur zu wie dein Baschkin und denken ans Kissen oder warten auf die Wiederkunft des Herrn. Ich würde einen wie ihn dort reinschicken, den Schutzleuten in die Fänge.»

Aljoscha holte tief Luft und lächelte plötzlich verwirrt. Besann sich und goss sich das leere Glas in den Mund.

Sanka sah ihn an und dachte: ‹Und sein Vater ist Kreispolizeichef.›

Aljoscha hatte Sankas Blick aufgeschnappt und verstanden.

«Vater ist auch ein ziemlicher Dreckskerl, trotzdem. Hol's der Teufel, lass uns schlafen. Ich zieh mich nicht aus.»

DER KNAUF

Aljoscha schlief rücklings auf dem Sofa, eine Hand hing ihm auf den Boden. Sanka stellte einen Stuhl daneben und bettete die schwere Hand behutsam darauf.

«Mag sein, mag durchaus sein», murmelte Aljoscha im Schlaf. Und lächelte behaglich. Podgorny schlief, vertrauensvoll dem Schlaf hingegeben, wie mittags im Schatten unterm Baum die Schnitter schlafen.

‹Er schläft mit Verstand›, dachte Sanka.

Weit entfernt klang in seinem Kopf noch die Ballmusik, stampfte und schlug energisch, mit Tempo, den Takt. Aljoscha,

Baschkin. Vor allem Baschkin. Baschkin ging ihm nicht aus dem Kopf, ständig war das Bild da, wie er dort in der Gasse albern mit der Hand gewedelt und sie verdreht hatte, als wollte er sie verrenken, und gleich daneben zankten Kinder mit großen roten Augen, nackt wie im Schwitzbad saßen sie auf einer Holzbank. Die Kinder verdrehten ebenfalls ihre dünnen weißen Händchen und bewegten die Fingerchen. Und alle schauten mit verwunderten Augen von unten hoch. Und ihr Vater rannte gleich nebendran mit dem Kopf gegen eine Backsteinwand und konnte ihn einfach nicht kaputtkriegen. Die Kinder sahen das nicht und bewegten unablässig die Fingerchen.

Sanka fuhr vom Stuhl auf, schüttelte den Schlaf ab. Die Uhr im Esszimmer schlug mit ruhigem Bass sechs. Sanka steckte sich eine Papirossa an, betrachtete Aljoscha: Vom weißen Hemd hob sich als scharf umrissenes Quadrat der schwarze Revolverknauf ab. Sanka stellte sich das Bild vor, wie Aljoscha diesen Knauf fest in seine Hand presst und Kugel um Kugel herausstößt, so wie vor kurzem der Finger seiner grimmigen Hand Löcher in die Luft gestoßen hatte. Schwarze Uniformmäntel rücken vor, strömen in Massen, doch er … Sanka stellte sich vor, wie Aljoscha allein dasteht, und es schnürte ihm die Luft ab, er schnaufte heftig. Jetzt packen sie ihn, treten ihn mit Absätzen … Sankas Hände zuckten, die Augen weiteten sich, die Zähne pressten sich aufeinander. Dann ging es vorüber. Jetzt sah er bereits, dass nicht Aljoscha, sondern er, Sanka, umringt ist, schon verzerren sich die Fressen der Schutzleute, gleich werden sie auf die Zähne … die Arme festhalten … Sanka ruckte mit den Schultern, schüttelte den Kopf. Und zischte hörbar:

«Dreckskerle!»

Sanka stand auf. Er hätte gerne den Browning aus Aljoschas Gürtel gezogen, um ihn wenigstens zu halten, den schwarzen Griff in die Hand zu pressen. Er drückte den kalten gläsernen Briefbeschwerer in die Hand, drückte so fest, dass Streifen auf der Hand zurückblieben.

Weit entfernt in der Küche schnappte vorsichtig eine Tür: Marfa, zurück vom Markt. Sanka holte seinen Atem zurück, den es irgendwohin verschlagen hatte, und schritt über den Teppich.

DIE ZÄHNE

Baschkin war achtlos durch die Pfützen gepatscht, er wollte so rasch wie möglich von den Freunden wegkommen. Es gefiel ihm, wie famos er geendet hatte, und jetzt fürchtete er, sie könnten ihm noch etwas nachrufen. Er bog um die erste beste Ecke.

Menschen, die im Recht waren, erbosten ihn – er selbst hatte nicht das Gefühl, im Recht zu sein. Er verlangsamte seinen Schritt und sagte laut:

«Ganz gewöhnlicher Borniertheitswahn. Zu Dünkel aufgeblasene Talentlosigkeit. Ta-lent-losig-keit!», schrie Baschkin laut, über die ganze Straße. «Ein unverfälschter Charakter», erboste sich Baschkin, «ein Hammel mit kräftiger Stirn, der gegen Passanten, Zäune, Laternenpfosten rennt – für solche ist alles erstaunlich klar!»

Baschkin dachte in Worten, als ob er vor einer Menschenmenge eine Rede hielte und dieser Menschenmenge beweisen wollte, dass unverfälschte Charaktere Idioten seien, so auch dieser kräftige Lulatsch, der ihm in die Fresse hauen wollte. Soll, bitte schön, nicht mit seiner Unverfälschtheit angeben. Unverfälschter als ein Esel ist sowieso keiner.

«Idioten, komplette Idioten», sagte Baschkin laut.

Er bemühte sich, mit Bedacht und Nachdruck zu sprechen. Probierte es in der Basslage, bog das O rund.

«Idioten! …o-oten!»

Wenig später dachte Baschkin bereits, dass dieser Student nicht einmal zu denken gewagt hätte, ihm in die Fresse zu hauen, wenn er, Baschkin, ein Athlet wäre. Die Muskeln Ballons wie Wassermelonen, rollen unterm Ärmel auf und ab. Er müsste Gymnastik machen.

Baschkin blieb stehen und warf die Arme zur Seite, wie er das beim Turnen in der Lehranstalt gemacht hatte.

«Eins und zwei. Nach vorn, zur Seite … Morgen kaufe ich Hanteln und fange an.»

Er ging weiter, in gleichmäßigen, großen Schritten. Er spürte, dass er müde war von der schlaflosen Nacht. ‹Nein, Hanteln müssen nicht sein›, dachte Baschkin; er brauchte nur allen zu sagen, er mache Gymnastik und stemme zwei Pud.

Am Tor tastete er in der Tasche nach einem Zehnkopekenstück und drückte kurz auf den Klingelknopf. Er musste ihn wieder und wieder drücken.

‹Wird böse sein, der Hausknecht, wird böse sein›, dachte Baschkin. ‹Aber ich hätte ja auch des Nachts etwas Wichtiges zu tun haben können. Hätte bei einem Kranken wachen können – kümmerte mich da ein Hausknecht? Sonst noch was!› Laut sagte er:

«Wär ja noch schöner!»

Baschkin hob den Kopf und reckte die Brust. Im Hof schlug heftig eine Tür, schwere Stiefel schlurften.

Durchs Guckloch am Tor sah Baschkin, wie der Hausknecht kam, in Unterwäsche, über den Kopf hatte er sich einen zerrissenen Schafspelz gestülpt.

Baschkin schob dem Hausknecht den Zehner in die Hand.

«Sagen Sie, stimmt es, dass Ihnen die Zähne wehtun?»

«Ah, verdammt, Teufel nochmal», knurrte der Hausknecht, da er Mühe hatte, den Schlüssel umzudrehen.

«Irgendwie kommt es mir vor, als täten Ihnen die Zähne weh», sagte Baschkin, während er sich vom Hausknecht entfernte. «Das ist grässlich quälend», sagte Baschkin und trat ins schwarze Loch des Treppenhauses.

Hinter ihm schlurften die schweren Stiefel über die Steine.

DAS ALBUM

Baschkin wohnte bei einer Beamtenwitwe, einer verstaubten Alten. Die Alte öffnete niemals ein Fenster, sie lungerte ewig in ihrem Zimmer herum und räumte alte Kleider aus der Truhe in die Kommode und aus der Kommode in einen alten Reisekoffer, raschelte mit Seidenpapier. Staub hing als trüber Nebel in der ganzen stickigen Wohnung. In dem feuchten Flur muffelte es nach Machorka, Mottenpulver und dem traurigen Geruch alter Sachen. Es war, als machte sich die Alte tagtäglich für eine Reise fertig. Gegen Abend wurde sie müde, und wenn Baschkin um den Samowar bat, holte sie mühsam Luft und erwiderte jedes Mal:

«Gedulden Sie sich doch, kann ja nicht alles stehen und liegen lassen!» Und stopfte den platt gedrückten Kleiderkram erneut in die Truhe.

Drei Schlösser hatte die Wohnungstür der Alten, und drei ausgeklügelte Schlüssel hatte Baschkin.

In seinem schmalen, schmuddeligen Zimmer machte Baschkin Licht und setzte sich an den Schreibtisch. Er zog vorsichtig die Schublade auf, tastete nach etwas und holte ein Kuvert hervor. Auf dem Kuvert stand groß in Handschrift:

«Kolja weggenommen, 27. Februar».

Baschkin ließ den Vorhang herunter, blickte zur Tür und nahm behutsam eine Ansichtskarte aus dem Kuvert. Es war die Fotografie einer nackten Frau: Sie trug lediglich Kavalleristenstiefel mit Sporen und auf der Frisur ein neckisches Käppi. Sie lächelte, aus ihrem Mund ragte eine lange Papirossa.

Baschkin nahm eine große Lupe vom Schreibtisch und betrachtete das Foto, hielt es mal weiter weg, mal näher her. Seine dicken Lippen standen leicht offen, abgerissen und flach ging sein Atem.

Er betrachtete die Fotografien eine nach der anderen; die Lupe zitterte in seiner Hand.

Diese Ansichtskarten hatte er sich auf eine Annonce kommen lassen, als «Album schöner Frauen im Pariser Stil», hatte sie postlagernd kommen lassen, auf fremden Namen. Auf das Kuvert hatte er geschrieben, er habe sie Kolja weggenommen.

‹Und wenn ich mal ins Krankenhaus komme, und hier wühlt jemand herum? Oder eine Haussuchung?›

Kolja war Baschkins Schüler. Außerdem gab es Koljas die Menge, Baschkin wusste, was er im Fall des Falles zu sagen hätte.

Jenseits der Wand klopfte etwas, die Alte drehte sich im Bett um. Baschkin raffte rasch die Ansichtskarten zusammen und warf sie in die Schublade. Er lauschte. Sein Herz schlug unruhig.

‹Wieso?›, dachte Baschkin. ‹Was hab ich eigentlich? Würde man mal bei einem von diesen Soliden, beim alten Tiktin zum Beispiel, zu graben anfangen, bestimmt fände man noch ganz andere Bilder. Laufen herum als Fleisch gewordener Vorwurf, diese geachteten Persönlichkeiten, dabei machen sie selber heimlich, des Nachts, bestimmt noch ganz andere … Was der sich immer als Prophet gibt …›

Dreist und provozierend blickte Baschkin zu dem Porträt, das an zwei Reißzwecken überm Bett hing.

«Für Lakaien gibt es keine großen Menschen», flüsterte Baschkin, «weil … weil nur die Lakaien sie wirklich kennen. Und für die großen Menschen ist das ausgesprochen verdrießlich. Aus-ge-sprochen.»

Baschkin griff abrupt in den Schreibtisch und zog ein Heft heraus. Darin notierte er Gedanken. Er schrieb:

«Für große Menschen ist es verdrießlich, dass die Lakaien sie bestens kennen.»

«Verdrießlich» unterstrich er zweimal.

Baschkin packte die Ansichtskarten ordentlich zusammen und steckte sie ins Kuvert. Er hatte sie schon oft betrachtet und bemerkte erst jetzt, dass eine der Schönheiten einer Handarbeitslehrerin ähnlich sah, die er kannte. Baschkin war es peinlich, dass sie nackt war. Er dachte jetzt an die Lehrerin, dass sie älter wurde, dass ihr Leben als Frau zu Ende war, dass sie sich mit billigem Puder puderte und sich die Krägelchen selbst nähte. Er stellte sich vor, wie sie morgens mit dem Spiegel rechtet, wie es sie schmerzt, dass die Schönheit sich nicht zurückholen lässt und diese letzten Reste niemandem einen Blick wert sind. Höchstens aus Mitleid. Er wusste, wie sie sich damit zu trösten versucht, dafür sei sie eben eine Schwerstarbeiterin. Und so sehr wollte Baschkin, dass es diese Lehrerin gut habe und nicht elend, dass ihm Tränen in die Augen traten. Er spürte, wie ein warmer Tropfen über die Wange rollte. Und wandte sich sogleich zum Spiegel um, suchte dabei den Gesichtsausdruck beizubehalten. Sein Gesicht hatte einen traurigen, gutherzigen Ausdruck.

‹Doch, bin trotz allem ein guter Mensch›, überlegte Baschkin und begann sich auszukleiden.

Draußen brach schon der Tag an. Brach trübe an, widerwillig.

SPÄNE

Filipp Wassiljew war Dreher. Kein schlechter Dreher – dreieinhalb Rubel gaben sie einem nicht für umsonst. Der Meister sagte über ihn:

«Ist zwar noch jung, hat aber großes Interesse an der Arbeit.»

Wassiljew wusste, dass der Meister ihn lobte, und er wollte es selbst hören, wollte unbedingt, dass der Meister ihm, Wassiljew, ins Gesicht sagte, er sei der beste Dreher der Fabrik.

Der Meister war ein schnauzbärtiger, finsterer, schwergewichtiger Mann mit großer Familie. Wortkarg. Ging durch die Werkstatt, die Hände auf dem Rücken, kaute an den Lippen und hatte seine Augen überall. Mit dem Rücken spürten die Arbeiter seine Blicke, sie sahen sich gar nicht um, beugten sich nur noch tiefer über ihre Arbeit.

Lieferte ein Arbeiter ein Werkstück ab, umfing Ignatytsch es mit einem Blick, als ob er es mit der Hand abtastete, schaute den Arbeiter aber nicht an, kaute auf den Lippen und knurrte nur: «Na schön.» Der Arbeiter holte tief Luft. Falls er aber den Arbeiter anschaute, dann so, dass der sich kaum auf den Beinen hielt, als ob der Meister durch die ganze Fabrik gebrüllt hätte: «Ein Dummkopf bist du, ein Rindvieh!» Und der Arbeiter packte das Werkstück, bloß fort damit und selber aus dem Blickfeld verschwunden.

Ebendiesem Ignatytsch nun wollte Wassiljew ein Lob abpressen.

Alle wussten, dass Ignatytsch ein Freund des Kirchengesangs war und in der Peter-Paul-Kirche im Chor mitsang. Und dass er sich nach dem Sonntagsgottesdienst bisweilen einen genehmigte. Meistens im Gasthaus «Zum Elefanten». Wassiljew strengte sich die ganze Woche an. Drehte alles mit seinem eigenen Meißel, den er schonte und versteckte. Drehte alles wie für eine Ausstellung. Und hatte Glück. Hatte deshalb Glück, weil Wassiljew «begabte Hände» hatte, ein Gespür für das rechte Maß. Hurtig schruppte er das Werkstück, spante grob, er näherte sich nicht allmählich, sondern im Eiltempo dem nötigen Maß.

In der Werkstatt schlappten die Riemen, nebenan in der Montagehalle kläfften die Hämmer. Filipp hörte nichts. Die Geräusche war er gewohnt, er stand für sich an seiner Drehbank, von Stille umgeben. Gleichmäßig surrten links die Vorgelegeräder. Jetzt noch den Bruchteil von einem Millimeter, noch einen letzten Span, dann mit Seifenwasser drüber, zum Säubern. Ohne hinzusehen, stieß Wassiljew den hölzernen Hebel über seinem Kopf, legte den Riemen auf die Losscheibe. Die Vorgelegeräder verstummten, und für Filipp brach völlige Stille an. Er zog seine Schublade auf, die schwarz war vom schwarzen Öl wie vom schwarzen Schweiß, und holte den geliebten Meißel heraus. Die Augen zugekniffen, überprüfte er die blinkende, nachgesetzte Schneide und ging ans Anstellen, mürrisch, mit angespanntem Gesicht.

Er stellte den Meißel an, fast ohne zu atmen, fluchte leise. Jetzt, aha, jetzt! Er verhielt den Atem wie ein Schütze, bevor er auf den Abzug drückt. Fertig! Ohne noch einmal hinzuschauen, zog Wassiljew mit dem Schraubenschlüssel die Muttern an, ganz fest, tödlich fest. Nun käme gleich ein Band so dünn wie Papier, der stählerne Span, und darunter die blinkende Oberfläche, glanzüberzogen, wie poliert, und das musste exakt das nötige Maß sein. Wenn er aber zu viel weggenommen hatte? Dann würde, statt Glanz und Triumph, Schande über Filipp hereinbrechen, ihm würden sie das nicht verzeihen, nein, ihm nicht! Wo er doch immer so scharf urteilte. Zur Schnecke machen würden sie ihn, es ihm ein Jahr lang vorhalten.

Wassiljew stieß den Hebel über seinem Kopf, vorsichtig zischelte das Vorgelege.

Der Span hob sich als breites, elastisches Band vom Meißel, rollte sich zu einer blinkenden Röhre und glitt von der Drehbank. Wassiljew schaute unverwandt, sein Blick ließ nicht ab vom Werkstück, als müsste er auf den Span Acht geben – dabei lief jetzt alles ohne sein Zutun, wie eine Billardkugel nach dem Stoß.

Wassiljew war aufgeregt, denn er ging bei der Arbeit immer ein Risiko ein, ging bis an die Grenzen.

Er sah nicht, wie seine Kameraden vorbeigingen, wie sie sich zuzwinkerten, wenn sie Wassiljews angespannte Miene sahen – der strengt sich was an! – und Ignatytschs korpulente Gestalt mit den Händen auf dem Rücken; Filipp bekam es von weitem mit, bekam es aus den Augenwinkeln mit, und Ignatytsch warf ihm einen schrägen Blick zu und knurrte:

«Was, schon das Zweite?»

Das schmeichelte Wassiljew, aber er nickte nur – da macht er doch kein Aufheben, hat, wie man sieht, zu tun, weitergemacht!

‹Eben, ist ein feuriger Bursche!›

Wassiljew maß nach. Maß aufgeregt, wie ein Spieler eine Karte aufdeckt.

‹Aufs i-Tüpfelchen! Wie es zu sein hat!›

Filipp atmete fröhlich auf, machte eine unbekümmerte Miene und sah zu den Nachbarn.

‹Eben, Dummköpfe und Stümper!›

Er hätte zu gern gehabt, dass ihm Ignatytsch direkt ins Gesicht sagt, was für ein prima Kerl er ist, mehr als akkurat, und in der Fabrik der beste Dreher.

«ZUM ELEFANTEN»

Am Sonntag zählte Wassiljew noch einmal den Lohn nach. Dreieinhalb Rubel knotete er fest in ein Tuch, ein rotes mit weißem Rand; das übrige Geld vergrub er im Tabak, auf dem Grund der Dose. Er zog ein sauberes Hemd an und eine einreihige Joppe mit Müschelchen anstelle von Knöpfen. Musterte seine Füße in den neuen Halbschuhen.

«Immer müssen die Dreckskerle eine Naht schief nähen. Und das nennt sich Arbeit», murrte er, bückte sich und drückte mit dem Finger die schiefe Naht flach.

Wassiljew bewohnte ein Zimmer bei seiner verwitweten Schwester.

«Annuschka, nun räum doch, um Gottes willen, das Ikonenlämpchen weg und zünd es nicht an, zum Kuckuck! Das riecht wie in der Küche.»

Wassiljew genierte sich, weil einer von den Kameraden, wenn er käme und das Lämpchen sähe, spöttisch fragen könnte:

«Bist fromm? Hast arg viel Angst vor dem Herrgott?»

Und er müsste sich entschuldigen, das sei die Schwester, und was kann man von einem Weib schon wollen! Dann würde Wassiljew die «ganze Gottesbagage» verfluchen und zwischendurch auf die Kameraden blicken.

Mit dem Ärmel putzte Filipp seine Mütze mit dem flachen Schirm, blies hinein und stülpte sie sich auf die Frisur. Die neuen Sohlen knarzten durch die Zweite Vorstadtstraße und bogen zur Peter-Paul-Kirche ab.

Die Sonne stand hoch, es war still, festtäglich, und friedlich wärmte sich die leere Straße in der Sonne. Die Peter-Paul-Kirche war eine schmucke, innen freudig lächelnde Kirche. Die Ikonostase in Blau und Gold und an den Fenstern naive bunte Glasscheiben. Davon legten sich klare Farbflecken auf die weißen Kopftücher der Frauen, und die Weihrauchwolken schillerten vielfarbig, feierlich und versonnen.

Wassiljew blickte sich rasch um, ob es auch niemand sah, und huschte behänd in die Kirche. Die Sonne fiel in farbigen Streifen schräg durch die Fenster, es glänzten die geschniegelten Sonntagsfrisuren und die Tücher, weiter vorne schwankten auch Hutfedern über der Menge. Ehrerbietig und ernst stand die Menge, wartete auf den Cherubimhymnus. Das ernste Schweigen hielt die Luft an. Kaum hörbar gab der Kantor den Ton vor, und als frischer Atemhauch zog ein leiser Akkord durch die Kirche.

Die Menschen atmeten befreit auf, die Hände schlugen das Kreuz.

Wassiljew bemühte sich, im Chor Ignatytschs Stimme herauszuhören – das musste er sein, der im Bass das lange «O-o» hielt. Aber der Chor sang freier und freier, Filipp bemühte sich schon nicht mehr, Ignatytschs Stimme auszumachen, er hörte zu, blickte auf die Kerzen, die froh gestimmte Ikonostase, die tränenförmigen Ikonenlämpchen. Filipp hätte sich sogar fast wie sein Nachbar bekreuzigt. Er hob schon die Hand, besann sich aber und ordnete die Frisur. Und er redete sich Gott aus dem Sinn.

‹Was ist das, Gott?›, dachte Filipp. Dachte angespannt nach, wurde sogar ungehalten. ‹Wenn es einen Gott gäbe, würde der sich alle diese Schweinereien anschauen, die überall auf der Welt vorkommen? Ein Mensch kommt unschuldig um, aber ihm ist das schnurz. Kann alles, tut aber nichts. Längst an der Zeit, so einem Gott den Laufpass zu geben.› Filipp sah spöttisch die in sich gekehrten Gesichter der Nachbarn an. ‹Opfert zwei Kopeken für ein Kerzchen und meint, zwei Rubel erfleht zu haben. Einen feuchten Kehricht, Bruder!›

Der Chor verstummte, nur ein Basston hing noch satt in der Luft. Filipp wusste: ‹Da ist Ignatytsch am Werk!›

Der Ton war exakt, rund, fließend.

Der Gottesdienst war zu Ende, die Menge bewegte sich nach vorn, zum Ambon, wo ein grauhaariger Geistlicher ihr das Kreuz zum Kuss hinhielt. Der Chor tönte siegreich.

Filipp wandte kein Auge von dem Türchen, das vom Chor in den Vorraum führte. Die Sänger quollen heraus. Da war auch Ignatytsch im halblangen Mantel und bestickten Hemd. Er sagte etwas zu dem Kantor, einem spillerigen kleinen Mann mit Ziegenbärtchen; sie stritten offenbar. Sie verließen die Kirche geschäftig, ohne sich zu bekreuzigen, und Filipp hörte, wie der Kantor Ignatytsch zuschrie:

«Was geht mich das an? Der Diakon drückt aufs Tempo, kann

sich nicht bremsen, die Diskante preschen auch vorwärts, und Sie beharren auf Ihrem …»

Sie standen lange barhäuptig auf den Kirchenstufen, die Menge der Kirchgänger umspülte Ignatytschs schwergewichtige Gestalt und trieb den Kantor davon. Der Strom riss ihn mit sich, Ignatytsch hielt ihn am Ärmel fest.

Schließlich setzten sie die Mützen auf und gingen nebeneinander zum Tor in der Kircheneinfriedung.

Ohne Hast überholte sie Wassiljew. Als er gleichzog, hob er die Mütze.

«Pjotr Ignatytsch, meine Verehrung!» Und als Ignatytsch hersah, fügte er zur Bekräftigung hinzu: «Einen schönen Sonntag.»

«Ah, guten Tag!», sagte Ignatytsch und sah Filipp verwundert an. «Was machst du denn hier?»

«Zuhören.»

«Und die Stirn zu bekreuzigen ist sicher auch kein Schaden.»

Darauf brummte Filipp nur undeutlich und machte, dass er weiterkam.

Lange stand er bei einer Händlerin, kaufte Sonnenblumenkerne, dabei sah er, wie der Meister und der Kantor vorbeigingen, ganz offenkundig gingen sie zum «Elefanten».

Sie gingen langsam, räsonierten über irgendeine Chorgeschichte, und Ignatytsch schubste vor Ungestüm den Kantor vom Gehsteig.

Wassiljew überholte die beiden, damit er als Erster im «Elefanten» wäre, damit sie nicht dächten, er drängte sich auf.

Das Gasthaus «Zum Elefanten» erstreckte sich über zwei Stockwerke. Unten gab es einen Schanktisch, eine Musikkiste und Tische mit zerschlissenen Wachstüchern. Es war stickig, schwül, die Orgel leierte, schrille Stimmen, Geschirrgeklapper. Billig war's hier und immer betrunken. Oben aber war es still.

Dort stand an der Wand eine besondere Musik, die wurde für

einen Fünfer in Gang gesetzt und spielte versonnen, melodisch, wie wenn Wasser in eine tönende Schale tropft. Es war dies eine große Spieldose, wie sie in Leierkästen für Kinder drinstecken. Auf den Tischen waren hier richtige Tischtücher und Papierpalmen, an den Wänden Bilder mit rosa Mull gegen die Fliegen.

Als Filipp nach oben kam, war es dort noch leer. Am Ende des Saales saß ein Kellner an dem Tischchen mit den Tellern. Er schnitzte aus einem Stockende mit dem Federmesser eine Faust, die eine Feige zeigte. Von unten klangen gedämpft das Dröhnen der Musikkiste und Stimmengewirr herauf.

Wassiljew nahm würdevoll an einem Tischchen Platz, blickte sich um und klopfte – Bedienung!

«Momentchen», rief der Kellner, erhob sich und schabte noch hastig mit dem Messerchen etwas ab. Schüttelte dann die Späne von der Schürze, und mit ausladenden Schritten und Kneipengrandezza kam er zu Wassiljew.

«Setz doch mal die Kiste in Gang», sagte Filipp.

«Die Musike», korrigierte der Kellner schulmeisterlich. «Kostet einen Fünfer, wissen Sie wohl? Und was stellen wir ein?»

Er wischte mit der Hand über das Nachbartischchen und klatschte Filipp ein schmutziges Blatt vor die Nase.

«Die Liste, es geht nach Nummern.»

«Na, mach mal Nummer fünf», verlangte Filipp aufs Geratewohl, «und eine Flasche Kalinkin.»

Der Kellner warf die Musik an, und traurig begann eine Arie aus «Traviata» zu tropfen.

Von unten bullerte plötzlich laut die Orgel, schwappte dichtes Stimmengetöse, eine Tür schlug: Der Kantor und Ignatytsch kamen die Treppe hoch, immer noch streitend.

Ignatytsch erblickte Filipp, machte eine Kopfbewegung in seine Richtung und knurrte im Scherz:

«Was lässt du für eine Begräbnismusik laufen? Hättest die Zwei einstellen sollen.»

‹Hat angebissen!›, dachte Filipp. Ignatytsch lud den Kantor ein. Aber der Kantor war sichtlich in Eile, und der Meister schenkte mehrfach Bier nach, ins noch nicht leere Glas. Der Kantor stieß andauernd mit ihm an und blickte auf die Uhr.

Filipp bestellte ein halbes Dutzend Fläschchen und zwei Stockfische, er ging ein Risiko ein: Womöglich brach der Meister ja mit dem Kantor auf.

Aber der Kantor ging allein. Er riss die Uhr aus dem schantungseidenen Westchen und haspelte:

«Dann am Mittwoch zur Chorprobe, kommen Sie nicht zu spät, am Mittwoch also, abends, zur Chorprobe. Danke ergebenst.» Er trippelte zum Ausgang und tuckerte die Stufen hinab.

«Seine Frau hat die Hosen an», scherzte Ignatytsch ihm hinterdrein und zwinkerte dem Kellner zu.

«Frauen gibt es!», sagte Filipp laut von seinem Tischchen und drehte sich zu Ignatytsch um.

«Bist du verheiratet?», fragte Ignatytsch. Er lächelte immer noch; so hatte ihn Filipp in der Fabrik nie gesehen.

«Junggeselle, Gott sei Dank», sagte Wassiljew.

«Sieht man, wie du dich eingezäunt hast.» Ignatytsch nickte zu dem halben Dutzend hin, das in Reih und Glied vor Filipp auf dem Tisch stand.

«Helfen Sie mit, Pjotr Ignatytsch», sagte Wassiljew, erhob sich leicht und rückte einen zweiten Stuhl her.

«Na, da will ich dich nicht kränken, eine vielleicht. Hier, nimm!» Ignatytsch warf dem Kellner einen Dreier zu, schob sich näher und schnaubte durch den ganzen Saal. «Junggeselle, sagst du?» Ignatytsch lächelte anzüglich. «Ein Schürzenjäger also?» Und er kniff listig die Augen zusammen.

«Steh auch da meinen Mann.»

«Auch da? Und wo stehst du noch deinen Mann?» Ignatytsch trank einen Schluck Bier und war immer noch auf Angenehmes gefasst, lächelte.

«Bei meiner Dreherei, in meinem Handwerk.» Und er schaute Ignatytsch in die Augen, schaute freiweg, ein bisschen herausfordernd.

Sogleich war Ignatytschs Lächeln wie weggewischt, wieder wurde er grau und grämlich wie in der Werkstatt.

‹War voreilig, zu voreilig›, dachte Filipp erschrocken, ‹bin zu weit gegangen, hab alles verbockt.›

Ignatytsch blickte auf den Stockfisch, trank sein Glas aus, knallte es auf den Tisch:

«Was soll das, hast es auf eine Lohnzulage abgesehen? Auf die Tour geht das nicht, Bruder!» Er drehte sich auf dem Stuhl zum Kellner um. «Wo bleibt das Wechselgeld, bist du eingeschlafen?»

Ignatytsch stand auf und ging dem Kellner entgegen. Filipp blickte seinem Rücken nach. Mehr und mehr Gäste kamen. Im Billardzimmer klackten scharf die Kugeln.

‹Schon wahr, was sie sagen – alles Dreckskerle, diese Meister›, dachte Filipp. ‹Kannst dich abrackern, aber er meint, es geht bloß um eine Zulage … Zum Teufel und seiner Großmutter!›

Die Musik schloss gerade mit rührend dünnem Glöckchenläuten eine Nummer ab.

‹Alles verbockt! Zu weit gegangen!› Und Filipp hieb schmerzhaft die Faust auf die Tischkante. Laut ächzten vor Schreck die Flaschen.

«Soll ich auftragen?», rief Annuschka. Filipp warf die Tür zu.

«Die mit ihrem Essen!» Im Dunkeln trat er auf eine Galosche und kickte sie fort, sodass sie am Ende der Diele gegen die Tür knallte. Er ließ sich, wie er war, aufs Bett fallen.

Annuschka kam barfuß herein, stellte sich vor den gedeckten Tisch.

«Isst du zu Mittag?»

«Zum Teufel mit deinem Mittagessen!», knurrte Wassiljew unter der Schirmmütze vor.

Annuschka räumte mit gekränkter Hand die Teller zusammen, nahm alles auf einmal in beide Arme und schob sich seitwärts zur Tür hinaus.

«Schon wahr: Parasiten der werktätigen Massen ...», flüsterte Filipp und meinte diese Meister, aber ein klein bisschen auch Annuschka. Er hatte Ignatytschs breiten Rücken vor Augen, wie er vom Tisch zum Ausgang geschlingert war. «Einer von uns, aber für fuffzig Rubel mehr macht er schon den Kettenhund. Auch nicht besser als ein Polyp. Werdet es alle zu spüren kriegen ... Ihr alle, ihr alle, Freundchen», sagte Filipp. Er schmiss die Mütze auf den Tisch und steckte sich eine Papirossa an.

Als es dämmerte, warf Filipp sich den Mantel über, nahm den letztjährigen schwarzen Hut vom Nagel und verließ den Hof. Am Tor saß Annuschka auf der Bank, knabberte Sonnenblumenkerne, ließ ein Bein baumeln und blickte zur Seite.

Filipp sagte: «Hol für abends den großen Samowar vor und heiz ihn an. Ich krieg Besuch.»

Annuschka drehte sich nicht um, hob bloß den Kopf weiter zum Himmel.

«Verstanden?», sagte Filipp und schritt von dannen.

Filipp ging in Richtung Stadt. Dort in der Stadt brannten auf den Straßen jetzt schon die Gaslampen, und die Moskauer Straße zog sich hinan, leuchtete in doppelter Lampenreihe. Über der Stadt wallte lichter Dunst, der Widerschein der erleuchteten Straßen. Gerade hatte das Promenieren begonnen, junge Burschen folgten paarweise Freundinnen, und es entspannen sich Wortwechsel, über die Köpfe weg, seitwärts vorbei, mit Späßen, Scherzworten. Hausfrauen saßen in den Eingangstoren, schauten den Pärchen zu, lachten und wippten vor und zurück.

Filipp eilte zügigen Schrittes weiter und weiter, dorthin, in Richtung Stadt.

In der Stadt flaute das Gerumpel der Einspänner bereits ab. Das geschäftige Treiben ging zu Ende. An der Haltestelle wurde ein Wagen der Pferdebahn stadtauswärts gestürmt. Fröhliche Fräulein mit billigen Hütchen und verwegene Kontoristen mit Lackstöckchen, den Hut schepp am Ohr. Sie sahen alle einander ähnlich, und Filipp dachte: ‹Dass sie bloß ihre Schreibhengste nicht verwechseln, die Lachtäubchen!›

Der Kutscher peitschte die Pferde. Mit Menschen behangen, ein lebendiger Berg, setzte sich der Wagen in Bewegung. Die Menge derer, die es nicht geschafft hatten, winkte den Fortfahrenden mit dem Schirm nach. Immer mehr Leute kamen. Und mitten in dieses Gewühl begab sich Filipp. Er zündete eine Papirossa an und stellte sich unters Vordach der Haltestelle.

Ein zweiter Wagen fuhr unter Geschrei und Gelärm davon.

«Tag!» Zu Filipp trat ein junger Mann mit Käppi und Sakko überm schwarzen Hemd. «Wartest schon lange?»

«Das ist die zweite Bahn.» Filipp warf die Kippe weg.

Sie verließen die Menge und gingen ohne Hast das Trottoir entlang.

«Dmitri ist abgereist», sagte der mit dem Käppi halblaut, «musste verduften. Heute schicken sie euch wen anders. Eine Genossin.»

«Was, ein Weib?» Filipp machte sogar einen Schritt zurück. «Also, weißt du, Foma – schwache Sache.»

«Von wegen schwach. Die ist anders, weißt du. Läuft es nicht, tauschen wir sie aus. Die Leute kommen doch?»

«Da kannst du sicher sein. Das klappt bei mir. Ist hinter ihr, diesem Weib, auch die Luft rein?» Filipp schaute Foma an und machte eine kurze Pause. «Bei mir muss es akkurat laufen, weißt du, das ist oberstes Gebot. Sieben Monate arbeiten wir schon» – Filipp beugte sich zu Fomas Ohr –, «und nichts, nicht der geringste Schatten. Jawohl, Bruder.» Filipp reckte den Kopf.

«Nach rechts», sagte Foma. «Sie sitzt in der Grünanlage, dass es aussieht wie ein Rendezvous. Arg gebildet ist sie.»

In der Grünanlage war es fast duster. Die stillen Bäume ruhten aus und schienen hochzusehen, zum Himmel. Auf den Bänken saßen im Dusteren dicht gedrängt schwarze Menschen, über den Sand scharrten Füße; hier unten schwammen zähes Stimmengewirr und lautes Flüstern, während oben unverwandt große Sterne brannten.

Foma schritt über den Pfad, an kantig beschnittenen Büschen entlang, und musterte die Leute auf den Bänken.

Plötzlich blieb er stehen. Zwischen den Nachbarn eingezwängt, saß auf der Bank eine Frau mit Spitzentuch auf dem Kopf.

«Ah, grüße Sie!», sagte Foma fröhlich und schwang das Käppi durch die Luft. «Gehn Sie ein Stückchen mit uns in der frischen Luft?»

Nadja stand auf.

«Macht euch bekannt.»

Nadja reichte Filipp die Hand.

Filipp wollte das «Weib» möglichst rasch ans Licht führen, zu den Straßenlaternen, um zu sehen, was für eine das war.

«Gehen Sie nicht so schnell», sagte Nadja.

Die Stimme gefiel Filipp sofort. Weich und beharrlich. Filipp verlangsamte den Schritt. Der junge Mann mit Käppi blieb zurück und verschwand in der Volksmenge.

FREIES GELÄNDE

Sie traten auf die Straße. Aus den Fenstern der Kaffeehäuser drängte Licht auf die Straße, als Schatten huschten die Passanten vorüber. Unter jeder Laterne betrachtete Filipp Nadja.

‹Scheint ja fad zu sein›, dachte Filipp. Nadja fühlte sich unter den Blicken unwohl, sie sah bald auf ihre Füße, bald wandte sie den Kopf zur Seite und wusste doch nicht, wie sie sich geben sollte: sachlich und streng wie eine Lehrerin oder freundlich, kameradschaftlich. Filipp wartete, Nadja blieb stumm. Schon war die Zeit verstrichen, da sie ein Gespräch hätten beginnen müssen, und beide begriffen, dass es nicht zu einem Gespräch kommen würde. Nadja ging und drehte und wendete den Kopf.

‹Ist stolz›, dachte Filipp. Aus einem Schaufenster fiel helles Licht auf Nadja, beschien sie, umfing sie von Kopf bis Fuß. Filipp bemerkte, dass Nadja errötet war, dass Nadjas Wangen loderten.

Da begriff Wassiljew: ‹Sie geniert sich vor mir.› Und fragte teilnahmsvoll:

«Sind Sie in unserer Gegend, sozusagen, das erste Mal?»

«Ja, hier war ich noch nie», sagte Nadja, ohne sich umzuwenden.

Sagte es, als wäre sie zum gleichen Zweck schon oft an anderen Orten gewesen. Sie wollte niemanden wissen lassen, dass es das erste Mal war.

«In unserer Vorstadt ist es schön, jeder kennt jeden, alle sind in der Fabrik. Bloß eben alles Leute mit wenig Bewusstsein», sagte Filipp solide. «Durchaus rückständige Leute, sozusagen.»

Nadja nickte schweigend und rief sich ins Gedächtnis, wo sie den Zettel mit den Zahlen hingesteckt hatte.

‹Die Hauptsache sind Zahlen›, dachte Nadja. ‹Zahlen sind am überzeugendsten.›

«Und worüber werden Sie heute zu den Genossen sprechen?» Filipp kam sich vor wie ein Impresario, der den Gaststar abholt und nach dem Programm fragt. Er setzte nicht viel Hoffnung in Nadja.

«Ich habe mir die indirekten Steuern vorgenommen und allgemein das Steuersystem der russischen Regierung. Dass die Steuern hauptsächlich ... Müssen wir nach rechts?»

Die Straßen waren zu Ende, die letzte Straßenlaterne war weit zurückgeblieben. Vor Nadja lag Finsternis, und über ihr blinkten und zwinkerten die Sterne.

«Wir gehen hier über das freie Gelände», sagte Filipp dumpf. «Mach ich, um zu kontrollieren, ob uns auch keiner auf den Fersen sitzt. Einer von den Erbsengrünen, verstehen Sie? Hier ist es finster, er fürchtet uns zu verlieren und hastet uns nach, dann hören wir ihn.»

Wassiljew schritt vorwärts in die Finsternis. Nadja grauste es. Allein mit diesem Unbekannten. Weiß der Kuckuck, wer er ist!

«Keine Bange, folgen Sie meinen Schritten, dem Gehör nach», sagte die Stimme aus der Finsternis.

Nadja gab sich einen Ruck, ging los. Ging in großen Schritten über weiche Höcker. Schweigend legten sie an die hundert Schritt zurück. Wassiljew blieb stehen. Nadja ebenfalls. Ihr Herz hämmerte – was würde er jetzt tun? ‹Wie dumm von mir, dass ich mitgekommen bin›, dachte Nadja.

Nadja war es, als hätte sich der Arbeiter auf den Boden gelegt, vielleicht schlich er sich auch an. Sie sprang zur Seite.

«Still!», flüsterte Filipp ärgerlich. «Nein, keiner da, die Luft ist rein hinter uns», sagte er laut. «Jetzt können wir sprechen. Gehn wir.» Wieder ging er voraus. Nadja holte tief Luft. «Das mit den Steuern, das muss natürlich erklärt werden, was da für Finten dahinterstecken. Bloß, Genossin, das ist was für solche, die schon was wissen. Die heute Abend brauchen was Leichteres, was näher liegt, was sie betrifft. Sagen wir, über diejenigen, die sie führen, das heißt uns führen, die Arbeiter.»

«Über die Rolle der liberalen Intelligenz?», fragte Nadja, immer noch schwer atmend.

«Aber nein!», sagte Filipp verärgert. «Das begreifen sie auch nicht. Mal was über die Meister. Die Meister! Wissen Sie? Da gibt es solche Dreckskerle, Sie entschuldigen schon. Die sind für den arbeitenden Menschen wahre Blutsauger. Schlimmer geht's nicht.»

Filipp ging voraus. Er sah Nadja nicht und hörte kaum ihre kleinen, hastigen Schritte, und im Finstern konnte er leicht und unbeschwert sprechen, als wäre er allein.

«Da wird einem so eine Vogelscheuche vor die Nase gesetzt, kriegt fuffzig Rubel mehr, und schon spaziert er mit Stielaugen durch die Werkstatt. Kaum ist was, kriegst du entweder was abgezogen oder gleich einen Fußtritt, und aus der Traum. Frisst sich dick und rund wie eine Spinne.»

Nadja trippelte hinterdrein, stolperte über die weichen Höcker. Sie fürchtete, Filipp im Finsteren zu verlieren.

«Und die Steuern, was ist damit?», hörte sie die Stimme vor sich. «Das kommt dann, wenn einer schon drin ist, also Steuern und Aussperrung und all das … Anfangen muss man mit dem, was näher liegt, mit diesen Dreckskerlen … Haben sich dick und fett gefressen. Wie ein Keiler … und die Hände auf dem Rücken …»

«Vorgesehen habe ich», sagte Nadja außer Atem, denn Filipp schritt böse und rasch voran. «Vorgesehen habe ich für heute …

und wenn ich es schaffe, sag ich noch was über … über die Rolle, welche …»

Nadja hatte sich die ganze Woche auf das Thema indirekte Steuern vorbereitet. Der Zettel, auf dem irgendwelche Millionen notiert waren, war in ihrem Rock versteckt, doch über die Meister wusste Nadja nichts, wusste sie rein gar nichts. Warum musste er das Heft in die Hand nehmen?

«Ein Weib eben!», sagte sich Filipp leise, sagte es aufgebracht und blickte sich im Finstern zu Nadja um.

Das freie Gelände war zu Ende, vor ihnen wurden die hellen Fenster der Vorstadthäuser sichtbar.

DEM SCHICKSAL SPÖTTISCH GETROTZT

Wiktor machte einen Besuch beim Polizeihauptmann. Dessen Familie war auf der Datscha, die Wohnung im Junggesellenzustand: Staub und Unordnung allenthalben.

Auf dem Fensterbrett im Kabinett standen Teller mit Resten vom Mittagessen. Auf dem Schreibtisch wölbte sich über einer Zeitung ein üppiges Häuflein Tabak. Der Polizeihauptmann wanderte, den Rock aufgeknöpft, über den schmutzigen Teppich und drehte sich alle paar Minuten eine Papirossa. Wawitsch saß auf dem Ledersofa und lauschte dem Polizeihauptmann.

«Was ist die Hauptsache?», fragte der Polizeihauptmann. «Sagen Sie mir: Was ist die Hauptsache?» Der Polizeihauptmann reckte sich und blieb breitbeinig vor Wawitsch stehen. Die linke Hand unterm Hosenträger. Blies den Rauch zur Decke. «Wissen Sie nicht? Die Hauptsache ist – der Eindruck. Der Eindruck ist die Hauptsache!» Der Polizeihauptmann setzte sich in Bewegung. «Die Polizei ist das Gesicht der Stadt. Zum Beispiel, Sie kommen in eine Stadt gereist. Was fällt Ihnen ins Auge? Der Schutzmann. Wenn da so ein Kümmerling steht wie ein Fragezeichen» –, der Polizeihauptmann stellte sich schief und bucklig hin und zog ein Greisengesicht –, «na, wie? Ist das eine Stadt? Da sind Sie doch gleich der Meinung: ein Dreckloch, keine Stadt. Krähwinkel! Steht da jedoch so ein wackerer Kerl» – er richtete sich auf –, «ordentlich gekleidet, in voller Equipierung» – er fuhr mit der Hand von der Schulter zum Bauch –, «der Blick kühn geradeaus. Oho! Sie denken doch bestimmt, bestimmt denken Sie: Ohoho! Nehmen Sie eine beliebige Ansichtskarte. Wer steht vornedran? Die Ansicht einer Stadt, egal welcher. Na? Der Schutzmann! Leute können die unterschiedlichsten drauf sein, zufällige Gaffer, egal. Aber wenn im Vordergrund so ein Kaldaunenschlucker steht, an dem rechts ein abgeschabter Hering baumelt – also, Sie entschuldigen, entschuldigen schon.»

Der Polizeihauptmann wedelte mit den Händen und wandte sich ab, als hätte Wawitsch widersprechen wollen.

«Schön. Sie sind Revieraufseher. Stehen Wache an der Ecke. Wie werden Sie stehen? Auf, auf, machen Sie es vor. Tun Sie die Papirossa weg.» Der Polizeihauptmann zerrte Wawitsch am Ärmel.

Wawitsch stand auf. Stand soldatisch auf.

«Dummes Zeug!» Der Polizeihauptmann prustete und winkte ab. «Hier, schauen Sie!»

Der Polizeihauptmann stellte sich hin, spreizte das linke Bein ab, hob leicht das Kinn, klemmte die rechte Hand mit dem Daumen an den Hosengürtel, und mit der linken hielt er quasi die Scheide des unsichtbaren Säbels.

So stand er gewiss eine Minute.

«Das ist ein Revieraufseher!», sagte der Polizeihauptmann. Er machte zwei Schritte und deutete auf die Stelle, wo er soeben als Revieraufseher gestanden war. «Bitte sehr: ein Bild! Na, stehen Sie mal hin!»

Diese Pose einzunehmen war Wiktor so peinlich, dass ihm fast die Tränen kamen, doch er tat es. Nicht locker, doch so, wie der Polizeihauptmann sich hingestellt hatte.

«Aber der Blick, der Blick! Bereitschaft und dem Schicksal spöttisch getrotzt. Und dann, Verehrtester, die Kleidung», fuhr der Polizeihauptmann fort, als Wawitsch sich puterrot an seinen Platz gesetzt hatte. «Die Kleidung geschniegelt und gebügelt und nicht ein Stäubchen, nicht ein Fleckchen. Sie können das mieseste Revier bekommen, eine Kutschervorstadt oder so – dort sind Sie der Geck. Tragen Kanonenstiefel, spiegelblank, wie ein Kornett der Kavallerie. Die Vorgesetzten werden schauen, wenn sie vorbeifahren, und, da können Sie sicher sein, werden sagen: So ein Quartieraufseher ist zu schade für diese Gegend.»

Der Polizeihauptmann zauste den Tabak auf dem Schreibtisch, drehte sich eine Papirossa.

«Der Rock wie Schnee, wie mit Kreide eingerieben. Die Mütze, wenn sie drei Monate alt ist – ausgemustert. Denken Sie daran, Sie sind das Gesicht der Stadt! Hoher Besuch, ein Empfang. Wer wird abkommandiert, in vollem Staat? Der, mit dem am meisten Staat zu machen ist. Sie machen eine gute Figur. Haben auch eine gute Figur.»

Wawitsch hätte sich jetzt am liebsten von selbst hingestellt, ein Bein abgespreizt, den Daumen im Gurt und auf dem Gesicht eine Miene, die spöttisch dem Schicksal trotzt.

«Und merken Sie sich, was ich Ihnen sage, junger Mann: Die Hauptsache, die beiden wichtigsten Eigenschaften sind – Entschlossenheit und Galantheit!»

Der Polizeihauptmann drehte sich jäh auf dem Absatz um und trat ans Fenster.

Wiktor paffte schüchtern seine Papirossa. Plötzlich trat der Polizeihauptmann dicht vor Wiktor, beugte sich herab und runzelte grimmig die Stirn. Er schwenkte direkt vor Wiktors Nase den Zeigefinger und krächzte heiser:

«Bloß muss man wissen, wann man das eine in Gang setzt und wann das andere anwendet. Bloß nicht verwechseln, um Gottes willen. Um Gottes willen!!» Der Polizeihauptmann schwenkte den Zeigefinger.

Wawitsch konnte sich nicht entschließen zurückzuweichen.

«Das hätten wir!», sagte der Polizeihauptmann erleichtert. «Jetzt wollen wir rauchen.»

«Ja, ja», meinte Wawitsch, «sobald das Ausbildungslager zu Ende ist, wechsle ich in die Reserve.»

«Vorzüglich, und fahren Sie woandershin. In der eigenen Stadt ist das ungünstig. Alte Verbindungen, das kann der Erfüllung der Dienstpflichten in die Quere kommen. Was es da nicht alles gibt.»

«Haben Sie schon geschrieben?», fragte Wiktor.

«Da seien Sie unbesorgt, wird alles erledigt. Hab ich es versprochen, kriegen Sie eine Stelle.»

Plötzlich fragte Wiktor: «Trotzdem, sind es Beamte? Sind Polizisten Beamte?»

«Mhm! Natürlich. Die Dienstränge sind zivil», antwortete der Polizeihauptmann nachdenklich.

Auf einmal polterten vor der Tür schwere Stiefel.

«Wer da?», raunzte der Polizeihauptmann.

«Golzow, Euer Hochgeboren!»

«Was führt dich her?» Der Polizeihauptmann sprang zur Tür.

«Ignatow brennt anscheinend.»

«Was für ein Ignatow? Wieso anscheinend?» Der Polizeihauptmann war beunruhigt.

«Beim Drogisten Ignatow ist anscheinend ein Brand.»

«Hab ich doch erwartet, längst erwartet. So was, und ein Wetter hat er sich ausgesucht. Lass anspannen, ich fahre.» Der Polizeihauptmann knöpfte eilig den Rock zu. Der Schutzmann steckte das Säbelkoppel unter die Achselklappe. «Sie entschuldigen! Da können Sie sehen. Immer auf Posten. Küssen Sie Agrafena Petrowna die Hand! Los, los, Dummkopf, die Mütze!», schrie der Polizeihauptmann den Schutzmann an.

Wiktor sprang auf.

Unter der Tür salutierte der Polizeihauptmann. «Habe die Ehre!»

An der Vortreppe half der Schutzmann dem Polizeihauptmann in den Einspänner, und Wiktor hörte, wie er rapportierte:

«Jawoll! Der Versicherungsagent ist auf der Datscha.»

REGEN

Taissa ging zur Apotheke, Mutters Tropfen waren leer. Es war ein trauriger, stiller Abend, am Himmel hielt der Herbst Einzug. Die Wolken hingen als gleichmäßige Decke, und wie versonnene Tränen fielen einzelne Tropfen. Taissa wollte es vor dem Regen schaffen, trotzdem ging sie zur entfernteren Apotheke – sie wollte Leute sehen. Eine Anschlagsäule stand an der Ecke der Hauptstraße. Aus Holz, nach hinten gekippt, stand sie da wie ein Weib mit vielen Flicken, das den dicken Bauch vorstreckt.

Taissa schaute. Ein frischer Anschlag auf gelbem Papier:

KONZERT

BENEFIZ DES THEATERORCHESTERS

Taissa blieb stehen. In ihr pochte es.

Kapellmeister Dnatschek – Klavier … eine Suite, und noch was auf Französisch. Geige – aha, aha. Flöte – I. Israilson, Chopin …

Der Regen schlug dunkle Flecken aufs Papier, während Taissa immer noch die französischen Buchstaben zu entziffern suchte. In der Adelsversammlung, am Mittwoch. Taissa lief zur Apotheke, merkte nicht, wie der Regen sie durchnässte, wie ihr die Tropfen auf den unbedeckten Kopf fielen und kühle Bächlein über den Scheitel rannen. Sie lief zurück und blieb erneut vor der Anschlagsäule stehen. Das Papier war ganz dunkel, war durchgeweicht, aber Taissa sah: I. Israilson – Flöte.

Taissa hatte zwei Rubel verwahrt, und Wiktor war ihr noch anderthalb schuldig. Sie schaute in die Kommode, ob das Geld auch an seinem Platz lag. Taissa machte sich im Haus zu schaffen, versorgte die Kranke, wischte Staub und goss zweimal die Blumen, als kämen Gäste, kämen jetzt gleich, und sie ist nicht fertig.

In der Küche heizte Taissa den Samowar an, behänd und mit flinker Hand.

Herein kam Wiktor, durchnässt, die Stiefel verdreckt, das Hemd klebte an ihm, zeichnete ihn ab, als wäre er nackt. Er wischte sich die Stiefel ab, mit dem Rücken zu Taissa.

«Versprichst du mir, Ehrenwort?», sagte Taissa laut, wie wenn sie sich zu einem Entschluss durchgerungen hätte. Wiktor wandte den Kopf zurück.

«Ein Geheimnis? Sag ich niemandem, wirklich wahr. Du hast Geheimnisse wie dem Popen seine Frau.»

«Aber du tust es auch? Versprich es, Ehrenwort.»

«Sag – was, sonst geht es wie letztes Mal …»

«Kostet dich doch nichts, sag: Ehrenwort!»

«Gut, mein allerehrlichstes.» Wiktor warf das Tuch in die Ecke und stellte sich, die schmutzigen Hände von sich gestreckt, vor der Schwester auf.

«Ich geb dir zwei Rubel» – Taissa warf einen Blick zur Tür –, «außerdem bist du mir einen Rubel schuldig.»

Wiktor nickte.

«Und dann kauf mir eine Karte … für ein Konzert … für das ganze Geld, die allererste Reihe.»

«Ah, das ist es!» Wiktor winkte ab und hantierte in der Ecke mit dem Waschfässchen. «Kommst mich besuchen», sagte Wiktor, ohne Taissa anzusehen, «dann … dann … kannst du jeden Tag ins Theater.»

«Wie meinst du das?»

«Wie? Ganz einfach: Ich trete in den Beamtendienst. Nicht hier natürlich, nicht in unserem Krähwinkel.»

«Gib zu», sagte Taissa, «du schwindelst.» Sie schwenkte das Rohr des Samowars, und der Rauch zog direkt in die Küche. «Aber tust du es, tust du es auch, Wiktor? Unbedingt die allererste Reihe.»

Da kam der Alte herein.

«Dumme Gans, was machst du – Kakerlaken ausräuchern? Nicht mal den Samowar versteht man anzuheizen in diesem Haus.»

Er riss Taissa das Rohr aus der Hand und beäugte es sorgfältig, von welcher Seite es einzusetzen wäre. Taissa nahm ihm das Rohr wieder weg und steckte es an seinen Platz. Wiktor ging sich umziehen.

Er hörte, wie der Vater brummte, als er die Küche verließ:

«Der schwindelt dir was vor. Dummes Zeug. Von wegen Beamter, Be-am-ter!»

POMPEJA

Zum Tee erschien Wiktor im schneeweißen Hemd, in der Taille straff gegürtet. Am Rücken plusterten sich die straffen Falten ein bisschen. Die nassen Haare klebten gescheitelt am Kopf. Wiktors Miene war streng, fast ein wenig hochmütig.

Der Alte saß im Sessel, und in Erwartung seines großen Teeglases schmierte er sorgfältig Butter auf eine Scheibe Brot. Taissa blickte flinken Auges hinterm Samowar vor auf Wiktor.

«Nein, nein» – Wiktor hob plötzlich die Hand –, «tu mir keinen Zucker rein, das mach ich selbst.»

Taissa wunderte sich, reichte vorsichtig das Glas.

«Verbindlichen Dank», sagte Wiktor förmlich.

Wiktor tat sich ein Stück Zucker hinein, ein zweites – er trank den Tee immer mit zweien –, und das dritte brach er, die Stirn gerunzelt, in zwei Hälften.

Taissa sah zu, es sah auch Wsewolod Iwanowitsch zu.

Der Alte trank einen Schluck Tee, verbrannte sich den Mund und richtete den Blick plötzlich auf Wiktor.

«Von was für Beamten hast du Taissa was vorgequatscht?»

«Von keinen», sagte Wiktor gemessen und schaute in seinen Tee. «Von überhaupt keinen Beamten, ich wechsle bloß zur Reserve und trete in Dienst.» Nun richtete Wiktor seinen Blick herausfordernd auf den Vater.

Taissa duckte sich hinter den Samowar und sah auf den Bruder.

«In was für einen Dienst?», fragte der Alte. «Als was nehmen sie dich denn?»

«Als Beamten», warf Wiktor lässig hin und wandte sich an die Schwester: «Gibt es bei uns eigentlich nie Zitrone?»

«Kann welche holen», sagte Taissa flüsternd.

«Dich? Als was für einen Beamten denn? Bist doch Soldat und sonst nichts. Ein Kommisshengst!»

«Als Beamten für innere Angelegenheiten.» Wawitsch war bemüht, das so beiläufig wie möglich zu sagen.

«Höchstens als Briefträger.» Der Alte blies auf den Tee. «Sag es doch ohne Wenn und Aber: Ich werde Briefträger, weil sie mich Dummkopf sonst nirgends nehmen.»

«Hervorragend», gab Wiktor zurück und neigte sich mit finsterer Miene vor, «ich habe allerdings gesagt: Ich werde Beamter.»

«Aber was für einer, was für einer?», rief der Alte.

«Polizeibeamter …»

«Fi!» Der Alte stieß einen Pfiff aus, blickte unter seinen Brauen hervor Wiktor unverwandt an und sagte scharf: «Kanzleibulle, ja?»

Taissa beugte sich über die Untertasse.

Wiktors Lippe zitterte. Er hob die Brauen und zog sie sofort zusammen.

«Kanzleibulle, aha, Kanzleibulle!», legte Wiktor los, legte laut los, entschlossen. «Polyp vielleicht? Sagen Sie nicht auch – Polyp? Passiert aber was auf der Gasse, heißt es gleich – Schutzmann! Zu Hilf, zu Hilf! Ja? Zieht doch die Polizei nur mal eine Minute ab, dann werdet ihr alle abgestochen!»

Wiktor stand auf.

«Hinterm Vorhang sitzen kann jeder. Aber wenn der Mann die ganze Nacht vorm Fenster draußen friert – ein Kanzleibulle? Schmiergelder, sagen Sie? Ja? Und was ist im Staatsrat?», schrie Wiktor überstürzt.

Taissa machte die Tür zum Schlafzimmer der Kranken fester zu.

«Kusmin-Karawajew, ja?», schrie Wiktor. «Ist er erst Ingenieur, euer Kusmin-kriegt-den-Kragen-nicht-voll, dann holt er es sich vom Lieferanten. Ja! Beste Sorte, egal. Und die Landvermesser? Aus Versehen, ja? Hört doch auf! Das ist wie – unter einer Eiche, einer hundertjährigen, im warmen Sessel sitzen und räsonieren!»

Wiktor sah den Vater böse an.

«In England zum Beispiel kriegt der Schutzmann sein Gehalt pfundweise und ist höchst angesehen. Aber wenn bei uns einer zum Nutzen der Allgemeinheit an der Ecke friert und im Wirtshaus ein Gläschen kippt zum Aufwärmen, dann schreit alles gleich Sodom und Pompeja!»

«Bist doch ein Esel! Pom-pe-ja!», sagte der Alte. «Ein Esel, aber redest wie ein Schubiack.»

Der Alte drehte sich auf dem Sessel seitwärts zum Tisch.

«Ja», schrie Wiktor, «und Ihr Brot will ich auch nicht mehr essen. Nein, will ich nicht! Bin schließlich keine Schwiegertochter.»

«Wieso Schwiegertochter? Ein Quatschkopf bist du», gab ihm der Vater ungerührt Kontra.

«Na schön. Bin ich eben ein Quatschkopf.»

Wiktor ging zur Tür hinaus. Es wurde still im Zimmer. Taissa stand auf und schaute in den Samowar.

Der Alte wiegte den Kopf. «So was aber auch! Wo hat er das bloß aufgeschnappt? Pompeja!»

DAS LETZTE STÜCK

Taissa plagte Wiktor, andauernd fragte sie nach der Konzertkarte. Nachts im Bett schlief Taissa nicht, alles an ihr brannte, ihre Gedanken brannten, und sie bekam einen trockenen Mund. Sie dachte an das Konzert, an Israil. Sie würde in der ersten Reihe sitzen, direkt auf ihn schauen ... Er tritt auf. Taissa sieht nur die hochgebauschten, wirren schwarzen Haare und das schwarze Schnurrbartbürstchen, und gekleidet ist er ungewöhnlich, in Gold und Rot und Blau, wie auf den Spielkarten. Bloß dass alles neu ist und glänzt. Er nimmt die Flöte, alles erstirbt. Der ganze Saal hinter ihr erstirbt. Er spielt immer stärker und leidvoller und wendet sich mehr und mehr ihr zu, Taissa. Jetzt hat er sich ganz zugewandt – für sie, für sie spielt Israil. Hinter ihr bleibt allen der Atem im Hals stecken, er aber hat sich direkt ihr zugewandt, hat die Augen halb geschlossen und schmachtet in Tönen – und für sie, für sie allein spielt er. Sie weiß, dass es für sie allein ist, doch sonst weiß das niemand, nur sie und Israil. Und Taissa schaut ihn unverwandt an. Sie sitzt ganz vorn, direkt vor Israil. Israil hebt mit einem Mal ein klein bisschen den

Blick und heftet ihn auf Taissa … Das raubt Taissa den Atem, und alles beginnt von neuem, von Anfang an.

Wiktor brachte die Karte. Zweite Reihe, für zwei Rubel. Taissa sah den Bruder wütend an, Tränen in den Augen. Aber Wiktor sagte gleich, die erste sei gar nicht im Verkauf.

«Dort sitzt die Obrigkeit, die höheren Polizeiränge und Gouverneure und so.»

‹Ja, die zweite ist sogar besser, er wird mich bemerken …› Er würde sie überall bemerken. Taissa legte das bläuliche Papierchen in ihr Portemonnaie und steckte es unters Kopfkissen.

Diese Nacht waren ihre Träume noch heißer: Sie hielt unterm Kissen ihr Portemonnaie umklammert.

Erst am Mittwoch kam es Taissa in den Sinn: Was würde sie denn anziehen, wie würde sie überhaupt ins Konzert gehen?

Taissa besaß nur ein Kleid zum Ausgehen, ein braunes mit Samtbesatz. Sie richtete das Bügeleisen, versuchte zu bügeln, aber ihre Hände waren fahrig, konfus, es kam nichts dabei heraus.

Sie bügelte neue Falten hinein, schief und krumm. Sprengte sie ein, fast hätte sie das Kleid verbrannt. Ließ es schließlich. Sei es, wie es ist.

«Du könntest zu den Mironowitschs laufen», sagte Wsewolod Iwanowitsch, «und hier den Brief hinbringen. Lass alles stehn und liegen und geh gleich.»

Es war sieben Uhr, und um acht begann in der Adelsversammlung das Benefizkonzert des Orchesters mit den Solos.

Taissa sagte nichts, biss sich bloß auf die Lippe und senkte den Kopf. Der Vater legte das Kuvert aufs Bügelbrett und pochte darauf mit dickem Finger.

«Hier leg ich ihn hin, merk es dir. Nicht, dass du ihn im ganzen Haus suchst.»

Der Vater ging. Taissa zog behänd ihr Kattunkleid aus und

schlüpfte in das braune, ließ Brett und Bügeleisen stehen, presste das Portemonnaie mit dem blauen Papierchen fest in die Hand, griff nach dem Kuvert und rannte hinaus in den Hof.

Im ältlichen, abgestoßenen Vestibül der Adelsversammlung war noch kein Mensch. Bloß ein Polizist saß auf einem zerschlissenen roten Sofa und rauchte, den Blick zum Boden.

Taissa lief wieder hinaus, sie verzog sich in den Schatten und ging den leeren Gehsteig entlang, hin und zurück, von einer Laterne zur anderen. Der Brief an die Mironowitschs bauschte die Rocktasche. Aber Taissa ging nicht zu den Mironowitschs, sie wanderte am Gebäude entlang und rechnete, wie oft sie auf und ab gehen würde.

‹Hundertmal›, beschloss Taissa. Zweimal ging sie ruhig, dann beschleunigte sie den Schritt. Von der anderen Seite war zu hören, wie allmählich die Equipagen vorfuhren, der Schutzmann rief etwas. Taissa schoss eilig übers Trottoir, machte schon vor der Laterne jeweils kehrt. Rot und außer Puste, wie nach einem Wettlauf, trat sie ins Vestibül, in das Stimmengewirr, das Gemurmel der Menge. Taissas Wangen brannten, sie war hochrot und erkannte sich nicht in dem großen Spiegel, in dem die Menge sich bewegte und spiegelte. Aber ihr fiel dieses rote, erregte Mädchen auf, das in einem fremden, schweren Kleid zu stecken schien. Erst als sie wegtrat vom Spiegel, kam Taissa darauf, dass sie das war. Der Kontrolleur riss den Coupon ab und sagte bedeutsam:

«Zweite Reihe.»

«Mir ist es gleich», stieß Taissa hervor, und der Menschenstrom zog sie in den Saal hinein.

Ein Diener in Fracklivree mit nachgedunkelten Tressen zeigte ihr den Platz. Die zweite Reihe war noch fast leer. Taissa genierte sich; so, wie sie sich im Spiegel gesehen hatte, saß sie nun vor aller Augen. Sie drehte sich nicht um, zog den Kopf ein und hielt sich mit beiden Händen am Sitz fest. Hinter ihr summte die Menge, und Taissa hörte, wie der Lärm näher und näher kam, als brandete hinter ihr das Meer. Als sich ein dicker Herr neben sie setzte und sein Opernglas dahin und dorthin richtete, beruhigte sich Taissa ein wenig. ‹Sollen sie ruhig denken, ich wäre seine Tochter.›

Auf der Bühne befanden sich Notenständer, und an der Hinterwand lehnten Kontrabässe, mit dem Gesicht zueinander, als steckten Wächter die Köpfe zusammen. Ein schwärzlicher Mann verteilte Noten auf die Notenständer.

Taissa schaute nicht mehr, sie blickte erst wieder auf, als plötzlich alle klatschten und die Musiker auf die Bühne traten. Ein hoch gewachsener Blondschopf mit Pincenez trat vor und verneigte sich, bedeutsam und dezent wie ein Professor.

Das Tosen der Menge vermischte sich jetzt mit dem Aufschrei der Geigen, die gestimmt wurden. Taissa fuhr zusammen – wie ein Windhauch flatterte eine Flötenpassage dazwischen. Jetzt spähte sie, weit vorgebeugt, und sah ihn nicht; die dichte Front der Geiger verdeckte die Flötisten.

Alles verstummte. Der Kapellmeister hob in einem Bogen sein Stöckchen und erstarb. Taissa ruckte, um sich bequemer hinzusetzen, da quietschte unter ihr der Stuhl, laut durch den ganzen Saal.

‹Mein Gott›, dachte Taissa, ‹alle haben es gehört, er auch, wie ihm das ärgerlich und peinlich ist meinetwegen.›

Der Dirigent schwenkte den Kopf und schwang das Stöckchen. Kraftvoll brachen die ersten Akkorde der Ruslan-und-Ljudmila-Ouvertüre herein.

Taissa sah auf den Dirigenten, und es kam ihr vor, als ob er diese Klänge aus der Luft herausmeißelte, während die Geiger nur albern mit den Armen fuchtelten, um nicht zurückzustehen.

Taissa war es, wie wenn ein breites Tor sich weit aufgetan hätte, und dahinter eine andere Welt, lauter schöne und stattliche

Menschen, solche hatte sie mal auf einem Bild gesehen. Sie regten und bewegten sich und paradierten, das war ein Fließen und Schwingen, ein sanftes Gleiten, plötzlich schwebte versonnene Melancholie vorüber mit einem Lächeln, und sogleich umfing Taissa ein lebendiger Ton, umschlang sie und trug sie, stolz schreitend, davon …

Der letzte Akkord, und der Saal schien zu bersten vor Beifall. Der Polizeichef in der ersten Reihe wandte sich halb um und blickte in den Saal.

Taissa kam es vor, als sei das alles nur die Einleitung, und wie schön, wie süß war es doch, auf Israil zu warten. Sie vergaß, dass sie vor aller Augen saß, dass sie überrot war und im ganzen Saal nur ein braunes Kleid.

Taissa klatschte dankbar allen Solisten, sie waren Israils Kameraden und alles gute Menschen und bereiteten ihm den Weg.

Da trat, laut mit den hohen Absätzen pochend, der schwarze Israil auf die Bühne.

Er trug einen kurzen Rock, der Binder war ihm als schiefes Kreuz zur Seite gerutscht. Taissa schlug bald die Augen nieder, bald sah sie auf Israil. Ihr blieb beinahe der Atem stehen, selten und kurz holte sie Luft.

Der Flötist hob die Flöte. Die Manschetten rutschten aus den kurzen Ärmeln. Er stand im Profil vor dem Notenständer, und es sah aus, als hielte er die Flöte mit seiner leicht hakenförmigen Nase.

Aus einer Saalecke tönten Stimmen. Der Flötist nahm das Instrument von den Lippen und spähte mit gerunzelten Brauen in die Ecke.

Das Gemurmel versiegte, und durch den Saal flog nur noch ein sattes Atemholen.

Das Klavier begann. Und plötzlich flatterten fröhliche, spielerische Töne durch den Saal, als würden über ihm, dem schwarzen

Flötisten, zwei helle Schmetterlinge flattern, flattern und tanzen, zueinander und auseinander, und nun schlugen die Flügel leidenschaftlich und erstarben mit einem Triller. Der Flötist hielt die Fermate, der Saal atmete auf, und die Mazurka jagte weiter, berührte kaum die Luft.

Israil versprühte das letzte Arpeggio. Der Saal schwieg einen Augenblick, und plötzlich brach ein Gejohle, ein grimmiges Gejohle hinter Taissa los. Sie befürchtete, diese Leute würden sich auf Israil stürzen, sie blickte erschrocken nach hinten. Hände wirbelten durch die Luft, in den hinteren Reihen stieg jemand auf den Stuhl, legte die Hände zum Trichter und brüllte.

Der Polizeichef stand auf, hielt sich mit der Hand am Stuhlrücken und wandte sich dem Saal zu. Er hob die Hand, worauf die Menge nur mit einem neuen Ausbruch reagierte. Der Polizeichef lächelte nachsichtig.

Israil hob die Flöte, und der Lärm war wie abgeschnitten. Die Stille wirkte unglaubhaft.

Israil senkte den Blick, wippte ein wenig und begann, und in der Luft – aus den Saalwänden, so schien es – entstand der Klang; es war nicht festzustellen, wann er anhob, er schien immer hier im Saal gewesen zu sein, Israil zog ihn vorsichtig hervor und wiegte ihn.

Taissas Nachbar schloss die Augen, stützte die dicke Wange aufs Opernglas und wiegte sich im Takt der Melodie.

Jetzt war dort in den hinteren Reihen noch mehr der Teufel los, und der Polizeichef machte ein strenges, väterliches Gesicht und schritt durch den Gang zur Tür. Taissa hatte die Melodie erkannt, die hatte Israil dort in seinem Mezzaninzimmer für sie gespielt. Ohne es zu merken, war Taissa aufgestanden und klatschte, die Kinderhände vorgestreckt.

Israil verbeugte sich. Er ruckte merkwürdig mit dem Kopf, als wollte er den Hals aus dem hohen Kragen befreien.

Vom Saalende waren bereits abgerissene Rufe zu hören, ein Skandal bahnte sich an.

Israil hörte plötzlich mit den Verbeugungen auf und schwenkte die Flöte gegen das Publikum, wie man einen Stock gegen Gänse schwenkt. Der Lärm ebbte ab.

Von der Tür war ein unterdrückter Ruf zu hören: «Sie haben kein Recht …»

Israil stand mit dem Gesicht zum Publikum. Er legte die Hand auf die Flöte. Alle erstarben.

«Das ist jetzt aber das letzte Stück», sagte der Flötist in den Saal hinein. Und gab mit dem Kopf sogleich dem Pianisten ein Zeichen.

Er begann mit gesenktem Blick, doch dann hob er ihn, und Taissa erblickte schwarze, ganz schwarze, funkelnde Augen. Der Flötist schaute sie, Taissa, an. Taissa rührte sich nicht, sie war erstarrt, presste mit beiden Händen ihr Taschentuch gegen die Brust, schaute, ohne zu blinzeln, Israil in die Augen und sah: Der Flötist spielte für sie, direkt für sie, für Taissa. Die Flöte sprach – und zwar von dem, woran sie immer geglaubt hatte, ebendavon.

Und als erneut alles zu klatschen begann, konnte Taissa noch immer nicht die Hände von der Brust lösen, und Israil verbeugte sich und reckte den Hals vor ihr. Er drehte sich um und verließ die Bühne. Erst da bemerkte Taissa, dass sie stand, begriff, dass sie allein im ganzen Saal aufrecht gestanden war, während der Flötist «das letzte Stück» gespielt hatte.

Sie wollte davonlaufen, sie wurde so rot, dass es in den Schläfen pochte und ihr Tränen die Augen überzogen. Aber schon waren alle aufgestanden und versperrten den Weg, es begann die Pause nach dem ersten Teil.

Taissa zwängte sich zur Tür durch, sie war überzeugt, dass alle auf sie schauten, sie sah weder rechts noch links und rannte rasch durch die Straßen nach Hause.

«Hast du den Brief abgegeben?», fragte der Alte im Dunkeln.

«Ja, ja», rief Taissa. Sie warf sich aufs Bett und deckte das Kissen über den Kopf.

IN EINEM LEEREN ZIMMER

Schon ganz dunkel war es auf dem Hof, aber Wsewolod Iwanowitsch zündete kein Licht an, er stand da und schaute zum Fenster hinaus. Wind zog die Straße entlang, Regen, herbstliche Regenschwalle peitschten in Streifen die Scheiben. Und über dem durchnässten schwarzen Zaun wehrten sich die nackten Zweige der Traubenkirsche gegen den Wind, gramvoll und hoffnungslos.

‹Ob er wirklich fährt?› Die Gedanken des Alten waren trüb.

«Macht sich einfach auf und fährt?», flüsterte Wsewolod Iwanowitsch.

Und er stellte sich Wiktor mit Polizistenmütze vor, mit Säbel an der Seite, finster der Blick, wie er ein Bäuerlein im Kaftan gegen die Brust stößt: «Zurück, zurück!»

Der Alte schüttelte den Kopf. ‹Kann nicht sein!› Dabei wusste er, es kann sein, kann sehr wohl sein. Und wird sein. Erst war es ihm vorgekommen, als wäre das ebenso widersinnig, wie wenn Wiktor plötzlich zum Pferd würde und Taissa zu einem Soldaten mit Schnurrbart.

‹Wo werden sie ausgebrütet, die Quartieraufseher? Irgendwo keimen sie, schlüpfen dann. Die Popen aus den Popenfamilien, aus den Seminaren; die Doktoren aus den Studenten, aber die Quartieraufseher? Jedenfalls nicht aus den Wawitschs. Als hätte eine Katze mit einem Mal einen Hahn zur Welt gebracht … Geh ich zu ihm, sag ich das noch?› Wsewolod Iwanowitsch löste sich vom Fenster, um zu gehen, beugte sich aber gleich wieder zur Scheibe. Eigentlich war alles gesagt. Wo war dieses eine Wort, das wichtigste Wort, das schwerer wiegen würde als die Sicherheit, dass Wiktor Polizist würde, ja, dass er es würde?

Plötzlich kam Wsewolod Iwanowitsch eine Idee. ‹Ich drohe, ihn zu verfluchen!› Aber gleich verließ ihn wieder der Mut. ‹Ist ja Kinderei, so was stammt aus Büchern, aus dem Theater.› Und er erinnerte sich, wie ein Schauspieler die Arme gehoben und sie geschüttelt hatte, als hätte er sich verbrannt. Wie er, mit vorquellenden Augen, geröchelt hatte: «Sei verflucht!» Aber das rechte Wort fand er nicht. Er spürte, wie Wiktor dort in seinem Zimmer auf dem Bett lag und las, die Stirn gerunzelt. Er sah den Sohn, als wären nicht diese beiden Wände zwischen ihnen, sondern als wären sie beide im selben Zimmer.

Wsewolod Iwanowitsch blickte durch die gesprenkelten Scheiben auf die in Schmutz und Schlamm aufgelöste, schon nachtschwarze Straße hinaus.

‹Was sag ich nur? Ist es mein Stolz, dass ich nach Worten suche, oder was?›, dachte Wsewolod Iwanowitsch, und auf einmal juckte es ihn an der Nasenwurzel und regte es sich in seiner Brust. ‹Ach was, nicht nach einem Wort muss ich suchen, ich geh zu ihm, brech in Tränen aus und sag: Witja, lieber Witja! Und das sollte er nicht begreifen?› Er hielt das Schluchzen nicht mehr zurück und trug sein Schluchzen eiligen Schrittes zu Wiktor. Er stieß die Tür auf, schlappte hinaus, kläglich kamen ihm seine Schritte vor, und das war ihm gerade recht … Mit einem Ruck riss er die Tür zu Wiktors Zimmer auf. Es war dunkel.

«Witja, lieber Witja!», brach es aus des Alten Brust. Er wollte zum Sohn hinstürzen. «Witja!» Er tat einen Schritt ins Dunkle, wo das Bett stand.

Alles war still. Er stand in einem leeren Zimmer. Er wollte zurück, und plötzlich fiel er auf Wiktors Bett. Zu weinen verstand er nicht, es würgte ihn, er bekam keine Luft und erstickte vor Tränen. Auf einmal tat er sich selbst so Leid, dass er den Kopf ins Kissen steckte, die Knie anzog und losweinte, unbeherrscht, wie er als Kind wegen einer Kränkung geweint hatte.

‹Und Taissa kommt auch nicht›, dachte Wsewolod Iwanowitsch von seiner Tochter, als wäre sie seine ältere Schwester, und er fühlte sich noch mehr gekränkt.

In seiner Brust ruckte es noch, aber die Tränen flossen nun gleichmäßiger, und Wsewolod Iwanowitsch drückte sich fester ins nasse Kissen.

«Oh! Oh!», stöhnte in ihrem Schlafzimmer die Alte. Wsewolod Iwanowitsch sprang auf und lauschte. Leise, die Schuhe in der Hand, schlich er zur Tür seiner Frau. Die Alte atmete gleichmäßig, hatte die Augen geschlossen.

‹Im Schlaf, das war im Schlaf›, dachte Wsewolod Iwanowitsch. Er stand noch eine Weile, ohne sich zu rühren, und ging in sein Zimmer.

‹Gut, dass es niemand gehört hat›, dachte er, als er in seinem Sessel saß. In seiner Brust zuckte es noch, und er schnäuzte sich vorsichtig, um die Kranke nicht aufzuwecken.

Der Hund bellte kurz, in fragendem Bass, und gleich darauf – Taissas Schritte. Jetzt tappt sie durch die Küche.

Wsewolod Iwanowitsch drehte den Schlüssel im Schloss herum und zündete das Licht an. Er saß und rauchte, stierte ins Dunkel unter dem Tisch.

Es war drei Uhr nachts. Die Lampe flackerte und knisterte im verrauchten Zimmer.

Wsewolod Iwanowitsch schob plötzlich den Sessel nah an den Tisch, und auf einem großen Blatt Papier, dem einzigen, das er gefunden hatte, begann er zu schreiben, dabei tauchte er andauernd die Feder in die vertrocknete Tinte.

«Mein lieber Witja», schrieb Wsewolod Iwanowitsch in runder, weit ausgreifender Schrift, «lieber Witja, besinne dich und nimm Vernunft an. Du bist dabei, für dein ganzes Leben zu einem verachteten Menschen zu werden. Du wirst bespien werden, mein Bester, und das wird dir keine einzige Träne mehr abwaschen. Begreif doch, mein Sohn, worauf du dich einlässt. Quäl dein Gewissen nicht, du wirst es mit keinem von deinen Pompejas zum Schweigen bringen. Komm zu dir. Willst du ein ehrlicher Mensch sein, kannst du das nicht bei der Polizei ausprobieren. Du schreist: ‹Einer muss doch, einer muss doch.› Einer, ja, schon. Gegen die Diebe. Aber wir zwei müssen doch nicht! Wir stehlen nicht, morden nicht. Und die Schurken, sollen die doch andere Schurken beim Kragen packen, aber nicht wir. Lass sie. Ist nichts für dich, lieber Witja. Fällst mir auch nicht zur Last, werde dich weiterhin betuteln zu meiner eigenen Freude, bleib bei uns wohnen. Lernst noch etwas. Kann dir auch selbst noch etwas beibringen. Suchst dir einen ruhigen Dienst. Schau, auch Taissa weint. Besinne dich, Witja. Besudele dich nicht für alle Zeiten. Ich sterbe bald, muss es nicht mehr lang erdulden, es geht mir um dich. Fahr nicht fort, Witja, mein Lieber, bleib bei uns. Magst nicht vielleicht eine Zucht anfangen? Sie reden jetzt viel von Heilkräutern. Oder vielleicht Kaninchen. Könntest du, mit Taissa zusammen. Ich ertrag es nicht, Witja, ertrag das nicht! Oder, wenn du magst – ich verkaufe das Haus, und du fängst damit etwas an. Ich und Taissa sind mit allem einverstanden. Geh nicht fort, mein Lieber.

Dein Vater Wsewolod Wawitsch»

Er unterzeichnete mit den gewohnten Schnörkeln und machte einen Klecks.

Wsewolod Iwanowitsch klebte das Kuvert zu, seufzte, und obendrauf schrieb er bei fast erloschener Lampe, kaum noch die Buchstaben sehend:

«An Wiktor».

Legte die Feder hin. Tunkte sie aber noch einmal ins Tintenfass und fügte hinzu:

«Wsewolodowitsch Wawitsch».

Er wollte das Kuvert noch schöner und bedeutungsvoller machen. Schon fast blind fügte er unten an:

«Von Wsewolod Wawitsch».

Vorsichtig drehte er den Schlüssel im Türschloss, schlich auf Socken über die knarrenden nächtlichen Dielenbohlen zum Sohn ins Zimmer und legte den Brief mitten auf den Tisch.

ZUCKER ZUM TEE

Nadja hatte früher, wenn sie das Wort «Arbeiter» aussprach, nach diesem Wort stets eine leichte Pause eingelegt, ein Atemholen sozusagen. Nach allen Gesprächen und Büchern stellte sie sich Arbeiter wie die auf den Basreliefs deutscher Künstler vor – mit klugen, gesammelten, angespannten Gesichtern, alle nackt bis zum Gürtel, mit Schubkarren. Oder mit Vorschlaghammer über der Schulter und stolzer Haltung, das Gesicht ausländisch. Sie wäre nie auf den Gedanken gekommen, jene Klempner, die in der Küche die Wasserrohre reparierten, seien Arbeiter. Und hätte ihr das jemand gesagt, hätte sie gedacht: ‹Ja, aber keine echten.›

Sie stellte sich vor, dass sie vor ihnen stünde, während alle in Reihen auf Bänken säßen und in glühender Hoffnung sie ansähen. Sie aber spricht und spricht, und die Gesichter entbrennen mehr und mehr, sie ist eine Heldin, eine Jeanne d'Arc, und dann … sie führt sie … zieht mit ihnen in den Kampf auf die Barrikaden, in den «heiligen und gerechten Kampf».

Oder auch so: Sie wird verhaftet, sie lässt alle entkommen, nur sie bleibt, sollen sie sie doch festnehmen – sie opfert sich. Dann sitzt sie in Ketten, blickt aber «stolz und kühn». Und sie wäre gern verhaftet worden. Sie wird verhört, und sie erwidert, den Kopf erhoben:

«Ja. Ich habe das getan und werde es wieder tun, ganz gleich, was Sie mit mir anstellen und womit Sie mir drohen.»

Und alle würden sie erschrocken ansehen, verwirrt und vernichtet, voller Achtung und heimlicher Begeisterung. Sie spürte, wenn sie allein war und träumte, die hingerissenen Blicke, wie damals, wenn sie als kleines Mädchen vor Großmutters Trumeau sich zu sterben anschickte.

Als sie nun zum ersten Mal zu einem Zirkel aufgebrochen war, hatte Nadja ein weißes Krägelchen und weiße Ärmelaufschläge angelegt. Sollen sie sie doch verhaften, das wird sie ins rechte Licht setzen: das junge Mädchen und die Gendarmen.

Während sie hinter Wassiljew über das freie Gelände gegangen war, hatte sie diese Vorkehrungen vergessen; sie überlegte, wie sie beginnen könnte.

«Merken Sie sich, wo es langgeht», sagte Wassiljew zu Nadja. Sie schritten durch die Zweite Vorstadtstraße. «Und wie soll ich Sie ansprechen?»

«Walja.»

Wassiljew ging jetzt neben ihr wie ein Kavalier, und er riss vor Nadja die Pforte auf.

Im Hof hantierte Annuschka mit dem Samowar, überm Boden glühten die roten Feuerzähne des Gitters.

«Mach voran, mach voran», knurrte Filipp der Schwester zu.

In der Diele hörte man, wie jemand auf der Mandoline einen Walzer zupfte, und eine junge Stimme sagte:

«Nicht so. Gib her, Dummkopf, hab ich gleich.»

«Oh, sie sind schon da», sagte Filipp. «Geradeaus, immer geradeaus.» Er überholte Nadja und öffnete die Tür zu seinem Zimmer.

Drinnen stand dichter Rauch von billigem Tabak. Zwei Bürschchen saßen auf Wassiljews Bett und rissen sich unter Gelächter gegenseitig die Mandoline aus der Hand. Am Tisch saß ein alter Arbeiter und schaute sich aufmerksam eine alte Nummer der «Niwa» an. Zwei andere rauchten, vor ihnen lag ein kariertes Papier auf dem Tisch, darauf Spielsteine.

Alle blickten auf zur Tür, zu Nadja.

«Hier, unser Besuch», sagte Filipp fröhlich. «Was ist, kommt Kusma nicht?» Er beugte sich zu dem älteren Arbeiter hinab, flüsterte etwas. Die Bürschchen legten die Mandoline behutsam auf die Kommode und verstummten. Wenig später prusteten sie los. Blickten auf Filipp und wandten einander den Rücken zu – sie platzten schier vor Lachen.

Die Spieler schoben die Spielsteine zusammen und starrten auf Nadja. Der eine, rotschopfig und sommersprossig, knöpfte mit knochigen Fingern eilends den Hemdkragen zu, dabei blinzelte er wie schlaftrunken Nadja an.

Der Ältere lächelte mild und freundlich und verneigte sich auf seinem Stuhl ein ums andre Mal.

Nadja warf ihre Maskerade ab, den Umhang und das kleinbürgerliche schwarze Kopftuch. Aus Gewohnheit suchten ihre Augen nach einem Spiegel. In ihrem braunen Wollkleid und mit diesen weißen Manschetten stand sie plötzlich als gnädiges Fräulein da. Von Filipp traf sie ein schräger Blick. Er wollte schon loslegen, gab sich jedoch einen Ruck und sagte:

«Demnach warten wir nicht auf Kusma. Das, Genossen, ist die Genossin Walja, an Pjotrs Stelle. Ganz einfach, wir treffen uns zum Gedenken an meinen toten Großvater, und das Fräulein – er hat bei ihnen Holz gespalten, und sie erweist dem Verstorbenen die Ehre.»

Filipp zwinkerte und lächelte nach allen Seiten.

«Nehmen Sie Platz!», sagte Filipp. Alle ruckten und polterten auf einen Schlag mit den Stühlen, obwohl genug Platz war.

Nadja setzte sich, Filipp sprang zur Tür hinaus, und man hörte, wie er im Hof rief:

«Nun tummel dich doch, Herrgott nochmal. Von wegen – duster! Dem Dummen ist es auch tagsüber duster.»

«Worüber wollen wir uns heute unterhalten?», sagte Nadja und holte Luft.

Alle beugten sich näher. Auch das Bett unter den Burschen quietschte.

«Ich denke, ich erzähle Ihnen, wie die Regierung dem Volk das Geld abnimmt, auf welche listige Weise …»

‹Spreche ich auch nicht zu dumm?›, überlegte Nadja. Sie runzelte die Stirn und errötete.

«Ja, ja», meinte der Ältere zustimmend.

«Sie zum Beispiel rauchen.»

Der Rotschopf blickte verdrossen auf Nadja, dann aufs Oberlicht am Fenster.

«Nein, nein, nicht des Rauchs wegen, sondern Sie kaufen Tabak …»

In dem Moment stürmte Filipp zur Tür herein.

«Worum geht es, worum geht es?», fragte er atemlos.

«Warte, wir sind schon dabei.» Der Ältere wehrte mit der Hand ab.

«Oder die Zündhölzer», fuhr Nadja fort. «Geben Sie mir eine Zündholzschachtel.»

«Oh, hier, bitte!» Der eine Bursche sprang auf und streckte hinter Nadjas Rücken ein Schächtelchen vor. Nadja deutete auf die Bauchbinde, die Burschen standen auf, und alle schauten, als hätten sie dieses gewöhnliche Etikett auf der Schachtel noch nie zuvor gesehen.

«Mhm, mhm. Nur zu, nur zu!» Der Ältere ermunterte Nadja.

Nadja sprach vom Petroleum, vom Zucker.

«Wir beißen vom Zucker immer nur ein Stückchen ab», sagte der rotschopfige Arbeiter, den Blick zum Tisch. «An uns ist da nicht viel zu verdienen.»

Auf dem Bett wurde gekichert. Filipp blickte nach hinten – Grünschnäbel! Zum Tisch vorgebeugt, um über Nadja hinweg den Rotschopf zu sehen, legte Filipp dann heftig los, als hätte er sich bislang mühsam zurückgehalten:

«Ist das in Ordnung? Hm? Auf dem Land trinken sie den Tee ganz ohne Zucker, lutschen am Finger, das war's schon. Was ist das? Ist das gerecht? Die Genossin erklärt dir doch, dass den Leuten viel zu viel ...»

«Nein», sagte Nadja, «genau darum geht es. Auch wenn alle, alle Zucker nur in winzigen Mengen essen. Aber sie sind ja Millionen und Abermillionen, und solche Mengen könnten die Reichen niemals verzehren, auch wenn sie ...»

«Sollen sie sich die Zähne abwetzen an diesem Zucker!» Filipp stand ihr bei. «Sollen sie ihn sich ins Nasenloch stopfen, wenn in den Rachen nichts mehr reingeht.»

«Trotzdem ...», fuhr Nadja fort.

Da wurde auf dem Bett Gemurmel laut. Filipp wandte sich verärgert um – schon wieder?

«Ist Ihnen etwas unklar?», fragte Nadja. «Fragen Sie ruhig, bitte.»

«Ach nö, der kommt da mit dummem Zeug.»

«Was denn? Bitte!» Nadja beharrte und wandte sich gänzlich zu den Burschen um.

«Ach, gehört nicht hierher», meinte der Bursche, der Nadja die Streichhölzer hingestreckt hatte. «Bloß dummes Zeug.»

Der andere sah zu Boden, die Tolle hing ihm in die Stirn.

«Reden Sie nur!» Nadja wartete.

«Nun red schon, was ist», sagte Filipp.

Der Bursche warf den Kopf hoch: «Der da sagt: Frag sie mal, sie soll sagen, ob es Gott gibt.»

Filipp streckte alle fünf Finger zum Herrgottswinkel aus: «Da hast du Götter, einen ganzen Winkel voll! Such dir aus, welchen du magst, und schlepp ihn heim, meinetwegen im Sack.»

«Darüber sprechen wir noch», meinte Nadja.

In dem Augenblick horchten alle auf die Frauenstimme, die aus der Diele rief: «Was ist, sag ich, nehmt ihr den Samowar? Es kocht, sag ich, ärger wird's nicht.»

Beide Burschen sprangen federnd vom Bett und stürzten fröhlich in die Diele.

Filipp brachte Geschirr und Kringel.

Als der Rotschopf den Zucker in winzige Stückchen zerlegte, sagte sein Nachbar lachend, über den ganzen Tisch:

«Was machst du, willst die Staatskasse ins Grab bringen?»

Nadja wusste nicht, ob sie wie die anderen vom Zucker abbeißen oder ein Stück in die Tasse tun sollte.

Filipp klatschte Nadja mit dem Löffel ein großes Stück hinein, sodass der Tee auf die Untertasse schwappte.

AN DER KETTE

Eine Hand streckte sich an Nadja vorbei, und der eine Bursche sagte schmunzelnd:

«Hätten wir jetzt ein paar Brezeln und … von dem indirekt Besteuerten eine Flasche.»

Alle lachten. Als wäre ein Korken geknallt, redeten nun alle durcheinander. Nadja kamen diese Gespräche wie Applaus vor. Bescheiden und bedeutsam nippte sie an ihrem Tee.

«Ja, Tee hin oder her», sagte der Rotschopf, über die Untertasse geneigt, «dem Klaren sprechen wir zu» – er blies auf die Untertasse –, «und das sogar gehörig.»

«Lässt den Staat verdienen, dafür kriegst eine Wohnung umsonst, mit staatlichem Schloss vor der Tür.»

«Und als Dreingabe kriegst noch eins aufs Dach», warf der eine Bursche vom Bett her ein.

«Also wirklich, Genossen, auf die Polypen sauer sein, und das wegen Saufgeschichten!», sagte Filipp, sagte es laut und drehte sich seitwärts zum Tisch. Er fuchtelte mit den Armen, fast hätte er Nadja gestoßen. «Polyp ist Polyp! Und nicht dein Patenonkel! Aber wenn dir von den eigenen Leuten einer in die Suppe spuckt, wie find ich das?»

Alle schauten Filipp an.

«Ist doch wahr», fuhr Filipp laut fort. «Nehmt einen Meister. Braucht nicht lang zu suchen, unseren zum Beispiel. Der ist doch, und gar nicht indirekt, sondern ganz direkt, kann man sagen, ein Meckerer und Parasit am werktätigen Menschen.»

«Was soll dieses ‹Meister, Meister›», sagte der Ältere. Er lehnte sich im Stuhl zurück, blickte Filipp geradewegs an. Jetzt lächelte er nicht mehr. «Du sagst – der Meister. Aber das ist seine Arbeit. Nimmst du diesen Meister weg, was dann los ist, weißt du – brauchen wir gar nicht reden davon …»

«Brauchen wir nicht reden davon?», schrie Filipp. «Und wieso saugt er einem das Blut aus? Baut er sich vielleicht ein Haus von unseren Kopeken?»

«Die Kopeken kriegt nicht er», sagte der Rotschopf. Er schlürfte ein Glas Tee ums andere aus der Untertasse.

«Ich sag dir», hob der Ältere wieder an, «lass das, Filipp. Würden sie dich als Meister hinstellen, wärst du ein Einpeitscher schlimmer als Ignatytsch. Ganz unbedingt.»

«Was brauch ich das, diese Meisterei. Macht mich nicht an. Als ob ich das bräuchte.» Filipp war gekränkt.

«Ob du das brauchst oder nicht, ich sag dir jedenfalls: Warst du bei den Soldaten?» Der Alte neigte sich vor. «Warst du, sag? Nein? Aha. Weißt du, wie es da zugeht? Soldat ist Soldat, da drückt sich und kneift jeder, aber kriegt einer einen Streifen auf die Achselklappe, einen bloß, schon ist er Chef und hält dir seine Stiefel vor die Nase: Sauber machen! Dabei hat er gestern noch selber vor dem Truppführer scharwenzelt und geschwitzt. Ja.»

«Ich sage», hob Filipp laut an und sah zu Nadja: Was sie wohl meinte?

«Was du alles sagst», murmelte der Alte und beugte sich über den Tee.

«Nein!», sagte Nadja. Sie spürte, dass sie unbedingt etwas sagen musste, dass nicht nur Filipp wartete. Sie wollte Filipp unterstützen. «Nein! Genosse Filipp hat, wie mir scheint, zum Teil Recht.»

«Unser Gießereimeister», sagte der Rotschopf, «ist ganz in Ordnung, dem kann man nichts übel nehmen.» Der Rotschopf hatte sich heimlich den Kragen wieder aufgeknöpft.

«Es geht nicht darum, was für ein Mensch er zufällig ist. Genosse Filipp möchte ja nicht einmal Meister werden.»

Filipp nickte eilfertig.

«Weil nämlich die Lage eines Meisters offenbar so beschaffen ist, dass sie … dass sie einen besonderen Typ hervorbringt.»

«Eben, einen Typ!» Filipp griff es auf. «Einen rechten Dreckskerl bringt sie hervor.»

«Egal, was für ein Mensch er ist, aber …»

«Und wär er noch so heilig!» Filipp fuchtelte mit den Armen. Er stand auf und wanderte durchs Zimmer, zwei Schritt hin, zwei zurück.

«Er hat aufzupassen, dass die Kopeken des Besitzers …», fuhr Nadja nunmehr kühner fort.

«Rubel müssen es sein!» Filipp blieb hinter Nadja stehen, über ihrem Kopf bewegten sich seine Hände. «Rubel drischt er aus den Menschen heraus, das Aas, aus seinen eigenen Leuten. Und schaut sie nicht mal an, der Unmensch, hat Angst, es könnt einer einen Lohnzuschlag verlangen.»

«Ein Mensch, der Meister wird», fuhr Nadja fort, «weiß natürlich, worauf er sich einlässt. Er verlässt seine Klasse bewusst.»

«Ansonsten ist ihm nicht die Bohne bewusst», fügte Filipp hinzu und ging wieder auf und ab.

«Er ist natürlich bereits ein Abtrünniger. Es gibt Berufe, die so etwas vorbestimmen», sprach Nadja; sie geriet in Feuer. «Es gibt solche Berufe, Genossen!»

Nadja war aufgestanden, hielt sich an der Lehne ihres Stuhls fest. Alle blickten zu ihr. Auch Filipp blickte mit heißen Augen.

«Es gibt Berufe, die von vornherein das Verhältnis eines Menschen zur Gesellschaft bestimmen. Im alten Deutschland der Henker ...»

«Eben, ja, ein Henker, ein ausgemachter Henker!» Und Filipp klatschte in die Hände.

«Der Henker, der hatte im Bierkeller sogar seinen eigenen Krug, an einer Kette, damit keiner zufällig daraus trank, und es redete auch keiner mit ihm.»

«Gibt auch nichts zu reden mit den Dreckskerlen. Was wäre das mit denen für ein Gespräch? Du sagst ihm das eine, er dir ...»

«An einer Kette, sagen Sie?» Der rotschopfige Gießer verschlang Nadja mit den Augen.

Nun krakeelten alle.

Derweil war die Tür einen Spalt aufgegangen, und ins Zimmer schob sich leise ein Mann in grauer Joppe und russischen Stiefeln. Dem Aussehen nach ungefähr vierzig. Er blieb schweigend bei der Tür stehen, betrachtete die Versammlung. Filipp bemerkte ihn nicht sofort. Doch als er aufsah, stieß er hervor:

«Oh, Kusma Jegorytsch!»

«Macht nur, macht nur weiter.»

Aber alle verstummten. Der Samowar sang in besinnlichem Tonfall, als wäre nichts gewesen.

Filipp flüsterte halblaut mit Kusma an der Tür.

«Aha, über die indirekten Steuern», hörte Nadja hinter ihrem Rücken.

«Wir sind eigentlich schon fertig ... Ja, ja, anstelle von Pjotr ...»

Und sie traten hinaus in die Diele.

HUNDEGEBELL

Nadja erhob sich dezent. Sie hatte ihren Umhang schon halb übergeworfen, als Filipp ins Zimmer gesprungen kam und ihr zu Hilfe eilte. Sein Gesicht war rot, er lächelte, war voll Dankbarkeit geschäftig, suchte nach Nadjas Kopftuch. Nahm es zweimal von einer Hand in die andere und reichte es ihr.

Den Kameraden nickte er zu:

«Ich geh begleiten, ihr verzieht euch dann einzeln.»

Nadja schlug einen forschen Schritt an, als müsste sie es noch zu zwei Treffen schaffen. Filipp ging neben Nadja, wandte sich ihr zu, beugte sich über sie. Jetzt gingen sie direkt durch die Zweite Vorstadtstraße.

«Hatte ich Ihnen ja gesagt, Genossin» – Filipp beugte sich zu ihr –, «über die Meister, das war's, haben Sie gemerkt? Ich sag Ihnen, ich kenn mich aus. Prima haben wir zwei das, nicht?»

«Ja», sagte Nadja trocken. «Aber ich glaube ...»

«Von wegen den Streichhölzern, glauben Sie? Das war auch prima. Ich kenn mich doch aus. Hab's ja gesehen. Ehrlich gesagt, hab ich befürchtet – nehmen Sie es nicht übel: eine Frau, hab ich gedacht, wie wir sagen, 'tschuldigen schon, ein Weib. Die fängt an, hab ich gedacht, im sechzehnhundertvierunddreißiger Jahr in Amerika, wo die Teufel sich gute Nacht sagen … Aber jetzt, ich weiß doch, straf mich der Herrgott, die sitzen jetzt dort und sagen: Was der Filipp für ein Weib mitgebracht hat, also wirklich! Ich sag's Ihnen.»

Nadja blickte Filipp an.

«Biegen wir ab, hier ist es ruhiger.»

Sie traten in eine leere Gasse. An den geschlossenen Fensterläden waren hie und da Lichtkanten zu sehen.

Filipp nahm Nadja leicht am Ellbogen. «Gehen wir in der Mitte, sonst kommt plötzlich ein Hund.»

«Haben Sie eigentlich etwas gelernt?», fragte Nadja. Fragte mit teilnahmsvoller, freundlicher Stimme.

«Ach, gelernt? Ich hab mir alles selbst. Zurzeit besuche ich …» Und Wassiljew erzählte, wie er jene Volksuniversität besuchte, die ein alter Herr, ein Bekannter der Tiktins, eingerichtet hatte. «Astronomie, wie die Erde zustande gekommen ist. Wissen Sie, sonst ist das ja – nichts als Adam und Eva, und zack! ist die Welt da.»

Plötzlich kam aus der Finsternis, mit unterdrücktem Geheul, wie eine Kugel ein Köter angeschossen, ein schwarzer Fleck auf dem grauen Weg.

Filipp schob Nadja rasch mit der Hand beiseite und stellte sich dem Hund entgegen.

«Du Aas!» Filipp bückte sich nach einem Stein. Der Hund stoppte im vollen Lauf, rutschte im Staub auf allen vier Pfoten weiter, drehte um, sprang zur Seite und bellte wie rasend. Filipp tastete den Boden nach einem Stein ab.

«Keine Angst», rief er Nadja durch das Gebell zu, «den hab ich gleich.»

Aus allen Höfen klang erregtes, unruhiges Hundegebell.

Filipp hatte einen großen Pflasterstein ertastet, holte aus und warf. Man hörte, wie der Stein auf etwas Festes plumpste, und der Hund jaulte erbärmlich. In den Höfen verstummte das Gebell für einen Moment und brach dann mit neuer Macht los.

«Ach, muss das sein», sagte Nadja.

Da klirrte ein Riegel, und eine derbe Männerstimme brüllte aus dem Dunkeln über die ganze Gasse:

«Was klamaukst du hier rum, Saukerl? Dir gehört die Fresse poliert.»

«Und du gehörst mit deinem Hund an die Kette gelegt. Lässt einen nicht vorbei», rief Filipp von der Straße.

Ein weißer Fleck löste sich vom schwarzen Zaun, ein Mann kam dumpf durch den Staub geschritten.

«Habt wohl lang keine Abreibung mehr gekriegt», sagte er, als er auf Wassiljew zutrat. «Treibt sich hier mit Mädels rum.»

Nadja hörte schlecht vor lauter Hundegebell, sie sah nur, wie Filipp einen Satz zur Seite machte, dann knallte eine Ohrfeige und danach ein anderer, dumpfer Schlag. Das weiße Hemd stürzte in den Staub.

«Los, los jetzt», sagte Wassiljew, schwer atmend. Er hakte Nadja unter, fest, wie er es vorher nicht getan hatte, er hob sie beinahe hoch, und so vorwärts getrieben trabte sie neben seinen ausgreifenden Schritten her.

«A-ah!», röchelte hinter ihnen eine weinerliche Stimme, ein Stein kam geflogen und fiel irgendwo zu Boden.

Filipp fuhr auf, blickte sich um. Er verhielt den Schritt.

«Gehn wir, gehn wir», flüsterte Nadja, schwer atmend.

«Wirft auch noch Steine, der Dreckskerl!», zischte Filipp. «Völlig ungehobeltes Volk», sagte Filipp, als sie in eine beleuchtete Straße einbogen. «Wilde und Eingeborene, könnte man sagen.»

Sie kamen allmählich in die Stadt. Filipp ließ Nadjas Arm los, und ein bisschen war das schade. Er ging nebenher, sah zu Boden.

«Haben Sie nie versucht, selbst Unterricht zu nehmen?», fragte Nadja. Fragte ehrerbietig und behutsam.

«Ein Kollege hat angefangen, mit mir Russisch zu üben ...»

‹Ein Kollege, ein Kollege›, fuhr es Nadja durch den Kopf. ‹Ah so, ein Student! Nett und komisch.›

«Wir kamen bis zu den Verkleinerungsformen, den Zärtlichkeitsformen, dann hatte er keine Zeit mehr. Sodass es ...», sagte Filipp, zu Boden gerichtet.

«Ja, ohne Anleitung ist das schwer», meinte Nadja. «Wir könnten darüber mal ...»

Nadja näherte sich schon dem Haus, wo sie sich bei einer Freundin umgezogen hatte. Sie blieb stehen.

«Also, vielen Dank auch», sagte Filipp und schüttelte fest Nadjas Händchen. Es war für Nadja schmerzhaft und angenehm, dass ihr Händchen völlig in Filipps fester, heißer Hand verschwand.

WIE AUF DER TAFEL

Andrej Stepanowitsch brach auf zum Dienst. Er säuberte im Vorzimmer seinen grauen Filzhut mit einer weichen Bürste. Säuberte ihn sorgfältig, an der Krempe, in den Winkeln. Im Wohnzimmer fuhr Hausmädchen Dunjascha lautlos mit der Bürste über das blanke Parkett. Es klingelte, Dunjascha stürzte zur Tür. Auf der Schwelle stand Baschkin, ein Päckchen unterm Arm, und verbeugte sich lächelnd vor Andrej Stepanowitsch. Er wippte, lächelte und trat nicht ein. Andrej Stepanowitsch setzte eine förmliche Miene auf.

«Bitte! Wenn ich bitten darf!» Und er schwang die Bürste einladend in einem Bogen durch die Luft.

Baschkin trat ein.

«Nur für einen Moment, darf ich?» Baschkin verbeugte sich immer noch und lächelte schon ein wenig ironisch.

«Wenn Sie die Güte hätten», sagte Tiktin und widmete sich erneut der Bürste.

Nadja wunderte sich – wer kam so früh? Da verbeugte sich Baschkin bereits an der Tür des Esszimmers. Anna Grigorjewna nickte ihm vom Tischende zu. Baschkin schleuderte weit die Beine vor, bog und wand sich, trotzdem stieß er an Stühle. Schon vorsorglich hob er die Hand hoch, um sie Anna Grigorjewna zu reichen. Er setzte sich neben Nadja, setzte sich auf die Stuhlkante, drückte fest die spitzen Knie gegeneinander, legte das Päckchen darauf und begann, leicht wippend:

«Sie erinnern sich, Sie baten mich ...» Er sah Nadja eindringlichen Blickes an und sprach mit melancholischer, intimer Stimme: «Sie baten mich ...»

Anna Grigorjewna wurde argwöhnisch – so spricht man von verlassenen Mädchen und kranken Mütterchen.

«Gewiss vor zwei Monaten schon, glaube ich. Sie baten, ob ich Ihnen nicht eine deutsche Nietzsche-Ausgabe besorgen könnte», fuhr Baschkin mit derselben Stimme fort, «ja, und es ist mir gelungen, für Sie eine zu besorgen, das ist sie, dieses Buch.» Baschkin legte den in eine Zeitung eingeschlagenen Band auf den Tisch.

«Kann ich Ihnen Tee einschenken?», fragte Anna Grigorjewna und griff zur Teekanne.

«Nein, besten Dank, ich trinke keinen Tee», sprach Baschkin ohne Hast, verneigte sich dabei im Takt der Worte.

«Sie können auch Kaffee haben, wenn Sie mögen.» Anna Grigorjewna streckte die Hand zur Klingel aus.

«Nein, besten Dank ... ich trinke auch keinen Kaffee.»

«Was trinken Sie dann?», fragte Nadja.

«Ich … trinke nichts», sagte Baschkin leise und gemessen. Er sah Nadja mit tiefem Blick in die Augen. «Ich … trinke nichts … bis zum Abend, bis um sechs Uhr.»

Da pochten unbekannte Schritte durch den Flur, schwer und fest. Aljoscha Podgorny trat ins Esszimmer, hinter ihm schob sich Sanka herein.

«Oh!», rief Baschkin. «Wie ich mich freue!» Er sprang auf und schritt, albern die Beine spreizend, auf Podgorny zu. Mit Aplomb schwang er die Hand und klatschte sie aus vollem Schwung gegen Aljoschas Hand.

Aljoscha ergriff Baschkins Hand und verbeugte sich zugleich vor den Damen.

«Setzen Sie sich, setzen Sie sich!» Baschkin war beflissen. «Das, meine Herrschaften», rief Baschkin mit Straßenstimme und reckte seine schmale Brust, «ist ein bekannter Naturforscher und Athlet, er kennt sämtliche Käferchen mit Vor- und Vatersnamen und wuchtet sich einen lebendigen Stier auf die Schultern!» Baschkin führte den Arm mit der Geste eines Jahrmarktschreiers zur Seite.

Aljoscha setzte sich. Baschkin pflanzte sich auf den Stuhl daneben, schob den Ellbogen auf den Tisch, verzog dabei das Tischtuch. Nadja hielt das Milchkännchen fest. Baschkin stützte den Kopf auf, raufte sich dramatisch die Haare und wandte sich an Aljoscha.

«Hören Sie, höchstwahrscheinlich stammen Sie aus irgendwelchen Wäldern, finstren Wäldern?» Mit der freien Hand zeichnete Baschkin einen Ballon in die Luft. «Na? Hab ich's erraten? Stimmt doch? Erzählen Sie uns von den finstren Wäldern, wo die wilden Tiere hausen!», deklamierte Baschkin.

«Hören Sie, hol Sie der Teufel, nehmen Sie Ihre Beine weg», sagte Sanka, der gestolpert war.

Anna Grigorjewna blickte den Sohn vorwurfsvoll an.

«So was», brummte Sanka, «zwei Beine, aber andauernd stolpert man, als wär's ein Tausendfüßler …»

Baschkins Bein zuckte, doch er blieb breitbeinig sitzen.

Anna Grigorjewna beugte sich vor. «Verzeihen Sie – Ihr Vor- und Vatersname?»

«Basch-kin!», rief Baschkin. «Einfach – Semjon Baschkin.» Und er starrte erneut Aljoscha an.

«Was schreien Sie so?», knurrte Sanka. «Sind hier nicht in der Bierkneipe, hol Sie doch wirklich der Teufel.»

Anna Grigorjewna und Nadja wandten den Blick nicht von Baschkin.

Baschkin zerrte Aljoscha heftig an der Schulter. «Erzählen Sie, erzählen Sie!»

«Lassen Sie, ich verschütte den Tee.» Podgorny grinste spöttisch.

«Erzählen Sie doch, oder ich gehe», schrie Baschkin. «Sie können nicht? Die Zunge wie festgeklebt?» Baschkin sprang auf, der Stuhl polterte. «Meine Verehrung allerseits», sprach Baschkin unter der Tür, nickte schon halb abgewandt und schritt in den Flur.

«Hör mal, das hat ihn gekränkt.» Anna Grigorjewna blickte kurz auf ihren Sohn, stand auf, warf die Serviette auf den Stuhl und eilte Baschkin nach.

Baschkin hatte den einen Mantelärmel übergestreift und eilte zur Tür. Er sah Anna Grigorjewna, sprang aber hinaus. Das Schnappschloss klackte. Anna Grigorjewna seufzte und kehrte um. Doch ein Klopfen an der Tür hielt sie auf. Sie öffnete. Den Blick zu Boden gesenkt, sagte Baschkin:

«Ich habe, glaube ich, etwas vergessen.» Und er tastete über das Spiegeltischchen.

Anna Grigorjewna schaute ihn unverwandt an. Ihre Blicke trafen sich im Spiegel, und Anna Grigorjewna sah Tränen in Baschkins Augen.

«Mein Lieber, nehmen Sie es uns bitte nicht übel, mein Sohn ist manchmal grob. Das macht doch nichts, bitte, kommen Sie wieder … ich würde mich freuen, Herr Baschkin. Das sind doch Lappalien. Ach ja, was haben Sie denn vergessen?» Anna Grigorjewna sah sich um.

«Habe vergessen, mich von Ihnen zu verabschieden», sagte Baschkin mit gepresster Stimme. Er haschte nach Anna Grigorjewnas Hand und drückte sie lange und fest an die Lippen.

Rot im Gesicht kehrte Anna Grigorjewna zum Tisch zurück.

Baschkin lief rasch, drei Stufen auf einmal, die Treppe hinab, in seinem Inneren wirbelte es, und Baschkin wusste noch nicht, ob ihm das gelungen war soeben, er schritt aus, sosehr er konnte, rannte beinahe. Er kam außer Atem und blieb plötzlich stehen, blieb wie angewurzelt auf dem Trottoir stehen. Von hinten stieß ein Passant in vollem Lauf gegen ihn. Baschkin machte einen tiefen Bückling.

«Entschuldigen Sie, um Gottes willen, Pardon. Ich habe Sie gestoßen.»

Da erst bemerkte Baschkin, dass die Sonne vom Himmel herab die Straße entlangschien und dass die belebte Straße nicht lärmte, sondern fröhlich schnurrte, und dort auf der anderen Seite hüpfte ein Mädchen mit einer Tüte. Hielt sie vor der Nase, wahrscheinlich war es in den Kaufladen geschickt worden. Das Mädchen blieb stehen. Es schaute zu, wie ein Junge einen anderen auf einem kaputten Kinderfahrrad zog. Baschkin schritt über die Straße, er schob seine Mütze leicht in den Nacken und lächelte.

«Na, lass mich mal!» Baschkin packte das Rad am Lenker und zog es über das holperige Trottoir. Den Fahrer warf es hoch, und er wusste nicht, ob er weinen sollte oder ob das gut war. Der andere kam hinterhergerannt und sah Baschkin böse an.

Baschkin richtete sich auf und fragte außer Puste:

«Wie heißt du?»

«Das ist mein Fahrrad», sagte der Junge und packte es am Lenker.

Baschkin lachte. Der Junge stieß seinen Kameraden vom Sattel und schob das Rad fort. Das Fahrrad klapperte über die Steine. Baschkin stand immer noch da und lächelte gequält. Der Junge drehte sich um und streckte die Zunge heraus. Baschkin blickte um sich. Von der anderen Straßenseite betrachtete ihn ein Mann, betrachtete ihn ohne Lächeln, träge. Wandte sich nun ab und ging ohne Hast seiner Wege. Ein Mann in kurzem Mantel und Mütze, wie ein Austräger, der nichts zu tun hat.

‹Widerwärtig, dass es jemand gesehen hat›, dachte Baschkin. Doch von neuem hörte er, wie die Straße in der Sonne schnurrte, er schüttelte sich und schritt über das Trottoir, stieß sich ab mit fröhlichen Beinen.

Ihm fiel ein, wie es bei den Tiktins gewesen war, und er verhielt den Schritt.

‹Nein, nein›, flüsterte Baschkin, ‹es könnte ja auch nichts gewesen sein, gar nichts, keine Tiktins. Alles nochmal von vorne. Weggewischt› – Baschkin fuhr mit der Hand durch die Luft –, ‹wie von der Tafel.›

Ihm fiel ein, wie der Franzose im Gymnasium gesagt hatte: «Effacez ça!», und die Schüler wischten es von der Wandtafel.

‹Von vorne, ich fange neu an›, dachte Baschkin. Er wusste noch nicht, wie – und schritt fröhlich vorwärts.

Er blieb vor einem Bücherschaufenster stehen und betrachtete die Bücher. Gerne hätte er etwas Neues und Ernsthaftes gekauft.

«Ein Beitrag zur Untersuchung der äußeren Sinnesorgane beim Flussneunauge», las Baschkin und schaute, wie sich in der Scheibe die vorüberhuschenden Passanten spiegelten.

Wieder der Mann im kurzen Mantel. Baschkin hatte ein Gefühl, als zwickte ihn etwas zwischen den Schulterblättern. Er ruckte mit dem Rücken und blickte sich um.

Der Mann stand vor einer Anschlagsäule. Er hatte zu Baschkin herübergesehen und richtete den Blick nun sofort auf einen Anschlag.

R. UND S.

Baschkin schwankte zwischen zwei Empfindungen. ‹Sind alles Dreckskerle, auch die Jungen. Sumpf und Spinnweben. Spuck ich drauf, spuck ich drauf!› Dann zogen sich die Lippen auf dem angeödeten Gesicht herab. ‹Oder von vorne, ein Neuanfang. Frisch, munter, fröhlich, Funken sprühend.› Baschkin lächelte und schritt rascher aus.

Er hatte an diesem Tag drei Nachhilfestunden.

Die eine Stunde geriet langweilig, zum Speien. Aber die beiden anderen liefen munter. Besonders fröhlich und herzlich wurde es mit Kolja.

Zu Hause scherzte Baschkin mit der Alten. Und abends ging er daran, «Gedanken» aufzuzeichnen. Gerne hätte er den Neuanfang verankert. Er hoffte, es gelänge ihm, Thesen zu formulieren. Thesen, nach denen er leben wollte. Er zog das Kuvert mit den Postkarten vor und beschloss, sie zu vernichten.

‹Die vernichte ich! Verbrenne ich! Schau sie mir zum Abschluss noch einmal an – und in den Ofen damit! Was für ein Firlefanz›, dachte Baschkin fröhlich und legte die Schönheiten auf dem Schreibtisch zur Seite.

Er holte das Heft heraus und dachte nach, die Feder in der Hand. Schrieb die Zahl 1. Also die erste These.

‹Nicht lügen! Nicht lügen! Das Wichtigste ist – nicht lügen.›

Aber «nicht lügen» hinzuschreiben, konnte sich Baschkin nicht entschließen – wenn es jemand zu Gesicht bekäme? So brachte er zu Papier:

«1. N. l.»

‹Ich versteh es›, dachte Baschkin, ‹und sonst braucht es niemand zu verstehen. Zweitens. Was ist zweitens? Ruhe und Selbstvertrauen!›, beschloss Baschkin. Und voll Freude hielt er fest:

«2. R. und S.»

Ihm schien, als wäre das Schicksal gekommen und hätte ihm das weiße Blatt Papier gegeben: Was du aufschreibst, ist dein. Und es erschien ihm merkwürdig, dass ihm das nicht früher eingefallen war – war doch so einfach. Er überlegte begierig, was er sich noch wünschen könnte.

Es war schon nach eins in der Nacht. Gegen die Fenster trommelte der Regen, dadurch wirkte es im Zimmer gemütlicher. Baschkin legte sich aufs Bett und dachte nach, die Feder im Mundwinkel.

Heftiges Klingeln im Flur. Baschkin schrak auf. Sprang vom Bett. Die Klingel gellte erneut. Jenseits der Wand ächzte die Alte. Baschkin trat in den Flur. Er atmete hastig. Seine Hände zitterten leicht.

Die Alte steckte die Nase zur Tür heraus. «Fragen Sie, fragen Sie, wer es ist, sperren Sie nicht auf!»

«Wer da?», fragte Baschkin mit angespannter Kehle.

«Ein Telegramm für Fomina», antwortete eine Stimme.

«Für Sie ein Telegramm», sagte Baschkin zur Alten.

«Du lieber Himmel! Um die Zeit.»

Baschkin öffnete.

Zwei Schutzleute und ein Revierbeamter schlüpften rasch zur Tür herein. Und der verschlafene Hausknecht schaute Baschkin mürrischen Blicks an. Es roch nach feuchtem Tuch.

«Sie sind wohl der Herr Baschkin?», fragte der Revierbeamte und näherte Baschkin sein pockennarbiges graues Gesicht.

Baschkin wich verwirrt zu seiner Tür zurück. Der Revierbeamte sah sich zu dem Hausknecht um.

Der Hausknecht nickte.

«Das da, das ist das Zimmer von ihm», sagte der Hausknecht mit gelangweilter Stimme. Er lehnte mit der Schulter am Türpfosten und kramte einen Tabaksbeutel aus braunem Stoff hervor.

«Was wollen Sie? Reinschauen?», sagte Baschkin gepresst und versuchte ein Lächeln. Die Feder zitterte leicht in seiner Hand.

«Dies ist eine Haussuchung auf Anordnung der Geheimen Staatspolizei», sagte der Revierbeamte mit mürrischer, erschöpfter Stimme. Er holte ein Taschentuch hervor und wischte sich den nassen Schnauzbart ab. «Setzen Sie sich!» Er deutete auf die Bettkante. «Stell dich da hin!» Der Revierbeamte stieß den Schutzmann mit dem Finger. Der Schutzmann tat einen schweren Schritt und stellte sich neben das Bett.

Die Jacke auf der Brust zusammenhaltend, steckte die Alte vom Flur die Nase herein.

«Ganz recht, ganz recht», sagte der Revierbeamte, «soll sich anziehen, kann das Protokoll unterzeichnen.» Er ließ sich schwer auf einen Stuhl fallen und schob die Mütze in den Nacken. Noch keuchend, zog er an der Tischschublade.

«Da sind Sachen, die nicht von mir …», sagte Baschkin und wollte vom Bett hoch.

Der Schutzmann streckte den balkendicken schwarzen Mantelärmel aus.

«Bleiben Sie sitzen.»

«Das wird alles aufgeklärt … dort im Amt», knödelte, gelangweilt und bedeutsam, der Revierbeamte, während er in Baschkins

«Gedanken» blätterte. «Aha, aha!» Er legte das Heft beiseite. «Keine Waffen?», fragte er, ohne sich umzuwenden.

«Was für welche, was für welche?», fragte Baschkin. «Ein Messerchen habe ich.» Baschkin zog eilfertig ein Federmesser aus der Tasche und hielt es dem Revierbeamten auf der zitternden Hand hin.

«Keinen Revolver oder – Bomben?», sagte der Revierbeamte, dabei betrachtete er die Ansichtskarten mit den Schönheiten. «Interessieren sich fürs weibliche Geschlecht?»

Der Schutzmann kicherte.

«Wo haben Sie Ihre Korrespondenz?» Plötzlich drehte sich der Revierbeamte zu Baschkin um, drehte sich heftig um, böse. «Die Briefe, wo sind die Briefe?»

Und wandte sich sogleich an den Schutzmann bei der Tür:

«Hol raus, was in der Kommode ist. Alle Papiere – her zu mir.» Er klatschte mit der flachen Hand auf den Schreibtisch. «Sag, sie soll eine Lampe bringen.»

Baschkin hörte, wie die Alte in ihr Zimmer schlurfte. Sie kehrte mit einer Lampe zurück und hielt sie dem Schutzmann hin – diensteifrig, geschäftig.

«Den Schirm können Sie abnehmen, ohne ist es heller.» Sie warf Baschkin einen bösen Blick zu. «So einer ist das also», flüsterte die Alte laut, «jetzt kommt es raus …»

Baschkin rutschte auf seinem Bett hin und her.

«Weshalb verdächtigen Sie mich? Was suchen Sie?», sagte er plötzlich mit lauter, bellender Stimme. «Ich habe nicht gestohlen. Bitte, ich zeige Ihnen alles. Herr Revieraufseher! Lassen Sie mich alles zeigen, das ist doch viel einfacher.»

«Sitzen bleiben», knurrte der Schutzmann kaum hörbar.

Da wurde heftig die Wohnungstür aufgerissen, es erklang melodisches Sporengeklirr. Ein Rittmeister der Gendarmerie stieß den gaffenden Hausknecht beiseite. Der Revierbeamte sprang auf und rückte die Mütze gerade.

«Nun?», fragte der Rittmeister.

«Ich konfisziere», erwiderte der Revierbeamte rasch und trat vom Schreibtisch weg.

Leicht vorgebeugt, blickte der Rittmeister sich um. Die Schöße des Uniformmantels schlenkerten.

«Baschkin – sind Sie das?»

Baschkin stand auf.

«Ja, ja, ich bin Baschkin, bloß begreife ich nicht, begreife überhaupt nicht» – Baschkin zog ein fröhliches Gesicht –, «wozu wird mir hier die Wäsche zerknittert, ist frisch aus der Wäscherei … heute … das heißt vorgestern …»

«Soso», sagte der Rittmeister, ohne hinzuhören. «Sie, Herr Baschkin, ziehen sich an, wir nehmen Sie fest. Hier machen Sie sich mal keine Sorgen, alles bei Ihnen bleibt heil.»

«Einliefern!»

«Zu Befehl», sagte der Schutzmann.

Er hielt den Mantel und half Baschkin, in den Ärmel zu treffen.

«Also wirklich, nichts, überhaupt nichts begreife ich», sagte Baschkin und lächelte gekünstelt.

Der Rittmeister warf die Bücher durcheinander.

NACKTE MENSCHEN

Anna Grigorjewna war, rot im Gesicht und in sich gekehrt, zum Tisch zurückgegangen, hatte sich gesetzt und aus fremden, zerstreuten Augen bald Sanka, bald Nadja angesehen.

Alle schwiegen eine Weile.

«Trotzdem, frecher Kerl, egal, was du findest», sagte Sanka, ohne sich an jemanden zu wenden. Einfach über den Tisch. Und trank einen Schluck Tee. Niemand antwortete. Plötzlich wachte Anna Grigorjewna auf.

«Nein, nein», hob sie an und errötete noch tiefer, «er hat sicher etwas durchgemacht, etwas Schreckliches ... oder ahnt sein Schicksal.»

«Ein tragisches, ach herrje», sagte Sanka mit vollem Mund.

«Pluster dich nicht auf, ich mag das nicht», sagte Anna Grigorjewna.

Nadja blätterte schweigend, die Augen zugekniffen, in dem Nietzsche-Band.

«Verzeihung, was haben Sie da?», fragte Podgorny. Er hatte zugeschaut, wie Nadja die Seiten umblätterte.

«Nietzsche, auf Deutsch.» Und sogleich heftete sie die zugekniffenen Augen auf Aljoscha. «Sagen Sie, mich würde interessieren ... Wenn Ihnen die Frage gestellt würde, von Kindern, sagen wir ... Wenn Sie, als Autorität, gefragt würden: Gibt es Gott? Nein, oder besser so: Glauben Sie an Gott?»

Sanka blickte auf Podgorny mit einem Lächeln, mit Hoffnung, bereit, sich zu freuen. Er wusste nicht, was Aljoscha sagen würde, ob ja oder nein, aber er war sich schon im Vorhinein sicher, dass es prima sein würde.

Nadja sah Aljoscha aus zugekniffenen Augen unverwandt an. Anna Grigorjewna stellte vorsichtig ihr Glas ab, damit es nicht klirrte.

«Muss wohl an ihn glauben», sagte Aljoscha, lächelte kurz und verfinsterte sich sogleich, «denn ich bin ihm jeden Tag gewiss hundertmal böse und beschimpfe ihn.»

«Und wenn Sie gefragt würden: Gibt es ihn?»

«Bin ich schon gefragt worden. Artikuliert kann ich darauf nicht antworten.»

«Hm, aha», sagte Nadja. «Dann tun Sie es auch besser nicht.» Sie nahm sich wieder das Buch vor.

«Natürlich, an einen Gott mit Bart, rittlings auf einer Wolke ...», begann Aljoscha. Er war leicht errötet.

«Das kenne ich», warf Nadja nachlässig hin, «Sie haben bereits geantwortet.»

«So konstatiert und formuliert sie», sagte Sanka. Er kniff ebenfalls die Augen zu und machte vor, wie Nadja den Kopf hielt.

«Schneid mir ein Brot ab», sagte Nadja.

«Ein eher bourgeoises oder ein proletarisches Stück?» Sanka nahm das Messer und grinste Nadja an.

«Wie abgeschmackt!»

«Sieh an, was für einen Sozi wir unter uns haben! Hab ich ans Allerheiligste gerührt.»

«Schneide mir, bitte schön, ein Brot ab», sagte Nadja streng.

«Was, ist schon die Diktatur an der Reihe? Ja?»

«Dummkopf.»

«Wir sind natürlich alle Dummköpfe. Aber ich sag dir, man bräuchte euch nur alle auf einer Robinson-Insel anzusiedeln – das Erste, was ihr bauen würdet, wäre eine Polizeiwache. Ja, ja, und obendrauf pflanzt ihr noch eine rote Fahne. Ich schneid ja schon, werd nicht böse.»

Sanka reichte das Stück Brot.

«Sagen Sie, sind Sie tatsächlich Sozialistin?», fragte Aljoscha, fragte es ernst und achtungsvoll. Nadja warf ihm einen schnellen Blick zu. Aljoscha sah Nadja weich und mitfühlend an.

«Ja, ich teile die Ansichten von Marx», warf Nadja hin.

«Eine langweilige Geschichte.»

Anna Grigorjewna seufzte und begab sich in die Küche.

«Höre, Nadja», begann Sanka fröhlich, «erzähl uns doch mal diesen Marxismus. Ja, schlicht und einfach. Na, stell dir vor, die

Erde im Urzustand, unbebaut, Wälder und Windbruch und so. Die Menschen alle nackt – wir fangen am Anfang an – und so nackig sitzen sie auf der Erde. Alle nebeneinander. Und wer am stärksten ist, der wird nun …»

«Bitte, lies zuerst mal etwas, dann faselst du keinen Unsinn mehr. Vor allem muss man lernen, marxistisch zu denken.»

«Ich begreife ja noch, dass man logisch denken lernt, aber alles andere – technologisch oder philologisch oder marxologisch, das ist wirres Zeug.»

Und Sanka blickte zu Podgorny: Stimmt doch? Spring mir bei.

Doch Aljoscha wandte sich zu Sanka und sagte halblaut und ernst:

«Das geht nicht auf wie beim Rechnen. Warst du mal verliebt? Dann weißt du, dass einem dann alles anders vorkommt. Was schlecht war, wird einem nun lieb und wert …»

«Ihr könnt euch hier verlieben», sagte Nadja, «für mich ist es Zeit …» Sie stand auf, und den Finger im Buch, ging sie in ihr Zimmer.

DIE WAAGE

Sanka Tiktin saß im Wägeraum des Universitätslabors. An den Wänden entlang Tische. Darauf, an stabilen Konsolen befestigt, chemische Waagen in Glasschränkchen. Sanka war allein, es war still und sauber. Die Waagen schauten angespannt und streng hinterm Glas vor. Aber das waren die fremden Waagen, mit denen wogen die anderen. Seine eigene Waage kannte und mochte Sanka. Sie erwartete ihn. Und wenn Sanka vorsichtig die Glasklappen hob und die Waage zum Schaukeln brachte, fing sie bereitwillig zu arbeiten an: Los, nur zu. Langsam und gelassen bewegte sich das Zünglein über die geriffelte Scheibe. Und Sanka wurde von fröhlicher Gelassenheit erfasst. Er legte mit der Pinzette vorsichtig die vergoldeten Wägestücke auf, die Waage wurde lebendig und strengte sich an. In diesem Raum durfte man nicht rauchen, hier herrschte leere, blitzende Sauberkeit, hier flüsterten alle und bewegten sich vorsichtig. Sanka achtete und mochte die Waagen. Er befand sich am Ende einer Analyse – drei Wochen Arbeit, drei Wochen hatte Sanka filtriert, getrocknet, erhitzt, jetzt würde er noch diese letzte Auswertung berechnen, und heraus kommen müssten hundert Prozent. Sanka hatte aber schon vorher gerechnet und spähte argwöhnisch, während er jetzt die Wägestücke auflegte – dass bloß nicht mehr herauskam, mehr als hundert Prozent. Ein bisschen weniger machte nichts. Sanka tauschte die Wägestücke aus, die Waage reagierte: Mal nach rechts, mal nach links schlug das Zünglein aus. Jetzt blieb noch das Letzte, nämlich auf den Waagebalken einen dünnen Draht zu stecken, vorsichtig, mit dem Hebel. Dieses Drahthäkchen verschob Sanka akkurat auf der Einteilung des Waagebalkens. Ah, und schon ging das Zünglein gleichmäßig in beide Richtungen. Durch die geschlossene Glasklappe beobachtete Sanka das Zünglein. Er rechnete das Gewicht nach. Ja, heraus kamen einhundertzwei Prozent. Sanka hielt die Waage an.

Noch einmal zählte er die Wägestücke zusammen – hundertzwei Prozent. Alles in Sanka war angespannt, aber mit den gleichen gelassenen Bewegungen setzte er die Waage erneut in Gang. Wie ein langsames Pendel kroch das Zünglein nach links und schwebte dann müde nach rechts. Die Waage schien eine bedenkliche Miene zu machen. Sie schaute zur Seite, konnte aber nichts anderes anzeigen.

Sanka entlud die Waage. Akkurat, mit angespannter Hand legte er die Wägestücke in die Samtkuhlen des Kästchens und ging, ohne sich noch einmal zur Waage umzudrehen. Die Waage blickte auch nicht auf Sanka: Passt nicht, schon wahr – nichts für ungut. Tiktin ging weit den Korridor hinab, und auf dem Fensterbrett begann er wütend noch einmal zu rechnen, wobei er ständig den Bleistift anfeuchtete.

«Sechs mal sieben ist schließlich zweiundvierzig», flüsterte Sanka, «zweiundvierzig. Ich schreibe zwei» – er umrundete zum fünften Mal die Zwei, drückte kräftig den Bleistift auf –, «das ergibt einhundertzwei Komma drei Prozent. So ein Dreckszeug!» Und Sanka begann auf einer leeren Seite die Rechnung von vorn. Es kamen dieselben Zahlen heraus. Sanka rechnete nicht bis zum Ende, er rollte das Heft zusammen, steckte es in die Tasche. Ihm entgegen tippelte auf kurzen Beinchen ein alter Professor. Sanka verneigte sich schuldbewusst und unwirsch. Dabei war das so ein freundlicher Greis. Auf der Treppe hielt ein Kommilitone Sanka an. Dieser Student trug ein Pincenez und war hoch aufgeschossen; auf dem eckigen Kopf standen die Haare im Bürstenschnitt und bildeten eine ideale Fläche. Als wäre obendrauf noch etwas gewesen, aber mit der Säge gleichmäßig und glatt abgesägt worden. Der Student hatte den Finger am Joppenrand eingehakt, die Joppe war bis oben zugeknöpft.

«Sind Sie in den Journalen auf Hinweise zu Johannsens Arbeiten über die Kobaltverbindungen gestoßen?» Der Student schaute Sanka äußerst klugen Blickes an.

Sanka wusste, dass der Student ihn absichtlich laut nach diesen entlegenen Details fragte, absichtlich solide, dass es durchs Treppenhaus schallte, und er wusste, wie sehr der Student wollte, dass auch Sanka ein kluges Gesicht machte und bedeutungsvoll etwas knödelte, als fiele es ihm gerade ein. Lügen ging auch, wenn es nur ringsum alle hörten, die gerade über die Treppe huschten. Zu ihnen schielte der Student unzufrieden durch sein Pincenez.

«Ein Gedrängel hier.»

Sanka war das zuwider. So was, tut wie der Herr Privatdozent! Aber das alles lief in einiger Entfernung ab, vor seinen Augen flirrten die Zahlen, die Bleistiftnotizen.

Plötzlich schrie Sanka den gerunzelten Brauen zu:

«Und was ist zwölf weniger sieben? Sieben, abgezogen von zwölf? Fünf, doch nicht sechs!»

Hals über Kopf stürzte Sanka davon. Das war nun doch etwas anderes: neunundneunzig Komma sechs! Sanka hatte noch im Sinn, dass er die Pinzette nicht in das Kästchen mit den Wägestücken gelegt hatte. Er rannte zum Wägeraum. Vorwurfsvoll blickte die Waage. Sanka verstaute gewissenhaft die Pinzette, stellte das Kästchen an seinen Platz. An der Tür kehrte er noch einmal um und rückte das Kästchen zurecht. Sanka blickte mit Stolz auf die grün angelaufenen Knöpfe seiner Joppe; diese vom Schwefelwasserstoff grünen Knöpfe zeigten, dass er Chemiker war. Jetzt wäre Sanka gerne zu dem greisen Professor gegangen. ‹Schweinerei›, dachte er, ‹hab gegrüßt wie ein Bullenbeißer. Ich geh und frage ihn … irgendwas Alltägliches. Ob ich titrieren könnte. Nein, nicht titrieren, irgendwas anderes.› Sanka rannte beinahe über das Parkett des Korridors zu dessen Ende, zum Professorenlabor.

Der Greis stand in seinem Leinenkittel vor dem gläsernen Abzugsschrank. Reagenzgläser und Kolben standen akkurat geordnet auf einem Tischchen, das mit Filterpapier bedeckt war. Die Gefäße, gesäubert und gesittet, blinkten bedeutungsvoll. In der Luft lag feiner, unspezifischer Chemiegeruch.

Sanka stürmte herein und blieb auf der Schwelle stehen.

Der Greis kochte gerade etwas im Schrank, und ohne sich abzuwenden, nickte er Sanka freundlich zu. Sanka errötete und lächelte, er hielt noch die Türklinke:

«Sagen Sie, Wassili Wassiljewitsch, zwölf weniger … das heißt neunundneunzig Komma sechs – ist das gut?»

Der Professor lachte, den Blick in den Schrank gerichtet. «Wenn es Prozente sind, dann ...»

Doch Sanka hatte, rot bis zu den Ohren, schon die Klinke zugezogen.

Als er den Uniformmantel überwarf, pfiff er vor sich hin, lächelte wieder und dachte errötend an den Greis.

‹Ach, zum Teufel – die Arbeit ist getan.› Sanka hatte das Gefühl, er dürfte sich belohnen. ‹Und wie? Ich geh lumpen. Hab ich verdient.›

Mit Hochgefühl trat Sanka hinaus in den Nieselregen, in den Matsch. Die Passanten gingen grimmigen Schrittes und sahen vor ihre Füße, als zögen sie in Verbannung. Sanka sprang über Pfützen, suchte sich absichtlich große aus.

Im Saal des Café chantant brannten die Lichter, die Spiegel. Die Lichter brachen sich an Karaffen, Pokalen, Messern, an Neusilberschalen, Ohren, Manschettenknöpfen, an Glatzen und Offiziersepauletten. Ein Meer von Lichtblitzen flimmerte vor Sankas Augen. Und ihm war eng in der Brust vor Vergnügen, vor Erwartung. Sanka trug seine Joppe mit den grünen Knöpfen; sie war ihm nun so lieb und wert wie dem Husaren die durchschossene Mütze.

Aljoscha Podgorny hatte noch denselben Rock an. Er war nicht zu Hause gewesen, war schon die zweite Woche «untergetaucht», übernachtete in fremden Wohnungen.

Ein sauberer kleiner Tisch, an den Ecken stand beflissen das gestärkte Tischtuch ab. Aljoscha hatte ihn von der Höhe seines Wuchses gleich angepeilt und sich durchs Publikum gedrängt. Stimmengewirr, Geschirrklappern und ein animiertes Getöse hingen über den Köpfen der Menschen. Dieses Getöse durchströmte Sanka, und als nun das Orchester mit Pauken und Trompeten einen Marsch schmetterte, fühlte Sanka tief in der Brust Beklommenheit, etwas sang in schmerzlichem und süßem Tonfall. Über den Trompeten und dem Paukenkrachen schwebte die Stimme einer Geige. Eine weibliche, flehende Stimme.

«Liederliche Musik», sagte Aljoscha und lümmelte sich an den Tisch, stützte den Kopf in die Hände. «Bestimmt zu solcher Musik hat mein Herr Papa die staatlichen Gelder versoffen.»

Ein Ober schlüpfte vorbei, er balancierte wie ein Jongleur ein blinkendes Tablett mit Flaschen, Schalen, Pokalen; zwischen die Finger der anderen Hand hatte er eine Karaffe und ein halbes Dutzend Schnapsgläschen geklemmt. Er bog und wand sich zwischen den Stühlen durch und schien das Tablett mit dem Geschirr einzig deshalb zu schwingen, um sich mit seiner Kunst dickzutun.

Sanka bestellte rasch eine kalte Platte und eine Karaffe Wodka bei ihm, zur Antwort nickte der Kellner und machte einen Schwenk mit dem Tablett.

Sanka goss sich und Aljoscha aus der beschlagenen Karaffe ein, und auf einmal wurde ihm so froh und behaglich, als wäre das ihr Haus, und mit diesem Haus würden sie irgendwohin reisen, und irgendwas würden sie unterwegs sehen.

«Verstehst du», sagte Sanka, «ich rechne – hundertzwei Komma drei. Teufel, was soll das, denk ich!»

Aljoscha nickte versonnen und lächelte der Musik zu.

«Ich und nicht wiegen können!», fuhr Sanka fort. Ohne Hast erzählte er: «Ich rechne einmal, zweimal, zehnmal – hundertzwei Komma drei!» Sanka strahlte. Er wollte gern etwas Erfreuliches erzählen, und er sah, dass Aljoscha durch die Musik hindurch diese hundertzwei Komma drei hörte und herzlich und traurig lächelte.

Die Musik schmetterte den letzten Akkord, Stimmen und wirre Rufe wurden hörbar, wie man eben redet, um das Orchester zu übertönen. Seitlich am Vorhang wurde eine Tafel mit einer Zahl herausgestreckt. Vier. Sanka blickte ins Programm.

«4. La belle Emilie, der Star von Berlin und München.»

Die weiße Manschette des Kapellmeisters funkelte in der Luft, und eine Trompete spielte ein militärisches Signal; sie gellte es mit Blechstimme in den Raum wie einen fidelen Befehl. Alles wandte sich zur Bühne. Das Orchester griff forsch das Signal auf, und munter hüpfte eine Melodie im Kavallerietrab los, voltigierte fidel.

Der Vorhang wurde mit einem Ruck aufgerissen, und aus den Kulissen kam, zur Musik schwänzelnd, eine hoch gewachsene Deutsche. Sie drehte sich leicht bei jedem Schritt. Die dicken Beine steckten in strammen weißen Reithosen, an den lackierten Kanonenstiefeln saßen riesige Sporen. Ein tiefroter ungarischer Rock mit gelben Schnüren wölbte sich wie ein Ballon über ihrem Busen. Die Ulanentschapka hing schief auf dem Ohr, im Auge blitzte ein Monokel, und die Reitgerte schwenkte La belle Emilie im Takt der Musik.

Die Deutsche klirrte mit den Sporen und legte die Hand an die Mütze. Ihre dicke, bemalte Visage lächelte selbstgefällig und neckisch.

Sanka hörte, wie sie einzelne fremdsprachige Wörter zu der fidelen Melodie rief. Plötzlich machte die Musik eine Pause. Emilie ging in die Knie und schrie mit ihrer versoffenen Stimme aus vollem Hals:

«Kavalleri-ist!»

Tsching! schepperten die Tschinellen. Und das Orchester raste weiter, während Emilie über die Bühne marschierte, zur Musik die Hüften wiegte.

Wieder einzelne Wörter, eine Pause – und:

«Kavalleri-ist!»

Tsching!

Am Nebentisch saßen zwei Männer. Ein Militärbeamter mit schmalen Epauletten und rotem Kragen nippte am Wein, blinzelte und blickte zur Bühne, als rechnete er oder nähme Maß. Sein graues

Gesicht mit dem grauen Bärtchen ragte über den grellfarbenen Kragen, wie wenn es nicht sein Kopf, sondern der eines anderen wäre. Sein Nachbar, ein Dickwanst mit fleischiger, finniger Fratze, nagte und saugte an Hühnerknochen, und seine dicken, fleischigen Lippen betasteten und begrapschten sie wie rote Fühlhörner. Am goldenen Fingerring spreizte sich die glänzende Warze eines Topases. Die feuchten schwarzen Augen des Dicken luchsten bald zur Bühne, bald spähten sie den Durchgang entlang. Plötzlich nickte er, wedelte die Serviette in der Luft, verschlang noch rasch einen Knorpel und wischte sich die fettigen Lippen. Sanka schaute, wohin der Dicke genickt hatte.

Eine hagere Frau in schwarzem, eng anliegendem Kleid kam in kleinen Schrittchen zwischen den Tischen und Rücken hindurch; sie hielt den Rock gerafft und fädelte sich penibel durch das Gewühl, ohne jemanden zu stoßen. Die dünne Feder an ihrem Hut wippte graziös, wie ein Schilfrohr bog sich auch die kleine Frau. Der dicke Herr wischte sich noch einmal die roten Lippen und ergriff ihre Hand. Sie ließ ein kleines Lachen hören, ihre hageren Schultern zuckten; der Dickwanst riss ihr den Handschuh von der kleinen schmalen Hand, riss daran voll Gier, als zöge er sie hastig aus. Sie jedoch lachte ihr kleines Lachen und krümmte sich, als fröstelte sie. Der Dickwanst hatte den Handschuh halb herabgerissen und saugte sich mit den Lippen an der Handfläche fest – es graute Sanka, er musste an die Hühnerknochen denken. Der Beamte nippte derweil an seinem Glas, die Brauen hochgezogen, als suchte er sich an etwas zu erinnern.

Doch da intonierte das Orchester einen Walzer, auf der Bühne ragte bereits eine Tafel mit «Nr. 2» aus den Kulissen. Sanka las Aljoscha vor: «Sinina-Mirskaja, die bekannte russische Chansonnière.» In ausgeschnittenem, paillettenbesetztem Kleid mit Tulpenrock, dem üblichen Kostüm der Chansonnetten, das diese tragen wie eine Uniform, trat, nicht im Takt der Musik, eine bleiche Frau auf: Weiß gepudert war sie, und das grelle Rouge brannte auf der Wange wie eine Wunde. Aber der Saal lärmte, trampelte zur Begrüßung. Das Orchester setzte einen Moment aus.

«Mirskaja, das ‹Maschinchen›!», brüllte jemand. «Das ‹Maschin-chen›!»

Die nackten Ellbogen hoch erhoben, zupfte Mirskaja die Träger am Dekolleté zurecht und blickte aus schwarzen Augen grimmig ins Publikum. Sie war von hohem Wuchs und guter Figur. Sie stand einfach da, und es sah aus, als finge sie gleich zu keifen an, und plötzlich lächelte sie, lächelte einfältig, unbeschwert und glücklich, und es wurde offenkundig, dass sie betrunken war. Sie hatte jenen Rauschzustand erreicht, wenn man nur noch das Wesen der Dinge sieht und keine Gegenstände mehr.

Der Kapellmeister schwang den Taktstock, die Geigen stimmten vorsichtig und einschmeichelnd einen Walzer an, Mirskaja wiegte sich im Takt und sang – sang mit tiefer Bruststimme, die den ganzen Saal erfüllte; sie seufzte, schöpfte Atem, sie ging und tänzelte über die Bühne, und davon wurde einem noch trauriger ums Herz – in trunkener Zerstreutheit blieb sie stehen, und erneut trieb die Musik sie voran. Sie kam näher und näher an die Rampe, und Sanka konnte den Blick nicht von ihren hell erleuchteten Beinen in den glänzenden rosa Strümpfen abwenden.

«Meiner Blumen Duft», sang Mirskaja, «ihre schwere Süße, nehmen Sie, mein Herr, meiner Liebe Grüße.»

Und auf einmal sehnte sich Sanka danach, dass sie ihn liebte und für ihn so traurig und schmachtend sänge, diese Frau, zu der jetzt alle hinsahen, während sie niemanden ansah und sich bewegte, als wäre sie in ihrem Zimmer. Aljoscha sah mit traurigen Augen auf die Bühne und kippte mit heftiger Bewegung die leere Karaffe über seinem Gläschen aus.

Plötzlich knallte etwas. Mirskaja hatte mit dem Fuß eine Glühbirne an der Rampe zerschlagen. Sie brach den Gesang ab und schaute, die Brauen hochgezogen, zu ihren Füßen. Dann wurde ihre Miene finster, sie spuckte aus und verschwand in den Kulissen.

Der Saal applaudierte und brüllte, irgendwo fiel klirrend Geschirr zu Boden, und zwei Ober tauchten geschäftig bei jenem Tischchen unter.

Aber der Vorhang war schon gefallen, das Orchester spielte etwas anderes, durch den Lärm kaum zu hören; nun kam Nr. 8.

Eine Französin mit naivem Gesicht, als gelbe Kolumbine gekleidet, sang schlüpfrige Zweideutigkeiten, wobei sie charmant das Russische radebrechte.

Sanka und Aljoscha ließen Würstchen und eine zweite Karaffe kommen. Sie konnten sie beide kaum mehr erwarten. Vor allem Sanka – er war bereits auf der Reise, er musste weiter, schneller und schneller. Und das Tempo lag in der Karaffe.

Sanka sehnte sich danach, die feingliedrige Frau vom Nachbartisch unter seine Fittiche zu nehmen, sie dem Dickwanst zu entreißen, und er sehnte sich nach Mirskajas schmachtender, verwegener Liebe; er wünschte sich, dass sie ihre Wange an ihn presste, ihn schmerzhaft umhalste und sich im Walzertakt wiegte, dafür würde Sanka alles, alles hingeben, es wäre alles einerlei, auch wenn von überallher Grauenhaftes hereinbräche, es wäre ihm piepegal, auch wenn sie so sterben müssten.

Die Kolumbine hatte elegante, zierliche Hände, sie drehte und wendete sie wie ein Kind, sodass Sanka dachte: ‹Schön, wenn so eine durchs Zimmer spränge, und wenn wer kommt, würde sie in den Schrank geräumt.› Niemand würde es wissen, nur er würde spüren, dass sie drinsitzt, und wieder allein, würde er sie herauslassen, und sie würde erneut herumspringen.

Eine massive Dame mit riesigem Hut, darauf eine lange Straußenfeder, segelte zwischen den Tischen. Sanka erkannte mit Mühe La belle Emilie.

Plötzlich drehten sich alle nach hinten – Aljoscha stieß Sanka an:

«Schau, die Mirskaja!»

Mirskaja kam in tiefroter Atlasrobe, weiß schimmerte das Fensterquadrat des Dekolletés, auf den Wangen hatte sie kein Rouge mehr, die Brauen waren schwarz, die Lippen angemalt, und im schwarzen Haar steckte eine rote Rose. Ihre Augen schauten unverwandt geradeaus, sie sah nicht, wie ihr an den Tischchen Stühle hingeschoben wurden. Sanka wandte kein Auge von ihr. Plötzlich drehte sich Mirskaja ihm zu und starrte ihn schwarzen, betrunkenen Blickes an. Ohne innezuhalten, bog sie zu den Studenten ab, nahm einen Stuhl vom Nachbartisch und setzte sich neben Sanka. Aljoscha rückte beiseite, Sanka schaute, ohne ein Wort zu sagen.

«Keine Angst», sagte Mirskaja und pochte mit ihrem Elfenbeinfächer auf den Tisch, «ich ruinier dich nicht. Lass mir Bier kommen, sonst nichts.» Und schrie schon selbst durch den ganzen Saal: «Grigori! Bring Bier her!»

Sie stupste Aljoscha: «Dem musst du klatschen, ein guter Mensch.» Auf der Bühne fing ein Jongleur brennende Lämpchen.

«Was für ein Dreckszeug sie neuerdings servieren», sagte Mirskaja nach dem ersten Schluck Bier, «versuch mal.» Und sie hielt Sanka das Glas hin, das am Rand mit roter Pomade markiert war.

Sanka trank einen Schluck mitsamt der Pomade – ‹Ihre Pomade!›, fuhr ihm durch den Sinn.

«Lass das!», rief Mirskaja und schlug Sanka auf die Hand. Das Glas fiel herab und ergoss sich über das Tischtuch. «Zum Teufel mit ihm, wir bestellen ein neues», sagte Mirskaja. «Wieso sitzt ihr dummen Jungs alleine? Hm? Habt auf mich gewartet? Ja?»

«Ja, hab ich», erwiderte Sanka.

Mirskaja wiegte betrunken den Kopf. Sie zwang sich, durch den Nebel ihres Rausches Sanka zu betrachten.

Aljoscha blickte immerfort zum Nachbartisch. Die kleine Frau lachte nicht mehr, sie saß und blickte, den Kopf zurückgeworfen, schmollend zur Seite. Der Dickwanst saß nun mit dem Rücken zu Sanka; er drehte und wendete sich, stieß Mirskaja, er beugte sich über das hagere Frauenzimmer und sagte ihr etwas ins Ohr, worauf sie ihn mit dem zusammengelegten Handschuh fortwedelte wie eine Bremse oder eine Wespe.

«Lass das!», sagte Mirskaja und stieß den Dicken. «Wie heißt du?», fragte sie Sanka. «Sanka, bestell einen Siphon mit Selters. Aber schnell!»

Sanka pochte mit dem Messer auf den Tisch. Durch den Saal schossen Ober mit Geschirr, der Rauch der Papirossy vernebelte die Luft, ins allgemeine Stimmengetöse mischte sich ein Beiklang von Spannung und Trunkenheit, schon raste der Abend in voller Fahrt und rauschte im Fahrtwind.

Mirskaja riss dem Ober den Siphon aus der Hand, wandte sich auf dem Stuhl um und richtete den sprudelnden Strahl auf den fetten Nacken des Nachbarn.

Der Dickwanst sprang hoch, bedeckte den Hals mit den Händen, das Frauenzimmer sprang zur Seite, der Beamte wich auf dem Stuhl zurück.

«Dreckskerl!», brüllte Mirskaja mit hysterischer Stimme. Der Beamte plinkerte, er wusste nicht, ob er lachen oder schreien sollte. «Auch ein Dreckskerl!», schrie Mirskaja und richtete den Strahl auf das Gesicht des Beamten. «Dreckskerle, Dreckskerle!», schrie Mirskaja.

Die Leute erhoben sich von ihren Plätzen und schauten sich fröhlich und erwartungsvoll den Skandal an. Die Ober zwängten sich eilends zwischen den Tischen durch.

Aljoscha stand auf und packte Mirskajas Hand. Sie schien sich über den Kampf zu freuen, sie jaulte, suchte die Hand mit dem Siphon loszureißen, und das Wasser zischte und sprühte über die Nachbarn.

«Bringt das betrunkene Weib zur Räson, was soll der Tanz!», blaffte ein solider Bass. Jemand klatschte in die Hände. Mirskaja ließ den Siphon fallen und plumpste auf den Stuhl.

Ein Ober kam und flüsterte ihr mit ernster Miene ins Ohr. Mirskaja wehrte ab und ließ die brillantenen Ohrgehänge baumeln.

«In ein Séparée, meine Herren Studenten, wissen Sie, es wird sonst unerquicklich ...», mahnte der Ober.

«Erlauben Sie mal, das ist doch eine Schweinerei!» Ein Offizier baute sich vor Sanka auf. «Hören Sie zu! Sie sind für Ihre Dame verantwortlich. Werden Sie die Verantwortung tragen?» Er war betrunken und sah Sanka aus roten, vorquellenden Augen und mit zuckenden Brauen an.

«Ich darf nicht in einen Skandal hineingeraten, verstehst du», flüsterte Aljoscha Sanka ins Ohr.

Plötzlich erhob sich Mirskaja von ihrem Stuhl.

«Offizierus, halt den Mund! Halt den Mund, Ljonka! Lass ihn! Weißt du, was?» Sie schwenkte den Finger durch die Luft. «Gehn wir zu mir!» Sie nahm Sankas Arm. Und als sie sein Zögern spürte, sein kaum merkliches Stocken (Sanka musste später noch lange daran denken), da rief Mirskaja: «Begleite mich wenigstens!» Und zerrte Sanka vorwärts. Untergehakt gingen die beiden durch den Saal. Der Offizier zog sich an seinen Tisch zurück. Aljoscha blieb, um die Rechnung zu begleichen.

«Du bist kein Student, du bist ein Dummkopf», sagte Mirskaja Sanka direkt ins Ohr, und heiß atmete ihr Mund, «auch Offizierus ist ein Dummkopf, und die anderen, das sind Dreckskerle ... Dreckskerle!», rief Mirskaja so laut, dass die Leute in der Nähe sich umschauten.

Mirskaja wohnte gleich hier im Hotel, und gleich im Vestibül erwartete sie ihre Gesellschafterin, in ein orientalisches Tuch gehüllt, das böse Gesicht gepudert, eine Mouche auf der Wange. Mirskaja blieb im Halbdunkel des Vestibüls stehen und legte Sanka beide Arme auf die Schultern. Sie wiegte ihn hin und her und sah ihm aus betrunkenen Pupillen unverwandt in die Augen.

Sanka lächelte gezwungen, er wusste nicht, was tun mit seinem Gesicht, er wurde schüchterner und schüchterner, schaute aber, ohne auszuweichen, wie der Blick der betrunkenen Frau in ihn einging, eindrang, und Mirskajas Augen stießen immer weiter vor, bis zum Grund. Plötzlich spürte Sanka etwas wie einen Stich: Sie war angekommen, und im gleichen Augenblick stieß Mirskaja ihn heftig weg, sodass er fast nach hinten gekippt wäre.

«Geh!»

Die Gesellschafterin versetzte Sanka einen bösen Blick und führte ihre Herrin über die teppichbelegten Treppenstufen.

SCHWIELEN

Sanka rannte aus dem Vestibül – rot bis über die Ohren, wie von der Tarantel gestochen. Er wollte schnellstens zu Aljoscha. Der Ober lud gerade das Geschirr aufs Tablett. Aljoscha kam Sanka entgegen.

«Gehn wir, gehn wir», sagte Aljoscha, «oder besser, ich geh allein. Auch hier wimmelt es doch von Spitzeln. Hier drin rühren sie einen nicht an, verstehst du, aber unterwegs. Geh du nur …»

«Nein, nein, zusammen, unbedingt. Auf gar keinen Fall, Aljoscha!», sagte Sanka mit Hitze und Schmerz, fast unter Tränen.

Aljoscha sah besorgt auf ihn herab.

«Na schön, na schön. Hast du Geld für eine Droschke?»

Die Straße war schon vom ersten Frost befallen, die Pfützen

knackten und glucksten unter den Füßen. Sanka hatte zwanzig Rubel in der Tasche, die er zurückgelegt hatte – er schuldete sie dem Schneider. Aber jetzt war wichtiger, alles zu vergessen, die Wunde zu begießen.

«Geradeaus, mit Tempo», sagte er zu einem Kutscher. Nur elegante Fiaker standen in prächtiger Reihe den beleuchteten Bürgersteig entlang.

Stolz klapperten die Hufeisen über die gefrorenen Steine. Aljoscha blickte zurück. Sanka zappelte auf dem Sitz und drückte sich an Podgorny.

«Wie spät ist es?»

Es war erst halb elf.

«Lass uns irgendwohin, wohin du willst, jedenfalls etwas trinken, schnell etwas trinken», bat Sanka und fröstelte im kalten Wind, er duckte sich hinter den dicken Kutscherhintern, der sich wie ein Ballon vor der Nase der Fahrgäste blähte.

Sie bogen in eine belebte Straße, und Aljoscha zog den Kutscher am Gürtel:

«Halt!»

Sanka steckte ihm einen Dreier zu. Podgorny schritt rasch weiter.

«Gleich, gleich.» Er dingte ein schlichtes Gefährt; Sanka kannte die Straßen nicht, die er nannte.

In der Droschke, zum Rattern der Räder, sagte Sanka:

«Legt mir die Hände auf und wiegt mich und schaut, verstehst du, und wie sie schaut, das Miststück …»

Aljoscha nickte. Er hatte nicht alles gehört, aber er fragte auch nicht nach.

«Trotzdem … In Ordnung, das Weib», meinte Sanka, als er wieder Mut gefasst hatte.

«Weißt du, Bruder, hätte sich ein Skandal mit Polizei, mit Revierbeamten, draus entwickelt, dann hätten sie mich auf der Wache behalten», flüsterte Podgorny Sanka ins Ohr. «Wäre das nicht gewesen, hätte man diesen Offizierus ganz schön hochnehmen können. Du weißt ja, bei so was bin ich immer dabei ...»

«Zum Teufel mit ihm ... Nicht der Offizier hat mich ... Ah, einerlei. Wohin fahren wir? Schneller!»

Aljoscha führte Sanka in den «Elefanten». Der «Elefant» schenkte aus bis um zwölf. Es war Samstag, und nicht nur im trunkenen Untergeschoss, sondern auch im ersten Stock war es gesteckt voll. Die Vorstadt vertrank den Lohn.

Bei der leisen «Musike» saßen zwei Postbeamte, und der eine, ein Kleiner, Bleicher, lehnte von seinem Stuhl aus das Ohr an die polierte Wand. Er umfing die Ecke mit den Armen und lauschte mit geschlossenen Augen. Vor lauter Lärm waren die leisen Tropfen der «Musike» gar nicht zu hören, und es sah aus, als schlafe der kleine Beamte, ungeschickt den Schrank umarmend. Ein zottiger Kerl hieb sich auf die Brust und beteuerte etwas seinem Nachbarn, während dieser Bier aus dem Seidel süffelte, lachte und wegsah.

Aber auch an den anderen Tischen waren überall hitzige, schweißtreibende Gespräche im Gang, Dispute, wie wenn jemand allen eine Aufgabe gestellt hätte, eine schwierige, verworrene, und nun suchten alle um die Wette deren verborgenen Sinn herauszuholen, herauszuschütteln. Hände schwirrten, Fäuste klopften auf den Tisch, es wurde behauptet und es wurde gefordert, und nebenan klackten laut die Billardkugeln, ein unruhiger Schusswechsel.

Aljoscha blickte sich um. Kein einziges freies Tischchen. Aber er kannte sich hier aus und fand sogleich zwei freie Plätze an einem Tisch. An dem Tisch saß ein solider Arbeiter mit Schnauzer und Keilbärtchen. Unter dem Sakko lugte ein blaues Hemd mit offenem Kragen und schnurdünnem Schlips hervor. Er saß allein und trank ohne Hast sein Bier.

«Dürfen wir uns dazusetzen?», fragte Aljoscha.

Der Arbeiter blickte spöttisch, zauderte einen Moment und sagte dann bedächtig:

«Vorderhand könnt ihr euch setzen, die zwei sind noch beim Billard» – er machte eine Kopfbewegung zur Tür –, «aber wenn sie kommen …»

«Lassen wir sie her, gut», sagte Sanka.

«Müsst ihr wohl.» Der Arbeiter grinste wieder spöttisch und führte den Seidel in einem Bogen zum Mund.

Sanka wollte schnellstens jenen Rauschzustand erreichen, von dem er hoffte, dass er den Schmerz auflösen würde – wie wenn Mirskaja ihm ein Stück Haut abgezogen hätte und die Haut nun entweder ganz abgerissen oder wieder angeklebt werden müsste. Er schluckte gierig das Bier, wie wenn er hierher, zu dieser Kneipe, eine Werst weit gerannt wäre. Der Arbeiter schaute immer wieder spöttisch; er war breitschultrig, mit breitem Gesicht, und Sanka kam es sogar vor, dass er schwankte vor angestrengter Wichtigkeit. Sanka leerte hastig schon die dritte Flasche. Aljoscha war zu den Leuten in den Billardraum gegangen, und Sanka war Aug in Aug mit dem Arbeiter allein geblieben. Allmählich brachte es ihn auf – wieso diese verächtliche Herablassung, blickt ironisch und schweigt. Sanka schaute, wohin er sich umsetzen könnte. Doch er besann sich sogleich: ‹Auf gar keinen Fall! Dann denkt er, ich hätte nicht ausgehalten, wäre abgehauen. Ganz ruhig. Ich frage ihn etwas. Ganz einfach.›

Vor Trunkenheit und Kränkung war es Sanka trübe zumute. Er blickte dem Arbeiter in die Augen und fragte:

«Arbeiten Sie in der Fabrik?»

«Ja, wir arbeiten», sagte der Arbeiter ohne Hast, «drehen nicht Däumchen.»

Sanka beugte sich über den Tisch. «Wer dreht denn Däumchen?»

«Na, wer nicht arbeitet», erwiderte der Arbeiter solide und schlotzte bedächtig Bier aus dem Seidel. Er sah Sanka immer noch spöttisch in die Augen. Die Augen sagten: ‹Och, ihr Windhunde!›

Sanka versetzte sofort: «Sie meinen, Studenten arbeiteten nicht? Ja? So mancher Student ist ärmer als einer der Ihren. Denken Sie, es ist leicht, den ganzen Tag mit Nachhilfe Geld zu verdienen und dazu noch zu studieren?»

«Wie wir in der Lehre waren, haben wir nichts als Kopfnüsse eingesteckt.» Er nickte belehrend. «So ist das nämlich! Drei Rubel geben sie einem nicht für umsonst. Das setzt Schwielen.» Und über den Tisch streckte der Arbeiter Sanka beide Handflächen unter die Nase. Bestimmt eine Minute hielt er sie so.

«Auch ein Student», begann Sanka, «Sie wissen ja nicht ...»

Da kam ein junger Arbeiter hinzu, den Billardstock in der Hand. Er schenkte sich ein Glas Bier ein und leerte es in einem Zug.

«Ja, mit Verlaub, Schwielen!» Der Arbeiter streckte Sanka erneut die Hand hin.

«Was ist», fragte der mit dem Billardstock, «plusterst dich auf oder jammerst du? Die Schwielen reißen dich auch nicht raus.» Er schenkte sich noch ein Glas ein. «Gib mir noch einen Zwanziger, hab nämlich verspielt. Gib schon, wieso, was macht's dir aus? Kriegst ihn doch am Zahltag – wie viel kriegst du? Sechs Zehner?»

Aber der Solide schaute auf den Tisch und schüttelte den Kopf.

«Hol dich der Teufel», sagte der Spieler. «Nimm den Stock, ich spiele nicht.» Er gab den Billardstock weiter, eine Hand griff danach und nahm ihn mit. Nun schüttete der Jüngere die letzten Tropfen aus den Flaschen in sein Glas.

Sanka goss ihm aus seiner Flasche dazu.

«Was fuchtelst du dem Menschen mit deinen Schwielen vor der Nase?», fing der Spieler an. «Für unsereinen setzen sich doch nur die Studenten ein. Werden auch verbannt, und wie.»

«Kriegst Bier spendiert, jetzt nichts wie rangeschmiert», sagte der Solide.

«Ah, könnt mich doch alle gern haben, und du besonders.»

Er trank sein Glas aus und stürmte zum Billardraum. Aljoscha kam nicht, doch Sanka konnte nicht allein bei diesem Menschen sitzen bleiben – wieder presste er auf Sanka seinen spöttischen Blick. Sanka konnte sich nicht durchringen, er wusste nicht, sollte er weinen oder diesem Menschen die Flasche über den Kopf hauen. Er sprang auf, um in den Billardraum zu gehen.

«Und für Ihr Bier soll wohl ich bezahlen? Lässt die Flaschen stehn und schwirrt ab!», sagte der Arbeiter. «Muttersöhnchen!»

Die Tränen standen Sanka schon in den Augen; so heftig er konnte, pochte er auf den Tisch, damit der Kellner kam.

Sanka zwängte sich in den Billardraum. Viele Leute umstanden das Spiel, lärmten und kommentierten die Stöße:

«Ja, ja! Noch ein bisschen! Ach, verdammt! Na, was sagst du dazu?»

Zielte ein Spieler für einen riskanten Stoß, wurde es einen Augenblick stiller, alle schätzten die Chancen ab, die Kugel knallte ins Billardloch, und wieder erhob sich der Lärm.

«Ja, so! Jetzt drauf, feste druff!»

«Weiß ich selber.»

Sanka hielt Ausschau nach Aljoschas Studentenmantel. Aljoscha war in der Ecke, im Tabakrauch, kaum zu sehen hinter der Menschenmenge. Er disputierte heftig mit einem Arbeiter in schwarzer Joppe. Der Arbeiter sah zu Boden, lächelte fröhlich und listig, und sein runder, geschorener Kopf nickte zustimmend. Aljoscha puffte den Arbeiter gegen die Schulter und drängte sich zu Sanka durch.

«Gehn wir, gehn wir, gleich sind wir weg», sagte Aljoscha aufgestört, besorgt.

«Was trinken, noch was trinken, um völlig …», sagte Sanka mit Grimm und Schmerz; er sah gekränkt und finster drein.

Aljoscha nickte dem Arbeiter zu, der den Blick nicht von ihm wandte, nahm Sankas Arm und zog ihn nach unten. Auf der Treppe holte der Arbeiter sie ein.

«Ihr kennt euch nicht, das ist Karnauch», sagte Aljoscha.

Karnauch lächelte Sanka freundschaftlich zu, fröhlich lächelte er, seine Augen blickten lebhaft, klug, als wollte er sagen: ‹Gleich ziehen wir hier was ab, keiner weiß es, bloß wir.›

«Was trinken wollen Sie? Sich völlig ausklinken? Ganz einfach: Am Schanktisch einen Großen schlucken, kostet bloß einen Fünfer, und Wodka auf Bier, das lob ich mir.»

Er riss unten die Tür auf. Hier herrschte ein dermaßen dichtes Gebrüll, dass Sanka meinte, da sei kein Durchkommen, als ob alle Luft von Geschrei ausgefüllt wäre und daneben kein Platz mehr. Hier waren alle schweißgebadet, erhitzt, rot, alle brüllten aus heiseren Kehlen, um sich gegenseitig überhaupt zu hören. Jemand packte Sanka am Uniformmantel und schrie:

«Nein, soll der Student doch sagen, ob das gerecht ist oder nicht. Herr Student!» Der Betrunkene stand auf, schwankte, sein Nachbar stieß ihn zurück auf den Stuhl.

Am Ende der Kneipe sah man durch Dunst und Dampf hoch aufgerichtet einen zerzausten Mann stehen. Er schwenkte die Mütze, er sperrte den Mund auf, doch war durch die Wand aus Geschrei kein Lied zu hören.

Karnauch bahnte den Weg zum Schanktisch, und als Sanka sich bis zum durchweichten Tischtuch mit den Gurken- und Wurstresten vorgekämpft hatte, stand dort schon ein Glas Wodka – ein «Großer», wie dieses Maß hier in der Kneipe genannt wurde.

«Vorwärts, und wir gehen», sagte Karnauch.

Er sah zu, wie Sanka unbeholfen, schluckweise, den Wodka trank, als wäre es Limonade.

«Ein Stück Gurke hinterdrein!» Karnauch zeigte mit dem Finger drauf. Aber es ekelte Sanka vor diesem Teller, auf dem schmutzige Salzgurkenscheibchen aufgetürmt lagen.

An der Eingangstür stand ein Portier von hünenhaftem Wuchs, in Sakko und Mütze mit dunklen Tressen; er lehnte träge am Türstock und spuckte die Schalen von Sonnenblumenkernen auf den Boden.

Auf der Straße schien es grabesstill zu sein, sogar die Ohren gingen einem zu vor Stille, und die frische Luft kam Sanka wie kaltes Wasser vor. Aljoscha führte ihn am Arm und redete dabei halblaut mit Karnauch. Der Rausch setzte sich schwer auf Sanka, er knickte ihm die Beine um. Sanka begann zu stolpern, und Karnauch packte ihn von der anderen Seite.

«Schw-wielen!» Plötzlich würgte Sanka das Wort hervor. «Und wenn ich … Aljoscha, lass meine Hand los.»

Sanka spreizte seine fünf Finger, stülpte die Lippen vor und artikulierte langsam:

«Schw-wielen! So ein Dreckskerl!»

«Schrei nicht!» Karnauch lachte. «Ist ihm jemand auf die Hühneraugen getreten?!»

Er und Aljoscha führten Sanka durch die dunklen Vorstadtstraßen. Sanka stolperte über gefrorene Dreckklumpen. Mal trieb es ihn vorwärts, als liefe er einen steilen Berg hinab, mal warf es ihn nach hinten, und er blieb stehen. Zum allerersten Mal war er völlig betrunken.

Dann blieb Sanka an irgendeiner Schwelle hängen, wäre fast gefallen und mochte sich gar nicht mehr aufrichten. Jemand hielt ihn fest. Schmerz und Übelkeit erregend bohrte sich Lampenlicht in die Augen. Sanka setzte sich – weiß der Teufel, was das war unter ihm, es drückte ihm den Kopf benebelt in die Tiefe, dann sauste und rotierte es in seinem Kopf. Sanka presste die Augen zu, rollte sich zusammen, zog Arme und Beine an, um diesem Wirbel irgendwie standzuhalten, und mit erstarrender Hand schlug er den Mantelkragen hoch – vor Kälte schüttelte ihn ein Übelkeit erregendes Zittern. So gerne hätte er sich gewärmt, angeschmiegt, er tat sich selbst entsetzlich Leid – wie ein Hund in Herbstregen und kaltem Straßendreck. Mit einem Mal war ihm, als flüsterte eine Frauenstimme ihm heiß ins Ohr, und in seinem Inneren sang es warm:

Meiner Blumen Duft
Ihre schwere Süße …

Zu gerne hätte er sich an dieses Warme geschmiegt und sich von jemandem wärmen und bedauern lassen. Doch fuhr ihm das nur eine stechende Sekunde lang durch die Brust, dann stürzte Sanka ins Dunkel der Trunkenheit.

Durch Nebel, durch einen Fetzen Schlaf drang ein weißer Bewusstheitsstreifen, kalt und durchsichtig wie Wasser am Morgen. Ohne die Augen zu öffnen, hörte Sanka vorsichtiges Geschirrklappern, gedämpft sprachen kauende Stimmen. Denken erregte jedoch Schmerz und Übelkeit: Seh ich ja später sowieso. Und Sanka strengte seine Aufmerksamkeit nicht weiter an, wie warmes Wasser überschwemmte ihn der Schlaf.

Schließlich schlug Sanka die Augen auf. Auf der schmutzigen Tapete tanzte direkt vor ihm fröhlich und selbstbewusst ein Sonnenfleck. Das unebene Papier schien sich zu bewegen und zu rauchen. Sanka blickte, ohne sich zu rühren, auf die lebhaft tanzenden Arabesken und Flecken und hörte weit draußen vor dem Fenster die satte, gleichmäßige Stimme einer Glocke.

Ein Türriegel klappte, und eine unbekannte Stimme fragte vorsichtig:

«Was ist, schläft er noch?»

«Pennt, was das Zeug hält.»

‹Wo bin ich?›, dachte Sanka. Dachte es ohne Furcht, mit brennendem Interesse, und regte sich.

«Ach wo! Bleiben Sie, schlafen Sie!», hörte er über sich.

Sanka hob den kranken Kopf und sah sich um. Ein vollkommen unbekanntes Zimmerchen und vollkommen unbekannte Leute. Verwirrt suchte sich Sanka schleunigst zusammenzureimen, wie er hierher geraten war. Er sah bald auf den jüngeren Mann im sauberen, gestreiften weißen Hemd, bald auf den anderen, älteren, der den Mantel auszog und Sanka mit lebhaften, lachlustigen Augen betrachtete, regelrecht zauste.

«Sagen Sie, wüssten Sie nicht, wo ich hier bin?», sagte Sanka und setzte sich in seinem Mantel mit dem hochgeschlagenen Kragen im Bett auf.

Die beiden Männer lachten. Der junge Bursche wieherte laut.

Sanka bewegte den Kopf, der Kopf wollte ihm zerspringen, und Übelkeit erregender Nebel stieg in seinem Innern auf.

«Der Kopf?», fragte der Ältere teilnahmsvoll. «Bringen wir sofort in Ordnung. Und die Schwielen? Die Hühneraugen? Tun nicht mehr weh?» Er lachte.

Wie durch ein offenes Fenster schaute sogleich der «Elefant» Sanka an, Geschrei und Getöse.

«Und Aljoscha?»

«Der Herr ist fort», sagte der junge Bursche und wechselte einen Blick mit dem Älteren.

Der Ältere aber wühlte bereits in den Manteltaschen, griff auch in alle Taschen seiner Joppe, klapperte mit Kupfermünzen.

«Bringen wir gleich in Ordnung.»

«Ich habe Geld», sagte Sanka mühsam und suchte in seiner Joppe.

«Brauchen wir nicht, wozu? Sonst noch was! Wir sind gleich zurück!»

Die beiden besprachen sich untereinander. «Siebenundvierzig … Brauchen einen Fünfziger. Ich sag dir doch, so rückt sie nichts raus», hörte Sanka.

«Na, geben Sie drei Kopeken dazu, wenn Sie welche haben, das langt.»

Sanka wollte Kleingeld hervorholen und verstreute es auf dem Boden.

Der Jüngere riss die Mütze von der Wand und rannte hinaus.

«Ich stell gleich den Teekessel auf», sagte der Ältere und sprang hinterdrein, dabei schepperte der Blechdeckel. Sanka fiel erneut aufs Bett.

WURM UND MASCHINCHEN

Sanka saß am Tisch, dem Fenster gegenüber, in der Sonne. Ihn fröstelte unter dem übergeworfenen Mantel. Dmitri Karnauch saß in der Ecke, goss Tee ein. Die Sonne leuchtete durch den goldenen Strahl, und sich wölkend, gemächlich drehend, stieg im Sonnenlicht der Dampf auf.

Vor Sanka standen eine Halbliterflasche Wodka und ein dickes Kristallschnapsglas. Ihm wurde warm vom Anblick des Tees, Karnauch nickte jedoch zum Wodka hin:

«Auf, den zweiten! Auch wenn er nicht reinwill, zum Teufel, Sie müssen frech drauflos. Wirklich, gieß ein!», rief er dem Burschen zu. Sanka trank den zweiten und schüttelte sich, er hatte noch nie einen Kater bekämpft.

«Ja, ja», sagte Karnauch und stellte Sanka ein Glas Tee hin, «wir haben ihn in Zwillich gesteckt, obendrüber einen langen Paletot, so was wie einen Segeltuchkittel, hab ihm Hosen von mir gegeben, eine Kappe, richtige Tarnkappe, und aus unserem Aljoscha wurde so was wie der Schmied Wawila!» Karnauch brach in Gelächter aus. «Zum Totlachen, wirklich! Der Ausweis ist hundertprozentig. Er sagt zu mir im ‹Elefanten›: ‹Muss verduften.› Ich sag zu ihm: ‹Komm mit zu mir, und morgen früh – ab zu Fuß nach Iwanowka, von dort dampfst du weiter.› Dort haben wir Leute.»

Sanka hielt das Teeglas, es brannte und wärmte die Hände.

«Schwein gehabt», sagte der Bursche und blies auf die Untertasse. «Studieren Sie zusammen?»

«Ach, übrigens», sagte Karnauch plötzlich lebhaft und funkelte Sanka listig an, «ganz recht. Das mit dem Wurm.»

«Hör auf», meinte der Bursche. «Ihm tut der Kopf weh, und du kommst mit deinem Wurm!» Er schob Karnauch seine Tasse hin.

«Wieso, er kann ja trinken, ich erzähl derweil.» Karnauch lehnte sich über den Tisch. «Das ist ein Wurm» – er streckte den Zeigefinger aus –, «und diesen Wurm tu ich in Erde rein.» Karnauch bedeckte den Finger mit der anderen Hand, drückte ihn mit der Handfläche fest gegen das Tischtuch. «Und da soll er kriechen. Was sagst du dazu?»

«Hör doch auf, sei nicht lästig. Schenk lieber Tee ein!»

«Schenk selber ein», versetzte Karnauch, ohne sich umzudrehen; er sah Sanka fest in die Augen. «Da ist hinter ihm Erde, vor ihm Erde, auf der einen Seite, der anderen. Doch er soll kriechen. Wenn er Platz hätte, nur ein bisschen, ein leeres Stückchen wenigstens, würde er jetzt die Erde dahin tun und sich vorwärts bohren. Nicht? Wenn sie aber fest um ihn sitzt» – und Karnauch presste mit aller Kraft seinen Finger, sodass der Tisch quietschte –, «kriecht er dann? Nein?» Seine lebhaften Pupillen kitzelten Sanka.

Sanka zögerte. «Er muss kriechen …»

«Eben, er muss!», rief Karnauch. Er sprang vom Stuhl auf. «Aber wenn ich dich in eine Ziegelwand einmaure und du kriechen musst – wohin, zum Teufel, bewegst dich dann? Ha!»

Karnauch sah Sanka fröhlich und übermütig an.

«Warte nur, dich werden sie einmauern», murmelte der Bursche und reckte sich nach dem Teekessel.

«Der kriecht aber, das Aas. Kriecht wie gesengt. Hab es ausprobiert.» Karnauch setzte sich. «Hab so eine Kiste genommen» – er grenzte auf dem Tischtuch mit den Händen ein Viereck ab –, «Erde reingepresst, einen Wurm gefangen, auch rein, obendrauf wieder Erde. Hab drei Backsteine nass gemacht und obendrauf gepackt.» Karnauch zeigte es über dem Tisch mit der Hand. «Einen Tag und eine Nacht hat er Zeit gekriegt, konnte machen, was er wollte.»

«Und am nächsten Morgen war er mir krepiert, sag es ruhig», brummelte der Bursche.

«Was für ein Halunke! Ist nämlich bis in die Ecke gekrochen, hab ihn fast nicht gefunden – in die unterste Ecke hat er sich gegraben! Frisst er diese Erde? Weiß der Teufel. Jetzt sagen Sie mir – wissen Sie, wie er das macht? Hm?»

«Langsam, Stück um Stück schiebt er …», begann Sanka.

«Also, hier, ein Wurm.» Karnauch ruckte auf seinem Stuhl, blickte sich um, ob er nicht einen sähe. «Nehmen Sie ihn, und mit dem Wurm schieben Sie – na, gar nicht mal Erde, aber, sagen wir, dieses Brot auseinander. Der ist doch – rein gar nichts ist er, wabblig und quabblig, wie Sülze. Und trotzdem!» Karnauch strahlte förmlich. «Sie sagen – wie Sülze, aber von wegen!»

«Ich weiß nicht», sagte Sanka und schaute zu, wie im Unterteller, im Tee, die Sonne blinzelte, «ich weiß nicht, hab darüber eigentlich nichts gelesen. Sicher steht das irgendwo in einem Buch.»

«Überhaupt, das allerbeste Buch» – Karnauch sprang auf – «ist das da!» Er drehte sich zum Regal um und holte einen dicken Band raus, an dessen Seiten die Eselsohren abstanden. «Das da!» Karnauch schlug mit der flachen Hand auf das Buch. «Das Buch von Verne. Ob nun wahr oder nicht wahr, aber prima ist es. Kennen Sie?»

Sanka schlug das Buch auf und erkannte die vertrauten Illustrationen von Jules Vernes «Zwanzigtausend Meilen unterm Meer».

«Sich so ein Dingens zusammenbasteln. Kerle suchen, aber was für welche!» Karnauch schwang die Faust. «Und ab unter Wasser. Hm?»

Karnauch beobachtete Sankas Augen, als dieser die Seite umschlug. «Prima geflunkert, was?» Auf dem Tischtuch mit den ausgewaschenen blauen Karos erschien Sanka dieses Buch besonders lieb und wert. «Aljoscha hat mir gesagt», fuhr Karnauch fort, «Sie wären dort alle in einem Labor. Ja?»

«Ja, ich bin Chemiker», sagte Sanka und konnte sich kaum von den abgegriffenen Illustrationen losreißen.

«Und was ist das?»

«Wir finden heraus, was woraus besteht.»

«Die Zusammensetzung?»

«Ja, ja, die Zusammensetzung. Wir zerlegen alles.»

«So ein Blatt – kann man da auch erfahren, woraus es zusammengesetzt ist?» Karnauch riss von der Geranie am Fensterbrett ein Blatt ab und legte es vor Sanka auf das Tischtuch.

«Ein Blatt auch.»

«Kann man zerlegen?»

«Ja, wir zerlegen es.»

«In winzige Teile? Und dann von neuem zusammensetzen, damit wieder ein Blatt draus wird?» Karnauch war Feuer und Flamme, er fragte Sanka atemlos.

«Nein, das können wir nicht.»

«Ach so», sagte Karnauch mit enttäuschter Stimme und warf das Blatt aufs Fensterbrett.

«Einiges können wir schon. Gerüche können wir machen. Von Veilchen oder Maiglöckchen, dabei gibt es in hundert Werst Umkreis kein einziges Blümchen. Steckt alles nur in Fläschchen, in Gläschen.»

«Und riecht wie von richtigen Veilchen?»

«Absolut!», sagte Sanka mit Befriedigung.

«Teufel auch!» Karnauch lehnte sich auf seinem Stuhl zurück und rieb hörbar die Hände aneinander. Nun blickte er Sanka schon mit dankbarer Begeisterung an. «Dann schaffen sie es auch bis zum Blatt. Schaffen es.» Er sah nach dem Blatt auf dem Fensterbrett. «Jetzt zeig ich Ihnen was ...»

«Ich geh», sagte der Bursche und stand auf. Er reichte Sanka die Hand, drückte fest und respektvoll zu. «Und du, Dmitri, mach mit dem Schlüssel keine Sperenzchen, hol dich der Teufel, leg ihn einfach unter die Fußmatte. Was soll bei uns schon wegkommen? Machst ein Sesam draus, dass ich zuletzt noch bei den Nachbarn schlafen darf.»

Karnauch wühlte in dem bemalten Schränkchen, das in der Ecke an der Wand hing. Schließlich kehrte er zu Sanka zurück und stellte ein Maschinchen auf den Tisch. Es war klein und fein gebaut, die polierten Teile glänzten in der Sonne. Sanka betrachtete das Maschinchen neugierig und spürte, wie ihm Karnauch gespannt über die Schulter blickte.

«Was meinen Sie, was das ist? Hm?», fragte Karnauch schließlich.

Sanka schwieg und spähte zwischen den Hebelchen und Rädchen durch.

«Und so?» Karnauch tippte etwas mit dem Finger an, und das Maschinchen machte eine Bewegung. «Na? Begreifen Sie nicht? Na schön. Ist auch noch nicht fertig. Sobald es fertig ist, hol ich Sie zum Besichtigen.» Er nahm das Maschinchen behutsam, betrachtete es liebevoll und stellte es wieder in den Schrank.

Die Sonne verschwand allmählich vom Tisch. Sanka erhob sich, um zu gehen.

Jetzt hatte er den gesamten Raum im Blick. Zwei schmale Betten, ein Tisch, drei Stühle, das Regal und das Hängeschränkchen – Sanka kannte bereits alles hier. Er sah an der Wand noch ein Porträt von Pasteur, herausgeschnitten aus einer Zeitschrift, und daneben die holländische Prinzessin Wilhelmine.

«So schöne Frau», sagte Karnauch, «bloß haben die Fliegen sie verdreckt, müsste sie austauschen.» Er riss Wilhelmine herunter.

Karnauch begleitete Sanka bis zur Pferdebahn.

«Ich hab Ihr Wort, werde warten.» Er drückte Sanka die Hand, dass es schmerzte.

DIE SIEBEN

Über das leere, vom Regen glänzende Pflaster ruckelten in einer Kutsche Baschkin und der Schutzmann. Der Schutzmann war ganz auf das Schutzblech des Einspänners gerückt, er überließ Baschkin den Sitz. Mit der Hand hielt er sich am Hinteraufbau und stützte Baschkins Rücken. Von diesem feuchten, festen, bretternen Uniformmantel, von dem Arm, hart wie die Lehne, von der dicken roten Achselschnur, schwer wie ein Eisenstab, und von den nassen, gleichsam metallischen Stiefelschäften ging, so kam es Baschkin plötzlich vor, eine unerschütterliche Macht aus, die Macht von Backsteinwänden. Zum ersten Mal fand Baschkin sich neben einem Schutzmann und dachte mit Melancholie, mit ehrfürchtiger Angst: ‹So also sind sie, die Schutzleute!›

Der Droschkenkutscher zog träge und regelmäßig seiner Schindmähre eins über. Kalter Regen und Wind schlugen ihnen entgegen. Baschkin wurde es kalt, er steckte die Arme über Kreuz in die Ärmel. Er konnte sich nicht entschließen, mit dem Schutzmann ein Gespräch zu beginnen – nein, auf gar keinen Fall, so einer antwortet nicht.

Baschkin wusste nicht, wie er sitzen sollte; bald beugte er sich vor, bald lehnte er sich an den Arm des Schutzmanns. Schließlich krümmte er sich zusammen und nahm den Kopf zwischen die Schultern, über den Rücken jagten Kälteschauer.

«Ist nicht mehr weit, gleich sind wir da», sagte der Schutzmann. «He, mach voran.» Der Schutzmann schnäuzte sich und wischte die Nase am bretternen, feuchten Mantelärmel ab.

Der Droschkenkutscher hielt vor dem Tor eines großen Hauses.

«Bitte schön», sagte der Schutzmann.

Eine Pforte öffnete sich vor ihnen im Eisentor und schlug hinter ihnen heftig zu.

«Geradeaus, geradeaus», kommandierte von hinten der Schutzmann, «jetzt nach rechts.»

Baschkin trat ein. Eine Steintreppe führte nach oben – der gewöhnliche Hintereingang eines großen Hauses. Zwei Gendarmen und finster blickende Zivilbeamte standen unten an der Treppe.

«Geradeaus, führ ihn geradeaus», sagte der eine Gendarm; seine kleinen Äuglein wiesen auf Baschkin. Der Schutzmann stieß Baschkin leicht ins Kreuz, damit er schneller ging. Einen Korridor entlang trieb der Schutzmann Baschkin, am Ende öffnete er eine Tür.

In einem großen Raum mit abgetretenem Fußboden standen längs der Wände niedere Holzbänke. Am Schreibtisch saß ein dicker, bebrillter, grauhaariger Mann in Polizistenuniform, das Gesicht bleich und aufgedunsen. Er sah nur kurz zu Baschkin hoch und vertiefte sich wieder in seine Papiere.

«Bringe von der Troizkaja ...», begann der Schutzmann heiser.

«Warte!», sagte der bebrillte Polizist. Er drehte Papiere von einer Seite auf die andere. Der Schutzmann seufzte. Er stand mit Baschkin an der Tür.

Zwei Zivilbeamte mit Sakkos über russischen Hemden standen, die Hände auf dem Rücken, und musterten Baschkin amtlich und feindselig.

«Baschkin?» Der Polizist riss sich von den Papieren los und richtete den abschätzigen Blick über die Brille auf Baschkin.

Baschkin fand nicht gleich seine Stimme.

«Ba-baschkin», sagte er stotternd, heiser und undeutlich.

«Babuschkin?», rief der Polizist durch den Raum. «Nicht zu verstehen. Näher treten!»

Baschkin trat einen Schritt näher.

«Ich habe Galoschen an, macht das nichts?»

Der Polizist betrachtete Baschkin. «Treten Sie hierher», sagte er. «Also, wer sind Sie? Baschkin oder Babuschkin? Wie nennen Sie sich?»

«Mein Familienname ist Baschkin.» Baschkin nahm die Mütze ab, hielt sie kurz in der Hand und setzte sie gleich wieder auf.

Der Polizist tauchte die Feder ein und begann zu schreiben.

«Habe übernommen, kannst gehen», sagte er zu dem Schutzmann.

Der Schutzmann ging.

Und Baschkin hatte das Gefühl, dass er jetzt völlig allein war, er blickte sich sogar zur Tür um.

«Durchsuchen», befahl der Polizist.

Die beiden Zivilbeamten traten zu Baschkin.

«Ziehen Sie sich aus», sagte der Polizist, ohne seine Schreibereien zu unterbrechen.

Baschkin legte den Mantel ab, die Mütze – beides nahm sogleich einer der Zivilbeamten in Empfang. Er holte ohne Hast alles aus den Taschen und legte es vor dem Polizisten auf den Schreibtisch: die komplizierten Türschlüssel der Alten, das schmutzige Taschentuch wie auch die Eintrittskarte vom letzten Konzert.

«Sie sollen sich ausziehen! Ganz!», rief der Polizist, während er die Schlüssel betrachtete. «Alles, legen Sie alles ab.»

«Kommen Sie hierher», sagte der andere Zivilbeamte mit amtlicher, strenger Stimme und zeigte auf eine hölzerne Bank.

Baschkin fügte sich ergeben. Bald wurde er blass, bald schoss ihm das Blut ins Gesicht. Er stand in Unterwäsche da.

«Schon gut, ich seh auch so», sagte der Zivilbeamte und begann, Baschkin mit harten und ruppigen Puffen abzutasten.

«Ich lese vor, Sie unterzeichnen», sagte der Polizist. «‹Der in der Nacht vom 11. auf den 12. Dezember in seiner Wohnung Festgenommene, der sich Semjon Petrowitsch Baschkin nennt …›»

«Ich bin tatsächlich Baschkin, ich nenne mich nicht so …»

«Wie nennen Sie sich dann?», unterbrach der Polizist.

Baschkin stand vor ihm in Unterwäsche und Socken, auf dem verdreckten, abgetretenen kalten Fußboden, seine Knie zitterten vor Aufregung und Verwirrung, er wusste nicht, was antworten.

«Nun?», rief der Polizist. «Bringen Sie mich nicht draus!» Er las weiter: «‹Er hatte bei sich: ein Taschentuch, gekennzeichnet mit dem Buchstaben W …»

«Das ist ein französisches B!», sagte Baschkin.

«Was noch?» Der Polizist blickte über die Brille.

Die Zivilbeamten betasteten Nähte und Kragen des Sakkos und warfen Baschkin einen bösen Blick zu.

«‹… an Geld einen Rubel siebenundachtzig Kopeken.› Unterschreiben Sie!» Der Polizist drehte das Papier um und hielt Baschkin den Federhalter hin.

«Wo? Wo?» Baschkin fuhr suchend mit der Feder übers Papier.

Baschkin zog sich an, er traf nur mit Mühe mit den Knopflöchern auf die Knöpfe. Der Polizist klingelte, und zur Tür herein schritt ein Beamter mit Schirmmütze, einen Revolver am Gürtel.

«In die Sieben, die geheime!» Der Polizist wies mit den Augen auf Baschkin.

Der Beamte machte die Tür auf, und Baschkin – er hatte den Mantel um sich geschlagen, ihn zuknöpfen zu können, hatte er die Hoffnung aufgegeben – schritt voran. Er spürte kaum den Boden unter seinen wackeligen Beinen. Sein ganzer Körper war entkräftet, und er wollte nur noch sich hinlegen und die Augen schließen. Er ging, wohin der Beamte ihn stieß, irgendwo nach unten, durch einen Kellergang mit spärlichen Glühbirnen an der Decke. Rechts und links waren gewöhnliche Türen mit großen eisernen Nummern, als wären es Wohnungen. Bei Nummer sieben blieb der Beamte stehen, sperrte rasch mit dem Schlüssel die Tür auf und gab Baschkin einen Stoß.

Hier war es fast dunkel, eine trübe, schmutzige Glühbirne erhellte mit rotem Licht spärlich die Zelle. Baschkin ließ sich auf die Pritsche mit der Strohmatratze fallen und schloss die Augen. Er zog die Mütze bis über die Nase, um nichts zu sehen. Er hatte Schüttelfrost.

‹Einschlafen, nichts als einschlafen›, dachte Baschkin. Er konnte nicht einschlafen. Er spürte alle Stellen am Leib, wo er bei der Durchsuchung geknufft worden war, spürte sie, als wären dort Dellen zurückgeblieben.

‹Wenn sie nur schnell, möglichst schnell mit mir machen, was sie vorhaben›, dachte Baschkin und presste die Lider zusammen. Auch seine Gedanken pressten sich zusammen und erstarrten, regten sich nur noch vage und zaghaft. Er hörte Absätze gleichmäßig und eintönig über den steinernen Korridor klappern, sie wurden lauter. Verhielten bei seiner Tür. Etwas scharrte. Baschkin drückte noch fester die Augen zu und streckte sich lang aus, wurde brettsteif. Die Schritte entfernten sich nicht, und Baschkin wartete angespannt, den Körper ausgestreckt. Plötzlich spürte er deutlich, dass er angeblickt wurde. Das konnte er nicht aushalten, er schob die Mütze von den Augen und schaute.

In der Tür war eine runde Öffnung. Baschkin blickte direkt dorthin, unverwandt, und plötzlich hatte er in dem Kreis ein zugekniffenes Auge mit herabgezogener Braue erspäht. Stechend, als ob es zielte, blickte das Auge Baschkin direkt in die Augen. Baschkins Rücken zuckte, er konnte den erschrockenen Blick nicht von dem runden Loch abwenden. Das Auge verschwand, das Loch erschien kurz als runde Öffnung, etwas schabte, und eine Klappe verschloss die Öffnung von außen. Worauf die Schritte träge weiterklapperten. Baschkin begriff auf einmal, dass die Nummern, die eisernen Nummern an den Türen, diese Löcher bedeckten, dass ihn jeden Augenblick von dort ein Auge sehen konnte. Lediglich ein Auge – ohne Mensch, ohne Stimme. Das peinigte. Peinigte mehr und mehr, scheuchte Kränkung auf, alles in Baschkin schrie, er setzte sich auf, beugte sich zu den Knien und umfasste den Kopf. Die Geste beschwichtigte für einen Augenblick den Schmerz, Baschkin warf jedoch einen Blick zum Kreis – sie könnten es sehen! Er sprang auf, und der soeben abgeflaute Schmerz wallte und sprudelte erneut hoch.

«Wie ein Tier, wie eine Maus», flüsterte Baschkin mit trockenen Lippen. Er schritt durch die Zelle, rannte seitlich gegen den Tisch, der an der Wand festgemacht war, stieß sich den Fuß schmerzhaft am Hocker. Das Kellerfenster hing als schwarzes Quadrat unterhalb der Decke, und vom Kübel in der Ecke stank es ekelhaft. Baschkin ging die drei Schritte von der Wand zur Tür, vorbei am Tisch, vorbei an der Pritsche.

Und niemand weiß, wo er ist, auch er selbst weiß ja nicht, wo er ist. Vor Aufregung hatte er nicht mitbekommen, auf welchem Weg ihn der Schutzmann hergebracht hatte. Niemand weiß es, sie können mit ihm machen, was sie wollen. Eine Geheimzelle! Wie spät ist es, wann ist es Morgen? Er griff nach der Uhr. Er hatte keine Uhr – sie war auf dem Schreibtisch des Polizisten geblieben. Gekränkt durchwühlte er die leeren, vollkommen leeren Taschen. Suchte mit zittrigen, fahrigen Händen. «R. und S.» fiel Baschkin ein, aber das huschte vorbei wie ein Bahnwärterhäuschen am Zugfenster, und schlotternd, auf gekränkten Beinen, liefen seine Gedanken weiter und weiter.

«Was ist das für dummes Zeug?», murmelte Baschkin. «Regelrechter Quatsch, absolut, ja, absolut!» Baschkin stampfte schwach mit dem Fuß auf.

Aber die Schritte verhielten erneut vor der Tür. Baschkin ließ sich krachend auf die Matratze fallen und zog den Mantel über den Kopf.

Baschkin wartete auf den Morgen, er konnte nicht schlafen. Seine Gedanken flatterten, trabten, jagten hektisch, und unter dem Mantel flüsterte Baschkin einzelne Wörter:

«Nennt sich! Absolut, ja, absolut! Unsinn! Für das weibliche Geschlecht … Dummkopf!» Vor Trübsal konnte er die Beine auf der Matratze nicht still halten.

Muntere Schritte klapperten, im Korridor patschten Türen, schnappten Schlösser. Jetzt zu ihm. Jetzt wird aufgeschlossen – Baschkin starrte aus aufgesperrten Augen zur Tür. Zwei kamen herein. Der eine stellte einen großen Becher, bedeckt mit einem Stück Schwarzbrot, auf den Tisch, der andere, mit Schirmmütze und Revolver im Gürtel, trat schlüsselklirrend zu Baschkin. Er war breit und nicht groß. Oberhalb der ausladenden Backenknochen huschten kleine schwarze Augen in den Schlitzen hin und her. Er heftete den geringschätzigen Blick auf Baschkin, schaute ihn gewiss eine

Minute an und sagte halb flüsternd – von diesem halben Flüstern wurde es Baschkin ganz anders –, sagte ihm von unten ins Gesicht:

«Wenn du mir auch nur einmal klopfst» – er schüttelte seinen großen Schlüssel direkt vor Baschkins Nase, sodass der ganze Schlüsselbund klirrte –, «wenn du Schweinehund mir nur einmal an die Wand klopfst, dann klopf ich zurück. Du bist hier nicht im Gefängnis.»

Baschkin konnte nicht antworten, er hatte auch gar nicht gleich begriffen, was der Wärter sagte, der aber ging schon zur Tür und blickte von der Schwelle noch einmal zurück auf Baschkin.

«Dass du es weißt, Freundchen!»

Baschkin war es zuwider, dieses Brot zu nehmen.

‹Nichts, gar nichts werd ich von ihnen nehmen, nichts werd ich essen›, sagte sich Baschkin, ‹sterben werd ich, sterben vor Hunger.› Erneut ließ er sich auf die Pritsche fallen.

Dies war der Morgen. Aber das Licht war noch dasselbe, das trübe, rötliche Licht der Glühbirne, die als Eiterpickel von der dreckigen Decke ragte. Das Fenster war von außen mit Brettern zugenagelt.

ÄRMEL AUS SPITZE

Der alte Wawitsch sinnierte bis zum Morgen, sinnierte, wie sein Sohn Witja mürrisch heimkäme – er wusste, dass Wiktor in letzter Zeit dermaßen erbost war, dass er sich bremsen musste, um nicht die Tür zuzuknallen, und flüsterte, um nicht zu schreien. Wiktor würde ein Streichholz anzünden, und da läge der Brief: «An Wiktor Wsewolodowitsch».

Und es schien dem Alten, als müsste das Herz seines Sohnes einen Sprung tun, und nachts, in der Stille, würde sein Sohn den

Brief lesen und … und vielleicht zu seiner Tür gelaufen kommen und anklopfen. Einmal war es Wsewolod Iwanowitsch sogar, als sei die Pforte im Hof zugefallen, und sein Herz schlug heftig. Gegen Morgen schlummerte er im Sessel ein. Lange ging er nicht aus seinem Zimmer. Er hörte, wie Taissa im Esszimmer klappernd den Samowar aufs Tablett stellte. Still war es in der Wohnung, zu hören war nur, wie Taissa vorsichtig mit dem Geschirr klirrte. Schließlich ging Wsewolod Iwanowitsch hinaus. Hohlwangig und aschfahl ging er hinaus, wie nach einer Kräfte zehrenden Reise.

Er trank Tee und konnte sich nicht entschließen, die Tochter zu fragen, ob Wiktor da gewesen sei. An der Küchentür klopfte eine Händlerin, sie sang mit heiserer Stimme:

«Gürkchen hätt ich, Salzgürkchen.»

Taissa warf die Tasse auf den Unterteller und stürzte in die Küche. Unterdessen schlappte Wsewolod Iwanowitsch hinaus, um nachzusehen, ob nicht Wiktors Uniformmantel dahinge. An der Garderobe war er nicht, so warf der Alte noch flink einen Blick in Wiktors Zimmer. Der Brief lag mitten auf dem Tisch, akkurat, gerade, als läge er für ihn da, für Wsewolod Iwanowitsch: Sie wollten doch, dass ich daliege, also liege ich eben, obwohl ich weiß, es ist für die Katz. Und Wsewolod Iwanowitsch sah ein, obwohl er den Gedanken verscheuchte, dass Wiktor diesen Brief nicht bekäme. Er eilte zurück zu seinem Teeglas. Er war außer Atem vor Aufregung und Eile und suchte es zu verbergen, als Taissa mit den Gurken zurückkehrte.

Nach dem Mittagessen nickte er ein. Als er aufwachte, war es schon dunkel.

«Taissa!», rief der Alte.

«Gleich», erwiderte Taissa, aber nicht sofort. Sie kam ins dunkle Zimmer gelaufen. Unter der Tür hatte Wsewolod Iwanowitsch ihre Silhouette wahrgenommen: Taissa hatte ihr Ausgehkleid an.

«Ist er nicht da gewesen?», fragte Wsewolod Iwanowitsch.

«Nein», sagte Taissa, «er war nicht da. War nicht da-a», flötete Taissa irgendwie affektiert und zog sich zur Tür zurück.

«Was sollen die Allüren?» Wsewolod Iwanowitsch blickte verdrossen und wollte rufen, die Tochter zurückholen. Aber auf einmal kam es ihm vor, als wären ihm alle Rechte und alle Wahrheiten genommen, als könnte er der Tochter nichts vorwerfen, was auch.

Er hörte, wie Taissa wenig später die Stufen hinabrannte, wie die Pforte zufiel und das Türschloss schwungvoll einschnappte.

Er dachte an seine Frau. ‹Ich geh zu ihr, um wenigstens irgendwas zu reden, darf sie ja nicht aufregen.› Über Taissa dachte er bitter: ‹Hat sogar ihre kranke Mutter allein gelassen.› Langsam wankte er durch die leeren Zimmer zu seiner Frau. Aber da brach der Hund an der Haustreppe in gieriges, zähnefletschendes Gebell aus.

‹Ein Fremder!›, durchzuckte es Wsewolod Iwanowitsch, und er stürzte in die Küche. Er öffnete die Tür ins Dunkle hinaus – Unruhe bedrückte ihn, schnürte die Luft ab, er konnte nur mühsam den Hund für einen Moment beschwichtigen und hörte aus dem Dunkel:

«Ein Einschreibebrief!»

Wsewolod Iwanowitsch rannte die Stufen hinab, prallte im Dunkeln gegen den Briefträger, er verlor seine Pantoffeln, sie blieben im Dreck kleben. Die Brille stülpte sich Wsewolod Iwanowitsch auf, seine Hände zitterten, lange suchte er nach der Tinte, lange konnte er nicht begreifen, wo er unterschreiben sollte – in Wiktors gestochener, amtlicher Handschrift, protzig wie die eines Kanzleischreibers, stand die Adresse auf dem Brief, der im Expeditionsbuch lag. Endlich schaffte es Wsewolod Iwanowitsch. Mit einem Zwanzigkopekenstück und dem Buch stieg er, unter Hundegebell, hinab in den klebrigen Dreck zum Briefträger.

«Das … und das.» Er fischte im Finsteren nach der Hand des Briefträgers, um ihm das Buch und den Zwanziger zuzustecken.

Im Esszimmer unter der Lampe machte Wsewolod Iwanowitsch den Brief auf und konnte ihn nicht lesen. Er rieb sich die Augen unter der Brille, das Blatt hüpfte in seiner Hand. Er legte es auf das Tischtuch, nun entzifferte er: «Teuerster Papa», schrieb Wiktor. «Ich reise ab und möchte mich in diesem meinem Brief von Ihnen verabschieden. Ich fahre Hals über Kopf zum Dienst, um mir mein unabhängiges Brot zu verdienen. Wir beide sind diametral unterschiedlicher Meinung. Aber ich hoffe, dass mein Versuch, mich auf selbständige Beine zu stellen, später einmal Ihre Achtung erwerben wird. Richten Sie Mutter meine tiefe Verehrung aus. Ich küsse sie von Herzen, die Gute soll sich nicht aufregen, sagen Sie ihr, dass es mir sehr gut geht und dass ich angereist komme, sobald ich kann, um sie selbst zu küssen. Sie soll ganz ruhig sein.

Hochachtungsvoll

W. Wawitsch»

«Nein, nein! Hab ihn nicht zur Vernunft gebracht. Hab es nicht vermocht, nein», flüsterte der Alte. «Hab ihn abgeschreckt.» Er blickte auf diesen Brief, der in der gestochen scharfen Handschrift eines Regimentsschreibers niedergeschrieben war, auf das «Sie» und das «unabhängige Brot» und das «diametral unterschiedlich». Zum ersten Mal schwarz auf weiß. Als hätte es Wsewolod Iwanowitsch einen Schlag gegen die Stirn versetzt – ja, wer schreibt denn da? Das ist doch Witja, mein, unser Witja! Wieso hatte er das nicht gesehen, nicht bemerkt, wie konnte ihm das entgehen, dass in seinem Haus, nebenan, vor seinen Augen, aus Wiktor ein fertiger Mensch wurde, einer aus dem Holz, aus dem Passbeamte und Telegrafenbeamte gemacht sind? Das versetzte Wsewolod Iwanowitsch einen Schlag gegen die Stirn. Er saß aufrecht auf dem Stuhl, die Arme hingen herab wie Ranken, und seine Augen starrten unbeweglich die Wand an. Und per «Sie» schreibt er, widerlich, wie der Schwiegersohn an einen Krämer schreibt: «Teuerster Papa». Wsewolod Iwanowitsch rang nach Luft.

«Was ist?», rief die Kranke aus ihrem Zimmer mit schwacher Stimme, alle Kraft zusammennehmend.

Wsewolod Iwanowitsch fuhr auf. Er erhob sich und tappte eilends auf feuchten Socken zu seiner Frau.

«Witja hat da einen Brief geschickt, meine Gute», platzte Wsewolod Iwanowitsch heraus. «Ist zum Dienst, zum Dienst gefahren. Wurde Hals über Kopf hinberufen, verstehst du, eine Stelle für ihn – da hat er sich nicht mehr verabschieden können. Eine Stelle war gerade frei», fügte Wsewolod Iwanowitsch hinzu.

«Gelobt sei Jesus Christus!», seufzte die Alte. «Sei mit ihm, Herr!» Sie hob die Linke und bekreuzigte sich.

Die gelähmte Rechte lag als bleicher Schatten ausgestreckt auf der Decke, weiß, im weißen Ärmel des Jäckchens, beim trüben Licht des Lämpchens.

«Sei mit ihm, Herr», flüsterte die Kranke, «sei mit unserem Witja.»

Wsewolod Iwanowitsch fiel ein, wie Wiktor geschrieben hatte: «die Gute soll sich nicht aufregen». ‹Für sie hat er Worte gefunden, hat er ein Herz gefunden›, dachte der Alte sogleich.

Er begann, die bleiche Greisinnenhand mit der Glut der Reue zu küssen, wie er vor langer Zeit, nach dem ersten Seitensprung, die Hand seiner Frau geküsst hatte, und atemlos flüsterte er:

«Witja hat mich geheißen, dich zu küssen … küsse sie, sagt er, die Gute … küsse sie fest, sagt er … tausendmal, sagt er.»

Die Alte hob mühselig die Linke und suchte den Kopf des Mannes zu fassen, es gelang ihr aber nicht, und er sah es nicht, er presste seine Wange gegen die hilflose weiße Hand und durchtränkte mit seinen Tränen den Jäckchenärmel aus Spitze.

Wiktor rollte im Eisenbahnwaggon. Die Räder unterm Fußboden kollerten, der ganze Waggon war voll vom Lärm der Bewegung. Die Räder pochten an den Schienenstößen und trieben Wiktor weiter und weiter vom Vater fort. Ein wenig graute es ihn, trotzdem gestand Wiktor sich selbst kaum ein, wie es ihn freute, dass der Abstand größer und größer wurde. Er nahm den Damen bereitwillig das Gepäck ab, verstaute die Koffer im Gepäckfach, sagte danach zu den Damen «Merci» und verbeugte sich.

«Wird der Rauch Sie nicht behelligen?», fragte Wiktor, wenn er sein Zigarettenetui hervorzog – er saß im Raucherabteil. Dennoch trat Wiktor in den Vorraum und blickte durch die Scheibe.

‹Er liest jetzt, der alte Herr›, dachte Wiktor über den Brief. Und der Brief kam ihm lang vor, es kam ihm vor, als stünde alles darin, und wenn er ihn erzählen wollte, müsste er eine halbe Stunde reden und würde doch nicht alles nacherzählen. ‹Hat er ihn gelesen oder noch nicht?› Ihm lag daran, dass er ihn schon gelesen hätte. Vor dem Fenster draußen huschten regenschwarze Bauernkaten vorüber, sauertöpfisch verschlafen waren die Augenbrauen der Strohdächer herabgerutscht.

Die kühle Erde, feucht und schlummerig, zog sich in sanften Buckeln von den Gleisen in die tränenreiche, neblichte Ferne.

An einem Haltepunkt sprang Wiktor aus dem Zug, er wollte Äpfel kaufen und sie den Damen im Waggon kredenzen. Allen Damen anbieten, wie im Salon. Jenseits des Bahnsteigs standen Dreck und Schlamm, und durch diesen Schlamm stapften, die Stiefelschäfte halb im Dreck, bei ihren Fuhrwerken betrunkene Bauern, alle in nassen Tuchröcken. Ein Landpolizist auf einer Mähre überragte den Markt, und träge pflatschend setzte die Mähre ihre Beine in den klebrigen Dreck.

Noch nie hatte Wiktor ein Dorf im Herbstwetter gesehen, er kannte nur die Sommermanöver. Wenn die Kompanie im Gleichschritt über die staubige Dorfstraße zieht, mit Gesang und Gejohle, und die Dorfweiber auf die forschen Männerstimmen zum Tor herausgesprungen kommen.

Der Zug pfiff, die Pferdchen auf dem Markt zuckten vor Schreck.

Im Waggon war es warm, roch nach Machorka, nach Kaserne, daher kamen die Damen Wiktor besonders liebenswürdig vor. Er verteilte die zwei Dutzend Äpfel, die er auf dem Bahnsteig gekauft hatte. Wiktor wusste nun, dass sein alter Herr höchstwahrscheinlich den Brief gelesen hatte und alles ein Ende hatte, nachdrücklich und unumstößlich entschieden war, dass endgültig das Neue begann.

Wiktor plauderte mit den Nachbarinnen, und er merkte selbst nicht, wie er das Gespräch stets auf den einen, den heikelsten Punkt hinlenkte.

«Dort der kleine Markt und dort der Landpolizist, wenn Sie hinschauen möchten. Regelrecht ein Don Quijote, und alles betrunken. Ist das die Möglichkeit? Ist das eine Polizei?»

«Ah, von wegen Polizei. Wenn der nur genug Schmiergeld einheimst, bestimmt denkt er bloß daran.» Die Dame winkte ab.

«Nur, weil anständige Leute nicht zur Polizei gehen wollen! Rümpfen die Nase. Ist ja auch schwierig.»

«Ah, welcher anständige Mensch geht da schon hin. Kostja», wandte sich die Dame an ihren Jungen, «gib her, ich schäl ihn dir.» Und sie entriss dem Jungen den angebissenen Apfel.

Wiktor schnappte der Dame den Apfel weg und schälte ihn selbst mit dem Federmesserchen, einem ganz neuen, hatte er vor der Abfahrt gekauft.

«Das ist ein Fehler, ein Fehler», sagte Wiktor laut. «Gerade die guten Menschen müssen zur Polizei gehen. Wir alle beklagen uns, aber tun selber nichts. Darum ist auch die Polizei schlecht.»

«Warum, sagen Sie, ist die Polizei schlecht?», platzte von oben eine raue Stimme dazwischen. Ein gemeiner Mann, einer aus dem Arbeiterstand, lehnte am Eckpfosten beim Durchgang und sah spöttisch auf Wawitsch.

Jemand setzte sich dazu, auf die Bank am Fenster, und oben schaute über die Rückwand, über ein hochgeklapptes Bett, ein Zottelkopf mit schwarzen Augen.

«Kann ein anständiger Mensch denn mit seinem Gewissen vereinbaren, den Leuten in die Fresse zu hauen?», sagte der Arbeiter.

«Wozu, wozu das denn?», brauste Wiktor auf. Er erhob sich.

«Ohne das geht's dabei nicht ab», fuhr der am Fenster scharf dazwischen.

«Und der Schutz des Eigentums?», sagte Wiktor.

«Stecken doch mit den Dieben unter einer Decke», dröhnte der Zottige von oben mit Bassstimme.

Die Damen wandten sich unwillig zu den neuen Stimmen um. Vor ihrem Coupé drängten sich Leute. Jemand rief von hinten:

«Frag ihn mal, frag ihn, ob er nicht selber ein Bulle ist?»

Die Dame mit dem Jungen machte ein unnahbares Gesicht, stand auf, nahm den Jungen böse bei der Hand und verließ, die Tür zuknallend, den Waggon.

Da erschien ein Kontrolleur.

«Herrschaften, Ihre Fahrkarten!»

«Halten Sie Ihre Fahrkarten bereit», echote der Schaffner und klopfte mit dem Schlüssel gegen die Lehne eines Sitzes.

Die Passagiere trollten sich zu ihren Plätzen.

Rot und atemlos, sog Wiktor gierig an seiner Papirossa, nun schon ohne seine Nachbarinnen zu fragen. Den Rest der Reise schwieg er. Die Damen ereiferten sich noch lange:

«Auf einmal drängte sich alles hier, als gäbe es einen Skandal oder was zu sehen. Also nein, weiß der Teufel.»

Wiktor schlief nicht. Er ging hinaus in den Vorraum. Nachts rollte der Zug in einen hell erleuchteten, lärmerfüllten Bahnhof. Wiktor schlängelte sich zum Bahnhofsbuffet durch und kippte nacheinander drei Wodka. Gekränkt und bedrückt fühlte er sich, gekränkt vom gesamten Waggon. Er kletterte auf sein Bett, als sich schon alle hingelegt hatten und zur Ruhe gekommen waren. Er tastete in der Tasche nach dem Brief des Polizeihauptmanns; der lag zwischen zwei Pappen und war mit Bindfaden über Kreuz verschnürt. Grunja hatte ihn verschnürt. Und Wawitsch dachte nun an Grunja.

Morgens blickte sich Wiktor mit verdrossener Miene im Waggon um. Das Publikum hatte sich verändert, die Damen waren ausgestiegen. Vom rauen Arbeiter war nichts mehr zu hören. Wiktor schaute ins Nachbarcoupé. Der Mann mit den Zotten im Nacken machte sich an einem Hering zu schaffen.

‹Kann noch liegen bleiben›, beschloss Wiktor, wickelte den Mantel fester um sich und steckte sich eine Papirossa an. Er dachte krampfhaft an Grunja, aber tagsüber rückte Grunja nicht näher.

‹Wäre ich nur bald da›, dachte Wiktor und betastete in der Tasche den steifen Brief des Polizeihauptmanns an den Polizeichef.

‹Denen werde ich es aber zeigen›, dachte Wawitsch, die Passagiere im Sinn, ‹die werden erfahren, dass auch ein anständiger Mensch … werde sogar was Außergewöhnliches vollbringen. Eine Heldentat. Rette jemanden, ein kleines Mädchen. Dann bringen die Zeitungen mein Porträt und einen Artikel: ‹Ein Polizist als Held›. Nein, besser kein Porträt, sondern eine Fotografie. Ich in Polizistenuniform und neben mir das kleine Mädchen. Das Mädchen lächelt, und ich beuge mich darüber und halte es mit der Hand hinten fest. Alle werden es lesen … ‹Ach, seht her, das ist der, der mit uns gereist ist.›

Und Wiktor fasste die Mitreisenden wieder mutiger ins Auge.

Dumpfer pochten nun die Räder, lauter prustete die Lokomotive, es wurde düster vor den Fenstern – sogleich war klar, dass der Zug in ein Gebäude hineinrollte. Die Passagiere sprachen mit anderen Stimmen, mit Straßenstimmen, und sie ballten sich an den Türen.

Wiktor schaute sich die Bahnhofshalle an. Das verrußte Glasdach – wie eine Zimmerdecke voller Spinnweben. Zu hören war, wie vor dem Bahnhof draußen die Stadt lärmte. Lärmte mit ganz anderer, eigener Stimme, und etwas Kaltes schwappte in Wiktors Brust

Von der hohen Außentreppe war ein Platz zu sehen, eine Grünanlage mit verschnörkeltem Eisengitter, und eine lange, gerade Straße zog sich weit in die Ferne, daran lauter hohe Steinhäuser mit allerlei Kinkerlitzchen auf den Dächern. Und ein Prasseln, ein Knattern und Prasseln lag als gleichmäßiger Lärm über der Stadt, wie wenn sich etwas eifrig und unermüdlich abrackern würde – das Knattern und Prasseln der metallbeschlagenen Einspänner auf dem Granitpflaster.

Wiktor nahm eine Droschke, und in steinernen Trillern rollten unter ihm die Räder.

MANNA

Die fremde Stadt erschreckte Wiktor. Alle Menschen hier kamen ihm wie Ausländer vor. Voller Ehrfurcht blickte er auf die massiven Häuser, auf die schimmernden Aushängeschilder. Und irgendwie bedeutsam kamen ihm die Menschen vor – wie lassen sich solche auf der Straße kommandieren? Es kam ihm sogar vor, als würden sie nicht schlicht, nicht russisch reden. Er wunderte sich geradezu, als der Portier in dem billigen Gasthof in gewöhnlicher Sprache zu ihm sagte:

«Bitte sehr, wir haben etwas frei. Sie wünschen etwas nicht so Teures?» Er musterte Wiktor und fügte hinzu: «Eher billiger?»

Von dieser Stadt ging Wiktor irgendwie sofort die Puste aus, und er machte alles holterdiepolter. Er erwartete, dass das Ganze bestimmt schief ginge, und war ständig in Eile, um an den Punkt zu kommen, wo eine Wand wäre, und – stopp.

Aber es ging nichts schief. Der Polizeichef empfing ihn mit einem Lächeln und gnädig und diktierte Wiktor sogleich ein Gesuch und lobte seine Handschrift. Zum Abschied reichte er ihm die Hand und sagte:

«Brauchen sich nicht zu beunruhigen. Wenn Sie schreiben, schicken Sie einen Gruß. Höchstwahrscheinlich, höchstwahrscheinlich. Können sich sogar die Uniform bauen lassen. Viel Erfolg! Hoffe doch.»

«Stets zu Diensten!», flüsterte Wiktor tonlos und wusste nicht, sollte er sich rückwärts zur Tür bewegen oder sich militärisch umdrehen, darum ging er seitwärts zur Tür.

Am nächsten Tag schickte er Grunja ein Telegramm: «Uniform bestellt, er lässt grüßen, küsse …» Aber auch die Uniform beruhigte Wiktor nicht – er konnte nicht still stehen, während um ihn herum der Schneider krauchte und keuchte, hinhockte und hochkam.

«Wünschen Sie die Pluderhosen bulgarisch?»

«Möglichst gute, möglichst gute», flüsterte Wiktor außer Puste. Er machte eine Anzahlung, und irgendwie ließ das Geld sich nicht zählen, die Scheine klebten, und die Zahlen verknubbelten und verwirrten sich im Geist.

Wiktor rannte durch die Straßen, ließ sich in Speisewirtschaften Essen kommen, aß es nicht auf und stürmte von dannen.

Auf den sauberen, gefegten Straßen standen an den Kreuzungen Schutzleute. Groß, gewichtig, bullenbeißerisch, mit ernsthaften Schnauzbärten, streng. Alle trugen sie neue Uniformmäntel, die Stiefel gewienert. Bei allen gewienert. Wenn die Schutzleute sich umschauen mussten, drehten sie nicht den Kopf, sondern wandten ohne Hast den ganzen Rumpf. Gewichtig salutierten sie Offizieren, und durchaus nicht jedem. Hielt ein Kutscher nicht an der rechten Stelle, tat der Schutzmann bloß einen kurzen Pfiff – trruck –, und schon zuckte der Kutscher auf seinem Bock. Schwang die Knute, und marsch. Auf der Hauptstraße stand, im heftigen Straßenverkehr, ein Revieraufseher. Der Revieraufseher war gekleidet wie ein Geck, und tatsächlich: die Pluderhosen «bulgarisch». War gehörig beleibt, der Revieraufseher.

Wiktor spähte zwischen den huschenden Equipagen durch, ob das spöttische Lächeln da war. Es war da, und der lackierte Kanonenstiefel war vorgestellt; gelassen und fröhlich stand der Revieraufseher, als täte er es zu seinem Vergnügen, während die Einspänner, Droschken und Kutschen nur so vorbeischwirrten, jedoch um ihn herum, wie Wasser um den Stein. Und eine Mütze, als wäre sie von gestern.

Dies war mitten im Stadtzentrum, in die Randbezirke ging Wiktor noch nicht; ständig spazierte, ständig kreiste er dort, wo der Lärm, wo die Geschäfte waren. Er hatte ständig im Sinn, dass er sein Gesuch in Gang gesetzt hatte, und damit es nicht ins Stocken geriet, musste er, so kam es ihm vor, ständig arbeiten, auf Achse sein, ohne einen Moment innezuhalten; und so ging er, ging er durch die Straßen, bis er völlig erschöpft war, bis die Waden schmerzten. Abends setzte sich Wiktor in seinem Zimmer bei Kerzenlicht hin und schrieb an Grunja.

«Liebste Grunja, Engel meines Herzens!», schrieb Wawitsch. «Hier sehen alle Revieraufseher wie Gardisten aus und die Schutzleute alle wie von der rechten Flanke. Die Leute sind gekleidet wie am Feiertag, und es sind sehr viele Leute. Besonders Juden. Für das Zimmer bezahle ich fünfundsiebzig Kopeken und die Kerze extra. Das Gesuch hat er von mir entgegengenommen, nun weiß ich nicht. Kann auch nichts erfahren. Bin den ganzen Tag auf Achse, aber etwas zu erfahren ist noch unmöglich, und nachts denke ich ständig nach. Jetzt schon den dritten Tag. Weiß nicht, was ich tun soll. Vielleicht ist ja alles umsonst, dabei kostet es Geld. In einer Speisewirtschaft habe ich gehört, wie zwei in Zivil über den Polizeihauptmann und Gott und die Welt herzogen – ich bin gegangen. Im Zug war es auch so. Als Anzahlung habe ich dem Schneider fünfunddreißig Rubel gegeben. Und vielleicht ist alles völlig umsonst. Obgleich er gesagt hat – höchstwahrscheinlich.

Liebste Grunja. Siehst du Taissa mal wieder im Theater, dann geh zu ihr und sag ihr – sie weiß doch alles, frag sie, wie es Mutter geht, und nach meinem Alten. Und dann schreib mir, aber bitte bald, meine Gute. Frag alle. Kanonenstiefel habe ich vorerst keine gekauft. Hat noch Zeit. Das Gasthaus heißt ‹Zur Eisenbahn›. Meine tiefste Verehrung für Pjotr Sawwitsch.

Fest küsse ich deine Hand. Ewig der Deine, Wiktor.»

Wiktor versiegelte den Brief und legte ihn auf den Tisch. Löschte die Kerze. Löschte sie gleich. Das Geld für die ganze Unternehmung hatte Sorokin Wiktor gegeben, von seinem Ersparten, schon lange sparte der Gefängnisaufseher für Grunja seine sauren Staatsbedienstetenkopeken. Im Dunkeln legte sich Wiktor in das kalte Bett. Trüb schimmerte das Fenster in schwerem Nachtlicht. Wiktor rauchte im Liegen und dachte unruhig nach.

‹Vielleicht werf ich alles hin und lauf davon? Geh einfach zu Fuß irgendwohin und fang zu arbeiten an. Bei der Eisenbahn. Ist ja auch das Gasthaus „Zur Eisenbahn“. Davon zahle ich Pjotr Sawwitsch alles zurück.› Er rechnete im Kopf: ‹Für das Zimmer wahrscheinlich um die fünf Rubel, dann die Reise, der Schneider. Und

Grunja schreib ich, dass ich es mir anders überlegt habe, und dann schick ich ihr eine kostenlose Fahrkarte, und wir beginnen unser Leben. Dann als Gehilfe des Stationsvorstehers. Auch wenn ich als Weichenwärter anfange. Völlig zurückgezogen, nur Grunja weiß es und wartet.›

Wiktor wollte schon aufspringen, die Kerze wieder anzünden und dem Brief noch hinzufügen:

«Wundere dich über nichts. Bewahre das Geheimnis, bald wirst du alles von mir erfahren. Denke immer daran, dass ich bis zum Grab ...»

‹Aber was dann, was sagt der Gefängnisaufseher? Hat noch nicht geheiratet, schon betrügt er, läuft davon. Nein›, dachte Wiktor, ‹ich heirate, dann kann ich tun, was ich will. Verlasse den Polizeidienst und such mir eine Stelle.› Er warf die Kippe auf den Boden, drehte sich auf die Seite, schloss die Augen und flüsterte: «Grunja, du meine Allerliebste.» Und ihm war, als würde Grunja ihn unbedingt hören.

Als Wiktor am Morgen die Treppe hinabstieg, erblickte er unten am Schreibpult des Portiers einen Revieraufseher. Der knallte seine Mappe auf das Pult und rügte den Portier.

«Was heißt hier – ohne bestimmte Beschäftigung? Musst doch fragen, wovon einer lebt? Irgendwovon lebt er ja, doch nicht vom himmlischen Manna? Oder?»

«Natürlich nicht», erwiderte der Portier, lächelte liebedienerisch und lüpfte die betresste Mütze.

«Von wegen ‹kurzzeitig› wen aufnehmen – pass mir bloß auf!» Der Revieraufseher legte seine Mappe zusammen und hob sie drohend. Der Portier schlug die Augen nieder. «Sag deinem Chef, ich komme vorbei, will mit ihm reden.» Der Revieraufseher erblickte Wawitsch. «Und denk dran!», sagte er zum Portier und wandte sich ab.

Der Portier, ein dicker, unsauberer Mann, sprang hin und riss die Tür auf.

Als Wiktor nach der Tür griff, sagte der Portier streng: «Sie müssen Ihre Beschäftigung angeben, junger Mann.» Er hatte schon wieder die Brille auf und stocherte mit der Feder in seinem großen Buch. «Von Manna leben Sie doch nicht? Teilen Sie das gefälligst mit.»

«Ich bin Unteroffizier des Heeres in Reserve …»

«Was ist das denn für eine Beschäftigung – ‹in Reserve›? ‹In Reserve› sind alle!» Der Portier verzog verächtlich den Mund.

Wiktor zerrte gekränkt an der Tür und sprang auf die Straße. ‹Schon gut, wenn ich erst mal in Uniform die Treppe runtersteige, dann wirst du mir katzbuckeln›, dachte Wiktor. ‹Flegel! Jeder Lump kann … Dummkopf!› Und er rannte zu den Auslagen der Offiziersgeschäfte, um sich einen Offizierssäbel auszusuchen.

PRINZESSIN MARJA

Nadja hatte Filipp in jene Wohnung bestellt, in der sie sich umgezogen hatte, als sie zum Arbeiterzirkel gegangen war. In dieser Wohnung lebte ihre Freundin Tanja. Allein mit einer Bediensteten. Diese Alte verhätschelte Tanja, ihr konnte man trauen. Tanjas Vater war Advokat. Er war nie zu Hause, und Tanjas Mutter war schon vor gut einem Jahr in Warschau gestorben, Tanja also allein in einer Advokatenwohnung. Nadja hielt Tanja für unreif und schenkte ihr von oben herab Vertrauen.

‹Backfisch›, dachte Nadja, wenn sie sah, wie Tanja hingerissen ihre Beine in den schwarzen Seidenstrümpfen betrachtete. Tanja aber schaute ihre Beine an, als wären sie neu – sieh an, was da plötzlich gewachsen ist. Schöne Beine, in Lackschühchen. Zugleich grauste sich Tanja ein wenig – so blickt man auf einen blinkenden, scharfen Dolch.

‹Achtzehn ist die Schneegans›, sagte sich Nadja, ‹könnte doch schon, sollte man meinen …› Und Nadja betrachtete heimlich ihre englischen Stiefeletten mit dem flachen Absatz.

Tanja hingegen schaute immer noch, ein wenig atemlos, ihre Beine an. Im Vorzimmer ging die Klingel. Tanja zog den Rock zurecht, sprang vom Sofa.

Die Alte ließ Filipp herein.

«Bitte, Batjuschka.»

«Gehen wir hier herein», sagte Nadja, vor der Alten betont unbeteiligt, und ging voraus, klapperte entschieden mit den englischen Absätzen.

Tanja stimmte mit tiefer, erregter Bruststimme ein Lied an und setzte sich mitten im Zimmer auf den Teppich. Sie versteckte die Beine unterm Rock – zu oft hinsehen tut nicht gut; nur ihre Hand drückte überm Kleid auf die glatte und warme Spitze des Lackschuhs.

Nadja hingegen ließ Filipp an einem aufgeklappten Spieltisch Platz nehmen. Filipp zog ein Taschentuch hervor und wischte sich das ganze Gesicht ab, fuhr auch noch über die Haare. Er seufzte, sah Nadja an und wartete. Nadja hingegen wanderte hinter der Stuhllehne im Zimmer auf und ab, schaute stirnrunzelnd zu Boden und schielte zwischendurch auf Filipps Nacken. Über dem breiten, kräftigen Hals bewegte sich das weiche Fell kurz geschorener grauer Haare.

«Na, fangen wir zunächst mit dem Lesen an», sagte Nadja schließlich. «Wie lesen Sie? Frei?»

Nadja schlug vor Filipp einen bereitgelegten Band Tolstoi auf. Filipp räusperte sich, schluckte Spucke und begann. Begann laut, durchs ganze Zimmer, wie in der Schule von der letzten Bank gelesen wird. Laut hackte er die Wörter, verdrehte sie, setzte die Betonungen falsch, sodass manche Wörter wie polnisch klangen. Hölzern und hämmernd die Intonation. Nadja verstand kaum, was Wassiljew da schrie.

Sie korrigierte ihn.

«Prinzéssin, Prinzéssin», sagte Nadja.

Filipp wandte sich um. «Ja, ja, Prinzéssin.» Und schrie erneut zur Wand: «Prínzessin Marja.»

‹Mein Gott, wie entsetzlich!› Nadja schüttelte den Kopf. ‹Er versteht ja überhaupt nichts.› Sie hielt dieses stumpfsinnige Geschrei kaum aus.

«Na, hervorragend», sagte Nadja, da ihr die Geduld riss. «Es genügt.»

Aber Filipp schaute ins Buch und flüsterte weiter.

«Legen Sie das Buch weg», sagte Nadja.

«Ist aber so interessant.» Filipp wandte Nadja sein rotes, schweißüberströmtes Gesicht zu.

Nadja machte mit Filipp ein Diktat. Den Kopf eingeknickt wie ein Pferd, malte er die Buchstaben und tauchte die Feder andauernd ins Tintenfass. Mit dem Buch in der Hand schaute Nadja ihm über die Schulter; sie sah, wie Filipp freigebig den Buchstaben Jat über die Wörter verteilte. Er strengte sich nach Kräften an, tauchte die Feder ein und verhedderte sich in krummen und schiefen Schnörkeln. Alle Zeilen waren von solchem Kraushaar umrankt.

Nadja konnte nicht an sich halten. «Aber warum denn ‹metla› mit einem Jat?»

«Und ‹wenik›? Ist doch auch ein Besen, und das schreibt man mit Jat …»

Nadja musste lachen. Auch Filipp lachte, er legte die Feder hin, und wie nach einem Spurt außer Puste, rieb er sich die Stirn mit seinem bunten Taschentuch ab.

Nadja setzte sich neben ihn. Sie korrigierte, sie erklärte, und es erregte sie, dass dieser starke Mann – sie erinnerte sich, wie er sie unterm Arm gefasst und beinahe getragen hatte – nun ehrerbietig nickte und ihr folgsam in die Augen schaute. Sie wollte ihn ermutigen.

«Das kommt schon, ist alles nur Übung, grämen Sie sich nicht.»

«Die Hauptsache ist Gewohnheit», sagte Filipp, «und dass man zuzupacken versteht. Zum Beispiel bei uns in der Arbeit. Schaust einem zu – alles hingehudelt, alles Wischiwaschi, versteht einfach nicht zuzupacken, der Mann.»

«So, das schreiben Sie mir ab.» Nadja wollte, dass Filipp es zu Hause abschrieb. Aber er hatte schon zum Federhalter gegriffen, ihn eingetaucht und die Brust voll Luft gepumpt. Mit solcher Lust stieß er die Feder ins Papier, dass Nadja dachte: ‹Der packt zu, der packt zu›, und ihn nicht stoppte. Sie schaute, wie Filipp sich abmühte, seine Lippen flüsterten wie die eines kleinen Jungen, und sie hätte am liebsten Filipps geschorenen Nacken gestreichelt und liebkost.

Wassiljew atmete schwer. In der Wohnung schlug eine Uhr mit melodischem Bass elf.

«C'est là que je voudrais vi-i-vre!», sang Tanja im leeren Esszimmer.

Nadja stürzte zur Tür.

«Ginge es nicht etwas leiser? Wir machen hier Unterricht.»

Filipp schrieb den Text ohne einen einzigen Fehler ab, ohne eine einzige Verbesserung, nur waren die Zeilen noch dichter von Schnörkeln und Haken umrankt.

Nadja ging ihn durch, währenddessen wandte Filipp den Blick nicht ab, er atmtete nicht, wartete.

Nadja legte das Heft hin.

«Nichts?», sagte Filipp und ließ die Luft aus der Brust. Er

wurde rot, lächelte pfiffig. «Man muss halt zuzupacken verstehen.» Und schlug mit der Hand auf das Heft.

Nadja griff nach dem Tintenfass, doch es war zu spät: Die Tinte floss über den Advokatentisch. Im Nu hatte Filipp ein Blatt aus dem Heft gerissen und die Tintenpfütze mit dem Umschlag auf das Blatt geschoben. Und sie in den Palmenkübel gegossen. Dann sprang er zur Tür hinaus, und Nadja hörte, wie er in der Küche kommandierte:

«Ein sauberes, gib mir ein sauberes Tuch, was soll ich mit dem Fußlappen.»

Mit einem nassen Taschentuch kehrte er zurück.

Ein kaum sichtbarer dunkler Fleck blieb auf dem grünen Tuch zurück – Filipp bestreute ihn mit Asche.

Die Alte stand daneben, den Teekessel in der Hand.

«Jetzt eine Zeitung, aber schnell!», schnauzte Filipp.

Die Alte und Nadja rannten zur Tür hinaus.

Filipp scharrte die Asche auf die Zeitung und drückte sie, ohne hinzusehen, Nadja in die Hand. Ein nasser dunkler Fleck war auf dem Tuch zu sehen.

«Ist er trocken, sieht es aus wie vorher», sagte Filipp und strich vorsichtig über das Tuch.

Er saß schon wieder, nah an den Tisch gerückt.

«Die Jats, das kommt, weil ich es nicht gewohnt bin, aber wenn ich zupacke …»

Nadja fand nicht gleich zu ihrer früheren Stimme zurück.

Als Filipp aufstand, um zu gehen, tat es Nadja sogar Leid, und sie sagte nun schon zum dritten Mal:

«Die Grammatik lassen Sie sein, brauchen Sie nicht zu lernen, das Wichtigste ist das visuelle Gedächtnis, das Gedächtnis der Augen.» Nadja hob den Finger zu den Augen; darauf zwinkerte Filipp ein paar Mal.

Nadja ging sich von Tanja verabschieden. Aber sie erkannte

Tanja nicht. Tanja hatte ein unförmiges Barchentkleid an, die Haare klebten glatt zurückgekämmt am Kopf und standen im Nacken wie ein nasser Zapfen ab. An den Beinen hatte sie dicke, verschossene Strümpfe und geflickte Stiefeletten. Wie ein trauriger Vogel sah Tanja Nadja an.

«Was soll die Maskerade?», fragte Nadja, als sie im Vorzimmer den Handschuh überzog. Tanja schürzte darauf nur leicht die Lippen und schlurfte schweren Schrittes ins Wohnzimmer.

Abends, zu Hause, dachte Nadja daran, wie Filipp dort in dem Zimmer, das sie kannte, an den Aufgaben saß, die sie ihm in der Advokatenwohnung angestrichen hatte. Sie wäre gerne dort gewesen, im Zimmer auf und ab gewandert – und dass er ihr Fragen stellte. Nadja sah den geschorenen Nacken und Filipps Hand mit dem verstümmelten Daumennagel deutlich vor sich.

RAUSCHEBART

«So, hast angefangen?», brummelte der Gefängnisbeamte vor sich hin, als er am dritten Tag den Becher leer aus Baschkins Zelle trug.

Baschkin stand mit dem Gesicht zum zugenagelten Fenster, die fröstelnden Hände steckten in den Manteltaschen. Baschkin weinte fast vor Kränkung. Er schritt in die entfernte Ecke der Zelle, wo er mit einem Mantelknopf Striche in die Wand geritzt hatte. Er vermerkte die Tage. Wurde die Morgenration gebracht, ritzte Baschkin mit dem Knopf die Wand. Er hatte die Stelle markiert, wo das fünfte Merkzeichen stehen müsste, und hier hatte er ein Kreuz gemacht. Das bedeutete, dass er am fünften Tag Hungers sterben müsste. Er mochte diese Ecke, er war durch die Zelle gewandert, hatte immer wieder zu diesem Kreuz geschaut, und dann waren warme Tränen befriedigten Gekränktseins in ihm aufgestiegen. Sie würden kommen, und er läge lang ausgestreckt auf dem Boden. Ein stolzer Leichnam. Geschieht ihnen recht.

Damit war es nun vorbei. Baschkin hatte gar nicht gemerkt, wie er im Vorbeischreiten ein Stückchen abgezwickt hatte, ein winziges Krümchen Schwarzbrot. Dann hatte er ausgleichen müssen, damit es nicht auffiel ... Dumpfe Verzweiflung saß nun als schwerer Klumpen in ihm, es wollte ihm das Herz abdrücken.

Baschkin setzte sich auf den Hocker, stellte die Ellbogen auf den Tisch und drückte sich mit den Händen fest die Ohren zu. Er durfte jetzt nicht zu den Merkzeichen in der Ecke hinsehen, das Kreuz war ihm Vorwurf und Pein. Baschkin saß da, und in ihm heulte ein kalter Wind – die Schwermut.

Plötzlich hörte er den Schlüssel im Schloss, nahm die Hände weg und schaute sich erschrocken um. Ein Wärter riss die Tür auf und schrie von der Schwelle:

«Rauskommen!»

Baschkin schaute immer noch erschrocken.

«Rauskommen, hörst du nicht!» Der Wärter machte eine heftige Kopfbewegung zum Korridor.

Baschkin schlug den Mantel um sich und sprang zur Tür.

Ein anderer Beamter stieß ihn auch schon ins Kreuz und redete dazu:

«Los, los, mach voran! Nach rechts, nach rechts, los, die Treppe rauf!»

Baschkin hämmerte das Herz, dann stockte es, sein Mut war wie weggeblasen. Er nahm zwei Stufen auf einmal.

Wieder ein Korridor, der Beamte öffnete rasch, hinter Baschkins Rücken vor, eine Tür. Eine Paradetreppe mit Teppich, und auf dem Treppenabsatz ein Trumeau über die ganze Wandbreite. Baschkin sah trüben Blickes auf seine lange Gestalt im Spiegel, als wäre es ein Fremder.

«Halt», sagte der Beamte und stieß gegen den Trumeau.

Der Trumeau machte eine Drehung und gab einen Gang frei, worauf der Beamte Baschkin an der Schulter umdrehte und vorwärts stieß. Baschkin hörte, wie hinter ihm eine Tür zufiel. Der Beamte stieß ihn wieder andauernd ins Kreuz. Sie schritten über gewienerten Parkettboden, durch einen breiten Korridor.

«Legen Sie den Mantel ab. Die Mütze auch.» Baschkin stand in einem luxuriösen Vorzimmer. Zwei Gendarmen musterten ihn mit unbeteiligten, stechenden Augen. Der Beamte ging. Baschkin atmete flach und selten. Ihm knickten unwillkürlich die Knie ein, als er einen Schritt machen wollte. Er ließ sich auf eine Bank aus poliertem Holz nieder, die an der Wand stand.

«Stehen Sie auf, das ist der Platz vom Wachtmeister», sagte der eine Gendarm.

Baschkin zuckte hoch, sprang auf, ihm drehte sich alles im Kopf, er hielt sich am Türstock fest.

«Lass ihn ein», tönte aus dem Korridor eine melodische Tenorstimme.

«Bitte sehr», sagte der Gendarm absichtlich laut und klirrte vor Baschkin mit den Sporen. Er öffnete die Tür, knallte erneut die Sporen zusammen und blieb stehen, ließ Baschkin vortreten.

Ein riesiges Büro, hohe Fenster, der ganze Boden mit Teppich belegt, Polstersessel. Am Schreibtisch stand ein Gendarmerieoffizier, glatt rasiert, mit weichem braunem Schnurrbärtchen. Er lächelte freundlich wie ein zuvorkommender Gastgeber.

«Ah! Herr Baschkin! Semjon – Petrowitsch, ja? Freut mich. Nehmen Sie Platz.»

Der Offizier deutete mit kleinem, gepflegtem Händchen auf den Plüschsessel vor dem Schreibtisch. Melancholisch klangen die Sporen.

Baschkin verbeugte sich, schwankte beim Vorwärtsgehen und

ließ sich in den niedrigen Sessel fallen. Er atmete schwer. Er warf kurze Blicke auf den Offizier, wie wenn seine Augen schluchzten, starrte dann erneut auf den Teppich.

«Sie fühlen sich nicht wohl?», fragte der Offizier höflich und liebenswürdig. «Da wollen wir doch gleich veranlassen, dass uns Tee gebracht wird.» Und er drückte auf dem Schreibtisch einen Klingelknopf. Einen figurenverzierten Klingelknopf aus Neusilber.

Als der Gendarm unter der Tür mit den Sporen knallte, befahl der Offizier: «Serviere uns Tee.»

Der Offizier nahm in dem Sessel hinterm Schreibtisch Platz. Baschkin ließ seinen trüben Blick über die Schreibutensilien aus Malachit und die weiße Hand mit dem Fingerring gleiten. Der Ring war massiv, er schien schwer auf dem Miniaturhändchen zu lasten.

«Wie, ist es so garstig dort?», fragte der Offizier teilnahmsvoll. «Aber höchstwahrscheinlich ist alles ein Missverständnis. Wir beide wollen das jetzt aufzuklären versuchen.»

«Ja, ja, ein Missverständnis.» Baschkin neigte sich dem Offizier zu. «Es liegt überhaupt nichts vor, ich verstehe das nicht.»

«Stell ihn hierher», sagte der Offizier zu dem Gendarmen und machte vor Baschkin auf dem Schreibtisch Platz. Es dampfte der heiße Tee, es blinkten das Tablett und die silbernen Teeuntersätze. «Sehen Sie, Missverständnisse gibt es heute eine Unmenge. In solche Geschichten wird eine riesige Zahl völlig unbeteiligter Leute hineingezogen. Sie können sich nicht vorstellen, wie groß diese Zahl ist. Warum greifen Sie nicht zu, Ihr Tee wird ja kalt.»

Baschkin nickte mit schwachem, zerzaustem Kopf.

«Versetzen Sie sich in unsere Lage», fuhr der Offizier fort und zog sein Glas zu sich her. «Wir müssen aus alledem klug werden. Sind Sie nicht Sozialist? Verzeihen Sie, ich dringe nicht weiter in Sie. Aber ich hänge selbst diesen Ansichten teilweise an. Das wundert Sie vielleicht? Wie – keinen Zucker?»

«Doch, warum nicht», murmelte Baschkin und mühte sich, mit dem Silberzängelchen ein Stück Zucker zu fassen.

«Freilich können Sie das verstehen, sind Sie doch Philosoph. Jaja! Verzeihen Sie, aus dienstlichen Gründen musste ich mich mit vielen Ihrer Gedanken vertraut machen.»

Baschkin wurde rot. Er spürte, wie ihm das Blut in den Ohren rauschte und sein Gesicht mehr und mehr glühte.

«Sie verzeihen, vielleicht haben Sie das nicht gewollt, aber mich haben viele Ihrer Urteile durch ihren tiefen Sinn beeindruckt. Sie rauchen nicht?» Der Offizier hielt Baschkin ein breites silbernes Zigarettenetui hin. «Sehen Sie, heutzutage gibt es einfach so viele unruhige Menschen, einfach so eine Jugend, die besonders schwer das Alter durchlebt, in dem der Mensch über die Stränge schlagen muss. Natürlich bleibt es jedem überlassen, nach seiner eigenen Fasson den Verstand zu verlieren. Nicht wahr?»

Der Offizier lächelte freundschaftlich. Baschkin nickte eilends.

«Dann schlagt aber gefälligst auch auf eigene Kosten über die Stränge. Aus diesen jungen Menschen werden später ja hervorragende Staatsanwälte, Professoren, Ärzte, Beamte ... Tja. Weshalb sollen jedoch andere für euer Temperament die Verantwortung tragen? Verstehen Sie nicht, wovon ich spreche?»

Baschkin sah den Offizier mit aufgerissenen Augen an, das Teeglas an die Brust gedrückt.

«Ich spreche von jenem gemeinen Volk, das gewissermaßen als passives Material herhalten muss für Fingerübungen ... ich würde sagen: für Extravaganzen. Ich bitte Sie, einer aus gutem Hause! Ein Gebildeter! Student! Wie soll man da nicht glauben? Und er glaubt, unser gemeiner Mann, während der junge Robespierre faselt und faselt. Und unser Rauschebart mit Familie fängt an, ganz reinen Herzens Proudhon in die Tat umzusetzen. So gerät der Rauschebart nach Sibirien – und wo soll man auch sonst mit ihm hin, da sie ihm einen Dachschaden verpasst haben –, während der Student, sieh mal an, bereits eine Kokarde an der Mütze trägt. Geheiratet hat er und bekommt in aller Gemütsruhe seine Dienstränge, einen nach dem anderen, und sein staatliches Gehalt. Und erinnert sich bei einem Glas Wein an die Jugendsünden. Der Rauschebart hingegen … Sie können sich wohl vorstellen, was nun kommt?»

Hier warf der Offizier Baschkin einen tiefsinnigen Blick zu, sogar ein wenig streng, und rührte mit dem Löffel im klirrenden Glas.

«Tja. Wurscht ist es ihm, wie es dem Rauschebart ergeht mit all seinem struppigen Nachwuchs, all den kleinen Wanjas und Marfas.» Der Offizier verstummte bekümmert, sah auf die Schreibtischplatte. «Es muss sich doch irgendwer darüber Gedanken machen, über dieses gemeine Volk, und nicht mit dem offenen, vertrauensvollen russischen Herzen spielen. Nicht mit dem Schicksal ernsthafter und ehrlicher Menschen Schabernack treiben. Zerschlagt lieber in Kneipen die Spiegel, wenn ihr so viel überschüssige Kraft in euch habt. Wir werden ja von unseren einheimischen Demokraten gescholten, aber glauben Sie mir – wir, die verachteten Gendarmen, wir nehmen uns wohl mehr zu Herzen … Hm … ja. Also, was sagen Sie mir darauf, Semjon … verzeihen Sie … ach ja, Petrowitsch! Also, Semjon Petrowitsch …» Der Offizier kam hinterm Schreibtisch vor und schritt über den Teppich. Und wieder klangen melancholisch die Sporen.

«Ja, ja», sagte Baschkin, «ich bin in vielem mit Ihnen teilweise einverstanden.» Baschkin warf einen klugen Blick auf den Offizier. Es tat ihm so wohl, Tageslicht zu sehen, so angenehm war es in dem sauberen Zimmer, der weiche Sessel, das saubere Glas, und richtig und ernsthaft sprach mit ihm dieser Offizier, vor dem die Gendarmen sich fürchteten, die Baschkin gestoßen und angeblafft hatten. Es kam ihm vor, als hätte ihn endlich ein starker und kultivierter Europäer aus der Gefangenschaft von Wilden befreit. Und die ganzen drei Tage erschienen Baschkin als wüster Traum, wie wenn er zufällig in ein Loch gefallen und jetzt wieder ans Licht gekommen wäre. Natürlich, jene Dummköpfe verstehen nichts und traktieren ihn, als wäre er ein Straßenräuber. «Ja, ja, ich verstehe alles, in vielem», sagte Baschkin und nickte dankbar.

Er schöpfte sogar ein wenig Mut und lehnte sich leicht zurück an die Sessellehne.

«Ich hatte auch gehofft, dass Sie mich verstehen. Darum spreche ich auch so offen mit Ihnen. Ach ja, apropos, die kleinen Marfas. Irgendwer muss doch an sie denken. Irgendwer muss das doch machen. Aber auf die leichte Schulter darf man das nicht nehmen. Sind Sie einverstanden?»

Baschkin nickte heftig.

«Na, sehen Sie. Sonst kommt es zu solchen Geschichten wie der Ihren. Ist das etwa gut? Und dann muss man aus jedem individuellen Fall klug werden. Und erst daraus klug werden, bevor man handelt. Sie haben doch keinen Einwand?»

«Nein, nein. Vollkommen richtig.» Baschkin trank den letzten Schluck des bereits kalten Tees und stellte das Glas vorsichtig auf das blinkende Tablett.

«Also, wir allein können das nicht.» Der Offizier blieb stehen und beugte sich leicht über Baschkin. «Allein können wir das nicht», wiederholte der Offizier halblaut und sah Baschkin in die Augen. «Dazu braucht es einen feinfühligen Menschen. Und Sie – Sie sind Psychologe. Ein feinfühliger Psychologe. Ich habe das voller Freude wahrgenommen, als ich Ihr Tagebuch las. Ja, ja, das ist überhaupt kein Kompliment, das ist die Wahrheit. Ich habe viele Menschen gesehen …»

Da läutete schrill das Telefon an der Wand.

«Verzeihen Sie!» Der Offizier nahm den Hörer. «Ja … ja», sprach der Offizier ins Telefon, «einen sehr, sehr sympathischen Eindruck. Zu Befehl, Euer Exzellenz. Sofort, ich komme sofort …

Sie entschuldigen mich für ein paar Minuten. Schade, es war für mich so interessant mit Ihnen!» Und er eilte zur Tür.

Baschkin blieb allein. Er schlürfte die letzten süßen Teetropfen aus dem Glas. Er war so froh, dass er ruhig in diesem Büro sitzen konnte, dass sie es hier nicht wagen würden, ihn anzurühren, vor allem, nachdem der Offizier wie zu einem Menschen gleichen Ranges mit ihm gesprochen hatte. Menschlich gesprochen hatte. Die Tür ging auf. Baschkin drehte sich um, mit einem Lächeln der Begrüßung. Der Gendarm spähte mit zugekniffenen Augen aus dem halbdunklen Korridor. Baschkins Miene verfinsterte sich.

«Was machen Sie denn hier?», fragte der Gendarm von der Schwelle.

«Ich warte auf den Herrn Offizier», sagte Baschkin und wandte sich zum Fenster.

«Hierher, wenn ich bitten darf!», befahl der Gendarm. «Kommen Sie raus!»

Baschkin blickte sich um.

«Na?», rief der Gendarm und machte eine heftige Kopfbewegung hin zum Korridor.

«Ich sage doch …», begann Baschkin, als er auf den Gendarmen zuschritt.

«Kommen Sie raus, kommen Sie raus, dalli!» Der Gendarm bewegte ungeduldig die Hand. «Marsch!»

Baschkin trat in den Korridor.

«Ziehen Sie sich an!» Der Gendarm schubste ihn zur Garderobe.

Derselbe Beamte, der ihn aus den Kasematten hergebracht hatte, wartete im Vorzimmer. Wieder spürte Baschkin die harte Hand im Kreuz und schritt ohne Aufenthalt vor dem Beamten her. Er kam erst zu sich, als er den Korridor im Keller erkannte.

‹Er kehrt zurück, ich bin nicht da, die werden was zu hören

kriegen›, dachte Baschkin, als er auf seiner Pritsche saß. Oben dämmerte trüb die rote Glühbirne.

Am nächsten Morgen wurde bloß heißes Wasser gebracht. Brot war nicht dabei.

«Sie haben vergessen, mir Brot zu geben …»

Der Beamte schritt zur Tür, ohne sich umzuwenden.

«Das Brot, sage ich … haben Sie heute wohl nicht gebracht», sagte Baschkin freundlich.

«Ja und, hast du vielleicht Holz gespalten, dass wir dich füttern müssten?», knurrte der Beamte, als er die Tür zusperrte.

Zum Mittagessen wurde ein Brotknust gebracht, wurde auf den Tisch geworfen.

Baschkin schaute von der Pritsche aus zusammengekniffenen Augen – sollen sie ruhig denken, er schlafe.

DIE HUTNADEL

Tanja erwachte früh. Die weißen Stores röteten sich in der frühen Sonne, und im stillen Zimmer summten laut die Fliegen. Tanja sprang auf, schob einen Store zurück und blinzelte, senkte den Blick und sah – rosa war ihr Spitzenhemd geworden, leicht und durchscheinend. Tanja reckte die nackten Arme der Sonne entgegen, drehte und wendete sie, badete im warmen rosa Licht. Sie strich sich über die Hand, wie um sie mit diesem durchsichtigen rosa Licht einzureiben. Die Hand war noch schlaff von der schläfrigen Wärme. Im Hof drunten ächzte der Hausknecht und scharrte mit dem Besen übers Pflaster. Tanja zog den Store vor. Sie wusch sich und konnte nicht aufhören, in dem Porzellanbecken zu plätschern, und immer wieder beschaute sie ihr Spiegelbild, so zart und leicht im polierten Marmor des Waschtischs.

Dann begann sie, sich konzentriert anzukleiden, sorgfältig und ohne Hast. Sie steckte ihre Lieblingsbrosche am Mieder fest, die Brosche strahlte als runder Ballon auf dem weißen Mieder. Unterm Kleid würde sie nicht zu sehen sein.

‹Aber ich weiß es›, dachte Tanja. Und es graute ihr, war angenehm und peinlich.

In den Spiegel blickte Tanja kein einziges Mal, sie frisierte sich auswendig.

Tanja trug eine schwarze Seidenbluse. Die roten, umrandeten Knöpfchen zogen sich vom dreieckigen Ausschnitt am Hals wie grausame Blutströpfchen abwärts. Tanja blickte auf die roten Knöpfchen, berührte die harte Brosche unterm Kleid, atmete tief ein, und so blieb sie, die Brust gereckt wie nach dem Einatmen. Tanja ging ins Esszimmer, ging leicht und anmutig, wie sie noch nie gegangen war, und es war angenehm, dass die Seidenwäsche glatt und kühl war und der Seidenrock um die Knie glitt. Mit strenger Hand nahm sie Geschirr aus dem Büfett und stellte die Kaffeekanne auf den Spirituskocher. Sie holte sich ein französisches Buch und setzte sich in den Sessel. Das Buch hielt sie mit eleganter Geste, und leicht stirnrunzelnd blickte sie auf die Zeilen und auf ihren langen rosa Daumennagel. Tanja kniff die Augen zu und spürte selbst, wie die Augen unter den Lidern glommen. Dann trank sie am kleinen Tischchen Kaffee. Sie ordnete das Geschirr hübsch an und bemühte sich, nicht zu laut mit dem vertrockneten Gebäck zu knuspern.

Die Stadt erwachte. Vor dem Fenster draußen klapperten eilige, geschäftige Absätze über den Bürgersteig, und die erste Pferdebahn rasselte vorüber – sie eröffnete den Tag.

Tanja erhob sich. Sie hatte ein Gefühl, als gingen von ihr elastische Pfeile aus, kraftvolle und spitze. An einer schmalen Stelle käme sie gar nicht durch. Streng und treffsicher waren die Pfeile, und sie umstanden sie wie Flügel. Sie nahm Hut und Jacke, zog straffe Handschuhe über die Hände, als verberge sie die schönen Fingernägel in einem Futteral, und warf einen schrägen Blick in den Spiegel – aber wozu: Sie sah von innen her besser, wie sie aus allen Blickwinkeln wirkte. Sie wusste, dass jeder Tag, jeder Morgen ein Geschenk für sie war. Zu Hause bleiben konnte sie nicht, sie musste alles, was an ihr war, irgendwohin tragen, und so schlüpfte sie zur Tür hinaus und zog leise das Schnappschloss zu. Der Hausknecht drehte sich eine aus Machorka, den Besen in der Ellbogenbeuge. Er verstreute Machorka, als er die Mütze herunterriss.

«Guten Morgen.»

Tanja neigte langsam, konzentriert den Kopf. Sie wusste überhaupt nicht, wohin sie ging. Darüber dachte sie nicht nach. Die Lackabsätzchen klapperten über den leeren Bürgersteig. Drei Arbeiter blinzelten in die Sonne und hielten nach der Pferdebahn Ausschau. Tanja trat hinzu und wartete ebenfalls. Die Arbeiter unterbrachen ihr Gespräch und sahen Tanja an.

Die Pferdebahn kam rasselnd angerollt und blieb stehen, ein offener Sommerwagen mit Querbänken.

Die Bahn war an den Arbeitern vorbeigerollt und vor Tanja stehen geblieben, als wäre für sie die Kutsche vorgefahren. Tanja stieg geradeaus die Stufe hoch zu jener Bank, die vor ihr war, und trat hinzu, ohne nach einem Platz zu suchen, ohne sich nach allen Seiten umzusehen. Und der Student, der außen am Rand saß, rutschte mit einem Ruck zur Seite, als hätte er auf ihrem Platz gesessen und gäbe ihn nun rasch frei. Die Pferdebahn fuhr an. Die verschlafenen Fahrgäste, fest in ihre Jacken gehüllt, hatten noch die nächtliche Wärme um sich und schlenkerten ergeben auf den Bänken, stießen in den Kurven weich gegeneinander; jetzt plinkerten sie einfältig angesichts des schönen, strengen Fräuleins. Andere wachten endgültig auf und setzten sich halb schräg, um besser zu sehen. Sanka Tiktin hatte nur einen einzigen Blick auf seine Nachbarin geworfen und nahm dann nur aus dem Augenwinkel ihr Profil wahr.

Tanja jedoch sah in der fröstelnden, durchsichtigen Herbstsonne angespannt vor sich aufs Straßenpflaster. Sankas Schulter drückte gegen ihren Arm, und er wachte über diese Berührung, spürte sie als warmen Fleck auf seinem Arm. Schuckelte die Pferdebahn, trieb es sie fester zueinander und wieder auseinander, doch Sanka stellte die Berührung stets wieder her.

‹Die ist echt. Es gibt es also, das Echte›, dachte Sanka erschrocken. Und er überlegte, was er zu so einer Frau sagen könnte, und er fand nichts, er fand in seinem Kopf keine Worte. So eine redet nicht, so eine schreitet über Teppiche und blickt von Gemälden.

Mehr und mehr war ihm, dass alles, was er tun und was er sagen könnte, alles nicht das Rechte wäre. Wenn er hinschaute, wäre schon allein das «nicht das Rechte». Schaute er nicht hin, heftete er die Augen auf den Boden, war auch das dumm und peinlich, und Sanka wünschte sogar, dass er gar nicht da wäre, dass nur, nur diese Berührung da wäre.

An jeder Haltestelle erstarrte Sanka – womöglich steigt sie hier aus. Es stieg ein Milchweib aus, das mit Tüchern über Kreuz verschnürt war wie ein Reisebündel. Stieg aus und blickte sich zum Abschied nach Tanja um. Jetzt hätte er wegrücken müssen, aber Sanka konnte nicht. Er sah zu Boden und rührte sich nicht. Es war ungehörig, die Fahrgäste schauten her. Sollen sie doch, sollen sie doch. Steigt sie aus, ist alles, alles zu Ende. Wenn doch auf dem Arm, an dieser Stelle, der Fleck bliebe, wie verbrannt, und Sanka behielte ihn für immer, er ginge nicht ab, und er würde keinem etwas sagen, ihn nicht zeigen bis zum Tod – mehr brauchte er nicht.

Der Wagen war schon halb leer, und die Pferdebahn rollte durch eine menschenleere Straße munter bergab, die Hufeisen der Pferde trappelten fahrig, konfus. ‹Jetzt steigt sie aus, steigt sie bestimmt aus›, entschied Sanka und merkte selbst nicht, wie er sich stärker an die Nachbarin drückte. Tanja rührte sich leicht, zum ersten Mal; Sanka rückte ab, und ihm wurde kalt wie im Zugwind. Tanja jedoch machte die Hand frei und ordnete unterm Hut hinten die Haare.

‹Wie schön, wie schlicht!›, dachte Sanka. Dermaßen gefiel ihm dieser erhobene Ellbogen, diese alltägliche weibliche Handbewegung, als hätte Tanja sie zum allerersten Mal ausgeführt. Sanka verschlug es den Atem. Die Bremsen der Pferdebahn quietschten, der Kutscher drehte sich um. Tanja erhob sich. Sanka wusste nicht, was er tat. Er atmete nicht. Er schlüpfte an Tanjas Knien vorbei, machte einen Hechtsprung auf den Boden und reichte Tanja die Hand.

Sie stützte sich darauf und hauchte:

«Merci.»

«Was ist, bleiben Sie noch, oder?», rief der Kutscher und peitschte die Pferde.

Tanja ging zurück, die Straße hinauf.

Sanka beobachtete von der anderen Straßenseite, wie sie ging. Ihm war, als ob sie nicht ginge, sondern das Trottoir, die Straße selbst unter ihr dahinschwömme, sich von selbst vor ihr ausbreitete. Sanka ließ kein Auge von ihr, er rempelte gegen Passanten. Bei jedem Tor, an dem Tanja vorüberkam, fürchtete er – gleich biegt sie ab, verschwindet. Wie dieser Passant ihr direkt ins Gesicht blickt! Ihr entgegenkommen, ihr alle Zeit entgegengehen, nicht hinter ihr wie jetzt. Doch träte er näher, wirkte es zudringlich. So blieb Sanka bald weiter zurück, bald holte er Tanja wieder ein. Wenn sie sich doch umdrehte!

Wenn du es nur fest denkst, dreht sie sich um. Sanka dachte es, dachte angespannt, bis die Schläfen schmerzten.

‹Blick zurück, Liebe, blick zurück. Na, wende dich um! Jetzt, jetzt wende dich um!›

Sanka merkte nicht, wie seine Lippen flüsterten:

‹Blick doch zurück! Blick zurück, sag ich. Na!›

Sie blickte nicht zurück, sondern ging leicht, und leicht wippte ihr Rock, und es wippte ihr durchsichtiger blauer Schatten. Dieser Schatten, dieser Rock, der festliche und leichte Gang, und dass sie nicht zurückblickte, sondern streng geradeaus sah – es erschien Sanka wie ein Wunder. Wie hatte er übersehen können, dass es so etwas gab in ihrer Stadt! ‹Das ist sie, sie ist – echt!›, entschied Sanka in seinem Kopf. ‹Das Glück geht durch die Stadt. Sieht das denn niemand, nur ich?›

Passanten huschten jetzt häufig vorüber. Sanka wandte keinen Blick von ihr, und wenn die Menschenmenge sie auswischte, wusste er dennoch exakt, zwischen den Menschen hindurch, wo sie war, sah das Ende ihres Hutbandes flattern, sah ihre Schuhe in dem Gewirr aus Hosenbeinen und Stiefeln. Sie waren bereits im Stadtzentrum. Wo steuert sie hin? Gebe Gott, dass sie nirgends hineingeht! Bog Tanja ab, bog auch Sanka um die Ecke.

Die Geschäfte wurden geöffnet, die eisernen Rouleaus donnerten hoch, die Zeitungsverkäufer brüllten, suchten sich durch Schreien gegenseitig auszustechen. Sanka schlängelte sich durch die Menschenmenge wie durch ein Gebüsch und sah zugleich, wie sie auf der anderen Seite dahinjagte, als wäre sie von einem gleichmäßigen Lufthauch getragen.

Sie bog nach rechts ab, in seine Straße. Hier war sein Hauseingang. Ja! Sie betritt unseren Hauseingang! Sanka raste über die Straße, rannte ins Haus, und den heftigen Atem zügelnd, lauschte er, wie ihre Füße über seine Treppe schritten. Er rang nach Luft und lauschte. Wusste, dass sie hier war, vor ihm. Nun im ersten Stock, dünn klapperten ihre Schühchen über den Treppenabsatz. Sie blieb stehen, blieb stehen!

Klar schallte durchs leere, hallende Treppenhaus das Scheppern der Klingel. Sanka wagte sich nicht zu rühren, um nichts kaputtzumachen: Oben wurde geöffnet, wurde seine Tür geöffnet. Geöffnet und wieder zugeschlagen. Sanka rannte hinauf, immer zwei Stufen auf einmal, hielt den schwer jagenden Atem an, legte das Ohr an die Tür und lauschte. Das Herz pochte bis zu den Schläfen, störte beim Lauschen.

«Ja, sie ist zu Hause, das junge Fräulein, ist zu Hause», hörte Sanka Dunjaschas Stimme. «Sofort!»

Sanka läutete nicht, er fürchtete, es wäre nicht sie, auf einmal wäre es nicht sie, dort in seiner Wohnung. Das kann nicht sein. Er stand vor der Tür und wartete.

«Nein, welch ein Besuch! Nimm sofort den Hut ab.»

Das ist Nadja, Nadja kommandiert mit Lehrerinnenstimme. Erst als die Schritte im Flur verhallt waren, drückte Sanka auf den Klingelknopf. Drückte ihn vorsichtig, wie an einer fremden Wohnung.

Auf dem Spiegeltischchen ihr Hut. Sanka witschte in sein Zimmer. Saß gewiss eine Minute so, wie er war, im Studentenmantel. Hörte, wie Dunjascha in die Küche ging, und schlich aus dem Zimmer. Blickte sich um. Trat auf Zehenspitzen zum Spiegeltischchen, schaute sich noch einmal um und hob vorsichtig, mit den Fingerspitzen, an der Krempe Tanjas Hut hoch. Er hielt ihn vors Gesicht, legte ihn behutsam zurück und strich darüber, ihn kaum berührend.

Eine Tür knarrte. Sanka stapfte zur Garderobe und riss sich heftig und böse den Mantel herunter. Andrej Stepanowitsch schaute aus einer Tür ins Vorzimmer, dabei kämmte er sich die nassen Haare; er sah den Sohn an und runzelte die Stirn. Sanka kam es vor, als habe der Vater sogar den Knauf an seiner Tür vorwurfsvoll gedreht.

In seinem Zimmer horchte Sanka auf die Geräusche in der Wohnung. Er hörte, wie im Esszimmer laut mit Geschirr gescheppert wurde. Dunjascha deckte den Tisch zum Tee. Schepperte immer noch. Sanka trat ins Vorzimmer und blieb beim Spiegel stehen. Er blickte in den Spiegel, ob auch niemand hinter ihm war, und setzte für alle Fälle eine geschäftige Miene auf. Dunjascha klapperte noch im Esszimmer.

Sanka packte die silberne Nadel, die Lilie, zog die Hutnadel mit einem Ruck aus dem Hut und witschte rasch zurück in sein Zimmer.

Er lag auf dem Bett, presste die Wange mit aller Kraft ins Kissen, und unterm Kissen presste seine Hand die Nadel. Sanka wühlte den Kopf ins Kissen, machte fest die Augen zu, hielt die Luft an, und seine Lippen flüsterten tonlos:

«Liebe, du Liebe!»

Und in seiner Brust sang ein warmer Wind.

Er hörte Schritte im Vorzimmer und stockte, richtete sich auf dem Bett auf.

«Hervorragend, hervorragend», hörte er Nadjas Stimme. «Was suchst du?»

«Die Nadel. Die Hutnadel.»

Zum ersten Mal hörte Sanka ihre Stimme, er schlich zur Tür, stellte den Fuß dagegen, als wollte jemand bei ihm eindringen, sein Herz hämmerte.

«Dunjascha, haben Sie nichts gesehen, Sie haben eine Hutnadel fallen gelassen.»

«Da war nichts. Wozu brauch ich so was, eine Hutnadel. Hab noch nie einen Hut getragen. Nichts war da.»

«Was soll's, ich komme auch ohne heim.» Wieder hörte Sanka ihre Stimme.

«Findet sie sich, bring ich sie dir», sagte Nadja.

Die Tür schlug zu.

Während der Anprobe beim Schneider sah es im Spiegel so aus, als würde der Polizist erst gebaut: Der grüne Casaquin war überall mit weißen Fäden bedeckt, wie ein Haus mit Gerüst. Wiktor linste nur verstohlen hin, er wollte noch gar nicht wissen, wie er in der neuen Uniform wirkte. Er hätte es lieber gehabt, dass schlagartig der Neue aus dem Spiegel blickte: der Revieraufseher Wiktor Wawitsch.

«Machen Sie Gymnastik?», murmelte der Schneider. Er prustete, roch ätzend nach Stoff und fuhrwerkte mit der Kreide auf Wiktor herum, als zeichnete er auf einem Holzbrett. Wiktor stand stramm.

Nach dem Schneider ging er den Säbel kaufen. Er hätte gerne einen richtig stutzerhaften gehabt, befürchtete aber, das wäre unsolide. Dann hieße es gleich «Windbeutel».

«Meistens werden solche genommen.» Der Kommis reichte Wawitsch einen leichten Säbel. Die Scheide roch angenehm nach frischem Leder. Wawitsch zog die Klinge heraus. Die Klinge taugte nichts, aber das Gefäß blinkte galant.

«Ist ja nicht für in den Krieg, nur der Form halber.»

«Ja, der Form halber», sagte Wawitsch mit solidem Gleichmut.

«Darf ich ihn einpacken?»

Wiktor nickte. Nicht von solch einem Säbel hatte er geträumt.

‹Orientiere mich erst mal, dann kann ich mir einen anderen kaufen.›

Das jedenfalls war ein «Hering». Zwar ein neuer, blinkender, aber eben das, was sie im Regiment «Hering» genannt hatten. Dann suchte er sich die Epauletten aus: schwarze aus Tuch, mit breiter silberner Tresse längsseits. Unter Glas blitzten daneben goldene Offiziersepauletten. Als schwarze Kümmerlinge erschienen die Polizeiepauletten angesichts der goldenen Aristokratie. Alle diese Leutnants und Stabskapitäne mit ihren Sternchen schwiegen hochmütig unter Glas – ‹Darfst nicht mal die Hand ausstrecken›, dachte Wiktor. Tränen der Bitternis regten sich in seiner Brust.

«Nehmen Sie zwei Paar?»

«Ist mir gleich», sagte Wiktor mürrisch und ging bezahlen.

Auf der Straße wurde ihm froher zumute. Es kam ihm vor, als schauten alle, weil er einen Säbel trug, und sicher dachten sie, er sei Offizier. Oder zumindest Fähnrich der Reserve.

Wawitsch wanderte mit dem Säbel durch verschiedene Straßen, sonst fiele womöglich auf, dass er sich absichtlich zeigte. So ging er zwei Stunden lang. Müden Schrittes betrat Wiktor einen Park. Nasser Kies wisperte unter seinen Füßen. Nasse rote Blätter fielen von den Ahornbäumen. Wawitsch ließ sich auf einer feuchten Bank nieder. Klemmte den Säbel zwischen die Knie und rauchte. Der Park war leer. Niemand kam vorüber und sah auf den Säbel. Wawitsch schlug ein Bein über das andere und breitete die Arme auf der Banklehne aus. Feuchte, klare Luft stand dicht um ihn, benetzte Hände und Gesicht.

‹Säße ich da als Offizier, als Leutnant›, dachte Wawitsch. Spürte sogar voll Erregung, wie die Epauletten auf den Schultern sich vergoldeten. Er ruckte die Schultern. Stützte sich auf das eingepackte Säbelgefäß. Sitzt da ein Leutnant. Und hob leicht das Kinn. Es raschelte Laub, es patschten nackte Füße. Zwei kleine Jungen kamen um die Kurve gerannt.

«Jetzt gehört sie mir, ich geb sie nicht her», rief der Ältere, die Hand hielt er in der Tasche.

Der Jüngere rannte hinterher und schluchzte:

«Gib her, Dreckskerl!»

Wiktor warf den Jungen einen strengen Blick zu, wandte das Kinn. Beide gingen nun, schweigend. Wiktor sah, dass beide auf den Säbel blickten. Der Ältere setzte sich an den Rand der Bank. Den

Kopf eingeknickt wie ein Pferd, schaute er von unten hoch – und immer auf den Säbel. Ruckelte, rutschte näher. Der Jüngere stand da und riss die verweinten Augen auf. Wiktor lächelte den Jungen zu. Er sah den Älteren sogar ein wenig einschmeichelnd an. Der Junge taxierte Wiktors Miene, bewegte sich kühner.

«Ein Degen?», fragte er halblaut.

«Nun ja», sagte Wawitsch fröhlich, «ein Säbel. Das, mein Lieber, ist ein Säbel.»

«Ein ganz richtiger?»

«Ein echter, natürlich. Ein gewöhnlicher Offizierssäbel.»

«Sind Sie – ein verkleideter Offizier? Hm?» Der Junge rückte näher.

«Ich bin Offizier», sagte Wiktor.

«Und ist er scharf?»

«Nein, mein Junge, hab ihn noch nicht geschliffen. Er ist neu. Daheim hab ich einen, der ist wie ein Rasiermesser. Höllisch – zack und basta!» Wiktor hieb mit der Hand durch die Luft.

Der Junge saß nun dicht neben ihm.

«Sind Sie im Krieg gewesen?»

«Ja, in einem kleinen», sagte Wiktor. «Habe gekämpft.»

«Haben Sie viele kaputtgehauen – mit dem Säbel?»

«Meinst du, das kriegt man dort noch mit? Dort, mein Freund, pfeifen die Kugeln, ffft, ffft! Und gehst du zur Attacke über, schaust du nicht lang, wer auf dich zustürzt – nur drauf, nur drauf! Das sind ja Soldaten mit Bajonetten.»

«Nur drauf! Nur drauf!», wiederholte der Junge und schwenkte die Hand über Kreuz.

«Auf!», machte es ihm der Jüngere nach.

«Aber auch welche mit der Pistole, nicht? Auf einen Schlag – weg!» Der Junge hielt die Hand, als zielte er. «Peng! Peng-peng!»

«Ja, da schaust du nicht lang», sagte Wiktor.

«Darf ich mal anfassen?» Der Junge streckte die Hand nach dem Säbel aus.

«So siehst du doch gar nichts, Freund.» Wawitsch riss ein Stück das Papier auf. Es blinkten das Gold des Gefäßes und der lackierte schwarze Griff.

«Bloß mal halten, Onkel! Wirklich!» Die nasse kleine Hand des Jungen umklammerte den Griff.

Wiktor schaute sich um, ob es auch niemand sah.

«Jetzt ist aber genug, mein Freund, bist du erst groß, dienst dich zum Offizier hoch. Und dann ... und dann ... weißt du, Freund, zum Offizier muss man sich erst hochdienen», sprach Wiktor und wickelte das Papier um den Säbel. «Wenigstens zum Leutnant. So ist das.»

Wiktor schielte zu einem Alten, der träge das abgefallene Laub zusammenscharrte.

Erst als Wiktor nah am Hotel war, fiel ihm der Portier wieder ein. Er kaufte an der Ecke bei einem Jungen für einen Viertelrubel Zeitungen, trat in eine Toreinfahrt und umhüllte den Säbel, sodass man nicht erkennen konnte, was es war.

‹Damit er nicht vor der Zeit Verdacht schöpft›, dachte Wiktor über den Portier.

Wiktor trat rasch durch die Tür und eilte, zwei Stufen auf einmal, die Treppe hoch.

«Mein Herr! Sie! Der Herr aus Nummer neunundzwanzig!», rief der Portier ihm nach. «Kommen Sie doch bitte her.»

Wiktor tat noch zwei Schritte.

«Kommen Sie bitte, hören Sie nicht!», rief der Portier.

«Was ist denn?», raunzte Wiktor übers Geländer. «Was denn noch?» Und er blickte den Portier grimmig an.

«Nicht noch was, unterschreiben Sie hier, eine Vorladung von der Polizei.» Der Portier sprach Unheil drohend.

Wiktor kam herabgerannt und unterschrieb mit fremder Hand

auf dem Formular. Der Portier kontrollierte über die Brille hinweg, ob an der rechten Stelle.

Auf der Treppe trat Wiktor daneben, mit der Schulter rieb er die Wand lang, dabei las er unablässig das amtliche Kuvert:

«Min. d. Inn. Kanzlei des Polizeichefs der Stadt N., No. 2820.

An das Gasthaus ‹Zur Eisenbahn›

Herrn W. Wawitsch.»

Er schloss sich in seinem Zimmer ein und entsiegelte das Kuvert, griff mit zitternden Fingern hinein.

«An den Rev.aufs. W. Wawitsch

Auf Anordnung Seiner Hochwohlgeboren, des Herrn Polizeichefs der Stadt N., haben Sie sich am 20. d. Mts. zur Ausübung Ihrer dienstlichen Pflichten auf der Peter-Paul-Polizeiwache einzufinden.

Kanz.-vorst.»

Darauf folgte ein ganzer Staketenzaun und das Geschnörkel der Unterschrift.

Wiktor trieb den Schneider zur Eile, gewiss dreimal am Tag ging er hin. Mürrisch, mit vorwurfsvollen Schritten stapfte er am Hotelportier vorbei. Abends setzte er sich an einen Brief für Grunja. Und brachte nichts zu Papier, kein einziges Wort. Die Kerze löschte er, dass das Stearin auf den Tisch spritzte, er legte sich ins Bett, zog die Decke hoch, wickelte sich fest hinein, mitsamt dem Kopf, hielt den stacheligen Stoff mit den Fäusten gepackt, biss die Zähne zusammen und sagte sich: ‹Mein Gott, mein Gott, mein Gott!› – und morgens rannte er, ohne sich zu waschen, wieder den Schneider antreiben.

Einen Tag vor dem Termin war die Uniform fertig. In Papier, in Zeitungen eingeschlagen, brachte Wiktor sie zu sich aufs Zimmer; es war schon nach Mitternacht. Er war voller Hast, mürrisch, und seine Beine zappelten vor Erregung, als er sie in die neuen Hosen steckte. Er knöpfte die Beerdigungsachselklappen an, die Silbertressen längsseits des schwarzen Felds; der Casaquin saß angenehm in der Taille, das munterte auf. Aber es graute Wiktor, in den blinden Spiegel an der Schranktür zu blicken. Aus dem Augenwinkel hatte er schon bemerkt, dass sich jemand Fremdes im Spiegel tummelte. Mit dem Rücken zum Spiegel führte er, um nicht hineinzuschauen, das Säbelkoppel unter der Achselklappe durch. Fremd pochten die Schritte in den neuen Kanonenstiefeln. Aus der Schachtel nahm Wiktor die neue Mütze mit der Beamtenkokarde und dem Silberplättchen, dem Wappen der Stadt. Jetzt war er bereit. Es war nächtlich still. Die dünne Kerze gab wenig Licht. Wiktor beschloss, sich erst den Schatten anzuschauen – er spürte, wie dessen riesiger Fleck sich hinter seinem Rücken über die schmutzige Tapete bewegte. Er wandte sich entschlossen um und schaute. Ein fremder Schatten, nicht sein eigener, lag auf der Wand, als wäre jemand Fremdes, Unbekanntes im Zimmer. Wiktor graute es, aber dann schritt er auf den Schatten zu, um ihn zu verkleinern, um klarer zu sehen. Unbekannte Schritte knarrten über den Boden, und im Gehen sah Wiktor, wie durch den Spiegel im Schrank ein Revieraufseher schritt – er war es, der da mit den Stiefeln knarrte.

Wiktor riss sich vom Spiegel los, lief rasch zum Bett zurück, zog hastig alles aus, und in Unterwäsche, die Kerze in der Hand, trat er zum Schrank. Er schaute lange in sein bleiches Gesicht; das schwarze Schnurrbärtchen zuckte leicht.

«Witja … Witja», sagte Wiktor zu seinem Spiegelbild. Im Flur schlug eine Tür, jemand schlurfte in Stiefeln das Flurende entlang. Wiktor machte ein ernstes Gesicht und betrachtete eingehend einen Pickel am Kinn.

«Herr Wawitsch», sagte Wawitsch mit fester Stimme.

Er stellte die Kerze auf den Tisch, nahm sich eine Papirossa und klappte absichtlich laut das Zigarettenetui zu.

Im Bett rauchte Wiktor eine ganze Papirossy-Schachtel auf und schlief im verrauchten Zimmer ein.

Am Morgen war das Erste, was Wiktor anblickte, die stramme neue Mütze mit dem Polizeiabzeichen auf dem Tisch. Wiktor polierte mit dem Ärmel den glänzenden Mützenschirm, drehte und wendete die Mütze in den Händen, und auf dem Bett sitzend, probierte er sie auf.

Besser schräg. Nein, das wäre arg forsch. Barfuß patschte er zum Spiegel. Die Sonne floss in rauchigen Streifen ins Zimmer. Nur mit dem Hemd bekleidet, passte Wiktor sich die Mütze an, damit sie in Maßen schräg saß. So, passt! Lächelnd legte Wiktor die Hand an den Mützenschirm.

‹Doch, ganz, wie es sich gehört!›

Wiktor rasierte sich, rieb die Wangen mit dem Handtuch, bis sie rot waren, putzte sich die Zähne, bis sie glänzten, und kleidete sich vor dem Spiegel an. Der neue Casaquin umfing Wiktor liebevoll, der Tuchgürtel mit dem himbeerfarbenen Besatz hätte ihn beinahe betrübt, aber der Säbel verschönerte gleich alles. Wiktor zog sich die weißen Handschuhe über. Er legte die weiße Hand an den Mützenschirm – war doch gleich etwas anderes. Jetzt war die Hauptsache: dem Schicksal spöttisch getrotzt.

‹Ha, prima!›

Und Galanterie! Er neigte sich vor, knickte ein bisschen in der Taille ab und führte die Hand weich zum Mützenschirm. Ein Lächeln. Wiktor machte einen Kratzfuß – und salutierte. Machte erneut einen Kratzfuß und legte die weiße Hand leicht ausgestellt an den glänzenden Mützenschirm.

Dann hielt Wiktor den Straßenverkehr auf. Er lehnte sich zurück und hob den Arm, die Finger leicht gespreizt. Danach zog er den Säbel, blickte finster, beugte sich auf Zehenspitzen vor – komm mir nur näher.

«Halt, Schurke!», zischte Wiktor.

Da fiel ihm der Portier ein.

Wiktor räumte eilends seine alten Kleider in den Schrank und trat in den Flur. Ohne Hast knarrte er in den neuen Kanonenstiefeln über die Treppe. Der Portier schaute von unten, die Brauen hochgezogen, über seine Brille auf Wiktor. Die Feder hielt er zwischen den Zähnen und in der Hand ein Blatt Papier; er schwenkte es, um es zu trocknen. Plötzlich sprang der Portier fort. Wiktor kam die Treppe herab, blickte sich gewichtig um. Unten war es leer. Der Portier nicht da. Wiktor rief:

«Portier!»

Kein Mensch.

«Portier!», wiederholte Wiktor. «Komm her. Portier!»

Von oben schaute der Hoteldiener übers Geländer und verschwand.

Wiktor trat auf die Vortreppe und drückte mit aller Macht auf den Klingelknopf.

«So ein Schurke! So ein Schurke!», flüsterte Wiktor.

Hinterm Glas in der Tür tauchte die betresste Mütze auf.

«Komm mal her!», brüllte Wiktor, puterrot, und bewegte sich ins Vestibül. «Was soll das?», schrie Wiktor und kam auf den Portier zu. «Was das soll, frag ich dich! Wieso stehst du nicht an der Tür? Wieso stehst du Schurke nicht an der Tür? Was bist du, Schuft … vermaledeiter Schweinehund … Deckel runter, Dreckskerl!» Wiktor holte aus, um ihm die Mütze vom Kopf zu schlagen.

Der Portier riss sich die Mütze herunter.

«Und wie stehst du da? Lumpenpack!» Wiktor rückte, rot im Gesicht, gegen den Portier vor. «Dreckskerl!», schrie Wiktor dem Portier direkt ins Gesicht. Rollte noch eine Weile die Augen und wandte sich dann langsam zur Tür. «Mores muss man euch lehren!», stieß Wiktor an der Tür zwischen den Zähnen vor.

Außer Puste stieg Wiktor die Vortreppe herab. Den Säbel hielt er mit der Linken, den Ellbogen leicht abgespreizt.

Sanka schloss sich ein. Er saß am Schreibtisch. Vor ihm stand die Hutnadel mit dem verzierten silbernen Köpfchen, er hatte sie ins tintenverkleckste grüne Tuch hineingestoßen. Stand schlank und brillant – wie sie. Und schwieg genauso. Schön, lebendig – und schweigt und schweigt. Sanka konnte den Blick nicht losreißen. Er wusste nicht, sollte er sie anbeten oder streicheln, zärtlich und behutsam. Sie würde ja wiederkommen, würde zu Nadja kommen.

«Komm doch, komm», sagte Sanka. Ihm war, als ob die Hutnadel schaute, die Augen niedergeschlagen. «Ja, alles, was du willst, alles …», sagte Sanka mit erstickender Stimme. «Ja, wirst sehen» – und Sanka zog die Hutnadel heraus und stieß sie sich zwischen Zeigefinger und Daumen in die Hand. Es war angenehm, dass es wehtat, und Sanka trieb sie mit Genuss tiefer und tiefer hinein, bis er spürte, dass sie ganz durchging. Er zog die Hutnadel heraus, küsste sie und steckte sie in die Innentasche seines Rocks. Mit dem spitzen Ende stach die Hutnadel leicht in den Leib. Sanka glühte, er atmete unregelmäßig und tief. Er musste schnellstens etwas tun, und alles, alles für sie.

‹Dafür also!› Wie wenn sich nun alles geklärt hätte. ‹Alles für sie – das also ist es!›

Sanka betrachtete sein Zimmer mit neuem Blick; alle Gegenstände, auch Sofa und Schrank, schienen altväterlich und fröhlich zu schmunzeln: ‹Aber ja, wusstest du das nicht?›

‹Das Fenster, ein sehr gutes Fenster, wie dicht es schließt. Was für ein tüchtiges Fenster. Auch eine Fliege ist noch da, soll sie nur, die Fliege. Soll sie leben, die Fliege. Etwas tun muss ich. Etwas tun. Bis ich sie zum nächsten Mal sehe, wie viel werde ich bis dahin getan haben. Muss mich beeilen.› Sanka knöpfte den Rock zu und strich über die Stelle, wo er die Hutnadel spürte. ‹Was für netten Besuch Nadja bekommt. Doch, unsere Nadja ist auch eine Nette. Wo ist Nadja?› Sanka ging hastig ins Esszimmer. Nadja saß allein am Tisch und trank ihr Glas aus. Schaute währenddessen mit Bleistift beschriebene Papiere durch.

Nadja tat den letzten Schluck und sammelte mit feinen Fingern die Papiere ein.

«Nadja, soll ich dir noch einschenken?» Sanka griff zur Kaffeekanne.

Nadja warf einen raschen Blick auf ihn.

«Bitte, trink noch ein Gläschen mit mir, Liebe. Bitte, ein halbes. Ist doch noch früh am Tag, wirklich.» Und Sanka schenkte Nadja ein.

«Verstehst du, ich habe keine Zeit.» Nadja erhob sich. Sanka umfing Nadja an der Taille und zwang sie zurück auf den Stuhl. Die Hutnadel stach heftiger, und Sanka konnte seinen Mutwillen nicht zügeln. Nadja lachte, herablassend, aber fröhlich.

«Pfui, pfui, was für eine Fahne!»

«Trink, trink.»

Sanka schenkte sich selbst ein, verschüttete etwas auf das Tischtuch, hielt Nadja die Zuckerdose hin.

«Soll ich dich begleiten? Möchtest du? Wirklich, mir ist es egal, wie ich gehe. Bring den Kragen in Ordnung. Nicht dort, nicht dort, lass mich mal.»

Nadja spürte zum ersten Mal bebende und behutsame Hände an ihrem Hals. Sie warf einen Blick auf den Bruder und errötete. Stand auf, ging ins Vorzimmer. Leer und kläglich wurde es im Esszimmer. Und plötzlich aus der Diele:

«Wenn du möchtest, begleite mich zum Kathedralenplatz.»

Sanka stürzte hinaus, warf den Mantel über. Was ist unsere Nadja doch wunderbar!

«Höre, Nadja», sagte ihr Sanka ins Ohr, «wirklich, Nadja, Ehrenwort, wenn du etwas brauchst, sag es, ich helfe dir.»

Nadja blickte ihn schräg aus zugekniffenen Augen an.

«Doch, im Ernst, egal was. Nadja, Liebe, ich mag dich schrecklich gern. Bist eine Schneegans, regelrecht eine Idiotin, aber ich mag dich gern.»

«In Katerstimmung! Hauch mich nicht an. Pfui! Finde mir ‹Das optische Diktat› von Selinski. Such danach. Ja, und schau im Vorzimmer nach der Hutnadel.»

«Was für eine Hutnadel?» Sanka rang nach Luft.

«Eine mit silbernem Köpfchen, eine Art Hörnchen. Hat eine Freundin verloren, ist richtig peinlich. Bei uns in der Wohnung. Jetzt geh. Ich geh allein.»

«Na, geh, geh», sagte Sanka, «geh, Liebe!» Zu gerne hätte er sie gesegnet, bekreuzigt für den weiteren Weg. Er stand und sah auf Nadjas Nacken.

Nadja drehte sich um, drehte sich lächelnd um und wedelte fröhlich mit der behandschuhten Hand, damit Sanka weiterginge.

Sanka wandte sich vom Trottoir aufs Straßenpflaster, das die Grünanlage bei der Kathedrale umgab. Ein Kindermädchen mühte sich, den Kinderwagen den Bordstein hinaufzustoßen. Sanka sprang hin, hob die Vorderseite des Kinderwagens hoch und hievte ihn noch gut zwei Schritt übers Trottoir. Er nickte, lächelte dem Kindermädchen zu und ging mit großen Schritten zum Kathedralenplatz. Kinder, frisch und reinlich wie auf Bildchen, tummelten sich im Sandkasten. Ein Kommis drehte bedeutsam den Kopf unterm neuen Hut …

‹Einer mit Schrullen›, dachte Sanka, ‹aber gewiss ein sehr lieber Mensch.›

Auf einmal ein heiserer Schrei:

«Kein Recht! Hast du nicht!»

Sanka wandte sich um. Ein Betrunkener saß auf dem Boden. Er hing am Arm eines Schutzmanns. Der Schutzmann haute ihm die Stiefelspitze in den Hintern. Er schimpfte, puterrot, knirschte mit den Zähnen.

«Darf sich abplagen mit dir! Du Aas!»

Ein Häuflein von Passanten, alle festtäglich gekleidet, doch niemand machte Anstalten zu helfen. Sanka rannte Hals über Kopf hin. Der Schutzmann stieß dem Betrunkenen wütend die Säbelscheide in die Seite.

«Schlägt mich tot!», brüllte der Betrunkene.

Die Kinder schmiegten sich an die Kindermädchen.

Sanka packte den Schutzmann am Arm.

«Was tun Sie? Das geht doch nicht!»

«In der Tat, ein Skandal», sagte jemand in der Menge.

Sanka packte den Betrunkenen unter den Armen. Die Hutnadel stach ihm in den Leib. Sanka rief voll Eifer:

«Nun greif doch jemand mit an!» Darauf kamen zwei hergestürzt. Der Betrunkene stand schon schwankend auf den Beinen. Er drehte den benebelten Kopf zum Schutzmann.

«Was musst du Schweinehund, Satansbraten ...»

«Was, du fluchst? Fluchst auch noch?» Der Schutzmann wollte schnaubend erneut auf den Betrunkenen los.

«Hören Sie auf, hören Sie doch auf! Hör auf, sag ich!», rief Sanka. «Ich bringe ihn fort.» Und er machte sich auf, den Betrunkenen unterm Arm. Jemand half, ließ dann los.

«Dem gehört die Fresse poliert», röchelte der Betrunkene, stolperte und wollte zurück. Alles schaute zu, wie der Student den zerzausten Mann weiterzerrte. Der Betrunkene, dem Aussehen nach ein Arbeiter, spuckte zähen Speichel, torkelte und rammte die Luft.

«Wo wohnen Sie? Wo du wohnst, frag ich!» Sanka ließ nicht locker.

Der Schutzmann beobachtete von weitem, wie die Sache sich entwickelte. Klopfte nach der Balgerei den Uniformmantel ab.

Sanka setzte den Arbeiter in eine Droschke.

«Fahr in die Vorstadt», schrie der Betrunkene.

Die Droschke fuhr los.

«Fresse polieren … dass euch doch alle in die Kiste …» Der Arbeiter drohte mit betrunkener Faust in der Luft. Plötzlich schlaffte er ab, sackte zusammen und heulte los, wackelte mit dem Kopf. «Was für ein Recht …» Sanka packte ihn fester um die Taille. «Halt, halt!» Tränenüberströmt wollte der Arbeiter sich losreißen. «Muss ihm …»

«Lass doch, lass doch, gleich sind wir zu Hause», tröstete ihn Sanka.

Der Kutscher drehte sich um. «Wo wohnst du?»

«Lieber Freund, Kamerad», sagte Sanka und hätte fast selbst mit dem Betrunkenen geweint. Der Arbeiter runzelte die Stirn und suchte den Blick auf Sankas Gesicht zu heften.

«Wo wohnst du?», rief der Kutscher vom Bock.

«Peter-Paul-Straße», blubberte der Arbeiter.

Schon schaukelte der Einspänner über eine weiche, staubige Straße. Sie waren in der Vorstadt angelangt. Der Arbeiter hielt Sanka umhalst und grölte ein Lied. Plötzlich stoppte die Droschke. Direkt hinterm Pferd hervor kam ein Schutzmann.

«Was soll der Unfug? Marsch auf die Wache!» Der Schutzmann sprang aufs Trittbrett, die Droschke schwankte.

«Hören Sie, Schutzmann! Er wohnt doch gleich hier. Ich bring ihn heim. Ich sag's ihm, und er wird nicht schreien.»

Der Arbeiter sah den Schutzmann finster an und schwieg.

«Dann stopfen Sie ihm die Kehle, Herr Student, sonst gelten Sie auch als Radaumacher. Und sind doch Student.»

Der Schutzmann stieg ab und sagte:

«Fahr los.»

In diesem Augenblick nahm der Betrunkene einen Punkt ins Visier, und mit einem Ruck riss er dem Schutzmann die Nummer von der Mütze. Der Schutzmann konnte gerade noch die Mütze festhalten, sodass sie nicht vom Kopf flog.

«Halt!», brüllte der Schutzmann. Er sprang auf den Einspänner, drückte den Bauch des Betrunkenen mit dem Knie nieder und warf sich über ihn, während der Betrunkene, über die Rückwand hinausgelehnt, heulte und mit der Hand, die das Nummernplättchen hielt, durch die Luft fuchtelte.

Von den Höfen kamen Menschen gelaufen. Sie gingen immer schneller, je mehr es waren. Einer lief bereits vorneweg, wies mit dem Kopf auf die Droschke.

«Los!», rief der Schutzmann. «Mach voran!»

Der Kutscher fuhr an. Der Einspänner holperte über die Fahrrillen, der Schutzmann entwand dem Arbeiter das Plättchen, dabei schnitt das Blech die Finger bis aufs Blut. Sanka warf die Arme dazwischen, unterstützte den Arbeiter, dessen Gesicht schon von schmutzigem Blut verschmiert war; der Schutzmann schob ihm einen Mantelfetzen in den Mund und krächzte:

«Schrei du nur, schrei du nur, Dreckskerl. Wirst noch was erleben!»

Der Einspänner hielt vor der Wache. Der Dienst habende Schutzmann kam die Treppe heruntergerannt. Die beiden rissen den Arbeiter gemeinsam aus der Droschke und schleppten ihn am Kragen zum Tor der Wache. Der Betrunkene heulte, sträubte sich und glitt breitbeinig mit den Sohlen über den Bürgersteig. Die Schutzleute droschen mit den Säbelscheiden auf ihn ein. Sanka schrie ihnen nach. Die Schutzleute verschwanden mit dem Betrunkenen in der Pforte des Tors. Der Kutscher zupfte Sanka am Ärmel:

«Bezahlt, Herr. Tja, macht einen Fünfziger.»

Sanka stockte einen Moment, griff in die Tasche.

Die Pforte fiel zu, das Schloss schnappte ein, zu hören war, wie das betrunkene, gekränkte Gebrüll hinterm Tor verhallte.

Der Kutscher schlug den blauen Rockschoß zurück, darunter wurden bäuerliche Beinkleider sichtbar.

«Zu Fuß kam er nicht rein, dafür jetzt mit der Droschke. Entgeht anscheinend nicht seinem Schicksal.» Ohne Hast schlug er auf dem Bock die Rockschöße übereinander.

«Was für Dreckskerle!» Sanka versuchte es erst am Tor, dann stürzte er zur Tür und rannte die Treppe hoch. In der Wachstube roch es nach Stiefeln, Schweiß und Papiermuff. Hinter der Barriere saß ein junger Quartieraufseher am Tisch. Ein anderer, ein Polizeihauptmann, zwängte sich seitwärts, den Bauch eingezogen, hinter der Barriere vor. Ein Schutzmann, ebenjener Schutzmann mit der Mütze ohne Nummer, kam rot und außer Atem herein.

«Euer Hochgeboren, die Nummer hat mir das Hornvieh runtergerissen.»

«Was, zum Teufel, soll das!», rief Sanka. «Einen betrunkenen Menschen prügeln. Was …»

«Schreien Sie nicht, junger Mann», sagte der Ältere streng. «Wir sind hier nicht in der Universität. Sag, was ist», wandte er sich an den Schutzmann.

«Der Student war auch mit dabei. Beide in einer Droschke. Radau über die ganze Straße. Will sie zur Vernunft bringen. Aber die reißen mir die Nummer ab.»

«Wer?»

«Ein Arbeiter anscheinend. Haben ihn aufgehetzt.»

«Tracht Prügel!», rief der Polizeihauptmann streng. «Kannst wegtreten. Und was wollen Sie?»

«Man kann doch nicht einen Menschen prügeln.»

«Sie hätten wohl gern, dass wir ihm einen Orden dafür geben?»

«Ich verlange», sagte Sanka mit erstickender Stimme, «verlange …»

«Klärt ihr mal, was er verlangt. Sollten sich schämen, sich mit Arbeitern zu betrinken, junger Mann!»

GANZ EINFACH

Taissa stand mit einer Freundin vorn an der Brüstung. Hinter der Barriere geht es tief hinab, und da unten sitzen die Musiker. Es ist noch Pause. Sie nehmen Platz. Probieren die Instrumente aus. Ein Wust von Tönen. Taissa stand seitwärts zur Brüstung, sie hatte die eine Hand auf das Plüschgeländer gelegt und nickte ganz unpassend zu dem, was die Freundin sagte, aus den Augenwinkeln aber sah sie ihn, Israil. Und je mehr sie ihn sah, desto mehr wurde sie rot. Schon stand sie puterrot da und sagte atemlos zur Freundin, ohne Sinn und Verstand: «Ja, ja … nein, ja, schon», und plötzlich konnte sie die Augen nicht mehr zügeln und schielte seitwärts ins Orchester. Israil schaute, die Augen zugekniffen, und auf einmal nickte er und lächelte. Und durch das Lächeln sah er einen Moment lang wie ein gutmütiger Opa aus. Taissa nickte nach unten, und ohne den Kopf zu heben, ging sie rasch, möglichst rasch, und zog die Freundin mit fort. Es grauste ihr, als ob alles, alles schon geschehen wäre. Das Peinliche, Grausliche, so Schwindelerregende. Und es war auch ganz gleich, ob die Freundin es gesehen hatte. Sie zog die Freundin an der Hand durch den Gang und presste die Hand mit aller Kraft, sodass die Freundin rief:

«Taissa, hör auf!» Und ihr die Hand entzog. «Bist du wahnsinnig! Mein Ring! Bis aufs Blut!»

Es klingelte, die Leute waren alle aus dem Gang abgeflossen, nur Taissa saß immer noch auf dem schmutzigen, widerlichen Sofa.

Staub, Puder und erstarrtes Stimmengewirr hingen ringsum in der stickigen Luft. Eines nur rotierte in Taissas Innerem, rotierte in weiten Kreisen: Alles schon zu Ende, und nun – wohin? Als ob sie auf gar keinen Fall mehr nach Haus könnte. Ihr Zuhause war auf einmal kein Zuhause mehr. Die Eltern wohnen dort, der Alte, und die Mutter liegt im Bett. Ein Logenschließer kam vorbei, warf ihr einen schrägen Blick zu, bückte sich, hob ein Papierchen auf. Auf einmal durch den Korridor Stimmen, Schritte. Laute Stimmen, die hier das Sagen hatten. Taissa hatte sich noch nicht rühren können, da kamen zwei mit Futteralen vorbei, und hinter ihnen hastete er, Israil, mit Melone, hochgeschlagenem Mantelkragen. Er fasste Taissa ins Auge und blieb plötzlich stehen, tat einen Schritt auf sie zu und sagte einfach, als kennten sie sich seit langem:

«Wieso gehen Sie nicht in den Saal? Erst im letzten Akt kommt doch der Mord. Sie können hier ja nichts sehen. Oder?»

«Gleich, ich gehe gleich», sagte Taissa, als entschuldigte sie sich.

«Wieso gleich?», sagte Israil. «Ist Ihnen nicht gut? Nein? Es hat schon angefangen. Aber egal! He, Anton», rief Israil den Logenschließer, «führen Sie das Fräulein an seinen Platz.»

Anton kam ohne Hast näher.

«Wie Sie wünschen, gerne.»

«Was sollen Sie hier sitzen? Ts, ts! Halt, Senja!», rief Israil. Er tippte an die Melone, nickte Taissa zu und rannte seinem Kameraden nach, dabei warf er beim Laufen immer das linke Bein vor.

Taissa saß im dunklen Saal, und alles in ihrem Inneren, alles Blut brannte heiß. Sie atmete heftig, und es war ihr grauslich und peinlich, und weshalb hatte er sie hereingeführt? Wohin sollte sie nun? Das Licht flammte auf, es wurde geklatscht, sie musste gehen. Auf der Straße – Taissa überlegte zum allerersten Mal: ‹Wo muss ich abbiegen, um nach Haus zu finden?› Sie ging langsam, setzte einen Fuß vor den anderen. So also sieht sie aus, unsere Straße – als hätte sie die Straße nie zuvor gesehen. Verschlossen, widerspenstig kam ihr das Haus vor. Taissa stand eine Weile an der Pforte und hätte fast geklopft. Dann raffte sie sich auf, drückte auf die Türklinke und klapperte bitteren Schrittes über den Brettersteg zur Vortreppe.

Der Alte gab Laut. «Du, Taissa?»

«Ja, ich, ich, ich, ich!», bestätigte Taissa ärgerlich.

«Ich! Ich!», flüsterte Taissa noch in ihrem Zimmerchen. Sie legte sich aufs Bett, ohne sich auszuziehen, zündete keine Kerze an.

«Ich! Ich!», bestätigte Taissa in einem fort und merkte nicht, wie ihr die Tränen aufs Kissen tropften.

«Ja und, ich, und?», sagte Taissa ungehalten, als schelte sie jemanden, und setzte sich aufs Bett.

Da plötzlich wallten in ihrem Inneren erneut runde, heiße Wogen auf, und vor ihr stand Israil, wie dort im Gang, als er näher getreten war und sie ins Auge gefasst hatte. Sie atmete, ihre Brust arbeitete, breit und heftig, und Taissa blickte zu dem nachtblauen Fenster hinaus. Feiner Schnee siebte an den Scheiben vorbei, als treibe er die Zeit an. Taissa blickte auf diesen Schneeflug, und davor lief alles noch einmal ab, von jenem Augenblick an: Israils Augen leuchteten ganz, ganz gutmütig unter den zugekniffenen Lidern hervor. Aber ja. Aber ja, so war es doch auch. Er schaute und sagte: ‹Meine Liebe! Weshalb sitzt du hier? Ich möchte nicht, dass du hier sitzt. Allein im leeren Gang.› Den Arm reichen wollte er ihr. Nein, wozu, vor allen Leuten. Das hob er für später auf. Hieß Anton, sie zu ihrem Platz zu bringen, und schaute noch, wie Anton die Tür zum dunklen Saal aufriss.

‹Keiner, keiner darf rein. Niemand! Doch er hat ihn geheißen. Kann sein, er hat selber mitkommen und sich daneben setzen wollen, nah, ganz nah. Aber im Mantel, mit der Flöte … Und die Kameraden schauen, warten. Und wie einfach er das gesagt hat. Wie lieb er ist. Wie lieb, wie lieb …›

Hier stockten die Gedanken, und einzig und allein der Schnee, rein und weiß, siebte und siebte abwärts an den Scheiben vorbei und trieb die Erregung weiter und weiter. Unaufhaltsam, unwiderstehlich trieb er sie und schien sie in kaum merklichen Wellen mitzureißen. Taissa schaute, ohne die Augen abzuwenden, auf das Schneefenster, der Schnee riss sie mit, riss sie mit, warme Freude schmiegte sich an ihre Brust, und Taissa presste die Hand gegen den Samtbesatz wie unlängst im Konzert.

«Wieso schläfst du nicht?» Taissa zuckte zusammen. In der schwarzen Tür stand als grauer Schatten der Vater. Trüb schimmerte der weiße Bart. «Geht auf eins.» Er holte die Uhr aus der Weste, sehen konnte man nichts, aber der Alte klappte den Deckel auf und klappte ihn zu. «Was sind das für neue Sitten?»

Taissa sah auf den grauen Vater und schwieg. Der Alte tat einen Schritt und setzte sich auf das knarrende Bett. Aus dem rauchgesättigten Bart wehte Taissa der vertraute Tabakdunst an. Der Alte schwieg, und zu hören war bloß, wie in seinen Händen ein Papierchen knisterte – er drehte sich eine Papirossa. Beim Schein des Zündhölzchens blickte Taissa einen Moment auf den Vater. Er verzog sein Gesicht beim Anrauchen der Papirossa mehr als nötig, sog den Rauch ein und ließ im Dunkeln ein jähes Flämmchen aufleuchten. Das blaue Fenster mit dem weißen Schnee rückte in die Ferne, und auf die Erde legte sich schwergewichtig die Zeit.

«Was schreibt er dir?»

«Nichts», sagte Taissa kaum hörbar.

«Wieso nichts, und der Brief? Hast ihn nicht gesehen?» Der Alte erhob sich, patschte die Hand auf den Tisch und hatte sogleich ein Kuvert in den Fingern. «Hast ihn nicht gesehen?»

Taissa nahm mit zitternder Hand den Brief. Der Alte klirrte währenddessen mit dem Glas, zündete die Lampe an.

«Tritt doch näher zum Tisch.»

Taissa sah auf die Adresse und konnte die Handschrift nicht erkennen. Sollte er, wirklich er, geschrieben haben? Sie machte das Kuvert nicht auf.

«Lies, spann mich nicht auf die Folter», sagte der Vater. Er schob den Docht hoch, und die Lampe tat gleichsam ihr verschlafenes Auge auf, erleuchtete den Tisch und Taissas bebende Hand. «Er ist nämlich Quartieraufseher, Revierbeamter ... Unser Wiktor!»

«Gleich, gleich!» Taissa atmete tief aus und riss mit ungehaltenen Fingern das Kuvert auf.

«Lies, lies, wozu Geheimnisse. Hat sich was mit Geheimnissen. Kommt alles davon, von der Geheimnistuerei!» Und der Alte stieß einen zittrigen Seufzer aus.

Taissa konnte überhaupt nichts lesen. Ihre Lippen flüsterten Wörter, doch sie verstand überhaupt nichts.

«Na, gib her. Darf ich?», sagte der Alte mit bitterem Vorwurf. Er rückte schon die Brille zurecht, nahm den Brief.

«Liebe Taissa! Ich heirate», las der alte Wawitsch, «Agrafena Petrowna Sorokina. Du kennst doch Grunja, die Gefängnistochter? In einer Woche, also am 23., ist unsere Hochzeit. Komm unbedingt her. Bereite die Alten drauf vor. Mit Mama geht es gut, ich weiß. Aber der Alte ist bestimmt noch unzufrieden mit mir. Sag ihnen, wie wunderbar sie ist, Grunja, wirklich wahr! Du kennst sie doch. Ich habe jetzt eine Wohnung, alles neu, Böden und Tapeten, alles wunderbar. Die eine Tapete, wie du es magst, gestreift, ähnlich wie die Milewitschs eine hatten, weißt du noch. Und lauter elektrische Lampen, wie im Theater. Wunderbar! Du musst unbedingt herkommen. Geld für die Reise habe ich dir geschickt. Wenn du am Montag aufbrichst, schaffst du es durchaus noch. Jetzt gehe ich einen Teppich kaufen. Hab einen im Auge, einen grünen, wunderbaren. Komm also her, Taissa, ich erwarte dich.

Dein Wiktor.»

Dann folgte die Adresse und ein Zusatz:

«Sag es Mama heimlich, sie wird mir ihren Segen schicken. Grunja mag sie sehr gern. Mich wirst du jetzt gar nicht mehr wiedererkennen. Ein Schick – höllisch geradezu.»

Und da stand die Unterschrift mit schnörkeligen Ringellöckchen:

«W. Wawitsch».

KANN SEIN

Es war schon am nächsten Tag, doch Baschkin dachte noch immer: Der Offizier kehrt zurück, und Baschkin ist fortgejagt worden. Darauf er mit schneidender Stimme: «Wer wagt es? Wer hat das angeordnet?» Stampft sogar auf mit spornbewehrtem Bein. Baschkin blieb selbst in der Zelle stehen und stampfte leicht und reckte ein bisschen das Kinn.

‹Kann sein, der General hat ihn wo hingeschickt. Ihn gerufen und sofort weggeschickt. Geht ja militärisch zu dort. Und diese Schurken, diese gemeinen Kerle, freuen sich. Und piesacken jetzt nur noch mehr.›

Er lauschte mit Erbitterung, mit unterdrücktem Grimm, wie im Korridor träge, absichtlich träge und höhnisch, die Absätze klapperten.

‹Aber kann nicht auch sein – alles ist Absicht? Alles ausgeheckt?› Baschkin setzte sich einen Moment auf die Pritsche, stierte auf das Tischchen und hörte zum hundertsten Mal klar und deutlich die Stimme des Offiziers, eine so kultivierte, so melodische, ein wenig traurige Stimme.

‹Das kann nicht sein, kann nicht, kann nicht sein!› Baschkin stieß die Luft aus, sprang auf und ging weiter, den Mantel fest um sich geschlagen. Der Offizier würde bestimmt sagen: ‹Warum haben Sie nicht nach mir verlangt, nicht gesagt, man solle mich erinnern? Einfach erklärt, dass … Sie haben es ja nicht einmal versucht!›

‹Muss klopfen, einfach an die Tür klopfen.› Baschkin tat zwei Schritte zur Tür, rasch und entschlossen. «Klopfen», flüsterte Baschkin und wandte sich zur Ecke, «klopfen und sagen: Ich bitte … Ich verlange geradezu …» Und Baschkin beschleunigte seine Schritte, jagte immer rascher von der Ecke zur Tür.

Die Schritte im Korridor entfernten sich.

‹Ja, einfach klopfen.› Baschkin ging nicht, sondern nahm einen Anlauf zur Tür. Er klopfte. Holte weit aus und klopfte, schlug aber lax zu und rannte sofort in die Ecke.

«Ja doch, hol's der Teufel, ist doch wahr … wirklich wahr, hol doch alles der Teufel», stieß Baschkin laut und sich verhaspelnd hervor und klopfte noch einmal mit unsicherer Hand, mit den Knöcheln der Faust.

‹Teufel nochmal, tatsächlich!› Baschkin rang im Gehen nach Atem. Seine Schritte griffen weiter und weiter aus, der Mantel stand offen.

Die Schritte im Korridor klapperten jetzt unweit seiner Tür.

‹Also wirklich, was soll das, Teufelszeug, wirklich wahr.› Baschkin drehte drei leere Runden durch die Zelle, und ohne wahrzunehmen, was er murmelte, klopfte er wieder mit den Knöcheln an die Tür.

Die Schritte im Korridor klapperten entschiedener. Baschkin stand in der Ecke und wartete, den Atem angehalten. Die Schritte hielten vor seiner Tür. Es schabte am Guckloch, und das stechende Auge ohne Braue blinzelte. Ohne zu atmen, blickte Baschkin zur Tür. Der Schlüsselbund klirrte. Der Schlüssel drehte sich im Schloss. Baschkin wurde in der Ecke zu Stein. Der Wärter trat ohne Hast näher, das zugekniffene Auge zielte auf Baschkin. Es blieb noch ein Schritt.

«Ich wollte bitten … dem Herrn Offizier … auszurichten …»

«Du klopfst, Dreckskerl?», zischte der Wärter zwischen den Zähnen vor und blickte nur eine Sekunde. Baschkin sah – da ist alles möglich, kann alles sein.

Ihm wurde kalt in der Magengrube, und in derselben Sekunde hieb der Wärter Baschkin kurz und heftig aufs Ohr. Baschkin kippte um, er stöhnte leise und hielt sich mit schlotternder Hand am kalten Boden.

«Räudiges Lumpenpack!», rief der Wärter und stieß Baschkin mit dem Fuß gegen die Brust.

Baschkin plumpste in die Ecke und saß breitbeinig auf dem Boden. Der Wärter beugte sich vor und sagte, immer noch halblaut:

«Dir werd ich's zeigen, Aas, dir werd ich's zeigen!» Und er hieb Baschkin zweimal mit dem Schlüssel auf die Nase.

Baschkin wusste nicht, ob es wehtat, Baschkin schirmte sich nicht mit der Hand ab – seine Hände hingen herab wie nasse Lappen, und die toten Beine lagen wie fremd auf dem Boden. Hosen mit Stiefeln. Der Wärter ging gemächlich hinaus und ließ das Schloss schnappen.

Baschkin saß unbeweglich, saß einige Minuten und begann plötzlich zu heulen. Zu heulen mit Hundestimme. Er selbst erschrak, dass so etwas sein kann, dass er eine solche Stimme hat. Er schluchzte, er zuckte, ein Schlucken ging durch den ganzen Körper. Er fiel gänzlich zu Boden, es drückte ihm die Kehle zu, unter Geröchel brach mühsam Luft durch. Er wand sich in Krämpfen in seiner Ecke, und am liebsten wäre er bald, so bald als möglich gestorben an dieser Atemnot.

Er hatte zum ersten Mal im Leben einen hysterischen Anfall, und er wusste nicht, dass man daran nicht stirbt.

Nach einer Stunde wurden die Schluchzer seltener, lockerer. Baschkin merkte voller Angst – es geht vorbei, geht vorbei! Er suchte die Krämpfe selbst hervorzulocken. Sie stiegen aber nur noch müde hoch, seltener und seltener.

Er blickte sich in der Zelle um. Was war das? Baschkin richtete sich auf: Die Pritsche war weg. War vollkommen weg, absolut. Er begriff, dass sie hinausgetragen worden war, hinausgetragen, als er sich in der Ecke auf dem Steinboden in Krämpfen wand.

Baschkin suchte die zitternden Kiefer zusammenzubringen, er wollte die Zähne zusammenbeißen. Aber sie klapperten, zuckten. Mit fahriger Hand, noch auf dem Boden liegend, riss Baschkin unterm Mantel das Hemd auseinander. Er riss es in Streifen, ohne hinzusehen. Eine sichere, zupackende Hand, gleichsam nicht die seine, riss von allein diese Streifen, band und drillte sie zu einer Schnur. Es gefiel ihm, voll Genuss zerriss er auch das Futter des Sakkos und des Mantels. Riss und drillte, wand Kordeln, die Kordeln verknüpfte er. Wachte über das Guckloch an der Tür. Er band eine Schlinge, legte sie sich um den Hals. Warm, wohltätig und so tröstlich war es, als sich das Stoffseil an den vom Schluchzen erschöpften Hals schmiegte. Er zog es enger und enger, zog es mit Wollust um den Hals herum straff. Baschkins Augen wanderten umher, wo er das freie Ende der Kordel festmachen könnte. An den schmutzigen Wänden gab es weder Nagel noch Vorsprung. Bis zum Fenster kam er nicht hoch. Der Tisch, der Tisch! Baschkin schätzte ab, wie viel Seil er noch brauchte, um es um den Tisch zu wickeln, der aus der Wand ragte.

Er kroch zum Tisch, die Schlinge straff um die Kehle gezogen, wickelte das Seil herum und band sich den Hals ganz am Tischrand fest. Er drehte sich auf den Rücken und ließ den Körper mit seinem ganzen Gewicht mehr und mehr hängen. Die Schlinge hielt und drückte, sanft und süß. Baschkin ließ sich noch stärker sinken. In der Brust riss der Atem krampfhaft ab. Tränen standen Baschkin in den Augen. Und plötzlich spürte er, dass er fiel, das Seil riss, gab nach, und Baschkin schlug laut mit dem Hinterkopf auf den Steinboden. Im gleichen Augenblick tappten Schritte bei der Tür. Zwei Wärter betraten die Zelle – auch jener kleine, der schon zu Beginn mit dem Schlüsselbund gedroht hatte.

«Was machst du, was machst du denn da!», hörte Baschkin ein zischendes Flüstern. «Aufhängen, du Aas, aufhängen!»

Baschkin schloss die Augen. Eine Hand packte ihn an den Haaren, hob ihn hoch. Die Schlinge wurde heruntergerissen. Baschkin schrie. Aber sein Gesicht wurde zwischen jemandes Tuchknie gepresst.

«Zieh ihm alles runter!»

Baschkin wand sich, wich aus. Der Wärter hielt ihn fest bei den Haaren und drückte ihn gegen die rauen Knie. Der andere riss ihm die Kleidung herunter, die Stiefel, die zerrissene Wäsche.

«Dir zieh ich auch noch die Haut ab, Lumpenhund, auch noch die Haut!» Baschkin jaulte auf: Mit dem Schlüsselbund hatte ihm der Wärter einen Schlag auf den Hintern versetzt. «Von wegen aufhängen, aufhängen. Gib Ruhe, Satansbraten, gib mir bloß Ruhe.»

Und er klatschte den Schlüsselbund auf Baschkins nackten Leib.

«Noch einen Pieps, und ich zieh dir die Haut ab!», polterte der Ältere. Und stand auf. Aber Baschkin hörte ihn nicht. Er lag nackt auf dem Boden und wimmerte schwach, wie ein Mensch ohne Bewusstsein.

SCHLITTENGLÖCKCHEN

Vom Himmel fiel fröhlicher, weicher Schnee. Der erste echte Schnee. Der alte Tiktin setzte seine Bojarenmütze auf, blickte in den Spiegel, rückte sie zurecht und brach auf zum Dienst. Und gleich an der Tür blickte die weiße Straße in fröhlichem, weißem Licht. Einem neuen, freudigen. Tiktin sah auf die Schneeflocken, sie fielen ohne Hast, als führten sie sich vor. Frohgemut schritt Tiktin über den knirschenden Sand auf dem Trottoir. Eine Droschke, ganz in Weiß, zog mit Hufeisengetrappel vorüber, und in der Droschke verbeugte sich jemand. Tiktin lächelte und lüftete freudig seine Lieblingsmütze. Ganz anders geworden war die Straße; eine ganz andere weiße Stadt. Schmuck, reinlich, geradezu ausländisch. An der Ecke bewarfen sich Jungen mit Schneebällen und hielten inne, bis Bart und Bibermütze vorüber waren. Schon schneebedeckt, lächelte Tiktin den Jungen zu. Dumpfer klangen Getrappel und Geklapper, heller die Stimmen. Die ganze Straße schallte hin und wider, und mitten im weißen Schnee hing das sorglose Schellen der Droschkenglocken.

«Gnädiger Herr, gnädiger Herr!» Wie laut hallend Dunjascha ihm nacheilt, ohne Mantel, rotwangig, springt über die Schneeverwehungen. «Die Aktenmappe haben Sie vergessen!» Und lacht verschmitzt, als hätte sie selbst sie zum Spaß versteckt.

«Ach, Sie Gute! Verkühlen Sie sich nicht. Marsch nach Haus!»

«Und noch ein Briefchen für Sie», sagte Dunjascha außer Puste.

Andrej Stepanowitsch nahm das Papier, das gefaltet war wie die Pülverchen in der Apotheke.

Schräg darüber mit Bleistift: «Für A. S. Tiktin».

Tiktin zog den Handschuh aus und begann im Gehen zu lesen.

«Höre, Papa, ich brauche dringend einen Zehner, auf Teufel komm raus, verstehst du, zehn Rubel. Ich schau in der Bank vorbei, kannst du mir einen geben?»

Sankas Handschrift. Tiktin runzelte nicht die Stirn, sondern sprach, die weißen Passanten im Blick:

«Wer ihm da wohl das Messer an die Kehle setzt, können Sie mir das sagen?»

Eine Droschke holte ihn trappelnd ein. «Wie wär's mit einer ersten Schlittenfahrt?» Der Fäustling des Kutschers deutete mit Schwung auf den Sitz. «Wie wär's? Fahre Sie hin, Euer Wohlgeboren!»

Andrej Stepanowitsch zauderte einen Augenblick, schüttelte dann die Bibermütze:

«Na, denn – auf!»

Satt schellten die Schlittenglocken, Schnee verklebte die Augen.

«Weißt du überhaupt, wohin die Fahrt geht?»

«Aber ich bitte Sie, weiß doch, wen ich fahre! Zur Bodenkreditbank, nicht wahr?»

‹Die Kutscher kennen mich sogar›, dachte Andrej Stepanowitsch. ‹So was aber auch.›

Im Vestibül der Bank umfing ihn Wärme, dank der schneeigen Weichheit vor der Tür war es gemütlich, es begann etwas Neues, Neues und Gutes. Andrej Stepanowitsch lächelte verspäteten Angestellten zu, im Trab rannten sie an ihm vorbei die Treppe hoch.

«Die auch – auf Teufel komm raus», sagte sich Andrej Stepanowitsch, «wie heute doch allen das Messer an der Kehle sitzt!»

Oben im Saal summten leise die Stimmen, klackten scharf die Abakuskugeln.

Andrej Stepanowitsch schritt hinter die gläserne Trennwand. In den Ohren klangen ihm noch die Schlittenglocken, und die Wangen verlangten nach frischem Schnee; und Tiktin lächelte und nickte zu den Verbeugungen der Angestellten, als gratulierte er allen zum Geburtstag. Das Stimmengemurmel drang stärker ans Ohr, heftiger knallten die Abakus, ein fröhlicher Schusswechsel.

Tiktin trat ein in den Lärm, und der Tag begann zu rotieren.

Das Frühstück bog den Tag weich um. Bog ihn um mit weichem Kaffee, pummeligen Würstchen auf Püree. Zu dieser Zeit ließ der Bürobote eine ganze Viertelstunde lang niemanden zu Andrej Stepanowitsch ins Büro. Tiktin hielt mit der einen Hand das Glas, mit der anderen schlug er auf dem Tisch die frische, noch zusammenpappende Zeitung auf. Und sogleich platzte die Zeitung mit Tausenden von Stimmen, Schreien und ausgestreckten Händen herein. Die Stimmen ballten sich, brachen, suchten einander zu überschreien: «Koche für fünf Rubel … Kaufe alles … Gebe … gebe … Bitte gute Menschen inständig … Der Finder eines …» So klagte im Chor die letzte Seite. Tiktin schritt wie durch eine Diele voller Bittsteller und schlug die Mitte auf. Von allen Ecken und Enden zwinkerten die Titel: «Erneut Mizewitsch», «Vom Rosenstrauche in der Jauche», dazu die Unterschrift «Faust». Tiktin hatte noch fünf Minuten, und er schaute, was er zur Papirossa lesen könnte. «Grund-und-Boden-» – Tiktin stutzte – «Nationalismus». Grund-und-Boden-Nationalismus? Tiktin rückte das Pincenez auf der dicken, glatten Nase zurecht.

«Natürlich kann auch alles Zufall sein», las Tiktin. «Sogar beim Kartenspiel sollte man, wenn jemand zehn Stiche hintereinander macht, ihn nicht als Falschspieler bezeichnen. Zufall … Ganz zufällig können auch hundertachtundzwanzig Menschen ein und desselben Glaubens zusammenfinden. Sogar in einer so unterschiedlich bevölkerten Stadt. Doch glauben Sie bitte nicht, es handele sich um eine Kirche oder eine Synagoge. Nicht einmal um eine Regierungsbehörde und auch nicht um eine Polizeiwache! Es handelt sich um eine kommerzielle – oh, Pardon, sogar um eine in der Öffentlichkeit wirkende Institution. Eine Institution, welcher …» Tiktins Atem ging stoßweise, er überflog die weiteren Zeilen. «Wie der Herr, heißt es, so das Gescherr … Es handelt sich um unsere Bodenkreditbank, einen luxuriösen Palazzo. Nein, eher ein rein russischer Kreml, der Hausherr mit Bojarenmütze und Bojarenbart, und rings um ihn Truchsesse und Amtsschreiber. Was haben unreine Andersgläubige da schon zu suchen! Wir neigen das Haupt …»

«Pfui, zum Teufel!» Tiktin riss das Pincenez herunter, schlug auf die Zeitung. «Wie abscheulich!»

Tatsächlich waren die meisten Angestellten Russen. Es gab ein paar Polen, Deutsche, sogar einen Letten, aber Juden gab es in der Bodenkreditbank keinen einzigen.

«Wieso bin ich verpflichtet …?», sagte Andrej Stepanowitsch zu der Zeitung.

Der Bürobote streckte vorsichtig den kurz geschorenen Kopf zur Tür herein.

«Sind Sie bereit?»

«Gleich, gleich!», schrie Tiktin grimmig durchs ganze Büro.

‹Was erwartet man, ständig Bücklinge?› Tiktin schickte ein ironisch höfliches Lächeln zur geschlossenen Tür und ein Kusshändchen hinterher. ‹Kratzfüßeln soll ich? Ja?›

Tiktin fiel die Rede ein, die er in der städtischen Duma gehalten hatte; er hatte sich dafür eingesetzt, dass ein Grundstück für eine jüdische Lehranstalt zur Verfügung gestellt wurde. Hatte seine Judophilie hervorgekehrt, eindeutig und Respekt gebietend. Wie sie ihm danach in den jüdischen Läden zugelächelt, wie ihn auf der Straße unbekannte Leute gegrüßt hatten! In den «Nachrichten» war seine Rede zur Gänze abgedruckt gewesen.

‹Warum wird eigentlich Fortgeschrittenheit an der jüdischen Frage gemessen? Alles, was recht ist! Dermaßen sein Unterdrücktsein auszunutzen!› Tiktin stand auf, legte die Zeitung zusammen und klatschte sie auf den schmutzigen Teller.

«Das sind mir Ansprüche!», sagte er laut.

Der Kopf des Büroboten tauchte auf. «Ihr Sohn lässt anfragen … Darf ich ihn hereinbitten?»

«Holen Sie Dmitri Michailowitsch, den Buchhalter!»

Tiktin ging beim Schreibtisch auf dem Teppich auf und ab und sammelte Argumente.

‹Rechtlos? Ja, bitte, bitte, nehmt euch doch eure Rechte, aber bitte doch!›

Und er hätte am liebsten alle Gegenstände vom Schreibtisch auf den Boden geschmissen, alle bis zum letzten, als ob er Rechte nach allen Seiten schleuderte.

‹Bitte sehr, in Gottes Namen, nehmt noch mehr, noch mehr!›

Am liebsten hätte er die Hosentaschen nach außen gekehrt: ‹Hier habt ihr sie! Und dann …›

Es kam ihm vor, als hätte er hinten ein Schwänzchen baumeln, einen Zwirnsfaden, an dem man ihn ziehen konnte, wie die Zöpfchen eines kleinen Mädchens, an denen die Jungen zupfen.

Er griff nach der schmutzigen Zeitung und suchte, die Hände mit Püree verschmierend, nach der Unterschrift. «Homo».

‹Wenn doch Dmitri Michailowitsch endlich käme!›

«Da sind Sie ja, hören Sie, hat Nikitin die Wechsel eingelöst?»

«Ja, wir haben ihn benachrichtigt, Andrej Stepanowitsch.» Dmitri Michailowitsch warf einen fröhlichen Blick auf die «Nachrichten».

«Ah ja! Haben Sie gelesen?», fragte Tiktin, als wäre ihm der Artikel gerade eingefallen. «Da können Sie sich amüsieren!» Und hielt ihm das Papier vor die Nase.

«Ach, Quatsch! Bestimmt hat sein Bruder keine Stelle.»

«Entschuldigen Sie mal, das ist doch Presse, das hat doch Bedeutung in der Öffentlichkeit!» Tiktin rückte gegen den Buchhalter vor und schlug mit dem Handrücken auf die Zeitung. «Nationalismus? Ist Osol vielleicht Russe?» Tiktin machte eine unheilvolle Pause. «Ist Chmielewski Russe? Ich frag ja nur. Und Dzieńkiewicz, Anna Müller? Das alles einfach nicht zu sehen!» Tiktin artikulierte scharf. «Sagen Sie mir, wessen Nationalismus ist das, hm? Derer, die einzig und allein ihre Nation sehen. Wozu diese Lügen?» Tiktin wedelte mit der zerknüllten Zeitung vor der Nase des Buchhalters, dann warf er den Zeitungsklumpen entschlossen unter den Schreibtisch. Der Buchhalter lachte.

«Ich ereifere mich, weil es eine Abgeschmacktheit ist, eine bodenlose Abgeschmacktheit», sagte Tiktin und holte tief Luft. Versetzte der Zeitung einen Tritt.

«Fragen Sie die doch», meinte der Buchhalter, immer noch lachend, «fragen Sie die, ob auch nur ein Russe im Kontor von Brustein oder Markus sitzt. Ach, überhaupt – als fänden Sie auch nur einen russischen Kommis bei Weinstein.»

‹Eine Idee!›, dachte Tiktin. Ihm wurde leichter ums Herz. Und er sagte mit gutmütiger, vernünftiger Stimme, gleichsam vor Müdigkeit:

«Also nein, erlauben Sie mal, Italiener kann ich doch beschimpfen? Sogar hassen! Hier aber bin ich angeblich verpflichtet, unentwegt die Hand am Mützenschirm …» Tiktin ruckte die Schulter.

«Pfeifen Sie drauf, Andrej Stepanowitsch, wirklich!»

«Also nein! Drauf pfeifen, natürlich. Wenn jedoch unsere ganze Öffentlichkeit in solch einem …» Er blickte unter den Schreibtisch. «So, Nikitin ist benachrichtigt?», sagte Andrej Stepanowitsch und setzte sich wieder. «Hervorragend.»

Der Buchhalter ging.

«Darf ich ihn hereinbitten?» Der Bürobote streckte den Kopf durch die Tür.

«Warte!» Tiktin stand auf, umrundete den Schreibtisch, und nach einem Blick zur Tür hob er den Zeitungsklumpen auf und tat ihn in den Papierkorb.

«Wieso bin ich verpflichtet?», sagte Tiktin zu sich selbst, als er das Büro verließ.

Der Bürobote trat zu ihm. «Ihr Herr Sohn ist da gewesen.»

«Wo denn? Wann?» Tiktin blickte um sich.

«Ich habe gefragt, aber Sie frühstückten, hießen ihn nicht herein.»

«Und?», fragte Tiktin, mehr und mehr verdrossen.

«Er wartete, wartete und ging dann.»

«Ah, wie dumm!» Andrej Stepanowitsch runzelte die Stirn. Ihm fiel das Briefchen ein: «dringend zehn Rubel». «Schon beleidigt? Tja, hat grad noch gefehlt», murmelte Tiktin und setzte sich in Bewegung. «Wieso, zum Teufel, bin ich verpflichtet?» Und Tiktin ruckte die Schultern, als wollte er den Schafspelz abwerfen.

Mit gerunzelter Stirn trat er in den Saal. Warf einen Blick auf die Angestellten, den Rücken des Buchhalters und setzte sogleich ein sorgloses Gesicht auf.

‹Sonst denken sie noch, ich blickte dieses Unsinns wegen finster.›

Auf dem Heimweg schaute Tiktin unbeirrt geradeaus und antwortete sorgfältig, ohne Hast, auf Verbeugungen. Er ging und spürte seinen breiten Bart, als wäre er ihm in seiner ganzen Haaresfülle umgehängt worden. Ohne den Kopf zu drehen, betastete Tiktin mit den Augen vorsichtig die Gesichter der Passanten.

‹Tatsächlich, wie viele jüdische Gesichter›, dachte Tiktin in sich hinein, unter dem Pelz.

TU ICH NICHT

«Sie kommen zum Unterricht?», fragte Tanja. Filipp tappte auf der Fußmatte, trat sich die Füße ab und betrachtete dabei Tanja im dusteren Vorzimmer. Tanja schritt, sie schwebte über das glatte Parkett. Betätigte den Lichtschalter und sah Filipp nachdrücklich in die Augen. «Zum Unterricht?» Und zog die Brauen hoch, als hinge von der Antwort Filipps Schicksal ab.

In der Wohnung war es leer und still. Filipp blickte auf seine Füße und traktierte noch einmal die Matte.

«Ja, und?», sagte Filipp endlich, Atem holend.

«Sagen Sie frei heraus: zum Unterricht?»

Tanja trug ein glänzendes schwarzes Seidenkleid – wie eine Ritterrüstung. Feuerrot brannte auf dem Busen eine Brosche. Schlangengleich huschte das Licht über die eng anliegenden schwarzen Ärmel.

Filipp wurde rot.

«Ja, und, ist sie nicht da? Kommt heute nicht?» Filipp blickte auf Tanjas Haar, die Frisur, das gleichmäßige Nussbraun. Und Filipp sah, dass er es nicht berühren durfte, dass es, wie auf Bildern, nicht für ihn da war.

Tanja schaute schweigend zu, wie Filipp rot wurde, wandte sich dann um und deutete mit dem Kinn auf eine Tür:

«Nehmen Sie dort Platz und warten Sie.» Sie wandte sich um, ging auf dünnen Absätzchen über das spiegelnde Parkett, und einer schwarzen Fackel gleich ging unter ihr das Spiegelbild mit. Und sie verschwand in der grünen Düsternis des Flurs. Filipp trat durch die dunkle Tür, ertastete beim Türrahmen den Lichtschalter. Licht flammte auf, und sogleich erhoben sich ringsum reich verzierte Sessel, ein glänzender, polierter Tisch auf zierlichen Beinen, ein Atlassofa, und auf dem Kamin blähte sich die gläserne Blase einer Uhr.

Filipp saß mit seinen grauen Büchern auf der Sesselkante und schaute, wie da still die Palmen standen mit ihren strengen Blättern. Er lauschte, ob nicht Tanjas Schritte klapperten. Aber es war vollkommen still. Fünf Minuten vergingen. Magisch glänzte der polierte Flügel in der Ecke, und der Tisch stemmte stolz und hochmütig jede seiner vier verzierten Pfoten gegen den Boden.

Filipp schüttelte sich. ‹P-h, als wär was Besonderes dabei!› Er reckte sich zum Tisch und begann, die dicken Seiten eines Albums umzublättern. Bedeutende Herren und Damen blickten heraus. Filipp schlug, ständig auf der Hut, die Seiten weiter und weiter um. Er suchte, suchte – da war sie. Tanja blickte ihm vom Porträt direkt in die Augen, offen und schlicht. Filipp rückte sich das Album zurecht.

‹Mit so einer mal …›, dachte Filipp und sagte halblaut:

«Nein, wieso zum Unterricht? Aber einfach um was zu trinken bitten, das kann man überall.» Filipp stand auf, trat hinaus in den Flur und ging lauten Schrittes in die Richtung, wo Tanja verschwunden war. Er schritt durch einen dunklen Raum, vor sich meinte er mattes Licht zu sehen. Plötzlich aus dem Dunkeln eine fröhliche Stimme:

«Was suchen Sie?»

«Etwas zu trinken», sagte Filipp, und es war zu hören, dass er lächelte.

«Mögen Sie den Tee mit Warenje?»

Filipp hörte, wie das Seidenkleid raschelte. Es raschelte, wiederholte in der dunklen Stille ihre Bewegungen, machte sie kenntlich. Leicht klapperten die Absätzchen, als gingen allein die Schühchen ohne Füße, und Filipp umfing Parfümduft. Ein süßer und frischer Duft, wie wenn man sich an Schönes erinnert. Tanja klirrte im Dunkeln mit einer Karaffe, mit anderem noch, dann tönte, dann sang der Löffel im dünnen Glas.

«Trinken Sie. Finden Sie den Mund? Hier, nehmen Sie.»

Filipp fasste nach Tanjas Fingern mit dem Glas und hielt sie ein bisschen – ein winziges bisschen – in seinen Fingern.

Da wurde im Vorzimmer Sturm geläutet. Tanja glitt zur Tür hinaus, Filipp drehte sich ihr nach und sah in der halbdunklen Tür ihre Silhouette. In mattem Glanz lohte an der Flurbiegung das Seidenkleid.

Filipp nahm einen Schluck, tastete nach dem Tisch und stellte das Glas ab. Puterrot trat er hinaus ins Vorzimmer zu Nadja. Tanja war bereits weg.

«Schon lange?», fragte Nadja und löste die durchnässte Mütze von der Frisur. «Und die Bücher?»

Filipp ging voran ins Wohnzimmer.

«Haben sich Fotoalben angeschaut wie beim Doktor im Wartezimmer?», sagte Nadja spöttisch und spähte zum aufgeschlagenen Album. Tanjas Augen blickten hartnäckig und nachdrücklich vom Foto herab. Filipp schlug mit raschem Finger den Deckel zu.

Nadja wanderte hinter seinem Rücken auf und ab, trat kräftig auf, der Rock raschelte nicht beim Gehen, und Nadjas feuchte Schläfen glänzten fröhlich, als sie sich neben Filipp setzte.

Sie wiederholte etwas, schüttelte vor Filipps Augen leicht das Buch. Filipp verstand die Wörter nicht, obwohl er sie Nadja nachsprach, und auf einmal nahm er ganz von weitem ihren bittenden, geduldigen Tonfall wahr:

«Auf die Frage ‹was tut er?› – ‹er badet› darf nie, darf gar nie ein weiches Zeichen hinten angehängt werden!»

Und in Filipps Kopf ging der Satz weiter:

‹Das darfst du nicht, Filippchen!›

Auf einmal schämte sich Filipp, und er hätte am liebsten den Kopf auf die Wollbluse gelegt, die Wange auf diese grauen Knöpfchen, und gesagt:

‹Tu ich nicht, tu ich auch nicht, gar nie, wirklich wahr, tu ich bestimmt nie wieder.›

Filipp stand auf, schritt durchs Zimmer und murmelte dazu:

«Schreibt man nicht, schreibt man nicht. Aha! Schreibt man also nicht.»

Auch Nadja stand auf und fragte spöttischen Tones:

«Was ist heute mit Ihnen? Vielleicht sind Sie es schon leid? Dann machen wir nicht weiter, muss ja nicht sein.» Und sie kniff die Augen zu, hob leicht den Kopf.

Mit trockener Kehle hatte Nadja «muss ja nicht sein» gesagt. Streng sah sie Filipp in die Augen. Streng und schmerzlich.

«Vielleicht muss es wirklich nicht sein? Wir lassen es?»

«Ach, ich bin heute bloß, wie sagt man, zum Teufel ...» Filipp lächelte gezwungen, er wäre am liebsten auf Nadja zugegangen, nah zu ihr. Aber er konnte nicht, wie wenn sie die Hand ausgestreckt hätte und ihn nicht heranließe. Er wagte nicht, diese Hand zur Seite zu stoßen, stand da, rollte sein Heft zu einem Schlauch und sah bald zu Boden, bald erneut Nadja in die Augen.

«Ach, ich ...», begann Filipp und klopfte mit dem zerwalkten Heft auf den Tisch.

«Überlegen Sie es sich», unterbrach ihn Nadja. «Heute setzen wir den Unterricht nicht fort.»

Nadja wandte heftig den Kopf, wollte gehen, da fiel ein Kämmchen aus ihrer Frisur und schlug leicht auf dem Parkett auf.

Filipp stürzte her und kam Nadja zuvor. Nadjas Händchen griff nach dem Kämmchen, griff gierig danach, eilig, riss es an sich. Ein hübsches kleines Händchen, aus einem weißen Ärmel. Mit allen Fingern griff das Händchen nach dem Kamm, stieß ihn ins Haar und schob ihn zurecht.

Filipp folgte Nadja ins Vorzimmer und wusste nicht, ob er vor ihr das Haus verlassen sollte oder danach. Zusammen durften sie nicht. Nadja knöpfte schweigend und flink die Knöpfe zu, Filipp setzte die Mütze auf, durchsuchte geschäftig alle Taschen seiner Joppe und dachte andauernd:

‹Frage ich, wann wir das nächste Mal, oder warte ich eher, frage beim Zirkel?›

Nadjas Händchen überzogen sich bereits mit den grauen

Handschuhen aus Sämischleder. Gleich geht sie, gleich. Nadja stampfte die Schuhe in die Galoschen hinein.

«Nun seien Sie doch nicht gekränkt, Genossin Walja!» Das kam heiser heraus, mit Bassstimme.

«Kurzum, überlegen Sie und sagen Sie dann Bescheid. Leben Sie wohl!»

Nadja drehte flink das Schnappschloss und schlug die Tür zu.

Filipp blieb in der stillen Wohnung zurück. Kein Geräusch, dünn tickte im Wohnzimmer die Uhr.

Und er stellte sich vor, wie Nadja jetzt festen, gekränkten Schrittes übers frostige, knackende Trottoir schritt. Hinter ihm kam, das spürte er, aus der düsteren Stille – weiß der Geier was. Er blickte zurück; in den Zimmern grünliche, matte Dunkelheit und als ob sich lautlos ein schwarzer Schatten bewegte.

Plötzlich kam ihm Nadja wieder in den Sinn: ‹Muss ihr nach, ihr nach!› Er stürzte zur Tür hinaus und stürmte die Treppe hinab.

Auf der Straße stürmte der Wind, er beherrschte die Straße in ganzer Breite, riss und ruckte und gab niemandem den Weg frei. Und am straff gespannten schwarzen Himmel blinkten die Sterne, gleich würde der Wind sie fortwehen.

Filipp verstaute die Bücher unter der Joppe und rannte dem Wind entgegen. Er rannte die leere Straße entlang bis zur nächsten Ecke und ging, schwer atmend, weiter gegen den Wind.

Sie war nicht da! Nein, keine Spur!

‹Ach, zum Teufel! Wozu eigentlich!›, sagte sich Filipp und bog in eine Gasse. Hier war es stiller, zu hören war nur, wie überm Kopf der Wind brauste, wie er die Blechdächer donnern, die Leitungsdrähte heulen ließ.

Wawitsch hatte die Kanonenstiefel geputzt, mit dem Tuch gewienert. Es war schönes Wetter, die Sonne spähte vom Himmel unverwandt zur Erde. Sanfter Sonnenglanz plätscherte um die schmalen Stiefelschäfte. Wawitsch ging zum ersten Mal auf die Wache, ging sich dem Polizeihauptmann vorstellen. An seiner Seite baumelte der Säbel, badete im Sonnenlicht. Wawitsch stolzierte übers Trottoir und schielte verstohlen zu den Schaufensterscheiben. Und je häufiger Wiktor hinsah, desto elastischer und eleganter schritt er. Bog zur Seite, um Damen vorbeizulassen, hob leicht den rechten Arm, wie um zu salutieren oder sie behutsam unterzufassen. Die Schutzleute legten die Hand an die Mütze. Knapp grüßte Wiktor zurück, der weiße Handschuh berührte den Mützenschirm. Wiktor schwebte voran, sein feierlicher Gang trug ihn ganz von allein.

Weich und biegsam wie die Arme griffen die Sohlen auf dem Gehsteig aus, und das Trottoir rollte federnd zurück. Wiktor überquerte den Platz der Kathedrale, die Kanonenstiefel staubten leicht ein.

Schweigend, ohne zu handeln, setzte er den Fuß auf das Trittbrett eines Einspänners. Der Kutscher drehte sich um.

«Wohin darf es sein?»

Ohne ihm ins Gesicht zu sehen, sagte Wiktor eindringlich:

«Zur Peter-Paul-Wache.»

‹Hat sehr, sehr natürlich geklungen›, dachte Wiktor.

Es rüttelte stark, doch sehr flott hüpften auf den Schultern die Achselklappen. Wiktor stellte das linke Bein vor, das rechte nahm er zurück, mit der rechten Faust stützte er sich auf den Sitz. Als sie in die Vorstadt einfuhren, spürte er, dass es nah war, ganz nah.

‹Lieber Gott, segne mich!›, betete Wiktor in seinem Herzen. ‹Lieber Gott, um meiner Grunja willen, hilf mir, lieber Gott.› Zu gerne hätte er das Kreuz geschlagen. An der Peter-Paul-Kirche bekreuzigte er sich freudig.

Aha, aha, da ist sie, die Wache. Ein Schutzmann patrouilliert vor dem geschlossenen Tor. Ein Feuerwehrturm. Und da das Schild:

DIREKTION DER PETER-PAUL-POLIZEIWACHE

‹Bin ich auch nicht zu stutzerhaft?›, fuhr es Wiktor durch den Sinn. Er stieg die abgenutzte, durchgewetzte Holztreppe hoch. Es quietschte der Türschließer. Wiktor trat ein, und derb klappte hinter ihm die Tür.

Ein Geruch, der säuerliche Geruch von verdrecktem Fußboden, moderndem Papier und unsauberen Menschenleibern, schlug ihm sogleich ins Gesicht. Der korpulente Schutzmann am Eingang reckte die Hand zum Mützenschirm und blickte Wiktor mürrisch an.

Wiktor nickte ihm hastig zu und schwang den weißen Handschuh – Wiktors Augen suchten nach dem Vorgesetzten.

Quer durch den Raum zog sich eine angepatzte, abgegriffene Barriere. Davor klumpten sich irgendwelche Leute und tuschelten leise, alle ohne Mütze, und dahinter, über den Leuten, ragte eine abgewetzte alte Polizeimütze, und ein heiserer Bass rief:

«Kann ich nicht, braucht gar nicht bitten. Macht mir doch nichts weis! Hört auf!»

Ein Droschkenkutscher, der sich andauernd das Haar glatt strich, hob sich auf Zehenspitzen und jammerte über die Köpfe hinweg:

«Erlauben Sie, dass ich fahre, wozu muss ich drunter leiden?»

«Wieso bist du nicht hinter Gittern?», schrie der Quartieraufseher hinter der Barriere vor. Alle verstummten und blickten auf den Droschkenkutscher, blickten streng, unterstützten den Quartieraufseher. Bildeten eine Gasse. Und da erblickte Wawitsch den Quartieraufseher: aufgedunsene Physiognomie, herabhängender grauer Schnauzbart, besudelter Casaquin. Der Quartieraufseher starrte am Kutscher vorbei auf Wawitsch und lächelte plötzlich. «Sie wollen wahrscheinlich zum Herrn Polizeihauptmann?»

Der Kutscher machte einen Schritt, die Mütze gegen die Brust gepresst. «Darf ich gehen?»

«Raus mit dir!», brummte der Quartieraufseher und wandte sich mit lächelnder Stimme an Wawitsch: «Hier links kommen Sie in sein Büro.» Seine ausgestreckte Hand beschrieb einen Bogen nach links.

«Darf also gehen?»

«Geh doch, hau ab, Dummkopf», zischelte es ringsum.

«Bring ihn hin!», befahl der Quartieraufseher dem Schutzmann.

Wiktor schlug die Hacken zusammen und salutierte. Alle wandten sich ihm zu und geleiteten ihn mit Blicken zur Tür.

Wiktor schritt durch die Amtsstube – der gleiche Gestank und Rauch, Rauch. Beißender Papirossa-Rauch zwickte in den Augen. Wiktor schaute weder links noch rechts; geradeaus stand schwarz auf Milchglas geschrieben:

Büro des Polizeihauptmanns

Der Schutzmann ging in die Knie, hielt dabei den Säbel fest, und spähte durchs Schlüsselloch.

«Klopfen Sie!», flüsterte er Wawitsch zu.

Wawitsch klopfte, und sein Herz hämmerte.

Jetzt würde er die wichtigste Stimme hören – wie würde sie sein?

‹Womöglich gleich böse, aufgebracht. Bestimmt aufgebracht›, entschied Wiktor. ‹Gleich blafft er los.›

Und da hörte er:

«Treten Sie ein, wer da?» Eine klare Stimme, voll und ruhig.

Wiktor riss die Tür auf und trat ein, den linken Fuß voraus.

Trat sicher auf und weich und schlug fest die rechte Hacke dagegen. Er hatte sich gleich weit in den Raum hineinbewegt und erstarrte vor dem Schreibtisch, die Hand am Mützenschirm. Der Schreibtisch stand der Tür gegenüber, und hinterm Schreibtisch saß, ein dickes Pfeifenmundstück im Schnauzbart, ein großer, korpulenter Greis. Einen Augenblick sah er, die Brauen emporgezogen, auf Wiktor.

«Habe die Ehre, mich zu melden», begann Wiktor mit militärischer Stimme. Der Greis erhob sich und nahm das Mundstück aus dem Mund. «Habe die Ehre, mich zu melden. Auf Anordnung Seiner Hochwohlgeboren, des Herrn Polizeichefs, stehe ich nunmehr Euer Hochwohlgeboren zur Verfügung.»

Der Greis lächelte.

«Huch! Haben mich richtig erschreckt! Wawitsch? Herr Wawitsch?»

«Jawoll, Wiktor Wawitsch!», artikulierte Wiktor scharf und nahm noch immer nicht die Hand vom Mützenschirm. Da fühlte er sich sicher, da war er überzeugt, dass er nichts falsch machte.

«Sehr, sehr erfreut!» Der Greis streckte ihm die Hand hin. «Nikolai Arkadjewitsch schickt Sie her?»

Wiktor nahm die Mütze ab, riss mit Schwung den Handschuh von der rechten Hand, und während er dem Polizeihauptmann die pummelige Hand drückte, klackte er die Hacken – laut wie beim Billardspiel.

«Nehmen Sie Platz.» Der Polizeihauptmann steckte wieder das Pfeifenmundstück in den Mund. «Rauchen Sie?»

«Jawoll!» Wiktor nickte.

«Und ich gebe es gerade auf, hol's der Teufel, den zweiten Monat schon, Teufelszeug, das! Und so zieh ich und zieh wie ein Idiot an dieser Stange, dabei, was hab ich von der Zieherei?», sagte der Polizeihauptmann, nun schon mit jämmerlicher Stimme. «Wenn mir wenigstens jemand helfen würde! Aber alle paffen mit Fleiß, die Satansbraten! Tun wir uns zusammen, hm? Geben wir es zusammen auf, Sie und ich. Wäre wenigstens eine Unterstützung. Hm? Wirklich! Knacken wir zusammen Sonnenblumenkerne! Mögen Sie Sonnenblumenkerne? Ich werde heiser davon. Hab danach eine Stimme – wie wenn eine Bürste über eine Glatze kratzt. Und Sie – verheiratet? Tja! Wird Ihnen ganz schön langweilig werden hier.» Der Greis kniff die Augen zu. «Mädchen gibt es in der Stadt drin, hier bei uns bloß grobknochige Ware. Ist es lange her, dass Sie Warwara Andrejewna zu sehen geruhten?»

«Wen, mit Verlaub?» Wiktor neigte sich vor.

«Warwara Andrejewna? Die Gattin? Die Gattin des Herrn Polizeichefs kennen Sie nicht? Sind nicht bekannt?»

«War nach meiner Ankunft beim Herrn Polizeichef, mit Verlaub, am fünften August» – und er fügte hinzu: «dieses Jahres.»

«Folglich sind Sie also – nicht bekannt.»

«Nur jenes Mal.»

«Ehem …», sagte der Polizeihauptmann, zog am Mundstück und warf einen Seitenblick auf Wiktor. Und vertiefte sich sogleich geschäftig in die Papiere auf dem Schreibtisch. Wiktor schwieg, die Mütze auf den Knien.

Plötzlich hob der Polizeihauptmann den Kopf und schaute mürrisch zur Tür.

«Dann fangen Sie an, was sitzen Sie hier? Vom Sitzen kommt nichts, da kann man sitzen, so viel man will. Gehn Sie zum Wachhabenden» – sein Bart wies zur Tür. «Sagen Sie, der Herr Polizeihauptmann schicke Sie, zum Mithelfen.»

Und hinter Wiktor her rief der Polizeihauptmann: «Erst mal zur Probe!»

Wiktor sprang aus dem Raum und trat puterrot in den Rauch der Amtsstube.

In der Amtsstube blickten alle ihn an, offenbar hatten sie gehört, wie der Polizeihauptmann zur offenen Tür hinausrief: «Erst mal zur Probe!»

Die Fenster waren staubig, auf den Fensterbrettern lagen, wie Halden von Kadavern, dreckige Beugen besudelten Papiers. Von der Wand blickte streng ein bärtiger Alexander III. Durch die Dreckschicht im abgeblassten Goldrahmen blinkte mühsam Marija Fjodorownas Kopfputz. Unter der Tür prallte Wawitsch auf einen Hausknecht mit Buch und trat in die Wachstube. Wiktor schaute nun weder links noch rechts, er drang so schnell wie möglich zum schnauzbärtigen Quartieraufseher vor. An der Barriere suchte er nach dem Durchgang.

«Hierher, hierher», rief der Wachhabende und öffnete die Barriere.

«Vom Herrn Polizeihauptmann, zur Mithilfe», murmelte Wiktor.

Hinter der Barriere blickten alle auf Wiktor, blickten mit Neugier, wie man aus dem eigenen Tor auf eine fremde Hochzeit blickt.

«Nehmen Sie Platz, rauchen Sie.» Wiktor setzte sich an den Schreibtisch. Die Papirossa hüpfte ihm zwischen den Lippen. Noch immer hatte er den einen Handschuh an. Er starrte auf die Tischplatte und konnte nicht zu den Leuten aufschauen, die jenseits der Barriere schwatzten.

Plötzlich verstummten die Stimmen. Wiktor hatte noch nicht den Kopf gehoben, da vernahm er den vollen, klaren Bass:

«Sie sitzen ja noch? Und rauchen? Sagen Sie wenigstens Bescheid, dass meine Kutsche vorfährt.»

Wiktor stürmte hinter der Barriere vor. Die Tür schlug zu. Wiktor rannte die Treppe hinab, und auf der Vortreppe ließ er suchend die Augen wandern. Vom Tor kam der Schutzmann gelaufen.

«Die Kutsche für den Herrn Polizeihauptmann!», sprach Wiktor, außer Atem. Der Schutzmann machte eine Bewegung mit dem Kopf, und Wiktor hörte, wie Hufeisen bedächtig zu klappern begannen. Lautlos, auf federndem Gummi, kam vom anderen Straßenrand ein Einspänner angefahren. Der grüne Kutscher warf einen strengen Seitenblick auf Wawitsch.

Oben quietschte der Türschließer, die erschöpfte Polizeitür schlug zu. Sporenklirrend kam der Polizeihauptmann die Treppe herab. Ohne Wawitsch eines Blickes zu würdigen, knöpfte er sich unterm Bart den Uniformmantel zu und runzelte unzufrieden die Stirn.

«Ist vorgefahren!», sagte Wiktor, als sie auf gleicher Höhe waren; er ärgerte sich zwar, konnte den Satz aber nicht unterdrücken. Am Schreibtisch in der Wachstube dachte er:

‹Nehm ein Blatt Papier und bitte um meinen Abschied. Kujoniert mich, der Dreckskerl. Wieso vor allen Leuten?›

Wiktor suchte nach einer Betätigung. Um sich wenigstens einen tätigen Anstrich zu geben, blätterte er in den Papieren, die auf dem Schreibtisch lagen.

Der Wachhabende drehte sich um. «Die können ruhig liegen bleiben.»

Wiktors Hand zuckte zurück, als hätte er sich die Finger verbrannt.

Jetzt wusste Wiktor nicht, wohin er schauen sollte.

‹Wenn ich es bloß bis zum Abend aushalte. Halte ich es aus›, dachte Wiktor, ‹oder nicht?› Er blickte auf den Federhalter, der aus dem bekleckerten Tintenfass ragte, und zielte. Ein Griff, zwei Worte aufs Papier, und ich kann davonlaufen, wohin ich will; er schaute auf den Federhalter wie auf einen Abzugshahn – draufdrücken und Schluss. Er schüttelte sogar das Tintenfass, ob es auch mit Tinte gefüllt war. Auf dem Schreibisch erspähte er ein frisches Blatt Papier, er setzte sich daneben, legte die Hand darauf.

‹Grunja, meine Grunja!›, sagte Wiktor bei sich, und er hätte am liebsten geweint.

Plötzlich begann im Hof eine Glocke Sturm zu läuten, danach erhob sich alarmierender Lärm. Alles rannte zu den Fenstern. Auch Wiktor sprang auf und sah durchs Fenster, wie Feuerwehrleute im Hof die Pferde heraustrieben, ihnen die Riemen legten – der ganze Hof war in Aufruhr, dröhnte und polterte, und mit Alarmstimme schnitt ein hastiges Hornsignal dazwischen.

«Los, los! Nehmen Sie eine Droschke, den Feuerwehrleuten nach. Bloß schnell, bloß schnell, marsch!» Der Wachhabende stieß Wiktor gegen die Schulter.

Hals über Kopf stürmte Wiktor nach draußen.

Das Feuer war in Eile, das Feuer klumpte schwarzen Rauch über den Dächern; wie ein Bass, ein volltönender Bass, wölbte sich der schwarze Rauchklumpen. Er schwankte im Wind, auf wen sollte er niederstoßen, und die Menschenmenge wich, wogte übers Trottoir.

Wiktor stand auf dem Trittbrett des Einspänners und knuffte den Kutscher in die Flanke.

«Treib an, treib die Pferde an, verfluchter Teufel!»

Vor ihm donnerte, schepperte der Mannschaftswagen, und die Messingstimme des Hornsignals durchschnitt wie ein Messer die Luft. Kurz und klein, in Töne und Stücke, wird alles gerissen, und zerfetzt, zerhackt, schleudern es die rasenden Hufe übers Pflaster. Aufgescheucht rennen Passanten, bleiben zurück.

Bahn frei, dalli! – das Wasserfass kommt angerast. Leiter, Pumpe, die schweren Gäule sprengen, Steine spritzen, rollen davon. Außer sich hämmert die Glocke.

«Vorrr-sicht!» In voller Fahrt um die Ecke. Schwarze Passanten fegen hinterher wie Staub, alles strömt dorthin, wo bärtiger Rauch hastig sich aufklumpt.

Eine zweispännige Kalesche überholt Wiktor – der Branddirektor. Mit Helm, mit Epauletten. Der Hornist hinausgelehnt, auf dem Bock.

«Fahr zu, fahr zu!» Die Droschkenmähre jagt im Galopp.

Die Feuerwehrleute ziehen den Spritzenschlauch, es schnaubt die Dampfpumpe, Funkengarben fliegen aus dem Rohr.

«Nicht drängen, nicht drängen, sag ich!», brüllt ein Schutzmann, während die Menge immer dichter wird, als schwappte schwarzes Wasser.

Wiktor springt in voller Fahrt vom Trittbrett und rennt zu den Schutzleuten.

«Zurück! Zurück! Herrschaften! Platz da!», raunzt Wiktor atemlos. Die Schutzleute blicken sich um. Wiktor ist puterrot, glutheiß und stößt Menschen den weißen Handschuh gegen die Brust, ohne in die Gesichter zu blicken. «Platz da! Nicht drängen! Zurück!»

Schon drei Schutzleute stemmen sich mit den Hintern resolut gegen den schwarzen Menschenzaun.

«Auf den Gehsteig!»

Da schlägt die erste Flamme in bösem Sieg aus dem Fenster – die Menge stöhnt auf. Hastig tuckert die Pumpe, und über dem Lärm plärrt eine Frauenstimme. Etwas wird aus dem Fenster geschmissen, klirrt, prallt auf. Im zweiten Stock werden die Fenster eingeschlagen, klagend prasseln sie aufs Pflaster. Schon ist zu hören, wie innen das Feuer tost. Ein Helm glänzt in der Luft, da steigt ein Feuerwehrmann die Leiter hinauf. Alles schaut hoch, wie er klettert. Jemand kommt auf den Balkon gerannt, schaut hinauf und rennt schnurstracks zurück.

Und plötzlich:

«Bahn frei! Der Polizeichef!»

Eine Kalesche, zweispännig. Wiktor stand stramm, die Hand am Mützenschirm.

«Ein Saustall! Alles weg von hier! Die Straße räumen!», brüllte der Polizeichef von der Höhe seiner Kalesche. «Wer ist hier zuständig?»

«Zurück!», schrie Wiktor mit fremder Stimme der Menge entgegen und griff zum Säbel. Die Vordersten wichen.

«Weitergehn! Weitergehn!» Schon drängte ein halbes Dutzend Schutzleute, rot vor Anspannung. Die Menge gab nicht nach. Plötzlich zog an Wiktor eine hoch gewachsene Person in aufgeknöpftem grauem Uniformmantel vorbei. Die Menge wurde still. Dieser Mann blickte niemandem ins Gesicht, er schaute in die Luft, und gleichsam ohne hinzusehen, stieß er die Faust in graue Gesichter. Stieß sie wie nebenher, im Vorbeigehen, gleichgültig, traf aber mit roter Faust genau auf den Backenknochen unterm Auge. Traf ohne auszuholen, ohne Aufhebens. Er war lang, hoch gewachsen, und Wiktor sah seine Achselklappen nicht. Im Dämmerlicht beim zuckenden Feuerschein sah Wiktor ein kleines, hageres Gesicht, ausdruckslose Augen, einen schlaffen roten Schnauzbart. Und alles ringsum flüsterte:

«Gratschek, Gratschek!»

Leicht wie ein Heupolster gab die Menge nach, wo Gratschek sie zurückwarf.

Gratschek sprach kein Wort. Die rot behaarte Kinnlade war fest zugepresst. Die Schutzleute stellten sich schweigend am Trottoir entlang auf. Mit flatternden Mantelschößen begab sich Gratschek zu den Feuerwehrleuten. Er blickte nicht einmal Wiktor an, als der ihm salutierte.

Auf der Beschirrung, der Pumpe, den Helmen brannte rot das Messing, freundlich blinkte die Kalesche des Polizeichefs gegenüber dem brennenden Haus. Eine junge Dame mit Spitzenhut spähte unterm Handschuh vor zu den Fenstern hinauf, zu den bösen Flammenzungen.

Plötzlich stürzte vom Dach ein brennender Balken und zerschellte, zerstreute sich in Feuerzähnen über das Straßenpflaster. Die Pferde bäumten sich, der Kutscher riss am Zügel, während die Dame, halb aufgerichtet, sich an den Rand der Kalesche klammerte. Wiktor sprang hin, im Nu war er zur Stelle und krallte sich am Zaumzeug fest. Eisern. Seine Mütze purzelte herab, rollte davon.

«Lass los!», brüllte der Kutscher. Er schlug auf die Pferde ein. Wawitsch flog zur Seite, prallte gegen einen Baum. Die Kalesche rollte vorüber.

Ein Junge brachte ihm die Mütze, putzte sie mit dem Ärmel. Die Menschenmenge summte, lachte.

«Wer war das denn?» Der bekannte Bass. Der Polizeihauptmann, der greise Polizeihauptmann, sah zu, wie Wiktor sich die Mütze zurechtsetzte. «Schon wieder Sie!» Und der Polizeihauptmann wandte sich ab.

Wiktor drängte sich durch die Menge, stieß das Publikum auseinander. Die Leute standen immer weniger dicht. Hinter ihm tuckerte die Pumpe, knisterte das Feuer, in roten Atemzügen lohte die Straße, während Wiktor mit zitternden Knien weiter und weiter ging und der Säbel vorne baumelte und ihm gegen das Bein schlug.

Im Hotel zog der Portier tief den Hut. Wiktor blickte nicht hin. Der Portier aber rannte ihm auf der Treppe nach und sagte etwas, drückte ihm etwas in die Hand.

«So hören Sie doch, Herr Quartieraufseher.»

Wawitsch blieb stehen. Grimmig die Zähne zusammengepresst, blickte er auf den Portier.

«Ein Telegramm für den Herrn Quartieraufseher.»

Wawitsch packte das Telegramm und stürzte in sein Zimmer.

«Abholen morgen früh 8.40. Grunja.»

«Grunja, liebste Grunja», flüsterte Wiktor und presste das Telegramm ans Gesicht. «Grunja, alles sag ich dir. Grunetschka, du meine Liebe.»

Und er hätte sich gerne in Grunjas Wärme gehüllt, in ihren weichen Körper, sich hineingewickelt, um nichts mehr zu sehen. Noch fester presste er das Telegramm ans Gesicht und schloss die Augen.

Die Kerze brannte herab, doch Wiktor saß immer noch da, ohne sich auszukleiden. Er hatte die Hände auf den Tisch gelegt und den Kopf darauf gebettet, das Telegramm unter der Wange.

STRASSENLATERNEN

Andrej Stepanowitsch ging nicht seinen üblichen Heimweg. Er stellte sich das Mittagessen daheim vor, die Serviette. Ihm gegenüber Anna Grigorjewna, sicher hatte sie es schon gelesen, Sanka – weiß der Geier, was der denkt. Vollkommen unklar, was der denkt. Und er spielte in Gedanken durch, wie er nach dem zweiten Löffel heißer Suppe fragen würde: «Habt ihr gelesen?» Und wenn sie es nicht gelesen hätten, müsste er es vorlesen. Und Anna Grigorjewna würde fragen: «Stimmt das, kein einziger Jude?»

Aber dass jeder hergelaufene Dreckskerl ihn am Bart zupft auf diesem Basar und ihm die Mütze auf den Kopf haut bis zum Schnurrbart, das würde sie nicht bemerken. Wäre er ungehalten über ihre Frage, hieße es gleich: «Begreife nicht, wieso du dich ärgerst.»

Und er darf nachweisen, dass er sich nicht ärgert. Als Tiktin abgebogen war, hatte er zuerst nicht gewusst, wohin er ging, jetzt war er sich fast sicher und legte einen Schritt zu, fasste die Passanten entschiedener ins Auge. In den Häusern wurden die Lichter angezündet, davon wirkte die Straße düsterer, und wie Sternchen blitzten in der Ferne die Gaslaternen am Straßenrand auf, bald links, bald rechts. Tiktin schritt durch eine stille Straße, der Schnee lag in weißen Polsterkissen auf den Fensterbrettern, auf den Pollern am Trottoir weiche Mützen, als ruhiger weißer Buckel ragt das Vordach über einem Hauseingang, auf den zugezogenen Vorhängen stille Schatten, und so gemütlich wirkt alles hinter diesen Vorhängen – da glimmt ein stilles Fest. Tiktin tauchte in einen düsteren Hauseingang. Rechts eine Tür. Aus dem Pelzmantel fischte Tiktin ein sauberes Taschentuch und wischte sorgfältig den Schnurrbart und den nassen Bart ab, glättete und ordnete ihn, trat den Schnee von den Schuhen und drückte auf den Klingelknopf.

«Mein Gott, Andrej Stepanowitsch!»

In dem kleinen, reinlichen Vorzimmer neigte Andrej Stepanowitsch sich zum Handkuss. Marja Bronislawna lächelte froh und zufrieden und schmiegte sich in den gehäkelten Überwurf mit den Noppen. Marja Bronislawna war vierzig, kränkelte immer und las den ganzen Tag im «Ausländischen Literaturboten» und in «Gottes Welt».

Tiktin schaute, wie schön, leicht keck auf den schrägen Schultern der gehäkelte Überwurf lag und was für kluge, kluge Augen …

‹Kluges Frauenzimmer!›, dachte Tiktin und zog mit Vergnügen den Mantel aus.

‹Zweifellos keine dumme Person!› Es gefiel Tiktin, als er auf dem Stuhl neben der Couch einen Aschenbecher sah und eine aufgeschlagene dicke Zeitschrift.

‹Anna Bronislawna ist dümmer, ja, dümmer! Stimmt schon, was über die beiden geredet wird.›

Anna Bronislawna stieß mit dem Knie den schweren Sessel zum Tisch. Tiktin machte einen Kratzfuß – einen gelungenen Kratzfuß, mit altväterlicher Kavalleristengrazie.

Der runde Tisch war für drei Personen gedeckt. Tiktin wusste, dass das dritte Gedeck für den Ehemann der klugen Bronislawna bestimmt war, der erst spät von der Eisenbahn käme. Die kluge Marja Bronislawna flüsterte der Schwester etwas auf Polnisch zu, und diese holte ein weiteres Gedeck aus dem Büfett. In dem kleinen Zimmer roch es nach leichtem Tabak, vom gebohnerten Fußboden stieg der Geruch von Bohnerwachs auf, das Geschirr klirrte irgendwie nett und verwirrt unter den Händen der dummen Bronislawna, und die dumme Bronislawna stakste auch gleich auf Zehenspitzen und schlug die Augen nieder, während die kluge Bronislawna Tiktin aus großen Pupillen direkt in die Augen funkelte von ihrer Couch, die linke Schulter hochgezogen. Sie hatte sich zurechtgelegt, war bereit und schnippte malerisch die Asche in eine Muschel.

«Bitte, erzählen Sie!» Und mit dem Vorrecht der Kranken zog Marja Bronislawna die Beine an und kuschelte sich in den Schatten der Couchecke.

Tiktin runzelte bekümmert die Stirn.

«Es gibt wenig Erfreuliches.»

Marja Bronislawna zog mitleidig die Brauen hoch.

«Was ist geschehen?»

Die dumme Bronislawna verließ auf Zehenspitzen den Raum, und es war zu hören, wie sie in der Küche hinter dem Kater herstampfte.

«Die Kinder …», seufzte Tiktin, stützte das Kinn auf und blickte in die Ecke.

Auf einmal kam es Tiktin selbst so vor, als seien es die Kinder, Nadja und Sanka, als sei das die Wunde seines Herzens. Und er blickte bekümmert in die Ecke und sah aus dem Augenwinkel, wie Bronislawna sich vorbeugte, den Rauch einzog und leicht den Kopf mit dem Kurzhaar wiegte.

Bronislawna blickte auf ihre Papirossa.

«Was ist mit ihnen?», sagte Bronislawna flüsternd, ohne die Augen zu heben.

Tiktin wandte auf einmal seinen schweren Leib im Sessel um, fuchtelte mit gespreizter Hand in der Luft und sagte hitzig:

«Das heißt keinen Augenblick Ruhe, keine einzige Minute, andauernd sitze ich buchstäblich auf Kohlen. Ich weiß doch überhaupt nicht, das heißt nicht mal so viel» – und Tiktin schnippte, schnippte mit dem Daumennagel –, «nicht mal ein winziges bisschen weiß ich, was um mich herum los ist. Nicht die geringste Spur.»

Bronislawna warf den Kopf zurück und blickte aus weit geöffneten, empörten Augen, sie schüttelte leicht die Haare im Takt zu Tiktins Hand.

«Irgendwelches Geflüster», Tiktin runzelte die Stirn, «geheimnisvolle Besuche, nächtliches Fernbleiben, irgendwas ist los, irgendwas ... ja, buchstäblich, unzweideutig ... Und das bringt mich in solch einen Zustand!» Tiktin schüttelte, puterrot, die krampfhaft zugepresste Faust. «Darf ich rauchen?», fragte Tiktin mit ersterbender Stimme, nach Luft ringend, und blickte unter gekränkten Brauen hervor auf Bronislawna.

«Aber ich bitte Sie!»

Bronislawna hielt ihm die Schachtel mit dünnen Papirossy hin. Doch Tiktin griff in die Hosentasche nach seinem Zigarettenetui aus Schildpatt. Schweigend drehte er eine Papirossa in den Fingern.

«Und wieso das? Ihr Sohn?», fragte Bronislawna halblaut.

Tiktin verkrümelte Tabak, er holte tief Luft und bewegte, stramm aufgerichtet, die Faust vor der Weste.

«Ja, ja, das Unterste kehren sie einem zuoberst. Jeder Nerv liegt bloß.»

«Sowohl bei Ihnen zu Hause», flüsterte von unten Bronislawna, «und die Bank ... und die Volksbibliothek ... die Sitzungen ... Ich meine, schon vom rein menschlichen Gesichtspunkt ... Begreife ich nicht», sprach Bronislawna nachdenklich und zuckte die Schultern unterm Überwurf. Langsam blies sie den Rauch zur

Decke. «Begreife ich absolut nicht!» Sie schüttelte entschieden die Haare und drückte die Papirossa schwungvoll in den Aschenbecher.

Tiktin überlegte: ‹Soll ich sagen, dass auch noch diese Hetze …› Er hätte zu gerne gesagt, wenigstens bei sich: ‹diese jüdische Hetze›, aber nicht einmal bei sich sprach er das laut aus. Gleich würde dieser abgeschmackte Eisenbahner kommen, dann würde sich das Gespräch um vegetarische Ernährung drehen, um Innereien und darum, «mit welchem Recht Sarasate für ein einziges Konzert fünftausend verlangt».

«Ach, und noch so mancherlei!» Tiktin machte eine wegwerfende Handbewegung. Wartete. Bronislawna schwieg.

‹Sie hat es nicht gelesen›, entschied Tiktin, ‹besser, ich fange nicht davon an.›

Die dumme Bronislawna brachte einen Teller Suppe und stellte ihn vor Tiktin. «Bis das Essen fertig ist. Bitte sehr. Müssen schon vorlieb nehmen.»

Vom Teller stieg heißer Dampf auf, es roch fett nach Klößchen und Wurzelgemüse, nach fremdem Haus, fremden Speisen, und das so einschmeichelnd, einladend.

«Warum nur ich? Bemühen Sie sich nicht!» Tiktin erhob sich sogar leicht. Es schwankte der Tisch, die Suppe schwappte aufs Tischtuch. Aber die dumme Bronislawna war schon verschwunden. Während die kluge sagte:

«Warum spannen Sie nicht aus? Wenigstens einen Monat. Im Ausland. Schließlich darf man doch irgendwann auch an sich denken.»

«Einen Monat?», rief Tiktin und zog die Brauen empor. Bronislawna wartete. «Einen Monat?» Derweil umfing ihn das fremde Haus mit weichem, entgegenkommendem Essensdampf. «Keine Sekunde habe ich!» Und Tiktin wandte sich dem Teller zu, griff automatisch, mit hastiger Hand, nach der Serviette und steckte sie in die Weste. Er verbrannte sich ein wenig an der wohlriechenden Suppe, die Klößchen zerfielen willig im Mund. Nach einem halben Teller kam Tiktin zur Besinnung, aß aber trotzdem eilig weiter. Er wollte rasch aufessen und blickte auf die Uhr gegenüber an der Wand – zwanzig Minuten nach sieben.

«Anielu!», rief Bronislawna. «Nie ma pieprzu?»

«Lassen Sie, lassen Sie nur!» Tiktin wedelte mit der freien Hand. «Ich muss gehen.»

«Ale tu ten dostateczny.» Die dumme Bronislawna stand gekränkt unter der Tür, dann stürzte sie auf ein Klingeln in den Flur.

Tiktin fischte eilends nach dem letzten Klößchen und hörte, wie im Vorraum der Hausherr die Galoschen abtrat, wie er mit Aniela flüsterte. Tiktin wischte sich den Schnurrbart ab und warf die Serviette auf den Tisch.

Der Hausherr kam herein, klein, mit langem, hängendem Sakko, man konnte sehen, wie in den schlabbernden Hosenbeinen beim Gehen dünne Beinchen schwankten. Unter gekränkten, mäkeligen Lippen zog sich ein scheckiges Bärtchen wie ein Holzspan hin zum Adamsapfel.

Tiktin machte einen Schritt auf ihn zu. «Sie kommen gerade vom Dienst?»

«Ja, wir kommen von der Arbeit. Wir müssen arbeiten.» Und der Hausherr richtete seine kleinen, blässlichen Äuglein auf Tiktin, blickte mäkelig und verärgert.

Von ihm war bekannt, dass er in Minussinsk in der Verbannung gewesen war, danach Straßen gepflastert hatte. Als sie einander vorgestellt wurden, hatte jemand Tiktin ins Ohr geflüstert: «Straßen hat er gepflastert», hatte es ängstlich geflüstert, als ließe sich dieses Straßenpflastern mit nichts überbieten.

«Ja, wir müssen arbeiten», wiederholte der Hausherr.

‹Hat er nun gepflastert?›, überlegte Tiktin. Er hörte, wie der Hausherr in der Küche die Hände wusch und Aniela anknurrte.

Bronislawna schlug die Augen nieder und erhob sich traurig von der Couch.

‹Verdammt! Hätte fünf Minuten eher gehen sollen!› Tiktin ärgerte sich über die Klößchen.

Der Hausherr bat zu Tisch. «Bitte sehr, müssen schon vorlieb nehmen.»

Alle klapperten schweigend und unregelmäßig mit dem Löffel.

«Was gibt es Neues?», fragte der Hausherr, ohne den Blick vom Teller zu heben.

Tiktin schob eilends den Löffel in den Mund.

«Gegen Sie hat man geschrieben?», fuhr der Hausherr fort und schlürfte Suppe. «Jetzt werden Sie sich verneigen oder sogar um Verzeihung bitten? Habe ich Recht?»

Tiktin fing einen Blick Bronislawnas auf und begriff, dass sie es gelesen hatte, bestimmt hatte sie es gelesen.

«Also, warum sollte ich mich verneigen?» Tiktin lehnte sich im Sessel zurück.

«Die umgarnen einen, umgarnen einen» – der Hausherr ließ den Löffel im Teller kreisen –, «jammern zwar, aber umgarnen alle mit ihrem Kapital, während die anderen arbeiten.»

Der Hausherr ließ seinen Blick einen Moment auf Tiktins Brauen ruhen.

‹Er hat gepflastert.› Tiktin geriet in Wallung.

«Erlauben Sie!» Er sah, wie Bronislawnas Blick über ihn glitt. «Was da geschrieben wurde, ist abgeschmackt. Es wird viel Abgeschmacktes geschrieben, gesagt noch viel mehr. Schöpfen Sie mir nicht, ich bin satt. Am abgeschmacktesten ist vielleicht jene Rechtlosigkeit, in der sich eine ganze Bevölkerungsgruppe immer noch befindet – gebunden an Händen und Füßen. Und vielleicht» – Tiktin sprach bereits mit voller Stimme, als stünde er in der städtischen Duma –, «vielleicht bedarf es gar keines besonderen Mutes, um einem gebundenen Menschen ins Gesicht zu spucken.»

Der Hausherr wickelte mäkelig den nassen Faden von seinem Zraz und ließ sich von Aniela nicht helfen.

«Wenn sogar das Recht auf Freizügigkeit», Tiktin hob die Stimme, «über das ein jeder verfügt …»

«Zum Beispiel, in die Gegend von Minussinsk zu ziehen!» Der Hausherr schnitt akkurat den Zraz, ohne vom Teller aufzusehen.

«Dieser Weg ist, wissen Sie, auch den Juden nicht versperrt.» Andrej Stepanowitsch schüttelte den Kopf und setzte sich seitwärts zum Tisch. Er sah, wie seine Physiognomie durch den mickrigen Spiegel über der Couch huschte, hässlich wirkte sie und komisch. Tiktin runzelte die Stirn. «Aber wenn Ihnen überall ‹Jud! Jud!› entgegenschallt und Sie kein Gesicht haben, sondern mit einer Fratze, einer Fresse, einer Judenschnauze überall erscheinen müssen, da wollen wir mal sehen, was für Töne Sie dann von sich geben!»

«Versuchen Sie, auf der Börse das Wort ‹Jud› zu sagen, da wollen wir mal sehen.»

«Hätten Sie es denn gerne, dass Sie ‹Jud› rufen, Ihnen geantwortet wird: ‹Krzyżem, krzyżem padam do nóg›, und dass die sich tatsächlich vor Ihnen zu Boden werfen, die Arme zum Kreuz ausgebreitet?» Tiktin blickte nicht mehr zu Bronislawna. «Wäre das nicht zu viel?» Tiktin wiegte den Kopf. Er hatte seine Stimme bereits zu volltönender Höhe erhoben und sah den Hausherrn drohend an.

Der Hausherr wischte sich sorgfältig das Bärtchen, die Hand in die Serviette gewickelt; er packte es mit der Hand und zog es lang.

Andrej Stepanowitsch erhob sich und holte die Uhr aus der Westentasche. Er spürte nun, dass Hunderte jüdischer Augen auf ihn gerichtet waren, mit dankbarer Verwunderung und voller Reue über diesen Artikel, und er wäre ihnen einfach gerne näher gekommen. Wie gut das jetzt möglich war! So viel Wärme, und alle gemeinsam! Und wie respektvoll! Der Hausherr stand vom Stuhl auf, und wie er gesessen hatte, ohne sich aufzurichten, so verschwand er in seinem Sakko durch die Tür.

Bronislawna, ihm hinterdrein: «Der Tabak ist hier.»

Aniela stellte ganz leise Löffelchen in die Gläser.

«Tja, ich muss los», sagte Andrej Stepanowitsch. «Ich danke Ihnen.» Ein Kratzfuß vor Bronislawna. Ein Kratzfuß mit Grazie.

Aniela wischte sich die Hand am Wärmetuch der Teekanne ab und reichte sie Tiktin.

«Habe die Ehre!» Tiktin verbeugte sich zur dunklen Tür, hinter der der Hausherr verschwunden war.

«Stasiu!», rief Bronislawna. Es kam keine Antwort. Tiktin trat in den Flur.

«Der Pelz ist kalt», sagte Aniela.

«Macht nichts, macht nichts», meinte Tiktin munter. «Macht nichts!» Er suchte die Galoschen. «Hervorragend!», sagte Tiktin frohgemut und stülpte sich die große Mütze über.

Auf die Stufen hatte es knöcheltief den Schnee geweht, als weißer Buckel blähte sich das Vordach. Tiktin tastete mit dem Stock im Schnee und stieg die Stufen hinab. In dem ebenmäßigen Schneepolster verschwand die ganze Galosche, wie in Wasser, und in weißen Spritzern flog der Schnee von der Schuhspitze weg.

‹Hol ihn doch der Teufel›, dachte Tiktin über den Hausherrn. ‹Trauerklößchen!›

Er schritt kräftiger aus und schwang beim Gehen den Stock mit Schwung zur Seite. Den Pelz knöpfte er unten auf. Schritt aus wie ein junger Bursche.

Auf der Straße war es vollkommen still und leer.

Andrej Stepanowitsch wäre jetzt gerne jemandem begegnet. Aus den Häusern fiel kein Licht, und sogar sich selbst, die eigenen

Schritte, hörte Tiktin nicht. Lediglich die Laternen brannten auf der Straße, standen mit Lichthäuptern. Lebten für sich. Die Füße im Schnee. Tiktin verhielt den Schritt.

‹Das von den Kindern war unnötig›, sagte sich Tiktin. Einen Moment blieb er stehen, leicht außer Atem. ‹Hätte ich besser nicht!›

Tiktin ging durch tiefen Schnee zu einer Straßenlaterne und lehnte seine Schläfe an den gefrorenen Mast. Die Mütze rutschte zur Seite, und das Eisen kühlte Tiktins behaarte Schläfe.

Die Gedanken renkten sich ein, wurden licht und klar, flammten warm, waren lebhaft und treffend. Sie ordneten sich zu einer ruhigen Reihe.

Tiktin hätte jetzt gerne zu Hause beim Samowar Sanka und Nadja angetroffen und mit frohgemuter Wärme über die nationale Frage und was sonst noch alles debattiert.

Verdammt! Und keine einzige Droschke.

DICK UND RUND GEFRESSEN

Filipps eiskalter, gefühlloser Fuß bummerte gegen die Tür.

«Wer schon! Ich natürlich! Sperr auf, dich traktiert wohl der Teufel!»

Er hörte, wie Annuschkas verschlafene Hände umhertasteten, nach dem Riegel suchten. In der Diele umfing ihn sogleich Wärme und Stille. Nach Kohlen roch es, nach Kohlsuppe und feuchten Filzstiefeln. Filipp tappte in seine Stube und konnte lange nicht mit dem klammen Finger ein Streichholz hervorklauben. Reinlich war es in der Stube, auf dem gewürfelten Tischtuch stand das Abendessen, mit einem Teller zugedeckt. Die Lampe knisterte, flammte missvergnügt auf. Nun wurde auch die Kommode sichtbar, eine einfältige, wie aus Lehm geformt, darauf pickelhäutige Teller und verstaubte

Papierrosen. Der Flügel fiel ihm ein, wie der Lack gebrannt hatte, und der Tisch mit dem Album.

‹Wieso hab ich nur das Foto nicht rausgezogen? War doch Zeit genug.›

Filipp stand am Ofen und wärmte sich den Rücken.

‹Und wo würd ich sie überhaupt hinsetzen?› Filipp betrachtete die Stube.

Wie folgsame Holzkloben standen an der Wand zwei Stühle mit Strohsitzen. Nadja hatte er den einen hingestellt, gesagt: «Entschuldigen schon, proletarische.» Respektvoll hatte sie sich draufgesetzt.

Filipp blickte zu Boden, zum schwarzen Schatten unterm Tisch, und ständig war ihm, als käme sie in schwarzer Seide mit ihren Absätzen über diesen Boden, als würde sie auf diesem Stuhl sitzen, ja, so: die Füßchen auf der Querstrebe.

‹Wieso nicht? Gab mir doch Tee mit Warenje?›

Dort auf dem Stuhl sitzt sie, und Schluss! Filipp blickte nicht mehr hin, um stärker den Eindruck zu haben, sie säße dort. Seine Augen wurden zu schmalen Schlitzen, Filipp atmete vorsichtig. Jetzt sitzt sie dort, sitzt sie ganz dort. Filipp schloss die Augen. Ein bisschen grauslich war es schon, dass dort neben ihm, auf dem Stuhl, das schwarze Fräulein sitzt, schweigend, ohne sich zu bewegen. Die Augen fielen ihm zu. Und sie neben ihm, schaut unbeweglich vor sich hin. Die Füßchen auf der Querstrebe, die dünnen Absätze eingehakt. ‹Sitz nur, sitz, ich verscheuch dich nicht!› Filipp presste die Augen zu und rührte sich nicht. Der Ofen brannte ihm angenehm den Rücken. Schlaf mummelte mehr und mehr Filipps Kopf ein. Im Rauchfang toste der Wind, schepperte mit den Klappen. Und es kam Filipp vor, als ob er irgendwohin fährt, mit dem Zug oder so, und sie ist bei ihm. Plötzlich ein Windstoß, als ob ihm wer einen Peitschenhieb versetzt, und am Fenster sprang das Oberlicht auf, das Unwetter brach herein, das Lampenlicht knickte um und flackerte. Der Vorhang knatterte an seiner Strippe.

‹Dumme Gans, wo hat sie ihre Hände?› Filipp reckte sich über den Stuhl, dem frischen Windstrom entgegen, um das Oberlicht zu schließen. Die Bücher polterten unter der Joppe vor auf den Tisch.

Filipp fiel Nadja wieder ein. ‹Überlegen Sie, sagt sie.› Er knallte die Bücher ins Regal und setzte sich aufs Bett, um die Schuhe auszuziehen. Und ihm fiel Nadjas flinkes Händchen ein, die unruhigen Finger. Voller Mitgefühl dachte er daran.

‹Gut, gut, ich überleg es mir›, sagte Filipp zu sich selbst und zog die Decke über den Kopf. Er wusste, dass niemand mehr auf dem Stuhl saß.

Es war noch dunkel, da wachte Filipp auf. Schlimmer als gestern brauste draußen der Wind, schabte an der Wand lang, und das Fenster ächzte unter den Windstößen. Durch den Flur schlurften Annuschkas Filzstiefel, von ihrer Lampe schwappte ein Lichtstreifen herein. Die Stube war schon ausgekühlt. Filipp zündete ein Streichholz an – er hatte verschlafen. Er sprang auf den kalten Fußboden und zog sich im Finsteren die kalte Kleidung über.

Nicht einmal Tee trank er, die Tür stieß er mit dem Fuß auf und sprang eilends hinaus auf die dunkle Straße. Der Wind trieb gefrorenen, stacheligen Staub in die Augen, stürmte ihm in die Ärmel. Filipp kniff die Augen zu, beugte sich vor, bohrte sich mit dem Kopf durch das Unwetter und stapfte über die Bretterstege zur Fabrik. Im Laufschritt über die Straße, jetzt musste er bloß noch über den Platz laufen, noch stand schwarz ein Menschenhäuflein vor dem Einlass am Pförtnerhaus, da blies über die ganze Vorstadt, über Unwetter und Wind, die Fabriksirene. Filipp rannte ein Stück und ließ es sein, ging normal weiter – sowieso kam er zu spät. Die Sirene brach ab. Das Brett am Einlass wurde geschlossen.

Filipp spuckte wütend aus und fluchte. An der Fabrik leuchteten hell die Fenster, fröhliche gelbe Quadrate auf Schwarz. Und am dunklen Himmel ertasteten die Augen den schwarzen Stamm des Schornsteins am gewohnten Ort.

‹Hol's der Teufel, für einen halben Tag entgeht mir der Stundenlohn, dann soll mir der Stücklohn nicht auch noch entgehen.› So begab sich Filipp durch das Kontorgebäude in die Fabrik. An der Mauer war im Heulen des Unwetters schon zu hören, wie drinnen die Fabrik kollerte, wie jenseits der Mauer die Arbeit sich regte – ohne ihn. Filipp gab sein Metallnümmerchen am Schalter ab, und seine Schritte hallten über die Steinplatten.

An der Werkstatttür, er hatte gerade die Schwelle überschritten, lief er Ignatytsch in die Arme.

«Wie das? Meinst wohl, jeder Tag sei Sonntag?» Schon schnaubte er weiter.

«Kirchen-Kanari», sagte Filipp ihm hinterdrein. Vielleicht hatte Ignatytsch es in dem Krach gar nicht gehört.

Filipp schaltete den Motor ein, und geschäftig schlappten die Riemen. Das Werkstück von gestern drehte sich in der Maschine, und Filipp setzte mit eiliger, zupackender Hand den Meißel an. Knirschend hob sich ein Kupferspan ab, in scharfem Glanz begann das Kupfer zu blinken, ein seidiges, sattes Schillern. Filipp beobachtete aus zugekniffenen Augen, wie das Kupfer glänzte. Teufel, wie das glänzt! Der Meißel eierte, er musste ihn richten, aber Filipp konnte den Blick nicht abwenden vom Metall. Ein glänzender Ärmel aus Seide! Er wurde länger und länger. Plötzlich hinter ihm lauteres Gemurmel. Filipp blickte auf: Alle schauten, wie hastigen Schrittes, ohne jemanden anzusehen, die Augenbrauen bis aufs Pincenez herabgedrückt, zwischen den Drehbänken der Assistent des Direktors sich hindurchschlängelte. Ein Deutscher, ein ernsthafter Deutscher. Er ging hindurch, und die Werkstatt durchwehte ein Gemurmel. Wie wenn der Wind auf Bäume trifft. Schwergewichtig schritt Ignatytsch, die Hände auf dem Rücken, und nicht auf die Arbeit schaut er, sondern bohrt seinen Blick den Arbeitern in die Augen, als hielte er ihnen die Faust vors Gesicht, und alle Köpfe weichen heftig aus.

Einer von den Bürohengsten lief vorbei, trippelte dem Deutschen hinterdrein. Den umringen sie, halten ihn auf. Er zieht die Schultern hoch, wehrt ab mit den Händen. Ignatytsch kommt geschritten – den anderen lassen sie laufen, doch über den Drehbänken, über dem Geschlappe steht nun in der Werkstatt das Tosen vieler Menschen.

Filipp stellte die Drehbank ab und ging hin. Ging dorthin, wo das Tosen am lautesten war.

«In der Kesselschmiede, der Kesselschmiede!»

«Hat es einen erwischt?»

Die Leute redeten laut, um die Maschinen zu übertönen.

«Hat es einen erwischt? Wen?», rief Filipp.

«Nein, da ist was anderes.» Sie zwinkerten ihm zu. «Er kommt!» Und deuteten auf Ignatytsch.

Doch das Stimmengewirr gewann die Oberhand, das Stimmengewirr überschwemmte alles. Es war angeschwollen und blieb auf dieser Höhe, alle redeten laut, und die Drehbänke waren nicht mehr zu hören. Vielleicht standen sie auch still. Ein Bürschchen kam angelaufen, Fedja, Filipps Handlanger, und der rief seinem Filipp zu:

«In der Kesselschmiede haben sie abgeschaltet!»

Filipp ging zum Fenster und riss das Oberlicht auf.

Jemand hob den Arm und schwenkte ihn. Für einen Moment fiel das Stimmengewirr, als wäre es zu Boden gesackt. Alles schaute zum Oberlicht, zu Filipp. Und Filipp hörte deutlich, dass in der Kesselschmiede, wo es immer donnerte, als würde sie eingerissen – dass es in der Kesselschmiede still war.

Tatsächlich, still. Er nickte. Und alle begriffen, und das Stimmengewirr stieg wieder vom Boden auf, es schäumte, brodelte über den Köpfen. Ignatytsch stand neben seiner Glasbude und starrte unverwandt auf die Arbeiter. Der oder jener machte sich wieder an die Arbeit, aber das Stimmengewirr brauste auf gleicher Höhe.

Filipp beugte sich zu Fedja hinunter, doch Fedja schüttelte den Kopf, schmunzelte durchtrieben. Er schob die speckige, pfannkuchenplatte Schirmmütze bis vor auf die Nase und ging. Fedja sauste in der Werkstatt mal hierhin, mal dorthin, schielte immer wieder zu Ignatytsch, und Filipp sah, wie er hinaushuschte. Sogleich blickte Filipp sich um; unverwandt starrte Ignatytsch ihn an. Ganz offen nagelte sein Blick ihn fest. Als ob er durch die ganze Werkstatt brüllte: Da ist er! Jemand blieb stehen, verdeckte Filipp. Ignatytsch machte vier schwergewichtige Schritte, und wieder bohrte sein Blick sich wie ein Bratspieß durch Filipp. Filipp wandte sich ab und blickte auf das Kupfer. Wie eine glänzende, seidige Schlange funkelte das Werkstück.

Filipp drehte sich zu Ignatytsch um und sagte laut, obwohl er vor lauter Lärm kaum selbst seine Stimme hörte:

«Bist mir schnurzegal!» Und verließ die Werkstatt.

Im Fabrikhof wirbelte der Wind, riss Filipp die Tür aus der Hand, und nur die Lichtflecken von den Fenstern lagen als standhafte Quadrate auf der Erde. Er ging an der blinden Mauer der Kesselschmiede entlang, da kam jemand, und da wischte auch Fedja vorbei.

«Jegor?», fragte Filipp und hielt die Mütze fest. Er trat näher, erkannte ihn und fragte dennoch, direkt ins Ohr: «Jegor?»

«Ja.»

«Was ist los? Eine Provokation? Warum haben sie abgeschaltet? Hatten doch alles vereinbart.»

«Vereinbart! Vereinbart!» Jegor flüsterte wütend aus dem Dunkel. «Vereinbart, diese Schweinehunde. Kommt doch am Samstag, nach der Lohnauszahlung, so ein Dreckskerl und fordert eine Viertelkopeke pro Niet. Von allein!»

«Wer?»

«Weiß der Geier, such ihn doch! Wer! Sagen: Wir wollen selber streiken für unsre Kopeken, pack der Teufel sie am Bein! Dick und rund gefressen haben sich die Schlosser und Dreher, sagen sie. Kapierst du, wie die Maschine läuft? Da hast du es! Geh doch zu ihnen. Geh nur, geh!»

Stockfinster war es, aber es war zu hören, wie Jegor mit den Armen fuchtelte.

«Alle dick und rund gefressen, und was mit uns ist, sagen sie, interessiert keinen, wir können krepieren, während die Dreher sich schniegeln und ihren Weibern Hüte kaufen. Probier's nur, dort aufzutauchen. Kriegst eine Schraubenmutter an den Kopf. Der Deutsche hat erklärt, dass das Kontor sich absolut sperrt. Wer nicht mag, wird vors Tor gesetzt.»

«Was sind das bloß für Dreckskerle ...», hob Filipp an.

Doch Jegor schrie:

«Solche Scheißer, dass man wegen denen aber bestimmt nicht die Fabrik zum Stehen bringt! Jetzt geht alles den Bach runter. Von wegen vereinbart!»

Und Jegor zog an Filipp vorbei, stapfte grimmigen Schrittes, nur die Hosen klatschten im Wind gegen die Beine.

Durchs Fenster der Kesselschmiede war zu sehen, wie der Deutsche über einem Menschenhaufen ragte, wie er den Mund auf- und zuklappte und wie seine Hand zu überzeugen suchte. Plötzlich duckte sich der Deutsche, und neben Filipp klirrte die Fensterscheibe. Filipp sprang zur Seite. Durch die zerschlagene Scheibe drang Geschrei aus der Kesselschmiede. Der Deutsche hob beide

Arme, und das Geschrei wurde dichter, ein heiseres Gebrüll. Der Deutsche sprang hinunter und verschwand in der Menge. Filipp dröhnte es in den Ohren, er zerrte die Tür der Kesselschmiede auf, die Pforte in dem riesigen Tor, und schob und zwängte sich zwischen den Rücken und Schultern durch – sie blickten sich um, wichen aus, während Filipp sich durchboxte. Da waren Klötze aufgestapelt. Filipp kletterte hoch und richtete sich auf, schwankte auf einem runden Klotz. Mit einem Ruck zog er sich die Mütze runter und schwenkte sie überm Kopf. Schwenkte sie so verzweifelt, als raste ein Zug auf ihn zu und er müsste ihn anhalten! Und das Gebrüll riss. Riss für einen Moment. Und Filipp schrie über die ganze Kesselschmiede:

«Genossen, glaubt meinem Wort. Eine Provokation!»

«Dick und rund gefressen!», schrie jemand aus der Menge. Und erneut explodierte das Gebrüll.

Jemand zog Filipp von hinten, und er rutschte hinunter.

DER AFFE

Als Baschkin zu sich kam und die Augen aufschlug, war es ringsum finster, vollkommen finster, als hätten sie ihm den Kopf mit einem schwarzen Tuch umwickelt. Vor Schreck spürte er nicht, dass er nackt war und auf dem kalten Boden lag. Er bewegte rasch die Augenlider. Das Grauen stak in ihm wie ein kalter Stock.

‹Bin blind! Bin blind!›

In der Hektik der Angst mochte er nicht glauben, dass er unten einen Lichtstreifen sah – als habe sein Verstand sich an der Angst verschluckt, und Baschkin drehte den Kopf hastig nach allen Seiten. Vor Aufregung merkte er nicht gleich, wie es ihm hinterm Ohr wehtat, wie auf seinem Leib die Spuren der Schlüssel brannten. Er versuchte aufzustehen und schlug sich den Kopf an, presste die Hand dagegen. Es war der Tisch, der an die Wand geschraubte Tisch, an dem Baschkin sich aufzuhängen versucht hatte. Baschkin stöhnte und setzte sich auf den kalten Boden, und da spürte er, wie schmerzhaft die Schläge brannten, dass er nackt war, dass sie die Glühbirne ausgemacht hatten. Nun wusste er bereits, dass er nicht blind war, dass dieser Streifen unten der Spalt an der Tür war. Und durch den Korridor nach wie vor die trägen Absätze, als wäre nichts gewesen. In der Zelle war es kalt. Baschkin begann zu zittern, und sogleich war das Zittern nicht mehr zu bändigen, die Zähne, die Knie, die Schulterblätter hüpften, die Haut zuckte krampfhaft. Er schlotterte von Kopf bis Fuß, kriechend suchte er auf dem Boden wenigstens Stroh, wenigstens einen Lumpen. Den ganzen kalten Boden suchte Baschkin kriechend ab, von Wand zu Wand, auf schlotternden Knien. Er begann zu gehen, um sich aufzuwärmen, auch auf den Beinen schüttelte es ihn, rüttelte es seinen ganzen langen Körper, als führe er im Fuhrwerk über holperiges Pflaster. Er stieß nicht an den Hocker im Dunkeln, er kannte seine drei Schritte. Er setzte sich auf den Hocker, legte den Kopf auf den Tisch und suchte sich zusammenzukauern, zu einem Bündel zu pressen, um dieses Zittern zu unterdrücken. Für einen Moment ließ es nach, doch dann hüpfte sein ganzer Körper wie eine losgelassene Feder, und die Knie stießen schmerzhaft gegen den Tisch.

«W-w-w-w!» Baschkins Kopf wackelte.

Er fuhr hoch, als es am Guckloch schabte. Die Glühbirne an der Decke flammte auf, und Baschkin konnte sich vergewissern: Stimmt, noch dieselbe Zelle. Und durch das Guckloch schaute ein Auge, beobachtete zusammengekniffen.

«Sieh an, was für ein Affe!», sagte der Wärter vor der Tür und löschte das Licht.

Baschkin schlummerte für einige Zeit ein, und im Schlaf hörte er, wie das Guckloch aufgeschoben wurde, er spürte das Licht durch die geschlossenen Lider, schlug aber die Augen nicht auf. Er hörte, wie im Korridor die Zellen aufgesperrt wurden und wie sie an seiner Tür vorübergingen, ohne hereinzuschauen. Ein neuer Tag begann. Baschkin konnte nicht mehr sitzen, die Beine waren völlig verkrampft. Er versuchte aufzustehen und fiel sofort neben dem Hocker um. Fiel schmerzhaft zu Boden, die Beine gehorchten ihm nicht, wie spröde Federn tanzten sie, wie sie wollten.

‹Sie kommen, sie kommen, Licht!›

Die beiden, die Baschkin ausgezogen hatten, traten zu ihm, und der Ältere befahl:

«Zieh dich an!»

Der Jüngere warf Kleider auf den Tisch. Baschkin konnte sich nicht erheben, auf Knien kroch er zum Tisch. Am Boden sitzend, zog er die fremden, schmuddeligen, abgetragenen Hosen auf den nackten Körper.

«Knüpft sich auf, der Filou», sagte von oben der Ältere, «so erpicht auf die Schlinge? Kommt schon noch, das Hanfseil auf Staatskosten, kommt schon noch!»

Baschkin verstand nicht, was er sagte, das Klirren der Schlüssel ging ihm durch und durch. Mit Mühe zog er sich das schmutzige Gefängnishemd über.

«Steh auf!» Der Ältere stieß ihn mit dem Knie gegen die Schulter. «Fläzt sich breit hin.» Er zog ihn unter den Achseln hoch. Baschkin erhob sich schwankend. Die Hosen gingen ihm gerade über die Knie. Dürre, behaarte Beine ragten aus den Hosen, ein schmachvoller Anblick. Das rötliche Jäckchen war zu klein, die Ärmel reichten bis zum Ellbogen. Aber daran dachte Baschkin nicht. Mit flatternden Händen zog er die Rockschöße nach unten. Der Wärter stieß mit dem Fuß Schuhe über den Boden. Baschkin traute sich nicht, sich hinabzubeugen, und plumpste auf den Hocker.

«Los!» kommandierte der Ältere.

Baschkin hatte den zweiten Schuh noch gar nicht angezogen. Der Wärter stieß ihn vorwärts, und Baschkin verließ hinkend, mit halb angezogenem Schuh, die Zelle. Wieder stößt ihn die Hand von hinten ins Kreuz. Endlich ist er drin im Schuh. Baschkin schritt unsicher, die riesigen Schuhe schlackerten ihm um die Füße. Er zog sich am Geländer die Treppe hoch, in seinem Kopf verschwamm alles. Ein anderer Korridor, nicht der vom letzten Mal. ‹Nicht zu dem Offizier›, konnte Baschkin nur denken, und seine Beine knickten völlig ein. Der Beamte stützte ihn von hinten. Zum Sitzen aufgefordert wurde Baschkin in einem Korridor, einem halbdunklen, aber mit Parkett, mit glattem Fußboden. Er lehnte sich an die Wand und schloss die Augen. Mit einem Mal sanftes Sporengeklingel. Baschkin fuhr auf. An ihm vorüber ging ein Offizier, sein Offizier. Baschkin beugte sich vor, wollte sich erheben.

«Kommen mir mit solchen Niederträchtigkeiten, veranstalten solche Abscheulichkeiten? Jetzt können Sie es auslöffeln», sagte halblaut der Offizier. Einen Augenblick blieb er stehen, dann ging er weiter. Er schwenkte im Gehen ein Blatt Papier, als wäre es ein Fächer.

Baschkins Herz schlug laut, er spürte, wie es ohne seinen Willen mächtig pochte, von allein, wie etwas Fremdes in seiner Brust.

Ein Gendarm trat zu ihm:

«Zum Verhör!»

Baschkin konnte sich nicht rühren, bloß sein Herz beschleunigte darauf noch mehr und pumpte noch stärker.

An den Armen wurde Baschkin durch eine Tür geführt.

Ein Tisch ganz mit grünem Tuch, hinterm Tisch ein grauhaariger, würdig aussehender Oberst. Er blickte Baschkin vorwurfsvoll und feindselig an.

Ein wenig weiter weg saß sein – Baschkins – Offizier. Er sah kalt zur Seite und trommelte mit den Fingern auf Papier.

«Was, stehen können Sie nicht?», sagte der Oberst halblaut und verächtlich.

Der Offizier warf einen schrägen Blick auf Baschkin, dann trommelte er weiter und wandte sich ab.

«Bring einen Stuhl!», kommandierte der Oberst. «Soll er sitzen.»

Der Gendarm ließ Baschkin gegenüber dem Obersten Platz nehmen, einen Schritt vom Tisch entfernt.

«Ab-tre-ten …», nuschelte der Oberst langsam, den Blick in die Papiere auf dem Tisch gesenkt.

Der Gendarm verließ den Raum.

Plötzlich schoss der Oberst auf Baschkin los. «Sie heißen?»

«Baschkin, Semjon.» Baschkin versagte die Stimme.

«Also der, der die Komödie mit dem Aufhängen gespielt hat?», fragte der Oberst.

«Ganz recht.» In der Stimme des Offiziers lag Kränkung und Bedauern.

«Schöner Vogel!» Der Oberst ließ seinen Blick drei Sekunden lang über Baschkin schweifen.

Dem Verhör war jedoch nicht zu entgehen.

«Ihr Stand?»

«Kleinbürger», sagte Baschkin, nach Luft schnappend. Er hatte sich immer geschämt, dass er Kleinbürger war, aber jetzt fühlte er sich nackt, vollkommen nackt, nun war alles gleich. «Kleinbürger aus der Stadt Jelisawetgrad.»

«Ihr Alter?»

«Siebenundzwanzig», presste Baschkin hervor.

«Ihre Beschäftigung?», fragte der Oberst streng.

Baschkin atmete laut, die Brust sog die Luft ein, und das Herz pochte und pochte.

«Wissen Sie nicht? Oder erinnern sich nicht?»

Der Offizier notierte etwas auf dem Blatt.

«Trinken Sie Wasser», befahl der Oberst.

Der Offizier läutete.

«Bring Wasser!», rief er dem Gendarmen an der Tür zu.

Baschkin konnte nicht gleich einen Schluck Wasser hinunterschlucken, das Wasser würgte ihn, er hielt es im Mund. Das Glas klapperte gegen die Zähne.

«Vorwärts!», sagte der Oberst. «Also, was war Ihre Beschäftigung?»

«Stunden ... Privatstunden», sagte Baschkin. Das Wasser hatte ihn erfrischt.

«Was haben Sie unterrichtet?»

«Alles, alles.» Baschkin wiegte den Kopf.

«Alles, wie ist das zu verstehen?» Der Oberst feixte. «Absolut alles? Die anarchistische Lehre zum Beispiel?»

«Nein, nein, das nicht!» Baschkin wiegte den Kopf auf schwachem, zittrigem Hals. «Nein, nein ...» Baschkin bemühte sich sogar, spöttisch zu lächeln.

«Woher wissen wir das? Sie sagen ‹nein›. Aber das ist ja kein Beweis. Von wegen ‹nein› – auch morden kann man und hinterher nein sagen.»

«Fragen Sie meine ... meine Schüler. Algebra, schlichte Algebra, Russisch, Latein. Fragen Sie nur.»

«Zu schweigen haben Sie ihnen jedenfalls beigebracht?», fragte der Oberst. Er stellte den Ellbogen auf den Tisch, stützte den Bart ab und fixierte Baschkin aus zugekniffenen Augen.

«Schweigen? In welchem Sinn? Unsinn schwätzen lasse ich sie nicht, nein, schwätzen, das nicht, nein.»

«Dann brauchen wir sie auch nicht zu fragen, schweigen können sie also ...»

«Das meine ich nicht! Mein Gott! Ich sage doch nicht ...»

Baschkin erhob sich sogar vom Stuhl. Er konnte nicht sprechen, atmete unregelmäßig. Er griff nach dem unausgetrunkenen Glas und schluckte laut.

«Trinken Sie, trinken Sie aus, das kann nichts schaden», sagte der Oberst böse, voller Hohn. Der Offizier schrieb.

«Ja. Ich weiß davon überhaupt nichts ... Das heißt, ich weiß etwas ganz anderes ... Ich denke anders. So jedenfalls nicht ...»

«Wie denn?» Der Oberst legte beide Ellbogen auf den Tisch, bereit, zuzuhören. «Wie denken Sie denn? Nun?»

Baschkin griff erneut nach dem Glas. Es war schon leer.

«Ich denke», begann Baschkin, konnte jedoch seine Gedanken nicht sammeln. «Der Herr Offizier weiß, wie ich denke.»

Baschkin beugte sich in Richtung des Offiziers. Der Offizier strich sich jedoch über seine Hand mit dem Fingerring und schaute Baschkin aus leeren und festen Augen an.

«Hätten Sie, mit Verlaub, die Güte, jetzt und hier darzulegen, was Sie denken? Nun?» Der Oberst kaute auf seinen Lippen, davon bewegte sich der Schnauzbart, wie eine weite Klammer bog er sich nach oben. «Genug mit dem Wasser herumgefuhrwerkt», beschied der Oberst streng – Baschkin hatte sich wieder nach dem Glas gereckt. «Oder ist es peinlich, etwas zuzugeben?»

«Ich denke, dass der Anarchismus nicht vonnöten ist ...», begann Baschkin.

«Vonnöten ist vielmehr der Sozialismus, ja?»

‹Was für ein Blödsinn, ach, was für ein Quatsch, was rede ich?›, dachte Baschkin. Er spannte sein Gehirn an, schluckte Speichel. Aber die Gedanken stoben auseinander und lärmten wie Schrotkügelchen auf nacktem Boden. Das Herz pochte, und er wollte nur trinken, trinken.

«Nein, nein!» Baschkin wackelte mit dem Kopf. «So denke ich nicht.»

«Aber erlauben Sie!» Der Oberst sperrte unterm Schnauzbart laut und weit den Mund auf. «Und das hier? Erlauben Sie mal!», wandte er sich an den Offizier.

Der Offizier erhob sich und reichte mit höflicher Hand ein großes Heft. Baschkin erkannte sein Album. Das Blut schoss ihm unaufhaltsam ins Gesicht. Es sauste ihm in den Ohren. Und wie von weit her vernahm er die Stimme des Obersten:

«Und wie wollen Sie uns das erklären?» Er setzte das Pincenez auf. «Das hier. Ah ja, da ist es.» Und las vor: «‹Vonnöten ist eR und eS.› Mit Verlaub. Also, wie?» Er blickte über das Pincenez auf Baschkin.

Baschkin wehrte kopfschüttelnd ab, er biss sich wie vor Schmerz auf die Lippe, sein Fuß zappelte über den Boden. Es fiel ihm nicht einmal gleich ein, was dieses «R. und S.» bedeutete, aber er sah, wie es dort geschrieben stand, und davon konnte man nicht sprechen, das war … Er ruckte mit dem Kopf und zog die Brauen hoch.

«Also?», fragte der Oberst. «Es fallen Ihnen einfach keine Wörter auf eR und eS ein? Und hätten Sie die Güte, uns das zu erklären? Das da: ‹Vonnöten ist n. l.› Wie sollen wir das zum Beispiel entziffern?»

Der Oberst nahm das Pincenez ab und klopfte damit aufs Papier. Baschkin schwieg, rutschte auf dem Stuhl.

«Gleich von Lähmung befallen? Warum so schwächlich? Erlauben Sie, dass ich es Ihnen deute.» Der Oberst hob die Stimme, und die Stimme stob durch den Raum und hing über Baschkin. «Gestatten Sie, dass ich das folgendermaßen entziffere: ‹Vonnöten ist n. l.› – nun loszuschlagen. Und weiter: ‹Vonnöten sind R. und S.› – das heißt Revolution und Sozialismus.»

Baschkin klappte der Kiefer herab, er sprang vom Stuhl auf, schwenkte den bis zum Ellbogen nackten Arm, und – zack! zack! auf den Tisch, mit der Faust auf das grüne Tuch.

«Nein, nein!», bellte Baschkin heiser, und dann schrie er: «Auweh! Auweh!»

Er wusste selbst nicht, dass er «auweh!» schrie. Er fegte das Glas zu Boden und sackte auf den Stuhl. Er war in Ohnmacht gefallen.

Sanka konnte nicht mehr stehen, hielt es nicht mehr aus. ‹Hat nicht geheißen, nicht geheißen!›, äffte er den Büroboten nach, und hochrot, ohne jemanden anzusehen, rannte er, immer zwei Stufen auf einmal, in der Bank die Treppe hinunter. Ihm war, als wüssten alle, dass er mit langer Nase abzog. Den Studentenmantel aufgeknöpft, raste Sanka, was das Zeug hielt, die Straße lang, überquerte schräg, durch den Schnee, andere Straßen. Die Tür des Pfandhauses krächzte, als er sie aufriss, hinter ihm schnaubte der pneumatische Türschließer. Sanka hatte sogleich die «Annahme goldener und silberner Gegenstände» erspäht und nahm im Gehen die Uhr ab. Zwei alte Frauen flüsterten neben einem Bündel auf der Bank. Eine Dame mit Sealmantel zwitscherte durch den ganzen Saal:

«Ich brauche es nur für fünf Tage, bis mein Gatte zurückkehrt.»

«Zweiunddreißig, hab ich gesagt.» Am Schalter klirrten Ohrgehänge auf die Theke. Die Dame lächelte, blickte sich um und drehte den Kopf, als müsste sie durch Schmutz schreiten – und wer reichte ihr die Hand? Sanka erkannte Mirskajas Gesellschafterin, erkannte sie an den bösen Augen, die von dem Lächeln abstachen.

Der Taxator klemmte sich den Stumpf mit der Lupe ins Auge, Sanka blickte sich derweil nach der Gesellschafterin um. Sie ging in eine Ecke, und dort erhob sich von der Bank, ihr entgegen, eine Dame in schlankem, samtbesetztem Pelzmantel. Die Pelzkappe saß leicht verwegen auf dem Kopf. Die schwarzen Augen blickten hochmütig und liederlich. Sanka erkannte Mirskaja.

«Was ist, zu wenig?», sagte Mirskaja mit Bruststimme durch den ganzen Saal. «Bring auch das hin. Wir müssen ihm helfen.» Mirskaja reckte die Hand aus dem Ärmel, und mit der anderen machte sie die Armbänder ab.

Alles hatte sich umgedreht und blickte auf diese hochgereckte Hand.

«Hier, bring hin!» Mirskaja schüttelte die geöffneten Armbänder von der Hand, die Anhängsel und Kettchen klimperten. Die Gesellschafterin fing sie auf, steckte sie in den Muff und stellte sich wieder in die Schlange.

«Acht Rubel, wollen Sie?», sagte der Taxator zu Sanka.

Sanka kam zu sich. «Ja, ja, geben Sie her.» Er schaute zu Mirskaja. Nie hätte er gedacht, dass sie eine solche Dame sein könnte, eine richtige schicke Dame, keine Spur aufgedonnert, streng elegant. Höchstens, dass der Gang übermäßig arrogant, der Blick zu direkt und provozierend war. Sanka wollte unbedingt in diese Augen sehen. Einen Blick hineinwerfen und weitergehen. Mirskaja wanderte im Saal auf und ab, wartete auf ihre Hexe. Sanka ging mit der dreieckigen Gutschrift zur Kasse. Er blieb einen Moment stehen und sah sich nach Mirskaja um. Plötzlich spürte er, dass nicht Mirskaja, wohl aber ihre Augen ihn erkannt hatten. Mirskaja schritt gemächlich, die Hände im Muff vergraben.

Sanka wollte sich abwenden, weitergehen. Aber Mirskaja fragte halblaut:

«Was ist, hast dein Geld versoffen?» Sie erkundigte sich ernsthaft, wie nach einer Krankheit.

«Muss einem Kameraden helfen», sagte Sanka. Konnte nicht anders, als es zu sagen.

«Ich auch, Offizierus, der Dummkopf, hat sein Geld an Falschspieler verloren. Sitzt bei mir und weint.» Mirskaja trat nah zu Sanka. «Halte mal den Muff.» Ohne hinzuschauen, streckte sie ihm die Hand mit dem flauschigen Pelzmuff hin.

Sanka steckte seine Hand in die weiche, seidige Wärme, ertastete ein Portemonnaie und ein Taschentuch. Während Mirskaja, die Arme erhoben, den Schleier an der Pelzkappe festmachte.

«Hängt nicht schief?», fragte Mirskaja und schaute Sanka in die Augen. «Hast dich verliebt?»

«Ja», sagte Sanka, sicher und ruhig.

«Ist sie hübsch?» Mirskaja streckte die Hand nach dem Muff aus.

Sanka nickte. «Eine Schönheit.» Und beeilte sich nicht, den Muff zurückzugeben. Er schaute und schwieg.

«Komm zu mir, ich leg dir die Karten. Dann siehst du, wie es ausgeht. Komm tagsüber, so um ...»

Die Gesellschafterin trat dazwischen. «Zweihundertvierzig haben sie geboten, ich hab angenommen.»

«Na schön», sagte Mirskaja laut. Sie steckte die Hand in den Muff, drückte darin Sankas Hand und schritt zum Ausgang. Unter der Tür warf die Gesellschafterin Sanka einen böse funkelnden Blick zu.

Von der Kasse schrie jemand aus der Warteschlange:

«Hundertdreiundzwanzig, wer hat das?»

Sanka blickte auf das blaue Papier und rannte zur Kasse.

Jetzt hatte er einundzwanzig Rubel im Portemonnaie, es fehlten vier und ein paar Kopeken zum Verschicken. Unbedingt heute noch! Sanka drückte leicht den Ellbogen gegen die Stelle, wo in der Tasche die Hutnadel steckte. Was könnte er verkaufen? Es blieb eigentlich nur die «Theoretische Chemie». Mirskaja dagegen, Mirskaja, wie sie die Armbänder ... Sanka machte sich atemlos auf den Heimweg.

‹Das Geld beschaff ich, ums Verrecken!›, sagte sich Sanka atemlos und rannte fast über das glatte Trottoir. ‹Leg dir die Karten, sagt sie. Erst muss ich das Geld beschaffen – fünfundzwanzig, hat er selbst gesagt, es muss also sein, fünfundzwanzig. Nicht, weil er es gesagt hat, sondern weil es sein muss.›

Sanka suchte sich im Bücherschrank die Bücher aus, die er gern mochte, die besten. Eine ganze Beuge lag schon auf dem Schreibtisch, davor hockte Sanka in Mantel und Mütze und fuhr mit dem Finger rasch über die Buchrücken.

‹Nicht fünfundzwanzig, sondern dreißig, vierzig Rubel schicke ich!›

Er stand auf, holte tief Luft und musterte gierigen Blickes das Zimmer. In der Ecke blinkte die Ikone der Verkündigung mit silbernem Beschlag und goldener Aureole. Sanka drehte den Schlüssel im Türschloss um, rollte den Sessel näher und stellte sich auf die Lehne. Er hängte die Ikone ab und nahm sogleich auch die Mütze ab. Mit dem Schmucktuch wischte er den Staub vom Heiligenschränkchen und zog hastig die Ikone heraus. Über den samtigen Rand bog sich der dicke, mit Nägeln befestigte Beschlag. Sankas Hände zitterten, er sputete sich, mit dem Papiermesser löste er die Nägel. Und legte eine Ikone in ruhigem, rührendem italienischem Stil frei, heraus kam ebenjene Muttergottes, der er als Kind auf Knien, neben dem Bett, alle Kränkungen geklagt hatte, dabei hatte er geweint vor Mitleid mit sich selbst – ihm wurde warm von jenen Tränen. Damals war ihm, als würde sie ihn bedauern und trösten und sagen, er sei ein guter Junge und sie liebe ihn, obwohl alle gegen ihn sind, weil er mit dem Gürtel von Papas Schlafrock gespielt hat. Im Hof, mit den anderen Jungen, und nach dem Spiel hat er ihn weggeschenkt.

Jetzt war die Ikone gleichsam enthüllt, war ihr Herz enthüllt, und Sanka erblickte mit einem Mal, was unter dem Beschlag wie unter einem Panzer geblüht hatte. Vom Tisch blickte der Beschlag blind aus seinen Schlitzen. So war es besser, aber so durfte es nicht bleiben, es war, als hielte der verborgene, geheimnisvolle Zauber die Entblößung nicht aus.

‹Ich kauf ihn zurück›, entschied Sanka. ‹Kauf ihn unbedingt zurück.› Er stellte die Ikone ins Heiligenschränkchen, bekreuzigte sich rasch und hängte sie wieder an ihren Platz, ohne der Ikone noch einmal ins Gesicht zu sehen.

Die Bücher packte er in Zeitungspapier, den Beschlag schob er unter den Mantel und sprang hinaus ins Treppenhaus.

Die Pfandleihe schloss um vier, er musste sich sputen.

Unterm linken Arm trug er das schwere Bücherpaket, mit dem rechten stützte er unterm Mantel den Beschlag. Er sauste im Sturmschritt die Treppe hinab. Unten hörte er Stimmen. Nadjas Stimme:

«Für dich ist das am günstigsten. Ebendeshalb, weil es dich überhaupt nicht betrifft. Eine junge Dame, nichts weiter.»

Sanka blieb stehen, und sein Herz blieb stehen.

Ihm entgegen kamen Nadja und sie. Sie ging eine Stufe hinter Nadja, und Nadja stieg zurückgewandt die Treppe hoch und sah Sanka nicht. Tanja blickte Sanka direkt und unverwandt in die Augen – schwarz im weißen Winterlicht, vor der weißen Wand, und wie eine Messerklinge ragte eine spitze Feder aus dem winterlichen Hut.

Nadja wandte sich heftig nach vorn, Tanjas Blick nach.

«Ach», sagte Nadja, «wo willst du denn hin?» Und lächelte herablassend. «Darf ich vorstellen: mein Bruder.» Tanja blieb vor Sanka stehen, blickte ihm einen Moment in die konfusen Augen und streckte ihm dann die Hand hin.

Sanka ergriff ihre Hand im schwarzen Handschuh, ergriff sie unbeholfen, als nähme er ein Buch zur Hand; der Beschlag begann zu rutschen, und Sanka presste den Ellbogen ungeschickt gegen den Bauch. Tanja lächelte leicht. Sie folgte Nadja, und vom Treppenabsatz blickte sie zurück. Sie drehte den Kopf, blickte von oben über die Schulter, und plötzlich war es Sanka, als blitzte Vertrautheit und Zuneigung auf, als fiele das grausame Silber ab. Doch nur einen Moment, nur einen Moment. Sanka stand in unbeholfener Pose, hielt sich den Bauch. Der Beschlag war schon tief gerutscht, er konnte sich nicht rühren, wartete, bis sie verschwanden. Nadja traf mit dem flachen Schlüssel ewig nicht in den Schlitz.

‹Jetzt ist alles, alles aus›, fuhr es Sanka durch den Sinn. ‹Nie mehr wird sie so schauen. Ein Geschenk, das ich nicht anzunehmen verstand, jetzt bereut sie, dass sie zurückgeblickt hat. Nun ans Werk, und sonst nichts mehr.› Sanka lud sich das schwere Paket auf die Schulter und machte lange, ausgreifende Schritte. Spuckte zur Seite aus. Wie etwas Fremdes regte sich launisch die Hutnadel mit der Lilie, wenn Sanka gegen den Beschlag drückte, der sich unterm Mantel wölbte. Seine Ohren waren taub, wie durch Watte drang zu ihm das Geplapper der Leute. An einem Uhrengeschäft sah Sanka – es war halb vier.

«Willst dir einen Zwanziger verdienen?», sagte Sanka zu einem Droschkenkutscher, sagte es mit derber Kärrnerstimme. «Willst du nicht, dann steh, bis du schwarz wirst.»

Der Kutscher blickte grämlich und wies wortlos mit dem Kopf auf den Sitz.

Auf der Straße war es dämmergrau, als Sanka aus dem Pfandhaus kam. Für den Beschlag hatten sie ihm achtundzwanzig Rubel gegeben. Die Kärrnerstimme wich ihm nicht aus der Kehle, Sanka beschimpfte Antiquare und schlug Glastüren zu. Per du schrie er:

«Schmier mich doch nicht an! Ist das etwa gestohlen?»

Er spuckte auf den Boden, ließ Bücher auf den Ladentisch knallen. Nun waren es schon über fünfzig Rubel.

‹Jetzt verschicken! Aber wie verschicken?›, sagte sich Sanka mit derselben heiseren Kärrnerstimme. ‹Weiß ich denn noch, an wen? Golowatschow, Golowljow, Golowin – ach, dem Teufel in die Fresse.› Und es mochte ihm nicht einleuchten, dass das Geld an Golowtschenko, den Lehrer Golowtschenko, geschickt werden musste, und der würde schon wissen, dass es für Aljoscha war. Sanka beschloss, in die Vorstadt zu gehen und Karnauch das Geld auf den Tisch zu klatschen – schickt es doch selber, weiß der Teufel, bringe zuletzt nur noch die Golows durcheinander. Sanka stellte den Kragen hoch, begann zu rauchen. Er steckte die Hände in die Taschen, und die Schultern hochgezogen, drängte er sich ins Menschengewühl, das als schwarzer Strom über die weiße Straße floss.

BEI DER ALTEN

Taissa kniete auf dem Teppich am Kopfende von Mutters Bett. Im Zimmer herrschte Halbdunkel, der Laternenschein von der Straße überzog als bizarrer Stern die zugefrorenen Fensterscheiben.

«Mamulja», flüsterte Taissa und rückte das Kopfkissen zurecht, «liebste Mamulja. Unser Wiktor heiratet, glaube ich. Was ist das? Doch keine Wanze? Nein, sah bloß so aus», haspelte Taissa flüsternd und zupfte an der Decke, kroch auf Knien über den weichen Teppich.

«Wen denn, wen?», fragte laut die Alte und wandte das Gesicht auf dem Kissen. «Wen denn nur?»

«Ist noch nicht bekannt», murmelte Taissa, «die Sorokina, glaube ich, die Grunja.»

Und Taissa sah, dass die Alte sich anstrengte, den Kopf zu heben, um ihr, Taissa, in die Augen zu schauen.

«Wer ist das denn? An die erinnere ich mich nicht. Eine von hier?»

Taissa nickte.

«Was hat er sie denn nicht hergebracht, nicht vorgeführt? Nun ja, heut machen es alle so.» Der Kopf der Alten versank wieder im Kissen, und Taissa merkte nicht gleich, dass die Alte lautlos zu weinen begonnen hatte. Unbeweglich erschien das weiße Gesicht im Halbdunkel, nur zwei Tränen glänzten im Laternenschein.

Taissa holte tief Luft. «Mamotschka», sagte sie, «meine kleine, meine liebe. Wiktor schreibt, er bittet um deinen Segen. Mamotschka, meine beste» – Taissa küsste die Alte auf die nassen Augen –, «sie mag dich gern, sie ist eine Brave, Schöne, Gute. Und groß, so groß!» Taissa sprang auf die Füße und deutete mit der Hand eine Armlänge über sich hinaus. Die Mutter drehte den Kopf und schaute, schaute aufmerksam, was Taissa zeigte. «Sie mag dich sehr …»

«Was denn, mag mich …» Die Alte schüttelte schwach die gesunde Hand. «Und kommt nicht einmal. Wie kann sie mich mögen, ohne mich gesehen zu haben? Lieber Gott, gütiger Jesus Christus!», sagte die Alte, und ihre Lippen zuckten vom Weinen. «Lieber Gott, ich ginge ja selber, wenn ich nicht als Krüppel … was ist das nur? Herr im Himmel!»

«Mamenka, liebe!» Taissa hatte einen Kloß im Hals. «Sie fürchtet sich bloß, wirklich wahr. Sie möchte, aber fürchtet sich. Erlaub es, und sie kommt. Sie möchte unheimlich gern, Mamenka!»

Taissa rannte hinaus, rannte so hinaus, als würde im Vorzimmer Grunja nur darauf warten, dass sie gerufen wird. Im Laufen knöpfte Taissa ihr Mäntelchen zu, schlang ein gehäkeltes Tuch um den Kopf. Der frostkalte Brettersteg knackte. Taissa rannte beinahe die Straße hinauf. Sie lief quer über den Platz, und erst da steckte sie die Hand in die Tasche. Ein einziges Zwanzigkopekenstück war in eine Ecke des Taschentuchs geknotet.

«Für einen Zwanziger zum Gefängnis», sagte Taissa zu einem Droschkenkutscher.

«Da müssen Sie sechs Zehner hinlegen!» Der Kutscher spuckte

die Wörter laut hinaus in den Frost, und die ganze Kutscherreihe regte sich, schaute her.

Taissa ging die Reihe entlang.

«Wohin wollen Sie denn?»

Aber sie schwieg bereits und schritt schneller aus. Auf einmal eine Stimme direkt am Ohr.

«Ist etwas passiert? Nein? Nichts passiert?»

Taissa wandte rasch den Kopf – er war es, er, Israil. Ihr Herz begann zu pochen, wie wenn es vorher gar nicht da gewesen wäre.

«Nein, ganz ohne Spaß», sagte Israil und schritt nebenher, mit dem einen Bein ausholend. «Vielleicht ein Schlamassel? Woher weiß ich?»

«Oh, ich muss ganz schnell», sagte Taissa außer Puste und fußelte noch rascher.

«Wohin soll es gehen?», rief der letzte Kutscher.

«Wohin? Schließlich und endlich! Wohin soll es gehen?» Israil fasste Taissa am Ärmel. Taissa schaute ihn an, lächelnd und heftig atmend.

«Zum Gefängnis, zum Gefängnis!»

«Wie?» Israil beugte sich vor. «Sitzt da jemand von Ihnen?», fragte er flüsternd. «Nein? Was dann?»

«Dort wohnt meine Freundin, meine Freundin», sagte Taissa, «zum Aufseher, zu Bekannten», schnatterte Taissa. Israil zog sie immer noch am Ärmel. «Ich muss schnell, schnell» – und Taissa wollte weiter. Aber Israil lächelte und ließ den Ärmel nicht los.

«Komm her!», rief er dem Kutscher zu. «Zum Gefängnis und zurück für einen Fuffziger. Wie? Ist doch eine Flasche reiner Wodka und eine Salzgurke obendrein. Was ist? Setzen Sie sich!» Israil stieß Taissa in die Droschke. «Werden wir uns schon einig, fahr zu!»

Die Droschke fuhr los. Auf dem schmalen Sitz drückte Israil sich an sie und umfasste Taissas Taille mit dem Arm.

«Nicht … Wozu? Ich geh zu Fuß», sagte Taissa.

«Bleibt sich doch gleich!», sagte Israil fröhlich und schützte Taissa fürsorglich vor entgegenkommenden Deichseln. Taissa hielt den Kopf gesenkt und sah auf ihre Knie.

Sie fürchtete sich, nach links und rechts zu schauen, es kam ihr vor, als wären alle Bekannten aus den Häusern geströmt und stünden nun in Reih und Glied am Bürgersteig. Stünden da und sähen ihr nach. Es kam ihr vor, als stieße sie gegen diese Blicke, als peitschten sie ihr in die Augen wie Zweige im Wald.

Gut, wie gut, dass Israil sie wenigstens auf der linken Seite verdeckte! Taissa ruckte mit dem Kopf, damit das Tuch weiter in die Stirn rutschte.

«Kutscher!», sagte Israil fröhlich. «He, Kutscher! Den Weg ins Gefängnis kennst du? Ja? Kennst ihn von allein, aha, das ist gut. Wieso? Besser, als wenn dir jemand den Weg zeigt dorthin.»

Sehr fröhlich, wie in der kräftigen Frostluft Israils Stimme trillerte, und Taissa lächelte. Sie blickte auf die Schlittendecke, wie der Schnee darauf im Licht der Laternen aufblitzte.

Schon wehte der Stadtlärm wie ein leichtes Wölkchen hinter ihnen, die Schlittenkufen knirschten und krächzten ernsthaft über frischen Schnee. Trübe Schneedüsternis floss links und rechts. Israil rückte näher und griff Taissa noch kräftiger um die Taille.

«Fürchtest du nicht, dass du Banditen fährst? He, Kutscher?»

«Wär ja schön, mein ich, wenn Banditen von selber ins Gefängnis fahren würden. Heda!» Der Kutscher holte über dem Pferd aus.

«Ist Ihnen nicht kalt an der Seite?», fragte Israil und packte Taissas Mäntelchen, knüllte es in der Hand, sodass Taissa seine Finger spürte. «Ist ja hauchdünn! Sie werden doch zum Eiszapfen!» Israil sagte es mit solchem Entsetzen, dass der Kutscher sich umdrehte.

«Macht nichts, mir ist es warm, sehr gut», sagte Taissa.

«Zu zweit wird einem besonders schön warm», sagte der Kutscher und ruckte an den Zügeln.

«Nu, Kutscher, lass laufen, ich geb dir einen Zehner Trinkgeld.»

«Macht nichts, macht nichts, wir schaffen es», flüsterte Taissa. Israil rieb kräftig und ohne Hast Taissas Flanke.

«Schöne Geschichte, in so einem Übergangsmäntelchen. Hätte es nicht noch gereicht für ein bissl Wattierung?», murmelte Israil.

Wie Kohlen im Feld glühten in der Ferne die roten Fenster des Gefängnisses. Der Kutscher zog dem Pferd eins über. Taissa warf es nach rückwärts, doch Israil hielt sie fest und drückte sie gleich noch stärker an sich. Und Taissa lehnte sich einen Moment gegen ihn, ganz ohne zu überlegen schmiegte sie sich an und schloss im Dunkeln die Augen. Vor der ganzen Welt nahm Israil sie in Schutz mit diesem Arm, der sie umfasst hielt und breithändig festhielt und warm hielt, mit einem festen Tuchärmel, einem dicken Wollhandschuh. Nur einen, einen einzigen Moment schmiegte Taissa sich an und verharrte reglos – so schön, so friedlich. Israil ruckte an der spitzschnäbligen Melone und blickte von oben, über den hochgeschlagenen Kragen. Einen Moment.

Der Kutscher drehte sich um. «Und wohin genau?»

«Dorthin, dorthin», rief Taissa atemlos und wedelte mit der Hand aufs Geratewohl durch die Luft.

«Zum Aufseher, das ist da lang.» Der Kutscher deutete mit der Knute in die Finsternis.

«Laufen Sie nur, mir ist nicht kalt.» Israil machte die Schlittendecke los. Taissa stapfte auf Eisbeinen zu Grunjas Pforte und hörte, wie Israil fröhlich sagte:

«Rauchst du, Kutscher?»

Sie hatte vergessen, dass sie zu Grunja rannte; sie rannte, um möglichst schnell Atem zu schöpfen nach dem, was gewesen war.

Taissa riss an der Pforte, es quietschte das gefrorene Eisen, laut schnappte hinter ihr das Schloss. Im weißen, dämmrigen Schnee war kaum der Pfad zu sehen, plötzlich wurde die Tür über der Vortreppe aufgerissen, ein grell erleuchtetes Quadrat, und in dem hellen Quadrat Grunjas große, schwarze Silhouette.

«Wer da, wer da?», sang Grunja von der Schwelle.

«Ich!», hauchte Taissa noch im Laufen, und mit zwei Schritten war Grunja von der Treppe gesaust, fand Taissa, fasste sie bei der Hand und zog sie mit. An den Stufen stolperten die ungehorsamen Beine, schon waren die beiden in der grell erleuchteten Küche, und Grunja küsste mit heißem Gesicht Taissas Frostwangen und drückte sie so, dass es ihr den Atem benahm.

«Taissa! Mein Herz! Mein Herz! Taissa!»

Dann hielt sie sie an den Schultern von sich weg und schaute sie aus nassen Augen an und atmete tief und heftig.

«Fahren wir … zu Mutter … sie hat es geheißen, schnell. Wiktor hat es geheißen», stammelte Taissa und lächelte. Und Grunja sah, wie in ihren Pupillen sich das Glück regte.

«Schnell, schnell, wir werden erwartet!» Taissa stieß Grunja, damit sie ihr nicht so in die Augen blickte. Und Grunja stürzte zu ihrem Pelz.

Grunja rannte um das Vorgärtchen herum, rannte, den Pelz gerafft, einen Fuchspelz, noch von der Mutter. Mit den Schlüsseln klopfte sie ans Gefängnistor, reichte die Schlüssel durchs Fensterchen:

«Gib sie Vater, sag, bin in die Stadt …» Und auf ungebahntem Weg, durch Schneewehen, kam sie in weiten Sprüngen zur Droschke.

«Guten Abend!» Aus dem Schlitten heraus lüpfte Israil die Melone und reichte Grunja die Hand. «Freut mich. Was ist das? Eine Flucht aus dem Gefängnis?»

«Drei, auch das noch! War nicht abgemacht», brummte der Kutscher, «das macht ja schon von hier aus einen Rubel.»

«Meinetwegen, einen Rubel», sagte Grunja und stieg eilends in den Schlitten.

Sie setzte sich, drängte Israil ganz an den Rand, fasste Taissa und pflanzte sie sich auf den Schoß.

«Fahr zu, zwei Rubel!», kommandierte Grunja.

Das Pferd riss den angefrorenen Schlitten los. Taissa presste Grunjas Hand, und Grunja tat es ihr gleich. Beide begriffen: zu Hause kein Wort davon.

Ein leichter Wind blies von hinten, und alles schien still zu sein. Israil hielt sich an Grunjas Rücken fest. Die Kufen quietschten fröstelig, und dumpf stampfte das Pferd. Es stampfte das Herz, heiß stampfte es in Grunjas Brust. Und Grunja drückte Taissa stärker an sich, ganz fest, um sie nicht fallen zu lassen. Wie ein schwarzer Teufel ragte seitlich, auf dem Balken, Israil. Alle schwiegen. Nur der Kutscher feuerte das Pferd an.

«Kennen Sie das?», sagte Israil auf einmal fröhlich.

Taissa wandte sich um. Grunja atmete heiß.

«Es geht so!», sagte Israil und holte tief Luft. Er begann in der Frostluft zu pfeifen. «Es liegt eigentlich ein bissl höher, in e-Moll, aber das geht mit den Lippen nicht. Vielleicht, Gott wollte es mit den Lippen hinkriegen.»

Sie schwiegen eine Zeit lang.

«Noch was!», sagte Grunja, nach Luft ringend, und sah zu der Melone überm hochgeschlagenen Kragen.

«Was noch?» Israil rieb sich mit der freien Hand das Ohr.

«Dasselbe!», sagten Grunja und Taissa wie aus einem Mund.

Israil pfiff genau, präzis, er pfiff, als hätte er sein Instrument zwischen den Lippen.

Verschlafenes Licht stand als trübe Mütze über der Stadt. Hinter einer Biegung sprühten Lichter. Warmes Tosen aus den Straßen. Israil stellte das Pfeifen ein.

«Die Beine sind mir verfroren, schrecklich!» Er sprang vom Schlitten und lief nebenher. «Warte, Kutscher!», rief Israil. «Hier hast du einen Rubel.» Er steckte dem Kutscher die Münze in den hart gefrorenen Ärmel und rannte zum Trottoir.

Taissa nickte mit tuchbedecktem Kopf, Israil nahm die Melone ab und schlug sie in der Luft gegen die hochgereckte Hand, und die Haare bäumten sich auf seinem Kopf wie eine zweite Mütze.

Taissa blickte auf ihre Knie und schwieg glücklich. Immer noch stand in den Ohren die Melodie, schwang in der Brust, und es war, als führen sie gar nicht da, wo sie fuhren, als kämen sie woanders an.

«Sind wir nicht schon vorbeigefahren? Hm?», rief Grunja, und Taissa schreckte auf.

An ihren Fenstern vorbei fuhren sie, und Mutters Fenster warf ein schwaches rotes Licht.

Grunja griff aufs Geratewohl in ihr Portemonnaie.

«Lauf schon, lauf», sagte sie zu Taissa.

Der Schnee knirschte, es kreischte die gefrorene Pforte und schnappte laut hinter Taissa zu. Ohne abzulegen, machte sie sich mit klammen Fingern am klirrenden Lampenglas zu schaffen und hörte, wie die Alte sich regte, das Bett unter ihr ächzte. Der Hund bellte, jaulte auf – Grunja hatte offenbar Schnee nach ihm geworfen, die Lampe blinzelte, knisterte, und schon schwenkte Grunja in Mutters Zimmer, Taissa hatte gerade noch auf die Tür deuten können. Wie sie war, ohne den Pelz abzuwerfen, stürmte die frostkalte Grunja herein und warf sich aus vollem Lauf am Kopfende des Bettes auf die Knie.

«Da bin ich, da bin ich», sagte Grunja außer Puste und haschte nach der Hand der Alten, der Spur nach, auf gut Glück, im roten

Halbdunkel des Ikonenlämpchens. «Grunja bin ich, Grunja, Wiktors Grunja!» Und sie presste heiß die gefühllose Hand. Drückte einen Kuss darauf und sagte andauernd: «Grunja bin ich, Grunja, Wiktors Agrafena.»

«Lass mich dich anschauen ... komm, hierher, meine Liebe!» Und die Alte zog mit der gesunden Hand Grunja an der feuchten Mütze zu sich her und suchte mit den Lippen auf ihre Lippen zu treffen.

Heißes, ganz Heißes zog die Alte zu sich her. Sie sah das Gesicht nicht, spürte nur einen heißen, lauten Atem, und Grunjas feste Lippen pressten sich auf die Greisinnenlippen und bedeckten einen Moment ihre Augen. Mehr war nicht möglich, sie rissen sich los, um den Moment zu bewahren, sie rissen sich los, ohne sich gesehen zu haben.

Auf der Schwelle stand Taissa mit der Lampe.

«Lass, bring sie nicht, wozu, blendet die Augen», sagte die Alte. Sie wedelte schwach mit der Hand und warf sie müde auf die Decke.

Grunja wollte sich erheben.

«Warte!», flüsterte die Alte. «Warte, warte! Nimm meine rechte Hand – nimm sie, nimm sie, ich kann nicht. Leg die Finger zusammen, ja, so. Und bekreuzige dich. Und bring das auch Wiktor. Liebe ihn so, wie du liebst. Geh – und sei freundlich zu dem Alten. Ist arm dran ...»

Grunja erhob sich. Dreimal bekreuzigte sie sich vor der Ikone, ging hinaus und schloss leise die Tür.

«Also, genug herumgefuhrwerkt», sagte eine Bassstimme.

Vor Baschkin tauchten die scharfen grünen Ecken des Tischs auf.

Ein Gendarm schüttelte ihn an der Schulter.

«Genug der Hysterien, mit Verlaub!», sagte der Oberst finster und schulmeisterlich. «Zur Sache, reden Sie. Also!» Der Oberst schrie bereits. Nickte den Gendarmen zu.

Die verließen sporenklirrend den Raum.

«eR und eS? Nun? Spielen Sie hier keine Weiberszenen!» Der Oberst erhob sich. «Aufstehn!», schrie er Baschkin ins Gesicht.

Baschkin wusste nicht, was für eine Kraft ihn hochjagte, doch er stand.

«Genug der Narreteien!», schrie der Oberst.

Der Offizier stand ebenfalls, aus bösen, gekränkten Augen blickte er auf Baschkin.

«Ihnen wird hiermit wie einem ehrlichen Menschen angeboten, dem Staat bei der Arbeit zu helfen. Verstanden?» Die Augen des Obersten bohrten sich in Baschkin, direkt in die Pupillen, bohrten sich hinein und nagelten ihn einen Moment fest. «Ansonsten – ist das klar?»

Ein Funke blitzte, und in Baschkins Innerem wurde es kalt und mulmig. Heftige Kälte wallte hoch bis unter den Scheitel. Der Moment verging, verflog.

«Somit», sagte der Oberst leiser, «sind Sie willens, der öffentlichen Ordnung zuzuarbeiten oder ihr entgegenzuarbeiten?»

«Ja ...» Baschkins Stimme glitt kaum hörbar.

«Was – ja?» Der Oberst stemmte sich gegen Baschkins Augen. «Zuzuarbeiten?»

Baschkin bewegte den Kopf. «Ja.»

Der Oberst setzte sich. Der Offizier setzte sich ebenfalls und kritzelte mit dem Bleistift etwas aufs Papier.

«Wenn ja», fuhr der Oberst fort (er hielt Baschkin immer noch mit den Augen fest), «wenn ja, so gilt es nicht irgendwie zuzuarbeiten, wie es Ihnen gerade in den Kopf kommt, sondern so, dass es in Einklang steht mit den Absichten und Aktionen … Dass mir keine Albernheiten ausgedacht werden!» Plötzlich sprang der Oberst wieder auf und brüllte los. «Keine Sherlock-Holmesereien in Szene gesetzt werden, um ein paar Zehner mehr rauszuschinden! Sondern zur Sache! Zur Sache! Verstanden? Setzen Sie sich.»

Baschkin stand.

«Das Geld zum Fenster rauswerfen werde ich nicht!» Die Augen des Obersten zogen Baschkin eins über. «Und jetzt marsch in die Zelle! Morgen wird der Rittmeister alles erklären. Er wird Sie führen.»

Der Oberst stand vom Tisch auf und zog unter Absatzgeklapper durch die Seitentür ab.

Der Offizier stand auf.

«Kehren Sie zurück!», sagte er in strengem Ton. «Und bitte schön, ohne Hokuspokus» – er klopfte mit dem Fingerring auf den Tisch –, «ohne diese Darbietungen!»

Der Offizier würdigte Baschkin keines Blickes mehr. Er rollte seine Papiere zu einem Röhrchen und trat hinaus auf den Korridor.

«In die Zelle!», rief von der Schwelle der Gendarm.

Baschkin fuhr auf. ‹Nach Haus, schnell nach Haus. In die Zelle, in meine Zelle, so schnell es geht!› Und fast rannte er vor dem Beamten den Korridor lang.

«In die Zelle, in die Zelle, in meine Zelle … ich komme, gleich komm ich», flüsterte Baschkin, und die Beine zuckten in den Knien und trieben Baschkin in krampfhaften Stößen durch den Korridor. Er konnte es kaum erwarten, bis aufgesperrt war. In der Zelle stand eine Pritsche. Das frische Stroh knisterte, federte. Baschkin klopfte liebevoll auf die Matratze und schmiegte das Gesicht ans Kissen. Er schaute auf die schmutzige Wand. Und plötzlich drückte – kein Gedanke, sondern alles Blut drückte auf einen Schlag von innen gegen den Kopf.

«Was ist, was ist, was ist das?», sagte Baschkin laut und erschrak vor seiner Stimme. Er presste mit aller Kraft die Hand gegen die Wange, als täten die Zähne weh, wollte aufspringen, zuckte hoch und fiel erneut aufs Kissen – der hungrige, zerzauste Kopf drehte sich im Kreis.

Baschkin schlief halb ohnmächtig. Jemand rüttelte ihn, rüttelte an seiner Schulter. Er schlug die Augen auf – es war der Beamte.

«Essen Sie erst mal was, hernach können Sie in Ruhe weiterschlafen.»

Er half Baschkin, sich im Bett aufzurichten.

«Ja, ja … Ich werde essen», sagte Baschkin, auf der Pritsche sitzend. «Bin sehr, sehr … Ja, ich werde essen … Danke … Natürlich …» Und fuhr sich unablässig mit der gespreizten Hand durch die dichten, verklebten Haare.

Baschkin sprach mit friedlicher, freundlicher Stimme. Schwankend setzte er sich an den Tisch. Er sog Luft ein, und der Geruch von echtem Borschtsch schlug ihm, ein voller Akkord, in die Nasenlöcher, mit Kohl, Tomaten, Zwiebeln, Speck, alles zusammen und jedes für sich witterte Baschkin, als wären sie lebendig, ihm lieb und vertraut, eine freudige Begegnung. Ihm hüpfte der Löffel in der Hand, süß verbrannte er sich die Lippen. Baschkin riss mit drei Fingern Stücke vom Weißbrot ab. Er aß und verlor von dem Borschtsch schier den Verstand. Den Rest kippte er sich in den Mund und wischte den Napf mit Brot aus. Er kaute es und wischte ihn mit der Rinde trocken. Er saß wie berauscht und blickte in den leeren Napf.

Als das Schloss klackte, richtete Baschkin die benebelten Augen auf die Tür und blickte mit einfältigem Lächeln. Derselbe Beamte kam herein. Auf dem Arm trug er zusammengelegte Kleider.

«Hier, ziehen Sie Ihre eigenen wieder an.» Und er legte die Kleider auf die Pritsche.

Baschkin nickte.

«Ja, ja … Sehr … Natürlich …»

Aus dem Bauch stieg Wärme in die Brust, ermattet streckten die Beine sich aus. Die Augen fielen ihm zu. Baschkin plumpste auf die Pritsche.

‹Was wird sein?›, drängte es schwach in seinem Kopf. ‹Nichts wird sein. Ist schon alles gewesen.› Er wickelte sich in die Decke. ‹Ist doch überhaupt nie etwas. Alles Quatsch›, durchzog ihn schwach ein trunkener Gedanke.

Und Baschkin schlief ein. Richtig fest, wie ein Stein, die Nase zur Wand.

«Auf, ziehen Sie sich an, und los. Der Herr Rittmeister verlangt nach Ihnen.» Der Beamte beugte sich über ihn. «Ziehen Sie Ihre eigenen an. Ist doch peinlich sonst. Wie sieht das aus? Wie eine Wasserleiche oder, ehrlich gesagt, wie ein Affe.»

Er hielt das saubere Hemd, das Baschkin schon mit den Beinen zerknittert hatte.

«Ziehen Sie sich an, hopplahopp, der Herr wartet schon. Und legen Sie auch den Kragen um.»

Baschkin kleidete sich beunruhigt an. Ja, seine Kleider, in Eile flüchtig ausgebessert. Sie rissen da und dort, als Baschkin sie ungelenk überstreifte. Der Beamte half.

«Wohin geht es denn?», fragte Baschkin kurzatmig.

«Werden hingeführt. Die wissen das. Nur schnell. Und den Mantel ziehen Sie auch an und alles. Damit Sie vollständig sind.»

Baschkin schritt nun hinter dem Beamten her. Die Treppe war erleuchtet, in den Fenstern stand Finsternis.

Unten schlug eine Tür, Menschengetrappel, Hin und Her, und eine Stimme rief gepresst:

«Halt bloß den Mund!»

Das trieb Baschkin vorwärts, er beschleunigte den Schritt. Der Beamte brachte ihn zu jenem Büro, wo er zum ersten Mal mit dem Offizier gesprochen hatte.

«Hängen Sie hier den Mantel auf», sagte der Gendarm. «Erstatte sogleich Meldung.»

Baschkin legte sich auf die Schnelle zurecht, was er dem Offizier sagen würde. ‹Vor allem, erstens, zuallererst› – seine Gedanken waren außer Puste – ‹möchte ich nicht in Dienst treten. Ich benötige das nicht, ich brauche keine Stelle.› Baschkin hatte schon drei Finger umgeknickt. ‹Weshalb sorgt sich der Oberst, ich würde unverdient Geld nehmen? Ich werde weder unverdient noch überhaupt Geld nehmen. Das wäre – fünftens.› Baschkin presste krampfhaft die Faust zu. ‹Außerdem, wenn ich auch Verständnis habe, aber ich bin nicht fähig, weiß einfach, dass ich nicht fähig bin, weiß es bestimmt so gut, wie ich meine fünf Finger kenne.› Baschkin spreizte vor seinem Gesicht die freie Hand. ‹Darum wäre ich von überhaupt keinem Nutzen und hielte es für unehrlich, ja!, unehrenhaft, irgendetwas zu versprechen. Und das muss gleich jetzt und sofort und kategorisch vorgebracht werden – und Schluss! Direkt von der Schwelle.› Baschkin befürchtete, er könnte Argumente vergessen, und vor Angst, damit ihm ja keines entfiele, wiederholte er im Kopf, brabbelten seine Lippen atemlos, wie vor einer Prüfung:

«Erstens … zweitens … und überhaupt … Und direkt von der Schwelle.»

Im Korridor schrillte kurz eine elektrische Klingel.

«Bitte einzutreten», sagte der Gendarm und wies mit dem Kopf zur Tür.

Baschkin tat vier riesige Schritte und öffnete vorsichtig die Tür – womöglich war es nicht die richtige?

Das Zimmer konnte er nicht erkennen, es lag ganz in schläfrigem Halbdunkel. Unter niedrigem Lampenschirm ein Licht auf dem Schreibtisch. Da stand ein Offizier, nur die blauen Hosen waren erleuchtet.

«Was ist denn? Hereinspaziert, Härrr Galgenstrick», sagte der Offizier in scharfem Ton.

Baschkin schloss hinter sich die Tür. Er schluckte Luft.

«Ich wollte Ihnen erklären», hob Baschkin an.

Doch der Offizier unterbrach ihn schneidend:

«Was gibt es da zu erklären? Niedertracht! Weibische Niedertracht! Würden sich womöglich gar mit Essig vergiften ... Wie irgendeine Marussja.»

«Ich wollte nicht davon», hob Baschkin erneut an.

«Wieso nicht davon?», schrie der Offizier und kam einen Schritt näher. «Nur davon! Abgeschmackt und abscheulich!» Breitbeinig kam er noch zwei Schritte näher.

Baschkin rang nach Luft, er stand an der Tür und sah, wie aus dem Halbdunkel die rote Glut einer brennenden Papirossa auf diesen sporenbewehrten Beinen gegen ihn vorrückte.

«Sie schlagen mir vor», beeilte sich Baschkin, bevor die Glut dicht herangerückt war, «schlagen mir vor ...»

«Wer schlägt Ihnen vor? Was schlägt man Ihnen vor?» Die Glut flammte auf und kam noch näher.

Baschkin hatte seine Stimme gesammelt und hob an in maßvollem Ton. «Der Herr Oberst schlägt vor ... er denkt, der Herr Oberst ...»

«Der Herr Oberst denkt überhaupt nicht, nur Dummköpfe und Philosophen denken! Wer schlägt Ihnen was vor? Wenn Sie hier wieder Unsinn verzapfen wollen, brechen wir das Gespräch vielleicht besser ab? Wie?»

Baschkin schwieg.

«Wünschen Sie auch nicht?» Die Glut flackerte stärker auf, im Lichtschein erglänzten Augen. «Nein? Nun, so hören Sie zu, und zwar ohne Hysterien und Hokuspokus.» Die Glut schwankte als Feuerbogen durch die Luft. «Ansonsten könnte es ein sehr kurzes Gespräch werden.»

‹Soll er zuerst, dann ich, dann sag ich alles, gemessen und bestimmt, alles sag ich, alles!›, dachte Baschkin und nickte im Dunkeln.

«Dann setzen Sie sich und hören Sie gefälligst zu.» Der Rittmeister machte zackig kehrt und ging zum Schreibtisch, dabei stellte er jeden Fuß fest auf den Teppich.

‹Ich setz mich aber nicht!›, dachte Baschkin.

Der Rittmeister nahm im Sessel Platz, stieß den Papirossa-Stummel in den Aschenbecher.

«Erstens haben wir …» Der Rittmeister griff gemächlich in die Tasche und zog ein Perlmuttscherchen hervor. «Wir haben, sag ich, und wir behalten auch diese … Ihre Schreibübungen, oder wie man das …» Der Rittmeister nahm einen Bleistift vom Schreibtisch, beugte sich weit vor zur Lampe und begann, im hellen Licht den Bleistift anzuspitzen. Er drehte Baschkin nun völlig den Rücken zu. «Ja, mit Verlaub! Außerdem dieses, na, wie heißt es, verdammt!» Der Rittmeister schabte aufmerksam dünne Späne ab. «Dieses … Protokoll … Was soll's, unterschreiben können Sie später. Und dann, wissen Sie – wir scherzen nicht gern», sagte der Rittmeister leise, wie zu sich selbst, ohne die Arbeit zu unterbrechen. «Ist uns auch nicht nach Scherzen zumute. Folgendes. Einen Monat geben wir Ihnen, damit Sie sich umtun können, sogar – ach, verdammt, jetzt hab ich es, glaube ich, abgebrochen! Ja, sogar sich austoben dürfen Sie einen Monat lang», sprach der Rittmeister ohne Hast. «Dürfen über die Stränge schlagen. Scheinen sich für Damen zu interessieren? Einen Geschmack haben Sie allerdings wie der Barbier von Twer. Aber das ist Ihre Sache. Und schreiben Sie sich hinter die Ohren – Platz ist da ja genug?» Der Rittmeister, der jetzt mit zugekniffenen Augen vorsichtig die Bleispitze abschabte, warf einen Blick auf Baschkin. «Schreiben Sie sich fest hinter die Ohren: Wir werden über alles Bescheid wissen, über jeden Schlenker.» Der Rittmeister warf den Bleistift auf den Tisch und schrie Baschkin an. «Über jede Schlinge!! Und in einem Monat erscheinen Sie hier. Und lassen mir melden, dass Er-Essow – bei uns sind Sie Er-Essow, und wenn Sie den Decknamen ausplaudern, kriegen Sie von denen was in den Kopf und von uns was auf den Kopf! Und dann erscheinen Sie jede Woche. Mit Dummheiten brauchen Sie mir nicht zu kommen.» Der Rittmeister stand auf. «Und seien Sie auf der Hut!»

«Ich kann nicht! Ich bin nicht fähig!», stieß Baschkin heiser flüsternd hervor. Er tat einen Schritt von der Tür, setzte sich auf den Stuhl und schüttelte den Kopf. «Ich kann nicht! Bringe es nicht fertig.»

«Sie müssen es lernen!», fiel ihm der Rittmeister ins Wort. «Sonst nehmen wir Sie in die Lehre.» Er marschierte zu Baschkin. «Wie? Erneut Hysterien? Haben wir Ihnen noch nicht ausgetrieben? Bei uns, mein Bester, gibt es Orte, wo nicht mal die Kakerlaken Sie finden. Verstanden?» Breitbeinig, die Hände auf den Hüften, beugte er sich vor. «Jetzt ab nach Hause, oder ... So einfach, Verehrtester, kommt man hier nicht raus!»

‹Ich haue ab, haue ab›, dachte Baschkin, ‹bloß erst raus hier ... Alles, mein ganzes Leben setz ich aufs Spiel, ich verkriech mich, vergrab mich in Sibirien, im Gebirge. Ha! Ich weiß jetzt Bescheid!› Und er blickte kühn auf den Rittmeister. ‹Jede Sekunde werde ich nutzen für mein Ziel, scharfsinnig, feinfühlig und – wie Stahl!›

Baschkin biss die Zähne zusammen.

«Ver-stan-den?», fragte der Rittmeister und beugte sich noch weiter vor.

«Ja, ich verstehe», sagte Baschkin entschieden.

«Warum nicht längst so. Bemühen Sie sich hierher», der Rittmeister wies mit dem Kopf, «hierher, zum Schreibtisch, wo ist es nur? Da! Da unterschreiben Sie!» Er fuhr mit seinem kräftigen, zugespitzten Fingernagel unten am Papier entlang. «Das ist das Protokoll. Gebrauch machen wir davon keinen. Es enthält Ihr aufrichtiges Bekenntnis, dass Sie mit Gewaltakten nicht sympathisieren. Ich habe es sogar ein wenig zu Ihren Gunsten formuliert.»

‹Ist doch egal!›, dachte Baschkin. ‹Wie dumm ihr aus der Wäsche gucken werdet mit all euren Papieren! Idioten! Primitive Schwachköpfe!›

Baschkin kniff spöttisch die Augen zu – sein Gesicht war nicht zu sehen, nur der Schreibtisch war grell beleuchtet, es blinkten die kristallenen Tintenfässer und der bronzene Briefbeschwerer.

«Na also.» Der Rittmeister presste eine schwere Löschwiege auf Baschkins Unterschrift. «Also, kommen Sie uns besuchen, sobald Sie etwas haben. Außerdem muss ich Ihnen sagen» – der Rittmeister sprach halblaut, weich –, «dass Sie, sollte die Polizei Sie verhaften – angenommen, Sie geraten mitten hinein ins Getümmel. Fordern Sie im äußersten Fall – aber nur dann! –, dass Sie zur Abteilung der Ochrana gebracht werden. Für die Polizei sind Sie ebenfalls eine Sphinx!» Der Rittmeister hob den Zeigefinger. «Aber nur im alleräußersten Fall, sagen wir, im Angesicht des Todes oder einer Verwundung. Ansonsten lassen Sie sich mit allen anderen ins Gefängnis bringen. Sie sind wie alle. Und bloß wir beide wissen Bescheid.» Fast freundschaftlich klapste der Rittmeister erst sich auf die Brust und dann Baschkin auf die Schulter. «Ändern Sie Ihre Lebensweise nicht. Kein Wort darüber, wo Sie gewesen sind!» Baschkin schüttelte den Kopf. «Sagen Sie einfach: Sie wurden fälschlicherweise verhaftet und saßen so lange im Gefängnis. Das ist keine Seltenheit, klingt sehr plausibel … Sie haben keine Kopeke, mein Bester? Wie jeder anständige Mensch? Stimmt das? Wo gehen Sie dann hin? Ich kann Ihnen jetzt ein bisschen was geben.»

Der Rittmeister zog rasch die Schublade auf, holte ein Kuvert raus. Mit rotem Stift stand breit darauf geschrieben: «Dreißig Rubel». Der Rittmeister faltete es und streckte es Baschkin hin.

«Hier, nehmen Sie nur, hier, wenigstens eine kleine Kompensation. Da ist auch Ihr Ausweis. Sie haben ja sicher Nachhilfestunden verloren und dergleichen … wir sind Ihnen sehr viel mehr … und ist auch nicht mein Geld … das gehört sich so, jedes Mal.» Und er steckte Baschkin das Kuvert selbst in die Tasche, mit geradezu spitzbübischer Miene. «Und hier, noch schnell eine nette kleine Unterschrift. Muss ja auch abrechnen. Na los, setzen Sie sich. Ist alles vorbereitet, schreiben Sie» – der Rittmeister lachte verschmitzt –, «schreiben Sie ‹Eressow›, und basta. Hier unten.»

«Unverzüglich! Mit einem oder mit zwei eS?», scherzte Baschkin und dachte: ‹Aha, aha, das ist für die Flucht, geben es mir von allein, die Dummköpfe. Steckt es mir zu, der Idiot, und ahnt nichts.›

«Na denn! Noch eins: Sie erscheinen nur nachts, zwischen zwei und drei. Am Tor sagen Sie ‹Eressow›, und Sie werden eingelassen. Und dann: dem Rittmeister Reihendorf melden. Jetzt kehren Sie zurück.»

Der Rittmeister sah auf die Uhr.

«Puh! Halb vier. Wir scheiden als Freunde, hoffe ich?» Der Rittmeister streckte die Hand aus. Die Hand war fest, ruhig. Er blickte Baschkin in die Augen. «Hören Sie», sagte er mit weicher Stimme, «Sie sollten vielleicht mal – eine Wassertherapie oder wie man das … schauen Sie sich doch mal an! Man muss doch ein Mann sein. Oder fahren Sie Schlittschuh. So geht das doch nicht! Bei den Nerven, bei der Statur!» Der Rittmeister rüttelte Baschkin an der Schulter. «Na, gehen Sie!» Er läutete.

Baschkin begab sich zur Tür.

«Also, in einem Monat hier!», rief ihm der Rittmeister nach, mit fester und tönender Stimme. «Bring ihn ins Freie», befahl er dem Gendarmen.

«Durchlass für eine Person!», schrie der Gendarm durchs Treppenhaus, und hinter Baschkin schnappte fest die Tür zu. Ein warmes und leeres Treppenhaus. Die dumpfe Leere wirkte wie ein Hinterhalt, einer Falle gleich wand sich das Gitter des Geländers. Baschkin trat weich mit den Galoschen auf. Vom Treppenabsatz blickte er zur Tür. Ihm war, als schaute die Tür, als schaute sie aus zusammengekniffenen Augen. Und er sauste, zwei Stufen auf einmal, rascher und rascher die Treppe hinab. Vom letzten Treppenlauf aus sah er: Da stand ein Mann mit Schafspelzmütze und schaute ihn mit Augen an, die ihn aufspießten wie mit der Heugabel. Baschkin verlangsamte den Schritt. Der Mann ging ohne Hast zur Tür und drehte den Schlüssel um. Machte die Tür einen Spalt auf und blieb stehen, die Hand an der Klinke. Baschkin hatte den Eindruck, wenn er durchwitschte, würde der ihn einklemmen wie eine Katze. Der Mann machte eine heftige Kopfbewegung zur Tür. Baschkin wand sich schlangengleich hindurch, und fröhliche Frostluft blies ihm in die Nasenlöcher, schwappte ihm übers Gesicht. Schnee! Schnee! Das also ist los auf der Welt! Und es kam Baschkin vor, als seien seit der Verhaftung Monate vergangen.

Vor allem – er wusste nicht, wohin. Wusste es überhaupt nicht, als hätte man ihn in einer fremden Stadt auf den leeren Gehsteig gestellt. Er blickte sich um, erkannte die Umgebung nicht. In die Wohnung? Von wegen Wohnung, die Alte hatte das Zimmer längst wieder vermietet. Es war vier Uhr nachts.

‹Und wo bin ich, wo?› Baschkin spähte um sich.

Er rannte auf die andere Straßenseite, blickte zurück. In hellen Quadraten leuchtete das Haus der Ochrana. Die Fenster von einheitlichem Milchglas. Unzugänglich, blind. Man mochte nicht hinsehen. Baschkin ging weiter und wandte sich andauernd um. Ein Schutzmann schritt träge die Straße entlang, unter seinen Filzstiefeln quietschte der frostige Schnee. Baschkin ging bis zur Ecke, und gegen den Rücken des Schutzmanns und die Fenster der Ochrana schwenkte er die Faust. Wie eine Stange reckte sich der dünne, lange Arm aus dem Mantelärmel.

‹Ich werd euch … werd euch … lernt mich kennen, lernt mich noch kennen, ihr Teufel … verfluchte Dreckskerle! Mich, Baschkin, lernt ihr noch kennen!›

Der Schutzmann machte kehrt. Baschkin steckte die Hand in die Manteltasche und schritt weiter. Er schritt immer schneller aus und sagte immer heftiger:

«Was ist das? Was ist das nur?»

Er rannte die öde Straße entlang.

«Auweh! Auweh!» Er wackelte mit dem Kopf. «Auch noch dreißig, mit Absicht dreißig, Dreckskerle, so viel Silberlinge wie Judas!» Im Laufen hieb Baschkin mit voller Wucht die Faust, hieb sie schmerzhaft auf ein Geländer. «Wem sag ich das, wem erzähl ich das, um zu erfahren, was das ist? Mamotschka, liebe Mamotschka», sagte Baschkin, vom Laufen außer Puste.

«Na, verfroren?», rief ein Nachtwächter ihm zu. Baschkin ging schwer atmend weiter.

‹Wem nur? Wem?› Eine Mutter hatte Baschkin nicht. Er war Waise. Er wusste nicht, wohin er ging. Die Straßen wurden noch öder. Vor einer Kirche das Halbrund einer Anlage, beschnittene Büsche standen als flauschige Barriere im Schnee.

«Ich zerreiß sie!» Baschkin blieb mit aufgeknöpftem Mantel stehen. «Reiß sie in Stücke! Ich lass die Ochrana in die Luft fliegen, ich komme und bringe eine Höllenmaschine mit», stammelte Baschkin. Und er sah vor sich, wie ein schwarzes Feuerwerk aus

Stücken und Steinen durch die Luft flog. Mit Knirschen und Krachen. «Ich schwöre, schwöre es!»

Plötzlich wandte sich Baschkin der Kirche zu und begann sich zu bekreuzigen, fest stieß er die Finger gegen sich, als rammte er Nägel ein. Er trat noch näher, kniete hin, nahm die Mütze vom Kopf und legte sich mit dem Gesicht in den flauschigen, kalten Schnee, drückte sich hinein, als tauchte er sein Gesicht in Wasser, und stammelte:

«Ich schwöre, schwöre es ...»

Er stand auf, er zog fest die Brauen zusammen, um den Gedanken nicht zu verlieren, um ihn sich fest und für immer einzuprägen. Er blieb noch eine Weile stehen, atmete tief die frostige Luft ein.

«So!», sagte Baschkin und schüttelte entschlossen den Kopf. Und er spürte, wie kalt ihm war in dem aufgeknöpften Mantel.

Baschkin mummte sich ein, zog die Mütze tief herab und legte einen geschäftigen Gang vor. Bis zu den Ohren versank er im Mantelkragen.

‹Zu einer Pension, ich muss in ein Gasthaus›, beschloss Baschkin, ‹bloß keine Dummheiten, nur die eine Linie, die eine Linie, ganz ruhig, und mich hinlegen, hinlegen.›

An einer Kreuzung fragte er einen eisbedeckten Wächter, wie er zur Poststraße käme. Dort erinnerte er sich an ein Schild: «Pension Mon Repos».

RAUCH

Sanka pochte mit der Faust an die Tür und rannte auch noch mit der Schulter dagegen – rums! Die Tür sprang sperrangelweit auf. Vom Tisch, von der Lampe her, spähte Karnauch zu Sanka, missmutig und unwillig. Noch bevor er lächeln konnte, sprang er auf.

«He, also wirklich! Hättest dich verkleiden müssen! Aber so, als Student! Die Vorstadt ist voll von Spitzeln.» Das sagte Karnauch bereits flüsternd, und er machte sorgfältig die Tür zu. «Na, was ist? Hast das Moos beschafft?»

«Wie?», fragte Sanka.

«Ob du das Geld hast, frag ich. Das geschickt werden muss.»

«Fünfzig Moneten.» Sanka war über den Vorwurf gekränkt, dass er unvorsichtigerweise in Studentenuniform gekommen war. «Hier sind fünfzig Moneten, schickt sie los, ich weiß nicht, wie er heißt, weiß der Teufel: Golowastikow oder Golowopjat oder was weiß ich.» Sanka legte die zerknitterten Scheine auf den Tisch.

«Komischer Kerl!», sagte Karnauch und sah Sanka von der Seite an. «Wann soll ich denn, Teufel nochmal, was schicken, wo ich den ganzen Tag in der Fabrik bin. Schicken kannst es nur du, sonst keiner. Die Adresse hab ich doch genannt: an den Lehrer Golowtschenko. Und der übergibt es Aljoscha. Ist dasselbe, wie an ihn direkt … Bei uns hier ist der Tanz losgegangen – oho!» Karnauch blinzelte Sanka fröhlich zu.

Aber Sanka blickte immer noch missmutig zu Boden und zog an seiner Papirossa, als gäbe es nichts Wichtigeres.

«Hast nichts davon gehört?», fragte Karnauch und legte den Kopf zur Seite, blickte Sanka schräg an.

«Nein», sagte Sanka.

«Was schaust du wie ein Stachelschwein?», fragte Karnauch ernsthaft. «Ärgerst dich, weil du das Geld besorgt hast? Nimm es wieder, zum Kuckuck damit!» Er schob das Bündel über den Tisch zu Sanka. «Wir kommen auch so klar.»

«Ach was, nicht deswegen.» Sanka wusste nicht, was er schwindeln sollte, und sagte, um möglichst rasch irgendwas zu sagen: «Hab einfach Pech!» Und fluchte.

«Was ist, Bruder?» Karnauch setzte sich zu ihm aufs Bett. «Doch nicht mit einer Frau?» Und sah ihm teilnahmsvoll in die Augen.

«Doch.» Sanka nickte. Und freute sich, dass er es so gut hingekriegt hatte, so natürlich.

«Jetzt hör auf! Du und Pech? Ein Kerl wie du? Der hat doch bei keiner Pech, dir macht keiner eine abspenstig, nur zu! Hier bei uns aber, verstehst du, da geht's rund! Du liebe Güte! Spitzel in rauen Mengen. Die in der Kesselschmiede haben abgeschaltet und lassen sich ums Verrecken nicht davon abbringen. Wir streiken, aus. Und wenn ihr uns nicht unterstützt – ist uns wurscht. Die sind aufgestachelt worden.» Karnauch blinzelte pfiffig.

Sanka schaute ihn an.

«Verstehst du? Ist nicht ohne uns abgegangen», sagte Karnauch flüsternd. «Die andern sagen – Provokation. Sagen, die allein, die dummen Kesselschmiede, würden platt gemacht, würden rausgegriffen, und das brächte Angst vor der nächsten Abreibung. Dabei ärgern sie sich nur grün und blau, dass nicht sie es waren. Ist uns wurscht. Soll ruhig losgehen – ich sag's dir: Die ganze Fabrik wird stillstehen. Und muss auch stillstehen.» Karnauch redete lauter und lauter. «Muss stillstehen! Die wollen Kräfte sammeln, dass der Teufel doch ihre Mutter», sagte Karnauch lachend, «wollen Geld sammeln, die Dreckskerle, es sich im Warmen gut gehen lassen. Weiß aber doch selber: Ich bin kein Mensch, bevor ich nicht eins in die Fresse gekriegt hab. Ich sag's dir, vor allem hab ich Angst. Aber krieg ich eins in die Fresse, geh ich mit dem Kopf durch die Wand. Anders mischst du diesen Sumpf nicht auf. Haust du mit dem Knüppel rein – schon quaken die Kröten.»

Karnauch stand vor Sanka und «haute» mit der Hand durch die Luft.

«Organisation, sagen sie!», Karnauch lachte. «Was kann sich für eine Organisation entwickeln, wenn nichts passiert, keinerlei Begebenheiten? Es muss was passieren. Sobald was passiert, sobald sie dich in die Zange nehmen, unter Druck setzen – aber nicht auf die Tour: denen einen Rubel zwanzig, den andern zwei sechzig, sondern allen einheitlich, allen der gleiche Tarif: den Gewehrkolben in die Fresse –, dann sind wir alle gleich. Ich sag dir: Aljoscha wird kommen, einiges wird passieren. Alles Mögliche! Rauch wird es geben!» Und Karnauch umriss mit der Hand eine ganze Wolke.

Sanka verstand nicht recht, wovon Karnauch sprach, aber von seinen Worten ging ein unheimlicher Klang aus. Das machte fröhlich und zugleich frösteln unterhalb der Brust.

«Trinken wir Tee?», fragte Karnauch. «Oder nein. Geh, solang es noch nicht allzu spät ist, sonst läufst du, wenn keiner mehr unterwegs ist, direkt den Spitzeln ins Visier und gerätst unter Beobachtung.»

Sanka erhob sich, schaufelte sich das Geld in die Tasche.

«Also, nach Untilowka!», flüsterte Karnauch. «An den Lehrer Fjodor Iwanowitsch Golowtschenko. Sonst nichts. Und schreib dazu, wie ich gesagt habe: ‹Manja hat einen Sohn, gratuliere.› Und in drei Tagen ist Aljoscha hier.»

Karnauch verabschiedete sich mit Handschlag, drückte Sankas Hand.

Die stille Luft stand unerschütterlich. Die Sterne regten sich und tönten am schwarzen Himmel, das Ende der Straße versank im trüben Weiß. Einzelne Leute flatterten als schwarze Schatten über die Straße, die Mantelschöße wippten im Trab. Sanka schritt zügig über die Bretterstege. Wie in einem schallenden Kasten hallte es von seinen Schritten unterm Steg. Die Nacht war aufgegangen, war heraufgezogen, wie sie sich angeschickt hatte. Sanka sog die Brust mit Schneeluft voll, und dieses Frösteln unterhalb der Brust, das von Karnauchs Worten geblieben war, davon, dass Rauch aufsteigen würde – dieses Frösteln ließ ihm das Herz höher schlagen. Etwas wird passieren unter diesem Himmel, muss passieren. Und es kam ihm vor, als sei wie im Theater der Vorhang aufgegangen, alles ist eingerichtet, der letzte Laut erstorben, es muss beginnen. Jetzt beginnen. ‹Und falls Blut fließt›, fuhr es Sanka durch den Sinn, ‹dann so, auf reinen weißen Schnee, unter feierlichem Himmel. Sterben, und wäre es jetzt, rücklings daliegen, das Gesicht zu den Sternen.› Er blickte zum Himmel hoch, da standen zwei Sterne nebeneinander, als ob sie herabblickten. Wie Augen. Ihm fiel die Treppe ein, ihr zutraulicher, ein wenig strenger Blick. Und Sanka wäre gerne erschlagen im Schnee gelegen, und dass sie auf ihn blickte. Dass er direkt ins Herz getroffen würde, hier, und Sanka hob vorsichtig die Hand und presste sie auf die Brust. Wie eine lebendige Antwort stach die Hutnadel. Wie das allerklarste, allertreuste Ja.

«Zum Teufel mitsamt seiner Mutter», sagte Sanka laut, «darf nicht vergessen: Untilowka, Golowtschenko, für Fjodor.»

Sanka verließ den Steg und rannte, um die Pferdebahn noch zu erreichen. Außer Puste fiel er auf die Bank; um ihn herum knirschte und quietschte das gefrorene Eisen am altersschwachen Wagenkasten.

In der Ecke bei der Tür saß manierlich ein junger Quartieraufseher in nagelneuem Uniformmantel.

«Kann auf einen Rubel nicht rausgeben! Nichts zu wollen!» Der Schaffner schüttelte den Kopf. «Habe gerade abgeliefert.» Er brüllte, um verstanden zu werden.

Sanka hielt nämlich einen Silberrubel in der Hand.

Der Quartieraufseher sprang auf, trat zu Sanka und sagte mit klangvoller, höflicher Stimme durch das Gequietsche des Wagens:

«Gestatten Sie, dass ich Ihnen aus der Verlegenheit helfe.» Er warf seine nagelneue Mappe zackig auf die Bank, schlug den Mantelschoß zurück und fuhr mit der Hand in die Hosentasche. Der Quartieraufseher lächelte sowohl teilnahmsvoll als auch ehrerbietig. Genüsslich hielt er das nagelneue, pralle Lederportemonnaie in dem weißen Handschuh.

«Nicht nötig, danke Ihnen», sagte Sanka missmutig, doch unter dem Rattern der Pferdebahn war seine Stimme nicht zu hören. «Brauchen nichts rauszugeben!», rief Sanka und steckte dem Schaffner den Rubel in die Hand.

Sie standen alle drei, das Gerüttel warf sie gegeneinander, und sie hörten fast nicht, was sie redeten.

Der Schaffner gab den Rubel an den Quartieraufseher weiter, der Quartieraufseher sah Sanka an und lächelte tadelnd. Er zog einen Fünfer aus dem Geldbeutel, gab ihn dem Schaffner, dann kramte er haufenweise Silbermünzen hervor.

«Bitte sehr: achtzig und fünfzehn – fünfundneunzig.» Und er reichte Sanka das Geld auf dem weißen Handschuh wie auf einem Tablett.

Sanka sah dem Polizisten in die Augen; sie waren gekränkt und freundlich.

«Bitte sehr, das ist Ihr Geld», sagte der Polizist laut. «Um Gottes willen, keine Umstände.»

«Danke!», sagte Sanka und schob sich das Geld in die Tasche. «Bin Ihnen sehr dankbar», rief Sanka, da er befürchtete, der Quartieraufseher habe ihn nicht gehört. Der Quartieraufseher salutierte lächelnd, wollte einen Kratzfuß machen, doch der Wagen schuckelte, und er fiel mit Schwung auf die Bank.

Sanka plumpste auf die seine, und beide lachten.

«Strelka», verkündete der Schaffner mit trägem Bass an der Tür.

«Verstehen Sie, da schlägt man mit dem Kopf ja noch die Scheibe ein», sagte der Quartieraufseher.

«Wie?», rief Sanka. Der Quartieraufseher wechselte herüber zu Sanka, an seine Seite, und schrie ihm ins Ohr:

«Da rumst man ja noch, Pardon, mit der Birne gegen die Scheibe, und wer ist verantwortlich? Vor allem, wenn es bis zur

Hochzeit nicht weggeht? Hm? Sagen wir, morgen wäre Hochzeit. Wie bei mir.» Sanka warf einen Blick auf den Quartieraufseher. «Sie verachten womöglich die Polizei? Aber für eine Frau …» In diesem Augenblick hielt die Pferdebahn, das Quietschen brach ab, und laut, durch den ganzen Wagen, peitschten die Worte: «für eine Frau …»

«Warten auf die Gegenbahn!», sagte der Schaffner und stieg aus.

Sanka befürchtete, es könnte jemand einsteigen und sehen, wie der Quartieraufseher ihm ins Ohr flüsterte.

«Wären Sie bereit, für eine Frau zu sterben? Ja doch? Wären doch bereit?»

Sanka hätte gern gesagt: «Lieber sterben als das hier.» Aber er blickte dem Quartieraufseher in die Augen, und die Worte blieben ihm im Hals stecken. Sanka nickte bestätigend.

«Wenn sie zu mir gesagt hätte: ‹Wiktor, werde Offizier›, dann wäre ich …»

Die Pferdebahn ruckte quietschend an, und Sanka hörte das Ende nicht, doch er blickte dem Quartieraufseher unablässig in die Augen und nickte:

«Ja, ja.»

Die Tür jaulte auf, ein eisbedecktes Weib drängte herein und wühlte im Rock, um den Geldbeutel zu verstauen.

«Gestatten Sie, dass ich mich vorstelle!» Der Quartieraufseher stand auf. «Wiktor Wawitsch!» Wiktor riss den Handschuh herunter und streckte die Hand aus.

Sanka erhob sich leicht und drückte dem Quartieraufseher die Hand, und da erst fiel ihm der Polizist aus der Peter-Paul-Wache ein.

«Hören Sie, Gott bewahre», sagte Sanka. Er stand ganz auf und neigte sich dicht an Wawitschs Ohr, hielt dabei seine Hand.

«Gott bewahre, mit der Polizei habe ich keinen Umgang.» Und Sanka drückte die Hand kräftig.

Wiktor drehte sich um, riss die Tür auf und sprang aus dem Wagen.

Sanka schaute Wiktors gekränktem Rücken nach. Neue Fahrgäste stiegen ein, bliesen auf die Hände, schlugen die Beine gegeneinander, und Sanka hätte gern gewollt, dass der Quartieraufseher wieder hereinkäme – um sich zu versöhnen? sich zu prügeln?

«Allemal ein Schweinehund», sagte Sanka in das Rattern der Pferdebahn hinein, wandte sich um und begann, mit dem Nagel den Raureif vom vereisten Fenster zu kratzen.

‹Vielleicht ist er ja ein Pfundskerl, aber warum muss er seine Bekanntschaft aufdrängen?› Sanka fiel ein Liedchen ein:

Ich sitz auf dem Bänkchen,
Mein Freund neben mir.
Er ist, dieser Dämlack,
Polizist im Revier!

Sanka lächelte und betrachtete fröhlich den gesamten Wagen.

Er stieg aus. Das Knirschen der Schlitten, die Droschkenglocken und Kutscherrufe taten nach dem Quietschen der Pferdebahn wie angenehme Musik den Ohren wohl.

Sanka tastete in der Tasche nach Aljoschas Geld, und erneut wehte unterhalb der Brust ein Kälteschauer. Er reckte den Kopf und schritt kräftig aus. Der Atem hob ihm die Brust. ‹Den Gewehrkolben in die Fresse, dann sind wir alle gleich …› Also war es unbedingt, unbedingt nötig, dass das passierte, und dann würde Rauch aufsteigen. Etwas Unheimliches bedrängte Sankas Brust, benahm ihm den Atem.

‹Bin ich feige, oder was?›, ging ihm plötzlich durch den Kopf. Sanka zog die Brauen zusammen.

«Anna Grigorjewna, für Sie!» Das Mädchen reichte einen zweifach geknickten, lumpigen und verdreckten Papierfetzen.

Anna Grigorjewna sprang beunruhigt auf, zog dabei das Samttischtuch schief, riss Dunjascha das Papier aus der Hand, faltete es auf und las, während sie Dunjaschas Hand festhielt. Dunjascha sah zu Boden. In unbekannter, sprunghafter Handschrift stand mit Bleistift geschrieben:

«Ich habe neununddreißig neun und soll hier raus. Raten Sie mir, meine Liebe, wie weiter. Bitte Sie für alles, alles um Verzeihung. Baschkin.»

«Ist er fort?», rief Anna Grigorjewna.

«Wir sind noch hier», erwiderte eine ruhige Stimme aus dem Vorzimmer, und Anna Grigorjewna stürmte hinaus.

«Woher kommen Sie?»

«Pension Monreppo. Guten Tag, Madame. Ist eben einfach ungünstig. Vielleicht was Ansteckendes. Die Gäste sind in Sorge. Ist kein Krankenhaus, sondern eine Pension, muss man sich doch klar machen.» Der Mann wiegte schulmeisterlich den Kopf. «Schicken Sie eine Antwort?»

«Sagen Sie – sofort, ich komme sofort. Seit langem schon?» Anna Grigorjewna drückte dem Mann einen Zwanziger in die Hand.

«Die Nacht war schon die dritte.»

Anna Grigorjewna errötete, sie presste einen Moment die Hände auf die Brust, zog die Brauen über den weit offenen Augen empor. Dunjascha schlug die Tür zu.

Hastig kleidete Anna Grigorjewna sich an. Bereits in Galoschen, kehrte sie noch ein paarmal in ihr Zimmer zurück: Geld, Thermometer, Eau de Cologne und Jod, Jod! – ja, unbedingt, für alle Fälle – steckte sie in ihr Ridikül.

Anna Grigorjewna hielt eine Droschke an und besann sich plötzlich: wohin eigentlich? Sie sagte unentschlossen, atemlos vor Furcht, sie könnte es vergessen haben:

«Monreppo!»

Der Kutscher schlug einladend die Schlittendecke zurück.

‹Mon Repos›, dachte Anna Grigorjewna nach einigem Überlegen. ‹Ja, Gott sei Dank …›

«Wo ist Herr Baschkin?»

Vor Aufregung ging der Atem schwer in Anna Grigorjewnas voller Brust.

Auf der halbdunklen Treppe brannte Gaslicht, und ein schmutziger Zimmerdiener klopfte grimmig mit einer abgeschabten Bürste auf den Boden. Aus dem Flur miefte es nach gebratenen Zwiebeln und Pomade.

«Mein Gott, mein Gott», flüsterte Anna Grigorjewna, «und in solch einem Loch schon drei Nächte.» Sie atmete heftig, während sie die steile Holztreppe hochkletterte.

Sie klopfte an die Tür am Ende des Flurs und machte sie sofort auf. Ein schmales Zimmer mit gesprenkelter Tapete, zugefrorenem Fenster und einem Bett – nur das sah Anna Grigorjewna.

«Herr Baschkin?», sagte sie von der Schwelle. «Herr Baschkin, ich wage es nicht gleich, ich komme aus der Kälte.»

Baschkin richtete sich im Bett auf, er saß. Er streckte wortlos die Hände aus, dann presste er sie auf die Brust und wackelte wortlos mit dem Kopf.

«Mein Gott, mein Gott!», schrie Anna Grigorjewna und stürzte im Pelz, wie sie war, zu Baschkin. «Mein Lieber, Teurer, was ist mit Ihnen?»

Sie umfing seinen Kopf und küsste ihn auf den Scheitel, Baschkin aber weinte. Er weinte, in Tränenform floss aller Schmerz aus ihm heraus. Er lehnte sich gegen Anna Grigorjewnas Schulter, schmiegte seine Wange an den Samt, während sie, immer noch atemlos, in unbequemer Haltung, ihm die Haare aus der Stirn strich.

‹Ihr werde ich es sagen, jetzt gleich sagen›, fuhr es Baschkin durch den Kopf. ‹Wie einfach, wie gut, es jetzt gleich zu sagen! Alles, ohne nachzudenken, nicht in einzelnen Wörtern, sondern am Stück, wie es ist, als Ganzes, wie es in der Kehle steckt.› Er sah sich selbst von der Seite, wie sein Kopf an der Schulter dieser Frau lag, und er in diesen Tränen aufgelöst. Und er bekam einen Schreck, sie könnte ihn gleich loslassen.

«Anna Grigorjewna!», sagte Baschkin. Die Stimme sagte es überhaupt nicht so, wie es hätte sein müssen, sagte überhaupt nicht das, was Baschkin erwartet hatte, und er spürte erschrocken, dass er entschwand, der Moment entschwand, da er es hätte sagen können. Er klammerte sich an Anna Grigorjewnas Schulter und spürte, dass es aus war, nun alles aus war.

«Mein Bester, das könnte Ihnen schaden, Sie dürfen sich nicht aufregen!» Anna Grigorjewna legte Baschkins Kopf fürsorglich aufs Kissen.

«Ich kann nicht, kann nicht!», stieß Baschkin bitter hervor. Er vergrub den Kopf im Kissen, zog die Decke bis zu den Ohren und vergoss beißende, rostige Tränen.

«Beruhigen Sie sich, beruhigen Sie sich», flüsterte Anna Grigorjewna und dachte: ‹Dumme Gans, Baldrian hab ich nicht mitgenommen, ich Idiotin! Wollte ich doch.›

«War der Doktor da?», fragte sie, als Baschkin still geworden war. Baschkin antwortete nicht. Anna Grigorjewna erhob sich vorsichtig. Setzte sich auf den Stuhl. Baschkin hatte die Zähne fest ins Kopfkissen geschlagen.

Anna Grigorjewna bewegte sich vorsichtig, auf Zehenspitzen, zur Tür.

«Sie gehen?!», schrie Baschkin. Anna Grigorjewna zuckte zusammen.

«Ich habe Sie erschreckt, verzeihen Sie. Was bin ich für ein Tollpatsch! Bin gleich, gleich zurück. Mein Bester, ich lasse Sie nicht im Stich.» Sie lief zu Baschkin und fasste seine Hand. «Gleich, gleich!» Und verließ das Zimmer.

Baschkin versuchte einzudämmern, sich dem Fieber zu überlassen, sich in die Krankheit zurückzuziehen; er schloss die Augen und hörte, wie vor seiner Tür unter Anna Grigorjewnas Schritten ungeduldig die Dielen knarrten und wie eine weibliche Stimme ins Telefon kreischte:

«Meinen wohl, als Offizier könnten Sie mir ein X für ein U vormachen! Sonst noch was ...»

Er hörte, wie dann, gegenüber seiner Tür, Anna Grigorjewna ins Telefon sprach, mit erregter, hastiger Stimme. Baschkin lag rücklings da, schloss die Augen, bemühte sich, tief und gleichmäßig zu atmen, und spürte voller Freude, dass er einschlief.

Sanka sperrte mit seinem Schlüssel auf, trat ein und ließ die Tür schwungvoll ins Schloss fallen. Sofort stand die Mutter in der Esszimmertür, machte pst! und wedelte mit der Hand.

«Leise, um Gottes willen, leise!» Danach trat sie ins Vorzimmer, mit Doktor Bruhn flüsternd. Dunjascha folgte mit ehrerbietiger, bekümmerter Miene.

Sanka hielt Dunjascha auf. «Was ist? Was ist?», fragte er in hastigem Geflüster.

Dunjascha flüsterte zurück, die Augen niedergeschlagen:

«Einen Kranken haben sie mit der Kutsche zu uns gebracht. Einen Bekannten. Bitte, ich helfe Ihnen!» Und sie riss den Pelzmantel des Doktors vom Haken.

«Bitte, rufen Sie meinetwegen auch nachts an», sagte der Doktor, «ich komme selbst und setze Schröpfköpfe. Doch ich wiederhole: Er ist sehr, sehr ausgezehrt.»

Anna Grigorjewna machte hinter dem Doktor eigenhändig die Tür zu, ließ vorsichtig das Schloss zuschnappen.

«Wen haben sie gebracht?», fragte Sanka. «Wen?»

«Baschkin, Baschkin, und es ist schrecklich, ganz schrecklich!» Anna Grigorjewna hatte es eilig. Schaudernd schüttelte sie im Gehen den Kopf.

«Ach, Unsinn!», sagte Sanka laut durch die ganze Wohnung. Sagte es verärgert, zornig. «Der lügt, wie damals mit dem Arm.»

Sanka warf mit einem Ruck den Mantel auf einen Stuhl und schritt laut in Richtung Zimmer, dabei schrie er fast:

«Wo ist er? Wo ist er?»

Sanka trat in Anna Grigorjewnas Schlafzimmer. Um das elektrische Lämpchen war ein blaues Tuch gehüllt. Blaues, dunstiges Halbdunkel herrschte im Raum, und auf Anna Grigorjewnas breitem Bett, auf dem weißen Spitzenkissen, den Kopf märtyrerhaft zur Seite geneigt, lag Baschkin. Anna Grigorjewna saß am Fußende auf einem Stuhl und sah ihm ins Gesicht.

Ohne sein Tempo zu drosseln, trat Sanka ans Bett und rief laut:

«He, Sie! Wieder ein Hokuspokus? Der Arm vielleicht?»

«Leise! Was tust du!» Anna Grigorjewna warf sich dazwischen.

«Lass doch, ist ja widerlich!» Sanka stieß die Mutter weg. «Baschkin!», schrie Sanka.

Baschkin ruckte leicht mit dem Kopf.

Anna Grigorjewna mühte sich, Sanka mit der Hand den Mund zuzuhalten, und drängte ihn mit ihrem schweren Leib zur Tür.

«Unverschämter Kerl!», schrie Sanka und ging zur Tür hinaus, vor Empörung laut mit den Füßen stampfend.

«Nadja, Nadja!», rief Sanka im Esszimmer. «Schau dir diese Schweinerei an. Nadja!»

Mit dem Elan der erbosten Hand riss Sanka an Nadjas Tür. Und blieb stehen. Blieb unter der Tür stehen, die Hand auf der Klinke, und verschluckte sich an der Luft, die er für sein Geschrei eingeatmet hatte.

Am Rand von Nadjas Couch saß Tanja, dieselbe Kappe mit der Feder auf dem Kopf. Aufmerksam, mit freudigem Interesse sah sie Sanka entgegen – direkt in die Augen. Das kräftige Licht der Lampe modellierte Tanjas Gesichtszüge, sie blickten wie von einem Porträt herab.

Der Lampe gegenüber, auf einem Stuhl, die schwarze, massive Silhouette eines Mannes. Nadja sah Sanka spöttisch entgegen, den Kopf leicht zurückgeworfen.

«Komm rein, was hast du?», sagte Nadja, wie die ältere Schwester zu den Kleinen. «Darf ich vorstellen: Das ist der Genosse Filipp.»

Filipp erhob sich. Sanka trat näher, richtete sich zu seiner ganzen Größe auf und gab Filipp manierlich die Hand. Aus den Augenwinkeln nahm er wahr, dass Tanja sie beide ansah. Er bemühte sich, im Gegenlicht Filipps Gesicht zu erkennen. Die beiden Männer hielten sich schweigend die Hand, als prüften sie sich gegenseitig. Zwei Sekunden. Dann drückte Filipp als Erster Sankas Hand und sagte leise:

«Guten Tag.»

Sanka verneigte sich leicht und sagte:

«Freut mich.» Er holte tief Luft und sah sich um, wo er sich hinsetzen könnte bei Nadja, in diesem bekannten Zimmer. Er setzte sich ans andere Ende der Couch. Alle schwiegen.

«Darf ich rauchen?», fragte Sanka und sah Nadja an.

«Was sind das denn für modische Allüren, also bitte!» Nadja reckte spöttisch das Kinn. «Sag doch gefälligst mal, was du da rumbrüllen musstest.»

«Ach, weiß der Geier», begann Sanka, begann nicht mit seiner häuslichen Stimme, sondern als wäre er zu Gast. Tanja sah ihn neugierig von der Seite an. «Weiß der Geier. Mama hat von irgendwoher diesen Fatzke angeschleppt.»

Sanka wandte sich an Tanja:

«Das ist nämlich alles Komödie, der stirbt sogar zum Spaß. Und lässt eine Totenmesse für sich lesen. Ich glaube ihm nicht die Bohne.»

Tanja blickte Sanka in die Augen und lächelte leicht, und Sanka wusste, dass sie nicht über seine Worte lächelte.

«Ein abgeschmackter Hanswurst», fuhr Sanka fort und wartete, dass Tanja etwas sagte. «Ein Mensch, der selbst nicht weiß, wann er lügt und wann ...»

Tanja streckte die Hand aus. «Geben Sie mir auch eine Papirossa.» Sanka drückte mit dem Finger auf den Knopf und konnte in der Eile das Zigarettenetui nicht aufkriegen.

«Bruhn hat ihn jedenfalls abgehört», sagte Nadja lehrerinnenhaft, «er hat zweifellos eine Lungenentzündung, also halt die Klappe.»

«Wovon sprachen Sie?», wandte sich Tanja an Filipp und ließ sich von Sankas Streichholz, ohne hinzusehen, Feuer geben. «Sie hatten etwas sehr Interessantes erzählt.»

«Ja», sagte Filipp und fuhr sich mit der Hand durch die Haare, «dann werden wir, sagen sie, euch mit Schraubenmuttern alle Fensterscheiben in der Werkstatt einschlagen und euch wie die Hammel, sagen sie, hinaustreiben. Wissen Sie, die Rückständigsten von allen sind die Kesselschmiede.»

Filipp wandte sich an Sanka.

«Ihnen wird gesagt: Hört mit dem albernen Zeug auf. Dient doch alles nur der Provokation. Das sind Trottel, einfach unvorstellbar. Aber nein!» Filipp stand auf. «Nein, sag ich, wenn es bloß reine Provokateure wären, aber es sind doch unsere Leute, Kerle wie wir, so ein Dummkopf glaubt ehrlich, alle ringsherum wären seine verschworenen Feinde. Also auch wir, die mechanische Werkstatt.» Filipp stand vorgebeugt, stieß sich in die Brust und wandte sich der Reihe nach an jeden.

«Haben Sie es denn zu erklären versucht?», sagte Tanja. «Sie behaupten, die verstehen nichts – woher wissen Sie das, vielleicht doch?»

Filipp lächelte schlau und ging auf einmal vor Tanjas Knien in die Hocke.

«Da, wie ich es versucht habe!» Er tupfte sich mit dem Finger zwischen den Augenbrauen auf die Stirn.

«Was ist das?» Tanja rümpfte die Nase. Filipp hockte da, den Finger an der Stirn. Tanja packte Filipp mit beiden Händen an den Schläfen und drehte seinen Kopf zur Lampe. Nadja blickte mit zugekniffenen Augen spöttisch aus der Ecke. Sanka schaute zu Boden und suchte angestrengt in der Hosentasche nach den Streichhölzern. «Ein Heftpflaster», sagte Tanja und nahm die Hände weg.

«Ja», sagte Filipp siegesgewiss, «ja. Das ist deren Vernunft: mit einem zollgroßen Niet gegen die Stirn.» Filipp stand mit dem Rücken zu Nadja und schaute von oben auf Tanja herab, wartete.

«Nun», sagte Tanja seelenruhig, «so sind Sie ein erfolgloser Redner. Geben Sie mir Feuer.» Tanja beugte sich mit der Papirossa zu Sanka hinüber.

«Wie?», rief Filipp gekränkt.

«Ja, so ist es», sprach Tanja und rauchte an, «denn nicht Sie haben die andern überzeugt, sondern die andern Sie. Und anscheinend handfest.» Tanja grinste.

Sanka blickte lässig zu Filipp, ließ sich auf die Couchlehne zurückfallen und stieß eine Rauchwolke aus.

«Genug mit dem Unsinn», sagte Nadja streng. «Nicht deshalb

sind wir hier. Es geht nämlich darum – du, Sanka, hör bitte auch zu und plaudere nicht – es geht darum, dass einige Genossen hergereist kommen. Sie sind in der Illegalität. Verstanden?»

Filipp setzte sich auf den Stuhl. Er rührte leicht an das rosa Pflaster auf der Stirn.

«Sie werden verfolgt», fuhr Nadja fort. Sie sprach zur Couch, auf der Tanja und der Bruder saßen.

«Und? Sie brauchen eine Wohnung? Dann sag es ohne Umschweife.»

«Sag ich doch. Bloß brauchen sie nicht eine Wohnung, sondern Woh-nun-gen!» Nadja presste die Hand auf den Tisch, mit derselben Geste wie der Vater. «Eine dieser Wohnungen wird unsere sein, eine weitere wird, hoffe ich, Tatjana zur Verfügung stellen. Von anderen zu wissen ist überflüssig. Diese Genossen werden oft die Wohnungen wechseln. Ausweise haben sie.»

Filipp stützte die Ellbogen auf die Knie, schaute vor sich hin und nickte im Takt zu Nadjas Worten.

«Dürfte ich vielleicht erfahren» – leichter Spott kräuselte Tanjas Worte –, «diese besonderen Genossen, haben sie etwas mit dem zu tun, wovon der Redner sprach?» Tanja hob die Hand in Filipps Richtung. Filipp richtete sich auf dem Stuhl auf und lächelte, halb umgewandt, Tanja fröhlich zu.

«Wie denn nicht? Eben dazu …»

Nadja unterbrach Filipp. «Ja, haben sie.»

«Na schön», sagte Tanja und stieß die Papirossa in den Aschenbecher. «Ich gehe.»

Sie erhob sich. Auch Sanka erhob sich. Tanja ging zu Nadja in die Ecke, Filipp folgte ihr mit den Augen, drehte sich auf dem Stuhl nach ihr um. Sanka verließ rasch das Zimmer und schloss hinter sich die Tür. Er konnte sich nicht verabschieden, konnte es nicht, einfach so, nach diesem ganzen Unsinn, solch einem Unsinn!, flüsterte

Sanka im Flur. Aus dem Wohnzimmer hörte er, wie Tanja Nadjas Zimmer verließ. Allein verließ, allein.

«Das geht doch nicht, geht einfach nicht!», flüsterte Sanka.

Er setzte sich auf einen Stuhl und stand sofort wieder auf. Setzte sich, um zu sich zu kommen. Tanja war im Vorzimmer.

Sanka trat aus dem Wohnzimmer, er sah, wie Tanja den Mantel anzog, er half nicht, hielt ihn nicht, sondern riss den seinen vom Haken und schlüpfte rasch hinein, packte die Mütze. Tanjas Galosche hatte sich umgestülpt, Sanka eilte zu Hilfe.

«Danke, ich bin fertig», sagte Tanja ruhig, freundschaftlich.

«Ich gehe mit Ihnen», sagte Sanka. Sagte es ruckartig. Er wusste, dass er rot war, dass die Wörter wie Gebell herauskamen, aber nun war alles gleich – er sah Tanja an, ohne zu atmen.

«Gehen wir!», sagte Tanja schlicht und fröhlich. Dadurch erschien Sanka sein Gebell noch dümmer, er errötete dermaßen, dass ihm die Tränen kamen, doch das Herz schlug bereits leicht, zog ihn vorwärts.

«Sanka! Sanka!», rief Anna Grigorjewna halblaut aus dem Esszimmer. «Ihr geht, schau in der Apotheke vorbei. Sag ‹für Baschkin›. Vergisst du es auch nicht? Hast du Geld dabei?»

«Aber sicher!» Sanka freute sich unbändig, dass Anna Grigorjewna «Ihr geht» gesagt hatte. «Gut, Mama, aber sicher», wiederholte Sanka und konnte das Lächeln nicht zurückhalten, es riss ihm krampfhaft die Lippen breit.

Er ging neben Tanja die Treppe hinunter, da war jener Absatz, wo er den Beschlag an sich gepresst hatte. Sanka fühlte, wie jeder Augenblick dahinschmolz, jeder Augenblick mit ihr. Er musste etwas sagen, musste das Wichtigste sagen, musste alles sagen. Die Gedanken erstickten Sanka, und er brachte kein Wort heraus. Und alle Wörter kamen ihm banal vor. ‹Stumm wie ein Holzklotz› – so trieb er sich selbst an. Er riss vor Tanja die Tür zur Straße auf. Tanja ging hindurch und stieß mit der Schulter an Sanka – er hatte ihr so wenig Platz zum Durchgehen gelassen.

«Tatjana! Ich weiß nicht, wie Sie mit Vatersnamen …»

«Einfach Tanja», sagte sie schlicht. Sagte es ernsthaft und ohne Sanka anzusehen.

Wie einen Glockenschlag vernahm es Sanka, wie ein Signal.

«Ich möchte Ihnen sagen, Tanja», hob Sanka an und holte tief Luft, «ich möchte Ihnen alles sagen, Tanja.»

«Sagen Sie alles», erwiderte Tanja ebenso ernsthaft und blickte streng vor sich auf den Gehsteig.

«Wissen Sie …», Sanka stockte, er wusste nicht, womit beginnen, er fürchtete – und wenn es das alles nun nicht gab, überhaupt nicht gab, und es kam ihm nur so vor? «Wissen Sie, Tanja, das ist Unsinn, was Filipp sagt. Unsinn …» Sanka war erbost, dass er nicht das Rechte sagte. «Alles Quatsch. Verstehen Sie, purer Quatsch», fügte er heftig hinzu.

Tanja sah Sanka mit ernstem, leicht bekümmertem Blick von der Seite an.

«Wohnen Sie weit von hier?», fragte Sanka.

«Auf der Dworjanskaja.»

«So nah. Unheimlich schade!»

«Warum sagen Sie das mit solcher Verzweiflung?», fragte Tanja völlig ohne Spott.

«Da kann ich Ihnen nicht alles sagen, längst nicht alles. Nicht alles. Verstehen Sie?» Sanka schwieg einen Moment, er ging und mühte sich, mit den kleinen Schritten Tritt zu fassen. «Biegen wir hier ab. Hier.»

Tanja bog um die Ecke.

«Wissen Sie», hob Sanka an (sie gingen durch eine leere Seitenstraße), «wissen Sie, das alles, das ist Blödsinn. Weil nämlich – könnten Sie dafür sterben, Tanetschka?»

Ein wenig wurde ihm bange, weil er vertraulich «Tanetschka» gesagt hatte. Damit es möglich wurde, damit «Tanetschka» durchging, legte Sanka plötzlich mit Glut und blutigem Eifer los:

«Verstehen Sie – sterben? Man kann doch nicht leben und nicht wissen, wofür es zu sterben lohnt? Ich frage mich immer: Wofür könntest du es? Wofür?» Und Sanka sah Tanja in die Augen.

Sie blickte noch ebenso ernsthaft auf den Gehsteig.

«Dass es Licht wird, ein grelles Licht, dass der Schein die Augen blendet» – Sanka merkte, dass Tanja sich ihm zuwandte, aber er schaute weiterhin zur Seite –, «dass ein Blitz kommt und dass du weißt, es ist so wie nie, einmal im Leben – und dass du freudig stirbst.»

«Warum denn sterben?», sagte Tanja. Sagte es ernsthaft, nachdenklich.

Sanka wusste, dass er jetzt nicht aufhören durfte.

«Ganz gleich. Nadja denkt, also wirklich, ich weiß, was sie denkt!» Sanka beugte sich zu Tanja. «Sie denkt: ‹Die Arbeiter, die Arbeiter!› Warum unbedingt die Arbeiter? Warum nicht alle Menschen? Verstehen Sie, tatsächlich alle … Warum sind die Arbeiter das Salz der Erde? Sie sind Arbeiter, weil … weil sie nichts anderes tun können, sonst wären sie Staatsanwälte, Ehrenwort, Tanetschka. Das ist nicht das Rechte, nicht das Rechte, vielmehr, es müsste ein Erdbeben – und dass alle gleich … Schauen Sie, wenn Glatteis ist, da kennt jeder jeden. Ich mag es, wenn Glatteis ist oder unheimlicher Nebel. Wenn man nichts sieht, wenn alle nichts sehen!»

Sanka ging ganz nah bei Tanja, berührte ihre Schulter, ging mit schwankendem Gang, gestikulierte dabei.

«Mir kommt es merkwürdig vor, wenn ich gewiss weiß» – Sanka sprach mit Glut –, «dass die Nacht sternenklar und still ist, jedermann sich wohl fühlt und alle gern reden möchten, aber alle schweigen, sich plustern. Also, ich – warum finden es alle so grauslich, mit Passanten zu reden? Ich weiß doch, dass das keinen unberührt lässt, gewiss nicht unberührt lässt, es zerreißt das Herz … Verstehen Sie, darum geht es eigentlich. Ich kann mich nicht erklären.»

«Ich verstehe», sagte Tanja und wandte ihr ganzes Gesicht Sanka zu.

«Aber das ist nicht das Rechte, ist nicht alles … Ich kann nicht alles sagen, ich rede Blödsinn.» Sanka blickte kühn zu Tanja, und zum ersten Mal trafen sich ihre Augen – unmittelbar. Tanja wandte die Augen gleich wieder ab. «Wissen Sie, Tanja, ich denke andauernd – da reden wir, aber damals bin ich doch wie ein Idiot dagesessen in der Pferdebahn, erinnern Sie sich?» Tanja neigte kaum merklich den Kopf ein wenig tiefer. «Tanetschka, ich möchte mein ganzes Leben, möchte Ihnen alles erzählen!» Und Sanka nahm in plötzlicher Aufwallung Tanjas Arm. «Ich habe es noch nie jemandem erzählt, nicht einmal mir selbst. Filipp, das ist Unsinn, und das Heftpflaster auch. Nicht darum, nicht darum geht es. Mag sein, er stirbt, aber vor Bosheit, vor Zorn, vor Neid, stirbt aus Trotz. Ich möchte nicht davon …»

Von Tanjas Arm, den Sanka hielt und mit seinen Fingern wärmte, ging Wärme aus, durch alles Tuch spürte Sanka ihren Arm und wusste, dass er jetzt, jetzt kämpfen musste, erobern musste, er kannte sie nicht, wusste nicht, welche Gedanken ihr gefielen, wusste aber, dass er auf gar keinen Fall diesen Faden abreißen lassen durfte, der sich zog und zog.

«Verstehen Sie, Tanetschka», sagte Sanka hitzig, «heute, bevor ich Sie traf, da war in der Pferdebahn ein Quartieraufseher – offenherzig, verstehen Sie, offenherzig, und ich habe ihn angeschnauzt. Habe gesagt, dass ich nicht möchte … Weil er Quartieraufseher ist. Polizist. Tanetschka! Ich kann so nicht … ich möchte alles sagen. Gehen wir in ein Wirtshaus. Ja, in ein Wirtshaus, ich trinke etwas. Und dort ist es interessant.»

«So können Sie nicht?», fragte Tanja mit ernster Stimme. Sie standen untergehakt an der Ecke ebenjener Dworjanskaja, wo Tanja wohnte.

«Kann nicht», seufzte Sanka.

«Gehen wir», sagte Tanja, «wenn Sie es brauchen, damit Sie alles …»

Sanka drehte Tanja herum und ging munteren, fröhlichen Schrittes in Richtung der «stillen Kneipe» – so nannten die Studenten eine solide deutsche Bierkneipe, in der es auch Wodka gab.

Sanka legte immer mehr Tempo vor, hielt Tanja fest am Arm, und sie kam leicht mit, drückte das Tempo nicht – federnd und leicht, so spürte Sanka sie an seiner Seite. Er sagte nichts. Noch zwei Ecken waren es bis zu der Kneipe – und die Zeit! Die Zeit! Sanka wusste sekundengenau, wie lange es noch ginge, wie lange der Faden nicht abreißen würde, und er mäßigte seinen Schritt nicht. Da waren der mattglasige Globus, eine neblige Milchglaslaterne und die zwei Stufen nach unten. Ein gelassener Portier verneigte sich dezent an der polierten Garderobe. Und aus der Gaststube hörte man bloß Löffel klappern. Es war still wie in einem Lesesaal, die Zeitungen knisterten. Sanka machte einen Kratzfuß und ließ Tanja an der Tür den Vortritt. Tanja trat in die Gaststube, der abgetretene graue Teppich nahm das Lackfüßchen in Empfang, und der Wirt, auf den Tresen gestützt, verneigte sich über den Salaten. In der Ecke sah ein dicker Deutscher vom Schachspiel auf, schielte über seine Brille, stockte und rieb sich erneut die Knie, den Blick aufs Schachbrett geheftet. Lautlos kam ein Kellner und schob an einem Tischchen unter einem verräucherten Stich die Stühle zurück.

Tanja ging gelassen durch den Raum und setzte sich an den Tisch.

«Was nehmen Sie?», fragte Sanka, zu Tanja gebeugt.

«Gibt es Kaffee?»

«Und mir bitte Kognak Martell und ein Sodawasser.»

Der Kellner verneigte sich und wollte gehen. Sanka hielt ihn jedoch am Ärmel fest und flüsterte ihm ins Ohr:

«Und Blumen, schaffen Sie mir Blumen bei, mein Lieber, wenigstens ein einziges Blümchen!»

Der Kellner zog schweigend seine Uhr hervor und klappte den silbernen Deckel auf. Er nickte. Sanka setzte sich. Die Zeit war um, jetzt war die letzte Sekunde gekommen. Sein Herz schlug heftig – vorwärts, wie in der Kindheit, wenn die Kameraden ihn stießen und er vortreten musste und sich prügeln. Tanja hob die Augen von der Serviette und schaute. Schaute erwartungsvoll, ernst, wie durch Fensterscheiben.

«Tanja, wissen Sie», hob Sanka atemlos an, «ich habe manchmal den Eindruck» – er hatte überhaupt keinen Eindruck, aber schon glaubte er, er hätte einen –, «manchmal habe ich den Eindruck, nun, wie ich Ihnen gesagt habe – sterben, einfach so, zu Hause sterben … Es käme der Tod, ich glaube, dass ich ihn sogar erblicken würde, wie er zur Tür hereinkommt, ich allein würde ihn erblicken, meinen Tod! Und es ist unabänderlich und gibt keinen Aufschub, keine Sekunde, einfach der allergewöhnlichste Tod, wie er gemalt wird, ein Skelett, und direkt zu mir, ganz geschäftig, sogar gutmütig – na, wie die Totengräber, sind ja vielleicht gute Menschen, trotzdem, nicht wenn sie graben, verstehen Sie? Und dann, nach mir, dann wird am nächsten Morgen genauso die Pferdebahn rattern und auf der Straße das lästige Getümmel herrschen, Sie kennen das:

> Mamascha geht Petroleum holen,
> Schlägt unterm Tor das Kreuz …

Und weiter rollt und torkelt das ganze Leben auf diesem Erdball. Sie verstehen, es mag Krieg geben, Frieden geben, aber je weiter das entfernt ist von mir, das heißt von meinem Tod, desto winziger wird es, desto mehr entschwindet es in die Weite der Zeit, alles bloß noch Bläschen auf Jahrhunderten, und alles reiht sich zu einem langen, schlammigen Weg. Doch wo kommt man auf dem schon hin?» Sanka holte Luft. Er sah Tanja an, während sie vom Kellner den Kaffee entgegennahm, und überlegte, wie sie das wohl fand. «Ist das zu ertragen?» Er besann sich sofort: ‹Was hab ich gesagt? Ich würde es ertragen? Ah, ist doch gleich!›

«Wie hätten Sie es denn gerne», sagte Tanja halblaut, «dass nach Ihnen alles verbrennt?»

Sanka wusste nicht, wie sie dachte. Dass alles verbrennt, war vielleicht ja schöner. Einen Augenblick stellte er sich vor, wie alles in gleichmäßigen, tatkräftigen Flammen brennt, und wider eigenes Erwarten sagte er:

«Das wäre noch schlimmer.»

«Finde ich auch. Das wäre ganz schrecklich. Keinerlei Hoffnung, dass die Menschen wenigstens ankommen. Irgendwie dumm. Nach uns – wenigstens unsere Kinder.»

Tanja blickte erneut Sanka in die Augen, blickte noch näher und eindringlicher.

Der Kellner trat unhörbar herzu, stellte Siphon und Flasche hin und flüsterte, zu Sanka gebeugt:

«Sind unterwegs. Zehn Minuten.»

«Ja, ja, ich denke manchmal selbst so», sagte Sanka unter Einsatz aller Atemluft, die Tanjas Blick in seiner Brust hatte stocken lassen. «Ich weiß ... heute sogar wäre ich am liebsten auf der Straße gestorben, im Straßenkampf, sollen sie mich doch erschießen, und – in den Schnee. Und dass man weiß, wofür, und dass ... es weitergeht, dass sich aus der Erde ... aus dem Blut, der Geist zum Himmel erhebt. Von mir, von uns aus zu anderen, wie der Wind über die Erde, durch die Zeit, wie, Tanetschka, wissen Sie» – Tanja blickte aus ganz nahen und weit geöffneten Augen auf Sanka –, «verstehen Sie,

Tanja, dass alles wie Papierschnipsel hochgerissen und aufgewirbelt wird, dass ein Ruck durch alles geht und es wie an den Bäumen zittert und rauscht mit jedem Blatt.»

Sanka wusste nicht, ob er Luft geholt hatte, während er redete. Doch plötzlich begriff er, dass es gelungen war. Wie es sein musste. Ohne Tanja anzusehen, schenkte er sich ein und kippte nacheinander drei Gläschen.

«Geben Sie mir auch ein Gläschen», sagte Tanja.

«Tun Sie es direkt in den Kaffee.» Sanka schenkte sich ein und goss sein Glas in Tanjas Tasse. Tat es einfach, bestimmt, ohne auf ihre Zustimmung zu warten.

Der Kellner stellte ein Glas auf den Tisch: eine weiße und eine rote Rose. Kühl und grün die nackten Beine im Wasser.

Tanja hielt sie an ihr Gesicht, und die Augen geneigt, flüsterte sie:

«Sie duften!»

«Tanetschka!», sagte Sanka.

Tanja sah ihn an – ihr war, als hätte er einen Schrei ausgestoßen.

«Tanetschka, ich werde Ihnen jetzt etwas zeigen. Geben werde ich es Ihnen auf gar keinen Fall. Ganz gleich, was Sie sagen. Sie sollen aber sagen: ‹Sie dürfen, meinetwegen.›»

Sanka knöpfte rasch den Rock auf und zog die Hutnadel mit der Florentiner Lilie am Ende heraus.

Tanja zuckte zusammen, reckte sich auf dem Stuhl, warf einen Feuerblick auf Sanka und schlug die Augen nieder. Ihre Wangen röteten sich. Leicht die Brauen hochziehend, sah sie in ihre Tasse.

«Darf ich?», fragte Sanka leise.

Tanja hob plötzlich entschlossen die Augen, und Sanka sah, dass er in Pupillen blickte, kein Laut war mehr zu hören, und wie Türen, die in die Jahrhunderte geöffnet sind, standen vor Sanka Tanjas Pupillen weit offen, und für einen Augenblick wurde Sanka zu Stein. Ringsum verschwand alles, es gab nur diese Pupillen und eine Ahnung von Zeit und nackter Erde. Es benahm Sanka den Atem, ihm war stolz und angstvoll zumute. Ein Augenblick – und vorbei. Und Tanja lächelte, wie morgens nach dem Schlaf. Sanka verstaute die Hutnadel sorgfältig in seinem Rock.

Und mit einem Schlag war alles wieder zu hören, hinter seinem Rücken sagte jemand mit nachdenklicher Bassstimme auf Deutsch:

«Ganz unmöglich, ganz unmöglich.»

«Alles ist möglich, alles, Tanetschka! Stimmt doch?» Und Sanka lächelte tief aus der Brust, aus dem Herzen, und über und über rot, reckte er die Hand, um mit Tanjas Tasse anzustoßen.

Tanja warf den Kopf zurück. «Gehen wir!» Sie stand auf und zog mit langsamer Hand die Rosen aus dem Glas. Die weiße Rose machte sie an der Spange ihrer Bluse fest, die andere legte sie vor Sanka auf das Tischtuch.

TÄSSCHEN KAFFEE

Wiktor steckte die Arme in die glatten neuen Ärmel; im Uniformmantel raschelte vornehm das neue Futter. Er schob die strammen Knopflöcher über sämtliche Knöpfe. Ein grauer Offiziersmantel. Militärisch galant glänzte unterm grauen Rockschoß der gewienerte Kanonenstiefel. Wiktor schaute erneut auf die Uhr. Im Hotel war es noch still. Wiktor führte das Säbelkoppel unter der Achselklappe durch, zupfte den Säbel zurecht. Streifte die straffen Handschuhe über. Setzte sich auf den Stuhl. Es war noch viel zu früh, um zum Bahnhof zu gehen.

«Womöglich gilt dort, auf dem Bahnhof, Petersburger Zeit, eine ganz andere Zeit? Zwei Stunden Unterschied können es natürlich nicht sein, aber trotzdem.»

Wiktor sprang auf und trat in den Flur. Der Portier, den Mantel übergeworfen, drehte geräuschvoll den Schlüssel im Schloss herum und stieß die verschlafene Tür auf. Ebenmäßiger, milchweißer Raureif überzog Häuser, Trottoirs und Laternenpfähle. Hinter diesem Mull schlief die blaue Straße. Die Luft war noch nicht erwacht und erwartete reglos die Sonne. Wiktor stieg auf Zehenspitzen die Vortreppe hinab und schritt vorsichtig die stille Straße entlang. An der Kreuzung ein Nachtwächter, eingemummt, ein Butzemann; er schlief im Stehen, die Ärmel wie ausgestopft, unter der Achsel ein dicker Knüppel.

Von rückwärts schallte Hufeisengeklapper. Der Butzemann wandte sich um, und hinter einer Verkaufsbude trat ein Schutzmann hervor, setzte die Mütze gerade. Wawitsch blickte zurück.

Ein Grauschimmel kam, weit mit den Beinen ausholend, über die Fahrbahn getrabt, hinter ihm zuckte und hüpfte wie ein Ball ein Einspänner. Der Schutzmann hatte für Wiktor keinen Blick, er zupfte an seiner Equipierung, reckte den Hals und wandte kein Auge von dem Einspänner. Als der Einspänner näher kam, erstarrte der Schutzmann, stand stramm, die Hand an der Mütze, und der Nachtwächter riss sich die Kappe vom Kopf. Auf dem Einspänner stand wie ein gerader, hoher Turm, der aus dem Sitz zu wachsen schien, eine Gestalt mit kleinem Kopf.

Wawitsch erkannte Gratschek. Er schaute genauso blicklos über die Schultern des Kutschers irgendwohin. Wawitsch salutierte. Der Einspänner war gerade vorbei, da brachte der Kutscher den Grauschimmel schlingernd zum Stehen. Ohne sich umzudrehen, winkte Gratschek mit der Hand. Wawitsch blickte sich verstört um. Der Schutzmann wies Wawitsch erschrocken mit dem Kopf zu dem Einspänner.

Wawitsch rannte hin, den Säbel festhaltend. Stand, die Hand am Mützenschirm, beim Trittbrett. Der Kutscher zog gemächlich an den Zügeln, stellte das Pferd gerade.

«Woher?», fragte Gratschek, ohne zu schauen, ohne sich umzuwenden. Fragte es mit tonloser Stimme.

«Von zu Haus!», erwiderte Wiktor mit soldatischer Stimme über die ganze stille Straße.

«Gelogen!», sagte Gratschek. «Welche Wache?»

«Peter-Paul-Wache!», stieß Wiktor hervor.

«Was hast du hier im Gasthaus zu suchen?», schnarrte Gratschek mit derselben gleichmäßigen, tonlosen Stimme.

«Wohne hier, im Gasthaus ‹Zur Eisenbahn›.»

«Scharynda, hierher!», sagte Gratschek, ohne sich umzudrehen, ohne die Stimme zu heben. Der Schutzmann kam Hals über Kopf zum Einspänner gesaust.

«Wohnt der Quartieraufseher hier bei dir?»

«Jawoll, wohnt hier!», sagte der Schutzmann halblaut und ehrerbietig.

«Pass bloß auf, fisch mir nicht in fremden Gewässern», knurrte Gratschek. Die Backenmuskeln und der rötliche Bartflaum bewegten sich auf und ab. «Vorwärts», zischte Gratschek kaum hörbar, und der Einspänner schoss davon.

«Mein Gott! Wie gut, dass Grunja nicht dabei war», flüsterte Wiktor. Er schritt nun, so rasch er konnte, nur schnell, schnell zum Bahnhof, um nah zu sein, nah, um sicher dort zu sein.

Am Bahnhof blickte das bereifte Zifferblatt als leerer Kreis von der Giebelwand. Vor dem Eingang stand keine einzige Droschke. Wiktor warf einen argwöhnischen Seitenblick auf den hünenhaften Schutzmann – der riskiert bestimmt kein Auge, von Salutieren ganz zu schweigen. Doch der Schutzmann reckte sich gerade und legte die Hand an die Mütze. Wiktor schwenkte kurz die Hand und rannte die steinernen Stufen hoch. Hallend schlug in dem leeren steinernen Saal hinter Wiktor die Tür zu. Graues Licht schlief in den Ecken. Trüb glänzte der geputzte Plattenboden. Die massiven Uhrzeiger unterhalb der Decke zeigten für sich selbst Viertel nach sieben an. Wiktor ging leichtfüßig weiter zum Wartesaal «erster und zweiter Klasse». Durch die riesigen Fenster fiel milchweißes Winterlicht, leere Bänke ruhten entlang den Wänden. Wiktor besah sich vorsichtig die bunt bemalten Greise, die die Karniese abstützten. Über das braune, scharf riechende Parkett ging er in die entfernte Ecke. Setzte sich, zog den Kopf zwischen die Schultern und schloss halb die Augen.

‹So bleibe ich sitzen, wie aus Stein, wie aus Holz, bis Grunja da ist, und kommt sie nicht, dann … trotzdem, nirgends geh ich hin, nirgends!› Wiktor drückte sich noch fester gegen die Lehne der Bank. ‹Alles sag ich Grunetschka, alles, sobald ich sie sehe, fange ich an.› Und Wiktor drückte die Lider zu, um sehen zu können, wie Grunja kommt.

Schwer tappten von weitem genagelte Absätze über die Steinplatten, da drangen plötzlich melodische Klangtropfen, ein anheimelndes, liebenswertes Gläserklingen, leise und zärtlich von irgendwoher. Wiktor schlug die Augen auf und lauschte. Aber ja, da wirft jemand Löffel in Teegläser. Und bestimmt wirft diese Löffel eine weibliche Hand. Wiktor stand auf und schritt behutsam durch den Saal. Da, die Tür, dahinter blinkten das Geschirr und die weißen Tischtücher des Bahnhofsbuffets. Und hinter der Theke, bei einem Samowar so groß wie eine Maschine, warf ein Fräulein, ein blondköpfiges Fräulein, Löffel in Teegläser. Silbergrauer Dampf wölkte sich einladend über dem Samowar. Ein Kellner knallte schwungvoll Salz- und Pfefferfässchen auf die Tische. Wiktor zog die Glastür auf und lächelte dem Fräulein zu. Sie hob die Brauen und musterte den Quartieraufseher – wo kam der bloß her?

«Madmasell, dürfte ich Sie um einen Gefallen bitten?», sagte Wiktor. Er blickte zutraulich und flehentlich das Fräulein an. «Wäre Ihnen sehr verpflichtet! Dürfte ich Sie – um ein Gläschen Tee bitten? Ja, dürfte ich? Sie verzeihen, ich komme vielleicht ungelegen?»

Das Fräulein zauderte einen Moment. Wiktor lächelte mit feuchten Augen.

«Nehmen Sie Platz, der Tee wird gebracht.»

«Ach woher, ich hol ihn, hol ihn selbst. Bemühen Sie sich nicht.»

Mit dem Glas in der Hand setzte sich Wiktor an das nächste Tischchen. Er konnte kein Auge wenden, beobachtete unablässig, wie die ruhigen Hände mit geübter Bewegung Zucker auf Unterteller verteilten. Vor dem Fenster schnaubte eine Lokomotive vorüber und stieß einen ungnädigen Pfiff aus, die Fensterscheiben vibrierten.

Es schlug die Tür des Buffets, Eisenbahner kamen herein, blickten scheel auf den Quartieraufseher, und am heißen Tee verbrannten sie sich vor Hast den Mund. Wiktor holte alle Augenblicke die Uhr aus der Tasche. Immer öfter schlug die Tür, Lärm und Getrappel klangen herein. Wiktor beschloss, er würde zehn Minuten vorher aufstehen. Jetzt bewegten sich die Zeiger überhaupt nicht mehr, und Wiktor schaute erschrocken auf den Sekundenzeiger – womöglich stand die Uhr, er war zu spät dran, hatte sie verpasst?

Wiktor bezahlte für vier Gläser Tee, und sein Kopf wusste genau, wo der Uhrzeiger jetzt war – die Sekunden rieselten langsam durch sein Bewusstsein. Und zehn Minuten vorher stand Wiktor auf, ohne noch einmal auf die Uhr zu sehen, und rannte fast zur Tür. Derselbe Bahnsteig, an dem Wiktor vor anderthalb Monaten ausgestiegen war, schaute nun mit ganz anderen Augen Wiktor an – es war sein Bahnsteig, und Wiktor besah ihn hastig: Würde er auch Grunja gefallen? Die Menschen hatten die Kragen hochgeschlagen, ihre Nacken schauderten fröstelig, die Beine stapften, um sich zu wärmen. Wiktor atmete heftig und konnte die Wangen nicht davon abhalten, glühend rot zu werden. Er ging den Bahnsteig auf und ab und zählte die Schritte, um die Zeit zu vergessen, trotzdem wusste er haargenau, wie viel noch blieb, und zu allem Überfluss pochte das Blut und wogte die Brust. Plötzlich traten alle an den Rand und starrten in die Ferne.

Wiktor erblickte in der Ferne eine hohe schwarze Lokomotive – die bringt Grunja, bringt Grunja! –, und die Lokomotive versteckte hinter ihrem Rücken die Waggons, damit niemand sah, was sie brachte. Sie wurde größer, größer, ohne die Fahrt zu verlangsamen, donnerte an der Bahnsteigkante entlang, und vor Wiktor huschten die Fenster, rasch warf Wiktor einen Blick in jedes Fenster, fast ohne Luft zu holen. Drinnen huschten fremde, suchende Augen, vorbei, vorbei. Grunja war nicht darunter. Der Zug hielt weich und stand.

Die Menschenmenge umschwirrte die Waggons, sie schmiegte sich daran, die Gepäckträger stürzten zu den Türen. Wiktor ging hinter den Menschenrücken den Zug entlang. Wie schwarzer Brei wälzte sich Fremdes aus den Waggons.

Wiktor stürzte wieder zurück. Die dichte Menge, Koffer und Bündel versperrten den Weg, brandeten gegen ihn. Plötzlich regte sich etwas Vertrautes inmitten der Köpfe, Wiktor wusste nicht, ob ein Nacken, ein Hut oder ein wiegender Gang, er ahnte es eher, als dass er es erkannt hätte, und stürmte hin, ruderte durch die Menge. Alles blickte sich erschrocken um, schaute, wem der Quartieraufseher nachjagte – und da waren Grunjas erschrockene Augen. Wiktor warf mit dem Knie jemandes Bündel zu Boden, unter seinen Füßen jaulte ein Hündchen, und da! – da war Grunjas warmer, weicher Hals. Wiktor sah nicht, wie das Publikum lachte, wohlwollend, freudig nach der Aufregung – Wiktors Augen verschwammen in Tränen. Er sagte nichts, hielt nur mit aller Macht Grunja. Die

Menge umfloss die beiden. Der Gepäckträger lehnte sich mit dem Koffer gegen die Wand, wartete.

«Gehn wir, gehn wir!» Grunja zerrte Wawitsch weiter. Und das Publikum gab lachend den Weg frei.

Wawitsch zog Grunja ins Buffet, an den Platz bei der Theke, beim Samowar. Er funkelte das Fräulein an, um sich herum einen Zaun von Grunjas Körben.

«Jetzt ein Tässchen Kaffee, guten Kaffee, ganz besonders guten», sagte Wiktor zu dem Fräulein und rieb sich die Hände, dass die Finger knackten. Das Fräulein lächelte.

«Piroschki brauchen wir nicht, Witja, ich hab Quarktaschen mit dabei», flötete Grunja weich und laut durch den ganzen Saal und nickte fröhlich dem Fräulein zu, als wären sie beide bekannt.

Vom Nebentischchen glotzten eingemummelte Jungen Wiktor an, drehten sich um und stellten ihrer Mutter eine Frage.

«Wie schick du bist!», sagte Grunja, und Wiktor rückte mit unmerklicher Bewegung die verrutschte Mütze zurecht und bekam sein Gesicht nicht in den Griff: Ein Lächeln trieb die Lippen und spreizte die Wangen auseinander. Durch eine leichte Drehung des Kopfes gewann Wiktor wieder Haltung.

DER APFEL

Als Tanja die Tür hinter sich geschlossen hatte, warf Filipp einen Blick auf Nadja. Nadja schaute, die Augen leicht zugekniffen, durch den Tabakrauch, schaute unverwandt auf Filipp. Sogleich schnürte ein straffer Gedanke wie ein Riemen Filipp den Kopf ein. Er stand vom Stuhl auf, ruckte mit dem Hals und steckte die Hände in die Taschen. Zur Ecke und zurück schritt er, den Blick hoch auf die Wände gerichtet. Nadja schwieg.

«Nun?», sagte Filipp leise und blieb stehen, senkte den Blick zu Boden.

«Was heißt ‹nun›?», sagte Nadja laut und fest.

«Es muss ein Beschluss gefasst werden», sagte Filipp heiser.

«Längst an der Zeit», sagte Nadja, sagte es fast böse, und plötzlich redete sie mit sanfter, sachlicher, sich überstürzender Stimme los: «Sie können doch schon morgen – morgen, Filipp – angereist kommen, jederzeit, es muss der Stand der Dinge skizziert werden» – Nadjas Geste war größer als nötig –, «schließlich ist ein Beschluss vorzuschlagen, nämlich, was jetzt zu tun wäre. Falls eine Rede, dann, verstehen Sie, Filipp, muss das vorbereitet werden» – und Nadja sagte dasselbe, was vor nur einer halben Stunde Filipp gesagt hatte, dass in der Fabrik auf die Schnelle eine Versammlung vorbereitet werden müsse, im Hof oder in der Gießerei, um den Hergereisten Gelegenheit zum Reden zu geben.

Nadja schaute aus ernsten, überzeugenden Augen und sprach und sprach. Filipp blickte von oben, aus dem Rauch, aus dem Dunkel, und sah – sie bemüht sich, bemüht sich. Und er wusste nicht, wann er etwas einwerfen sollte und was. Während Nadja immer weiter sprach, schon zum zweiten Mal sagte sie das Gleiche auf andere Weise.

«In diesen Zeiten muss man bereit sein …»

Filipp hielt es nicht mehr aus.

«Alles beschließen wir. Alles. Noch heute. Mit den Kollegen. Mit Jegor. Von hier geh ich gleich zu ihnen. Was müssen Sie sich abrackern?»

Nadja stockte, senkte die Augen. Versuchte es noch einmal, mit leiserer Stimme:

«Ich sage, dass alles, alles möglich ist …»

Sie schwieg. Starrte in die Ecke. Filipp zog an der Papirossa, paffte. Und auf einmal sah er – sind ja Tränen, Tränen tropfen auf das blaue Papier, auf den Tisch, Tränen klopfen leise in der Stille, bitter, wie der erste Herbstregen an die Scheibe klopft.

‹Ich tu so, als säh ich es nicht›, überlegte Filipp. ‹Oder sag ich was? Kränkt sie nur.› Er glaubte es nicht recht – kam es ihm nur so vor?

Plötzlich ein leichtes Klopfen an der Tür, die Tür ging auf, und von der Schwelle Anna Grigorjewnas besorgtes Flüstern.

Nadja schnellte hoch, ins Dunkel des Lampenschirms.

«Verzeihen Sie bitte. Nadja, ich gehe in die Apotheke. Sanka ist vom Erdboden verschwunden, ich mag Dunjascha nicht wecken. Liebste, horch zu dem Kranken rüber, lass die Tür auf.»

Filipp schaltete sich hitzig ein. «Erlauben Sie, dass ich.» Er trat zu Anna Grigorjewna und machte sogar einen Kratzfuß. «Warum Sie, so spät am Abend? Welche Apotheke?»

«Sehr liebenswürdig, danke, danke», flüsterte Anna Grigorjewna, «hier einen Rubel zwanzig, sagen Sie …» Anna Grigorjewna ging hinter Filipp ins Vorzimmer.

Als Anna Grigorjewna zurückkehrte, saß Nadja an Baschkins Bett. Saß und starrte aus blicklosen, weit offenen Augen auf dieses Gesicht mit den dicken, aufgesprungenen Lippen. Baschkin war im Fieberschlaf. Die Brauen hatte er hochgezogen, verwunderte Dreiecke. Vom blauen Licht wirkte die Haut milchig und dünn. Der Kranke atmete heftig und heiß.

«Vierzig drei, habe soeben gemessen», flüsterte Anna Grigorjewna.

«Wie entsetzlich!», sagte Nadja durch die zusammengebissenen Zähne. «Und vor allem – wie dumm! Wie dumm!»

Anna Grigorjewna warf einen Seitenblick auf ihre Tochter. Sagte nichts. Vom Tisch nahm sie ein Fläschchen und hielt es unter die Lampe.

Baschkin öffnete leicht die Augen. Er blickte mit blicklosen, glänzenden Augen aus der Lidspalte.

‹Wahrscheinlich sieht er mich jetzt im Traum›, überlegte Nadja, ‹soll er ruhig.›

Und Nadja starrte aus starken, heißen Augen auf Baschkin. Fordernd, befehlend. Baschkin schaute gewiss eine Minute unbeweglich, dann stöhnte er, wälzte den Kopf. Anna Grigorjewna schreckte auf.

«Trinken!» Baschkins Stimme war ein Rascheln. Nadja sprang auf, griff nach dem Glas. Sie hob Baschkins Kopf am verschwitzten Nacken hoch und setzte das Glas an die Lippen.

«Bloß nicht zu viel», flüsterte Anna Grigorjewna. Sie sah zu, wie geschickt Nadja Baschkins Kopf stützte, wie einfühlsam sie das Glas hielt. Baschkin schluckte ein paarmal und hob den Blick. Nadja merkte, dass er sie nun bewusst sah. Baschkin lächelte. Der freundliche Schatten eines vorüberhuschenden Lächelns. Er schluckte mit leerem Mund.

«Könnte ich – einen Apfel? Hätte solche Lust auf einen Apfel …», sagte Baschkin und lächelte dem verschlafenen Kinderwunsch hinterdrein.

Im Vorzimmer schlug kurz die Glocke an. Anna Grigorjewna trippelte hastigen Schrittes hinaus.

Nadja hörte: «Vielen Dank. War unten nicht abgesperrt?»

Und Filipps atemlose Stimme, siegesgewiss, zufrieden:

«Akkurat wie ich nach oben gerannt bin, hör ich, dass unten der Pförtner absperrt, und das Licht geht aus.»

Plötzlich trat Nadja ins Vorzimmer, rot, die Stirn gerunzelt, halb offen der Mund.

«Einen Apfel! Kaufen Sie sofort einen Apfel! Aber sofort!»

Anna Grigorjewna sah zu, die Brauen hochgezogen. Nadja schrie Filipp ins Gesicht:

«Einen Apfel, aber sofort!»

Filipp schaute Nadja erschrocken an. Schaute einen Moment

in tiefschwarze Augen. Plötzlich drehte Nadja sich heftig um, riss ihren Pelz von der Garderobe, stieß in Windeseile die Arme in die Ärmel und stürzte ohne Kappe zur Treppe.

«Ich brauche nichts, kann es selbst!», sagte sie unter der Tür mit fliegenden Lippen.

Anna Grigorjewna drückte Filipp Nadjas Kappe in die Hand, wies mit dem Kopf erschrocken zum finsteren Treppenhaus. Filipps Schritte trommelten über die dröhnenden Stufen.

Nadja bemühte sich, mit dem Schlüssel die Haustür zu öffnen. Währenddessen drängte Filipp ihr im Halbdunkel die Kappe auf.

«Setzen Sie doch auf ... ist ja dumm ... haben doch Frost ... Ihre Mutter hat es geheißen. Ist doch albern.»

Nadja aber hatte es eilig und traf mit dem Schlüssel nicht ins Schloss und flüsterte:

«Brauche nichts ... überhaupt nichts brauche ich ...» Und stieß die Kappe mit dem Ellbogen weg.

«Ich bring sie doch nicht zurück», sagte Filipp, «aufgesetzt und fertig.»

Auf einmal setzte Filipp Nadja eigenhändig die Kappe auf den Kopf, setzte sie fest auf und strich darüber. Nadja wich zurück in die Ecke, glitt mit dem Rücken die Wand hinab, und Filipp hörte: Sie weint, weint, schluchzt und verschluckt die Tränen.

«Hör auf, ist doch albern, wirklich wahr, albern», flüsterte Filipp auf gut Glück und streichelte Nadjas weiche, zärtliche Kappe. «Hör auf, musst doch nicht, was ist denn? Alles in Ordnung!» Filipp redete, was ihm in den Sinn kam, und unter seiner Hand neigte sich Nadjas Kopf. Nadja stützte die Stirn an Filipps Schulter, und er spürte, wie ihr Kopf vom Weinen zitterte.

Draußen tappten Schritte, schlugen Beine gegeneinander und scharrten den Schnee von der Stufe.

«Sperren Sie auf», flüsterte Nadja und drückte Filipp den

Schlüssel in die Hand. Filipp hatte den Schlüssel im Nu ins Schloss gesteckt und flink zweimal umgedreht.

Andrej Stepanowitsch trat zur Seite, um die Herauskommenden durchzulassen; Nadja nickte dem Vater wortlos zu.

«Kommst du bald?», fragte Tiktin.

«Ich kaufe Äpfel und bin schon zurück», rief Nadja. Es klang wie im Theater, laut und vibrierend. «Gehn wir», sagte Nadja leise zu Filipp.

«Wozu? Lassen Sie mich rasch laufen, und Sie warten», sagte Filipp und setzte in großen Sprüngen über die Straße – an der Ecke leuchtete eine Verkaufsbude.

Nadja kehrte um. Am Vater vorbei schritt sie durch die Tür. Ging die Treppe hoch, schneller und schneller.

«Wohin? Musst doch warten!», rief Andrej Stepanowitsch durchs leere Treppenhaus.

«Begreife überhaupt nichts», sagte Andrej Stepanowitsch, als er Anna Grigorjewna im Vorzimmer eine Tüte mit Äpfeln überreichte.

«Für den Kranken, den Kranken», sagte Anna Grigorjewna und machte ein strenges Gesicht. «Wir haben einen Kranken im Haus.» Und Anna Grigorjewna ging, die eiskalte Tüte in der Hand, auf Zehenspitzen zur Küche.

DIE MAUER

Wie mit Fleiß stand ein klarer Vollmond am Himmel. Ließ sich nicht wegwischen, nicht ausradieren. Mit nichts verhüllen. Die Frostnacht war still am Himmel erstarrt. Der Schnee knackte spröde. Filipp watete wie durch Wasser, bis zu den Knien im Schnee, an den gefrorenen Gärten hinter den Hütten vorbei. Fern und hallend bellte ein einsamer Hund. Filipp schob sich auf dem Bauch über einen niederen, gestrichenen Zaun. Klopfte siebenmal kurz an eine finstere Fensterscheibe. Ein leises Türquietschen und eine Stimme:

«Filipp!»

In der Stube hing dicht der Rauch, die Strohstühle standen durcheinander. Jegor schaute mürrisch, raufte sich die fetten, angegrauten Haare.

«Gerade sind sie gegangen. Dreihundert Stück.» Jegor deutete mit der Fußspitze unters Bett.

«Und, wie?», fragte Filipp halblaut.

«Das ist es eben, wie!» Jegor sah Filipp ärgerlich an. «Wie! Wie!»

«Aber doch brauchbar?», meinte Filipp zurückhaltend.

«Brauchbar, und es steht alles drin, ist aber nicht, was wir bräuchten.»

«Was?»

Jegor schwieg, bog den Bart hoch zum Mund, kaute auf den Haaren.

«Einen Aufschrei! Das bräuchten wir. Steht alles drin, wie nach dem Lehrbuch. Da, lies!» Jegor wies zum Tisch.

Filipp nahm das Blatt. In lila Druckbuchstaben stand klar und deutlich geschrieben:

«Genossen Arbeiter! Genossen Kesselschmiede!

Ihr sollt wissen, dass die finsteren Kräfte der Reaktion, also die Kapitalisten, eure Fabrikbesitzer und ihre treuen Hunde, die Polizei und die Gendarmen, den Streik in der Kesselschmiede mit Absicht vom Zaun gebrochen haben. Provokateure streuen Gerüchte aus, dass alle Werksabteilungen, alle Arbeiter der Fabrik die Genossen Kesselschmiede für die allerletzten Menschen hielten, dass ihr Kummer die anderen nichts anginge. Genossen mit geringem Bewusstsein greifen diese Gerüchte auf und tragen weiter, was die Provokateure ihnen eingegeben haben. Die Fabrikanten und die Ochrana wissen, dass die Arbeiter Kräfte sammeln und sich Schritt für Schritt organisieren, um in gemeinsamer Anstrengung das Joch der Sklaverei abzuschütteln, um sich ein besseres Los zu erkämpfen. Die Gendarmen befürchten, dass die Kräfte der Arbeiter erstarken, und suchen nach einem Anlass, um diese Kräfte zu zerschlagen, bevor sie gefestigt sind, um Feindschaft zu säen unter den Arbeitern und um durch die schwache Gruppe der Arbeiter mit geringem Bewusstsein einen Streik vom Zaun zu brechen. Und um dann grausam abzurechnen, das junge Pflänzchen der proletarischen Bewegung zu zerdrücken, zu zerschlagen und zu zertreten und um diejenigen in die zaristischen Gefängnisse zu werfen, die dem Zaren und den Kapitalisten gefährlich werden könnten. Genossen! Lasst euch nicht provozieren! Die Streikenden spielen den Fabrikbesitzern und der Ochrana in die Hände.

Hoch lebe die Einigkeit der Arbeiter!

Hoch lebe die Einigkeit der Proletarier aller Länder!

Sozialdemokratische Arbeiterpartei Russlands, Komitee der Stadt N.»

«Sauerei, da hast du es», sagte Jegor, als Filipp die Augen vom Papier hob. «Wie wenn du den Filzstiefel über den Klöppel ziehst und zu läuten versuchst.»

«Und was nun?», fragte Filipp, fragte es erschrocken und suchte Jegors Blick aufzufangen.

«Was? Wir können nicht warten, es muss morgen früh in der ganzen Fabrik hängen. So oder so.»

«Wird schon vorher dort sein.»

«Wozu unnötiges Risiko …» Jegor wandte sich ab.

«Gib her», sagte Filipp und erhob sich. Erhob sich kerzengerade, wie eine hochschnellende Feder.

Jegor beugte sich runter und holte unterm Bett eine Rolle vor.

«Und wie? Pass bloss auf» – Jegor wiegte den Kopf –, «an allen Mauern Schupos, bewachen die Fabrik wie ein Gefängnis, dass sie doch alle selbst ins Loch. Sieh dich vor.»

«Ah, weiß ich, unke nicht.» Filipp runzelte verärgert die Stirn. «Na schön. Bin schon weg.»

«Hals- und Beinbruch», murmelte Jegor, als er in der Diele hinter Filipp herging.

Filipp trat hinaus. Schaute sich um. Die Nacht stand wie zuvor. Noch immer bellte der ferne Hund.

Der Schnee blinzelte wohlig im Mondschein, als dunkle Tropfen liefen Filipps Fußstapfen vom Zaun weg. Filipp stieg über den Zaun und ging, in seine eigenen Spuren tretend, über das freie Gelände. Ging ohne Hast, ohne sich umzublicken. Erst als er den dichten Schatten einer Gasse erreicht hatte, blieb er stehen und spähte zurück. Ruhig und starr lag der weiße Schnee und schien still zu atmen, sich zu heben und zu senken. Filipp schwenkte heftig um und ging zügigen Schrittes auf der Schattenseite weiter. Als wäre in ihm eine Tür zugeschlagen, und prompt wurden die Beine behänder. ‹Da hat sie geweint, an der Schulter!› Filipp ruckte und schüttelte die rechte Schulter. Blickte mürrisch und legte noch einen Schritt zu. Er hatte gesagt: «Noch vorher werden sie dort sein.» Werden sie auch! Als ob er schwindeln würde! Die Fabrikmauer, die zum Teich, liegt ganz im Schatten. Die zum Platz jedoch, auf die fällt der Mondschein, er bestreicht sie mit Licht. Fedja ist in der Fabrik geblieben, hat sich irgendwo verkrochen, die Bürschchen wissen, wo, wissen das, die Teufel – wenn du sie brauchst, findest sie nirgends, wie vom Wind fortgeblasen. Jetzt musste er dieses Zeugs über die Mauer schmeißen, und zwar so, dass es in die Ecke fiel, und Fedja würde es auflesen, wie abgemacht. Würde es überall hinbringen, hinkleben. Und wenn er nun verschläft wie ein Schweinehund? Filipp presste so die Kiefer aufeinander, dass ihm die Schläfen pulsierten. Würde der Schuft alles platzen lassen – wie wäre es peinlich, wie dumm stünde er da: hatte doch geprahlt.

Hinter der Fabrikmauer glotzten die weißen Ballons der elektrischen Laternen. Von weitem sah Filipp, wie vor dem Tor ein schwarzes Häuflein von Schutzleuten herumwuselte. Filipp schritt durch eine Nebengasse, umging den Platz. Zwei Hunde brachen in rasendes Gebell aus, sprangen und kletterten im Hof am niederen Zaun hoch, und im Nu dröhnte die ganze Gasse vor Gebell. Filipp blieb im Schatten stehen, stand still, regte sich nicht. Schaute vorwärts, zum Ende der Gasse, wo der offene Schnee blinkte. Zwei schwarze Gestalten kamen um die Ecke. In dem weißen Schnee standen, wie ausgeschnitten, Schutzleute. Sie standen eine Weile und bewegten sich dann mitten auf der Straße durch die Gasse. Die Hunde verstärkten noch ihr Gebell. Filipp sah die rund eingemummten Schutzleute, in Filzstiefeln, kaum zwanzig Schritt von ihm entfernt. Er drückte sich vorsichtig an den Zaun und legte sich hin. Zog die Rolle aus der Joppe und wühlte sie neben sich in den Schnee.

‹Im Fall des Falles bin ich betrunken›, beschloss Filipp. Plötzlich sprang ein Hund über einen niederen Zaun und stürzte sich auf die Schutzleute. Noch ein zweiter! Sie fuchtelten mit den Säbelscheiden. Wehrten ab. Filipp sprang auf, nahm die Rolle und schritt leichtfüßig und rasch am Zaun entlang. Zog an den Schutzleuten vorbei und schaute nicht zurück, ob sie ihn gesehen hatten, sein Rücken wusste genau, wo sie waren, und vor dem Gebell hörte er die eigenen Schritte nicht.

‹Da, da ist die Biegung, noch fünf Schritt.›

Filipp rannte nicht, obwohl die Beine darum flehten; Filipp legte die fünf Schritte zurück, schrammte mit der Schulter um die Ecke, als er abbog – dann ließ er den Beinen freien Lauf. Mit drei Sprüngen war er am Teich unten. Im Teich mit den schlickigen

Ufern dampfte warmes, schmutziges Wasser. Über dem Teich hing gewichtiger Nebel, wusch sich im Mondlicht.

‹Jetzt am Ufer, los, am Ufer lang!›, trieb Filipp sich an.

Der Fabrikschornstein ragte über dem Steilhang, eine schwarze Vogelscheuche am dunklen Himmel. ‹Jetzt zum Ende, zum äußersten Ende der dunklen Mauer.› Filipp kroch vorsichtig hoch, er spähte, so fest er konnte, zu der dunklen Wand, aber sie stand als schwarzes Loch, und gerade dort haftete vielleicht ein schwarzer Schutzmann. Drei vielleicht … ein halbes Dutzend …

‹Geh ich direkt zur Mauer, komm ich nicht bis hin, die fassen mich. Tauchen auf wie aus der Mauer, und Schluss. Allerdings, bei der Kälte müssen sie sich bewegen, sich die Beine vertreten. Da hör ich sie!› Filipp lauschte, lag im Schnee, atmete heftig, ihm war nicht kalt, er spürte seinen Körper nicht, er wäre bloß gerne kleiner geworden, damit er nicht zu sehen wäre, und er spähte und spähte zur schwarzen Mauer.

Die Mauer schwieg.

In der Gasse kläfften noch die Hunde und störten beim Lauschen. Viel Zeit war vergangen, es kniff in den Augen, sie tränten – die Mauer schwieg. ‹Lauf ich hin?›, überlegte Filipp, und für einen Moment raubte es ihm den Atem, vor Anspannung zitterten die Beine. ‹Wenn aber … Nein!›

Filipp rutschte wieder runter, verschnaufte. Ging lautlosen Schrittes weiter am Ufer entlang, dorthin, wo das Ende der Mauer war, wo es an der Ecke von beiden Seiten finster war. Nicht die Ecke, die er mit Fedja abgemacht hatte, sondern die andere an derselben Mauer. Filipp kroch nach oben; jetzt konnte er die ganze Wand entlangsehen, konnte sehen, wie die Ecke jäh abstürzte und eine schwarze Gestalt sich deutlich davon abhob. Die Gestalt bewegte sich an der Mauer entlang, es war klar – hierher kam sie. Kam bis hier, kam bis zu der Ecke und verschwand. War abgebogen zur anderen Seite. Filipp dachte an gar nichts mehr und wusste nicht, ob er atmete. Er hörte deutlich, wie unter den Filzstiefeln des Schutzmanns der Schnee knirschte. Der Schutzmann konnte jeden Moment umkehren, doch jetzt drehte er ihm den Rücken zu. Ihn noch weitergehen lassen? Plötzlich erhob sich Filipp und ging, ging im gleichen Takt wie der Schutzmann, mit großen, klafterlangen Schritten, sieben Schritte schon, dann rannte er rasch, wie eine Maus trippelnd, die Wand lang, zur entfernten Ecke, die mit Fedja abgesprochen war. Er war noch nicht dort, da schmiss er schon das Paket über die Mauer, der Arm hatte von allein ausgeholt, er spürte das Gewicht nicht – und Filipp wandte sich weg von der Mauer und stürzte Hals über Kopf zum Abhang, zum Teich. Sogleich trillerten hinter ihm durchdringend mehrere Pfeifen. Für Filipp klang das wie von weit her, es rauschte in seinem Kopf, und Filipp raste unmittelbar am Wasser über das morastige, glitschige Ufer.

Er hörte, wie hinter ihm erschrocken aufgestöhnt und zornig geschrien wurde:

«Halt! Ich schieße!»

Filipp rannte ein Stück. Blieb einen Moment stehen, rannte noch ein Stück. Es knallte ein Schuss wie eine entkorkte Flasche.

Filipp legte sich in den dünnen Schlamm. Ließ sich ins warme Wasser gleiten. Die Joppe bauschte sich um ihn wie eine Blase. Weiter und tiefer hinein schob sich Filipp in das schwarze Wasser. Er verdeckte das Gesicht mit der Mütze und grub sich in den dünnflüssigen Schlamm. Die Schritte knirschten näher und näher. Filipp atmete nicht, er hatte sich lang ausgestreckt, nur der Kopf drückte sich fester und fester in die nasse Erde hinein.

«Dieser Saukerl, so was aber auch!», sagte eine heisere, erstickte Stimme, und die Schritte wurden langsamer.

Aber die Ohren mochten nicht hören. Das Gehör war abgestorben, schmerzhaft pressten sich die Lider zusammen.

‹Hier, hier hat sie gesessen›, dachte Sanka und drückte die Hand auf den Schlittensitz neben sich. Er saß immer noch links außen auf dem Balken, als ob sie zu zweit im Schlitten wären. ‹Nun ist sie schon die Treppe hochgestiegen, jetzt betritt sie die Wohnung. Allein.›

Und Sanka sah, wie Tanja die Zimmer betrat. Seine Tanja, seine Zimmer. Seine, trotz allem. Wenigstens ein bisschen. Stolzes Blut durchpulste warm die Brust. Sanka richtete sich im Schlitten auf, schlug den Mantel auseinander. Mit Laternen, verhangenen Fenstern fuhr die Straße vorbei. Ein hoher Mond war in den Himmel geritzt. Sanka wusste nicht, was tun vor Glück, er fürchtete, es zu verschütten, ihn schwindelte.

«Geradeaus?», fragte der Kutscher.

«Ja, ja, fahr zu!»

Und alles, alles ordnete sich unter – Nadja wie Aljoscha wie Baschkin wie auch Mama mit ihrem Spleen, alles, alles stand als Kranz darum herum, und wenn er es nur jemandem sagen könnte, dass Tanja, Tanja sich zum Abschied die Hand hatte küssen lassen! Sanka zog die Rose aus dem Knopfloch hoch und küsste sie. Frostwind umwehte bei der raschen Fahrt das heiße Gesicht. Sanka presste den Arm fest auf die Lehne. Er hielt ihn, als ob Tanetschka sich noch dagegenlehnte, leicht und biegsam.

Die Häuser wurden kleiner, noch mehr tat sich der weite Mondhimmel auf.

«Wollen Sie weiter?»

«Presch die Chaussee lang!» Und Sanka sog sich die Brust mit Mondluft voll. Der Traber schritt munter aus, die Schlittenkufen wedelten leicht auf der ausgefahrenen Straße. Rechter Hand leuchteten in der Ferne als neblige weiße Punkte die Laternen über der

Fabrik. Überm Fabrikteich hing Dampf, ein schillernder Dunstschleier.

Wie ein Pochen auf Holz klang ein Revolverschuss herüber.

«Halt, halt!», schrie Sanka.

Der Kutscher riss an den Zügeln. Erneut ein Pochen, als klopfte ein Hammer auf ein Brett. Und erneut, zweimal hintereinander.

Sanka horchte. Es war still, zu hören war nur, wie das Pferd schwer schnaufte.

«Da wird geschossen», sagte Sanka.

«Weit weg», erwiderte der Kutscher. «Bestimmt ein Nachtwächter. Oder die aus der Fabrik treiben Unfug.»

«Fahr dorthin!» Sanka schwenkte die Hand in Richtung Fabrik.

«Ich bitte Sie! Mannshoher Schnee. Wie denn, ohne Weg. Da bleibt man sogar zu Fuß stecken. Weiter?»

«Zurück, im Schritt.»

Sanka lauschte. Sein Herz hämmerte böse. Er saß jetzt mitten auf dem Sitz.

Der Kutscher steckte sich eine Papirossa an.

«Die Kerle aus der Vorstadt treiben Unfug, haben einen in der Krone. Letzte Woche stand in der Zeitung – haben es vielleicht gelesen: Einem haben sie den Schädel eingeschlagen. Wissen Sie nichts von? Der war tot. Was das Volk so anstellt. Lassen sich voll laufen … Die Herrschaften trinken ja auch, wie denn nicht. Fahren aber, sag ich Ihnen, fröhlich und ohne Zwischenfälle nach Haus. Kommt schon mal vor, keine Frage, dass einer unterwegs einschläft, den lieferst du beim Hausknecht ab. Fährst du am Tag drauf vorbei, zahlt er, wie es sich gehört. Und gibt dir noch einen Dreier Trinkgeld.»

Sanka schwieg. Der Kutscher schmiss die Kippe in den Schnee, fuhr im Trab weiter. Wieder rauschte in den Ohren der Wind.

Sanka berührte den Kutscher bald links, bald rechts an der

Schulter, der Schlitten kurvte von einer Straße zur nächsten. Süße Bangigkeit engte Sanka die Brust ein, und einen Augenblick drückte er fest die Augen zu – da war es, da war Tanjas Haus. Sanka blickte auf die finsteren Fenster, er wusste nicht einmal, in welchem Stockwerk, wohin er schauen sollte, das ganze Haus mit allen Fenstern verbarg Tanetschka. Sanka blickte zurück, blickte noch einmal, und in den Scheiben blinkte verhalten der Mond wie ein Messerchen in der Nacht. Für einen Augenblick kam ihm der Rauch in den Sinn, und unterhalb des Herzens schwappte ein Kälteschauer.

«Nach rechts!», kommandierte Sanka laut und warf den Kopf hoch.

Hier, auf der belebten Straße, brauste der Verkehr, leuchteten die großen Fenster der Restaurants, und erst hier, im hellen Licht der runden Laternen, erkannte Sanka, dass er in einem Fiaker saß, dass Dampf aufstieg von dem geapfelten Grauschimmel, dass der Rücken mit einem blauen Netz bedeckt war und dass große Silberknöpfe wie schicke Festons den Kutscherrock umrandeten. Sanka war mit Tanja, ohne zu handeln, in den ersten besten Schlitten gestiegen, der vor der «stillen Kneipe» gewartet hatte.

‹Teufel auch, wird schon irgendwie gehen›, dachte Sanka. Er blickte auf die Rose; die steckte unbeirrbar rot in seinem Rock.

Plötzlich zog Sanka den Kutscher am Gürtel. Der Kutscher zügelte den Traber. An einem Hauseingang zischten zwei Laternen. Der Portier kam herausgesprungen, um die Schlittendecke aufzuknöpfen, aber Sanka war schon allein herausgesprungen. Über den Gehsteig stapfte ein Schutzmann auf fröstelnden Beinen.

«Wie viel bekommst du?», fragte Sanka.

«Wie viel Sie die Güte hätten, sehen ja selbst» – der Kutscher wies mit dem Bart auf das schweißnasse Pferd.

«Sag schon, wie viel!» Sanka schaute den Kutscher ungeduldig an.

Den Blick nach vorn, zu den Pferdeohren, sagte der Kutscher: «Einen Viertelhunderter würde es schon kosten.»

Sanka zog das Geld heraus, zählte fünfundzwanzig Rubel aus Aljoschas Bündel ab.

Es blieben nur noch zwanzig Rubel. Sanka gab es einen Stich, aber nun musste er schnell, ganz schnell weitergehen. Er rannte ins Vestibül. Aus dem Saal drang leise Musik, und eine glanzlose Stimme, gleichsam von gestern, schrie etwas zur Musik.

«Ist Mirskaja im Saal?», fragte Sanka den Portier.

«Sind auf dem Zimmer. Sind wohl krank, mit Verlaub. Könnte mal fragen.» Sanka tastete in der Tasche nach einem Fünfziger und steckte ihn dem Portier zu.

«Jemand an die Tür!», rief der Portier mit sattem Bass unter die Treppe. «Wird sofort erledigt.» Er lächelte Sanka zu und legte die Hand an den betressten Mützenschirm.

‹Kann nicht sein, dass sie nicht empfängt, kann nicht sein, kann einfach nicht sein›, redete Sanka auf sich ein. ‹Gehe selbst!› Und er rannte, immer zwei Stufen auf einmal, über den Teppich der Treppe.

«Versuchen Sie es selbst, die Herrschaften machen nicht auf», flüsterte der Portier. «Wissen Sie, wo? Ich führe Sie – 35 und 36. Besten Dank.»

Der Portier ging. Sanka klopfte an die Tür von Zimmer 36. Hinter der Tür waren dumpfe Stimmen zu hören. Sanka klopfte eindringlicher, lauter. Ein Kellner mit einem Tablett voller Geschirr glitt gerade über den Teppich; er drehte sich um, bog den Kopf zu Sanka. Sanka klopfte mit der Faust – das hätte er nicht von sich erwartet; es dröhnte laut, skandalös, über den ganzen Flur. Plötzlich kratzte flink und geschickt der Schlüssel in der Nachbartür, und die Gesellschafterin streckte den Kopf heraus. Unter dem verrutschten Spitzenkopftuch hervor schaute sie böse auf Sanka und flüsterte,

flüsterte mit einem Zischen, wie Sanka es nur im Theater gehört hatte:

«Machen Sie keinen Klamauk, junger Mann. Auch noch ein Student! So dringt man nicht bei einer Künstlerin ein. Rabauke!», rief die Gesellschafterin und machte die Tür zu.

Sanka warf sich dazwischen. «Gestatten Sie ...» Aber der Schlüssel bohrte sich ins Schloss, klackte, drehte sich.

Plötzlich öffnete sich die Nachbartür, die, an die Sanka getrommelt hatte; in einem bunten Morgenrock aus Seide stand Mirskaja vor ihm, hielt sich an der Klinke fest. Mit der Tür wankte sie heraus in den Flur. Mirskaja war völlig betrunken. Sie riss plötzlich freudig die Augen auf, betrachtete Sanka einen Moment und schrie über den ganzen Flur:

«Der kleine Student! Kolja! Komm zu uns! Wie gut!»

Sie wollte einen Schritt machen, fürchtete sich jedoch, die Klinke loszulassen.

«Sinaida, wohin?», hörte Sanka durch die Tür, und «Offizierus», ebenjener Offizier, der damals im Saal den Skandal ausgelöst hatte, kam ohne Rock heraus und griff nach Mirskajas Arm.

Offizierus riss Mirskajas Hand von der Tür los, zog sie ins Zimmer. Mirskaja schaute Sanka immer noch aus freudigen Augen entgegen. Sie hob den Arm, und der leichte Seidenärmel rutschte zur Schulter zurück. Mirskaja stürzte zu Sanka und umfasste seinen Kopf.

«Kolja! Mein Lieber!», rief Mirskaja und drückte Sanka mit dem vollen, weichen Arm. Ein Geruch von schwülem Parfüm und frischer Haut ging von ihr aus.

Mirskaja hielt Sankas Kopf an sich gepresst, und da Sanka den Boden nicht sah, stolperte er. Mirskaja fiel mit Schwung aufs Sofa, und Sanka plumpste ungeschickt daneben. Hielt gerade noch die Mütze fest. Offizierus drehte den Schlüssel im Schloss herum.

«Mit Rose!», schrie Mirskaja. «Ist die Rose für mich?» Mirskaja streckte die Hand aus. Sanka wandte die Brust ab. «Möchtest du nicht?» Mirskaja stutzte.

Sie blickte von unten zu Sanka hoch, eine dunkle Gefahr, die in der Tiefe glomm, aus dunklen Löchern drohte. Und Sanka dachte: ‹Jetzt ist alles möglich. Sie stürzt sich auf mich.›

Plötzlich lachte Mirskaja übers ganze Gesicht, fröhlich und verschmitzt.

«Ein Geschenk von ihr! Von ihr! Ich weiß, ich weiß!» Mirskaja klatschte in die Hände. Sanka sah aus den Augenwinkeln, wie Offizierus mitten im Zimmer stand, wie er breitbeinig dastand, die dünnen Beine in Kanonenstiefeln. Er wiegte den Oberkörper, die Hände in die Seiten gestemmt.

Sanka merkte, dass Offizierus zum Sprechen ansetzen wollte, zweimal hatte er schon die Hände gehoben.

«Ausgezeichnet!», sagte Offizierus schließlich.

Sanka wandte ihm den Blick zu. Unter einer rosa Lampe stand, in buntem Hemd und steifem Kragen, ein rötlicher Blondschopf, ein Blondschopf ohne Wimpern und Brauen, und dank dem rosa Licht erinnerte sein Gesicht an eine nicht fertig gezeichnete Puppe.

«Ausgezeichnet!», wiederholte Offizierus und legte einen Finger unter den Hosenträger. «Kommt von einer Dame – und zu Besuch. Stellen wir uns vor, wenn's beliebt?»

Offizierus schritt auf schwankenden Beinen vorwärts, und Sanka wusste nicht, würde er zuschlagen oder die Hand reichen. Sanka stand auf und reichte ihm die Hand.

«Oberleutnant Sagodin!», sagte Offizierus. «Aus-ge-zeichnet.»

«Er kommt mit Rose!», schrie Mirskaja. «Lass Champagner bringen.» Mirskajas betrunkene Hand suchte an der Wand nach dem Klingelknopf. Fand ihn, drückte den Finger darauf. «Du wirst rot?» Mirskaja zog Sanka am Ärmel. «Komm, ich küsse dich.» Sie zog Sanka an sich und küsste ihn direkt auf die Lippen.

Der Kellner klopfte. Offizierus sperrte ihm auf.

«Einen Demi-sec», rief Mirskaja. «Wir trinken auf dein Glück!» Wieder umarmte sie Sanka. «Kolja, du mein Dummkopf.»

«Sanka», korrigierte Sanka.

«Dir wäre Sanka lieber?», fragte Mirskaja bekümmert. «Bitte, wie du möchtest, es ist dein Tag. Geh bloß nicht spielen, wenn man liebt, verliert man. Ljonka hab ich gesagt, ich würde ihn nicht lieben, wenn er spielt. Er ist trotzdem gegangen, der Hund. Hab ihm hinterhergespuckt. Und er hat gewonnen. Siebenhundert Rubel, sagt er. Er lügt oder versteckt sie ... oder schneidet auf. Wie viel, Ljonka?»

Der Kellner klopfte leise und trat ein. Auf die Plüschtischdecke, über die durcheinander geworfenen Spielkarten, stellte er ein Eimerchen aus Neusilber. Heraus ragte, als kapriziöses Köpfchen, ein vergoldeter, schwankender Korken. Sanka holte zehn Rubel aus der Tasche und warf sie auf den Tisch.

«Kostet zwölf», sagte der Kellner leise und streng.

Nun war es schon gleich, und Sanka warf einen Fünfer dazu, stieß ihn dem Kellner in die Hand. Ihm blieben viereinhalb. Es war alles zu Ende. Sanka bemühte sich zu lächeln. Er hätte am liebsten sofort getrunken, aber Offizierus betrachtete die Flasche und schob sie zurück ins Eis.

«Ich mag, wenn er klirrend kalt ist.» Er trommelte mit den Fingernägeln gegen das Eimerchen. Mirskaja schaute Sanka an und schubste ihn plötzlich besorgt gegen die Schulter.

«Was grübelst du? Hm? Dummkopf, wird doch alles. Komm, ich leg dir die Karten. Sammel sie ein, sammel sie ein!» Mirskaja schob hastig die Karten auf einen Haufen. «Du vertreibst mir den Schwips», behauptete sie.

«Ja», sagte Offizierus, der Mirskaja half, «entschuldigen schon, aber was sitzen Sie eigentlich da wie ein Trauerkloß? Also wirklich, was soll das eigentlich? Hm? Haben Sie eine Fünf gekriegt?»

Sanka wurde rot.

«Sagen Sie, sind Sie betrunken oder bloß – ein Dummkopf?» Und Sanka stand auf.

Sankas Unterkiefer zitterte, und das Wort «Dummkopf» hatte er gleichsam mit den Zähnen abgebissen.

«Was, was sagst du, was sagst du da?»

Offizierus erhob sich und blinzelte mit den rötlichen Wimpern.

Mirskaja warf die Karten auf den Tisch, sie lehnte sich auf dem Sofa zurück und lachte, lachte zur Decke hoch, Lachtränen in den Augen. Aus der Portiere an der Tür ragte der Kopf der Gesellschafterin.

«Nimm deine Worte ... deine Worte ...» Sanka hörte durch Mirskajas Lachen Offizierus' Stimme. Er schwieg, wurde tiefer und tiefer rot. Offizierus blinzelte, stierte Sanka an und schob die Hand in die Tasche.

‹Ihn schlagen, in die Fresse schlagen mit aller Wucht›, dachte Sanka und spürte, gleich würde ihm die Hand ausrutschen, würde ganz von allein ausrutschen.

Offizierus zog mit gleitender Bewegung einen Browning aus der Tasche und hob ihn langsam.

«Nimm deine Worte ...»

Sankas Hand ruckte, holte nach hinten aus, und plötzlich klammerte sich jemand an seine Hand, hing schwer daran, pudschwer. Mirskaja hatte zielsicher wie eine Katze seine Hand geschnappt. Sie presste ihre Brust gegen die Hand und lachte lautlos.

«Leg ihn ... auf den Tisch, Ljonka! Leg ihn hin!», flüsterte Mirskaja durch das Lachen. Sie küsste Sankas Hand, herzhaft, wie man das Gesicht eines Kindes küsst. Küsste ihn auf die Handfläche, schmiegte die Wange dagegen. «Leg ihn hin!», schrie Mirskaja auf einmal, als Offizierus den Browning in die Tasche stecken wollte.

«Willfahre der Dame des Hauses», murmelte Offizierus. Er legte den Browning auf den Tisch.

«Kusminitschna, räum das weg!», rief Mirskaja. Der Kopf der Gesellschafterin tauchte aus der Portiere auf. «Hast du Angst?», rief Mirskaja, packte den Revolver und schmiss ihn in die Ecke.

Offizierus kehrte ihr den Rücken zu und zog sich den Rock über.

Mirskaja stand auf und ging festen Schrittes über den Teppich zum Spiegel, wo Offizierus sich, ohne Hast, den Rock zuknöpfte.

Sanka atmete heftig und blickte zu Boden, auf das Teppichmuster. Mirskaja flüsterte mit Offizierus.

«Nur, da ich mich dem Willen der Dame des Hauses beuge», sagte Offizierus und kam, Arm in Arm mit Mirskaja, zurück zum Tisch.

«Mach die Flasche auf!», kommandierte Mirskaja.

Der Oberleutnant nahm sich den Korken vor.

«Trinkt! Schließt Frieden! Brüderschaft!», rief Mirskaja. «Trinkt sofort Brüderschaft!»

«Beuge mich dem Willen ...», murmelte Offizierus und schlang den Arm mit dem Pokal um Sankas Arm. «Hör mal, bist ein prima Kerl!», sagte Offizierus und rüttelte Sanka an der Schulter.

Im Nachbarzimmer sang eine kreischende weibliche Stimme.

«Eine Stimme hat die – zum Zeitungenverkaufen.» Mirskaja lachte. Sie war mit einem Mal beschwipst. «Was schaust du auf meine Hände?», schrie sie Sanka an. «Wie weiß sie sind? Das kommt, weil meine Mutter Kühe gemolken hat. Und mein Vater ... alle Männer sind Dreckskerle. Und die Frauen Dirnen ... Ist noch was drin?»

«Gehorche dem Willen …», sprach Offizierus. Er kehrte die Flasche um, doch daraus tropfte es nur.

«Gehorchst?» Mirskaja kniff betrunken die Augen zusammen, zwinkerte Sanka zu. «Gehorchst? Dann gib sofort hundert Rubel her.»

«Bitte sehr … bitte sehr …» Offizierus griff unters Revers seines Rocks.

Mirskaja beugte sich vor, stützte den betrunkenen Kopf auf den Tisch und machte sich darunter zu schaffen – sie steckte sich den Schein in den Strumpf.

‹Ob ich sie um fünfzig Rubel bitte?›, überlegte Sanka. ‹Gäbe sie ja zurück. Wenn ich sie bloß morgen, morgen früh abschicken könnte.› Ihm fielen die Schüsse bei der Fabrik ein, das trockene Pochen. Und wie Karnauch über den Rauch gesprochen hatte. Mirskaja lächelte, die Augen geschlossen. Offizierus mischte schweigend die Karten und zog aufs Geratewohl welche heraus.

«Nichts mehr drin?», fragte Mirskaja wie im Schlaf.

Sanka goss ihr aus seinem Pokal ein, und die Ränder klirrten gegeneinander.

«Wie ein Kuss», sagte Mirskaja selbstvergessen, «wer ist das?» Sie öffnete die Augen.

«Ach, du bist das, du! Jetzt ist es bei uns wie an Weihnachten.» Sie schloss die Augen, lächelte wohlig und reckte sich, hielt den Pokal mit beiden Händen.

«Ich gehe», sagte Sanka. Es klang, ohne dass er es gewollt hätte, entschlossen und verärgert. Offizierus riss die rötlichen Augen auf. Mirskaja nahm den Pokal von den Lippen und sah Sanka beunruhigt an, als hätte eine Glocke geschlagen.

Sanka zog sich den Mantel an.

Mirskaja kam ihm nach, kam nach bis zur Tür. Sie hielt seine Hand, drückte sie, zog sie nach unten. Mit glänzenden, betrunkenen

Augen blickte sie wie ein großer Hund Sanka an. Sie sagte nichts und ging schwankend, im gleichen Tritt, mit ihm durch den Flur.

‹Ich frage sie einfach›, überlegte Sanka und blieb einen Moment stehen. Mirskaja bemühte sich nach wie vor, Sanka in die Augen zu sehen. Plötzlich zuckten ihre Brauen hoch, und sogleich beugte sie sich vor, fest auf Sankas Arm gestützt. Angst und Freude, auch Kälte durchwehte Sanka, und er ließ Mirskaja ungestört im Strumpf suchen. Wachsam schielte er den Flur entlang.

«Hier, nimm!», flüsterte Mirskaja kaum hörbar, und ihre schwarzen Augen blickten schwer und zutraulich, unbeweglich, und umwölkten sich.

Die Hand stockte. ‹Nicht nehmen, nicht nehmen!›, beschwor Sanka sich innerlich, doch die Hand streckte sich aus und nahm es. Mirskaja neigte den Kopf zu Sankas Hand und küsste sie.

«Geh, Sanka, geh, begleite mich nicht», flüsterte Mirskaja und stieß Sanka fort. «Geh, geh, der Himmel sei mit dir.»

Sanka lief rasch die Treppe hinunter, trug seinen Kopf fort von hier, schnellstens fort von hier.

SUMPFBROMBEEREN

Auf dem vorderen Schlitten fuhr der Berg von Grunjas Körben, dahinter fuhr Wawitsch mit Grunja, die ein Paket auf den Knien hielt. Wiktor brachte Grunja zu ihrer Tante. Diese war die Kusine des Gefängnisaufsehers Sorokin, ein kleines Frauenzimmer von über fünfzig. Wiktor war auf Grunjas Geheiß zweimal bei ihr gewesen. Sie hatte ihn in Filzstiefeln und schwarzem Kopftuch empfangen. Hatte unterwürfig den Quartieraufseher empfangen und andauernd mit trockener Hand über Rock und Ärmel des Barchentkleids geschabt.

«Hast mit Federn zu tun, mit Flaum, wissen Sie, dann sind die überall. Bleiben hängen, wirst selber zum Huhn. So rupf ich mich eben, heutzutag muss man nehmen, was kommt.»

Die Alte handelte mit Kissen und Daunen.

Wawitsch zeigte Grunja die Stadt.

«Da, ein Hotel. Steigen die Reichen ab. Meistens Juden. Wunderbares Haus. Schau, allein die Vorhänge!»

Grunja warf einen kurzen Blick auf die Fenster, dann beugte sie sich wieder zur Seite, um die Körbe auf dem vorderen Schlitten zu sehen.

«Da wohnt der Polizeichef», sagte Wiktor Grunja ins Ohr. Er machte ein ernstes, sogar strenges Gesicht und ließ Grunjas Taille los. «Die Polizeichefin ist eine wunderbare Frau», sagte Wiktor, als sie am Haus vorbei waren, «eine Königin! Und die Kalesche erst! Mal haben die Pferde gescheut, ich bin hingesaust. Und – hopp! – in die Zügel gegriffen. Wunderbar.»

«Warwara Andrejewna?», fragte Grunja.

Wiktor prallte zurück und blickte Grunja an. Zutiefst erschrocken.

«Hat mir unser Polizeihauptmann erzählt.» Grunja nickte. «Huch, langsamer, langsamer!», rief Grunja dem vorderen Kutscher zu und wäre fast aus dem Schlitten gesprungen.

«Langsamer, Tölpel!», schrie Wiktor. «Keine Zucht und Ordnung, schrecklich!» Wiktor fasste Grunja fester um die Taille.

«Sie mag Warenje aus Sumpfbrombeeren», sagte Grunja. «Ich weiß, ich weiß.» Und Grunja nickte versonnen.

«Hier, nach rechts, hier, wo das Schild ist!», rief Wiktor. Und erneut schob er streng die Brauen hoch. Grunja warf einen Seitenblick auf Wiktor. Ohne Hast nahm sie Wiktors Arm und stieg aus dem Schlitten.

Über die niedere Fassade zog sich ein schwarzes Ladenschild mit taubenblauen Buchstaben:

Federn und Flaum

N. Golubewa

Hinter der Glastür zupfte die Alte hastig das schwarze Kopftuch zurecht. Wiktor sah auf die Uhr.

«Fahr nur, fahr, sonst kommst du zu spät», sagte Grunja. «Ich finde alles.»

Es war tatsächlich spät. Die Alte trat, einen Umhang über den Schultern, aus der Tür, das Türglöckchen schepperte hinter ihr drein.

«Hilf dem Fräulein tragen!», befahl Wiktor dem Kutscher.

«Grunja» – Wiktor beugte sich zu ihr –, «liebste Grunja, später fahren wir, ich zeig dir dann, alles neu, die Böden, alles, ah, wunderbar!» Wiktor kniff die Augen zusammen und wiegte den Kopf. Plötzlich warf er einen Seitenblick auf den Kutscher, und sogleich, mit mäkeligem Gesicht: «Schlaf nicht, hörst du!» Und zur Alten, die Hand an der Mütze: «Pardon! Der Dienst ...»

Wiktor nahm im Schlitten Platz, massig und würdevoll, als hätte seine Masse um anderthalb Pud zugenommen.

«Los, aber dalli, zur Peter-Paul-Wache.»

Der Kutscher erhob sich, zerrte an den Zügeln. Wiktor hörte, wie rückwärts die Alte gurrte:

«Ach, was für eine Schönheit! Ach, so was aber auch ... In den Hof, bring alles in den Hof!», keifte sie den Kutscher mit dem Gepäck an.

Wiktor schaute zurück. Der Kutscher verdeckte mit den Körben die Alte und Grunja.

Grunja zog sich um und wusch sich in dem niedrigen Zimmerchen hinter dem Laden.

«Habe Kaffee getrunken, habe schon, nicht nötig, Natalja Iwanowna!», sagte Grunja unterm Plätschern des Wassers.

Die Alte betrachtete Grunja mit scharfem Blick, beäugte ihre ganze Figur, betastete mit den Augen die geschmeidige Wäsche.

«Wie das Geschäft geht, ja, wie geht es denn – alles Geschäft macht der Jud, lässt einen nicht schnaufen. Stimmt schon, wie es heißt, dass die sich jeden Flaum und jedes Federchen krallen. Die Juden, mein ich ... Gehst du in die Kirche?», gurrte die Alte. «Geh nur, geh, Liebe, wie auch nicht. Und wofür ist das? Ein Eimerchen, oder was? Schwer», sagte die Alte, als sie es mit Grunja hochhob.

«Wo ist denn die nächste Kirche?», fragte Grunja. Vom Wasser erfrischt, stand sie da in ihrem besten rosa Kleid mit dem hochroten Gürtel, und rosa leuchteten die rosa Arme aus den kurzen rosa Ärmeln.

Grunja ging tatsächlich in die Kirche. Auf dem leeren Boden lag sie eine Weile auf Knien, mitten in der Kirche. Dreimal verneigte sie sich bis zum Boden, suchte dann eine Muttergottesikone, küsste sie. Und ging raschen Schrittes über den hallenden Boden hinaus. Eine Bettlerin stieß mit ihrem Lumpenleib die wuchtige Tür auf, Grunja wühlte in der Tasche, steckte ihr einen Fünfer zu. Blieb ein zweites Mal stehen und steckte ihr noch drei Kopeken zu.

Grunja rief eine Droschke herbei, stieg ein und stellte das Paket zu ihren Füßen ab.

Die Polizeichefin goss mit einem kleinen Gießkännchen die Blumen. Sie hatte ihre Lieblingsblumen, andere mochte sie nicht. Sie mochte die kümmerlichen und gab ihnen mehr Wasser.

«Trinkt, meine Lieben, trinkt nur!», sagte Warwara Andrejewna leise und schwenkte das Gießkännchen in dem schwellenden Händchen. Sie trug einen grünen Morgenrock und ein Spitzenhäubchen – hatte gestern die Haare gewaschen.

Im geschnitzten Büfett klirrte leicht das Geschirr von Warwara Andrejewnas Schritten. Die Wintersonne stand in roten Quadraten auf den strohgelben Vorhängen. Warwara Andrejewna weidete sich am Anblick ihres schwellenden Händchens – am abgespreizten kleinen Finger brannte ein Rubin; das Gießkännchen erstarrte in der Hand, und das Wasser rann in dünnem Strahl unhörbar auf den Teppich.

Unter Absatzgeklapper trat das Mädchen ein.

«Euer Exzellenz, da ist eine, die fragt nach Ihnen.» Die Polizeichefin hatte angeordnet, dass sie mit «Exzellenz» anzusprechen wäre, obwohl ihr Gatte nur Rittmeister war. «Wie befehlen, Euer Exzellenz?»

«Eine Dame?» Warwara Andrejewna blickte hoch zur Wanduhr.

«Was soll ich sagen.» Das Mädchen geriet ins Stocken. «Scheint's, eine Dame, bloß bittet sie sehr. Sagt, sie kommt von auswärts. Muss was übergeben, sagt sie. Weiß nicht. Hab schon alles versucht.»

«Geh, ich klingle dann.» Warwara Andrejewna stellte das Gießkännchen auf den Tisch.

Auf Zehenspitzen, den Morgenrock geschürzt und den kleinen Finger nach wie vor abgespreizt, schlich Warwara Andrejewna zur Tür, öffnete sie lautlos und spähte durch den Spalt der Portiere.

‹Unbekannt, vollkommen unbekannt›, dachte Warwara Andrejewna, während sie Grunja betrachtete. ‹Aus einfachen Verhältnissen anscheinend.›

Warwara Andrejewna genoss es, diese junge Frau zu beobachten, die da drei Schritt entfernt sitzt, meint, sie sei allein im Vorzimmer, und wartet. Wie tief sie Luft holt. Ist sogar rot geworden. Schaut ja direkt hierher, zur Tür. Und Warwara Andrejewna lächelte zufrieden.

«Ich seh Sie, seh Sie», rief Grunja plötzlich aus, und auf der ganzen weichen Breite ihres Gesichts erblühte ein Lächeln. «Guten Tag!» Grunja steuerte auf die Portiere zu. Warwara Andrejewna wollte zurück, aber Grunja schob bereits mit dem Kopf die Portiere auseinander und streckte ihr die Hand hin. «Guten Tag!», sagte Grunja fröhlich.

Warwara Andrejewna wollte eine unzufriedene Miene aufsetzen, doch schien es ihr passender, alles ins Lächerliche zu ziehen, und sie drückte Grunja die Hand.

«Ich meine mich zu erinnern …» Warwara Andrejewna wurde endgültig rot, und sie fand es selbst schon lustig, dass sie ertappt worden war.

«Sie erinnern sich nicht, nein, erinnern sich nicht: Ich bin Grunja Sorokina, vom Gefängnisaufseher Sorokin die Tochter», sagte Grunja laut. Sie stand in Pelz und Hut auf dem Teppich des Salons. Der Papagei kreischte in seinem Käfig, und Grunja hörte schlecht, was Warwara Andrejewna erwiderte. «Ja, ja, sicher, gleich. Ja, ja, wie kann ich nur, im Pelz!» Und Grunja begann, sich im Vorzimmer rasch aus dem Pelz zu schälen.

«Nastja, hilf», sagte Warwara Andrejewna durch das Gekreisch des Papageis und deutete mit der Hand auf Grunja. Nastja fing den Pelz auf.

Grunja hob ein Paket vom Boden und folgte der Polizeichefin.

«Dafür müssen wir ins Esszimmer», rief Grunja ihr ins Ohr.

«Ja, hier kann man nichts hören!» Die Polizeichefin ging rasch ins Esszimmer weiter, führte Grunja am Arm.

‹Eine komische Person, so rosa›, dachte die Polizeichefin, ‹da hab ich was zu erzählen.› Sie schlug geräuschvoll die Tür zum Papagei zu.

«Was führt Sie zu mir, meine Liebe?», fragte die Polizeichefin und brachte keine strenge Miene zustande.

Grunja blickte zum weißen Tischtuch und dem Gießkännchen.

«Ein Tablett, holen Sie ein Tablett, unbedingt ein großes. Hab Ihnen da was mitgebracht.»

«Ein Tablett? Wie das?», fragte Warwara Andrejewna.

«Na, ein Tablett, ein normales Tablett, sonst gibt es noch Flecken.»

Warwara Andrejewna lachte, rannte leichtfüßig zum Büfett, griff nach einem großen, glänzenden Tablett und legte es auf den Tisch.

«Raten Sie mal, was da drin ist!» Grunja stellte das schwere Paket auf den Tisch und deckte breit die Hand darauf. Fröhlich sah sie Warwara Andrejewna in die Augen. «Was unheimlich Feines! Jetzt brauchen wir noch ein Glas und einen Löffel.» Grunja begann auszupacken, außenherum waren Zeitungen, die unterwegs schmutzig geworden waren. Grunja riss sie herunter. «Wohin damit? Wohin?» Schon lief sie von allein zum Ofen und stopfte sie hinein.

Warwara Andrejewna rannte in die Küche und kehrte im Laufschritt zurück mit einem Glas.

«Haben Sie es ausgespült?», fragte Grunja. Und sie begann, mit dem Löffel Warenje zu schöpfen. Löffel für Löffel ließ sie Warenje ins Glas klacksen und blickte zwischendurch zu Warwara Andrejewna.

«Ist wunderbar!», sagte Grunja.

Warwara Andrejewna streifte mit dem Rubinfinger Warenje unten vom Löffel und leckte den Finger ab.

«Nun?», fragte Grunja.

«Unheimlich komisch», sagte Warwara Andrejewna und lachte. Auch Grunja brach in Gelächter aus.

«Der Rest ist für Wiktor», sagte Grunja ernst, als das Glas voll war.

«Für was für einen Wiktor?», fragte die Polizeichefin lachend.

«Wawitsch. Meinen Bräutigam. Er ist jetzt Quartieraufseher. Der hat sie sehr gern», meinte Grunja versonnen. «Sumpfbrombeeren, sag ich, mag er sehr.»

«Ist er hübsch?», fragte die Polizeichefin.

«Aber ja, hübsch ist er, und jetzt so schick», sagte Grunja wie zu sich selbst und band sorgfältig ihr irdenes Gefäß wieder zu.

«Was für ein Wawitsch? Habe ich nichts von gehört.» Die Polizeichefin setzte sich und schaute Grunja lächelnd, von unten, ins Gesicht. «In welcher Dienststelle? Ein Brünetter? Und mag Sie sehr? Setzen Sie sich. Wie heißen Sie, habe es vergessen», plauderte Warwara Andrejewna. «Können Sie später zubinden! Wer hat Ihnen das von den Sumpfbrombeeren gesagt? Wie komisch Sie sind! Das heißt, wie lieb, wollte ich sagen.» Die Polizeichefin schnappte nach Grunjas Fingern und drückte sie. «Lieben Sie ihn sehr?», fragte Warwara Andrejewna blinzelnd. «Ist er hoch gewachsen? Zeigen Sie ihn mir, er soll herkommen, unbedingt, unbedingt. Ich möchte rauchen, aber unterstehen Sie sich, es jemandem zu verraten.»

Die Polizeichefin holte ein kleines Schildpattetui hervor und steckte sich eine dünne Papirossa an.

«Nun erzählen Sie doch, wie er Sie liebt.» Die Polizeichefin wurde lebhaft, rückte ihren Stuhl näher. «Bestimmt mag er Sie sehr gern küssen?» Sie betrachtete eingehend Grunjas Wangen, den Ausschnitt am Busen. «Was schauen Sie mich so an? Wie wenn er Sie noch kein einziges Mal geküsst hätte, hm? Nun reden Sie doch!» Die Polizeichefin stieß mit dem Finger gegen Grunjas schwellenden Ellbogen.

Das Mädchen kam herein im schwarzen Kleid, ein weißes Häubchen im Haar.

«Euer Exzellenz, Sie werden zum Telefon gebeten. Adrian Alexandrowitsch.»

Die Polizeichefin sprang auf, es röhrte der zurückgeschobene Stuhl.

«Ich eile, leben Sie wohl, Liebe», sagte Warwara Andrejewna, gleich außer Puste. Sie hielt Grunja die Hand hin. Grunja erhob sich weich, machte eine Bewegung zum Gesicht, und die Polizeichefin küsste sie flüchtig. Unter der Tür blieb sie stehen, wandte sich halb um, wedelte mit dem Händchen und sagte mit geringschätziger Grimasse: «Bloß diesen Gürtel sollten Sie ändern, der ist unmöglich!»

DIE KRISIS

«Ich! Ich! Geb's ihm selbst!!» Nadja schrie es beinahe, als die Mutter für Baschkin einen Apfel schälen wollte. Die Mutter blickte auf: Nadjas Unterkiefer zitterte, zitterte unbändig, und die zusammengepressten Lippen ließen den Mund zum schnurgeraden Spalt werden. Mit hastigen, bösen Fingern schälte und wendete Nadja den Apfel.

«Der Doktor sagt, jetzt sei die Krisis», flüsterte Anna Grigorjewna.

Nadja nickte und zog die Brauen hoch. Baschkin wälzte den Kopf auf dem Kissen, seine Lippen bewegten sich, und Nadja schob einen spitzen Apfelschnitz vorsichtig zwischen die dicken, verwitterten Lippen.

Baschkin sog den Apfel mit den Lippen in den Mund, schlug die Augen auf, und Nadja sah, dass er sie erkannte, dass sein Blick klar war – und was für helle, gutmütige Augen, kam es Nadja vor. Ganz kindliche, hilflose. Baschkin lächelte.

«Darf ich noch?», artikulierte er deutlich. «Bitte.» Nadja schob ihm eilends einen weiteren Schnitz in den Mund. Baschkin drehte sich auf die Seite, legte die gefalteten Hände unter die Wange und zog die Knie an – sie ragten spitz unter der Pikeedecke. Er schloss die Augen, schloss sie mit seligem Gesichtsausdruck, mit naiv emporgehobenen Brauen. Nadja stand geräuschlos auf, und vorsichtig, nur mit den Fingerspitzen, zog sie die Decke zurecht.

Anna Grigorjewna bewegte sich in Fensternähe, stieß an den Paravent. Nadja wedelte mit der Hand und drehte sich um, stirnrunzelnd, das verärgerte Gesicht zum blauen Halbdunkel gewandt, wo Anna Grigorjewnas Silhouette huschte. Auf Zehenspitzen ging Anna Grigorjewna zur Tür hinaus.

Nadja blieb allein an Baschkins Bett. Sie saß in Mutters tiefem Sessel, die Ellbogen auf die Knie gestützt, die heißen Wangen auf den Handflächen.

‹Mach ich, mach ich selbst!›, hatte er gesagt. Und war auf und davon gerannt. Es fiel ihr ein, welche Freude in Filipps Beinen gewesen war, als er über die Straße zu der Verkaufsbude rannte. Sie spürte auf ihrem Kopf die Pelzkappe und Filipps Hand, wie er sie streichelte. Eine männliche, schwere Hand. Nadja schüttelte wütend den Kopf. Es hatte, ja, es hatte Verdruss in seiner Stimme gelegen, als er sagte: «Beunruhigen Sie sich nicht, das organisieren wir.» Mit anderen Worten: organisieren wir ohne Sie. «Na schön», flüsterte Nadja und drückte die Hände mit aller Macht aufs Kinn. Ihr standen Tanjas Hände vor Augen, wie sie Filipp an den Schläfen gepackt hatte.

‹Brauchen mich nicht, dann eben nicht!›, artikulierte Nadja bei sich – böse, Wort für Wort. Und stierte auf den Teppich. Mit friedlichen Mustern war der Teppich bedeckt, es war still, beflissen tickte das Ührchen auf dem Nachttisch. Nadja atmete heftig. Sie bemerkte nicht, dass sie weinte, weinte ohne Laut, nur Tränen, einzelne, herbe Tränen. Durch die Tränen verschwamm die Zeichnung auf dem Teppich, und davon wurde ihr noch jämmerlicher zumute, dauerte sie sich noch mehr, als ob Nadja eine eiskalte Eisenplatte an sich drückte, drückte und drückte, immer stärker, schmerzhafter, kälter. Sie hatte nicht bemerkt, wie Anna Grigorjewna leise hereinkam. Die Mutter sah den Schultern den Kummer an. Behutsam legte sie die Hand auf Nadjas Kopf, und Nadja fuhr auf, schüttelte sich, ruckte mit dem Kopf. Anna Grigorjewna sah die Tränen, wandte sich ab, ging und setzte sich im Dunkeln auf die Couch.

«Wahrhaft ein unglücklicher Mensch», sagte Anna Grigorjewna nach einiger Zeit halblaut, nachdenklich. «Ich meine», sagte sie lebhafter, «er ist wahrhaft unglücklich ... Aber das geht vorüber, rege dich nicht auf, Bruhn sagt, es gäbe Hoffnung.»

«Wäre es nicht Zeit, ihm die Herztropfen zu geben?», sagte Nadja mit kalter Stimme und erhob sich halb, um auf das Ührchen zu sehen.

Sie blickte auf Baschkin hinab, wie er fügsam, wie ein Kind, dalag mit emporgezogenen Brauen.

«Geh doch schlafen, Mama», sagte Nadja ungeduldig, lehrerinnenhaft, «leg dich auf mein Bett. Hat doch keinen Sinn, dass wir beide nicht schlafen.»

Nadja schüttelte das Thermometer aus, und nach jedem Ausholen sagte sie sich: ‹Dann eben nicht ... eben nicht!› Sie schlug auf Baschkins Brust vorsichtig das Hemd zurück, hob Baschkins dünnen, leichten Arm am Ellbogen hoch, ließ sich auf die Knie und schob das Thermometer unter die Achsel. Und erst als sie das Hemd wieder zuschlug, bemerkte sie auf Baschkins Brust einen violetten Bluterguss.

«Mein Gott!», flüsterte Nadja laut. «Hast du gesehen, das gesehen?» Und sie wandte erschrocken das Gesicht der Mutter zu.

«Ja, ja, er ist am ganzen Leib zerschlagen, am ganzen Leib. Es ist nichts aus ihm herauszubringen, setz ihm nicht zu», sagte Anna Grigorjewna geheimnisvoll und verließ sogleich den Raum.

Nadja blieb auf dem Teppich vor dem Bett auf den Knien liegen. Baschkin atmete direkt auf ihre Hand, atmete regelmäßig, ruhig, und Nadja stand nicht von den Knien auf und freute sich, dass niemand im Raum war. Sie richtete ihre ganze Aufmerksamkeit darauf, dass das Fieberthermometer nicht herausfiel. Zehn Minuten wartete sie in dieser Haltung, dann ging sie daran, das Thermometer herauszuholen. Sie berührte Baschkins Arm.

Baschkin erwachte. Er blickte in Nadjas Gesicht direkt über ihm, blickte aus gerührten, zutraulichen Augen. Für einen Moment schloss er die Lider und blickte erneut zu Nadja auf, und Nadja meinte in seinen Augen Tränen zu sehen. Er bedeckte mit seiner Hand behutsam Nadjas Hand, als wäre er nicht ganz bei sich, und schloss die Augen. Nadja zog mit der freien Hand das Thermometer heraus. Das Thermometer zeigte sechsunddreißig acht. Nadja legte das Thermometer auf den Nachttisch, sie reckte sich hinüber, ohne die Haltung zu verändern, um nicht mit der Hand zu zucken, die Baschkin bedeckt hielt.

Ein Schlüssel zirpte in der Wohnungstür, das Schnappschloss klackte. Nadja zog vorsichtig die Hand heraus und stand leise von den Knien auf. Baschkin stöhnte leicht. Vielleicht hatte er auch nicht gestöhnt, vielleicht hatte er nur fest geatmet. Nadja setzte sich in den Sessel. Sie hörte, wie Sanka im Vorzimmer den Mantel ablegte, wie der Mützenschirm auf den Tisch knallte. Hörte, wie Sanka vorsichtig zur Tür ging, spürte, wie er von hinten schaute, und blickte sich um, blickte zornig.

«Was schaust du so grimmig?», fragte Sanka. Er wirkte ein wenig konfus.

«Du machst Sachen!», flüsterte Nadja. «Wurdest gebeten, zur Apotheke …»

Sanka hob die Brauen und legte den Kopf schief.

«Ein Mensch ist in der Krisis, ist ohne Bewusstsein. Da könnte man doch auch ein bisschen an andere denken?»

«Verstehst du …» Sanka schritt ins Zimmer. «Was alles los ist!» Sanka setzte eine lebhafte Miene auf und riss die Hand zum

Ohr hoch. Das Köpfchen einer verwelkten Rose baumelte schwach auf totem Stängel.

Nadja wandte sich verächtlich ab.

«Verstehst du» – Sanka beugte sich zu Nadja –, «bei der Fabrik, der Maschinenfabrik, wird geschossen. Hab ein halbes Dutzend Schüsse gehört. Wollte näher hin, verstehst du, aber es ging nicht, verstehst du. Schnee bis da, bis zur Brust.» Und Sanka fuhr sich zweimal kräftig mit dem Finger über den Rock. «Bis da!»

«Leiser, bitte!», sagte Nadja streng und drehte ungeduldig den Kopf in Sankas Richtung.

«Ach, hol dich der Teufel!», sagte Sanka. Sagte es böse, blickte finster und schritt laut zur Tür.

«Und wann war das?», fragte Nadja mit einem Mal – der Bruder war schon an der Tür. Fragte es mit rascher Stimme.

«Weiß der Teufel», brummte Sanka böse und ging durch den Flur in sein Zimmer.

DIE HOCHZEIT IST MORGEN

Es war still in der Wohnung. Weich sickerte Licht durch die weißen Stores. Baschkin lauschte; durch das leise Rauschen in den Ohren hörte er nur das emsige Ticken der Uhr auf dem Marmor des Nachttischs. Der Kopf war angenehm leer und leicht, und Baschkin spürte, dass er insgesamt leicht war, wie aus Zwirn.

Baschkin ließ vorsichtig den Blick durchs Zimmer schweifen. Auf der Couch schlief Nadja, die Knie angezogen. Der braune Rock war ein wenig hochgerutscht, und darunter hervor blitzte Spitze auf schwarzem Strumpf. Kindlich vertrauensselig blinkte das weiße Muster. Nadja hatte den Kopf zur Brust geneigt auf dem harten Sofapolster, und im Schlaf presste sie die Faust um das Ende ihrer englischen Halsbinde.

Baschkin fixierte einen Punkt auf der Tapete, um zu verfolgen, um sehen zu können, wie Nadja atmet, wie ihre Schulter sich hebt. Die Schulter lebte, atmete – er konnte Nadja betrachten, so viel er wollte, und er ließ die Augen über sie gleiten, während sie noch genauso vor ihm lag, die Augen geschlossen.

Baschkin verlor sich in Gedanken, sie würde nicht schlafen, sie hielte nur die Augen geschlossen und wüsste, dass er schaut. Er ließ den Blick über die Spitze, die Schulter, die Haare gleiten. Und es kam ihm vor, als wäre sie in seiner Gewalt, und da lag sie – fügsam, sklavisch. Er blinzelte, schloss die Augen, um danach von neuem gezielt hinzusehen.

‹Ich rufe, und sie kommt her. Bleibt hier stehen. Bei mir. Ich sage: Nadja!›

«Nad-ja!», sagte Baschkin beim Ausatmen, fast nur mit den Lippen. «Nadja!»

Fügsame Müdigkeit schlief auf Nadjas Gesicht. Ihr Krägelchen, ihre Halsbinde, ihr Halbschuh mit der stumpfen Spitze und dem niederen Absatz, alles blickte plötzlich auf Baschkin, alles auf einmal, als wäre es eins, wie etwas von Nadja Getrenntes, nicht zu ihr Gehörendes. Ein kleines Mädchen im Waisenhauskleid, «heute kein Mittagessen!», schläft nach Kummertränen. ‹Nach Waisentränen›, sinnierte Baschkin. «Ist nicht spöttisch, nicht streng», flüsterte Baschkin und wiegte den Kopf auf dem Kissen, «nein, nein. Normal, schlicht … wie ich. Ja, ja!»

Er sprach, wie man spricht, wenn man nicht bei sich ist. Horchte auf seine Stimme und glaubte ihr. ‹Ich ruf sie, ich ruf sie!›

«Nadja, Nadja!», sagte Baschkin fast laut, und für alle Fälle schloss er halb die Augen. Durch die Lidspalte sah er, wie Nadja sich auf dem Ellbogen aufrichtete und blinzelte.

Baschkin schloss die Augen ganz. Der Kopf glitt von allein bereitwillig in den Halbschlaf, der Atem jedoch wurde heftiger, abgerissen. Er hörte, wie Nadja vorsichtig aufstand, wie sie auf Zehenspitzen schlich. Da war sie. Da raschelten die Röcke, stand sie, ging beim Kopfende in die Knie. Baschkin sah durch die geschlossenen Lider, wie sie ihn anblickte.

«Warum … warum?», stöhnte Baschkin wie im Fieber. Er glaubte fast selbst daran, dass er phantasierte. Nadja schob ihm vorsichtig die Haare aus der Stirn und berührte ihn leicht, prüfte – ist er heiß?

‹So, und jetzt alles sagen, ihr sagen›, dachte Baschkin, ‹und sie wischt mit ihrem Händchen alles, alles weg, zärtlich und schlicht. Beide sind wir arm.› Ihm zwickten Tränen in den Augen.

«Mein Gott!», seufzte Baschkin mit schwachen Lippen. «Warum … warum quälen sie mich?»

Er wälzte den Kopf wie im Schlaf. Ganz schwach, ganz natürlich, sodass er nun sicher war, so phantasierte man.

«Was hab ich ihnen getan?», stöhnte Baschkin. Er sagte es von Herzen, mit Wehmut, mit Schmerz, und erstarrte.

Nadja hatte ihm vorsichtig die Hand auf den Scheitel gelegt und hielt leicht seinen Kopf, und Baschkin fühlte, wie vom Scheitel aus, von ihrer Hand, eine Welle warmen Glücks durch seinen ganzen Körper lief. Er regte sich nicht, atmete fast nicht. Nadja nahm behutsam die Hand weg. Baschkin warf den Kopf hoch, und seine Hand griff in der Luft zielsicher nach Nadjas Hand. Baschkins klebrige Hand schnappte Nadjas Hand, drückte sie, zog sie an die Lippen und küsste sie, als ob er durstig daraus trinken würde. Er drehte sie um und küsste die Handfläche, die Finger, und sie widersetzte sich ein wenig, geschmeidig und zärtlich, als lebte die Hand ihr eigenes Leben, mit eigenem Atem. Und Baschkin packte diese liebe, fügsame und kokette Hand, drückte sie in der seinen, legte sie sich unter den Kopf und presste, krampfhaft und trunken, seine unrasierte Wange dagegen. Und die Hand lag da und schien durch die zarte Handfläche zu atmen.

Er kniff mit aller Macht die Augen zu, sein Kopf zitterte unbändig.

«Was haben Sie? Was … haben Sie?», sagte Nadja immer wieder, immer wieder, als wären es nicht ihre Worte. «Was haben Sie?»

«Meine Liebe! Sie Arme! Gute!» Baschkin stieß krampfhaft und mit Macht die Wörter zwischen den Zähnen vor. «Ich bin der allerallerschrecklichste aller Menschen. Schlimmer als die anderen, Nadja. Schlimmer als Judas. Kennen Sie Judas?» Und er blickte Nadja plötzlich an. Blickte aus geweiteten Augen, mit der Macht des Ausbruchs.

Den Mund halb geöffnet, errötet, blickte Nadja ihn an, die Augen aufgerissen, um alles zu sehen.

Sie senkte leicht den Blick, zu Baschkins freiliegender Brust, zu den purpurroten Schrammen, und tonlos, fast nur in Gedanken, fragte sie:

«Was ist das?»

«Sie haben mich geschlagen, geschlagen, geschlagen», sprudelte Baschkin hervor, «und ich werde es ihnen heimzahlen, das sage ich Ihnen, Nadja, doch Sie dürfen niemandem, hören Sie, niemandem …» Baschkin zog die Brauen zusammen und schüttelte den Kopf.

«Wer? Was?», fragte Nadja flüsternd. Sie atmete schwer, beugte sich tiefer über Baschkin.

In diesem Augenblick schlug im Vorzimmer kurz die Klingel an, pling!, danach ein längeres Klingeln.

Nadja zuckte zusammen. Sie zog ihre Hand unter Baschkin vor, sprang von den Knien auf und rannte auf Zehenspitzen ins Vorzimmer.

Baschkin hörte, wie Nadja vorsichtig das Schnappschloss aufmachte und wie eine Männerstimme unter der Tür sagte:

«Guten Tag, wie steht es um die Gesundheit von Wiktor Illarionowitsch?»

Und wie Nadja halblaut antwortete:

«Danke der Nachfrage, die Hochzeit ist morgen.»

Ohne zu klopfen, öffnete sie die Tür zu Sankas Zimmer.

Baschkin blickte verstimmt und bekümmert zur Tür. Nadja kam hereingelaufen, wühlte mit flinken Händen in der Kommode, zog ein Handtuch heraus, und ohne die Schublade zuzumachen, verließ sie rasch den Raum. Nur kurz war ihr Blick über Baschkin geglitten.

‹Die Hochzeit ist morgen?›, dachte Baschkin. ‹Was für eine Hochzeit?› Und sogleich: «Warum hat Nadja das in so leierndem Tonfall vorgebracht? So leer, ohne Sinn? Dabei habe ich ihr gesagt, habe ich ihr doch gesagt …», flüsterte Baschkin. Er zog naiv die Brauen hoch und hatte eine Stimme wie ein kleiner Junge.

Nadja ging an der Tür vorbei, noch genauso eilig, auf Zehenspitzen, und streckte plötzlich den Kopf zur Tür herein.

«Ich komme gleich zu Ihnen!» Sie errötete, und so freudig hatte sie das gesagt und mit dem Kopf genickt, als wüsste sie etwas.

Baschkin wälzte sich im Bett, richtete sich auf dem Ellbogen auf. Er schlug die Decke bequem um sich, drückte den Kopf tiefer ins Kissen und wartete. In leichten Wellen verfloss die Zeit. Baschkin lag mit geschlossenen Augen und spürte, wie die Zeit floss, wie die Zeit freudig dahinjagte, durch ihn hindurch und weiter, weiter, mit leisem Klang, wie eine dünne Saite. Baschkin überließ sich freudig ihrem Maß, ihrem Klang. Er entschlummerte mit einem Lächeln, schwach und selig; im Schlaf lächelte er zu Nadjas Schritten.

Sanka schlief bäuchlings auf seinem Bett, in Kleidern, wie er von Mirskaja gekommen war. In seinem Inneren werkte und kreiste es, als wäre da ein Hund, der sich dreht und wendet und nicht die rechte Lage findet. Sanka jaulte im Schlaf, schüttelte den Kopf und drückte sich das Kissen gegen die Wange, als hätte er Zahnweh. Im Dunkeln stand er auf, holte das zusammengefaltete «Katherinchen» aus der Tasche, tastete nach der Schublade und steckte den Geldschein hinein. Er blickte zur Uhr – sie war auf halb vier stehen geblieben. Er blickte zum Fenster – nein, es tagt noch nicht, mag nicht. Als wäre die Nacht zu Stein geworden, als hätte sie sich über die Stadt gewälzt. Sanka wühlte sich erneut ins Kissen, schloss fest die Augen, und um seinen Kopf hing, unentrinnbar, der süße und lockende Duft von Mirskajas Parfüm, seine Wange erinnerte sich an die Berührung der glatten Haut, und Sanka rieb das Gesicht am Kissen.

‹Wird sich alles finden, alles finden›, dachte Sanka, ‹wäre es doch Morgen, schnellstens Morgen – um zu handeln, zu handeln. Und wenn er geschossen hätte?› Sanka stellte sich den Skandal vor und wie es Tanja erfahren hätte. ‹Puh, die Schande, was für eine Schande!› Sanka schaute zur schwarzen Decke und stellte sich andauernd Tanjas Gesicht vor, wenn man ihr gesagt hätte: ‹Erschossen von einem Offizier im Zimmer einer Chansonette, in derselben Nacht …› Und Sanka blickte wieder zum Fenster – vielleicht dämmert es ein winziges bisschen. Das Licht wird kommen und wird alles wegwehen, als wäre nichts gewesen, und vor allem – er muss sofort handeln. Von allein spannten sich die Beine, reckten sich elastisch.

Doch der Schlaf begann als schwarze Wolke über seinem Kopf zu kreisen, kam tiefer, tiefer und verhüllte, verwirrte alle Visionen, alle Gedanken, umnebelte alles mit grauem Rauch.

Sanka erwachte und sprang auf: ein Klirren der Waschschüssel, helles Tageslicht. Über der Waschschüssel ein unbekannter Rücken, ohne Hast betätigten sich nackte Ellbogen.

«Wer, wer ist das?», rief Sanka.

Der Mann drehte sich ruhig um und spähte aus nassem, kurzsichtigem Gesicht zu Sanka.

«Ihre Schwester hat mich hergebracht», sagte er mit kräftiger, gleichmäßiger Stimme.

‹Ah, der!›, dachte Sanka und fasste den Mann neugierig ins Auge.

«Ja, ja, ebender.» Der Mann nickte, sagte es spöttisch, belehrend.

Sanka war sofort gekränkt und sah dem Mann mit Ingrimm zu. ‹Bäh, wie er sich die Hände abtrocknet, sich ohne Hast kämmt, in meinem Spiegel einen Pickel betrachtet!› Mit einem Ruck war Sanka auf und zur Tür hinaus.

«Was ist?», fragte Nadja beunruhigt im Flur.

«Was schon», fauchte Sanka, «rubbelt sich ab, dieser … dein Sozi.»

«Mach hier keinen Klamauk!» Nadja stampfte sogar mit dem Fuß. «Dunjascha hab ich gesagt: Mamas Kusin. Hörst du?»

«Meinetwegen des Teufels Bruder!», knurrte Sanka. Er wusch sich am Wasserhahn in der Küche. Er hasste diesen «Sozi», wollte sofort zur Post laufen und Aljoscha telegrafisch das Geld schicken. Soll nur kommen, Aljoscha, soll rechtzeitig kommen, unbedingt rechtzeitig, damit er hergeht und diesem da, im Spiegel, auf die Füße tritt, dieser Pickelhering, trödelt rum aus Wichtigtuerei. Sanka war unter Dampf, er konnte nicht still stehen.

Auf der Uhr im Esszimmer war es halb acht – die Post öffnete um neun. Sanka stieß die Tür zu seinem Zimmer auf. Er sah den Fremden nicht an, riss die Schublade heraus, griff sich das «Katherinchen», und ohne Tee zu trinken, brach er auf zur Post.

«Handeln, und Schluss!», flüsterte Sanka und rannte, drei Stufen auf einmal, die Treppe hinunter; er hatte beschlossen, auf der Post zu warten, als Erster dranzukommen.

Er ging atemlos, als könnte er zu spät kommen, schoss ins Vestibül der Post und riss an der Tür, so riesig wie ein Tor, obwohl er eigentlich wusste, dass sie geschlossen war. Er rannte hinaus und ging weiter, um die Zeit wenigstens durch Gehen zu verkürzen. Die Zeit pochte und schuckelte in ihm, sie trieb ihn, trieb ihn voran. Leer war es auf den Straßen, fröstelig. Aber im Milchladen gegenüber brannte anheimelnd ein Lämpchen. Eine füllige Polin mit reinlicher Schürze sah gelangweilt zur Glastür heraus. Sanka trat ein – eine sehr gemütliche Polin und schlichte weiße Tischchen. Er verlangte ein Glas Milch. Durch das Fenster sah er die Uhr auf dem Postamt; er verbrannte sich an der heißen Milch. Ein Junge schlüpfte zur Tür herein und legte eine frische Zeitung auf den Nachbartisch. Die Polin kam auf gastfreundlichen Absätzen angeklappert und reichte Sanka die Zeitung.

«Vielleicht Sie möchten …», sagte die Polin, und Sanka umfing frischer Buttergeruch. Aus Höflichkeit schlug er die Zeitung auf. Es waren die «Polizeinachrichten». Sankas Blick glitt über die noch feuchten Spalten, und plötzlich:

«Zur allgemeinen Kenntnisnahme aller Beamten der mir anvertrauten Polizei.

In einigen Fabrikbetrieben wurden Versuche unternommen, die gutgläubigen Arbeitermassen zur Niederlegung der Arbeit und zur Stiftung von Unruhen zu veranlassen. Die Verantwortung für das Schicksal der ungebildeten, gutgläubigen Menschen tragen natürlich vor allem jene verbrecherischen Elemente, die das Volk verführen, indem sie ihm versprechen, die Niederlegung der Arbeit würde zu himmlischen Gütern verhelfen; die Verantwortung für die Ordnung in der Stadt trägt jedoch die städtische Polizei, ihr hat die friedliche Einwohnerschaft der Stadt ihre Ruhe sowie die Wahrung ihrer Würde und ihres Eigentums anvertraut. Darum halte ich es für meine Pflicht, die Polizeibeamten an die Verantwortung zu erinnern, die ein jeder für jegliche, auch die geringste Ordnungsstörung trägt. Darum obliegt es der Polizei, mit allen zur Verfügung stehenden Mitteln der Bildung von Aufläufen und Menschenmengen auf den Straßen zuvorzukommen, und wenn die Anwendung von Polizeigewalt sich im Einzelfall als ungenügend erweisen sollte, daran zu denken, dass zur Unterbindung von Massenexzessen stets auch die vor Ort stationierten Garnisonstruppen Hilfe leisten können.

Der Polizeichef»

Wieder schwappte unterhalb der Brust jener Kälteschauer, der von Karnauch. Sanka hatte den Eindruck, als sei dieses «Zur allgemeinen Kenntnisnahme» unmittelbar für ihn, Sanka, geschrieben worden. Die «Garnisonstruppen» – also Soldaten, unerschütterliche, in steinernen grauen Mänteln.

Soldaten im Tritt, gemessen über das Pflaster trappend. Sie halten. Es hält die graue Wand. Die Gewehre hochgerissen, scharf ragen die Bajonette, blinken die Spitzen … Sanka schlug das Herz, aus blinden Augen stierte er in die Zeitung. Eins! – und sie zielen. Gleich, gleich donnert die Salve … Hältst du stand? Läufst nicht davon? Halt stand, halt stand! Sanka pochte das Blut in den Schläfen.

«Haben Sie gehört von die Versammlung?», fragte plötzlich die Polin. Sanka zuckte zusammen, wandte sich um. Die Polin blickte aus blauen, blank gewaschenen Augen zur Tür, und ihre weißen Hände lagen zwischen den Tellerchen und Teilchen auf dem Ladentisch. «Habe gehört, da haben Kollegen geredet von Versammlung. Haben Versammlung gemacht in Universität.»

«Nein, nein!» Sanka schüttelte den Kopf. «Weiß ich nichts.»

«Passieren scheußliche Dinge», sagte die Polin.

«Wo?» Sanka fuhr auf, wandte sich um, folgte dem Blick der Milchfrau.

Die Tür schepperte, zwei Postbeamte kamen herein. Der Kopf der Milchfrau nickte gemessen auf dem fülligen Hals, und sie verschwand durch die hintere Tür.

Die Beamten unterhielten sich halblaut auf Polnisch, ab und zu warfen sie Seitenblicke auf Sanka.

Die Milchfrau servierte ihnen Milch und sagte leise auch etwas, und beide guckten ihr von unten ins Gesicht, während sie sich im Spiegel betrachtete, der über den beiden hing.

Die Beamten grinsten einander zu und wärmten die klammen Hände an den Gläsern. Der eine deutete mit den Augen auf die «Polizeinachrichten» auf Sankas Tisch, der andere kniff spöttisch ein Auge zu. Sanka kam es vor, als ob alle etwas wüssten, etwas Wichtiges, Geheimes, nur er stünde mit langer Nase da – ausgeschlossen, abgewiesen. Er suchte polnische Wörter aufzuschnappen, aber nur «ale» und «doskonale» erreichten sein Ohr, während das Gespräch summte wie eine Fliege an der Fensterscheibe, sich hin und her wand unmittelbar neben ihm, und die Kinne der Beamten gingen auf und nieder. Plötzlich verstummten beide und starrten, die Hälse gereckt, zur Glastür.

Ohne Eile schlurfte ein hoch gewachsener Polizeihauptmann über den Gehsteig, es baumelten die Schöße des aufgeknöpften Uniformmantels. Über den roten Backenknochen spähten schmale Äuglein in die Ferne.

Der Polizeihauptmann war vorüber. Die Beamten tauschten Blicke.

«Gratschek», seufzte halblaut die Milchfrau hinterm Ladentisch.

Die Beamten erhoben sich. Sanka sah, wie sie über die Straße rannten. Am Postamt war es halb neun. Sanka betrachtete die Leute auf der Straße, und ihm war, als gingen sie anders, nicht wie sonst, ein anderer Gang, als gingen zwar alle, doch zum Schein, wollten aber woandershin. Einen Moment lang sah plötzlich alles geheimnisvoll aus, alle Menschen, alles hastet, ist auf dem Sprung, macht sich auf, und da braust eine leere Droschke vorüber. Es hielt Sanka nicht mehr auf dem Stuhl, er sprang auf, warf ein Fünfkopekenstück auf den Tisch.

«Wohl bekomm's!», sagte die Polin in den Spiegel.

Die Straße nun in Trubel, in eiligem Treiben. Sanka kam es vor, als ob alles raste, brauste, rechtzeitig zu kommen suchte, als bliebe noch eine halbe Stunde, und alle liefen, die Plätze einzunehmen, als klängen die Zeitungsausrufer beunruhigt ... Ein Schutzmann stand an der Kreuzung, stand mit aufgesetzter Gelassenheit – ein stämmiger schwarzer Prellbock.

Sanka ging eiligen Schrittes wie alle die Straße entlang, lauschte auf den geschäftigen Lärm, und plötzlich fiel die Unruhe ab, setzte sich wie Schaum, die Imbissbuden und die halb verschlafenen Gesichter der Passanten wirkten werktäglich geschäftig. Ein verspäteter Gymnasiast hastete vorbei. An der Kathedrale schlug vereinzelt eine Glocke an. Sanka blickte sich um: Fortgebraust war die Straße, fortgefahren. Wie das? Wo war sie hin?

Um neun Uhr schoss Sanka ins Postamt. Zwei Überweisungen füllte Sanka aus: an den Lehrer Golowtschenko und die andere – Sanka stieß die krumme Feder ins Papier – an Sinaida Mirskaja über 50 (fünfzig) Rubel. Auf die Rückseite schrieb er: «Die übrige Schuld bei der ersten Gelegenheit. Danke.» Er strich «Danke» wieder aus und unterschrieb: «A. Tiktin».

Als Sanka durchs Postamt ging, setzte er die Füße noch entschieden auf die glatten Steinplatten, aber draußen wurde es sofort kalt. Er schlug den Mantel zu, klappte den Kragen hoch und drückte sich matten Schrittes an den Häusern entlang. Nun brach

Leere an, leichte, Übelkeit erregende, und Sanka blinzelte ins Licht. ‹Nichts als das Händchen, dieses Händchen, und hier, Arm in Arm, gar nichts reden, bloß gehen, wenigstens ein Stückchen, wenigstens bis zur Ecke. Brauche ja nichts, nur dass sie wenigstens sagt, dass sie kommen wird, dass sie ein Zeichen gibt … dass es war, das Gestrige, dass es gewesen ist. Wenigstens ein Wort – ja doch, schlicht mit Bleistift ein Wort, sonst brauch ich nichts.› Sanka ging wankend, die Schultern hochgezogen, die Hände in den Taschen, und wie eine dünne, kaum spürbare Saite bebte das Gestrige in der fahlweißen Leere.

An der Ecke stand, eine Metallnummer an der roten Mütze, ein Bote. Sanka blieb vor ihm stehen, und der Bote holte die Hände hinterm Rücken vor, nahm die Mütze ab und zog sie wieder auf.

«Bitte sehr! Papier gefällig?» Er griff sich unter den Mantel.

Er reichte Sanka Papier für ein Billett, einen Bleistift – hier an der Seite haben Sie es bequemer. Und Sanka schrieb mit angehaltenem Atem:

«Tanetschka, schreiben Sie eine Zeile, ein Wort, jetzt gleich. Irgendetwas. A. T.»

Er klebte es zu. An Tatjana Rschewskaja. Straße, Hausnummer.

«Eigenhändig, wenn's gefällig ist?» Der Bote lüftete noch einmal die Mütze. «Erfolgt eine Antwort?»

«Eine Antwort, unbedingt, ich bin – im Wirtshaus ‹Russland› dort an der Ecke.» Sanka steckte ihm einen Fünfziger zu. Der Bote huschte flugs um die Ecke. Sanka rannte über die Straße, riss die ausgeleierte Wirtshaustür auf und verzog sich in einen Winkel am Fenster, hinter Kutscherrücken. Er schlürfte den dünnen Wirtshaustee vom Unterteller, und der ganze Lärm, das Türenschlagen, Geschirrklirren, all das vertrieb die Zeit, und die Zeit floss durch Sanka, er spürte, wie ihr Strom ihn durchdrang. Er wusste, dass der

Bote jetzt bereits dort war. Nun, eben jetzt, machte er sich auf den Rückweg. Alles war nun zu Ende, schon geschehen, er musste es nur noch erfahren. Sanka blickte nicht zur Tür. In seiner Vorstellung hatte der Bote erst den halben Weg zurückgelegt, dann wieder drängte Sanka, um sich nicht zu täuschen, ihn erneut zum Haus zurück, und der Bote machte sich am Tor erst auf den Weg.

Sanka wusste selbst nicht, weshalb er zum beschlagenen Fenster hinaussah. Da ging ein Mann über den Gehsteig – Sanka verstand nicht gleich: Wer fegte da mit entschlossenem Elan über den Gehsteig? Er sprang auf, wollte hinaus. ‹Aljoscha, Aljoscha! Kann nicht sein! Doch, er ist es, er, bestimmt!› Sanka wollte los, ihm nach. Aber er musste noch bezahlen, und – der Bote, der Bote! Sehnsüchtig scharrten Sankas Füße auf dem schmutzigen Boden. Er griff zum Unterteller und goss Tee auf das Pochen in seinem Innern.

Als Sanka den Kopf vom Unterteller hob, sah er auf einmal, wie der Bote sich zwischen den Tischen zu ihm durchkämpfte. Er kam her, verneigte sich.

«Habe es persönlich ausgehändigt. Haben es vor meinen Augen gelesen und gesagt: ‹Keine Antwort›.»

DIE FABRIKSIRENE

Annuschka fuhr hoch, Annuschka wäre, mitten aus dem Schlaf, fast von der Bank geflogen – so hatte es ans Fenster geklopft. Sie schnappte nach Luft, rannte in die Diele.

«Häng das Fenster zu! Häng in der Küche das Fenster zu», sagte Filipp, von Kältekrämpfen geschüttelt. «Blas das Feuer nicht an, häng sie im Finstern zu. Häng zu, dumme Gans. Was trödelst du! Klemm die Decke mit Gabeln fest!» Und Filipp stieg selbst über

Annuschkas Bett. Annuschka schoss im Finsteren hin und her, flüsterte ungereimtes Zeug, klirrte mit den Gabeln. «Los! Dass ihn der Teufel, Satansbraten, dreifacher!»

Filipp schnatterte vor Kälte, und als die Lampe aufleuchtete, blinkten die Eisplättchen auf Filipps Joppe wie Fischschuppen.

«Den Herd, dalli!» Filipp klapperte mit den Zähnen. «Zieh mir diese Haut ab. Steh doch nicht rum, blöde Kuh!»

Filipp schälte sich mit unbeholfenen, steif gefrorenen Händen aus der Joppe. Die Joppe stand, eine vereiste Kruste.

«Wa… wa… wasch sie durch, wie sie ist, dumme Gans. Alles wasch, auch die Unterhosen», stotterte Filipp, «und setz den Wasserkessel auf. Los, setz ihn auf, hol dich der Kuckuck. Puh, Teufelszeug … Wa-wa-wa…»

Annuschka schmiss die starre, pudschwere Joppe in den Zuber und rannte mit dem Eimer in den Hof.

Filipp taute langsam auf, bloß die Beine bibberten immer noch. Er ließ sich auf Annuschkas Bett fallen und hörte beim Einschlafen:

«Hat er's geschafft, hat er's so weit gebracht, haben ihn die Teufel ins Wasser geholt. Was muss er sich einmischen, Dreckskerle, gehen aus und ein … verdrehn ihm den Kopf …»

Als der Morgen graute, rannte Filipp in der noch feuchten, doch seiner üblichen Joppe schon wieder zur Fabrik.

Ein Häufchen Polizisten stand vor der Tür des Einlasses. Filipp tastete nach den beiden eisernen Kreisen, den beiden Nümmerchen – seinem und dem von Fedja. Die musste er an verschiedene Bretter hängen, so hinhängen, dass der Kontrolleur es nicht sah.

Filipp hatte sein Nümmerchen im Nu an den gewohnten Nagel gehakt. Jetzt musste er es fertig bringen, Fedjas Nummer aufzuhängen. Bei Fedjas Brett bildete sich plötzlich ein Stau. Das war Jegor. Er war vorausgegangen. Hatte sich nach Filipp umgedreht, ihm zugezwinkert und sich plötzlich vorgebeugt, den Strom aufgehalten. Hartnäckig ächzte er, suchte, tastete den Boden ab. Der schmale Durchgang war sofort verstopft, es wurde geflucht.

«Nun wartet doch», ächzte Jegor von unten, «hab einen Zweier fallen lassen!»

Filipp spähte nach Fedjas Nagel und stieß mit der Hand ans Brett – zielsicher hatte er die Nummer an ihren Platz gehängt.

«Stehst da wie ein Stier!» Filipp rempelte Jegor. «Bist du taub?» Und zwängte sich weiter.

Er hielt die Luft an, blickte, ein Auge zugedrückt, nach allen Seiten – um die Ecke herum, da hing auf dem dunklen Backstein ein weißes Quadrat. Filipp schwenkte ab, ging näher. Das war es, ja! Er sah alles auf einen Blick – sah, dass der Aufruf verkehrt herum hing, und ahnte, dass er an Fedjas gefrorener Spucke hing. Und Filipp atmete aus. Atmete fröhlich aus, und die Beine legten einen zügigen Schritt vor. Er riss die Pforte zur Werkstatt auf und erblickte sogleich die Häuflein – die Leute standen in Häuflein. Er begriff: Sie lesen. Filipp ging geradewegs zu seiner Drehbank. Fedja war nicht bei der Drehbank. Filipp sah sich in der Werkstatt um, seine Augen peitschten in jeden Winkel und sahen Fedja nicht.

Meister Ignatytsch ließ aus seiner Glasbude die Augen über die Menschenhäuflein gleiten. So nachdrücklich blickte er, als wollte er sie mit den Augen auseinander treiben.

Über die ganze Fabrik zischte Dampf und schallte die Stimme der Fabriksirene. Die bereiften Fensterscheiben dröhnten vor Ungeduld, vor Furcht. Mit Besitzerstimme tönte die Sirene in lang gezogenem Geheul – und brach ab. Gleich wurde es still. Da schlappte der erste Riemen, und die Werkstatt kollerte los.

Ignatytsch trat aus seiner Glasbude. Filipp spürte, wie der Meister auf ihn zukam. Näher trat, stehen blieb. Filipp schaute auf sein Werkstück.

«Wo ist denn dein Bürschchen?», fragte Ignatytsch nach einer Weile.

«Weiß der Kuckuck», sagte Filipp und besah aufmerksam sein Werkstück.

«Gar nicht gekommen oder bloß nicht am Platz?», bullerte Ignatytsch laut durch den Lärm.

«Weiß der Teufel!», schrie Filipp missmutig zurück und regulierte das Wasser, das aus einem Blechgefäß auf den Meißel rann.

Ignatytsch warf Filipp einen schrägen Blick zu. Und Filipp begriff – war unnötig, unnötig, dass er das Wasser reguliert hat. Sieht doch alles, der Dickwanst, hat gesehen, dass das Wasser in Ordnung war.

«Ah, zum Teufel mit ihm!», sagte Filipp mürrisch.

Er arbeitete angestrengt und zügig wie immer, schon bald eine Stunde arbeitete er, ohne nach links und rechts zu gucken. Fedja war nicht da.

Filipp ließ noch zehn Minuten verstreichen, dann konnte er nicht mehr. Er stellte die Maschine ab, nahm den Meißel in die Hand und ging – ging mit Fug und Recht zum Werkzeuglager. Unterwegs fragte er das erste beste Bürschchen.

Hörte ihm aber gar nicht zu. Der Bursche schwindelte. Schwindelte, um Fedja zu decken.

‹Ist er aufgeflogen, verhaftet worden?›, überlegte Filipp. ‹Oder gegen Morgen über die Mauer abgezwitschert und nach Haus? Dann wäre er aber gekommen, auch ohne Nummer … Oder haben sie ihn wo eingesperrt?›

Filipp tauschte den Meißel aus und fragte am Schalter des Werkzeuglagers. Natürlich hatten sie ihn nicht gesehen. Auf dem Weg zurück zur Drehbank fragte er noch zwei andere – aber wer achtete auf Fedja, weiß der Teufel, vielleicht war er da.

Ignatytsch drehte eine zweite Runde durch die Werkstatt. Und rief im Vorbeigehen Filipp zu: «Nicht da?»

Filipp schüttelte den Kopf.

‹Weiß Bescheid, der Dickwanst, weiß bestimmt Bescheid. Nachts hat es anscheinend Scherereien gegeben … Aber warum haben sie dann die Proklamation nicht abgerissen?›

Die Werkstatt arbeitete angespannter als sonst, alle schwiegen, standen wie festgeklebt an ihrem Arbeitsplatz, wie wenn sie den Kopf einzögen, wie wenn sie warteten.

Plötzlich ein Quieken, ein dünnes Quieken bohrte sich durch das Stampfen der Maschinen. Alle schreckten auf, jeder regte sich an seinem Platz. Und durch die Werkstatt rollte eine erlösende Gelächterwelle.

Ignatytsch führte Fedja am Ohr. Fedja wimmerte und zappelte, den Kopf zur Seite gedreht.

Ignatytsch begab sich gemessenen Schrittes, Fedjas Ohr im Griff, zu Filipp.

«Unter einem Blech in der Kesselschmiede hat er gepennt, der Schweinehund. Verdrückt sich in den Winkeln, der Spitzbub!» Ignatytsch schüttelte Fedja. «Verdrückt sich!»

In diesem Augenblick brandete ein Tosen, ein Meeresrauschen alarmierend an die Fenster. Ignatytsch ging weiter, noch ohne Fedjas Ohr loszulassen. Er blähte die Backen und lauschte. Ein paar Leute stürzten zu einem zugefrorenen Fenster und öffneten das Oberlicht, die Pforte mit dem Türschließer schlug – einmal, zweimal. Die Leute sahen sich an. Blickten sich um. Stellten die Maschinen ab, nur noch die Riemen schlappten im Leerlauf.

Plötzlich blickten alle wie ein Mann zur Tür, und von dort schrien laute, hallende Stimmen:

«Kommt raus! Kommt raus! Kommt alle raus! Stellt ab! Feierabend! Kommt alle raus!»

Menschen riefen, und ihre Stimmen pochten, hämmerten:

«In den Hof! Alle in den Hof!»

Der Lärm draußen schwoll mehr und mehr, unter den Fenstern schwappten einzelne Stimmen. Jemand pfiff durchdringend, mit Getriller, auf den Fingern, direkt unter dem Oberlicht, und ein Grausen strich durch die Werkstatt.

«Gehn wir, oder? Hm?», sagte jemand laut durch den ganzen Raum.

Und alle Leute setzten sich in Bewegung. Setzten sich gleichzeitig in Bewegung, zunächst langsam, dann schneller, schneller, schneller, und an der Pforte knäulten sie sich zu einem schwarzen Haufen, Lärm kam auf. Filipp stellte die Maschine ab. Schmetterte das Werkzeug in die Schublade. Schon im Gehen zog er die Joppe über. Ignatytsch begab sich eiligen Schrittes hinter seine Absperrung zum Telefon.

Im Hof war es garstig, kalt, spitze Graupeln schlugen vom grauen Himmel herab ins Gesicht. Der Rauch zog sich als schwarzer Weg aus dem Fabrikschlot über den Himmel in die Ferne. Plötzlich heulte wie von Sinnen die Fabriksirene los. Heulte bebend los, alarmierend, überdeckte den Lärm der Menschen, und alle blickten dorthin, wo der weiße Dampf ausströmte und im Wind zerriss. Die Sirene brach ab, es wurde still. Erneut brach ein Sturm von Stimmen los. Die Menschen gingen, schoben sich zum weiten Platz vor dem Tor. An den Fenstern des Kontors klebten bleiche Gesichter. Der rostige Buckel eines alten Kessels überragte die Menge. Darauf drängte sich ein Menschenhäuflein. Einer mit schwarzem Bart und dunkler Brille schwenkte plötzlich den Arm, reckte den Kopf und erstarrte, nur dass der Wind den schwarzen Bart zauste. Der Lärm ging einen Moment weiter und verebbte allmählich, verstummte, der Mann aber stand immer noch mit unbeweglich erhobenem Arm.

Es kam der Moment, da heulte nur noch der Wind, und der Mann rief laut, über den ganzen Hof, volltönend und bestimmt, als erteilte er Befehle:

«Genossen!» Er ließ den Arm sinken, hob ihn erneut und streckte ihn vor sich aus: «Genossen! Das Komitee der Sozialdemokratischen! Arbeiter!-Partei Russlands hat mich hergeschickt, um euch etwas zu sagen!», schrie der Mann.

Filipp kletterte auf eine Ladung Kohle, die als grauer Hügel hinterm Kessel lag. Der ganze Hof war dicht von Mützen und Kappen bedeckt, ein Pflaster aus Köpfen, und es sah aus, als schwinge dieses schwarze Pflaster im Wind. Von hinten hörte er schlecht, was der vom Komitee sagte, abgerissene Rufe klangen an sein Ohr, aber Filipp schaute auf die Menge, auf die Gesichter, und sah, wie die Köpfe in Bewegung kamen und in Aufregung gerieten, und schon lösten sich einzelne Rufe wie Gischtspritzer aus der Menge:

«Richtig!»

«Stimmt, Genossen!»

Und ein Tosen rauschte auf und breitete sich aus. Das Tosen brandete gegen den Kessel, doch der Mann hob die Hand und rief:

«Genossen! Im Namen des Parteikomitees wiederhole ich noch einmal: Bald beginnt der Kampf! Schont eure Kräfte! Eine schändliche Provokation stößt euch ins Verderben. Nieder mit dem Streik!»

«Nieder!», echote die Menge. «Ie-e!»

«Nieder, niiii-ieder!», kreischte es am Fuß des Kessels, und schwarze Menschen krochen und kletterten an dem glatten Eisen hoch … Filipp hob die Brauen, stieg runter vom Kohlehügel, rutschte mit den Kohlen herab. Da griff der Mann neben ihm nach der Kohle, nach einem Kohlebrocken, und schmiss ihn zu dem Redner hoch, dem Bärtigen. Filipp stieß den Mann auf die Kohlen und stürzte zum Kessel. Dort waren schon welche oben, packten die an den Beinen, die auf dem Eisenbuckel standen.

«Nieder! Runter!»

Ein Menschenhaufen, Handgemenge am Fuß des Kessels, und plötzlich – auf dem Eisenbuckel ragte nur noch einer, bleich, hoch gewachsen, jung, in Stiefeln und kurzem Mantel, schwarzer Mützenschirm über weißer Stirn. Stand da wie vor der Hinrichtung, wie für das letzte Wort.

«Freunde!», schrie der Bleiche, und seine Stimme bebte über der Menge. «Alle frieren, alle haben nur lumpiges Zeug an! Aber was wärmt uns, warum bringt uns weder Frost noch Hunger um? Uns wärmt, dass wir eins sind. Stark, geschlossen, eine Backsteinwand. Deshalb auch fürchten sich die Schweinehunde, die vor dem Tor stehen, hier reinzukommen» – er schwenkte den Arm zum Tor, und alle blickten sich um. «Sollen es nur versuchen, die wissen, dass sie sich an dieser Backsteinwand den Kopf einrennen. Sollen sie mich doch mit einer Kugel hier runterholen – eine Schramme macht noch kein Loch. Sollen sie mir doch mit Gewehrblei den Rachen stopfen, soll mir doch ein Halunke mit einem Stein den Kopf einschlagen! Genossen! Wir alle stecken im Dreck, wurden von diesen Schweinehunden mit den Füßen in den Dreck getreten, die Luft haben sie uns genommen, den Mund uns mit Dreck zugeschmiert … Zu voller Größe müssen wir uns aufrichten, selbst wenn alle fallen, alle bis zum Letzten – für unser Recht, für unser Glück. Die Kesselschmiede haben es nicht mehr ausgehalten, hoch leben die Kesselschmiede!»

Ein Tosen, das Filipp nicht begreifen konnte – Freude? Gefahr? –, ein Tosen brauste über die Köpfe, und der Bleiche schrie:

«Hoch leben die Kesselschmiede! Haben nicht zugelassen …»

«Hurrraa!», hörte Filipp.

«Sollen doch alle Gefängnisse den Schlund aufsperren!» Dem Redner brach über dem Tosen die Stimme.

«U – a!», tönte es aus der Menge.

«Sollen doch die Bajonette zustoßen, die Kugeln pfeifen», schrillte der Redner über die Köpfe hinweg.

Den Kopf hatte er gereckt – zornig, provozierend. Das Tosen wurde stärker und stärker, wurde zum Geheul, und plötzlich war von der Ecke, vom Einlass her, durch all das Gebrüll und den Wind, auf- und abschwellendes Geschrei zu hören. Es riss die Köpfe herum, zur Ecke, als hätte der Wind sie herumgeweht, und sogleich war zu hören, wie dröhnende Stimmen sangen:

Mag uns auch Schmerz und Tod nun erwarten!
Auf, auf nun zum blutigen, heiligen Kampfe …

Derweil stand der Bleiche immer noch hoch aufgereckt auf dem Kessel. Erst als das Lied gesiegt hatte, kletterte er nach unten. Viele Arme streckten sich ihm entgegen und nahmen ihn auf. Einen Moment schwankte er linkisch auf den Armen über der Menge, dann tauchte er in der schwarzen Masse unter.

Ein anderer stand nun an seiner Stelle, klappte den Mund auf und zu und schwenkte die Arme, aber niemand hörte auf ihn, er war auch nicht zu hören. Das Lied tönte lauter, satter, beharrlicher:

Tod und Verderben allen Bedrückern!

Plötzlich beim Einlass ein Pfeifen, Rufe. Das Pfeifen schrillte einträchtig, es pfiffen viele, nicht nur ein Mensch. Filipp stieß und schlängelte sich durch den Menschenstrom, stürmte dorthin. Er konnte sich kaum durchzwängen, dorthin, wo alle hinschauten, konnte kaum erkennen, wen alle anschauten, es schien, als wäre es niemand Bestimmtes. Plötzlich fiel sein Blick auf ein bleiches

Gesicht. Wer war das? Er erkannte es nicht gleich. Mitten in der Menge stand Ignatytsch und schien nicht zu reden, nur den Mund zu bewegen. Filipp sah, dass die Leute nicht stärker pfeifen konnten, dass sie gleich, diesen Augenblick, zu pfeifen aufhören und zu handeln anfangen würden.

Jemand schrie neben ihm:

«Rollt doch den Dickwanst fort! Rollt ihn wie eine Kugel!» Ein junger Bursche schritt vor. «Legt ihn auf den Bauch und los!»

Ignatytsch fing Filipps Blick auf, er blinzelte, als schluckte er mit den Augen Licht, er war außer Atem.

‹Gleich werfen sie ihn um, dann ist es aus!›, dachte Filipp. Er stellte sich neben Ignatytsch und hob den Arm, reckte ihn hoch.

«Ihr Dussel!», brüllte Filipp. «So macht man das doch nicht! Einen Schubkarren her, einen Schubkarren!»

«Einen Schubkarren! Einen Schubkarren!», pflanzte es sich fort durch die Menge. Irgendwo klirrten, schepperten Räder, die Leute wichen zur Seite, und heraus schob sich ein eiserner Schubkarren, in dem Späne und Kehricht transportiert wurden.

«Steig rein!», schrie Filipp.

Ignatytsch stand. Plötzlich runzelte er die Stirn, wurde puterrot und machte, mit den Händen rudernd, einen Schritt, noch einen, den Kopf voraus, und plötzlich stand er wieder. Stand außer Atem, das Blut wich ihm aus dem Gesicht, er zog die Brauen hoch und senkte sie. Die Hände hingen herab.

«Lad ein!», wurde geschrien. «Hopp! Hepp!» Erneutes Pfeifen, mehrstimmiges Pfeifen, Hände packten Ignatytsch, hoben ihn hoch, und linkisch glitt er auf dem Rücken in den flachen Karren.

«Hurra!» Ignatytsch wurde fortgeschoben.

Das Lied marschierte noch über der Menge, doch schon übertönt von Rufen:

«Vors Tor! Fahrt ihn zur Waage! Zum Tor! Zum Tor!»

Durch die Fenster war zu sehen, wie im Kontor die Leute aufgescheucht durcheinander liefen.

Auf dem Rücken liegend, die Beine linkisch angezogen und ohne sich zu rühren, blickte Ignatytsch aus grauem Gesicht hinauf zum trüben Himmel, und in das wie leblose Gesicht schlugen scharfe Graupeln.

Am Tor war Getümmel. Es wurde aufgesperrt.

PAPIROSSY «MILCHZART»

Wiktor näherte sich der Wache. Er hielt das Gesicht geneigt, damit die kalten Graupeln ihm nicht auf die Wangen schlugen. Sie prasselten laut gegen den Mützenschirm wie gegen Waggonfenster.

Plötzlich vor ihm ein Tosen, Füßegetrappel, eine ganze Herde. Wiktor blickte auf: Aus dem Tor wälzte sich ein schwarzer Klumpen von Schutzleuten, sie formierten sich raschen Schrittes auf der Straße, der Wachhabende von gestern kam ihnen nachgetrabt, und die Schutzleute marschierten davon, ein Bein jagte das andere.

Noch ein Pulk strömte hinterher. Wiktor setzte sich in Trab – die Beine stürzten von allein los.

«Wann Sie endlich kommen, weiß der Teufel!»

Der Polizeihauptmann brüllte von der Vortreppe, puterrot, den Mantel aufgeknöpft. Wiktor stürzte die Treppe hoch. Auf der Wache ein Kommen und Gehen von Schutzleuten in Mänteln, Türen knallten, und am Telefon schrie der Gehilfe des Polizeihauptmanns. Unter dem hölzernen schwarzen Schnauzbart hervor prasselten hölzerne Wörter auf den Telefonhörer:

«Jawoll! Reserve in Marsch! Wird gemacht … Hat Befehl erteilt!»

Aus schwarzen Augen warf er einen Seitenblick auf Wawitsch. Mit Wucht knallte die Tür. Der Polizeihauptmann kam angeprustet. Er stieß Wawitsch mit der Schulter weg, entriss dem Gehilfen den Telefonhörer. Der Gehilfe schaute böse auf Wiktor. Wiktor stand da, wusste nicht, was tun. Er wusste nicht einmal, welche Haltung er jetzt einnehmen sollte, so stand er dienstfertig stramm. Der Polizeihauptmann drehte verärgert und ungeduldig die Telefonkurbel.

«Achtes Don-Kosaken! Das ach-te! Dass dich der Teufel, dummes Ding!» Er stampfte mit dem Fuß und schüttelte den alten Kopf. «Schnell! So ein Aas! … Richten Sie dem Jessaul aus, dass er im Trab … Schon lange? … Richten Sie aus, ich bäte darum, dass eine Ordonnanz geschickt wird, und zwar schnell! … Bitte! Bitte! … Zum Teufel und seiner Großmutter – Sie tragen die Verantwortung!»

Der Polizeihauptmann ließ den Hörer fallen, er baumelte, schlug gegen die Wand.

«Diese Dreckskerle!» Er erblickte Wawitsch. «Hält hier Maulaffen feil! Stell dich an die Tür, lass keinen rein. Hol doch alle der Teufel!»

Der Polizeihauptmann fluchte, böse und unflätig. Er war außer Puste und ließ die Augen durch die leere Amtsstube schweifen. Der Gehilfe hängte vorsichtig den Hörer an den Haken. Sogleich ertönte die Klingel.

«Für Sie!», rief der Gehilfe und hielt dem Polizeihauptmann einladend den Hörer hin.

«Wer denn noch, verdammt? Am Apparat!», blaffte der Polizeihauptmann böse ins Telefon. Plötzlich schmolz er vor Ehrerbietung dahin. Der verräucherte Schnauzbart lächelte. «So ist es, Euer Exzellenz, gewisse Unannehmlichkeiten. Wer, mit Verlaub? … So ist es, Warwara Andrejewna … Dient bei uns, dient, aber sicher … Wiktor – ja gewiss, Wiktor» – plötzlich machte der Polizeihauptmann einen Schritt auf Wawitsch zu: «Wie ist Ihr Vatersname? Sie meine ich, Sie! Na?»

«Wsewolodowitsch!», schrie Wiktor.

«Wiktor Wsewolodowitsch, ja, ja gewiss … Sehr, sehr … Zu Befehl! Habe die Ehre!»

Der Polizeihauptmann hängte den Hörer auf und wandte sich mit noch demselben Lächeln an seinen Gehilfen:

«Wurden Patronen ausgegeben?», sagte er noch genauso sänftiglich. Plötzlich holte er tief Luft, riss weit die Lider auf: «Bis hin zum Schusswaffengebrauch. Falls diese Teufel eine Fahne entrollen – zum Henker, dass die mir bloß nirgendwohin! Keine Umzüge, sag ich! Dabei ist alles unklar!»

«Sicher, falls sie einen Umzug …», sagte der schwarze Gehilfe gekränkt und ruckte sogar mit dem Kopf zur rechten Ecke.

«Und falls sie eine Fahne, eine Fahne entrollen, heißt das was? Was heißt das?» Der Polizeihauptmann, puterrot, wandte sich bald an den Gehilfen, bald an Wawitsch: «Was heißt das? Na? Na?»

Wiktor blinzelte teilnahmsvoll, er wusste nicht, wie er ausdrücken sollte, dass er die Anspannung des Polizeihauptmanns verstand.

«Was schon», sagte der Gehilfe, «das heißt: Kosaken.»

«Das heißt – eine Herausforderung, das heißt es. Das heißt, sie selber fordern uns heraus. Die Fahne heißt Kampf. Tja, dann eben Kampf. Also, ich weiß ja nicht, wenn Kampf …» Plötzlich holte er müde Luft. «Gib mir eine Papirossa, zum Teufel mit dir, gib mir eine!» Er streckte die Hand zum Gehilfen aus.

Wiktor hatte im Nu in die Hosentasche gegriffen und streckte dem Polizeihauptmann wortlos das offene Zigarettenetui hin.

«Rauchst doch sicher Mist!» Der Polizeihauptmann setzte eine Duldermiene auf, seine Finger stockten über den Papirossy.

«Bedienen Sie sich, ‹Milchzarte›!» Der Gehilfe klappte den Deckel eines massiven silbernen Zigarettenetuis auf. Ein Zigarettenetui wie ein Kästchen, als blauer Seidenschwanz hing die Lunte mit Knoten und Quaste herab.

Der Polizeihauptmann nahm sich vom Gehilfen. Wiktor zog seines zurück.

«Komm, ich nehm mir auch von deinen, Gott mit dir.» Die dicken Finger des Polizeihauptmanns scharrten in Wiktors Zigarettenetui, bald griff er sich ein Dutzend, bald hielt er zwei zwischen den Fingern.

Das Telefon schellte, und schon hatte der Gehilfe den Hörer am Ohr. Während der Polizeihauptmann noch in Wawitschs kleinem Zigarettenetui wühlte, zugriff und wieder losließ.

«Es fängt an!», verkündete der Gehilfe am Telefon. Der Polizeihauptmann, ein Dutzend Papirossy in der Hand, erstarrte, die schwere Brust hochgereckt. In Wiktors Hand zitterte das Zigarettenetui.

«Sind alle im Hof», sagte der Gehilfe halblaut, «hören den Agitatoren zu … scheinen rauskommen zu wollen … Es wurden Maßnahmen getroffen!», schrie der Gehilfe in den Hörer, als schlüge ein Holzhammer zu.

«Fahren Sie, Freund!», stöhnte der Polizeihauptmann.

«Bis hin zum Schusswaffengebrauch?», fragte der Gehilfe und heftete die großen schwarzen Augen fest auf den Polizeihauptmann.

«Wo sind die Dreckskerle?» Der Polizeihauptmann stürzte zum Fenster.

«Falls keine Kosaken kommen», sagte der Gehilfe, «dann – Schusswaffengebrauch?»

«Wie Sie mögen», schrie der Polizeihauptmann, «aber dass mir ja keine Umzüge und Fahnen, nichts dergleichen!»

«Zu Befehl!», sagte der Gehilfe.

«Den da nehmen Sie auch mit. Für die im Hinterhalt oder so.

Ist ein guter Kerl, wirklich wahr, ein guter Kerl.» Der Polizeihauptmann schubste Wawitsch gegen das Schulterblatt, schubste ihn freundschaftlich, sanft. «Nehmen Sie ihn mit!»

Wawitsch rannte hinter dem Gehilfen des Polizeihauptmanns die Treppe hinunter, und der Alte schrie ihnen von oben nach:

«Nehmt meinen Schlitten! Den Einspänner! Vielmehr, den Schlitten! Ja, ja, den Schlitten!»

Als sie mit Schwung, wie im Flug, um die Ecke bogen, sagte der Gehilfe, so hölzern wie am Telefon, Wawitsch ins Ohr:

«Im Hof bei der Sumatochina sind zwanzig aus der Reserve im Hinterhalt. Läuft wer vom Platz davon – ausbrechen, Kette bilden und sie zur Sumatochina in den Hof treiben. Dann auf die Wache. Die Karauschen sondern wir aus, die Störe kommen auf den Tisch.»

«Zu Befehl!», sagte Wawitsch, runzelte der Ernsthaftigkeit halber die Stirn und blickte sich auf einmal um. Blickte sich eines Lärms wegen um. Des Lärms von zahlreichen, stechenden Beinen, leichten und lauten. Als graue Schar schritt durch die Straße eine halbe Hundertschaft Kosaken. Die leichten Pferdchen trappelten. Und auf ihnen – kühne Haarschöpfe quollen in rötlichen Bogen unter blauen Mützen, unter rotem Mützenbesatz hervor. Die Kosaken gingen im Trab. An den Hoftoren standen Weiber, blickten auf die Kosaken, erschreckt die Augen aufgesperrt. Einige Weiber bekreuzigten sich. Ein kleiner Junge fing zu heulen an und rannte die Straße entlang. Hoftüren schlugen zu, in den Fenstern schimmerten verschwommen bleiche Gesichter.

Der Gehilfe zog den Kutscher am Gürtel. Der Schlitten hielt. Der Offizier an der Spitze der Kosaken richtete sich in den Steigbügeln auf, drehte sich wie eine Schraube nach hinten und hob die Hand mit der Nagaika. Die Kosaken blieben stehen. In scharfem Trab kam der Kornett zum Schlitten geritten, beugte sich vor. Der Gehilfe erhob sich.

«Stellen Sie sich rechts in der Gasse auf. Ich werde nach Ihnen schicken, das Weitere ist Ihre Operation.»

Der Schlitten fuhr an.

Im Fahren wandte sich der Gehilfe zurück und deutete in eine Gasse.

Schon kam der riesige Platz vor der Fabrik in Sicht, weiß und schneebedeckt, und am grauen Himmel der Fabrikschornstein, ohne Rauch, und es war, als würde er vor den düsteren Wolken schräg über den Himmel jagen. Zwei Häuser vor dem Platz nickte der Gehilfe zu einem Hoftor hin und sagte:

«Hier, und ja nicht geschlafen!»

Wiktor sprang aus dem Schlitten. Sein Herz schlug. Er klopfte an die Pforte. Sie tat sich einen Spalt auf, ein Schutzmann spähte heraus – als er Wiktor sah, riss er die Tür auf.

Wieder schauten aus den Fenstern bleiche Gesichter auf Wiktor, von Entsetzen gezeichnet: halb offen der Mund und bebende Brauen hoch an der weißen Stirn.

Wiktor sah sich um. Der Hof war leer, nur unter der Tür des Nebengebäudes weiter hinten bemerkte Wiktor einen schwarzen Uniformmantel.

«Sie sind zwanzig?», fragte Wiktor den Schutzmann. «Der Truppführer zu mir!»

Und hoch atmete die Brust.

Im Fabrikhof herrschte noch Getümmel am Tor. Die Menge drängte.

«Einen Schrotmeißel, los, einen Schrotmeißel! Haut mit dem Vorschlaghammer drauf!»

Und tatsächlich, durch das Tosen der Menge rumste wenig später ein Vorschlaghammer, und das Eisen quietschte und ächzte. Über den Köpfen ragte, balkendick, der Ärmel eines Schafspelzes –

ein Wächter hielt den Schlüssel, kämpfte sich vor. Er wurde abgetrieben, und der Schlüssel schaukelte in der Luft. Die ganze Menge verstummte einen Moment, alle pressten die Zähne zusammen und lauschten, wie der Vorschlaghammer grimmig wummerte. Plötzlich ein Klirren, ein Rollen, und die Stimmen explodierten. Die Torflügel schwenkten zur Seite, unter Tosen strömte die dichte Menge. Voraus rannten Jungen, dahinter rollte der Schubkarren. Leute hielten sich an den Seitenwänden fest und spürten keine Anstrengung, es war, als führe der Schubkarren von allein, als führte er sie von allein vorwärts, wie er da weich über die Schneebuckel hüpfte.

Erstürme die Welt,
Du Arbeitervolk!

Kaum war vor lauter Stimmengewirr das Brausen des Lieds zu hören. Da kamen aus einer Gasse am anderen Ende des Platzes ein Traber und ein leichter Schlitten – zügig, in großem Bogen, fuhren sie unmittelbar zur Menge. Ein Polizist mit schwarzem, starrem Schnauzbart kam angefahren, bog ab und stand, zehn Saschen entfernt, quer zur Menge.

Der Lärm verebbte, während er angefahren kam, und stockte für einen Augenblick, als das Pferd hielt, nur das Lied war deutlicher zu hören.

Der Polizist erhob sich im Schlitten. Runzelte die schwarzen, wie gefärbten Brauen. Er hob den Arm und schrie silbenweise, wie einen Befehl:

«Leu-te! Geht fried-lich nach Haus! Was soll der Un-fug!»

Da kam ein wütendes Pfeifen auf, hob sich gleichsam vom Boden und wirbelte in die Höh. Und wie von dem Pfeifen aufgestört, kam aus der Menge ein Schneeball geflogen und schlug auf das Pferd, zerfiel. Ein zweiter, und plötzlich schwirrte die Luft vor weißen Ballen. Der Polizist hielt sich den Arm vor, der Schlitten fuhr los in scharfem Bogen und sauste unter Gepfeife und Gejohle der Menge davon.

Das Lied aber klang munterer und kräftiger, weiter und weiter bewegten sich die Leute. Nun sangen alle, und plötzlich blickten sich alle um: Inmitten der Menge, über den Stimmen, flammte grell eine rote Fahne auf und flatterte, eine Feuerzunge, im Frostwind.

Die Menge hatte schon den halben Platz überflutet.

Da trat ein schwarzes Häuflein von Schutzleuten aus einer Gasse, löste sich auf, bildete eine Kette, und noch mehr Schwarzes wälzte sich um die Ecke. Ein dünnes Bändchen gegenüber der dichten, zornigen Menge, und einmütig brüllte die Menge los, geriet in Aufruhr, bewegte sich rascher. Plötzlich ein Schuss, ein Revolverschuss, kläglich, als würde eine Flasche entkorkt, zu hören nur in den ersten Reihen – ein Schuss aus der Menge. Einmal, zweimal. «Peng, peng!»

Und da, als wäre ein Peitschenhieb auf die ganze Menge niedergefahren – die Menge schwankte, stand: Aus der Gasse direkt gegenüber sprengten Kosaken.

Wie sie der Menge den Peitschenhieb versetzt hatten, schwärmten sie aus im Galopp, und man sah – ohne Aufenthalt, ohne Zeitverlust hatten sie im Nu die Pferde gewendet und flogen in gestrecktem Galopp auf die Menschen zu – wie ins offene Feld.

Die Stimmen brachen ab. Ein Moment war Stille. Dann hob sich ein unmenschliches Gebrüll zum Himmel, als ob die Erde aufheulte. Die Vordersten stoben zur Seite, legten sich zu Boden, deckten die Arme über den Kopf, schlossen die Augen. Die Pferde bohrten sich wie der Blitz in die Menge, traten die Ersten nieder, warfen sie um mit Gewalt, und die Lippen verzerrt, begannen die Kosaken, rasend und voller Wucht, mit den Nagaikas zu prügeln, ohne zu schauen, auf Köpfe, auf Schultern, auf hochgereckte Arme.

Die Fahne schwankte krampfhaft, angstvoll. Bekam Schlagseite und fiel in die Menge. Die Menschen stürzten davon, traten sich, warfen einander um und brüllten, und ihr Brüllen fachte den Zorn der Kosaken an. Die Menschen rannten über den Platz, die Arme über den Kopf gedeckt, ohne zu schauen, ohne zu sehen, ohne zu merken, dass aus der aufgeplatzten Kopfhaut das Blut rinnt, sie rannten direkt auf die Schutzleute zu, rannten in den morastigen Teich, ihre Lippen flatterten, und ein Bellen drang ihnen aus der Kehle, ein abgehacktes Bellen war ihre Wehklage.

Aus Sumatochinas Wohnung, aus einem Fenster im ersten Stock, blickte Wiktor auf den Platz. Er hörte, wie hinter ihm Sumatochina jammerte.

«Oh, es geht los! Oh, schlagen alles kaputt!»

«Machen Sie sich keine Sorgen», sagte Wiktor gehetzt, ohne den Blick vom Platz zu wenden, «die Polizei ist auf dem Posten, wir lassen nicht zu …»

«Mein Gott, mein Gott!» Sumatochina schlappte mit den Pantoffeln. «Es hat sie gepackt! Der Aufruhr geht los!» Sie schluchzte. Wiktor stürzte zur Tür. «Unsere Retter sind Sie! Gnädiger Gott!» Wiktor raste die Holztreppe hinunter und hörte, wie hinter ihm der Haken klackte, Sumatochina den Riegel vorschob.

«Alle her zu mir!», rief Wiktor über den ganzen Hof, und aus den Türen des ganzen Hofes kamen Schutzleute. Stießen den Rauch aus, warfen die Stumpen weg, die Gesichter wurden grau. Sie ballten sich in einem Haufen am Tor.

«Antreten!», kommandierte Wiktor.

Die Schutzleute stellten sich widerstrebend in krummer Reihe auf. Der Wachposten streckte den Kopf zur Pforte hinaus, sah auf die Straße. Wiktor schob atemlos den Schutzmann beiseite und blickte selbst auf die Straße. Er sah die schwarze Menschenmenge auf dem weißen Schnee und die flammend rote Fahne, und sein

Herz schlug, wollte die Brust sprengen. Über den Brettersteg rannte ein Schutzmann vorbei, kurz danach kam eilig die Reiterei getrabt, versperrte die Straße, den Platz, danach Geschrei, und jetzt überstürzte Schritte, Getrappel auf der Straße. Menschen rannten völlig von Sinnen durch die Gasse. Fünf Leute. Zerzaust, wie ohne Augen. Fielen hin, rannten auf Knien weiter, sprangen auf, stolperten.

«Wache, hinaus!», schrie Wiktor.

Die Schutzleute begriffen nicht gleich, doch Wiktor stand da, über und über rot, hatte die Pforte sperrangelweit aufgerissen. Die Schutzleute stürzten, sich gegenseitig stoßend, auf die Straße.

«Kette bilden! Haltet sie!», schrie Wawitsch. «Hierher, in den Hof!»

Die Menschen widersetzten sich nicht, sie zogen den Kopf ein, wurden durch die Pforte gestoßen.

Der Truppführer stellte vier Schutzleute zur Bewachung der Menschen im Hof ab, er schaute nicht hin, fragte Wawitsch nicht.

Noch mehr kamen gelaufen, noch mehr. Ein großer Mann rannte schweren Schrittes, sein blutig geschlagener Kopf wackelte.

«Halt!», schrie ein Schutzmann und holte mit der Säbelscheide gegen den Mann aus.

Der Mann blieb auf einmal stehen und sah aus trüben Augen auf den Schutzmann, und plötzlich – als zuckte ein Blitz durch sein Gesicht, als zuckte das ganze Gesicht – holte der Mann mit seinem ganzen mächtigen Körper aus, und seine Faust schlug zu wie ein Balken: Der Schutzmann strauchelte und fiel mit dem Gesicht in den Schnee. Der Mann drehte sich um und stapfte weiter in schwerem Trab.

«Haltet ihn!», schrie Wawitsch und erkannte die ungestüme Stimme nicht. Zwei Schutzleute stürmten hinterdrein. Da kamen, ein Kuddelmuddel, mehr und noch mehr gerannt, und Wiktor packte selbst mit an, packte einen an der Schulter.

«Lass das!», sagte dieser Mann Wiktor ins Gesicht.

Wiktor hielt ihn eisern am Joppenärmel fest.

«Lass das, sag ich!», stieß der Arbeiter halblaut hervor und blickte Wiktor in die Augen – hasserfüllt, gebieterisch. Für einen Moment gab Wiktors Hand nach, der Arbeiter entzog ihm die Schulter und ging weiter, er ging, rannte nicht.

«Den da, den da!», schrie Wiktor. Der Arbeiter beschleunigte den Schritt. «Halt, Dreckskerl!» Wiktor rannte, die Zähne zusammengebissen.

Zwei Schutzleute rannten hinterdrein.

«Haltet ihn!»

Der Arbeiter blieb stehen, wandte sich um.

«Was wollt ihr!», rief er böse.

Die Schutzleute stürzten zu ihm. Zogen an ihm, krachend riss die Joppe – der Arbeiter wollte sich losreißen, aus der Joppe schlüpfen. Wiktor klammerte sich an sein Hemd und schüttelte ihn, schüttelte den Arbeiter – Wiktors Lippen verzerrten sich, Tränen traten ihm in die Augen, und immer noch schüttelte und schüttelte er den Mann.

«Geh! Geh, Dreckskerl, wenn man dir sagt! Wenn man dir sagt!», wiederholte Wiktor.

«Ich geh doch … meinen Weg, wohne hier …», sagte der Arbeiter. «Hast du nicht mehr alle?»

«Wenn man dir sagt! … dir sagt!», wiederholte Wiktor atemlos und schüttelte ihn mit aller Macht, die Bluse um die Faust gewickelt.

Der Truppführer kam angelaufen. «Direkt auf die Wache mit ihm?»

«Auf die Wache! … wenn man dir sagt!», würgte Wiktor hervor.

Zwei Schutzleute führten den Mann am Arm. Wiktor wäre ihm gerne nachgerannt, um ihm mit Wucht einen Schlag zu versetzen – der Zorn war in der Hand geblieben. Er rannte hinterher, um irgendetwas, um wenigstens eine Anordnung zu treffen. Böses zu schreien. Plötzlich kam von den Häusern eine Frau gelaufen. Barfuß rannte sie in den Schnee hinaus. Über den Brettersteg sprang sie eilig dem Verhafteten nach.

Und Wiktor hörte, wie die Frau mit versagender Stimme seufzte:

«Oh, Filipp, mein Lieber! Oh, mein Bester!»

Wiktor sah, wie der Arbeiter eine heftige Kopfbewegung gegen sie machte, und sie blieb im Schnee stehen.

Nun kam Wiktor an ihr vorbei. Die Frau sah ihn nicht, sie schaute den Schutzleuten nach.

Wiktor blieb eine Sekunde stehen.

«Wenn er nicht schuldig ist, passiert nichts», sagte Wiktor mit überkippender Stimme. «Wieso denn barfuß ...»

Die Frau sah ihn an, aus weit aufgerissenen Augen, leeren und durchscheinenden. Plötzlich heulte sie los und schoss Hals über Kopf davon.

Wiktor ging zurück, die Knie zitterten leicht. Von weitem erblickte er den hölzernen schwarzen Schnauzbart des Gehilfen.

«Bei Ihnen ist der Hof ja schon voll!», sagte der über die ganze Straße. «Abführen!», kommandierte er den Schutzleuten, alle sahen sie zu ihm. «Einzeln! Zählen! Rauchen wir», wandte er sich halblaut an Wiktor.

Wiktor suchte in den Hosentaschen, er griff das Zigarettenetui und ließ es fahren – die Hand erkannte es nicht.

«Bedienen Sie sich – ‹Milchzarte›!» Der Gehilfe streckte ihm mit fester Hand das große Zigarettenetui hin.

Die Papirossa schlackerte zwischen Wawitschs Lippen, während der Gehilfe sie mit ruhiger Hand an der brennenden Glut seiner eigenen Papirossa anzuzünden suchte.

Zertretene Menschen lagen schwarz auf dem Schnee des Platzes, und ein großer eiserner Schubkarren mit tiefer grauer Lade stand mitten in der Leere vor der Fabrik. Unweit davon lag die in den Schnee getretene rote Fahne.

Der Gehilfe des Polizeihauptmanns kam mit zwei Schutzleuten eilig angelaufen.

Er hob die Fahne auf, schüttelte sie, hielt sie vor sich und sah sie einen Moment an. Die Schutzleute blickten finster.

«Schaff sie weg, wie sie ist!» Der Gehilfe gab die Fahne einem Schutzmann.

Der andere Schutzmann kam vom Schubkarren. «Da ist ein Mann drin, Euer Hochwohlgeboren.»

«Versteckt sich?» Der Gehilfe schritt, mit verdrossener Miene, entschieden auf den Karren zu.

Er schaute über die Seitenwand und erblickte ein graues, aufgedunsenes Gesicht. Ignatytsch blinzelte verständnislos mit dem rechten Auge und stöhnte.

«Wer bist denn du?», fragte der Gehilfe.

Von der Fabrik kamen Leute in Sakkos, Schaffellkappen schräg am Ohr, über den Platz gelaufen und schwenkten schon von weitem die Arme.

«Die aus dem Kontor», sagte der Schutzmann, «also einer von denen.» Er wandte den Blick von Ignatytsch ab.

Die Kosaken hatten eine enge Gasse abgeriegelt und trieben ein Häuflein Menschen vor sich her. Die Pferde stapften über die Bretterstege, glitten ab, drückten sich nah an die Zäune, drängten die Frauen in die Hofeingänge. Die Frauen, die Tücher schief auf dem Kopf, ohne Mäntel in der Kälte, wehklagten laut und zogen quäkende Kinder mit sich. Die Kosaken sahen nicht hin, sie lächelten angespannt, hieben mit der Nagaika auf die kleinen Pferdchen ein und schrien: «Vorwärts, vorwärts!» Und die Leute drängten sich aneinander, rannten beinahe.

Plötzlich ein Schrei, dass die ganze Straße sich umschaute, einen Moment wandten auch die Kosaken die Köpfe. Ein gellender Weiberschrei zerriss die Luft, machte die Mauern wanken.

«Fedja! Oh! Meinen Jungen! Wieso? Herrgott! Diese Scheusale! Meinen Fedja!»

Zwei trugen auf einem Mantel an vier Enden einen Jungen. Das weiße Gesicht war zur Seite gedreht, und tödlich ungelenk lag der Arm im zerrissenen dicken Ärmel unterm Kopf. Die Kosaken beschleunigten ihr Tempo und trieben die Leute im Laufschritt. Der Kornett zog böse die Augenbrauen zusammen und sprengte über den Brettersteg voraus.

DER WOLLSCHAL

«Weiß wahrhaftig nicht, wie Sie allein hinausgehen wollen. Wirklich, Sie schwanken ja noch.» Nadja machte strenge Augen, ihre Lippen lächelten, und sie half Dunjascha, Baschkin den Mantel überzuziehen. Baschkin kniff wohlig die Augen zusammen und schwankte stärker, als es hätte sein müssen. Er brachte einfach nicht den Mantel zu, er nestelte einen Knopf ins Knopfloch, doch der sprang wieder heraus, und Baschkin kicherte schwach und ließ die unsichere Hand fallen.

«Einen Schal, einen Schal!», rief Nadja plötzlich. «Dunjascha, meinen gestrickten.»

Und Nadja reckte sich auf Zehenspitzen und umschlang Baschkins Hals mit dem warmen Schal. Baschkins Lippen verzogen sich zu einem trunkenen Lächeln, er drehte und wendete den Hals – Nadjas Hände glitten fürsorglich entlang, zogen den Schal zurecht.

«Aber dass Sie mir nicht länger als fünf Minuten, und hier, in

Hausnähe!» Nadja drohte mit dem Finger. «Sonst schicke ich Dunjascha.»

Baschkin kniff die Augen vor lauter Lächeln ganz zu.

«Und Vorsicht auf der Treppe!», rief Nadja unter der Tür.

Baschkin hielt die Beine ganz locker und tappte ungelenk über die Stufen. Die Tür schlug zu. Baschkin tappte noch zwei Stufen weiter, dann lehnte er sich übers Geländer und rutschte auf dem Bauch hinunter.

‹Ja und? Mir fällt das Gehen schwer›, dachte Baschkin fröhlich, ‹können es gerne sehen. Was ist schon dabei!›

Und er blubberte mit den Lippen wie ein kleines Kind. Draußen war es warm, bloß konnte der Schnee sich nicht zum Schmelzen entschließen, frühlingshaft trüb und grüblerisch stand die Luft über der Straße. Mitten im Winter war das Wetter auf einmal ins Träumen geraten. Die Luft umfing Baschkin, und Baschkin schritt konzentriert und vorsichtig über den Gehsteig. Er schaute zu, wie ein Spatz an Pferdeäpfeln pickte, die in der Sonne dampften, wie er pickte, sich umschaute, das Köpfchen drehte.

‹Der ebenfalls …›, flüsterte Baschkin grüblerisch und kam nicht drauf, was ebenfalls. ‹Gar nichts ebenfalls – soll er doch picken.› Baschkin war ein bisschen gekränkt und schritt weiter, und bei jedem Schritt neigte er sich vor.

Die Straße stand lautlos in einer warmen Wolke. Und plötzlich – mit seinen kurzsichtigen Augen sah Baschkin schlecht – ballte sich an ihrem Ende bei einem Zaun ein Menschenhaufen. Ein zweiter kam Baschkin rasch entgegen. Baschkin atmete heftiger. Der Menschenhaufen folgte einem Männchen. Einem Männchen mit Eimer.

‹Ich bin krank, mich geht das nichts an›, dachte sich Baschkin in bedächtigem Tonfall, zog die Brauen empor und stellte sich an eine Mauer.

Das Männchen kam nicht bis zu Baschkin, es blieb stehen, und der Menschenhaufen umringte es von allen Seiten. Baschkin schritt vorsichtig näher, er hörte das Stimmengewirr, und in dem Stimmengewirr war Unruhe, Unruhe pulsierte als hoher Ton über der Menschenmenge.

Das Männchen klebte ein weißes Blatt Papier an die Mauer und drängte sich durch die Menge davon. Ein undeutliches Stimmengewirr las, wie betend, laut, nicht unisono, las und rief einzelne Wörter, lauter und lauter. Baschkin zwängte sich hindurch, er beugte den langen Leib über die Menschen und erblickte große, deutliche Buchstaben: «Allerhöchstes Manifest».

ALLERHÖCHSTES MANIFEST
WIR,
NIKOLAUS DER ZWEITE
VON GOTTES GNADEN,
KAISER UND SELBSTHERRSCHER
ALLER REUSSEN,

zu Moskau, Kiew, Wladimir, Nowgorod; Zar zu Kasan, Zar zu Astrachan, Zar zu Polen, Zar zu Sibirien, Zar zur Taurischen Chersones, Zar zu Georgien, Herr zu Pleskau und Großfürst zu Smolensk, Litauen, Wolhynien; Podolien und Finnland; Fürst zu Estland, Livland, Kurland und Semgallen, Schamaiten, Bialystok, Karelien, Twer, Jugra, Perm, Wjatka, Bolgarien und anderen; Herr und Großfürst zu Nowgorod und zum Niedrigen Lande, zu Tschernigow, Rjasan, Polozk, Rostow, Jaroslawl, Beloosero, Udorsk, Obdorsk, Konda, Witebsk, Mstislawl und Gebieter des gesamten Nordischen Landes; und Herr zu Iberien, Kartalien und des Kabardinischen Landes und zum Gebiet Armenien; der Tscherkassischen und Gorischen und anderer Fürsten Erbherr und Beherrscher; Herr zu Turkestan, Erbherr zu Norwegen, Herzog von Schleswig-Holstein, Stormarn, Dithmarschen und Oldenburg usf. usf. usf.

Verkünden allen Unseren getreuen Untertanen:

In Sorge um die Wahrung des Unserem Herzen teuren Friedens haben Wir keine Mühe gescheut, um im Fernen Osten die Ruhe sicherzustellen. In selbiger friedsamer Absicht erklärten Wir Uns mit dem Vorschlag der Japanischen Regierung einverstanden, die zwischen beiden Reichen bestehenden Abkommen bezüglich der koreanischen Angelegenheiten einer Revision zu unterziehen. Die zu diesem Behufe aufgenommenen Verhandlungen wurden allerdings nicht zum Abschluss gebracht, und ohne überhaupt den Eingang der letzten Gegenvorschläge Unserer Regierung abzuwarten, gab Japan die Einstellung der Verhandlungen und den Abbruch der diplomatischen Beziehungen mit Russland bekannt.

Ohne vorgängige Erklärung, dass der Abbruch selbiger Beziehungen die Eröffnung von Kriegshandlungen zur Folge haben werde, erteilte die Japanische Regierung ihren Torpedobooten den Befehl, überraschend Unser Geschwader zu attackieren, das vor der Festung Port Arthur auf der Reede lag.

Sobald Wir durch Unseren Statthalter im Fernen Osten von selbigem Meldung erhalten hatten, befahlen Wir umgehend, auf Japans Provokation mit Waffengewalt zu reagieren.

Wir verkünden diesen Unseren Beschluss in dem unerschütterlichen Glauben an die Hilfe des Allmächtigen sowie in dem festen Vertrauen auf die einmütige Bereitschaft aller Unserer getreuen Untertanen, gemeinsam mit

Uns zur Verteidigung des Vaterlandes aufzustehen, und erflehen Gottes Segen für Unsere tapferen Truppen in Heer und Flotte.

Gegeben zu Sankt Petersburg am siebenundzwanzigsten Tage des Januar im Jahre neunzehnhundertvier nach Christi Geburt, dem zehnten Jahre Unserer Herrschaft.

Im Original von Seiner KAISERLICHEN HOHEIT Eigenhändig unterzeichnet: NIKOLAUS

Aus den Häusern gegenüber kamen Leute gerannt, ohne Mütze, die Kleider auf der Brust zuhaltend. Außer Puste stießen und schoben sie sich durch die Menge. Baschkin blickte auf: In Grüppchen und Häuflein zerzaust stand die Straße, das Gemurmel wuchs, pulsierte zwischen den Häusern – Baschkin konnte nicht unterscheiden, ob Unruhe in den Stimmen pulsierte oder Freude.

Ein Kutscher stieg vom Bock, raffte den Rock wie ein Weib und stampfte mit schweren Beinen übers Trottoir.

«Sagt, stimmt das, es ist Krieg? Ja?» Alles drehte sich um zu der kräftigen Männerstimme. Auch Baschkin drehte sich um. Er lächelte und überlegte, was er wohl sagen könnte, etwas Fröhliches für alle. Plötzlich bemerkte er in der Menge einen Mann mit Tuchmütze – der schaute, die Brauen hochgezogen, die Lider weit aufgesperrt, unmittelbar Baschkin an und ruckte befehlend mit dem Kopf seitwärts, winkte ihn zur Seite.

‹Was für ein frecher Dummkopf›, dachte Baschkin, doch unterhalb der Brust krampfte sich etwas zusammen, begann zu pochen, und gegen seinen Willen blickte er auf das dumme Gesicht und ging zu ihm hin, schweißgebadet vor Aufregung.

«Gehn wir, sag dir was!» Der Mann nickte und ging zur Seite, auch Baschkin ging, ging hinter ihm her.

«Ressow?» Der Mann blickte ihm stechend in die Augen.

Baschkin verstand das Wort nicht gleich, verstand aber, dass es von dort war, und er bekam einen trockenen Mund, eine trockene Kehle.

«Geh dich melden.»

«Ich weiß», sagte Baschkin heiser, in beleidigtem Ton, «ich weiß, ich komme schon.»

«Gleich, jetzt gleich, komm mit mir mit. Spaziert herum, dabei warten sie dort auf ihn. Komm mit, und Sense. Geh voraus.» Der Mann verhielt den Schritt. «Wohin, wohin? Bieg nach links.»

Und Baschkin ging voraus und bog ab, wie es die Stimme hinter ihm befahl. Er schritt schwer atmend und wandte sich nicht um, wie wenn ihn die Schritte des Mannes hinter ihm mit dem Stock vorwärts trieben.

«Nach links, durchs Tor! Weißt du nicht?»

Ihnen wurde aufgesperrt. Der Mann ging immer noch hinter ihm, jetzt unmittelbar an seinen Fersen, und Baschkin hielt im Hof nach rechts, auf die Tür zu, durch die er beim ersten Mal mit dem Schutzmann gegangen war. Über die bekannte Treppe, über die gleichen Stufen, schritt er hinauf.

«Du weißt, wie weiter?», rief der Mann von unten. «Sonst begleit ich dich.» Der Mann kam nachgehastet und drehte die Spiegeltür auf dem Treppenabsatz.

Baschkin spürte, dass er über und über rot war, ihm brannte das Blut im Gesicht. Das Herz wollte ihm zerspringen, und es kam Baschkin vor, als trüge er allein sein Herz und als flatterte es allein, ohne ihn, in seiner Brust wie in einem Käfig. Er nahm weder links noch rechts etwas wahr, griff jedoch zielsicher nach der Türklinke.

«Halt! Wohin!», schrie der Gendarm vom Ende des Korridors und kam sporenklirrend angerannt. Die Tür gab nicht nach, der Gendarm riss die Hand weg, und die Tür wackelte, bebte.

«Pack dich, fort, pack dich!», schrie Baschkin atemlos.

Die Tür ging auf, und Baschkin wäre fast umgefallen. Der Gendarm stützte ihn. Unter der Tür stand der Rittmeister, Rittmeister Reihendorf, mit blitzenden Knöpfen.

«Was ist denn hier los? Ah, Semjon Petrowitsch! Wenn ich bitten darf!» Er trat beiseite, machte einen Kratzfuß und schwenkte die Hand. «Hätten Sie doch abgelegt ...» Ein Nicken zum Gendarmen. «Hilf ihm!» Der Gendarm zog Baschkin den Mantel herunter, und mit eisernen Fingern klammerte sich Baschkin an die Enden des Schals.

«Streifen Sie die Galoschen ab», sagte halblaut der Gendarm. Baschkin hob mit Mühe die Füße.

«Nehmen Sie Platz!» Der Rittmeister schob ihm sogar den Sessel entgegen. «Hören Sie! Wieso lassen Sie uns schmoren? Wir erwarten Sie doch!»

«Ich bin krank, war krank», stieß Baschkin hervor. Er presste die Enden des Schals gegen die Brust. «Bin jetzt noch krank. Ich kann nicht, kann nicht ...»

«Hoffe, Sie hatten es nicht schlecht?» Der Rittmeister beugte sich besorgt vor. «Es sind ja wohlhabende und anscheinend auch sehr gastfreundliche Leute. Womöglich gar im Übermaß? Hm? Was meinen Sie? Nicht doch im Übermaß?»

«Ich weiß nicht, weiß nicht.» Baschkin wiegte den Kopf. Er hielt eine Falte des Schals zwischen den Zähnen und biss fest zu.

«Wie – Sie wissen es nicht? Erlauben Sie mal, Sie haben sich doch genial eingenistet. In allergünstigster Position. Ich war geradezu entzückt, als es mir gemeldet wurde. Eine geradezu brillante Idee. Sie verzeihen, aber ich hatte sogar gedacht, auch die Krankheit sei Ihre Erfindung.»

«Mhm!», stöhnte Baschkin durch die Zähne und schüttelte den Kopf.

«Aber wie sich zeigte, hatten Sie tatsächlich eine Lungenentzündung, beidseitig. Nicht wahr?»

Baschkin blickte, über seine Knie gebeugt, zu Boden und schwieg. Er spürte, wie der Rittmeister ihm von oben auf den Scheitel blickte, er spürte sogar die Stelle, worauf sie pressten, diese metallischen Augen, weiß und blinkend wie die Silberknöpfe.

«Hören Sie, vieles wissen wir ja bereits. Sie verstehen doch, dass wir ein solches Haus nicht unbeobachtet lassen können. Und jetzt müssen wir zur Tat schreiten. Nun, jenes Problem, über das wir zwei uns seinerzeit unterhalten haben. Sie erinnern sich? Wie? Nein?»

Baschkin schüttelte den Kopf.

«Ihnen sind diese Menschen, wie ich hoffe, doch lieb und wert, zumindest, sagen wir mal, Anna Grigorjewna, oder diese ... Nadja – Nadja, glaube ich? Ich vertue mich nicht? Sie müssen uns da Fäden in die Hand geben, damit es nicht zu einer grausamen Ungerechtigkeit kommt. Wie es – das sei reuig zugegeben – mit Ihnen passiert ist.»

Baschkin hob die Augen. Den Schal immer noch zwischen den Zähnen, blickte er den Rittmeister ganz weiten, ganz offenen Blickes an. Der Rittmeister verstummte. Es war zu hören, wie Baschkin geräuschvoll durch die Nase atmete. Der Rittmeister runzelte die Stirn. Seine Lippen verzogen sich angewidert, und hörbar flüsterte er: «Tölpel!»

«Sehen Sie», begann der Rittmeister mit dumpfer Stimme erneut. Er spähte aus zugekniffenen Augen zur Wand über Baschkin. «Sehen Sie, gerade ist der Krieg erklärt worden. Somit ist uns nicht! nach! Scher-zen! zumute, Gefühlsduselei wäre kri-mi-nell. Von Ihnen ist nicht die Rede, wir haben von Ihnen schließlich eine Unterschrift, Herr Eressow! Aber mit denen» – auf einmal hieb sein Blick auf Baschkins Augen, und scharf schoss er die Wörter hervor –, «mit denen machen wir kur-zen Pro-zess!»

Baschkin lehnte sich im Sessel zurück, senkte den Kopf, blickte zu Boden und kaute auf dem Schal.

«Also bitte: Wir müssen das Übel an der Wurzel packen. Sie dürfen mir glauben, dass wir kein Glas zerschlagen, wenn wir zur Tür hineinkommen können. Und diese Tür sollen Sie uns finden helfen. Also?»

[illegible] zurück, [illegible]
zu Boden und [illegible].

Aber [illegible] der Welt [illegible]
[illegible]
[illegible]
[illegible]

ZWEITES BUCH

‹Themistocles Neocli filius Atheniensis – prima, wie leicht zu begreifen!›, dachte Kolja unter der Bettdecke und juckelte mit den Füßen über das frische, glatte Leintuch.

‹Themistocles – ist klar, Neocli – des Neoklus, filius – Sohn, Atheniensis – aus Athen also. Werd ich morgen aufgerufen, leg ich mit akkurater Stimme los: Themistocles Neocli filius – fast, als wenn es russisch wäre. Eine unheimlich schöne Sprache!›

Kolja bekreuzigte sich unter der Bettdecke, ihm war froh und behaglich zumute wie in einem Häuschen. Er warf einen Blick zur Ikone und zog den Kopf zurück unter die Decke. Hoch oben in der Ecke hatte aus dem Halbdunkel noch Gold geschimmert, was für ein lieber, lieber Gott das doch war – es schien, als wäre er in der Ecke eingenickt. Nein, trotzdem sieht er alles, hat bloß die Augenlider gesenkt, sieht aber alles durch den Spalt unten. Und weiß auch, dass Kolja in einer Ecke mit dem Bleistift ein Verslein an die Wand gekritzelt hat, so ein – blödes … Das Verslein machte sich im Gedächtnis selbständig und marschierte los wie die Soldaten. Einmal und nochmal und nochmal.

Kolja rieb den Kopf am Kissen – auch das hört der liebe Gott, auch das hört er. Und Sünden bestraft er, und das Verslein lässt sich nicht aus dem Kopf rausschütteln, das läuft von allein, von allein. Doch was, wenn Mama auf einmal stirbt. Jetzt raschelt sie mit dem neuen Kaliko, und der Lichtspalt an der Tür bewegt sich – sie näht. Ist lebendig, näht. Ist noch lebendig, doch wenn … und darum quetscht Kolja ihr schon mal die Hand, ‹Mama, liebe Mamotschka, liebe, meine liebe, liebste Mamotschka!› Kolja stiegen Tränen in die Augen, ihm stockte der Atem in der Brust. Sie an der Hand ziehen, an der Hand zerren, doch sie schweigt, kannst rufen, so viel du willst, kannst weinen und mit dem Kopf gegen sie hauen und ‹Mamulja!› sagen, ‹liebste Mamulja!›.

«Mamulja!», brach es plötzlich aus Kolja.

Sie ruckte den Stuhl, und mit dem weißen Kaliko kam sie hereingerannt und riss hinter sich das Licht im Esszimmer auf.

«Was hast du, was hast du?» Und beugte sich über ihn.

Kolja drückte ihren Kopf an sich, Mamas Haare, krampfhaft, mit aller Macht, und Mama hielt ungeschickt die Hand zur Seite ausgestreckt.

«Pass auf, du stichst dich!»

Doch Kolja drückte seine Lippen an Mamas Ohr und flüsterte:

«Mamotschka, liebe, stirb nicht, bloß nicht, gar nie! Ich weiß nicht, was ich täte, stirb auf gar keinen Fall, Mamotschka! Bitte!» Kolja schmiegte sein nasses Gesicht an sie und erstarrte. Flüsterte unhörbar: «Untersteh dich! Untersteh dich!»

Beschwörend.

«Tust mir weh, ich krieg keine Luft! Werd mir nur nicht verrückt!» Sie machte ihren Kopf los. «Ich sterbe nicht. Wenn du willst, dass ich nicht sterbe, leg dich hin und schlaf.» Sie küsste ihn auf die nassen Augen.

Doch als sie wieder auf dem Stuhl unter der Lampe saß, türmte sich ein Wust von Gedanken über ihrem Kopf, und sie stach sich zweimal in den Finger.

Kolja aber biss im Dunkeln die Zähne zusammen, wie bei Schmerzen, und flüsterte flehend und drohend:

‹Gib, dass sie nicht stirbt, gar nie! Lieber Gott, gib, dass sie gar nie, gar nie, sag ich …›

Er drückte die Lider zusammen, um seine Beschwörung festzupressen, festzuklemmen, und in seinen Augen schwammen dunkelblaue Flecken.

Plötzlich wachte er auf: Vor der Tür draußen sprach der Vater mit verhaltener Stimme, mit heiserem Flüstern:

«Ich sag dir doch, sag doch: unmöglich! Wie denn, zum Teufel, wie geb ich das nicht durch? Sag dir ja: Das sind wir, wir, die eigenen Leute, die Telegrafisten. Petersburg tickert mir, ich nehme ja nach dem Gehör auf.»

Die Mutter flüsterte, war nicht zu verstehen.

Kolja lag lang ausgestreckt, das Herz hatte gleich zu hämmern begonnen, die Beine waren abgestorben, während der Hals sich reckte, der Tür zu.

Mama flüsterte, flüsterte, hastig, überstürzt. Plötzlich haute der Vater auf den Tisch, das Geschirr klirrte – Kolja hielt den Atem an.

«Andere haben nicht ein, sondern fünf Kinder. Unmöglich! Verstehst du! Es hieß: Nichts durchgeben, außer was von uns kommt! Ja, und das werd ich auch ... Und was wird, das wird, was alle trifft, trifft auch mich. Heute kam ein A. B. Ja, ja, zu mir, heute Nacht. A. B., weißt du, was das ist? Los, gib eine Direktleitung, allerhöchster Befehl. A. B., gib mir Tiflis ... Wieso leiser? Ist doch gleich. Ja, ja, und ich hab einen Dreck, einen Dreck hab ich! Ach, und du heulst, na schön. Heul nur, heul!»

Mama schluchzte, Papa rührte im Teeglas. Rührte und rührte, immer schneller. Plötzlich ruckte der Stuhl, Schritte, er riss die Tür auf, kam herein und schleifte mit dem Fuß Mamas weiße Näharbeit mit. Suchte etwas auf dem Tisch.

«Die erschießen dich!», schluchzte Mama.

Kolja zuckte zusammen, seine Lippen zitterten, er begann zu hicksen, wie ein Stoß hatte ihn das Wort, hatte ihn Mamas Stimme getroffen.

«Ach, zum Teufel!», schrie der Vater in voller Lautstärke zur Tür hinaus. Mit dem Fuß schleuderte er die weiße Näharbeit ins Esszimmer und machte die Tür zu. Er legte sich aufs Bett, das quietschte, böse quietschte, wie es Kolja vorkam. Wälzte sich eine Weile. Ratschte, ratschte mit Zündhölzchen, sie brachen. Rauchte an. Im Zündholzlicht hatte Kolja Vaters Gesicht gesehen, es schien wie aus schwerem Stein, und Vaters scheckiger Bart schien noch starrer, wie aus Eisendraht. Es wurde still, und zu hören war, wie Mama weinte, wie sie hickste.

Kolja wäre am liebsten aufgestanden, zu Mama gegangen, doch er wagte es nicht. Die Glut flammte auf, Vater stieß den Rauch aus.

«Wassja, Wassja, Wassetschka!», sagte Mama direkt an der Tür mit holpernder Stimme, einer ganz kläglichen.

‹Papa wird doch wohl ...›, dachte Kolja und zuckte im Bett hoch, der Stimme entgegen. Doch Papa ist schon aufgesprungen, macht schon die Tür auf.

«Aber Glascha, aber nun, aber was ist denn?»

Und Mama klammert sich an seine Schulter, krallt die Fingernägel am Hosenträger fest, stößt den Kopf gegen Papa.

Papa hält sie mit der einen Hand, die andere dreht am Lichtschalter. Kolja sitzt schon im Bett auf und schaut und flüstert, was Papa nun sagen müsste.

Sie setzen sich aufs Bett.

«Aber Glascha, wie erklär ich es dir nur?», sagt Papa. «Sind doch alle, alle dabei, sag dir doch, morgen fahren keine Pferdebahnen, übermorgen machen die Geschäfte zu – ja, alle, alle Leute!» Papa wendet sich bereits an Kolja.

Und der ruckelt zur Bekräftigung mit dem Kopf, damit Mama es bald glaubt und zu weinen aufhört.

«Das Kind begreift es doch auch schon.»

Mama blickt mit verweinten Augen zu Kolja, blickt wie ein kleines Mädchen, fragend, bereit, ihm zu glauben, als wäre er der Ältere, und Kolja nickt.

«Und wenn sie mich zur Rede stellen, sag ich: Wie alle, so auch ich. Können doch nicht das ganze Volk untergehen lassen! Weißt du, da würde ja nicht mal ein Meer ausreichen!» Papa muss sogar lachen.

Und Mama versucht, unter Tränen zu lächeln, dabei hält sie sich weiter an Papas Ärmel fest. Kolja nimmt alle Kraft zusammen und sagt frohgemut:

«Aber nein, würde es nicht!»

«Du schlaf!», sagt Mama und wedelt mit der Hand zu Kolja rüber. Kolja legt sich hin, blitzschnell und wie nach Vorschrift, die Hand unter der Wange. «Mach keine Faxen!» Schon klingt in Mamas Stimme ein Lächeln an.

‹Gott sei Dank, Gott sei Dank›, denkt Kolja und kneift die Augen zu und atmet, als wäre er aus Wasser aufgetaucht.

DER LACHS

Das erste Mal war vor langer Zeit gewesen, gleich in den ersten Tagen, als Wiktor ein Revier bekommen hatte. Wiktor schritt die Häuser ab, als wäre es sein eigenes Anwesen, und spähte streng in jedes Tor. Die Hausknechte kippten sich die schwere Mütze vom schweißnassen Kopf und hielten sie in der Hand wie einen Topf Grütze. Und aus der Mütze dampfte es. Wiktor musterte einen jeden und nickte kaum merklich. Überprüfte selbst das Schloss an der Tür des Wodka-Ausschanks. Betrat ein Feinkostgeschäft. Höllisch, dieses elektrische Licht; gekachelte Wände, marmorne Ladentische, geschäftige Damen, die mit Spielzeugschäufelchen Kaviar probierten. Fische, einen halben Saschen lang, rot glänzend der Anschnitt. Die Damen warfen scheele Blicke auf Wiktor. Eine streifte gerade den Handschuh ab, und mit dem Fingerchen, dem Nägelchen, schabte sie was von der Butter und probierte, während der Kommis, der dickwanstige Schelm, ihr in die Augen schaute und auf sie einredete.

‹Und wenn er ihnen verdorbene Ware andreht? Und sie nehmen es, die Täubchen. Wie er sich mit dem Einpacken beeilt, der Schuft. Damit sie es sich nicht anders überlegt.›

«Was wickelst du da ein?» Wiktor übertönte alle Stimmen.

Alles blickte sich um. Die Hände des Kommis erstarrten.

«Wurst, mit Verlaub.»

«Was für welche? Zeig her! Pardon, Gnädigste» – Wiktor drängte sich zum Ladentisch vor. «Womöglich drehen Sie ... den Einwohnern dieser Stadt ... verdorbene Ware an.»

Wiktor schonte die Handschuhe nicht, nahm die Wurst. Hielt sie sich, kritischen Blickes, vor die Nase. Im Laden war es still geworden, alles sah zu dem Quartieraufseher.

«Schneid was zum Probieren ab!»

«Wollen Sie hier probieren?», fragte der Kommis halblaut.

«Wo sonst? Auf der Straße?», rief Wiktor.

Der Kommis fuhr auf vor Schreck, die Ellbogen schnellten hoch, und klapp! – hatte er ein dünnes Wursträdchen abgeschnitten, das er auf zitternder Messerspitze reichte. Den Blick auf die oberen Regale gerichtet, lutschte Wiktor bedeutsam an dem Scheibchen.

«Na also! Pass mir bloß auf!» Er warf die nicht gegessene Hälfte hinter den Ladentisch.

Schon stand der Prinzipal da, Bärtchen, leise Stimme:

«Geruhen Sie unbesorgt zu sein.»

«Sie gestatten» – Wiktor wandte sich halb dem Publikum zu. «Es obliegt der Polizei im Außendienst» – und er wurde rot, fühlte das Blut ins Gesicht steigen –, «es obliegt ihr, auf ordnungsgemäße Geschäftstätigkeit zu achten. Sonst kann ja wer weiß was, sogar Fälle von Vergiftungen.»

«Wie Recht Sie haben», sprach der Prinzipal und nickte mit dem ganzen Leib, «Sie haben ja vollkommen Recht, es gibt solche Fälle, bloß nicht bei uns. Erstklassige Ware!» Der Prinzipal machte eine weite Geste über den Ladentisch. «Kosten Sie, was immer Sie mögen.»

Überzeugend sprach der Prinzipal, unterwürfig. Schon begann das Publikum erneut zu lärmen. Und Wiktor meinte zu hören, wie eine Dame sagte:

«Wahrhaftig, wenn es alle so ernst nähmen. Und es kommen ja tatsächlich Fälle vor.»

Und Wiktor beugte sich mit ernster Miene über die Glasgefäße, während der Prinzipal die Deckel hob, als zöge er vor der Obrigkeit die Mütze.

«Lachs. Kosten Sie?»

Wiktor nickte kurz. Die dünne Scheibe zerging aromatisch im Mund.

«Nein, also, bei uns, wissen Sie ...»

Wiktor nickte.

«Und dann», flüsterte der Prinzipal, «es ist für das Publikum doch verwirrend, bedenken Sie! Warum erregen Sie Aufsehen?»

Wiktor sah den Prinzipal an.

«Zweifellos, es kommen Fälle vor», flüsterte der Prinzipal. Und seufzte gekränkt.

«Der Lachs ist wunderbar, wirklich wahr, wunderbar», sagte Wiktor.

«Schlechtes führen wir nicht», sprach der Prinzipal schmollend. Blickte zur Seite und trommelte mit dem Messerchen auf den Marmor.

Wiktor zog sein Taschentuch hervor und wischte sich die Lippen ab.

«Möchten Sie die Räumlichkeiten besichtigen?» Der Prinzipal nickte schon befehlerisch den Kommis zu, reckte das Kinn hoch.

«Nein, das ein andermal.»

«Wie belieben, wie belieben. Könnten Sie jedenfalls. Ganz wie Ihre Zeit. Sehr angenehm.»

«Auf Wiedersehen!» Wiktor nickte seitwärts und drängte sich durchs Publikum. Blickte die Damen nicht an.

«War uns eine Ehre. Sehr angenehm. Großartig, mit Verlaub, sogar sehr», redete der Prinzipal hinterdrein.

‹Hätte mich bis zum Schluss streng geben müssen›, dachte Wiktor auf der Straße, und vor Ärger stampfte er heftig auf. Pochte aufs Trottoir.

‹Jetzt war es, als hätte er mich überlistet›, dachte Wiktor, ‹bestimmt haben die Damen das alle so aufgefasst.› Er zog die Trillerpfeife aus der Tasche.

«Tr-r-r-it!» Und legte den Finger aufs Loch. Vornehm, kurz und gebieterisch.

Der Schutzmann an der Kreuzung setzte sich in Trab, kam angerannt, stand stramm.

«Pass mir bloß auf. Dass um elf alle Kaufläden zumachen. Und keine Minute später, ohne Verzögerung!» Er wusste selbst nicht, dass er mit der Trillerpfeife zur lichtstrahlenden Vitrine hinwies, zu den silbrigen Würsten. «Wo viele Leute sich drängen, sag vorher Bescheid, können machen, was sie wollen, hol sie der Teufel, aber um elf – Rollläden runter, Schloss an die Tür. Ordnung muss sein.»

«Zu Befehl!», sagte der Schutzmann. «Sollen alle zumachen?»

«Alle!», schrie Wiktor. «Hund und Teufel!», sagte Wiktor schon im Weitergehen.

Grunja erwartete für den Abend Gäste. Neue Bekannte. Alles war neu. Die neue Uhr in der Küche schwang das Pendel, um nicht stillzustehen, während alles in fröhlicher Hektik war. Grunja hockte sich vor den Backofen, und Froska hielt ein Handtuch parat: Waren die Piroschki so weit, dann raus damit. Im Regal neue Kasserollen, sie schienen zu klingen vor Glanz. Aus dem Backofen lockte laut der heiße Duft der Piroschki.

«Gib her!» Grunja griff sich das Handtuch, zischte, hatte sich verbrannt, und sie zog das Blech aus dem Backofen. «Froska! Froska! Froska!»

Froska knallte mit Schwung den Hocker her. Die Piroschki lagen in gleichmäßigen Reihen und strahlten Wohlgeschmack aus, Hefeteigfülle. Grunja, rot im Gesicht, hockte sich zu dem heißen Blech und erstarrte – sie ergötzte sich am Anblick der Piroschki wie an Edelsteinen. Froska, über ihre Schulter gebeugt, zog die Nase hoch.

Es klopfte an der Tür. Beide fuhren zusammen. Sogleich wurde die nicht abgesperrte Küchentür aufgerissen, und herein trat ein Junge, eine weiße Schürze überm Schafspelz. Auf dem Kopf ein Brett.

«Von Bolotow. Wohnt hier der Herr Quartieraufseher?»

Der Junge setzte das Brett auf dem Tisch ab, nahm ein langes Päckchen herunter und klatschte es gewichtig auf den Tisch.

«Was ist denn da drin?» Grunja deutete auf das Päckchen.

«Der Herr Aufseher kamen vorbei, und es hieß, das da zu ihm nach Haus. Weiß nicht, könnte sein – Lachs.»

Grunja schnupperte: Das Päckchen roch nach Frost, nach Papier, nach angenehmem Einkauf.

«Wiedersehn!» Der Junge war schon an der Tür.

«Und was bin ich schuldig?», rief Grunja.

«Alles in Ordnung», sagte der Junge und lächelte Grunja pfiffig und fröhlich ins Gesicht.

«Von den Piroschki, den Piroschki!» Grunja packte ein paar, warf sie von einer Hand in die andere und rief: «Los, schnell! In die Schürze, nimm sie in die Schürze, sonst verbrennst du dich. Wieso – nicht nötig? Nimm! Huch, ich werf sie dir!»

Der Junge fing lachend die Piroschki mit der Schürze, sprang munter über die Schwelle, polterte über die Stufen und rief von der Treppe:

«Sind wir Ihnen aber sehr dankbar!»

«Iss sie nicht im Frost, erkältest dich!», schrie Grunja zur Tür hinaus und hastete zu dem Päckchen. Ungeduldig rissen die Finger das Papier auf.

BITTE FÜRLIEB ZU NEHMEN

«Noch niemand da?», fragte Wiktor flüsternd im Flur und umgab die heiße Grunja mit der frischen Luft des Mantels.

«Nein, noch nicht. Krempel mir den Ärmel hoch.» Grunja streckte die fettigen Hände von sich und hielt Wiktor den Ellbogen hin, einen roten, zufriedenen, fröhlichen Ellbogen. «Dort ist aufgetischt!» Grunja wies mit dem Kopf zur Esszimmertür und lief durch den Flur in die Küche.

Auf dem glänzenden Tischtuch funkelten die Biergläser, die Schnapsgläser, die neuen Messer im Chor. Heringe, gescheitelt, und Lauchröllchen in akkurater Reihe. Marinierte Pilzchen blickten blank, wie poliert, aus dem Kristallschälchen.

Wiktor konnte sich nicht satt sehen. Er löschte das elektrische Licht, kniff die Augen zu und machte es wieder an, um den Anblick erneut zu genießen, schlagartig. Er schritt um den Tisch, richtete die Messerchen aus, die Gäbelchen, korrigierte ein Pilzchen, den Hut nach oben. Er wackelte mit dem Kopf, damit das Blinken sich bewegte, über Glas und Tellerchen schillerte. Hatte eine Idee und gab der Lampe überm Tisch einen Schubs: Er schaute zu, wie das Blinken in Wellen verlief, aufflutete und abebbte.

Die an den Tisch gerückten Stühle erwarteten die Gäste.

Es läutete. Wiktor hielt rasch die Lampe an und rannte, die Gäste zu empfangen.

Vor der Tür stand ein junger Mann mit rotem Gesicht unter einer Postbeamtenmütze. Froska hatte die Tür aufgerissen und stützte nun den nassen kleinen Finger auf die Klinke.

«Darf ich?» Der junge Mann lachte spitzbübisch.

«Geh schon», flüsterte Wiktor Froska zu. «Aber bitte!», rief Wiktor mit einladender Handbewegung.

«Mach voran, Schuikin!», rief von hinten eine Stimme, und Schuikin kam über die Schwelle in den Flur gestolpert. Ein anderer Beamter, ein wenig älter, mit hochgestelltem Kragen, machte sorgfältig das Schnappschloss zu. Aus beschlagenen Brillengläsern blickte er Wawitsch an.

«Salvissimo! Kann nicht chucken, dabei hab ich Chläser zum Chucken auf der Nase!» In dem pockennarbigen Gesicht fuhren die Brauen hoch.

«Wie er kleinrussisch schwatzt, nicht?» Schuikin lachte. «Heißt gut russisch Popow, aber nach einem Krug Bier spielt er den Kleinrussen.»

«Was müssen Sie auch unterwegs einkehren, meine Herren!» Wawitsch schüttelte den Kopf. «Also wirklich, wie kränkend.» Er nahm den Gästen den Mantel ab. «Ich darf bitten!» Wiktor konnte kaum das erwartungsfrohe Lächeln zügeln.

Popow rieb sich die Brille mit einem blauen Taschentuch und spähte zum Tisch.

«Nu chuck sich das einer an, chedeckt für Lukull!»

Das Lächeln riss Wiktor die Lippen breit.

«Bitte fürlieb zu nehmen.»

Schuikin rieb sich die Hände und verneigte sich aus dem Kreuz heraus – vor dem Tisch, vor den Wänden. Sein spärlicher roter Igelschopf glänzte pomadig, es glänzten der steife Kragen und die Knöpfchen an der Uniformjoppe.

«Und wo geruht Ihre liebe Frau abzubleiben?» Schuikin verbeugte sich erneut und machte einen leichten Kratzfuß.

«Agrafena Petrowna bittet um Verzeihung, einen Moment noch.» Und Wiktor nickte ebenfalls aus dem Kreuz heraus, wie Schuikin.

Popow betrachtete, nunmehr durch die Brille, den Tisch, dann tastete er den Ofen ab, drehte und wendete den Kopf, musterte die Wände.

«Was schnüffelst du wie ein Kreditor in allen Ecken?» Schuikin prustete los, als wäre ihm ein Witz eingefallen.

«Chuck, die Uhr ist vorher nicht da chewesen.» Popow deutete mit dem Finger auf die neue Uhr. «Ohoho!» Und mit jedem Fingerdeuten ging Popow leicht in die Knie.

«Verzeihung, einen Augenblick!» Wiktor schlug die Hacken zusammen und sprang zur Tür hinaus. Aus dem Flur war zu hören, wie er mit lautem Flüstern sagte: «Grunja, Grunetschka! Sie sind doch schon da. Stell wenigstens Wodka auf den Tisch.»

Wiktor kehrte zurück mit einer beschlagenen Karaffe. Stückchen von Zitronenschale schwammen obendrauf, gelbe Schönheitspflästerchen.

«Bitte sehr, meine Herren!» Wiktor rückte die Stühle zurück.

«Nein, wie könnten wir, ohne die Dame des Hauses», sagte Schuikin.

In dem Augenblick liefen vor der Tür leicht und hastig Grunjas Schritte durch den Flur. Gäste und Wiktor lächelten ein und dasselbe Lächeln.

«Solange keine Damen hier sind» – Popow wurde plötzlich lebhaft –, «meine Herren, solange wir ohne Damen, möchte ich einen Fall ... kein Witz, wirklich!»

Sie steckten die Köpfe zusammen.

«Also, da kommt zu einem Doktor ein Jude ...»

Wiktor blickte sich um zur Tür. Popow senkte die Stimme.

«Kommt zum Doktor und sagt: Härrr Dokter! Majn Wajb ...»

Schuikin kicherte.

«Majn Wajb», sagte Popow nun gänzlich flüsternd, «Härrr Dokter, majn Wajb hat so was ...»

In dem Augenblick klapperten Grunjas Absätze.

«Lieber später!» Popow winkte ab, die drei sprangen auseinander, verbargen den Schalk und schauten zur Tür.

Grunja ging vorüber.

«Ja, so sagt er», flüsterte Popow von dort, wo er stand, «majn Wajb, sagt er, hat manchmal ...» – er schüttelte die Faust –, «manchmal so was ...»

Erneut Grunjas Schritte, die Tür ging auf, und rot und außer Puste, im rosa Kleid und mit purpurrotem Band, trat Grunja ein.

IM GEGENTEIL

Schuikin machte eine halbe Drehung auf dem Absatz, trat, zurückgelehnt, einen Schritt vorwärts, legte einen Kratzfuß hin, dabei drängte er Popow ab.

«Der lieben Dame des Hauses meinen innigsten Gruß!» Und knickte ein in der Taille.

Grunja lächelte fröhlich auf den roten Igelkopf herab. Schuikin führte langsam Grunjas Hand an die Lippen. Popow stand ungeduldig Schlange.

«Chott zum Chruße!» Und er schlenkerte den Kopf.

Wiktor schaute mit Triumph und Neid, wie Schuikin die Lippen auf das Händchen presste.

Dann schüttelte Popow Grunja wie einem alten Kameraden die Hand. Konnte aber nicht an sich halten und setzte ungeschickt einen Schmatz auf den Daumen.

«Agrafena Petrowna, wir haben uns auch noch nicht begrüßt.» Wiktor machte einen Kratzfuß und küsste Grunja auf die Handfläche.

«Setzen Sie sich, setzen Sie sich doch, was stehen Sie?» Grunjas Kleid raschelte zu ihrem Platz.

«Chähört sich doch», hob Popow an, «ist doch – Chäsetz, mit einem Wort.»

«Wie reden Sie denn?» Grunja lachte. «Sind mir vielleicht ein Taras Bulba!»

Schuikin prustete los, klatschte in die Hände.

«Das erzähl ich, das erzähl ich! Allen im Dienst erzähl ich das. Bulba! Setz dich, Taras!»

«Wiktor, schenk ein!», kommandierte Grunja.

«Nach des Tages Müh und Plagen», murmelte Popow.

«Ja, stellen Sie sich vor», sprach Wiktor, während er akkurat den Wodka ausschenkte, «heute kam es richtig dick: Im Wurstladen, es war gesteckt voll …»

«Unreines entweiche, einzig der Weingeist bleibe», sagte Popow und kippte das Gläschen.

Zu Grunja gewandt, hob Schuikin das Glas: «Auf Ihr Wohl!»

«Pilzchen, bitte!», sagte Grunja und nickte Schuikin zu.

«Ja», Wiktor hob die Stimme, «gesteckt voll! Kam fast nicht durchs Gewühl. Muss doch wissen, wie die dort die Bedürfnisse der Bevölkerung befriedigen, womöglich mit lumpigem Zeug. Ich also hin. ‹Was geht hier vor?›, frag ich. ‹Den Prinzipal zu mir!› – ‹Den

Prinzipal?› – ‹Jawohl! Alles vorzeigen!› Das ganze Publikum starrt mich an. Der Prinzipal: ‹Geruhen Sie unbesorgt zu sein, Euer Wohlgeboren.› – ‹Euresgleichen›, sag ich, ‹kennen wir!›»

«Schenk nach, Wiktor, sie warten!»

Wiktor griff zur Karaffe.

«Ja ... ‹Euresgleichen›, sag ich, ‹kennen wir! Was haben Sie da, Wurst? Eine Probe! Schinken? Eine Probe.› Und so weiter. ‹Gurken? Heringe? Fisch?›»

«Ach, ich dummes Huhn! Und das Allerwichtigste!» Grunja sprang auf, rang die Hände und rannte zur Tür.

Alle sahen ihr lächelnd nach.

«Ein Küchenkasus!» Schuikin hob den Finger und kniff die Augen zusammen.

«Ja!» Wawitsch forcierte die Stimme. «Da sehe ich – ein Lachs. So ein Trumm von einem Fisch! Was aber, wenn er schon jahrzehntelang liegt? Eine Probe! Bitte zuzugreifen. Und er zergeht im Mund. Wie Sahneeis. Ist aber so ...» Er zeigte es mit den Händen.

In dem Augenblick kam Grunja herein. Mit geheimnisvollem und freudigem Lächeln brachte sie eine lange Platte. Alle blickten bald auf Grunja, bald auf den Tisch – wohin damit.

Schuikin sprang auf.

«Wenn man den Esel nennt!» Er rückte die Teller beiseite, machte Platz, half Grunja, die Platte dazwischenzuschieben.

Wawitsch blickte auf den Lachs, die Brauen hoch erhoben. Die Brauen zuckten wie schwarze Würmer. Grunja hatte so etwas noch nie gesehen. Sie blickte, leicht erbleicht, auf Wiktor und hob die Hand vor die Brust.

«Wo ist das her?», war in der Stille zu hören. Kaum zu glauben, dass Wiktor es gesagt hatte.

Grunja nahm allen Mut zusammen: «Wurde gebracht. Von einem Jungen. Wolltest du – für morgen?», fragte sie.

«Im Gegenteil!», sagte Wiktor. Regelrecht aufjaulend. Grunja sah ihn aus besorgt blinzelnden Augen an, während Wiktor überm Tisch die Faust zusammenpresste, dass die Finger knackten.

Schuikin lächelte mit aller Macht und wandte sein Lächeln bald Grunja zu, bald richtete er es auf Wiktor. Popow hatte die Brauen über den Brillenrand hochgezogen und blickte auf den Teller, vorsichtig trommelten seine Finger aufs Tischtuch. Grunja stand, hatte den Plattenrand auf dem Tisch abgestellt und blickte unverwandt auf Wiktor.

«Hier lassen?», fragte Grunja.

«Ja, ja» – Wiktor hustete die Worte heraus. «Stell hin, stell hin. Wie denn, wie denn nicht. Natürlich, auf den Tisch damit.»

Grunja stellte den Lachs hin. Der Lachs zeigte verlegen den fettig glänzenden Rücken und war ohne Kopf.

Grunja stützte das Kinn auf beide Hände, über den ganzen Tisch hinweg spannte sich ihr Blick zu Wiktor.

«Bitte zuzugreifen!», sagte Wiktor verärgert und wies mit dem Kinn zornig auf die Platte.

«Dann wollen wir mal!», meinte Schuikin. «Trinken wir auf sein Wohl, essen wir auf unseres. Und zwar von ihm. Hab ich Recht?», wandte er sich an Popow.

Schuikin griff zur Karaffe.

«Sie erlauben?» Und er goss allen ein. «Auf das Wohl des Lachses!»

«Man dankt …», brummelte Wiktor und schüttete sich zerstreut den Wodka in den Mund.

Grunja blickte immer noch zu Wiktor.

«Leg auf, ist doch geschnitten», sagte Wiktor.

Grunja rührte sich nicht.

«Sie erlauben, dass ich Ihnen …» Schuikin legte ein Stück so flach wie ein Brettchen auf Grunjas Teller.

«Sie erlauben, ich möchte Ihnen eine Begebenheit erzählen. Und Sie sagen mir dann, insbesondere Agrafena Petrowna, ob ich recht gehandelt habe. Ich meine ja: völlig zu Recht. Stellen Sie sich vor … Gießen wir nochmal ein?», wandte er sich an Wiktor, und Wiktor packte plötzlich die Karaffe, sprang auf und umrundete den Tisch und goss ein, tiefrot bis zum Hals. «Also», fuhr Schuikin fort, «in der Tanzschule habe ich ein Fräulein kennen gelernt, ein Blondinchen, das tanzt himmlisch den ‹Pack sie an› – so nennen wir den Pas d'Espagne. Je nun, Geplänkel, Getuschel, und heute, verstehen Sie, sitze ich wie immer am Schalter, bei meinem ‹Einschreiben›, da wird ein Brief zum Schalter hereingereicht.» Schuikin sah alle der Reihe nach an.

«Ja, ja, zum Schalter herein», wiederholte Grunja, als sie den Blick von Wiktor losgerissen hatte.

«Jemand reicht also zum Schalter herein einen Brief. Darauf steht: ‹Einschreiben. An Pjotr Nikolajewitsch Schuikin›. Ich sehe – ein Damenhändchen. Will einen Blick auf sie werfen, da hat sie sich schon umgedreht. Ich rufe: ‹Gnädigste! Einreicherin!› Darauf jemand aus der Warteschlange ihr nach: ‹Gnädigste! Gnädigste!› Sie wird hergeführt. Kommt, überrot. Ich schaue – sie ist es, Pas d'Espagne. Ich sag: ‹Wie zerstreut Sie doch sind, Mademoiselle, bemühen Sie sich hinzuzufügen: Stadt, Dorf, Bezirk, Straße sowie Name und Adresse des Absenders.› Und halte ihr eine Feder hin. Alles schaut. Ich sage: ‹Und zwei Postwertzeichen im Wert von sieben Kopeken.› Was meinen Sie, wie hätte ich mich verhalten müssen?» Und Schuikin stemmte die Hände in die Hüften, die Ellbogen breit, und sah alle an.

«Ja, ja», nickte Wiktor ernsthaft, «im Wert von sieben Kopeken. Essen Sie!» Und er nickte erneut zum Lachs.

Sie spielten das Klopfspiel und tranken Bier dazu. Wiktor schraubte böse den Korkenzieher in den Korken, und mit zusammengebissenen Zähnen riss er den Korken raus, goss ein, kippte die Flasche, den Boden nach oben, das Bier lief über, und in zwei Zügen hatte er das Glas geleert.

«Schwindelei!», zischte Wiktor und klopfte mit den Karten auf den Tisch. Er saß seitlich zum Tisch, rot und verschwitzt. Popow blickte blind durch die Brille und steckte bedächtig den Gewinn in die Westentasche. Während Wiktor böse und immer böser die Einsätze verdoppelte.

«Wir ziehen sie, und sie zieht uns – rums!», sagte Schuikin, während er eine Karte zog.

Grunja trat herzu, legte Wiktor die Hand auf die Achselklappe. Doch Wiktor wandte sich heftig dem Tisch zu, beugte sich über die Karten, entzog ihr die Schulter.

«Ist das ein Hund?» Er deckte die Karten auf.

Und er schluckte und schluckte das kalte Bier.

Es war halb zwei, als Wiktor hinter den Gästen zweimal den Schlüssel im Schloss umdrehte und in sein Kabinett trat. Er hörte, wie jenseits der Tür Grunja klapperte, den Tisch abdeckte. Wiktor ging zweimal durchs Zimmer, von Ecke zu Ecke. Bekam mit, wie Grunja ein Bündel Messer und Gabeln auf den Tisch warf und die Türklinke drückte. Wiktor setzte sich in Trab, um der Tür den Rücken zuzukehren.

«Witja, mein Lieber!», flüsterte Grunja aus tiefster Brust, ging um ihn herum, nahm ihn bei den Schultern.

Wiktor blickte ihr böse in die Augen und sah dann missmutig auf die Papirossa.

«Ist es wegen dem Lachs?» Grunja blickte aus weit aufgerissenen Lidern zu Wiktors niedergeschlagenen Augen hoch. «Mein Herz! Witja, mein Herz! Hast es doch nicht gewollt!»

Wiktor drehte sich um, schritt los.

«Ich weiß, was ich zu tun habe!» Und schmiss den Stummel in die Ecke.

«Witja, nun überleg doch! Ein Junge hat ihn gebracht. Ich dachte, du hast ihn geschickt. Hab mich gefreut. Er hat auch gesagt: Der Herr Revieraufseher lassen schicken. Witja!»

«Raus!», brüllte Wiktor durch die ganze Wohnung. «Rausjagen hätte man den Schurken müssen, rausjagen! Hochkant raus, den Saukerl! Zum Teufel!» Und er stampfte so mit dem Fuß, dass das Geschirr auf dem Tisch klirrte. «Hund und Teufel!» Und Wiktor hieb mit aller Kraft die Faust auf den Tisch.

Grunja hatte sperrangelweit die Augen offen. Aus der Küche war zu hören, wie Froska vorsichtig klepperte, die Teller wusch.

«Verstehst du? Ver-stehst du?», flüsterte Wiktor böse, heiser. «Verstehst du, was das heißt? Ich werde diesem Schurken die Fresse einschlagen … morgen … im Geschäft … vor aller Augen. Was … was für ein Dreckskerl!»

«Wozu? Wozu?», sagte Grunja. Und lachte plötzlich. «Es waren drei Pfund, allerhöchstens dreieinhalb, dieser Lachs, also fünfeinhalb Rubel. Zahlen wir ihm fünfeinhalb Rubel. Ich wieg ihn, mehr als ein halbes Pfund haben wir nicht gegessen, bin gleich wieder da!» Schon wollte Grunja davon.

«Grunetschka», rief Wiktor gepresst, «Liebste!»

Grunja sprang zu Wiktor, ein hastiger Kuss traf seine Augenbraue, und schon rief sie aus dem Flur:

«Warte, warte, ich bring ihn her, wir wiegen ihn.»

Als wäre alle Luft aus Wiktor entwichen, plumpste er wie ein Lappen in den Sessel. Er atmete heftig und sagte ein ums andre Mal:

«Grunja, Grunetschka!» Und merkte selbst nicht, dass ihm

Tränen in die Augen traten – als rosa Schleier erschien Grunja unter der Tür.

Häuslich vertraut klapperte der Besemer gegen die Platte.

ARME UND HÄNDE

Leicht, wie durchsichtig sogar, erhob sich Wiktor am Morgen. Der Ofen summte munter in der Ecke, und zu hören war, wie nebenan im Esszimmer der Samowar blubberte. Wiktor zog ein frisches weißes Hemd an, ein kühles, und betrachtete die Frostblumen auf der Fensterscheibe, den weißen und zarten Flaum. Er bekam mit, wie Grunja die Teekanne auf den Samowar stellte, das Händchen bestimmt im weiten Ärmel, dem mit den Spitzen. Er beeilte sich. Rieb sich unterm Wasserhahn mit eiskaltem Wasser ab, prustete.

«Witja! Hast du gesehen, hab dir ein Hemd hingelegt.» Grunjas Stimme.

«Ja, ja!», rief Wiktor, ins Unreine vorerst, um schnellstens, wie über weißen Schnee, ins Reine zu treten, vor sie hin, einen guten Tag zu wünschen und sich frohen Herzens mit Grunja zum Tee zu setzen.

‹Was hab ich doch für eine Grunetschka!›, dachte Wiktor. Er zog die Kleider zurecht, ordnete noch einmal das Haar und ging ins Esszimmer.

Wie ein ganzes Blumenbeet erhob sich, ihm entgegen, Grunja im blauen Hauskleid mit den Blumen, den Spitzen, und obendrüber, wie die Sonne über dem Beet, Grunjas Lächeln, und Grunjas warme Arme fassten weich um seinen Nacken, und Wiktor küsste die Arme, wo er konnte, wo er hinkam, und am liebsten hätte er gehabt, dass ihn die Arme noch mehr, dass sie ihn gänzlich einhüllten.

Grunja reichte ihm das Teeglas, und eine rosa Sonne überzog

die zugefrorenen Scheiben, im rosa Licht lebte das Geschirr auf, und rosa Dampf kräuselte sich kokett über dem Glas. Einen Augenblick wurde es ganz still, und Wiktor hielt den Löffel, klapperte nicht.

«Schau mal nach, ich habe dir fünf Rubel in die Brieftasche getan.» Grunja wies mit dem Kinn auf die Innentasche, als Wiktor den Uniformmantel zuknöpfte. «Für diesen, na, du weißt.» Grunja warf einen Seitenblick auf Froska. Froska schob gerade das Säbelkoppel unter die Achselklappe.

«Direkt zu ihm geh ich, zu der Kanaille!» Wiktor bewegte heftig den Kopf. «Jetzt gleich. Wenn ich bitten dürfte … Heda, mein Herr!» Wiktor zog die Brauen zusammen und legte «Entschlossenheit» aufs Gesicht. «Gehabt euch wohl!» Unter der Tür schlug Wiktor die Hacken zusammen und tippte mit der Hand an die Mütze.

Mit der Mappe unterm Arm trat Wiktor auf die Straße. Hausknechte kratzten den Schnee vom Gehsteig, und Gymnasiasten sprangen über die Kratzeisen, hasteten zur Schule. Am Ende der Straße hing, direkt über den davonziehenden Geleisen, eine rote Sonne, als hätte sie die Straße betreten und wäre stehen geblieben vor Neugier und Freude. Und Wiktor kam es vor, als hastete alles zum Ende der Straße, um die Sonne zu betrachten. Der Schnee brannte ungestüm, und der Frost attackierte beißend die Wangen.

Wiktor blinzelte im Licht, lächelte und formulierte in Gedanken: ‹Was kostet bei Ihnen der Lachs? Aha. Bemühen Sie sich, unverzüglich eine Rechnung für dreieinhalb Pfund … von diesem Fisch … ‹oben Erwähntem› passt nicht. Von diesem Fisch auszustellen›, beschloss Wiktor und bog um die Ecke.

Die Sonne war weg.

Im Geschäft strahlte alles den Glanz kühler Sauberkeit aus. Käufer waren keine da. Der Oberkommis nahm, den kleinen Finger abgespreizt, die lederne Schirmmütze ab. Stützte sich respektvoll, erwartungsvoll auf den Ladentisch. Wiktor räusperte sich die Stimme frei und sagte streng:

«Der Prinzipal soll kommen.»

«Bitte um Verzeihung, aber der ist soeben Waren holen gegangen.»

«In diesem Fall» – Wiktor blickte finster – «stellen Sie mir eine Rechnung für Lachs aus, für dreieinhalb von diesem Fisch ... für dreieinhalb Pfund Lachs. Unverzüglich.»

«Ohne den Prinzipal ist das leider nicht möglich. Wünschen Sie, dass ich Ihnen Lachs abwiege?» Der Kommis griff zum Messer.

«Gestern wurde von mir irrtümlicherweise Lachs entgegengenommen, Lachs von Ihnen, von Bolotow.» Wiktor wurde rot und verzog die Brauen. «Wissen Sie nichts davon, wie?»

«Ist mir leider nicht erinnerlich!» Der Kommis fuhr mit den Augen über den marmornen Ladentisch.

«Von mir!», schrie Wiktor. «Von mir!» In dem Augenblick klirrte die Eingangstür, und Wiktor schrie: «Von mir wurde irrtümlicherweise für dreieinhalb Pfund oben erwähnten Fisches nicht bezahlt! Kapiert? Nimm das Geld! Was kostet das?»

Eine Dame mit Pelzcape, ein Wolltuch um den Kopf, sah Wiktor erschrocken von der Seite an.

«Unsereiner weiß davon nichts, wie können wir dann etwas annehmen? Ganz und gar unmöglich. Geruhen Sie das doch mit dem Prinzipal.»

Der Kommis blickte Wiktor nicht an, mit einem feuchten Handtuch rieb er weiter und weiter den Ladentisch. Wiktor jedoch zog, er riss die Brieftasche hinterm Revers seines Casaquin hervor.

«Da, nimm!»

Der Kommis aber bückte sich hinter den Gläsern mit den Gurken und den Neunaugen, hinter den vielfarbigen Marinaden.

«Auf die Wache lass ich Sie kommen zur Aushändigung!», schrie Wiktor.

«Das müssen Sie mit dem Prinzipal», ließ der Kommis sich dumpf vernehmen.

Wiktor ging hinaus. Er sah, wie die Dame ihm mit den Augen folgte, wie das himbeerrote Cape sich umwandte, ihm hinterdrein.

«Andere sollen machen, was sie wollen», sagte Wiktor auf der Straße, «ich jedenfalls lasse Bestechung nicht zu.»

Er wäre am liebsten zu Grunja zurückgekehrt, um zu erzählen, wie es nicht geklappt hatte. Danach gleich auf die Wache und einen Schutzmann mit einer Vorladung. Auf der Vorladung würde in rügenden Buchstaben geschrieben stehen: Nach selbigem Erhalt unverzüglich erscheinen, um … wozu? um unverzüglich Erklärungen abzugeben … in kürzester Frist … ‹Alle nehmen›, sagte sich Wiktor, ‹und warum? Weil gegeben wird!› Die Antwort fiel von allein. ‹Bestechen! Ich werd's ihnen zeigen! Bestechen! Dreckskerle. Ich werd's euch zeigen, werd's euch zeigen, Schurken!›

«Schurken!», schrie Wiktor laut und stampfte beim Gehen mit dem Fuß. «Hab ich nicht fünfundvierzig Rubel? Ein Soldat kriegt für zwei Monate fünfundvierzig Kopeken, und nimmt der etwas? Wenn aber doch, nur einen staatlichen Fußlappen, darf er dafür nicht nach Sibirien? Wie wär's mit Sibirien, Dreckskerle?»

DIE FLIEGE

Lang gestreckt die blauschattige Straße, die Häuser in Linie ausgerichtet, das Trottoir freigekratzt, und unter der strammen Sohle knirscht der frostige Sand. Da eilt die Bevölkerung ihren Geschäften nach – bitte sehr! doch über ein freigeräumtes Trottoir. Für die Ruhe der Bürger sorgt die Wachsamkeit der Polizei im Außendienst.

‹In meinem Revier – bitte sehr! Jeder kann in Ruhe seinen Geschäften nachgehen – bitte sehr! aber kein Lachs!›

«Heda, Lastkutscher! Was bleibst du stehen? Die Straße? Welche Straße? Bummelant! Da steht es doch schwarz auf weiß – bitte sehr! Kannst nicht lesen? Dann frag den Posten. Die Uspenskaja-Straße. Sprich mir nach! Na, siehst du. Bloß nicht Maulaffen feilhalten.»

Die Vorladung schrieb Wiktor auf einem Formular, in festen, großen, zackigen Buchstaben.

«Bring das zu Bolotow. Und zwar sofort.» Der Schutzmann sah ihm in die Augen und verbarg hinter einem ernsthaften Blick seine schlaue Vermutung. «Wie viel kriegst du?», rief Wiktor. «Nach deiner Besoldung frag ich, Dummkopf. Sechzehn? Keine Kopeken – Rubel? Ein Soldat kriegt zweiundzwanzig Kopeken, Kopeken! und für einen staatlichen Fußlappen, weißt du, was er dafür … Fort mit dir!» Wiktor stampfte mit dem Fuß.

Er zog den Mantel aus. Setzte sich an den Schreibtisch und erblickte erst jetzt die Sonne: Sie war mit Glimmer und allen Regenbogenfarben ins kristallene Tintenfass geschlüpft, und das Tintenfass blühte wie ein Strauch Brillanten. Eine kranke Fliege wärmte sich auf dem Deckel und putzte mit verschlafenem Bein den biegsamen Flügel.

‹Auch eine Art Vogel …› Wawitsch versank in Betrachtung der Fliege und der ganzen grünen Landschaft des Schreibtischs – der Mottenfraßgruben, der Tinteninseln. Wiktor schaute, wie das Tuch im Sonnenlicht faserig wurde, und er hätte auf dieser grünen Wiese am liebsten Zinnsoldaten aufgestellt, damit sie in der Sonne glänzten, damit die spitzen Bajonette Schatten warfen und es nach Spielzeuglack roch. Was ist das eigentlich für ein wunderbarer Lack? Wiktor nahm den politurüberzogenen Federhalter zur Hand, hielt ihn vor die Nase. Nein, der riecht nicht. Die Fliege flog zu einem Blatt Papier. Wiktor schaute, wie das Papier sich in der Sonne wärmte, sich aalte, und ruhig, noch ohne zu begreifen, las er die blaue Buntstiftschrift quer über einer Papierecke:

«Unters. persönliche Aussprache mit Gen. Fjodorow. Meld. an mich und nicht gebummelt!»

Plötzlich traf ihn die Bedeutung mitten auf die Stirn. Wiktor griff nach dem Papier.

«An den hochwohlgeborenen Herrn Polizeihauptmann der Moskauer Polizeiwache.

Muss Ihre Aufmerksamkeit auf Ordnungswidrigkeiten lenken, die von der Polizei nicht unterbunden werden: In dem Haus, in dem ich wohnhaft bin, bringt die Jüdin Ziegel mit Unterstützung des Hausknechts und des Nachtwächters, welchselbige ewig betrunken sind, des Nachts Wodka zum Verkauf. Hoffe, dass strenge Maßnahmen ergriffen werden, widrigenfalls ich dem Herrn Stadthauptmann persönlich von dem böswilligen Versäumnis Meldung erstatten werde.

S. Fjodorow, Gen.-major im Ruhestand»

‹Nicht gebummelt, nicht gebummelt ...› Blut schlug ins Gesicht, Tränen pressten hervor. ‹Schreibt der mir regelrecht wie einem Saukerl!› Wiktor begrub die blaue Buntstiftschrift unter seiner Faust und drehte die Faust so, dass der Schreibtisch knarrte. Sogleich stand ihm auch ein Greis in Uniformmantel à la Nikolaus I. vor Augen, hat einen Stock mit Gummispitze, und in Galoschen schlurft er über den Gehsteig, so ein krummes Ypsilon, ein verfluchtes, wie die Äuglein luchsen, wie er sich mit wem in die Haare kriegt ... ‹Wenn nichts vorliegt, sag ich ihm ins Gesicht: Bemühen Sie sich, Euer Exzellenz, mir aufzuzeigen, wo Sie eine Ordnungswidrigkeit zu bemerken geruhten, wie Sie, Euer Exzellenz, sich in dem Schreiben auszudrücken geruhten. Geruhen Sie diese persönlich aufzuzeigen. Ich bitte ergebenst! Dass Euch der Teufel mitten ins Herz. Solch ein Dreckskerl!›

«Nicht gebummelt!», zischte Wiktor zwischen den Zähnen vor und zog sich den Mantel über. Das Blatt Papier war herumgelegen, bestimmt zwanzig von den Dummköpfen hatten es gelesen. Wiktor schlug die Tür zu, dahinter ächzte das Zimmer. Bolotow würde jetzt hergebracht, zum Teufel mit ihm, soll warten, der Schurke. Wiktor warf einen Seitenblick auf den Posten – ha, weiß es bestimmt, die Kanaille! Reckt sich, als hätte er keinen Schimmer. Wiktor bog um die Ecke, schaute, ob der Schutzmann auch nicht hersah, zog mit aller Kraft die Klingel am Tor und huschte im Nu durchs Tor. Die Frau des Hausknechts kam über den Hof gewatschelt. Als sie den Quartieraufseher erblickte, fiel sie in Trab, verhedderte sich mit den Männerstiefeln.

«Wo ist dein Dummkopf?», rief Wiktor. «Soll herkommen!» Das Weib stockte im Lauf, wiegte den vermummten Kopf.

«Hatte Wachdienst, schläft jetzt ...»

«Herkommen!», blaffte Wiktor.

Wie von einem Windstoß getrieben jagte das Weib davon. Wiktor schlug sich die Mappe gegen das Knie – den werd ich mir jetzt. Zerzaust und zottig kam der Hausknecht an, zog sich im Gehen den Halbpelz über. Seine Frau rückte ihm von hinten die verrutschte Mütze zurecht.

«Komm mal hierher, Schlawiner!», schrie Wiktor, obwohl der Hausknecht direkt auf ihn zukam. «Was geht bei dir hier eigentlich vor? Hm? Was, sag ich, geht bei dir vor, du Aas? Was, sag ich, geht vor? Hm? Was plinkerst du mit den Augen? Saufkopf! Wo ist hier die Ziegel? Die Ziegel, wo ist die bei dir?»

«Auf der sechzehn ...»

«Geh voraus, führ mich.»

Im Treppenhaus war es halb dunkel und öde.

«Veranstaltest mir hier Saufgelage, Schweinehund? Saufgelage?»

«Was meinen Sie, was für Saufgelage, Euer Wohlgeboren?»

«Was für welche? Solche, mein ich, solche!» Und Wiktor knallte dem Hausknecht zweimal die Mappe ins Gesicht – laut, fest, mit Wucht.

«Was für Saufgelage … Gott ist Zeuge …», krächzte der Hausknecht weinerlich, gekränkt.

Wiktor hätte am liebsten die Maulschelle mit derselben Mappe wieder von der stoppeligen Fresse getilgt, ihm zuckte die Hand. Der Hausknecht hielt sich die Arme vor und retirierte zum Geländer.

«Na, geh, geh, mach voran. Werden ja sehen.»

«Werden ja sehen, warum dann erst mal übel nehmen», jammerte der Hausknecht oben an der Treppe.

«Halt, nicht klingeln. Will ich selbst.»

Wiktor trat zur Tür und zog an der Klingel. Hinter der Tür antwortete Kindergebrüll, etwas flog mit Gepolter zu Boden.

«Oj, wer da? Wer da?», rief eine Frauenstimme durch das Gekreisch. Die Tür öffnete eine Frau mit einem Kind auf dem Arm. Hinter ihr lugte eine halb bekleidete Alte vor.

«Was wollen Sie?» Die Frau riss die Augen auf und wich zurück. Ein umgestürzter Zuber und ein Schemel lagen in einer Wasserpfütze.

«Wer handelt hier mit Wodka?», fragte Wiktor streng.

«Was? Mit Wodka?» Die Frau hob die Augenbrauen.

«Nicht mit Kwas, nicht mit Kwas», setzte Wiktor nach, «mit Wodka.»

«Auch noch mit Kwas?» Die Frau wäre beinahe ausgerutscht auf dem nassen Boden. «Das ist nicht hier, Herr Quartieraufseher. Das ist nicht bei uns, Herr Quartieraufseher.»

«Gleich wühl ich hier alles durch!» Wiktor schritt über den Zuber, schritt in die Stube. Ein dürres Jüngelchen sprang weg von der Tür, war mit einem Satz im Bett, drückte das Gesicht ins schmutzige Kissen und begann zu greinen. So dünn, dass Wawitsch über dem Rauschen im eigenen Kopf den dünnen Laut erst gar nicht mitbekam. Eine Nähmaschine stand beim Fenster, am Fensterbrett türmten sich Stofffetzen. Auf dem schmutzigen bunten Tischtuch ein Heft und ein Tintenfass. Bemühte Kinderbuchstaben blickten Wiktor aus dem Heft friedlich ins Gesicht.

Er blieb stehen und drehte sich plötzlich zu der Frau um.

«Rede, rede, rede offen, hol dich der Teufel, handelst du mit Wodka? Ja? Rede, sofort!» Wiktor stampfte auf den Boden, und auf der Kommode klirrten die Kerzenständer. «Red doch, Judenpack!», schrie Wiktor, den Tränen nah. «Rede um unseres Herrn Jesu Christi willen!» Er rückte gegen die Frau vor; diese schaute ihn an, starr vor Schreck, und drückte immer stärker das Kind an sich, und das Kind schrie halb erstickt.

«Oj, oj, was ist das?»

«Was ist das?», stöhnte die Alte, und mit japsendem Laut greinte der Junge ins Kissen.

Wiktor sah, wie die Frau sich zu weinen anschickte, gleich würde sie losheulen, sich abschotten hinter Geschrei, sich auf den Boden setzen.

Wiktor überschrie alle: «Hört doch auf, Herrschaften!» Der Hausknecht murmelte etwas und breitete die Hände aus – er wusste, dass man ihn nicht hörte, vielleicht war es sogar etwas äußerst Dreistes. «Hört doch auf! Keinen Mucks, Teufel nochmal!» Und Wiktor klatschte die Mappe auf den Tisch.

Für einen Augenblick verstummte alles, nur das Kind würgte vor Schluchzen.

«Nun, wenn Sie nicht damit handeln, sagen Sie doch: Wir handeln nicht damit. So schreiben wir das auf. Wozu das Geheul, es sticht Sie keiner ab.» Wiktor setzte sich an den Tisch, knöpfte die Mappe auf. Der Junge auf dem Bett hob den Kopf und wagte einen schüchternen Blick unterm Ellbogen vor. «Wo ist dein Federhalter? He, Schriftsteller!» Wiktor nickte ihm zu. «Los, los, her damit!»

«Gicher, gicher, mach schneller!», rief die Frau. «Wenn der Quartieraufseher bittet, mach gicher, was schaust du, Danetschka.» Der Junge glitt auf den Boden und kroch auf allen vieren. Ohne aufzustehen, streckte er unterm Tisch einen billigen grünen Federhalter hoch.

«Zwei Zeugen, aber dalli!», kommandierte Wawitsch.

Der Hausknecht stürmte los, die Tür schlug zu.

«Na, sehen Sie, Madame Ziegel, niemand tut Ihnen hier etwas Böses, und niemandem geht es hier an den Kragen, und wenn Ihr Gewissen rein ist, wieso haben Sie Angst vor der Polizei? Die Polizei schützt die ehrlichen Teile der Bevölkerung.»

«Aber ich bin doch eine Frau, Herr Quartieraufseher! Gebe Gott, dass Eure Frau so etwas nicht mitmachen muss – der Mann im Krankenhaus. Hab ihm gesagt: Ziegel, sei gottesfürchtig, zieh Galoschen an … Ihr könnt mir glauben, Herr Quartieraufseher, die fünfte Woche schon!»

Der Junge schaute von der anderen Tischseite atemlos zu, wie sicher Wawitsch auf dem Papier ohne Linien schrieb – mal sah er auf die Buchstaben, mal auf die Kokarde.

Im Flur tappten bereits schwere Stiefel über den nassen Boden.

«Kommt her!», rief Wawitsch, halb umgewandt.

Zwei neue Hausknechte betraten die Stube.

«Wo sollen wir schreiben?»

«Wie denn, ohne gelesen zu haben? Zuhören, ich lese vor. Man muss immer wissen … Bescheid wissen, erst dann unterschreiben. Ein General im Ruhestand, der kann unterschreiben, ohne dass er weiß … was er schreibt. Zuhören.»

Wawitsch stand auf, und das Blatt Papier in der Hand, wandte er sein Gesicht dem Publikum zu.

«Protokoll», sagte Wawitsch und sah der Reihe nach alle streng an.

«Am 13. Februar dieses Jahres wurde auf Anordnung Seiner Hochwohlgeboren, des Herrn Polizeihauptmanns der Moskauer Polizeiwache in der Stadt N, bei Frau Ziegel in Wohnung Nr. 16, Uspenskaja-Straße Nr. 47, von mir eine Ermittlung und Visitation der Wohnung durchgeführt, bei welchselbiger keinerlei Anzeichen eines heimlichen Verkaufs alkoholischer Getränke entdeckt werden konnten.»

«Ihr könnt schauen, Ihr könnt gehen in die Küche und schauen. Warum nicht? Geht nur. Ist bei uns keine einzige Flasche. Mein Mann kennt das nicht. Kann mich gar nicht erinnern – hat er auf der Hochzeit getrunken, hat er nicht?» Ziegel redete und ging voraus, und sie schüttelte das Kind, das dünn und schmerzhaft hickste.

Wiktor trat in den Flur, von der Tür aus schaute er in eine halbdunkle, kalte Küche mit schwarzen Regalen.

«Brauchen sich nicht fürchten, wenn alles in Ordnung ist», sagte Wiktor unter der Wohnungstür.

Mit hageren Totenfingern zog die Alte den Putzlappen durch die Seifenlauge, ihr graues Strubbelhaar huschte über den schmutzigen Boden.

DURCH DEN VORDEREINGANG

«Führe mich zu General Fjodorow», befahl Wiktor dem Hausknecht.

«Wünschen Sie durch den Vordereingang?», fragte der Hausknecht halblaut. «Oder bring ich Sie vielleicht zur Hintertür?»

«Durch den Vordereingang, mein Bester!» Wiktor lächelte.

«Durch den allervordersten Vordereingang. Aha! Vortrefflich! Ich klingele selbst.»

Wiktor nahm die Mappe amtlich, in die linke Hand, zur Seite, zog das Säbelkoppel zurecht, tippte kurz auf den Klingelknopf und holte Luft.

Ein hoch gewachsenes Hausmädchen in schwarzem Kleid und weißem Häubchen sperrte die Tür auf und fragte streng:

«Was will Er?»

Im Vorzimmer leuchtete von der Garderobe das flammend rote Futter des Generalsmantels, und das Parkett roch nach Bohnerwachs.

«Zu Seiner Exzellenz … Meldung erstatten.»

Das Hausmädchen hielt immer noch die Tür, neigte den Kopf zur Seite und kaute grimmig auf der Unterlippe. Dann schlug sie plötzlich die Tür hinter Wawitsch zu.

«Werde es so melden – ein Quartieraufseher.» Und die spitzen Absätzchen klapperten durch den Flur. Wawitsch hörte, wie sie zu einer Tür hinein sagte: «Irgendein Quartieraufseher … Weiß ich nicht, steht im Vorzimmer.»

«Bring ihn hinter, soll warten.» Eine hölzerne Stimme und die Wörter wie abgenagt.

«Kommen Sie», sagte das Hausmädchen, den Blick zu Boden.

Wiktor schritt unhörbar.

«Treten Sie die Füße ab, wie können Sie, einfach so.»

Wiktor kehrte zurück, und das Hausmädchen schaute, wie er die Füße abtrat. Noch mehr war schon peinlich. Doch das Mädchen hob nicht den Blick.

Wiktor wischte noch einmal kräftig jede Sohle ab und spürte, dass er rot wurde.

Er trat vom Fußabstreifer und ging, ohne einen Blick auf das Mädchen, er betrachtete die Flurwände; das Mädchen stöckelte voraus. Durch den Flur und weiter, weiter. Da war links eine Tür. Aus dem Augenwinkel konnte Wiktor den General erblicken, er saß, eine Serviette am Hals, vor einem Teller. Eine vernickelte Kaffeekanne blinkte bedeutsam mit der Tülle. Das Mädchen stieß eine Tür auf. In der geräumigen Küche saß eine dicke Köchin hinterm Samowar und blies auf den Tee im Unterteller.

«Warten Sie, Sie werden gerufen.»

Das Mädchen warf den Kopf zurück und plinkerte.

Wiktor tat zwei Schritte in die Küche. Blickte auf die bemalte Uhr mit den Pendeln. Seine Miene verfinsterte sich. Wieder tat er einen Schritt.

«Setzen Sie sich, stehn können Sie noch lang.»

Die Köchin rieb mit der Schürze einen Hocker ab und stellte ihn mitten in die Küche. Wiktor nickte und öffnete geschäftig seine Mappe.

«Stolz ist fehl am Platz», sagte die Köchin. Schlürfte Tee. «Bei einem General ...» Und stellte geräuschvoll den Unterteller ab. Nach einer Weile hörte Wiktor harte, dumpf schallende Absätze. Die Tür wurde aufgerissen. Die Serviette in der Hand, stand ein Greis mit grauem Quadratbärtchen auf der Schwelle.

«Was führt ihn her?», schrie der General, und die kleinen Äuglein holten zum Schlag gegen Wiktor aus.

Wiktor salutierte.

«Der Polizeihauptmann schickt mich, Eurer Exzellenz Meldung zu erstatten bezüglich der Ermittlung ... bezüglich des Wodkas ... des Verkaufs von Getränken, gemäß der Eingabe Eurer Exzellenz.»

«Nun?», schrie der General und trat zur Seite. Das Mädchen brachte, den Blick zu Boden, bedeutsam das Geschirr herein.

«Habe eine Ermittlung durchgeführt, Euer Exzellenz.» Wiktor griff in die Aktenmappe.

«Maßnahmen!» Das Wort wie abgebissen. «Wurden Maßnahmen ergriffen?»

Wiktor fuhr auf. «Wurde nichts entdeckt!» Und noch einmal, standhafter: «Wurde nichts entdeckt! Bei der Ermittlung!»

«Maßnahmen! Ich frage nach Maß-nahmen!» Der General machte einen Schritt vorwärts und fuchtelte mit der Serviette vor Wiktors Nase. «Maßnahmen! Ich frage Sie auf gut Russisch. Sind Sie taub? Oder verwundet? Die Maß-nah-men?»

Wiktor schüttelte den Kopf.

«Also dürfen vor meiner Nase Saufgelage veranstaltet werden? Ja? Ich frage Sie!» Der General schwenkte die Serviette nach unten.

Das Mädchen sortierte mit vorsichtigen Fingerchen die Löffel und warf unter halb gesenkten Lidern hervor einen Seitenblick auf Wiktor, die Miene ein Bild der Strenge.

«Bei der Ermittlung ...», begann Wiktor standhaft.

«Ah ja! Ah ja!» Der General lief plötzlich rot an. «Ah ja, ermitteln! Ich muss ermitteln! Sofort!» Er stampfte auf. «Das ist es! Ermitteln, wer Dummköpfe zu mir schickt! Dummköpfe! Führ ihn hinaus!» Er machte einen Schritt auf das Mädchen zu.

Dezent mit dem Kleid raschelnd, durchquerte das Mädchen die Küche und öffnete eine wachstuchbespannte Tür. Wiktor stand und sah in die Generalsaugen und erwartete regungslos den Schlag.

«Raus!», brüllte der General, als ob er feuerte.

Wiktor spürte den Boden nicht und ging wie auf Luft durch die Tür, fremde Füße, nicht die seinen, tasteten sich über die Stufen der Hintertreppe. Ohne Atem zu schöpfen, überquerte er den Hof.

Die Füße gingen und gingen, stießen von allein die Erde zurück, ohne dass sie in Gang gesetzt worden wären. Nur den Gehsteig sah Wiktor vor sich – abgekratzt, bestreut mit Bittersand.

Wiktor erkannte seine Wohnungstür und tippte mit hastigem

Finger auf den Klingelknopf. Die Füße tappten auf der Stelle, es drängte sie zur Tür hinein, während Froska im Laufschritt durch den Flur patschte.

ÄTSCH

‹Zu Grunja, zu Grunetschka›, dachte Wiktor, ‹und gleich ist alles gut, alles wird wieder gut.› Er riss Mantel und Säbel herunter, schälte sich heraus und hörte erst gar nicht den geschmeidigen Bass aus dem Zimmer. Wie eine Kugel rollte die Stimme, als ob ein riesiger Kater, groß wie ein Pferd, dröhnend durch die Wohnung schnurrte.

«Scheint's hat er selbst sich eingefunden», hörte Wiktor. «Sehr vortrefflich.»

Wiktor wusste nicht, was ihn erwartete, er hüstelte sich frei und trat ins Zimmer.

Grunja blickte vom Sofa mit halbem Lächeln, die Brauen hochgezogen, und ein vierschrötiger Mann erhob sich zur Begrüßung. Ein rötliches Bärtchen, ein bekanntes Bärtchen, und darunter blinkte auf dem Binder ein Stein, ein glänzender Käfer.

«Verzeihn Sie, wir sitzen hier in angenehmer Unterhaltung, Agrafena Petrowna und ich. Habe die Ehre, Sie zu begrüßen, einen schönen guten Morgen.» Der Mann verneigte sich und legte die Hände unter die Brust.

«Bolotow!», entfuhr es Wiktor, und er brachte nichts heraus, seine Zähne bissen kleine Stückchen Luft. Seitwärts umrundete er den Sofatisch und drückte ein paarmal Grunjas Hand, ohne sie zu küssen.

«Darf ich vorstellen», sprach Grunja, «darf ich vorstellen: Michail Andrejewitsch Bolotow.»

«Wir schlossen ja bereits Bekanntschaft», schnurrte Bolotow mit lächelndem Bass, «angenehme Bekanntschaft.»

«Aber wie ...», hob Wiktor an. Grunja hielt ihm die Hand. «Aber wie können Sie ... sag ich ...»

«Das ist doch ein einziges Missverständnis, Wiktor Wsewolodowitsch, wieso nehmen Sie sich diesen Lachs so zu Herzen? Ich habe Ihrer Frau Gemahlin bereits Meldung erstattet. Ganz einfach. Alles, was recht ist, wir sind doch keine wilden Tiere, leben doch nicht im Wald. Sie placken sich für uns. Sehen wir doch – die Fürsorge, die Ordnung, die Sauberkeit, die Annehmlichkeit.»

«Gestatten Sie, ich lasse nicht zu ...», krächzte Wiktor aus trockener, rauer Kehle und hustete, dass die Tränen kamen.

«Wissen wir ja, und wir alle in Ihrem Revier verstehen angenehmerweise, dass Sie es nicht zulassen, und es darf auch nicht zugelassen werden, mit Verlaub. Aber geht es an, Menschen zu kränken? Sagen Sie – wieso? Das kommt bei uns von Herzen, von dem angenehmen Gefühl, dass wir endlich einen Menschen vor uns sehen, aber Sie wollen einem, entschuldigen schon, einen Tritt in die Fresse geben.»

«Ich werde Bestechung ...» – und Wiktor stand auf, schluckte trocken –, «ich werde Bestechung ... ich bin kein General ...»

«Das ist es ja, dass Sie kein General sind. Käme unsereiner einfach so zu einem General? Doch bei Ihnen ist einem wohl, wohlig zumut. Paradiesisches Nest, wahrlich. Allein schon Ihre liebe Frau: wie Milch und Honig. Und da soll es nicht erlaubt sein, in solch ein Haus, wenigstens zum Einzug, aus den angenehmsten Gefühlen? Ihrer lieben Frau? Blumen, das wäre vielleicht angenehmer gewesen, aber wir sind schlicht, bitten fürlieb zu nehmen ...»

«Bin gleich zurück», sagte Wiktor und verließ rasch den Raum. Am Wasserhahn in der Küche schlürfte er direkt mit dem Mund Wasser.

«Gleich serviere ich Tee», sagte Grunja über ihm. «Froska, richte alles her.»

Ohne vom Wasserhahn zu lassen, wedelte Wiktor mit der Hand, unverständlich und heftig. Er kehrte ins Wohnzimmer zurück und schrie schon vom Flur aus:

«Hier, nehmen Sie Ihre fünf Rubel, und eine Quittung, eine Quittung!» Er warf mit großer Geste den Fünfer vor Bolotow auf den Tisch.

Bolotow blickte zu Boden. Und Grunja, die Butterdose in der Hand, unter der Tür des Esszimmers:

«Witja, Witja! Ich habe es Michail Andrejewitsch doch gesagt, und er hat gesagt, er wird es nicht wieder tun. Das hat er gesagt, und damit genug. Er wollte doch nicht kränken, warum dann ihn kränken?»

«Zutiefst, zutiefst!» Bolotow richtete sich gerade, wandte sich Grunja zu und hieb sich mit runder, pflastersteingroßer Faust gegen den dröhnenden Brustkasten. «Eben, zutiefst!»

«Wir schicken Ihnen ebenfalls ein Geschenk!» Grunja lächelte Bolotow an, so fröhlich wie verschmitzt. «Ihrer Gattin, Sie werden sehen, ist ja bald Barbaratag! Gehen wir Tee trinken. Auf!»

Bolotow hielt immer noch unbeweglich die Faust vor der Brust. Und ließ die runden Augen über die Wände wandern, Wawitsch aussparend.

Grunja packte ihn am Ärmel:

«Nun stehen Sie doch auf!»

«Zutiefst!», sagte Bolotow, und erst unter der Tür nahm er die Faust von der Brust.

Der Fünfer lag gequält, wie krank, auf dem Tisch. Wiktor warf einen letzten Blick darauf, als Grunja seinen Arm nahm.

«So ist er eben, mein Witja!» Grunja führte Wiktor an den Teetisch. «Unterstehen Sie sich, weiterhin Lachs anzuschleppen, sonst setzt er Sie noch hinter Gitter.»

Bolotow lächelte bereits dem Samowar, Grunja, den weißen Vorhängen zu.

«Das wäre doch, sozusagen, auch unverzeihlich: dass einer Dame nichts geschenkt werden darf. Oder ist Ihr Mann einer von den Eifersüchtigen? Gehört sich nicht. Gehört sich nicht, Angenehmes zu unterbinden. Irgendein Geck mit einer Schachtel Konfekt – das bitte schön. Einen Blumenstrauß zustecken – auch das geht. Aber unsereiner gilt als grob. Können es partout nicht recht machen ... Bauerntölpel, mit einem Wort.» Bolotow nahm einen Schluck. «Trinken Sie schwarzen Perltee?»

«Überhaupt würde ich bitten ...», sagte Wiktor, den Blick zum Tee gesenkt.

«Sehen Sie, Sie bitten», sagte Bolotow und nickte nach beiden Seiten, «aber Sie, Sie bittet man nicht, bei Ihnen heißt es: Befehl! Erstens, zweitens! Eine Vorladung vom Friedensrichter – erstens. Sauberkeit und dass auch die Hausknechte – zweitens. Ein Diebstahl oder sonst ein Skandal – drittens! Im Theater – viertens! Ein Auflauf von Politikern oder Studenten – fünftens! Unsereiner sieht in euch die Leidtragenden für unsere Sünden. Unsereiner sündigt, Sie dürfen es ausbaden. Dabei, in was für einer Zeit wir leben!» Bolotow senkte die Stimme, und sein Bass kroch über den Tisch. «Von wegen, die Studenten! Sogar die Beamten, sagen die Leute, auch die – fangen an.»

«Was fangen sie an?», fragte Grunja.

«Was? Mit Unruhestiftung fangen sie an.»

«Was wollen sie denn?», fragte Grunja flüsternd.

«Die Nagaika wollen sie spüren ... Das soll Ihnen besser Wiktor Wsewolodowitsch erklären.» Er blickte zu Wawitsch.

Auch Grunja schaute, die roten Lippen halb offen, den Kopf zur Seite geneigt und die Brauen hochgezogen. Ihre Finger pressten das Teeglas. Wawitschs Miene verfinsterte sich.

«Teile der Bevölkerung sind aufgewühlt», sagte Wawitsch dumpf, «nicht alle sind zufrieden, zweifellos.»

«Ja, und womit sind sie denn unzufrieden? Was fehlt ihnen?», fragte Bolotow, bereits mit festerer Stimme, und fixierte Wiktor. «Was brauchen sie? Haben Sie nichts gehört? Oder ist es ein Geheimnis?»

«Ach woher», Wiktor schüttelte den Kopf. «Jedem das Seine.»

«Und dann, warum stoßen Studenten und Arbeiter ins selbe Horn? Der Student darf vier Jahre lernen, der Schelm, dann ist er im Handumdrehn ein Staatsanwalt oder ein Doktor, ein Herr mit Vermögen – und was hat der Arbeiter? Hammer und Schraubenmutter, Schenke und Ziehharmonika? Nein, Sie lenken ab. Wissen etwas, wollen vor uns aber nicht rausrücken damit.»

Wiktor fielen mit einem Mal alle Gesichter ein, alle entgegenkommenden Augenpaare auf der Straße – viele davon zielten wie Gabeln von unten zu ihm hoch, und er wehrte sie allein durch den Blick ab, einen Blick wie ein Peitschenhieb – und ging weiter. Wiktor seufzte.

«Sehen Sie, ich sage Ihnen was!» Bolotow beugte sich über den Tisch. «Am liebsten mögen die: Nieder mit der Selbstherrschaft, das ist deren Spruch.»

«Das natürlich, das natürlich!», nickte Wiktor bedeutsam.

«Und wem geht diese unsere Selbstherrschaft am meisten gegen den Strich? Na, wem?» Er blickte Grunja an.

Grunja wartete voller Furcht.

«Den Ju-den!» Bolotow richtete sich auf dem Stuhl gerade und hieb die stämmige Hand flach auf den Tischrand. «Fraj-hajt! Schreien sie. Freiheit für wen, Satansbraten? Für die? Damit die uns noch freier die Luft abschnüren können? Die haben auch ohne Rechte schon alles in der Faust, jawoll! Versuch einer mal, ohne einen Jud einen Silberrubel aufzutreiben. Ha, von wegen! Aber den

Zaren stürzen! Allein dank dem Zaren halten wir uns. Solang der Zar russisch ist, ist auch das Reich russisch und gehört nicht denen. Und den Zaren geben wir nicht her. Von wegen! Ällabätsch!» Bolotow ballte die rot behaarte Hand zur Feige, stellte sich forsch hin und bohrte die Faust siegreich in die Luft. «Jawoll! Ätsch!»

Grunja schaute aus weit offenen Augen die Faust an, starr vor Verwunderung.

Wiktor verzog den Mund zu einem Lächeln, herablassend und anspornend.

«Ja doch. Nicht alle lassen sich für eine Buddel Branntwein kaufen!» Bolotow, ganz rot, setzte sich wieder. Atmete schwer. Plötzlich sah er auf die Uhr. «Herrin des Himmels! Wie spät es ist! Halb drei! Was mach ich denn, du liebe Zeit!»

Er sprang auf.

«Liebe Gastgeber, verzeiht, wenn ich mich ruppig benommen habe. Sehr erfreut, Ihre Bekanntschaft gemacht zu haben. Meine Verehrung.»

FAULFIEBER

Kolja war vor Angst aufgewacht. Er hatte geträumt, ein Hund, den er kannte, ein Pointer, sei auf den Hinterbeinen zur Tür reingekommen und so, wie er war, stehend, in die Luft aufgestiegen und durchs Zimmer geflogen, als ob er wen suchte, und immer näher und näher, und die Pfoten unbeweglich vorgestreckt, wie nicht lebendig, wie der Tod, dabei jaulte er dünn, und immer lauter und näher. Kolja war aufgewacht und freute sich, dass er dem Hund entkommen war, bestimmt uneinholbar, in ein anderes Land. Es war hell. Der Vater schnarchte. Flüsternd knarrten vor der Tür unter Mamas Schritten die Dielenbretter, und da stellte der Samowar vorsichtig die Füßchen aufs Tablett. Kolja packte seine Kleider und ging barfuß, im Nachthemd, hinaus ins Esszimmer. Sacht zog er die Tür hinter sich zu. Mamas Gesicht war traurig und bedeutsam wie in der Kirche. Leise sagte sie:

«Steh nicht barfuß, der Boden ist kalt.»

Und als er sich gesetzt hatte, strich sie ihm plötzlich über den Kopf, ganz wie im Bilderbuch. Kolja blickte der Mutter ins Gesicht, aber sie wandte sich ab und ging in die Küche.

«Zieh dich an!», flüsterte sie durch den ganzen Raum.

Kolja zog sich schweigend an, wusch sich schweigend am Wasserhahn, ertrug mit aller Macht das eiskalte Wasser. Wie auf dem Bildchen. Dort auf dem Bildchen fragt auch keiner, wie das Wasser ist, vielleicht sogar schlimmer als Eis, immer blau, richtig scharf wie ein Messer. Auch den Tee trank er wie auf dem Bildchen, saß gerade, und die Butter schmierte er so glatt wie poliert aufs Brot. Und als er sich fertig machte, wartete er, dass ihm die Mutter wie jedes Mal einen Fünfer fürs Frühstück gab. Aber Mama war dauernd in Bewegung, schlich auf Samtpfoten, als wäre ringsherum alles Glas, und redete nicht. Kolja knöpfte schon den Gymnasiastenmantel zu, alle Knöpfe, und Mama ging in die Küche und sagte flüsternd:

«Bitte, wirf die Tür nicht zu.»

Und Kolja antwortete wie der Junge aus dem Buch:

«Nein, Mama, das tu ich nicht.»

‹Darf nicht nach einem Fünfer fragen. Jetzt darf ich das nicht mehr.›

Kolja frühstückte nicht, sondern sparte die Fünfer, und es war schade drum, denn jetzt war der Fünfer verloren. Morgen würde er nicht mehr danach fragen können; morgen könnte er ja nicht für heute frühstücken. Kolja schritt ordentlich in Richtung Gymnasium, und unterwegs tat es ihm bald um den Fünfer Leid, bald fand er, wie gut, wie hervorragend es doch war, dass er nicht gefragt hatte, sonst wäre alles hin gewesen. Dann stieg wieder der Fünfer in ihm auf, und erneut musste er den Ärger verjagen. Es gelang ihm, den Ärger hinabzudrängen, darauf ging er mit einem fremden Gang weiter, zurückgebogen, den Kopf erhoben, mit gleichmäßigen kleinen Schritten.

‹Wenn ich alles so mache, gibt es auch nie Fünfer, alles läuft wie im Buch.›

Kolja stellte sich nun vor, wie er eine Stunde nach der anderen absitzen würde, kerzengerade in seiner Bank. Die erste Russisch, die zweite Latein, dann Mathematik. Plötzlich fiel ihm ein, dass heute der Fünfzehnte war, dass heute eine Klassenarbeit in Mathematik geschrieben wurde. Still würde es sein zu Beginn, nur die Blätter würden rascheln, einzelne weiße Blätter würde der Diensthabende verteilen, wie für das Urteil. Allein die ersten Schüler würden sich freuen, würden sich allen zum Trotz freuen. Dann würden alle atemlos sitzen und warten, und der Lehrer würde klar und streng die Aufgabe vorlesen. Irgendwie Alkohol zu 60 Prozent und zu 38 Prozent oder so gemischt, und das dann auf besondere Weise verkauft. Die Plagerei, die Quälerei vor dem weißen Blatt und das Warten, das atemlose Warten auf Hilfe bis zum letzten, hoffnungslosen Ende, und ganz gleich, wie gerade du sitzt, und überhaupt, nichts hilft, nichts, und dann eine riesige Fünf mit rotem Stift auf dem Blatt. Und Mamulja würde sagen: Du siehst doch, was daheim los ist, doch dir ist alles gleich? Schreibst Fünfen? Willst mich ganz ins Grab bringen? Nein, ins Grab würde sie gar nicht sagen, würde nur mit so einer bitteren, letzten Stimme sprechen.

Kolja war längst schon aus dem gleichmäßigen Trott gekommen. Er bog plötzlich nach links ab, legte den Daumen unter den Träger des Schulranzens und bewegte sich raschen, zielstrebigen Schrittes die Straße hinab. Er ging, schon außer Puste, rannte beinahe, bog um noch eine Ecke, und als das Pflaster einen Hang hinabführte, ließ er den Beinen freien Lauf. Aus der morgendlich stillen Stadt war er schlagartig ins Getümmel der Fuhrwerke, ins Gewimmel der Menschen geraten. Er schnallte den Ranzen ab, nahm ihn unter den Arm. Die Lastkutscher peitschten die Pferde, die Pferde rutschten aus, stolperten, strengten sich an beim Aufstieg. Einen Moment überlegte Kolja, in die Stadt zurückzukehren, ins Gymnasium, noch war Zeit, aber die Beine trugen ihn hurtig von allein weiter, weiter, damit es kein Zurück gäbe, damit keine Zeit bliebe zurückzukehren. Kolja knöpfte sogar den Mantel auf und rannte den Abhang hinab.

«Spring auf, ich nehm dich mit!», rief ein Lastkutscher von einem leeren Fuhrwerk.

Kolja zögerte einen Moment. ‹Dann wäre es völlig aus!› Doch die Beine liefen dem Fuhrwerk schon hinterdrein, Kolja sprang auf.

«Bist spät dran?», brüllte der Fuhrmann.

Kolja nickte, ja. Er wurde hochgeschleudert, der Ranzen hüpfte, und Kolja stockte der Atem, er hielt sich am Wagengestell fest. Noch war die Zeit nicht um, noch war er so beklommen, dass ihm übel wurde. Am Ende des Abhangs stauten sich die Fuhrwerke, der Lastenkutscher zog die Zügel an. Kolja sprang ab und bog in eine stille Gasse. Hier in der Gasse stand der Schmutz, ruhig und trübselig. Feuchte Backsteinwände ohne Fenster zogen sich an den Seiten. Eine kaputte Flasche ragte aus dem Schmutz. Das Gerumpel der Fuhrwerke schien sogleich weit fort zu sein. Kolja schritt ungestüm in die Gasse hinein. Hier würde er bestimmt keinen Professor treffen. Ein Kamerad hatte nämlich erzählt: Der hatte auch mal so ‹Faulfieber gehabt›, und plötzlich kommt ihm einer entgegen, der Mantel zivil, Melone auf dem Kopf. He, Gymnasiast, halt! Warum bist du nicht in der Schule? Er wollte erst schwindeln. Doch der Mann: Den Schulausweis! Gib den Schulausweis her. Und unter seinem Mantel schauen Uniformknöpfe vor. Auch an der Stimme ist zu hören – ein Professor. So musste er den Schulausweis hergeben. Fortlaufen? Wie denn, wenn es im Schulausweis in den Regeln heißt: Die städtische Polizei kann um Unterstützung angegangen werden. Dann sagte der verdammte Professor noch, dass er sich unverzüglich in sein Gymnasium begeben solle, er würde sich telefonisch erkundigen, ob er erschienen sei und wann. Und im Ausweis steht ja alles, welches Gymnasium, welche Klasse, Vor- und Nachname. Der Kamerad hatte Angst gehabt, ins Gymnasium zu gehen, er spazierte bis zwei Uhr herum und ging nach Hause, als käme er aus dem Gymnasium. Wie er am nächsten Tag aber ins Gymnasium kommt, streckt in der zweiten Stunde plötzlich der Klasseninspektor den Kopf zur Tür rein und sagt zum Lehrer: ‹'tschuldigung›, sagt er, ‹der Direktor lässt rufen›, und winkt diesen Kameraden mit dem Finger herbei. Der steht auf, überrot, die ganze Klasse schaut auf ihn, er geht und zupft sich die Jacke zurecht. Hinterher erzählte er, er sei zum Direktor gekommen, der habe schon seine Mutter herbestellt, die war in Tränen aufgelöst, und der Direktor habe losgebrüllt, solche könne er nicht brauchen, für solche Schlauberger sei kein Platz, im Handumdrehn habe er ihn rausgeworfen, auf der Stelle, und ‹Marsch nach Haus, und lass dich hier nicht mehr blicken›, und seine Mama habe sich auf die Knie geworfen, einen Vater hatte er nicht, und habe geweint und gefleht, aber der Direktor habe weitergebrüllt und der Mutter mit dem Finger gedroht. Und Kolja stellte sich vor, wie das wäre, wenn das mit seiner Mamotschka, seiner Mamulja auf einmal so passierte; allein von dem Gedanken rannte Kolja rasch weiter durch die Gasse. ‹Ich wüsste dann nicht, was tun, würde mir die Kehle durchschneiden, jedenfalls nicht heimgehen, sondern mir die Kehle durchschneiden. Und den Direktor umbringen, zuallererst würde ich den Direktor umbringen. Würde eine Pistole auftreiben und dann mir selber die Kehle durchschneiden. Ihn bestimmt, diesen verdammten Kerl! Direkt in den Mund würde ich ihm schießen.›

Kolja merkte gar nicht, wie er bis über die Knöchel im Schmutz watete. Die Gasse war zu Ende. Danach kam eine Böschung, überwachsen mit Herbstgras, schwarz, nass und verwelkt. Kolja kletterte über die Böschung, krallte sich mit den Händen am Boden fest. Jetzt fielen Regenspritzer, unregelmäßig, grimmig, als schleuderte jemand Kolja eine Hand voll Wasser ins Gesicht. Nun war schon alles gleich, jeder kann ihm antun, was er möchte: Fällt ihn ein Hund an, schweig still und greif nicht nach einem Stein; oder wenn kleine Jungen ihm auf die Pelle rücken. Kolja stieg über eine niedere Schranke, über nackte Sträucher und ging über einen nassen Parkweg. Weiter drinnen, wo ein runder Platz von Sträuchern umfriedet war, versteckte er den Ranzen im Gebüsch. Setzte sich auf eine nasse Bank, blickte um sich – kein Mensch. Er riss sich die Mütze herunter, und mit hastiger, zitternder Hand hakte er das Wappen des Gymnasiums vom Mützenrand los. Die Mütze blickte wie degradiert, wie mit dem Auge eines Häftlings, eines Verbrechers. Jetzt bin ich kein Gymnasiast mehr. Sage einfach: ‹Bin vom Gymnasium verwiesen worden.› Einfach ein Junge, wen interessiert das! Kolja konnte unterhalb der Böschung auf eine Turmuhr sehen. Es war halb neun, jetzt war im Gymnasium das Morgengebet zu Ende und begann die erste Stunde. Und Kolja beschloss, er würde auf dieser Bank sitzen bleiben, hier im Regen, bis es zwei Uhr wäre, und würde sich nicht rühren. Je schlimmer, je quälender es würde, desto besser. Der liebe Gott sieht, wie unglücklich ich bin und dass ich überhaupt nicht zum Vergnügen hier sitze, auch wenn das, bitte schön, kein Mensch versteht und alle bloß sagen werden, ich sei ein Schurke und ein Spitzbube.

An den roten Gerten der Sträucher rannen Tropfen und fielen in der Stille laut auf ein abgefallenes Blatt.

‹Die haben es gut›, dachte Kolja, ‹die stehen einfach da, und keiner sagt ihnen was, keiner, stehen und sind immer im Recht …›

Eine Pfütze auf dem Weg, ein trauriges Auge, spiegelte schwarze Zweige und einen grauen Himmel. ‹Und wenn ich jetzt einfach nach Haus laufe›, überlegte Kolja, ‹den ganzen Weg im Laufschritt, ohne zu verschnaufen, bei Mamotschka angelaufen komme und es ihr sage, alles sage, wie es war?› Doch da fiel ihm Mamas Morgengesicht ein – haben genug Sorgen, und du? Auch Papa ist zu Haus, ist bestimmt aufgewacht, und dann klappt es nicht, überhaupt nicht. Kolja konnte nicht sitzen bleiben, er stand auf und umkreiste den runden Platz. Bis zwei Uhr werd ich so gehen. Wenn ich es nur jemandem erzählen könnte, aber alle schimpfen ja bloß. Schimpfen ist am allereinfachsten. Der liebe Gott aber weiß bestimmt jedes Fitzelchen – Kolja blickte zum Himmel hoch. Da war überhaupt kein Himmel; über den Bäumen ein undurchdringliches, trübes Weiß, aus dem einzelne Tropfen tropften, wie im Schwitzbad von der Decke. Und die Entschuldigung von den Eltern, warum ich nicht da war? – ich geh auch morgen nicht; sag Mama, dass ich fürchterliches Kopfweh habe, dann bitte ich sie um eine Entschuldigung und sag ihr vor, wie sie schreiben muss, dass einfach dasteht: Konnte das Gymnasium nicht besuchen aufgrund starker Kopfschmerzen, aber dass nicht dasteht, wann – das geht durch. Geht ganz bestimmt durch, der liebe Gott macht unbedingt, dass es durchgeht. Kolja seufzte und bekreuzigte sich langsam, drückte die nassen Finger schmerzhaft gegen die Stirn.

Plötzlich eine Stimme:

«Kolja!»

Koljas Kopf fuhr hoch, er blickte, den Mund halb offen, und konnte nicht gleich erkennen: In drei Schritt Entfernung sah ihn über die Sträucher ein hoch gewachsener Mann an und lächelte.

«Kolja! Was machst du denn hier? Ohne Wappen?»

Baschkin bahnte sich mitten durchs Gebüsch einen Weg zu Kolja.

Kolja versteckte die Hand, mit der er sich bekreuzigt hatte, schnellstens in der Tasche, drehte den Kopf zur Seite, von Baschkin weg, lächelte schief und stammelte:

«Tag … Tag …»

Schon patschten neben ihm Galoschen, und Baschkin sagte laut, mit lachender Stimme:

«Was ist, erkennst du mich nicht? Ich weiß doch, dass du Faulfieber hast. Stimmt doch, du hast Faulfieber?» Und er legte seine Hand auf die ganze Schulter und beugte sich runter und suchte ihm ins Gesicht zu schauen. Und wenn er jetzt noch sagt, er habe gesehen, wie Kolja sich bekreuzigt hat, dann muss Kolja sofort davonrennen, ganz gleich, wohin, durchs Gebüsch, über die Böschung, so schnell er kann. «Kolja, Lieber», sagte Baschkin und beugte sich ganz zu seinem Ohr, «ich hab doch selber oft Faulfieber gehabt. Sogar noch, als ich in der achten Klasse war. Wirklich wahr. Was ist denn? Ich verrat dich nicht, geb dir mein Ehrenwort, verrat dich nicht», sagte Baschkin fröhlich, «und wenn ich kopfüber in diese Pfütze falle. Komm, setzen wir uns auf die Bank.» Und Baschkin zog ganz wie ein Schulkamerad Kolja am Ärmel zur Bank. «Setz dich, Freund. Ich schwänze jetzt nämlich auch. Ja, kannst mir glauben.»

Kolja warf einen Blick auf Baschkin.

«Doch, glaub mir, ich schwänze … Vielleicht erzähl ich dir mal, wie. Was hat dir heute Angst gemacht? Latein?»

Baschkin saß nun dicht neben ihm, machte ein fürsorgliches, ernstes Gesicht und suchte Kolja unter dem herabgezogenen Mützenschirm anzuschauen.

«Latein geht fast so wie Russisch.»

«Was dann? Das heißt, heute schreibt ihr eine Klassenarbeit? Ja? Eine Arbeit? Natürlich, hab es erraten. Mathematik? Ja? Weiß noch, ich bin auch mal wegen Mathematik so gesessen … die ganzen fünf Stunden in der Kälte … in einer Bretterbude. Weiß es bis heute. Also wirklich. Ist doch hundertmal schlimmer als in der Klasse. Stimmt's?»

Kolja schwieg und blickte vor sich auf die Pfütze.

«Hör zu, Kolja», hob Baschkin nun in bittendem Tonfall an, «hör zu, hier wird man doch schwermütig, hier kann man sich doch nur aufhängen bei so einem Wetter, Verrat üben an einem Gerechten und ihn hier an diesem nassen Ast aufhängen. Weißt du was, gehn wir zu mir, und ich erkläre dir alles in Mathematik. Und danach kommst du öfter zu mir. Ich weiß ja, dein Papa kann jetzt nicht bezahlen, na, dann sagst du eben, du würdest zu mir zu Besuch kommen. Ich geh selbst zu dir nach Haus und bitte, dass sie dich auf Besuch zu mir lassen. Warum nicht? Wie Kameraden.»

Kolja blickte nun auf Baschkin, blickte prüfend, schwieg aber noch immer.

«Warum denn nicht? Und wenn ich sehr bitte? Jetzt hak dein Wappen wieder an. Hast es wohl in der Tasche?» Baschkin steckte die Hand in Koljas Tasche und zog Koljas Hand mit dem darin vergrabenen Wappen heraus.

«Los, so machen wir das jetzt!», sagte Baschkin fröhlich. «Das geht ruck, zuck!» Er nahm Kolja die Mütze ab und steckte das Wappen geschickt an seinen Platz. «Mit mir brauchst du keine Angst zu haben, mit mir tut dir keiner was. Ich sag, ich bin dein Erzieher, hab dich selbst nicht in die Schule gelassen. Damit hat sich's. Wo ist der Ranzen? Hol ihn! Mach schon, was ist denn. Gib mir den Ranzen. An der Ecke kaufen wir eine Zeitung, wickeln den Ranzen ein, und dann ab zu mir, Tee trinken. Und zu dir nach Haus gehen wir gemeinsam, ich sag, dass ich dich getroffen und zu mir mitgeschleppt habe. Dann sollen sie mich schimpfen. Auf!»

Baschkin packte den Ranzen, zog Kolja an der Hand, und weit

vorgebeugt, schritt er mit klafterlangen, ausgreifenden Schritten. Kolja rannte beinahe nebenher.

«Gehn wir rasch!», rief Baschkin. «Gehn wir im Laufschritt!» Er platschte mit seinen Riesengaloschen durch die Pfützen der Allee und zerrte Kolja an der Hand.

«Ich bringe dir alles so gut bei», sagte Baschkin auf der Straße, «dass du zum Klassenbesten wirst, weißt du! Von wegen Faulfieber – wie ein Geißlein, ja, ein Geißlein, wirst du ins Gymnasium rennen. Fast wie zum Zeitvertreib. Wie zu Besuch. Geb dir mein Ehrenwort! Möchtest du?»

«Möchte schon», sagte Kolja, «bloß, wozu Sie …»

«Ach, hör auf! Wozu, wozu! Kann ich dich nicht einfach gern haben? Hm?» Und Baschkins Beine holten noch weiter aus. «Hab ich nicht das Recht, dich gern zu haben? Ich möchte auch jemanden gern haben, hol doch alles der Teufel! Alle begehen Gemeinheiten, und alle haben das Recht! Das Recht! Auf Liebe!»

Baschkin mäßigte plötzlich den Schritt.

«Hast du schon einmal Kameraden verpetzt? Hm? Einmal zumindest?» Er beugte sich zu Kolja. «Zumindest ein klein bisschen? Nicht direkt, aber irgendwie nebenbei?»

Kolja schaute Baschkin ins Gesicht, dann dachte er nach, den Blick zu den Füßen.

Baschkin war ganz stehen geblieben, mitten auf dem Trottoir, und Kolja spürte, wie er von oben auf Koljas Scheitel herabsah.

Kolja schüttelte den Kopf.

«Nein?», rief Baschkin und ging in die Hocke.

«Nein.»

«Na schön», Baschkin schritt weiter. «Und wenn du sehen würdest, wie ein Kamerad deinem Freund Bücher klaut, richtig wie ein Dieb, aber er ist der Stärkste von allen, ihr könnt ihm alle nichts anhaben. Deinem Freund würde daheim was blühen. Sie würden meinen, er hätte die Bücher verkauft und sich Bonbons gekauft. Und dafür würde er daheim geschlagen, verprügelt. Was dann? Würdest du den Dieb decken?»

«Dann müsste aber die ganze Klasse», sagte Kolja.

«Ihr würdet also doch petzen?», rief Baschkin und blieb sogleich stehen, stampfte auf.

«Würden es sagen», antwortete Kolja, zum Boden gewandt.

«Na schön. Und wenn ich nun zu dir sagen würde: Kolja, ich sage dir ein Geheimnis, verpfeif mich nicht. Dir kann ich es doch sagen, du verpfeifst mich doch nicht? Und du sagst – nein, verpfeifst mich nicht, na schön. Doch ich sage dir: Diese Nacht komm ich und schneide deiner Mutter die Kehle durch! Na? Ach, halt, wir sind schon vorbei.»

Baschkin machte scharf kehrt und stieß eine gläserne Eingangstür auf.

Auf der Treppe war es nach der Straße ganz still. Baschkin setzte die nassen Galoschen weich auf die Marmorstufen, er ging vorgebeugt, und sein Gesicht war auf derselben Höhe wie dasjenige Koljas.

«Na?», fragte Baschkin, tief atmend. «Würdest du petzen? Würdest du mich verpetzen? Na, deinem Papa würdest du es sagen, ganz gleich. Hm? Würdest du?»

Kolja schwieg.

«Vielleicht würdest du sogar zur Polizei laufen? Wenn ich sagen würde: Ich geh jetzt jemanden umbringen. Würdest du zu ihr laufen? Ja? Hals über Kopf? Ist doch wahr!»

Sie standen auf dem Treppenabsatz. Das lange Fenster mit dem bunten Glas tauchte Baschkins Gesicht in blaues Licht.

Kolja sah ihn an und konnte kein Wort herausbringen.

«Na? Ja oder nein? Beweg den Kopf: ja oder nein?»

Kolja rührte sich nicht.

«So, du würdest also einfach zulassen, dass deiner Mama die Kehle durchgeschnitten wird?», sagte Baschkin gereizt. «Ja?»

Kolja schüttelte den Kopf.

«Natürlich nicht!» Baschkin rannte die Treppe hoch. «Du würdest also petzen, ohne Wenn und Aber.»

Auf dem oberen Treppenabsatz sperrte Baschkin mit eigenem Schlüssel die Tür auf.

«Würdest also petzen, ohne Wenn und Aber und Hals über Kopf.» Baschkin stieß die Tür auf. «Geh hinein und nach rechts.»

«Und Sie?», fragte Kolja.

Baschkin streifte die Galoschen ab.

«Ich auch, ich komme auch rein», sagte Baschkin zufriedenen Tones.

«Nein», sagte Kolja, «ich meine vielmehr ...»

«Du fürchtest vielleicht, ich würde von deinem Faulfieber erzählen?» Baschkin knuffte Kolja neckisch gegen den Hinterkopf. «Zieh aus, zieh den Mantel aus.»

Kolja schlüpfte langsam aus den Ärmeln, und ohne Baschkin anzusehen, fragte er stockend:

«Nein, aber ... wenn so was ... wie Sie gesagt haben, wenn jemand ermordet wird.»

Baschkin rieb sich die Hände, er ging über den Teppich, rasch, auf und ab, neigte sich bei jedem Schritt.

«Ach, wovon redest du!», rief Baschkin erregt mit dünner Stimme. «Von wegen Mutter! Nicht darum geht es! Einfach einen Kameraden, meinst du, den würdest du nicht verraten?»

Er blieb einen Moment stehen und schaute auf Kolja.

«Tja, Bruder!» Erneut wanderte Baschkin auf und ab. «Es braucht nur ein Quatsch zu sein, du spuckst drauf – ja, ja, ein Kamerad hat gespuckt, einfach gespuckt, wo es sich nicht gehört. Du hast es gesehen. Dich holen sie. Rede!»

Baschkin blieb stehen und stampfte mit dem Fuß.

«Du schweigst? Dann werfen wir dich aus dem Gymnasium! Rede!» Baschkin schritt vorgebeugt auf Kolja zu und machte böse Augen.

Kolja lächelte zu dem Spektakel.

«Was? Du schweigst?» Baschkin kam Kolja wie ein riesiger Wurm vor, er konnte nicht recht entscheiden, ob er sich nun ehrlich heruntergebeugt hatte und ein grimmiges Gesicht machte oder ob das Absicht war und er lachen müsste.

Er versuchte zu kichern.

«Was? Du kicherst? Ki-cherst?» Den Mund halb geöffnet, bohrte sich Baschkin mit ganz neuen, fremden Augen in Kolja, und immer tiefer ging Baschkin in die Hocke, schlich sich an, ungeschickt, einknickend, wie zusammenklappbar. «Und wenn ich dich jetzt hier … solang keiner da ist … wenn ich mit dir … weißt du, was ich mache mit dir …»

Kolja kam es vor, als wäre Baschkin verrückt, als wäre er tatsächlich zu allem fähig. Kolja verzog angestrengt die Lippen zu einem Lächeln und wich zur Tür.

«Halt!», kreischte Baschkin mit einem Mal und war mit einem Sprung bei Kolja.

Auch Kolja kreischte, zu seiner eigenen Überraschung. Baschkins zupackende, knochige Finger zogen an Koljas Arm.

«Du meinst, das wären Späßchen?», krächzte Baschkin Kolja ins Gesicht. «Späßchen? Weißt du, was jetzt kommt?» Und Baschkin drehte Kolja langsam den Arm auf den Rücken.

Kolja wusste immer noch nicht, ob das richtig ernst war und ob er sich prügeln sollte. Er blickte Baschkin in die Augen und erkannte ihn nicht, erkannte überhaupt nicht, wer das war. Sie waren in einem unbekannten Zimmer, und dadurch erschien das Gesicht noch unbekannter und fürchterlicher, fürchterlicher als der

Schmerz in der Schulter. Kolja suchte ihm den anderen Arm nicht zu überlassen, aber Baschkin hielt ihn schon fest umklammert. Kolja wollte gerade entsetzt mit dem Bein ausschlagen, da warf ihn Baschkin rücklings gegen das Bett, bog schmerzhaft das Rückgrat um das Eisengestell. Er hielt Kolja fest und kam langsam mit dem Gesicht näher, und je näher er kam, desto wütender und fürchterlicher wurde es; als ob sich etwas aufstaute, aufstaute, und gleich das Allerletzte und Schrecklichste daraus hervorbräche.

«Sagst es nicht?», flüsterte das Gesicht, nicht die Stimme, eher ein Lufthauch von tief innen.

«Ah!», brüllte Kolja plötzlich und schloss die Augen. Er spürte, dass er losgelassen wurde.

Baschkin stand bereits weiter weg und fragte mit fröhlicher Stimme:

«So weiß auch ich, wer gespuckt hat. Nicht wahr, ich weiß es doch?»

Kolja erhob sich. Er bemühte sich, eine belustigte Miene zu machen, und ordnete sich das Haar.

Baschkin schoss plötzlich hoch.

«Ich besorge uns jetzt Tee. Untersteh dich fortzugehen, ich nehme den Ranzen mit.» Er schwenkte beim Gehen den Ranzen am Träger. «Was ist, hättest wohl fast zu weinen angefangen?»

«Quatsch mit Soße!», sagte Kolja. «Bloß dieses verdammte Eisending!» Kolja wandte sich zu dem Bett um und rüttelte an der Eisenkante.

Flüchtig sah er Baschkins spöttisches, zufriedenes Gesicht zwischen den Türflügeln.

Kolja betrachtete das Zimmer mit dem Teppich, den Bildern, den Glasperlenzügen an der elektrischen Lampe. Ein roter Puff ragte als aufgeblasener Pilz bei einem Marmortischchen auf Schilfrohrbeinen.

«Ja!» Baschkin kam ins Zimmer gestürmt. «Und wenn eine Badewanne mit kochendem Wasser gefüllt würde und du an einem Seil langsam von oben herabgelassen würdest, aber dein Kamerad bliebe für die Spuckerei bloß eine Stunde ohne Mittagessen? Hm? Was würdest du – schweigen?» Baschkin zwinkerte listig und wippte sogar großspurig, wie einer von der Straße.

Plötzlich setzte er sich auf den Puff, ließ den Kopf hängen, rieb sich das Gesicht mit den Händen und sprach mit einer Stimme, dass Kolja meinte, es wäre schon Abend.

«Nein, und könnte dein Kamerad dir das übel nehmen? Dass du es gesagt hast? Ihn verraten hast? Würdest du es übel nehmen? Hm? Kolja?»

«Also ich, wenn so etwas, nun, nicht so etwas, aber wenn ich sehe, dass ... also, kurz, dann würde ich selber hingehen und direkt sagen: Das hab ich gemacht.»

«Und wenn du nicht weißt, wenn keiner weiß und auch nicht erfahren wird, was dort mit deinem Kameraden geschieht, dann geht auch keiner hin, nimmt keiner es auf sich. Wenn der Direktor dir sagt: Untersteh dich, jemandem zu erzählen, dass ich dir Angst gemacht habe, ich würde dich von der Schule verweisen, sonst verweis ich dich tatsächlich von der Schule ...»

Da klopfte es an der Tür, die Tür wurde einen Spalt aufgemacht, und eine Hand streckte eine Teekanne herein.

Baschkin sprang auf.

«Besten Dank! Hervorragend! Kolja, dort steht das Tablett, los, her damit.»

Baschkin machte sich fröhlich zu schaffen.

Andrej Stepanowitsch war auf dem Heimweg, den Kopf voller Neuigkeiten. Er hatte alle Neuigkeiten im Kopf sortiert, die eine führte zur nächsten, ging in sie über. Eine geschickte Mutmaßung und erneut Tatsachen, Tatsachen, Tatsachen. Es verdross ihn ein wenig, dass er sie nicht vorhergesagt hatte. ‹Warum nur, wollte es doch schon damals sagen, beim Abendessen, vor allen, schreckte aber plötzlich zurück, dachte, ich würde fehlschießen. Dabei hatte ich es schon beinahe gesagt. Nein, wie verdrießlich. Ich werde so beginnen: Hört mal, heute Morgen um elf Uhr wurde bekannt …› Er stellte sich die angespannte Aufmerksamkeit vor, alle Gesichter auf ihn gerichtet, und Tiktin legte einen Schritt zu. Schneller als sonst stieg er die Treppe hoch, und erst im Vorzimmer wurde er schweigsam, zögerlich. Erfreut entdeckte er zwei fremde Mäntel an der Garderobe – sollen ruhig auch zuhören. Der Moment brach an, Anna Grigorjewna teilte die Suppe aus.

«Hört mal!», begann Andrej Stepanowitsch in befehlerischem und vielversprechendem Tonfall. Alle wandten sich der Stimme zu. «Heute um elf Uhr hat sich in ganz Russland kein einziger Zug mehr bewegt.»

Alle schwiegen, ohne die Suppe anzurühren. Andrej Stepanowitsch steckte sich die Serviette an.

«Das zum Ersten! Heute werden schon seit nachts keine Telegramme mehr weitergeleitet, absolut keine! In ganz Russland! Das zum Zweiten!» Er warf Baschkin einen strengen Blick zu und stieß die Gabel ins Brot.

«Aber das wurde doch schon gestern Mittag …»

Andrej Stepanowitsch unterbrach. «Pardon!»

Nadja wandte sich ab, warf sich gegen die Stuhllehne, kreuzte die Arme und blickte hoch zum Karnies an der Decke.

«Was in Petersburg geschieht, davon wissen wir nichts. Aber hier die Tatsachen: ein gestern aus Moskau angereistes Subjekt …»

«Und ich, die ich von nirgends angereist bin», hob Nadja an, immer noch zur Decke blickend, «kann dich damit erfreuen, dass jetzt gleich das Licht nicht angehen wird. Und dass bei uns alle Teekessel und Kannen bis obenhin mit Wasser gefüllt sind …»

Andrej Stepanowitsch sah, wie Nadja sich über den Teller beugte und mit höchst gelangweilter Miene zu essen anfing. Klar, das war Absicht. Ihr Löffel klapperte ganz alltäglich. Darauf beschloss Andrej Stepanowitsch, den ganzen Tisch durch eine Prognose aufzustören, eine kühne, umwerfende Prognose.

«Es beginnt …», sagte er, die Brauen emporgezogen, und schwenkte eine Locke aus der Stirn.

«Meiner Ansicht nach hat es begonnen, beginnt nicht erst», sagte Nadja und schob ihren Worten Nudeln hinterher.

«Ja natürlich, es hat bereits begonnen», schaltete sich Baschkin ein und knetete auf dem Tischtuch ein Brotkügelchen, «es hat der Generalstreik begonnen, mit dem schon seit drei Monaten Angst gemacht wird.»

«Wem wird Angst gemacht? Ihnen?», fragte Sanka und stieß Nadja sichtbar mit dem Ellbogen, sie runzelte unzufrieden die Stirn in seine Richtung.

«Der Regierung natürlich. Mir kann man keine Angst machen, ich bin sowieso schon von allem geängstigt.»

Alle aßen Suppe, die feierliche Aufmerksamkeit war längst geplatzt; Andrej Stepanowitsch lehnte sich zurück, und ohne jemanden anzusehen, sagte er über den Tisch:

«Vielleicht mögen mir die Propheten jetzt sagen, ob die Regierung Angst bekommen hat und was sie vor lauter Schreck tun wird. Die Propheten vor!», wiederholte Tiktin zwischen zwei Löffeln Suppe. «Propheten, die das Rad der Geschichte ... schmieren oder antreiben ... ja, ja, wohin muss dieses Rad denn nun ...»

Alle schwiegen.

«Also, wen überfährt dieses Rad, und zwar jetzt, morgen: Überfährt es die Selbstherrschaft oder uns?»

Tiktin sah gekränkt und böse seine Tochter an.

Es sah aus, als würde sie gleich affektiert zu pfeifen anfangen, vor sich hin, in die Luft.

«Würdigt mich keiner Antwort», sagte Tiktin nachdrücklich. Mit einem Mal wandte er sich an Baschkin. «Vielleicht könnten Sie, verehrter Herr, uns das erläutern?»

«Meiner Ansicht nach», flötete Baschkin in hohem Falsett, hob die Brauen und warf einen verstohlenen Blick auf Nadja. Nadja blickte ihn direkt an und lächelte, die Augen zugekniffen. «Meiner Ansicht nach», sagte Baschkin kühner, «rollt das Rad eben» – er beschrieb in der Luft einen Kreis –, «es rollt und rollt und zerquetscht den, der es verdient ...» Wieder blickte er auf Nadja. «Es zermalmt einfach, ohne Mitleid.» Baschkin musste selbst kichern.

«Und wen? Wen?», rief Andrej Stepanowitsch streng und richtete sich auf dem Stuhl gerade.

«Die Dummköpfe!»

Sanka schob dröhnend den Stuhl zurück.

«Raus!», brüllte Andrej Stepanowitsch. «Raus! Marsch!»

Baschkins Augen irrten umher, Nadja hatte den Blick gesenkt, ihr Gesicht war nicht zu sehen.

«Marsch, haben Sie nicht gehört!» Andrej Stepanowitsch stand, es bebte sein Bart, es bebten die Haare.

Baschkin stand auf, ließ den Blick nicht von Andrej Stepanowitsch, und so, das Gesicht die ganze Zeit ihm zugewandt, retirierte er zur Tür. Man hörte, wie Anna Grigorjewna geräuschvoll atmete.

Baschkin zog leise die Tür hinter sich zu, langsam drehte sich der Knauf. Andrej Stepanowitsch stand. Alle schwiegen.

«Wie abgeschmackt, entsetzlich», sagte Nadja, warf die Serviette auf den Stuhl und verließ eiligen Schrittes den Raum.

«Dumme Gans!», schrie Andrej Stepanowitsch und setzte sich. Er schöpfte ein paarmal mit dem Löffel aus dem leeren Teller.

«Aufs Maul hätte man ihm schlagen müssen!» Sanka hieb die Faust auf den Tisch. «Dem Schuft die Fresse einschlagen!»

«Hör auf!», sagte Anna Grigorjewna gepresst. Sanka stockte, quetschte jedoch immer noch mit der Faust das Tischtuch. «Habt euch doch selbst zugeblinzelt ...» Sie nickte zu Nadjas leerem Stuhl. Plötzlich schluchzte sie, drückte die Serviette gegen den Mund und stand rasch vom Tisch auf. Andrej Stepanowitschs Augen folgten ihr in scharfem Bogen. Sanka saß seitwärts am Tisch und stach die Gabel ins Tischtuch. Die Stirn runzelte er so sehr, dass es schmerzte.

«Klingele!», sagte Tiktin, wie zuvor in nachdrücklichem Tonfall.

Sanka drückte auf die Klingelbirne, und die schwere Hängelampe geriet ins Schwingen. Dunjascha kam mit einer Platte herein.

«Schöne Manie», brummelte Sanka in den Bart, «allerlei räudige Welpen ins Haus zu holen, lahme junge Katzen ... was weiß ich für Dreckskerle, dass sie Unrat verbreiten in der ganzen Wohnung ... nennt sich Barmherzigkeit ...» Immer mehr errötend, rutschte Sanka auf seinem Stuhl, wollte aufstehen.

«Iß!», kommandierte Andrej Stepanowitsch. Und beide zerschnitten grimmig den Braten auf ihrem Teller.

Baschkin rannte rasch die Treppe hinab, warf die Vordertür zu und ging raschen Schrittes bis zur Ecke, ohne die Straße wahrzunehmen. Plötzlich umfing, umstrickte ihn die graue Düsternis der Straße. Er wandte sich mit einem Ruck zurück, und da ging ihm auf, dass es schon dunkelte, aber keine Straßenlaternen brannten, und ein schwarzer Menschenzug prasselte mit dröhnenden Stiefeln über das Trottoir, und vor allen Toreinfahrten bauschten sich weiche Menschenhäuflein, und in diesen Menschenhäuflein summte das Stadtgeflüster. Und wenn, wie jetzt, ein Junge schrie, laut und verwegen, wurde er gegriffen und zurück ins Tor gesteckt. Baschkin ging auf die andere Straßenseite und stellte sich gegenüber vom Tiktin'schen Hauseingang auf. Er vertrat sich die Beine, Schauder liefen ihm über den Rücken.

‹Sie kommt, kommt ganz bestimmt raus›, dachte Baschkin über Nadja, ‹dann geh ich und erkläre ihr, sag gleich empört, das mit dem Rad sei der reine Hohn gewesen. Schlicht eine Provokation, ja natürlich, eine Provokation. Worum es geht, das Wesentliche, lässt sich doch gar nicht erklären. Das Wesentliche! So sag ich es – das Wesentliche! das Wesentliche!›

Gelbes Licht im Tiktin'schen Hauseingang – der Portier brachte eine Petroleumlampe. Hinter Baschkin dagegen zogen unablässig Leute vorbei, abgerissene Stimmen, aus trockenen Kehlen. Und über seinen Rücken zuckten Frostschauder. Schwere Schritte kamen, erst aus der Nähe erkannte Baschkin: ein Schutzmann. Er kam heran mit großen Schritten, wie im Wald, damit es weniger knistert, und hielt mit der Hand den Säbel fest. Beugte sich weit vornüber. Er trat vom Straßenpflaster aufs Trottoir, reckte den Hals und fasste Baschkin ins Auge.

«Geh weiter!» Er wedelte mit der Säbelscheide, heftig und befehlerisch. «Geh weiter, sag ich», raunzte der Schutzmann halblaut.

Das Stimmengewirr am Tor verstummte. Baschkin stand, schaute dem Schutzmann in die Augen und presste in der Hosentasche sein Taschentuch.

«Los!», rief der Schutzmann laut und schubste Baschkin an der Schulter. Baschkin strauchelte.

«Was unterstehen Sie sich!»

«Oho, auch noch palavern, dass doch die Knochen deiner Großmutter!» Der Schutzmann schnappte ihn am Ärmel, zog ihn wie einen Welpen an der Leine zum Tor, und von dem Menschenhäuflein löste sich ein Hausknecht, der fasste Baschkin am Ellbogen.

«Führ ihn ab!», sagte der Schutzmann böse, und Baschkin bäumte sich auf, schrie vor dem Schmerz zwischen den Schulterblättern.

«Ah!!!»

«Sei still, sei doch still!», flüsterte der Hausknecht heiser. «Sei besser still, sonst kannst du deine Knochen einsammeln.»

Er führte ihn raschen Schrittes über das Straßenpflaster, an den dunklen Häusern vorbei, und in den Fensterritzen flackerte verängstigtes Licht.

Irgendwo stieß eine Fabriksirene ein kaltes Geheul aus, lange und ununterbrochen, wie vor Schmerz.

2-73

Auf der Wache hinter der Holzbarriere – Wiktor. In Mütze und Mantel, und über dem Mantel straff der Gürtel, der Ledergurt, am Gurt die Revolvertasche, darin, als schwerer Stein, der Revolver und zwei Patronenstreifen. Den Säbel spürte Wiktor immer am Bein. Er horchte auf Stimmen und Geflüster. Da bringen sie, bringen sie welche. Dumpfes Getrappel über das schmutzige Pflaster. Plötzlich ein Schrei: «Bleib stehn! Bleib stehn! Haltet ihn!» Pfeifengetriller, rasches Getrappel, weiter und weiter weg, ein Pfiff und ein Schrei, erstickt, erneut ein wilder Schrei, und Schluss.

«Haben ihn. Anscheinend hat der was auf dem Kerbholz, drum türmt er», sagte halblaut der Schutzmann an der Tür. «Soll ich sagen, dass sie ihn herführen?»

Wiktor blickte finster, der Atem stand ihm in der Brust wie ein Stein.

«Meinetwegen ...»

Der Schutzmann machte die quietschende Tür auf und schrie nach unten:

«Los, herführen!»

Unten an der Vortreppe rief es:

«In die Wachstube!»

Wiktor wartete, dann hörte er Stimmen, unterdrücktes Fluchen und Füßegetrappel; Keuchen im Treppenhaus. Der Schutzmann riss die Tür auf, und hereingestoßen wurde ein Mann ohne Mütze, in zerrissenem Mäntelchen. Rot und schnaufend, stapften er und zwei Schutzleute schwer über den verdreckten Boden.

Der Mann hielt sich kaum auf den Beinen, er klammerte sich an die Barriere, die Hand zitterte, das Gesicht war schmutzig, und darum war überhaupt nicht zu erkennen, was für ein Mensch es war. Wiktor trat hinter der Barriere vor.

«Führen ihn ab, und er – türmt, das Aas!» Der Schutzmann rückte die verrutschte Mütze zurecht.

«Warum sind Sie ...», begann Wiktor. Aber da ertönte aus dem Hof ein Schrei, verzweifelt, markerschütternd, Wiktor fuhr auf und zischte zwischen den Zähnen:

«Warum bist du davongerannt, Dreckskerl? Na? Wieso? Rede! Rede! Nun red schon, du Schweinehund!»

Der Mann prallte zurück, kniff die Augen zu, verzog das Gesicht.

«Rede!», blaffte der Schutzmann, und mit Schwung, mit Wucht schlug er den Mann ins Gesicht. Dumpf klatschte die Faust. Der Mann schwankte, aus seiner Nase rann Blut. Der Mann sperrte den Mund auf. Er schrie nicht, sondern sah, halb erstickt, aus vortretenden Augen Wawitsch an. «Schweigt auch noch, das Aas!» Der Schutzmann riss den Verhafteten grimmig am Ohr, drehte es um.

«A-u-u!» Plötzlich greinte der Mann los, ihm liefen Tränen herunter, er stieß ein dünnes, verschrecktes Geheul aus.

«Bring dich um!», kreischte auf einmal Wawitsch und stürzte auf den Mann zu und wusste nicht, was tun, und auf einmal hämmerte von hinten eine harte Stimme:

«Was ist hier los?»

Alle blickten sich um, nur der Mann heulte zittrig weiter und klapperte mit den Zähnen.

Der Gehilfe des Polizeihauptmanns kam aus der Amtsstube und blickte fest aus schwarzen Augen.

«Wer plärrt denn hier? Wer ist er? Den Ausweis! Gib den Ausweis her!»

«Ist getürmt», sagte der Schutzmann.

«Durchsuchen! Und – drauf!»

«Zu Befehl!», sagten der Schutzmann und Wawitsch gleichzeitig. Der Gehilfe des Polizeihauptmanns fuhr sich über den harten schwarzen Schnauzbart und verließ den Raum. Man hörte, wie er ohne Hast über die Stufen klapperte. Wiktor kehrte hinter die Barriere zurück, die Schutzleute durchsuchten und befingerten den Mann, er schluchzte. Wiktor trat ans Fenster, atmete tief. Er setzte sich an den Schreibtisch, griff zum Federhalter – der Federhalter zitterte, er warf ihn hin und stand auf.

«Nimm die Arme hoch! Die Arme!» Die Schutzleute schrien den Mann an wie ein Pferd.

Wiktor erwartete, dass sie den Mann schnellstens abführten. Aber da quietschte die Tür – Wiktor hörte es kaum über dem Rauschen seiner Gedanken – und ein lang aufgeschossener junger Mann betrat die Wachstube, hinter ihm ein Hausknecht in nassem Schafspelz.

«Wozu hältst du mich hier noch fest?», flötete der junge Mann mit dünner, gekünstelter Stimme. «Ich habe nicht vor davonzulaufen. Dass bloß du mir nicht fortgehst, mein Bester!» Und er nickte schulmeisterlich dem Hausknecht zu.

Wiktor rang immer noch schwer nach Luft. Er trat an die Barriere und fragte, jedes Wort akzentuierend:

«Was … ist … hier los?»

«Der ist stehen geblieben und hat der Anordnung, weiterzugehen, nicht gehorcht, und da hat der Schutzmann auf der Uspenskaja …»

«Die Anordnung ist bekannt?», fragte Wawitsch stirnrunzelnd.

«Alle Anordnungen sind mir vortrefflich bekannt, selbst diejenigen, die Ihnen unbekannt sind, mein werter Quartieraufseher!» Und der junge Mann lächelte, lächelte vorsätzlich.

«Zum Kuckuck mit dem Lächeln!» Wawitsch hieb die Faust auf die Barriere. «Auch noch lächeln! Warum standst du? Wenn alles bekannt ist.»

«Nicht standst du, sondern standen Sie. Capito, mit Verlaub? Standen Sie! Und schrei-en Sie nicht. Schreien Sie nicht. Vor allem Ruhe ist vonnöten, besonders in solch einer Zeit. Sie wissen, hoffe ich, was für eine Zeit das jetzt ist?»

Wiktor wurde rot und schnaufte lauter und lauter, sah auf das Lächeln und die frechen Augen und schrie plötzlich:

«Den Ausweis!»

«Aha. Vollkommen richtig. Das ist vollkommen richtig!» Der junge Mann knöpfte ohne Hast den Mantel auf. «Bitte sehr, und ich bitte mir auch mitzuteilen, mit wem ich die Ehre habe, so laut zu plaudern.»

Wiktor riss ihm das Ausweisheft aus der Hand.

«Baschkin», las Wiktor, «Kleinbürger …»

«Ja, Kleinbürger, und?» Wawitsch warf einen Blick auf Baschkin. «Ja! Und was folgt daraus, dass dieser – wie hieß er noch? Baschkin. Nun, dass dieser Baschkin …»

Da reichte der Schutzmann Wawitsch ein Bündel, das in ein schmutziges Taschentuch eingeschlagen war. «Das ist sein ganzer Bestand.» Mit der anderen Hand hielt er eisern den Ärmel des Verhafteten. Der andere Schutzmann hielt den anderen Arm.

Der Verhaftete irrte mit den Augen durch den Raum, mit roten, verzweifelten, verweinten Augen. Er bewegte die blutverklebten Lippen und sagte mit jedem unregelmäßigen Ausatmen heiser:

«Aber ich … Aber ich …»

Baschkin drehte sich um.

«Mein Herr, lieber Herr!», schrie der Verhaftete plötzlich, und wie Haken krallten sich seine Augen an Baschkin fest. «Lieber Herr» – er wollte auf Baschkin zu –, «die bringen mich um, bringen mich um!!», heulte er.

«Nun erlauben Sie mal!», bellte Baschkin plötzlich durch die ganze Amtsstube, «was ist hier eigentlich los? Wo ist das Telefon? Das Te-le-fon! Te-le-fon!» Mit klafterlangen Schritten setzte sich Baschkin in Bewegung. Er schritt von der einen Raumseite zur anderen, staksig, ohne die Knie zu beugen, und schrie über alle Stimmen hinweg: «Das Te-le-fon!»

Einen Moment verharrten alle. Der Hausknecht verzog die buschige Braue und beobachtete Baschkins Kehlkopf.

«Das Telefon!», schrie plötzlich der Verhaftete und wollte sich von den Schutzleuten losreißen.

Wawitsch sprang hinter der Barriere vor.

«Was denn, was für ein Telefon, zum Teufel und seiner Großmutter?»

«Ich kenne! eine Nummer!», schrie Baschkin, als wäre er auf einem großen Platz. «Und Sie alle! kennen sie auch! Es ist die Nummer – zwei! dreiundsiebzig! Und diesen Mann auch! kenne ich auch!» Baschkins Finger tippte in die Höhe, und seine labberige Hand zeichnete Schlangenlinien durch die Luft.

Wawitsch bemerkte, dass der Schutzmann, der den Verhafteten am Ärmel hielt, plötzlich den Kopf wiegte, die Brauen zusammenzog und Wawitsch bedeutete, näher zu kommen.

«Stehen Sie still, brüllen Sie nicht!» Wawitsch riss Baschkin an der Schulter. Baschkin machte einen Satz zur Seite. «Nicht brüllen!» Wawitsch stampfte mit dem Fuß.

Plötzlich sprang Baschkin los, sprang los wie ein Affe, direkt zum Telefon, das hinter der Barriere beim Schreibtisch an der Wand hing.

Er nahm flink den Hörer ab und drehte die Kurbel beim Wecker. Noch während er drehte, schrie er silbenweise:

«Zwei dreiundsiebzig!»

Wawitsch hatte ihn eingeholt, stand über ihm, streckte die Hand aus, doch Baschkin rief schon:

«Karl Fjodorowitsch! Erkennen Sie meine Stimme? Ja-ja-ja! Genauso ist es: ich, ja, ich! Ich bin auf einer Wache und muss unverzüglich freigelassen werden, ich und noch ein Mann, den ich brauche. Und befehlen Sie diesem Kavalier, dass er die Hände, die Hände weg … Gut! Punkt fünf! Ich übergebe!»

Ohne hinzusehen, hielt Baschkin den Hörer an Wawitschs Kinn und trat schiefen Schrittes zur Seite.

Wawitsch hörte deutlich eine harte Gardistenstimme:

«Hier spricht Rittmeister Reihendorf! Lassen Sie den mir persönlich bekannten Herrn Baschkin frei sowie den anderen Verhafteten, den er Ihnen nennen wird.»

«Zu Befehl!», platzte Wiktor keuchend heraus. Die Hacken hielt er beisammen, aufgereckt stand er vor dem Telefon. Er blieb noch einen Moment stehen, obwohl er hörte, dass das Telefon taub war, abgeschnitten. Sorgsam hängte er den Hörer auf. Drehte sich zu Baschkin um und errötete und spürte, wie von der Magengrube Glut in die Brust und noch höher wallte, etwas packte ihn an der Gurgel. Mit einem Mal setzte er sich an den Schreibtisch und sagte mit trockener, rauer Stimme: «Muss die Ausweise ... eintragen.»

Er nahm den Federhalter und quetschte ihn zwischen den Fingern und flüsterte:

«Unverschämt ... du Schweinehund ... so was von unverschämt.»

Und er schrieb nicht und hätte gern mit aller Kraft die Feder ins Papier gestoßen, ins Kanzleibuch, und merkte selbst nicht, wie sich die Faust um die Feder schloss.

«Denken sollte man nicht, ganz einfach», sagte Baschkin melodisch.

Er nahm den zerknitterten Ausweis, der oben auf dem schmutzigen Bündel lag, spuckte sich auf die Finger und schlug ihn auf.

«Hier: Kotin, Andrej Iwanowitsch, und ich bin Baschkin, Semjon.» Baschkin nahm seinen Ausweis von der Barriere und steckte ihn mit hochgerecktem Ellbogen in die Tasche. «Schreiben Sie das auf.» Und zum Verhafteten: «Nehmen Sie Ihre Sachen, mein Bester.»

«Gehen lassen?», brummte der Schutzmann.

Wawitsch bewegte hölzern den Kopf, während er noch in das linierte Buch schaute.

«Mein Gott, Freund, was haben sie mit Ihnen gemacht. Eine Droschke, eine Droschke! Geh eine Droschke holen!» Baschkin schubste den Hausknecht.

Der Verhaftete schlotterte, das Bündel hüpfte, die Hände konnten es nicht halten.

«Gehn wir, gehn wir, gehn wir», stammelte er leise. Er hielt sich an Baschkin fest, hing an seinem Arm.

Baschkin stützte ihn fürsorglich in der Taille.

Der Schutzmann am Eingang gab der Tür einen Stoß.

Wawitsch drückte auf; die Feder knackte und spritzte, und Wiktor drehte sie voller Zorn und Widerwillen.

«Rrraus!», schrie er den Schutzleuten zu.

DRAUF!

Wawitsch saß und spürte nur, wie das Blut in den Ohren rauschte und eine Ader gegen den Haken am Kragen pulsierte. Die Tür quietschte, patschte zu, er blickte nicht auf und quetschte immer noch mit der Faust das Papier, mit schweißnasser, heißer Hand. Erst auf Schritte diesseits der Barriere sah er sich um. Immer noch mit Zorn in den Augen blickte er auf den alten Quartieraufseher Woronin. Woronin setzte sich müde, es klirrte der dünne, abgegriffene Säbel.

«Puh! Dass doch seine Großmutter!» Woronin rieb sich mit dem Mantelärmel über die kahle Stirn, die Mütze rutschte in den fettigen Nacken. Er hängte die Ellbogen über die Stuhllehne und wiegte den runden Kopf mit dem aschgrauen Schnauzbart. «Heute werden wir nicht daheim schlafen!» Und er schnaufte in Richtung Boden wie eine Kuh. «Nä, Freund, werden wir nicht.»

Wiktor legte vorsichtig den Federhalter hinter das Tintenfass und fragte mit belegter Flüsterstimme:

«Belagerungszustand?»

«Ja, ja, saudummer Zustand, dass ihn doch ...» Woronin wiegte den Kopf. «Hat sich aufgeschaukelt, aufgestaut, und jetzt ist es schwarz, sauschwarz ... schwarz vor Leuten ... schwarz auf den Straßen, Sauerei. Und keiner, der einen Riegel vorschiebt, keiner da» – Woronin zerquetschte Luft in der Faust –, «und kein Telegramm geht durch. Ein Tollhaus alles, ein Saustall ... und ein

Dreck …» Woronin zog den dreckbespritzten Stiefelschaft unterm Stuhl vor.

Plötzlich schellte heftig das Telefon. Wawitsch sprang auf, Woronin rückte die Mütze zurecht.

«Moskauer Polizeiwache, ich höre!»

Da schlug eine heftige, kollernde Stimme aus dem Hörer: Ein Schutzmann sei auf der Zweiten Vorstadtstraße ermordet worden. Unverzüglich sei ein Kommando vor Ort zu schicken, zwanzig Mann aus der Reserve. An alle Posten den Befehl: dass ab neun niemand mehr auf den Straßen, und kommt jemand näher – feuern ohne Vorwarnung. Und die Patrouille mit Gewehren, und keine unter fünf Mann! Zum Schutz der Polizeiwache …

Wegen des heftigen Knackens im Hörer verstand Wawitsch die dröhnende Stimme schlecht.

«Wie bitte?»

«Zuhören!», donnerte es im Hörer. «Zum Schutz kommt eine Halbkompanie, die ist zu stationieren. Die Feldküche im Hof, der Kommandant im Büro des Polizeihauptmanns.»

Jetzt erst erkannte Wawitsch die Stimme: der Gehilfe des Polizeihauptmanns. Er sah den hölzernen schwarzen Schnauzbart vor sich und den festen schwarzen Blick.

«Zu Befehl!», schrie Wawitsch.

Woronin fuhr hoch. «Was? Höchstpersönlich?»

«Der Gehilfe», sagte Wiktor und holte Luft.

«Der taugt was, der taugt was. Was ist?»

«Ein Schutzmann ist in der Vorstadt ermordet worden, und dass nach neun ohne Vorwarnung geschossen wird, wenn jemand näher kommt.»

«Gott hab ihn selig!» Woronin nahm die Mütze ab und bekreuzigte sich mit furchtsamer Hand. «So eine Sauerei!», sagte er grimmig, seine fahlweißen Augen verschwanden unter den Brauen, und er blickte sich in der ganzen Amtsstube um. «Dass doch von allen die Großmutter!» Er peitschte mit der Pfeifenkette gegen den Uniformmantel. «Dass euch doch bis auf die Knochen …»

«Der Truppführer zu mir!» Der Schutzmann steckte den Kopf zur Tür hinaus, pfiff kurz und rief mit alarmierter Bassstimme: «Der Truppführer, sofort!»

«Vorhin haben sie einen hergebracht, einen zappeligen Bandwurm», sagte Wawitsch hastig und ärgerlich.

«Und?» Woronin blickte zur Tür.

«Der führt sich hier auf und geht dann ans Telefon und ruft die Gendarmerie an, damit er freigelassen wird … und noch einer, ein Saukerl, der getürmt war, damit der auch …»

«Und?» Woronin klopfte mit der Trillerpfeife auf die Barriere.

«Hätt dem am liebsten die Fresse …»

Woronin drehte sich mit einem Ruck um. «Wo hast du deine Augen?», blaffte Woronin. «Dem hätt ich mit dem Hörer eins übergezogen, dass er die Zähne bis zum Abend nicht eingesammelt hätte. Diese Dreckskerle! Sofort in die Fresse und ab in den Keller! Wuseln einem zwischen den Füßen rum, diese Baldowerer, die Hunde, dass sie doch …»

Woronin sprach nicht zu Ende, er sprang dem Truppführer entgegen. Der stand da als gewaltiger Berg und keuchte heiser vor Hast.

«Zieht los in Patrouille zu zwanzig mit Gewehr, um allen Wachposten Bescheid zu geben: Wenn einer die Nase rausstreckt, schießen, ab zu des Teufels Großmutter!», schrie Woronin zu ihm hoch. «Einen Schutzmann haben sie ermordet, auf Posten erschossen, die Schweinehunde, hinter der Ecke vor, die Schurken, unterm Zaun vor, tödlich, dass doch die Großmutter … Jetzt schlag in die Kotze, wo du sie findest – schlag zu! Schluss mit dem Etepetete, dem Geschwätz … Bevor sie dir eine Kugel, schickst du ihnen drei! Kapiert?»

Der Schutzmann nickte zustimmend und ernst.

«Marsch!», ranzte Woronin. Er war rot geworden, sein Schnauzbart hing schief, als wäre es nicht seiner. Er richtete die hervorquellenden Augen auf Wawitsch. «Wie spät ist es? Halb acht? Halt! Ab neun wird aufgeräumt. Wie mit dem Besen, wie mit der Bürste, ratze-putz! Damit es sauber ist wie auf dem Kirchhof.»

Vor dem Fenster draußen summten bereits Stimmen, dumpf pfluppten im Schmutz die Stiefel, plötzlich Stille, und «Marsch!», ein Bass über die ganze Straße – und schwer fiel der Marschtritt, im Takt.

Jemand wurde durch die Hoftür in die Wache gestoßen, es fauchte gedämpftes Gefluche. Woronin rannte zum Fenster, riss das Oberlicht auf und brüllte mit überschnappender Stimme:

«Drauf! Immer drauf! Gebt's ihm, diesem …!»

Wawitsch riss die Tür auf, rannte die Treppe hinunter und schrie von der Vortreppe: «Drauf! Immer drauf!»

Aber die Hoftür war schon zugefallen, nur von jenseits des Tores waren noch dumpfe Schläge und Geheul zu hören, ein nicht mehr menschliches Geheul, ein hündisches Bellen und Jaulen.

Wiktor rannte, immer zwei Stufen auf einmal, zurück in die Amtsstube. An der Tür stand Woronin.

«Bloß kein Schlappschwanz, kein Schlappschwanz sein! Da!» Er zog mit der rechten Hand etwas aus dem linken Mantelärmel. «Da!» Er schwang ein armlanges Drahtseil durch die Luft, mit einem sauber geschlungenen Knoten am Ende. «Mit diesem Belebungsmittel hab ich Diebe zum Reden gebracht, ja!» Das Drahtseil zuckte elastisch in der Luft. «Jetzt lernen auch die es kennen, die Revolverhelden. Für sechzehn Rubel setzt ein Mann sein Leben … und dann muss ihn so ein Judenbalg, eine Teufelsbrut, hinter der Ecke vor!» Woronin stürmte zur Tür hinaus.

Wawitsch schritt vor der Barriere entlang. Der Schutzmann an der Tür seufzte laut.

«Wer stand an der Zweiten Vorstadtstraße, weißt du nicht?»

«Kandjuk, wahrscheins, und dann, bei der Kirche, Sorotschenko. Sorotschenko wahrscheins. Ist dort günstig, wegen der Kirchenmauer. Paff – und aus.»

Wawitsch setzte sich an den Schreibtisch. Seine Hände wühlten in den Büchern, den Aktenordnern. Der Schutzmann beobachtete ihn unterm Mützenschirm vor, Wawitsch streifte ihn mit den Augen.

‹Müsste Anordnungen treffen, bloß, was für Anordnungen?›, dachte Wawitsch.

«Ist keine Post gekommen?», fragte er den Schutzmann streng und geschäftsmäßig.

Der Schutzmann stand mürrisch gegen den Türsturz gelehnt und sagte ohne Eile zur Wand:

«Was für Post denn, wo gestreikt wird. Wissen Sie denn nicht?»

Wawitsch errötete.

«Wo Leute gemordet werden ...», sagte der Schutzmann und warf Wiktor einen schrägen Blick zu.

Wiktor wusste nicht, wie er den Schutzmann anschreien könnte. Er schlug das Buch auf, dessen Deckel ein Berg von Briefkuverts wölbte. Er tat, als hätte er den Schutzmann nicht gehört, als sähe er seine rüpelhafte Haltung nicht, und ohne Ziel, nur zum Schein, sah er mit gespielter Aufmerksamkeit alte Post durch. Er hatte einen Brief schon zurückgelegt und auf der Beuge exakt gerade gerückt, da sah er plötzlich seinen Namen, er blickte darauf, wie man in den Spiegel schaut, ohne sich zu erkennen, trotzdem stockte er.

Mit großer Schreiberhandschrift stand geschrieben: «An Seine Wohlgeboren, den Herrn Quartieraufseher Wiktor Wsewolodowitsch Wawitsch, zu eigenen Händen». Und der Nachname zweimal mit Lineal unterstrichen. Wiktor besah sich den Brief. Er war ungeöffnet. Ein dünnes großes Kuvert, ein viertel Blatt groß.

Wiktor riss es auf.

Die Buchstaben regelmäßig wie Zaunpfähle. Er suchte hastig die Unterschrift.

«… und so verbleibe ich Euer Schwiegervater Pjotr Sorokin.»

«Am Siebten (7.) ds. Mts.», schrieb Sorokin, «wurde ich aus dem mir anvertrauten Dienste ohne Pension und ohne sonst irgendetwas in den Ruhestand entlassen, und das alles durch Schurken, was ich vor Gott dem Herrn beschwören kann, dieweil ich zu den Politischen zu nachsichtig gewesen sein soll, dabei habe ich sie gemäß dem Reglement in Haft gehalten und die Hofgänge auch nach der Verordnung über die Haft von Untersuchungsgefangenen. Aber nun heißt es, dass ich nicht mehr tauglich bin, obwohl es innerhalb von zweiundzwanzig Dienstjahren überhaupt keine Ausbrüche gegeben hat und auch keine Aufstände vorgekommen sind, Gott sei Dank, und jetzt muss ein Schurke der Ansicht sein, dass ich die Zeit nicht verstehe und keine strengeren Maßnahmen treffe. Ja, was soll ich ihnen denn das Fell gerben, wenn doch sogar sie nicht ohne Rechte sind, und wo ist die Vorschrift, und sind doch alles gebildete Herrschaften und junge Leute, und erst müssen sie die Ermittlung und Gerichtsverhandlung durchlaufen und nicht in den Karzer gesperrt und mit Fäusten traktiert werden, wo sie doch Menschen in Zivilkleidung sind. Schreibe dir an deine Dienstadresse, erschrick Agrafena Petrowna nicht, vielleicht ist sie schon in anderen Umständen, Gott behüte, dass bloß nichts passiert. Meine letzten Kopeken reichen noch bis zum heiligen Weihnachtsfest, denn ich wohne bei meiner Schwester im Flur. Lieber Wiktor Wsewolodowitsch, suchen Sie mir eine passende Beschäftigung für mein Alter, auf ein Handwerk verstehen sich meine Hände nicht, weißt ja selber, und Ihr Kostgänger möchte ich mein Leben lang nicht sein, und so verbleibe ich Ihr Schwiegervater

Pjotr Sorokin.»

Unten war noch angefügt: «Und ein schlechter Mensch bin ich niemals gewesen.»

«Das ist ein guter Bekannter von mir», sagte Baschkin zu Kotin.

Kotin stolperte auf schlackernden Beinen und schluchzte noch immer.

«Ein guter, ausnehmend guter Bekannter von mir. Ein sehr guter Bekannter, ein General, Karl Fjodorowitsch, verstehen Sie? So ein gutmütiger Deutscher.» Baschkin beugte sich zu Kotin und strich ihm noch immer über den Rücken, als ob er ein Kind führte. «Er ist so ein guter Kerl, und ich ...»

«Gehn wir in die Gasse, wieso vor aller Augen, sonst kassieren sie uns gleich wieder!» Kotin drängte Baschkin heftig vom Trottoir und zerrte ihn im Laufschritt durch eine finstere Straße und in einen schwarzen Durchgang zwischen Häusern. «Hier rein, hier rein, an der Wand lang, dicht an der Wand lang», flüsterte Kotin unglücklich.

«Mich haben sie einfach auf der Straße aufgegriffen», sprach Baschkin halblaut und schritt hinter Kotin her, «mir aufgelauert vielleicht, mich haben sie auch geschlagen, der Schutzmann, auf den Rücken, hat das Gesicht nicht getroffen – hab mich abgewandt. Ich weiß doch ...»

«Psst, also wirklich, sei doch still, hauen wir ab, hauen wir ab, nur bisschen flotter!» Kotin legte einen Schritt zu.

Baschkin kannte diese Gegend überhaupt nicht. Die Straßenlampen brannten nicht, und die dunklen Häuser blickten aus toten Fenstern. Darüber grau ein trüber Himmel. Kein Mensch kam entgegen, kein Mensch an den verrammelten Hoftoren. Kotin rannte nun beinahe, er stolperte, fluchte mit stets demselben Schimpfwort, sprach es hastig wie eine Beschwörung, in verschrecktem Flüsterton. Baschkin fluchte mit ihm im Chor, wiederholte ein ums andre Mal dasselbe Wort, und plötzlich waren die Häuser zu Ende – mit grauer Luft erfüllt war der Platz, und als gewichtiger Schatten war in der grauen Düsternis eine Kirche auszumachen, der Glockenturm verlor sich im rauchigen Himmel.

«Halt!» Kotin hielt Baschkin zurück. «Trampel nicht so laut, auf der anderen Seite steht ein Polyp. Nach rechts, nach rechts, komm, wir umgehen ihn!» Er zog Baschkin am Ärmel, vorsichtig schleichend. Er führte ihn durch eine Straße zu einer anderen Ecke. Plötzlich dröhnte ein Schuss. Kotin packte Baschkin schmerzhaft an der Hand und drückte sich in die Ecke. «Halt, halt!», flüsterte er.

Beide erstarrten. Da waren, deutlicher und deutlicher, Schritte zu hören, sie sprangen leicht über das kotige Pflaster, ein Mann jagte dahin wie der Wind. Drei Schritt vor ihnen tauchte er auf, er bog scharf um die Ecke und knallte mit aller Wucht frontal gegen Baschkin. Beide stürzten auf den Gehsteig, Baschkin krallte sich an dem Mann fest und lag nun, an den Mantel geklammert, während der andere sich loszureißen suchte, er stieß Baschkin zurück, stemmte sich gegen seine Kehle. Kotin warf sich dazwischen, suchte die beiden voneinander zu trennen.

«Lass los, ich schlag dich tot», flüsterte der Mann Baschkin ins Gesicht, und Baschkins erschrockenen Augen kam er bekannt vor. Ein Bein – das war Kotin, der Baschkin mit zitterndem Fuß auf den Ellbogen trat, aber schmerzhaft, sehr schmerzhaft. Baschkin ließ los, der Mann riss sich los, sprang auf und sauste in die Finsternis.

Auf dem Platz war es still. Nur leise war zu hören, wie der Wind in den nackten Pappelwipfeln innerhalb der Kirchenumfriedung rauschte.

«Puh, zum Teufel, gehn wir, zu des Teufels Großmutter mit ihm, geh du nach rechts, ich nach links, auf gut Glück», flüsterte Kotin zittrig, und bald stieß er Baschkin weg, bald zog er ihn an sich, ging selbst aber immer weiter, ging über das Trottoir und schleifte vor Schwäche die Füße.

Baschkin ruckte die Schultern, schlackerte mit dem Kopf. Alles war still. Die Straße bog vom Platz ab nach rechts.

«Oh, gehn wir, gehn wir», flüsterte Kotin, «gehn wir, versink er doch im Sumpf!» Er war außer Puste und hielt Baschkin jetzt krampfhaft am Arm fest. «Gleich sind wir an meinem Haus, gleich», bekräftigte Kotin. «Da, da ist schon die Mauer. Besser nicht klopfen, das fällt auf, besser nicht. Kletter über die Mauer.»

Die Mauer war so hoch wie Baschkin, seine Hand ertastete rauen Naturstein.

«Setz mich obendrauf, mein Guter», jammerte Kotin; die Beine knickten ihm weg, er hippelte auf der Stelle. «Und das Bündel?» Kotin schrie es fast. «Das Bündel?», wiederholte er verzweifelt und, so schien es, ganz laut. «Nicht da? Nicht da? Oje, hast es fallen lassen, dort fallen lassen. Oje, ojemine, dass doch deine Mutter ins Bein! Hast es doch in der Hand gehabt, oje, zum Kuckuck mit dir! Sie finden es, finden es!»

Baschkin klopfte sich die Flanken ab, fuhr in alle Taschen, knöpfte sogar den Mantel auf.

«Geh und hol es, hol es her, lauf sofort, bring das Bündel. Sie finden es, legen mir alles zur Last, also wirklich, zum Kuckuck mit dir, was musst du dich an mich hängen, zu des Teufels Großmutter! Geh, geh!» Er stieß Baschkin gegen den Ellbogen.

«Warum muss eigentlich ich gehen?», sagte Baschkin beinahe laut.

«Aber ich bitte dich, bitte dich doch!» Kotin drückte sich eng an Baschkin und reckte das Gesicht zu ihm hoch. «Ich geb dir, was du willst, wirklich wahr, bei Jesus Christus!» Kotin bekreuzigte sich hastig.

Er bekreuzigte sich und flüsterte dabei:

«Wahrhaftige Dreieinigkeit … Flehe dich an bei Gott dem Allmächtigen, bitte dich, bitte dich! Bitte, bitte, bitte», stammelte

Kotin und trommelte mit der Faust gegen seine schmächtige Brust. «Ich geb dir alles, was du willst, wirst mir sein wie der leibliche Vater.»

«Na, wirst schon sehen!», sagte Baschkin plötzlich laut. Er machte scharf kehrt und schritt von dannen.

Kotin tat ein paar Schritte hinter ihm her und blieb stehen.

Baschkin stellte den Kragen hoch, vergrub die Hände tief in den Taschen und ging gemessenen Schrittes, mit wiegendem Gang.

‹Ja, ja, und falls jemand – wer da? Sem-jon Basch-kin. Bitte sehr, bringen Sie mich auf die Gendarmerie, wenn's beliebt, ja, ja, direkt auf die Gendarmerie, und wenn's nicht beliebt, gehen wir auf die Wache. Warum? Klar doch: Ging in Richtung des Schusses, wie ein jeder Bürger es tun würde. Aber sicher, um zu helfen. Und komm ich von der Ecke zurück – weil es mir so vorkam, als hätte der Verbrecher sich hierher geflüchtet, oder vielleicht ein Mensch, der vor dem Schuss davongelaufen ist. Habe aber niemanden gefunden … Und dann gehen sie hin und finden den Kerl an der Mauer … Nein, ich sag, dass ich von der Wache komme und ihn begleitet habe. Sag einfach die Wahrheit. Was ist schon dabei!› Baschkin verlangsamte seine Schritte immer mehr, sie wurden kürzer, schon musste er jeden Fuß mit Willensanstrengung auf den Boden setzen. Da war die schwarze Kirche, vielleicht lagen sie im Hinterhalt … würden sich auf ihn stürzen. Plötzlich fiel Baschkin jenes zornige Gesicht ein und wie es flüsternd geschrien hatte: Lass los, lass los! Baschkin wäre fast stehen geblieben. Aber er ging schon die ganze Zeit, als würde er beobachtet, deshalb zwang er sich, den Schritt nicht zu verhalten: ‹Ich gehe einfach, punktum! Ja, ja, es ist jener Kraftmensch.› Und ganz insgeheim ging Baschkin durch den Sinn: ‹Podgorny.› Erneut schüttelte Baschkin die Schultern, ihn schauderte zwischen den Schulterblättern. Er schritt bereits über den dunklen Platz, mitten auf dem Pflaster, direkt zu jener Ecke, wo ihn der Flüchtende umgerannt hatte. Hinterm Kragen vor ließ Baschkin insgeheim die Augen nach allen Seiten wandern. Er war gefasst darauf, dass sie hervorsprängen, ihn packten, und seine Beine waren bereit, bei jedem Schritt innezuhalten. Aber er warf ein Bein nach dem andern vor und bewegte sich voran wie gegen den Strom. Da war die Ecke, und ein weißlicher Fleck blickte Baschkin unmittelbar an. Baschkin drehte plötzlich zu ihm ab, als wäre es ein unvermuteter Fund. Er wäre fast umgefallen, als er sich niederbeugte, und seine Hand fühlte das Bündel nicht, als ob sie in einem dicken Handschuh steckte. Baschkin stand und betrachtete das Bündel. Dann machte er plötzlich scharf kehrt und ging zurück. Die Beine beschleunigten bei jedem Schritt, und mit Tempo bog er in die vorherige Straße ein. Er hatte das Bündel unter die Achsel geklemmt. Etwas Hartes drückte ihn. Baschkin griff in das prall gefüllte Bündel. Und ertastete ein großes, ländliches Klappmesser. Baschkin hielt es eine Weile und steckte es sich plötzlich behänd in die Tasche.

Kotin kam an der Mauer entlang ihm entgegen, mit winzigen Schritten überquerte er die Straße. Er murmelte:

«Ach, du Guter, komm, geb dir einen Kuss, ach, du Lieber. Der leibliche Bruder hätt das nicht gemacht, wirklich wahr.» Er drückte das Bündel gegen die Brust.

Baschkin setzte ihn oben auf die Mauer.

«Psst, psst!», flüsterte Kotin. «Gehn wir in den Schuppen, dort ist es warm, ich schlaf dort, wenn ich blau bin, ist gut dort. Ist auch für zwei genug Platz.»

Kotin zündete Streichhölzer an und warf sie weg, tastend breitete er etwas auf einer großen Truhe aus.

«Hier, zum Sitzen, zum Liegen, wie Sie möchten. Hab nämlich eine Wohnung, ein Zimmer. Bin nämlich ein Kopekenjunge, wie sie sagen, na, ein Kellner, Bedienung, na, in einem Wirtshaus. Den ‹Goldenen Anker› zum Beispiel, kennen Sie den? So ist das», flüsterte Kotin halblaut und aufgedreht. «Dort machen ja die Arbeiter am Zahltag immer einen drauf. Bin unten, im Saal fürs Volk, nicht in dem für die Besseren. Waren Sie nie? Nun legen Sie sich doch hin, ich leuchte», und er ratschte ein Streichholz. «Legen Sie sich hin. So ist das, und davon kommt das alles. Jetzt wohnen Arbeiter bei mir. Saufkumpel, wissen Sie. Und dann hör ich ja sowieso immer, was sie reden.»

«Ist ja auch gut, was sie reden», meinte Baschkin solide.

«Eben, so ist es. Versteh ich doch. Die Studenten sind ja auch für sie und ich auch … War nämlich mal als Lehrjunge in der Fabrik. Ja, und jetzt bin ich mit ihnen dick. Einer hat mir ein Päckchen zugesteckt – hier, verwahr das. Warum nicht? Kann ich leicht. Hab es in der Musikkiste untergebracht.» Kotin musste leise lachen; er lag bereits neben Baschkin, und beide wärmten sich, schmiegten sich aneinander. «Versteh das nämlich, hab genug Leute gesehen im Leben. Unsereiner sieht sie zu Hunderten, Herrschaften und andere Leute, hab doch auch bei Ihnen gleich gespannt, dass Sie so was sind wie ein verkleideter Student oder so … einer von denen.»

«Wie sind Sie denn aufgegriffen worden? Ist doch schrecklich, wie Sie geschlagen wurden! Ich konnte nicht mit ansehen, wie vor meinen Augen …»

«Oje, die hätten mich totgeschlagen, Gott ist mein Zeuge!» Kotin schnellte in die Höhe. «Hätten mich totgeschlagen, wär jetzt nicht mehr am Leben. Sie haben mich wie aus dem Feuer rausgeholt. Ojemine, mein Gott!» Er rieb seine Stirn an Baschkins Brust. «Könnte sie ja eigenhändig, diese Scheusale! Was viel reden? Gebt mir einen Levolver, dann leg ich eigenhändig … ein ganzes Dutzend um. Kann nämlich einen holen, einen Levolver», flüsterte er Baschkin ins Ohr. «Kann Ihnen einen geben, wirklich wahr! Möchten Sie?» Kotin richtete sich erneut auf. «Die Arbeiter haben welche. Weiß nämlich, wo sie die verwahren, kann einen klauen für Sie …

sogar drei kann ich klauen. Wie viel Sie brauchen, ganz unterschiedliche. Wie Sie möchten, brauchen es nur sagen, meinetwegen morgen. Für Sie – immer.»

Er konnte sich nicht beruhigen und fing an, Baschkin zu küssen, und Baschkin wusste nicht, ob er die Küsse zurückgeben sollte. Er hätte am liebsten geweint. Er schwieg und schlang die Arme um Kotins Schultern.

‹Ich habe ihn gerettet›, sprach Baschkin zu sich selbst, in gleichmäßigem, gerührtem Ton, ‹er ist mein. In Indien wird so einer, glaub ich, zum Sklaven. Aber ich brauche nichts. Ü-ber-haupt nichts.›

«Ich brauche keine Revolver, mein Bester», sagte Baschkin verständnisinnig, «ich töte nicht. Blut und Mord müssen nicht sein.»

Er wollte noch sagen: Doch muss man seinen Nächsten retten, sogar den ersten Besten, aber er hielt an sich. Tränen flossen Baschkin aus den Augen, ein gleichmäßiger, warmer Strom.

NIEMALS

Der alte Wawitsch leimte sein Brillenfutteral. Hielt es mit ausgestreckten Armen direkt über der Lampe, und sein dicker Finger drückte ein hauchdünnes Papierchen fest.

«So was aber auch, Teufelszeug, ach, du Hundesatansbraten!» Das Papierchen wollte nämlich nicht am Futteral pappen, sondern am Finger, und der Alte schmiss wütend das Futteral fort und schrie: «Hol doch alle der Teufel!»

«Was ist, was ist denn?», ächzte die Alte. «Wen schimpfst du? Wsewolod!»

Da zog jemand die Wohnungstür auf, und in der Diele wurde geredet. Taissa ist das. Lacht. Und noch wer.

Wsewolod Iwanytsch ging hinaus, er hielt die pappigen Hände weit von sich und spähte mürrisch ins Dunkle.

«Guten Abend!», hörte er aus dem Dunkeln eine kehlige Stimme. «Es muss wohl so sein, sag ich, dass sogar die Hühner streiken. Wirklich wahr, ist nicht ein Ei zu kriegen auf dem Markt.»

Taissa lachte, verlegen und zugleich irgendwie schamlos.

«Sehe überhaupt nichts», sagte Wsewolod Iwanytsch, «Verzeihung, mein Herr, wissen Sie, ich sehe nichts.»

«Ist dunkel, daher nichts zu sehen.»

«Das ist Israilson», sagte Taissa.

Aber Israil schritt schon zu dem Alten, blinzelte ins Licht und streckte die Hand hin.

«Was schauen Sie so, ich bin kein Bandit», sagte Israil lächelnd, «ich bin Flötist.»

«Entschuldigung!» Der Alte hob beide Hände. «Meine Hände sind pappig.»

«Von mir bleibt da nichts dran kleben. Guten Tag, Herr Wawitsch!» Und er nahm Wsewolod Iwanytschs dicke Hand in seine trockenen, zupackenden Finger. Er schaute ihn wie einen alten Bekannten an, den er lange nicht gesehen hat.

«Hab versprochen», sagte Taissa bereits aus der Speisekammer, «dass sich bei uns bestimmt ein Dutzend findet, Herr Israilson sucht welche … und ich hab ihm welche angeboten.»

«Nein, bin schon selber gekommmen und habe gefragt. Weiß doch, dass Sie ein prima Fräulein sind.»

Wsewolod Iwanytsch stand immer noch mit erhobenen Händen. Er schaute, wie Taissa hurtig und rührig, irgendwie schwänzelnd, aus der Kammer in die Küche rannte, mit den Tiegellämpchen klirrte, wie sie hurtig Licht anzündete.

«Möchten Sie zwei Dutzend? Dürfen es zwei sein?»

Und was für ein Gästetonfall, gar nicht ihr eigener – der Vater schaute Taissa zu, wie ihre Augen Israil anblitzten, wie sie das Küchenlämpchen mit zwei Fingern hielt.

«Wer ist da? Wer?» Die Alte strengte anscheinend seit längerem aus dem Schlafzimmer ihre Stimme an.

«Gleich, gleich!», rief Wsewolod Iwanytsch zur Tür hinaus.

«Wsewolod!», rief die Alte.

Wsewolod Iwanytsch ging ärgerlichen Schrittes ins halbdunkle Schlafzimmer und flüsterte überstürzt:

«Da ist einer … will Eier, ein Dutzend oder so.»

«Wer ist es denn?», fragte die Alte erschrocken.

«Weiß nicht, Taissa hat ihn gebracht.» Wsewolod Iwanytsch ging zur Tür. Er war bereits im Esszimmer, da rief die Alte ihm nach:

«Wieso denn in der Diele? Soll doch reinkommen. Bitte ihn!»

«Kommen Sie herein», sagte Wsewolod Iwanytsch mürrisch.

«Wieso?», sagte Israil und zog die Brauen hoch. «Ist hier auch gut.»

«Kommen Sie herein!», rief die Alte, nach Luft ringend.

«Gut, komme ich eben herein», sagte Israil rasch. Er schritt an Wsewolod Iwanytsch vorbei und sagte laut: «Hier bin ich. Sie wollten hören, wie wir reden – und da sind wir. Tut Ihnen nicht gut, wenn Sie besorgt sind. Hm? Bleiben Sie ruhig liegen, Madame. Bin gleich wieder weg», rief Israil zur Tür hinein.

«Nein … nein.» Die Alte holte Luft. «Nehmen Sie doch Platz!»

Wsewolod Iwanytsch versuchte sich eine Papirossa zu drehen, aber die klebrigen Finger knitterten und knüllten das Papier. Er geriet in Hast und Verwirrung.

«Haben Sie das geklebt?» Israil nahm das Futteral vom Tisch. «Man muss das mit einem Faden machen. Haben Sie einen Faden?» Er drehte und wendete das Futteral ernsthaft vor den Augen.

«Ich weiß, ich weiß», brummte Wawitsch in den Bart und verstreute Tabak auf dem Tischtuch, auf einem Unterteller.

«Fäden sind hier bei mir, auf der Kommode.» Es war zu hören, wie die Alte mit Streichhölzern hantierte.

«Geben Sie mir einen Faden! Wieso quälen Sie sich? Ist einfach mit einem Faden.»

«Nun gib ihm doch einen!», rief die Alte.

Wsewolod Iwanytsch schlappte ins Schlafzimmer.

«Wo sind denn hier jetzt die Fäden, weiß ich doch nicht, wo ihr hier eure Fäden habt ...» Er hieb mit ärgerlicher Hand auf die Kommode, bis eine Garnrolle herabfiel und fortrollte. Ärgerlich seufzte der Alte, fing sie ein und, ohne Israil anzuschauen, hielt er sie in die Luft.

Taissa saß bereits im Esszimmer, sie schaute, wie Israil sorgfältig einen Faden um das geleimte Futteral wickelte. Er hielt sich das Futteral direkt vor die Augen und zog angespannt die Brauen zusammen.

«Halten Sie hier den Finger drauf», sagte Israil, den Blick immer noch aufs Futteral geheftet.

Taissa sprang von ihrem Platz auf und drückte, den kleinen Finger abgespreizt, den Zeigefinger auf den Faden. Schräg von unten blickte sie Israil in die Augen. Während er, immer noch angespannt, behutsam den Knoten festzog.

«Reiben Sie mit einem feuchten Tüchelchen drüber, und morgen früh können Sie den Faden wegtun.» Israil legte das Futteral behutsam auf die Tischdecke. «Und was hört man von den Eiern?», wandte er sich plötzlich an Taissa und zog die Brauen hoch.

Taissa sprang zur Tür hinaus.

«Gute Nacht, Madame», rief Israil von der Tür aus der Alten zu, als wäre sie taub. «Vor allem, seien Sie nicht besorgt», rief er beim Hinausgehen fröhlich. «Auf Wiedersehen, Herr Wawitsch!»

Israil schüttelte den Haarschopf und machte hinter sich die Tür zu.

«Ich begleite Sie», sagte Taissa aus der Küche, «wegen dem Hund.» Sie schwenkte die Strickjacke beim Anziehen durch die Luft, sodass die Lampe verlöschte. «Macht nichts, ich finde mich zurecht – Sie brauchen kein Streichholz anzuzünden.»

Sie griff im Finsteren nach dem Kochtopf mit den Eiern und sprang in den Flur.

«Nein, nein, Sie machen sie kaputt!» Taissa gab den Kochtopf nicht her. «Sie machen Rührei daraus.»

Sie traten aus dem Tor. Der Wind presste die Röcke gegen Taissa, sie verwickelten sich, störten beim Gehen. Hinter Israils Rücken schielte Taissa zu den Fenstern; Wawitschs Silhouette schimmerte hinterm Vorhang, huschte lautlos über die rötlichen Fenster.

«Hören Sie», sagte Israil, «Ihr Papa ist ein netter alter Herr, wirklich wahr. Ein prima alter Herr, ja! So fallen Sie womöglich noch!» Israil griff nach Taissas Arm.

«Haben Sie noch einen Vater?», fragte Taissa. Sie machte absichtlich kleine Schritte, denn das Tor von Israils Haus war nah.

«Mein Papa?», sagte Israil. «Der lebt, der arbeitet noch. Ist Uhrmachermeister. Er wollte mich Fotograf lernen lassen. Aber mein Onkel ist Geiger, und der hat gesagt: Das Jüngelchen hat ein gutes Gehör. Und für die Fotografie, da braucht man doch eine Stange Geld. Die Apparate, die Schmonzetten. So haben sie mich Flöte lernen lassen. Bin meinem Onkel dankbar.»

Wie um Matsch auszuweichen, drückte sich Taissa gegen Israils Arm, und sie stellte sich Israils Vater vor, ein Tischchen am Fenster, und der Alte hat ein Zylinderchen mit Glas ins Auge geklemmt. Und wahrscheinlich ist er ein furchtbar gutmütiger Opa.

«Und Sie? Lieben die Musik?», fragte Israil plötzlich mit strenger Stimme.

«Ja», sagte Taissa leise.

«Und was lieben Sie?»

Taissa schwieg.

«Ich frage – was? Gut, Musik, aber was für Musik?» Israil hob fast ärgerlich die Stimme. «Musik, Musik. Aber was?»

«Musik, Musik, aber was?» Aus dem Dunkeln äffte eine Jungenstimme Israils Akzent nach.

«Jüdin und Jud, kein Groschen im Hut», hänselte ein anderer Junge ganz nah aus der Dunkelheit.

«Und du, bist du schon lange Russe?» Israil beugte sich im Dunkeln zum Zaun. «Hm? Bist du schon acht? Nein?»

Die Jungen rannten ein Stück weg.

«Und früher warst du was?», sagte Israil lächelnd und drehte sich den Schritten nach. «Nichts? Kannst du denn lesen? Bist Russe! Aber kannst du russisch lesen? Nein? Komm zu mir, ich bring es dir bei.»

Die Jungen patschten durch den Matsch davon.

«Ju-ud!», schrien sie mit dünnen Stimmchen aus dem Dunkeln.

«Was für Dummköpfe!» Taissa flüsterte es laut. «Solche Schurken.»

Israil stand vor seinem Tor.

«Nu, sind doch bloß Kinder, hat man ihnen beigebracht. Man sagt ihnen, dass die Juden zum Passahfest russische Jungen fangen und essen, und dann glauben sie es auch.»

«Pfui, pfui!» Taissa schüttelte sich.

«Mir hat ein gebildeter Mann gesagt, dass er nicht so recht weiß, ob es die Wahrheit ist – oder?» Israil lachte. «Wirklich wahr, ein Advokat!»

«Nein, nein!» Taissa wedelte mit der Hand, und im Kochtopf bewegten sich die Eier. «Nein! Niemals! Unter keinen Umständen! Um nichts auf der Welt!» Sie sagte es wie eine Beschwörung; hinterm Tor kläffte der Hund.

«Hören Sie, gehen Sie nach Hause», sagte Israil.

«Nein! Niemals!», bekräftigte Taissa, als ob sie sich etwas einbläute.

Israil griff vorsichtig nach dem Kochtopf, Taissa presste den Topf an sich, krampfhaft fest, und wedelte mit der freien Hand.

«Nein! Unter keinen Umständen!»

«Kommen Sie ein andermal, am Tag. Ich spiele was für Sie. Doch, tatsächlich, jetzt ist es schon spät.»

Taissa hielt plötzlich inne. Sie übergab ihm den Kochtopf.

Und plötzlich küsste sie Israil auf die Hand. Küsste rasch, wie ein Biss, und stürzte im Laufschritt über den Brettersteg davon.

«Hau ab», quäkte der eine Junge. Erschrockene Beine trabten vorneweg. Taissa stieß die Hofpforte auf.

«Schickse, Schickse!», schrien die Jungen zweistimmig.

MARJA IWANOWNA

Israilson hatte nicht gleich begriffen, was das Fräulein da machte. Aber dann rieb er sich die Hand fest am rauen Manteltuch und murmelte im Gehen:

«Das ist nicht mehr gut. Das muss nicht mehr sein. Wirklich wahr, ein prima Fräulein.» Und noch einmal rieb er sich die Hand. Leicht wie Luft bewegte sich Taissa in seinem Sinn, während Israilson die Wendeltreppe hinauf Kreise zog, und leicht und luftig knarrten die Stufen. Israilson tastete nach dem Tisch. Zündete die Kerze an. Blies aufs Streichholz und pfiff sogleich los – leise, kaum dass der Laut die Stille streifte.

An der kalten Wand überm Bett Vater und Mutter auf dem Foto. Vater mit Gehrock, weißem Bart. Sitzt da, die Knie breit, und daneben Mutter mit schwarzem Spitzenschal. Vater hat das eine Auge zugekniffen, als sei er auf einen Schlag gefasst, aber er blickt unbeugsam geradeaus, während Mutter verschreckt aussieht, sie schaut Mitleid erregend, als sähe sie etwas Unheimliches. Israilson erblickte das Foto gleichsam zum ersten Mal. Er nahm die Kerze vom Tisch und hielt sie nah an das Foto. Er hörte auf zu pfeifen.

«Na, ihr beiden!» Israilson nickte dem Foto zu. «Fürchtet ihr, dass euer Ilja sich taufen lässt?», sagte er auf Jiddisch. «Ja?» Er lauschte – vorsichtig knarrten die Treppenstufen.

‹Wenn sie es ist›, dachte Israilson besorgt, ‹bring ich sie auf der Stelle heim. Gut, dass ich den Mantel noch anhab.› Er streckte die Hand zur Melone aus. Die Tür ging langsam auf, ein Kopf mit Kopftuch schob sich herein.

«Ein Briefchen für Sie», mümmelte die Alte, «schon heut Morgen, hab andauernd vergessen, es zu sagen. Immer was zu tun, immer ist was, so vergisst man alles.» Sie hielt Israilson ein zusammengefaltetes Papier hin.

Israilson stieß die Luft aus der Brust.

«Ilja», stand in dem Briefchen, «es gibt einen Anlass, komm, verbringen wir den Abend. Sjoma wird da sein und bringt M. I. mit, also wirklich, komm. Natanson»

Die Stimme der Alten schlich sich an: «Ich seh, Sie haben Eier aufgetrieben.»

Israil hatte schon die Melone aufgestülpt.

«Nehmen Sie sich die Hälfte, nehmen Sie, und blasen Sie das Kerzchen aus, können Sie das? Nein? Dann gießen Sie Wasser drauf!»

Die Alte klaubte mit Knochenfingern die Eier auf und lachte liebedienerisch.

Israilson klapperte fröhlich die Treppe hinab. Er pfiff eine fröhliche Weise dem Wind entgegen, und beim Gehen griff er mit dem rechten Bein aus.

Im kleinen Zimmerchen des Cellisten Natanson war es verraucht; auf der Etagere brannte aufdringlich eine Petroleumlampe ohne Schirm. Um den Schreibtisch herum lärmten übermütige Stimmen:

«Ich setz noch einen drauf, puh, einen Zehner!» Die schallende Stimme eines Schauspielers. Auf dem Sofa lachte girrend ein Dämchen, zwei Männer hatten sie eng zwischen sich geklemmt.

«Marja Iwanowna! Haben Sie Glück? Soll ich für Sie kaufen?», schrie jemand vom Schreibtisch.

«Marja Iwanowna, jemand fragt» – die beiden Nachbarn stießen das Dämchen an –, «jemand fragt, ob man Sie kaufen kann. Nicht ich, dort fragt das jemand.»

«Ilja!», rief der Gastgeber, aber hinter Israilson trat noch ein hoch gewachsener, hagerer Mann ins Zimmer.

«Hurra! Poznański!» Alle sprangen fröhlich auf.

Aber Poznańskis hagere, glatt rasierte Kinnlade mahlte, und ohne den Hut abzunehmen, hob er schweigend die Hand.

«Aufgepasst, Herrschaften!» Er blickte alle nacheinander mit glänzenden Augen an.

Auf allen Gesichtern erstarrte die Erwartung von etwas Komischem.

«Herrschaften!», sagte Poznański streng. «Heute, sogar eben erst, traf bei mir ein Mann aus Jekaterinoslaw ein.» Die Gesichter der Gäste erloschen. «Er ist mit dem letzten Zug hergereist, jetzt fahren keine Züge mehr. Er sagt, in Jekaterinoslaw habe es bereits begonnen ...»

Die Gesichter blickten beunruhigt, nur einzelne hofften noch auf einen Scherz.

Poznański machte eine Pause.

«Was hat denn nun begonnen?», fragte der Gastgeber gereizt und ruckte mit den Schultern.

«Alles steht still!», verkündete Poznański. «In der Stadt ist es finster. Durch die Straßen reiten Kosaken! Im Telegrafenamt Truppen! Auf dem Bahnhof Dragoner. Meetings im Theater. Mit Nagaikas treiben sie die Leute auseinander. Am Stadtrand Schießereien. Richtige Schießereien, Herrschaften!» Poznański verstummte und ließ den triumphierenden Blick von Gesicht zu Gesicht wandern.

«Hier wird auch gestreikt», sagte der Gastgeber. Er hielt eine Bierflasche am eingedrehten Korkenzieher.

«Hier werden Karten gespielt!» Poznański machte eine Handbewegung und wandte sich zur Tür.

«Nun hör aber auf!» Der Gastgeber hielt Poznański am Mantel fest. Die Männer begannen hastig zu rauchen. Die Spieler saßen halb abgewandt, die Hand flach auf dem Geld.

«Was sollen wir denn tun?» Marja Iwanowna schrie es beinahe. «Was sollen wir tun?», wiederholte sie, als sie die Stimme wieder in der Gewalt hatte.

Alles redete aufgeregt durcheinander.

«Wir müssen etwas tun, Herrschaften!», sagte Poznański und wickelte den Schal ab.

«Wir können doch nicht schießen, wir verstehen uns doch nicht aufs Schießen», sagte ein Schauspieler mit dickem, gekränktem Gesicht.

«Psst! Schreit nicht!», flüsterte aufgeregt der Gastgeber und legte den Finger an die Lippen. Das Flüstern überdeckte und dämpfte die Stimmen.

«In der Tat, wozu brüllen wir!», sagte Poznański und zog die Tür fester zu. «Herrschaften!» Poznański sprach in lautem Flüsterton. «Herrschaften! Sind doch alle, durch die Bank … Da sterben Menschen, riskieren ihr Leben. Und wenn es zu etwas kommt, werden sie fragen: Und wo wart ihr?»

«Aber was? Was denn?», wurde von allen Seiten geflüstert.

Der Gastgeber stellte die Flasche mit dem Korkenzieher auf die Kommode.

«Wir sind doch alle Künstler», sagte Israilson laut, «und wenn wir streiken, wem macht das Kopfweh? Was ist das schon?»

Poznański blickte sich abschätzig zu Israilson um.

Alles flüsterte, zu dem Flötisten gewandt.

«Er-lauben Sie! Erlauben Sie mal!», unterbrach Poznański das Flüstern. «Wir könnten uns zusammensetzen, nun ja, nicht alle, und eine Resolution verfassen … und sie dem Komitee …»

Marja Iwanowna steckte sich den Hut fest, dazu schaute sie in die Glasscheibe an einem Bild.

«Dem hiesigen Komitee überreichen. Hier gibt es doch irgendein Komitee? Es gibt doch …»

«Wer begleitet mich?», flötete Marja Iwanowna, den Blick immer noch auf das Bild gerichtet.

«Das ist ja sogar komisch», sagte Israilson. «Also wirklich, das ist richtig komisch.»

Er hatte noch gar nicht abgelegt und trat mit der Melone in der Hand zur Tür hinaus. Plötzlich kehrte er aus dem Flur zurück und streckte den Kopf zur halb offenen Tür herein.

«Ich verstehe, Geld sammeln, aber wie viel? Das ja.»

Alle schwenkten die Arme, damit er die Tür schloss.

«Wollen die Leute doch essen, nicht?»

Israilson schlug die Tür zu und trat hinaus auf die Straße.

Pjotr Sawwitsch Sorokin wachte auf der Truhe auf. In bläulich trübem Schlummer hing am Ende des Flurs das Fenster.

Pjotr Sawwitsch ließ vorsichtig, damit nichts knarrte, die Beine herunter und tastete nach den Filzstiefeln. In der kalten Küche plätscherte er verstohlen mit dem Wasser, krächzte nicht, spuckte nicht kräftig, und auf Zehenspitzen schlich er dann in den düsteren Flur und stellte sich soldatisch vor dem Fenster auf. Er betete vor dem Licht des Fensters zu Gott: Von dort, vom Himmel herab, streut der Wille des Allerhöchsten das Licht aus. Und er flüsterte akkurat die Morgengebete, quetschte inbrünstig die Worte hervor und drückte fest und schmerzhaft die Finger an die Stirn, schlug das Kreuzeszeichen, als ob er nach dem Militärreglement mit dem Gewehr exerzierte. Und wenn er die Finger in die Stirn drückte, dachte er: ‹Soll der Herr mich totschlagen, Sein Wille, ich bin nicht schuld.›

Dann setzte er sich auf die Truhe und erwartete den Morgen. Seufzte behutsam, um die Gastgeber nicht zu stören. Und wenn die Schwester im Zimmer zu husten begann, ging er in die Küche, um den Samowar zu füllen. Ohne Krach zu machen, hackte er Holzspäne.

Es war neun Uhr morgens. Sorokin klopfte beim Polizeihauptmann.

Der Polizeihauptmann saß im Nachthemd vor dem erloschenen Samowar. Reste vom Mahl auf einem Teller. Der Polizeihauptmann stocherte nachdenklich in den Zähnen. Sorokin stand unter der Tür, die Mütze in der Hand. Der Polizeihauptmann ließ einen zerstreuten Blick über ihn gleiten und zog eine Augenbraue hoch.

«Na, was ist?» Der Polizeihauptmann stocherte irgendwo weit hinten im Mund.

«Einen schönen guten Morgen!», sagte Sorokin und lächelte derart, dass er sich selbst nicht mehr ähnlich war.

Der Polizeihauptmann warf erneut einen Blick auf ihn und runzelte die Stirn.

«Gestern … hab ich dir doch gesagt» – der Polizeihauptmann wischte sich die Lippen mit der Serviette ab –, «war doch die Rede davon: Wohin mit dir? Für die Feuerwehr taugst du nämlich nicht. Gehst mir ja nicht die Wand hoch. Oder gehst du die Wand hoch?» Ohne hinzuschauen, machte der Polizeihauptmann eine Bewegung hoch zur Wand.

Sorokin fältelte erneut ein Lächeln.

«Aber natürlich.»

«Was heißt ‹natürlich›?», rief der Polizeihauptmann, stieß geräuschvoll den Stuhl zurück und stand auf. «Was heißt natürlich? Gehst natürlich hoch oder gehst natürlich nicht hoch?»

«Ganz gewiss nicht.» Sorokin versuchte zu lachen.

«Na eben», sagte der Polizeihauptmann gedehnt, «ganz gewiss nicht. Die Wand gehst du nicht hoch.» Der Polizeihauptmann setzte sich aufs Bett und nahm sich die Stiefel vor. Der lange Stiefel, schmal wie ein Samowarrohr, ließ den Fuß nicht durch, er schlenkerte, und der Polizeihauptmann runzelte böse die Stirn.

«Sie gestatten, ich fasse mit an!» Sorokin warf behänd die Mütze auf den Stuhl und sprang herbei. Er versuchte den Stiefel zu lenken.

«Lass doch los … ah, zum Teufel!» Der Polizeihauptmann schwenkte den Fuß, suchte den Stiefelschaft weiterzubewegen. «Ah, der Satan! Puh!» Der Polizeihauptmann sah böse und atemlos um sich.

Sorokin retirierte zur Tür.

Er war schon in der Diele. Aber auf einmal blieb er stehen. Der Polizeihauptmann hatte zu schnauben aufgehört und lauschte. Sorokin trat entschlossenen Schrittes erneut in den Raum, näherte sich dem Bett.

«Was ist mein Vergehen?», schrie Sorokin.

Der Polizeihauptmann erhob sich, den einen Stiefel am Bein, den anderen hielt er an der Schlaufe.

«Mein Vergehen ist was?», schrie Sorokin noch lauter.

«Ich kann mich doch nicht zum Richter, zum Richter aufwerfen, der Himmel sei mit dir», sagte der Polizeihauptmann rasch.

«Kannst es nicht sagen? Nein?», donnerte Sorokin mit kräftiger Soldatenstimme. «Und wenn nicht, weshalb dann die Schmach? Die Schmach weshalb?»

Der Polizeihauptmann lief rot an.

«Wer hat denn Bestechungsgelder genommen?» Sorokin rückte einen Schritt weiter vor. «Nicht ich! Hier, vor Kreuz und Ikone» – Sorokin wedelte mit der Mütze in Richtung Herrgottswinkel –, «Brandstiftung hab ich nicht begangen, du selber, du selber ...» – Sorokin rang bereits nach Luft –, «du selber weißt, Sauerei, wer Brände legt. Weißt du nicht? Soll ich dir's sagen, ja? Ich kann dir zwei Häftlinge gegenüberstellen, die lassen dich Spitzbuben in Spucke ertrinken! Vor dem Herrn Staatsanwalt! Wie? Selber, du Aas, selber wirst du die Wand hochgehen! Und wie! Ach, du Dreckslump!» Sorokin holte mit der Mütze aus.

Puterrot, Jähzorn in den Augen, schwenkte der Polizeihauptmann geschwind den Stiefel, und der Stiefel klatschte gegen die kräftige Schulter, prallte ab, doch Sorokin stieß bereits zu, und der Polizeihauptmann plumpste mit Schwung aufs Bett, sodass es ächzte. Sorokin hatte schon das Knie auf den fetten Schenkel gelegt, aber da spuckte der Polizeihauptmann die Wörter aus:

«Und deinen Schwiegersohn? Den Schwiegersohn? Wer hat den? Wer? Hm?»

Ein Seufzer ging durch Sorokins ganzen Leib, mit vorquellenden Augen starrte er den Polizeihauptmann an.

«Na, wie? Wie?», rief der Polizeihauptmann beim Aufstehen. «Aber du drischst los. Schöner Soldat!»

Sorokin standen Tränen in den Augen.

«Raus!», brüllte der Polizeihauptmann aus Leibeskräften und schwang den Kanonenstiefel, und vom Tisch flog das Tintenfass.

Sorokin stürzte zur Tür hinaus, in der Diele standen schon zwei Schutzleute bereit. Sorokin stülpte sich die Mütze auf.

«Raus mit ihm!», brüllte der Polizeihauptmann ihm hinterdrein, und der Stiefel flog in die Diele. Der eine Schutzmann riss am Türriegel, und Sorokin sauste mit einem großen Schritt über die Vortreppe.

Die Füße trugen Sorokin die Straße entlang, er bog in eine Gasse, ohne die Menschen anzublicken, nochmal nach links, wo möglichst keine Leute waren. Wie wenn ein kalter Wind hinter ihm brauste und ihn vorwärts triebe. Da ging er bereits durch pappigen Dreck, zwischen nassen Gerten, nackten Sträuchern. Sorokin erkannte den Stadtgarten nicht, er war wie an einen fremden Ort geraten, und erst als er dreimal an einem verrammelten Wärterhäuschen vorbeigekommen war, merkte er, dass er im Kreis ging. Er setzte sich auf eine Bank, brach eine Gerte ab, biss und kaute auf Gerte und Lippen. Wieder sprang er auf und ging geradeaus weiter, nicht mehr auf dem Pfad, sondern quer durchs Gebüsch. Doch er kam nicht weit, hinter dem Gebüsch stand ein schwarzes Gitter, dahinter gingen Menschen. Und schauten. Sorokin machte kehrt, seine Mantelschöße blieben an den Sträuchern hängen; er verließ den Stadtgarten, ging quer über den Platz und in eine stille Straße, die schritt er flott hinab. Plötzlich hinter ihm:

«Pjotr Sawwitsch!»

Sorokin legte einen Schritt zu und zog den Kopf in den Kragen, bis zu den Ohren.

‹Kommt mir nachgerannt. Ich geb mich nicht zu erkennen›, beschloss Sorokin, ‹geh weiter und stell mich dumm, als wär ich das nicht.›

«Pjotr Sawwitsch!» Rennt sogar an ihm vorbei. Und direkt ins Gesicht. Irgend so eine. Lächelt.

Pjotr Sawwitsch plinkerte und erkannte sie nicht.

«Na? Erkennen mich nicht? Erkennen Taissa Wawitsch nicht?» Taissa lief rückwärts vor ihm her und blickte Sorokin direkt in die Augen. «Wollen Sie vielleicht zu uns, Pjotr Sawwitsch? Kommen Sie! Macht doch nichts, dass Sie noch nie bei uns waren!»

Sorokin blieb plötzlich stehen. Er erkannte Taissa. Und sogleich lief das graue Gesicht rot an. Er wedelte mit der Hand.

«Ich muss – dorthin, dorthin muss ich.»

Taissas Gesicht wurde lang.

«Wohin?», flüsterte Taissa beunruhigt.

«Dorthin – ach, zum Teufel!» Sorokin schritt entschlossen aus. Die schweren Stiefel polterten über die Bretterstege. Er kam auf einen freien Platz. Abseits, in einer schwarzen Schmiede, pochte im Zweiertakt der Hammer, und davor stand ein dürres Pferdchen angebunden, unbeweglich, als wäre es aus Holz. Pjotr Sawwitsch hielt sich mehr nach links, er stapfte bis zum Knöchel im Dreck.

‹Sag es dem Gouverneur. Geh hin und sag: Euer Exzellenz, alles falsche Beschuldigungen …› Da fiel ihm der Stiefel ein. ‹Nirgends, nirgends kann ich hin! Geh nur, geh, Schweinehund›, dachte Sorokin, ‹zieh weiter, bis du krepierst. Die Wolken ziehen auch, irgendwohin, wo sie hinmüssen. Da steht eine Kirche, die steht auf ihrem Platz, zu ihrem Zweck … Und du zieh weiter, geh, was sonst!› So trieb Sorokin sich an. ‹Kannst nirgends hin, Schweinehund. Hast nichts begangen, trotzdem, mit dem Stiefel eins über.›

Er merkte, dass er die Richtung zur Kirche eingeschlagen hatte, einer weißen, vor grauem Himmel. Schon ging er über den Friedhof, über den glitschigen Pfad, und schaute auf die mürrischen, müden Kreuze. Da war auch schon das bekannte Kreuz aus Eisengitter. Das Grab der Frau. Ruhig und traurig stand das Kreuz, die weißen Arme weit geöffnet.

«Liebe Seraphima!», sagte Sorokin und nahm die Mütze ab.

Kalter Wind blies ihm frisch um den Kopf. Er schaute auf das weiße Kreuz, und ihm war, als stünde da Seraphima, stünde unbeweglich, aus dem Boden gewachsen, und blickte ihn an ohne Augen: Was hast du, mein Ärmster?

Sorokin setzte sich an den Rand des Grabes. Nun kam es ihm wieder vor, als wäre er allein, ohne Seraphima, als stünde da nur ein Eisenkreuz, von dem die weiße Farbe abblätterte. Er saß seitlich und blickte auf den Dreck des Pfads. Und ihm kam in den Sinn, wie sie in der Entbindungsanstalt gelegen hatte, schon ganz von einem Leintuch bedeckt. Wie er sie dort hingebracht hatte und wie sie ihm die Hand gedrückt hatte vor Schmerzen, «Lieber Pjotr, lieber Pjotr», hatte sie ständig gesagt. Und wieder sah er aus dem Augenwinkel Seraphimas weiße Arme ausgebreitet – komm nur näher, sie umarmt dich. Ihm traten Tränen in die Augen, er sah den Weg nicht mehr, doch nah, ganz nah waren die Arme seiner Seraphima.

DER SAMOWAR

«Trotzdem, Tatsachen haben wir keine!» Filipp sagte es und warf die Kippe ins Glas. Nadja saß, ohne abgelegt zu haben, im nassen Mantel und sah zu Boden. «Dieses Gerede, es steht mir bis hier.» Filipp sprang auf und fuhr sich mit dem Finger über die Kehle. «Bis hier!»

Er schritt durchs Zimmer und rieb ohne Grund die trockenen Hände fest am Handtuch ab.

«Tote, Tote!», höhnte Filipps Bass. «Wenn ich jetzt rausgeh oder, sagen wir, dich zieht es raus – klar töten sie. Dann haben wir Tote, und was heißt das? Sind das Tatsachen? Kommt einer an wie der Dummkopf von neulich, brüllt: Bewaffneter Aufstand! Leichen auf den Straßen! Barrikaden! Dem gehört eine Kugel in den Kopf. Die reinste Provokation. Dabei ist er bloß ein Dummkopf ... und nach alledem ein Lump.»

Nadja blickte noch immer zu Boden. Schwieg. Ihr Stuhl knarrte.

«Natürlich, mit dem Revolver geht man nicht gegen Truppen vor», sagte Nadja mit leerer Stimme.

«Also, wozu, wozu» – Filipp sprang wieder herbei –, «wozu dann groß das Maul aufreißen. Und wozu rumkrakeelen!»

«Ich sage doch gar nichts!» Nadja zuckte die Schultern.

«Du sagst nichts, der Nächste sagt nichts», rief Filipp, «dabei brüllen alle, die Dummköpfe schreien sich die Kehle aus dem Hals, und alles Gesocks ihnen nach: Waffen!»

«Ja, aber wenn die Soldaten ... In Jekaterinoslaw haben sie ja in die Luft geschossen ...»

«Und die Leute sind nach allen Seiten gespritzt, ja?» Filipp hockte sich hin und breitete die Hände aus. «Ja? Was, zum Teufel, sollen sie auch auf sie schießen, die scheuchst du doch mit Knallerbsen auseinander. In die Luft! Und die Leichen? Die Leichen sind vor lauter Angst krepiert? Ja?»

Nadja drehte die Lampe höher. Die Flamme knisterte, war am Verenden.

«Ich gehe!», sagte Nadja und seufzte. Sie stand auf.

«Wo gehst du hin? Siehst du nicht?» Filipp deutete mit dem Finger auf die Uhr, die überm Bett hing. «Bist du noch bei Trost?

Halb zehn! Da!» Filipp nahm die Uhr herunter und hielt sie an die verlöschende Lampe. «Schau! Siebenundzwanzig nach neun. Von wegen gehen! Feierabend! Sitz hier bis morgen früh.»

«Das ist meine Sache. Was soll's, übernachte ich eben auf der Wache.» Nadja ging entschlossen zur Tür.

«Also hör mal, lass das. Wirklich wahr! Genossin Walja! Darf dich ja mit Gewalt nicht weglassen!» Filipp versperrte die Tür. «Komm, wir füllen die Lampe auf, heizen den Samowar. Ja, machen wir! Hier ist die Luft rein, hierher kommt keiner. Lass das, also wirklich!» Sanft schubste er Nadja an der Schulter zurück.

Nadja wich mit der Schulter aus, schob Filipps Hand beiseite und bewegte sich zur Tür.

«Es reicht, genug Leichen riskiert», sagte Filipp auf einmal böse und riss Nadja an der Schulter zurück, sodass sie sich zweimal um sich selbst drehte und mit Schwung aufs Bett setzte. Sie hob die weit offenen Augen zu Filipp und sperrte den Mund auf, und plötzlich verzog sich Filipps wütendes Gesicht zu lauter kleinen Lächelfalten – das ganze Gesicht stürzte sich in ein Lächeln, und Filipp setzte sich rasch neben sie. «Nadja! Mein Herz! Ich kann das nicht! Kann das doch nicht zulassen! Gott im Himmel! Nein! Kann ich nicht, zu so einer Zeit. Bin ich doch verantwortlich dafür! Nadja, tatsächlich.»

Die Lampe knisterte im letzten Flackern, Lichtblitze zuckten. Filipp hielt Nadja bald von hinten um die Schultern gefasst, bald ließ er den Arm plötzlich sinken. Er sprang zur Lampe, drehte die Flamme höher und saß schon wieder – Nadja hatte sich nicht mal erheben können.

«Bleib doch hier bei mir! Was werd ich dich, also, wie der letzte Lump, von mir auf die Wache – meinst du das wirklich? Glaubst mir also nicht? Also, ich glaub dir ja, und wie!» Filipp drückte Nadjas Arm oberhalb des Handgelenks. Nadja stockte der

Atem, doch sie schrie nicht. «Aber du mir kein bisschen. Nadenka! Hör zu, Nadenka!» Er rüttelte sie kräftig an der Schulter. «Nadenka, wenn du jetzt zu mir sagst: Lauf durch die ganze Stadt, Filipp, und hol mir ... einen Kiesel vom Weg, da würd ich laufen für dich, barfuß laufen, an allen Polypen vorbei, sogar am Satan vorbei. Möchtest du? Gleich jetzt? Und wenn ich draufgehe dabei!» Filipp ruckte, als wollte er aufstehen. «Und ich schau dich an, wirklich wahr, plagst dich, plagst dich, du meine Liebe, und für was, für wen plagst du dich? Wozu tust dir das an, wirklich wahr, wozu! Und wo willst du hingehen? Nun nimm doch diesen Umhang ab, zum Teufel damit!» Filipp riss im Halbdunkel die Knöpfe an Nadjas Knopfleiste aus den Schlaufen. Er hatte ihn fast von den Schultern gerissen, da sprang er auf, wirbelte herum. «Jetzt füll ich erst im Dusteren die Lampe auf. Momentchen ... Kleinen Moment mal ...» Filipp hockte sich mit der Lampe in die Ecke, es schepperte Blech. «Ha, du meine Nadenka!», sagte Filipp halblaut; schon brannte in seinen Händen wieder die Lampe. «Ha, da ist sie: ruck, zuck!» Er wischte die Lampe ab, und schon klapperte in der Ecke bei der Tür das Waschfässchen. «Nun wirf doch diesen Umhang ab.»

Nadja war die ganze Zeit reglos dagesessen und hatte wie im Traum alles verfolgt, hatte gesehen, wie dieser Mensch wundersam herumwirbelte und wie alles, was er nur anrührte, sich von allein zu machen schien, und sie verstand nicht, was er da alles redete.

«Komm, gib ihn her», sagte Filipp, und die Wörter kamen wie geschmiert, und schon hing der Umhang am Haken. «Gleich heizen wir den Samowar.» Er schoss hinaus in den Flur, und schon war er da mit dem Samowar und schaufelte mit Katzenpfoten rote Kohlen aus dem Ofen. «Los, Nadenka, gib den Aufsatz her, los, mach voran, dort auf dem Tisch! Ach du liebe Güte!» Filipp riss an der Ofenklappe, stieß die Samowarröhre hinein, drückte die Klappe dagegen. «Wunderbar läuft es bei uns, ja! Und was hab ich denn da?

Weißt du's?» Filipps Augen lachten in Nadjas Augen, und Nadja kam es vor, als würde sich in seinen Pupillen alles regen und drehen, in kindlicher Schelmerei. «In der ganzen Stadt gibt es kein Stück Brot mehr? Ja? Und was haben wir da?» Filipp zog hinter seinem Rücken ein Weißbrot hervor. «Woher das? Daher eben! Nimm die Tassen, stell sie her – dort im Regal.»

Und Nadja ging zum Regal und nahm die Tassen, sie waren wie neu und leicht wie aus Papier, und sie blickten aus blauen, nie gesehenen Blumen und klirrten deutlich, als redeten sie. Während Filipp wie eine Maschine in den Samowar blies, und knisternd sprühten Funken hervor. Behänd wühlte er im Ofen, griff mit bloßer Hand helle Kohlen.

«So ist es recht, so gehört sich das bei uns, rein damit, rein!» Filipp schmiss die Kohlen in den Samowar. «Schneid das Brot, du bist die Hausfrau, dort auf dem Regal liegt das Messer und alles Werkzeug.»

Nadja nahm das Messer, als wäre es ihres, als hätte sie es gerade erkannt.

Anna Grigorjewna klopfte an die Tür.

«Andrej, schläfst du nicht?»

«Wer da? Wer da? Kommen Sie, komm herein», ließ Andrej Stepanowitsch hastig verlauten.

Anna Grigorjewna öffnete behutsam die Tür. Ihr Mann stand auf dem Tisch, das eine Bein auf dem Fensterbrett. Er hatte das Gesicht zu einer ernsthaften Miene gefältelt und wedelte mit der Hand.

«Psst, um Gottes willen, ich lausche.» Er reckte sich ganz zum Fenster, hob das Ohr zum offenen Oberlicht.

Feuchte, stille Luft drang gemächlich ins Zimmer, und Andrej Stepanowitsch lauschte auf diese Straßenluft.

«Andrej», flüsterte Anna Grigorjewna.

«Sei doch still!», zischte Andrej Stepanowitsch gereizt.

Anna Grigorjewna rührte sich nicht. Und da fiel, wie ein Sandkorn auf Papier, in der Ferne ein Geräusch.

«Hörst du?», flüsterte Tiktin. «Wieder, zwei hintereinander.» Vorsichtig, auf Zehenspitzen, kletterte Tiktin nun vom Tisch. Anna Grigorjewna reichte ihm die Hand, Tiktin stieß sie schweigend beiseite und sprang schwerfällig auf den Teppich. Er tat einen Schritt, und plötzlich wandte er sich um, hielt Anna Grigorjewna sein Gesicht hin.

«In der Stadt wird geschos-sen!» Und drehte ab.

Anna Grigorjewnas Stimme zitterte. «Ich sage: Nadja ist nicht da. Nadja ist nicht daheim. Es geht auf zwölf!»

«Teufel! Schweinerei!», schnaubte Tiktin. Auf einmal zog er die Brauen hoch und sagte fassungslos: «Warum nicht? Warum nicht da? Überhaupt nicht da? Nein? Tatsächlich nicht?»

Andrej Stepanowitsch ging mit langen Schritten zur Tür hinaus. Er blickte nach allen Seiten, in alle Winkel. Im Esszimmer saß Sanka. Rauchte.

«Wo ist Nadja?», rief Andrej Stepanowitsch.

Sanka wandte langsam den Kopf.

«Ist sie nicht gekommen, kommt sie nun bis morgen früh nicht mehr. Ab neun darf niemand draußen sein.» Er wandte sich ab und sagte zum Tisch: «Übernachtet also woanders.»

«Wo?», schrie Tiktin.

«Ja, mein Gott, woher soll ich das wissen. Ist doch nicht so dumm und läuft einer Patrouille in die Arme.»

«Ja, das wäre tatsächlich albern», sagte Tiktin, zu seiner Frau gewandt. «Dumm ist sie tatsächlich nicht.»

Und soliden Schrittes betrat Tiktin das Esszimmer.

«Wüsste ich, wo sie ist, würde ich auf der Stelle hin zu ihr.» Anna Grigorjewna eilte den Flur entlang.

«Aber Mama, was für dummes Zeug, also wirklich.»

Vor dem Fenster draußen prasselten Schritte im Gleichschritt, Tiktin und Sanka stürzten zum Fenster. Eine Kompanie der Infanterie marschierte geschlossen durch die leere Straße, leicht aus dem Tritt.

«Gegen wen zieht die Armee?»

Tiktin wollte Ironie in seine Stimme legen, aber die Stimme klang belegt.

«Als Verstärkung, auf die Polizeiwache», sagte Sanka und presste die Brauen gegeneinander.

«Geh doch zu ihr», sagte Tiktin und wies mit dem Kopf auf Anna Grigorjewnas Zimmer.

«Na schön», versetzte Sanka grimmig. Er blickte immer noch aufs Pflaster, über das die Infanterie gezogen war.

Der Samowar sang mit dünner Stimme.

«Auf, noch ein Tässchen, auf, Nadenka!» Filipp rieb sich heftig das Knie.

Nadja sah zu, wie er den Tee vom Unterteller schlürfte, durch ein Stück Zucker zwischen den Zähnen.

Fröhlicher und fröhlicher blickten seine Augen auf Nadja. Nadja aber wusste nicht, wie sie trinken sollte, bald beugte sie sich über den Tisch, bald lehnte sie sich, den Rücken gerade, zurück.

Plötzlich begann Filipp zu lachen, verschluckte sich am Tee, wedelte mit den Armen und hustete sich frei.

«Oh, verdammt, Teufel aber auch! Puh, hol dich doch ... Verstehst du, was mir eingefallen ist. Meine Annuschka, die dumme Gans! So was, versink doch im Sumpf! Einmal nachts: ‹O weh! Zeter Mordio!› – und sie springt im Hemd hinaus in den Hof, hämmert mit der Faust gegen mein Fenster: ‹Filipp›, schreit sie, ‹die schießen!› – ‹Auf wen?›, schrei ich. ‹Auf mich!›, schreit sie. Ringsumher Aufregung, die Nachbarn, verstehst du, alle in den Hof, wer grad was anhat. ‹Wo schießen sie?› – ‹Bei uns in der Küche›, schreit sie, ‹hat es geschossen, bin halb tot›, schreit sie, ‹grad noch rausgesprungen.› Ich in die Küche. Jemand bringt Licht. Und der Nachbar, seh ich, steht schon mit dem Beil in der Diele. Zum Totlachen! Dabei, verstehst du, war es eine Flasche! Ach, das hältst du nicht aus! Eine Flasche Kwas ist bei ihr in der Ecke geplatzt. Ach, dass dich …!» Filipp lachte und wackelte mit dem Kopf und klapperte mit der leeren Tasse gegen den Unterteller. «Ach, du neunmaldumme Gans!»

Nadja lächelte. Dann überlegte sie: ‹Vielleicht ist es ja tatsächlich komisch.›

«Ich nehm diese Flasche» – Filipp stieß Nadja gegen die Schulter –, «nehm sie mit heraus in die Diele, verstehst du, da ist sie, sag ich, die Kanone, der Schweinehund! Da! Wirklich wahr, die sind zurückgewichen, sogar ohne hinzusehen! Hach, zum Totlachen!»

Nadja lachte, Filipp im Blick; ihn hatte das Lachen schon erschöpft, hatte ihm das Gesicht zerknittert, in den Augen standen Tränen.

«Gieß nochmal ein! Zum Kuckuck!» Filipp schob Nadja seine Tasse hin.

Plötzlich brach die Melodie des Samowars ab.

Nadja erkannte sogleich, dass sie nun zu zweit geblieben waren. Filipp hörte auf zu lachen.

«Und wo ist Annuschka jetzt?» Nadja fragte es halblaut und fuhr mit dem Finger am Rand des Untertellers entlang.

Filipp schwieg. Zog ein verdrossenes Gesicht.

«Immer heißt es: die Arbeiterklasse, für die Arbeiterklasse … Ist bloß Rederei.»

Nadjas Finger stockte.

«Warum denn? Es gibt doch Menschen …»

«Ja, ja, gibt es …» Filipp stand auf. «Wasch das Geschirr und räum ab.»

Filipp tat einen Schritt und noch einen, wandte sich ab und drehte sich eine Papirossa.

Nadja rührte sich nicht. Die Zeit verrann, und Filipp spürte, wie sie zwischen ihnen beiden einen Graben aufriss. Plötzlich drehte er sich um.

«Was ist denn? Du mein Herz!» Und schon umfing er den Stuhl an der Lehne und schüttelte ihn stark, sodass Nadja ins Schwanken geriet. «Ach, du meine Allerliebste! Ich sag das einfach so, wie ein Mannsbild eben. Was ist denn, also wirklich? Ist doch wahr, zum Kuckuck mit dem Geschirr! Ich zerschlag es einfach, wirklich!»

Nadja lächelte leicht.

«Wirklich wahr!», schrie Filipp fröhlich, griff nach einer Tasse und schmiss sie auf den Boden. Streckte die Hand aus nach der nächsten. Nadja schob seine Hand weg.

«Was ist denn, nun lass mich doch!», sagte Filipp und packte sie kräftig an der Schulter, die Finger heiß, durch die Bluse. So ganz besondere Hände waren das und eine Kraft wie die eines Tiers. Nadja wehte ein Grausen durch die Brust, wie sie es noch nie erlebt hatte, es raubte ihr einen Augenblick den Atem. Sie bekam überhaupt nicht mit, was Filipp sagte, als ob er nicht russisch redete. Nadja stemmte ungeschickt die Hände gegen Filipps Arm, und ihre Lippen sagten ein ums andere Mal:

«Nicht doch … nicht doch … nicht doch …»

Da griff eine Hand unterm Knie durch, und Nadja lag bereits in den Armen, und er hielt sie wie ein Kind und drückte sie an sich, und Nadja schloss die Augen.

Die Infanterie marschierte durch die leere Straße – nichts als dunkle Straßenlaternen. Das Prasseln des Gleichschritts dröhnte im Takt über die Steine. Ein Fähnrich der Reserve führte eine Kompanie an den verrammelten Häusern vorbei. Die Soldaten schielten zu den Häusern. Der Fähnrich verließ das Trottoir und ging neben den Leuten her. Die Kompanie trat leichter und leichter auf und kam aus dem Tritt – kein Prasseln mehr, sondern dumpfer Lärm. Die Bajonette schlugen gegeneinander, die Soldaten schauten nach allen Seiten; der Fähnrich warf den Kopf hoch, wandte sich zurück und rief:

«Links, zwei, drei, vier! … Links, zwei, drei, vier! Links, zwei, drei …»

Die Kompanie fasste wieder fester Tritt.

«Tritt halten!», schrie der Fähnrich auf der toten Straße. Es rumste der Schritt, links, und links. Und erneut dumpfes Trotten – sind aus dem Tritt.

«Links!», schrie der Fähnrich ein letztes Mal, wie wenn er hickste, und zählte nicht weiter.

Irgendwo rechter Hand, als platzte eine Blase, ein Revolverschuss. Der Marschtritt der Kompanie wurde besser, und plötzlich knatterten, einer nach dem anderen, Gewehrschüsse, wie Hammerschläge auf ein Brett – batz! batz! batz-batz! Und ein ferner Schrei wurde durch die Straßen geweht – die Kompanie trat völlig unhörbar auf. Und näher ein Schrei, rechts war im Dunkeln Getrappel zu hören, und durch die Straße rechts:

«Haltet ihn! Haltet ihn!»

«Trr-a!», krachte rechts ein Schuss.

«Halt! Halt!», schrie der Fähnrich.

Die Kompanie blieb stehen. Rechts wurde weitergerannt, Geschrei und Getrappel erhellten die dunkle Straße.

«Haltet ihn!», schrie der Fähnrich, und die raschen Schritte stolperten im Dunkeln. Jemand fiel hin, rannte erneut weiter, und aus der Straße nun schwerer Schrittehagel, der Hahn eines Gewehrs knackte, und eine heisere Stimme:

«Wer da? Wo habt ihr eure Augen, Dreckskerle! Ist entkommen! Halten Maulaffen feil! Grünschnäbel!»

«Wie? Wer bist denn du? Komm mal her!» Der Fähnrich ging mit großen Schritten an der Kompanie entlang zum Trottoir.

Aber die Schritte rannten im Dunkeln schon weiter, und schräg an der Kompanie vorbei rollte durch die Straße ein Schuss.

Der Fähnrich riss den Verschluss der Revolvertasche auf, zog den Nagant hervor und feuerte hinterdrein. Feuerte, zielte aber viel höher. Da kam noch ein Mann schweren Schrittes um die Ecke gelaufen.

«Stadnitschuk, halte ihn!», brüllte der Fähnrich. «Erster Zug zu mir!»

Vierzig Beine setzten sich in Trab.

«Gib das Gewehr her! Gib her, du Aas!», schrie der Soldat.

«Bin doch Schutzmann, Brüder, habt ihr einen Knall?»

«Verhaftet!», blaffte der Fähnrich und riss dem Schutzmann das Gewehr aus der Hand. «Kommst mit uns, marsch! Erster Zug, angetreten! Kompanie – im Gleichschritt marsch!»

Es rumste der Schritt, die Kompanie zog munter los.

«Fluchen, ihr Schurken, auf die Armee fluchen, was?»

«Aus welcher Wache?», schrie im Dunkeln der Fähnrich. «Aha, zur Moskauer ziehen wir auch. Deine Nummer, Schweinehund!»

Die Kompanie hackte im Takt.

«Aufs Bajonett sollte man dich spießen, weißt du das?»

Durch die Kompanie lief ein fröhliches Gemurmel.

Auf den Straßen aber war es leer, und die Kompanie hörte erneut ihren Gleichschritt. Die schwarzen Häuser standen in toten Nischen, wie in Bereitschaft, und wieder erschlaffte der Marschtritt der Soldaten.

Der Fähnrich gab gar keinen Befehl, von allein strömten die Leute wie Brei durchs Tor der Wache in den dunklen Hof; an der Wand des Kellergeschosses brannten zwei Petroleumlampen, dadurch erschien die Dunkelheit noch dichter, und als die Leute in den Keller traten, flüsterten sie nur, niemand stampfte.

«Darf ich bitten, mir nach!» Wawitsch tippte im Finstern an den Mützenschirm und machte eine einladende Handbewegung. Der Fähnrich sah es nicht.

«Wer sind Sie?», fragte der Fähnrich halblaut.

Aber da rief von der Kellertür eine heisere Stimme, aufgebracht und weinerlich:

«Sagen Sie doch, Herr Quartieraufseher, dass die mich freilassen, haben mich nämlich grundlos verhaftet, bei Ausübung. Lass, halt mich nicht, mein Rock stammt auch vom Staat!»

«Ja», sagte der Fähnrich und räusperte sich frei. «Da hat einer geflucht, Teufel nochmal, auf einen Truppenteil geflucht, ein Schutzmann. Einer von Ihren? Sonst liefere ich ihn auf der Kommandantur ab.»

«So was!», rief Wawitsch. «Was Sie nicht sagen! Her mit dem Schurken.»

«Herführen!», kommandierte der Fähnrich.

Wiktor ging neben dem Offizier, dahinter folgten sie zu dritt, der Schutzmann und zwei Soldaten.

«Still geschwiegen!», schrie Wawitsch zurückgewandt, obwohl der Schutzmann gar nichts gesagt hatte und schweigend zwischen den beiden Soldaten schritt. «Mir machst du nichts vor! Machst du nichts vor!», sagte Wiktor heftig.

Der Fähnrich stolperte im Dunkeln und schimpfte vor sich hin.

«Nach oben, oder was?», sagte der Fähnrich verdrossen.

Wiktor rannte vorneweg die Treppe hoch. ‹Ah, so könnte ich eine Kompanie herführen – nähme quasi die ganze Wache unter mein Kommando.› Er blickte sich nach dem Offizier um, und da sah er scharfen Auges im Licht des Treppenhauses die Achselklappe mit nur einem Stern und das Gesicht, vor allem das Gesicht.

‹Ein Ziviler! Ein gnädiger Herr›, entschied Wiktor sogleich, stieß mit der Schulter die Eingangstür und hielt sie nicht hinter sich auf.

«Bestimmt ein Geographielehrer», knurrte Wiktor.

Der Gehilfe des Polizeihauptmanns mit dem hölzernen Schnauzbart. «Na?», schrie er Wiktor entgegen.

«Da kommt er!» Wiktor wies nachlässig mit dem Kopf zur Tür.

«Fähnrich Anissimow, mit Kompanie zur Stelle, und diesen saubren Kameraden habe ich verhaftet.» Der Fähnrich deutete mit dem Daumen hinter sich. «Ihrer?»

Die Brauen des Gehilfen rutschten nach unten.

«Begreife nicht!», sagte der Gehilfe, die Augen zugekniffen. «Ein Japaner? Haben einen Japaner gefangen genommen, oder wie darf ich das verstehen?»

Der Fähnrich wurde rot, hob die Brauen empor, zog die Lippen über den Zähnen auseinander.

«Ich erkläre Ihnen offiziell, verehrter Herr, und bitte mir zuzuhören …»

«Wissen wir! Schluss, mit Verlaub!» Der Gehilfe schnitt ihm das Wort ab. «Offiziell, dabei wird geschossen!» Er drehte sich um und stapfte festen Schrittes fort aus der Wachstube, durch die finstere Amtsstube, und in der Ferne schlug die Tür des Büros zu, es klirrte das Glas in der Tür, und zu hören war, wie das Telefon heftig schellte.

«Abführen und in der Kompanie behalten!», befahl der Fähnrich den Soldaten. «Wer ist hier der Vorgesetzte? Ich möchte zum Polizeihauptmann!», schrie der Fähnrich Wawitsch zu.

«Der Polizeihauptmann ist nicht da», sagte Wawitsch dumpf, drehte sich zum Fenster und erblickte sogleich eine Menschenmenge und hörte Stimmengewirr. Geschäftigen Schrittes verließ Wawitsch den Raum, schubste dabei den Fähnrich. «Pardon, Sie gestatten» – und mit einem Sprung war er zur Tür hinaus.

Draußen drängte eine Polizistenkette die von der Streife Aufgegriffenen durch die Pforte im Tor.

«Zählen!», schrie Wawitsch, um irgendeine Anordnung zu treffen.

«Die Rippen gehören ihnen gezählt», sagte ein Schutzmann nah bei ihm, «zwei hatten Revolver. Also welche von den Dreckskerlen.»

«Die zwei gesondert, her mit ihnen.»

«Nä, die zwei sind gleich zu Gratschek gebracht worden. Wohin?!» Der Schutzmann holte mit dem Kolben aus. Ein Mann zuckte zurück und verzog sich in die Menge.

Der Fähnrich kam die Vortreppe herab.

Wawitsch ging am Halbrund der Polizistenkette entlang, warf einen Seitenblick zum Fähnrich – ‹du kannst warten, Freundchen›. Ohne Hast stieg Wiktor die Vortreppe hoch.

«Wawitsch! Wa-witsch! Sauerei, wo steckst du?», schrie von oben atemlos Woronin.

Wawitsch trabte die Treppe hoch.

«Hab zwei gefasst! Zwei gefasst, zwei von diesen Schweinehunden … Revolverbrüdern … Ich war das, mit dieser Hand hab ich sie gepackt wie junge Hunde … Der Herrgott hat geholfen, sein Wille … das heilige Kreuz!» Woronin bekreuzigte sich. «Schau her!» Woronin breitete den Mantelschoß aus. «Siehst du? Der Schoß glatt durchschossen, aber ich, da bin ich, mich hat der Herrgott davonkommen lassen, hat nämlich geschossen, der Kerl, ja, geschossen! War Gottes Wille, Sauerei, ich sag nur eins – Gottes Wille.»

Wawitsch lauschte ehrfürchtig.

«Da hast du vor dir die ganze Stadt» – Woronin machte eine Geste zum Fenster –, «find mal eine Laus im Schafsfell!»

«Ja, und wie haben Sie?»

Woronin reckte den Kopf und patschte sich dreimal auf die Nase.

«Das war's! Das! Und Gottes Wille!»

«Was sind das für welche, ist das bekannt?»

«Werden die schon sagen!» Woronin setzte sich aufs Fensterbrett. «Bei Gratschek werden die reden», sagte er leise. «Gib mir was zu rauchen! Der versteht es … Gott ist sein Richter, bei dem redet auch ein Stück Holz. Ja, Bruder», sagte Woronin ganz leise, «der eine wurde verwundet, kam aber nicht ins Krankenhaus, sondern wurde, so hat er befohlen, direkt zu ihm … Solang der … bäh, die Papirossa schmeckt nicht … solang der noch nicht abgekratzt ist.»

Woronin verstummte, holte schwer Luft und blies den Rauch vor sich hin.

Aus dem offenen Oberlicht war durch die Stille von weitem das Rattern einer Droschke zu hören. Beide lauschten und schätzten nach dem Gehör, ob sie noch fern war. Wie einzelne Regentropfen fielen in der Stadt da und dort Schüsse.

Und auf einmal deutlich, als wäre das Geräusch aufgewacht: Um die Ecke kam die Droschke gerollt und hielt vor dem Tor. Im Licht der Lampen an der Vortreppe war zu sehen, wie ein stämmiger Offizier ausstieg; von der anderen Seite sprang ein anderer, dünnerer herab und rannte um den Einspänner.

Wawitsch hatte als Erster die Epauletten erkannt. «Ein Hauptmann!»

Der Gehilfe des Polizeihauptmanns ging in ausholendem Straßenschritt am Fähnrich vorbei direkt zur Tür, schnäuzte sich unterwegs in ein frisches Taschentuch und stapfte nach unten.

Auf der Treppe gab es, so war zu hören, einen Halt, dann kollerten dumpf und monoton zwei Stimmen. Es sprach der Gehilfe, der andere dagegen mit heiserem Klang, als schlüge ein Hammer gegen einen Kessel:

«Aha! … Aha! … Soso!»

Der Fähnrich ruckte die ganze Zeit an seinem Gürtel, während die Stimmen auf der Treppe rumsten, er drehte und wendete den Hals im Kragen.

Die Tür wurde aufgerissen, es schritt, es stampfte der Hauptmann herein. Er kaute auf seinem Schnauzbart und sah aus zusammengekniffenen Äuglein den Fähnrich an. Der Fähnrich hielt die Hand an die Mütze. Alles schwieg. Der Gehilfe zog sich zur Barriere zurück und sah zum Fähnrich. Der junge Offizier stand hinter dem Hauptmann und blinzelte spöttisch mit den rötlichen Augen.

«Offizierus!», flüsterte Woronin Wawitsch zu und deutete mit dem Kinn auf den Jungen.

«Nun?», schrie der Hauptmann plötzlich dem Fähnrich ins Gesicht.

«In der Fünften Kompanie des Zweiten Ljubliner …»

Der Hauptmann hob die Hand nicht zur Mütze, nahm den Rapport nicht an, er stand breitbeinig, die Hände in die fetten Flanken gestemmt, und reckte sein Kinn dem Fähnrich ins Gesicht.

Der Fähnrich wurde sofort rot, als ob ihm ein roter Lichtstrahl aufs Gesicht gefallen wäre.

«Herr Hauptmann, hätten Sie die Güte, den Rapport …»

«Härrr Fähnrich!», schrie der Hauptmann. «Hätten Sie die Güte mitzukommen, wenn ich bitten darf!»

Der Hauptmann wies mit der Hand nach vorn, wo matt das Milchglas am Büro des Polizeihauptmanns schimmerte.

Der Gehilfe machte eine Kopfbewegung. «Zeig den Weg!»

Wawitsch rannte voraus und riss die Tür zum Büro des Polizeihauptmanns auf.

Der Fähnrich schritt vorbei, vorbei pochten die Absätze des Hauptmanns. Wawitsch schloss die Tür. Wollte sich entfernen. Da hörte er das bekannte Knacken von neuem Leder, danach ein pflapp! – da sprang der Deckel der Revolvertasche auf. Wawitsch erstarrte bei der Tür im Dunkel der Amtsstube. Und vernahm sogleich die heisere Stimme des Hauptmanns.

«Was soll das heißen! Was, hm? Stillgeschwiegen!» Boshaft pochte Metall auf den Tisch. «Zuhören! Verrat? Halten es mit den Studenten? Und der Eid?»

«Ich habe den ganzen Krieg», begann der Fähnrich mit angestrengter Tenorstimme, «ich habe den ganzen Krieg …»

«Stillgeschwiegen!», schrie der Hauptmann wie auf dem Exerzierplatz.

In der Wachstube hob ein Flüstern an.

Zu hören war, wie der Hauptmann ein Wort nach dem anderen hervorzischte, wie er mit dem Revolver auf den Tisch pochte. Als wären es heiße Steine, spie er die Wörter:

«Zwei Finger heben! Zur Ikone, zur Ikone umdrehen! Mir nachsprechen …»

«Ich lasse das nicht zu, ich habe den Eid geschworen, Sie haben kein Recht», schrie der Fähnrich, Blut in der Stimme.

«Ich schieße. Ich schie-ße!» Und es wurde ganz still. In den Ohren rauschte die Zeit.

Wawitsch hielt den Atem an, beugte sich vor. Es knackte, aufgezogen, der Hahn.

«Nach-sprechen! Ich schwöre … Nachsprechen: Ich schwöre! Die Finger höher! Und gelobe bei Gott, dem Allmächtigen …»

Nicht zu hören war, wie der Fähnrich flüsterte.

Wawitsch schlich auf Zehenspitzen in die Wachstube. Der Gehilfe war nicht da. Offizierus rauchte Woronins Papirossa an und murmelte:

«Wirklich wahr, so muss es sein. Wirklich, so. Haben zu viele gnädige Herren in die Armee geholt.» Offizierus paffte eine weiße Rauchwolke und blies sie nachlässig weg. «Irgendwelche Statistiker. Doch, wirklich wahr, es ist unbegreiflich.» Offizierus lehnte an der Barriere und stützte beide Ellbogen auf, die Hände hingen herab wie Flügelchen.

Da öffnete sich am Büro des Polizeihauptmanns die Tür, und der Hauptmann sagte laut:

«Nein, nein! Belieben Sie vorauszugehen.»

Offizierus fuhr auf, schmiss die Papirossa weg.

Der Fähnrich kam verdrossen und rot im Gesicht aus der Amtsstube, hinter ihm dröhnte der Hauptmann. Im Gehen knöpfte er die Revolvertasche zu.

«Es befehligt die Kompanie der Herr Leutnant. Überprüfen Sie die Leute!»

Der Hauptmann schritt zur Tür. Der Schutzmann riss sie auf. Alle salutierten. Der Leutnant folgte ihm.

Der Fähnrich schritt ins Dunkel der Amtsstube, er blickte nach oben, beim Kehrtmachen stampfte er im Dunkeln mit dem Fuß.

«Schlappschwanz!» Woronin wies mit dem Kopf zum Fähnrich.

«Ich hätte ihn erschossen», flüsterte Wawitsch laut, «auf der Stelle.»

«Na ja, erschießen, also, er war immerhin im Krieg, weißt du, während wir hier saßen – und das haben wir jetzt davon, wir Dummköpfe.»

«Ich meine, ich hätte den Hauptmann erschossen», sagte Wawitsch bereits laut. «Was untersteht er sich, gegen das Reglement einen Eid zu verlangen.»

«Wer hat was verlangt?»

Der Fähnrich war aus der Amtsstube getreten, nach zwei Schritten war er jäh zu den Fenstern abgeschwenkt.

Er drehte sich auf Wawitschs Worte um, starrte wie ein Rasender und stampfte mit aller Kraft auf den Boden.

Wawitsch verstummte, blickte auf den Fähnrich, auch Woronin blickte ihn frontal an.

«Dreckskerle!», schrie der Fähnrich plötzlich und lief zur Tür hinaus.

Woronin und Wiktor stürzten zum Fenster. Auf der Straße war der Fähnrich nicht zu sehen.

In der Stadt war es still, nur hie und da knallte ein leichter Schuss, als werde eine kleine Flasche entkorkt.

SUMATRA

Baschkin ging mit Kolja über das nasse Trottoir. Die Straße war fast leer. Eilige Hausfrauen huschten da und dort über die Straße, die eingemummten Köpfe blickten um sich.

Dieweil der Regen ohne Eile vom nassen Himmel tröpfelte.

«Du musst den Kragen, den Kragen hochschlagen.» Baschkin neigte sich zu Kolja, krempelte mit flinken Fingern den Kragen um. «Komm, ich erzähl dir was, das ist dir von Nutzen, ihr nehmt jetzt doch die Sundainseln durch.»

Baschkin beugte sich über Kolja, ergriff seinen Arm oberhalb der Hand und hielt ihn fest.

«Also: Sumatra, Borneo, Java, Celebes ... Ist dir nicht kalt? Ja, also das ist direkt am Äquator, der schneidet mittendurch.» Baschkin gestikulierte groß mit der freien Hand. «Hör zu, so lernst du alles, ohne es zu merken. Ich möchte dir helfen ... ich habe gestern einem Mann geholfen ... Sumatra ist eine riesige Insel.» Baschkin umriss sie mit der Hand. «Von der Größe Frankreichs, und dort gibt es tropische Urwälder, und dort in den Wäldern Gorillas, verstehst du. Das ist so ein Riesenaffe, dem macht nichts was aus, hat vor niemand Angst, geht, wohin er will. Alles ist ihm schnurzegal. Und muss sich nach niemand richten. Lebt vor sich hin, hängt im Baum und isst Äpfel, und niemand belauert ihn. Halt, Kolja, hör zu. Bleib eine Weile hier in dem Gärtchen sitzen.»

Sie standen bei einer Kirche.

Ein nasses Bänkchen stand zwischen den Reisern der Sträucher.

«Du wirst keine Angst haben?»

«Angst – wovor? Ich werde Sonnenblumenkerne knacken.»

«Knack nur, knack nur, aber geh nicht fort, bin gleich wieder da. Im Handumdrehn.» Baschkin ließ Kolja los und patschte mit klafterlangen Schritten durch die Pfützen. Plötzlich wandte er sich noch einmal um. «Und von dem Affen erzähl ich dir unbedingt noch mehr.» Kolja schwenkte die Faust mit den Sonnenblumenkernen.

Baschkin bog um die Ecke. Er verhielt den Schritt, blickte sich um und trat rasch zu einem Tor, beugte sein Gesicht zu dem Fensterchen in der Eisentür. Das Tor ging einen Spalt auf. Mit hochgeschlagenem Kragen überquerte Baschkin rasch den Hof.

Im Korridor war es duster, viel Betrieb. Baschkin warf die Galoschen ab, und den Kragen gegen die Wange gepresst, bahnte er sich einen Weg durch den Korridor.

Eine Tür wurde aufgerissen, jemand wurde an den Armen herausgeführt. Baschkin presste den Kragen noch fester gegen die Wange.

«Was ist, hast du Zahnweh?», fragte der Gendarm an der Garderobe.

«Ja, ja, ja, Zahnweh!», stöhnte Baschkin und wäre fast durch den Korridor gerannt.

«Habe Meldung erstattet», sagte der Gendarm. «Dauert bestimmt nicht lang.»

Das Scheppern der Klingel fuhr jäh dazwischen. Der Gendarm sauste zur Tür und sagte sogleich mit strammer Stimme:

«Ich darf bitten!»

Baschkin stürmte schräg zur Tür hinein und setzte sich sofort aufs Sofa, die Wange gegen die Lehne gepresst.

Rittmeister Reihendorf rief vom Tisch: «Hierher!»

«Meine Zähne!», sagte Baschkin und bewegte sich schwankend.

«Wir sind hier keine Apotheke», schnitt Reihendorf ihm das Wort ab. «Ich habe fünf Minuten: Was war das für ein Anruf gestern? Wer ist das? Nun?»

«Kann jetzt nicht», sagte Baschkin aus dem Kragen heraus. «Nicht jetzt.»

«Was, Zahnweh? Keine Zimperlichkeiten. Vergessen Sie nicht: Wir haben Belagerungszustand. Was sollen die Faxen?» Reihendorf beugte sich vor und riss an Baschkins Kragenecke. «Nun?»

«Ich kann nicht, bin mir noch nicht sicher, ich habe für mich selbst noch nicht geklärt, verstehen Sie …»

«Lügen Sie nicht!», schrie Reihendorf. «Falls Sie uns zum Besten halten, so kann das bei uns, Freundchen …»

«Nun, ein einfacher Mann …»

«Kein Geschwafel!» Reihendorf pochte ungeduldig mit dem Zigarettenetui auf den Tisch.

«Ich sag doch – ein einfacher Mann, er bedient nämlich in einem Wirtshaus und ist sehr wertvoll. Er weiß viel, aber vielleicht lügt er. Die Leute lügen doch.»

«Schön, und was lügt er?»

«Ach, dass die Arbeiter viel reden, aber er bringt da etwas durcheinander, und überhaupt, wer weiß.»

«Welches Wirtshaus, wie heißt er?»

«Ja, vielleicht lügt er auch, wie er heißt.»

«Machen Sie hier nicht auf höhere Tochter. Wie nennt er sich?» Reihendorf nahm seinen silbernen Stift zur Hand und hielt ihn über den blendend weißen Notizblock.

«Gleich, gleich fällt es mir ein.»

‹Muss in Ohnmacht fallen … muss schwindeln, schwindeln, schwindeln. Nein, besser in Ohnmacht.›

Baschkin ließ die Augen umherirren und verdrehte den Kopf.

Plötzlich stampfte der Rittmeister beim Tisch.

«Keine Ausflüchte, Rotznase!» Er spie die Wörter und holte aus mit der Hand.

«Kotin, Andrej Kotin aus dem ‹Goldenen Anker› in der Vorstadt. So sagt er, aber wer weiß … Er hat eine ganze Menge Unsinn …»

Reihendorf schrieb.

«Unsinn, Unsinn! Was für Unsinn?» Er schlug auf den Notizblock. «Nun?»

«Von wegen Waffen, Artillerie schon fast, so ein wirres Gerede.»

Reihendorf schrieb, mit der anderen Hand drückte er auf die Klingel.

«Kowrygin zu mir!», rief er, ohne sich umzuwenden, als der Gendarm den Kopf zur Tür hereinstreckte. «Jawohl! Und Sie, Früchtchen» – der Rittmeister blickte Baschkin finster an –, «Sie bringen sich noch um Kopf und Kragen. Was soll das? Wollen was verheimlichen? Auf Schleichwegen? Wir zwei spielen nicht Schafkopf. Wie diese Idioten hierzulande, die an den Wänden rütteln, hinter denen sie selber sitzen. Stürzen die ein, können Sie sicher sein, dass ihnen zuallererst ein Ziegelstein auf die Glatze knallt! Aus dem Ausland werden sie verhohnepipelt, mit Pfeffer.» Reihendorfs zupackende Hand griff dünne, bedruckte Blätter vom Tisch und hielt sie Baschkin unter die Nase. «Erkennen Sie nicht? Igittigitt? Ja, ja, die ‹Iskra›. Passt bloß auf, ihr seid als Erste dran. Tölpel. Diese krummen Touren werden wir euch austreiben.»

Baschkin zog erneut den Kragen über den Nacken. Er wusste nicht, was käme. Wenn nun der Rittmeister den Kellner holen ließe und sie hier und jetzt einander gegenüberstellte. Weg, bloß weg, schnell, schnell, egal wie. Wenigstens bitten, austreten zu dürfen, und raus, raus, danach komme, was wolle.

«Karl Fjodorowitsch! Auf mich wartet ein Junge draußen im Regen. Ich geh und sag ihm, dass er nicht warten soll, der verkühlt sich sonst, der arme Kerl.»

«Was ist das denn für eine Jungensgeschichte?» Reihendorfs Miene verfinsterte sich erneut. «Jetzt ist nicht die Zeit, um mit Jungens herumzuspazieren, sondern um zuzupacken und was zu tun. Begreifen Sie das noch nicht?»

«Ah … ah …», stammelte Baschkin. Er wurde plötzlich rot, stand auf. «Sie hingegen begreifen vielleicht nicht, Herr Rittmeister, begreifen nicht, dass der Junge vielleicht wichtiger ist, wichtiger als wir beide! Ja! Als alles andere.»

Der Rittmeister stutzte und schaute finster, ohne zu blinzeln.

«Wichtiger als was?» Reihendorf reckte kurz und schlagartig den Kopf vor. Er trieb Baschkin mit dem Blick in die Enge, und Baschkin schwankte im Stehen.

«Ich meine, wichtiger für mich oder für uns oder so», sagte

Baschkin bereits kraftloser. «Ein Junge ist schlichter und aufrichtiger.»

«Also, Sie arbeiten mit ihm?», unterbrach Reihendorf. «Und was für einen Nutzen bringt so ein Bürschchen? Wessen Sohn ist er?»

«Ist doch egal … das heißt, in dem Fall ist es sogar sehr wichtig …»

Da kam ein Beamter in Uniformjoppe herein.

«Sie haben gerufen?»

Der Rittmeister riss ein Blatt vom Notizblock.

«In zwei Stunden hat er hier zu sein!» Er ritzte mit dem Fingernagel über das Blatt.

Baschkin war mit langen Schritten bereits über den unhörbaren Teppich retiriert, er war bereits an der Tür.

«He!», rief der Rittmeister. «Was haben Sie, Eressow! Wohin? Darf doch bitten!»

Baschkin kehrte in einem Bogen zurück.

«Ordentliche Menschen verabschieden sich, wenn sie gehen.» Der Rittmeister wiegte den Kopf. «Und dann – das Bürschchen, das Bürschchen. Nun? Weshalb ist er wichtig?»

«Ja, ja», brummelte Baschkin gekränkt, «ein Bürschchen, aber sehr wichtig. Den muss man richtig lenken, und …»

«Wessen Sohn?», warf Reihendorf dazwischen.

«Der Sohn eines Beamten, ein Gymnasiast.»

«Dem bringen Sie bei, mit Klunkern zu spielen? Und das jetzt? Ja?»

«Nicht mit Klunkern, Sie werden schon sehen …»

«Ist das womöglich Kolja?», fragte der Rittmeister plötzlich. «Der Vater auf der Post? O-ho!» Reihendorf stieß einen Pfiff aus und schritt über den Teppich. «Da kommen Sie doch übermorgen, darf ich bitten, um diese Zeit wieder her, in zwei Minuten haben wir beide alles hervorragend besprochen. Und jetzt – marsch!» Der Rittmeister blieb plötzlich stehen und wies mit der flachen Hand zur Tür. «Übermorgen um fünf hier.»

«Auf Wiedersehen», knurrte Baschkin im Korridor. Er stampfte, er schlug, ohne hinzusehen, die Füße in die Galoschen und sauste Hals über Kopf durch den Korridor. Er nahm den Hof nicht wahr, er rannte beinahe den Gehsteig entlang, bald schlug er im Laufen den Kragen hoch, bald knickte er ihn erneut um, er flüsterte:

«Kolja, Koletschka, lieber Junge, Sonnenblumenkerne, Koletschka!»

«Kolja!», rief Baschkin, kaum dass er um die Ecke gebogen war. «Kolja!»

Es war fast dunkel, Baschkin platschte achtlos durch die Pfützen, stieß die Füße absichtlich in den Schmutz – war doch alles egal, alles egal jetzt.

«Kolja! Mein Lieber!»

DER VON DAMALS

Anna Grigorjewna schlief die ganze Nacht nicht, immer neue und neue Ängste stiegen in ihr auf: ‹Nadja liegt durchschossen auf dem schmutzigen Pflaster, tot … nein, noch am Leben, noch am Leben! Krümmt sich, kriecht, traut sich nicht zu stöhnen, und das Blut fließt und fließt … Wenn ich gleich hinlaufe, sie verbinde …› Die Brust hob sich, die Füße zuckten von allein, wollten los. Doch Anna Grigorjewna bezwang sich – wohin? Obgleich ihre Augen die Straße und das schmutzige Trottoir, wo Nadja lag, und die Dunkelheit und die Hausecke klar vor sich sahen, dort, ja dort – Anna Grigorjewna hätte durch die Wand mit dem Finger hindeuten können: dort!

‹Nicht doch. Sie ist einfach bei jemandem über Nacht geblieben. Ja, bei Kameraden. Durchsuchungen, Schutzleute – sie schlagen doch, sie schlagen, habe selbst gesehen, wie ein Schutzmann auf der Straße vor aller Augen einen Droschkenkutscher … und was sie einem Mädchen alles antun können!›

«Mein Gott!» Anna Grigorjewna wiegte den Kopf.

Sie erhob sich und ging ins Vorzimmer, als könnte Nadja in dem Augenblick klingeln, ihr entgegen.

«Mama! Was ist?»

Anna Grigorjewna zuckte zusammen.

Aus dem Dunkeln leuchtete Sankas Papirossa.

«Mama! Wirklich wahr, sie ist schlau, sie übernachtet bei Tanja, wirst schon sehen. Ich lauf morgen in aller Frühe hin. Wirklich wahr.»

«Sie ist eine dumme Gans, eine dumme Gans», sagte Anna Grigorjewna, den Tränen nah. «Sie ist doch» – Anna Grigorjewna streckte den Arm aus – «ein Stück Holz, störrisch wie ein Soldat.»

«Sie hat mir gesagt, wenn irgendwas ist, dann wäre der sicherste Ort bei Tanja, Ehrenwort, hat sie gesagt!» Sanka kam her, umfing die Mutter an den Schultern und küsste sie auf die Schläfe.

Anna Grigorjewna schüttelte den Kopf, ihr Haar kitzelte Sanka an der Wange – wie die Haare der jungen Damen beim Walzer auf dem Ball, und für einen Augenblick blieb ihm der Verstand stehen.

In der Wohnung war es still, geräuschvoll blätterte Andrej Stepanowitsch im Kabinett die Seiten um, als ob er kein Papier, sondern Eisenblech umwendete. Andrej Stepanowitsch seufzte tief, er hörte durchs offene Oberlicht ferne Schüsse, vereinzelt, gelassen, wie ein Zählappell. Er blätterte in der «Geschichte der Französischen Revolution» von Lavisse und Rambaud, auf glattem Glanzpapier. Gerne hätte er in dem Buch etwas gefunden, das ihm als

Maß hätte dienen können für diese Schüsse, er blätterte hastig und fürchtete, auf nichts zu stoßen.

«Der 9. Thermidor» – ach woher, was ist das schon für ein Thermidor! Und er hörte, als ob eine fremde Stimme spräche: nicht im Entferntesten! Er blätterte vor und zurück: «Montagnards», «Dritter Stand» – als ob er vor einem Examen die richtige Zeile nicht finden könnte.

‹Schließlich findet ein gesellschaftliches Ereignis von außerordentlicher Tragweite statt›, sagte sich Andrej Stepanowitsch und bekräftigte dies schweigend durch eine vernünftige Geste, ‹man muss vorbereitet sein, wie man sich dazu stellt, und das sofort.›

Andrej Stepanowitsch hätte sich gerne aufgerichtet, sich erhoben und die Brust diesen Schüssen, Kugeln, Nagaikas entgegengereckt. Ihm war, als würde er die Idee gleich finden, eine entschiedene, vollkommen logische, bürgerliche, ehrenhafte Idee, sie würde in ihm aufragen wie ein eiserner Pfeiler. Und er spürte in den Beinen den entsprechenden Gang, das Auftreten der Sohlen, fest und sicher, und in der Stimme, schon bereit, den festen Klang. Und so der Gefahr unmittelbar ins Gesicht sehend, voller Achtung für sich selbst und für das, was man tut, runzelte Tiktin die Stirn, die Blätter standen starr in seinen Händen.

‹Noch einmal alles durchdenken›, sagte sich Tiktin. ‹Was geht hier vor? Einerseits – in der Gesellschaft explodiert der Protest. Das zum Ersten! Andererseits – die Regierung kämpft um ihre Existenz ...›

«Das zum Zweiten!», murmelte Tiktin und blickte auf die Ecke eines Kupferstichs. Auf dem Stich saß mitten in der Wüste Jesus auf einem Stein, blickte vor sich hin und dachte nach. «Zweitens ...», sprach Andrej Stepanowitsch versonnen.

‹Er hatte sich entschieden›, dachte Tiktin neidisch über Jesus. ‹Sich entschieden und zu handeln begonnen. Und nicht irgendeine Gelegenheit ergriffen. Geendet hat er – am Kreuz. Ja, und dieses

Kreuz steht nun an jeder Straße. Aber doch nicht dafür hat er das alles getan!›, dachte Andrej Stepanowitsch mit einem Mal zornig, er wandte sich heftig mit dem ganzen Stuhl dem Schreibtisch zu, stützte die Ellbogen auf, stemmte die Fäuste gegen die Schläfen.

Da schepperte die elektrische Klingel im Hof, über der Wohnung des Hausknechts. Beharrlich, böse – aufsässig in dieser Stille. Und ein eisernes Klopfen am eisernen Gitter des Hoftors.

Tiktin hörte, wie Sanka und seine Frau zu den Fenstern rannten, dann in die Küche, um in den Hof zu sehen.

Tiktin erhob sich, pumpte die Brust voll Luft und ging gelassenen Schrittes in die Küche.

Die Köchin, eine Decke über dem Kopf, machte sich am Herd zu schaffen, hantierte mit Zündhölzern.

«Machen Sie kein Feuer», sagte Tiktin mit gelassener Bassstimme, und die Luft entwich aus der Brust. Sein Herz schlug, wie es wollte. Tiktin atmete schwer und selten. Er blickte über Anna Grigorjewnas Schulter in den halbdunklen Hof.

In einem Fenster gegenüber blitzte ein Licht auf und erlosch. Der Hausknecht schlurfte in ausgetretenen Schuhen und klapperte beim Laufen mit den Schlüsseln.

Sanka riss rasch das Oberlicht auf. Unheimliche Luft drang in den Raum, außerdem Stimmen – grobe Rufe von jenseits des Tores.

«Psst!», flüsterte Tiktin mit angehaltenem Atem.

Zu hören war, wie der Hausknecht eilends das Schloss aufsperrte und den Riegel zurückschob; nun quietschte die Pforte, Fußgetrappel, sie dröhnten durch den Torbogen.

«Los, führ uns!» Der Hausknecht schlüpfte aus dem Torgewölbe, hinter ihm schwarze Schutzleute, vier an der Zahl. Wohin?

Sanka streckte den Kopf ganz zum Oberlicht hinaus, und in dem Moment ertönte im Vorzimmer die Klingel, und zugleich klopfte es an der Tür.

Sanka fuhr zurück: «Eine Haussuchung, bei uns!»

«Lieber Gott, rette und bewahre uns!» Anna Grigorjewna bekreuzigte sich und stürzte hinaus, um aufzusperren.

«Attendez, attendez!», rief Andrej Stepanowitsch ihr hinterher.

«Mein Gott, ist doch egal», erwiderte Anna Grigorjewna schon aus dem Flur.

Und Andrej Stepanowitsch hörte, wie sie die Tür öffnete. Er begab sich ins Vorzimmer, doch schon wurde auch in der Küche an der Hintertür geklopft.

«Wer da?», rief die Köchin durch die Tür.

«Sperren Sie auf», befahl Tiktin.

«Na schön, zieh mir aber erst was über», rief die Köchin zur Tür hinaus.

Sanka sah, wie die Wohnungstür aufgerissen wurde, sperrangelweit, mit aller Wucht, und sogleich schob sich schnellen Schrittes ein Quartieraufseher herein. Anna Grigorjewna wich zurück, doch nicht zur Seite, als wollte sie ihm den Weg versperren. Der Quartieraufseher blickte finster und streng über Anna Grigorjewna hinweg.

‹Pest herein wie in einen Kramladen, wie in eine Kaschemme.› Sanka spürte, dass sein Gesicht bereits puterrot war, und das vor dem Quartieraufseher, und Sanka schrie:

«Was belieben, der Herr?» Und plötzlich erkannte er den Quartieraufseher – der von damals! Der ihm damals in der Pferdebahn den Rubel gewechselt hatte, ‹für eine Frau›. Wawitsch schwieg einen Moment, den Blick auf Sanka, und zog die zusammengekniffenen Brauen hoch. Und plötzlich mit scharfer, böser Stimme, er schrie beinahe:

«Wer ist hier Tiktina, Nadeschda Andrejewna?»

«Sie brauchen nicht zu schreien.» Andrej Stepanowitsch kam würdigen Schrittes durch den Flur. «Hier hören alle wunderbar. Haben Sie ein Papier?» Andrej Stepanowitsch blieb halb abgewandt stehen, und ohne Wawitsch anzusehen, streckte er die eine Hand nach dem Papier aus. Mit der anderen nahm er ohne Hast das Pincenez aus der Seitentasche.

Einen Augenblick frohlockte Sanka insgeheim über den Vater, dann stampfte er auf, drehte sich um und entfernte sich durch den Flur.

«Bleiben Sie stehen, wo Sie sind!», schrie Wiktor. «Aufhalten!» An ihm vorbei drückte sich ein Schutzmann und hastete nach hinten im Flur. Anna Grigorjewna eilte dem Schutzmann nach.

«Madame! Halt!», schrie Wawitsch.

Aber schon trat ein Schutzmann aus der Küchentür, versperrte den Weg, die Hände vorgestreckt. «Ist nicht gestattet! Zurück, zurück!»

Der Schutzmann vom anderen Flurende schrie Wawitsch zu: «Kommt nicht! Herführen?»

«Bleib bei ihm stehen!», schrie Wawitsch.

«Ich habe ihn sofort überredet, und er kommt, lass mich durch, oh, er ist dermaßen stur!», sagte Anna Grigorjewna.

«Arrêtez et taisez-vous!», sagte Tiktin.

«Keine Unterhaltung!», schrie Wawitsch und stürmte vorwärts.

«Ein Pa-pier!» Tiktins beharrliche Stimme versperrte ihm den Weg, seine Hand hing fordernd in der Luft.

Wawitsch blickte auf die Hand. Wie allein, für sich, hing sie in der Luft, sie sah genauso aus wie die Hand seines Vaters, wenn der gerufen hatte: ‹Witja! Den Hammer!›

Wawitsch hakte seine Mappe auf dem Knie auf, zog endlich das Papier hervor.

«Hier: Auf Anordnung …» Wiktor deutete mit dem Finger darauf.

«Pardon!», unterbrach ihn Tiktin und nahm Wiktor das Papier aus der Hand.

‹Was geb ich ihm das, ich Esel!› Wiktor war auf sich selbst wütend. ‹Hätt es selber verlautbaren müssen, das wäre korrekt gewesen.›

Tiktin setzte das Pincenez auf die Nase und las halblaut:

«Den Raum durchsuchen, der von Tiktina, Nadeschda Andrejewna, bewohnt wird.»

«Aha! Ich darf Sie also in den Raum bitten, der von Tiktina, Nadeschda Andrejewna, bewohnt wird.»

Wawitsch schwieg eine Zeit lang, mehr und mehr errötend, er hakte die Mappe zu, blickte dabei Tiktin an und traf nicht ins Schloss.

«Bitte mich nicht zu belehren!», brüllte Wawitsch plötzlich durch die ganze Wohnung.

«Bleib bei ihm stehen, dass er sich nicht von der Stelle rührt!» Wawitsch deutete mit dem Finger auf Tiktin. Ein Schutzmann kam näher.

«Hausknecht! Zu mir!», kommandierte Wawitsch, während er durch den Flur ging. «Kennst sie persönlich?»

«Wie denn nicht, ist bekannt.»

«Ich sage Ihnen doch: Sie ist nicht da!», sagte hinter ihm Anna Grigorjewna.

Wawitsch ging mit Schutzmann und Hausknecht durch die Wohnung. Der Schutzmann hatte Andrej Stepanowitschs Lampe genommen und trug sie hinter Wiktor her.

«Ein Papier!», sagte Wiktor böse. «Da schießen die Leute, und er will – ein Papier! Nicht mit Papier werden schließlich die Leute erschossen, bei Ausübung ihrer … Pflicht.»

«Haben Sie Waffen?», blaffte Wawitsch aus Anna Grigorjewnas Schlafzimmer.

Niemand antwortete. Wiktor trat in den Flur, stand drohend stramm und sagte entschieden, im Befehlston:

«Haben Sie Waffen? Wenn die Durchsuchung welche zutage fördert, haben Sie das nach den Gesetzen des Belagerungszustandes zu verantworten.»

«Aber nein, niemand hat irgendeine Waffe. Sanka! Wir haben doch keine Waffe?»

«Keine Unterhaltung!», schrie Wiktor. «Sie erklären also, dass Sie keine Waffe haben.»

«Ich möchte Ihnen noch einmal raten, sich zu mäßigen», sagte Andrej Stepanowitsch. «Ja! Und zwar auch im Hinblick auf die Gesetze des Belagerungszustands.»

Der Schutzmann, der neben Tiktin stand, rückte näher.

«Dienstboten und Zeugen zu mir!», kommandierte Wawitsch.

«Hören Sie, junger Mann», sagte Anna Grigorjewna, «Sie sind schließlich nicht in ein Räubernest geraten, wieso geben Sie sich so kämpferisch? Na schön, es mag Ihre Pflicht sein, meinetwegen, aber Sie sehen doch, dass Sie zu anständigen Leuten gekommen sind.»

Wawitsch wandte sich ab, und bereits aus Nadjas Zimmer knurrte er laut:

«Anständige Leute brauchen nicht von der Gendarmerie beobachtet zu werden. Ist das ihr Zimmer?», fragte Wiktor das Dienstmädchen. «Das ihr Schrank? Aufsperren! Frag nach den Schlüsseln, sonst brechen wir ihn auf. Schau unters Bett!», rief er dem Schutzmann zu.

Die Zeugen, Hausknechte aus der Nachbarschaft, standen unter der Tür, die Mützen in der Hand.

«Darf man rauchen?», wandte sich der eine flüsternd an Wawitsch.

«Warum nicht?», ereiferte sich Wiktor. «Rauchen Sie! Rauchen Sie nur, zum Teufel mit denen. Habe kein Recht, Sie einzuschränken, Sie sind Zeugen. Rauchen Sie nach Belieben.»

«Auch unterm Bettzeug, unter der Matratze!», kommandierte Wawitsch.

Das Dienstmädchen versuchte mit hastiger, zitternder Hand, Nadjas Schrank aufzusperren. Den Schlüssel hatte Nadja, das Mädchen konnte den passenden nicht finden.

«Gib her!» Wawitsch riss Dunjascha die Schlüssel aus der Hand. Er probierte einen nach dem anderen, kein Schlüssel passte. «Heda, wer von euch ist geschickt?», rief Wawitsch den Hausknechten zu und warf die Schlüssel aufs Fensterbrett.

Die Zeugen fragten nach einem Messer, sie machten umständlich die Leiste ab – solide Sache, echt Nussbaum!

«Ja, ja, Nussbaum!», rief Wawitsch dazwischen. «Selber taube Nüsse, hopp, macht voran!»

DER SESSEL

Wawitsch wollte die ganze Jungmädchenordnung des Zimmers schnellstens durcheinander werfen, damit schnellstens ein Niemandschaos entstünde, und so riss er ohne Notwendigkeit die Überzüge von den Kissen, lüpfte die Bilder und ließ sie danach schief hängen. Er zerrte Bücher aus dem Regal, schüttelte die Seiten aus und stapelte alles unordentlich auf dem Boden. Er sah sich flüchtig in dem alten Trumeau und war zufrieden: eine tätige, befehlsgewohnte Gestalt, jetzt sogar ein wenig dem Gehilfen ähnlich. Und Wiktor strengte sich an, den Anblick zu rechtfertigen, er riss die Schubladen ganz aus dem Schreibtisch. Er dachte: ‹Briefe, mit Bändchen zusammengehalten, wie bei Taissa›, aber da waren keine Briefe. Hefte lagen da. Wawitsch hielt sie unter die Lampe. Irgendwas auf Ausländisch, daneben auf Russisch. ‹Aha! Lernt also Sprachen. Was beschlagnahme ich bloß?› Wiktor war beunruhigt.

«Hol die Alte her», sagte Wawitsch halblaut. «Hören Sie, Madame, das ist nicht alles!» Wiktor schlug mit der Hand auf Nadjas Hefte.

Anna Grigorjewna überflog rasch, mit erschrockenen Augen, diese Bleistiftaufzeichnungen und konnte nicht begreifen, die Wörter nicht begreifen – «kladbischtschenskaja wossem», stand da in lateinischen Buchstaben, und daneben auf Russisch: «etw. waschen, reinigen».

«Das ist nicht alles!» Wiktor schlug mit dem Handrücken auf das Heft. «Wo befindet sich, entschuldigen schon, ihre Wäsche?»

«Hier, in der Kommode.» Anna Grigorjewna raffte den Rock und kniete vor der Kommode nieder.

«Bemühen Sie sich nicht, Madame, das tun wir selbst. Im Übrigen, wie Sie wollen. Wahrhaftig. Los, helft!», rief Wiktor den Schutzleuten zu und ging neben Tiktina in die Hocke.

«Ich verstehe ja, für Sie selbst ist das unangenehm, in fremder … in fremden Sachen zu wühlen, aber Ihr Amt verpflichtet Sie.»

«Es wird getötet, Gnädigste, getötet, die Leute werden auf ihrem Posten getötet. Sie sind doch keine Juden? Eben wegen den Juden haben jetzt auch Sie zu leiden. Durchaus möglich, dass Ihre Tochter vollkommen unschuldig ist, wissen Sie, das wird sich alles klären, ein unschuldiger Mensch kann vollkommen ruhig sein.»

Anna Grigorjewna holte Nadjas akkurat aufgestapelte Wäsche heraus. Sie schob die Hand darunter, und die wachsamen Finger fürchteten, es könnte Papier knistern, aber es war kein Papier zwischen der Wäsche.

«Hier sind ihre Sommerkleider verstaut.» Anna Grigorjewna stand von den Knien auf. Sie dachte die ganze Zeit an das Heft.

‹Mein Gott, was für eine dumme Gans. Adressen sind das, Adressen. Friedhofstraße acht, natürlich!› Die ganze Zeit spürte sie, wie dort hinter ihr das Heft lag.

«Und hier verwahrt sie ihre Handtücher und die Taschentücher.» Anna Grigorjewna bemühte sich um einen familiärem Tonfall.

«Na schön», sagte Wiktor, «das betrifft uns nicht.» Er fuhr mit der Hand an der Wand der Schublade entlang. Da war etwas Kaltes, Festes. «Und das, was ist das?» Wiktor runzelte die Stirn. Er tastete, Anna Grigorjewna sah ihn mit angehaltenem Atem an und las ihm vom Gesicht ab – «das» war nichts Wichtiges. Sogleich riss sie beflissen ein zusammengefaltetes Handtuch auseinander.

«Doch, doch, das holen wir vor, das schauen wir an», sagte Anna Grigorjewna. «Na, ziehen Sie es raus. Na? Ein Parfümfläschchen, ja, natürlich, was kann sie da schon stecken haben, das Gänschen.» Plötzlich wedelte Anna Grigorjewna mit den Armen. «Bäh, bäh, eine Motte!»

Sie klatschte in der Luft die Hände zusammen, bewegte sich ruckweise durchs Zimmer, unablässig beobachtend.

«So was, dieses Ungeziefer!» Anna Grigorjewna klatschte überm Schreibtisch. Durch eine ungeschickte Bewegung warf sie Nadjas männliches Bürotintenfaß um. «Ach, was hab ich angerichtet!» Und Anna Grigorjewna griff flugs nach dem Heft und begann, damit sorgfältig Nadjas Schreibtisch sauber zu wischen. «Umbringen wird sie mich, ist ja so penibel, ein Elend, mein Gott! Nun gib mir doch etwas!», schrie sie Dunjascha an. «Stehst da wie ein Ölgötze!» Anna Grigorjewna wischte mit dem Heft, riss immer neue Blätter heraus, ballte und knüllte sie.

«Das geht uns nichts mehr an», sagte Wawitsch.

«Was bin ich für eine dumme Gans», sagte Anna Grigorjewna, und in ihren Augen standen Tränen.

«Das, Gnädigste, bitte später», sagte Wawitsch sachlich. «Jetzt sagen Sie uns erst, wo ihre Korrespondenz sich befindet. Sie bekommt doch Briefe. Oder bestreiten Sie das? Und wo sind sie?»

«Eigentlich hat sie alles hier, ich achte da nicht drauf.»

«Sollten Sie aber, sollten Sie!» Wiktor wiegte den Kopf und wandte sich sogleich ab. «Die Aufzeichnungen hier in der Mappe, die nehmen wir mit. Und diese ausländischen Bücher. Die schauen wir uns im Amt näher an.»

«Den Schreibtisch muss man abtasten untenrum», sagte der Schutzmann Wawitsch ins Ohr, «an den Möbeln, an den Sesseln verstecken sie Sachen. Los, stehen Sie auf!» Der Schutzmann machte eine Kopfbewegung.

«Hervorragend, und jetzt bringen Sie diesen Sessel meinem Mann, er steht doch die ganze Zeit im Flur. Ihr Vater ist bestimmt auch schon alt. Oder?» Anna Grigorjewna blickte Wiktor in die Augen und nickte, als wüsste sie schon etwas über ihn.

«Habe andere Sorgen, Gnädigste, wenn um die Ecke herum auf Leute gefeuert wird … Und wenn man was sagt, heißt es ‹Papier, wo ist das Papier›!», stichelte Wiktor. «Wie die Kinder, wirklich wahr.»

«Rausbringen?», fragte der Schutzmann. Er hielt Nadjas umgekehrten Sessel ungeschickt an einem Bein, hielt ihn am Bein fest, als könnte er sich losreißen wie ein Hund. Wawitsch nickte.

«Also wirklich, wie die Kinder.» Wiktor drehte den Kopf nach links und rechts.

«Ach, wissen Sie, wir sind ja selber …» Anna Grigorjewna blickte Wiktor erneut ins Gesicht, und für einen Augenblick riss das Gesicht auf. Wiktor wandte sich ab und begann, geschäftigen Blickes die Wände zu mustern.

«Und wessen Porträt ist das? Wer ist das?» Wawitsch hatte plötzlich einen leicht spöttischen Blick von der Wand aufgefangen – Tanjas Foto hing in einem ovalen Mahagonirahmen unter dem Porträt von Engels. Wawitsch drehte sich zu Anna Grigorjewna um und spürte hinter sich den piksenden Blick von der Wand. «Muss wissen, wer das ist», sagte Wawitsch verdrossen. Er starrte unverwandt, finsteren Blickes, das Foto an.

‹Schön ist sie, aber böse, ein Aas›, sagte sich Wawitsch. ‹Puh, wie böse!› Und er wiegte den Kopf.

«Wer?» Wawitsch blickte böse auf Anna Grigorjewnas Knie.

«Irgendeine Freundin aus dem Gymnasium.» Anna Grigorjewna zuckte die Achseln.

«Kennen Sie nicht?», fragte Wawitsch finster. «Stellen wir fest!» Und er nahm das Porträt vom Nagel. «Mit Verlaub», sagte Wiktor und setzte sich. «Nun das Protokoll!»

«Brauchen Sie Tinte? Dunjascha, hol aus dem Kabinett, aber verschütte sie nicht wie ich.»

«Also», sagte Wiktor und drückte eine kleine Damenlöschwiege gegen das Blatt, «also, dazu noch die fotografische Aufnahme einer unbekannten Person.»

«Den Rahmen können wir übrigens dalassen!», meinte Wiktor plötzlich. «Den Rahmen braucht es nicht.» Er zog rasch das Foto aus dem Rahmen; es glitt mit weißer Rückseite heraus wie ein Säbel aus der Scheide. Wiktor steckte es geschwind zwischen Nadjas Aufzeichnungen.

Die Zeugen beugten sich über den Tisch. Schnaufend malten sie ihre Unterschrift.

«So denn, verzeihen Sie, Gnädigste, die Unordnung, bitte um Nachsicht …» Wawitsch ließ seine neue Mappe zuschnappen. «Darf mich empfehlen …» Leichtes Vorbeugen des Rumpfes – galant. Alle traten auf den Flur.

Andrej Stepanowitsch stand neben dem Sessel. Er stützte sich mit den Schultern gegen die Wand, die Arme lagen auf dem Rücken, und er schaute geradeaus, in die Luft.

«Wieso haben Sie sich denn nicht gesetzt?», fragte Wiktor mit einem Lächeln in der Stimme und schritt leichten Fußes zum Vorzimmer.

Andrej Stepanowitsch heftete offen den Blick auf Wawitsch. Wawitsch blieb stehen.

«Über Ihr Verhalten, Herr Quartieraufseher, wird noch zu reden sein. Allerdings nicht mit Ihnen.»

«So, reden!!» Wiktor schoss das Blut ins Gesicht. «Dürfen sich gern mit dem Teufel persönlich unterhalten! Revolverhelden! So viel Sie mögen! Zwei bleiben hier! Gorbatschow und Schwetz!», schrie Wiktor den Schutzleuten zu. «Und keinen rauslassen, wer kommt, wird bis auf weiteres festgehalten. Einer in die Küche, der andre hierher. Marsch, auf Posten! Und um neun auf die Wache!», schrie Wiktor. Er stieß geräuschvoll die Tür auf. Auf der Schwelle wandte er sich um und schrie dem einen Schutzmann zu: «Setz dich in den Sessel und rauche!»

«Ein Pa-pier!», murmelte Wiktor dumpf auf der Treppe.

PUH!

Tanja saß auf dem Balkon in der Ecke. Sie hatte sich in ihren alten Lieblingsmantel mit dem schmiegsamen Pelzkragen gehüllt. Ihre Wange strich über den Pelz. Sie konnte die ganze gerade Straße weit hinabsehen – die schwere, graue Straße mit ihren herabgelassenen Lidern. Die Morgendämmerung kam mühsam näher, sie schien stehen zu bleiben und kehrtmachen zu wollen. Tanja hielt direkt über sich einen geöffneten Schirm. Dank dem Schirm, dem Pelz und ihrer Papirossa fühlte sie sich wohl. Als würde die ganze Erde irgendwohin fahren, und das wäre ihr Platz, wie am Zugfenster. Der trübe Himmel paffte weiße Rauchwolken, und unvorsichtige Tropfen fielen auf die Erde, auf Tanjas Schirm. Es war Tanja, als kämen sie bis zur Morgendämmerung bestimmt irgendwo an, als müsste sie nur dasitzen und warten und auf den Weg blicken. Wieder fuhren sie in einen Schusswechsel hinein, er wurde dichter, kam näher ... Nein, vorbei. Der Schusswechsel löste sich auf, verstummte. Doch nun Schritte. Viele. Tanja hob ein wenig den Schirm. Durch die leere Straße klirrten Schritte. Um die Ecke herum. Schutzleute, und vor ihnen ein grauer Uniformmantel. Tanja ruckte mit den Schulterblättern, ein neugieriger Schauder lief ihr über den Rücken – die reden, aber mich sehen sie nicht.

«Ist gar nicht mehr weit, hier um die Ecke und dann Nummer sieben, das Haus von Chotowizki», sagte heiser eine nächtliche Stimme. Direkt unter dem Balkon – Tanja beugte sich vor, und der Schirm schwankte in der Luft. Plötzlich blieben sie stehen. Der im grauen Uniformmantel reckte den Kopf. Trat zurück auf die Fahrbahn, schaute. Auch die Schutzleute traten auf die Fahrbahn.

«Wer da? He!», schrie der Quartieraufseher.

«Das bin ich», sagte Tanja gemächlich.

«Madam oder Madmasell dort oben, kennen Sie die Anordnung nicht – alle Fenster sind zu schließen.»

«Mössjö dort unten» – Tanja hob den Schirm –, «bei mir sind alle Fenster geschlossen.»

«Schon, schon», sagte der Quartieraufseher und schaute nach links und rechts, «trotzdem ist es untersagt, nachts auf die Straße hinauszugehen! Sie haben daheim zu sein!»

«Ich bin nicht zu Besuch, ich bin daheim.» Es gefiel Tanja, wie ihre Stimme klang, melodisch, mit einem leichten Lächeln.

«Scherzen Sie nicht, Gnädigste, ich verlange, dass Sie vom Balkon ...»

«Herunterspringen? Verlangen Sie das nicht, ich werde nicht springen!» Tanja lachte. Es kam ihr vor, als hielte der Zug an einem

Bahnhof, gleich würde es weitergehen, und unter der Fahrt könnte man auch die Zunge herausstrecken.

«Und ich sage Ihnen noch einmal» – der Quartieraufseher schrie bereits –, «im Übrigen ist es Schlafenszeit, Madmasell! Und wenn … Lassen wir den Unsinn. Klingle dem Hausknecht», befahl der Quartieraufseher einem Schutzmann.

Tanja hörte, wie er halblaut zu dem Schutzmann sagte: «Womöglich irgendwelche Signale oder weiß der Teufel.»

Der Schutzmann riss bereits ungestüm am Klingelzug, die Klingel schepperte und jaulte, markerschütternder Alarm jagte durch die graue Straße.

«Hausknecht! Was ist los bei dir? Sorg dafür, dass diese Balkondämchen verschwinden!»

Der Hausknecht hielt sich an der Mütze fest und flüsterte etwas.

«Ja und?», sagte der Quartieraufseher laut. «Auch wenn vom Advokaten Rschewski, trotzdem ist nicht erlaubt, zu nächtlicher Zeit auf dem Balkon herumzulungern. Sag ihr, sie soll sofort verschwinden, Wawitsch, der Quartieraufseher des Reviers, befiehlt es, kapiert? Und morgen wollen wir mal überprüfen, was das für Balkonsitzereien sind. Marsch! … Halt! Wie sagst du, Tatjana Rschewskaja? Fräulein Rschewskaja!», rief Wawitsch mit betont amtlicher Stimme. «Fräulein Rschewskaja, Sie verlassen jetzt den Balkon, und morgen melden Sie sich auf der Moskauer Polizeiwache und geben eine Erklärung ab.»

«Sie werden trotzdem nichts verstehen!» Tanja sagte es traurig und spöttisch zugleich. Der Stimme nach begriff Wawitsch, dass sie schön war, bestimmt sogar sehr schön.

«Bring mich hin», wies Wawitsch den Hausknecht an.

‹Mag noch so schön sein›, überlegte Wawitsch, ‹aber dich werd ich Mores lehren, mit Schönheit brauchst hier nicht aufzutrumpfen, mein Täubchen – haben schließlich Belagerungszustand.›

«Haben schließlich Belagerungszustand», sagte Wawitsch laut, während er hinter dem Hausknecht herging. «Also muss man ein Auge haben auf die Bewohner», fügte er rasch hinzu und überholte den Hausknecht. «Diese Tür? Klingle.»

Wawitsch schnappte nach Luft und lauschte. Da schlägt eine Tür, wohl die Balkontür, da nähern sich leichte, hallende Schritte. Aha! Sie sperrt auf. Aber die Tür öffnete sich nur eine Handbreit, und den Spalt durchschnitt schräg eine Nickelkette. Spöttisch blickte ein Gesicht, Wawitsch sah nicht alles, nur einen Teil, und er erkannte die Augen. Aha, da ist sie ja! Bosheit und Freude loderten in seiner Brust auf, und Tanja sah, wie ein fröhlicher Windstoß über das Gesicht des Quartieraufsehers strich.

«Ich lasse Sie nicht herein», sagte Tanja und nahm ihr Gesicht vom Spalt weg, «ich bin allein. Und wenn Sie gewaltsam eindringen, werde ich Grigori Danilytsch telefonieren, es gehört sich nicht, nachts gewaltsam bei einer jungen Dame einzudringen, wenn sie allein ist!» Tanja sah Wawitsch moralisch streng in die Augen.

«Aber dass eine junge Dame mit Papirossa auf dem Balkon sitzt … Morgen werden wir anders reden.» Plötzlich zog Wiktor ein Päckchen aus der Mappe. Er riss den Bindfaden runter und warf einen raschen und zornigen Blick auf Tanja. «Und das … und das», sagte Wawitsch, während er das Papier aufwickelte, «und das haben Sie gesehen, wo Ihr Porträt überall hängt? Die Laterne her!», befahl er dem Hausknecht.

«Ist das meines?» Tanja kniff die Augen zusammen.

Wawitsch hielt das Porträt an den Spalt.

«Dass Sie mir bloß nicht prahlen, ich hätte es Ihnen geschenkt», sagte Tanja und schloss die Tür. Das Schnappschloss klackte kurz und klackte so endgültig, dass Wawitsch einen Augenblick stumm war.

«Pass mir auf die auf!», sagte Wiktor halblaut zum Hausknecht und deutete mit dem Daumen auf Tanjas Tür.

Der Hausknecht ging voraus, schwenkte die Laterne.

«Mach die Laterne aus, Dummkopf!», sagte Wiktor. «Draußen ist es fast hell, und du schwenkst hier das Licht.»

‹Was für ein Grigori Danilytsch?›, überlegte Wawitsch. ‹Gibt es nicht, einen Grigori Danilytsch. Der Polizeichef heißt Danila Grigorjitsch. Ach, verdammt!› Er blieb stehen und stampfte mit dem Fuß. ‹Auch telefonieren hätte sie nicht gekonnt, die Telefone funktionieren ja gar nicht, Teufel, außer den Diensttelefonen.›

Aber er war schon vor dem Tor draußen. Die Schutzleute saßen auf dem Randstein. Sie standen auf.

«So ein Quatsch», sagte Wiktor laut, «leichtlebige Person, hat sich die rechte Zeit ausgesucht, die Gans, um Passanten zu angeln – nichts als Ärger. Puh!» Und er spuckte zur Bekräftigung aus.

Die Schutzleute schritten schweigend.

Tanja aber hatte das Porträt erkannt, hatte auch die Inschrift erkannt: «Für dich von mir» – schräg über die untere Ecke.

PARDON, MONSIEUR!

Es war schon elf Uhr morgens, doch Wiktor war noch nicht zu Hause gewesen und saß im feuchten Uniformmantel an der Schreibtischecke. Er rauchte und warf die Kippen in ein nicht leer getrunkenes Teeglas. Gewiss eine Stunde schon war es still auf der Wache, nur widerwillig grollte ab und zu die Stadt draußen vor dem Fenster. Wiktor wusste nicht, war es zu Ende oder würde jetzt, nach einem Abflauen, das Grollen erst losbrechen. In der Vorstadt. Oder am Bahnhof. Die Soldaten standen in Bereitschaft. Ihm war stets bewusst, dass im Hof Gewehrpyramiden standen und bei den Gewehren ein Wachposten auf und ab ging. Der Tag war ohne Sonne. Ein Himmel wie schmutziges Milchglas – verschlossen war der Himmel an diesem Tag.

«Und wozu auch», seufzte Wiktor und sah verdrossen zu Boden.

Vorsichtig trat ein Schutzmann herein und brummelte halblaut etwas zu dem Wachposten an der Tür. Wiktor hörte es und merkte auf.

«Haben die beiden in den Sarg gelegt, in der Kapelle vom Städtischen Krankenhaus. Der Sorotschenko, ein Jammer, den anzuschauen – weiß wie die Wand … Ist ihm akkurat hier rein und da raus.»

Wiktor trat hinzu.

«Was sagst du?»

«Bin grad auf Wache abgelöst worden, bei den beiden haben sie eine Wache aufgestellt.»

«Sorotschenko, und wer ist der andere?», fragte Wiktor halblaut und lehnte den Ellbogen gegen den Türrahmen, stützte das Kinn.

Der Schutzmann war nicht groß, stämmig, er gestikulierte behänd.

«Das ist Kandjuk. Der war noch am Leben, wie sie ihn gebracht haben. Kommt da einer auf mich zu, sagt er. Ich zu ihm: Wer da? Den Namen! Ich schau, da kommt von der Seite ein anderer.» Der Schutzmann wandte sich flugs um. «Ich zu dem: Halt! Da macht der peng! mit dem Revolver und haut ab, der andere ihm nach. Ich, sagt er, baller dem hinterdrein, zack! zack!, und, sagt er, da spür ich es an der Seite und will pfeifen, sagt er, aber der schießt nochmal von der Ecke: batz. Ich geh zu Boden, sagt er, tast mich ab, da ist der Mantel schon ganz nass, und das Blut sprudelt nur so, und ich merk, sagt er, dass die mich totgeschlagen haben, und keiner ist da, und einen Pfiff loslassen, sagt er, hab ich Angst, die kommen zurück und geben mir den Rest, und keiner, sagt er, ist da, keiner» – der Schutzmann machte halb kehrt –, «und einen Pfiff loslassen, sagt er, ist auch nicht drin.»

«Und dann?», fragte Wawitsch flüsternd.

«Eine Patrouille hat aber die Schießerei gehört, die sofort hin, zu der Schießerei, und tatsächlich, da stöhnt einer. Wer? Sie schauen sich um, und da liegt er schon und hat die Arme so» – der Schutzmann schloss die Augen und warf die Arme nach verschiedenen Seiten –, «liegt da und stöhnt vor sich hin.»

«Jetzt in der Nacht Wache schieben ...», sagte der Wachhabende.

«Auch am Tag, braucht einer vielleicht lang zum Schießen?» Der kleine Schutzmann schaute Wawitsch an. «Ist doch gleich, knallen einen ab wie ein Tier, kann sein, du gehst nur still deinen Weg. Und jeden kann es treffen, dich, mich, auch den Herrn Quartieraufseher.»

Wawitsch nickte, schweigend und ernst.

«Hat er sich lange quälen müssen?», fragte Wawitsch.

«Nö, das nicht, hat berichtet, sagen sie, hat noch trinken wollen, Kwas hat er wollen, aber wo nimmst du Kwas her in der Nacht! So kam es nicht mehr ... hat er nicht mehr getrunken. Und jetzt kam grad der Polizeihauptmann zur Kapelle, Woronin ist da gewesen.»

«Ja, das muss sein, man muss dem Kameraden, der auf seinem Posten umgekommen ist, die letzte Ehre erweisen», sagte Wiktor und richtete sich gerade auf.

‹Ist noch nicht zu Ende›, dachte Wiktor, ‹nein, das ist noch nicht zu Ende.›

Wiktor konnte es nicht erwarten, bis es zwölf wäre und er abgelöst würde, er wollte so schnell wie möglich zu Sorotschenko. Er konnte sich nicht recht entsinnen, wie er ausgesehen hatte, Sorotschenko. «Weiß wie die Wand», und liegt nun da wie vorwurfsvoll, weil er umgekommen ist für alle, und da liegt er nun vor allen, auch vor dem Polizeichef, und alle müssen zu ihm kommen. ‹Ich komm hin, und wie wird er mich anschauen? Mit einem toten Gesicht.› Und Wiktor klopfte das Herz, als müsste er gleich vor strengen Vorgesetzten erscheinen, er bekam kaum noch Luft in dem feuchten Mantel, während der kleine Schutzmann immer weiter redete, und Wiktor hörte: «Tot – und dann? Tot – und aus! Wie wenn es so sein müsste. Und? Verrottet nun? Ja?» Zwischendurch warf er Blicke auf Wawitsch.

Wawitsch trat ans Fenster, rauchte zum offenen Oberlicht hinaus. Der kleine Schutzmann war gegangen. Der Wachhabende tat zwei Schritte, er stand hinter Wawitsch, atmete pfeifend und fragte in heiserem Flüstern:

«Hat man nichts gehört, ist der, wo geschossen hat, einer von den Juden?»

Wawitsch schwieg. Der Schutzmann ging zurück an seinen Platz.

«Ist nicht bekannt», sagte Wawitsch nach einer Weile.

Von der Wache ging Wawitsch unmittelbar zu Sorotschenko. Feuchter Wind zauste mit rüdem Schwung die Kronen der nassen Bäume, und diese verstreuten Tropfen, die auf die Mütze prasselten. Die Passanten wurden vom Wind Wiktor entgegengetrieben, und niemand sah in ein Gesicht, alle sahen vor sich hin, als fürchteten sie, vom Weg abzukommen. ‹Wie geschäftig der tut, sieh mal einer an!› Wiktor blickte dem Rücken eines Studenten nach. ‹Den Kragen hochgeschlagen, dabei hat er selber womöglich nachts geschossen. Tags können sie alle kein Wässerchen trüben.› Und Wiktor hielt sich absichtlich ein bisschen links, um auf diese beiden da direkt zuzugehen. «Drecksjuden!», zischte Wawitsch und ging zwischen ihnen durch wie ein Messer. Wieder stellte er sich Sorotschenko vor, ein kaltes Würgen stieg ihm die Kehle hoch, als ob die Totenkälte ihm gegen die Brust wehte, und der Kopf wurde leer, verschreckt, Wiktor sah nun die Passanten nicht mehr, erst auf dem Fußsteig zur Kapelle holte er wieder tief Luft. Bei der Kapelle hielt ein Schutzmann Wache. Er hob ohne Hast die Hand an den Mützenschirm, sein ganzes Gesicht schwieg, und die Augen waren langsam. Wawitsch salutierte höflich und öffnete die Tür der Kapelle. Und suchte sogleich nach Sorotschenkos Gesicht.

Zwei Särge standen nebeneinander auf einer Empore. Und da war er – weiß wie die Wand, die Brauen zusammengezogen, die Augen eingefallen und die Unterlippe vorgestreckt, und es sah aus, als wollte er etwas, zu trinken vielleicht, oder er wusste es selbst noch nicht. Und der rote Schnauzbart lag wie angeklebt auf dem weißen Gesicht. Auf den anderen Toten warf Wiktor kaum einen Blick. Der Priester zelebrierte die Totenmesse, ringsum bekreuzigten sich alle, bedrückte Gesichter lauschten dem Gottesdienst, und einzig der Verstorbene schob andauernd die Lippe vor, und gleich würde er links und rechts nach irgendwas ganz Einfachem zu suchen anfangen. Was zu trinken vielleicht? Wawitsch bekreuzigte sich. Aber es half nichts, er konnte die Augen nicht von dem weißen Gesicht wenden.

Plötzlich spürte Wiktor jemandes Blick. Er fuhr erschrocken mit dem Kopf nach rechts, die drei Finger an die Stirn gedrückt: Eine Dame reckte das Kinn, umschlang Wiktor offenen Blickes und wandte sich ab zum Priester. Und erneut sprühte plötzlich ihr Blick unter der zur Stirn erhobenen Hand vor, und langsam bekreuzigte sich die Dame mit beringter Hand. Erst da erblickte Wiktor neben ihr den Polizeichef. ‹Warwara Andrejewna!› Wiktors Brauen zuckten hoch.

«Denn Du bist die Auferstehung und das Leben …» Der Priester holte Luft, und in dem Augenblick schluchzte in der Ecke eine

Frauenstimme, und mit lautem, tränengesättigtem Flüstern sagte sie:

«Matwej! Mein Matwej!»

Alle traten von einem Fuß auf den anderen, als wären sie ins Schwanken gekommen, und bekreuzigten sich mit einem Mal ganz schnell, und der Priester fand nicht gleich seine Stimme wieder.

Warwara Andrejewna drehte sich sachte um und ging zur Ecke. Sie drängte sich an Wiktor vorbei, er machte Platz, dennoch stieß sie ihn mit dem Ellbogen und flüsterte leise:

«Pardon, Monsieur!» Und ein sachter Duft von Parfüm umfing Wiktors Kopf mit kummervollem Dunst; es schien, als hätte der Duft geflüstert und nicht sie.

DIE KERZE

Wiktor hob den Kopf, und sein Blick heftete sich, fest und begierig, auf eine Ikone weit oben, auf den weichen rosa Lichtschein des Lämpchens, und er bekreuzigte sich beschwörend, entschieden, als ob er ein eisernes, unverbrüchliches Kreuz an sich schlüge – ein Kreuz für den Verstorbenen und dafür, dass er sein Leben einsetzen werde, und die Brust war geschwellt von jenem Atemzug, den das stolze Parfüm ihm eingehaucht hatte. Wiktor drückte kräftig die Wachskerze in seiner Linken, wie eine Waffe, und das Flämmchen flackerte.

Der Chor hauchte behutsam:

«Ewiges Gede-enken ...»

Wawitsch hörte, wie sich dem Chor eine volltönende weibliche Bruststimme zugesellte. Der Polizeichef bekreuzigte sich, während Warwara Andrejewna sich mit gerötetem Gesicht leicht vorbeugte – sie sang. Von hinten polterten Stiefel, zwei Schutzleute drängten mit einem großen Kranz aus echten weißen Blumen nach vorn. Warwara Andrejewna rückte die Schleifen zurecht: «Den Opfern der Pflicht», las Wiktor in schwarzen, glänzenden Buchstaben.

Beim Hinausgehen gab es einen Auflauf. Am Kerzenstand lag eine Spendenliste auf. Wiktor drängte sich durch die Menge, er stand hinter Warwara Andrejewna und sah, wie sie in kleiner, gleichmäßiger Schrift ihren Namen eintrug, resolut fünfundzwanzig dahinter setzte und sich sogleich über die Schulter zu Wiktor umwandte; leicht strich ihre Hutkrempe über seine Schläfe, und Warwara Andrejewna reichte ihm den Bleistift. Wiktor überlegte fieberhaft: ‹Zwanzig oder dreißig? Dreißig wäre peinlich, als wollte ich mich brüsten.› Warwara Andrejewna verhielt den Schritt und blickte, zurückgewandt, auf das Blatt. Fünfundzwanzig krakelte ausgreifend Wiktor, wie einen Schrei.

«Das gereicht Ihrem Herzen zur Ehre», sprach Warwara Andrejewna ziemlich laut, nickte lächelnd, drehte sich um und folgte dem Polizeichef.

Wawitsch blickte zur Ikone zurück, um sich vor dem Hinausgehen zu bekreuzigen. Auf den schwarzen Stufen unterhalb des Sarges kauerte eine Frau, drückte sich gegen das Gerüst, und das Tuch auf ihrem Kopf zuckte.

Wiktor schritt über den schmalen Fußsteig zum Krankenhaustor, und vor ihm schritten die Polizisten im Gänsemarsch, um den Polizeichef nicht zu überholen. Unterm Tor blickte Warwara Andrejewna auf die gesamte Menschenkette zurück, Wawitsch sah, wie sie die Reihe absuchte, wie sie ihn fand und nickte, als nickte sie allen zu – viele salutierten darauf, und Wiktor stockte einen Moment der Atem, als er die Hand zum Mützenschirm hochriss. Er errötete. Eine trunkene Röte huschte über sein Gesicht, und Wiktor rückte die Mütze zurecht, um mit dem Ärmel die Wangen zu verdecken.

Der Quartieraufseher Senkowski holte ihn ein, ein spilleriges, pickeliges, ständig schlackerndes Männchen, er stieß Wiktor die Mappe gegen die Achselklappe.

«Haben Sie gehört, ja, haben Sie gehört?» Er sprach flüsternd und näselnd und schnaufte Wawitsch ins Ohr. «Der eine ist bei Gratschek abgekratzt und hat nichts gesagt, ja? Gar nichts, den haben sie ausgestellt, um die Identität festzustellen: Ob die Ochrana-Agenten den identifizieren, ja? Was meinen Sie? Ist vielleicht von auswärts, ja?»

«Schon möglich …», hob Wiktor an.

«‹Schon möglich› ist nichts, doch der andere wird reden. Das ist ‹schon möglich›, dass der redet.» Er drängte beim Gehen an Wiktors Schulter. «Gratschek hat sich eingeschlossen mit dem, ja? Was meinen Sie, knöpft ihn sich vor? Ja?»

Wiktor machte einen Schritt zur Seite und blickte Senkowski in die Augen – Augen wie aus einem fremden Gesicht, als ob darin ein anderer Mensch säße und durch die Augenschlitze spähte, mit grauen Äuglein, und die Pupille ein Pünktchen, und die Lider zwinkerten, zwinkerten andauernd, als ob sie Augen in die Irre führen wollten, und das Gesicht war albern, pickelig, mit schiefer Lippe, wie wenn er es mit Absicht aufgesetzt hätte. Senkowski klatschte Wiktor die Mappe gegen den Ärmel und wies mit dem Kopf zur Seite:

«Gehn wir in den ‹Süden›, durch den Hintereingang, halbes Stündchen, ich berichte. Ja? Jeder ein Gläschen, gegen die Müdigkeit, hast doch nicht geschlafen, ja? Komm!» Und er ging, ohne zurückzuschauen, zum Tor.

Wiktor ging ihm nach, um zu sagen, nein, er komme nicht mit, und holte Senkowski beim Tor ein.

«Ich muss nach Haus, gehen Sie allein», sagte Wiktor.

Senkowski schaute sich um, die Lider zwinkerten Wiktor zu,

und plötzlich bekam Wiktor einen Zorn. ‹Was zwinkert er denn, ich trink eins mit ihm, und dann direkt …› Und Wiktor stieß Senkowski gegen die Schulter.

«Führ mich hin, zum Teufel mit dir!» Und im Hof überholte er Senkowski.

Durch den Hintereingang, an der Küche vorbei, kamen sie zum Flur mit den Séparées des «Südens». Es war still und leer in dem Séparée, und das schmutzige Licht vom Hof hing im Raum wie eine Spinnwebe. Sie setzten sich auf ein fleckenübersätes Plüschsofa.

«Hat schon vieles gesehen, das Sofa!» Senkowski drückte sich am Tisch vorbei und zog mit dem Bauch das schmutzige Tischtuch mit. Vor ihnen stand ein Kellner und ließ den bangen Blick von Wawitsch zu Senkowski wandern. «Bring eine Kerze, eine Karaffe Wodka, Hering und – den Vorhang zumachen! Aber dalli, ja?»

Eine Kerze, dünn und weiß, reckte sich allein mitten auf dem Tischtuch und begann ohne Hast zu leuchten, ein blaues Blütenblatt; die beiden schauten wohl eine Minute, wie sie das machte und gleichsam nach oben blickte, wie beim letzten Gebet.

«Nun?» Wiktor nickte Senkowski zu, dessen Augen er vorerst nicht sah. «Nun, schieß los, was ist», krächzte Wiktor mit kräftiger Stimme.

«Ich sag, wieso das Hin und Her, wieso überall suchen? Ja? Ist doch gleich, ob der Schwanz geschnappt wurde oder der Kopf. Ja? Nehm ich eben den Schwanz in die Mangel, muss man nur verstehen, Bruder! Ja? In die Mangel zu nehmen!» Senkowski hielt die Hand über den Tisch, und mit dem Daumen, dem breiten flachen Daumennagel, drückte er gegen das Gelenk des Zeigefingers. Der breite flache Daumennagel schnitt wie ein Werkzeug ins Fleisch, und es schien, gleich würde es aufplatzen, würde Blut herausspritzen. «Dann nehm ich mir zumindest den Schwanz vor. Den Kopf wird er dann schon herdrehen, ja? um zu beißen oder zu lecken, er dreht ihn doch her? Ja? Oder nicht?»

Die Kerze war nun hell entflammt, und Wiktor sah die Augen – sie plinkerten und stockten und blickten aus dem Gesicht.

Der Kellner klopfte, trat vorsichtig ein und servierte Karaffe und Hering. Er scharwenzelte um Wiktor, legte das Gedeck auf, ohne zu klirren, ohne zu klappern. Mitten unter das Geschirr stellte er behutsam eine weiße Rose in einem Pokal.

«Nun?» Wiktor probierte noch einmal seine Stimme aus.

«Kannst unters Sofa kriechen» – es zwinkerten die Augen, die Lippe grinste schief –, «und es braucht bloß ein Fuß von dir rauszuschauen, das reicht mir doch, sehr gut! Ja?» Senkowski lachte.

Wiktor blickte nicht hin, er goss ein.

«Braucht sogar bloß ein Finger von dir rauszuschauen, hab ich also deinen Finger geschnappt, ja? Eben, da pack ich deinen Finger, pack ihn aber so, dass du an deinem Kopf keine Freude mehr hast.»

«Nun, und?», sagte Wiktor, um wenigstens seine Stimme zu hören.

«Du fängst bei mir das Zappeln an, Bruder, am Finger werd ich dich ganz herausziehen!» Senkowski krümmte den Finger zum Haken und beschrieb langsam einen Halbkreis an der Kerze vorbei, und das Flämmchen neigte sich, schwankte.

Senkowski wandte den Blick, fixierte die Rose. Die Rose stand kühl in dem dünnen Pokal, die Blütenblätter fest angedrückt. Die grünen Blätter stützten sich auf den blinkenden Glasrand.

Senkowski klopfte die Asche der Papirossa auf den Teller und zielte sorgfältig, brannte von unten das Blatt an. Das Blatt rollte sich leicht.

«Gefällt ihm nicht, ts, ts!» Er zog die Papirossa zurück und drückte sie erneut gegen das Blatt. Das Blatt rollte sich, als wollte es die Papirossa umfangen. «Aha! Es wirkt!», sagte Senkowski laut und stieß sie gegen ein frisches Blatt.

Wawitsch hob den Blick vom Teller.

«Lass das!»

«Tut dir Leid?» Senkowski fixierte Wawitsch aus ganz zugekniffenen Augen. Er zog heftig an der Papirossa und hielt sie dann an das Blatt, drehte sie leicht und blickte aus den Augenschlitzen Wawitsch an.

Wawitsch schlug ihm auf die Hand, die Papirossa flog davon, fiel auf den Teppich. Der Ober griff rasch danach und legte sie auf den Aschenbecher am Nachbartisch.

«Was hast du?» Senkowskis Augen weiteten sich. «Meinst du das ernst?»

«Geh doch zum Teufel und seiner Großmutter!» Wawitsch wandte sich ab. Nebenan stimmten Musiker ihre Geigen, durch die Tür waren Stimmen aus dem Saal zu hören.

«Müsstest mal einen Tag zu uns kommen», sagte Senkowski gedehnt, «das heißt für eine Nacht bloß. Hah!» Er pfiff. Nahm einen Zahnstocher und pulte in den Zähnen. «Schenja kommt jetzt doch nicht. Tja! Zum Teufel mit der Rose, nimm sie!», rief er dem Ober zu und stieß an den Pokal. Der Kellner fing sie gerade noch auf. «Und raus mit dir!», rief Senkowski. «Raus, troll dich!» Der Ober huschte zur Tür hinaus.

Durch die Wand war ein Walzer zu hören, Senkowski bewegte im Takt den Kopf.

«Und du bist ein Kälbchen!» Senkowski warf den Zahnstocher auf den Tisch.

Wawitsch wandte sich zum Tisch um, goss sich aus der Karaffe ein Glas Wodka ein, trank einen Schluck und kaute ein Stück Schwarzbrot.

«Kaust auch wie ein Kälbchen.»

Wawitsch warf Senkowski einen bösen Blick zu, ihm entgegen weiteten sich Senkowskis Augen, und erneut blickte jemand anderes aus den Pupillen.

«Also, sagen wir: Einer will nicht reden. Will seinen Namen nicht sagen. Wie kriechst du in ihn hinein? Hm?» Senkowski legte den Kopf schief und kniff erneut die Augen zu. «Wie war es zum Beispiel bei dir mit dieser Judenschlampe, der Schwarzhändlerin?»

Wawitsch griff zur Serviette und hielt sie in der Hand.

«Stier mich nicht an, ich weiß davon. Und wo ist sie, deine Judenschlampe? Hm? Bin einfach nachts wie angedudelt zum Hausknecht: Hättst nicht was, Onkel? Ja, Onkel? Für einen Fuffziger hat der Onkel mich hingeführt. Er zum Tor rein, und hepp – wir sind am Zug! Aj und wej! Igittigitt! Der Mann a Jid! Was ich soll essen?»

Wawitsch schwieg, puterrot, trank das Glas aus, räusperte sich.

«Was ist, läuft er dir nicht durch die Gurgel? Die bei euch haben doch einen gefasst! Ihn geschnappt, geschossen! Eingeliefert! Aber wen? Wen?»

Senkowski erhob sich leicht.

«Nun?» Er kniff vor Wawitschs Nase die Augen zusammen.

«Ist Sache … der Ochrana», sagte Wawitsch und schlug sich mit der Serviette Krümel vom Knie.

«Ist Sache des Könnens, ja, nicht der Ochrana. Kalbskopf!»

Wiktor schwieg böse, bewegte nur die Lippen.

«Betest du das Vaterunser?» Senkowski hielt Wiktor sein Ohr hin.

Wiktor hätte am liebsten aus voller Kraft in dieses Ohr gespuckt. Oder mit aller Macht die Zähne hineingeschlagen und zugebissen, zugebissen, bis es abgebissen gewesen wäre.

«Was knirschst du mit den Zähnen? So hat der gestern bei uns auch geknirscht, bei Gratschek. Hat geknirscht wie mit Mühlsteinen, vor der Tür draußen war es noch zu hören … Schenk auch mir ein, wieso nur du allein?»

Senkowski leerte das Glas schluckweise, ohne Hast.

«Was glaubst du denn, wer die ganze Schose in der Hand hat? Der Polizeichef? Pah!» Senkowski tunkte den Daumen in die Soße und zeigte Wawitsch unterm Tisch eine Feige, bewegte dabei den Daumen mit dem flachen Fingernagel.

Wawitsch starrte auf den Hering.

«Trink doch!» Wawitsch schrie es beinahe.

«Sie brauchen mich?» Der Kellner streckte den Kopf zur Tür herein.

Senkowski stand auf. Umrundete den Tisch.

«Ja, ja!», machte er, als wäre es ihm zuwider. «Nein, dich nicht!», sagte er zum Kellner.

Der Kellner schloss flugs die Tür.

«Klopf mit der Gabel auf den Teller und sing etwas. Klopf, sag ich, wirst schon sehen.»

Wawitsch klopfte mit der Gabel auf die Platte und summte halblaut:

«A-ha-ha! Oh-ha-ha!»

Senkowski schritt lautlos über den Teppich an der Wand entlang. Plötzlich riss er an der Tür und schleuderte das Bein vor. Im Flur fiel etwas plump zu Boden. Wiktor sprang auf: Der Kellner, der auf Knien umgestürzt war, hielt sich die Hände vors Gesicht. Senkowski schloss leise die Tür.

«Volltreffer!» Senkowski nahm sein Glas vom Tisch. «Ja? Lausch eben nicht an der Tür! Könnte danebengehen. Bedienung!», schrie Senkowski. «Bedienung!»

«Hör doch auf», sagte Wawitsch, «was hast du davon, wirklich.»

«Wie denn nicht?» Senkowski plinkerte wieder. «Braucht sich nicht übertölpeln lassen. Braucht man doch nicht? Ja? Bedienung!»

«Weißt du, ich mach mich auf», sagte Wiktor, und es hörte sich an, als hätte er es leise gesagt, und so nahm Wiktor seine Stimme zusammen und sah Senkowski in die Augen und rief: «Ich gehe!» Es klang, als wäre er gerufen worden und hätte geantwortet. Wiktor versuchte es noch einmal. «Ich gehe!» Es klang genauso, doch schon unter der Tür.

«Halt, halt, ich auch!»

Senkowski hielt ihn am Säbelkoppel fest.

«Müssen noch austrinken, dann auf!»

Wawitsch trat einen Schritt zurück. Ein junger Kellner, die Brauen hoch erhoben, kam zur Tür herein.

«Wo ist denn der, der uns bedient hat? Wäscht sich, sagst du? Und Schenja, ist die da? Ist nicht da? Na, geh!»

«Trink aus!», sagte Wawitsch. Er betrachtete ein Bild – ein Mädchen in einem Boot taucht das nackte Bein ins Wasser – und betrachtete seinen Daumen.

«Wir kommen mal abends», sagte Senkowski. Er trank Glas um Glas, ohne etwas zu essen. «Hier gibt es nämlich eine jüdische Schickse. Schenja. Ein Mädchen mit Phantasie, weißt du. Magst du jüdische Schicksen? Ja? Also, du verstehst rein gar nichts. Bist ein Schlapphut, ein Chapeau claque … Halt! Das Letzte noch.»

Wawitsch blickte Senkowski nicht mehr in die Augen, vom Bild lenkte er den Blick zur Tür und trat als Erster hinaus auf den Flur. Er war jetzt in Eile.

WAS BIST VERGRÄTZT?

Nadja war für einen Moment in besinnungslosen Schlaf gesunken, und als sie die Augen aufschlug, stand schon trübes graues Licht im Raum. Filipps schwerer Kopf quetschte ihr die Hand ab, und sein gleichmäßiger Atem wärmte die taube Haut am Handgelenk. Nadja ertrug es, um Filipp nicht zu wecken. Sie drehte sich ein wenig, ohne die Hand zu bewegen, und merkte, dass alles nicht mehr war wie zuvor. Nicht die Hände, nicht die Füße. Vorsichtig rieb sie die Beine aneinander – und japste innerlich; alles, alles war anders, Grauen und Freude flossen von den Füßen zur Brust, zum Kopf, Tränen traten aus den Augen und rannen gemächlich und gleichmäßig herab. Und in den Tränen funkelte das graue Licht.

Wie süß es war, sich zu unterwerfen, und wie war das so plötzlich – sie wandte sich Filipp zu: da sein Nacken, und die friedliche Wolle im Nacken – meine Wolle! Und Nadja schüttelte die Tränen ab, um die Wolle im Nacken besser zu sehen.

«Mein ist er, Filipp, mein!», flüsterte Nadja, sagte «mein», und es kam ihr vor, als schlafe Filipp auf der eigenen Hand und als sei Nadja schmerzhaft getrennt davon. Nadja schaute auf die Uhr, die überm Bett hing, doch es war nicht zu sehen, wie spät es war. Sie schloss die Augen, um später richtig hinzusehen, um mitzukriegen, wie es Tag wurde. Vorsichtig streichelte sie Filipps Nacken – Filipp ruckte im Schlaf mit dem Kopf, als wehre er eine Fliege ab. Plötzlich fiel Nadja ein, dass sie sich ja ankleiden müsste, und sie suchte verwirrten Blickes nach den verstreuten Kleidern. Sie warf den Kopf zurück: Der kalte Samowar, und auf dem Tisch waren die Tassen noch nicht erwacht, lugten nur dünn glänzend. Nadja hörte, wie nackte Füße durch den Flur patschten und irgendwo im Hintergrund das Waschfässchen klapperte. Vorsichtig zog Nadja die Hand unter Filipps Kopf vor.

Filipp grunzte und wandte das Gesicht.

«Was ist?», sagte er im Schlaf.

Nadja wartete eine Weile und stand dann leise auf. Unhörbar kleidete sie sich an, das Gesicht zum Ofen, und plötzlich, auf ein Quietschen des Bettes, blickte sie sich um. Filipp stützte sich auf den Ellbogen und schaute sie aus neugierigen Augen an.

Nadja schoss die Röte ins Gesicht.

«Das geht nicht! Das geht nicht!» Doch er lächelte, die Augen zugekniffen. Nadja kauerte sich auf den Stuhl, hielt den Rock vor sich. «Wenden Sie sich ab, sofort!»

«Geniert sich!» Filipp lachte, streckte vom Bett die Hand zum Stuhl aus und zog ihn zu sich.

«Eine Unverschämtheit!» Nadja schrie es fast, sie stieß mit dem Fuß. Filipp zog die Hand zurück.

«Lass doch, ist doch gut», sagte er, zur Wand gedreht, «ist doch gut, davon blasst du nicht ab, du mein Augäpfelchen.»

Nadja beeilte sich, überrot, steckte die Nadel fest.

«Was ist? Schon fertig?», fragte Filipp belustigt unter der Bettdecke vor.

Nadja schwieg auf ihrem Stuhl.

Filipp lugte hervor. Nadja saß am Tisch, sie hatte den Kopf auf den Tisch gelegt, in die Arme gebettet. Filipp schaute, überlegte: ‹Weint sie? Ist zornig? Oder um nicht herzuschauen? Geh ich hin, hätschel sie, wer weiß, da wird sie noch zorniger. Oder steh ich einfach auf und zieh mich an?› Filipp stand auf, er zog sich an, von Nadja abgewandt, und redete dabei in vernünftigem Ton:

«Was bist vergrätzt? Wo ich doch aus Liebe. Hätt ich dich nicht lieb, wozu dann, zum Kuckuck. Ist doch wahr. Hab doch einfach nur, und nicht, um zu kränken. Hm? Nadenka?» Angezogen drehte er sich um und ging zu Nadja. «Hast mich nicht lieb, tu ich's nicht mehr.»

Da sah er, dass Nadjas Rücken zuckte.

‹Weint schon wieder!› Filipp wurde ärgerlich.

Er setzte sich neben sie und umarmte Nadja fest, fürsorglich. «Was ist? Vertragen wir uns nicht, oder was? Hör doch zu weinen auf, schau mich an. Bist doch jetzt hier die Hausfrau. Sag:

Filipp, geh zur Tür raus! – und ich geh raus, und es hat sich. Wirklich wahr! Bring mir bei, wie es zu sein hat, und so ist es in Ordnung. Mit einem Wort – die Hausfrau bist du.»

Nadja hob auf dieses Wort den Kopf und betrachtete Filipp mit verweinten Augen, als sähe sie ihn neu. Filipp schwieg und beobachtete, wie sie ihn ganz mit den Augen umfing. Er saß reglos.

«Hast dich ja schief zugeknöpft!», sagte Nadja mit schmollendem Lächeln und knöpfte selbst den Kragen wieder auf. Und Nadjas Finger freuten sich.

Filipp reckte die Brust, warf den Kopf zurück, hielt ihr die Knopfleiste hin und spürte, wie Nadjas Finger behänd über die Knöpfe sprangen, wie muntere kleine Menschengeschöpfe. Nadja war fertig und gab ihm einen Klaps auf die Knopfleiste.

«So muss das sein, gnädiger Herr!»

‹Hat sich eingekriegt›, dachte Filipp. Immer noch spürte er die Finger auf der Brust.

Filipp packte den Samowar, brachte ihn zu Annuschka, damit sie ihn anheizte, und befürchtete ständig, es sei weithin sichtbar, wie sich alles in ihm freute. Er pflanzte den Samowar auf die Küchenschwelle und brummte zum Boden:

«Heiz an, aber dalli!»

Als er sich aufrichtete, sah er: Annuschka stand, ein Tuch auf dem Kopf, mit dem Gesicht zur Ecke und bekreuzigte sich akkurat, leicht vorgebeugt. Über die Schulter warf sie einen kurzen Blick auf den Bruder. Filipp ging durch den Flur, die Beine hasteten – sitzt sie wirklich dort in meinem Zimmer? Ich mach die Tür auf, und dort ist sie? Sein Lächeln zog Lippen und Schultern breit, die Finger knackten in der Faust. Mit Schwung stieß er die Tür – da sitzt sie! da sitzt sie! und ihre Augen sehen ihm entgegen. Wer sich aufführt wie ein Grobian, braucht sich hier nicht mehr blicken lassen.

«Welcher gefällt dir eigentlich am besten von unseren Leuten? Von den Genossen, sag?»

Nadja sah Filipp an, stützte das Kinn auf die Stuhllehne, lächelte und beobachtete, wie er auf und ab schritt, durch das kleine Zimmer stapfte, nicht recht Tritt fasste – und sie lächelte.

«Welcher?», wiederholte Filipp, und das Lächeln verflüchtigte das Wort. Er machte heftig kehrt. «Bist ja nun meine Frau und nichts weiter! Kein weiteres Wort.» Er beugte sich zu Nadja, zögerte und küsste sie dann mit Schwung auf das Kinn. «Ha, hol's doch der Teufel», sagte Filipp und schüttelte sich. «Jetzt was trinken. Sei's drum, später. Halt! Ich zeig dir was.»

Filipp ging vor dem Bett in die Hocke, als fiele er um, zog ein grünes Köfferchen hervor, riss ein Schlüsselchen aus der Tasche, mit einem Griff, wie den Säbel im Kampf, und wühlte in der Wäsche, in Papieren.

«Da ist es! Dass du mir bloß nicht lachst! Hab nämlich ein Gedicht geschrieben. Sozusagen über dich.»

Er blätterte in einem dicken Schulheft.

«Da, von hier.»

Nadja nahm das Heft. Filipp hielt den Nagel fest an den Anfang des Gedichts.

Der Himmel schwarz, es fängt an zu gewittern,
Wir sind bereit, mag es ans Sterben gehn,
Doch unsre Arbeitshand wird niemals zittern,
Wir können selbst dem Tod ins Auge sehn.

Kosaken mit Nagaikas, ohn Erbarmen,
Auch Säbel und Kanonen uns bedrohn,
Doch wir vertreiben Popen und Gendarmen,
Es fließt das Blut, wir sind gerüstet schon.

Fabriksirenen rufen uns zum Aufruhr,
Wir ziehen in den Kampf mit festem Tritt,
Uns eint der Weg, das Ziel ist unsre Richtschnur,
Es kämpft sogar ein Mädchen bei uns mit.

Des Weiteren war mit dem Lineal etwas zweimal durchgestrichen. Nadja hob den Blick. Filipp schaute erwartungsvoll, rot im Gesicht, und platzte heraus:

«Das sind nämlich Sie! Das hab ich über dich geschrieben. Lies es doch noch einmal!» Filipp setzte sich auf den Stuhl daneben, schaute ins Heft, las vor, aus Nadjas Händen, flüsternd – er war noch nicht bis zum Ende gekommen, da patschten nackte Füße durch den Flur zur Tür. Filipp stand auf, herein trat Annuschka. Sie warf von der Schwelle einen Blick auf Nadja, dann ging sie durchs Zimmer, ohne die Augen zu heben, und stellte aufgeschnittenes Brot auf den Tisch.

«Wieso sagst du nicht guten Tag?», fragte Filipp mit Bassstimme.

Annuschka trippelte zur Tür, dabei wischte sie sich mit dem Zipfel des Kopftuchs die Nase ab, und rasch und geräuschlos schloss sie hinter sich die Tür.

«Achte nicht drauf, sie ist eine dumme Gans. Vom Land eben.» Filipp schaute grimmig zum Fenster hinaus. Dann sprang er plötzlich auf.

«Halt! Halt! Wozu!», fuhr Nadja flüsternd dazwischen.

«Stimmt schon, wozu. Zum Teufel mit ihr», sagte Filipp. «Wird sich schon dran gewöhnen. Aber warte, ich bringe die Butter.»

Filipp holte in der Diele die Butter und sagte von oben, vom Hocker, gegen die Wand: «Musst anklopfen. Erst an die Tür klopfen, danach reingehen. Heißt es ‹Bitte!›, dann geh rein.»

Annuschka blies in den Samowar, erwiderte nichts.

«Ist der Samowar so weit, sag Bescheid», brummelte Filipp im Flur.

«Einen Moment, komm nicht rein», sagte Nadja hinter der Tür.

‹Irgendein Weiberkram›, dachte Filipp. Mit dem Teller stand er vor der Tür.

«Darf ich?», fragte Filipp nach einer Weile.

«Holst du den Samowar, oder soll ich ihn bringen?», rief Annuschka aus der Diele durch den ganzen Flur.

«Gleich hol ich ihn! Gleich! Was brüllst du, kannst es auch sagen.»

‹Schmollt, ja, so was aber auch›, dachte Filipp über Annuschka, ‹das renken wir ein.›

«Bitte!», rief Nadja. Filipp stieß die Tür auf. Nadja schob mit der Hand die Haarnadeln in die Frisur.

Filipp schaute neugierig, wie sie jetzt aussah, was sie gemacht hatte.

Nadja spülte die Tassen, brühte Tee auf. Der Samowar dampfte fröhlich auf dem Tisch, er schien sich auf seinen Füßchen zu bewegen.

«Sei nicht vergrätzt wegen ihr», sagte Filipp.

«Weshalb, ich denk nicht daran. Sie ist ein prima Mensch, finde ich.»

«Ja, ist in Ordnung. Der Mann ist ihr an der Cholera weggestorben, und zwei Kinder, in einer Woche. Was kann man da wollen? Dumme Gans eben, vom Land, mit einem Wort.»

Filipp schaute zu, wie Nadja Tee einschenkte, und überlegte: ‹Kommt, sagen wir, Jegor, und sie schenkt hier den Tee ein, sagt: Nehmen Sie sich – dann merkt der doch sofort, ohne ein Wort, dass wir was haben miteinander.› Und Filipp betrachtete Nadja, wie sich das für einen Unbeteiligten darstellte.

«Prima!», sagte Filipp, stellte die Tasse ab und sah auf die Uhr.

«Musst du los?», fragte Nadja flüsternd.

«Akkurat um acht muss ich mich mit Jegor auf der Sadowaja treffen.»

Nadja korrigierte immer, wenn Filipp «akkurat» sagte. Filipp wollte sich schon verbessern, aber Nadja korrigierte ihn gar nicht.

«Dann gehen wir zusammen.» Nadja flüsterte noch immer.

«Wozu, brauchen den Leuten doch nicht vorführen ... dass wer übernachtet hat. Ich kehr zurück, bis zehn bin ich wieder hier, bleib sitzen. Wirklich wahr. Wohin willst du?»

Filipp stand auf.

«Sogar bis um halb zehn.» Er wollte gern, dass der Tisch so fröhlich und die Tassen so freudig blieben, dass bloß Nadja nicht wegginge.

«Geh ja nicht vor mir fort!»

Filipp schlüpfte rasch in seine Joppe, klatschte sich das Käppi auf den Kopf. Er trat in den Flur. Kehrte aber plötzlich zurück, umarmte Nadja mit aller Kraft, küsste sie auf die Lippen und stürzte zur Tür.

Nadja blieb allein. Der Samowar kochte und brodelte noch. Nadja setzte sich hinüber aufs Bett und legte die Wange aufs Kissen. Ganze Wolken von Gedanken stiegen in ihr auf, verweilten kurz, und schon nahmen neue ihren Platz ein, und alles drehte sich im Kopf, ein bunter Reigen, und auf den Schultern war Filipps Umarmung geblieben, so fest und kräftig, dass es wehtat. Der Vater und Anna Grigorjewna zogen ganz klein durch ihre Gedanken, sie waren irgendwo zugange, als ob Nadja aus großer Höhe auf sie hinuntersähe. Wirkten geradezu unecht.

Das aber, was hier war – Nadja umfing in einem Zug die ganze Stube mit dem Blick, Filipps ganzen Kleinkram: sich damit losreißen und fortschwimmen, fortschwimmen, wie auf einer Insel ...

und tätig sein. Nadja setzte sich aufrecht hin und reckte die Schultern gerade. Barfüßige Schritte kamen näher und hielten vor der Tür.

«Treten Sie ein, treten Sie ein», sagte Nadja mit ihrer neuen Stimme, einer festen, überzeugenden.

Annuschka trat ein. Sie warf einen Blick auf Nadja und senkte die Augen.

«Will den Samowar, möchte auch was trinken», flüsterte Annuschka.

«Setzen Sie sich doch, trinken Sie. Bitte!» Nadja stand auf. «Ich bitte Sie! Nun setzen Sie sich doch!»

Annuschka setzte sich auf den Stuhlrand. Hob für einen Moment die Augen, warf Nadja einen prüfenden Blick zu, als wollte sie sich einen Weg einprägen, und blickte erneut auf ihre nackten Füße.

Nadja spülte eine Tasse aus und schenkte ein.

«Bitte. Hier ist der Zucker.»

Annuschka stand auf und ging stracks zur Tür. Sie kam nicht einmal dazu, die Tür zu schließen. Nadja hörte, wie Annuschka im Flur zwei schnelle Schritte machte, dann rannte sie.

Sie schaffte es kaum, das Lachen zurückzuhalten, prustete schon beim Laufen und platzte in der Küche laut heraus. Nadja hörte, wie das Lachen sie schier zerriss, wie sie es erstickte, offenbar im Kissen.

WEITE

«Witja! Witja!», konnte Grunja nur rufen, und noch unter der Tür umfasste sie Wawitschs Kopf, sodass die Mütze wegrutschte und hinunterfiel. Wiktor hatte Grunja nicht einmal recht ins Gesicht sehen können, sie bog und zog seinen Kopf zu sich her, um sich schnellstens an ihn zu drücken. Fest umklammert hielt sie den Kopf und zerrte Wawitsch in Richtung Zimmer, im Mantel, wie er war, und er schritt unsicher, fürchtete, ihr auf die Füße zu treten.

«Ist es wahr? Ist es wahr, was sie sagen?», flüsterte Grunja. Ließ ihn aber nicht antworten, küsste ihn auf die Lippen.

«Alles in Ordnung, Gott sei Dank», presste Wiktor hervor. «Was ist denn, ist doch alles gut ...»

«Ist es wahr», sagte Grunja, «dass zwei ermordet wurden?» Und Wiktor erblickte Tränen, große Tränen in großen Augen. Grunja schaute Wiktor ins Gesicht. «Ist das wahr?»

«Schutzleute, Schutzleute», sagte Wiktor beruhigend, «Schutzleute auf Posten.»

Grunja schien es nicht zu hören, sie betrachtete Wiktors Gesicht, unruhigen Blickes, als suchte sie etwas, während er beharrlich und schmerzlich wiederholte:

«Schutzleute, zwei Schutzleute.»

«Witja!», schrie Grunja auf einmal mit einer Stimme von tief innen, und Wiktor fuhr zusammen. Und plötzlich warf sie ihre Wange an den nassen Mantel, umklammerte seine Schultern mit den Armen, und Wiktor fiel die Stimme in der Kapelle ein: ‹Matwej!›

«Was denn, was hast du denn!» Wiktor schob Grunja von sich. «Grunetschka! Was hast du? Mit allen Mitteln wird die Ruhe wiederhergestellt. Es werden doch Maßnahmen getroffen. Es sind doch Truppen da!»

Grunja weinte still, den Kopf an Wiktors Brust gelehnt. Froska ging auf Zehenspitzen durch den Flur. Grunja riss den Kopf los, wischte rasch mit dem Ärmel die Tränen ab.

«Auftragen, auftragen!», sagte Grunja, schon in Bewegung. «Ja, ja, gleich.»

Wiktor warf die Mappe weg, legte hastig ab. Riss irgendwie die Schlaufen von den Knöpfen.

«Sehr feierlich», sprach Wiktor in der Küche und spritzte sich eiskaltes Wasser ins Gesicht, fuhr sich mit nasser Hand durch die Haare, «wunderbar, dass alle da waren, auch der Polizeichef und die Polizeichefin … haben eine Spendenliste … hab mich auch eingetragen … eine Pension wird ausgesetzt, versteht sich. Die beiden sind gefasst worden», sagte Wiktor, während Grunja ihm ein Handtuch reichte und ihm ständig ins Gesicht schaute, als hörte sie gar nicht, was Wiktor sagte, «der eine wurde bei der Ergreifung verwundet …» Grunjas Blick schnitt Wiktor die Rede ab.

«Ich höre, höre zu», sagte Grunja, «wurde verwundet.»

«Haben ihn, kurz gesagt, gefasst.» Wiktor gab ihr das Handtuch und wandte sich ab.

‹Muss von anderem reden›, überlegte Wiktor, während er sich umzog, ‹bloß, wovon? Irgendwas Lustiges …›

Auf dem Tisch stand ein Imbiss, eine Karaffe, Grunja hob die Wärmehaube von der Kaffeekanne.

«Ah, ja!», sagte Wiktor und setzte sich auf seinen Platz. «Ein Brief von deinem Vater ist gekommen. Er hat diesen Dienst quittiert. War ihm zuwider, sagt er, verstehst du. Hatte es wohl satt …»

«Und? Und?» Grunja hätte fast aufs Tischtuch gegossen. «Und nun?»

«Feinde sind aufgetaucht, sagt er, und da hat er alles hingeschmissen. Hat ja auch Recht, die Stelle ist nicht beneidenswert, das Städtchen – kannst darüber spucken.»

«Und nun?» Grunja stellte die Kaffeekanne ab und starrte Wiktor aus aufgerissenen Augen an. «Wo ist der Brief?»

«Verstehst du, den hab ich auf der Wache vergessen», schwindelte Wiktor und wurde rot; er schmierte auf ein Kaviarbrot noch obendrauf Butter, merkte es und klappte es rasch zusammen.

«Gib mir den Brief! Such danach!», sagte Grunja atemlos. «Vielleicht im Mantel!» Und sie schob sich hinterm Tisch vor. Wiktor sprang auf, begab sich rasch in die Diele, trat an der Garderobe von einem Fuß auf den andern und nahm den Brief aus der Mappe. Aus dem Halbdunkel der Mappe blickten die Augen eines großen Fotos.

«Hab ihn!», rief Wiktor und ließ die Mappe vorsichtig zu Boden gleiten. «Was musste mich der Teufel reiten!», knurrte er halblaut. Er griff die Mappe, trat entschlossen in die Stube und reichte Grunja mit finsterer Miene das Briefkuvert. «Hier, bitte, lies selbst.»

Grunja holte mit behänden Fingern den Brief heraus. Aus der Tasse Kaffee ohne Milch stieg finsterer Dampf auf, und Wiktor biss so kräftig in die belegten Brote, als wäre es Zwieback.

«Nicht schlimm, nicht schlimm», seufzte Grunja und wedelte mit dem Brief durch die Luft, als wollte sie ihn abkühlen, «nicht schlimm, wir finden ihm hier eine Stelle. Ja, Witja?»

Und Grunja lächelte zum ersten Mal. Es lächelte auch Wawitsch, als wäre er aufgewacht – und zum Fenster herein die Sonne.

«Weißt du», hob Grunja an «ich werd das selbst, doch, doch. Weiß auch schon, wie. Huch, was hab ich den Kaffee! Warte, ich gieß frischen ein. Ich weiß, weiß es schon.»

Und Grunja nickte fröhlich.

«Ja-ja-ja!»

Sie verstummte, ihr Kopf hielt inne. Es wurde still, auch aus der Küche kein Laut. Grunja richtete die schreckensstarren Augen auf Wiktor, Wiktor blickte sie entsetzt an. Grunja stand plötzlich auf, sprang zu ihm, zog dabei das Tischtuch mit, klirrend fiel ein Messer hinunter. Grunja packte Wiktor an beiden Ohren, stark, schmerzhaft, und drückte ihre Lippen auf die Nasenwurzel.

«Oh, untersteh dich, untersteh dich!», flüsterte Grunja. «Witja, Witenka, bloß nicht!» Wieder drückte sie die Lippen an ihn, die Zähne. Sie setzte sich, atmete heftig. Schaute an Wiktor vorbei zur Wand.

Wiktor versuchte zu lächeln, er wollte schon die Lippen breit ziehen, da bemerkte er, dass Grunja lautlos etwas flüsterte.

Wiktor rückte das Tischtuch zurecht, nahm seine Tasse.

«Ja! Verstehst du», hob Wiktor an, «diese zwei da, unser Besuch, die von der Post!»

Grunja wandte die weit offenen Augen Wiktor zu.

«Unsere Postler da, diese zwei.» Grunja nickte. «Ich geh die Sadowaja lang, da stehen sie in einem Häuflein vor der Post. Ich seh sie an und heb schon den Arm zur Begrüßung – da wenden sie sich ab, die Schweinekerle. Beide. Dabei haben sie mich klar gesehen. Verstehst du?»

«Verstehe.» Grunja nickte und schaute Wiktor noch genauso verstört an.

«Arbeitsverweigerer!» Wiktor brachte seine Stimme ins Lot und setzte sich tiefer in den Sessel. «Genieren sich, mit einem Quartieraufseher, heißt das … aber zum Wodkatrinken, da sind sie als Gäste schnell zur Stelle!» Wiktor lächelte böse. «Und Witze erzählen! Die aller…»

«Witja, ich bin schwanger», sagte Grunja, und zum ersten Mal erblickte Wiktor ihre Augen, erblickte, dass dort, jenseits der Freude – ein heißes Dunkel war da und eine Weite ohne Ende. Nichts außer klaffender Weite sah Wiktor in diesem Augenblick. Er wurde einen Moment zu Stein. Plötzlich schoss ihm Röte ins Gesicht, er tastete mit der Hand über den Tisch, fand Grunjas Hand, zog sie an seine Lippen, drückte seine Wange daran. Die Hand war schwer, wie leblos, und er spürte Grunjas Blick im Nacken. Er küsste noch und noch Grunjas Hand und spürte plötzlich, dass der Augenblick vorbei war, und sah mit nassen Augen Grunja an. In ihren Augen verdeckte schon Glanz die Weite. Grunja bückte sich nach dem Messer.

«Schon lange?», fragte Wiktor flüsternd und stürzte vor, um das Messer aufzuheben.

Tanja hatte diese Farbe im Schaufenster gesehen. Diese Farbe hatte Tanja so lebhaft angeblickt, als hätte sie sich absichtlich zwischen den hindrapierten, hingehängten Stofffalten verborgen gehalten, sich verborgen gehalten und nur auf sie gewartet, nach ihr ausgespäht, sie erblickt und ihr so in die Augen geschaut, dass Tanja das Herz schlug. Ihre Farbe, ja, sie war es, einmal, ein einziges Mal, ein entscheidendes Mal durfte sie diese Farbe tragen.

Ein für alle Mal, für alle Zeiten! Sie dachte erregt an dieses Stück Seide – es würde als Kragen um ihren Hals liegen, am Ausschnitt in spitzem Revers auf dem Busen auslaufen. Sie war damals in das Geschäft gegangen, hatte die Seide in der Hand gehalten und sich nicht entschließen können, sie ans Gesicht zu legen und in den Spiegel zu schauen. Und wozu auch. Sie wusste – das war sie. Damit durfte man keinen Scherz treiben vor den Verkäufern im Geschäft. Sie kaufte eine unnütze Borte, zwei Ellen. Jetzt ging sie, eilte sie zu jenem Geschäft, wo die Seide im Schaufenster lag. Sie war braun, glatt, mit Feuer im Innern. Tanja wusste, wenn sie damit ihr Gesicht umrahmte, so würde, unauffällig, das hervortreten, was, sie wusste es, in ihr steckte. Sie fürchtete, die Seide wäre schon weg, das verdross sie, und sie schüttelte mit dem Kopf diesen Verdruss hinweg. Sie nahm erst gar nicht die Pferdebahn, da sie wusste – sie würde es nicht aushalten. Eine freie Droschke wurde zehn Schritt vor ihr belegt. Tanja eilte, sie wollte niemandem begegnen.

Da, da war es, das Schaufenster! Noch heißer flammte die Farbe. Tanja betrat das morgendlich leere Geschäft. Die Kommis unterbrachen ihr Gespräch, stützten die Hände auf die Ladentheke und beugten sich vor. Doch vom Stehpult kam der Prinzipal persönlich, in weiter Jacke, ein Pincenez auf der Nasenspitze.

«Wünsche einen guten Tag!» Weiches Grau nickte vom Kopf herab, wippte zurück.

«Hätten Sie nicht irgendeine Seide? Vielleicht eine braune?», sagte Tanja und spürte schon, dass sie errötete.

Zwei Kommis nahmen sogleich je einen Ballen aus dem Regal und warfen die Seide über die Hand, wickelten sie in Wellen über der Ladentheke ab.

«Dieser Art?» Der Prinzipal betrachtete sie höflich, hob in gerafftem Fächer die Seide hoch.

Tanja tat so, als sehe sie genau hin, kniff die Augen zusammen.

«Nein. Nein, nein!»

Dabei schaute die Farbe schon vom Regal, wartete mit Inbrunst. «Na! Na!», schien sie ungeduldig zu flüstern.

«Zeigen Sie mal die dort!» Tanja deutete mit dem Finger nach oben. «Aber nein, nein! Weiter rechts!» Sie schrie den Kommis fast an.

Während er, ihr zugewandt, immer nach dem Falschen griff.

«Die, die!» Tanja war außer Atem. Aber die Farbe lag schon auf dem Ladentisch und überdeckte in gelassenen Wellen siegreich all dieses Lumpenzeug. Sie blickte nun nicht mehr Tanja an, sondern lag ausgebreitet, blickte zur Decke. Der Prinzipal drapierte sie nicht in Falten zur Vorführung, der Prinzipal sah über das Pincenez auf Tanjas gespanntes Gesicht. Der Kommis drehte vorsichtig den Stoffballen.

«Messen wir ab?», sagte nach einer Weile der Prinzipal, sagte es weich, eindringlich, als ob er wüsste, dass etwas Wichtiges vor sich ging. «Wünschen Sie für ein Blüschen?», fragte der Alte in mitfühlendem, geheimnisvollem Flüsterton.

Sie brauchte bloß eine halbe Elle, aber das war ihr plötzlich peinlich angesichts der Aufregung und der drei Leute und des Alten – und dann nur eine halbe Elle!

«Drei Ellen, bitte.»

Der Kommis reichte dem Prinzipal die Elle. Tanja bezahlte, ohne zu handeln. Sie klemmte das weiche Päckchen unter den Arm und verließ das Geschäft.

Die Passanten standen in Häuflein und lasen irgendwelche Wandanschläge. Zwei Kosaken ritten im Schritt über das Pflaster. Zwei Studenten überholten Tanja hastig, sie redeten laut in einer kehligen Sprache, der eine trug eine Papacha. ‹Der mit der Papacha blickt sich bestimmt um.›

Der Student blickte sich um, schrie dabei jedoch weiterhin auf seinen Nachbarn ein. Tanja wandte sich ab und entdeckte ihre Gestalt in einer Schaufensterscheibe, sie schaute weg, rückte aber sogleich den Hut zurecht.

Die Schneiderin braucht bloß eine halbe Elle, die wird einhaken – wieso drei? Erst nach Haus und abschneiden, beschloss Tanja und beschleunigte den Schritt. Ihr fiel plötzlich auf, dass alle Leute in eine Richtung gingen, die gleiche wie sie, und dass alle vorsichtig voraus und nach rechts spähten. Einige gingen nicht mehr weiter, trippelten unschlüssig und blieben auf den Stufen vor den Hauseingängen stehen, und Tanja vernahm inmitten des Straßengemurmels das gleichmäßige Dröhnen einer Menschenmenge. Sie schaute, wohin die Gesichter der Passanten gerichtet waren, und plötzlich erhob sich ein Tosen in der Menge, der Luftzug dieses Geräuschs umfächelte Tanja, ihr Atem rutschte in der Brust nach oben, die Augen spannten sich beunruhigt. Dort, dort vorne. Hoch ragten Rücken in Uniformen, in Wellen schwankten Köpfe mit Haarschöpfen, wenig später erblickte Tanja Pferdehintern, und im gleichen Moment schrie eine kräftige Stimme ihr fast ins Ohr:

«Zurück! Zurück, hört ihr nicht! Biegt nach links ab!»

Ein Polizist jagte am Rand des Bürgersteigs entlang. Er hätte Tanja fast gestoßen, und nachdem er einen Passanten so gestoßen hatte, dass der sich drehte, stürzte er weiter. Er fuchtelte mit der Trillerpfeife. Eine schwarze Kette von Schutzleuten drängte die Passanten mit dem Rücken gegen die Häuser. Tanja stieg auf eine Vortreppe, ein Herr strauchelte, verlor auf den Stufen sein Pincenez, wurde aber weitergetrieben. Jetzt konnte Tanja hinter den Kosaken die Menge der Studenten sehen, die Mützen mit den blauen Rändern. Es waren sehr viele. Tanja hätte nie gedacht, dass es so viele Studenten gibt. Sie füllten das ganze Geviert vor der langen Universitätsfassade aus. Die graugelbe Fassade blickte unfreundlich, gleichsam aus halb geschlossenen Augen, und wie ein gerader Greisenmund zog sich ein langer Balkon mit dünnem Gitter entlang.

Tanja stand mit einem Menschenhäuflein auf der kleinen Vortreppe ohne Geländer, sie atmete unregelmäßig, flach, wie ihre Nachbarn, und konnte die Augen nicht von der Menge losreißen.

«Der dort, der mit dem schwarzen Schnauzbart, das ist der Polizeihauptmann von der Moskauer … der Moskauer Wache … heute zu Pferd.»

«Der Gehilfe ist das, nicht der Polizeihauptmann», korrigierte jemand mit vollkommen durchkühlter Stimme.

Plötzlich taten sich die hohen, trockenen Türflügel auf dem Balkon auf. Erst widerwillig, flogen sie mit einem Mal zur Seite, rissen auf, und auf den Balkon trat ein Student im Uniformmantel. Er öffnete und schloss den Mund, doch über dem wogenden Tosen der Menge war nichts zu hören. Plötzlich wandten alle den Kopf – und das Gesicht der Menge wurde schwarz. Alles verstummte. Kurz war zu hören, wie die Hufeisen der Pferde auf dem Pflaster scharrten.

«Genossen!», rief der Student mit klangvollem Tenor. Wie ein unheimlicher Windstoß blies diese Stimme von oben auf Tanja herab. «Genossen!», wiederholte der Student. «Heute ist das ganze werktätige Russland … die Fabrikarbeiter, alle Eisenbahnen, das ganze Volk … wie ein Mann …», konnte Tanja aufschnappen und hörte den kehligen kaukasischen Akzent, davon wirkten die Wörter schärfer, und die Stimme schnitt in die Köpfe, nach links und nach rechts wandte sich der Student, «wie ein Mann sind sie aufgestanden ... den Zaren und seine Knechte. Genossen! Die Stunde ist nah ...» Der Redner warf den Kopf zurück, um Luft zu schöpfen, und in dem Moment sagte eine schroffe Stimme über der Menge:

«Genug der Tändelei! Peitschen raus!» Und der Gehilfe des Polizeihauptmanns hob den Arm – den weißen Handschuh.

Tanja sah, wie der Student auf dem Balkon noch den Mund öffnete und schloss, doch plötzlich explodierte die Straße im wütenden Geheul der Menge. Tanja sah, wie die Kosaken die Arme hoben, wie sie ausholten mit den Nagaikas, als ob dieses wütende Gebrüll der Menge sie in Rage versetzte, als ob die Kosaken diese Stimme niederschlagen, niedertrampeln wollten. Tanja wurde wie mit Gewalt aufgestört von diesem Schrei, diesem Hurrikan eines Geheuls, sie wollte fort von der Treppe, dorthin! dorthin! mit aller Macht! Aber die Umstehenden packten sie fest, und sie wollte sich losreißen. Jener Herr, der sein Pincenez verloren hatte, stieß sie bereits durch die Haustür, warf die Tür zu, versperrte sie mit seinem Leib, während Tanja mit ihrem Ridikül, mit der Faust gegen die Türscheibe schlug, und mit neuer Stärke brach durch die zersplitterte Scheibe das wütende Geheul – er zerrte an Tanja, und sie zerrte und schlug den Mann, doch der hielt sich den Ärmel vor und ließ sie nicht zur Tür. Plötzlich wurde von der anderen Seite gegen die Tür gedrückt. Eine ganze Menschenmenge brach Hals über Kopf durch die Tür, sie jagten, strömten herein, bedrängten sich gegenseitig und jagten weiter, die große Treppe hinauf, sie zogen Tanja mit in den ersten Stock, und Tanja hörte ringsum bebende Stimmen: Geschossen, gleich wird geschossen. Durch die Straße rollte ein Grollen, alles verstummte mit Herzklopfen. Doch ein neuerliches Grollen ließ klar erkennen: Mit Schwung wurden die Rouleaus an den Geschäften herabgelassen. Im Erdgeschoss rannte jemand, es klackte das Schloss – der Haupteingang war abgeschlossen. Von allen Seiten eingesperrt, drehte und wendete Tanja den Kopf, Tränen in den Augen, und stieß immer wieder zwischen den Zähnen hervor:

«Lassen Sie mich! Lassen Sie mich!»

Ein durchdringender Polizistenpfiff stach und bohrte sich herein, direkt bei der Tür: Halt! – und lautes Pferdegetrappel. Der Pfiff trillerte stoßweise weiter, doch entfernter. Die Treppe atmete auf. Oben wurde irgendwo eine Tür kurz aufgemacht. Alle Köpfe gingen hoch. Aber die Tür schlug heftig zu, und laut ratschte ein hastiger Schlüssel: einmal, zweimal!

In Tanja brauste ein ungestümer Lärm, und sie wusste nicht, dass es auf der Straße draußen bereits still war wie mitten in der Nacht.

«Das geht nicht, das geht nicht! Un-mög-lich!» Tanja ging, rannte fast über das Trottoir, stammelte diese Wörter und schüttelte mit aller Macht den Kopf. Sie sah nichts, die Füße jagten von allein über den Gehsteig. «Stehn da, stehn da, zum Teufel, schauen – und rennen!» Aus wütenden Augen warf Tanja zwischendurch den verhassten Passanten scheele Blicke zu und schüttelte erneut den Kopf. Sie rannte bei den Tiktins die Treppe hoch, kam erst an der Tür zu sich und drückte plötzlich stoßweise, mit Macht, den Klingelknopf. Dunjascha öffnete die Tür. Tanja hätte Dunjascha fast umgerannt, sie stieß einen leeren Stuhl beiseite – und sah das erschrockene Gesicht Anna Grigorjewnas. Anna Grigorjewna öffnete leicht den Mund, wie um den Schlag in sich aufzunehmen.

«Das geht nicht, ist undenkbar!», flüsterte Tanja, und ihre Lippen flatterten, verhaspelten die Wörter. Sie ging, wie sie war, ohne abzulegen, ins Wohnzimmer, ging vor und zurück über den Teppich – Anna Grigorjewna blickte sie unter hochgezackten Augenbrauen an.

Tanja ließ sich in die Sofaecke fallen, presste die Hände an die Wangen.

«Teuerste, was ist? Was denn?» Die alte Dame ließ sich auf die Knie nieder, suchte ihr ins Gesicht zu blicken. «Was ist, was denn, meine Liebe?»

Tanja schüttelte den Kopf und presste die Hände noch fester ans Gesicht.

«Etwas mit unserer Nadja? Ist sie bei Ihnen? Nadja?»

Tanja riss plötzlich die Hände vom Gesicht, richtete sich in der Sofaecke gerade auf, und Anna Grigorjewna erblickte böse, jähzornige, hasserfüllte Augen, erblickte Blutstreifen an den Wangen, Abdrücke von den Händen.

Anna Grigorjewna hatte den Eindruck, als würde Tanja gleich ausspucken, so ausspucken, dass es tödlich wäre. Sie erwartete den Moment wie einen Schuss, löste den Blick nicht von Tanjas Augen.

«Zum Teu…» Tanja sprach nicht zu Ende und drehte sich mit dem ganzen Körper zur Sofaecke, stemmte den Kopf gegen die breite Lehne. Anna Grigorjewna sah, dass die Schulterblätter zuckten. Sie erhob sich vom Boden.

«Dunjascha! Wasser!», rief Anna Grigorjewna.

«Gehn Sie raus!» Tanja schrie es durch die ganze Wohnung. Anna Grigorjewna zuckte unter diesem Schrei zusammen und stürzte aus dem Zimmer. Dunjascha eilte ihr mit einem Glas entgegen.

«Psst! Psst!», flüsterte Anna Grigorjewna außer Atem. «Stellen Sie es ganz leise auf das Tischchen neben dem Fräulein. Mein Gott, mein Gott, was ist das nur?» Anna Grigorjewna schoss vom Fenster zum Tisch und zurück. Sie hörte ein krampfhaftes Röcheln. «Ein hysterischer Anfall!» Und Anna Grigorjewna trat wieder ins Wohnzimmer.

Tanja saß noch genauso, den Kopf gegen das Sofa gestemmt. Anna Grigorjewna versuchte, ihren Kopf zu berühren, aber Tanja bäumte sich mit dem ganzen Leib wie von einem elektrischen Stromstoß, und plötzlich sah sie angespannten Blickes auf Anna Grigorjewna, biss sich auf die geschwollene Lippe. Richtete sich auf. Wandte den Blick ab. Rückte den zur Seite gerutschten Hut zurecht. Zog den Rock zurecht. Sie sagte mit holprigem Atem:

«Ver… zeihn … Sie!» Sie suchte ihr Gesicht zu beruhigen, in der Hand das Glas zu beruhigen. Sie trank die Hälfte. Anna Grigorjewna schaute auf ihre blutbesudelten Hände, auf die zerschnittenen Handschuhe.

«Soll ich Ihnen etwas geben?», fragte Anna Grigorjewna und wollte schon losstürzen, doch Tanja schüttelte langsam, gemessen den Kopf.

«Danke Ihnen. Ich gehe gleich. Machen Sie sich keine Umstände.»

«Sie haben da Blut, Blut!» Anna Grigorjewna zeigte die Stelle auf ihrem Gesicht.

«Eine Lappalie!» Tanja sprach schon fast gelassen. Sie zog ihr Taschentuch aus der Tasche, spuckte darauf und rieb sich die Wange.

«Die Hände, die Hände!» Aber Tanja zog sie behutsam weg, überließ sie Anna Grigorjewna nicht.

«Von Ihrer Nadja weiß ich leider nichts. Bei mir war sie bestimmt schon eine Woche nicht mehr.»

Tanja holte tief Luft.

«Tanetschka! Liebste, was ist das für ein Ton!», rief Anna Grigorjewna flehentlich.

«Von Nadja weiß ich …», begann Tanja monoton.

«Sind Sie denn von Sinnen, Tanja! Wieso das? Ringsum ein solches Unglück, und Sie … Tanetschka!»

Anna Grigorjewna beugte sich vor und schüttelte Tanja heftig an der Schulter, als wollte sie sie wachrütteln.

«Noch keine Stunde, dass der Schutzmann fort ist. Wir hatten eine Haussuchung.»

Tanja hob rasch den Blick.

«Nadja haben sie gesucht. Eine Wache dagelassen. Liebe!» In der Stimme wie in den Augen Anna Grigorjewnas waren Tränen. «Teuerste!», schluchzte Anna Grigorjewna und sah, dass sie Tanja umarmen durfte, und sie drückte sie mit aller Macht und weinte unaufhaltsam große Tränen – ein weiblicher Tränenstrom.

Tanja strich der alten Dame über den Kopf, schob ihr die nassen grauen Haare aus der Stirn.

«Kann nicht mehr, kann nicht mehr», schluchzte Anna Grigorjewna, «ich härme mich, härme mich um alle! Sanka ist davongeschossen! Wohin?» Sie blinzelte sich die Tränen aus den Augen, um Tanjas Blick besser zu sehen. «Wohin?» Anna Grigorjewna unterbrach ihre Wehklage auf einmal, ihr Blick war gespannt auf Tanjas Augen gerichtet. Tanjas Blick zitterte, für einen Moment riss er auf wie ein Schrei. «So sagen Sie doch – wohin?» Anna Grigorjewna schüttelte Tanja. «Wissen Sie, wissen Sie es? Dann quälen Sie mich nicht!» Sie küsste Tanjas Schulter.

Tanja wandte die Augen ab.

«Mein Ehrenwort, ich weiß es nicht. Aber ihm passiert nichts!»

Tanja stand auf. Vom Sofa fragte Anna Grigorjewnas verweinter Blick: ‹Wirklich? Passiert nichts?›

«Wenn ich die Hände waschen könnte …», sagte Tanja, während sie unverwandt ihre Hände betrachtete.

Anna Grigorjewna sprang auf.

«Ja, ja! Dass ich nicht …! Wie haben Sie das?»

«Eine Lappalie!» Tanja lächelte. «Habe aus Bösartigkeit Glas zerschlagen. Bin nämlich furchtbar bösartig», plauderte Tanja und riss an den zerschnittenen Handschuhen, sie klebten vom Blut.

«Vorsicht! Vorsicht!», sagte Anna Grigorjewna und goss Tanja Wasser über die Hände. «Schauen Sie, ob kein Glas drinsteckt. Warten Sie, ich hole eine Binde. Sie brauchen eine Binde.»

«Wir sind doch alle gleich», sprach Anna Grigorjewna, während sie die Binde um Tanjas gepflegte Hände wickelte, «eine wie die andere – nein, nein, das mach ich selbst!» Anna Grigorjewna umschlang geschickt Tanjas Finger. «Sobald Kinder da sind, ist eine wie die andere, sind wir alle zu vergleichen ... Das ist alles vor den Kindern!» Und Anna Grigorjewna band den Mull am schmalen Handgelenk zu einem entschlossenen Knoten.

Sie brachte den Bindenrest weg und trat wieder ein mit benebelten Augen. Sie blickte nicht zu Tanja, sondern in die Ecke, und sagte, als wäre sie allein:

«Ach, wie mich das mit Nadja aufregt!» Und wackelte vorsichtig mit dem Kopf.

«Danke! Leben Sie wohl», sagte Tanja.

Anna Grigorjewna schaute noch immer in die Ecke und wiegte den Kopf. Tanja ging ins Vorzimmer, sie hatte schon die Hand am Türschloss, als Anna Grigorjewna ihr plötzlich nachrief:

«Halt, halt! Sie haben etwas vergessen!» Sie kam Tanja nachgelaufen. «Das gehört doch sicher Ihnen!» Und hielt ihr ein Päckchen hin. Darin war die Farbe. Tanjas Hand, die verbundene Hand, nahm das Päckchen, ungeschickt.

«Oh, merci!» Und Tanja stieß die Tür auf.

Tanja stieg die Treppe hinab und blieb auf dem Absatz stehen. Sie hatte plötzlich keine Kraft mehr zum Gehen – als gäbe es plötzlich nichts mehr, wohin sollte sie noch. Sie stand mit gerunzelter Stirn, um zu einem Schluss zu kommen. Aber die Stirn glättete sich wieder, es pochte nur leeres Blut gegen die Schläfen.

Unten schlug mit Schwung die Haustür, dröhnend im leeren Treppenhaus, dann Schritte, schnelle, zwei Stufen auf einmal. Tanja fuhr auf, zuckte zusammen, schaute nach unten – ja, ja! Sanka Tiktin, den Kragen schief hochgeklappt, den Mantel aufgeknöpft, und wie er schnauft, und schaut wie nach einem Dauerlauf – erkennt er sie?

«Guten Tag!», sagte Sanka mit atemloser Stimme und nickte, ohne die Mütze abzunehmen.

«Von dort?», fragte Tanja flüsternd und blickte ihm durchdringend und streng in die Augen.

Sanka nickte und stand, ans Geländer gelehnt, schwer atmend, sah jedoch Tanja immer noch mit fremden Augen an.

«Schwindel deiner Mutter vor, dass du Nadja gesehen hast», sagte Tanja plötzlich per du, zum ersten Mal per du, und trat näher, «sag, dass du sie mit einem Genossen gesehen hast, oder irgendwas. Und bring dich selbst in Ordnung.»

Tanja rückte mit der verbundenen Hand Sankas Kragen zurecht. Schlug darauf. Sie warf Sanka noch einen strengen Blick zu und ging die Treppe hinunter.

Sanka lauschte den Schritten nach, mit Bassstimme schlug die Haustür zu.

Filipp atmete sogleich mit einem tiefen Zug die Morgenluft ein. Sog sie in die Brust und stieß sie zur Nase hinaus, schwenkte den Kopf.

Der Herbst schien innezuhalten, sich auszuruhen – es war still und trocken.

‹Und sie sitzt dort bei mir und wartet. Komm ich, ist sie da!›, dachte Filipp, und die Beine schritten schneller. ‹Und wenn sie nicht wartet? Ah, Teufel, hätte das doch nie gedacht, und wenn mir das wer gesagt hätte, nicht geglaubt.› Filipp lächelte und schüttelte ungläubig den Kopf. ‹Schau nicht!›, hat sie gerufen, und ihm fiel ein, wie sie sich vor Scham zusammengekauert hatte, das ging ihm durch und durch! Ah, du meine Liebe! Und dann wallte ihm im Schritttempo warmes Blut durch den Kopf, bald mehr, bald weniger, schwappte über die Augen, und Filipp sah nicht mehr, wem er auswich auf dem Weg. Hörte die Schritte nicht mehr auf dem gewohnten Brettersteg, erst auf dem Gehsteig bei der Korkfabrik wich die warme Welle. Ein Schutzmann schrie:

«Geh auf der Fahrbahn weiter! Bieg nach rechts!»

Filipp schaute. Drei Schutzleute mit Gewehren gingen unter den Fenstern der Fabrik auf und ab. Filipp schaute zu den Fenstern hinein – sah still aus, sie streikten also. Im letzten Fenster bemerkte er ein Licht, als ginge da jemand mit einer Petroleumlampe. Aber stehen bleiben war unmöglich. Filipp blickte noch einmal zurück.

«Geh weiter, geh weiter!», schrie ihm der Schutzmann hinterher.

Nun kam die lange und niedrige Seilfabrik. Filipp ging mitten auf der Fahrbahn; an den vergitterten Fenstern blinkten die vielen kleinen Scheiben. In der Fabrik hier und da gedämpftes Licht, und wieder schwarze Uniformmäntel mit Gewehren, alten Berdangewehren, bei einem war das Bajonett wie eine Mistgabel gebogen. Die Schutzleute sahen Filipp nach. Um die Ecke war Lärm. Aha! Ein Menschenhäuflein am Tor. Da stand auch der Quartieraufseher, im grauen Mantel. Richtig: Etwas weiter weg noch andere Leute, die werden nicht zur Arbeit gelassen. So was! Der Quartieraufseher dorthin. Im Laufschritt. Die Schutzleute ihm nach.

Filipp blieb eine Weile stehen.

«Weitergehen!!» Ein Schutzmann tat einen Schritt und riss das Gewehr vom Bein hoch.

«Jetzt aber!» Filipp reckte das Kinn.

«Red nicht, du Aas, sonst setzt es was!» Der Schutzmann tat noch zwei Schritte und ließ den Verschluss klacken.

Das Häuflein weiter weg löste sich auf, Filipp sah, wie einer mit Steinen beworfen wurde.

«Schlagt doch zu!», schrie der Schutzmann vom Tor.

Filipp drehte sich um und ging weiter. Er hatte fünf Schritte getan, da donnerte hinter ihm ein Schuss. Filipp blickte zurück. Der Schutzmann hatte in die Richtung geschossen, in die das Häuflein gerannt war. Sollten sie tatsächlich –? Filipp schaute noch einmal zurück: Aus dem niedrigen Fabrikschlot stieg, wie heimlich, dünner Rauch.

«Solche Dreckskerle! Was sind das bloß für Dreckskerle? Weiber, oder was?» Noch einmal schaute Filipp zum Schlot zurück. ‹Das erzähl ich Jegor, gleich erfahr ich alles, alles, wie es ringsum steht.› Und Filipp legte einen Schritt zu. Jetzt war er bereits in der Stadt, auf dem Trottoir war mehr los, übers Straßenpflaster ratterten die Droschken. Filipp drängte sich hindurch, er biss Stücke von der Papirossa ab und spuckte sie aus.

«Dürfte ich um Feuer bitten?» Filipp erkannte Jegor nicht gleich unter der Schafsfellmütze, sogar größer sah er aus.

«Du Esel!», sagte Jegor ärgerlich.

«Wieso Esel? Weißt du, was bei der Seilfabrik los ist?» Filipp blickte Jegor streng an.

«Was für Hornochsen hast du Dummkopf die Flugblätter gegeben? Hm?»

«Warum?» Filipp zog die Brauen hoch, fast wäre er stehen geblieben.

«Geh, geh», knurrte Jegor. «Warum? Darum! Aufgeflogen sind die Flugblätter, die ganzen neunhundert. Darum!»

«Ach?» Filipp blickte zu Boden.

«Ja, ja, ach und weh! Sie haben sie im Wirtshaus in die Musikkiste gesteckt, haben dem Kellner vertraut, und der hat sie verpfiffen. Hab dir Esel doch gesagt: Kannst du's nicht, mach es nicht. Aber nein – ich! ich! Da hast du dein ‹ich›!»

«Lass mich nur, ich hab im Nu andre durchgenudelt! Lass mich nur! Ich geh dran, ich …»

«Ich! Ich!», äffte ihn Jegor nach und spuckte vor Ärger aus.

‹Komm ich jetzt heim, schlepp ich den Hektographen an, und wir gehn ran, Nadja und ich!› Filipp stellte sich vor, wie er und Nadja hantieren, wie die Flugblätter unter der Walze nur so hervorschießen, und nicht neunhundert, sondern anderthalbtausend – da! hier hast du sie, schon heute Abend werf ich sie ihm vor die Nase. ‹Sie wird das auf ganz besondere Weise machen!› Filipp wollte zu gern, dass Nadja Gelegenheit bekäme, sich zu beweisen – ha! ein Feuer, das Mädchen!

«Komm heute» – Jegor blickte sich um – «zum gleichen Ort, bloß ein bisschen näher am Schießplatz, komm und sag allen: Dieser Esel war ich.»

«Hör doch auf!» Filipp bekam plötzlich eine Wut. Er machte heftig kehrt und schritt in die Gegenrichtung, drängte und stieß die Passanten. Die Mütze zog er tief, schnappte den Schnauzbart mit der Lippe und packte ihn zwischen die Zähne.

‹Und wenn ich mich in Stücke reiße, wenn ich abschnappe, aber bis zum Abend müssen sie fertig sein, und dann – bitte sehr, anderthalbtausend!› Filipp sah schon vor sich, wie Jegor auf ihn weist und alle aus dem Komitee böse und belehrend schauen … als ob die selber besser wären.

Dann würde Filipp ohne ein Wort das Bündel herausholen – bitte sehr. Und würde sagen: ‹Mit allem möglichen Weibergezänk Zeit vertrödeln, darin ist man hier Meister, wie ich sehe› – oder sonst was in der Art, gescheiter, da frag ich Nadja.

Filipp hätte fast einen Gymnasiasten umgerannt, er bog um die

Ecke, und die Beine verhielten den Schritt: Die ganze Straße stand. Die Menschen klebten an den Häusern. Zwei Damen klapperten in unbeholfenem Trab an Filipp vorüber. Und plötzlich bewegte sich die ganze Straße nach rückwärts, alle wichen zurück, als würde unter ihnen das Pflaster weggezogen. Schneller, schneller. Die in der Nähe gingen noch, die Köpfe nach hinten gewandt, von der entfernteren Ecke jedoch kamen sie gerannt, immer schneller und schneller, und das Schweigen, es rankte sich immer stärker und höher die Straße hinauf, und plötzlich bogen um die Ecke Kosaken. Im Trab ritten sie über Pflaster und Trottoir – fünf Mann. Filipp stand und schaute, die Leute rempelten ihn beim Laufen, zwängten sich zu den Haustoren hinein. Auf halber Höhe der Straße blieben die Kosaken stehen. Der eine schüttelte in der Luft die Nagaika. Sein Gesicht war rot, und er lachte. Dann ruckte er mit dem Kopf zur Seite, die fünf machten kehrt und ritten im Schritt die Straße hinab. Zwei blieben auf der Fahrbahn stehen, die anderen sprengten um die Ecke.

«Was stehst du! Geh weiter!» Filipp blickte sich um, aber der Schutzmann riss ihn schon an der Schulter, drehte ihn um, stieß ihn in den Rücken. «Geh weiter, hörst du nicht, du Aas!»

Filipp ging in die Gegenrichtung. Schutzleute kamen angehetzt, einer hinter dem anderen her, die Stiefelschäfte stießen gegen die Säbel.

«Los, zurück!»

Filipp drückte sich gegen die Mauer, er rieb mit der Schulter an den Fassaden entlang, nur schnell, schnell aus der Reichweite der Schutzleute.

Er hörte hinter sich zwei kurze Pfiffe. Schielte über die Schulter – puh, galt nicht ihm: Ein Revieraufseher hatte die Schutzleute aufgehalten, sie sperrten in einer Kette die Straße ab, fünf Schritt hinter Filipp. Filipp ging jetzt auf Umwegen nach Haus in die Vorstadt – die Straße leer, ha, hoffentlich ist da vorn keine zweite Kette.

Filipp legte los, lief aus Leibeskräften, doch auf einmal war die Straße, die ganze Straße hinter den Schutzleuten, schwarz vor Menschen, sie schwirrte, ein Stimmengewirr wie heftiges Sperlingsgetschilpe. Filipp musste sich durchs Gewühl drängen.

Eine alte Frau mit Kopftuch hängte sich an ihn, sie suchte zwischen den Menschen einen Ausweg und klammerte sich am Riegel von Filipps Joppe fest.

«Vergib, vergib mir, Söhnchen, hol mich raus aus diesem Teufelsgetümmel. Die trampeln einen nieder, Pferde auch noch … Sind wie toll.»

Filipp war ungehalten, er drosselte sein Tempo nicht, die Alte stolperte, stieß gegen seinen Rücken, ließ aber Filipps Joppe nicht los.

«Was rasen die alle, zum Kuckuck!» Die Alte schimpfte über die Passanten. «Du lieber Himmel!», schrie sie Filipp in den Rücken. «Und erst in der Vorstadt, beim Runden Markt! Muss ich dumme Kuh die Nase dazwischenstecken!»

Die Alte hatte Filipps Joppenriegel losgelassen, nun watschelte sie neben Filipps Ärmel, fürchtete zurückzufallen.

«Haben völlig den Verstand verloren – die Pferdebahn umgeworfen … die Pferdebahn, sag ich, aus den Geleisen, und Steine … direkt aus dem Pflaster … wirklich wahr, sie graben … buddeln sie direkt aus.»

Filipp verhielt den Schritt, beugte sich zu ihr.

«Und was?»

Die Alte war völlig außer Puste.

«Und ich … zum andern Markt … was soll ich machen, Söhnchen? Sind Soldaten dort.»

Filipp wurde von Entsetzen gepackt, er spürte weder Körper noch Beine, einzig sein Kopf sauste die Straße lang, und die Augen zielten behänd und exakt, wo er am besten durchkäme. ‹Was für ein Teufel hat das angezettelt? Haben das Volk provoziert, oder was?

Hat es sich von allein hochgeschaukelt?› Die Augen führten nach links um die Ecke – sogar die Straße ist anders, die Geschäfte alle geschlossen, keine Leute zu sehen, verdammt, auch die Straße schon in Habtachtstellung, weiter!

Über das Pflaster klapperte eine leere Droschke. Ha, wie der das Pferd peitscht, rast im Galopp. Nach links, in eine Straße. Da stehen welche am Tor, als wäre nichts, ruhig, knacken Sonnenblumenkerne. Filipp drosselte das Tempo; an der Ecke, bei einem Verkaufsstand, schwarz ein Schutzmann. ‹Jetzt muss ich direkt auf den Schutzmann zuhalten!› Und Filipp ging geschäftigen Schrittes an dem Stand vorbei. Der Schutzmann schaute ihm hinterdrein. Filipp spürte seine Augen im Rücken.

Diese Straße war nicht gepflastert, die Häuschen krumm und schief, jetzt nach rechts und die Böschung runter, und da ragte über den Häusern die verrostete Spitze des Glockenturms, dort war der Runde Markt, und es hämmerte das Herz, es pochte durch die ganze Brust, der Atem ging stoßweise – Filipp rannte. Vor ihm schlüpften zwei aus einem Tor und machten lange Sätze. Filipp holte sie ein. Der eine trug einen knielangen Mantel, die Hände in den Taschen; unter seinem Käppi vor blickte er abschätzend auf Filipp. Der andere reckte über einem schweren Mantel den Kopf auf langem Hals. Der Jüngere zeigte ein zähniges Lächeln.

Filipp ging im Schritttempo auf der anderen Seite weiter. Für den Umweg musste er nach links.

Beide bogen auch nach links und blickten sich nach Filipp um. Filipp ging hinterher, er sah, wie Leute aus den Haustoren traten, die Straße kurz musterten und rasch loslegten, hinunter zum Markt. Aber plötzlich zog es Filipps Kopf nach hinten, von allein hatte er sich umgedreht, und von hinten kamen eilenden Schrittes Soldaten an. Filipp rannte. Auch der mit dem Lächeln rannte nun, verhedderte sich in den Mantelschößen.

«Hierher, hierher, nach links!» Er winkte Filipp. Der mit dem Käppi bog ebenfalls ab, weiter vorn rannten Leute, und da steuerte der eine auf ein Tor zu, da auch der andere. «Ah, verdammt!» Filipp raste den Berg hinab, überholte, schrie im Laufen:

«Schneller! Los! Rennt!» Er sah, wie vorne welche nach rechts abbogen, seitwärts blickte schief der rostige Glockenturm, und dort ein schwarzes Menschenhäuflein, von oben war es zu sehen, und dort etwas aufgetürmt, Telegraphenstangen, umgehauen, und die Querstützen mit weißen Becherchen.

Der Vordere hatte einen Moment vor einem Tor links verharrt und gewinkt. Filipp rannte durch das Tor, er folgte dem vor ihm, kletterte ihm nach auf den Hühnerstall, über den Zaun; ein nackter Garten, klebrig, weich, erneut ein Zaun, schon half Filipp nach, stemmte schmutzige Schuhsohlen – uff, schwer, der Kerl! Aber – drüben! Filipp sprang hoch, hielt sich am Zaun, von unten wurde geschoben, schon war Lärm zu hören, Menschengeschrei, und ein Knacken – ein Baum schwenkte die nackten Zweige, und da ist er, der Menschenhaufen, da drängen sie, fällen einen Baum, zu hören ist, wie die Säge hetzt – vor lauter Menschen nichts zu sehen.

«Ha-a-a…», stöhnte die Menge, stob auseinander, der Baum neigte sich zur Seite, schneller und schneller, Filipp wurde beiseite gestoßen. Der Baum fiel weich auf seine Zweige und schwankte.

«Rollt ihn, rollt ihn, hopp!»

Filipp blickte sich um. ‹Alles junge Burschen.›

«Reiß sie ab, reiß ab, und her damit!»

Filipp sah den mit dem Lächeln: Der traktierte bereits mit dem Brecheisen eine Marktbude. Die Leute rissen Bretter heraus; die Bretter krachten, knirschten blindwütig.

Filipp schlängelte sich nach vorn, wohin unter Anfeuern der Baum gerollt, die Bretter durchgereicht wurden. Die umgeworfene

Pferdebahn ragte unter einem Wust von Gerümpel hervor, erstickt, mit toten Rädern.

Filipp kletterte hinauf, dort suchten ein paar Jungen die aufgetürmten Bruchstücke fester zu schichten. Am Ende des Platzes standen, schwarz aufgereiht, Schutzleute zu Pferd. Filipp sah, wie Arbeiter vor der Barrikade einen Telegraphendraht spannten. Filipp nahm die Mütze ab und schwenkte sie über dem Kopf.

«Genossen!», schrie Filipp mit aller Macht.

Rechter Hand plötzlich ein Donnern wie eine Explosion, wie ein Kanonenschuss.

Filipp sah hin – da hatten sie ein Eisentor auf die Barrikade geworfen.

Einen Moment war die Menge still.

«Genossen!», schrie Filipp erneut. «Soldaten! Infanterie! Sind hierher unterwegs! Hab sie gesehen!»

«Ho-oo-o...», lärmte die Menge, und plötzlich brach der Lärm ab.

Filipp blickte sich um – der Zug berittene Polizei sprengte in gestrecktem Galopp auf die Barrikade zu.

Plötzlich spritzten die gezogenen Säbel durch die Luft. Filipp sah, dass Leute vor der Barrikade geblieben waren, bei den Häusern vorn. Der schwarze Zug jagte dahin, die Leute flüchteten aber nicht, und Filipp schrie aus Leibeskräften:

«Zurück, zurück!» Und konnte die Augen nicht von den Menschen wenden. Sie kauerten sich hin, drückten sich gegen die Häuser. Die Pferde immer deutlicher, deutlicher, nun auch die Gesichter, sie blicken, die Lippen verkrampft, näher, näher – Filipp kann nicht weg, die Füße wie festgewachsen, sein Herz setzt aus, direkt auf ihn zu rasen die Pferde. Und plötzlich springen die Menschen bei den Häusern auf, recken sich, im gleichen Augenblick fällt ein Pferd seitwärts aufs Pflaster, und der Reiter fliegt, Kopf voraus, mit Schwung auf die Steine, die Mütze davon ... noch einer, viele, Schlag auf Schlag, die Pferde verknäulen, verwickeln sich. Über den Kopf hinweg rauscht etwas Schwarzes, und sogleich schwirrt vor Steinen die Luft. Die Menge heult auf, nach den Steinen um so wilder.

Filipp hockte sich, legte sich hin. Ein Mann ohne Mütze schleuderte mit beiden Armen, über den Kopf, Pflastersteine hinab und brüllte mit überkippender Stimme:

«Dass sie bis in den Sarg! Dass sie bis aufs Blut!»

Ein Stein traf ihn am Rücken, er fiel neben Filipp und schrie noch immer:

«Schlagt zu! Schlagt zu! Dass doch ihre Großmutter und Schwiegermutter bis in den Sarg, den Herrgott mitsamt der Muttergottes!»

Andere kletterten, rannten die Barrikade hoch, weiter vorn schmissen sie Steine nun ohne Mantel, in Bluse und Hemd, weit ausholend. Und dort schlugen die Pferde um sich, suchten sich zu erheben, hinter den Pferden verschanzten sich die Menschen, sie rannten davon, mit Pferden, ohne Pferde. Einer hüpfte lange, das eine Bein im Steigbügel, während das Pferd immer schneller den anderen nachjagte. Von oben wurde gejohlt, mit Steinen nach ihm gezielt. Er krallte sich am Sattelknopf fest, hing daran, ohne Mütze. Ein Pferd mit gebrochenem Bein versuchte aufzustehen, fiel aber, die Nüstern schnaubten.

Ein Drahtseil, mit Brecheisen an den Straßenlaternen festgewunden, durchschnitt die Luft in sauberer, strenger Gerade, eine Elle über dem Boden. Filipp betrachtete es – wo kam das her?

Weiter vorn spulten Burschen eine neue Drahtrolle ab, rollten sie über das Pflaster, machten den Draht an einem Tor fest. Sie gingen nicht zurück, sie blieben bei dem Tor.

Über die Trümmer kam ein Arbeiter zu Filipp geklettert, einer aus der Werkstatt, rot im Gesicht, die Knöpfe offen.

«Filipp! Wie wir das Seil hochgerissen haben! Ha!», schrie er Filipp ins Ohr. «Kurz vorher – hepp! Hoch das Seil, und die – pardauz! Hast gesehen? Wir waren das!!!» Und der Arbeiter hämmerte mit der Faust gegen die Brust, als schlüge er mit einem Stein zu.

Filipp stand und schwenkte die erhobenen Arme, vor Ungeduld ballten sich die Fäuste; für einen Moment ebbte der Lärm ab.

«Genossen!», schrie Filipp. «Infanterie! Soldaten! Die schießen! Durch die Barrikade! Und wir werden wie die Fliegen!» ‹Abgeknallt›, hatte Filipp noch rufen wollen.

«Hurra-a!», schrie da die Menge. Tausendfach spritzte, schwappte der Lärm, die Brandung der Stimmen. Filipp ließ seine Kappe überm Kopf rotieren.

«Hurra, hurra!» Noch stärker, wie eine Flamme, loderte es aus der Menge.

Filipp sah von oben, wie sie das Pflaster mit Brechstangen traktierten, wie sie Steine vorbereiteten.

Hinter ihm ein röhrender Klagelaut, das Stöhnen eines Pferdes. Filipp zuckte zusammen, blickte sich um – das Pferd war in vollem Lauf gestürzt, suchte aufzustehen und schaute aus irren Augen über die Steine.

Jemand stieg von der Barrikade, er wurde zum Pferd hingewinkt, gerufen. Er zog unterm Mantel einen Revolver vor, Filipp wandte sich ab. Über dem Gebrüll der Stimmen hörte er kaum den Schuss.

Doch plötzlich erloschen die Stimmen, als hätte ein Windstoß die Geräuschflamme hinweggefegt. Ein dumpfes Tosen erhob sich von tief unten, und es wurde gleichsam auf einen Schlag dunkler.

Graue Uniformen zogen am anderen Ende des Platzes auf. Sie kamen lautlos aus der Straße heraus.

«Zurück! Genossen! Wir krepieren für nichts und wieder nichts!» Filipp stand allein voll aufgerichtet auf der Barrikade.

Er sah bereits, wie die hinteren Reihen sich lichteten, die Straße hinter der Barrikade war schwarz von abziehenden Menschen.

«Dass die uns hier wie Läuse platt machen? Genossen!»

Ein Getöse lief durch die vorderen Reihen. Drei Burschen kamen hochgeklettert, bei dem einen erblickte Filipp eine Tulaer Schrotflinte. Das Bürschchen pflanzte sich auf, während das Getöse wuchs, schon waren keine Stimmen mehr zu hören, und hinten war die Straße schwarz von Menschen – es wogte die Schwärze, und über ihr schwankte gleichmäßiges, unterdrücktes Gelärm.

Jemand zwängte sich zwischen den Vordersten durch, und Filipp erkannte den, der im kurzen Mantel gelaufen war, die Hände in den Taschen. Er schaute unverwandt aus schwarzen Augen vor sich, strauchelte, verhedderte sich in den heruntergerissenen Brettern, stützte sich auf eine lange Stange. Der Menge stockte die Stimme, als er sich auf der Barrikade aufrichtete. Er entrollte plötzlich an der Stange eine rote Fahne und stieß die Stange zwischen die Trümmer, befestigte sie, umgab sie mit Brettern.

«Hei!», zischte es in der Menge, als würde Wasser auf Glut gespritzt.

Der Bursche aber richtete sich auf und sah aus schwarzen, reglosen Augen auf die Menge. Dann kletterte er zurück, setzte vorsichtig die Füße. In der windstillen Luft hing die Fahne herab, als sei sie verlegen, so allein in der Höhe.

Filipp schaute, ruckte grimmig die Brauen – gleich würde eine Salve losbrechen. Selber müsste er die Fahne packen, sie halten, stehen und rufen: «Zurück! Zurück, ihr Wahnsinnigen!»

Offizierus schritt die Front ab. Die Soldaten hatten das Gewehr abgesetzt, folgten dem Leutnant mit dem Blick.

‹Trübe Tassen!› Offizierus blieb stehen, und plötzlich schrie er gereizt, scharf:

«Stillgestanden!» Noch bevor er den Mund schloss, hatte er alle ins Auge gefasst. «Hier werden den Leuten die Tore kaputtgemacht, werden Waggons umgeworfen von irgendwelchen Dreckskerlen … Schichten Trümmer auf! Stillgestanden!», schrie er erneut, wie ein Peitschenhieb, und der Blick glitt über alle Soldatenvisagen. «Truppen bewerfen sie mit Steinen. Der innere Feind ist Abschaum! Das letzte Diebsgesindel!»

Offizierus machte plötzlich heftig kehrt und schritt die Front ab.

Einem Soldaten klopfte er auf die Gürtelschnalle. «Den Wanst, streck den Wanst nicht raus!»

«Kompanie!», schrie Offizierus. «Im Gleichschritt marsch!»

Die Soldaten setzten sich in Bewegung. Forsch traten die Füße nicht auf. Sie gingen vielleicht zehn Schritt. Auf der Barrikade erhob sich an einer langen Stange eine rote Fahne. Es war nicht gleich zu erkennen, was das war.

«Halt!», kommandierte Offizierus. «Das Signal zum Feuern», sagte er zum Hornisten. Der Hornist holte tief Luft. Das Horn gickste. Offizierus wandte sich heftig um. Der Hornist wurde rot, spannte die Backen – und mit scharfer Blechstimme flog das Signal in die Luft, unbiegsam wie ein Eisenstab.

«Kompanie legt an!» Die Gewehre gingen in Anschlag. Offizierus sah, wie die Bajonette schwankten. «Feuer!»

Es krachte die Luft, die kleinen Straßen entlang rollte, jagte das Echo. Die Verschlüsse knackten uneinheitlich. Wie tot standen rings um den Platz die Häuser. Ein Mann stand auf der Barrikade, fuchtelte mit den Armen, wohin das Gesicht sah, war unklar. Zwei Rauchfähnchen stiegen neben ihm auf, in mürrischem Bass knallten Schüsse.

«Uch! Puch!»

«Kompanie!», schrie Offizierus in hohem Falsett und schüttelte sich regelrecht. «Feuer!»

Nicht gemeinsam, zerstreut krachte die Salve. Offizierus hielt Ausschau nach dem, der oben auf der Barrikade mit den Armen gefuchtelt hatte.

Nein, nicht mehr, steht nicht mehr da.

«Pu-uch!» Von der Barrikade feuerte es weich – ein Rauchfähnchen.

«Fällt das Gewehr! Im Gleichschritt marsch!», kommandierte Offizierus.

Im Gehen holte er den Revolver hervor, drückte den Griff fest in die Faust. Die Barrikade schwieg.

Ruhig ragte die Stange mit der Fahne. Näher und näher rückten die Soldaten, Einzelteile des aufgetürmten Gerümpels wurden sichtbar – es schwieg der unverständliche Haufen, auf den sie geschossen hatten. Noch ein Schritt, und mit diesem Schritt erwachte das Stimmengewirr auf der anderen Seite, lauter bei jedem Schritt, höher, und die Soldaten schritten schneller, ein Geheul erhob sich jenseits des Berges, und die Soldaten konnten die Beine nicht bremsen.

«Im Laufschritt marsch!» Nicht zu hören war der Befehl, doch die Soldaten rannten schon. Der Feldwebel hieb am Laternenpfahl mit dem Säbel den Draht durch. Die Soldaten sahen, wie die Menschen in dichtem schwarzem Gewimmel über die Zäune stiegen.

«Hur-raa!» Schon kletterten sie hinauf, auf die Kolben gestützt, ein paar Pflastersteine kamen geflogen, schräg, uneinheitlich, als würden sie bloß fortgeworfen.

«Hur-ra!», schrien die Soldaten. Jenseits der Barrikade war es leer, auf dem aufgewühlten Pflaster lagen drei, einer auf der Seite, als schliefen sie. Das Hurra der Soldaten verlor sich, verstummte. Wer auf den Brettern oben gedröhnt hatte, hielt einen Moment inne.

Baschkin streifte im dunklen Vorzimmer die Galoschen ab und flötete laut durch die ganze Wohnung:

«Ist Kolja zu Hause? Kolja!» Besonders rund formte er das O. «Koolja!»

Koljas Mutter wartete, bis er den Schal abgewickelt hatte. Baschkin hörte nicht zu, was sie sagte, und trällerte mit fröhlicher Stimme:

«Kolja ist zu Hause?»

«Bitte, kommen Sie herein», sagte Koljas Mutter mit flatternden Lippen, und im Zimmer, im trüben Zwielicht, erblickte Baschkin ihr Gesicht: Es war starr, nur an der Oberfläche durchzuckt von Kummer.

«Was ist? Was haben Sie?» Baschkin hob die Brauen, beugte sich zu dem Gesicht und betrachtete es, als wäre auf dem Gesicht eine Schramme.

«Ach, ich weiß nicht!» Sie wandte sich ab, ging ins Schlafzimmer, schnäuzte sich und kehrte mit dem Taschentuch zurück.

«Hören Sie, was ist geschehen?»

Baschkin stand mitten im Zimmer und legte wie ein Kind einen Finger an den Mund.

«Wassja ist nicht da. Kolja ist nachsehen gegangen … Weiß nicht, auf diesen Sitzungen …» Halb abgewandt, räumte sie auf dem Tisch Garnrollen und Schächtelchen um.

«Wieso lassen Sie ihn fort? Wieso? Wieso, meine Beste?», stieß Baschkin hervor. «Oh, bloß nicht, bloß nicht!» Er hob die Stimme noch mehr, stapfte durch das kleine Zimmer. «Meine Liebe, meine Liebe!» Er legte der Beamtenfrau den Arm um den Rücken. «Bloß nicht!», wehklagte Baschkin und schüttelte sie an der Schulter, spähte ihr ins Gesicht.

Plötzlich warf Baschkin den Kopf zurück, zur Decke hoch. «Nichts wird passieren, gar nichts!»

Die Beamtenfrau schluchzte stärker und stärker in ihr Taschentuch.

«Gar nichts!», schrie Baschkin wie eine Beschwörung zur Decke hoch.

Da wurde die nicht abgeschlossene Wohnungstür aufgerissen.

«Ich bin's!», rief Koljas Stimme aus dem Vorzimmer. Die Mutter fuhr auf, doch Baschkin sprang als Erster hinaus.

«Nun, was ist?», schrie er Kolja entgegen.

«Nichts ...», brummte Kolja geschäftig. Er streifte mit weit ausholender Bewegung den Mantel ab. «Gleich.»

«Hast du ihn gesehen? Ja?», flüsterte die Mutter.

Kolja trat ins Zimmer, ließ sich auf einen Stuhl plumpsen, blickte zu Boden, bewegte die Augenbrauen.

«Nun?», rief seine Mutter.

«Mir hat einer dort gesagt ... einer kam raus ... hat gesagt, bis zum Abend wäre er bei ihnen.»

«Ist Papa dort?» Die Beamtenfrau stampfte mit dem Fuß.

«Aber ja!», rief Kolja ärgerlich und sprang auf. Er stapfte lautstark in die Küche, und es war zu hören, wie er am Wasserhahn mit dem Wasser plätscherte. Die Beamtenfrau ging hinaus.

Und Baschkin hörte, wie Kolja unter Gepruste hervorstieß: «Weiß ich nicht! Haben sie dort gesagt.»

«Ich gehe!», sagte Baschkin und trat ins Vorzimmer.

«Warten Sie! Ich auch!», rief Kolja. Er fuhr mit den nassen Händen in die Mantelärmel, und ohne zuzuknöpfen, sprang er noch vor Baschkin hinaus. Er wartete auf Baschkin vor dem Tor.

«Holen Sie ihn zurück! Holen Sie ihn zurück!», rief die Beamtenfrau hinterher. Baschkin drehte sich um, zog die Mütze. Vor dem Tor machte er Kolja mit dem Kopf ein Zeichen und überquerte mit klafterlangen Schritten die Straße. Kolja rannte ihm nach. So gingen sie ein Häusergeviert weiter. Baschkin bog um die Ecke, und nun legte er sogleich ein langsames Tempo vor. Er lächelte Kolja schelmisch zu und nahm ihn bei der Hand.

«Alles in Ordnung?» Baschkin zwinkerte fröhlich.

«Ach woher!», stieß Kolja außer Atem hervor. «Was sag ich ihr, du lieber Himmel … was sag ich nur? Und sie weint. Du lieber Himmel!»

«Keine Sorge», sagte Baschkin in schulmeisterlichem Ton, ruhig und schmiegsam, als streichelte er Kolja, «keine Sorge, wir werden jetzt alles bereden und beschließen, was zu tun ist. Komm, wir beschließen ruhig, was zu tun ist.»

Kolja blickte hoch, Baschkin ins Gesicht, und nickte heftig:

«Ja! Ja!»

«Gehen wir irgendwohin, wo weniger Menschen sind.»

«Mhm!», nickte Kolja und beschleunigte den Schritt. Mit der freien Hand suchte er den offenen Mantel zuzuknöpfen.

Sie gingen zu dem Park, wo Kolja seinerzeit die Schule geschwänzt hatte. Die Straße verlor sich in feuchtem Halbdunkel, und die Passanten wischten rasch vorüber. Es wurde leer und öd, man hörte die eigenen Schritte. Nur ein Schutzmann stand schwarz an der Ecke.

«Also», hob Baschkin halblaut an, «ich sage dir etwas schrecklich Geheimes!» Baschkin wandte sich mit dem ganzen Körper zurück. «Ja, etwas fürchterlich Geheimes …»

Kolja reckte den Kopf, blickte Baschkin ins Gesicht.

«… nämlich dass dein Papa … nein, dass von deinem Papa gesagt wird, hab ich gehört, dass er unbedingt …» Baschkin beugte sich zu Kolja. «Ganz dringend!» Baschkin drohte mit dem Finger. «Regelrecht … krank werden sollte er!», flüsterte Baschkin Kolja ins Ohr. «Krank werden oder ganz …»

Kolja sah, ohne zu blinzeln, starr vor sich hin.

«Sterben?», flüsterte Kolja lautlos.

«Aber nein!» Baschkin richtete sich gerade.

Da rannte ein schmächtiges Männchen über die Straße und vertrat Baschkin den Weg. Baschkin bewegte den Kopf.

«Ist er's?», schrie das Männchen. «Hab mich nicht verguckt.» Er stockte, den Hals vorgestreckt. «Er ist es!» Und der Mann stürzte zu Baschkin. «Erkennst mich nicht? Nö?» Er stieß Kolja zur Seite, packte Baschkin am Mantelaufschlag. «Nö? Kotin, Kotin bin ich, der Herrgott soll mich strafen! Nun?»

Baschkin blickte, zurückgebeugt, von oben herab.

«Du bist doch Baschkin, Baschkin! Der Herrgott soll mich verdammen, was hast du gemacht mit mir, eingehn sollst du!», schrie Kotin weinerlich. «Was hast du mir angetan, Saukerl, keinen guten Tag sollst du mehr haben!»

Baschkin ging weiter, aber Kotin hatte seinen Ärmel gepackt, zog Baschkin im Gehen zu sich her, sprang voraus, zupfte und zerrte an ihm.

«Hab dich gesucht in der ganzen Stadt, hab doch nichts mehr, wo ich hinkann zum Übernachten, in der Vorstadt schlagen sie mich tot, auwei, auwei!» Kotin heulte und riss mit grimmiger Hand an Baschkins Manteltasche. «Wo geh ich bloß hin, draufgehn sollst du!» Er blieb stehen, breitbeinig, riss an Baschkin – ein Knopf flog davon, und Kotin hielt Baschkin am offenen Mantelschoß fest. «Wohin bloß? Wohin?», jammerte und greinte er über die ganze Straße.

«Hören Sie, verlieren Sie nicht den Verstand, hol Sie der Teufel!», schrie Baschkin und schaute sich nach Kolja um. Und beugte sich vor: «Hab doch einen Jungen dabei!», flüsterte Baschkin laut.

«Zum Henker mit deinen Jungen und mit dir dazu!», heulte Kotin und ruckte mit neuer Kraft am Mantelschoß. «Braucht mich bloß einer von der Vorstadt sehn, der sticht mich ab, drum gehst du mir auch drauf, Spitzelaas, gehst du auch hops! Reiß dich nicht los ...» Baschkin zerrte heftig am Mantel, Kotin strauchelte, es warf ihn zwei Schritte vorwärts, doch er ließ den Mantelschoß nicht los, fast hätte er Baschkin umgeworfen – er stürzte. «Reiß dich nicht los, nein ... nein ... ich lass dich nicht, wenn ich schon draufgehn muss.»

Kolja suchte Kotin den Mantelschoß zu entreißen, er trat mit den Stiefeln gegen seine Hände. Kotin ließ los, Baschkin sprang zurück.

«Schutzmann!», schrie Baschkin. Durch die leere Straße jaulte seine Stimme.

«Von wegen Schutzmann, dir werd ich's zeigen!» Kotin sprang auf, wich zwei Schritte zurück, und plötzlich warf er sich, sprang er auf Baschkin. Baschkin prallte zurück, stolperte. Der ungeschickte Schlag hatte ihn oberhalb des Ohrs getroffen, sein Kopf dröhnte, die Mütze war zu Boden geflogen.

Baschkin schwenkte die langen Arme, wedelte heftig, nach allen Seiten. Kotin zielte erneut.

«Ha!», schrie Kolja. Er nahm einen Anlauf und rammte Kotin den Kopf in den Bauch. Beide fielen hin.

«Schutzmann! Schutzmann!», brüllte Baschkin. Er riss Kolja von Kotin weg. «Gehn wir, gehn wir, gehn wir!», murmelte Baschkin. Er packte Koljas Ärmel und zog ihn hinter sich her. Im Laufschritt bog er in eine Gasse. Plötzlich schluchzte Kolja auf, riss sich los und sauste Hals über Kopf davon. Baschkin hörte, wie sich Zorn in das Weinen mischte und in der Ferne verschwand.

Wawitsch tat Sonderdienst vor der Kathedrale. Die Totenmesse für die Ermordeten fand statt. Dort in der Kathedrale war jetzt alles, was Rang und Würden hatte, dazu der weiße Sorotschenko. Bestimmt haben sie den Sarg noch nicht zugenagelt, und Sorotschenko schaut mit geschlossenen Augen, wie wenn er angestrengt die Lider heben möchte, und kann doch nicht. Da geht einer vorüber. So ein Dunkler, Schwarzer. Oho! Schaut zu Boden. Dabei sind kaum Pfützen da. Und Wawitsch beobachtete grimmigen Blickes, wie der Passant sich den Weg über den Platz suchte.

‹Haben ihn ermordet! Dreckskerle!› Wawitsch blickte sich um, ob die Schutzleute auf ihrem Platz waren. Hinter den nackten Bäumen standen Kosakenpferdchen, und gedämpft tönten die Stimmen der Kosaken herüber. ‹Gehört sich nicht!› Wawitsch blickte grimmig und pfiff kurz. Ein Schutzmann stürzte her.

«Sag dem Kornett, man bittet, dass er befiehlt, dass sie leiser sein sollen.» Wawitsch wies mit dem Kinn zu den Kosaken. Aber in dem Augenblick trat Woronin eilends aus der Kathedrale. Im Gehen bedeckte er den Kopf mit der breiten Mütze, stülpte sie irgendwie über.

«Sie kommen, sie kommen!» Er winkte Wawitsch zu. Wawitsch sah sich streng um – ob da auch kein Verdächtiger war.

«Aufgesessen!», ertönte bei den Kosaken das Kommando. Passanten blieben stehen.

Und da schwebte, über den Menschen schwankend, aus der dunklen Tür der weiße Sarg.

Er schwankte wie ein Kranker, mit erschöpftem Gang.

Die Menge umringte den Katafalk. Über den Köpfen schaukelte der zweite Sarg.

Wawitsch blickte auf die Menge der Passanten. ‹Habt ihn ermordet, und jetzt frohlockt ihr?›

Es trieb ihm das Blut in die Wangen. Wawitsch schritt über das Pflaster zum Gehsteig, wo die Passanten standen, ein schwarzer Haufen. Beim Gehen presste er mit aller Kraft die Trillerpfeife in der rechten Faust, und es zuckte ihm das Kinn, er hätte schreien mögen. Aber was?

«Mützen runter!», blaffte Wiktor und schwenkte den Arm, als schlüge er sie allen auf einmal von den Köpfen. Die Vorderen griffen nach den Mützen.

Die Kosakentrompeter ritten mit Getrappel voraus.

Wawitsch stellte sich streng vor die Zuschauerfront, drückte die Hand gegen den Mützenschirm – die Katafalke setzten sich in Bewegung.

‹Wer ist das denn, der das Kreuz vorneweg trägt?› Wiktor warf unwillkürlich einen scheelen Blick: Tut besonders ehrwürdig. Bolotow! Bolotow höchstpersönlich trug mit Inbrunst das Kreuz, wie wenn er für die Prozession die Luft auseinander schöbe. Trüb summte die Menschenmenge. Von hoch oben, vom Glockenturm, schepperte dünn eine Glocke, als ob etwas Wertvolles aus der Hand gerutscht und zerbrochen wäre. Wawitsch blickte auf den vorderen Sarg. Bestimmt bittet und bettelt darin noch immer Sorotschenko. Plötzlich schlug ein Bläserakkord ein, und es war aus. Alles war aus, zu Ende. War zu Ende, er war tot, vollkommen. Auch Sorotschenko selbst hatte jetzt bestimmt erkannt, dass es aus war. Wiktors Hand zitterte am Mützenschirm. Würde der Sarg jetzt aufgemacht, würden weder Lippen noch Lider schauen.

Eine halbe Hundertschaft Kosaken mit Lanzen folgte der Musik. Die Lanzen schwankten hoch über der Menge.

Jemand stieß Wiktor am Ellbogen. Woronin mit nassen, verärgerten Augen.

«Die Schutzleute als Kette, als Kette links und rechts. Los, los!»

Wawitsch schreckte auf, traf die Anordnung.

Die Schutzleute gingen den Bürgersteig entlang, sperrten zum Trottoir hin ab.

«Je zwei Schritt! Je zwei Schritt! Abstand halten!»

Wawitsch ließ die Schutzleute an sich vorbei.

Er warf einen Blick – dort hinterm Sarg ging, mit der alten Frau im Kopftuch, der Polizeichef. Die Alte schaut zu Boden, gewiss sieht sie nichts. Doch er hat sie untergehakt. Und plötzlich erblickte Wawitsch ein Gesicht, wie ausgeschnitten aus der Menschenmenge: Warwara Andrejewna. Die schwarzen Straußenfedern schienen leicht zu nicken – nur einen Moment, und wieder schaute sie vorwärts und schritt gemessen, im Takt der Musik.

«Pass bloß auf, pass bloß auf, Sauerei, dass nicht so ein Judenbalg dazwischenfährt. Nicht irgendeine scheußliche Sauerei anstellt», murmelte im Vorübergehen Woronin. Müden Schrittes stapfte er weiter.

Wiktor ließ die Prozession vorbeiziehen, richtete die Schutzleutekette durch einige Püffe aus, und ihm wurde beklommen von der Musik, der getragenen Bläserstimme, von den weißen Katafalken, von den Pferden mit den weißen Netzen und den weißen Federbüschen auf den Pferdeköpfen, und all dies Strenge vermischte, verwirrte sich, und ständig trieb es ihn vorwärts. Wiktor kreuzte die Prozession, um auf der anderen Seite die Schutzleutekette zu kontrollieren, er ging rasch und geschäftig am Rand des Trottoirs entlang – vorwärts. Er erblickte von hinten Warwara Andrejewna, und erst da drosselte er das Tempo.

«Abstand, Abstand halten!», sagte Wiktor ärgerlich, halblaut. Schon war er auf gleicher Höhe wie Warwara Andrejewna.

‹Wer führt sie da am Arm? Pah, was für ein Pfau! Ein Gendarm, ein Rittmeister. Schwänzelt mit den Rockschößen. Und wir dürfen rennen und sichern. Und der schwänzelt rum!›

Auf dem Trottoir ein Geflüster, Unruhe. Wiktor stürzte hin, stieß die Passanten zur Seite.

Zwei in Zivil zerrten ein Bürschchen rückwärts zu einem Tor hinein. Der eine hielt ihm den Mund zu, alle fünf Finger aufs Gesicht gepresst. Der Bursche strauchelte, widersetzte sich. Es gab einen Auflauf, jemand von den Passanten zupfte bereits den einen in Zivil am Ärmel.

«Weg hier! Auseinander gehen!»

Wiktor stieß jemand mit der Faust weg. «Zum Tor hinein!» Das Bürschchen winselte mit erstickter Stimme. Er wurde durch die Pforte hineingeschleift.

Wawitsch baute sich vor der Pforte auf.

Er zog den Kopf zwischen die Schultern, wandte den Kopf gegen die Menge und ließ den Blick über die Gesichter schweifen. Die aber waren vernebelt, verkniffen.

«Wieso einen Menschen gleich würgen?» Einer von den Verkniffenen wiegte den Kopf und drängte sich seitlich an Wiktor. Plötzlich aber wichen alle zurück, blickten sich um, gerieten in Bewegung, da schlenkerte ein langer Mantel – durch die Menge schritt Gratschek, ohne jemanden anzusehen. Im Vorübergehen packte er den Verkniffenen am Kragen, und ohne im Lauf innezuhalten, schleppte er ihn zur Pforte hinein. Dabei stieß er Wiktor beiseite. Das Eisentürchen schlug mit Schwung zu. Zwei Schutzleute zwängten sich bereits durch die Menge. Innen schnappte das Schloss.

«Weitergehen, weitergehen!» Die Schutzleute schubsten die Passanten und rückten immer weiter vor.

Wiktor stand allein am Tor. Die Musik war kaum mehr zu hören, im Schritt fuhren Kutschen vorbei – das Ende der Prozession.

Aus der Haustür trat Gratschek, machte eine Kopfbewegung zu Wiktor.

«Wozu hast du da gestanden? Das Volk versammeln?», knurrte

Gratschek im Vorübergehen. Er trat auf die Fahrbahn, und der Mantel begann zu schlenkern – er rannte der Prozession nach.

Wiktor folgte.

«Damit kein Auflauf entsteht», sagte Wawitsch zu Gratscheks Rücken, «damit nicht irgendein Dreckskerl …»

Gratschek wandte sich nicht um, er bog ab, um die Kutschen zu umrunden.

«Wenn was gewesen wäre, dann wär ich … wär ich der Schuldige gewesen», flüsterten Wiktors Lippen erbost. «Geht was gut aus, stehen alle dumm da. Ja! Du allein bist der Schlaue.»

Wiktor schlängelte sich zwischen den Equipagen durch, dort, wo keine Leute waren.

Und wenn Senkowski, der Esel, alles gesehen hat?

Vorn wieder Gratschek. Geht neben einer Kutsche, hält sich am offenen Fenster. Da sitzt jemand, in der Kutsche. Und was für eine Kutsche – auf Gummi, auf Federn. Tänzelt richtig.

«Schwätzt nur, schwätzt, und unsereiner darf herumrennen. Vielleich heißt ihr uns auch noch bellen?»

Wawitsch blickte zornig zu Gratschek hinüber.

Und plötzlich blickte Gratschek, als hätte ihn jemand gestoßen.

Sein Kinn ruckte, und sein Hakenfinger winkte nicht, sondern zog zu sich her. Wiktor wandte sich rasch ab.

«Hab nichts gesehen!»

Er ging zwei Schritt weiter, und an seinem ganzen Rücken piksten Nadeln. Wiktor schritt rascher aus, plötzlich bog er im Kreis nach links und setzte sich in Galopp.

«Du Schweinehund!», murmelte Wiktor bloß mit den Lippen und sah Gratschek direkt in die Augen. Aber Gratschek wandte sich wieder dem Fenster zu, und plötzlich legte sich sein Gesicht in tausend Falten, als wäre es liniert.

‹Lächelt der, oder was?›, überlegte Wiktor, und in dem Augenblick erblickte er im Kutschenfenster ihr Gesicht, wie aufgeklebt auf das Dunkel.

Warwara Andrejewna lächelte und nickte mit den Federn.

«Ich hatte geheißen, Sie zu rufen!»

Gratschek rückte ein wenig vom Fenster ab, er blickte nach oben und in die Ferne.

«Hören Sie, Wawitsch», sprach Warwara Andrejewna, «sind Sie beschäftigt?»

«Ja, mit Verlaub. Wir sichern. Sind im Dienst … Ringsum … Bin in Eile.»

Wiktor hörte selbst nicht, was er sagte.

«Eijeijei!» Warwara Andrejewna wedelte mit der Hand. «Was für ein Diensteifer!»

Wiktor wandte sich ihr zu.

«Muss einfach überall sein!»

Warwara Andrejewna nickte und gab sich gekränkt und belehrend:

«Na, gehen Sie, gehen Sie!»

Wiktor schritt immer noch nebenher, kurz vor Gratschek, und konnte kein Auge von diesem Gesicht wenden und las in seiner Mimik einen Ausdruck nach dem anderen und fand kein Ende und wartete, was weiter, was weiter!

«Nu lauf schon!», knurrte Gratschek über ihm und rückte von hinten näher.

«Hören Sie mal!» Wiktor fuhr herum wie ein Wolf und stieß Gratschek voller Schwung mit dem Ellbogen. Gratschek kam aus dem Tritt, seine lange Gestalt schwankte. Warwara Andrejewna zog entzückt die Augenbrauen hoch, für einen Moment schürzten sich ihre Lippen, und die weißen Zähnchen schienen fest zuzubeißen.

«Ach, ach, was für ein Heißsporn!» Und sie hüpfte auf dem Springfedersitz. «Kommen Sie, kommen Sie hierher! Zu dieser Seite, jetzt gleich. Diesen Augenblick!»

Und sie warf sich auf die andere Seite der Kutsche und hatte im Nu die Fensterscheibe herabgelassen. Wawitsch rannte hinten um die Kutsche. Er hielt sich am Rahmen fest wie Gratschek. Warwara Andrejewna legte ihr Händchen im schwarzen Handschuh eine Weile auf Wawitschs Hand – ein Weilchen nur, dann gab sie Wiktor einen Klaps auf die Hand.

«Na, gehen Sie!» Und flüsterte leise: «Alles wird gut, doch jetzt basta!» Und sie hob ein schwarzes Fingerchen.

Wawitsch blinzelte und schluckte Speichel und begriff plötzlich, dass er ganz schamlos, über alle Maßen, rot geworden war. Er schritt aus, tappte weiter, ohne auf den Weg zu achten.

Die Häuser wurden allmählich niedriger und standen vereinzelt, die Kosakentrompeten tönten wie im freien Feld, hoffnungsloser ächzten, kräftig ausholend, die Zimbeln von ihrer Höhe, von den Pferden herab, wie mit dem Säbel auf Blechgeschirr. Die Gehsteige waren leer. Die Prozession beschleunigte den Schritt. Verdreckte Leute schauten mürrisch aus den Toren, eine Alte bekreuzigte sich angesichts der Särge, der Kreuzesfahnen.

Wiktor sah, wie der Polizeichef zu seiner Kutsche schritt. Die alte Frau ging weiter, ihre knorrige Hand hielt sich am Katafalk hinten fest.

Wawitsch blieb am Rand des Trottoirs stehen, mit prüfendem Blick musterte er die Kette. Die Schutzleute marschierten ungeordnet. Einer verbarg eine Papirossa im Ärmel und warf einen schrägen Blick auf Wawitsch. Wiktor drohte wütend mit dem Finger. Der Schutzmann wandte sich ab. Die Prozession umrundete einen Erdwall, eingestürzte Mauern ragten wie faule Zähne über einem glitschigen Hang. Wiktor wusste, dass jetzt ihre Kutsche vorbeifuhr, vielleicht schaut sie ja, dort, aus dem dunklen Fenster. Wiktor wandte die gestrengen Augen ab, blickte über die Köpfe hinweg – Ernsthaftigkeit, Wachsamkeit; er blickte zum oberen Rand des Erdwalls. Und plötzlich kletterte eine schwarze, schwankende Silhouette auf den Vorsprung einer eingestürzten Mauer. Sie hatte sich noch nicht zu voller Größe aufgerichtet, da schwang sie mit beiden Armen, weit ausholend, über dem Kopf ein schwarzes Paket.

«Halt!», brüllte Wiktor.

Aber der Mann hatte sein Paket schon hinabgeschleudert, und von dem Schwung warf es ihn zurück, hinter den Mauervorsprung.

Die Musik verzerrte sich zu einem misstönenden Gedudel. Die Kosakenpferde scharrten mit den Hufeisen.

Für einen Moment erstarb alles.

Wiktor brach durch die Kette der Schutzleute, war wie der Blitz bei dem Hang und glitschte, krallte sich hinauf. Wenig später sausten bereits drei Kosaken im Galopp um den Erdwall.

Wiktor rutschte, kratzte mit den Händen durch den Dreck.

«Den zerfleisch ich!», zischte Wiktor heißatmig, biss die gefletschten Zähne zusammen.

Da war er, der Mauervorsprung. Wiktor schwang sich über die Steine, der Säbel klirrte. Kein Mensch! Wiktor spähte wütenden Blickes um sich. Er sprang zur anderen Seite der Ruine. Kein Mensch. Rannte um sie herum. Die Augen wurden ihm feucht vor Zornestränen. Dort die Katafalke, sie bewegten sich fast im Trab, die Kreuzesfahnen gebeugt, wehten wie Rockschöße. Unten lag auf dem Weg das schwarze Paket, darum in leerem Kreis die Schutzleute. Die Kutschen waren nicht mehr da, außer einer.

Von unten sah man zu ihm hoch.

Wawitsch stieg wieder hinab. Stemmte die Absätze in den Dreck, bemühte sich, geschickt, locker über den glitschigen Dreck hinabzulaufen; in der offenen Tür der Kutsche bemerkte er – sie vielleicht. Überhaupt, man schaute. Zu lachen gibt es da nichts, er hat ihn nicht gefasst, aber Sie, aha, Sie haben ihn gefasst, was? Den Tatort in Augenschein zu nehmen ist die Pflicht … Die Pflicht eines jeden ehrlichen Sohnes seines … seiner Mutter.

«Zum Teufel und seiner Großmutter!», sagte Wawitsch laut, wandte der Kutsche den Rücken zu und stieg seitwärts den Hang hinab.

‹Habt Angst? Seid auf zehn Saschen Abstand gegangen? Und Gratschek? Wieso hebt Gratschek das nicht auf? Na? Könnte explodieren?›

Wawitsch hob den Blick und musterte den Kreis der Schutzleute.

«Ist das vielleicht zum Lachen?», sagte Wawitsch halblaut. Niemand war neben ihm. «Und das, ist das zum Lachen? Das!» Wawitsch trat entschlossen auf die Straße. «Das da, für euch ist das zum Lachen?» Er steuerte mit großen Schritten auf die Bombe zu.

Sie lag seitlich auf Steinen, als verharrte sie vor dem Sprung. Wiktor sah nur sie, festen Blickes, damit sie ihm bloß nicht entschlüpfte.

Plötzlich zupfte ihn jemand am Ärmel.

Warwara Andrejewna, rot, außer Atem.

«Wahnsinniger!» Sie schaute aus runden, freudigen Augen. «Was tust du?», sagte ihm Warwara Andrejewna leise ins Gesicht.

Wawitsch stand halb abgewandt, das Standbein voraus.

«Quartieraufseher!», gellte im Kommandoton eine Tenorstimme. «Zurück! Zu-rück!»

Wiktor blickte sich um. Der Polizeichef schwenkte über seinem Kopf den gebeugten Arm, und als Feston schwang daran seine Hand durch die Luft.

«Zurück!»

Wawitsch machte kehrt.

«Hierher!»

Wawitsch drehte um zum Polizeichef. Stand militärisch stramm, die Hand am Mützenschirm.

«Sind Sie Artillerist? Nein? Dann begeben Sie sich gefälligst an Ihren Platz!»

Wawitsch ruckte, um abzutreten.

«Halt!», schrie der Polizeichef. «Holen Sie mit Schutzleuten je einen Mann aus den Häusern dort.» Der Polizeichef deutete mit dem Daumen hinter sich. «Wen Sie antreffen, und seien es Kinder. Vorwärts!»

Wawitsch drehte sich auf der Stelle um, zog das Bein her, klatschte mit dem Stiefelschaft.

Bei den Häusern ging es schon hoch her. Woronin patschte, verschwitzt, durch einen matschigen Hof.

«So, nicht zu Haus? Dann kommst du selber mit!», schrie er ein Weib an.

Drei Schutzleute warteten; sollten sie das Weib ergreifen, oder was?

«Unschuldig? Wird sich zeigen. Los, geh!» Er schaute nicht einmal, wie die Schutzleute sie packten. «Ah, Wawitsch! Mach, zur anderen Seite», schrie Woronin durch das Kindergeplärr, «mach schon, dalli, Sauerei!» Vor dem Tor nahm er die Mütze ab und wischte sich mit dem Ärmel über die verschwitzte Glatze.

Die Kosaken bildeten zu Pferd einen Kreis. Wawitsch sah: Wie ohne Gesicht wankten die Menschen innerhalb dieses Kreises, er konnte diejenigen gar nicht finden, die er ausgehoben hatte. Sieben hatte er mittlerweile ausgehoben.

«Im Konvoi zum Gefängnis!», sagte der Polizeichef vom Trittbrett der Kutsche aus.

In dem Augenblick wichen die Kosaken zur Seite. Drängten die Verhafteten ab.

Zwei Artillerieoffiziere kamen in einer Droschke angefahren, der jüngere, bleiche, saß seitlich, rückte ständig die Mütze zurecht. Die Droschke schob sich im Schritt an der Menschenmenge vorbei.

NÄMLICH ...

«Weiß der Geier. Kannst krepieren ...» Filipp haute sich mit aller Kraft aufs Knie. Nadja schaute unverwandt, den Mund halb offen. «Teufel auch!» Filipp schien die Luft zu beißen und wandte sich mit dem ganzen Stuhl um.

Nadja wusste selbst nicht, dass sie beide Fäuste an die Brust presste.

«Dreckskerle! So ein Lumpenpack, mischt sich ein, hetzt auf, dass die doch in die Schnauze! Jawoll! Und die Esel machen mit!», schrie Filipp, warf das Knie hoch und stampfte fest mit dem Fuß. Die Tassen klirrten vorwurfsvoll. «Also nein, wirklich!» Filipp stand auf, Nadja halb zugewandt, breitete die Arme aus. «Hättest sehen müssen. Du sitzt hier, während dort, dass die doch zu Tod, doppelt und dreifach, bis sie platt sind, dass doch ihre Mutter. Richtige Provokateure.»

«Und du ...», hob Nadja heiser an.

«Und du! Und du!», unterbrach Filipp. Machte einen Schritt, stapfte in die Ecke. «Und du! Was heißt – und du?» Plötzlich wandte er Nadja sein Gesicht zu, die Wangen waren hochgezogen, stützten die Augen, und es war nicht zu erkennen, würde er gleich losheulen oder losschlagen. «Weißt denn nicht, wie es heißt?» Er reckte das Gesicht vor. «Es heißt: Wenn es losgeht, auch gegen jede Notwendigkeit, nimm's in die Hand. Stimmt auch! Muss auch sein! Ja!» Filipp wandte sich um, biss ein Stück von der Papirossa ab und spuckte es in die Ecke. «Und du! Und du! Da hast dein ‹und du›:

Drei sind liegen geblieben, und in den Gassen peitschen sie derart, dass keiner mehr aus dem Haus, ja, ja! Was siehst mich an? Treibst sie nicht mal mit Schwefel aus dem Haus, dass doch ihre Großmutter, nach Strich und Faden … Unsere Leute, meine ich. Das Komitee! Wo ist es, dein Komitee? Wo war es? Dein Komitee, sagst du, wo ist es?»

«Ich sage gar nichts.» Nadja beobachtete Filipp aus weit offenen Augen.

«Sagst nichts, dann halt den Mund! Gibt auch nichts zu sagen.»

Filipp drehte sich plötzlich zur Tür und ging hinaus.

Nadja stützte den Arm auf den Tisch und schaute auf das Tischtuch, die blauen Würfel; ihr Kopf war verstummt, in der Brust wollte sich die Stimme nicht finden.

«Jetzt ist eine Million Exzesse möglich.» Nadja probierte Wörter aus, um sie gelassen und eindringlich zu Filipp zu sagen – soll er erst normal zu reden beginnen, soll er ruhig später sagen, wie er, was er dabei! «Wenn ich das gewusst hätte, das gewusst hätte!» Nadja runzelte die Stirn. «Ich wäre dort gewesen, unbedingt!» Und ihr stieg Hitze in die Brust, Hitze. «Sollen sie schießen, so muss es sein! Trotzdem sich oben hinstellen, glaubt bloß nicht, ich bin nicht feige, ich werde entschieden sprechen!» Und die Brust schöpfte Luft, der Blick spannte sich. Nadja drückte mit harter Faust gegen das Tischtuch.

Sie hatte die Schritte nicht gehört und schaute erst hinter sich, als die Tür quietschte. Filipp wandte sofort die Augen ab, doch Nadja begriff, dass er es gesehen hatte, alles gesehen hatte in dem Moment.

«Verstehst du», begann Filipp halb flüsternd, ein wenig lächelte er, «verstehst du, ich schrei ihnen zu: ‹Zurück, Dreckskerle. Zurück. Wie die Rebhühner werden sie euch alle abknallen, zum

Teufel schicken! Weg hier›, schrei ich, ‹zum Teufel und seiner Großmutter!›»

«Und du, Filipp? Du selbst?»

«Ich selbst steh oben, ganz an der Spitze», Filipp stockte einen Moment, er schaute, wie Nadjas Gesicht aufloderte, «ja. Ganz an der Spitze, schwenk mein Käppi, wie wenn ich Gänse verscheuche, und da kommt so ein Esel, pflanzt mit einem Mal eine rote Fahne auf. Und wie ich aufseh, da kommen sie schon angerast, mit den Säbeln, jawoll!»

Filipp hob die Faust, schüttelte sie – jawoll!

Nadja ruckte mit den Schultern.

Da klopfte jemand vorsichtig ans Fenster. Filipp fuhr mit dem Kopf herum:

«Geh in die Küche, ab mit dir.» Filipp stieß Nadja am Ellbogen.

Auf Zehenspitzen rannte Nadja hinaus.

«Nimm das mit.» Filipp reichte Nadja Umhang und Kappe in den dunklen Flur.

Annuschka spähte unter der Achselhöhle vor, sie wusch am Fenster Wäsche. Nadja hielt unbeholfen ihre Sachen, sie wusste nicht, wohin damit.

Filipp schritt rasch durch den Flur, die Küchentür hatte er fest zugemacht. Annuschka spähte erneut von unten hoch, dann heftete sie den Blick auf das beschlagene Fenster. Nadja stand neben dem Herd, drückte den Umhang an sich und horchte.

«Na, komm rein, komm rein», sagte Filipp halblaut in der Diele.

Nadja lauschte, aber Annuschka planschte noch lauter mit der Wäsche im Zuber.

«Jegor, und wen noch?», hörte sie bruchstückhaft Filipps Stimme. «Ach! Ach! Tatsächlich?»

Nadja hätte sich gern an die Tür gestellt, aber Annuschka packte den Zuber, schob Nadja keuchend zur Seite und dann zum Fenster und goss geräuschvoll das Seifenwasser in den Ausguss.

«Na schön, adieu», hörte Nadja, und der Riegel an der Tür scharrte.

Filipp ging in seine Stube. Dann erneut seine Schritte, jetzt näher, fester. Er öffnete die Küchentür – er hatte die Mütze auf, kaute auf der Papirossa im Mundwinkel, und über den Augen zuckten die Brauen.

«Komm raus», sagte Filipp leise und deutete mit dem Kopf in den Flur. «Nämlich, weißt du, Nadja, war gerade einer da … Muss abtauchen für einige Zeit.»

«Wie? Aufgeflogen? Wo?» Nadja fand zu einem ernsten, sachlichen Flüsterton, und davon wurde ihr fester ums Herz.

«Welche vom Komitee, weißt du, und ich bin doch Kandidat.»

Nadja sah sich um zur Küchentür, dort war es still.

«Immer das Gleiche», flüsterte Filipp, «sie ist halt eine dumme Gans. Also, kurz, ich gehe.» Und er schritt zur Tür. Nadja drehte sich im engen Flur um und steckte rasch den Arm in den Ärmel. Filipp schaute zurück, schon an der Tür. «Ja», und Filipp blickte, die Stirn gerunzelt, auf seine Papirossa, paffte los, «ja, und du auch, der Ort hier ist nicht mehr sicher. Geh am besten heim.»

Nadja stülpte sich heftig die Kappe auf.

«Und wenn was ist», sagte Filipp mit rauem Flüstern, «ich geb dir Nachricht … zu dieser … wie heißt sie … wo wir den Unterricht hatten. Zu dieser Tanja schick ich einen der Burschen.»

Nadja trat die Galoschen an den Füßen fest. Ohne etwas zu sagen, schaute sie im Halbdunkel Filipp an.

«Nadja, ich möchte dir …» Filipp ging auf Nadja zu. Doch da wurde die Küchentür aufgerissen, Annuschka im grauen Licht, Wäsche über dem Arm:

«Bist bald zurück? Will nämlich in die Abendvesper, soll ich das Haus absperren?» Sie redete laut, es schallte durch das Haus.

Filipp sah die Schwester verdrossen an.

«Ja, kommst du noch vor der Nacht, oder was?» Annuschka drängte Filipp mit der nassen Wäsche in die Ecke und riss die Eingangstür auf.

Nadja schlüpfte rasch hindurch und trat als Erste in den Hof, die zwei Stufen hinab.

GLEICH!

Sanka schritt zu seinem Schreibtisch, versuchte sich hinzusetzen, seine Faust hielt einen dicken Bleistift umklammert. Er sprang wieder vom Stuhl auf, stieß gegen den Schreibtisch, brach den Bleistift ab.

‹So muss es sein, so muss es sein! Verfluchtes Schweinepack!› Sanka holte tief Luft, sein grimmiger Blick irrte durchs ganze Zimmer. ‹Wie Kipiani es macht!› Und er sah sich im Vestibül der Universität – Kipiani, von kleinem Wuchs, seine große, zottige Papacha und seine Augen, ja! kaum dass die Lider darüber reichen. Er schlägt den Mantel auf: ein Dolch bis zu den Knien. «Die verprügeln uns, und wir schreien alle määh?» Durchs ganze Vestibül: «Määh!» Und er schüttelt die Papacha, und alle schauen sich um.

Unters Pferd und zack! Eine Bewegung, die Hand nicht zu sehen – zack! Sanka riss den Bleistift durch die Luft. ‹Wie jener Kosak, der wie im Spiel – alle rennen, aber dass er bloß keinen auslässt, holt schon vorher mit der Nagaika aus. Sie rennen, halten den Ärmel vors Gesicht, und ihm blitzen die Augen. So einem irgendwas in die Fresse – batz! Dann hätte er was zu lachen gehabt.›

Sanka holte erneut Luft.

Für einen Moment sah er das Zimmer, die Bücher und die Tabelle mit dem Periodensystem der Elemente an der Wand. Der Kosak erstarrt: Die Arme ausgebreitet, fliegt er vom Pferd. Sanka atmete heftig. Jenseits der Wand Mutters Absätze. Zum Fenster, stehen eine Weile, dann klappern sie weiter. Jetzt eilt sie, rennt. Sicher die Klingel. Sanka spähte zur Tür hinaus, den Flur entlang. Anna Grigorjewna kam vor Hast mit dem Schloss nicht zurecht. Dienstmädchen Dunjascha hinter ihr.

«Ist Sanka zu Hause? Das heißt Alexander Andrejewitsch?»

Sanka sah die Oberkante einer Studentenmütze. Anna Grigorjewna hielt sich, starr vor Schreck, an der Tür fest.

«Ist doch für mich, was stehst du da!» Sanka rannte ins Vorzimmer.

Anna Grigorjewna stand unter der Tür und sah gekränkt und erschreckt den Studenten an, wie er sich an ihr vorbeischob. Auf dem verbundenen Kopf hing ungeschickt die Mütze. Der Student hielt sie mit der Hand fest.

«Guten Tag, Anna Grigorjewna», sagte von der Schwelle ein anderer Student, er verbeugte sich und wartete, dass sie ihm den Weg freigäbe.

Anna Grigorjewna hatte weit die Lider aufgerissen, und ihre Lippen stammelten etwas.

«Lass ihn doch herein!», rief Sanka.

Anna Grigorjewna trat rasch hinaus ins Treppenhaus, sah sich den Treppenabsatz an. Sie beugte sich übers Geländer, schaute hinunter und stieg Schritt um Schritt die Stufen hinab.

«Mama! Mama!», rief Sanka von der Tür. Lief der Mutter nach. «Nun mach keinen Quatsch!» Sanka zog Anna Grigorjewna an der Hand. «Nun verlier doch bitte nicht den Verstand! Bitte, Teufel auch, ich bitte dich sehr!»

Anna Grigorjewna klammerte sich am Geländer fest und

lehnte sich vor, um hinunterzuschauen. Sie zuckte zusammen, als unten die Eingangstür ging. Sanka riss Anna Grigorjewna mit Gewalt vom Geländer weg, zog sie, ohne sich umzusehen, am Arm nach oben, schob sie durch die Tür und schlug diese zu.

«Ist doch idiotisch!», rief Sanka außer Atem.

Beide Studenten standen untätig an der Garderobe.

«Gehn wir, gehn wir!» Sanka schob sie in Richtung seines Zimmers. «Weiß der Geier, alle verlieren den Verstand. Absolut alle. Wie von Sinnen. Gehn wir zu mir!»

Mit Begeisterung, mit Neid schaute Sanka auf den weißen Verband. «Toll, Bruder! Alle Achtung, Kipiani!» Wie aus einem Ritterhelm blickte das Gesicht; über die Stirn lief der Verband in gerader Linie.

«Die Papacha ist futsch.» Kipiani machte eine Handbewegung. «So ein Dreckskerl, klemmt mich mit dem Pferd ein, da ist ein Zaun. Ich duck mich.» Kipiani hockte sich hin, schwarzer Augenglanz blickte Sanka an.

Sanka lehnte sich zurück – gleich würde er hochschnellen.

«Die Papacha fiel runter, er mit der Nagaika, ich untendurch und am Pferd – zack! zack! Das Pferd ging in die Knie.» Kipiani setzte sich ganz auf den Boden und blickte zu Sanka hoch. «Hier!» Und Kipiani stand auf. Schnaufte durchs ganze Zimmer, heftete den Blick auf die Kameraden. «Ja, hier!» Unterhalb der Knie fuhr sich Kipiani mit der Handkante entlang.

Eine Weile schwiegen sie, der Lärm, das Getöse vom Platz klang noch in ihren Köpfen. Plötzlich der gellende Schrei einer Frau – wie eine auflodernde Flamme. Sanka erkannte die Stimme, er stürzte zur Tür.

Am Ende des Flurs, im Vorzimmer, hielt Anna Grigorjewna jemanden fest, als hätte sie einen Dieb geschnappt. Sanka erkannte Nadjas Kappe.

Und da blickt sie über Mutters Schulter, spannt den Blick durch den ganzen Flur und schaut, als ob sie abreiste, als ob sie durchs Zugfenster sähe, wenn man schon keine letzten Worte mehr rufen kann. Mit einem Satz war Sanka bei ihr. Aber Nadja riss den Hals aus Mutters Umarmung los.

«Nun lass doch, lass gut sein. Bin heil, bin am Leben.» Und Nadja ging, ohne abzulegen, in ihr Zimmer.

«Komme gleich!», rief Sanka den Kameraden durch die Tür zu, und bemüht, sorglos mit den Absätzen zu klappern, ging er zu Nadja.

Nadja saß in Mantel und Mütze auf ihrem Bett.

Anna Grigorjewna stand vor ihr, weit vorgebeugt, die Fäuste unters Kinn gepresst. Ihre Lippen bewegten sich, Tränen tropften auf den Boden.

Nadja warf einen Blick auf Sanka.

«Nun, da bin ich wieder. Und was ist schon dabei», sagte Nadja. «Und was soll dieses Melodrama, also wirklich. Und du haust in die gleiche Kerbe.»

Nadja blickte erneut auf Sanka. Sie stand rasch auf, ging ins Vorzimmer.

«Lasst mich doch wenigstens in Ruhe mich waschen!» Nadja riss sich ärgerlich den Mantel herunter.

«Nun, ist heil, na schön», sagte Sanka mit fröhlicher Stimme. «Und du», wandte er sich an Anna Grigorjewna, «stehst hier wie Niobe, gib uns lieber Tee.»

Anna Grigorjewna richtete den Blick auf den Sohn – ob sie lächeln sollte? Ein Lächeln blitzte auf und kühlte ab. An Nadjas Zimmertür schnappte das Schloss zu.

Anna Grigorjewna trat bei Nadjas Tür von einem Fuß auf den anderen.

«Also wirklich», sagte Sanka verdrossen, «lass den Samowar anheizen, was stehst du hier.»

Anna Grigorjewna wandte sich zur Küche.

«Das hätten wir!», rief Sanka und sprang davon. Aus seinem Zimmer hörte er hitziges Disputieren. Kipiani drehte sich nicht einmal um, als Sanka die Tür öffnete, er rückte gegen den Kameraden vor, mit dem Kopf voraus rückte er vor und warf nach jedem Satz den Kopf hoch wie ein Ziegenbock die Hörner.

«Warum meinst du, Rybakow? Warum kann das ein Sozialdemokrat nicht?» Kipiani rammte die Luft. «Ein Sozialdemokrat kann nicht auf dem Land? Kann nicht? Sag warum, Rybakow!»

«Hab ich doch schon gesagt!» Der andere hielt unzufrieden das Gesicht zur Seite. «Ah ja!», wandte er sich plötzlich an Sanka. «Wir kommen zu dir, weil ...»

«Du hast Unsinn gesagt!» Kipiani zerrte Rybakow an der Mantelleiste.

«Ja!» Rybakow ging auf Sanka zu. «Morgen um eins findet in der Speiseanstalt eine Versammlung statt. Da kommt einer ...»

«Einer!», äffte Kipiani ihn nach. «Weißt nicht, wer? Batin!», sagte Kipiani mit leiser Stimme, sagte es wie eine Drohung. «Kennst du?» Kipiani sah zu Sanka hoch, zog die Brauen zusammen und hob die Faust. «Das ist ein Mann!», sagte Kipiani dumpf, warf sich plötzlich zurück, und ein Lächeln überflutete sein Gesicht. «Ich erzähl dir von ihm! Rybakow, Rybakow! So was aber auch! Du sagst – auf dem Land», rief Kipiani. «Hört beide zu!» Er zog an Rybakow, stellte ihn neben Sanka. «Hört zu! Er hat sich in einem Dorf als Schreiber anstellen lassen, versteht ihr. Als Gemeindeschreiber. Keiner weiß Bescheid, versteht ihr!» Kipiani wandte sein Gesicht bald Sanka, bald Rybakow zu.

«Und?» Rybakow stieß gleichgültig den Rauch aus und schaute, wie er sich auflöste.

«Und!», rief Kipiani unwillig. «Was heißt ‹und›? Er ar-bei-tet, verstehst du? Er ...»

Da klopfte es an die Tür, laut und fordernd. Alle schauten hin.

Sanka öffnete. In der Tür stand Andrej Stepanowitsch. Er blickte streng und überschritt nicht die Schwelle.

«Darf ich?» Andrej Stepanowitsch neigte leicht den Kopf und trat ins Zimmer. «Gerade war eine Sitzung in der städtischen Duma.»

Rybakow nickte. «Aha, verstehe.»

«Von einem der Stadtverordneten» – Andrej Stepanowitsch neigte den Kopf und schüttelte ihn – «wurde die Frage gestellt, außerhalb der Tagesordnung, die Frage nach dem Ereignis, schlichtweg nach den Ausschreitungen – in diesen Worten, jawohl – nach den Ausschreitungen gegen die Studenten vor der Universität. Vorgeschlagen wurde, unverzüglich eine Abordnung zu schicken – zum Generalgouverneur.»

Plötzlich stürmte mit weinerlicher Stimme Anna Grigorjewna herein. «Klopf doch wenigstens du bei ihr, vielleicht macht sie dir auf. Mein Gott, was für eine Qual!»

Andrej Stepanowitsch sah kurz seine Frau an, hob die Brauen.

«Gleich!», sagte Andrej Stepanowitsch scharf; mit strenger Miene wandte er sich wieder den Studenten zu. «Zum Generalgouverneur. Gleich, gleich!», schnauzte Andrej Stepanowitsch plötzlich gereizt und verließ, mit den Absätzen klackend, den Raum.

Kipiani setzte sich auf Sankas Bett, blickte zu Boden, und auf seinem weißen Scheitel wurde ein roter Fleck sichtbar. Er streckte am Ohr vorbei den Arm aus und hielt ihn, ohne jemanden anzublicken.

«Eine Ab-ord-nung …» Kipiani bewegte zwei Finger in der Luft, als wären es Beine. «Ja, und?» Mit einem Mal hob Kipiani das Gesicht und breitete die Arme aus. «Gehn wir!»

Kipiani stülpte die Mütze auf den verbundenen Kopf und sprang hinaus.

«Auf ein Wort!» Rybakow berührte Sanka an der Schulter. «Hör mal, könnt ich mir von dir», flüsterte Rybakow, «nicht einen Rubel leihen? Bloß weiß ich wirklich nicht, wann ich ihn zurückgebe», rief er Sanka nach.

Sanka ging schon durch den Flur zum Vater. Andrej Stepanowitsch stand vor Nadjas Tür.

«Aber, Nadja, Nadeschda», sagte Andrej Stepanowitsch, «nun zeig dich doch!» Und er klopfte leicht an die Tür.

«Gleich, ich kämme mich noch», hörte Sanka Nadjas Stimme.

«Aber, aber!», erwiderte Tiktin mit fröhlicher Stimme und drehte sich zu Sanka um.

«Gib mir einen Rubel», sagte Sanka. «Einen Rubel, einen Rubel, genau einen Rubel», redete er weiter, während der Vater unwillig in der tiefen Tasche nach dem Portemonnaie fischte.

«Gleich, gleich!», erwiderte Nadja auf die Stimmen aus dem Flur.

«Du hast offenbar deinen Altvorderen …» Rybakow lachte leise.

«Ach, was soll's, ist nicht der Letzte, nimm schon!» Sanka steckte ihm den Rubel zu. «Kipiani, das verstehe ich!» Und Sanka riss die Augen auf, er sah Rybakow angriffslustig und vorwurfsvoll an.

Rybakow zog die Schulter hoch und legte den Kopf schief.

«Ist doch Unsinn!»

«Würdest du es tun?»

«Wozu? Hat das Sinn?» Rybakow ruckelte den Arm, als wöge er etwas auf der Hand.

«Ach, von wegen Sinn und Zweck! Würdest du? Sag!»

«Der würde sich mit dem Messer auch auf eine Dampflokomotive stürzen, das bestreite ich nicht. Doch hat das Sinn?» Rybakow machte dieselbe Geste.

«Was schüttelst du die Hand», schrie Sanka. «Der Sinn! Der

Sinn! Hundertzwanzigmal findest du einen Sinn, trotzdem wirst du es nicht tun! Und ich auch nicht!» Sanka stampfte auf. «Die Hand, die Hand» – Sanka äffte Rybakow nach –, «die Hand werden wir schwenken, wenn aber alle wie Kipiani ...»

«Was dann?» Rybakow sah Sanka aus zusammengekniffenen Augen an. «Dann kämen sie nicht mit Nagaikas, sondern mit Kanonen.»

«Und wir ... wir würden auch rittlings auf der Kanone, ja, ja, in gestrecktem Galopp vor dem Hasen flüchten!» Die Beine breit, tat Sanka, als ob er ritte. «Was lachst du?» Sanka musste selbst lachen. «Stimmt doch, was ich sage.»

Das Lachen zog Sanka immer noch die Lippen auseinander.

«Ist doch wirklich wahr, verdammt, was tun wir eigentlich? Wenn einmal gefragt wird: Was habt ihr getan? Ach, wissen Sie, wir wurden geschlagen!» Sanka machte vor Rybakow einen Kratzfuß. «Und, wie? Habt wohl nicht genug abgekriegt? Wie belieben!», resümierte Sanka mit verstellter Stimme.

Rybakow stieß Rauch aus, lächelte.

«Wir wussten doch, dass sie schlagen würden! Wussten wir es?» Sanka blickte verdrossen, drang weiter auf Rybakow ein. «Na? Gingen aber hin? Warum?»

«Na, warum denn?» Rybakow legte den Kopf zurück und sah aus zugekniffenen Augen auf Sanka.

«Warum ich?» Sanka starrte Rybakow an. «Ich ging deshalb hin», sagte Sanka atemlos, «also, weil ich nämlich Angst habe, vor den Kosaken und den Nagaikas.»

«Und ich ging deshalb hin und denke, dass auch die anderen – und, wenn du so willst, auch du ...», begann Rybakow mit vernünftiger Gelassenheit, und plötzlich blickte er zur Tür.

Unter der Tür stand Nadja. «Möchte bloß gerne erfahren, was er hier herumbrüllt. Darf ich?»

Rybakow verneigte sich.

«Mein Gott, ich möchte bloß zuhören!» Nadja wandte sich zurück zu Anna Grigorjewna. «Möchte hier eine Weile sein, was musst du wie ein Schatten … niemand hat mich gefressen oder wird mich fressen.» Nadja nahm seitlich auf einem Stuhl Platz, warf den Arm über die Lehne. «Worum dreht sich die lautstarke Diskussion?» Spöttisch sah sie Rybakow an.

Rybakow lächelte Nadja zu wie im Salon.

«Nun?», sagte Nadja, schaute auf ihre Armbanduhr, schlug ein Bein über das andere und fasste erwartungsvoll Rybakow ins Auge. «Nun?»

«Was, zum Teufel, geht dich das an!», sagte Sanka und wühlte im Tabak. «Nimmst Platz wie eine Lehrerin: ein Examen, herrjemine!»

«Die Frage ist aber eigentlich gestellt», sagte Rybakow mit leichtem Lächeln und nickte Sanka zu.

«Eigentlich oder nicht eigentlich, was, zum Teufel, geht dich das an!»

Sanka brach ein Streichholz nach dem anderen an der Schachtel ab.

«Was musst du hier wie ein Streithammel …», begann Nadja spöttisch und errötete plötzlich. «Im Übrigen, hol euch der Teufel!» Sie sprang auf, der Stuhl fuhr zurück. Geradewegs ging sie zur Tür hinaus, stieß dabei Anna Grigorjewna.

«Wohin, Nadja, wohin willst du?», hörte Sanka aus dem Flur Anna Grigorjewnas weinerliches Flüstern. «Aber, Nadja, Nadja, Nadja! Nadenka!»

Sanka streckte den Kopf zur Tür hinaus. Er sah, wie Nadja, schon im Mantel, heftig durch das Vorzimmer schritt und die Tür zuschlug.

Anna Grigorjewna stürzte hinterdrein.

«Tiens! Tiens!», rief Andrej Stepanowitsch, er zog sich rasch den Mantel über. «Ich gehe!»

«Sie ist nämlich in Tränen aufgelöst, voller Kummer!», sagte Anna Grigorjewna. «Nun geh doch, geh! Geh ohne Galoschen, mein Gott!»

«Gleich!» Andrej Stepanowitsch traf nicht in die Galosche.

ZUM TEUFEL!

Andrej Stepanowitsch rannte die Treppe hinunter, schaffte es kaum, den untersten Mantelknopf zuzuknöpfen, knöpfte ihn schief zu, und der Mantel bauschte sich über seiner Brust als schiefe Blase. In seinen Ohren stand noch Anna Grigorjewnas Stimme, peitschte ihn voran: «Schneller, schneller, du lieber Himmel!»

Tiktin blickte nach rechts, nach links, aber schon hatte das Straßentreiben alles zugeweht: Rücken, Mützen, Mantelkragen. Andrej Stepanowitsch schlug den Weg nach rechts ein, und bei sich erwiderte er bereits in unwirschem Tonfall seiner Frau: Wäre ich besser nirgends hingegangen? Dies für den Fall, dass er sie nicht einholen würde.

Tiktin schritt gewaltig aus, den Stock immer scharf zur Seite stoßend. Er ging und blickte geradeaus; sein Blick stieß die Passanten zur Seite, zielte schon weit voraus auf Schlupflöcher, da vorn schlingerte ein bekannter Rücken, hoch gewachsen, wie ein Mantel auf einem Schrubber.

Andrej Stepanowitsch beschleunigte seinen Gang, er merkte nicht, dass er außer Atem war. Er schaffte es.

«Der Teufel soll Sie, wie war nochmal Ihr …» Andrej Stepanowitsch tippte mit dem Stock an die Schulter.

Der Passant drehte sich um.

«Egal, Baschkin, oder wie!» Andrej Stepanowitsch machte ein ungeduldiges Gesicht. «Ist Ihnen nicht zufällig unsere Nadeschda begegnet?»

«Wieso, haben Sie Nadeschda verloren – und die Hoffnung gleich dazu?», kicherte Baschkin, setzte jedoch sofort eine beflissen beunruhigte Miene auf. «Wieso, ist sie gerade aus dem Haus gegangen? Sie suchen Sie? Nein. Jedenfalls kann sie nur dorthin gegangen sein» – Baschkin schnellte die Hand nach vorn –, «sonst wäre ich ihr begegnet. Wieso, soll ich sie zurückholen?»

«Ja, ja!» Andrej Stepanowitsch ging weiter, ohne Baschkin anzusehen. «Treffen Sie sie, sagen Sie ihr, dass sie sofort nach Hause zurückkehren soll, ihrer Mutter ...»

«Geht es schlecht? Verstehe, verstehe, ich hole sie ein. Finde sie!» Baschkin war bereits in Fahrt. Er schritt aus, schwankte beim Gehen.

Andrej Stepanowitsch sah seinen Kopf noch eine Weile über der Menge. An der übernächsten Kreuzung blieb Tiktin stehen, seine Engbrüstigkeit erstickte den Atem.

‹Wohin nur?› Tiktin spähte ringsum. ‹Ist doch sinnlos. Die Wahrscheinlichkeit äußerst gering!› Tiktin stampfte mit dem Stock.

«Ah, Teufel auch!», sagte Andrej Stepanowitsch und ging langsamer weiter.

‹Ob ich eine Droschke nehme? Wozu hab ich bloß diesen Tölpel angehalten!› Andrej Stepanowitsch war über Baschkin erbost.

Ohne einen Preis auszuhandeln, stieg Andrej Stepanowitsch in die erste beste Droschke.

«Fahr geradeaus!» Andrej Stepanowitsch holte Luft. Er bemerkte, dass der Mantel buckelte. Knöpfte ihn anders zu. Stellte den Stock zwischen die Beine, legte beide Hände darauf.

Er schaute auf die Gehsteige, weit nach vorn. Es nieselte. Andrej Stepanowitsch zog die Hutkrempe in die Stirn.

‹Und dieser Idiot›, flüsterte Andrej Stepanowitsch, auf den Sohn gemünzt, ‹wie ein Mieter, ein Untermieter!› Er war den Tränen nah, so kränkte es ihn, dass der Sohn nicht aufgesprungen und losgelaufen war – ‹ich in die eine, er in die andere Richtung›. Wo die Mutter schier den Verstand verliert.

«Nach rechts!», brüllte Andrej Stepanowitsch grimmig dem Kutscher zu. Auf dem Trottoir schaute sich sogar jemand um. Tiktin zog die Brauen hoch. Blickte auf die Uhr. Halb fünf. Um sechs bei General Miller, dem Generalgouverneur und Kommandanten des Militärbezirks.

‹Also muss ich um halb sechs in der Duma sein. Sogar früher. Ich habe diese Frage gestellt› – Tiktin sagte sich das mit Nachdruck und ruckte im Takt der Worte mit dem Kopf –, ‹es mag Unsinn sein, aber wir sind verpflichtet, alle gesetzlichen Möglichkeiten auszuschöpfen. Danach sind uns die Hände nicht mehr gebunden.›

Andrej Stepanowitsch schüttelte den Kopf und schaute kühn zu den Obergeschossen der Häuser hoch.

«Halt! Wohin! Fahr außenrum!»

Der Kutscher zog die Zügel an. Das Rasseln der Räder verstummte, nun war dumpfes Stimmengewirr zu hören. Am Platz der Kathedrale wurden sie nicht durchgelassen. Andrej Stepanowitsch richtete sich auf. Im grauen Licht, durch den Dunst, sah er – grau in grau war der ganze Platz.

«Wohin, was möchten Sie?» Der Kutscher drehte sich um und fügte leiser hinzu: «Auf dem Platz steht Kavallerie.»

«Fahr über die Sadowaja.»

‹Wohin will ich eigentlich?› Andrej Stepanowitsch lehnte sich zurück, kniff die Brauen zusammen, und plötzlich rief er dem Kutscher zu:

«Zur Dworjanskaja!»

‹Nur bei ihr, bei dieser Tanja, muss ich fragen. Alles andere ist sinnlos.› Andrej Stepanowitsch zog die Schultern hoch. Mit hochgezogenen Schultern betrat er den Hauseingang. ‹Allerhöchstens hier, wenn es überhaupt einen Sinn hat.›

‹Geradezu komisch!› Er lächelte fast, als er an Tanjas Wohnungstür klingelte.

«Verzeihen Sie, um Himmels willen! Guten Tag!» Andrej Stepanowitsch lächelte im Vorzimmer. «Ich bin, verstehen Sie ...»

Tanja ließ Andrej Stepanowitschs Hand nicht los, sie beugte sich zurück, und einen Moment musterte sie unverwandt Tiktins Gesicht. Andrej Stepanowitsch stockte und blickte verwirrt – was hat sie denn? Plötzlich zog sie ihn kräftig zu sich, umfing mit der freien Hand seinen Hals und küsste ihn fest auf die Wange oberhalb des Ohrs. Und ließ seine Hand los. Andrej Stepanowitsch hob und senkte die Augenbrauen.

«Legen Sie doch ab!», sagte Tanja verdrossen. Dann ein Lächeln zum Boden, und sie entschwand durch eine Tür.

Andrej Stepanowitsch blieb allein. Einen Moment stand er da, den Mantel auf dem ausgestreckten Arm.

«Hierher, kommen Sie hier herein!», rief Tanja aus dem Wohnzimmer.

Andrej Stepanowitsch fuhr auf, beeilte sich.

Tanja saß in der Sofaecke, die Beine untergeschlagen.

«Hierher!» Sie klopfte auf den Platz neben sich, als rufe sie ein Hündchen. «Hierher!»

Tanjas Augen jedoch waren ernst, streng. Ein Schaudern lief ihr über die Schultern. Tiktin setzte sich.

«Sie verzeihen!» Tiktin griff in die Tasche. Tanja beobachtete strengen Blickes die Hand. «Folgende Begebenheit.» Tiktin holte ein frisches Taschentuch hervor. «Nadja ist da gewesen ...»

«Ach? Hat die alte Dame sich beruhigt? Das heißt Anna Grigorjewna, meine ich.» Tanja heftete den Blick auf Tiktin.

«Die Sache ist die» – Tiktin strich sich über den Bart, zuckte mit den Schultern –, «dass sie nach einer halben Stunde erneut Reißaus genommen hat.»

Tanja nickte.

«Und Anna Grigorjewna verliert dort den Verstand, schließlich hat sie nicht zu Hause übernachtet.»

Tanja nickte wieder bedächtig.

«Ja, und überhaupt ...» Tiktin sah auf seine Knie. «Hätte sie ihr wenigstens etwas vorgeschwindelt, so geht es doch nicht! Anna Grigorjewna ist keine fünfzehn ...» Tiktin versuchte die Stirn zu furchen und Tanja nachdrücklich anzusehen. Aber Tanja schaute noch genauso unverwandt, die Brauen leicht verzogen, Tiktin in die Pupillen.

«Und?»

«Sie hat mich auf die Suche geschickt. Darum bin ich bei Ihnen.»

Tanja schaute noch immer.

«Dabei muss ich, hol's der Teufel, in einer Stunde beim Generalgouverneur sein. Anlässlich der Ausschreitungen.»

Tiktin sah, wie Tanjas Oberlippe zuckte, und ihr Gesicht wurde röter und röter.

«Wir, das heißt die Duma» – Tiktin sprach nun solide, entschieden, blickte in die Ecke –, «werden vorschlagen, dass man uns erkläre ...»

Andrej Stepanowitsch spürte einen zornigen, glühenden Blick und schaute hin.

«Und mit einem Stein, einem Stein» – Tanja hob die zu einem Klümpchen geballte Faust –, «mit einem Stein» – flüsternd stülpten die Lippen die Wörter nach außen –, «mit irgendeinem Backstein ihm auf den Scheitel, direkt auf die Glatze» – die Faust zitterte –, «zack!»

Andrej Stepanowitsch lehnte sich zurück, er schaute, wie die Lippe sich hob, wie die weißen Zähne sich zusammenpressten, und er spürte – von oben näherte sich der Blick, und er nahm seine Kraft zusammen, um nicht zurückzuweichen. Einen Moment war ihm, als wäre sein Kopf leer, als kämen keine Wörter mehr. Erschrocken haschte er nach den letzten, irgendwelchen schlichten, die noch da waren.

«Das», sagte Andrej Stepanowitsch und war froh, «das», wiederholte Tiktin fester, «ist nicht Sache» – er blickte finster zu Boden – «einer Abordnung.»

«Und wenn sie Ihrem Sohn die Augen herausgepeitscht hätten» – Tanja kreuzte fest die Arme über der Brust – «oder den Kopf zu Brei geschlagen hätten …»

«Es geht hier nicht um meinen Sohn», hob Tiktin mürrisch an.

«Ja, ja! Um alle geht es!», schrie Tanja. «Dass einfach Menschen von Pferden zertrampelt» – Tanja sprang auf – «und geschlagen werden» – Tanja durchschnitt mit der Hand die Luft – «mit bleibewehrten Nagaikas, ja! Unbewaffnete Menschen!»

«Aber wer verteidigt das denn?» Tiktin erhob sich.

«Ihre Kinder!», schrie ihm Tanja ins Gesicht.

«Wieder sind Sie …»

«Ja! Und keine Chinesen!», schrie Tanja. «Hundert Chinesen, erst vor einem Monat! Wurden gepfählt! Wie? Wussten Sie nicht? Habe ich gelesen. Verzeihen Sie.» Tanja verließ den Raum.

Tiktin sah auf die Tür.

«Sehe da keine Logik», sagte er laut im leeren Wohnzimmer. «Ah, Teufel! Was mache ich!» Tiktin zog mit ärgerlicher Grimasse die Uhr heraus.

Eine alte Frau schlappte auf ein Klingeln rasch zum Vorzimmer. Im Vorübergehen schaute sie durch die Tür Tiktin aus bösen Augen an.

«Ich bin's! Ich bin's! Lassen Sie mich herein!», hörte Tiktin eine Frauenstimme vor der Tür. Mit einem Sprung war er draußen.

Nadja schlüpfte rasch zur Wohnungstür herein.

«Na bitte», sagte Nadja aus dem Vorzimmer und schwenkte gereizt den Arm nach unten. «Stimmt es also, du hast diesem Tölpel gesagt, dass er mich suchen soll? Ja?», sagte Nadja noch von der Schwelle. «Bin ihn kaum losgeworden! So eine Idiotie!»

Nadja wandte sich um, streifte die Galoschen ab, riss mit dem einen Fuß am anderen.

«Eine Idiotie, wie sie im Buche steht!» Und ohne den Vater eines Blickes zu würdigen, ging Nadja rasch an der Alten vorbei zu den Zimmern.

Die Alte stellte die Galoschen unter die Garderobe. Folgte dann Nadja, im Vorübergehen warf sie wieder einen Blick auf Andrej Stepanowitsch und stülpte die Lippen nach innen.

«Puh!» Andrej Stepanowitsch trat entschlossenen Schrittes ins Vorzimmer. Immer noch hielt er die herausgezogene Uhr in der Hand.

Tiktin stieß die Arme ruckhaft in die Mantelärmel. Er traute sich nicht, die Tür zuzuschlagen, so drehte er sich vorsichtig um, als er zumachte.

Tanja sah von einer Zimmerschwelle zu ihm her.

«Unterstehen Sie sich, böse zu sein!», rief Tanja und stampfte mit dem Fuß. Andrej Stepanowitsch bemerkte Tränen in ihren Augen. Er konnte gerade noch nicken und schlug die Tür zu.

Andrej Stepanowitsch sah noch immer Tanjas Gesicht vor sich, während er die stille Treppe hinunterstieg. Ihm kam es noch immer vor, als redete und redete sie auf ihn ein und als glänzten ihre Augen vor Tränen – als ob sie ihn tadelte und mit aller Macht die Tränen zurückhielte. Vom Treppenabsatz blickte Andrej Stepanowitsch auf Tanjas Wohnungstür zurück, blieb eine Weile stehen.

Von unten kam ein scharrendes Geräusch. Andrej Stepanowitsch warf einen Blick übers Geländer; ein hochgerecktes Gesicht blickte von unten durch die schmale Treppenhausflucht zu ihm. Aufmerksam zugekniffene Augen. Andrej Stepanowitsch erkannte Baschkin im ersten Moment nicht. ‹Ah ja, er!› Andrej Stepanowitsch wandte sich verdrossen ab. Das Gesicht hatte sich direkt unter ihm befunden, Andrej Stepanowitsch hätte am liebsten hinuntergespuckt, gezielt, wie Kinder das machen. Aber er räusperte sich laut und ausdrucksstark im hallenden Treppenhaus und stieg eilig, geschäftig hinab. Unten war niemand. Andrej Stepanowitsch trat aus dem Haus und warf ärgerlich einen Blick in die eine Richtung – zack! und in die andere – zack! Doch in beiden Richtungen war niemand.

Feiner Regen sprühte blind, ohne Hoffnung.

«Droschke!», rief Tiktin mit kräftiger Stimme in die Straße. Träge ratterten in der Ferne Räder. Andrej Stepanowitsch überquerte festen Schrittes das Trottoir und wartete am Bordstein. Die Straße kniff unter dem feinen Regen die Augen zu. Der Kutscher trieb die nasse Schindmähre an.

«Zur Duma! Einen Fünfziger.»

Der Kutscher zog an den Zügeln, schnalzte. Das Pferd rührte sich nicht. Der Kutscher peitschte, das Pferd regte sich träge an Ort und Stelle, es schien so zu tun, als bewegte es sich.

«Treib es doch an!», rief Tiktin und blickte plötzlich zu den Fenstern hoch, womöglich schaute sie – das war ja nun schon lächerlich!

Andrej Stepanowitsch stieg aus dem Einspänner und ging mit ausgreifenden Schritten die Straße hinauf.

‹Ich komme zu spät! Ein Skandal!›

Andrej Stepanowitsch legte noch einen Schritt zu. Er hörte, wie hinter ihm der Einspänner ratterte, der Kutscher kam im Trab hinterher.

«Zum Teufel!», schrie Andrej Stepanowitsch und stapfte auf grimmigen Beinen über den nassen Gehsteig. «Zum Teufel!» Und noch ausgreifender stieß er den Stock zur Seite. Andrej Stepanowitsch hatte diesen Generalgouverneur noch nie von Angesicht gesehen. Irgend so ein General. «General, was soll's! Zum Teufel mit ihm. Überhaupt, weiß der Teufel, was das alles soll! Mit einem Backstein, tatsächlich! Sage ich.» Und Andrej Stepanowitsch pumpte sich die Brust voll Luft, und die Luft stand wie ein Stein in der Brust und darin alle Wörter – das sag ich. Und Andrej Stepanowitsch fühlte da in seiner Brust alle Wörter auf einmal.

SPOREN

Andrej Stepanowitsch näherte sich außer Atem den Glastüren der Duma. Mit entschlossenem Schwung riss er eine Tür auf. Die Abordnung kleidete sich an, der Portier reichte hinter der Barriere die Mäntel vor. Auf der Barriere standen zwei Petroleumlampen – matt glänzte das Kristall am elektrischen Kronleuchter, matt zischelten die Stimmen.

Andrej Stepanowitsch hörte ein unterdrücktes Flüstern: «Und wir dachten schon …»

«Also, gehn wir!», sagte Tiktin laut durchs ganze Vestibül, wie einen Befehl, er hielt den Türgriff noch in der Hand. Auch der Portier schaute auf die Stimme her, einen Mantel über den ausgestreckten Armen. Das Stadtoberhaupt ruckte die dicken Schultern und legte den Kopf zur Seite.

«Jetzt sind wohl alle da?», sagte er mit vorsichtiger Stimme, als ob im Nachbarzimmer jemand schliefe oder ein Toter aufgebahrt läge. «Alle fünfzehn?» Das Stadtoberhaupt blickte sich im halbdunklen Vestibül um.

«Ist es nicht zu früh? Wir müssen doch nur über den Platz», fragte die angespannte Stimme eines grauhaarigen, bebrillten Greises, der sogleich ein Taschentuch hervorzog und sich umständlich schnäuzte. Viele holten ihre Uhren hervor, hielten sie an die Lampen.

«Ich schlage vor», hob Tiktin an mit Öffentlichkeitsstimme, aber da schlug die Uhr an der Duma mit eisernem Schlag.

«Inkommod, wenn wir zu spät kommen, meine Herren», sagte das Stadtoberhaupt vorwurfsvoll, sagte es jedoch leichthin, als statteten sie eine Visite ab.

«Gehn wir!» Es schlug Tiktins Stimme, und er riss die Tür auf.

Er schritt voraus. Das Stadtoberhaupt trippelte ihm hinterdrein.

«Wir haben uns da beratschlagt» – er neigte sich ganz zu Tiktins Ohr –, «alle haben da auf Sie gewartet, und es wurde verfügt, dass ich rede.»

Andrej Stepanowitsch nickte finster und entschlossen.

«Wohlformuliert und durchaus knapp», fuhr das Stadtoberhaupt fort und sah Tiktin ins Gesicht, «knapp, aber würdevoll und unerschütterlich.»

«Und wie formuliert, wie formuliert?» Andrej Stepanowitsch schritt immer schneller aus.

«Gehen Sie auseinander, meine Herren!», hörte er plötzlich hinter sich.

Das Stadtoberhaupt machte heftig kehrt und eilte im Laufschritt zurück. Andrej Stepanowitsch blieb stehen, sah ihm nach. Neben dem dunklen Häuflein der Stadtverordneten nahm er einen grauen Uniformmantel wahr. Langsam ging er auf das Stimmengewirr zu.

«Ist doch gleich, wo immer Sie hinmögen, aber doch nicht als Menschenauflauf!», schrie der Quartieraufseher.

«Ich bin das Stadtoberhaupt.»

Und das Stadtoberhaupt knöpfte hastig den Mantel auf, unter dem die Kette hervorblinkte.

«Und ich bitte noch einmal», schrie der Quartieraufseher dem Stadtoberhaupt ins Gesicht, «mischen Sie sich nicht in die Anordnungen der Polizei ein.»

«Ihr Name!», schrie Tiktin und trat dicht zu dem Quartieraufseher. In der Dunkelheit erkannte Tiktin aus der Nähe – der von der Haussuchung, und Tiktin fixierte ihn aufgebracht.

«Keinerlei Namen, Sie gehen zu zweit auseinander!» Der Quartieraufseher wandte sich an das Häuflein der Stadtverordneten. «Zu zweit weitergehen!»

Drei Schutzleute drängten sich dazwischen, teilten auf, reckten die unerschütterlichen schwarzen Ärmel.

«Erfüllen Sie die Anordnung», sagte ein Schutzmann und drängte Andrej Stepanowitsch beiseite, «sonst kommen alle auf die Wache.»

«Meine Herren, wir müssen uns fügen», sagte das Stadtoberhaupt laut. «Da nun einmal diese Ordnung ...»

Schon schritten drei Paare eilends über den Platz. Auf der anderen Seite leuchtete die Tür am Palais des Militärkommandanten hell durch den Regen. Das Stadtoberhaupt hakte Andrej Stepanowitsch unter.

«Den Namen will er», hörte Andrej Stepanowitsch hinter sich, «will wohl zum Duell fordern.»

Andrej Stepanowitsch drehte sich scharf um; das Stadtoberhaupt drückte seinen Arm, so fest es konnte, und zog ihn vorwärts.

«Lassen Sie, lassen Sie!»

«Tölpel!», schrie Tiktin über den ganzen Platz. Aus dem Dunkeln waren hastige Schritte zu hören. Tiktin widersetzte sich, doch das Stadtoberhaupt zerrte ihn fast im Laufschritt weiter. Da waren schon die beiden Wachposten vor ihren Häuschen, ein Gendarm riss die Tür auf. Der kurze Pfiff blieb vor der Tür draußen.

Ein dezenter Teppich auf Marmorstufen; leise flüsterten die Stadtverordneten an der Garderobe, ehrerbietig klirrten Sporen; Feldgendarmen halfen höflich aus den Mänteln, nahmen Hüte und Schirme entgegen.

Die Kandelaber strahlten in hellem Licht. Die weiße Treppe stieß auf einen riesigen Spiegel und teilte sich in zwei Läufe, als breiteten sich Arme in einladender Geste.

Ein alter Lakai mit Livreefrack stand vor dem Spiegel und schaute von oben flüchtigen Blickes auf die Gehröcke.

«Melden: aus der städtischen Duma!», gab ein Gendarm nach oben weiter.

Der Lakai wandte sich ohne Hast um. Die Stadtverordneten rückten die Gehröcke zurecht, griffen sich in die Taschen und holten nichts heraus. Als probierten sie ihren Gang aus, näherten sie sich seitwärts dem Spiegel und fuhren sich durch die Haare. Andrej Stepanowitsch schritt kühn vom einen Ende zum anderen über die Marmorplatten, er blickte zu Boden, runzelte konzentriert die Stirn.

Die Gendarmen standen unbeweglich auf ihren Plätzen an den Wänden des Vestibüls entlang.

So vergingen fünf Minuten.

Der Greis hatte schon aufgehört, sich mit dem Taschentuch die Brille zu putzen. Ein letztes Mal hielt er die Gläser mit zugekniffenen Augen prüfend gegen das Licht. Der Lakai kehrte nicht zurück.

«Wie kommt es, mein Bester, dass Sie Strom haben?», fragte das Stadtoberhaupt halblaut einen Gendarmen.

Der Gendarm flüsterte etwas, niemand hörte die Antwort, das Stadtoberhaupt nickte zustimmend.

«Aha, aber ja, vom armeeeigenen Elektrizitätswerk, versteht sich, versteht sich.»

Die Stadtverordneten scharten sich um das Stadtoberhaupt.

«Aber ja», sagte das Stadtoberhaupt hörbar, «ein vollkommen selbständiges Elektrizitätswerk.»

Andrej Stepanowitsch blieb plötzlich mitten im Vestibül stehen, zog die Uhr heraus und riss das Gesicht in die Richtung, wo das Stadtoberhaupt stand.

Das Stadtoberhaupt zog die Schultern hoch.

«Ich meine», sagte Tiktin laut, «wir könnten jemanden schicken, der sich erkundigt. Vielleicht warten wir umsonst!» Und Tiktin schlug mit dem Handrücken auf die Uhr.

Das Stadtoberhaupt schnitt eine bekümmerte Grimasse. Tiktin wandte sich ab und zog wieder seine Bahn.

«Man bittet!», sagte oben der Alte, sagte es, wie eine Nummer ausgerufen wird. Niemand verstand es sofort. Vorsichtig begannen die Stadtverordneten, die Treppe hochzusteigen. Der Lakai wies mit einer Geste nach rechts.

Als lockere Gruppe standen die Stadtverordneten in einem Saal. Der Kronleuchter erleuchtete mit drei Lampen schwach die hohen Wände und die militärischen Porträts in breitem Gold. Das Stadtoberhaupt rückte die Kette auf der Brust zurecht, räusperte sich, machte die Stimme frei. Sein bekümmertes, ernstes Gesicht war auf eine Tür gerichtet; von dort erwartete man den Auftritt. Alle schwiegen. Plötzlich merkten sie auf, ein leises Geräusch: Sporen! Das Geräusch näherte sich. Die Abgeordneten rührten sich, sahen auf die Tür. Ein junger Offizier tat zwei leichte Schritte über das Parkett und schlug die Hacken zusammen, neigte knapp den Rumpf, lächelte.

«Seine Hohe Exzellenz bittet Sie, einen Moment zu warten, meine Herren.» Er umfing die Stadtverordneten mit seinem Lächeln und ging durch den Saal hinaus. «Setzen Sie sich doch», sagte er von der Schwelle, halb zurückgewandt. Niemand regte sich. Das

Sporengeräusch löste sich auf. Durch die langen weißen Vorhänge war nun von draußen das normale Straßengeratter der Kutschen zu hören.

«Ich schlage vor», sagte Tiktin leise, doch entschieden, und alles blickte bänglich in seine Richtung, «dass wir alle in fünf Minuten von hier fortgehen. Es ist jetzt fünf vor sieben.» Und man hörte, wie die Fingernägel gegen das Glas über dem Zifferblatt klackten.

Ein leichtes Flüstern wehte durch die Schar der Stadtverordneten.

«Ich jedenfalls werde exakt in fünf Minuten von hier fortgehen …»

Aber da waren harte Absätze mit dumpfem Sporengeklirr zu vernehmen. Und im gleichen Augenblick kam geschäftigen Schrittes ein General herein. Er sah von seiner vollen Größe herab, den Kopf leicht zurückgeworfen.

Sie hatten ihn noch gar nicht recht betrachtet, da sagte der General bereits:

«General Miller. Womit kann ich dienen?» Es klang, als hätte er in die Hand geklatscht. Er stand, das Bein angewinkelt, als wollte er weiterhasten. «Nun?» Und er warf leicht den grauen Schnauzbart hoch.

Die Stadtverordneten schwiegen. Das Stadtoberhaupt blickte in die fahlen, leicht zugekniffenen Generalsaugen.

Das Stadtoberhaupt trat einen Schritt vor.

«Euer Hohe Exzellenz!»

Der General blickte ungeduldig.

«Wir alle, die städtische Duma, waren zutiefst erschüttert von dem Ereignis, das heißt von der Begebenheit, die sich vor der Universität zugetragen hat …»

«Das mit den Studenten?», unterbrach ungeduldig der General, ruckte mit dem Gesicht leicht nach vorn.

«Ja!» Das Stadtoberhaupt stieß heftig alle Luft aus und hob das Haupt. «Wir ...»

«Sie sollten besser», unterbrach der General, «statt mir mit derartigen Aufzügen die Zeit zu stehlen, so, wie Sie sind, Ihre ganze Horde, zu Ihren Studenten gehen und die überzeugen mit Ihrer Abordnung!» Der General machte eine Handbewegung, als schnitte er allen das Wort ab. «Mit Ihrer Abordnung! Und nicht auf der Straße eine Herde bilden und allerlei Abgeschmacktheiten brüllen! Sondern sich um Ihre eigentlichen Aufgaben kümmern! Habe die Ehre!»

Und der General drehte sich, ohne zu nicken, um und ging hinaus, er stapfte übers Parkett und klirrte mit den Sporen, als schritte er über Eisen.

IS GENUG!

Wsewolod Iwanowitsch schlief im Esszimmer. Er hatte sich mit einem alten Morgenrock zugedeckt, die alte Zeitung war ihm auf den Boden geglitten. Er träumte von glitschigen Würmern, großen, dicken, klafterlangen, so breit wie eine Hand, mit Köpfen. Die Würmer kommen angekrochen, suchen sich eine nackte Stelle und saugen sich mit zahnlosen Kiefern am Leib, beim Ärmel, am Handgelenk fest. Wsewolod Iwanowitsch schnappt sie, reißt sie los. Aber die Würmer reißen mittendurch, und der Kopf bleibt, schmatzt und schaut aus gescheiten Äuglein und saugt sich nur noch mehr fest, und mehr und immer mehr kommen rosige, dicke, glitschige Würmer angekrochen, sie tauschen lebhafte Blicke und schnappen zu, wo sie können, hinterm Ohr, am Hals, und Wsewolod Iwanowitsch reißt sie los und ist bedeckt von Köpfen, die Köpfe schmatzen, fassen tiefer und tiefer, und ringsum kein Mensch, und neue und immer neue kriechen an. Wsewolod Iwanowitsch möchte schreien, aber an der Wange hält ihn schon ein Kopf und schlingt und schmatzt und saugt. Plötzlich ein Pochen. Wsewolod Iwanowitsch kam sogleich zu sich – draußen vor dem Fenster klapperte jemand über den Brettersteg. Und Stimmen. Wsewolod Iwanowitsch war sogleich auf den Beinen. Unterm Fenster trappelte ein Pferd, der Reiter schrie:

«Treib sie auf einen Haufen!» – dröhnend, direkt vor der Fensterscheibe. Die Straße nicht zu sehen, er verdeckte sie. Wsewolod Iwanowitsch stürzte zum nächsten Fenster, drückte die Nase gegen die Scheibe. Eine Menschenmenge platschte durch den Straßenkot, und Schreie:

«Wohin! Wohin! Los! Los!»

Menschenlärm toste in der Straße, und wie vor Schreck bebten die Scheiben.

Wsewolod Iwanowitsch stürzte in die Diele, steckte die Füße in die Galoschen und sauste, wie er war, in den Hof. Der Hund bellte unbändig an der Kette, man konnte nichts hören, und Wsewolod Iwanowitsch drohte im Dunkeln dem Hund und schob mit gewohnter Hand den Riegel zurück. Der Wind schlug gegen die Pforte, riss sie auf. Eine dichte Menge schritt mitten auf der Straße. Ein Schutzmann rannte auf dem Brettersteg vorbei. Anscheinend mit Revolver, in seiner Hand deutete irgendwas vorwärts.

«Auf einen Haufen, alle auf einen Haufen!», schrie der Schutzmann. «Absperren!», schrie er ihm plötzlich ins Ohr, und Wsewolod Iwanowitsch sah, dass er mit dem Gewehrkolben gegen ihn ausholte. «Tür absperren!»

Wsewolod Iwanowitsch machte einen Satz zurück in den Hof.

«Tür zu! Dass doch deine Großmutter!»

Der Wind blies unmittelbar auf das Tor, Wsewolod Iwanowitsch stemmte sich gegen die Pforte. Plötzlich schoss jemand wie ein Klumpen durch den Spalt unten, der Hund riss an der Kette. Wsewolod Iwanowitsch stieß mit Gewalt die Pforte zu und legte den Riegel vor.

Jemand packte Wsewolod Iwanowitsch am Ärmel, klammerte sich fest.

Wsewolod Iwanowitsch schreckte zurück.

«Ich bin's! Taissa!»

Er hatte sie im Dunkeln nicht erkannt, kaum verstand Wsewolod Iwanowitsch sie vor Gebell und Stimmengewirr.

«Leg um, leg um!», rief Taissa und warf das Pelzjäckchen, den zottigen Kragen, von ihren Schultern dem Vater über.

«Kusch! Kusch endlich!», schrie Wsewolod Iwanowitsch den Hund an. Rannte hin, holte aus. Der Hund kroch in seine Hütte.

Schon waren die Rufe weiter weg zu hören. «He, wohin! Zurück!» Und gedämpfter der Lärm.

«Hast du gesehen? Hast du gesehen?», flüsterte Taissa atemlos und deutete mit weißer Hand zur Pforte unten.

«Und?», sagte Wsewolod Iwanowitsch dumpf. «Ja, und? Irgendwer …»

«Ich fürcht mich!» Taissa griff nach des Vaters Hand.

«Der ist nicht mehr da», sagte der Alte, «längst nicht mehr. Ist über den Zaun, über die Hinterhöfe … ist fort … was soll er hier.» Und es zitterte seine Stimme – von der Kälte, vom Wind, wer weiß.

«Nehmen wir Polkan, schauen wir, schnell, schauen wir, wirklich!» Taissa drängte, zog ihn. Sie zitterte, weiß im Nachthemd.

In allen Höfen schlugen die Hunde an. Polkan bellte auch wieder und zerrte an der Kette.

«Dorthin, dorthin zerrt er!» Taissa wedelte mit der Hand ins Dunkle.

«Nun, lass gut sein!», schrie ihr Wsewolod Iwanowitsch ins Ohr.

«Was?», schrie Taissa.

«Brüll doch nicht!» Wsewolod Iwanowitsch rüttelte an ihrer Schulter, und ihm flog das Pelzjäckchen von den Schultern. «Nun hör doch auf!»

An der Pforte wurde geklopft. Taissa packte den Vater schmerzhaft am Ellbogen.

Der Vater trat zum Tor.

«Ich bin's! Was ist bei Euch? Ich bin's, Israilson.»

Taissa riss den Riegel zurück, fast hätte die Pforte sie umgeworfen. Israilson hielt sich am Hut fest, der Wind fegte ihn herein.

«Bin auch hinausgegangen. Und hör bei Euch Geschrei. Was ist? Alles in Ordnung? Wer da, ich seh Euch nicht! Man muss zumachen, es zieht!»

Israilson kümmerte sich um die Pforte.

«Sei still, kusch!», rief er dem Hund zu. «Sie verkühlen sich doch, gehn Sie ins Haus! Gehn Sie!» Er stieß Taissa in den weißen Rücken. «Wissen Sie, auf der Jamskaja hat man alle Leut verhaftet. Einfach alle Leut. Die hat man hier durchgetrieben. So ist das.»

«Gerade ist einer», sagte Taissa, und ihre Zähne klapperten, stückweise kämpften sich die Wörter hervor, «zu uns … durch die Pforte …»

«Psst!», machte Israilson. «Still, still!» Und er hielt im Dunkeln Taissa ungeschickt den Mund zu. «Still!»

«Fürchtet sich, die dumme Gans!», sagte Wsewolod Iwanowitsch.

«Ich kann nicht mehr schlafen, wirklich!» Taissa bibberte vor Kälte.

«Dummes Zeug, wenn einer hier ist, bitt ich ihn jetzt, er soll verschwinden.» Und er schritt in die Dunkelheit hinein. Wsewolod Iwanowitsch sah, wie Taissas weißer Rücken hinterherhuschte, er bückte sich und tastete im Dreck nach dem herabgefallenen Pelzjäckchen.

«Gehn Sie in die Stub», rief Israilson gegen den Wind. «Sie holen sich noch was, ich weiß!»

«Ich fürcht mich!» Taissa rannte hinter Israilson her. «Fürcht mich, fürcht mich!» Sie schnappte seinen Ärmel, zog ihn nach unten, vor Kälte zitterten ihr die Hände.

«Nu gehn Sie doch in die Stub.» Israilson blieb stehen. Sein Mantel flatterte im Wind.

Taissa schmiegte die Stirn an seine Schulter.

«Fürcht mich! Fürcht mich!»

«Nu kommen Sie, ich bring Sie rein.»

«Nein, nein! Fürcht mich!» Sie schmiegte sich an Israilson.

«Ist doch dummes Zeug, ehrlich!», rief Israil, dabei drückte er die Melone gegen den Kopf.

«Gehn wir, gehn wir!» Taissa stieß ihn. «Oh, dort ist er, dort!» Sie wedelte mit dem weißen Ärmel ins Dunkle.

Israil schritt in die dunkle Hofecke, aufs Geratewohl. Er fürchtete, Taissa auf die Füße zu treten, kam im Matsch des Hofes aus dem Tritt.

«Der Schuppen, ist der offen?», fragte Israil. Er neigte sich zu Taissas Kopf, und der Wind wehte ihm Taissas wirres Haar ins Gesicht. «Ja? Und wo ist die Tür?»

Taissa schlotterte und schwieg und zog Israil nach rechts. Es roch nach Stall, nach Wärme. Und man hörte, wie das Tor im Wind stöhnte. Israil streckte die Hand aus. Taissas Hände klammerten sich schlotternd fest – da war der Durchgang, da, tastend fand er die Bretter.

Gleich war der Wind weg.

«He! Hören Sie! Freund!», sagte Israil halblaut. «Ich bin kein Schutzmann! Wirklich! Die Schutzleute sind fort! Sie können ganz in Ruhe gehen! Freund!»

Taissa schmiegte sich fest an Israil. Einen Moment wurde sie ruhig. Wartete. Dann fing sie erneut an zu zittern, es war zu hören, wie ihr die Zähne klapperten.

«Hören Sie, was soll das, Teufel nochmal!» Israil entzog ihr den Arm, er machte sich im Dunkeln zu schaffen. Taissa begriff, dass er den Mantel auszog.

«Nicht doch, nicht doch», flüsterte Taissa, obgleich sie wegen des Wetters ihre eigenen Worte nicht hörte.

Israil legte ihr seinen Mantel über die Schultern.

Taissa schob ihn schweigend weg, sie versuchte im Dunkeln, ihn schnellstens Israil überzulegen, ihn zu bedecken.

«Werden wir uns noch prügeln!», sagte Israil laut. «Dann besser zu zweit.» Er warf sich den Mantel über die Schultern und nahm Taissa in den Arm. Taissa umfing Israils Rücken, presste sich fest an seine Seite, drückte ihm den Kopf an die Brust – und hörte auf zu zittern.

«Heda! Freund! Was soll denn sein?», rief Israil ins Dunkel des Schuppens. «Was soll denn sein? Das Fräulein hier fürchtet sich, ihm ist angst und bang, und Sie fürchten uns. Nu?»

Man hörte, wie die Kuh sich am Verschlag rieb.

Israil beugte sich zu Taissa. «Wo sonst kann er sein?»

Taissa schmiegte sich mit aller Macht an Israil, sie presste die Hand gegen ihn und sagte:

«Dort, dort!»

«Hören Sie, lassen Sie!», sagte Israil. «Gehn wir, wo denn noch.»

«Nicht doch, nicht doch, nicht doch!», stammelte Taissa. «Nicht doch! Geh nicht! Bist so ein Guter!»

Plötzlich fing Taissa zu weinen an. Israil hörte, wie sie schluchzte, ihre Brust zuckte.

«Nämlich … ich liebe … dich doch! Liebe … liebe dich!» Und sie riss an Israils Jackenschoß, riss daran kreuz und quer.

«Still, still!», sagte Israil. Der Mantel glitt herab, fiel zu Boden.

«O weh! Was sag ich da!», schrie Taissa plötzlich, sie stürzte davon, prallte laut gegen ein Brett, raschelte an der Wand entlang, und es wurde still im Schuppen.

Israil hörte, wie das Tor knarrte, in den Angeln quietschte. Er machte einen Schritt. Unter den Füßen der Mantel. Israil hob ihn auf, fuhr in die Ärmel.

«Teufel nochmal! So was Dummes!» Er schlug den Mantel um sich, stellte den Kragen hoch.

Der Durchgang zum Tor schimmerte trüb in blauem Licht. Israil schritt ärgerlich nach draußen, und der Wind – als hätte er ihn erwartet, hatte er ihm im Nu die Melone vom Kopf geschlagen, sie verschwand in der abgrundtiefen Finsternis des Hofs. Israil schimpfte laut auf Jiddisch. Er tappte aufs Geratewohl durch den Dreck zum Tor. Der Hund bellte, riss an der Kette. Israil sah, wie sich das Lichtquadrat der Tür auftat, und in der Tür die trübe Silhouette des Alten.

«Gefunden?», schrie Wsewolod Iwanowitsch über den Hof.

«Verloren!», schrie Israil zurück und kam näher. «Die Melone hab ich verloren, zum Teufel mit ihr und mit der Melone. Denkt Euch bitte nichts, ich sag Euch morgen was.» Israil ging am Hund vorbei, also zum Tor. Durch den Wind, durch das Hundegebell hörte er nicht, wie Wsewolod Iwanowitsch die Stufen herabkam. Israil hatte rasch den Riegel ertastet, er zog kräftig hinter sich die Pforte zu, ließ die Klinke los.

«Also wirklich, weiß der Teufel!», sagte Israil und tappte auf gut Glück im Dunkeln über den löchrigen Brettersteg.

Es war kalt im Zimmer. Israil breitete den Mantel über die Decke, und mitsamt dem Kopf eingemummt, atmete er aus Leibeskräften.

«Teufel noch einmal!», sagte Israil. «Teufel noch zweimal! dreimal! siebenmal! hundertsiebenmal!» Er zog die Knie hoch zum

Kinn und merkte plötzlich, dass er befürchtete, mit dem Knie den Kopf zu stoßen, ihren Kopf, den er hier spürte, wo sie sich angeschmiegt, die Stirn gerieben hatte.

«Ah, fort, fort!», flüsterte Israil unter der Decke und bürstete und strich mit der Hand über die Brust, wie man Staub wegwedelt.

‹Jetzt weint sie dort!›, dachte Israil. ‹Soll nicht sein, dass wir uns sehen.› Israil schloss fest die Augen und streckte sich lang aus, mit den Beinen auf dem kalten Betttuch, streckte sich aus, und sogleich rückte Taissa in ganzer Länge näher, wie sie sich im Schuppen angeschmiegt hatte. Israil drehte sich auf die andere Seite und rollte sich zu einem Knäuel.

Der Wind pfiff auf dem Speicher über der Zimmerdecke. Er hielt gleichsam ein und denselben Ton, andere bewegten sich nebenher, bald höher, bald tiefer, schlängelten sich, umrankten den Grundton. Israil schlief ein, und in die gleichmäßigen Atemzüge mischten sich Klänge, nun steigen sie auf, verharren ein Achtel lang oben und stürzen sich alle auf einmal in den Akkord, die Flöte fährt wie der Blitz durch die Wolken, und der Klang schwingt sich auf und bebt in der Höhe. Israil drückte im Schlaf den Kopf ins Kissen, und da waren die Wange und die Tränen und der Wind, und da wogte alles zurück, erneut Finsternis in den dumpfen Bässen, und erneut, als blase der Wind in die Ecken, hüpft das Arpeggio der Flöte vorüber, huscht, versengt – ein neues jagt voran und windet sich hoch, die Triller halten sich in der Höhe wie die Lerche mit den Flügeln, es steht im Himmel, und unten tönt das heiße Feld des Orchesters, bewegt sich in Wellen, während die Flöte bebt, zittert – weiß die Hände, und sie zerrt und zerrt an der Jacke, tiefer und tiefer, und weint. Und was für ein kleiner Kopf, rund wie eine Kugel, und die Haare wie Spinnweben.

Und der Kopf schmiegte sich an und die Musik brach ab, fester und fester drückte Israil den Kopf ins Kissen.

Israil wachte auf. Wachte plötzlich auf – der Wind drückte gegen die Scheiben, immer noch ohne Regen, böse und gekränkt. Er klopfte an das Eisenblech auf dem Dach. Fahles Licht schien zu schaudern, um die Gegenstände zu flirren. Die Taschenuhr war auf halb vier stehen geblieben und wusste nicht, was tun. Israil spürte fremde Wärme auf der Wange und strich sich über die unrasierten Backenknochen. Er tastete nach der Manteltasche, fand das Päckchen, zwei Papirossy. Rauch waberte auf, ein warmer Ärmel.

«Ffa!» Israil blies den Rauch auseinander, mit der linken Hand drückte er den Mantel an die Brust, immer fester und fester. «Ah!» Plötzlich sprang Israil auf. «Muss gleich morgens, gleich jetzt hin und diese Melone finden – und dann is Schabbes! Is genug!», sagte Israil, und die Füße standen schon auf dem kalten Boden. «Ah, dummes Zeug!» Israil warf einen kurzen Blick auf das Foto, aber die Eltern waren noch nicht aufgewacht. Sie blickten verschlafen im Halbdunkel von dem Porträt, beide nebeneinander.

Israil trat barhäuptig auf die Straße. Der Wind blies das Morgenlicht zwischen den Häusern auseinander.

Die Straße war leer, und der Brettersteg klapperte griesgrämig unter den Füßen. Israil schritt rasch aus, den Kragen hatte er über die Ohren hochgeklappt. Er schaute nicht, ging an den Fenstern der Wawitschs vorbei. Schaute plötzlich auf ein Klopfen zurück.

Im Fenster schimmerte etwas Weißes, nur ein Spitzenärmel war an der Scheibe zu sehen.

Israil schüttelte den Kopf.

«Fort, fort!», sagte er, und auf einmal schmiegte sich die ganze Wärme der Nacht an ihn, Hände am Rücken und hier am Ärmel, und der Jackensaum, hundert Hände umklammerten ihn, kleine und zitternde.

‹Zurück!›, befahl sich innerlich Israil. Sein Schwung trug ihn noch zwei Schritt weiter, schon wollte er umdrehen, doch da klackte am Tor vor ihm die Klinke, und aus der Pforte trat Taissa, das Pelzjäckchen über den einen Arm gestreift. Im Gehen wollte sie es ganz überziehen, traf aber nicht in den Ärmel und lächelte ein halbes Lächeln, kam hergelaufen, packte seine Hand, als gehörte sie ihr, als hätte sie es gewusst, tat jedoch ihr Lächeln nicht auf, sie führte Israil an der Hand durchs Tor hinein, blickte sich nur einmal um, auch das schweigend, als hätten sie sich verabredet – führte ihn mit warmer, ruhiger Hand.

«Ich hol meine Melone», sagte Israil, als er über die hohe Stufe an der Pforte trat. «Sie ist dort irgendwo.» Israil schaute Taissa nicht an, er schaute zur anderen Hofseite. «Hören Sie, was wollen Sie? Das ist dummes Zeug, das soll doch nicht sein, schließlich und endlich. Nein, ich hab's Ihnen doch gesagt, also wirklich – ich bin a Jid. Wissen Sie, was das ist?», sagte Israil rasch, ohne Taissa anzusehen. «Wissen Sie, was das ist – ich bin a Jid? Das heißt, ich bin Jude. Was also kann sein?»

Er schritt rasch vor Taissa her – dort war sie, die Melone, gegen den Zaun gepresst. Israil rannte durch den Morast, packte sie und rieb die Krempe mit dem Ärmel sauber. Er setzte die Melone rasch auf, drehte sich um und sah Taissa ärgerlich an. Sie stand drei Schritt von ihm entfernt, das Pelzjäckchen über Nachtjacke und weißen Rock geworfen. Sie hielt sich, die Arme über Kreuz, am Saum des Pelzjäckchens fest und sah atemlos auf Israil mit seiner Melone.

«Also dann», sagte Israil, «es reicht, und mehr soll nicht sein.» Er schüttelte den Kopf. «Soll nicht sein!» Er hob den Finger, hielt ihn einen Moment, und plötzlich ging er mit großen Schritten direkt zum Tor.

«Hat er seinen Hut gefunden?», rief Wsewolod Iwanowitsch.

Taissa antwortete nicht. Er hörte, wie sie in ihr Zimmer lief.

«Was ist?» Wsewolod Iwanowitsch hörte die Stimme der Alten.

«Nichts!», schrie Wsewolod Iwanowitsch mit heiserer, unausgeschlafener Stimme und hüstelte. Stand hüstelnd auf, steckte die Füße in die Pantoffeln und ging zur Küche, um sich auszuschleimen.

«Puh, verflucht!», sagte Wsewolod Iwanowitsch. «Ich komme, komme», schrie er zur Tür hinaus, da er wusste, dass die Frau bestimmt nach ihm rief. «Seine Melone hat er gestern ... der Wind hatte sie fortgeweht!» Wsewolod Iwanowitsch rang noch immer nach Atem.

«Zieh die Vorhänge auf! Zieh auf, macht nichts, dass es noch früh am Tag ist», bat die Alte. Bei Licht musterte sie das Gesicht ihres Mannes. «Was ist passiert, was ist?» Die Alte versuchte mühsam, sich auf dem Ellbogen aufzurichten. Sie blinzelte ins Licht, runzelte die Stirn und legte die gesunde Hand über die Augen. «Wsewolod, nun red schon, red.»

«Weiß nicht, ob er sie gefunden hat.» Wsewolod Iwanowitsch hob bei der Schwelle einen Papierschnipsel vom Boden auf. «Weiß nicht, frag Taissa, hol ihn der Teufel.» Und Wsewolod Iwanowitsch schlurfte aus dem Zimmer.

«Wsewolod!», rief die Alte.

Wsewolod Iwanowitsch verharrte unter der Tür. «Also, weiß nicht, weiß es nicht.» Er wedelte mit dem Arm, furchte die Stirn.

«Taissa! Taissa!», rief die Alte, und es schien, als bräche ihr gleich die Stimme.

«Nun geh schon, die Mutter ruft, hörst du nicht», raunzte Wsewolod Iwanowitsch vor Taissas Tür.

Taissa kam heraus, so rasch, als hätte sie noch weit zu gehen, das Pelzjäckchen auf den Schultern. Wsewolod Iwanowitsch erkannte sie nicht, wie wenn es nicht sie wäre, fremde Augen, wie eine x-beliebige Passantin! Er sah der Tochter nach. Taissa ging rasch zur Alten. Sie blieb mitten im Zimmer stehen, hielt sich am Pelzjäckchen fest. Wsewolod Iwanowitsch lauschte; beide schwiegen.

Im Haus wurde es still, als wäre es Nacht und noch niemand aufgestanden und als stünde Taissa im Schlaf mit dem Pelz da.

Wsewolod Iwanowitsch wartete – nein, auch kein Flüstern, und aus dem Augenwinkel sah er, dass Taissa sich nicht bewegte. Wsewolod Iwanowitsch warf einen verstohlenen Blick zum Fenster, es schien, als wäre es düsterer geworden, als hätte die Morgendämmerung kehrtgemacht. Er schielte erneut zu Taissa, und die Zeit ging gleichsam nicht weiter – Taissa stand.

Wsewolod Iwanowitsch konnte seine Frau nicht sehen, was ist mit ihr? Schweigt und schaut, betrachtet Taissa? Ringt nach Worten? Wieso nach Worten? Die finden doch immer irgendwelche Wörter, die Weiber, und wie sie die finden!

Wsewolod Iwanowitsch wartete unbeweglich, in linkischer Haltung.

«Taissa!», flüsterte die Alte auf einmal. Wsewolod Iwanowitsch hielt den Atem an. «Denk an mein Wort: Er kommt. Kommt von allein. Bestimmt!»

Noch einen Moment stand Taissa wie leblos, plötzlich machte sie einen Satz zur Alten, ein Stuhl fuhr polternd zurück. Wsewolod Iwanowitsch schlurfte rasch in seinen Pantoffeln davon – Weibergeschichten, jetzt flutschen die Wörter, strömen nur so! Wsewolod Iwanowitsch machte sich in der kalten Küche zu schaffen, ging an den Samowar, steckte ein Holzscheit in den kalten Herd und tastete übers Regal. Eine Zwiebel! Die drehte und wendete er in der Hand, steckte sie in die Tasche. Um zu weinen, wenn er allein war, wer weiß?

«Witja, Witja, du hast ja zwei Nächte nicht geschlafen!» Grunja trieb mit ihrem weiten Hauskleid die Luft auseinander, jagte durch den Flur.

Im Vorzimmer blinzelte Wawitsch mit aufgedunsenen Augenlidern, hängte den Säbel auf, schlurrte auf brennenden Füßen.

«Dir werd ich's zeigen, bildet sich wer weiß was ein!», knurrte Wiktor mit heiserer Stimme. «Bei Ausübung – und dann Tölpel! Du Rübe mit Bart! Abknallen müsste man solche Dreckskerle, und das bei Belagerungszustand …»

«Iss, komm, iss und geh ins Bett!», rief Grunja aus dem Esszimmer. Munter klapperten die Teller.

Wawitsch kam auf schweren Füßen und mit finsterer Miene herein, schaute bösen Blickes Grunja an und sagte:

«So ein Dreckskerl!»

«Was meinst du, wen?» Grunjas Hand mit dem Messer verharrte, die Butter plumpste vom Messer aufs Tischtuch.

«Ah!» Wiktor winkte ab. «Einen Dummkopf mit Bart.»

«Hat er dich gekränkt?» Grunja hob die Brauen.

«Abknallen!» Und Wiktor schmetterte mit Schwung die Faust auf den Tisch, in plötzlichem Ausbruch. Das Geschirr ächzte. «Na ja, zum Teufel mit ihm!» Wiktor setzte sich, presste beide Hände gegen die Schläfen und schloss überm Tisch die Augen.

«Komm, trink, und geh, geh ins Bett, Witja.» Wiktor wiegte den Kopf. Kaffeedampf wehte ums Gesicht, und der Schlaf wärmte ihm den Kopf. «Iss nur, iss», sagte Grunja und klopfte ihm auf die Schulter.

«Grunetschka!» Wiktor haschte blind nach Grunjas Hand, zog sie an die Lippen. «Weißt du, Gratschek, der auch … sag zu ihm: Ach, du Tölpel! Fast hätte er eine Schlägerei, der Schurke …

Und die Polizeichefin» – Wawitsch spürte, wie sein Hirn abstürzte –, «und die Polizeichefin: kusch!»

«Später, später!», hörte Wiktor durch den Schlaf. «Nun trink doch, es wird kalt. Huch, die Leintücher!» Grunja fuhr auf, stieß an Wiktors Stuhl und rannte aus dem Zimmer.

«Puh!» Wiktor holte Luft. Mit schwerer Hand rührte er im Glas. Wackelte mit dem Kopf und murmelte unflätige Schimpfwörter wie ein Gebet. «Beschütze uns und erbarme dich!», schloss Wiktor und dachte an die Bombe.

Er hörte, wie Grunja im Schlafzimmer mit frischen Leintüchern hantierte.

Wiktor kaute schläfrig, biss kleine Schlucke vom heißen Kaffee.

«Beschütze uns, Teufel nochmal, und erbarme dich!», flüsterte Wiktor. Und zuckte zusammen: Wie ein Peitschenhieb schlug im Vorzimmer die Klingel ein. «Puh, so was! Wen führt der Teufel jetzt her?» Wiktor schüttelte sich, rüttelte den Kopf wach.

«Ja, ist da, wenn ich bitten darf!», hörte er Froskas Tonfall und bekam mit, wie ein Säbel gegen den Türstock stieß.

«Wer da?», blaffte Wawitsch heiser durch die ganze Wohnung.

«Na, Held, was brüllst du, Held?» Eine Tenorstimme. «Was, zum Teufel?» Wiktor stand auf, und immer noch streichelte Kaffeedampf die Wange.

«Trägt die Nase hoch, erkennt mich nicht!» Senkowski kam direkt ins Esszimmer, zog einen Stuhl vom Tisch und setzte sich.

«Witja, Witja!», rief aus dem Schlafzimmer Grunja. «Und das, wer ist das?» Grunja hielt das Porträt in der Hand, das Wiktor bei der Haussuchung konfisziert hatte. «Hm? Eine Hübsche, eine unheimlich Hübsche! Hm?» Und Grunja, den Mund halb geöffnet, blickte Wiktor an.

«Eine Giftkröte!» Wiktor tupfte mit dem Fingernagel auf

Tanjas Gesicht. «Das … das geht zur Gendarmerie. Eine Judenschlampe. Leg es zurück.»

Senkowski saß bereits seitwärts am Tisch und paffte eine dicke Papirossa. Eine sehr dicke, solche hatte Wiktor noch nie gesehen.

«Was ist das denn?» Wiktor tupfte mit dem Finger an die Papirossa, die Asche fiel auf das schneeweiße Tischtuch. Wiktor holte Luft, um zu blasen, die Asche wegzublasen, aber Senkowski hatte sich schon umgewandt und sie mit dem Ärmel breitgewischt.

«Rauchen bei uns alle, ‹Renommee›, auch Gratschek nur die. Hättest du ein Schnäpschen?» Senkowski drehte den Kopf, begutachtete den Tisch. «Im Büfett? Hol mir's selber, bleib, bleib sitzen!» Senkowski stand geräuschvoll auf und machte am Büfett eine Tür nach der anderen auf. «Hier!» Er riss die Karaffe heraus. Das Büfett stand da mit aufgesperrtem Mund. «Lass nur, ich nehm einfach ein Wasserglas, steh nicht auf!» Und Senkowski schenkte sich ein halbes Glas Wodka ein. «Ja! Weißt du, weshalb ich hier bin?»

Wiktor blickte schläfrig und mürrisch auf die Büfetttüren und schüttelte den Kopf.

«Weiß der Kuckuck.»

«Dummkopf! Gratschek will dich zu uns holen. Dass du zur Kathedralenwache überwechselst.»

Wiktor wandte die mühsamen Augen Senkowski zu, kniff die schweren Lider zusammen.

«Du Schweinehund, begreifst du überhaupt, was ich dir sage?» Senkowski zog Wiktor am Ärmelaufschlag. «Rauch doch nicht dieses Mistzeug!» Senkowski riss Wawitsch die «milchzarte» Papirossa aus der Hand, schmiss sie auf den lackierten Boden und zerrieb sie mit der Sohle. Er hielt Wawitsch ein schweres silbernes Zigarettenetui mit dicken Papirossy hin. «Idiot!» Senkowski schrie es beinahe, seine Augen waren weit aufgerissen, und wie wenn es aus ihnen durch die ganze Wohnung schallte: «Dir Halunke fällt doch das Glück regelrecht in den Schoß! Holzkopf! Weißt du, was für eine Zeit wir jetzt haben? Wo ist denn euer Polizeihauptmann, der langbärtige? Beim Teufel!» Senkowski schwenkte die Hand durch die Luft. «Und jetzt du als Gehilfe des Polizeihauptmanns!» Senkowski hieb die Hand auf den Tisch, als knallte ein Brett drauf.

Hinter ihm stand Grunja in der offenen Tür. Sie blickte aufmerksam und erschrocken auf den Tisch, auf Senkowskis Rücken. Wiktor machte unwirsch eine Kopfbewegung zur Seite.

«Wer ist da?» Senkowski blickte sich um. Grunja war schon weg.

«Meine Frau ist das», sagte Wiktor.

«Ah!» Senkowski stieß den Rauch aus. «Wärst ein schöner Dummkopf, wenn du dir weiterhin in der Moskauer Wache einen abschwitzt und Judenschlampen wegen Wodka am Rocksaum packst. Lässt dich von Delikatessenhändlern unterstützen? Ja? Einfaltspinsel!»

«Muss ich mir überlegen …» Wiktor riss die Brauen hoch.

«Überlegen!», äffte Senkowski ihn nach. «Plusterst dich auf? Schafskopf! Morgen, morgen, sag ich dir, kommen die nächsten vier Bomben, und keiner, zum Teufel, wird sich noch an dich erinnern. Was schaust du? Wieso ich mich abrackere?» Senkowski sah Wiktor plötzlich aus zugekniffenen Augen an und verstummte. «Hab so meine Interessen», sagte er gedehnt, und ohne den Blick abzuwenden, trank er sein Glas leer, tastete auf dem Tisch nach Brot und brach ein Stück ab. Er kaute und blickte auf Wiktor.

Wiktor senkte die Augen aufs Tischtuch, stülpte die Lippen vor und zog an der Papirossa.

«Also, geht das klar?», sagte Senkowski nach einer Weile.

«Und was muss ich tun?», fragte Wiktor, immer noch nach unten blickend.

«Was anfällt. Wie alle. Du meinst, wenn der Regen dich durchweicht, ist der Fall erledigt? Wir lernen dich an, Bruder.»

Wiktor versuchte Senkowski anzublicken, aber sein Blick glitt vorbei. Das Büfett schaute aus offenem Wanst, der graue Fleck auf dem Tischtuch stach in die Augen, aus dem Warenje war das Löffelchen gefallen und lag mit dem Hinterkopf in einer roten Pfütze; dicker Rauch stieg von Senkowskis Papirossa auf, schnitt sein Gesicht entzwei. Wawitsch schwieg. Grunja kam nicht.

«Tja, wenn du unbedingt willst, dann spiel dich auf und schneid auch noch Fratzen.» Senkowski stand auf. «Ja! Ich hätte dir aber noch was zu sagen, was Besonderes! Ja!» Senkowski schnalzte mit der Zunge. «Also, ich richte aus, dass dir der Preis zu gering ist und du ablehnst? Ja? Eher Gehilfe des Polizeichefs, oder?»

«Ich rede überhaupt nicht von einem Preis!» Wiktor stand ebenfalls auf. «Wieso denn Preis? Hund und Teufel! Keinerlei Preis, auch vom Gehilfen rede ich nicht.»

«Wovon redest du dann?»

«Ist mir doch Jacke wie Hose! Teufel nochmal!» Wiktor schrie bereits. «Ich dränge mich nirgends auf! Ja! Und lehne überhaupt nichts ab. Kapiert? Bist selber ein Tölpel.»

«Lehnst nicht ab, dann werd ich das so ausrichten. Wieso brüllst du? Bist wirklich ein Heißsporn.»

«Was?», blaffte Wiktor, und ihm wurde ganz anders, so schoss ihm das Blut in den Kopf. Er schob sein Gesicht nah zu Senkowski, die geballte Faust zitterte, zur Seite gestreckt.

Und nur mit den Lippen, den dünnen Lippen sagte Senkowski:

«Sie hat nämlich gesagt, dass du morgen Punkt zwölf kommen sollst.» Und dabei lächelte er und nickte mit dem Kinn in die Richtung hinter Wawitsch.

Wiktor schaute sich mit einem Ruck um. Grunja stand hinter

ihm, weiß das Gesicht, und in ihre Augen, mitten in die aufgerissenen Augen stürzte Wiktors Blick.

«Also, ich geh, ich geh!» Wiktor hörte nicht, wie Senkowski davonschritt.

«Ich rufe ‹Witja! Witja!›, und du hörst nichts. Wieso wolltest du ihn schlagen? Witja? Was hat er dir da gesagt?» Grunja hielt Wiktor an den Schultern.

Wiktor schnaufte, die Brust fand keinen Ausweg, das Herz pochte durch den ganzen Leib.

«Was hat er da gesagt?» Grunja sah Wiktor direkt in die Pupillen.

«Ach, nicht doch!» Wiktor blickte finster, riss sich los und hastete in sein Zimmer. Stieß an einen Stuhl, warf ihn um.

Wiktor setzte sich aufs Bett, er plumpste drauf. Begann einen Stiefel auszuziehen, zog mit der Hand, schlug mit dem Fuß auf die Ferse. Der Stiefel rutschte ein bisschen und schlenkerte, und Wiktor schlug ihn sinnlos und grimmig gegen den Boden:

«Auch ein Tölpel! Tölpel! Tölpel!»

«Witja, Witja, lass mich!» Grunja hockte sich auf den Boden. Wiktor tat, als bemerke er sie nicht, und patschte den Stiefel nur noch stärker gegen den Boden. «Froska, Froska!», schrie Grunja in den Flur.

Froska kam hereingerannt und blickte aus neugierigen Augen bald auf Wiktor, bald auf Grunja.

«Was soll der Heidenlärm?», schrie Wiktor und furchte das Gesicht, sah zwischen Froska und Grunja auf den Boden. «Na? Lasst mich in Ruhe! Nicht mal einen Stiefel kann man ausziehen, ohne dass in der Wohnung krakeelt wird. Na, was steht ihr da?»

Grunja ging leise hinaus, schloss leise hinter sich die Tür. Ohne sich auszuziehen, mit dem halb abgestreiften Stiefel, legte sich Wiktor auf die überzogene Decke, auf die umgeschlagene weiße Ecke. Bitter war ihm in der Brust, wie von Rauch.

«Hund und Teufel!», sagte Wiktor laut. Wie ein leeres Mühlrad drehte sich ihm der Kopf. «Tölpel!», flüsterte Wiktor. «‹Renommee› und Tölpel … allesamt.»

DAS KISSEN

Kolja trank Tee. Wenn die Mutter sich abwandte, schaute er verstohlen zu ihr hoch und bemühte sich, den Tee lautlos vom Unterteller zu schlürfen. Mama hat rote Augen, und egal, wovon er anfängt, immer weint sie. Dann werden die Augen starr, sie schaut zum Fenster, sieht nichts, der Mund steht halb offen, und sie bekreuzigt sich.

«Mir hat ein Junge gesagt», hob Kolja an und stopfte sich absichtlich viel Brot in den Mund, damit es natürlicher herauskam, «der ist bei uns in der Klasse. Auf seinen Papa haben sie auch» – Kolja neigte sich zum Unterteller, nahm einen Schluck – «an die zwei Tage gewartet. Dann ist er ganz, ganz spätabends gekommen.» Kolja wandte sich ab zum Fenster. «Hatten eine Sitzung, sagt er. Dann …» Kolja nahm ein neues Stück Brot. «Dann sagt er: Gebt mir schnellstens Tee, hat an die fünf Gläser getrunken und ging gleich schlafen. Und wie er geschlafen hat …» Kolja hatte sich den Mund mit Brot voll gestopft und beugte sich tief über den Unterteller.

Die Mutter schluchzte auf und ging hinaus. Kolja fuhr hoch, blickte ihr nach. Sprang auf. Im Schlafzimmer weinte die Mutter, den Kopf ins Kissen gedrückt.

«Wirklich!», sagte Kolja. «Wirklich wahr. Wieso hätte er schwindeln sollen. Ochremenko heißt er. Guter Junge. Mamotschka!»

Doch die Mutter hob den Kopf nicht, sie zuckte am ganzen Leib.

«Aber, Mamotschka! Aber, Liebe!» Kolja wollte Mutters Gesicht aus dem Kissen graben, die Mutter steckte es jedoch tiefer und tiefer hinein, als wollte sie sich für immer und ewig eingraben.

«Also, ich lauf gleich mal hin, gleich jetzt. Die sind dort immer noch auf ihrer Sitzung, und ich schmuggel mich rein. Wirklich!», rief Kolja schon im Fortrennen. Er riss den Gymnasiastenmantel von der Garderobe, stürzte davon und rannte zum Tor hinaus.

Kolja wusste nicht, wo die Sitzung war. Ein Wächter im Postamt, Alexej, der hatte gestern gesagt, dass alle noch auf einer Sitzung seien. Und Papa hatte nicht zu Hause übernachtet. Mal ging Kolja, mal rannte er – schneller, schneller, zum Postamt, zu Alexej. Wenige Passanten waren unterwegs, so konnte er gut rennen. Dann wurden es mehr, Kolja stieß einige an, ohne hinzusehen – Erwachsene. Er bog um die Ecke, da war es, das Postamt mit der dreifachen Treppe davor. An der Kreuzung bildeten die Menschen eine dichte Menge, Kolja witschte behänd hindurch, außer Puste – er hatte die Mutter mit dem Kissen vor Augen und wie sie sich tiefer und tiefer hineingrub. Plötzlich war alles frei, das leere Pflaster vor dem Postamt.

Koljas Beine legten los wie toll.

«He! Halt! Wohin!» Ein Pfiff.

Kolja rannte. An der dreifachen Treppe standen drei Soldaten mit Gewehr. Einer schritt vor, um Kolja nicht weiterzulassen, und ruckte mit dem Kopf:

«Weg hier!»

Hinter ihm kurze Pfiffe, jemand kam. Kolja blickte sich um. Ein Polizist, ein Quartieraufseher, schritt von hinten auf ihn zu. War schon ganz nah. Kolja blieb stehen, blickte sich um, dort auf der Kreuzung stand wie abgeschnitten die Menge, bewegte sich, summte, und vornedran die schwarzen Mäntel der Schutzleute.

«Halt! Was ist? Was willst du? Wieso rennst du?» Der Quartieraufseher umklammerte Koljas Schulter, knautschte den Mantel mit der Hand.

«Einen Brief …», sagte Kolja und schluckte Speichel, «aufgeben …»

«Was für einen? Gib mal her!» Der Quartieraufseher sah finster von oben herab. Schüttelte Kolja an der Schulter. Die Menge summte lauter.

«Was zerren Sie an mir?» Kolja widersetzte sich.

«Gib den Brief her! Na? Gehen wir!!» Und der Quartieraufseher zog Kolja an der Schulter dorthin, zur Menge, zu den Schutzleuten.

«Hat einen Pugatschow geschnappt!», grölte jemand in der Menge über die Stimmen hinweg. «Legt ihn in Fesseln!»

«Auseinander gehen!» Der Quartieraufseher drehte sich zum Postamt und pfiff dreimal kurz. Ein Soldat an der Treppe nahm die Pfeife, die ihm auf der Brust hing, und pfiff ebenfalls dreimal. Kolja blickte mal zu den Soldaten, mal zur Menge. Der Quartieraufseher hielt ihn eisern am Mantel fest. Und plötzlich trappelten, schepperten Soldaten die Postamtstreppe herab, in Hast, fast im Laufschritt. Dort ein Offizier. Kolja blickte zur Menge, da war eine freie Stelle, bloß ging da einer, so ein Zerzauster mit Joppe, die Straße hinab und drohte im Gehen mit der Faust. Die Soldaten traten eilends an.

«Führ ihn ab! Aufklären!», rief der Quartieraufseher, stieß Kolja einem Schutzmann zu und ging dem Offizier entgegen. Der Schutzmann umklammerte ebenfalls Koljas Schulter.

«Wohin? Wohin?», schrie Kolja. Der Schutzmann zog los und hielt Kolja am ausgestreckten Arm. Kolja stolperte, fiel über die eigenen Füße. Am liebsten hätte er geweint – was nun? Mama wird es vollends umbringen! Sie wird sich ins Wasser stürzen. Kolja spähte zu den leeren Gehsteigen. Da war nur der, der mit der Faust gedroht hatte. Was nickt der ihm zu und macht ihm vor, wie er die

Joppe abwirft? Macht der sich lustig, oder ein Verrückter? Plötzlich begriff er: den Mantel abwerfen und los! Der Mantel – für den würden sie Papa noch ein Jahr lang an der Kasse was abziehen. Dann sah er wieder die Mutter vor sich, sie wird sich ersticken, ganz bestimmt wird sie sich mit dem Kissen ersticken. Es wurde Kolja im Innern ganz kalt, unterhalb der Brust pulsierte eine Ader, und nicht nur die Augen – der ganze Kopf schien aufgerissen, während die Finger sacht die Knöpfe aufmachten. Plötzlich verlor Kolja für einen Moment den Kopf, er hatte nur noch Arme und Beine. Er machte eine Drehung mit dem ganzen Körper und sauste in eine Seitenstraße. Er hörte einen Pfiff, einen abgehetzten, der machte ihm Beine. Um eine Ecke bog Kolja im Schritttempo, auf zitternden Beinen. Rasch machte er die Tür eines Geschäfts auf. Die verfluchte Ladenklingel an der Tür blaffte, belferte, konnte sich nicht beruhigen. Hinterm Ladentisch hervor schaute aus dem Halbdunkel, die Brauen hochgezogen, ein bärtiger Jude mit Mantel.

«Wurst ...», sagte Kolja kaum hörbar, die Stimme bebte. Der Jude rührte sich nicht. Aus der Tür hinterm Ladentisch schaute eine Jüdin.

«Firr! tri! tri! tri!», pfiff es immer näher.

Kolja stand da und bewegte wortlos, lautlos die Lippen.

«Oj, kimm, kimm!», flüsterte die Jüdin plötzlich laut. Sie warf rasch das Querbrett am Eingang vor und zog Kolja durch die Tür. Sie stieß ihn weiter, ins Dunkle, und Kolja hörte, wie hinten Kinder weinten, der Jude schrie etwas auf Jiddisch. Kolja tastete sich mit den Füßen weiter. Irgendwo im Dunkeln stieß die Jüdin ihn auf Säcke, und er hörte durch das Pochen seines Herzens:

«Scha! Scha!»

Morsch fiel die Tür zu. Kolja kletterte über die Säcke, tastete sich mit den Händen vor, und laut klepperte etwas Blechernes zu Boden. Kolja erstarb. Es war still, und nur ein wenig mit dem Knie scharrend, setzte Kolja sich bequemer hin. Er lauschte, sog die Stille mit den Ohren ein, ab und zu kamen Krümel von Geräuschen – fernes Kindergeheul, das sich wieder verflüchtigte. Und das verfluchte Herz pocht, stört beim Lauschen. Gelassener, fröhlicher Mandelgeruch stieg ihm in die Nüstern, schwebte als friedliche Wolke im Dunkeln. Und es riecht auch ganz einfach nach Petroleum. Kolja zog den Geruch stärker in die Nase, tief hinein – ganz einfach, es riecht nach Petroleum, und was kann schon passieren. Kolja beugte sich vor, um herauszubekommen, wo es am stärksten nach Petroleum roch, er schnüffelte. Plötzlich blieb ihm das Herz stehen, das Petroleum war weg: Die Ohren hatten die Klingel gehört, die Klingel an der Ladentür. Erneut übertönte das Herz die Ohren, es war schwierig, dahinter die fernen Laute zu vernehmen. Wie ein Tosen. Und plötzlich hörte Kolja deutlich die Jüdin schreien:

«Was machen Sie den Kindern Angst? Was für ein Junge? Da ist der Junge, der war nicht vor der Tür draußen. Er hat Husten, wo kann er schon hin bei so einem …»

Die Stimme verschwand im dichten Tosen, wieder schepperte die Klingel, als hätte jemand mit dem Stock dagegengeschlagen. Kolja hörte wieder Kindergeheul, weit weg gereizte Stimmen. Dann leiser, leiser. Kolja blinzelte und spürte: Tränen standen ihm in den Augen. Ohne es selbst zu bemerken, bohrte und stocherte Kolja mit der linken Hand an einem Sack, sein Finger hakte sich um einen Bindfaden, zog daran, es schnitt ihm in den Finger – was soll's. Er bemerkte gar nicht, wie ihm eine Mandel in die Finger geriet, Kolja steckte sie zwischen die Zähne und biss kräftig zu. Er biss in mehr und mehr Mandeln. Da – ein Schlurfen, jemand kommt, Lichtlinien markierten die Türspalten, und die Tür öffnete sich. Kolja kniff die Augen vor der Petroleumlampe zu, die Jüdin suchte im Dusteren.

«Sind Sie hier, junger Mann?», fragte sie flüsternd.

Kolja ließ die Beine vom Sack rutschen, er wollte antworten, und erst jetzt bemerkte er, dass er den Mund mit zerkauten Mandeln voll hatte. Kolja nickte, schluckte hastig die Mandeln runter. Die Jüdin musterte ihn unverwandt.

«Hast du Mandeln gewollt? Nimm a bissl.»

Kolja zog sich die Jacke zurecht. Die Jüdin streckte die freie Hand zum Sack aus, griff sich eine Hand voll.

«Gehn wir in die Stube. Nu? Gehn wir. Ist keiner mehr da.»

Kolja wurde rot, sah zu Boden.

«Hab keine Angst. Der Schutzmann ist schon schlafen gegangen.»

Ein Junge blickte mit schwarzen Augen aus dem Flur, er reckte den Hals, starrte argwöhnisch und neugierig Kolja an.

Von weiter weg fragte der Jude etwas auf Jiddisch.

«Der Mann fragt, ob Ihr seid verschwunden.»

Kolja trat hinaus. Die Frau trug die Küchenlampe vor sich her, der Junge suchte Kolja von unten ins Gesicht zu schauen. Kolja machte eine ernste Miene.

«Was habt Ihr denn gehabt mit dem Schutzmann?», fragte der Mann, fragte es halblaut und beugte sich zu Kolja. «Scha!», zischte er das Mädchen an.

«Ich bin fortgelaufen. Er hat mich am Mantel gepackt, und ich bin raus aus dem Mantel.» Kolja zeigte, wie er sich rausgewunden hatte. «Er hatte den Mantel, ich bin gerannt!»

«Ajajaj!» Der Mann wiegte den Kopf. «Ze-ze-ze!»

Alle sahen Kolja an.

«Und wieso hat er Euch gepackt? Seid Ihr gestanden? Gegangen?» Der Mann führte den Arm mal tief nach unten, fast bis zum Boden, mal weit zur Seite. «Seid Ihr einfach gegangen, vielleicht in Eure Schul? Oder?»

«Ich wollte am Postamt, auf der Post, einen Brief einwerfen.» Kolja blickte finster. Alle schwiegen.

«Post? Was für eine Post?», sagte der Mann auf einmal rasch. «Post? Die Post streikt schon lang, in der Post sind Soldaten. Wie? Habt Ihr nicht gewusst? Ein gebildeter junger Mann. Und ich weiß? Ein Gymnasiast.» Der Jude zuckte die Achseln. Stellte sich seitlich neben Kolja. «Ist da vielleicht noch etwas gewesen, etwas anderes», hob der Mann wieder leise an, «vielleicht, ich frag nicht. Aber ein Brief? Ein Brief» – wieder sprach er laut –, «das ist dummes Zeug. Was für ein Brief! Schaut nicht dorthin.» Der Mann wies auf die dunkle Ladentür. «Ist schon geschlossen.»

Die Frau streute sacht die Hand voll Mandeln auf das Wachstuch, schaute auf den Tisch. Der Mann sagte rasch etwas auf Jiddisch, stellte Gläser auf dem Fensterbrett um. Nur der Junge schaute Kolja von der Ladentür her ins Gesicht.

«Meinen Papa haben sie verhaftet!», platzte Kolja auf einmal heraus, alle drehten sich um, schauten her. «Und mein Papa ist Postbeamter. Und Mama daheim weiß von nichts, sie weint. Ich wollte mich an der Post erkundigen, aber der Quartieraufseher …»

«Za-za-za! Hm-hm-hm!» Der Jude nickte. «Ajaj! Was man macht mit den Menschen. Oj!» Er atmete alle Luft aus.

«Also, der Schutzmann ist reingekommen», flüsterte hastig die Jüdin, «hat gefragt nach Ihnen. Ich sag zu ihm: Sind Sie meschugge?»

«Und der Mantel? Ist futsch? Ist da was drin?» Der Mann runzelte die Stirn, beugte sein Gesicht ganz zu Kolja. «Sagt! Ist da was Wichtiges?»

«Aber er hat doch gar nicht einen Mantel in der Hand gehabt!», unterbrach ihn die Frau. Der Junge kletterte mit den Knien auf einen Stuhl und reckte sich über den Tisch zu Kolja, zog die Brauen hoch.

«Im Mantel ist nichts …»

«Und wo ist die Mutter?» Die Frau rüttelte Kolja an der Schulter. «Ihre Mama, wo ist sie? Sie weiß ja nichts von Ihnen. Oj, wo wohnen Sie denn, wo? Wo? Wu woint Ihr?», sagte sie auf Jiddisch.

«Hier, gleich nebenan, auf der Jelisawetinskaja.» Kolja deutete mit der Hand zur Seite.

«Was willst du? Was willst du?» Die Frau fiel plötzlich über das Mädchen her. «Ah! Nimm!» Sie warf Mandeln auf den Boden. «Sie müssen aber los, müssen bald los!»

Sie redete rasch mit ihrem Mann.

«Ich gehe!» Kolja rührte sich.

«Halt! Halt!» Die Frau versperrte ihm mit dem Arm den Weg und griff nach dem Tuch auf dem Bett, hastete durch den Flur.

«Sie schaut erst, ob man nicht herguckt.» Der Mann wies mit dem Kopf der Frau hinterher.

Alle schwiegen, lauschten. Zu hören war nur, wie das Mädchen unterm Tisch auf Mandeln biss.

«Hat er dir nicht geschlagen?», flüsterte der Junge kaum hörbar.

Kolja schüttelte den Kopf.

«Nein?» Und der Junge glitt vom Stuhl.

VERNÜNFTIG

Sanka glaubte nicht, dass sie in die Speiseanstalt gelassen würden. Sie würde geschlossen sein, «bis auf weitere Verfügung», und ein Zug Kosaken würde entlangreiten, im Schritt über das Pflaster, vor und zurück. Die Speiseanstalt gehörte dem «Fürsorgeverein», Vorsitzende war die Frau des Gouverneurs. Sanka wusch sich morgens hastig, er wollte möglichst rasch nachschauen – wie stand es? geschlossen? nein? Kosaken? Er hörte, wie Andrej Stepanowitsch im Esszimmer schon Tee trank und sich schnäuzte, dass es durch die

Wohnung dröhnte. Wenn er bloß kein Gespräch anfinge, keinen Disput. Fragen, Pausen. Ob er ohne Tee gehen sollte? Er schritt am Esszimmer vorbei: Andrej Stepanowitsch saß allein, verwaist, und warf Sanka einen Blick zu – wenn er jetzt ohne Tee fortginge, so wäre das schon Absicht, und der Blick, zwar würdevoll, hatte Hoffnung ausgedrückt. Sanka stürmte mit allen Anzeichen von Eile ins Esszimmer, zum Glas, zum Samowar, setzte sich schräg, seitwärts – hab es eilig! Andrej Stepanowitsch schwieg, schaute. Sanka rührte aus Leibeskräften mit dem Löffelchen im Glas. Goss den Tee in die Untertasse, blies darauf.

«Wohin musst du denn?», sagte Andrej Stepanowitsch mit vorsichtiger Stimme, und in den Augen lag Vorwurf, gramerfüllter Vorwurf.

«In die Speiseanstalt ... eine Versammlung.» Sanka nahm einen Schluck von der heißen Untertasse.

«Aha!» Tiktin schabte konzentriert Butter auf das Messer. «Und was heißt das? Protest der Öffentlichkeit?» Tiktin schmierte sich ohne Eile ein Brot. «Resolutionen?»

«Da wird einer reden ...» Sanka sah den Vater nicht an, er schüttete sich die zweite Untertasse voll.

«Also, gestern ...» Tiktins Stimme bekam einen gewissen Tonfall, den Öffentlichkeitstonfall, er wandte sich um und sprach zum Büfett. «Also, gestern, da hat auch einer geredet, und – fünfzehn Menschen haben geschwiegen. Fünfzehn Lakaien!», schrie Tiktin plötzlich und wandte sich wieder Sanka zu.

Sanka schaute von unten, vom Tellerchen, auf die gerunzelten Brauen, auch der Schnurrbart war hochgerutscht, und da, um die Nüstern, Hass und Bitterkeit. Sanka schaute, ohne sich zu rühren.

«Lakaien!», schrie Tiktin mit Schmähstimme Sanka zu. «Habe die Ehre mich vorzustellen!» Tiktin schlug sich mit der hohlen Hand an die Brust und verneigte sich über dem Tisch.

Sanka richtete sich gerade, machte ein ernstes, vorsichtiges Gesicht.

«Ja, ja», sprach Tiktin, dass es durch die Wohnung dröhnte, «einer der wahrhaften Lakaien Seiner Exzellenz.»

Anna Grigorjewna kam im Morgenkleid herein, sie blickte bald zu Sanka, bald zu Andrej Stepanowitsch, sie wägte ab: wer gegen wen?

Das Mädchen ging auf Zehenspitzen durch den Flur.

«Fermez la porte!», sagte Andrej Stepanowitsch und nickte zur Tür.

Sanka sprang rasch auf, machte die Tür zu, nahm wieder Platz.

«Meinst du das von gestern?», fragte Anna Grigorjewna leise.

«Es ist genauso das von heute!», sagte Andrej Stepanowitsch wieder in erhöhter Lautstärke. «Von heute! Von gestern! Von vor dreihundert Jahren! Und dort» – Tiktin deutete grimmig mit dem Daumen durch die Wand –, «dort schneiden Idioten den Gutsbesitzerskühen die Zunge ab!»

Anna Grigorjewna blickte auf das Tablett.

«Was glotzt du so?», schrie Andrej Stepanowitsch. «Ja, ja! Und zünden das Korn an! Zünden Häuser an! Der rote Hahn. Alles zuschanden.»

Andrej Stepanowitsch ließ den wütenden Blick über den ganzen Tisch schweifen und holte Luft.

«Und hier» – Tiktin wies mit dem Kopf zur Tür –, «hier stecken diese Leute in Soldatenuniform. Zertrümmern dir mit dem Gewehrkolben den Schädel.»

«In Nikolajew, heißt es, haben sie nicht geschossen.» Sanka sah zu, wie der Vater auf einmal mit dem ganzen Körper nach Luft schnappte.

«Heißt es!» Tiktin, über und über rot, fuhr mit hastiger Hand in die Seitentasche. «Und das hier! Augenzeugen!» Tiktin hielt

Sanka über den Tisch ein aufgefaltetes Blatt Papier vor die Nase. «Bitte schön!»

Sanka nahm das Blatt, seine Augen glitten über die verschwommenen lila Buchstaben.

«Lies laut!», rief Tiktin.

«Genossen Arbeiter!», las Sanka vor. «Gestern, am 11., ist auf dem Runden Platz …»

«Kurz gesagt, eine Barrikade, Schießerei und drei Tote!», unterbrach ihn Tiktin. «Gib her!» Er reckte sich, riss Sanka das Blatt aus der Hand. «Und wenn ein Schuft mit Generalsepauletten dich an den Ohren vor die Tür setzt» – Andrej Stepanowitsch holte geräuschvoll Luft –, «so weißt du wirklich, dass du hinter dir …»

Das Mädchen machte einen Spalt die Tür auf.

«Alexander Andrejewitsch, für Sie.»

Alle schauten zur Tür, Sanka sprang auf, da wurde an die Tür geklopft.

«Treten Sie ein!», rief Tiktin in befehlendem Ton.

«Ich bin noch nicht angekleidet!», sagte Anna Grigorjewna, doch Sanka öffnete schon die Tür. Mitten unter der Tür stand im Mantel, zu ganzer Größe aufgerichtet, Baschkin. Steif stand er da, die Arme an die Flanken gepresst, den Leib zurückgeworfen. Sanka hielt die Klinke der offenen Tür, blickte unwillig, betrachtete Baschkin ungeduldig.

Eine Weile schwiegen alle. Baschkin schaute wie ein Soldat gerade vor sich und rührte sich nicht.

«Was sind das für Allüren?», rief Tiktin schließlich und warf den Kopf zurück.

«Sie selbst», begann Baschkin zu krähen, «haben mich gebeten, Ihre Tochter Nadeschda aufzuspüren.»

«Nun allerdings …», unterbrach Tiktin sonor.

«Nun allerdings», krähte Baschkin noch höher, «nun allerdings ist sie nicht mehr dort, wo Sie denken.»

«Ja, ja!» Anna Grigorjewna stand plötzlich auf, ihr Stuhl fuhr zurück, rumste gegen das Büfett. Anna Grigorjewna presste das nicht ausgetrunkene Glas gegen die Brust. «Ha! Ha!» In kurzen Atemzügen schnappte Anna Grigorjewna nach Luft.

«Was denn» – Andrej Stepanowitsch erhob sich leicht –, «haben Sie spioniert?» Er zog die Brauen zusammen und heftete den Blick auf Baschkin.

«Meinen Sie wegen der Treppe?» Baschkin stand immer noch in Soldatenpose und rapportierte, bellte die Wörter. «Ich hatte sie auf Ihre inständige Bitte eingeholt und habe zu jenem Haus keinen Zutritt. Wenn es Ihnen nicht beliebt», krähte Baschkin ohne Pause, «gehe ich.» Und er machte auf dem Absatz kehrt.

«Warten Sie, warten Sie!» Als Anna Grigorjewnas Stimme aufloderte, sprang auch Sanka vor, riss Baschkin an der Schulter, worauf dieser breitbeinig in den Raum trudelte. Er musste sich am Tisch festhalten, um nicht zu fallen.

«Was für eine Niedertracht!», schrie Sanka.

«Mein Gott, mein Gott!», sagte Anna Grigorjewna ein ums andre Mal, sie stürzte zu Baschkin.

«Schweigt alle!» Andrej Stepanowitsch hieb mit der Hand auf den Tisch. Für einen Augenblick wurde es still. Baschkin gewann das Gleichgewicht wieder. Andrej Stepanowitsch packte kräftig seinen Mantel an der Brust.

«Können Sie ohne Faxerei und Hokuspokus reden?» Er schüttelte kurz und heftig den Mantel.

«Lassen Sie mich bitte los», murrte Baschkin in gekränktem Ton. «Ich möchte überhaupt nicht reden. Lassen Sie bitte meinen Mantel los, ich möchte weggehen von hier. Also wirklich, was sind das für Manieren?»

«Lass los!», sagte Anna Grigorjewna mit ersticktem Flüstern. Sie schob die Hand ihres Mannes weg. «Gehn wir, gehn wir!» Und Anna Grigorjewna zog Baschkin zielstrebig am Ärmel mit sich fort, aus dem Zimmer, den Flur entlang. Sie zog ihn in Nadjas Zimmer und schlug im Gehen die Tür zu.

«Um Gottes willen, schnell, schnell!» Anna Grigorjewna hob beide Augen zu Baschkin empor und suchte im Vorhinein zu ergründen, was er alles wusste, noch bevor er es sagte. Sie schlich sich weiter und weiter in Baschkins Blick, und Baschkin konnte nicht ausweichen. «Nun?», hauchte Anna Grigorjewna.

«Verhaftet ist sie», sagte Baschkin in gekränktem Ton.

«Wo?» Anna Grigorjewna löste sich nicht von Baschkins Blick.

«Weiß ich nicht.» Baschkin riss die Augen los, blickte nach oben, und er blickte traurig, nachdenklich.

«Wo?» Anna Grigorjewna hielt ihn am Mantelaufschlag, zog sich hoch daran. «Wo?»

«Ganz im Ernst, ich weiß es nicht! Auf irgendeiner Wache», sagte Baschkin nach oben, «vielleicht haben sie sie auch ins Gefängnis gebracht. Wer weiß, was bei denen üblich ist.»

«Wie erfahre ich es? Reden Sie! Baschkin! Ich flehe Sie an! Nun-nun-nun?»

«Nun, meine Liebe!» Baschkin zog die Brauen hoch und stülpte die Lippen vor. «Wer könnte das schon! Höchstens ihre Genossen. Denen ist alles bekannt, die leiten dergleichen weiter … Ja, bei ihren Genossen, ihren Genossen!» Baschkin blickte aus gutmütigen Augen und nickte sanft.

«Wer denn, wer denn! Ich kenne sie doch nicht!» Anna Grigorjewna schüttelte krampfhaft den Kopf. «Ich weiß nichts über sie, nichts, weiß nichts. Reden Sie, reden Sie!», flüsterte sie und schaute Baschkin in die Augen – darin schwamm Güte, schwappte hoch und höher. Mitfühlende Güte. Wärme. «Reden Sie!», schrie mit einem Mal Anna Grigorjewna und zog Baschkin fest zu sich herab. Auf den Schrei eilten schwere Schritte durch den Flur. Baschkin wand sich los. Unter der Tür ging er an dem finster dreinblickenden Andrej Stepanowitsch vorbei.

«Was ist denn?», fragte Andrej Stepanowitsch gereizt. Leicht fiel die Wohnungstür ins Schloss.

«Nadja ist verhaftet worden, Nadja ist verhaftet worden», sagte Anna Grigorjewna, sie stürmte an Andrej Stepanowitsch vorbei in den Flur.

Tiktin hielt sie auf. «Red vernünftig, vernünftig!»

Anna Grigorjewnas Augen suchten Baschkin.

«Nun rede doch vernünftig!» Andrej Stepanowitsch drehte sie zu sich her.

«Sanka, wo ist Sanka?» Anna Grigorjewna blickte sich um; ihre Augen entdeckten die Garderobe, dort hing weder Sankas Mantel noch seine Mütze. «Geh, geh, und zwar gleich!», sagte Anna Grigorjewna und stampfte mit dem Fuß. «Nun geh schon! Geh!» Plötzlich stieß sie Tiktin böse vorwärts. «Jetzt gleich! Nun geh endlich!» Auf einmal drehte sie sich um und stürzte zur Garderobe. Riss ihren Mantel herab. Andrej Stepanowitsch stand daneben, die Brauen hochgezogen.

«Nun sag doch wirklich mal vernünftig …»

Anna Grigorjewna stieß ihn beiseite. «Scher dich fort!»

WEGTRETEN!

Wiktor wachte mitten in der Nacht auf. Der Kragen schnitt ihm sehr schmerzhaft in den Hals, und er hatte geträumt, dass jemand ihn umarmte, auf seinen Hals drückte und er sich partout nicht losreißen konnte. Im Finstern schob er die Beine vom Bett, und der halb abgestreifte Kanonenstiefel pochte gegen den Boden. Wiktor runzelte die Stirn, als wäre er im Dienst. Dann blickte er in die Dunkelheit. Die Zähnchen fielen ihm ein, so spitz, so ebenmäßig, und als hätte sie in etwas hineingebissen und hielte es fest und freute sich. Wiktor fletschte in der Dunkelheit auf einmal die Zähne, presste das Gebiss zusammen, und die Zähne knirschten. Er ruckte mit dem Kopf, als risse er etwas ab. Wiktor griff sich an den Hüften ins Fleisch, quetschte schmerzhaft die Haut und drehte sie aus Leibeskräften. Und merkte selbst nicht, wie er mit den Zähnen knackte.

«Ah, was für ein Mist!», stöhnte Wiktor leise und steckte den Kopf ins Kissen, warf die Beine aufs Bett, und sogleich schmiegte sich der erschöpfte Leib ans Bett, im Kopf drehte es sich heiß, und der Schlaf umspülte und wiegte ihn wie warmes Wasser.

Plötzlich klingelte es, klingelte es tatsächlich. Doch, ja! Wiktor riss den Kopf hoch. In der Küche Klappern, Froska ging öffnen. Wiktor sprang auf, humpelte zur Tür, ertastete den Lichtschalter. Das Licht hatte im Nu das ganze Zimmer um ihn gestellt, den Schreibtisch mit der Mappe.

«Wer da? Wer da?», fragte Froska halblaut an der Tür. Wiktor zog mit aller Kraft den Kanonenstiefel hoch. Während Froska die Tür aufsperrte. Wiktor schaute in den Flur. Den Mantel übergeworfen, drückte Froska sich zur Seite und ließ einen beleibten Schutzmann herein.

«Wünsche Wohlergehen!», sagte der Schutzmann mit leiser Bassstimme.

«Was ist passiert?» Wiktors Flüstern war heiser.

Der Schutzmann hob und senkte die Brauen.

«Wurde befohlen … befohlen», flüsterte der Schutzmann und näherte sich Wiktors Gesicht, «dass alle Quartieraufseher sich jetzt beim Herrn Polizeihauptmann einzufinden haben.»

«Was ist? Nichts gehört?» Wiktor fragte flüsternd.

«Kann ich nicht wissen, so ist die Anordnung. Beim Bahnhof soll was los sein.» Der Schutzmann schüttelte den Kopf. «Irgendwas ist los, jedenfalls. Kann ich nicht wissen.»

Der Schutzmann zog sich einen halben Schritt zurück.

«Warte, gleich!» Wiktor nahm den Mantel von der Garderobe. Der Schutzmann packte mit an, um ihm hineinzuhelfen. Wiktor sah, wie im finsteren Flur Grunjas Kopf und Schultern weiß schimmerten, und er hörte, wie sie rief:

«Witja! Witja!»

«Los, gehn wir, gehn wir!», sagte Wiktor laut und tappte auf der Stelle, während der Schutzmann ihm das Säbelkoppel zurechtrückte.

«Witja!», rief Grunja laut.

«Was? Keine Zeit, muss sofort weg!», sagte Wiktor, schon abgewandt, und machte sich geräuschvoll am Schloss zu schaffen, öffnete die Tür. Er hörte, wie hinter ihm Grunja in Pantoffeln durch den Flur lief.

Wiktor rannte fast auf die Straße hinaus, eilte über das Trottoir. Der Schutzmann stapfte einen halben Schritt hinter ihm.

«Was haben die es so eilig», fragte Wiktor außer Puste, «wo brennt es auf einmal?»

«Sie kommen noch rechtzeitig, bis alle erst beisammen sind.» Der Schutzmann ging neben ihm. «Jetzt geht's wohl auf fünf. Früher als um sechs sind nicht alle beisammen.»

«Halt!», schrie Wiktor plötzlich und blieb stehen. «Ich hab ja meine Mappe vergessen, auf dem Schreibtisch. In meinem Kabinett.» Wiktor machte einen Schritt zurück. «Nein, lauf du, du holst mich ein.»

Der Schutzmann hielt den Säbel mit der Hand fest und trabte schwer in die Dunkelheit. Wiktor ging hastig weiter. Die Straße war völlig finster. Fahl schimmerte das Pflaster. Lediglich seine Schritte hörte Wiktor, und im Takt klackte der Säbel.

‹Jetzt ist er dort›, dachte Wiktor über den Schutzmann, ‹quatscht womöglich, der Dummkopf. Hätte sagen sollen, dass er schweigt, kein Sterbenswort.›

Wiktor stampfte auf und blieb stehen. Lauschte. Holte eine Papirossa hervor, suchte in den Taschen und fand keine Zündhölzer; er kaute auf dem Karton des Mundstücks, biss ein Stück ab und spuckte aus. In der Ferne schlug eine eiserne Pforte zu, und Schritte, Schritte. ‹Zu kurz, hat nicht gequatscht›, dachte Wiktor.

«Los, schneller!», rief Wiktor in die Dunkelheit; wie ein dumpfer Stein rumpelte die Stimme in der Straße. Die Schritte trappelten rascher.

«Hier, bitte!» Der Schutzmann reichte ihm die Mappe. «Und ein Briefchen von der Frau Gemahlin. Hat sie mich übergeben geheißen.»

Das Papier schimmerte weiß in der Luft. Wiktor schnappte es und steckte es in die Manteltasche.

«Du hast dort nicht geredet?», erkundigte sich Wiktor nach einer Weile.

«Überhaupt nicht. Was soll ich schon reden? Gibt nichts zu reden.»

An der Wache brannten die Fenster in gelbem Licht, sie allein auf der ganzen Straße. Zwei Schutzleute gingen den Gehsteig auf und ab, und man hörte, wie oben Türen knallten. Wiktor schlug ein gesetzteres Tempo an und stieg festen Schrittes die Vortreppe hoch.

Oben an der Treppe hörte Wiktor durch den Hof ein Geschrei, ein abgehacktes Schimpfen. Wiktor riss die Tür auf. Der Polizeihauptmann, der frühere Gehilfe mit dem kräftigen schwarzen Schnauzbart, stand mitten in der Wachstube, puterrot, vor ihm Woronin und noch ein neuer Quartieraufseher mit Brille, ein Kümmerling, und der Polizeihauptmann versengte sie mit seinen Blicken.

«Und eurer Meinung, eurer dummen Meinung nach», schrie der Polizeihauptmann, «hat es so zu sein! Ja? Ja? Ich frage!» Der Polizeihauptmann stampfte mit dem Fuß, als schlüge er mit der Ferse einen Nagel ein. «Hochkant rausgeworfen werden dann alle! Zum Teufel und seiner zerfetzten Großmutter gejagt! Truppen! Und was seid ihr? Weiber, ungewaschene? Was soll das – Polizei, und schreit selber um Hilfe?» Der Polizeihauptmann wollte schon davonstolzieren, doch plötzlich machte er scharf kehrt. «So sollt ihr!», sagte der Polizeihauptmann mit heiserem Flüstern. Er ballte die Faust und hielt sie der Reihe nach Woronin wie auch dem Jammerlappen vors Gesicht. «So! So sollt ihr mir!» Und der rote Polizeihauptmann trat zackig vor Wiktor und schüttelte direkt vor seiner Nase krampfhaft und kräftig die Faust. «So sollt ihr! Dass doch eure Großmutter und Schwiegermutter! Armleuchter! Gehört alle ausgemustert! Kneift den Po zusammen!», schrie der Polizeihauptmann. «Und in fünf Minuten hat mir alles bereit zu sein! Marsch!»

Der Polizeihauptmann drehte sich um und stapfte breitbeinig in die dunkle Amtsstube, zu seinem Büro.

«Puh!» Woronin spuckte aus und fluchte unflätig.

Wiktor trat vorsichtig näher.

«Was ist denn?»

«Geht doch alle zu Hund und Teufel! Puh, dass ihn doch mitten ins Herz, bis in den Tod, ins Grab, dass der Teufel seine Mutter …» Woronin schlug hinter sich die Tür zu. Der Jammerlappen plinkerte unter der Brille, bewegte die Lippen mit dem rötlichen Flaum, wollte hinter Woronin her.

«Halt!», flüsterte Wiktor und hielt ihn am Ärmel fest.

«Bin eben abkommandiert worden», sagte der Jammerlappen mit Weiberstimme. «Weiß nicht, ausrücken, sagt er.» Und er wies mit dem Kopf gekränkt zum Büro des Polizeihauptmanns, zum Licht hinter der Milchglasscheibe. Von dort war auf einmal zu hören, wie die Telefonkurbel gedreht wurde, und der Jammerlappen riss rasch die Tür zur Treppe auf.

Wiktor stieg hinter ihm die Treppe hinunter und hörte dabei:

«Im Eisenbahndepot sind sie bewaffnet ... alle mit Revolver ... dorthin müssten Soldaten, aber er sagt: wir selbst. Dort wird gefeuert ... legen alle um, heißt es.»

Sie waren schon in den Hof getreten. Im dunklen Hof lärmten dumpf die Leute. Zu hören war, wie Woronin schrie:

«Von der Reserve alle herholen, Sauerei nochmal, alle herholen! Alle!»

Wawitsch drängte sich zwischen den Schutzleuten durch, hielt Ausschau, wo Woronins grauer Mantel flatterte, undeutlich zwischen den schwarzen Schutzleuten wirbelte.

«Wo sollen sie hin?» Er schnappte Woronin am Ärmel. «Komm, ich lass sie antreten.»

Plötzlich hielt Woronin einen Moment inne. Fasste Wawitsch im Dunkeln ins Auge.

«Ah, du bist es! Was mischst dich ein, bist doch abkommandiert. Auf die Kathedralenwache.» Woronin winkte ab, drehte sich um. «Raus aus dem Hof, raus, könnt auf der Straße durchzählen! Los, los, Sauerei nochmal, los, dalli! Gluschkow! Gluschkow! Wo bist du?»

Der Jammerlappen meldete sich, er kam Woronin nicht nach.

«Hier bin ich, hier!»

«Hier, hier, sang er mit fischiger Stimme», knurrte Woronin vor sich hin.

Auf der Straße stellten sich die Schutzleute schweigend in zwei Gliedern auf, und das gekrümmte Bajonett des Berdangewehrs schwankte neben jedem Kopf. Von der Vortreppe kamen noch zwei

Quartieraufseher gerannt. Woronin latschte die schwarze Front entlang, mit gedämpfter Stimme zählte er die Reihen. Der Truppführer, ein schwarzer Berg, schwankte hinterdrein.

Wiktor stand auf dem Trottoir. Ärgerlich bohrte er den Absatz in den Quaderstein. ‹Ha, wenn ich …› – am liebsten hätte er dazwischengeschrien, er räusperte sich sogar. ‹Durchzählen! Der Reihe nach durchzählen!›

Woronin kam hinter der Front vor, ging zur Vortreppe und blieb stehen, drehte sich um, sah zu Wawitsch. Plötzlich kam er raschen Schrittes her.

«Geh heim, Dummkopf, geh schnell, Sauerei nochmal, gleich kommt der Polizeihauptmann», flüsterte Woronin. «Geh, was hier gleich los sein wird … weiß der Teufel.»

Woronin winkte ab und latschte raschen Schrittes zur Treppe.

Die Schutzleute standen unbeweglich, nicht ein Flüstern war zu hören.

Wie ein schwarzer Zaun standen die schwarzen Rücken. Nun war ein Geräusch zu hören, wie wenn ein Kienspan knisterte: Irgendwo entbrannte eine Schießerei und erlosch wieder. Mitten in der finsteren Stille.

Wiktor ruckte mit den Schultern. Oben schlug die Tür, und die schwarzen Rücken regten sich. Laut war zu hören, wie jemand die Treppe herunterkam.

‹Gleich, gleich›, dachte Wiktor und atmete heftiger. Die Schritte verhielten. Wiktor wandte sich nicht um. Es verstrich ein Moment.

«Was ist das denn für ein Lackaffe?» Die Stimme des Polizeihauptmanns hieb durch die Luft. «Marsch ins Glied, hier wird nicht rumgestanden!»

Wiktor machte einen Satz vom Trottoir.

«Stillgestanden!», kommandierte der Polizeihauptmann. Die Schutzleute erstarrten, drückten sich aneinander.

Dünn, ganz dünn schellte oben in der Wache durchs geöffnete Oberlicht das Telefon. Abgerissen, alarmierend, fordernd. Alles horchte.

«Die Reihen …», befahl der Polizeihauptmann.

Plötzlich oben das Getrappel von Stiefeln, sie rannten nicht, sie stürzten nach unten, schon schnellte ein Schutzmann mit Schwung über die Vortreppe.

«Was ist los?», rief der Polizeihauptmann.

«Der Herr Polizeichef bittet zum Telefon, und zwar sofort», stieß der Schutzmann keuchend hervor.

Der Polizeihauptmann hastete grimmigen Schrittes in die Wache. Die Leute rührten sich, ein leichtes Raunen flog über die Köpfe. Woronin trat zur Vortreppe, stellte sich seitwärts auf, hob das Ohr. Schwenkte den grauen Ärmel gegen die Leute. Es wurde still.

«Am Apparat. Pardon, was sagten Sie? Nur die Reserve?», hörte man durch das Oberlicht.

Die Leute begannen zu flüstern, gedämpft zu schwatzen, nur Ausrufe, keine Wörter kamen durch das Oberlicht geflogen.

Woronin schwenkte den Arm, damit sie schwiegen, damit er horchen konnte, aber das Stimmengewirr hielt sich, ein gleichmäßiges Rauschen.

«Stillgestanden!», schrie Woronin. Das Rauschen brach ab. Doch man hörte von oben keine Wörter. Woronin wartete. Die Leute blieben stumm. Nun war wieder zu hören, wie in der Ferne eine Schießerei knisterte und irgendwo ganz nah ein Gewehrschuss durch die Straße heulte. Der Truppführer kam vorsichtig näher, wie durch Sumpfgelände, blieb in drei Schritt Abstand stehen und blickte auf Woronin, auf das zum Oberlicht gereckte Ohr. Bestimmt fünf Minuten verstrichen. Woronin rührte sich nicht.

Und plötzlich:

«Wegtreten!!» Als wäre von oben etwas heruntergeplumpst

und in tausend Stücke zersprungen. Die Leute regten sich nicht, waren erstarrt. Eine Weile schwiegen sie.

«Na, gehn wir!», sagte Woronin dumpf. Er stapfte rasch zur Vortreppe, lüpfte vorn den Mantel und nahm zwei Stufen auf einmal. Wawitsch hastete ihm nach. Woronin stieß die Tür auf und ging noch im gleichen Schritt zu dem hellen Milchglas, zur Tür des Polizeihauptmanns. Er griff nach der Klinke und brummte dabei: «Sie gestatten?»

«Zum Teufel mit euch!» Als hätte der Polizeihauptmann einen Schuss abgegeben. Woronins Hand zuckte zurück, wie von etwas Heißem.

«Was soll dieser Sch… Scheibenkleister!», flüsterte Woronin und sah im Halbdunkel Wawitsch an.

GEH

Sanka war außer Puste, er hatte zum Laufen den Mantel aufgeknöpft – da war sie, die Treppe zur Speiseanstalt. Nein, anscheinend keine Schutzleute. Keiner geht rein, er ist zu spät dran, oder die Speiseanstalt ist zu. Sanka sprang das Treppchen hoch, noch ein paar Stufen, noch eine Tür. Gibt nicht nach. Doch, geht nur schwer. Öffnet sich einen Spalt. Einer mit Papacha schaut raus. Lässt ein. Gerammelt voll. Und dort, vom Knie an alle überragend, den Ellbogen gegen eine Säule gestützt, den Kopf gegen die Hand, einer mit Brille – Batin wahrscheinlich. Batin blickte, die Augenbrauen emporgezogen, streng durch die Brille, eine dunkle Brille, vielleicht mit Absicht. Und die geraden Haare hingen ihm schräg in die Stirn. Soeben sagte er gemächlich, mit tiefer, müder Lehrerstimme:

«… morgen, Genossen, bin ich vielleicht nicht mehr unter euch» – er fuhr sich über die Stirn, warf die Haare zurück und ließ die strengen Brillengläser schweifen –, «aber ich sage euch unverblümt, dass die Stunde des Sieges keinesfalls nah ist und der Sieg nicht mit leeren Händen errungen wird. Es gibt keinen Sieg ohne Opfer. Und keinen Kampf ohne Blut. Die Morgenröte ist heraufgezogen – der Horizont ist blutrot. Die Selbstherrschaft kapituliert nicht ohne weiteres.»

Batin schwenkte die blonde Haarsträhne zur Seite.

«Nein, Genossen! Streiken, indem man die Hände in den Schoß legt und zu Hause sitzt, während dort» – Batin reckte den Arm über die Menschen und wies mit spitzer Hand nach vorn –, «dort Menschen, die nichts zu verlieren haben außer ihrem Leben, während diese Menschen den Bajonetten entgegen auf die Straße gehen, in den Tod gehen, dem Untergang entgegen, sterben, um ein besseres Los …»

Batin schwieg einen Moment.

«Sie kommen um, und wir sind verantwortlich für ihren Untergang, ihren Tod.»

Ein gepresster Seufzer flog über die Köpfe hinweg zu Batin.

«Aber schon wanken die Bajonette …»

Mit Kälte, schwarz glänzender Stahlkälte fiel das Wort auf alle Köpfe. Batin räusperte sich. Aus unverwandten Pupillen sahen ihn tausend Augen an.

«Genossen!», sagte Batin auf einmal laut in anderem Tonfall, «wir sind auf den Weg der Revolution eingeschwenkt und reichen unsere Hand» – Batin warf die Hand vor – «der Arbeiterklasse!»

Erneut senkte er die Brauen, allein die Brille blinkte aus dem Gesicht.

«Und schon morgen müssen wir im Kampf stehen, keinen Schritt dahinter», sagte Batkin nun ganz dumpf.

Er verstummte und ließ den Blick langsam über die Gesichter schweifen.

«Lebt wohl, Genossen», sagte Batin kaum hörbar, er stieg hinab, und sein Kopf tauchte in der Menge unter. Alle schwiegen, so konnte man ein Handgemenge an der Tür hören. Plötzlich rauschten, schwappten Stimmen auf. Alle sahen zur Tür, wie sie aufgerissen wurde, es traten ein paar Studenten ein. Sanka stand auf einem Fensterbrett, er blickte dorthin, wo Batin gestanden hatte, und schüttelte den Kopf.

«Gibt sich als Held», flüsterte Sanka. «Vielleicht ist er ja einer.» Neid überflutete in heißem Blutschwall seine Brust, sein Gesicht. ‹Irgendetwas tun, auf dass regelrecht … und so einem dann die Zunge rausstrecken. Nein! Einfach nicht hinsehen.› Sanka kletterte vom Fensterbrett, inmitten des Stimmengewirrs schrie jemand in scharfem Ton:

«… die Freilassung der Verhafteten …»

«… bis zur Konstituierenden …»

Sanka schlug sich zur Tür durch.

Er sprang die Vortreppe hinab, sah vor seine Füße, bog scharf nach links und lief eilends davon.

‹Was für eine Joppe er anhat›, dachte Sanka, ‹darunter ein Bauernhemd, und die Haare, die Brille – wie auf einer Karikatur. ‹Ihr bringt keine Opfer!› Bestimmt hat er mal ein Opfer gebracht, und jetzt schulmeistert er.› Sanka schaufelte hitziger und hitziger mit den Beinen. ‹Die verhaftet worden sind, sitzen jetzt als Helden. Später kommen sie raus, ziehn von einem Haus zum andern, und alles ist voller Hochachtung. Ach, was ist er für ein … Der Ach! ist bei uns zu Gast! Und er redet in halben Sätzen, damit sich alle was zusammenreimen. Dabei haben sie ihn in einem Haufen mit anderen einkassiert, er stand an der Ecke.› Sanka ging und ging, wohin die Füße ihn trugen. Und noch immer hatte er den scharfen, kräftigen Tenor im Ohr: «Wir streiken bis zur Konstituierenden …» – psalmodiert hatte der wie ein Küster. Auf einmal machte Sanka scharf kehrt. Er rannte fast zurück zur Speiseanstalt. Ein unablässiger Strom von Studenten wälzte sich über die Vortreppe herab. Rot, mit verschwitztem Kopf und zusammengepressten Zähnen, kämpfte sich Sanka am Geländer in Gegenrichtung durch den dichten Strom. Mit Mühe zwängte er sich zur Tür hinein, sprang auf einen Stuhl, die Lippen bebten ein wenig – zum Teufel mit den Lippen. Sanka blickte mit grimmigen Augen und außer Atem in die Runde – alle schauten her, und es war zu sehen, wie Unruhe schlagartig alle Gesichter befiel.

«Genossen!», schrie Sanka. Alle wurden still, die Bewegung in der Tür stockte. «Ihr habt … das heißt, wir alle haben», schrie Sanka aus vollem Hals und sah, wie auf den hastigen, überkippenden Tonfall hin alle Köpfe sich ihm zureckten, «alle haben doch die Hand gehoben, also – streiken bis zur Konstituierenden Versammlung? Ja?»

Sanka blickte alle an, und für einen Augenblick war es vollkommen totenstill.

«Warum liegen dann eure Unterlagen noch in der Universität? Wieso holen wir nicht alle! in der Kanzlei! unsere Papiere ab!»

Es regten sich Stimmen.

«Ja, und?», schrie Sanka laut, mit Ingrimm. «Wenn es ernst ist und nicht nur schönes Gerede, was kann schon sein! Bis zur Konstituierenden Versammlung, und die nimmt dann alle wieder auf! Das zuallererst!»

Das Stimmengetöse wurde lauter, die Wellen schlugen höher, und Sanka schrie hastig zum Abschluss:

«Und wenn ihr eure Papiere nicht holt, dann ist doch alles Scheibenkleister! Prahlerei!» Sankas Stimme kippte schon, er wusste, dass er die Menge nicht übertönen konnte. ‹Ein Schlupfloch! Ja! Feiglinge! Prahlhänse! Pfui bah!› Sanka spuckte dabei vor seine Füße und sprang zu Boden, der Strom, der sich erneut zur Tür drückte, nahm ihn auf. Er blickte niemanden an, er wusste, seine Miene war verzerrt, und alle sahen es ihm an. Teufel nochmal, schaut nur – bis zur Konstituierenden Versammlung. Sanka riss sich aus der Menge los, wechselte sofort auf die andere Straßenseite und wusste nicht einmal, ob er ging, er bewegte sich gleichsam ohne Beine, bog in eine Straße ein, Studenten traf er weniger und weniger, Sanka überholte sie. Ein Schutzmann sah abgewandt zur Seite. Hier ein Quartieraufseher an einem Tor, tief in der Einfahrt, kommt nicht raus, schaut, die Brauen hochgezogen. Sanka schritt bereits durch die Dworjanskaja. Er drosselte das Tempo und knöpfte den Studentenmantel zu, obwohl er nass geschwitzt war. Er beruhigte den Atem. Er sah, dass er zu Tanjas Haus ging, zwang sich, daran vorbeizugehen – ‹Warum auf einmal, wie aus dem Kampf, was soll das!› –, und war schon fast an der Ecke, drehte aber plötzlich um und eilte zu Tanjas Haustür.

«Was dräng ich mich eigentlich auf?», flüsterte Sanka keuchend und nahm jeweils zwei Stufen auf einmal. Vor der Wohnungstür blieb er stehen. Suchte durchzuatmen. ‹Steh hier nur kurz und dann zurück!› Sanka blickte finster, sah auf die Schwelle. Mit einem Mal ein leichtes Geräusch jenseits der Tür, das Schloss klackte, sogleich wurde die Tür aufgerissen, und Anna Grigorjewna wäre beinahe gegen Sanka geprallt. Sie flüsterte hastig, nach rückwärts gewandt, und hinter ihr Tanjas Augen, und Tanja blickt ruhig, ohne zu blinzeln, die Augen weit offen, als hätte sie gewusst, dass er da steht. Und wie ernst ihr Gesicht, wie entschieden.

Anna Grigorjewna drehte sich um.

«Ach, du bist es! Wie das? Ja, ja! Weißt du, was …»

Sanka nickte, er hatte begriffen – es war auch Nadja zugestoßen. Tanja trat nicht aus der Tür, sie blickte ein wenig besorgt. Sanka stieß die Mutter zur Seite, er hatte nicht einmal rot werden können, schon hielt Tanja ihn im Vorzimmer am Mantelaufschlag, blickte ihm direkt in die Augen und sagte leise und Wort für Wort, wie zu einem Menschen im Halbschlaf:

«Nadja ist verhaftet. Es ist überhaupt nichts bekannt. Finde Filipp und erfahre, was los ist. Geh!» Und sie drehte ihn am Mantelaufschlag zur Tür.

Sanka schritt an der Mutter vorbei, seine Füße sausten über die Stufen hinab. Er blickte nicht zurück, er wusste, dass die beiden ihm nachsahen. In der Brust stand hoch die Luft, erst auf der Straße atmete Sanka aus. Tanjas Hand war am Mantelaufschlag geblieben, wie sie ihn gehalten, in der Faust gepresst hatte. Und Sanka berührte den Mantelaufschlag nicht, knöpfte den Mantel nicht zu, er neigte verstohlen den Kopf und blickte hin. Ihre echte Hand, ohne Handschuh. Sanka trug sie an sich, und er wich den Passanten aus, damit niemand an die Stelle stieß, sie nicht wegwischte, nicht dran rührte. Sanka ging geradewegs zur Vorstadt. Er sah die Gesichter der Passanten nicht, sie huschten als schwarze Schatten vorbei, wie lebendige Bäume im Wald, während er einen Pfad entlangging, und der Pfad schlängelte sich zwischen den Bäumen, um nirgendwo anzustoßen. Und die Luft, feuchte und frische Luft, wehte ins Gesicht, wehte von allein, wie wenn die Luft zum ersten Mal tätig würde, behutsam und zärtlich. Schon pochten die hölzernen Bretterstege unter den Füßen. Sanka hüpfte leichtfüßig, machte den Entgegenkommenden Platz. Dort eine Kirche, hockt zwischen nackten Pappeln, und der lange Glockenturm späht zwischen den Zweigen vor. Ein Mann blickte finster und unverwandt auf Sanka, dort an der Umfriedung, und Sanka hatte das Gefühl, als würde er ihn mit den Augen zwicken, doch hatte der Mann sich schon abgewandt und griff in die Tasche, holte den Tabaksbeutel hervor und ging langsam weiter. Sanka schaute unablässig auf seinen krummen Rücken und lief bereits mitten über den Platz, während der Mann sich im Gehen eine Papirossa drehte und langsam die Umfriedung entlangging.

Sanka war nur noch drei Schritt von ihm entfernt, da blieb der Mann stehen, sah sich mit bösem, bänglichem Blick um.

‹Müsste irgendwas ...› – und Sanka griff rasch in seine Hosentasche. Er sah, dass auf dem Brettersteg der eine oder andere stehen blieb und herschaute, während der Mann den Kopf zwischen die Schultern nahm, leicht zurückgeworfen, Sanka anstarrte und die Papirossa vor sich hielt. Sanka zog sein Zigarettenetui aus der Tasche, und die Passanten auf dem Brettersteg gingen weiter.

«Sie gestatten, hätten Sie Feuer?» Sanka nahm sich eine Papirossa. Der Mann heftete die Augen fest auf Sanka und holte Streichhölzer heraus. Sein Gesicht blickte Sanka an wie eine Faust, zum Schlag bereit. Er sagte kein Wort und stieß die Streichhölzer vor, als stieße er Sanka weg. Sanka zündete eines an, und die Papirossa in den Zähnen, knurrte er zwischen zwei Zügen: «Geh lieber heim ... Stehst rum wie bestellt und nicht abgeholt ... Sehen doch alle. Hier, nimm die Streichhölzer», sagte Sanka laut. «Schnüffler!»

Der Mann schwieg, seine kurzen Finger schnappten nach den Streichhölzern, dabei schaute er über Sankas Schulter hinweg. Sanka blickte sich um. Gewiss fünf Burschen standen dort beisammen. Der Mann setzte sich in Bewegung.

«Halt!», rief einer der Burschen. «Wir hätten auch gern Feuer! Ich hab mir gedacht, was dabei wohl rauskommt», sagte er zu Sanka und reckte das Kinn. «Was bist denn so naseweis?», schrie er dem Mann nach.

Ein Schutzmann kam langsam über den Platz auf sie zu. Die Burschen liefen zu den seitlichen Bretterstegen. Sanka setzte seinen Weg fort – wo geh ich eigentlich hin? Er hörte, wie der Schutzmann kräftiger ausschritt, lebhafter. Über seinem Kopf schlug plötzlich die Glocke, einmal und noch und noch. Sanka bog durch das Tor in der Umfriedung und trat rasch durch die Kirchentür. In der Kirche war es leer, zwei bettelarme Alte bekreuzigten sich an der Wand, außerdem zwei in weißen Kopftüchern. Und ein Mann am Chor, rechter Hand. Sanka erkannte sogleich den krummen Rücken. Der Kirchenälteste schaute hinterm Kerzenstand vor. Sanka bekreuzigte sich und blickte ernst zur Ikonostase. Das Läuten hörte auf. Der Kirchendiener kam herein, flüsterte mit dem Ältesten. Sanka bekreuzigte sich dreimal weit ausholend und trat still in den Vorraum. Links ein Türchen, wohl zum Glockenturm. Sanka blickte sich um und ging leise hindurch. Eine Steintreppe, Sanka stieg bis zur Biegung hinauf. Schaute zurück, mit angehaltenem Atem. Er hob die Hand, griff an das Mantelrevers.

«Was trödle ich eigentlich herum!» Sanka stampfte auf die Steinstufe. Hallend lief der Laut durchs enge Treppenhaus, die Beine setzten sich in Trab, Sanka rannte hinab, und ohne zurückzuschauen, verließ er die Umfriedung. «Zum Teufel!», sagte Sanka laut. «Zu allen Teufeln!»

Er trat auf den Platz, der Schutzmann war nicht mehr da. Sanka bog in eine Straße ein, und ohne hinzusehen, tastete er vorsichtig nach dem Mantelaufschlag, glitt zweimal darüber: Geh, geh ja schon!

Bei Karnauch griff Sanka nach der Türklinke, ohne anzuklopfen, schon im Flur hatte er ein heftiges Gespräch gehört. Sanka zog die Tür auf. Karnauch und noch zwei andere rissen die Köpfe herum, verstummten, blickten auf Sanka.

«Zum Teufel! Hast du uns erschreckt!» Karnauch lächelte einen Moment, als hätte ihn ein Lichtschein getroffen, dann blickte er gereizt: «Was, zum Teufel und seiner Großmutter, kommst du in voller Montur, hast du nichts Ziviles, ziehst noch Spitzel auf uns.»

«Bin gleich wieder fort», erwiderte Sanka, «ich sag, hätte – einen Schlosser gesucht, eine Nähmaschine, schwindle irgendwas! Unsinn! Sag, wo ist Filipp, weißt du nicht?» Sanka hielt die Türklinke fest, stand seitwärts.

«Wassiljew?» Karnauch runzelte die Stirn. «Wieso? Nicht da? Haben sie den auch kassiert?» Er sprach bereits halb im Flüsterton, trat nah zu Sanka. Die beiden anderen hatten ihr Gesicht in sich zurückgenommen und blickten von unten zu Sanka hoch.

«Ach woher, weiß ich nicht», sagte Sanka. «Meine Schwester haben sie kassiert, und niemand weiß, wo. Filipp muss es wissen, ich muss Filipp finden.»

«Jetzt, Genosse», sagte von seinem Stuhl der eine Arbeiter solid und belehrend, «gibt Ihnen keiner einen Hinweis, wo sich der befindet, den Sie suchen.»

«Geh, geh jetzt», flüsterte Karnauch ihm ins Ohr, «geh, wart irgendwo ... sagen wir, bei der Kirche, geh, wir haben noch eine Stunde zu tun, wart auf mich. Ich verdrück mich bald, zum Teufel damit. Marsch, hau ab.»

«Aber dort ...», hob Sanka an, doch Karnauch nickte bereits und blinzelte unwirsch, wedelte hastig mit der Hand.

«Geh, geh auf der Stelle!»

Sanka verließ rasch das Haus, entfernte sich eilends und sah sich um. Die Straße war leer. Eine Frau mit Eimern überquerte sie vorsichtig durch den Morast.

«Ah, was für ein Unsinn! Ein Unsinn!», flüsterte Sanka. ‹War doch dort. Und ein Spitzel ist auch dort. Hab ihn offenbar selber hingeführt. Und der Schutzmann ... So ein Quatsch! Und weshalb renne ich?› Sanka drosselte das Tempo und kreuzte ohne Eile den Platz.

Ein Greis schritt durch die Vorhalle, schlurfte laut mit den Stiefeln, Sanka entgegen. Er hielt inne, der Mund mahlte, der Bart bewegte sich. Sanka stand und bekreuzigte sich inbrünstig vor der Ikone über der Eingangstür. Der Greis schlurfte bis zur Treppe, dann polterte der Stiefel auf die nächste Stufe. ‹Mach doch schneller!› Sanka drehte sich rasch um, sah aus dem Augenwinkel, wie der

Greis zur zweiten Stufe ansetzte, wie der Fuß hinabzielte. Sanka war im Nu durch das Türchen rechts gehuscht, sauste wie der Wind nach oben, bis zur Biegung, und erstarrte. Auf einmal kamen dieselben Stiefel zurück, scharrten über die Steinplatten. Der Greis stemmte die Kirchentür auf, machte sie hinter sich zu.

‹Schaut nach, wo ich abgeblieben bin!›, dachte Sanka. ‹Ah, verdammt! Alles kommt zusammen!›

Für Karnauch war es noch zu früh, aber Sanka spähte trotzdem zu dem Stück Boden, das er von oben sah. Es vergingen bestimmt fünf Minuten, dann erneut die Tür, die Stiefel. Sanka rannte leichtfüßig die düstere Treppe weiter hoch, da war Licht, der Ausgang – was für eine riesige Glocke, hängt in der Luft als lebendige Kuppel, scheint von innen zu schauen mit dem schweren Schlägel. Da noch eine weitere Holztreppe, und dort oben ein Schlupfloch. Sanka rannte wie der Blitz an der Glocke vorbei die Holztreppe hinauf. Durch die Decke führten Seile herab. Sanka schob sich durch das Schlupfloch. In einer Fensteröffnung hingen an einem Balken, über der steinernen Brüstung, kleine Glocken. Geräuschvoll flogen Tauben auf, dann wurde es still. Sanka lauschte; es kam niemand. Die Wipfel der Pappeln schwankten leicht auf der Höhe der Fenster, es wehte ein gleichmäßiger Wind, und Sanka kam es vor, als flöge der Glockenturm sanft durch die Luft und er mit ihm, als blickten die Glocken nach vorn, durchschnitten die Luft. Weit voraus der Glockenturm und die Silberkuppel der Kathedrale, und direkt zu ihr fliegt Sanka zusammen mit den Glocken in gleichmäßigem Flug. Sanka hockte sich hinter das Steingeländer, blickte durch die Zwischenräume: Die Umfriedung ganz nah, im Innern ein Bänkchen – und sogleich stockte der Flug, wie ein Stein stemmte sich der Glockenturm fest gegen den Grund. Unten schob jener Greis seine Füße über den Pfad zum Tor.

‹Wenn er sich umschaut!› Sanka zog sich vom Geländer zurück. Unverwandt starrte er auf den Platz, um Karnauch nicht zu verpassen.

Von weitem schon beobachtete er jeden Menschen. Alle schritten hastig, alle schritten vorbei. Die ferne Straße wand sich abwärts, und dort war zu sehen, wie in einem Hof eine Frau Wäsche aufhängte; an der Leine reihten sich schlaff herabhängende Tücher.

«Hau ab! Hau ab! Satansbraten!» Sanka blickte hinunter. Der Greis saß auf der Bank, innerhalb der Umfriedung, und scheuchte mit der Hand einen Hund weg. Sanka sah durch die Zweige, wie er sich vorbeugte und einen Stein warf; der Hund winselte, und da blieb ein anderer Mann stehen und schrie:

«Lebst schon ein Leben lang und kommst nicht zu Verstand. Was hat er dir getan? Frisst er deinen Gott? Ja?»

Sanka erkannte die Stimme, es war Karnauch, Mitja Karnauch – er sauste Hals über Kopf nach unten. Karnauch hatte schon die Hand an der Kirchentür. Sanka zischte: «Mitja!»

Karnauch drehte sich um.

«Gehn wir.»

Der Greis stand bei der Bank und sah den beiden giftigen Blickes nach.

«Ein Stelldichein!», sagte der Greis heiser, als sie gerade um die Umfriedung bogen, und nickte ihnen hinterher.

«Gehn wir schneller!», drängte Sanka.

Karnauch machte plötzlich auf dem Absatz kehrt, ging die Umfriedung entlang, und auf der Höhe des Greises streckte er den Kopf durchs Gitter.

«Sitz still, dass doch deine Schwiegermutter bis in den Sarg, sitz bloß still, solang dir nichts fehlt, Rabenaas!» Karnauch machte eine Bewegung aufs Tor zu.

Der Alte plumpste auf die Bank.

«Dass ihn doch, bis er krepiert!», sagte Karnauch zu Sanka.

«Kennst du den ‹Goldenen Anker›? Das Wirtshaus? Komm in die Gasse rein, los! Ist doch überhaupt nicht verhaftet, eure Nadja, ach woher, die hat bei Filipp übernachtet, war grad schnell dort. Wie? Danach, sagst du? Danach weiß ich nichts. Filipp ist weg, das heißt nicht daheim. Verhaftet sind viele, die wissen gar nicht mehr, wohin damit.» Karnauch sprach hastig und lief immer schneller. «Die Nacht ging's heiß her beim Depot, au Backe! Elf Leute» – Karnauch blieb auf einmal stehen –, «elf Leute erschossen. Mausetot. Die Saukerle haben auch ihr Fett abgekriegt, und wie, dass die doch durch sieben Särge bis aufs Blut mitsamt ihrer Mutter, bis sie platt ist!» Karnauch schüttelte auf Gürtelhöhe die Faust, schüttelte sie krampfhaft, war über und über rot und blickte so wütend Sanka an, als pflanzte er ihm zwei Messer in die Brauen. «Haben das Meeting umstellt, nachts im Depot, die Burschen stürmen raus von dort, die fangen an schießen, aber bis die schießen, sind unsre schon durchgebrochen – und drehn um! Eine Schießerei, die kriegen auch was ab, ha! ha!» Und Karnauch pochte mit der Faust in die Luft. «Einer von euren Studenten ist auch verwundet worden, hast nichts gehört?»

Sanka schüttelte den Kopf.

«So ein schwarzer» – Karnauch warf Sanka einen verdrossenen Blick zu – «macht was her, einer vom Kaukasus! Hat Schwein, der Kerl! Kennst nicht? Na ja … Die Schwester suchst du?», sagte Karnauch und blickte zur Seite, zum Zaun. «Kann ich gar nichts sagen.» Er zuckte die Achseln. «Ist nicht da. Na, such weiter!», sagte Karnauch auf einmal laut und schwenkte den Kopf. Er drehte um und ging zurück zum Platz. Nach fünf Schritten blieb er stehen, wandte sich um. «Und Aljoscha, den haben sie kassiert. Im Pfandhaus. Wenn sie dem auf die Schliche kommen, dann …» Karnauch strich sich mit dem Finger quer über den Hals.

Mürrisch sah er noch einen Moment Sanka an.

«Na, zieh Leine!» Und ging rasch davon.

Wiktor kehrte hinter Woronin in die Wachstube zurück. Gluschkow und zwei weitere Revieraufseher begannen hastig zu flüstern, blickten immer wieder Woronin an. Woronin blickte niemanden an, er ging um den Schreibtisch, setzte sich, fläzte sich hin, den Mützenschirm fast im Tintenfass, steckte sich eine Papirossa in den Mund, schob sie zwischen den Lippen hin und her und schwieg. Wiktor hockte sich vorsichtig aufs Fensterbrett. Den Schutzmann an der Tür hörte man seufzen. Wiktor richtete den Blick verstohlen auf Woronin. Woronin saß, ohne sich zu rühren, und die Papirossa ragte unangezündet im Mundwinkel. Plötzlich zuckten alle, fuhren auf: Beim Polizeihauptmann schellte das Telefon.

«Moskauer Polizeiwache, ich höre. Nichts! Jawohl, nichts», sagte der Polizeihauptmann mit böser, angespannter Stimme, und man hörte, wie er den Hörer auf den Haken warf.

«Unverständlich», flüsterte Gluschkow und ließ die Augen vom einen zum andern wandern. Blickte Woronin an.

Woronin blickte nach wie vor verdrossen vor sich hin.

«Was ich gehört habe, meine Herren», sagte Gluschkow leise und wandte den Kopf zu Wawitsch.

Wawitsch warf ihm einen nachlässigen Blick zu, kehrte sich dann wieder zum Fenster.

«Da ist ein Kreispolizeichef aus dem -sker Landkreis hierher geflüchtet, richtig im Bauernkittel», sagte Gluschkow in ganz leisem Flüsterton, «mit Schafsfellmütze, und der sagt, was erst bei denen …»

«Halt!», schrie plötzlich Woronin. «Gerassimenko, geh, kontrolliere am Tor und weiter, an der Ecke.»

Der Schutzmann verließ den Raum.

«Vor wem redest du!» Woronin hatte sich Gluschkow zugewandt, und Wawitsch sah, dass Woronins Gesicht kein zerknautschtes Kissen mehr war, sondern wie mit Steinen gepflastert, und die Augen zielten hinter grauen Backenknochen hervor. «Schafskopf!», schrie Woronin. Gluschkow reckte den ganzen Hals über den Kragen hinaus, drehte den Kopf, und die Mütze wackelte. «Mitsamt deinem Kreispolizeichef, diesem Dummkopf. Auch noch Angst verbreiten!»

«Der ist, wirklich wahr», stammelte Gluschkow, «ist abgehauen, wirklich wahr. Ein Dummkopf, stimmt schon.»

«Und wer quasselt, ebenfalls!» Woronin stampfte mit dem Fuß.

«Na ja, wenn» – Gluschkow wandte sich an alle zugleich – «wenn … richtig das ganze Volk überall in Aufruhr ist, brennt und mordet. In dem Kreis sind alle, die ganzen Landgendarmen … sämtliche Wachtmeister, alle auf und davon. Und die kommen an mit Knüppeln. Wir ziehn gegen die Stadt, sagen sie. Und Massen, sagt er, Massen, also richtig …»

Woronin sprang vom Stuhl auf und klatschte Gluschkow mit Schwung ins Gesicht. Gluschkow kippte mit dem Stuhl um und hielt sich an der Barriere fest.

«Raus!», schrie Woronin. «Raus, Dreckskerl! Quatschkopf! Räudiger Hund!»

Gluschkow ging rasch zur Tür hinaus.

Woronin stand, schnaufte durch die ganze Wachstube, blickte augenrollend über alle Gesichter. Wawitsch stand, zog die Brauen zusammen, schaute streng und ernst Woronin ins Gesicht.

«Zum Teufel und seiner räudigen Großmutter!» Woronin spuckte mit Nachdruck aus und ging zur Tür. Mit Schwung patschte die Tür zu, wie ein Schuss, und zitterte, ruckte.

Wiktor schritt an der Barriere entlang. Die Revieraufseher

folgten ihm mit den Augen. Alle schwiegen. Wiktor wanderte aus der Amtsstube in die Wachstube und wieder zurück, schob die Hand unter den Mantelaufschlag. Die Uhr in der Amtsstube schlug fünf. Der Schutzmann kehrte zurück, stellte sich neben der Tür auf.

«Nun, wie?», fragte Wiktor leise.

«Alle auf Posten … Und die Schießerei, klingt eher wie aus der Vorstadt. Ganz selten noch.»

«Selten?» Wiktor machte ein geschäftiges Gesicht und zog an der Tür.

«Wer ist denn hier der Wachhabende?», fragten wie aus einem Mund die beiden Revieraufseher.

«Ich gehör hier nicht mehr dazu», sagte Wiktor mit ruhigem Unterton. «Ich gehör eigentlich zur Kathedralenwache.» Er sah noch, wie sie die Brauen hoben, die Köpfe zurückwarfen, und drehte sich zur Tür hinaus.

Wiktor trat auf die Vortreppe, stand einen Moment, rückte das Säbelkoppel zurecht und stieg ohne Eile die Stufen hinab. Gemessen schritt er über den Gehsteig in den Schatten der Straße. Ging bis zur nächsten Ecke. ‹Soll ich zur Kathedralenwache? Senkowski rausrufen?› Er schüttelte den Kopf und schritt rasch durch die leere Straße. An den Häusern schimmerten trüb die Fensterscheiben und schienen Wiktor heimlich mit den Augen zu folgen.

«Spuck ich drauf! Spuck ich drauf!», flüsterte Wiktor. Er bog um eine Ecke, da, eine kleine Treppe – eine Pension. Wiktor drückte oft und rasch den Klingelknopf. Sogleich flackerte, huschte hinterm Türglas Licht. Eine verschlafene Visage spähte forschend nach draußen, dann hastete, klapperte der Schlüssel. «Darf bitten, der Herr!» Und verschreckte, abwartende Augen. Wiktor hielt kurz inne, warf einen abschätzenden Blick.

«Der Portier?»

«Jawohl!» Die Lampe zitterte in der Hand.

«Lässt du auch niemanden rein ohne Registration? Pass mir bloß auf! ‹Auf gar keinen Fall›, ja, ja, und dann … Gib mir ein Zimmer. Eins ohne Wanzen, sieh zu!»

Der Portier stand in Unterkleidern, einen Mantel übergeworfen, und schnappte sich einen Schlüssel vom Brett.

«Kommen Sie bitte.»

Auf dem lackierten Trumeau wurden zwei Kerzen entzündet. Der Portier rannte Bettwäsche holen. Wiktor blickte sich im Spiegel an, blickte von der Seite. ‹Nicht von ungefähr ist mir bange, da ist irgendwas.› Presste noch fester den schrägen Blick. Trat näher. Fuhr prüfend mit der Hand übers Kinn. Der Portier steckte das Kissen in einen frischen Bezug.

«Weck mich um neun. Wann macht der Barbier auf? Gegen zehn? Jetzt verzieh dich.»

«Soll ich ein Fräulein schicken?», fragte der Portier flüsternd.

«Auch noch mit Fräuleins! Dummkopf! Verzieh dich, marsch!»

Wiktor begann sich auszukleiden. Er griff in den Mantel; aus der Tasche den Browning, den wollte er unters Kissen legen – wer weiß, Teufel auch! –, und auf einmal ein Papier. ‹Ah ja, von Grunja!›

Die Stirn gerunzelt, den Mund halb offen, trat Wiktor zur Kerze.

«Witja, hab solche Angst, schick einen Schutzmann mit einer Nachricht.» Mit blauem Stift, hastig. Wiktor knüllte das Papier zu einem Kügelchen, schmiss es ins trockene Tintenfass auf dem Tisch. Er wickelte sich in die Decke, blies heftig auf die Kerzen. Nach einer Weile stand er auf, tastete nach Streichhölzern, und während die Kerze sich entzündete, rannte er zum Tisch, holte das Klümpchen aus dem Tintenfass und patschte barfuß zum Garderobehaken, steckte es in den Mantel.

‹Wozu sie aufstören, schläft doch bestimmt. Was für eine

Nachricht denn? Es geht auf sechs! Und um zwölf muss ich zur Stelle sein – das ist so viel wie ein Befehl.›

Wiktor drehte sich auf die Seite, zog die Decke über den Kopf. ‹Diese Zähnchen! Na, Zähnchen hin oder her, vielleicht ist es einfach ein Auftrag. Hat mit der Kathedralenwache zu tun oder weiß der Geier womit … mit etwas Geheimem gar …› Wiktor runzelte die Brauen und drückte die Augen zu.

Wawitsch trat aus dem Friseurgeschäft, der feuchte Wind kühlte ihm das frisch rasierte Kinn, und er drehte sich im Kreuz, stramm saß in der Taille der Casaquin. Wie in einem kostbaren Futteral präsentierte sich Wiktor. Die Kanonenstiefel – da hatte der Portier des Guten zu viel getan – blitzten bei jedem Schritt. Die würden unterwegs noch feucht werden. ‹Womöglich schickt sie, zu allem Überfluss, Froska auf die Wache, damit sie sich erkundigt. Von dort hetzen sie die dumme Gans noch auf die Kathedralenwache. Sollte was schicken!› Wiktor legte einen Schritt zu – an der Ecke gegenüber der Kathedrale lungerten immer Botengänger, wenn er wenigstens einen dieser Esel anträfe. Wiktor trat in eine Toreinfahrt, holte aus der Aktenmappe rasch ein Stück Papier.

«Bin gesund und munter», schrieb Wiktor, «erwarte mich …» – er müsste «liebe Grunja» anfügen, aber irgendwie … langsam malte er es in großen Buchstaben – «gegen vier.»

Er faltete das Papier wie ein Apothekenpülverchen und schrieb die Adresse drauf. Da vorne ragte eine rote Mütze. Wiktor setzte sich fast in Trab, damit niemand ihn wegschnappte.

«Schnurstracks, eine Antwort ist nicht nötig. Abgeben und auf und davon, ohne Gerede. Hier, nimm!» Wiktor steckte ihm das Briefchen und einen Zwanziger zu.

Dem Haus des Polizeichefs näherte sich Wiktor mit geschäftiger, respektvoller Miene. Er zog vor der Tür noch einmal den Uniformmantel zurecht und drückte kurz auf den Klingelknopf: Es war Punkt zwölf.

Er hörte, wie leichte Absätzchen angelaufen kamen, die Tür tat sich auf – es öffnete Warwara Andrejewna persönlich. Sie trug leichte gelbrosa Seide und an der schmalen Taille einen zimtbraunen Gürtel, dessen breite Enden noch von der Bewegung flatterten.

Wiktor ruckte die Hacken, verbeugte sich kurz und salutierte.

Warwara Andrejewna hielt sich an der offenen Tür fest, sie lächelte mit verschmitzter Freude. Wiktor errötete.

«Auf!» Warwara Andrejewna machte eine Kopfbewegung. «Schnell!»

Wiktor schritt über die Schwelle. Sie zog ihn am Gurt.

«Hierher, hierher! Die Füße kräftig abgetreten, wo Sie doch ohne Galoschen, was für ein Geck!»

Wiktor streifte die Füße ab, errötete, lächelte. Warwara Andrejewna trat zurück und schaute von der Seite aus leuchtenden Augen. Plötzlich entblößten sich einen Moment, blitzschnell, die Zähnchen, sie machte einen Satz zu Wiktor, küsste ihn auf die Lippen, als hätten die Zähnchen im Vorbeigehen zugebissen, und sprang zur Portiere.

«Nein, nein, leg nicht hier den Mantel ab», flüsterte Warwara Andrejewna fröhlich, «komm, gehn wir zu mir, zu mir.» Sie nahm Wiktor bei der Hand und ging auf Zehenspitzen voraus; beim Gehen hob sie die Füße hoch, wie wenn Kinder sich anschleichen, und die leichte, weite Seide schwang in erregenden Falten um ihre Beine, raschelte ein wenig, und ein wenig duftete Parfüm. Es war still ringsum, der Teppich unten verflocht alles mit seinem Muster, und Wiktor schaute, wie vor ihm das schmale Schühchen mit dem spitzen Absatz auf das eine Muster trat, auf das nächste, und ein dünner Lufthauch wehte wie ein Wind aus einem ungekannten Land – vom Parfüm. Während sie, wie ein kleines Mädchen, ihn an der

Hand hielt, und dabei die Füßchen! Sie traten ins Esszimmer. Warwara Andrejewna verharrte einen Moment, blickte sich um, als schliche sie sich in ein fremdes Haus ein, lächelte Wiktor verstohlen zu und trat leise aufs gewienerte Parkett, und die dünnen Stuhlbeine spiegelten sich lang auf dem Boden. Die Stühle standen an den Wänden und blickten nicht her, als wendeten sie das Gesicht ab.

Sie trippelte auf einmal rasch in einen halbdunklen Flur und zog Wiktor heftig durch die offen stehende Tür rechter Hand. Und Wiktor erblickte sie in einem großen Spiegelschrank und hinter ihrer Schulter, über der gelben Seidenschulter, sein eigenes Gesicht und die Polizistenmütze – und wunderte sich über die Mütze, als wüsste er nicht, dass sie ihm auf dem Kopf saß. Sah ganz anders aus, sein Kopf, dachte er. Warwara Andrejewna stand kurz vor dem Spiegel, blickte sich freudig an. Dann wandte sie sich rasch um:

«Sperr die Tür zu! Mit dem Schlüssel. Gib den Schlüssel her!» Sie steckte den Schlüssel irgendwo ins Kleid.

Wawitsch stand und ließ die Augen über die geblümten rosa Möbel wandern und über den chinesischen Wandschirm mit Vögeln.

Warwara Andrejewna setzte sich mit Schwung auf das Sofa, die leichte Seide am Kleid plusterte sich auf, und kurz, nur einen winzigen Moment, erblickte Wiktor die langen gelbrosa Strümpfe und die Schnallen am seidenen Band.

«Nun, leg doch ab!» Warwara Andrejewna lachte.

Wiktor nahm den Säbel ab, knöpfte den Mantel auf.

«Hierher, hierher, häng ihn an den Haken. Ist dein Säbel scharf? Ein echter Säbel? Zieh ihn raus! Hach, das ist mir einer! Gib her. Wisch das Fett ab.»

Wiktor holte ein frisches Taschentuch heraus, wischte den Säbel sauber. Der Säbel blinkte streng, wie ein halb geschlossenes, argwöhnisches Auge.

«Gib her, gib her!» Warwara Andrejewna ließ leicht die Zähnchen sehen, und ihre Augen hefteten sich auf den Säbel. Sie fuhr mit dem Finger über die Schneide, die scharfe Spitze.

«Hach, das ist mir einer ...», flüsterte gierig Warwara Andrejewna.

Wiktor hängte den Mantel auf und sah, wie sie die Säbelspitze an ihre Brust hielt, an die tiefste Stelle des dreieckigen Ausschnitts, und sachte andrückte. Sie saß gerade aufgerichtet und warf aus weit offenen Augen einen Seitenblick in den Spiegel. Dann stand sie auf, hob den Arm hoch, und Wiktor sah im Spiegel, wie sie atmete und schauderte – und langsam den Säbel ins Dekolleté schob, unters Kleid, bis das Gefäß am Ausschnitt verharrte, messinggelb, blinkend.

«Was tun Sie?»

Wiktor trat hinter sie, dicht heran, und er spürte, wie unter der Seide der Körper schauderte und wogte.

Warwara Andrejewna drehte sich mit einem Mal heftig zu ihm um.

«Schneid auf! Schneid das Kleid auf!», befahl sie durch die zusammengebissenen, die entblößten Zähnchen und hielt die Arme zur Seite und warf den Kopf hoch. «Schneid doch auf!» Warwara Andrejewnas Kopf zuckte.

Wiktor griff das Gefäß, und die Wärme des Busens strömte in seine Hand.

«Dreh ihn um ... zum Kleid ... ja, so! Schneid auf!»

Wiktor bewegte vorsichtig den Säbel, er hörte, wie die Seide platzte, die Druckknöpfe aufsprangen. Er konnte die Hände nicht mehr zurückhalten, seine Zähne pressten sich zusammen wie die Warwaras, und schließlich riss Wiktor am Säbel.

«Ha!» Warwara warf den Kopf zurück, schloss die Augen. Das Kleid fiel auseinander.

Warwara Andrejewna schwappte sich überm marmornen Waschbecken Wasser ins Gesicht, der Fuß trat das Pedal.

«Puh! Wieso lieb ich dich nur so!», sprach Warwara Andrejewna unter Wassergeplätscher, «du mein Dummkopf! Bist nämlich ein Dummkopf!» Und Warwara Andrejewna lachte, schaute mit fröhlichem, nassem Gesicht zu Wiktor. «Glaub mir, Ehrenwort, ein Dumm-kopf. Aber regelrecht» – erneutes Wassergeplätscher –, «regelrecht ein wunderbarer ... Wie du zu der Bombe! Hach! Gingst und gingst! Dabei war die Bombe, weißt du, gar nicht echt. Das heißt furchtbar, ganz furchtbar!» Warwara Andrejewna rang die nassen Hände. «War eine Riesenmenge Sprengstoff drin, bloß konnte sie gar nicht explodieren, die Offiziere sagen, mit der hätte man Nägel einschlagen können ... Gratschek ist klug ... Senkowski dümmer. Das heißt so halb und halb. Und du ... Ja, wie im Märchen: ‹Der Dritte war das reinste Kalb!› Hurra!»

«Gratschek ist ein Schurke», sagte Wiktor verdrossen.

«Und du?» Warwara reckte ihm den Kopf zu, das Gesichtchen komisch, mit Seifenschaum.

Wiktor errötete, in den Schläfen pochte es, er sah zur Seite, zur Tür.

Warwara Andrejewna trug bereits ein zimtbraunes Samtkleid mit hoher Taille und weißen Spitzen und duftete nach frischer, aromatischer Seife.

«Und ich trink jetzt Kaffee. Kaffee! Kaf-fee! Kaf-fe-fee!», trällerte Warwara Andrejewna, und Wiktor hörte, wie sie mit dem Schlüssel die Tür aufsperrte.

Es war halb vier, als Wiktor endlich den Mantel zuknöpfte und sich den Säbel zurechtzog.

«Und dieses Zuckerchen lutschst du daheim!» Warwara Andrejewna griff sich ein Bonbon aus einer Schale und steckte es Wiktor tief in die Tasche. «Ei-ei-ei! Was haben wir denn da? Ein Kügelchen, ein Papier!»

Wiktor zuckte zusammen, lächelte schief. Warwara Andrejewna machte einen Sprung zur Seite, tänzelte leicht und faltete mit raschen Fingerchen das Papier auseinander.

«Mhm!» Sie wiegte den Kopf. «Von der Frau, von der Frau.»

Wiktor wollte nach dem Papier greifen, doch Warwara Andrejewna presste das Papier gegen die Brust und blickte Wiktor ernst an.

«Sie ist gewiss in anderen Umständen?», fragte Warwara Andrejewna halblaut.

«Ja.» Wiktors Miene verfinsterte sich. «Und überhaupt ... ist es schwierig.»

«Was ist schwierig? Schwatz keinen Unsinn!» Warwara Andrejewna sah Wiktor streng an. «Was ist schwierig? Rede! Kein Geld?»

«Da ist ihr Vater. Ein alter Mann ...»

«Und? Natürlich ein alter Mann. Was faselst du?»

«Den haben sie rausgesetzt, war Gefängnisaufseher, und nun ... Tja, und darum – schwierig.»

«Dummkopf! Den bringen wir unter, Unsinn. Ist doch Pipifax. Geh nach Haus. Oder nein, zuerst auf die Kathedralenwache. Dich vorstellen.»

Wiktor stand.

«Nun? Ah, ja! Hier, hier!» Und Warwara Andrejewna reichte Wiktor das wie ein Stofffetzen zerknitterte Papier.

«Was ist das nur? Was hat das zu bedeuten?», sagte sich Wiktor auf der Straße. Und er schüttelte dermaßen den Kopf, dass die Mütze wippte. «Weiß der Teufel, weiß allein der Teufel. Und was haben wir jetzt?» Wiktor blieb mit einem Mal vor einer Bank stehen und setzte sich. Er begann hastig zu rauchen, von den Passanten abgewandt, ein Bein über dem anderen, und zog mit Leibeskräften an der Papirossa – nur schnell, schnell.

‹Ich geh zu Grunja, sag ihr alles! Nein, sie ist guter Hoffnung, darf sie nicht aufregen, nein. Ist sowieso schon in Unruhe. Mein Gott! Sag es ihr später. Oder allmählich.›

«Hach!», sagte Wiktor laut und blies kräftig den Rauch aus. Plötzlich erblickte er an der rechten Hand einen roten Kreis von einem Biss. Wiktor rieb mit der linken Hand darüber, drückte darauf. Der Biss wurde noch röter. Wiktor rieb angstvoll, verzweifelt, und wie ein Dunsthauch wogte über dem Schrecken ein schmachtendes Gefühl durch die Brust. Wiktor riss den Handschuh aus der Tasche, und heraus fiel das Bonbon, blieb beim Fuß am Boden liegen. Wiktor sah es aus dem Augenwinkel, während er sich sorgfältig und straff den weißen Wildlederhandschuh überzog. Verstohlen sah er sich um und hob das Bonbon auf. Steckte es in die Tasche. Auf der Kathedrale schlug es vier.

«Wie könnte ich es nur anstellen», sagte Wiktor halblaut und rutschte auf der Bank hin und her, «damit nichts gewesen ist. Diese Zeit, Teufel auch, abtrennen, zack und zack!» Wiktor hieb mit der Handkante durch die Luft: «Zack und zack! – und das kommt weg. Und nichts ist gewesen.» Da fiel ihm der Biss unterm Handschuh wieder ein.

«Mit wem kämpfst du denn?» Wiktor fuhr hoch. Er hatte die Passanten nicht gesehen, die vorbeiwuselten. Vor der Bank stand

Senkowski und lächelte schief. Wiktor schaute, presste die Brauen zusammen, sperrte den Mund halb auf. «Warst du? Oder gehst du? Komm, gehn wir.» Senkowski deutete mit dem Kopf zur Seite, zur Kathedralenwache.

Wawitsch stand auf. Ging nebenher.

«Na, wie?» Senkowski warf einen schrägen Blick auf Wawitsch und lächelte, kniff die Augen zu. «Ah, wärst ein Dummkopf» – Senkowski umfasste Wawitsch kräftig an der Taille und schüttelte ihn –, «ein Riesendummkopf, wenn du das nicht ausnützt … Darfst bloß nicht wo prahlen damit. Hach, das rächt sich!» Senkowski legte das Gesicht in Falten, seine ganze Physiognomie zog sich in Richtung Nase zusammen, und krampfhaft ruckte und zuckte der Kopf. «Hach!»

Wawitsch rempelte Passanten an, bald hob er die Brauen, bald runzelte er die Stirn. Und erst, als Senkowski die Glastür mit den Messingstäben aufstieß, erst da fiel Wawitsch wieder sein Gesicht ein, und er setzte eine ernste und respektvolle Miene auf, gesetzten Schrittes stieg er die weißen Stufen hoch.

Senkowski rannte voraus. «Los, los, vorwärts!»

«Ah ja!» Wawitsch blieb auf einmal stehen. «Jemanden schicken, muss jemanden schicken. Gäbe es hier jemanden?» Er atmete schwer und blickte Senkowski vorsichtig an.

«Ich sage: Vorwärts!» Senkowski zupfte ihn am Ärmel, und plötzlich riss Wiktor heftig den Arm, zog ihn erbost zurück.

«Lass mich!» Sein Gesicht wurde finster, ingrimmig. «Es reicht! Zum Teufel mit allem!», sagte Wiktor, überholte Senkowski und betrat als Erster die Wachstube. Die Barriere war hier lackiert, und zwei prächtige Porträts von Zar und Zarin sprangen einem von der Wand geradewegs in die Augen. «Wo finde ich hier den Herrn Polizeihauptmann?», sagte Wiktor laut zum Revierbeamten hinter der Barriere.

Der Revierbeamte sprang auf, kam angelaufen.

«Herr Wawitsch?» Dann fügte er leise hinzu: «Der Polizeihauptmann gibt sich gerade mit Verhafteten ab. Gehen Sie zum Gehilfen.»

Senkowski begrüßte den Wachhabenden über die Barriere hinweg.

«Der ist fertig», flüsterte der Wachhabende Senkowski zu, «dieser Riesenkerl.»

«Und?»

«Schweigt.» Und er flüsterte ihm ganz leise ins Ohr, während Senkowski sich vorbeugte, über der Barriere hing.

«Grunzt bloß, sagst du? Weißt du nicht, ob er es schon mit seinem Griff probiert hat?»

«Eben da hat er zu grunzen angefangen.»

Senkowski wurde lebhaft. «Gehn wir, gehn wir, hören wir zu. Schau nicht so, das ist bei uns das Paradezimmer.» Er zerrte Wiktor eingehakt weiter, und Wiktor schritt durch neue Räume, dann durch einen langen Korridor. «Psst!» Senkowski ging auf Zehenspitzen.

An der Tür rechts stand ein Schutzmann. Er stand mit dem Rücken zu ihnen und hatte sich weit vorgebeugt, presste sich an die Tür, das Ohr am Spalt. Er blickte sich vorsichtig zu Senkowski um und trat behutsam von der Tür zurück. Senkowski riss fragend das Kinn hoch. Der Schutzmann streckte zwei Finger gabelförmig aus und stieß sie gegen die Augen. Senkowski nickte rasch, er winkte Wiktor mit dem Finger herzu, presste das Ohr an die Tür. Er hob die Brauen und biss sich mit den Zähnen auf die Zunge. Er zog Wawitsch näher zur Tür, zeigte ihm, er solle das Ohr daran pressen. Wawitsch schob sich an den Spalt. Erst vernahm er nur ein Schnauben. Dann hörte er plötzlich einen Laut und zuckte zusammen – ein unterdrücktes, mit ingrimmig animalischem Unterton hervorbrechendes «Mhma!».

Senkowski hob den Finger.

«Du sagst es, sagst es noch», hörte Wiktor Gratscheks Stimme. «Ich warte. Ich werde ja nicht müde. Und so?»

Wieder dieser Laut. Wiktor zog sich von der Tür zurück. Senkowski warf heftig den Finger hoch und streckte die Zunge noch weiter vor. Wiktor schritt weg von der Tür. Drehte und wendete den Kopf. Wich vorsichtig einen Schritt in den Korridor. Er nahm die Mütze ab und bürstete sie mit dem Ärmel. Senkowski kam auf Zehenspitzen rasch zu ihm.

«Dummkopf! Er drückt dem doch auf die Augen», flüsterte Senkowski. «Der hält das nicht aus, wirst sehen, der brüllt wie ein Stier!» Und Senkowski hastete zur Tür. Wiktors Platz hatte schon wieder der Schutzmann eingenommen.

Wiktor ging leise, Schritt für Schritt, den Korridor entlang, die Mütze in der Hand. Er war schon um die Ecke gebogen, da hörte er plötzlich ein Brüllen, als ob das Brüllen in der Kehle keinen Platz fände und sie in blutige Fetzen risse, und es gab Wiktor einen Stoß in den Rücken. Er ging rasch geradeaus, geradeaus, da war die weiße Tür mit dem Türschließer, und als ob der Laut auch noch durch die Tür zöge, und Wiktor atmete tief – er erreichte die Wachstube. Eine Dame saß auf dem Wachstuchsofa, weint anscheinend, und an der Barriere drängen sich irgendwelche Leute, und der glatzköpfige Schutzmann mit Medaille an der Uniform, und obendrüber groß, in breitem Gold, über allen, der Zar in roter Husarenuniform, mit Achselschnüren, lächelt huldvoll, und ganz in Weiß, wie eine Braut, die Zarin. Und alle Leute warten ganz anständig. Einer bloß nimmt sich heraus, mit dem Schlüssel auf die Barriere … alle mustern Wiktor, und Wiktor geht weiter, weiter, nur schnell, an den Leuten vorbei, an der Barriere, dort steht ein Grüppchen, der Wachhabende ist dort und noch ein Hiesiger und noch einer in zivilem Mantel und Beamtenmütze. Blickt sich um zu Wiktor – ja, ja, aus der Kanzlei des Gouverneurs – und wieder flüstern sie. Kann er sich doch nicht dazwischendrängen? Und der Beamte pocht mit dem Finger auf ein Papier. Plötzlich fing der Wachhabende Wiktors Blick auf und machte eine einladende Kopfbewegung. Wiktor schlug die Hacken zusammen, der Beamte nickte kurz und tippte weiter mit dem Finger auf das Papier.

«... ist Tatsache, Tatsache! Und vor morgen – kein Sterbenswörtchen!» Er warf einen Blick zum Publikum jenseits der Barriere. «Dann schauen wir mal, schauen wir mal.» Und lächelte, zwinkerte. Und hielt immer noch den Finger aufs Papier. Der Wachhabende wies Wiktor darauf hin, und Wiktor konnte es des Fingers wegen nicht lesen. «... auf der Straße keine Uniformen ... und keine Posten draußen aufzustellen, bis ... Polizeihaupt... Anordnungen bei mir zu erscheinen ...»

«Gelesen?», fragte der Wachhabende laut.

«Bitte!» Der Beamte wandte sich um, reichte Wawitsch das Papier.

Auf dem Papier stand in Maschinenschrift, gesperrt:

«Morgen, den 18. Oktober, sind ab frühmorgens auf der Straße keine Uniformen zu tragen und keine Posten draußen aufzustellen, bis ich weitere Anordnungen treffe. Die niederen Polizeidienstränge sind in den Räumen der Wachen zu halten. Sämtliche Polizeihauptleute haben um 11 Uhr heute Nacht zwecks weiterer Anordnungen bei mir zu erscheinen. Alle Verhafteten und auf den Polizeiwachen Einsitzenden sind um drei Uhr nachts freizulassen.» Unterschrieben vom Polizeichef.

Wawitsch las es noch einmal, las jedes Wort, dann flüsterte er es noch einmal vor sich hin.

«Auch – die Kriminellen?»

«Psst!» Der Beamte legte den Finger an die Nase. «Nicht kapiert?» Plötzlich neigte er sich rasch zu Wawitschs Ohr, hielt die

Hand vor. «Nennt sich Frajhajt!» Er zwinkerte allen zu und eilte zum Ausgang.

Der Wachhabende sprang zur Barriere.

«Verzeihen Sie, Herrschaften! Ich habe Ihnen doch schon erklärt: Nächtliche Passierscheine nicht bei uns, nicht bei uns, weder für Ärzte noch für sonst jemand! Die stellt der Stadtkommandant aus. Wenn die Unruhen abflauen – gerne …»

Wiktor stand neben einem unbekannten Revieraufseher – Soldatengesicht, über und über pockennarbig, und die Äuglein huschten wie zwei Kakerlaken in den Augenschlitzen.

«Was ist das?» Wiktor hob vorsichtig das Papier.

Der Revieraufseher ruckte mit der Schulter, stellte sich seitwärts, sah zu Boden.

«Ehem, als ob Sie das nicht wüssten. Gerade Sie.»

«Und was hat er hier gesagt?» Wiktor wies mit dem Kopf zu der Tür, durch die der Beamte verschwunden war.

Der Revieraufseher warf Wiktor einen scheelen Blick zu.

«Hat gesagt: Schweigen bewahren», sagte der Revieraufseher mit gleichmäßiger, dumpfer Stimme zum Boden und warf erneut einen Blick auf Wiktor.

Wiktor ging in die Wachstube hinein.

«Wen, wen?» Der Wachhabende bog sein Ohr. «Nein, der Gehilfe des Polizeihauptmanns ist weggefahren, da sind Sie zu spät dran … Morgen? Von wegen morgen!» Er schob die Unterlippe vor, hob die Brauen. «Tut mir Leid!», rief er dem Publikum zu.

Wiktor trat hinter der Barriere hervor.

«Gehn Sie doch rechts hinein», rief ihm der Wachhabende nach und wedelte mit der Hand nach rechts, wo sich eine niedere Tür befand, «vielleicht fragen Sie dort.»

Wiktor öffnete die Tür. Ein kleiner Raum ohne Möbel mit schmutzbesudeltem Boden, gegenüber eine Tür mit pneumatischem

Türschließer. Sie ging quietschend auf, und Wiktor befand sich auf einer Steintreppe mit wackeligem Eisengeländer und hörte sogleich von unten Gefluche und ein bekanntes Keuchen. Wiktor blickte übers Geländer. Zwei Schutzleute stießen einen Mann die Treppe hoch.

«Die Hände, die Hände! Wieso dreht ihr mir die Hände auf den Rücken, Dreckskerle! Ich geh doch, geh von allein, Satansbraten!», schrie der Mann.

Er riss und zerrte, schlug mit dem barhäuptigen Kopf aus. Die Schutzleute hatten ihm die Hände auf den Rücken gedreht und stießen ihn schweigend vorwärts. Einer schaute hoch, erblickte Wawitsch – puterrot war er, außer Puste, schaute mit Ingrimm, vorwurfsvoll. Und plötzlich rannte Wawitsch hinunter und krallte sich mit aller Macht in den Haaren fest, mitten in den Zottelhaaren, hach, um die Hand wickelte er sie und zog, zog wie an einem Sack, und immer stärker biss er die Zähne zusammen, dass es knirschte, und drehte sich die Haare um die Finger. Mit dem Rücken öffnete Wawitsch die Tür, auf die ihn die Schutzleute gewiesen hatten. Ein steinerner Korridor und oben Glühbirnen. Wiktor ließ die Haare los. Der Mann stöhnte, immerfort ein und derselbe wahnsinnige Ton, darauf erhob sich im ganzen Korridor ein Heidenlärm, der ganze Korridor taumelte vor Gebrüll, gegen die Türen wurde geschlagen, und an den Gittern der Guckaugen starrten Gesichter heraus. Ein Schutzmann rannte durch den Korridor, schwenkte die Schlüssel, doch war nicht zu hören, was er schrie. Er schob sich an Wiktor vorbei, rannte zum Ausgang. Wiktor stürzte ihm nach, er sauste jedoch schon die Treppe hinunter. Schnell überquerte er den Hof und winkte einem Feuerwehrmann, der am offenen Scheunentor stand.

«Los, los!», schrie der Schutzmann. «Schon wieder!»

Wiktor sah, wie schnell, in Richtung Treppe, ein Schlauch abgerollt und die Treppe hochgezogen wurde. Wiktor schaute atemlos zu, die Feuerwehrleute drängten ihn ab, rempelten ihn an – Wiktor blickte sich um und fand das Tor. An der Pforte stand ein Schutzmann mit Gewehr, er schob den Riegel zurück, ließ Wiktor hinaus.

Wiktor sah, wie der dicke Gehilfe des Polizeihauptmanns im Einspänner angefahren kam, wie er noch im Fahren vor der Wache absprang und über den Bürgersteig rannte, den Uniformmantel weit offen.

Wiktor marschierte los, was das Zeug hielt. Wohin, wusste er noch nicht.

DIE KLINGEL

«Ja, ja, ja! War ich!», sagte Andrej Stepanowitsch. «War auch im Gefängnis, war auch beim Polizeichef.» Andrej Stepanowitsch machte in der Ecke kehrt und setzte seinen Marsch fort.

Anna Grigorjewna saß im Sessel und schaute, die Brauen emporgezogen, zur dunklen Tür. Sie wiegte sich hin und her, als hätte sie Zahnschmerzen.

«Und war auf zwei Polizeiwachen.» Tiktin machte in der anderen Ecke kehrt.

Sanka saß auf dem Sofa, die Ellbogen auf den Knien, sah zu Boden.

«Man muss aber doch ...» Es klang heiser, wie Anna Grigorjewna das sagte.

Sanka warf einen raschen Blick zu ihr – fängt sie wieder zu weinen an?

«Muss man!» Tiktin fiel ihr ins Wort. «Das bestreitet niemand.»

«Semjon Petrowitsch» – Anna Grigorjewnas Stimme wurde farblos, schrammte kaum die Luft – «hat sich aufgemacht, hat es versprochen. Wie ich verstehe, nicht unter seinem Namen.»

«Schon zwanzigmal haben wir es gesagt!» Sanka rammte die erloschene Papirossa in den Aschenbecher, stand auf. «Es ist halb acht, Teufel nochmal. Halb acht Uhr morgens!»

«Nein, ich meine» – Anna Grigorjewna redete auf einmal lebhafter –, «nur bei ihren Genossen ist etwas zu erfahren, und mir ist eine Adresse eingefallen, von der Haussuchung, dort bin ich drauf gestoßen, Friedhofstraße und eine Nummer, und Semjon Petrowitsch hat sich aufgemacht, aber es ist nichts, also, gar nichts dabei herausgekommen.»

«Was für ein Semjon Petrowitsch?» Sanka stampfte mit dem Fuß. «Baschkin? Dieser Schuft ... Wie konntest du nur!» Sanka drehte sich verärgert auf seinem Platz um. «Teufel nochmal, ist doch idiotisch ...»

«Was sollen wir denn machen?» Anna Grigorjewna sprang vom Sessel auf, sie verschränkte die Hände, schüttelte sie vor dem Kinn. «Was denn?» Sie trat auf Sanka zu.

«Einem Baschkin Adressen nennen?», brüllte Sanka, und seine Lippen gehorchten ihm nicht mehr vor Zorn. «Ja? Ach, geht doch zum Teufel!» Sanka ging hinaus und schlug die Tür hinter sich zu. Der Flügel dröhnte.

Anna Grigorjewna schaute auf die Tür, hielt noch die ineinander gelegten Finger vor sich. Andrej Stepanowitsch stand einen Moment, plötzlich schritt er heftig zur Tür.

«Andrej!» Anna Grigorjewna klammerte sich an seinen Arm, sackte ab und sank zu Boden. Tiktin konnte sie kaum auffangen.

«Sanka!», schrie Andrej Stepanowitsch mit hoher Stimme.

Sanka riss die Tür auf.

«Fass an!», kommandierte Sanka. Er hob die Mutter unter den Achseln hoch und wies den Vater mit einer Kopfbewegung an, sie unter den Knien zu packen.

Mit flatternden Händen durchsuchte Sanka die Flakons auf

dem Toilettentisch. Andrej Stepanowitsch schob seiner Frau ein Kissen unter die Beine.

«Den Kopf … möglichst tief. Möglichst tief …», murmelte Andrej Stepanowitsch außer Atem, «und einen Zustrom frischer Luft, frischer Luft.»

«Dann mach doch das Oberlicht auf!», sagte Sanka gereizt.

Andrej Stepanowitsch warf plötzlich den Kopf zurück.

«So weit hast du sie gebracht!» Sein kräftiger Finger deutete auf Anna Grigorjewna.

«Streitet euch nicht!» Beide zuckten zusammen, blickten zu der alten Dame.

Andrej Stepanowitsch hörte, wie das Dienstmädchen barfuß vorbeitappte, und er sagte, sie solle sofort den Samowar … jedenfalls werde heißes Wasser gebraucht, das gewiss … Flaschen an die Füße … Aber da flüstert sie ja schon selbst Dunjascha etwas zu. Andrej Stepanowitsch begab sich in sein Kabinett, um sich eine Papirossa zu drehen. Er hörte, dass Sanka kam. Eintrat. Andrej Stepanowitsch blickte sich nicht um, er drehte sich am Schreibtisch die Papirossa.

«Fühlt sich besser», sagte Sanka müde, «haben dort ihre Tropfen gefunden, Dunjascha ist bei ihr. Sie kleidet sich aus.»

«Mhm», knurrte Andrej Stepanowitsch. Er hörte, wie Sanka sich in einen Sessel setzte.

«Was bist du so böse?»

«Du bist mir einer!», platzte Andrej Stepanowitsch heraus. Im Kabinett war es halb dunkel, nur aus dem Wohnzimmer fiel Licht in stumpfem Quadrat auf den Tisch.

«Lass gut sein! Ist doch wahrhaft idiotisch.» Sanka riss ein Streichholz an, rauchte.

Andrej Stepanowitsch runzelte die Stirn.

«Ja», fuhr Sanka fort und sah vor sich hin, «idiotisch, diese hochgerühmte mütterliche Selbstaufopferung. Eine Million Leute wurde verhaftet. Und bei unserer Nadja auf einmal – nein so was, Feurio, dass bloß nichts …»

«Mach, dass du rauskommst!», sagte Tiktin mit sonorer Stimme, silbenweise, akzentuiert.

«Wunderbar … man dankt.» Sanka sprang auf und ging.

Andrej Stepanowitsch schritt durch das Licht und zurück zum Tisch. Er blieb stehen, hob den Kopf.

«Vollkommen richtig!» Und Andrej Stepanowitsch nickte entschieden. «Ja!»

Andrej Stepanowitsch tastete nach den Pantoffeln, musste verpusten, schnürte die Straßenschuhe auf. Leise, aber kräftig schritt er durch den Flur, war schon an Anna Grigorjewnas Tür – da wird geflüstert, auch Sankas Stimme. Andrej Stepanowitsch machte kehrt, ging kräftigen Schrittes zurück, den Blick entschieden nach vorn gerichtet. Draußen vor dem Fenster wurde es grau, Andrej Stepanowitsch zog an der Vorhangschnur und zuckte zusammen – als wäre es der Klingelzug gewesen: Im Vorzimmer ging die Klingel. Andrej Stepanowitsch ließ den Vorhang los. Trat in den Flur. Dunjascha war mit der Küchenlampe auf dem Weg zur Tür.

«Wer da?», rief Dunjascha und sperrte auf. Andrej Stepanowitsch spähte misstrauisch. Dunjascha schlug die Tür zu.

«Was ist denn?», rief Andrej Stepanowitsch. Dunjascha kam schweigend auf ihn zu. Er wartete stirnrunzelnd, zurückgebeugt.

«Ein Zeitungsjunge anscheinend.» Dunjascha reichte ihm das Blatt. Andrej Stepanowitsch schnellte nach vorn.

«Was ist?», sagte Andrej Stepanowitsch im Flüsterton. Er nahm vorsichtig das Blatt, schritt auf verwirrten Beinen ins Wohnzimmer, zur Lampe, setzte das Pincenez auf. Er hörte, wie Sanka kam, rasch und laut. Andrej Stepanowitsch nahm die Lampe, ging ins Kabinett, stieß die Tür zu.

Er musterte das Blatt. «Extraausgabe der ‹Nachrichten›, Allerhöchstes Manifest», stand da groß in festen Lettern. Andrej Stepanowitsch atmete heftig, und durch seinen Kopf hasteten Gedanken, huschten wie Buchseiten beim Blättern, unruhig, atemlos. Die Augen tasteten übers Papier – ha, was das war! Doch zunächst konnten Tiktins Augen gar nichts ertasten, sie irrten nur über das Papier.

«Puh! Muss mich zusammenreißen!»

Tiktin ließ sich langsam in den Sessel nieder, rückte das Pincenez zurecht, legte ein Bein über das andere. Er begann zu lesen – nicht nach vorn schauen! nicht vorgreifen!, befahl Tiktin sich selbst und las:

WIR, NIKOLAUS DER ZWEITE
VON GOTTES GNADEN,
KAISER UND SELBSTHERRSCHER
ALLER REUSSEN,
Zar zu Polen, Großfürst zu Finnland,
u.s.w. u.s.w. u.s.w.

Die Wirren und Unruhen in den Hauptstädten und an vielen Orten Unseres Imperiums erfüllen Unser Herz mit großer und niederdrückender Trauer. Die Wohlfahrt des Herrschers aller Reußen ist untrennbar von der Wohlfahrt des Volkes, und der Gram des Volkes ist auch Sein Gram. Von den unlängst aufgekommenen Unruhen könnte ein tiefes Zerwürfnis unter dem Volke und eine Bedrohung für die Einheit und Geschlossenheit Unseres Reiches ausgehen.

Das feierliche Dienstgelöbnis des Zaren gebietet Uns, mit allem Sinnen und Trachten und all Unserer Macht darauf hinzuwirken, dass dermaßen für den Staat gefährliche Wirren ein rasches Ende finden. Nachdem Wir den zuständigen Behörden anbefohlen haben, zur Unterbindung unmittelbarer Ordnungswidrigkeiten, Ausschreitungen und Gewaltakte Maßnahmen zu ergreifen, um friedliebenden Menschen, die den Pflichten jedes Einzelnen in Ruhe obliegen möchten, Schutz zu gewähren, erachten Wir es zum Zwecke einer möglichst effektiven Umsetzung der zur Befriedung des Staatslebens von Uns vorgesehenen Maßnahmen für notwendig, die Tätigkeit der obersten Regierung zu vereinheitlichen.

Wir erlegen der Regierung die Verpflichtung auf, Unseren unbeugsamen Willen auszuführen:

1. Der Bevölkerung die unerschütterlichen Grundlagen bürgerlicher Freiheit zu schenken, fußend auf tatsächlicher Unantastbarkeit der Person, auf Gewissens- und Redefreiheit, Versammlungs- und Vereinigungsfreiheit.

2. Ohne die vorgesehenen Wahlen für die Staatsduma aufzuhalten, bereits jetzt, nach Maßgabe des Möglichen und entsprechend der Kürze der bis zur Einberufung der Duma verbleibenden Zeit, jene Klassen der Bevölkerung, die bislang über keinerlei Wahlrechte verfügen, zur Mitwirkung an der Duma heranzuziehen, wonach es einem neu eingerichteten Gesetzeswerk anheim gestellt sei, Grundzüge eines allgemeinen Wahlrechts weiterzuentwickeln.

3. Als unverbrüchliche Regel einzuführen, dass kein Gesetz ohne die Zustimmung der Staatsduma Gesetzeskraft erlangen könne und dass den gewählten Volksvertretern die Möglichkeit gesichert sei, an der Aufsicht über die rechtmäßige Tätigkeit der von Uns eingesetzten Regierungsorgane wahrhaft teilzuhaben.

Wir rufen alle treuen Söhne Russlands auf, eingedenk ihrer Pflicht gegenüber ihrem Vaterlande, zur Unterbindung dieser unerhörten Wirren beizutragen und gemeinsam mit Uns alle Kräfte anzuspannen, damit auf der Heimaterde wieder Stille und Frieden einkehre.

Erlassen in Peterhof am 17. Tag des Oktobers im Jahre neunzehnhundertfünf nach Christi Geburt, dem elften Jahre Unserer Herrschaft.

Im Original von Seiner Kaiserlichen Hoheit eigenhändig unterzeichnet. NIKOLAUS.

Andrej Stepanowitsch las nicht bis zu Ende; die letzten Zeilen überflog er mit den Augen, aber der Kopf nahm sie nicht wahr. Er atmete heftig, blickte auf das Zeitungsblatt wie auf ein Wunder, ein womöglich nicht echtes, er drückte sogar stärker die Finger auf, um das Papier zu spüren. ‹Die Verfassung!› Was er in Händen hielt, war – die Ver-fas-sung!! Gibt es nicht, gibt es doch nicht! Da ist sie, da ist sie also … und der Kopf gleich voller Gedanken, einer jagte den nächsten, als wollten sich alle zeigen, sich präsentieren, und wie viel, wie viel stand noch bevor – unerfüllbares Glück ließ ihm die Hände zittern.

«Sanka!», schrie Andrej Stepanowitsch, sprang vom Sessel auf. «Alexander! Komm doch her, zum Teufel!» Andrej Stepanowitsch rannte ins Wohnzimmer, hielt das Pincenez auf der Nase fest. «Anna! Anetschka! Teufel aber auch!»

Andrej Stepanowitsch rannte im Esszimmer einen Stuhl um, er fegte drauflos – von wegen Stühle! die Stühle flogen fröhlich zur Seite, auf neue Weise, lebhaft, behänd.

«Nun schau dir das an!»

Anna Grigorjewna richtete sich im Bett auf, aus den Augen

blickte verschreckte Freude, sie blinzelten – was? was ist? was hast du?

Andrej Stepanowitsch schlug mit dem Handrücken auf das Blatt.

«Das ist doch die Verfassung!» Und er lächelte, riss das Gesicht zu voller Breite auf, und die Augen wurden vom Lächeln zu leuchtenden Schlitzen zusammengedrückt.

Anna Grigorjewna erblickte das Glück und streckte ihm beide Hände entgegen – wie wohl ihm war! Andrej Stepanowitsch stürzte zu ihr, und Anna Grigorjewna legte ihm die Arme um den Hals und küsste ihn auf den weichen Schnurrbart, den Bart.

«Anetschka, denk doch nur, stell dir doch vor – verstehst du, ich trau meinen Augen nicht» – Andrej Stepanowitsch setzte sich aufs Bett –, «nein, das ist ja, wahrhaftig, trau ihnen auch jetzt nicht, also wirklich, weiß der Teufel!» Tiktin sprang auf. «Das ist ja, wie man es auch … Was soll ich dir bringen? Hol ich, hol ich sofort!» Tiktin bewegte sich lebhaft, leicht. «Hol ich dir doch! Nein, wahrhaftig, weiß der Teufel, was das heißt! Schau doch» – Tiktin setzte sich erneut aufs Bett –, «schau doch, in was für einer Sprache, wie verschroben das ist. Nun sag doch» – Tiktin hielt Anna Grigorjewna das Papier unter die Nase –, «hättest du dir je so etwas vorstellen können! Dass du die Verfassung noch erlebst! In Russland!»

Anna Grigorjewna schaute aus frohen Augen, wie ihren Mann das Glück durchflutete, sie nickte ihm zu.

Tiktin stand mitten im Zimmer, hielt das Pincenez fest. «Lass dir sagen: Das Manifest! Ist die Kapitulation! Habt kapituliert, Freundchen! So hör nur weiter …»

«Nadja wird also freigelassen.» Anna Grigorjewna nickte und lächelte über die ganze Länge des Bettes, als ob ein frohes Boot von ferne angeschwommen käme.

«Ja, mein Gott!» Andrej Stepanowitsch warf den Kopf weit

zurück. «Ja, da eröffnen sich doch ... Ha!» Andrej Stepanowitsch atmete tief aus. «Ja, ja, nun begreif doch ... Du lieber Himmel! Begreifst du wirklich nicht?» Und Tiktin lächelte überzeugend und breitete die Hände aus – in der einen das Pincenez, in der anderen das Zeitungsblatt – und blickte Anna Grigorjewna an. «Unglaublich!»

Tiktin wanderte durchs Zimmer und schüttelte den Kopf, die Hände mit dem Blatt auf dem Rücken. Er ging vom Fenster zur Tür und von der Tür zum Fenster. Und blieb plötzlich am Fenster stehen.

«Sieh nur, sieh! Ja, komm doch her!» Ohne sich umzuwenden, winkte er Anna Grigorjewna heftig herbei. «Komm schnell, wie du bist!»

Er schaute zum Fenster hinaus, presste sich in der Ecke an die Scheibe – da, da, was da los ist! Ohne hinzusehen, fasste er seine Frau am Nacken und drehte ihren Kopf – da, da! Und schau dorthin, wie viele Leute!

Vom Tosen und Hurrarufen begannen dünn die Scheiben zu summen.

«Schau, die Gymnasiasten, die Gymnasiasten!» Und Andrej Stepanowitsch sprang hoch aufs Fensterbrett, riss mit ungeduldiger Hand das Oberlicht auf.

Durchs Oberlicht drang Lärm, fröhlich, zerzaust, und dünne Stimmen, nicht im Chor: «Hurra-a!»

«Hurra!», schrie Andrej Stepanowitsch aus vollem Hals, auf Zehenspitzen, ganz hochgereckt, zum hohen Oberlicht.

Anna Grigorjewna zuckte zusammen, lachte und ließ die Augen über die Straße schweifen, als wäre sie gerade aufgewacht und vor dem Fenster draußen wäre fröhliches Ausland, schöner, als sie es sich vorgestellt hatte.

«Sanka! Wo bleibst du, Sanka!», rief Andrej Stepanowitsch.

«Der ist ausgebüxt, ausgebüxt!» Und Anna Grigorjewna schwenkte locker die Hand. «Schon lange!»

Andrej Stepanowitsch sprang weich wie ein Ball vom Fensterbrett.

«Ja, begreifst du auch, was jetzt möglich ist!» Er drehte Anna Grigorjewna an der Schulter zu sich her und schaute einen Moment. Anna Grigorjewna lächelte, er hatte Augen wie Glasperlen. «Gar nichts begreifst du!» Andrej Stepanowitsch küsste Anna Grigorjewna rasch auf die Wange, machte kehrt, eilte ins Kabinett. Und murmelte: «Die Stiefel! Die Stiefel! Wo hab ich sie hingeworfen? Die Verfassung! Teufel, ist das die Möglichkeit!»

HURRA!

Sanka wusste nicht, was für ein Tag es war – ein wunderbarer Tag, offenbar Sonne, und an der Ecke schreien Gymnasiasten und Schülerinnen ihm Hurra zu, Sanka winkt ihnen im Vorübergehen mit der Mütze, und ein Hausknecht steht im Tor, schmunzelt amüsiert und deutet mit dem Bart hinüber – das sind mir welche! Dann die Postbeamten, in großem Haufen steigen sie lärmend die Treppe am Postamt hoch, reden, fuchteln mit den Armen, so früh am Tag, doch wie viele Leute, wie viele Leute! Jemand muss von einer Treppe schon Volksreden halten, etwas verkünden, und vor der Treppe ein Menschenhaufen, eine ganze Menschenmenge, und bis Sanka hinzutritt, tönt es schon – Hurra!, und der auf der Treppe, die Mütze in der ausgestreckten Hand, steht wie ein Opernsänger, der Mund offen, der Hals gebläht – Hurra! Und alle nicken und lächeln sich zu wie Bekannte, bei den Zeitungsjungen ein Gedränge, und alle reden miteinander. Sanka zwängt sich zu einem Zeitungsjungen durch, der hält einen Rubel zwischen den Zähnen, fischt nach Wechselgeld.

Ein Jude: «Wozu brauchen Sie eine, Herr Student? Gebt ihm keine, er hat es gestern schon gewusst! Ah so, ein historisches Dokument, ja dann. Gebt ihm eine.» Er lacht. Beugt sich zu Sanka: «Nu? Kommen die Rechte? Ja? Sie wissen es doch.»

Sanka nickt.

«Ja, ja! Kommt alles.»

Von oben war aus einem Fenster zu hören, wie ein Flügel laut die Marseillaise spielte. Jemand stimmte an, irgendwie, nicht im Takt:

Allons enfants de la-a …

Niemand, der nicht eingefallen wäre, die Stimmen hallten fröhlich in der Straße wider. Sanka erinnerte sich an den Korridor im Gymnasium vor der Entlassung, nein, brodelnder wallte jetzt die Melodie auf, immer stärker und stärker. Und sie wurden nicht auseinander gejagt! Sanka kam es plötzlich – er hat ja keinen einzigen Schutzmann unterwegs getroffen, auch hier, bei der Post, ist keiner.

Zwei Exemplare hatte Sanka geschnappt, um nicht lang zu fackeln, von wegen Wechselgeld!

‹Ist sie schon fort oder treffe ich sie noch?›, überlegte Sanka und schwenkte beim Laufen die Zeitungsblätter. Er wäre fast die Treppe noch weiter hinaufgerannt, da öffnete sich die Tür von allein.

«Hab vom Balkon gesehen – rennt wie von der Tarantel gestochen und schwenkt Zeitungen.»

Tanja stand in der Tür, über der Brust hielt sie den Morgenrock zu, Schwarz mit Rot.

«Tanetschka!» Aus dem Freudenschwung heraus wollte er Tanja schon küssen, aber Tanja wich zurück.

«Hast du gesehen? Hast du das gesehen?» Sanka schüttelte die Blätter.

«Was ist? Was denn?»

«Die Verfassung!»

«Puh, und ich dachte, mindestens der Zar sei ermordet worden.» Tanja runzelte die Stirn.

«Und kein einziger Schutzmann!» Sanka schwenkte den Arm, als mähte er.

«Ah ja? Die sergents de ville?» Und Tanja begab sich ins Wohnzimmer.

«Das ist doch die Freiheit!», sagte Sanka aus dem Vorzimmer und sah, wie Tanja den Vorhang zurückschob und sorgfältig etwas an den Blumen in Ordnung brachte.

Sanka wusste nicht, was er sagen sollte, alles ging abwärts und rollte schnell wie ein Walholz den Berg hinab, lautlos, er wollte es aufhalten, schnellstens aufhalten und wusste nicht, wie, mit welchem Wort, was tun? Gleich würde es in einer Scharte stecken bleiben, und das wäre für lange, für immer.

«Tanja!», sagte Sanka ins Wohnzimmer hinein. Tanja stand mit dem Rücken zu ihm, über die Blumen gebeugt. ‹Wird nur schlimmer›, dachte Sanka. ‹Soll ich gehen? Sie wird mich nicht zurückrufen, bestimmt nicht zurückrufen, und dann nie wieder. Was hab ich bloß gemacht?›

Plötzlich stapfte er verweifelt, in Mantel und Mütze, übers Parkett und riss den Vorhang zurück.

«Tanja, Pardon, was hast du?» Und er fasste ihren Ellbogen. Tanja entwand ihm den Arm. Sie stocherte noch in den Blumen, richtete sich dann plötzlich auf.

«In Mantel und Mütze betritt man kein Zimmer!» Sie blickte ihm streng in die Augen, und als spräche sie letzte Worte beim Abschied: «Gehen Sie, legen Sie ab.»

Sanka ging, am liebsten hätte er mit den Absätzen das Parkett zertrümmert. Er begann den Mantel auszuziehen, zog aber plötzlich den Ärmel wieder hoch, riss am Schloss und sprang hinaus auf die Treppe.

«Ah, zum Teufel, zum Teufel, zum Teufel!» Sanka murmelte es noch und noch, hämmerte die Wörter und rannte wie der Wind, zwei Stufen auf einmal, dann zum Eingang hinaus und nach links – diese Straßenecke war näher, bloß schnell abgebogen, um nicht zum Balkon zurückzublicken, auf gar keinen Fall zurückzublicken. Nur einen Moment hörte Sanka die Straße nicht, doch er war noch nicht um die Ecke gebogen, da schlug ihre Stimme ans Ohr, die Stimme der ganzen Stadt, eben hier schien sie, als hoher Hügel, zu beginnen und nach überallhin in die Breite zu fließen und wieder und wieder anzuschwellen, als ob die Erde aufgeplatzt wäre und die Stimme emporbrodelte, als zwirbelte und zauste alle Menschen die Freude. Dort drüben bei der «Stillen Kneipe», der deutschen, in der Tür ein Schieben und Drücken. Sanka zwängte sich durch. Am Schanktisch der Wirt, er lächelt und gibt jedem einen Krug Bier, als Geschenk, niemand sitzt, alles steht, redet, und dort küssen sie sich, hach, wie die sich küssen, als hätten sie soeben Frieden geschlossen, und in den Augen Tränen.

«... auch wir, auch wir mussten einiges aushalten» – ein Herr drückte den Bierkrug gegen den Bart – «und haben geopfert, was wir konnten. Mich haben sie nämlich im vierten Studienjahr rausgeworfen ... doch alles, so viel ich konnte, alles ...» Plötzlich umfing er mit der freien Hand einen Postbeamten und zog ihn an sich. «Haben es noch erlebt! Mein Gott!»

Jemand winkte Sanka mit erhobenem Krug, jemand Kleines, aus einem Menschenhaufen – der Professor, ach, mein lieber Alter! Sanka quetschte sich mit dem Krug in seine Richtung, verschüttete Bier auf seine Nachbarn, doch unterwegs stießen alle immer nur an, nickten mit feuchten Schnauzbärten, und allenthalben: «Haben es noch erlebt! Nun hört doch! Ist es nicht wunderbar? Weiß der Teufel, was jetzt bei uns noch alles wird!»

«Verstehn Sie, ich geh weiter», hörte Sanka einen fröhlichen Bass, «und auch weiter kein Einziger, als wären die Schutzleute ausgestorben, ich mag meinen Augen ...»

«Stoßen wir an! Ach, hol's der Henker, fangen ganz neu zu leben an, wirklich wahr, wie von Anfang an!»

Sanka streckte seinen Krug dem alten Professor entgegen. Der Alte nickte, und was er sagte, war nicht zu hören, etwas Freudiges, Verschmitztes, Fröhliches, irgendwas sehr Gutes sagte er und wahrscheinlich Geistreiches. Sanka konnte sich nicht durchquetschen zu ihm, er nickte von fern, lachte und trank aus dem Krug das quasi Gemeinschaftsbier, ein Unterpfand, weiß der Teufel, jedenfalls ein wunderbares, wunderbares Bier.

«... und hielt Vorträge vor Publikum aus dem Volk, durchweg Arbeiter. Na schön, Agitation. Muss auch sein, wissen Sie. Doch, doch! Ist kein Pappenstiel!» Ein Graumelierter im Havelock, den Hut in den Nacken geschoben, fuchtelte mit zerfranster Papirossa, ließ sich Feuer geben, und plötzlich von oben, wie ein Ausrufer:

«Früher oder später», hörte Sanka eine bekannte Stimme, «hat das ja sowieso kommen müssen – unbedingt! unbedingt! die Ka-pi-tu-la-tion!» Baschkin schwenkte die Mütze über dem gesamten Publikum.

«Hurra!», wurde in der Ecke geschrien.

«Hurra!», schrie Baschkin und schwenkte die Mütze.

«Hurra!», schrien alle; alle schauten fröhlich auf Baschkin, auf seine glänzenden, glücklichen Augen.

Er schwenkte erneut die Mütze, und als hätte er am Auslöser gezogen, donnerte ein Hurra! wie ein Schuss, und alle warteten auf das dritte Mal, blickten auf Baschkin.

Sanka zwängte sich nach draußen.

«Lieber Freund, lieber Freund!» Baschkin schnappte seine Hand, schüttelte sie. «Oh, was ich dir erzählen werde! Ich komme, ich werde dir alles erzählen!» Die Stimme erregt, mit freudiger Unruhe, den Tränen nah. Sanka erwiderte Baschkins Händedruck, riss schließlich seine Hand los. Auf der Straße flatterte das Sonnenlicht, der Wolken wegen, bald schwoll es an, bald wurde es erneut fahl, und Sanka kam es vor, als ob jetzt, jetzt gleich das Licht hereinbräche und ertönte mit freudigem Tosen, während Baschkin, der ist einfach krank, irrlichtert, hat so was an sich, das kommt vor – oh, da ziehen welche, ziehen mit Fahne, eine ganze Menschenmenge, mitten auf der Straße, dort vorne! Sanka legte einen Schritt zu. Singen anscheinend. Sanka eilte ihnen nach. Zugleich rollte unter Tosen und fröhlichem Rasseln eine Droschke um die Ecke, Andrej Stepanowitsch legte sich mit jugendlichem Elan in die Kurve, er winkte mit dem grauen Hut jemandem auf dem Trottoir zu, nickte, schleuderte die Haare zurück und setzte mit ausholender Bewegung den Hut auf den Kopf. Da noch einmal, winkt noch jemandem, und forsch prescht die Droschke. Da kommt er an der Fahne vorbei, steht auf im Einspänner, salutiert mit dem Hut.

Sanka rannte hinein ins dichte Volksgewimmel auf dem Kathedralenplatz, verlor die Fahne aus den Augen, hab sie nicht eingeholt, was tut's! Alle gehn zur Duma, alle dorthin. Der weite Duma-Platz ist schwarz von Menschen.

«Ho-ho!», schreien sie, nach oben schauen alle, dort über der Uhr auf dem Neptun aus Gips ein schwarzer Mann, wie klein er ist, beim Fahnenmast.

«Hurra-a-a!», schreien sie, und da zieht der Mann am Fahnenmast die rote Fahne auf. Sie stockt. Die Menge summt, der Mann müht sich, und mit einem Mal, mit einem Ruck, reißt es die Fahne hoch, und sie weht gravitätisch an der höchsten Spitze.

«A-a-ah!», brüllt die Menge, und es scheint, als ob von dem Geschrei die Fahne stärker und stärker knatterte.

Das Schreien schwillt ab, jemand schwenkt die Mütze, als jage er es davon. Leise ist von ferne, vom Haupteingang der Duma, eine Stimme zu hören – schreit Wörter. Was, ist nicht zu verstehen. Eine Hand überm Kopf, in der Hand ein Zeitungsblatt. Und wieder Wörter.

«... mit dem heutigen Tag ...» ist alles, was Sanka hören kann. Und wieder Hurra! Plötzlich hat am Denkmal, gegenüber dem Duma-Eingang, dort am Sockel, einer die Schirmmütze abgenommen, schüttelt sie in der Luft. Die Köpfe wenden sich, wie dicht sie um das Denkmal stehen. Der Mann stülpt die Schirmmütze auf – eine Studentenmütze! Batin, Batin! Sanka hat ihn erkannt.

Batin ließ den Blick über die Menschen schweifen, drehte zweimal den Kopf, und für einen Moment wurde es still.

«Genossen Arbeiter!» Batins Stimme schallte über den ganzen Platz. «Zu allem arbeitenden Volk spreche ich! Wir haben keinen Grund, Hurra zu rufen, wir haben keinen Grund, uns zu freuen. Den Zaren! Und die Kapitalisten! Die Gutsherren! Haben wir an der Gurgel gepackt, vor Schreck hat der Zar uns diesen Knochen hingeworfen!» Batin schmiss das zerknüllte Zeitungsblatt hinab, die Menge reagierte lärmend. «Der arbeitende Mensch hat davon – einen feuchten Kehricht!»

Und Batin ballte die Hand zur Feige und schüttelte vor sich den Arm im aufgekrempelten Ärmel.

«Die Gutsherren- und Popen-Duma wird sich nicht für uns einsetzen. Wofür wurde dann Blut vergossen! Bleiben wir jetzt stehen, so heißt das – wir verkaufen die Revolution!»

Schon erhob sich Lärm in den hinteren Reihen, und eine neue Stimme rief etwas vom Duma-Eingang.

«Hurra!», schrie es am anderen Ende des Platzes.

Und zwischendurch peitschte Batins hastige Stimme die Luft.

«Die Polypen haben sich verkrochen! Die Truppen stehen unter Waffen!»

Irgendwo wurde bereits die Arbeiter-Marseillaise gesungen, über den Platz rollten Wellen von Hurragebrüll, und obendrüber drangen Wortfetzen:

«… ein gewaltsames Geschenk für die Herren … unsere Haut zum Markte tragen …» Zu sehen war, wie Batin den Mund auf- und zuklappte, wie er die Faust schüttelte, und Sanka hörte nur mit Mühe: «… noch nicht zu Ende!»

Plötzlich stieg mitten aus der Menge eine Fahne auf, alles geriet in Bewegung, alle Köpfe ruckten, und die Menge ergoss sich in dichtem Strom auf die Hauptstraße, der Fahne nach. Von oben, aus dem hohen Fenster eines Hotels, spielte ein Soprankornett in dünnem Blechton die Marseillaise. Vor der Menge schritt Sankas Schneider Soloweitschik, schwenkte die Mütze und schrie etwas. ‹Siebenundfünfzig Rubel schulde ich ihm›, fiel es Sanka ein, aber der Schneider schwenkte dermaßen die Arme, dass Sanka dachte: ‹Sieht er mich, denkt er nicht daran.› Von einem Balkon winkte ein Fräulein mit einem bunten Schal, als bunte Schlange wand er sich über den Köpfen; es wurde geklatscht. Dort, dort, Bajonette schwanken über der Menge – das sind Soldaten.

«Hurra!» Alles ruft den Soldaten Hurra zu. Ein Gymnasiast wirft dem hintersten Soldaten ein rotes Band übers Bajonett. Die Soldaten lächeln verwirrt; es ist die Wache aus einer Bank – Hurra!

«Hurra!», wird erneut jemandem zugerufen. Ein alter Quartieraufseher steht in voller Montur am Rand des Trottoirs, lächelt und nickt zu dem Hurra.

Fahne und Menge umrundeten den Kathedralenplatz, für einen kurzen Moment blickte wie durch einen Spalt die Sonne hervor, und die Fahne flammte auf, leuchtete blutrot über der Menge, hob und senkte sich im lebendigen Luftstrom. Sanka blieb einen Augenblick das Herz stehen – die Fahne beteuerte: Blut, als wäre es ihr geschuldet und unausweichlich, überzeugt und ganz offen: Blut. ‹Und er ist noch dort. Batin.› In Sanka krampfte sich alles zusammen, aber da wurde jemand auf Armen hochgehoben, er schwankte, balancierte über der Menge wie ein Korken im kochenden Wasser – und erneut: Hurra! Dort bog ein Teil der Menge in die Sadowaja, mehr und immer mehr, und Sanka wurde vom Strom mitgezogen. Sanka erkannte die Straßen nicht, erkannte den Hof der Universität nicht, das Volk wälzte sich in den medizinischen Hörsaal, Studenten, die sich an der Hand fassten und eine Kette bildeten, kanalisierten die Leute.

BRING IHN UM!

Nadja saß auf ihrem üblichen Platz am Mittagstisch, und neben ihr Anna Grigorjewna – sie hatte unterm Tischtuch Nadjas Hand gefasst und ließ sie nicht mehr los, drückte und hätschelte sie, presste sie plötzlich krampfhaft und schlug die Augen nieder.

Andrej Stepanowitsch wanderte mit einem Glas kalten Tees durchs Zimmer und beobachtete aus den Augenwinkeln, wie Nadja ungeschickt mit einer Hand Butter auf ein Stück Brot strich. Dienstmädchen Dunjascha räumte das überflüssige Geschirr ab, stellte es aufs Tablett.

«Dunjascha!» Andrej Stepanowitsch blickte Dunjascha fröhlich ins Gesicht. «Dunjascha! Wissen Sie, was bei Ihnen auf dem Land los ist?»

«Ich glaube, es hat geklingelt!» Anna Grigorjewna spitzte die Ohren. «Warten Sie, klappern Sie nicht mit dem Geschirr.»

«Es klingelt!» Tiktin warf entschieden den Kopf zurück, da war Dunjascha schon an der Tür; kaum hatte sie am Schloss gedreht, schon wurde die Tür sperrangelweit aufgerissen, Dunjascha wäre fast umgefallen. Ins Vorzimmer stürmte Baschkin, er riss sich die Mütze herunter, schmiss sie aufs Tischchen, riss sich mit weit ausholenden Gesten den Mantel herunter und ließ ihn fallen – der Mantel flog zu Boden, Baschkin blickte gar nicht hinter sich, mit klafterlangen Schritten durchmaß er den Flur. Anna Grigorjewna stand in der Tür des Esszimmers.

«Meine Liebe, meine Teuerste!», schrie Baschkin. «Gratuliere!» Anna Grigorjewna war noch nicht zur Besinnung gekommen, da hatte Baschkin sie schon umfasst, die Arme um sie gelegt. «Sowohl zur Freiheit wie zu Ihrer Nadeschda! Andrej Stepanowitsch! Verehrtester!» Baschkin verneigte sich vor Tiktin so tief wie in der Kirche; es sah aus, als würde er sich gleich bekreuzigen. «Nadeschda Andrejewna oder einfach – Nadja! Liebe, liebste Nadja!» Baschkin verabreichte ihr einen lauten Handkuss und schickte eine Kusshand hinterdrein. «Ich, ja, ich!» Er tupfte sich auf die Brust, und der lange Finger bog sich durch. «Ich, Herrschaften, bin froher als alle anderen. Das werden Sie nicht verstehen. Ich, ich bin freier als alle anderen!», schrie Baschkin. «Könnte direkt auf den Händen laufen!» Und Baschkin lachte, seine Augen blinzelten wie in der Sonne. «Wirklich wahr, auf Händen!», schrie Baschkin.

Er ging auf alle viere, stieß sich wie ein Kälbchen mit den Füßen ab, und plötzlich – niemand verstand, was das sollte – schwangen die riesigen Beine hoch zur Decke, der lange Rock stülpte sich um, und alles zusammen polterte zu Boden. Mit dem Bein streifte Baschkin den Tisch, und ein Glas mit Unterteller klirrte zu Boden. Anna Grigorjewna sprang herzu, doch Baschkin stützte sich schon schräg auf die Arme.

«Nichts, nichts!» Er schnaufte glücklich. «Gar nichts!», sprach Baschkin; er richtete sich auf den Beinen auf. «Nichts, keine Schutzleute, keine Ochrana, keine Gendarmen, hol's der Teufel» – er hieb mit der Faust auf den Tisch –, «und keine Rittmeister!»

«Setzen Sie sich doch!», rief Anna Grigorjewna.

«Hach, jetzt werde ich leben!», sprach Baschkin. Er schritt, er rannte wie ein Jagdhund durchs Zimmer. «Weiß gar nicht, kann es noch gar nicht sagen, wie ich jetzt leben werde! Und tun? Alles werde ich tun. Kann ich noch viel schaffen?» Er trat unmittelbar vor Tiktin, nickte ihm ins Gesicht. «Stimmt doch? Noch viel? Ungeheuer viel kann ich schaffen!» Baschkin schritt erneut los. «Und Kolja, diesen bemerkenswerten Jungen, den bringe ich her, bringe ich zu Ihnen, Andrej Stepanowitsch. Nicht?» Wieder blieb er vor Andrej Stepanowitsch stehen, blickte ihm offen in die Augen. «Ich bin nämlich ein guter Mensch», sagte Baschkin atemlos, halblaut, und wandte noch immer nicht den Blick von Tiktin.

«Kommen Sie, trinken wir», sagte Andrej Stepanowitsch und wandte sich ab, reckte sich zur Flasche auf dem Tisch. «Auf das neue Leben und besonders auf Ihr neues Leben.»

Andrej Stepanowitsch suchte auf dem Tisch nach einem sauberen Glas. Dunjascha hob die Scherben des zerbrochenen Geschirrs vom Boden auf und fuhr plötzlich hoch – es klingelte. Andrej Stepanowitsch schaute mit der Flasche in der Hand zur Tür: Sanka stand in Studentenmantel und Mütze unter der Tür, und auf dem blauen Mützenrand stand 52, mit Kreide geschrieben.

«Was ist das für ein Zeichen?» Anna Grigorjewna spähte zur Mütze.

«Bin Schutzmann!» Sanka schlug mit der Hand auf die Zahl und machte scharf kehrt. Andrej Stepanowitsch lächelte und nickte.

«Recht so, recht so. Darum haben wir gebeten, das Komitee für die öffentliche Sicherheit.»

Anna Grigorjewna wollte Sanka nachgehen, aber unter der Tür drehte sie plötzlich rasch um, trat zu Nadja, nahm Nadjas Hand und blickte sich zu Baschkin um. Nadja entzog ihr die Hand, Anna Grigorjewna beugte sich vor, haschte danach. Nadja versteckte ihre Hände. Anna Grigorjewna errötete und verließ rasch das Zimmer.

Nadja presste fest die Lippen zusammen, bald sah sie zu, wie der Vater eingoss, bald blickte sie mürrisch aufs Tischtuch. Baschkin schaute schräg von der Seite. Er hielt das Glas, und Tiktin zielte mit dem Flaschenhals.

«Ihre Augen sind dunkler geworden!» Baschkin wandte sich auf einmal heftig zu Nadja um. «Ja, ja! Dunklere Augen. Sie haben jetzt mehr Kraft!»

Andrej Stepanowitsch wartete mit seinem Gläschen, um anzustoßen.

«Jetzt … ist Kraft vonnöten», sagte Nadja gedehnt und schaute einen Moment ernst unter den Brauen hervor, Baschkin direkt in die Augen.

«Vor uns steht …», hob Tiktin an mit Stentorstimme. Baschkin wandte sich heftig ihm zu, verschüttete dabei ein wenig aufs Tischtuch.

«Ja, ja! Es ist etwas geschehen», sagte Baschkin in Tiktins Richtung, «und ich liebe Sie alle ganz furchtbar, trotz allem, liebe Sie ungeheuer, Sie brauchen mich nicht zu lieben, muss nicht sein. Lachen Sie nicht, denn ich …»

«So trinken Sie doch, Sie verschütten noch alles!» Andrej Stepanowitsch stieß mit seinem Glas gegen Baschkins Glas. «Ich muss diesen Moment aufbrechen.» Andrej Stepanowitsch stellte das Glas ab, blickte zur Wanduhr. «Das Komitee hat die ganze Nacht Dienst.»

«Auch ich muss los!» Nadja stand auf.

«Ich wollte Ihnen sagen» – Baschkin hob sich leicht vom Stuhl, er schaute, die Brauen hochgezogen, Nadja an –, «ich wollte Ihnen das für mich Allerwichtigste sagen.»

«Jetzt lieber nicht.» Nadja kam hinterm Tisch vor. «Ich könnte Ihnen jetzt auch kaum zuhören.» Sie wischte Brosamen vom Kleid, sah nach unten.

«Ihr geht?» Baschkin hörte Anna Grigorjewnas Stimme aus dem Flur. «Sanka ist schon losgesaust, ohne etwas zu …» Baschkin hörte nicht, was sie im Vorzimmer sprachen. Er packte die Flasche, goss den Rest Wein ins Glas und kippte ihn. Er hörte Anna Grigorjewnas hastige Schritte und wischte sich mit dem Ärmel über die Lippen.

«Vielleicht sollten Sie etwas essen, wir haben gerade zu Mittag gegessen. Hören Sie! Jetzt kann ihr doch nichts mehr zustoßen? Wir haben ja Freiheit, sie werden doch nicht mehr Leute auf der Straße aufgreifen, hoffe ich.» Anna Grigorjewna ruckte die Schultern.

Baschkin stand, schüttelte den Kopf.

«Nein, nein! Das kann nicht sein!»

Plötzlich schritt Baschkin zur Tür, öffnete sie einen Spalt, spähte in den Flur und drückte sie fest zu, drehte am Knauf.

«Anna Grigorjewna!» Baschkins Stimme bekam einen erregten Beiklang. «Ich flehe Sie an – geben Sie mir Ihr Ehrenwort, dass niemand erfährt, was ich Ihnen sagen werde?»

Anna Grigorjewna setzte sich, sie warf einen erschrockenen Blick auf Baschkin.

«Nein, nein, aber warum? Niemand. Niemand, wenn Sie es möchten.» Anna Grigorjewna sah immer wieder zu Baschkin auf und verschob die Ringe an den Fingern. «Nein, wenn Sie es wünschen …»

«Anna Grigorjewna! Meine Liebe!» Baschkin setzte sich über eine Tischecke hinweg schwungvoll auf einen Stuhl. «Anna Grigorjewna!» Baschkin hielt Anna Grigorjewnas Finger fest, deckte seine Hand darüber. «Glauben Sie, dass es keinen verabscheuungswürdigeren Menschen gibt als mich?»

«Wie?»

«Doch», sagte Baschkin laut, «zum Teufel! Ich sage Ihnen unumwunden – ich habe Abscheulichkeiten begangen wie der letzte

Schurke. Ich habe vielleicht», schrie Baschkin und stand auf, «einen Menschen umgebracht!»

Anna Grigorjewna sah ihn an, ohne die runden Augen von ihm zu wenden, sie war sofort rot geworden.

«Zehn Menschen! Zwölf!», schrie Baschkin. Sein Gesicht stand unter Spannung, die Lippen zitterten. Plötzlich sackte er auf den Stuhl, griff nach Anna Grigorjewnas Hand, riss sie über den Tisch hinweg zu sich her und drückte mit aller Macht die Augen dagegen. Anna Grigorjewna hielt schon die andere Hand bereit, um ihm über die Haare zu streichen, aber da sprang Baschkin mit einem Ruck auf. «Und ich bringe noch einen um», schrie er, «heute vielleicht! Jetzt gleich bring ich ihn um! Ehrenwort … Ehrenwort, bei allem, was heilig ist!» Baschkin bekreuzigte sich heftig. «Bring ihn um!» Und er stürzte in größter Hast aus dem Zimmer, griff sich Mantel und Mütze und rannte damit zur Tür hinaus.

Baschkin sauste Hals über Kopf die Treppe hinab, unten stülpte er sich irgendwie die Mütze auf, warf den Mantel über und fuhr mit den Armen hinein, dass das Futter krachte. Er riss mit aller Macht an der Tür, stürzte auf die Straße. Und wie die schwere Tür zuschlug! Auf dem Trottoir ging Baschkin entschlossenen Schrittes nach rechts. Es kam ihm vor, als schaute Anna Grigorjewnas erschrockenes Gesicht ihm nach. An der Ecke erblickte Baschkin im Dämmerlicht einen Menschenhaufen auf dem Bürgersteig, in der Mitte ein hoch aufgeschossener Student, aha! da war auch die weiße Nummer auf der Mütze. Die Leute standen ohne Mantel und Mütze, also aus den umliegenden Höfen. Halblautes Stimmengekoller. Baschkin hörte:

«Was reden Sie da, Herr Student, wo doch gerade ein Mann von dort gekommen ist und selber gesehen hat: hauen alles kurz und klein.»

«Sag ich doch – hauen alles kurz und klein», schrie plötzlich laut eine Frauenstimme. Die Stimme traf Baschkin, er blieb in drei Schritt Entfernung stehen und hörte, wie alles auf einen Schlag laut zu reden begann, und die Stimmen über dem Menschenhaufen bekamen einen erregten, verschreckten Beiklang, wurden lauter, höher.

«Psst! Psst» Der Student schwenkte den Arm. Baschkin trat näher. «Hier die Anordnung des Komitees.» Der Student hielt sich das Papier vor die Augen und las offenbar auswendig vor, denn entziffern konnte man nichts mehr. «‹Das Sicherheitskomitee der städtischen Duma hat für die Aufrechterhaltung der Ordnung in der Stadt die Verantwortung übernommen und bittet die Bevölkerung, es durch strenge Einhaltung der Vorschriften zu unterstützen: erstens zur Vermeidung von Ausschreitungen krimineller Elemente mit Einbruch der Dunkelheit nicht mehr das Haus zu verlassen …› Also, Herrschaften, bitte ab nach Haus. Ich versichere Ihnen, dem Komitee» – der Student beugte sich vor und presste das Blatt gegen die Brust –, «dem Komitee ist sehr viel mehr bekannt als diesem Mann, und das Komitee ergreift Maßnahmen …»

Die Menschen um den Studenten zerstreuten sich langsam.

Nur ein Mann – er hielt sich den Rock über der Brust zu – trat nah zu ihm.

«Was heißt hier Maßnahmen» – er blickte hoch, dem Studenten ins Gesicht –, «wenn dort alles kurz und klein gehauen wird, wenn getötet wird, ich weiß doch? Und wenn dort ebenfalls ein Student mit einem Papier steht, ja und?»

«Es gibt eine Studentenwehr, es gibt einen ganzen Bereitschaftstrupp, verstehen Sie?» Der Student wandte sich ab, und der Mann trat zu Baschkin.

«Hören Sie, hören Sie», flüsterte Baschkin dem Mann ins Ohr, «wo ist das, wo?»

«In der Vorstadt!», sagte der Mann mit dem Rock laut flüsternd. «In der Vorstadt werden jüdische Geschäfte kaputtgeschlagen.» Mit bebendem Finger wies er rechts die Straße hinab. Baschkin machte auf dem Absatz kehrt und ging rasch nach rechts, dorthin, in die Dunkelheit, der Vorstadt zu. Eilenden, weit ausgreifenden Schrittes hatte er gewiss schon fünf Häusergevierte zurückgelegt. Da kam, an der Straßenkreuzung, ein Student in Sicht, und Baschkin hielt im gleichen Tempo auf den Studenten zu.

«Wissen Sie, was geschieht?», begann Baschkin, noch bevor er ihn erreicht hatte, und in seiner Stimme lag schwerer Vorwurf, Erregung. «In der Vorstadt werden Geschäfte kaputtgeschlagen! Jüdische Geschäfte!»

«Stimmt das?» Der Student stürzte auf Baschkin zu.

«Dort, dort!» Baschkin wedelte ärgerlich mit dem Finger in Richtung Vorstadt. Der Student schaute, wohin Baschkin zeigte.

«Huch!» Der Student ging leicht in die Knie. Baschkin schaute – ein leichter Feuerschein spülte über den unteren Himmelsrand.

Beide schauten gewiss eine Minute, wie der Feuerschein pulsierte.

«Also, was ist? Gehen wir, oder werden Sie hier stehen, während dort …»

«Ich bin hier verpflichtet …», unterbrach ihn der Student.

«Ach, hol Sie doch …» Baschkin zog davon. «Teufel nochmal!», sagte er im Weitergehen. «Zum Henker!»

Baschkin bog um die Ecke. Plötzlich ertönte dünn das Signalhorn des Erste-Hilfe-Wagens, ein kalter Schauder zog durch die Magengrube, hastig trappelten Pferde, und dort vorn kreuzten die Laternen des Wagens die Straße. Wieder das Horn, und sein armseliger Ruf verursachte einen Druck unterhalb der Brust. Baschkin verlangsamte den Schritt.

«Gar nichts ist da ... überhaupt nicht drauszukommen.» Wiktor stand seitlich unter der Esszimmertür, ohne Rock, in Hosenträgern. Er blickte auf die Wanduhr und runzelte ärgerlich die Stirn und stellte die Taschenuhr neu. «Teufel! Weiß nicht, wo mir der Kopf, jetzt steht auch noch die Uhr, Mistkram ... Hab dir doch gestern gesagt, wie alles den Bach runter, Saustall, weil ... weil ... weiß der Geier!» Wiktors Faust mit der Uhr fuchtelte in der Luft, böse und ungeduldig blickte er zu Grunja. «Kurzum, ich weiß es nicht.» Wiktor ging hinaus, und Grunja hörte, wie er herumfuhrwerkte, etwas umwarf und einem Stuhl einen gewaltigen Tritt gab.

Auf der Straße Stimmen, keine überkippenden, da wurde anscheinend einträchtig gesungen. Grunja sprang auf, warf ein Tuch über, rannte hinaus. Froska hinterher.

«Wo willst du denn hin!», schrie Wiktor – wie ein Schlag mit dem Holzscheit in den Rücken.

Froska machte auf der Stelle kehrt, hielt sich das Tuch vor den Schnabel, wand sich am ganzen Leib.

«Marsch in die Küche!», schrie Wiktor und ging den Flur entlang. «Was willst du, dumme Gans? Was hast du dort zu suchen?»

Froska ruckte die Schulter.

«Auch noch aufmucken! Mucksерin, da hört sich doch alles auf! Du hast dort grad noch gefehlt!»

Froska drehte sich zum Fenster.

«Die Stiefel!», schrie Wiktor. «Seit gestern Abend! Seit gestern Abend stehen sie herum, dumme Gans!»

Froska machte einen Schritt, hob Wiktors Kanonenstiefel vom Boden auf.

«Also!» Wiktor ging in sein Zimmer, doch da wurde die Tür aufgerissen, und Grunja kam hereingeeilt, rot im Gesicht, freudestrahlend, und sie nickte, als hätte sie eine fröhliche Überraschung.

«Witja! So viele Leute! Sie singen und ziehen umher, ganz wie an Ostern. Oh, auch so ein Lustiger, weißt du!»

Froska schaute zur Küchentür heraus, den Stiefel über den Arm gestülpt.

Wiktor stand halb abgewandt.

«Schurken! Brüllen, die Schurken!», schrie Wiktor. Grunja zog die Brauen hoch. «Haben den Zaren an die Juden verkauft!», schrie Wiktor aus vollem Hals, ging in sein Zimmer und schlug die Tür zu, wenn auch nicht allzu fest.

Wiktor setzte sich auf einen Stuhl mitten im Raum und horchte, ob Grunja käme. Sie kam nicht.

«Bah!» Wiktor spuckte mit aller Kraft auf die Tapete. Stand auf, trat ins Vorzimmer, griff in die Manteltaschen, blickte ein wenig zur Seite. Er holte das Taschentuch raus, immer noch mit erboster Hand, dabei ertasteten die Finger das Bonbon, und mit dem Tuch zusammen stopfte er es tief in die Tasche der Pluderhosen. Und ging wieder in sein Zimmer.

In der Wohnung war es still, man hörte, wie auf der Straße Stimmen aufstiegen.

«Hurra-a!», äffte Wiktor sie nach. Ihm fiel ein, wie Senkowski Faxen gemacht und gejüdelt hatte: «Nieder mit Zarenherrschaft und Siedlungsbeschränkungen!»

Wiktor schlug die Arme übereinander, die Finger hakten sich fest, plötzlich bog ihm süße Mattigkeit den Rücken durch; Wiktor streckte sich auf dem Stuhl aus, den Kopf über der Lehne, und kaum hörbar zischte er durch die Zähne:

«Schneid auf!»

Vor der Tür auf einmal Grunjas Schritte. Wiktor sprang auf, öffnete die Tür und setzte eine mürrische Miene auf.

«Übrigens, den alten Herrn kann ich unterbringen. Habe schon etwas gesagt … Habe die Polizeichefin gesehen, sie gebeten, und sie hat es versprochen.» Wiktor sah Grunja in die Augen, berührte sie mit den Augen, versuchte es.

«Ah ja, ah ja!», sagte Grunja und hängte Wiktors Säbel auf einen anderen, den äußeren Haken.

«Und sag, dass sie mir den Mantel sauber macht … die Taschen ausräumt … lauter Krimskrams.»

Wiktor blickte noch einmal nach Grunjas Augen, aber Grunja schaute zur Garderobe, zog ihren Mantel zurecht.

«Ich meine, Pjotr Sawwitsch bräuchte …», hob Wiktor an und blickte auf seine Papirossa, zündete sie an. Überlegte, ob Grunja ihn jetzt wohl anblickte oder ob sie gleich ginge, und plötzlich schepperte direkt über seinem Kopf die Klingel.

Wiktor stürzte zur Tür, stieß dabei Grunja.

«Wer da? Wer da, frage ich!» Und er griff an den Schlüssel.

«Sperr nicht auf, sperr nicht auf!», flüsterte hinter ihm Grunja.

Doch Wiktor drehte schon den Schlüssel, mit einem Ruck stieß er die Tür auf, stieß einen Mann.

«Was denn, Satansbraten, bist du verrückt?» Einer in Zivil. Wiktor runzelte die Stirn, schaute genauer hin. Die Stimme kannte er doch.

«Puh, dass dich …» Wiktor ließ den Mann an sich vorbei. Ein bratpfannenplattes Lammfellmützchen saß ihm wie angeklebt seitlich am Kopf.

«Ja, natürlich, Senkowski», flüsterte er und quetschte sich an Wiktor vorbei. Seine Augen hakten sich schon an Grunja fest, und er drängte zu ihr in der Enge des Flurs. «Sieht schön aus, nicht?» Senkowski zog vor Grunja eine alberne Fratze.

Grunja drehte sich auf der Stelle wortlos um und ging durch den Flur zur Küche.

«Ganz schön stolz, oder hat sie nicht zu Mittag gegessen?», sagte Senkowski im Vorzimmer.

Wiktor schloss die Tür ab, blickte sich um.

«Hast gesehen?» Senkowski deutete mit dem Kopf zur Tür hinaus, und das Mützchen wackelte.

«Hast du Zivilkleidung?», fragte Senkowski bereits aus dem Wohnzimmer. «Nein? Aber-aber-aber, Bruder!» Senkowski schwenkte den Zeigefinger vor Wiktors Nase. «Bei uns, Bruder, brauchst du das! Besorg dir welche, egal wo. Gleich erzähl ich dir alles.» Senkowski warf das schmuddelige Mäntelchen ab, warf es zusammen mit dem Mützchen aufs Sofa, auf das Kissen – Grunja hatte ein Kätzchen draufgestickt. «Hast du Wodka? Ohne Wodka kommst du bei der Geschichte nicht draus.» Senkowski ging ins Esszimmer. Auf dem Tischtuch standen noch die unabgeräumten Teller.

Wiktor starrte immer noch auf das Sakko, auf die kurzen Ärmel, auf das blaue Hemd unterm Sakko und mochte Senkowski noch immer nicht recht darin erkennen.

«Madame Wawitsch», rief Senkowski durch den Flur, «bemühen Sie sich unbedingt hierher, ich habe Ihnen eine Überraschung mitgebracht.»

«Grunja, Grunja! Tatsächlich, komm! Dringend nötig!», rief Wawitsch.

Froska kam in Schlappen durch den Flur geschlurft.

«Was Sie wünschen, lässt die Herrin fragen.» Plötzlich prustete Froska los, sie hatte Senkowski erkannt.

«Bring uns Wodka», sagte Senkowski, «und mach dich nicht an vor Lachen, dumme Gans!» Er schnitt Froska eine Grimasse.

«Ja, ja! Wodka, dalli!», sagte Wiktor.

«Nun hol den Hausknecht.» Senkowski nahm einen Schluck aus dem Glas. «Hau ab, verdammt. Es geht um Folgendes.» Senkowski machte hinter Froska die Tür zu. «Hast gesehen, was für eine Kotze das Judenpack hier angerichtet hat?»

«Und?» Wiktor schaute, wie Senkowski einen Schluck Wodka nach dem andern trank.

«Dafür kommt heute Nacht die Retourkutsche! In Kiew haben sie das Wappen heruntergerissen, unser russisches Wappen. Was schaust du so?» Senkowski knallte das leere Glas auf den Tisch und spuckte kräftig auf den Boden. «Um es direkt zu sagen: Juden zwiebeln. Übergebe dir hiermit den Befehl, kapiert? Wessen? Dummkopf! Wessen! Meinen Befehl.»

«Was heißt das?»

«Das heißt das: Die Juden dermaßen vermöbeln, dass sie noch hundert Jahre dran denken. Die Juden ... und die Jüdinnen.»

Senkowski goss sich das zweite Glas ein und knipste mit dem Fingernagel gegen die leere Karaffe – kommt Nachschub?

«Judenweibern kannst den Bauch aufschlitzen bis hier!» Senkowski strich sich mit dem Finger quer drüber. «Und dir ihre Därme um die Hand wickeln.» Senkowski schwenkte die Faust, als ob er wickelte.

Aber da wurde die Tür aufgerissen, und herein drang Grunja. Sie stand da und starrte bleich, mit aufgerissenen Augen, Senkowski an und bewegte wortlos den offenen Mund.

«Was? Was hast du gesagt?», stieß Grunja hervor, heiser und durch den ganzen Raum.

«So, haben an der Tür gelauscht? Und das tut jetzt weh?» Senkowski hielt, auf den Stuhl gefläzt, das Glas vor der Brust und blickte von unten zu Grunja. «Es gibt aber auch Frauen, die beißen. Bis aufs Blut, wie Hechte. Fragen Sie doch mal ...» Er deutete mit dem Kinn auf Wiktor.

Grunja wurde plötzlich rot, auf einen Schlag. Und Wiktor erkannte ihr Gesicht nicht – wie angemalt.

«Dreckskerl!», schrie Grunja und spuckte Senkowski ins Gesicht. Seine Hand ruckte, das Glas schwappte über.

Wawitsch stürzte zu ihr. «Grunja, Grunetschka, er lügt, er lügt, alles gelogen.»

Grunja stieß Wiktor weg und rannte Hals über Kopf aus dem Esszimmer.

«Von den Judenweibern, sag ich, das ist gelogen», murmelte Wiktor im Flur. «Grunetschka!»

Grunja schoss in die Küche, immer noch dunkelrot, blieb am Herd stehen, nahm die Topfdeckel ab und knallte sie auf die Töpfe, griff nach den Zündhölzern, legte sie wieder hin.

«Grunja! Agrafenja!», flüsterte Wiktor. «Grunetschka, hör doch, Grunetschka, ich sag dir was, hör zu.»

Grunja schaute auf den Herd, die weit aufgerissenen Augen plinkerten.

«Agrafena, bitte!» Wiktor rüttelte Grunja an der Schulter.

Die Hintertür ging.

«Da bring ich den Hausknecht.» Froska trat in die Küche, der Hausknecht verharrte an der Tür, streifte die Füße ab.

«Hierher, dalli, hierher!», schrie Senkowski aus dem Esszimmer. «Hierher mit dem Hausknecht.»

Wiktor sprang aus der Küche. «Gehn wir!»

Der Hausknecht nahm die Mütze ab, seine Stiefel polterten durch den Flur.

Senkowski schloss hinter dem Hausknecht die Tür.

«Also, pass auf, du bringst, und zwar bis spätestens in einer halben Stunde» – Senkowski deutete mit dem Finger zur Uhr – «eine normale Mütze her, eine Hose und so was wie einen Bauernkittel oder einen Mantel, passend für den Herrn Quartieraufseher. Kapiert?» Senkowski bewegte sich auf den Hausknecht zu. «Und sieh zu, Schweinehund, dass du – keinen Pieps zu irgendwem! Sonst blüht dir was!» Senkowski reckte plötzlich das Gesicht vor, und der Hausknecht prallte zurück. «Zieh dir bei lebendigem Leib die Haut ab! Raus!»

Der Hausknecht zog sich seitwärts zur geschlossenen Tür zurück.

«Schlafmütze!», kreischte Senkowski, packte sein Haar, packte ihn am Nacken und rammte den Hausknecht mit dem Kopf gegen die Tür. «Mit dem Schädel voraus durch die Tür, mit dem Schädel!» Dann wandte er sich an Wawitsch. «Hör mal, treib was auf!» Er schwenkte die leere Karaffe durch die Luft.

«Froska!», rief Wawitsch und ging selbst hinaus, ging zur Küche, aber auf halbem Weg kehrte er um. «Gleich, gleich», brummelte Wiktor halblaut und wanderte im Zimmer auf und ab. «Nein, sag, im Ernst – ist das ein Befehl?» Wiktor blieb einen Moment vor Senkowski stehen.

«Wie hättest du es denn gern, Dummkopf? Schriftlich? Mit Siegel? Ja? Mit Wappen? Drei Unterschriften?» Senkowski malte mit dem Finger Kringel in die Luft. «Beglaubigte Abschrift vom Original? Esel! Ein Esel bist du … Was ist, kommt bald was?» Senkowski pochte mit dem Glas auf den Tisch. «Weißt du, heute Nacht» – Senkowski verfiel in heiseres Flüstern, zog eine Braue hoch, runzelte schief die Stirn – «hat General Miller gesagt, dass das Herz eines jeden Russen nicht anders kann, als sich zu empören … ja, es kann nicht anders … bluten muss ihm das Herz, wenn die Juden unseres Vaterlands die Rechte des russischen Monarchen mit Füßen treten, und wer da nur zuschaut, also, wer einfach die Hände in den Schoß, der, also, der ist ein Rabenaas, und alle treuen Söhne der Heimat müssen wie ein Mann … damit Empörung und damit den Juden und allen Dreckskerlen … Die Juden, sagt er, tun sich zusammen, und ihr, sagt er, müsst die Reihen schließen, ein Bollwerk … und dann los! dass die Fetzen fliegen!» Senkowski sprach so laut, dass es durch die Wohnung schallte. «Mit Tinte auf das Porträt! Na? Wie?»

«Auf den Zaren?»

«Aber ja! Wusste er nicht, so was! Irgend so ein Saujud, platsch, mit dem Tintenfass! Und wir können denen nicht die Fresse polieren? Und wie wir das können, ha! Ha, jüdische Täubchen, werdet auf die Toten neidisch sein! Werdet lebendig ins Grab kriechen, Miststücker, ihr!»

Froska warf einen ängstlichen Seitenblick auf Senkowski und stellte vorsichtig eine frische Karaffe Wodka auf den Tisch.

«Glaub bloß nicht», sagte Senkowski bereits schläfrig und goss sich mit schwerer Hand ins Glas, «glaub bloß nicht, wir wären nur zu zweit. Sind schon welche dort. Alles vorbereitet. Die Kriminellen wurden doch rausgelassen? Eben! Hab auch noch anderen Leutchen einen Wink gegeben. Bei uns klappt das» – Senkowski hieb mit betrunkener Hand quer über den Tisch – «ja prima! Hör mal!» Plötzlich schüttelte Senkowski die Schläfrigkeit ab. «Schaff was zu futtern bei! Um sieben müssen wir dort sein! Nö, mein Bester, das sind keine Kinkerlitzchen! Nö, nö!» Er wiegte den Kopf, die Augen zugekniffen. «Na? Was zu futtern, los!» Senkowski sprang auf. «Oder schick ins Wirtshaus, soll deine Zappeltante doch was holen!»

‹Wenn er nur einschlafen würde›, dachte Wiktor, ‹sich betrinken und einschlafen würde.›

Doch Senkowski haute mit der Hand auf den Tisch.

«Los, was zu futtern! Schick ins Wirtshaus!»

Wiktor drückte auf den Klingelknopf.

«Schlupf rein, schlupf rein!» Senkowski zerrte Wiktor am Kragen. «Ja, ja, so! Und den Kragen, halt, schlag den Kragen hoch!»

Wiktor schauderte, er ruckte mit den Ellbogen in dem kurzen schwarzen Mantel. Nach Zwiebeln und nach etwas Saurem roch es vom Revers, und Wiktor schüttelte den Kopf.

«Hach!» Senkowski ging in die Hocke, umfasste seine Knie. «Dass dich der Teufel durch und durch!» Senkowski wieherte, wackelte mit dem Kopf. «Geh, zeig dich deiner Frau – ein Vorreiter! Wirklich wahr, ein Vorreiter! Na, der Pferdeknecht, der mit der Herrin was hat, puh, dass dich doch der …» Und Senkowski stülpte Wiktor die Schirmmütze bis über beide Ohren. Er streckte den Kopf hinaus in den Flur und schrie unter Gelächter, Gewieher: «Mamascha! Weiden Sie sich am Anblick Ihres Gatten. Wirklich wahr, hat was mit einer fremden Dame!»

Wiktor zog Senkowski zurück.

«Lass doch … begreif ich nicht … ist in anderen Umständen, und du, Bruder …»

«Stimmt, Umstände macht sie gern! Ah, versinkt doch alle im Sumpf … Hier, den Revolver. Nimm, Dummkopf! Wer weiß, was dort alles …»

Wiktor riss die Schirmmütze herunter, warf sie auf den Tisch. Schaute zum Fenster, zum Vorhang.

«Was ist?» Senkowski drehte ihn an der Schulter um. «Kommst mit?» Die Unterlippe vorgeschoben, kniff er ärgerlich die Augen zusammen. «Nein? Soll ich das so melden, ja? Dass du zu den Juden hältst? Und sie gern dem Zaren in die Fresse spucken dürfen?»

Wiktor warf Senkowski einen bösen Seitenblick zu.

«Also, deine Königin kann mich – na ja, Gott befohlen, aber

bist du im Dienst, dann … Häng den Revolver an einen Bindfaden und um den Hals, damit ihn dir keiner entreißt. Na, fertig?»

Senkowski stieß die Tür zum Vorzimmer auf. Grunja stand im Flur und schaute, den Mund halb offen. Wiktor machte einen Schritt aus dem Zimmer.

«Wiktor! Geh nicht! Untersteh dich!», rief Grunja.

«Dienst ist Dienst!» Senkowski wiegte schulmeisterlich den Kopf. «Der Befehl: in Zivil!»

«Witja!» Grunja tat einen Schritt und streckte den einen Arm aus.

«Wir machen bloß einen Spaziergang und schauen mal.» Senkowski schubste Wiktor vorwärts. «Sind bald zurück.»

Wiktor ging schweigend. Ruckte mit den Schulterblättern.

«Soso, der Wanst ist also aufgepumpt?» Senkowski packte auf Wiktors Rücken den Mantel mit der Faust und rieb am Rückgrat lang. «Soll ich dich kratzen?»

Es war dunkel, die Straßenlaternen brannten nicht. Hier und da vor Toreinfahrten das dumpfe Stimmengesumm dunkler Menschenhaufen.

«Ein Posten!» Senkowski stieß Wiktor am Ellbogen, deutete auf einen Studenten mitten auf der Straße. «Putzen wir den weg?» Senkowski blickte sich um. «Oder ist es noch zu früh?»

Wiktor drehte schweigend den Kopf.

Sie kamen durch leere Straßen, in Fenstern war Licht, warmes, gemütliches Licht, und irgendwo hinter einem Fenster sangen Leute im Chor. Wiktor wandte den Kopf dem Licht zu, dem Lied, strich sanft mit den Augen über das Fenster.

«Die singen gleich anders!» Senkowski bohrte Wiktor schmerzhaft den Daumen unter die Rippen. «Hach, hat schon angefangen, schon angefangen!», flüsterte Senkowski plötzlich atemlos. «Verdammt, hab mich mit dir abgeplagt, dabei, Teufel, dass doch alle …

platt wie ein Brett!» Und Senkowski eilte im Laufschritt die Straße hinab. Wiktor blickte auf: Sie waren in eine Straße gebogen, an deren Ende ein roter Feuerschein zuckte, als wollte er sich losreißen, als riefe er um Hilfe. Wiktor atmete ein, wie wenn er ein großes Stück Luft abbisse, und stürzte Senkowski nach.

«Meine Herren! Meine Herren!» Mit so einer verzweifelten Weiberstimme schrie ein langer Lulatsch, eine Bohnenstange. «Meine Herren! Wollen Sie dorthin? Da werden Juden verprügelt! Ich komme auch zu Hilfe.» Der Lange rannte mit ausgreifenden Schritten hinterher. «Meine Herren!»

Eine bekannte Stimme. Wawitsch erinnerte sich nicht, woher. Eine widerliche Stimme.

Wiktor erkannte Baschkin nicht.

Senkowski blieb plötzlich stehen.

Baschkin erreichte sie, außer Puste.

«Meine Herren! Beeilen wir uns! Vielleicht, dass wir …»

«So was! Anderthalb Juden!» Und Senkowski schlug Baschkin mit Schwung aufs Ohr.

Baschkin griff sich an den Kopf, fiel gegen Wawitsch.

«Du bist dran!», rief Senkowski, und Wawitsch lenkte allen Ärger in die Hand und verpasste Baschkin einen Hieb in die Flanke. Baschkin sackte zu Boden und fiel längelang hin, die Arme ausgebreitet.

«So!», sagte Senkowski. «Der erste Streich! Los!» Er zog Wiktor am Ärmel. Zerrte ihn weiter. «Hopp, hopp! Schau. Ha! Es hat angefangen …»

Schon war die Flamme buschig aufgelodert, roter Widerschein huschte durch die schwarze Straße. Senkowski verharrte einen Moment, und da grollte dumpf tosend eine Explosion, gefolgt vom fernen Kreischen einer Menschenmenge.

«Hopp!», schrie Senkowski und rannte die Straße hinab.

Sie rannten über einen leeren Platz, schon flackten hinter den Fenstern verschreckte Lichter und schlugen Torpforten zu, überall hörte man Füße tappen, Menschen an den Häusern entlanglaufen.

«Jetzt rennen sie ... die Kakerlaken!», schrie Senkowski mit erstickender Stimme.

Er keuchte bergan, und Wiktor hörte durch das gellende Geschrei, wie in den Höfen jenseits der niederen Zäune Stimmen schwirrten, und über dem Stimmengeschwirr Frauenschreie – wie Feuerzungen.

«Ha, jetzt fängt das Saupack zu wuseln an.» Senkowski sog Luft mit Speichel ein, und plötzlich ...

Bäng! An einem Fenster vor ihnen klirrten die Scheiben, das traf wie ein Signal ins Herz. Zur Hölle! Alle Bedachtsamkeit fiel ab. Schlagt zu! Und Wiktor ballte die Faust. Dort rennen sie, rennen mit einer Fackel, Teufel auch, einem Möbelbein, und obendran brennt eine Bastmatte.

«Schlagt die Juden! Dass ihre Mutter ins Herz!» Dort mit der Brechstange, aus vollem Schwung, hach, was für ein Mordskerl sie gegen die Fenster wuchtet. Das Aushängeschild: «Kolonialwaren».

Da bohrt sich ein ingrimmiger Ton in die Luft, blindwütig, ein spitzer Pfahl, und für einen Augenblick wird es still, plötzlich platzt ein Brüllen und Tosen los, es krachen, splittern Türen. Wiktor sieht, wie drei eine Tür aushebeln, ein Wasserrohr als Brecheisen, er rennt hin, das Brüllen dringt ihm in die Brust, Wiktor reißt am Brecheisen – hierher, hierher! und setzt es an der Türangel an. Nur zu, nur zu! Rotes Licht zuckt, verwischt die Schatten, es riecht ätzend nach Petroleum – hach, nur fest, nur fest!

Uuh! – geborsten! Die Tür spingt auf, hängt schief über der Vortreppe.

«Reiß raus!», brüllt Wiktor. Er zieht an der Tür, schont die Hände nicht, und plötzlich stürzt eine Frau aus der Tür, eine Alte, steht oben auf den Stufen, zerzaust, abgerissen, die Augen vorquellend, hat die Arme erhoben, hochgereckt, als stürzte sie sich in einen Abgrund, den Mund offen, schreit wohl und wackelt mit dem Kopf hin und her.

«Nei-ein!», hört Wiktor, während er die Tür hält, er schaut, wie ein Lichtschein furchtbar über das Gesicht der Alten wischt, plötzlich kreischt eine Stimme: «Schlag zu!», von hinten ein Schwung des Brecheisens, und als wäre sie aus Papier, flappt die Alte mit dem Gesicht auf die Stufen.

«Schlagt sie! Ha!» Schon fliegt aus den Fenstern etwas an Wiktor vorbei, Wiktor stößt mit dem Fuß an irgendwelche Büchsen, und dort in der Tür ein Gereiße, Gedränge, Gestampfe, scheppernd fliegt etwas aus den Fenstern. Plötzlich ein Heulen, ein und derselbe Ton. Und dort schreien sie nach oben:

«Los, hierher! Wirf alles auf einmal!»

Wiktor blickt hoch – eine Fackel huscht übers Dach, es jagen Schatten.

«Ihnen nach! Ihnen nach! Haltet sie!», blafft Wiktor aus voller Kehle. «Oh, haltet sie, haltet sie!»

Wiktor stürzt in den Hof.

«Uuh!», stöhnt die Menge.

Wiktor begreift: Sie haben einen. Im Finstern stößt er gegen Blech, im Laufschritt hinters Haus – wo geht's hier auf den Speicher, aufs Dach?

Auf der Straße plötzlich ein Schrei, schwillt an, schraubt sich hoch wie Gelächter.

Wiktor stürzt zurück, zum Hoftor, und den Kopf im Nacken, blickt er hoch zum Dach. Einen Körper halten sie dort an den Beinen, an den Armen, schwenken ihn am Dachrand, untendran baumeln Rockschöße.

Von unten Gekreische:

«I-i-i! Der strampelt, strampelt mit den Beinen. Und wie der zappelt! Haltet ihn!»

«Runter, runter!», schreit es vor dem Tor draußen. Hach, ein Schwung, ein Wurf in die Luft und im Flug hinab. Einen Moment verstummte die Menge.

«Oj! Tatele!» Von hinten der durchdringende Schrei einer Frau. Wiktor fuhr zusammen, ihm stockte der Atem von diesem Schrei, an ihm vorbei wischte sie zum Tor hinaus, stieß Wiktor im Vorbeihetzen.

«Aj! Aj! Aj!» Und mit der Stimme brach die Seele aus dem Leib.

In Geheul explodierte die Menge, und das Geheul überdeckte alles.

Wiktor sprang zum Tor hinaus. Roter Schein schlug herüber von der anderen Seite, gegenüber loderte das Dach, das Feuer warf sich im Wind hin und her, Flammenzungen lohten.

«Oj, lasst mich, oj, wo ist der Papa! Lasst mich!» Eine Stimme gellte durch all das Gebrüll. Dort, ein Menschenhaufen, Gewimmel. Wawitsch bewegte sich auf den Schrei zu, plötzlich an ihm vorbei, wie der Blitz, Senkowski, auf dem Kopf die platte Kappe, er warf ihn fast um, bohrte sich in den Menschenhaufen. Wiktor wurde abgedrängt unter ein Fenster, eine schwere Kiste stieß gegen seine Schulter, die wurde aus dem Fenster geschmissen, brach auseinander.

«Die Hakennägel! Her damit! Dass sie doch alle!» Wiktor konnte gerade noch zur Seite springen – ein schwerer Sack wurde aus dem Fenster gestürzt.

«Los, los!», schrie es vom Tor, und nur das Übelkeit erregende weibliche Gewimmer hing nach wie vor in der Luft, ließ nicht nach. Und wieder Senkowski. Stieß behänd wen aus dem Weg, griff sich was vom Boden.

«Halt, halt!», brüllte er zum Tor. Völlig außer Puste, drängte sich Wiktor dorthin, wo das Mädchen schrie.

«Oj, die Schwester, oj, nicht töten, nicht doch, oj, nicht doch! Ist doch krank!»

Auf einmal ein Winseln, wie ein dünnes Messer drang die Stimme in den Lärm.

Wiktor war schon ganz nah, warf sich voran, konnte nicht durchs Gewühl brechen, sah nicht, was sie machten, hörte nur ein Klopfen. Das Hoftor ächzte.

«Her mit dem Hakennagel. Her damit, dass doch … platt wie ein Brett!» Schlagartig ein Gebrüll, wie ein Hieb platzten die Stimmen, und schneller das Klopfen, gehetzter.

«Her mit dem Nagel! Zieh sie auseinander, Beine breit!», hörte Wiktor.

Eine Stimme winselte.

«Ha! U-uch!», brüllte es über Wiktor von der Treppe, rote Gesichter blickten über die Köpfe dorthin, zum Tor. Glotzten, drängten sich gegenseitig ab. Einer fiel runter.

«Was ist? Was?» Wiktor zerrte an ihm, zog ihn am Kragen, schrie ihm ins Ohr: «Was ist?»

«Eine Judenschlampe! Haben sie! Ans Tor genagelt! Hach, die wird gezwiebelt!»

Plötzlich mit Blechstimme ein Horn, über den Köpfen ertönte ein Alarmsignal. Wawitsch fuhr auf, der andere zog den Kopf zwischen die Schultern.

«Puh! Das ist die Feuerwehr!»

Dort standen welche, es rauchten die Fackeln. Ließen die Feuerwehr nicht durch, sie konnte nicht weiter. Und mit Donnern und Krachen stürzte gegenüber das Dach ein, die Flamme duckte sich, mit heißem Hauch wehten Funken, und erneut schwang sich die Flamme zum Himmel.

«Hurra-a!», kreischte die Menge.

«Judenschweine, dass sie doch bis aufs Blut, schlagt sie, schlagt sie!», grölte über Wiktors Ohr eine betrunkene Stimme. «Schlagt sie, schlagt!»

Wiktor stürmte vorwärts. Ein Bürschchen drückte sich an der Hauswand entlang, hielt zwei Küchenlampen hoch überm Kopf, plötzlich ging ein Ruck durch die Menge, sie wogte her. Wiktor hörte durch das Geschrei ein trockenes Pochen, das Geschrei legte sich einen Moment, und deutlich krachten zwei Schüsse – ernst und streng knallten die Schüsse.

«Die Juden schießen! A-a-ah!» Hohes Geheul wehte wie ein Wind über die Menge.

«Wo, wo?», schrie Wiktor und stürmte an der Hauswand entlang vorwärts, neben ihm rannten sie, stolperten, schon war vor ihm frei, dort blitzte ein Feuerchen und – batz! – und noch und noch, von der anderen Seite.

Wiktor holte den Nagant vor, presste ihn fest in die Hand. Wieder ein Feuerchen geradeaus, und Wiktor drückte den Abzug – er drückte nicht, er riss daran mit heißer Hand.

«Ah, dass euch bis in den Tod …», flüsterte Wiktor.

Plötzlich ein Schuss von hinten. Wiktor blickte sich um. Das Feuer loderte. Hinter ihm jemand im Laufschritt.

«Hinter die Treppe! Dummkopf!» Die Stimme halb erstickt. «Dort rennen noch welche.» Senkowski und Wiktor schossen zweimal nach vorn in die Dunkelheit. Und es pochte ein Schuss nach dem andern, von der Treppe spritzten Splitter.

«Ha, Judenschweine!» Wiktor knirschte mit den Zähnen. Er stand aufgerichtet und schoss und lud blind nach.

«Zurück, Tölpel, zurück!» Senkowski zog ihn am Rücken. Andere noch drängten sich in einem Häuflein hinter ihm. «Zurück!» Mit einem Ruck am Ärmel drehte Senkowski Wiktor um.

Batz! batz-batz! Feuerchen sprühten aus der Dunkelheit.

«Herr Quartieraufseher! Nach links in die Gasse!»

Wiktor sträubte sich, aber jetzt zog ihn schon ein Zweiter am Ellbogen, und Senkowski atmete ihm mit seiner Fahne ins Gesicht – hopp!

Wiktor stolperte über Gerümpel, über Kisten, und mit einem Mal blickte er zur Seite – jenes Hoftor, und Arme und Beine ausgebreitet, so hing sie, wie durch ein Wunder, wie angeklebt, und er sah: Aus der Hand ragte, als schwarzer Pflock, ein Hakennagel.

«Hopp! Los, los!» Und Senkowski zog Wiktor weiter.

SEI VERFLUCHT!

Tanja wanderte über das Parkett, vom Flügel zur Tür, vorbei am Trumeau und wieder zurück. Aus der Tür des Esszimmers fiel Licht, und nur sie allein war im Spiegel zu sehen, wenn sie vorüberging. Und Tanja ging vorüber und schielte zum Trumeau, und die Farbe, jene einzige Farbe umrahmte ihren Hals und warf einen Widerschein auf die Wangen – ein wenig grauslich, wie von ungekanntem Feuer.

«Dann eben nicht!», flüsterte Tanja und glitt mit langen Schritten übers Parkett und blieb plötzlich stehen, trat dicht vor den Trumeau, schob ihr Gesicht nah an den Spiegel und blickte sich mit bösen, zornigen Augen selbst in die Augen – als hätten sich die Augen ineinander verkeilt und könnten sich nicht losreißen.

«Dann eben nicht!», sagte Tanja laut und wandte sich ab. «Omama!», rief Tanja und trat ins Esszimmer. «Omama! Nun hol Sie doch der Teufel – Omama!»

Geschlurfe, im Laufschritt. «Was ist? Ist was runtergefallen?»

«Tee, hab ich gesagt, aber niemand serviert ihn.»

«Da steht doch der Tee, du lieber Himmel, wozu das Geschrei … Puh, Mord und Totschlag, denk ich. Da ist der Tee doch. Aber erst blind schreien …»

«Na, dann setzen Sie sich, trinken Sie. Setzen Sie sich, sag ich, hierher, und zwar sofort! Na? Ich schenke Ihnen ein.»

«Nicht doch, nicht so stark!» Die Alte wedelte mit der Hand.

«Und hier haben Sie Warenje. Auf den Unterteller! Unsinn, das verputzen Sie. Geb Ihnen den ganzen Unterteller voll. Hier! Wohin damit? In den Mund.» Tanja setzte sich, der Stuhl quietschte.

«Wohin denn mit so viel?» Die Alte wiegte den Kopf, ihre Lippen lächelten dem Warenje zu.

«Omama!» Tanja schrie, als hätte sie jemand Taubes vor sich. Die Alte schaute, die trockene Stirn legte sich in winzige Falten. «Omama! Was, wenn Ihr Ehemann oder Ihr Bräutigam Ihnen zur Hochzeit eine Zeitung gebracht hätte? Als Geschenk?»

«Wieso denn eine Zeitung?»

«Essen Sie Warenje!», schrie Tanja. «Eine Zeitung, sag ich! Mit den allerinteressantesten Neuigkeiten! Dass der Zar ermordet wurde.»

Die Alte wackelte mit dem Kopf, schlug den Blick zur Tasse nieder.

«Oder egal, mit Bildchen. Soo eine Zeitung!» Tanja umschrieb mit den Armen einen Kreis, hinter ihr schwang der Schatten die schwarzen Flügel, und die Alte zuckte zusammen. «Zur Hochzeit! Hm?» Tanja stand auf und blickte mit aller Macht die Alte an. «Wie?»

«Begreif ich nicht … Eine Zeitung? Wozu denn eine Zeitung?»

«Was brauch ich die!», rief Tanja. «In die Visage gehört sie ihm geschmissen, die Zeitung!» Tanja fegte mit der Hand die Luft weg. «Zeitungsjunge! Mit dem Herzen muss man, nicht mit …» Tanja stieß den Stuhl zurück, mit Donnern und Poltern, und ging ins

Wohnzimmer. Setzte sich mit Schwung aufs Sofa. Warf einen Blick in den Trumeau. Der Tisch im Esszimmer war zu sehen, die Alte löffelte lautlos Warenje. Tanja blickte in die Ecke, ins Dunkle.

«Oh, da klopft es, scheint's, am Hintereingang!» Tanja sah im Spiegel, wie die Alte aufsprang.

‹Es klopft, es klopft, tatsächlich, es klopft.› Tanja stand auf und begab sich in die Küche.

Die Alte schloss schon auf. Der Hausknecht trat über die Schwelle und blieb stehen, hielt hinter sich die Tür.

«Was haben Sie da zu flüstern?» Auf harten Absätzen klapperte Tanja durch den Flur. «Was ist los?»

«Er sagt», flüsterte die Alte und neigte sich im Takt, «dass wir, sagt er, morgen, sagt er, Ikonen ins Fenster stellen» – die Alte hielt die Handflächen hoch –, «dass sie wissen, sagt er, dass hier rechtgläubige Menschen wohnen» – der Hausknecht blickte auf den Scheitel der Alten, lächelte, nickte –, «dass sie, sagt er …»

«Ganz recht.» Die Stimme des Hausknechts, Verständnis heischend. «Falls wer einen Stein. Ist schnell passiert.»

«Wozu, wozu?» Tanja machte einen Schritt zum Hausknecht. Aber der schob bereits den Rücken zur Tür hinaus, lächelte – tja, ist nun mal so! – und schloss die Tür. Tanja stürzte hin, griff zur Klinke.

«Psst!» Die Alte hielt die Tür fest. «Er sagt, Fräulein, er sagt» – die Alte flüsterte kaum hörbar –, «dass sie einen Streik machen morgen … die Russen nämlich … dass sie, sagt er, alle regelrecht einen Aufruhr machen.»

«Weshalb Ikonen?», rief Tanja.

«Die Ikonen …» – aber nun war überhaupt nichts mehr zu verstehen, denn es schepperte, bebte die elektrische Klingel in der Küche, jemand klingelte mehrfach, hastig an der Eingangstür. Tanja rannte, um aufzumachen, erregt flatterte in der Brust die Luft. Die Klingel schepperte, zuckte hinter ihr in nervösem Zittern. Tanja öffnete mit rascher Hand – eine Dame mit gehäkeltem Umschlagtuch lächelte gequält, beflissen.

«Verzeihen Sie, einen Augenblick, auf ein Wort.» Die Dame schaute sich im Vorzimmer um. «Ich wohne unten. Leibowitsch. Gehen wir einen Augenblick» – sie zog Tanja ins Wohnzimmer. «Hören Sie, ich flehe Sie an», flüsterte Leibowitsch, «Sie sind doch ein gebildeter Mensch.»

«Setzen Sie sich, setzen Sie sich doch!», sagte Tanja.

«Oj, meine Liebe, ich kann nicht. Wissen Sie» – die Stimme versagte plötzlich, wurde heiser, Leibowitsch schluckte trocken. «Geben Sie mir einen Schluck zu trinken», sagte Leibowitsch heiser, und Tanja sah im Halbdunkel, wie das Tuch auf dem Kopf bebte.

Tanja sprang ins Esszimmer, holte ihre noch unberührte Tasse, und in Leibowitschs Händen klapperte die Tasse heftig gegen die Zähne. Leibowitsch schluckte mit Mühe, stellte die Tasse auf den Flügel.

«Ich flehe Sie an», sprach sie mit frischer Stimme, «geben Sie uns für morgen, nur für morgen, ein paar Ikonen, Sie verstehen doch? Nur, um sie aufzustellen. Sie wissen, was in der Vorstadt los ist? Oj!» Leibowitsch verschränkte die Hände und schlug sich damit gegen die Stirn. «Ich weiß nicht, wenn es Gott gibt, wie kann er das mit anschauen, wenn der Mensch, der Mensch das nicht … der Mensch das nicht einmal sehen kann. Mein Gott, mein Gott!» Und Leibowitsch hob krampfhaft die zusammengepressten Hände. «Das sind Christen! Das sind Russen! Rechtgläubige morden! Morden alte Leute … den Frauen, den schwangeren …» Leibowitsch verhaspelte sich, sie setzte sich plötzlich auf einen Stuhl, umklammerte mit den Fingern den Kopf. Sprang wieder auf. «Sei verflucht, verflucht! Verflucht sei dieses Land!», schrie sie außer sich. «Pfui, pfui, pfui über dich!» Und sie spuckte aus, als wollte sie jemanden vor sich anspucken, ließ sich erneut auf den Stuhl fallen, umklammerte den

Kopf, wie wenn sie sich die Haare ausreißen wollte, und schlug, zusammengekrümmt, stärker und stärker mit dem Fuß auf den Boden.

«Hören Sie, hören Sie!» Tanja beugte sich über sie, rüttelte sie an der Schulter. «Wer ist das, wer?»

«Ah! Alle! Alle! Schurken!», schrie Leibowitsch.

«Das kann doch nicht sein! Hören Sie, ich sage Ihnen – das lässt man nicht zu!»

«Wann denn! Wann! Wer hätte das je nicht zugelassen! Leben lassen sie einen nicht!» Sie brach plötzlich ab und hob plötzlich ihr Gesicht zu Tanja und schaute Tanja aus großen, hervorquellenden Augen an. Sie machte den Mund auf, als hätte sie sich verschluckt. Tanja wartete – und da drang aus dem halb offenen Mund ein Heulen, als ob in ihr jemand zur Kehle hochgestiegen wäre und von innen schreien würde, laut, durch die ganze Wohnung, und immer auf ein und demselben wölfischen Ton.

«Wasser! Wasser!» Tanja rannte ein Glas holen, in der Hast hörte sie undeutlich, wie die Alte die Wohnungstür aufsperrte. «Baldrian, wo ist Baldrian?», sagte Tanja laut vor sich hin, griff nach dem Fläschchen im Schrank. Tanja rannte zurück, ein Mann stand schon vor Leibowitsch, mit der Küchenlampe in der Hand stand die Alte in der Wohnzimmertür, rümpfte missbilligend die Nase. Der Mann hielt offenbar mit der Hand Leibowitsch den Mund zu, dumpf heulte der eingesperrte Ton.

«Verzeihen Sie», sagte der Mann über die Schulter, «ich bin der Ehemann, ich habe es unten gehört. Fanetschka, sst, sst! Nicht doch. Jascha ist doch unten geblieben …»

Aber Leibowitsch warf den Kopf hin und her, und ihr Mann drückte den Kopf gegen die Stuhllehne.

«Sie soll das trinken.» Tanja hielt das Glas hin. Doch Leibowitsch stand auf.

«Was ist das, was ist das nur? Was nur?», sagte sie ein ums andere Mal, außer Atem, wackelte mit dem Kopf. «Oj, was ist das nur? Naum!»

Zerzaust stand sie da, blickte sich um.

«Scha!» Naum schwenkte ärgerlich die Hand. «Still!» Er wandte sich zu Tanja um, fasste sie am Ellbogen und ging rasch ins Esszimmer. «Verstehen Sie, ein Pogrom ist im Gang. Ja, ja, ein richtiges Pogrom. Ich bin Zahnarzt, wohne unten. Darum bitte ich Sie, wir wohnen im Erdgeschoss – Naum Mironowitsch Leibowitsch … ich habe Kinder. Jetzt gleich, jeden Augenblick», flüsterte Naum Mironowitsch Tanja zu, «und die schauen doch nicht, ob Kinder oder nicht Kinder …»

«Kommen Sie herauf, herauf zu mir, sofort. Schnell!»

Tanja hatte noch nicht ausgeredet, da schritt Naum Mironowitsch zur Tür. Blieb aber plötzlich stehen, kehrte um.

«Und die Alte? Ich meine, die Alte, ich sehe doch, wes Geistes Kind sie ist, sie geht und sagt es … dem Hausknecht, weiß ich doch … Man muss absperren, mit dem Schlüssel den anderen Eingang absperren.»

Tanja nickte, ging in die Küche, die Alte stand vom Hocker auf, blickte erregt auf Tanja, verärgert. Tanja ging zur Tür, drehte zweimal den Schlüssel herum und steckte ihn sich in den Ausschnitt.

«Omama! Zu mir ins Schlafzimmer!» Tanja reckte gebieterisch den Arm. «Und zwar sofort! Wenn Sie herauskommen, bring ich Sie um!»

Tanja ließ die Alte vorbei, den Arm immer noch ausgestreckt.

«Machen Sie die Tür nicht zu», flüsterte im Vorzimmer Naum Mironowitsch, «wir kommen einzeln und leise! Lei-se!» Er hob den Finger zum Ohr, und Tanja sah, wie der rötliche Schnurrbart über der Lippe zuckte und das Pincenez bebte und hüpfte.

Tanja schaute ins Wohnzimmer.

«Meine Frau ist schon gegangen.» Er trat vorsichtig ins finstere Treppenhaus, schritt vorsichtig, wie in Wasser watend.

Tanja streckte den Kopf zur Tür hinaus. Leibowitsch tastete nach den Stufen, und von unten hörte Tanja deutlich ein Flüstern:

«Jascha, Jascha, halt dich fest an mir, Jascha, halt dich fest, mein Junge. Dort ist es gut, wird gut sein dort. Gut, mein Goldkind.»

«Sss-sst!», zischte Naum Mironowitsch dünn. Und Tanja hörte, wie kleine Füßchen an den Steinstufen stolperten.

«52»

Sanka Tiktin stand Posten. In der Hauptstraße, gegenüber vom Stadtgarten. Gemessen wanderte er auf dem schwarzen Asphaltpflaster hin und her. Seitwärts lagen erstarrt die leeren Trottoirs, und der schwarze Asphalt rollte davon in die Finsternis. Sanka lauschte – Stille, Sterbensstille schien alle Laute aus den finsteren Straßen davongeweht zu haben, auch die gedämpften Straßenlaternen waren erstarrt. Sanka ging gegenüber vom hohen Hotel «Moskau» auf und ab – zwei Fenster waren noch erleuchtet im vierten Stock. Sanka blickte hoch: Nur noch ein Licht war übrig.

‹Na und, verlöschst du eben, hab ich vielleicht Angst? Spaziere sogar durch die Gasse, macht mir doch nichts!›

Sanka zog die Augenbrauen hoch und bog entschlossenen Schrittes in die Gasse, so schmal wie ein Spalt. Ging bis zur nächsten Ecke. Die Häuser steinern, wie unbewohnt, und einer grimmigen Lippe gleich, stand an der Ecke ein Balkon ab. Sanka kehrte auf dem Trottoir zurück. Am Hotel war das letzte Fenster erloschen, und die ganze finstere Fassade blickte aus schwarzen Fenstern aufwärts, über den Stadtgarten hinweg. Feiner Regen hatte unhörbar zu nieseln begonnen, nun nässte er im Flüsterton, verstohlen, den Asphalt.

Sanka sah auf die große Uhr, die auf einer Auskragung über dem Uhrengeschäft ragte – halb vier. Er las die blinkenden gläsernen Aushängeschilder, und die Wörter schauten stumpfsinnig, ohne zu locken, wie in der Fibel: Silber, Edelsteine … Sanka blickte um sich und spuckte gegen ein gläsernes Aushängeschild.

‹Pfui bah! So ein Hokuspokus, etepetete, tritt man mit Mütze nicht ein, ach ja. Aber auf die Straße hinaus tritt man mit Mütze, und mit Mütze schiebt man auch Posten.›

Sanka trat aufs Straßenpflaster und blieb mitten darauf stehen. Jemand kommt gefahren! Sanka hörte es in der Ferne auf dem Pflaster rasseln. Nun deutlicher, laut – Fuhrwerke, in der Gasse. Sanka ging ihnen entgegen. Die Lastenkutscher hielten an der Ecke. Jemand sprang ab und zog am Hoftor die Klingel. Sanka trat hinzu.

«Eh, seien Sie unbesorgt, Herr Student!» Eine jüdische Stimme. «Ich bin Verwalter. Kann Ihnen, wenn Sie mögen, ein Papier zeigen. Vom Juweliergeschäft. Da ist auch der Hausknecht, der kann es Ihnen sagen.»

Der Hausknecht hantierte schon mit dem Schlüssel.

«Ist das der Verwalter von Breschtschanski?» Sanka legte Festigkeit in die Stimme.

Der Hausknecht antwortete nicht, er ließ den Verwalter ein, ließ die Fuhrleute ein.

«Ich habe gefragt», rief Sanka, «ist da der Verwalter reingegangen?»

«Weiß doch, wen ich reinlasse», knurrte der Hausknecht und schlug die Pforte zu.

Sanka riss ungestüm am Klingelzug.

«Sag sofort, wen du reingelassen hast!», schrie Sanka. «Ich melde das sofort dem Komitee! Hol dich der Teufel!» Und Sanka riss wütend am Klingelzug.

«Pst! Pst! Machen Sie keinen Lärm!» Der Verwalter kam erneut auf die Straße gerannt. Sanka ließ die Klingel los. «Andrej, Andrej!», rief der Verwalter. Der Hausknecht kam widerwillig an. «Sagen Sie ihm, wer ich bin. Sagen Sie es! Was ist? Fällt Ihnen das schwer?»

«Ist doch gesagt worden: der Verwalter. Und er, wer ist er? Soll er doch mal sagen.»

«Pst! Pst!» Der Verwalter ging in die Knie, presste die Hände an die Ohren. Er fasste Sanka rasch am Ellbogen. «Hören Sie, alles ist möglich. Man hat mir gesagt, alles ist möglich. Kurzum, wir müssen von den Waren bisschen was ins Lager bringen. Bloß keinen Lärm, bloß kein Bohei machen darum.»

«Aber warum so heimlich?» Sanka blieb stehen, sie waren an der Ecke.

«Oj!», seufzte der Verwalter. Er nahm die Melone ab, wischte sich die Stirn. «Sie wissen also nichts, ich muss mich wundern. Und ich kann nicht sprechen. Kommen Sie, ich zeige Ihnen den Ausweis, und wirklich, ich habe keine Zeit, dort sind die Waren. Sie verstehen doch, was das für Waren sind? Ein Griff, rein in die Tasche, und was ist? Tausend Rubel sind weg!» Er zog Sanka zurück zum Tor.

Die Fuhrleute brachten bereits zugenagelte Kisten, stellten sie leise auf die Fuhrwerke. Weitere Leute mit Hut machten sich bei den Fuhren zu schaffen. Die Fuhrwerke rollten ohne Gerassel davon, im Schritttempo, unterm Tor stand der Hausknecht mit Laterne. Sanka schaute von der Ecke der Arbeit zu.

‹Weiß der Geier, und wenn es ein Einbruch ist? Soll ich fragen, nach dem Ausweis fragen? Unbedingt.›

Sanka steckte die Nase zum Hoftor hinein.

«Wohin?» Der Hausknecht packte Sanka am Ärmel. Sanka riss sich los.

«Lass mich!»

«Pst! Scha! Um Himmels willen!» Der Verwalter kam zu Sanka gerannt. «Was? Was sagen Sie? Den Ausweis?» Er fuhr mit der Hand in die Tasche. «Hier, hier!» Und er hielt den aufgeschlagenen Ausweis unter die Laterne. «Goldenberg.»

«Was, zum Teufel, strengt der sich an, ist doch kein Quartieraufseher, gehört selber auf die Wache ...»

«Pst!» Goldenberg fuchtelte mit den Armen.

Der Hausknecht schwenkte die Laterne an Sankas Stirn vorbei. «Zweiundfünfzig!» Er brummte: «Leichtgewicht!»

«Bloß keinen Lärm!», flüsterte der Verwalter und rannte durch den Hof, auf die erleuchtete Tür zu.

Es war schon fast hell, als die letzte Fuhre sich in Bewegung setzte. Sanka lehnte an der Wand, sah zu, wie der Hausknecht die Mütze lüftete, sich vor dem Verwalter verbeugte. Dann drehte er sich zu Sanka um, schaute aus zugekniffenen Augen und drohte schief mit dem dicken Schlüssel, als wäre es ein Stock. Plötzlich sprang Goldenberg von der Fuhre und kam angelaufen, im Laufen hielt er die Melone fest. Er fasste Sanka bei der Hand.

«Gute Nacht! Geht schlafen, sag ich! Geht schlafen, lieber Student. Um Himmels willen, geht sofort schlafen. Oj, ich sag's Euch, Ehrenwort.» Und er drehte um und hetzte davon, jagte der Fuhre nach.

Nun war es ganz hell, die Aushängeschilder waren erwacht, die Wörter begannen zu sprechen. Aus der großen Tür, dem Hotel «Moskau», trat der Portier. Schaute stirnrunzelnd zum Himmel hoch und richtete die Augen auf Sanka.

«Statt des Schutzmanns!», rief der Portier über die Straße und lächelte, während Sanka nickte – ja, ja, statt des Schutzmanns. Der

Portier trug einen Rock überm Nachthemd und ein Käppi mit Tressen; er ging auf Sanka zu, blieb am Rand des Trottoirs stehen, Sanka schritt ihm entgegen.

«Na, war es nachts ruhig?» Der Portier fröstelte in der Kälte, schob die Hände tiefer in die Taschen. «Ruhig also. Haben sich müd geprügelt den Tag über. Geh, wärm dich auf.» Der Portier deutete auf die Tür. «Oder wartest du auf die Kontrolle? Nun, dann komm später.» Und der Portier sprang zurück zur Tür.

Sanka schritt munter über den nassen Asphalt, patschte mitten durch die Pfützen. Da hastet einer mit Pincenez den Gehsteig lang, hat es eilig, dreht und wendet im Gehen den Hals. Dort ein Junge, rennt beinahe. Sanka schaute ihm nach. Der Junge blickt sich um – kleiner Judenjunge, ruft Sanka etwas zu, den Kopf zurückgedreht. Nicht zu verstehen. Sanka lächelte aufmunternd, nickte. Schwenkte die Hand – lauf weiter, lauf weiter, Junge! Der Junge rannte, ruderte mit den Ellbogen. Ein Fuhrwerk überquerte donnernd die Straße, der Fuhrmann peitschte auf das Pferd ein, die zottigen Beine trappelten rascher. Es war acht Uhr, Sanka wartete auf die Ablösung. Da kommen welche gelaufen. Auf dem Trottoir. Fünf an der Zahl. Hierher gelaufen, hierher. Sanka blieb stehen, schaute ihnen entgegen. Sie schwenken die Arme und schreien etwas mit atemloser Stimme. Biegen um die Ecke, schreien Sanka etwas zu und schwenken und schwenken die Arme. Plötzlich in der Tiefe der Straße Fahnen, eine Menschenmenge versperrt die Straße in gleichmäßiger Front, sie kommen und kommen, alles einfaches Volk anscheinend. Sie kommen schnell, in breiter Formation, schon sind Stimmen zu hören, Schreie. Sanka steht mitten auf der Straße, kann die Augen nicht abwenden, blickt auf die Menge. Vornedran einer mit Bart, schwingt im Gehen den Stock, und alle, alle haben sie Knüppel dabei.

«Was ist das? Was ist das?» Jemand stürzt zur Seite, rennt

schräg rüber, davor etwas Kleines, wie eine Maus – ein Junge, ein Junge!

Ein Ächzen, ein Schrei in der Menge – der holt ihn ein, holt ihn ein! Sanka stürzte vorwärts, blickte auf den Jungen, sah gefletschte Zähne, durch die Luft fuhr ein Knüppel, und an Sanka vorbei sauste der Junge mit einem roten Strom aus dem Kopf, und hinter ihm ein roter Streifen auf dem schwarzen Asphalt.

«Schlagt zu! Schlagt den Studenten!» Sogleich scherten viele aus, Sanka blickte in Augen – alles, zu allem sind die fähig, lebhafte Freude vor dem Schlag.

Sanka hielt im Laufen inne, einer hatte ihn schon erreicht, rannte im Gleichschritt und holte hinterm Rücken mit dem Eisenstab aus, seine Augen sogen Sanka in sich hinein, einen Moment noch, er beugte sich zurück, weit hat er ausgeholt – ein schwerer Stab, von einem Fensterladen. Und hinter ihm andere. Plötzlich schwang Sankas Bein von allein hoch, trat dem mit dem Stab in den Bauch. Sanka spürte die Wucht des Schlags nicht, es schleuderte ihn herum und trieb ihn weiter, als ob nicht die Beine, sondern er selbst getrieben würde vom Wind, vom Geist, es pfiff ihm in den Ohren, und dahinter kreischte die Angst.

«Schlagt zu! Schlagt die Juden!»

Sanka sah vor sich nur den Portier an der Tür, der schien ihn herzuwinken, ins «Moskau» – er raste hinein, es trieb ihn durch die Tür, er merkte gar nicht, wie es ihn bis in den zweiten Stock hinauf trieb. Er hörte, wie die Angst an der Tür polterte, jemand rannte die Treppe hoch, in den Korridoren schlugen verschreckte Türen. Ein Offizier rannte den Korridor entlang, machte die Knöpfe zu.

«Dort rein! Dort rein!» Er winkte Sanka ans Ende des Korridors, und Sanka sauste durch den Korridor, da, eine offene Tür, eine Frau, eine Dame unter der Tür, tritt beiseite, lässt ihn vorbei.

«Hierher!», hört Sanka wie von weitem. Er setzt sich aufs Sofa, blickt auf die Dame und auf alles ringsum und reibt sich die Hände, und als ob die Dame ihn schon hundert Jahre anschaute, ihn betrachtete, die Brauen zusammengepresst. Sie sagt etwas. Unverständlich. Unhörbar.

«Den Mantel, werfen Sie den Mantel ab! Geben Sie die Mütze her!» Sie nahm ihm die Mütze ab, Sanka riss sich den Mantel herunter, als wäre es das erste Mal im Leben, er pellte die Ärmel von den Armen wie einen angewachsenen Balg.

«Gut, dass Sie Zivilkleidung tragen.»

Sanka drehte den Kopf, sah sich überall um, die Augen wollten einfach nicht stillhalten.

Die Dame hängte seinen Mantel in den Schrank.

«Mein Mann ist Pionier, Oberstleutnant, niemand wird es wagen! Setzen Sie sich! Setzen Sie sich doch!» Und sie drückte Sanka an der Schulter auf den Stuhl.

Von der Straße schlug plötzlich ein Schrei gegen das Fenster. Die Dame drehte hurtig am Türgriff, riss die Balkontür auf, und ins Zimmer krachten Pfiffe und Geheul.

«Sie sind vorbei! Sind vorbei!», rief die Dame Sanka zu und schwenkte die Hand.

«Puh! Ich kann nicht!», schrie Sanka plötzlich. Wie er war, ohne Mütze, stürzte er zum Zimmer hinaus.

Er rannte die Treppe hinunter – übers Geländer gebeugt, sagte laut der Pionieroberstleutnant, noch keuchend:

«... und lass auch niemand hinaus! Sperr die Tür überhaupt nicht auf! Kapiert?»

Er hob den Kopf, erblickte Sanka, ruckte mit den Augenbrauen.

«Gib lieber den Schlüssel her! Gib mir den Schlüssel! Gib her!»

Der Portier kam die Treppe hoch, lüpfte dabei vorne die Schöße der Livree.

Abgesperrt! Freude zog insgeheim unter der Brust durch, und Sanka stieg ohne Hast die letzten Stufen in den Stimmenlärm des Vestibüls hinab, die Leute redeten rasch, gedämpft, alle gleichzeitig, sie trugen Röcke über Nachthemden. Ein Dicker im Bademantel, mit Schauspielergesicht, schüttelte die grauen Backen und sagte: «Ein Pogrom, ein Pogrom, wie in Kischinjow ein Pogrom, wie in Kischinjow …»

«Wo ist eigentlich die Polizei? Wo ist die Polizei?» Eine Dame zupfte Sanka am Arm, dabei hielt sie über der Brust den Morgenrock zu. «Sagen Sie, wo haben die eigentlich ihre Augen?»

Die Männer drängten gegen das Glas der Tür, geduckt, die Köpfe zwischen den Schultern.

«Nun drücken Sie doch nicht auf die Tür!» Der Portier kam zurück. Er schob die Menschen weg, stieß sie mit der Hand gegen die Brust, doch sie konnten die weit offenen Augen nicht losreißen, gingen rückwärts. «Braucht nur einer einen Stein zu schmeißen, und dann …» Auf ein Getrappel vor dem Fenster schaute der Portier sich um.

«Kosaken! Kosaken!», wurde von hinten geschrien.

Der Portier packte die innere Tür, Sanka half die Menschen wegbewegen und half die Tür zuschließen, wenn es auch nicht nötig war. Der Portier drehte den Schlüssel, er blickte auf Sanka, ruckte mit dem Kopf und sagte leise:

«Zweiundfünfzig?» Und ruckte wieder mit dem Kopf – komm mit.

Sanka ging hinter dem Portier her, üble Luft pulsierte ihm in der Brust, ihm war, als erstickte der Kopf und gehörten die Beine nicht ihm – fremde Sprungfedern. Der Portier nahm einen Schlüssel vom Schlüsselbrett, schritt zur Treppe. Sanka ging nebenher, und auf jeder Stufe schnellten die Beine ihn hoch. Der Portier öffnete ein Zimmer, ein leeres, kühles, und da war eine Tür, ein Eckbalkon.

«Alles zu sehen», sagte der Portier leise.

Sanka schaute, in Sicherheit, vom ersten Stock, der Portier stand neben ihm.

«Eine Bank schleppen sie aus dem Stadtgarten, du liebe Güte, ach herrje!»

Die Kosaken standen in Reih und Glied auf der anderen Seite beim Stadtgarten, der Kosakenoffizier saß auf einem unruhig tänzelnden Pferd, davor eine dichte Menschenmenge, und durch die Menschenmenge schwankte auf Armen eine Bank, eine schwere, graue – vier trugen sie zum Geschäft, zum Juweliergeschäft, zu Breschtschanski. Und von dem Geschrei dröhnten im Zimmer die Scheiben.

«Schau! Schau!» Der Portier hob sich auf Zehenspitzen. «So was! Drauf!»

«Wumm!» Das eiserne Rouleau am Schaufenster rumste. Sanka schaute zu, wie vier Leute mit der Bank ausholten und zustießen wie mit einem Rammbock, andere setzten am unteren Ende mit Brechstangen an, er sah, wie sie in Wut gerieten, die Gesichter rot wurden, wie mehr und mehr sich zum Schaufenster drängelten.

«Die schlagen es kaputt, Himmelherrgott, schlagen es kaputt», flüsterte der Portier, «Plünderer, wirklich wahr, Plünderer sind das … du lieber Gott, die schlagen es …»

Plötzlich krachte ein Stein auf die große Uhr über dem Trottoir, das Glas klirrte in Scherben herab, und die Leere mit dem Zeiger in der Uhr wirkte wie Trug. Ein Stock flog zur Uhr, ein Rohrstück, unter der Uhr stand niemand mehr, noch und noch flogen Steine hoch, und plötzlich knubbelte sich alles, strömte zum Schaufenster.

«Sag ich doch, die schlagen es kaputt!», schrie der Portier. «Herrje, steigen ein!»

‹Was hätte ich tun können? Was nur?› Sanka stampfte mit dem

Fuß, und der Fuß zuckte derart, dass es Sanka hochwarf. ‹Teufel nochmal!› Sanka wandte sich vom Fenster ab, tat einen Schritt und schwenkte erneut zum Fenster.

«Ich gehe, ich gehe», sagte Sanka laut. «Gibt es einen Ausgang? Gibt es das?» Er zog den Portier an der Schulter.

Der Portier blickte ihn an.

«Wieso?»

«Einen Ausgang! Na, einen Hinterausgang, gibt es das? Gibt es doch sicher? Ich kann so nicht, verstehst du!»

«Wieso denn, um rauszugehen?» Der Portier plinkerte. «Um wohin rauszugehen?»

«Komm!» Sanka fasste den Portier am Ellbogen.

«Aber wieso denn? Nicht doch!»

Sie traten ins Treppenhaus, von unten stieg dichtes Stimmengewirr auf, ein Schrei, und eine Frau schluchzte mit piksendem Schluckauf: «A-ip! A-ip!»

Sanka stürmte zwischen den Menschen hindurch dem Portier hinterdrein, durch Wörter und Schreie, an diesen weiblichen Jammerlauten vorbei.

«Hier, unweit von hier, paar Schritte, auf dem Runden Markt, schlagen sie Menschen tot!» Ein kalkweißer Mann würgte die Wörter zwischen den Lippen vor. «Kommen Sie!» Er wies mit dem Kopf nach oben. «Aus meinem Zimmer sieht man es.» Von oben floss Kälte in Sanka, doch er stürmte dem Portier nach.

«Aber geh nicht so!» In einem engen Korridor zog der Portier mit dem Finger am gestärkten Kragen, und Sanka riss den Kragen herunter, band die Krawatte ab. Er blieb stehen, riss auch noch die Manschetten ab.

«Warte! Eine Schirmmütze, jetzt noch eine Schirmmütze! Warte hier!» Der Portier eilte im Laufschritt zurück. Sanka spürte, wie seine Hände bald schwach wurden, bald das Leinen wie Papier durchrissen; schon setzte der Portier Sanka eine Schirmmütze auf den Kopf.

«Schlag den Hemdkragen hoch – so! Gut!» Der Portier sperrte eine kleine Tür auf, eine Stufe führte hoch, da war ein Höfchen, und jenseits eines Zauns ein hohes Haus in einer Gasse, im Hof Leute, und dort oben ein Balkon, es wimmelte von Menschen auf dem Balkon oben im dritten Stock. Sanka ging zum Hoftor, und all die Leute wandten sich ihm zu, starrten ihn an. Auch der Hausknecht, ein Hausknecht mit Nummernplättchen.

«Wer sind Sie?»

«Lass ihn raus, muss sein, Befehl von oben!» Das rief anscheinend der Portier. Sanka sah nur aufs Tor, wie ein Pfahl stand ihm die Luft in der Kehle. Der Hausknecht schob den Schlüssel ins Schloss und hielt Sanka mit dem Blick aufgespießt. «Lass ihn ruhig raus, einer von uns!»

DAS SIND SIE!

Das Tor öffnete sich einen Spalt, Sanka trat in die Gasse. Und im gleichen Augenblick knallte es vom Balkon gegenüber:

«Batz! Batz!» – Revolverschüsse. Sanka sah, wie ein Mann auf dem Balkon kauerte und durch das Gitter schoss, den Arm zur Seite gestreckt. Die Schüsse zielten dorthin, wo am Stadtgarten die Kosaken standen. Und die Menge strömte zurück, um die Ecke. Sanka machte ein paar Schritte an der Mauer entlang, und plötzlich donnerten und barsten hinter ihm Schüsse in die Gasse. Sanka presste sich gegen die Mauer, das Haus. Er sah aus dem Augenwinkel, wie die Kosaken auf ihren Pferden schossen, in die Gasse, nach oben auf die Fenster, die Straße entlang. Sanka sah das Hoftor gegenüber. Ein jüdischer Greis mit weißem Bart kratzte mit dürren weißen Fingern am Eisentor, scharrte krampfhaft an einer Ritze und wackelte nun mit dem Kopf und steckte den Finger ins Schlüsselloch, steckte ihn hinein und drehte ihn wie einen Schlüssel und schlug mit dem ganzen Leib gegen das Tor – hindurch, hindurch möchte er. Hufeisen klackerten, ein Kosake kam geritten, den Karabiner in der Hand, der erblickt ihn, gleich erblickt er ihn! Sanka drückte den Nacken gegen den Stein, blickte auf den Alten, der Alte war erstarrt, mit dem Gesicht zum Tor.

«Was stehst du da? Ein Jud, oder? He!» Das galt Sanka, der Kosak hob den Karabiner. «Schlag das Kreuz, wenn du kein Jud bist, … deine Mutter!»

Sanka schaute direkt in die Augen des Kosaken, sah vor sich, aus zehn Schritt Entfernung, die spöttischen grauen Augen:

«Ein Jud?»

Sanka bekreuzigte sich. Die Hand gewichtlos, als fächelte Sanka sich Luft zu. Der Kosak drehte auf der Stelle um, das Gesicht immer noch Sanka zugewandt, und trabte zurück. Sanka blickte zum Tor, kaum konnte er den unbeweglich schwarzen Fleck vor dem schwarzen Tor ausmachen.

Sanka schaute dem Kosaken nach. Die Menschenmenge war wieder zur Gassenmündung zurückgeflutet. Über der Menge ragte der Offizier, kerzengerade auf seinem Pferd. Da wurde etwas gebracht, dem Offizier hochgereicht. Sanka sah, wie ein großer Wecker blitzte. Der Offizier nahm ihn in die Hand, und plötzlich holte er aus und schleuderte den Wecker fort.

«Ho!» Ein Schrei rollte durch die Menge, alle schauten zum Offizier. Sanka löste sich von der Mauer, steckte die Hände in die Taschen und ging durch die Gasse davon. Sein Rücken fing alle Geräusche auf – wenigstens bis zur Ecke, bis zur Biegung!, dachte der Kopf, und die Augen wussten schon, welches Bein um die Ecke schreiten würde.

Sanka näherte sich der Ecke – vier Schritte noch, da traf nicht sein Ohr, sondern gleich den ganzen Leib ein Schrei von dort, jenseits der Ecke, ein Gebrüll mit Blut in den Schlünden, und der Fuß trat fehl. Plötzlich rasches Getrappel, um die Ecke herum sauste ein Mann ohne Mütze, die Augen wie aus Glas, einen Moment nur sah ihn Sanka, und hinterdrein ein Gewirr, ein Haufen, sie rannten, pfiffen, jagten vorbei. Sanka wandte sich ab und schritt rasch weiter, weiter, um die Ecke herum. Da wird etwas vom Balkon geworfen, bergeweise runtergeschmissen, und unten johlen sie, hüpfen – wieso hüpfen die auf einem Bein? Ach, aus «Konfektionskleidung» werden Hosen geworfen – die ziehen Hosen über, hüpfen deshalb. Plötzlich fiel sein Blick seitwärts, auf den Rand des Trottoirs – ein Mann liegt da, Fleisch, zerstampft auf dem Stein. Er sucht das Gesicht, aus dem blutigen Klumpen ragen Haare – der Bart, und hier, aus den Lumpen, noch die weiße Hand. Sankas Augen wollten in den Kopf hinein verschwinden, sie wichen zurück und kamen doch nicht los vom Blut. Da trollte einer an, schwankte, tappte, die Beine steif – viele Hosen übereinander, und auf einmal stand er vor diesem hier. Sanka sah, wie der Jähzorn sein Gesicht überflutete.

«Ah, Judenfratze! Dass dich bis aufs Blut, Saujud, dass dich …!» Ein Eisenrohr mit beiden Händen umklammert, hieb er voll Wucht auf das blutige Fleisch, dort, wo der Kopf gewesen war, hämmerte, und es flogen rote Spritzer, zuckte der Leib. «Ha! dass dich zu Tod …»

Sanka schaute, wohin, wohin er entkommen könnte, seine Hand zitterte am Kinn, wo sie den Hemdkragen hielt.

«Halt, wo hast du das aufgetrieben, dass dich der Geier!»

Jemand zog ihn hinten am Ellbogen. Sanka blickte sich nicht um, machte den Arm los und ging, ging schräg hinüber, fort, in die Straße dort, fort vom Runden Markt, und die Beine eilten in großen Schritten. Nein! ein Stau, nicht durchzukommen, ein Auflauf vor einem Geschäft, fuchteln, brüllen – puh, was für ein Gejohle! –, quetschen sich zum eingeschlagenen Fenster rein. Sanka schlängelte sich fort aus dem Gewühl, ringsum heißer Schweiß, der nahm ihm die Luft, neben ihm schrie es heiser ins Ohr:

«Wie im Dusel! Schmeißt Judenbälger in den Trog, wirklich wahr, stampft sie rein in den Kohl, zwei Stück!»

«Sogar drei! Ho, Schwerarbeit! Stampft und stampft!», wurde vorne gebrüllt, plötzlich geriet alles ins Wanken, von oben wurde geschrien, gepfiffen, und alles stob davon. Sanka rannte los, hinter ihm fegte etwas Schwarzes durch die Luft. Sanka erblickte gerade noch ein Klavier, schon donnerte es hinter ihm wie eine Explosion, in der Menge wütendes Schreien und Pfeifen, und das Krachen und Schluchzen der Fensterscheiben pflanzte sich fort über den Platz.

‹Nicht rennen, nicht rennen›, sagte Sanka sich immer wieder, ‹bloß nicht rennen und nur schnell auf und davon!› Der Bart aus dem blutigen Fleisch ragte und schwankte ihm wie ein Strich vor den Augen, nun schritten die Beine in einer leeren, vollkommen leeren Straße und über freies Trottoir, schneller und schneller, und die Hand haftete unterm Hemdkragen wie festgeklebt. Wer ist das? Was für Leute? – um die Ecke herum, ihm entgegen. Studenten? Aber ja! Wahnsinnige! Sankas Fuß bog schon ab, auf die andere Seite. Sie gehen schnell, im Gänsemarsch, zu zweit, zu dritt. Sanka stellte sich seitwärts hin – was für rote Gesichter, und der vornedran im aufgeknöpften Studentenmantel schaut, ganz Auge, geradeaus, und ein Revolver, ein riesiger Revolver, er hält ihn nach unten gesenkt, fast bis zum Boden.

Und Sanka rief:

«Rybakow!»

Der Student blickte auf – sehr ähnlich, wie eine Kopie von Rybakow, aber rot, und die Augen … Rybakow deutete mit dem Kopf nach hinten, aber die Augen blieben gleich – nach vorn ausgerichtet.

«Dort am Stadtgarten stehen Kosaken», sagte Sanka und hörte die eigene Stimme nicht – die Kehle krächzte es von allein, trockene Wörter raspelten durch die Luft. Sanka ging mit den Studenten, alle schwiegen und gingen dorthin, von wo Sanka gekommen war.

Alle waren sie rot, und als ob sie nicht gingen, als ob die Beine vorrückten. Sie bogen um die Ecke, wie ein Windstoß wehte ihnen höllisches Krachen, Pfeifen, Brüllen und Klirren entgegen. Rybakow ging und ging, den Kopf in den hochgeschlagenen Kragen gezogen, ging schräg über die Straße. Nun sah man schon – da wogt es, johlt wie eine Lohe, und die Studenten im Gänsemarsch hinter Rybakow, in schräger Linie über die Straße, nun hebt Rybakow den Arm, gleich wird er schießen. Fertig! Ein Rauchfähnchen steigt aus dem Revolver, über dem Gejohle ist der Schuss nicht zu hören gewesen, nun alle, alle fangen sie zu feuern an, direkt in die Menge, ins Gebrüll, ins Gelärm. Als wäre nichts – es schien nur noch schlimmer zuzugehen.

«Rums!» Von einem Balkon donnerte Schweres. Noch und noch wurde runtergeworfen. Sie haben sie erblickt! Haben die Studenten erblickt – ein paar stürzen davon, flüchten. Und Rauchfähnchen, Rauchfähnchen, zwei fallen um, plötzlich eine andere Stimme aus der Menge – kommt sie hergestürzt? Sanka stand wie angewurzelt auf dem Pflaster. Prasselnd, knatternd die Schüsse, man hörte, sie überdeckten schon das Gejohle, peitschten über das Geschrei, nun ein dünnes Zetern, ein Jammern, und schon war geradeaus niemand mehr. Sanka holte tief Luft – nein, Rybakow läuft vorwärts, zur Ecke, zum Platz, und so auch die Studenten. Einer bleibt stehen, stößt die Hand vor, lädt nach, und Rybakow ist schon um die Ecke, und Sanka läuft plötzlich auch dorthin, um die Ecke. Rybakow unter einem Balkon, steht auf Trümmern, auf Brettern. Sanka hatte nicht begriffen, was er tat, stieß in vollem Lauf gegen Rybakow, der stürzte, rollte von dem Gerümpel, hinter ihm wurde geschrien, und ein Spiegel barst in tausend Splitter. Rybakow sprang auf, blickte sich um, und plötzlich ein heiserer Schrei – «Kosaken!»: dort drüben aus der Gasse, über den Platz, sie können nicht über das Gerümpel sprengen.

«Zurück!» Rybakow schwenkte den Arm, und im gleichen Augenblick krachten Schüsse – der Donner rollte zwischen den Häusern, löste sich auf. Rybakow deutete mit der Hand nach hinten, die Studenten sausten in eine Straße, um die Ecke, nach rechts – Passanten, Stapel von Mützen in den Armen, Sanka konnte sie schlecht sehen. Jetzt nach links, die Studenten verbargen im Laufen die Revolver, die Hände unter den Mantelaufschlag an der Brust. Was ist das? Rybakow, Rybakow! Der blaue Mützenrand hinten ganz schwarz – Blut! Nicht schlimm, er geht, geht ausholend vorneweg. Von hinten, aus jener Straße, sind Hufeisen auf dem Pflaster zu hören – fort! im Laufschritt um die Ecke, zum Kathedralenplatz, da wimmelt es immer von Leuten.

«Das sind sie! Das sind sie!», ruft jemand. Sanka blickt sich um, erkennt ihn: Jener Hausknecht ist es, Andrej, bei dem die Waren weggeschafft wurden, er deutet, deutet mit dem Finger geradeaus, zwängt sich zwischen den Leuten durch und schaut immer wieder zurück. Plötzlich rennt Rybakow über die Ecke zum nächsten Trottoir und hinter ihm, eng gedrängt, die anderen, und dort, auf dem nächsten Trottoir, sieht Sanka, wie die Leute sich hinten zusammenrotten.

«Schlagt zu! Schlagt sie! Die Juden!»

Plötzlich riss Rybakow den Revolver aus dem Mantel, ein Schwenk, alle rissen die Revolver raus, alle Studenten, und – zurück, alle wichen zurück, rückwärts gingen die Studenten zu den Häusern. Aber wieso schaut alles zur Seite, nicht hierher, sondern zur Seite? Da sah Sanka graue Uniformmäntel rennen, sie kamen seitlich, vom Platz. Plötzlich hielten sie, die Menge stob davon. Die

Soldaten zielten – und die Studenten spurlos verschwunden, wo sind sie, wo nur? Sanka spähte umher und stürzte plötzlich Hals über Kopf zurück zu einem Haus, sauste durchs offene Tor hinter einen Mauervorsprung. Eine Tür, ein Mann in Weiß, in einem Kittel, er zerrt Sanka am Ärmel, stößt ihn durch eine Tür, zieht ihn weiter, es ist dunkel, Sanka begreift nicht, wohin der Mann ihn zieht.

«Hierher, hierher», flüstert der Mann.

Helles Licht, ein Zimmer. Frauen, auch in Weiß, und Glasgefäße, Glasgefäße an allen Wänden, und die Frauen verbinden. Verbinden alle. Sanka atmet schwer, der Mann schubst ihn auf einen Hocker, schon wird ihm schnell, ganz schnell eine Binde um den Kopf gewickelt, und was sie reden, ist nicht zu verstehen, ist nicht Russisch, schnell, ganz schnell – Polnisch, anscheinend. Dort starren Augen aus dem Weiß, als wären sie stehen geblieben, wie hineingesteckt.

«Wo sind wir, wo sind wir?», fragte Sanka mit trockener Kehle.

«Die Apotheke von Łoziński, Sie sind in einer Apotheke. Legen Sie sich hin, direkt auf den Boden, an der Wand, schnell!»

Ein Fräulein in Weiß führte Sanka in die Ecke, mit kräftiger Hand, ihr Gesicht war bekümmert, rot.

Sanka legte sich auf das weiße Leintuch am Boden, da knallten vor dem Fenster zwei Schüsse.

«Auf eine Apotheke schießen sie nicht!» Der Mann in Weiß schüttelte den Kopf. «Nein! Die machen nur Angst. Die wissen, was sie sich erlauben können. Bleiben Sie liegen!», rief er und ging schnell aus der Tür.

Neben Sanka lag ein Mann in Zivil, der Kopf wie ein Ballon, dick verbunden. Er röchelte, sein ganzer Körper zuckte. Plötzlich schnellte er hoch wie eine Feder, die Beine hüpften wie beim Sackhüpfen, und – Wa! Wa!, schrie er durchdringend, es gellte in den Ohren. Alle fuhren hoch, zur Tür herein sprang der Apotheker in

Weiß, suchte den Mann zu fassen, der riss sich in die Höhe, schwang sich einen halben Arschin in die Luft, warf die Arme hoch. Sanka stürzte hin – der Mann krümmte sich mit ungeheurer Kraft, wie ein riesiger Fisch, er wurde festgehalten, doch er riss sich von fünfen los.

Sanka suchte sich die Schreie aus dem Kopf zu schütteln, fester und fester drückte er den Kranken nieder mit verzweifelten Händen.

HÄNDE UND ARME

Taissa ging aus dem Schuppen durch den Dreck über den Hof – bäh, in Kutscherstiefeln, und ständig schielte Taissa zur Pforte, wer weiß, wenn er nun reinkommt und sieht sie so, noch dazu, wo sie ein Tuch um den Kopf gewickelt hat, als wär's ein Wäschebündel! –, und Taissa sprang und platschte möglichst rasch durch den Dreck zur Treppe, und in der einen Hand presste sie tief in der Tasche einen Rubel sechzig, in der anderen schlackerte und quäkte am Henkel der Melkeimer.

Wsewolod Iwanowitsch saß vor dem Samowar, wartete – soll ihm einschenken, soll sich gegenübersetzen: Aus dem Unterteller schlürft sie den Tee, und jedes Mal hängen ihr Haare rein, rutschen vor und fallen runter. Sagt er was, schwenkt das Händchen die Haare zurück, ganz wie die Mutter früher, und die leichten Fingerchen – husch durchs feine Haar.

«Taissa, bist du es? Auf, auf, mach voran!» Wsewolod Iwanowitsch klopfte mit dem Teelöffel gegen den Unterteller. Er hörte, wie Taissa im Vorzimmer die Stiefel abstreifte, wie sie mit dem Waschfässchen klapperte. «Was ist? Wollte jemand Milch haben?»

Wie rot sie ist. Wird ständig rot die letzte Zeit, schlagartig, wie wenn sie sich verbrüht hätte.

«Frisch gemolkene möchten sie, sagst du? Aber bezahlen, schon die zweite Woche ... Wo willst du hin? Die Butter steht doch auf dem Tisch. Auf dem Tisch! Hier ist die Butter!», rief Wsewolod Iwanowitsch zur Tür hinaus, im Sessel vorgebeugt. «Hier, sag ich. Wuselt wieder fort», fügte er halblaut hinzu.

Taissa kam bleich herein, mit verdattertem Gesicht. Wsewolod Iwanowitsch blickte verstohlen unter den Brauen vor – irgendwas hat sie die ganze Zeit, wär es doch endlich vorbei! – und schob sacht sein großes Teeglas zum Samowar. Taissa hatte die Augen niedergeschlagen, zum Geschirr, und die Hände zitterten, als sie den Tee einschenkte. Wsewolod Iwanowitsch wandte sich zum Fenster.

«Wie viele rumlaufen. Wie viele, sag ich, heute draußen rumlaufen», sagte Wsewolod Iwanowitsch lauter. «Schon wieder einer.» Und er nickte zum Fenster.

Taissa warf den Kopf zum Fenster herum.

«Wie sie rumlaufen, sag ich», wiederholte Wsewolod Iwanowitsch und schaute Taissa an.

«Hab ja schon gesagt, es war eine da ... hab ja schon gesagt» – Taissas Augen irrten über den Tisch –, «heut Mittag ist im Theater ein Extraabend, da lesen sie ... die Verordnung vor, dass Freiheit ist, und ein Konzert ist auch.» Taissa setzte sich und steckte ein Stück Brot in den Mund.

«Was für ein Abend? Eine Verordnung vorlesen? Wer hat denn das gesagt? Und wozu dabei ein Konzert?» Wsewolod Iwanowitsch starrte unverwandt auf Taissas Scheitel, während ihr Kopf über dem Unterteller nickte, fast auf dem Tisch hing. «Freiheit? Für wen auf einmal Freiheit?»

Taissa stand plötzlich auf, Tränen in den Augen, das Gesicht abgewandt, und huschte in ihr Zimmer, ohne das Brot runtergekaut zu haben.

«Taissenka!»

Taissa stieß hinter sich die Tür zu.

Die Alte wälzte sich in ihrem Bett.

«Dummkopf! Ach, was bist du für ein Dummkopf, Wsewolod!» Und wie gramvoll sie seufzte! Wsewolod Iwanowitsch wollte aufstehen, doch wohin sollte er? Zu keiner der beiden.

«Bin eben als Dummkopf zur Welt gekommen», knurrte Wsewolod Iwanowitsch und rührte laut mit dem Teelöffel um, «schlag offenbar deinem Sohn nach, dem Wiktor ... dem Wiktor nach bin ich wohl ... so neunmalklug geraten.»

Wsewolod Iwanowitsch schwappte allen heißen Tee auf einmal in den Unterteller, verschüttete einen Teil aufs Tischtuch.

«Wär ich klug», sagte Wsewolod Iwanowitsch leise, «hätte ich keinen Quartieraufseher in die Welt gesetzt ... so gescheit hat der Herr mich gemacht, der Herr Zebaoth ... und die Heilige Dreifaltigkeit. Bin und bleib ein Dummkopf!», schrie Wsewolod Iwanowitsch. «Und mit einem Dummkopf braucht man nicht reden!»

Wsewolod Iwanowitsch stand auf und schob absichtlich, so fest er konnte, den Sessel zurück, ging in sein Zimmer und ließ den Tee auf dem Unterteller. Der Samowar blieb allein und pfuste laut durch die Löcher.

Taissa hatte sich mit Schwung auf den Stuhl gesetzt und die Ellbogen auf das Tischchen gestemmt, auf das tropfenübersäte Tuch, und durch die Tränen verflossen, verflimmerten die vertrauten schwarzen Flecken. Die allervertrautesten, die Tintenkleckse, schauten Taissa vorsichtig an. Sie wischte die Tränen ab und zeichnete mit dem Finger die Flecken nach.

«Keine, keine ist so unglücklich wie ich», flüsterte sie, und die Lippen zitterten.

‹Und die Haare wie ein Bastwisch, strohgelb und struppig.› Taissa zog an einer nassen Haarsträhne. ‹Sind alles unglückliche dumme Gänse, die Haare haben wie Stroh.› Taissa schluchzte auf, legte sich auf den Tisch, den Kopf auf die Hände. Schloss die Augen. ‹Und wenn ich auf einmal an der Brüstung vorbeigehe, dort unten sind sie, und es lärmt das Theater, lärmen die Stimmen, klatschen, klatschen. Und er dort in der Ecke, schaut in die Noten und probiert, den Schnurrbart über der Flöte. Und auf einmal ein Lauf, wie ein frischer Wind über alles hinweg, wie ein Wind im Garten in den Bäumen, flattert plötzlich auf – und fliegt davon!› Taissa stieß die aufgestaute Luft aus der Brust. ‹Dann redet er mit dem Kameraden, und nichts, kein Wörtlein ist zu hören, und plötzlich, plötzlich schaut er auf und sieht mich. Wenn ich dann bloß rechtzeitig nicke.› Taissa hatte schon den Kopf gehoben, schaute schon, ganz Auge, zum Fensterbrett, während Israil sich umdrehte, dem Kameraden zulachte, und in den Ohren klang das frohgemute Stimmengewirr der Menge. Taissa stand auf, zog sich um und schaute ständig dorthin zum Fensterbrett, in die Ecke. ‹Und ich werde so schauen, dass er alles mitkriegt, alles! ‹Taissa›, soll er dann sagen, ins Ohr flüstern.›

«Ta-issa!», sagte sie laut, erschrak und sah sich um. Sie war fertig. Blickte in den Spiegel – puh, das Gesicht rot, wie ein kleines Mädchen, das herumgesprungen ist. Und die Augen glänzen, als hätte sie einen Heuhupfer gefangen und würde sich freuen wie ein dummes Gänschen. Taissa tupfte sich Puder ins Gesicht, kreideweiß war das Gesicht schon, doch Taissa tupfte immer noch mit dem Wattebausch grimmig Nase und Kinn, und der Puder rieselte aufs Kleid. Taissa warf einen Blick zur Tür und holte aus dem Alltagskleid den Rubel sechzig, vorsichtig, ohne zu klimpern; sie steckte die Münzen ins Portemonnaie. Klopfte den Puder vom Kleid. Trat rasch aus dem Zimmer, zog rasch den Mantel über. Die Mutter schien zu rufen. Taissa stampfte absichtlich laut mit den Füßen, trat die Galoschen fest und schlug die Tür zu – und schnellen Schrittes am Hund vorbei zur Pforte.

Auf der Straße – stimmt schon, viele laufen rum, alle auf dem Weg in die Stadt, und Taissa mischte sich schnellstens unter die Leute, wer weiß, sonst schreit er noch vom Tor durch die ganze Straße: Taissa!

Taissa überholte alle, schaute nicht, wer da lief, blickte nicht um sich.

«Und dann geh ich ins Wasser!», sagte Taissa halblaut, dem Wind entgegen.

Über der Augenbraue wippte eine strohgelbe Haarsträhne – soll sie doch! trotz allem, lustige Haare. Taissa warf den Kopf zurück.

‹Wäre ich eine berühmte Schauspielerin oder eine Ballerina und würden alle mich anschauen …› Taissa legte beherzt den Kopf zur Seite, rückte das runde Mützchen auf dem Kopf zurecht, und auf einmal wieder diese verflixten Tränen. Hach, verflixt, verflixt! Taissa war schon auf dem Platz, sie bewegte heftig den Kopf, schüttelte die Tränen ab – schnell in den Stadtgarten, damit es keiner sah. Taissa nahm gar nicht wahr, dass die Leute sich dicht, ganz dicht drängten; sie schlug sich zum Eingang des Stadtgartens durch, da war ja meistens keiner. Doch auch im Stadtgarten Leute, irgendwelche Gymnasiasten, und wie viele. Wenigstens schauen sie nicht her. Alle schauen dort rüber. Taissa holte das Taschentuch vor, schnäuzte sich und wischte dabei verstohlen, unmerklich die Tränen ab. Was ist das? Da steht einer erhöht. Ein Gymnasiast, ist wohl auf ein Bänkchen gestiegen. Und alle schauen rüber. Also nein, wie der wichtig tut und wie er mit den Armen, den Armen! Als wär er sonst was! Von hinten wurde jedoch gedrückt – oh, auch die Seminaristen! Und Gymnasiastinnen, die Kichergänschen, widerlich, und Taissa fürchtete, sie schauten her, weil sie geheult hat, und der Puder ist aller weg. Was will der denn?

«Was aber bietet uns die zaristische Regierung an?» Taissa

hörte eine hohe Stimme in der dumpfen, feuchten Luft. «Sie bietet uns nicht etwa eine Verfassunggebende Versammlung an, die …»

‹Das ist ja Kusnezow!› Taissa hatte ihn plötzlich erkannt. ‹Serjoscha Kusnezow, der in diese … diese Ljubimzewa-Raiskaja verliebt ist, wirft ihr Blumensträuße auf die Bühne und trifft immer in den Orchestergraben. Den sollen sie aus dem Gymnasium gejagt haben.›

«Was ist das, was ist das nur?», sagte Taissa laut, und eine Gymnasiastin zischte sie an – huch, ist die böse! puh! wie böse! Taissa suchte sich aus der Menge herauszuschaffen und bohrte sich vorsichtig mit der Schulter vorwärts, wie sonst in der Kirche.

‹Hat schon angefangen, womöglich schon angefangen!›

Nicht durchzukommen zum Ausgang, das schiebt und drückt ihr entgegen, treibt sie zurück, sie drängen sogar übers Gras, durchs Gebüsch, wo nur Platz ist, richtig mit Gewalt. Dort rufen sie was. Taissa blickte zurück; an Serjoschas Stelle stand jetzt einer mit Bart. Puh! hätt ihn fast nicht erkannt – der Doktor! Doktor Selesnjow, und alle klatschen in die Hände. Taissa zwängte sich erneut zum Ausgang – na, endlich! Auf dem Platz ist weniger los. Oh, was für ein Gedränge am Theater. Was soll's, dann durch den Bühneneingang, was soll's, der Feuerwehrmann, der kennt sie, lässt sie durch, und Taissa überquerte im Laufschritt den Platz dort, wo weniger los war. Zog an der Tür – abgeschlossen. Taissa zog noch einmal an der Klinke, riss daran. Da kommt einer, schon mit Helm, der Feuerwehrmann, also hat es angefangen, wenn er den Helm aufhat, sonst hat er die Mütze mit dem blauen Besatz auf, mit der Kokarde – er sagt was hinter der Scheibe, nicht zu verstehen.

«Lassen Sie mich rein, ich fleh Sie an, nur einen Moment!», rief Taissa der Scheibe zu, klopfte mit den Fingern. «Ich bitte Sie! Sehr! Mein Lieber, mein Gutester!»

‹Er sperrt auf, sperrt auf! – nein, bloß einen Spalt.›

«Fräulein», sagte er in den Spalt, «lieber nicht, gehen Sie nach Haus, ab nach Haus. Ist nicht gut heute.»

«Was soll's, nur einen Moment, geh gleich zurück, nach Haus, ich fleh Sie an, Lieber!» Taissa packte die Tür, die Finger klammerten sich fest, soll er sie doch einklemmen.

Lässt sie rein!

«Einen einzigen Moment», schreit er ihr nach, «he!»

Aber Taissa lief schon die Treppe hoch, und da ist er, der Korridor – leer, Gott sei Dank, da ist die Tür, das Schnappschloss, und dort hinter der Tür schon ein Tosen, das brodelt richtig, das trommelt gegen die Tür, bestimmt viele Leute, und Taissa drehte am Schloss, stemmte mit Mühe die Tür auf – lautes Stimmengewirr schwappte ihr über den Kopf. Taissa schlug die Tür hinter sich zu. Ein Gewühl! So ein Gewühl wie noch nie. Als Wjalzewa gastiert hat, nicht mal da ist es so gewesen – sitzen gar nicht, stehen alle dicht an dicht im Parkett. Und erst die Logen! Da fallen sie gleich über den Rand. Taissa geriet ins Schwitzen, wurde rot vom Gedränge, Geschubse. Alle im Zuschauerraum haben Mäntel an, Mützen auf. Taissa kämpfte sich zum Orchestergraben vor. Was ist das? Auch dort überall Leute, und auch in Mützen, Hüten, Kappen, alle recken und drehen die Köpfe – und keine Musiker, überhaupt keine. Taissa wurde gegen die Brüstung gepresst, sie musterte ständig die Köpfe unten, vielleicht hatte auch er den Hut auf wie alle. Taissa suchte die Melone, sie beäugte alles Stück für Stück, als suchte sie auf dem Teppich eine Kopeke. Plötzlich klatschten alle. Taissa sah, wie der Vorhang aufging.

Auf der Bühne ein Tisch mit rotem Tuch, darum herum sitzen welche wie bei einer Prüfung – plötzlich stehen alle am Tisch auf, das Theater klatscht und klatscht, und hinter Taissa schreit einer gellend, silbenweise:

«Nie-der mit der Selbst-herr-schaft! Nie-der!» Als würde er schießen.

Der eine am Tisch hebt den Arm, allmählich verstummt der Applaus, leiser und leiser. Aber hinter ihr gellt derselbe plötzlich durch die Stille:

«Nieder mit der Selbst-herr-schaft!»

Und der mit dem Arm lächelt fröhlich und nachsichtig von der Bühne herab in seine Richtung.

«Herrschaften!», ruft der von der Bühne und lässt den Arm sinken. «Herrschaften! Als Erstes halte ich es für meine Pflicht, den Akt, … das heißt das Manifest vom siebzehnten Oktober, zu verlautbaren …»

«Kennen doch alle!», blaffte hinter Taissa derselbe Schreihals, und alle brüllten los. Huch, was für ein unvorstellbarer Lärm. Nein, keine Melone, nein, oder sie hat sie nicht gefunden. Wieder sind alle still geworden.

«Herrschaften!», rief erneut der von der Bühne – wer ist das? Taissa schaute genauer hin – kennt sie den nicht? Ja, ja, einer vom Amt, aus der Semstwo-Verwaltung, wie nennt sich das bloß – ein Statistiker!, fiel Taissa ein. «Herr-schaf-ten! Ich erkläre das Meeting für eröffnet. Das Wort hat der Genosse Kunzewitsch.»

Ein Dürrer kommt vom Tisch nach vorn, ein Langer, mit Bärtchen. «Lauter! Lauter!», brüllen alle. Und er wird rot. Was soll das nur?

«… die Vereinigungsfreiheit!», hörte Taissa. «Die Freiheit, sich zusammenzuschließen …»

‹Da! Da ist die Melone, da, hinter dem grauen Hut!› Taissa wollte sofort rechts rüber, zwängte sich die Brüstung entlang.

«Wohin? Bleiben Sie doch auf Ihrem Platz!» Taissa war eingekeilt, wurde nicht durchgelassen, und direkt vor ihr überschlug sich nun Kunzewitschs heisere Stimme:

«Wir fordern die Selbstherrschaft des Volkes! Die Volksherrschaft! … der Zar … die Regierung …»

Taissa sah schon: Er war es, er, ein winziges Stück Wange hatte sie zwischen den Köpfen erblickt – er! ja, er! Sie war unterwegs auf einen Dicken gestoßen, wenn sie an dem bloß vorbeikäme. Kein Auge ließ Taissa von Israil.

Das elektrische Licht flackerte. Noch einmal, es erlosch kurz, bis drei konnte man zählen. Und was schreit einer da oben? Auch von der Bühne schauen alle hoch zur Galerie, einer schwenkt die Arme, alle hat diese Stimme wie abgeschnitten, alle haben sich umgewandt, einen Moment nur Geraschel, dann ein Schrei von oben:

«… und im Stadtgarten Polizisten zu Pferd! Schlagen! Mit Nagaikas! Kinder!»

Ein Aufstöhnen toste durchs Theater, und über dem Tosen ein Schrei:

«Auf dem Platz Polizei! Berittene Gendarmen! Wollen das Theater! An-zün-den!!»

Er schrie es aus Leibeskräften. Sogleich erfüllte Geheul das ganze Theater, das Geheul brach sich an der Kuppel, kehrte wieder.

Es kam Taissa vor, als würde der riesige Kronleuchter an der Decke es gleich nicht mehr aushalten, würde reißen und herabdonnern, es kam ihr vor, als zuckte, als bebte das Licht vom Geschrei. Sie sah, wie dort, im Orchestergraben, sich alle aufgestört unten rechts ballten, eine schwarze Masse, und an den kleinen Türen, dort, dort, quetschten, quetschten sie einen Mann, den Rücken am Türpfosten. Wackelt mit dem Kopf, der Mund offen, die Augen treten aus den Höhlen! Taissas Blick irrte weiter, wo ist Israil? Wie das? Israil stand höher als alle, an der Wand, direkt an der Rampe. Hat sich irgendwo draufgestellt, auf einen Stuhl anscheinend. Steht da, das Futteral unterm Ellbogen. Aber da wird Taissa von hinten gegen die Brüstung geklemmt, gleich ist sie mittendurch in zwei Hälften geschnitten – die Balustrade bohrt sich in sie hinein. Israil schaut unmittelbar zu ihr, die Brauen hochgezogen, schwenkt die

Hand und zeigt ihr was, eine Drehung. Taissa sucht mit aller Macht zu lächeln – Israil sagt etwas – nur die Lippen bewegen sich und der Schnurrbart – nichts zu hören – aber ihr! ihr! Taissa! sagt er was, Taissa zeigt er was mit der Hand! Hach, und wie! Herrisch, fast wie der Vater. Für einen Moment ließ der Druck hinter ihr nach, Taissa machte sich frei – die Beine taub, wie abgeschnitten, trotzdem, die Beine stießen sie ab, und Taissa kletterte seitwärts auf die Brüstung, schob sich darüber. Und auf einmal neben ihr, rechts, links, kletterten Leute ihr nach, als hätte sich plötzlich die Rettung aufgetan, weit aufgetan – sie warfen sich hinab, direkt auf die Köpfe, warfen sich auf das geballte Menschengewühl, strampelten oben mit den Beinen, dann ließen sie sich fallen und wedelten mit den Armen, wie wenn sie im Fluss untergingen. Taissa hielt sich an der Brüstung fest, die Füße hatten ein Karnies ertastet, auf der anderen Seite – Israil! Israil! Israil drückt Hand und Futteral von sich weg, als ob er sie gegen die Balustrade presste, durch die Luft, durch das grauenhafte Geschrei drückt er sie fest dagegen und redet, redet, bewegt deutlich den Mund – gleich, gleich. Taissa blickte zu ihm, hielt sich mit den Augen an Israil fest, und er hielt die Hände vorgestreckt, als ob er sie abstützte, damit sie nicht runterfiele. Taissas Hände wurden taub, ein Stiefel trat ihr auf die Finger. Unten tummelte sich ein riesiger Mann, er hatte schon keine Mütze mehr und griff mit schweren Pranken seinen Nebenmännern ins Gesicht, kämpfte sich vorwärts zur schmalen Tür des Orchestergrabens – rot der Nacken, krebsrot, massig, er drehte den Kopf, dann warf er die Arme hoch und hieb sich auf den Scheitel, blindwütig, mit aller Kraft. Auf einen Schlag wurde es plötzlich dunkel, als ob das Licht geplatzt wäre, es nicht ausgehalten hätte. Das Geschrei flaute einen Moment ab und explodierte dann in ein letztes, ohrenbetäubendes Geheul – Taissa zitterten die Hände. Sie schaute in die Dunkelheit, auf jenen Punkt, wo Israil gewesen war, schaute mit aller Kraft, um die Richtung nicht zu verlieren. Taissa spürte die Hände nicht mehr, aber die Hände hielten, als wären sie aus Holz, und unten schien ein Feuer zu brodeln, zu wüten – stürz ich ab, ist es aus, wie in die Flammen, aber dort, auf der anderen Seite, ist Israil, und es kam ihr vor, als sähe sie, wie er mit den Händen die Luft stützte, damit sie nicht fiele.

DIE PUPPE

Wsewolod Iwanowitsch mochte nicht aus dem Zimmer gehen, mochte nicht aus seinem Sessel aufstehen. Wie toll geworden, die Weiber, was er auch macht, immer ist es nicht recht, immer steht er als Dummkopf da. ‹Nur weiter, macht nur weiter so … dann eben ohne den Dummkopf, ohne den alten Esel. Bitte!›

Wsewolod Iwanowitsch legte, der Unabhängigkeit halber, sogar ein Bein über das andere und langte sich ein Buch vom Schreibtisch – was es war, hatte er vergessen; er wischte den verstaubten Einband an der Armstütze des Sessels ab, um es schnell aufzuschlagen. Ohne Brille, ohne etwas zu sehen, schaute Wsewolod Iwanowitsch in das aufgeschlagene Buch, aufgeschlagen hatte er es, wo es aufgegangen war, der Druck blickte als grauer Dunstschleier heraus. Er blickte hinein, die Augen ernsthaft auf eine Seite gerichtet. Hatte die Brille im Esszimmer gelassen! Wsewolod Iwanowitsch tastete mit den Augen den Schreibtisch ab. Ah! Die Lupe, eine große, fast einen Viertelarschin breite Lupe mit Fassung und Holzstiel, und Wsewolod Iwanowitsch betrachtete die riesigen Buchstaben und das faserige Papier: «schritt man auf dieser Linie, lagen die Fronländereien senkrecht dazu. So jedenfalls der Rapport der ersten russländischen Landmesser-Expedition während der Herrschaft …»

Die Haustür fiel zu. «Ist sie fort. Na, dann geh. Fort von dem

Dummkopf. Bin doch ein Dummkopf», sagte Wsewolod Iwanowitsch halblaut, legte das Buch auf den Tisch und fing an, sich eine Papirossa zu drehen. Drehte sie grämlich, ohne Hast. Leckte sie akkurat, drückte sie in Form, steckte sie ins Mundstück.

«Na und? Kann auch als Tölpel weiterleben. Lasst den Tölpel nur in Ruh», sagte Wsewolod Iwanowitsch leise und tastete in der Hosentasche nach Streichhölzern. «Auch keine auf dem Schreibtisch. Ewig müssen sie mir die letzte Schachtel verschleppen. Soll doch der Teufel dreinschlagen! Aber dann, patsch, die Tür zu, ab durch die Mitte, schon ist sie über alle Berge, die Schönheit aus Granada!» Auf einmal krampfte sich sein Herz zusammen, sämtliche Tränen stiegen ihm in die Kehle: Sie sucht, die Ärmste! Sucht, wo sie sich anschmiegen kann, sucht nach Glück, einem bescheidenen, billigen, einem Kattunglück, das treibt sie um. Wie sie klein war, wünschte sie sich eine Puppe, eine Puppe mit Haar, um es zu kämmen – die Puppe brauchte sie, um sie zu umarmen, um sie zu drücken, an die Brust zu pressen und zu hätscheln bis zum Gehtnichtmehr, und ich hatte es vor, hatte es ewig vor, dann hab ich ihr eine gekauft, und wie ist sie rot geworden, hat sie gepackt, ohne aufzublicken, ist gegangen, hat sich verkrochen, war nicht zu finden, damit es ja keiner sah. Irgendwo hat sie ihre Puppe lieb gehabt, sie gewickelt und gekämmt. Wsewolod Iwanowitsch hieb kräftig mit der Faust auf den Schreibtisch, und es hüpften die alten Siegellackstäbchen und der Zirkel ohne Bein. ‹Und was, was kann ich ihr helfen dabei! Ist doch selber davongerannt. Puh, Dummkopf, hab neuerdings nah am Wasser gebaut. Herr im Himmel! Dein Wille geschehe!› Auf einmal bekreuzigte sich Wsewolod Iwanowitsch, zum ersten Mal seit fünfzig Jahren, allein in seinem Zimmer.

Und die Zeit umlagerte Wsewolod Iwanowitsch, mit weit offenen Augen schaute er auf die Wände, geräuschvoll flog ihm – mit Stimmen, mit Schreien – die Zeit an den Ohren vorbei. Auf der

Jagd seinerzeit, da hatte er sich erschießen wollen. Im Herbst, beim Standtreiben. Hatte sich eine Bärenladung in die Stirn jagen wollen – die Brust kraftgeschwellt und die Luft feucht, Herbstlaub darin, und Wsewolod Iwanowitschs Schultern hatten sich gereckt … Plötzlich Getrappel auf den Bretterstegen, Stiefelabsätze im Galopp. Wsewolod Iwanowitsch schreckte auf, ein verzweifeltes Poltern, noch und noch, durcheinander – ha, ein Getrappel wie ein Schrei. Wsewolod Iwanowitsch fuhr hoch, riss die Tür auf, zum Fenster im Esszimmer – uh, da rennen Leute, rennen Hals über Kopf die Straße hinab, an den Fenstern vorbei, wetzen durch den Dreck, Burschen flüchten, Gymnasiastinnen, rennen verzweifelt – und auf einer Mähre sprengt einer hinterdrein.

«Ah, Schweinehund! Gendarm zu Pferd! und auf Kinder los, und mit der Peitsche, der Peitsche! Oh, einem Mädchen ins Gesicht!»

Wsewolod Iwanowitsch klopfte, schonte die Fensterscheibe nicht.

«Was machst du, Lump!!» Hals über Kopf stürzte er nach draußen, stieß die Pforte auf.

Der Gendarm hielt sich in der Straßenmitte und suchte den Fliehenden eins überzubraten.

«Was machst du, Schuft!», brüllte Wsewolod Iwanowitsch und rannte zu dem Gendarmen, verlor dabei die Pantoffeln im Dreck. «Was ist, hast du einen Stich, Halunke!» Ohne Mütze, der Bart im Wind wehend, so fiel Wsewolod Iwanowitsch der Mähre in die Zügel und zog sie zur Seite, mit einem Ruck, mit seinem ganzen schwerfälligen Greisenkörper riss er sie zur Seite.

«Lass los!», schrie der Gendarm, fletschte die Zähne im roten Gesicht und holte mit der Nagaika aus. «Lass los, Schweinehund!»

«Zuchthäusler! Räuber! Auf Kinder!», röchelte Wsewolod Iwanowitsch mit versagender Stimme und zerrte die Mähre zum Tor.

Der Gendarm fauchte grimmig, er schnellte vor, um den Alten zu erreichen, doch auf einmal klatschte dem Gendarmen etwas Schwarzes ins Gesicht, schwarzer Dreck, ein riesiger Klumpen verkleisterte ihm das Gesicht, schlug die Mütze herunter. Wsewolod Iwanowitsch schaute auf – ein Bürschchen mit Schirmmütze grub mit lebhafter Hand, scharrte in der nassen Wagenspur Dreck zusammen, und alle möglichen Leute rannten und rannten vorbei, einer prallte mit voller Wucht gegen Wsewolod Iwanowitsch. Wsewolod Iwanowitsch konnte sich kaum aus dem Dreck erheben. Da kam mit Geschrei und Geheul eine Menschenmenge die Straße herabgerannt. Wsewolod Iwanowitsch stürzte in den Hof, kaum schlüpfte er durch die Pforte, rannte ins Haus – die Alte stand, zu ganzer Größe aufgerichtet, an ihrem Fenster und zerrte am Riegel. Wsewolod Iwanowitsch wunderte sich nicht einmal, dass sie aufgestanden war, als wären die sieben Jahre wie im Schlaf verflogen. Wsewolod Iwanowitsch rutschte ab mit der dreckverschmierten Hand, er riss an den zugeklebten Fenstern, um sie aufzumachen, und alles glitt ihm aus der Hand, als würde er Karton herunterreißen. Er stürzte zur Alten hinein, stieß sie weg, riss am Innenfenster, trat mit dem Fuß gegen das äußere – das Fenster sprang auf.

«Hierher, hierher!», rief Wsewolod Iwanowitsch, schwenkte den Arm, schaufelte die Luft zum Fenster raus und stürzte in Taissas Zimmer – um zu öffnen, zu öffnen, im Nu. Schon sind keine Stimmen mehr zu hören, auf der Straße nichts als Geschrei. Da steigen sie herein, zwei steigen herein. Wsewolod Iwanowitsch stürzt hin, zieht an den Händen, schnell, schnell! Sieht keine Gesichter, greift nach Händen, zieht sie hoch. Was ist das? Die rennen zurück! Drängen sich zusammen, das Häuflein schreit und heult, einer steigt gegenüber auf den Zaun, rutscht ab, ach, jetzt fällt er nochmal runter. Das Tor ist verschlossen!

«Schlagt das Fenster ein! Steigt rein!», schreit Wsewolod Iwanowitsch. «Schlagt ihnen das Fenster ein!» Ist aber nicht zu hören vor lauter Stimmengeheul, er springt zurück vom Fenster, schon wälzen sie sich zu den Fenstern rein, einer über den anderen, haufenweise, Kraut und Rüben, schon steckt Wsewolod Iwanowitsch im Zimmer mitten im Gewühl, im Geschubse – Gesichter sind das keine, wie deren Kehrseite, Augen und Münder zittern. Nicht zu erkennen, ob alt oder jung, alle Gesichter sind eins. Wsewolod Iwanowitsch kämpft sich zum Fenster durch – nein, es steigen keine mehr rein; Wsewolod Iwanowitsch scheucht die Leute weiter, schreit:

«In den Flur, in den Hof!»

Auf der Straße nur noch wenig Schreie, gar keine Schreie, dort fuchtelt der Gendarm, droht mit der Nagaika Wsewolod Iwanowitsch zum Fenster herein.

«Hundsfott!», schrie Wsewolod Iwanowitsch, und seine Stimme kippte. «Schurke!», wollte Wsewolod Iwanowitsch schreien, und seine Stimme versagte. «Droht auch noch, der Schurke.» Wsewolod Iwanowitsch schluckte Speichel. «Glafira! Das Gewehr!» Kaum hörbar. «Das Gewehr! Gib es mir!» Wie Feuer beißt es in der Kehle.

Sprengt weiter, der Schurke. Wsewolod Iwanowitsch sauste in sein Zimmer, riss die Doppelflinte von der Wand, griff aus der Patronentasche leere Patronenhülsen, warf sie zu Boden.

«Zum Teufel, verflucht!» Wsewolod Iwanowitsch verpasste den Hülsen einen kräftigen Tritt.

Plötzlich wurde die Tür aufgerissen – ein Wachtmeister, huh, die Fratze wütend, die Haare zu Berg.

«Du bist das, du!» Hat Angst reinzukommen, Angst vor dem Gewehr. Und Wsewolod Iwanowitsch, halb erstickt, erstarrte einen Moment, warf dann heftig das Gewehr zu Boden, und – seinen Sessel, seinen Eichensessel packte er wie einen Stock, er hatte kein Gewicht, wie das im Traum vorkommt, und mit nur einer Hand hob er ihn hoch und schleuderte ihn auf den Gendarmen – hoffnungslos, wie ein Stück Papier. Wsewolod Iwanowitsch blickte zur Tür hinaus, und der Gendarm war weg.

Glafira, seine Frau Glafira Sergejewna, ganz in Weiß, wie im Leichengewand, steht da im weißen Nachthemd, ein Jäckchen drüber. Und Wsewolod Iwanowitsch hört nicht, was sie sagt, das Blut ist ihm in den Kopf geschossen, die Ohren sind zu, und quer im Flur, unter der Tür, der Sessel, und fort ist der Gendarm.

Und Glafira streckt flehentlich die Hände vor. Wsewolod Iwanowitsch bemerkt auf einmal, dass er noch immer atmet, atmet, heftig, er braucht Luft, rasch.

«Glafira!», hauchte Wsewolod Iwanowitsch. «Alles in Ordnung! In Ordnung! Geh nur!» Und Wsewolod Iwanowitsch wedelte mit der Hand, damit sie ginge.

Wsewolod Iwanowitsch drehte sich zum Schreibtisch, stützte sich auf die Fäuste, beugte sich vor und atmete, atmete. Ohne sich umzuwenden, hörte er, wie seine Frau sich zu schaffen machte, den schweren Sessel wegruckte, sich daran vorbeizwängte und mit nackten Füßen davontappte. Wsewolod Iwanowitsch pumpte Luft, mehr und mehr, hob und senkte die Brust mit aller Macht. ‹Muss stehen, so stehen bleiben, stur wie ein Ochse, und atmen. Rühr ich mich, erstick ich›, dachte Wsewolod Iwanowitsch und spürte, wie das Blut im ganzen Leib pochte.

«Trink das, trink das!» Glafira hielt ihm ein Glas hin, wie weiß die Hand, die Finger dürr.

Wsewolod Iwanowitsch schüttelte den Kopf. Sie hielt ihm jedoch das Glas an die Lippen.

Pjotr Sawwitsch stand in der Menge, alles dicht an dicht, eng gedrängt, aber zum Theater kein Durchkommen. Pjotr Sawwitsch zwängte sich weiter, da bilden sie einen Ring, weiß der Geier, wer ... Welche aus der Vorstadt? Alle mit Knüppel. Zwei erkannte er, die hatten in der fünften Gemeinschaftszelle gesessen. Und alle rot im Gesicht. Pfeifen. Dort vorne Rauch! Rauch am Theater. Dreckskerle! Verbrennen Stroh an der Mauer, der Steinmauer, unter den Fenstern. Das Feuerwehrhaus ist ganz in der Nähe. Und keiner kommt. Da drüben Gendarmen zu Pferd, Vogelscheuchen, aber immerhin.

«He, ihr Teufel!», schrie Pjotr Sawwitsch heiser, aus voller Kehle. Zwei von denen mit Knüppel blickten sich um.

«Ein Statistiker, ein Schweinehund? Her mit dir!» Der eine zog ihn an der Schulter.

Pjotr Sawwitsch riss sich los, stieß ihm die offene Hand aufs Maul, schubste sich zurück in die Menge. Da fing alles zu brüllen an, aus dem Theater kamen zwei gerannt, irrten durch den engen Kreis, da noch welche, noch mehr strömten aus dem Theater, die Türen spuckten schwarze Menschenhaufen aus, und die Haufen fielen auseinander.

«Schlagt die Statistiker! Das räudige Judengesocks!»

Pjotr Sawwitsch wollte erneut nach vorn, aber fast hätte die Menge ihn umgeworfen; alles stürzte zur Seite – im Rudel rückten die berittenen Gendarmen vor.

«Was soll das! Wohin! Gegen die Leute! Teufel, Dreckskerle!», schrie Pjotr Sawwitsch, war aber nicht zu hören – Gekreisch, Gebrüll, nun ging es rund, ohrenbetäubend. Und noch schlimmer das Schreien von dort, aus dem Kreis. Es warf Pjotr Sawwitsch herum – hach, überm Theater eine Rauchsäule. «Herrin des Himmels, was ist das? Was ist das nur, mein Gott?», flüsterte Pjotr Sawwitsch. «Das Ende, das Unterste zuoberst … Hornochsen!!», schrie Pjotr Sawwitsch noch einmal, doch da rempelte ein Prellbock am Trottoir schmerzhaft seinen Fuß, Sorokin ging in die Hocke, schon wischte ihm jemand voll Schwung mit dem Knie übers Gesicht, und Sorokin presste den Kopf zwischen die Ellbogen, umfasste mit den Fingern den Nacken. «Muss untergehen! Russland ist schon untergegangen!» Durch die zugehaltenen Ohren hörte Sorokin ein gellendes Geheul, und den zugedrückten Augen kam es vor, als ob der Himmel wirble und kreise und pfeife, und Sorokin wich nicht mehr aus, wenn Knie oder Stiefel den Kopf stießen. Jemand Schweres stürzte über Pjotr Sawwitsch, drückte ihn nieder, und Pjotr Sawwitsch fiel um, wie er war, ohne den Kopf aus den zusammengepressten Armen zu nehmen. Wie ein Stück Holz fiel er um – alles, alles ist jetzt zu Ende, und hol's der Teufel! … und Gott sei Dank!

Pjotr Sawwitsch kam zu sich. Er spürte gar nicht gleich den Schmerz, nur Stöße. Jemand trat ihn in den Hintern. Er schlug die Augen auf – da stand ein Polizist und haute voller Wucht mit der Stiefelspitze zu. Und schrie:

«Bist du besoffen oder beduselt, Rindvieh, dass deine Mutter in Fetzen!»

Pjotr Sawwitsch blickte sich um, blinzelte. Von dem leeren Platz, vom anderen Ende schaute fremd das Theater, die Fassade rußgeschwärzt. Pjotr Sawwitsch konnte den Blick nicht abwenden und tastete mit der Hand nach der Mütze. Fand die Mütze. Da war sie, zertreten, seine Mütze mit der blauen Bordüre, aus dem Gefängnis.

«Marsch, pack dich!», schrie der Quartieraufseher und trat noch einmal mit der Stiefelspitze zu. Pjotr Sawwitsch stand auf, stülpte sich die Mütze über, der Quartieraufseher knuffte ihn an der Schulter. «Marsch, marsch!»

Pjotr Sawwitsch tappte und tastete sich mit zerschlagenen Beinen übers Pflaster, ständig blickte er zum Theater.

‹Ist das vielleicht auf der ganzen Welt so? Läuft das jetzt so?›

Er trollte sich und schaute sich ständig zum Theater um, und plötzlich erblickte er Blut auf dem Pflaster – ja, eine große Pfütze, als hätten sie einen Ziegenbock abgestochen. Noch eine. Durch eine tote Straße ging Pjotr Sawwitsch. Keine Menschenseele. Alle tot. Und Grunja dort bestimmt auch … Hunde bellen auch keine. Pjotr Sawwitsch ging allein mitten auf der Straße durch den dicksten Dreck, ohne auf den Weg zu achten. Müsste wen fragen! Ist doch bestimmt noch wer am Leben. Oder rufen? Zu rufen graute es ihn. Da rechts steht ein Tor sperrangelweit auf, der Hof offen und leer, wie nach einem Überfall. Pjotr Sawwitsch blieb mitten im Dreck stehen. Auch die Fenster am Haus alle offen.

‹Deren Haus, deren Haus! Das von den Landvermessern! Und steht offen!›

Pjotr Sawwitsch begab sich zum Tor, plötzlich begann der Hund zu bellen. Sorokin zwinkerte und zog die Lippen breit, umging den Hund – sind vielleicht noch am Leben. Er stieg auf gefühllosen, verdreckten Beinen vorsichtig die Haustreppe hoch, stieß die Tür. Ein Flur, und dort steht einer, noch am Leben, der Landvermesser persönlich steht da, Wawitsch, der Alte, ach, du mein Lieber! Pjotr Sawwitsch schob sich durch die Tür, tat einen Schritt, nickte schweigend.

Der Alte hingegen schaut, schaut genau hin, und plötzlich blafft er:

«Raus!»

Pjotr Sawwitsch prallte zurück wie von einem Schlag, rasch und unhörbar watschelte er über die Stufen, und der Hund bellte wie von fern. Durchs Tor trat er und wusste nicht, dass der Tränen wegen die Straße nun schlecht zu sehen war, alles verfloss, verschleierte sich. Und im Laufen stieß er hervor:

«Mein Gott, was ist das nur? Was ist das nur, mein Gott?»

Pjotr Sawwitsch ging ein Stück die Straße entlang, bloß weg, weg; plötzlich Stimmen, als würde gesungen. Sorokin rieb sich die Augen, blickte die Straße hinauf. Richtig, Leute. Viele, eine Menschenmenge, und Fahnen. Pjotr Sawwitsch stand an einem nassen Zaun, schaute und traute seinen Augen nicht; das sind doch die von vorhin, zwei Weiber tragen ein Zarenporträt, wo haben sie das denn runtergenommen? Irgendwo mitgehen lassen? Und Fahnen. Und singen irgendwas, aufs Geratewohl, schwenken die Arme, dort klopfen sie mit dem Stock gegen die Zäune. ‹Wo tragen sie bloß den Zaren hin, was wollen sie mit ihm?› Pjotr Sawwitsch drückte sich an den Zaun. ‹Erkennt mich das Diebsgesindel, bringen sie mich um für früher. Sollen sie doch, ist sowieso alles zu Ende.› Pjotr Sawwitsch bekreuzigte sich.

«Mütze runter!», schrie ein Bürschchen und rannte vor der Menge zu Pjotr Sawwitsch. Pjotr Sawwitsch rührte sich nicht. Die Menge kam näher.

«Die Mütze! Bist du taub?» Jemand puffte Sorokin gegen den Hinterkopf, schlug die Mütze herunter. Pjotr Sawwitsch bückte sich, um sie aufzuheben, suchte sie zwischen den Beinen zu fassen. Jemand schubste die Mütze mit dem Fuß, und sie flog davon. Pjotr Sawwitsch ging ohne Mütze weiter, irgendwohin. Er wusste nicht, wie er zurückgefunden, wie er sich bei der Schwester im Flur auf die Truhe gesetzt hatte.

Taissa spürte ihre Finger nicht mehr, und die Arme – als hätte sie keine. Als müsste sie sich gar nicht halten, sie stand wie festgebunden auf dem kleinen Vorsprung der Balustrade. Auch gab es keine Zeit mehr, die Zeit hatte sich in das Brüllen, das Tosen verstrickt und trat und trampelte auf der Stelle. Plötzlich vor ihr ein Flämmchen, ebendort, wohin Taissa mit aller Macht blickte, und da war auch Israil, ein Streichholz in der Hand und das Futteral unterm Arm, und weiter unten war es leer. Israil winkte sie mit der Hand herbei, und schon verlosch das Streichholz. Taissa wollte die Hände wegnehmen, um hinunterzuspringen, aber was für Hände, da war nichts loszureißen. Plötzlich packte er sie an den Beinen. Vor Schreck durchfuhr Taissa ein Ruck, und sie fiel. Er hält sie, hält sie fest! Taissa war schon auf den Beinen, er schob sie, zog sie in der Dunkelheit weiter. Die Tür war schmal, Taissa stolperte an der Treppe, auf den Stufen, er aber schob und schob und zog sie aufwärts, und Taissa konnte sich nicht mit den Händen festhalten – die Finger gekrümmt, ließen sich nicht gerade biegen. In der Dunkelheit rannte Taissa mit den Füßen ständig wo dagegen und spürte doch keinen Schmerz. Das Tosen wurde weniger, nun hörte Taissa ihre Stimme und wie wenn nicht sie redete:

«Liebster, Liebster, Liebster!»

Israil riss ein Streichholz an, ging voraus – ein Korridor, ein steinerner Korridor. An den Wänden entlang Gerümpel. Israil kehrte zurück, das Streichholz zitterte klein in seiner Hand, er sagte etwas, nicht zu verstehen, als wäre trotz allem nichts zu hören. Wieder ging er, Taissa rannte ihm nach in die Finsternis. Wieder zündete er ein Streichholz an – eine Tür, er pochte mit dem Fuß an die Tür. Taissa hämmerte mit tauben Händen dagegen, auf einmal begann die Dunkelheit sich im Kreis zu drehen, und als ob grelles Licht in die Augen blitzte, Taissa setzte sich auf den Boden wie auf ein Daunenpolster, und süße Luft entwich ihrer Brust und verflüchtigte sich im Gehirn.

Sanka hatte vergessen, den Verband vom Kopf zu nehmen, und so lief er damit herum, seit er in die Universität, in die Klinik gebracht worden war. Mit Feuereifer und Schmerz stürzte er sich in die Arbeit, entriss jemandem eine Tragbahre, um einen Verwundeten zu transportieren. Unter der Tür des Operationssaals stand mürrisch der Professor, hielt die Hände hochgereckt. Sanka wollte so schnell wie möglich das flaue Gefühl niederkämpfen, es ersticken.

‹Bin nicht davongerannt, nicht davongerannt, nicht davongerannt!›, sagte sich Sanka ein ums andre Mal und wollte doch mit der Tragbahre etwas abarbeiten. Plötzlich kam Rybakow die Treppe hochgelaufen, knuffte ihn in die Flanke – läufst immer noch wie ein Taucher rum? – und deutete auf den Verband. Sankas Hände krallten sich mit einem Mal an den Binden fest und rissen und zogen mit aller Macht. Er erregte Aufmerksamkeit, doch plötzlich stürzten alle zu den Türen, zu den Fenstern – alle, die im Vestibül waren, auch die Hausherren, die Mediziner in den weißen Mänteln. Und Sanka hörte:

«Die jüdischen Verteidiger führen Schutzleute ab, schaut nur, schaut!»

Sanka rannte einen Stock höher, und vom Treppenabsatz sah er durchs Fenster: gewiss zwanzig Männer, bleich, und um sie herum – huh, wie schwarz, wie ernst, und alle mit Revolver. Wie sie die Köpfe drehen und wenden, als ob sie nach allen Seiten schielten. Und dort Studenten mit Gewehr, an die fünf Gewehre anscheinend. Haben sie hergebracht und – in den Keller! In die Leichenkammer! Sie gehen wieder, die Verteidiger, hintereinander durchs Tor gehen sie. Und wieder ein Stich ins Herz: Hätte er nicht gekonnt, hätte er auf gar keinen Fall gekonnt, so wie sie. Sanka stieg hinunter und presste die Lippen zusammen, widerlich, wie beim Gehen die Knie zitterten.

«Das hört auf, das hört jetzt auf!» Unsicher trat der Fuß auf eine Stufe, und Sanka schüttelte den Kopf. «Das hört auf, sag ich!» Doch die Knie zappelten.

Wieder das durchdringende Hornsignal der ersten Hilfe.

«Ich geh! Geh selbst!» Unten führten sie einen rein, er wehrte ab, hatte keine Mütze auf, der ganze Kopf blutig, und er redete, redete. Sanka konnte den Blick nicht abwenden von diesem Menschen: Wer war das, wer? Filipp! Nadjas Filipp! Sanka sprang die letzten Stufen hinab, schon hatte Filipp ihn erblickt, und seine Augen – wie im Fieber.

«Ah, ja, ja! Hör zu! Wie heißt du gleich! Sanka, glaub ich. Verstehst du, ich reiß den zurück, der vornedran war» – Filipp wies mit dem Arm zu einer Gruppe Studenten –, «lass mich ausreden! Ich auf ihn! Und da holt der rechts von mir mit dem Eisen aus, ich aber trotzdem, nochmal … und er, verstehst du, ich den einen … Halt, Brüder, zieht mich nicht, wohin gehen wir? Wohin gehen wir eigentlich?» Filipp blickte in die Runde. «Lass mich ausreden!»

Sanka sah ihn unverwandt an, ihm stockte der Atem.

«Führen Sie ihn doch weg, ja, Sie!» Jemand stieß Sanka.

«Ja, ja!», sagte Sanka. «Wie, sagst du?» Und er nahm Filipps Arm.

«Ich sag, verstehst du, dieses Aas vornedran, ich auf ihn! Und der andre – batz.»

Sanka führte Filipp näher und näher zum Operationssaal, und Filipp hörte nicht auf zu reden, er trat ein, hatte nur Sanka im Blick und spürte nicht, wie der Professor seinen Kopf abtastete, er setzte sich, wohin er geschoben wurde, merkte nicht, dass ein Student ihm hastig Haare abrasierte.

Sanka kniff die Augen zu, als der Professor begann, Filipps Schädel aufzumeißeln.

«Macht nichts, macht nichts, reden Sie, er spürt nichts …

Ohne alles Chloroform ...» Der Professor hämmerte. «Von wegen Chloroform, er steht doch unter Schock, und Sie» – der Professor hämmerte – «sagen Chloroform.»

Sanka konnte nicht zuschauen, ihm wurde flau, gleichsam von Filipps Wörtergehaspel. Sanka ging hinaus in den Korridor, zur Treppe, und ein Schrei, ein durchdringender Schrei schallte durchs dumpf hallende Treppenhaus. An der Tür unten gab es Gedränge bei den Tragbahren.

Es war Nacht, und in dem halbdunklen, leeren, steinernen Korridor kollerten in der Ecke beim Fenster dumpfe Stimmen. Armenische Studenten. Bald stiegen die Stimmen bis zur dunklen Decke hoch, bald verkrochen sie sich erneut in der Ecke. Sanka schritt langsam näher. Sie redeten unverständlich, auf Armenisch. Und vor dem Fenster draußen die Straße leer, ohne Straßenlaternen, nur unmittelbar vor den Klinikfenstern schimmerte schwarz der Straßenkot.

«Sie gehen vielleicht noch einmal, dann komm ich mit. Unbedingt komm ich vielleicht mit!», flüsterte Sanka. «Wenn ich gesehen hätte, wie Rybakow mit den Verteidigern aufbrach, wäre ich ... Hab sie doch im Hof gesehen, hätte sie einholen können. Ihnen nachrennen, auf der Straße hätte ich sie eingeholt.» Sanka stampfte mit dem Fuß, schüttelte den Kopf und kehrte um. Plötzlich setzte sich die ganze Armeniergruppe in Bewegung, und zwei überholten Sanka. Einer, er trug eine Burka, ging voraus, der andere fasste ihn an der Schulter und redete laut auf ihn ein. Plötzlich aus dem Halbdunkel eine russische Stimme ihnen entgegen – Rybakow!

«Wirklich wahr, ihr kommt nirgends durch, nirgends. Bin gerade aus der Vorstadt zurück, Ehrenwort, überall Patrouillen, Patrouillen, alles von Soldaten abgesperrt, und sie feuern sofort. Sie beschützen. Beschützen das Pogrom. Dort an der Ecke hätten sie mich fast erschossen, zweimal haben sie gefeuert, während ich hierher gerannt bin. Nirgends kommt ihr durch! Ja, ja! Das Pogrom ist jetzt am Moskauer Tor. Gebt mir was zu rauchen, wer hat was?»

Sanka griff rasch in die Tasche, steckte Rybakow seine letzte Papirossa zu, er befürchtete, andere kämen ihm zuvor.

«Mamikanjan! Mamikanjan!» Zwei stürzten dem Studenten mit der Burka nach.

Rybakow drehte sich um.

«Seine Mutter ist in Baku von Tataren erstochen worden, und nun will er hinaus.» Die Studenten nickten Mamikanjan hinterdrein.

«Unsinn!», rief Rybakow ihm nach. «Für nichts und wieder nichts kommt man doch nicht um!» Die Papirossa paffend, jagte Rybakow hinter Mamikanjan her, drehte ihn zu sich um. «Wozu denn? Wozu?»

Alle verstummten.

«Kann nicht anders. Muss. Ich muss», sagte Mamikanjan halblaut, gepresst und bewegte etwas unter der Burka.

«Hat einen Karabiner.» Die Studenten wiesen mit dem Finger auf die Burka und schauten Rybakow an.

Mamikanjan entzog ihm die Schulter und schritt rasch über den Steinboden. Sie ließen ihn ziehen, und im nächsten Moment stürzten sie ihm nach. Sanka rannte mit einer Gruppe von Studenten, er hörte im Dunkeln hastige Füße schlurren, diese Füße musste er einholen! einholen! Und zwar gleich! Unten schlug die Tür, und Sanka rannte hinterdrein und beschleunigte noch vor der Tür, um sich schnellstens, mit einem Ruck, hinauszustoßen, dieses verfluchte Ich!, hinaus auf die Straße.

Sanfte Feuchtigkeit schlug ihm aus dem Hof entgegen, und Sanka hielt nicht im Laufen inne, er sah im Licht der Laterne am Hoftor, wie die schwarze Burka nach rechts abbog. Drei Studenten hatten Sanka eingeholt. Sie gingen leise an der Mauer entlang. Mamikanjan schritt laut in der Mitte des Gehsteigs. An der Ecke eine Lampe, eine trübe Kugel über einem Hauseingang. Und da waren sie, die Soldaten. Fünf ungefähr.

Sanka presste sich gegen die Mauer.

«Mamikanjan!», rief jemand heiser von hinten. Und es wurde still, nur Mamikanjan ging gleichmäßigen Schrittes auf die Soldaten zu. Sanka blickte geradeaus, sein Atem stockte. Die Soldaten schauten bereits, einer legte den Kopf schief.

«Wer da! Parole! Halt!» Ein Soldat mit schussbereitem Gewehr. «Halt!»

Mamikanjan blieb stehen.

«Waffen?» Sie umringten ihn. Und zogen, zogen unter der Burka hervor … «Halt! Damit wollen wir den doch gleich!»

Mamikanjan stand unbeweglich, ein schwarzes Brett.

‹Sollten sie wirklich?›

«Mamikanjan!!», brüllte Sanka, es brüllte seine Kehle über die ganze Straße, und im gleichen Augenblick donnerte ein Schuss und danach ein zweiter. Sanka sah, wie Mamikanjan zusammenbrach, alles Blut flutete ihm in die Augen, und es trieb Sanka vorwärts, um dazwischenzufahren, auseinander zu reißen! – doch plötzlich stockte sein Fuß, und Sanka knallte voller Wucht mit der Schulter aufs Trottoir. In seinem Kopf wurde es dunkler und dunkler. Davongeflogen war das Licht.

DRITTES BUCH

In einem Séparée des «Südens», bei verschlossener Tür und zugezogenen Vorhängen, saß Wiktor auf dem Sofa. Den Casaquin hatte er aufgeknöpft, so war das Hemd sichtbar, weiß mit rosa Streifen. Über den Tisch blickte Schenja auf das Hemd, sie biss in eine Praline, und der Sirup tropfte ihr aufs Kleid.

«Oj, alles Ihretwegen!», rief Schenja und sprang vom Stuhl auf. Senkowski klumpte eine Serviette zusammen und begann zu reiben, vor allem rieb er auf dem Busen, drückte kräftig dagegen.

«Hä-hä!» Am Tischende hatte Bolotow sich an einem Bissen verschluckt, er hielt beide Hände vor den Mund, schaukelte vor und zurück. «Wie Sie ... mit dem weiblichen Geschlecht ... so militärisch.»

«Ah, wir können noch ganz anders!» Senkowski warf die Serviette unter den Tisch, setzte sich. «Können» – er drohte Schenja mit dem Finger –, «wenn es sein muss, auch aufspießen.»

«Aufspießen!» Bolotow kniff nun gänzlich die Augen zu. «Frechdachs, also wirklich!»

«Mit Nägeln!» Senkowski schob sein Gesicht nah zu Schenja hin. Schenja blickte auf und führte den Blick übers Tischtuch zu Wiktor. Wiktor griff sich an den Schnauzbart. «Und zwar Judenschlampen!», schrie Senkowski Schenja zu. «Und Judenkerle genauso. Hach, passt bloß auf, werdet noch auf die Toten neidisch sein!» Senkowski pochte mit dem Finger auf den Tisch.

«Ich bin eine Judenschlampe, was gebt ihr euch ab mit einer Judenschlampe? Geht doch zu Russinnen! Na? Ist die Jüdin süßer?»

«Ein Pralinchen, ah was!» Wawitsch schürzte die Lippen.

«Vielleicht eher Senf?» Bolotow beugte sich über den Tisch und blickte bald Senkowski, bald Wiktor an. «Ja?» Plötzlich fing er an zu rülpsen, lehnte sich zurück, hustete. «Puh!»

Und kniff schlau die Augen zusammen. «Nö, nö! Jetzt gibt es für euch kein Pardon mehr! Jetzt sind auch wir klüger. Das Judenpack hält zusammen – eisern! Nicht mal mit Feuer schweißt du die auseinander. Aber wir haben jetzt auch einen Bund!» Bolotow hob die geballte Faust und schüttelte sie in der Luft. «Einen Bund!» Bolotow stand auf. «Den Bund des russischen Volkes! Des rechtgläubigen Volkes!» Bolotow legte schwergewichtig die Faust auf den Tisch, drehte und wendete den Kopf. Und plötzlich wischte er mit den Fingern wie mit dem Nudelholz über den Tisch: «Schenk ein! Wiktor! Schenk ein, das Teufelszeug! Auch ihr, soll sie trinken! Und wenn sie sich verschluckt!»

Wiktor bekam nur ein halbes Glas ab.

«Verlang noch welchen!», schrie Bolotow. «Und ihr alle, dass doch eure Mutter!» Bolotow fuchtelte vor Schenjas Nase mit dem Finger herum. «Würdet ihr friedlich dasitzen, wär ja nicht die Bohne! Ihr wärt heil und unversehrt. Aber die Streiks! Na, bringt er welchen?», schrie Bolotow zur Tür hinaus. «Frag ich doch einen Kleinrussen aus Jekaterinoslaw, wie, frag ich, war bei euch nicht Streik? Und der sagt: Einen solchen, sagt er, Streik haben sie auf die Beine gestellt, dass kein einziger Jud mehr übrig geblieben ist! Kein einziger, sagt er … Ja prima, hast gleich zwei angeschleppt!» Bolotow hieb mit der Hand gegen den Flaschenboden, schlug den Korken heraus.

«Wohin? Wohin? Halt!» Senkowski hielt Schenja fest. «Setz dich! Die Freundin? Wir schicken nach ihr. Klingle!» Er nickte Wiktor zu, dabei presste er Schenjas Finger. Schenja riss sich los, flitzte um den Tisch, setzte sich Wiktor auf den Schoß und packte unter der Uniform das Hemd.

«Was renkt er mir die Finger aus? Nina, Nina!», rief sie. Unter der Tür stand eine große Blondine, schwergewichtig, mit dick angemalten Brauen. Die geschminkte Lippe verächtlich verzogen. Eine Schulter hochgereckt.

«Auf den Zaren, das Vaterland und den rechten Glauben!», verkündete Bolotow und schluckte den Wodka im Stehen aus dem Glas. «Puh!» Er spuckte aus und schüttelte den Kopf. «Gott erhal-te …», stimmte Bolotow an. «Aufstehn, aufstehn, alles aufstehn! Gott erhalte unsren Za-ren!» Und er schwenkte die Hand, als streichelte er eine Katze. Das Orchester im Nebenraum überdeckte die Stimmen, Wiktors Tenor fiel ein, traf aber daneben. «Hurra!», schrie Bolotow. Im Stehen stach er die Gabel in einen Hering, als stoße er mit der Harpune zu. «Jawoll! Also, ich gehe. Gehe jetzt, Jungs, kann nicht mehr. Lass mich dich küssen!» Und er zog Wawitsch über den Tisch zu sich her. «Macht noch einen drauf. Na und? Sind ja noch jung, und die Gemahlin in den allerletzten Umständen. Ich gehe!»

«Bloß, Senkowski, pass mir auf …» Wiktor wankte und stieß mit der Schulter an Senkowski. «Haben zusammen einen draufgemacht, da wird nicht verpfiffen!» Wiktor blieb auf dem nassen Bürgersteig stehen und hob den Finger. Senkowski blickte über die Schulter.

«Gehn wir!» Er zerrte Wiktor am Ärmel. «Völlig beduselt! Bleibt unter der Laterne stehen.»

«Sei mir wegen Schenja nicht bös.» Wiktor hickste.

«In Gottes Namen, nur zu. Ist mir nicht leid drum.»

«Nein, ‹nicht leid›, darum geht's nicht.» Wiktor blieb erneut stehen, stieß Senkowski. «Nein, verpfeif mich nicht bei der anderen …» Wiktor suchte Senkowskis Blick aufzufangen. «Der Wa-Warwara … sie mag das nicht, sag ich, wenn man mit solchen …»

«Befürchtet, dass du ihr was anhängst.» Senkowskis Blick strich über Wiktors Augen. Er drehte sich um und ließ Wiktor stehen.

Viermal wurde kurz geklingelt. Sanka sprang auf und ging öffnen. Er hinkte noch auf dem durchschossenen Bein. Mehr aus Gewohnheit, noch mehr der teuren Erinnerung wegen. Doch das Mädchen hatte schon geöffnet, und zur Tür herein schob sich erst das Rad eines Fahrrads, ruckte leicht an der Schwelle auf elastischem Reifen, danach zwängte sich ein Mann mit schwarzen Augen herein – einzig diese Augen erblickte Sanka. Die Augen drangen klar und fest in Sanka ein, und im ersten Moment prallte Sanka zurück. Dann ließen die Augen ihn los, und Sanka sah, dass es ein kleinerer und sehr gut gekleideter Mann war. Mit Geschmack gekleidet, nicht geckenhaft. Und hinter ihm, ebenfalls mit Fahrrad, Aljoscha Podgorny.

«Sei gegrüßt! Darf ich?» Aljoscha schob sein Fahrrad durch den Flur.

«Geradeaus, geradeaus!» Sanka trat beiseite, gab den Weg frei. Podgorny bog in Sankas Zimmer. Sanka trat ein, schloss hinter sich die Tür und blickte unentwegt den Neuen an. Der lehnte sein sauber blinkendes Fahrrad sorgfältig und sicher an Sankas Etagere.

«Ihr kennt euch noch nicht.» Aljoscha holte Luft. «Das ist Kneck.»

Kneck streifte rasch den Handschuh ab – was für ein Handschuh! Butterweich. Und reichte die Hand. Ein Händchen! Aber wie kräftig! Der Zugriff war eisern.

«Setzt euch!» Sanka zog Stühle her.

«Ein Problem», begann Aljoscha und blickte Kneck an.

«Ein sehr wichtiges Problem.» Sanka war ganz Ohr, er warf sich auf diese Stimme, um sie rasch zu enträtseln. Mit Akzent. Mit was für einem? Und die Aussprache sehr sorgfältig, spricht wie gedruckt. «Wichtig und zudem eilig.» Kneck griff in die Tasche des weichen Sakkos und holte einen Umschlag hervor. Sanka konnte kein Auge wenden – einen dicken Umschlag. Kneck zog mit zwei Fingern ein schwarzes Eisenviereck heraus. Es war vielleicht einen viertel Zoll dick. Kneck hielt es leicht, als wäre es Papier, am einen Ende Sanka hin. «Sehen Sie, hier ist gebohrt worden.» Kneck deutete mit dem kleinen Finger auf eine Vertiefung in der Mitte, eine leichte Narbe. «Der Bohrer packt es nicht. Das Material ist gehärtet. Vielleicht gibt es eine Säure, die es schafft? Sie sind Chemiker.»

Aljoscha spähte immer wieder zu Sanka und schob die Finger auf den Knien ständig anders ineinander.

«Kurz gesagt», fügte Aljoscha halblaut, aber prononciert hinzu, «es handelt sich um einen feuerfesten Safe. In den muss ein solches Loch geschnitten werden» – Aljoscha zeichnete mit dem Finger ein Quadrat in die Luft –, «und das innerhalb einer Viertelstunde. Nun sag, probier mal aus und sag: Geht es mit Säure, oder schafft die es nicht?»

Sanka sah bald auf das Stahlquadrat, bald auf Aljoscha, und jedes Mal kreuzte er Knecks Blick wie einen Draht.

‹Das also ist Kneck›, dachte Sanka und errötete. Über Kneck hatte er längst schon von Aljoscha gehört. Gleich beim ersten Mal, als Aljoscha plötzlich in Zivilkleidung aufgetaucht war, mit rotblondem Bärtchen. Jetzt war er Sergej Nechoroschew.

Sanka runzelte auf sein Erröten hin die Stirn und bemühte sich, ein solides, gelehrtes Gesicht zu machen, er betrachtete die Narbe auf dem Stahl, beugte sich weit vor.

«Gut. Ich mache einen Versuch. Es gibt natürlich eine gewisse Wahrscheinlichkeit.»

Kneck stand auf.

«Drei Tage reichen Ihnen?» Er schüttelte Sanka die Hand, hielt sie in der seinen, blickte ihm in die Augen.

Sanka nickte.

Kneck ließ seine Hand los.

«Bin Ihnen sehr verbunden», sagte Kneck, und schon hatte er das Fahrrad aufgebäumt, um es im Zimmer umzudrehen.

Tanja stieg die Treppe zu den Tiktins hoch. Auf dem Treppenabsatz gab ihr ein junger Mann mit Fahrrad den Weg frei, er drückte sich an die Wand und schwang leicht das Vorderrad hoch.

«Merci», sagte Tanja und blickte aus dem Augenwinkel – ein anderer, Hochgewachsener, riss das gesamte Fahrrad hoch, als wollte er gegen Tanja ausholen. Tanja bückte sich und machte zwei rasche Schritte.

«Kamen da nicht zwei von euch», fragte Tanja Sanka, «mit Fahrrädern?»

«Nein …» Und Sanka lächelte verschwörerisch.

«Also doch.» Tanja nickte langsam.

«Meinetwegen, von uns. Na schön, von uns. Und?» Es amüsierte Sanka, dass Tanja Aljoscha nicht erkannt hatte.

«Nichts weiter. Der eine, der Kleinere …»

«Die Augen? Ja?» Sanka nickte, hab ich es doch erraten.

«Nein, nicht die Augen, er ist bloß sehr schön. Ein bemerkenswertes Gesicht. Habe so jemand noch nie gesehen.»

Sanka trat beiseite, quasi zum Aschenbecher, und hinkte stärker als sonst, nachdrücklicher.

«Ihr Bein schmerzt doch nicht mehr?» Und Tanja wandte sich ab, Anna Grigorjewna entgegen. «Verstehen Sie, Anna Grigorjewna …»

«Ich hinke, weil es mir Spaß macht», sagte Sanka und schleifte sein Bein durch die Tür, riss heftig ein Streichholz an, begann zu rauchen. «Wen geht das was an?»

Er begab sich in sein Zimmer, rückte laut den Stuhl, setzte sich an den Schreibtisch und nahm Knecks schweres Quadrat in die

Hand. Schaute es an. Blies darauf. Tanja kam nicht. Er hörte Stimmen im Esszimmer – sie setzen sich zum Tee! Sanka ließ das Quadrat in die Tasche seiner Joppe gleiten, trat ins Vorzimmer, zog sich den Studentenmantel über und hörte Tanjas Stimme:

«... aber nein, da steht tatsächlich gedruckt: zum Schutz des Schutzmanns – fünf Bewohner des jeweiligen Viertels. Nicht ‹des jeweiligen›, aber so ähnlich ...»

Sanka zog die Mütze auf und stieß die Tür mit dem Fuß.

Tanja hörte, wie Sanka die Wohnungstür zuschlagen ließ.

«Dumm», sagte sie leise und sah zum Fenster hinaus.

«Was meinten Sie?» Anna Grigorjewna schaute Tanja aufmerksam ins Gesicht.

«Dumm, sag ich, wie das da steht» – Tanja redete lebhaft los –, «wer schützt eigentlich wen, der Schutzmann die Bevölkerung oder die Bevölkerung den Schutzmann?»

«So steht es tatsächlich da?»

«Ja, ja, ja! So steht es gedruckt!» Tiktin trat aus der Tür seines Kabinetts.

«Meine Verehrung!» Er machte vor Tanja einen Kratzfuß und schwenkte die Hand mit irgendwelchen Papieren zur Seite. In der anderen blitzte das Pincenez. «Warten Sie!» Er hob das Pincenez hoch, schüttelte es.

Tanja blickte zu Tiktin, auch Anna Grigorjewna wandte den Kopf. Der Kamm rutschte ihr aus dem Haar, sie griff sich in den Nacken.

Tiktin setzte sich Tanja gegenüber, strich vor sich die Papiere glatt.

«Was ist das?» Anna Grigorjewna reckte sich, spießte die Haarnadeln in ihrer Frisur fest.

«Pardon!» Andrej Stepanowitsch verdeckte das Papier mit der Hand und setzte das Pincenez auf die Nase. «Wie verstümmelt die

Verfassung auch sein mag», hob Tiktin mit strenger Stimme an, «aber sie ist heute die einzige unbezweifelbare Tatsache.»

«Und der Schutz für die Schutzleute?» Tanja fixierte Andrej Stepanowitsch.

«Über die Schutzleute reden wir noch», sprach Andrej Stepanowitsch dozierend und schwenkte die Haare aus der Stirn. «Tja» – er schlug auf das Papier –, «und diese Verfassung muss man nutzen. Dazu müssen im Vorfeld der Wahlen Organisationen aufgebaut werden, anders gesagt, Parteien, Wählerparteien» – Tiktins Stimme hob sich – «mit Programm, bestimmten Prinzipien und so weiter. Nun bitte ich um Aufmerksamkeit!»

Tiktin nahm die Hand vom Papier und rückte das Pincenez zurecht.

«Vorerst ist dies ein Entwurf.» Er blickte über das Pincenez auf Tanja. «Nun denn: Die Selbstherrschaftlichkeit des Volkes. Nein, Pardon! Die rechtliche Selbstherrschaft des Volkes. Das Motto von Balmont:

Wille des Volkes,
das ist sein Glück,
Aufklärung, Freiheit
kein Weg zurück.

Wenn die bürgerlichen Grundrechte gesichert sind und die Rechtsordnung des Staates sich darauf stützt, wird die Volksherrschaft rechtmäßig. Die Selbstherrschaft des Volkes besteht darin, dass es sich selbst Gesetze gibt, das heißt in der ge-setz-gebenden Macht!» Tiktin warf einen Blick auf seine Gattin, auf Tanja.

«Und? Und?» Tanja klopfte unterm Tisch mit dem Absatz.

«Die Gesetze, welche die Regierungsform, die Rechte und Pflichten der Machtorgane und der Behörden sowie ihre Beziehungen untereinander regeln, heißen Grundgesetz, Verfassung oder

Konstitution. Die Konstitution wird auf längere Zeit eingeführt, und alle übrigen Gesetze müssen sich aus ihr ableiten. Auf diese Weise muss jeglicher freie» – dieses Wort las Tiktin besonders laut – «Staat ein Rechtsstaat sein, folglich auch kon-sti-tu-tio-nell.»

Und er patschte mit der Handfläche auf das Blatt.

«Gut, gut, und weiter! Was ist weiter?»

«Redefreiheit! Und Pressefreiheit» – Tiktins Blick traf Tanja – «ist eine direkte Folge der Anerkennung der Gewissensfreiheit.»

«Hört mal! Lasst uns rübergehen», sagte Anna Grigorjewna, «hier wird nämlich gleich der Tisch gedeckt.»

«Könnten wir nicht einen Moment noch?» Tiktin verzog ungehalten das Gesicht.

«Schau doch, wie viel!» Anna Grigorjewna tippte mit dem Finger an die Blätter.

«Ah! Na schön!» Tiktin riss das Pincenez herunter, sammelte die Blätter ein, und ohne jemanden anzusehen, ging er in sein Kabinett, schloss hinter sich die Tür.

«Also, ich gehe!» Tanja stand auf. «Vielen Dank, habe gerade erst Tee getrunken. Ehrenwort.»

WIE EIN FISCHCHEN

Wiktor schwankte und stieß gegen Froska.

«Schläft sie? Das Licht brennt, sagst du?»

Froska zog an den Mantelärmeln.

«Der Herr Papa? Was für ein Herr Papa? Ah so! Ist angekommen?»

Wiktor schritt breitbeinig durch den Flur, drehte forsch am Türknauf, riss die Tür auf, tat einen Schritt und hielt sich schwankend am Knauf fest.

Pjotr Sawwitsch saß an Grunjas Bett, hatte die Beine unter den Stuhl geschoben und die Arme akkurat auf der Brust verschränkt.

Er blickte Wiktor lange an und nickte schweigend, mit einem Lächeln.

«'n Abend.» Wiktor hatte immer noch Angst, die Tür loszulassen.

Pjotr Sawwitsch erhob sich und streckte beide Arme vor, kam auf Wiktor zu.

«Guten Abend, guten Abend! Komm auf deinen Brief angereist!» Er legte Wiktors Hand auf die seine, und mit der anderen klopfte er ihm kräftig auf die Schulter. Wollte ihn küssen. Doch Wiktor schwankte gerade nach rückwärts. Mit dem Kuss klappte es nicht. Grunja schob die Beine aus dem Bett. Im gelben Hauskleid. Blickte missmutig auf Wiktor, auf den Vater.

«Na, woher?» Pjotr Sawwitsch ließ Wiktors Hand fahren. «Einen draufgemacht?» Und trat einen Schritt zurück.

«Wirst du Tee trinken?» Grunja sah zur Wand, als sie vorbeiging.

«Unbedingt ... un... unbedingt. Sehr angenehm. Mit den Vorgesetzten», sagte Wawitsch, als Grunja draußen war, und ruckte die Augenbrauen.

«Ja, ja», erwiderte Pjotr Sawwitsch eilfertig, mit dünnem Stimmchen, «kenn ich, kenn ich. Wie auch nicht. Da sagt man nicht nein. Gewiss doch. Da kommt man nicht drum herum.»

«Willst du in Diensten stehen», entfuhr es Wiktor auf einmal laut, «und willst du anderen einen Dienst verschaffen» – Wiktor legte mit geschlossenen Augen den Kopf schief –, «tja, dann» – und er blickte mit einem Mal streng den Alten an – «sag nicht nein!» Wiktor schwenkte den Finger vor Pjotr Sawwitschs Nase. Patschte sogar ein bisschen auf die Nasenspitze. «Einen Dienst muss man auszufüllen verstehen», sagte Wiktor im Esszimmer und warf sich im Sessel zurück. Plötzlich sah er Grunja an. Grunja blickte am anderen Tischende aus schweren Augen hinterm metallenen Teekessel vor. «Was denn?» Wiktor reckte sein Kinn gegen Grunja. «Heute, mein Täubchen, muss man das verstehen. Und nicht wie ... ein Schlappschwanz.»

Pjotr Sawwitsch schaukelte auf dem Stuhl und rieb sich im Takt die Knie. Er blickte auf Wiktor und blinzelte häufig.

«Trink und geh ins Bett, wäre besser», sagte Grunja mürrisch. «Hast dich im Dienst verausgabt.» Grunja schlug den gelben Morgenrock fester um sich, stand auf, verließ den Raum.

Pjotr Sawwitsch zog die Brauen hoch, reckte kurz den Kopf, hinter Grunja her, und blinzelte rasch Wiktor zu. Beugte sich vor.

«Frauen verstehen das nicht», flüsterte Pjotr Sawwitsch.

«Was denn schon?», sprach Wiktor laut. «Ist doch einfach. Da beschützen fünf Mann einen Schutzmann, während ich ... ich bin allein.» Wiktor setzte sich im Sessel seitwärts. «Warum der Schutz, ist klar: Sind doch viel zu oft geholt worden, die Schutzleute! Ach, Diebe! Ach, Mörder! Oj, gwald!», schrie Wiktor. «Wie? Schmeckt euch nicht? Bitte sehr, da habt ihr eure Schutzleute, jetzt müsst ihr sie auch zu schützen wissen. Sonst werden sie geprügelt wie die Schafböcke, an jeder Ecke, und alles schaut zu. Als es losging mit der Prügelei von den Juden, gleich hieß es oj und wej und ‹wo ist der Schutzmann?›. Der Schutzmann soll vor dem ganzen ... vor dem ganzen Volk soll er einen Schutzwall bilden.» Wiktor spreizte die Arme. «Aber wenn auf die Schutzleute geschossen wird, dann ist das in Ordnung! Wer tritt eigentlich für den Schutzmann ein!», brüllte Wiktor.

Er stand auf. Hinter ihm machte Froska die Flurtür zu.

«Sie schläft wohl, vielleicht stören Sie», sagte Sorokin flüsternd.

«Schläft? Da fragen wir gleich mal nach!» Und Wiktor klopfte schräg an die Tür – zu Grunjas Zimmer.

Bei Grunja war es dunkel.

«Wir stören? Stören beim Schlafen, frag ich?» Wiktor fragte es laut, machte Krach.

Aus dem Dunkeln kam keine Antwort.

«Wie belieben!» Wiktor drehte sich um, riss an der Tür. Die Tür prallte zurück, er machte sie mühsam zu. Und Pjotr Sawwitsch, immer noch flüsternd:

«Auch ich, nach der Fahrt … mir ist, denk ich, nach Schlafen zumut.»

Wiktor riss noch einmal an der Tür.

«Wie belieben.»

Er setzte sich an seinen Platz. Pjotr Sawwitsch war verschwunden.

«Wie belieben», sagte Wiktor halblaut, allein im Esszimmer, und zog eine dicke «Renommee»-Papirossa hervor. Und es klang ihm in den Ohren.

«Ach, hol euch der Teufel», sagte Wiktor laut im leeren Zimmer, griff sich mit zwei Fingern die Karaffe, warf den Senf um und ging in sein Kabinett. Das Licht ließ er brennen. «Bitte sehr, hab ich nichts mit zu tun.»

Er machte in seinem Kabinett Licht, fand auf dem Schreibtisch einen Platz für die Karaffe, da lag plötzlich ein Brief. Die Adresse in fadendünner, unbekannter Schrift. Hol's der Teufel, sicher eine Bittstellerin. Wiktor setzte sich in den Sessel. Also wirklich, diese Schenja! Er hatte sie auf dem Sofa geschnappt, und sie – wie ein Fischchen, zack! zack! Unsere können das nicht, unsere sind Kühe.

«Richtig zum Melken!», sagte Wiktor laut. «Zeit zum Melken.» Ihm fiel ein, mit welchem Gewicht Grunja im gelben Hauskleid vorbeigegangen war. «Bist wie ein Fischchen», flüsterte Wiktor. Und mit einem Mal grauste ihm, Senkowski könnte es ausplaudern. War der Brief womöglich von ihr? Wer weiß? Wiktor griff nach dem Kuvert und machte es rasch auf.

Mit gleichmäßigen, großen Spinnwebbuchstaben war das ganze Blatt beschrieben.

«Teurer Wiktor, Witja, mein lieber Sohn. Wundere dich nicht, es schreibt dir deine Mutter. Uns hat ein Unglück heimgesucht. Ich bin vom Bett aufgestanden, dafür liegt nun Taissa. Sie liegt eigentlich nicht, viel schlimmer, in der Krankenanstalt vom Semstwo ist sie jetzt, in der Psychiatrie, zweite Frauenstation. Ich gehe jeden Tag hin – fünf Werst ein Weg, kennst es ja. Die einen sagen, es sind die Nerven, die anderen, es ist seelisch, aufgrund starker Erschütterungen. Bei uns haben sie im Theater die Statistiker verprügelt und sogar die Gymnasiasten, unsere Polizei taugt überhaupt nichts, und Taissa war im Theater drin, fast wären alle verbrannt, aber der Musiker Ilja Solomonowitsch hat sie gerettet, erinnerst dich, der Herr Israilson. Und jetzt weiß ich nicht, was wird. Vater weiß nicht, dass ich dir schreibe. Furchtbar, was hier los war. Alle Diebe aus dem Gefängnis haben sie auf die Leute losgelassen, es hat viele unschuldige Opfer gegeben. Und jetzt kann er deinen Namen nicht mehr hören. Aber sie, sagen sie, phantasiert ständig von diesem Musiker, er ist aber Jude, und überhaupt, wer braucht schon mein verrücktes und ja auch krankes Herzchen, meine teure Taissa, die Ärmste. Er ist ein sehr guter Mensch, ich stelle ihn allen unseren Russen als Beispiel hin, und wir müssen unser Leben lang zu Gott beten für ihn. Der eine Doktor, Gerassimow, erinnerst dich vielleicht, so ein kleiner Alter, der sagt, dass vielleicht alles vergeht, wenn sie heiratet. Dass es so etwas schon gegeben hat. Bei zart gebauten Menschen könnte es so etwas einfach aus Liebe geben, das geht dann vorbei, wenn alles gut wird. Mich lassen sie jetzt nicht zu ihr, ich habe sie nur einmal von weitem gesehen, mein Herzchen, meine Ärmste. Ach, Witja, wenn du bei uns wärst, vielleicht wäre das alles gar nicht geschehen. Ich küsse dich von Herzen, mein Lieber. Vielleicht gibst du das dort auf und kommst irgendwie hierher, und sei es auf die Post, er wird dir verzeihen. Er ist doch so ein Guter.

Deine Mutter

Wie bitter meine Genesung doch ist.»

Wiktor rang nach Atem, während er den Brief las. Er blickte sich bänglich um, ob es auch niemand mitbekommen hatte. Auf Zehenspitzen ging er ins Esszimmer, löschte das Licht, schloss seine Tür mit dem Schlüssel ab und fing noch einmal zu lesen an, um die Buchstaben besser zu vernehmen.

DIE RINNE

Sanka grenzte auf dem Stahlquadrat mit Wachs eine Rinne ab. Eine Rinne in Form des Buchstabens T. Fragt jemand – ein originelles Namensschild für die Wohnungstür, ich ätze Buchstaben. In die Rinne goss er Königswasser. Und die Hand zitterte, während er goss, vor seinem geistigen Auge sah er: Nacht, Blendlaternen, Geflüster, es graust einen, aber ihnen macht das nichts, ein fremder Wille hält sie fest, wegzugehen ist unmöglich, die Beine zittern, wie damals auf der Treppe in der medizinischen Fakultät. Und nichts Kriminelles, natürlich nichts Kriminelles, wenn Aljoscha dabei ist. Ebendeshalb nichts Kriminelles, weil geätzt wird. Diebe haben dafür ihre Fachleute, Einbrecher, Leute mit Dietrich. Aber warum sollten sie unbedingt mich dazubitten? Nein zu sagen brächte ich nicht fertig. Sanka stellte sich deutlich vor, wie Aljoscha sagen würde: Du hilfst doch mit, oder? Dann müsste unbedingt die Antwort sein, so nebenher: Och, warum nicht. Höchstens aus Feigheit könnte man da nein sagen, weil es ja bestimmt für revolutionäre Zwecke ist.

Sanka hoffte und fürchtete gleichermaßen, dass es mit der

Säure nicht klappte. Er wartete fünf Minuten und wusch die Säure ab. Um zu messen, wie viel sie innerhalb von fünf Minuten zerfressen hatte. Niemand trat zum gläsernen Abzugsschrank, niemand schaute, womit Sanka sich abgab.

Es war Morgen, noch war sonst niemand gekommen, nur der Labordiener Tadeusz spülte am Wasserhahn neue Kolben und sang leise. Etwas Fröhliches sang er, in kurzen Stücken. Sanka trat ans große Fenster, um zu prüfen, zu messen – er stand hoch oben, über allen Häusern, wie viel Himmel zu sehen, als ob er ihn das erste Mal erblickte. Wolkenballen, frühlingshafte, fegen verwegen über den Himmel, in Schwärmen. Und der Himmel linst fröhlichen Auges dahinter vor, versteckt sich. Tadeusz hat eine Mazurka angestimmt:

Mowię, panienko,
Co teraz będzie.

Und Sanka wurde von verwegenem Geist gepackt.

Niech pochowają,
Księdza ne tzreba!

Sanka blickte ganz wie ein fröhlicher Räuber und besah sich die Rinne, als hätte er ein Messer geschliffen und probierte es aus. Auf die Wolken blickte er wie auf Kameraden, und er summte Tadeusz nach:

Niech pochowają,
Księdza ne tzreba!

Es hatte wenig zerfressen, nur einen dreiviertel Millimeter.

Sanka wickelte das Quadrat in ein Filterpapier, steckte es in die Tasche und trällerte Tadeusz nach:

Klappt es mit dem nicht,
Helfen wir anders!

Es trieb ihn auf die Straße, um aus dem neuen Geist heraus alle zu betrachten. Im Vorbeigehn klopfte er Tadeusz auf die Schulter:

Helfen wir anders!

«Und wer hilft uns?» Tadeusz lachte, er schüttelte die nassen Hände ab.

Sanka rannte die Treppe hinunter und klopfte mit der Faust aufs Treppengeländer, immer noch im Takt der Mazurka:

Niech pochowają,
Księdza ne tzreba!

Auf dem letzten Treppenabsatz nahm Sanka scharf die Kehre, ohne auf einen Entgegenkommenden zu achten, da legte der ihm plötzlich die Hand auf die Schulter. Voller Schwung sauste Sanka noch zwei Stufen weiter, immer noch sang er im Stillen:

Księdza ne tzreba!

Es war aber Kneck.

«Ich komme zu Ihnen.»

Sanka musste erst die Brauen zu einer ernsten Miene verziehen.

«Sie haben begonnen. Es ist aber nicht mehr nötig. Es geht anders und sehr leicht. Danke.»

«Ich habe hier schon …» Sanka griff sich in die Tasche.

Kneck hielt Sankas Hand sanft zurück.

«Bemühen Sie sich nicht.» Kneck stieg die letzten Stufen herab. Sie waren schon an der Tür. «Sagen Sie Baschkin» – Kneck blickte Sanka einen Moment in die Augen –, «dass ich ihn umbringe, wo immer ich ihm begegne, auf der Straße, in der Kirche, im Theater. Sagen Sie ihm, dass sie den Genossen Korotkow aufgehängt haben. Diese Nacht.»

Kneck lüftete den Hut, so einen ganz weichen, einen freundlichen Hut.

Sanka schaute, wie Kneck lächelte, sehr höflich und so offen, und Sanka freute sich, dass solch ein Mensch, und mit welchem Vertrauen, mit welcher Achtung – und zugleich war klar, dass sie nicht zusammen gehen durften.

‹Der ist echt, der ist echt›, dachte Sanka und ging wie damals mit dem Reifezeugnis aus dem Gymnasium, und er lächelte höflich und zuvorkommend allen Passanten zu. ‹Der bringt ihn um, bestimmt erledigt er diesen Baschkin an der ersten besten Ecke.› Einen Moment stockte ihm der Atem. ‹Einen haben sie aufgehängt.› Sanka wollte wieder auf das Lied von vorhin umschalten, doch es fiel ihm nicht mehr ein.

Sanka ging auf verwirrten Beinen, fast wäre er gegen eine Dame gestoßen. Er trat an ein Schaufenster und blickte stirnrunzelnd auf die ausgestellten Hosenträger, ohne etwas zu sehen. Er bog in einen fremden Hof, suchte nach dem Abort, blickte sich um und schmiss das Stahlquadrat rasch ins Loch.

«Hast du keins, dann leih was», schrie Filipp Nadja zu. «Leih was bei der Alten. Was stehst du noch? Wird dir doch nicht schwer fallen, nach einem Fuffziger zu fragen!»

Der Fuffziger ist für Wodka. Filipp hat noch was im Glas, und nach einer halben Flasche, sogar weniger, wird er wegtreten, wird nichts als rotzen und in die Ecken spucken. Rotzen und ächzen. Und dann in Schlaf fallen und nicht mal die Papirossa löschen.

«Filipp! Tut der Kopf weh?» Nadja hätte gern gehabt, dass er sanft klagend geantwortet hätte, er tue weh – tat auch bestimmt weh. Nadja warf sich das Tuch über den Kopf.

«Nun geh endlich!» Filipp wandte sich verärgert ab.

Nadja trat in den nassen, finsteren Hof hinaus, in den fröhlichen Wind, einen hastigen, schwungvollen. Im Wind klepperte ein leerer Blechnapf an der Nachbartür. Nadja klopfte.

«Ist nicht zugesperrt, nur herein! Wer da?» Die Alte spähte vom Herd ins Dustere, und es roch stark nach gebratenen Zwiebeln.

Nadja mit schlichter, freundlicher Stimme: «Guten Abend.»

«Was ist denn?» Die Alte schaute in ihre Pfanne und rührte, scharrte mit dem Messer.

«Hätten Sie nicht einen Fünfziger bis morgen?»

Die Alte wandte sich nicht um.

«… bis morgen früh», fügte Nadja hinzu. «Vielleicht haben Sie ja keinen», sagte Nadja teilnahmsvoll und machte sogar Anstalten zu gehen.

«Wieso hab ich keinen? Hab einen Fuffziger. Hab auch einen Rubel.» Stocherte noch immer mit dem Messer. «Geb ich aber nicht her!» Und wandte das Gesicht. «Schnepfe!»

«Dann sagen Sie eben, dass Sie …»

«Was sag ich dir? Wer bist du eigentlich? Schlampe!»

Nadja drehte sich um, öffnete nicht gleich, sie kämpfte mit der Klinke.

«Geh nur, geh, beklag dich bei deinem Kerl! Pfui bah! Dass dich mittendurch, Flitsche!»

Nadja schlug hinter sich die Tür zu.

«Knallt auch noch fremde Türen, pass mir bloß auf! Streikhammel!»

Nadja durchquerte den Flur, ohne die Füße zu spüren. Aus der Stube drangen dumpf zwei Stimmen. Mit Schwung riss Nadja die Tür auf. Filipp wandte sich mitten im Wort um.

«Na?»

Ein Gast schaute vom Stuhl neugierig auf Nadja.

«Ich kann das nicht!» Nadja riss sich das Tuch herunter, warf es aufs Bett.

«Bah!» Filipp spuckte kräftig aus, als stampfte er auf den Boden.

Nadja packte das Tuch und stürzte davon.

«Nun warte doch!», schrie Filipp ihr nach. «Was ist denn?»

Nadja ging schneller und schneller, im Laufschritt überquerte sie Straßenkreuzungen, während der Wind das Tuch bauschte, ihr ins Gesicht wehte, den Rocksaum zauste, doch Nadja schien den Wind nicht zu spüren, sie setzte nur umso fester den Fuß auf, wenn es ihr ins Gesicht blies.

«Schau dir das an!», sagte Filipp. «Hab sie geschickt, nach einem Fuffziger fragen.» Filipp deutete mit dem Daumen hinter sich. «Gibt die eine nichts, geh zur Nächsten. Als wär da was dabei.»

«Ist ganz schön nervös», sagte der Gast und fingerte an seiner Mütze.

«Nervös nicht, aber möchtest du wie unsereiner, wie die Arbeiter, dann mach's proletarisch. Und wir? Wir selber? Wie machen wir's?» Nach einer Weile sagte Filipp: «Klar gibt die nichts, wissen doch alle hier, dass ich ohne Arbeit sitze.»

Da flappte die Haustür, durch den Flur rasche Frauenschritte. Filipp wie auch der Gast schauten zur Tür. Die Tür wurde aufgerissen, und die Alte von nebenan schrie von der Schwelle:

«Schmeißt auch noch die Tür zu. Wegen euch, wegen euch Dreckskerlen versauert mein Grischka im Loch. Und ihr? Satansbraten, habt ihn verleitet, und jetzt darf die auch noch die Tür knallen? Ja? Sag ihr, sag deiner Schnalle, dass ich ihr, dem Flittchen …»

«Dich werd ich, du Aas …» Filipp machte einen Satz zu der Alten. Der Gast schnappte ihn am Ärmel, Filipp entwand sich. «Dass dich, bis du krepierst!»

«Ich zeig euch alle an, euch alle, sag, wer ihr seid, Saukerle!», schrie die Alte aus dem Flur und donnerte mit aller Gewalt die Tür zu.

Kneck saß am Tisch und hatte sich weit vorgereckt zur Lampe. Er kniff die Augen und runzelte die Stirn, während er gegen das Licht ein Röhrchen betrachtete, ein verschmolzenes Glasröhrchen mit einer Flüssigkeit und einer runden Kugel auf dem Grund.

Er richtete sich auf, nahm die Lampe in die Hand und hätte fast die Mauser vom Tisch gewischt, die rechts am Rand lag.

«Nein, das taugt nichts, Aniela.»

Aniela kauerte sich hin und schaute von unten bald ihrem Mann ins Gesicht, bald auf das Röhrchen.

«Das Glas wurde überhitzt! Ich habe es aus der Hand fallen lassen, aus der Höhe von einem Arschin, da dürfte es keinen Riss geben. Da! Schau!» Kneck hielt Aniela das Röhrchen hin und zeigte mit seinem kräftigen, gepflegten Fingernagel, wo der Riss war. Aniela nickte.

«Sieh mal, da ist ja noch einer!» Kneck hielt den Nagel an eine andere Stelle. «Ein Mensch riskiert den Tod, da muss die Granate sicherer sein als der Tod. Was meinst du, Aniela? Wenn ich sie mit erhobenen Armen werfe, auch ohne Kraftaufwand, da muss das Röhrchen ganz zerbrechen. Unbedingt, ganz bestimmt. Eines von dreien ganz bestimmt. Wie ein Abzugshahn. Hier, das …»

Kneck legte das Röhrchen auf den Tisch und nahm vom Fensterbrett rasch ein dickes Buch, dick wie ein Wörterbuch.

«Das lass ich jetzt aus den Händen auf den Boden fallen, darin sind fünf Pfund Dynamit, und ich fürchte nicht, dass ein Unglück passiert.»

Kneck schritt in die Mitte des Zimmers. Er hielt in der nach unten gestreckten Hand die Granate am Buchrücken. Aniela schritt zu Kneck und legte ihm fest die Hand auf die Schulter, lehnte sich eilends an ihn und spreizte den leichten Fuß seitwärts ab. Die Augen presste sie zu.

«Hier!», sagte Kneck, und die Buchgranate schlug schwer am Boden auf. Aniela riss die Hand hoch. «Und wenn ich es so hoch hebe» – Kneck bückte sich, hob die Granate über seinen Kopf – «und wenn ich es jetzt werfe, dann wird hier ganz bestimmt nichts mehr übrig bleiben, gar nichts.»

Aniela schaute mit ernsten Augen zu dem Buch hoch, und Kneck legte die Granate sorgfältig an ihren Platz.

«Das Glas der Röhrchen muss entspannt werden. Das mach ich selbst. Setz den Teekessel auf, Aniela.»

SOLL ER MICH DOCH UMBRINGEN

Baschkin hörte schon im Vorzimmer, dass bei den Tiktins im Esszimmer viele Leute waren – Stimmen, und darüber hämmerte Andrej Stepanowitschs Bass:

«Ich wiederhole noch einmal … wiederhole noch einmal …»

Auf das Klingeln hatten Anna Grigorjewna und Sanka den Kopf in den Flur herausgestreckt. Sanka kam lebhaften Schrittes her, und kaum hatte er gegrüßt, fasste er Baschkin am Arm und führte ihn sogleich in sein Zimmer. Er drehte den Lichtschalter, lehnte die Tür an.

Baschkin ging von einer Ecke zur anderen, und sein Oberkörper neigte sich im Takt der Schritte. Er schnäuzte sich.

«Wozu die Heimlichtuerei?», sagte Baschkin, noch ins Taschentuch, und warf einen Blick von der Seite. Sanka saß auf dem Bett, die Knie breit, den Ellbogen irgendwie arg steil aufs Knie gestützt, und zwischen den Fingern zerkrümelte er eine Papirossa.

«Einfach nur …» Sanka sah zu Boden. «Mich hat jemand gebeten, Ihnen auszurichten, dass er Sie bei der ersten besten Begegnung umbringen wird.» Und Sanka warf Baschkin einen blitzschnellen Blick zu. Baschkin verhielt den Schritt.

«Umbringen?» Die Brauen schnellten hoch, die Lippe zuckte.

«Korotkow haben sie aufgehängt», sagte Sanka, die Wörter plumpsten steil zu Boden, und Sanka sog an der Papirossa.

Baschkin setzte sich in Bewegung. Setzte sich rasch in Bewegung, als wollte er weiter und weiter fortgehen.

«Korotkow? Ich habe … ich habe damit … Ich habe überhaupt … soll er mich doch umbringen. Soll er mich doch umbringen!», schrie Baschkin aus voller Kehle über Sankas Kopf hinweg, schrie es, als riefe er um Hilfe. «Und warum sagst du mir das?» Baschkin ging plötzlich zum Du über und hastete weiter, den Blick auf die Wände. «Soll er doch selbst kommen und mich umbringen. Soll er doch gleich jetzt kommen, soll er doch schießen.»

Baschkin hielt einen Moment inne und riss sich das Sakko auf der Brust auf.

«Wenn es ihm beliebt! Bitte sehr!» Baschkin schritt noch schneller durchs Zimmer. «Was will er damit sagen? Dass ich ein Verräter sei?» Mit roten Flecken im Gesicht blieb Baschkin plötzlich gegenüber von Sanka stehen.

Sanka spähte verhalten abschätzig durch den Rauch der Papirossa.

«Ja?» Baschkin schritt zum Bett. «Warum lässt er das denn ausrichten, so ein … so ein … solch ein Handausholen? Ich könnte ja auch ihn verraten, wenn es so wäre, in solch einem Fall. Ganz einfach, auf der kriminellen Ebene: droht, mich umzubringen. Hübsche …» Baschkin setzte sich wieder in Bewegung. «Hübsche Sprüche, das dicke Ende folgt! Teufel nochmal … Bloß, er hat also keine Angst, dass ich hingeh und petze. Nicht einmal, wenn mit dem Tod gedroht wird. Wo … wo ist da die Logik? Und Korotkow, das ist ja vielleicht überhaupt nicht wahr. Wer hat dir das gesagt?»

Baschkin stand in der Ecke und blickte mit zugekniffenen Augen auf Sanka.

«Tja, also, kurzum ...» Sanka stand auf und verließ den Raum, ohne einen Blick auf Baschkin zu werfen.

«So was aber auch, also bitte ... bitte sehr!», sprach Baschkin laut, während er auf den Flur hinaustrat. «Ich ginge ja selbst zu einer Aussprache mit ihm!»

«Guten Tag!» Baschkin grüßte, ruckte nur mit dem Kopf, ruckte geradezu feindselig, aber im Esszimmer war Lärm, und so reagierte allein Anna Grigorjewna auf Baschkins Gruß.

Ein bärtiger Herr, Baschkin unbekannt, spazierte im Esszimmer auf und ab. Baschkin blickte finster, durchkreuzte mit grimmiger Miene das Esszimmer, rempelte mit der Schulter den unbekannten Herrn und setzte sich in der Ecke aufs Fensterbrett. Seine Lippen waren in Bewegung, als kaute er auf einem Strohhalm.

«Und dieses Volk!», sprach der Bärtige. «Wenn Sie gestatten: Dieses Volk hat gesagt, was es denkt!» Er drehte seinen Bart Tiktin zu und machte einen Kratzfuß, verbeugte sich, die Hand abgespreizt. «Wenn Sie gestatten! Das russische Volk. Nicht die Franzosen. Das Pogrom sei angezettelt worden, sagen Sie? Von speziellen Leuten?»

«Ja, ja! Von speziellen Leuten!», schrie Baschkin. Andrej Stepanowitsch fuhr erschrocken zusammen, blickte hinter sich. Baschkin stand bereits beim Fenster in der Ecke. Alle blickten auf ihn. «Von speziellen Leuten! Speziellen Leuten!» Baschkin reckte seinen langen Arm über Andrej Stepanowitschs Kopf hinweg und deutete mit dem Finger auf den Gast. «Ich weiß, weiß hundertprozentig, dass spezielle Leute auf den Plan traten! Ausgestattet wurden!», stieß Baschkin laut hervor. «Schon fast mit Kanonen geschützt wurden! Dieses kriminelle Gesocks. Da brauchen Sie nicht den Bart ... das heißt den Kopf zu schütteln, ich habe Beweise.»

«Und auf dem Land, auf den Gütern? Den Gehöften?» Der Gast spähte durch die Brille seitwärts zu Baschkin. «Hat das auch die Polizei organisiert?»

«Sie überziehen!», schrie Baschkin. «Sie sind ein Falschspieler, gnädiger Herr! Wie? Schreckt mich nicht! Sie wollen schießen?» Baschkin spähte den Gast aus zugekniffenen Augen an. «Schießen Sie doch! Bitte schön!» Und Baschkin zog mit der Geste von zuvor das Sakko über der Brust auf.

So stand er einen Augenblick, und auf einmal setzte er sich aufs Fensterbrett.

«Geben Sie mir einen Apfel», sagte er mit ausgedörrter Kehle. Seine Nachbarin reichte ihm rasch einen Apfel. Baschkin biss knackend hinein, stand auf, und mit dem Apfel in der Hand ging er von dannen, ohne jemanden anzusehen.

Einen Augenblick schwiegen alle.

«Er …», hob Tiktin finster an.

«Er ist krank, sehr krank», fiel Anna Grigorjewna rasch ein, «Sie müssen ihm verzeihen. Er ist vollkommen …»

Der Gast schaute über die Schulter schweigend zur Tür, durch die Baschkin hinausgegangen war.

«Der Opponent ist verschwunden. Und somit …» Der Gast holte eine Papirossa hervor. «Niemand mehr», sagte er, während er sie anzündete, «der widersprechen könnte.»

«Doch!» Andrej Stepanowitsch legte geräuschvoll die Gabel auf den Tisch. «Was Sie da gesagt haben …»

«Ich habe gesagt, das sei die Sprache des Volkes. Auf dem Land wie in der Stadt, es ist überall ein und dieselbe Sprache. Ja, ja!» Er wiegte den Kopf. «Das ist die so genannte Stimme des Volkes!» Und er drehte sich um, schritt in die Ecke.

«Die Gendarmen auf dem Land werden entwaffnet und verprügelt!» Tiktin sagte es laut schallend. «Ist das auch die Stimme des Volkes?» Und Tiktin reckte den Bart. «Also, diese Stimme wird man ja wohl zu ersticken wissen!» Tiktin erhob sich vom Stuhl.

«Wie auch die Statistiker, die Semstwo-Leute!» Der Bebrillte in der Ecke nickte.

«Aber ja! Ebendie werden verprügelt. Und zwar unter dem Schutz und mit der Unterstützung der Staatsorgane. Jawohl, der Staatsorgane, mit Verlaub!», schrie Andrej Stepanowitsch, nun im Stehen. «Die Gendarmen, müssen schon entschuldigen, die verprügeln sie von allein!»

«Und während der Cholera auch die Ärzte! Die Ärzte! Und auch von ganz, ganz allein, mit Verlaub!», Der Gast machte grimmig einen Kratzfuß und reckte sein Gesicht Andrej Stepanowitsch hin. «Die Ärzte!»

«Wir sprechen von verschiedenen Dingen!», rief Tiktin.

«Ich vom russischen Volk.» Der Gast drehte sich seitwärts und zog, die Hände in den Taschen, die Hosen hoch. «Wovon Sie reden, weiß ich nicht.»

«Und ich spreche von der Regierung.» Tiktin setzte sich und schaute seiner Frau unmittelbar ins Gesicht. «Von einer Regierung, die in den Städten Massenmorde organisiert hat.»

«Und wer war es auf dem Land? Auf den Gütern? Den Gehöften? Kam das von allein? War es der Geist des Volkes?»

«Verzeihen Sie!» Tiktin fasste den Gast streng ins Auge. «Verzeihen Sie, Iwan Kirillowitsch, aber ich werde die Diskussion auf diese Weise nicht fortführen. Ja, ja! Werde ich einfach nicht.» Tiktin wandte sich seitwärts zum Tisch und rührte mit dem Löffel im Teeglas.

In dem Augenblick wandte sich Anna Grigorjewna plötzlich zur offenen Flurtür und nickte. Sie goss ein Glas Tee ein, bekam mit dem Zängchen nur schlecht ein Stück Zucker zu fassen.

«Pardon», flüsterte Anna Grigorjewna und ging mit dem Glas hinaus in den Flur.

«Nicht doch, Dunjascha, ich bring es selbst hin, ich selbst», sagte Anna Grigorjewna zu dem Mädchen und ging eiligen Schrittes zu Nadjas Zimmer.

Nadja saß mit hochgezogenen Beinen auf der Couch, die Arme um die Knie. Der Lampenschirm war tief heruntergelassen, doch Anna Grigorjewna sah, wie Nadja auf der Unterlippe kaute. Sie stellte das Glas auf Nadjas Schreibtisch. Der jetzt vollkommen ohne Leben war: Der verstaubte Deckel der Nähmaschine stand mitten auf dem Schreibtisch.

Anna Grigorjewna setzte sich neben Nadja. Nadja schaute aufwärts, zur Seite, sie biss und rieb die Unterlippe zwischen den Zähnen.

«Trink ein Glas Tee.» Anna Grigorjewna griff vorsichtig zum Unterteller.

«Ach, mach doch die Tür nach drüben zu, dieser ganze Unflat ist bis hierher zu hören.» Nadja schüttelte schmerzerfüllt den Kopf.

Anna Grigorjewna ging auf Zehenspitzen hinaus, kehrte zurück.

«Was hat dieser Tölpel dort gebrüllt? Auf wen schießen? Ach, Quatsch, was für ein Quatsch!» Nadja hieb sich grimmig mit der Faust aufs Knie.

«Ja, er ist ein unglücklicher Mensch», sagte Anna Grigorjewna flüsternd.

«Ja, ja! Ein unglücklicher Mensch!» Nadja presste den Nacken an die Wand, zog krampfhaft die Luft ein. «Ein unglücklicher, unglücklicher Mensch!» Nadja wiegte den Kopf, blickte zur dunklen Decke empor. «Sein Kopf schmerzt nach diesem Schlag. Er vergisst … Wie die Mäuse, sagt er, seien sie geworden. Und er kann nur arbeiten, nur arbeiten.» Nadja schluchzte ungestüm auf und schluckte, schluckte unablässig. «Und nicht etwa abgeschmacktes Zeug brüllen! Abgeschmacktes Zeug!» Nadja schluchzte laut und warf sich voller Kummer zur Seite.

Anna Grigorjewna griff nach ihrem Kopf, Nadja stieß die Hand mit einem ärgerlichen Ruck beiseite.

«Aber ich kann das nicht! Ich bin eine dumme, dumme Gans! Eine dumme Gans!», schrie Nadja, drückte die Finger gegen die Schläfen und schlug mit dem Kopf gegen den Rücken der Couch.

Anna Grigorjewna sprang auf, stürzte in den Flur.

«Dunjascha!», rief Anna Grigorjewna in beunruhigtem Flüsterton, «Wasser!»

Im Vorzimmer dozierte jemand in sattem Bass:

«Du liebe Zeit, aufgehängt! Sie, Verehrtester, hätten an seiner Stelle nicht zehn, sondern hundert Leute gehenkt. Wirklich wahr! Kann mich nur wundern. Nötigt mir sogar Achtung ab. Ich meine nicht das System, ich meine den Mann ...»

Dunjascha hastete mit einem Glas auf einem Unterteller vorbei, Andrej Stepanowitsch drehte sich beunruhigt um und sah die ausgestreckte Hand des Gastes nicht.

«Qu'est-ce qu'il est arrivé? Oh, Pardon!» Tiktin wandte sich zurück und ergriff hastig die Hand des Gastes.

NICHT DESHALB

Pjotr Sawwitsch übernachtete am neuen Ort. In seinem Zimmer hatte er seine Ikone in der Ecke angenagelt. Hatte sie angenagelt, sich bekreuzigt, und schon betrachtete er die weiß gekalkten Wände wie seine eigenen. Ah ja, und was die Kakerlaken anging. Nicht in der allgemeinen Kaserne war er, hatten ihm Respekt erwiesen, ihm wie einem mit Familie ein eigenes Zimmer gegeben. Ein Händchen hat er anscheinend, der Schwiegersohn. Besondere Gefälligkeiten muss er ihm ja gar nicht erweisen. Was er zu Grunja gesagt hatte, kam ihm in den Sinn: ‹War ein hartes Stück Arbeit mit deinem Alten. Als Aufseher im Gouvernementsgefängnis, sagt er, das ist was …› Sorokin schaute finster das Zimmer an, äugte zur Glühbirne an der Decke hoch. Er stieß seine Truhe unter die Pritsche, knüpfte das Bündel auf und machte sein Bett. Setzte sich aufs Bett, stützte die Arme seitlich auf und blickte zu Boden. Und wie Rauch flogen über seinem Kopf die Erinnerungen. Wiederum Grunja – ist so gar nicht fröhlich, und Vorwürfe scheint der ihr auch zu machen. Brauche nichts, brauche gar nichts, bräuchte nicht mal dieses Gouvernementsgefängnis. Hätte ich irgendwo ein Eckchen, würde ich Bastschuhe flechten oder an einem Flüsschen irgendwo Plötzen fischen, so ein Dutzend Plötzchen mindestens, am Ufer, und ganz frühmorgens, unter einem Weidenbaum, und kein Mensch sieht dich, bist ohne Sünde, und morgendlich das Wasser, und Fischchen, hops, und Kreise drum herum.

Pjotr Sawwitsch riss den Blick vom Boden, ließ ihn über die graue Kalkschicht wandern. ‹Was ist das nur? Wie ein Häftling, als wäre es eine Zelle.› Sogar den Mund sperrte Pjotr Sawwitsch auf, schüttelte den Kopf: Die ganze graue Kalkschicht fest zugemauert wie Stein.

Pjotr Sawwitsch stand auf, drehte am Schalter, griff im Finsteren unter die Pritsche, zog die Truhe vor, sperrte sie tastend auf, wühlte darin verstohlen, wie ein Dieb, ertastete die Flasche – neben anderem hatte ihn Grunja auch damit ausgestattet –, schielte zum trüben Fenster hin und haute gemächlich den Pfropfen heraus.

Baschkin war mit der Droschke nach Hause gefahren. Es war halb zwölf in der Nacht.

«Tee? Nein, möchte ich nicht.» Einen Moment später rief er zur Tür hinaus: «Eigentlich doch, bringen Sie mir bitte etwas. Unbedingt Kaffee. Ich bitte darum!» Baschkin schritt hastig im Zimmer auf und ab. «Nicht aus dem Haus gehen? Oder auf das Trottoir treten, als lauerten überall Wolfsfallen? Herrje, was für ein Rinaldo!», sagte Baschkin laut durch den Raum.

Und er stellte sich vor: eine Ecke, viel los, Passanten, Pferdebahnen – und plötzlich diese Augen, und die Beine werden gleich wie von selbst … Die Augen stachen ihm ständig ins Hirn, wie zwei Mündungslöcher.

«Marja Sofronowna, trinken Sie ein Tässchen mit mir, macht doch nichts, dass Sie im Morgenrock sind. Habe ein besonderes Warenje, aus Kiew! Und ein Laibchen Weißbrot!»

Baschkin stürzte zum Schrank.

«Marja Sofronowna! Wecken Sie mich morgen. Sehr früh.»

«Morgen ist doch Mariä Verkündigung, wieso das?»

«Marja Sofronowna! Mich wollen Räuber umbringen.»

«Was Sie nicht sagen, was Sie nicht sagen!» Die Wirtin ließ die Kaffeekanne aufs Tablett fallen.

«Doch, im Ernst. Im heiligsten Ernst!» Baschkin bekreuzigte sich.

«Was denn für Räuber, heutzutage? Gütiger Himmel! Wie grässlich! Sie sollten schnellstens zur Polizei.»

«Wissen Sie, was die Polizei, ebendiese Polizei, mir selbst gesagt hat?» Baschkin sprang auf, setzte sich in Bewegung. «Ins Gesicht hat mir einer … einer von ganz oben gesagt: Meinen Sie, wir sollen nicht umgebracht werden? Dabei laufen wir noch in Uniform herum, bieten uns an: Da sind wir, schlagt zu. Und Sie wollen wegfahren! Wagen Sie bloß nicht wegzufahren, sagen sie.»

«Nicht einmal wegfahren … Die Polizei?» Die Wirtin erhob sich von ihrem Platz.

«Ja, der Gouverneur … der Gouverneur höchstpersönlich hat es befohlen. Wenn Sie umgebracht werden, sagt er, dann können wir sie fassen. Und wenn ich von allein wegfahre? Einfach morgen wegfahre. Morgen früh?» Baschkin atmete tief und sah der Wirtin angespannt ins Gesicht.

Marja Sofronowna schlug die Augen nieder.

«Aber nicht doch, Semjon Petrowitsch, und das auf die Nacht. Bloß nicht! Irgendwas stimmt da nicht. Nachts, so schreiben sie, treiben sich unbekannte junge Männer mit Schlagstöcken herum. Also gehen Sie nachts nicht weg. Bloß nicht! Das sagen Sie jetzt absichtlich.»

Die Wirtin fuchtelte mit ihrem Zwieback und tauchte ihn in den Kaffee.

«Wecken Sie mich morgen um sieben … nein, um sechs Uhr früh. Um sechs!» Baschkin stampfte mit dem Fuß. Plötzlich machte er einen Satz zur Seite. «Marja Sofronowna! Bitte!», schrie Baschkin. «Die Zeitung! Die von heute!»

Die Wirtin sprang auf.

«Ich hole sie, hole sie!»

Baschkin schlug rasch hinter ihr die Tür zu, griff zum Telefonhörer und drehte fieberhaft die Kurbel beim Wecker.

«Eins! zwei! drei!», zählte Baschkin atemlos, dann hängte er mit Schwung den Hörer auf. Er schritt vom Telefon in die Ecke. Stand einen Moment, dann stürzte er erneut zum Telefon. Aber in dem Moment riss die Wirtin die Tür auf.

«Hier, hier, habe sie gefunden!» Und reichte ihm die Zeitung. Baschkin hielt die Zeitung in der Faust wie eine Serviette.

«Sagen Sie schnell: Ross oder Pferd?», schrie er der Wirtin entgegen.

«Ist doch gleich!» Die Wirtin sah ihn mit hochgezogenen Brauen an.

«Ihnen ist das natürlich gleich. Allen ist alles gleich!», schrie Baschkin. «Scheren Sie sich fort!» Er riss die zusammengefaltete Zeitung durch und schleuderte sie der Wirtin hinterdrein.

Um sechs Uhr morgens klopfte Marja Sofronowna an die Tür. Öffnete sie dann einen Spalt. Baschkin war nicht da. Und das Bett war unbenutzt.

«Nicht deshalb! Nicht deshalb!», sagte Aljoscha. «Die Hauptsache ist doch ...»

Sanka konnte nicht hören, was die Hauptsache sei, so heftig knallte nebenan eine Billardkugel ins Loch. An drei Billardtischen wurde gespielt, die Menge der «Kiebitze» ächzte und johlte bei jedem Stoß, und durchs offene Fenster dröhnte die Straße.

«... aus dem einen Sumpf in den nächsten!», hörte Sanka.

Aljoscha klopfte mit dem Bierseidel auf den Tisch, auf den Marmor.

«Nur keine Hast!» Aljoscha beugte sich tief über das kleine Tischchen, Sanka reckte sich, hielt ihm das Ohr hin. «Ruhe und ein friedliches Leben, das heißt doch, jemand ist durch die Mangel gedreht worden, und jetzt lässt er nicht mehr Dampf ab, sondern keucht friedlich vor sich hin.»

Wieder übertönten Rufe und Klacken Aljoschas Worte.

«... in Raten ... mit der Schnur vom Kaufvertrag, an der Plombe und Siegel hängen, strangulieren sie sich selbst ... haben Angst vor sich selbst ... Wie? Wie?»

Sanka hatte nichts gesagt.

«Ist der Ameisenhaufen vielleicht das Ideal? Lieder werden dort keine gesungen. Catilina im Ameisenhaufen!», schrie Aljoscha. «Alles andere sind Angstkrämpfe. Sie singen doch Lieder über Räuber, und kaum machen sie den Mund zu, greifen sie erschrocken in ihre Tasche.»

Aljoscha pochte laut mit dem leeren Bierseidel.

«Zahlen! Gehen wir.» Aber der Kellner kam nicht.

«... und ich durchschaue das», sagte Aljoscha zum Tisch hinunter. «Alles ist durch diese unsichtbare Angst voneinander getrennt.» Und Aljoscha unterteilte mit der Hand das Tischchen. «Dieser Geist aber kommt aus der Vergangenheit ... blitzt auf, und hinterm Zaun zuckt jedem insgeheim das Herz ... blitzt einen Augenblick auf ... ‹O Sand, dein Leben ließt du auf dem Richtblock, doch deiner heilig tugendhaften Tat ...› Man kann sein Leben unter einer Mütze mit Kokarde zubringen – oder ohne Kokarde ...»

«Sand, wer war das eigentlich? Sand, frage ich, Sand.»

«Weiß nicht. Will schon lange im Brockhaus ... Die Flamme, die ist über allem.» Aljoscha blickte Sanka an, und plötzlich war sein Gesicht ganz in den Augen konzentriert, noch nie hatte Sanka an Aljoscha solche Augen gesehen – ein Blick bis ins Herz und durch alles hindurch. ‹Es hat angefangen, bei ihm hat es angefangen›, dachte Sanka, ‹er hat selbst alles an sich rangeholt, ohne Furcht. Nicht wie ich. Ich warte andauernd, dass sich etwas auftut. Wie einem die Liebe zufällt.› Und Sanka schaute Aljoscha in die Augen, obgleich der Blick sich schon verflüchtigt hatte.

«Was schaust du so? Ich schiele ein wenig ... Der hat mir auf die Augen gedrückt ... seither seh ich noch besser.» Aljoscha wandte sich ab. «Zahlen, was ist denn!»

Die Tür zum Billardraum schlug, Tabakschwaden schwappten in Richtung Fenster.

«Kellner!», rief Aljoscha.

«Keine Eile.»

Sanka zuckte zusammen von dieser gleichmäßigen Stimme.

Kneck zog den Hut, und ohne Hut drückte er Sanka und Aljoscha die Hand.

«Ich habe es ausgerichtet», sagte Sanka im Stehen und errötete ein wenig.

«Allerbesten Dank!» Kneck deutete einen Kratzfuß an und setzte den Hut auf den exakten, glänzenden Scheitel.

«Setzen Sie sich, setzen Sie sich!»

«Nein, ich muss. Im Ernst.» Sanka spürte, wie er völlig errötete. Er riss die Uhr hervor. «Wirklich, bin schon spät dran.» Und er drängte sich zur Tür durch.

Fröhliche Luft umfing Sanka auf der Straße, die Sonne sandte Lichtblitze auf die Menschen, es funkelte der feuchte Gehsteig, und Zeitungsjungen rannten auf dem Straßenpflaster um die Wette, alles griff nach den Zeitungen, zahlte überstürzt.

«Extrablatt!», sang klangvoll ein Junge.

Sanka steckte ihm einen Fünfer zu und sah schon die großen Buchstaben:

«Tolldreister Raubüberfall auf Asow-Don-Bank»

Und dann fett die Zahl: 175000.

Sanka faltete das Blatt zusammen, es graute ihm, das hier zu lesen, unweit des Billardsaals. Sanka ging, und sein Atem kam aus dem Takt, und er hörte von hinten, von der Seite: «Und haben keinen geschnappt, stellen Sie sich vor ...» – «Mit Schneidbrenner. Wie die Amerikaner!» – und er konnte nicht begreifen: Klang Freude in den Stimmen an? Immer noch spürte er hinter seinem Rücken dieses erste Stockwerk, und im Rauch beim Billardsaal sitzen diese Leute. Und hören, wie alle reden. Im Billardsaal lesen jetzt bestimmt auch alle. Sanka verstaute das Blatt in der Tasche. Zu Hause schloss er sich in sein Zimmer ein und las atemlos, fünfmal hintereinander, das «Extrablatt».

Während des Mittagessens sagte der Vater:

«Ja! Zweifellos keine Banditen. Das ist offenkundig.»

Dann warf er einen Blick auf Sanka, auf Anna Grigorjewna und richtete sich auf dem Stuhl gerade.

«Jetzt stellt sich die Frage, und zwar mir!» Tiktin hieb sich mit der hohlen Hand gegen die Brust. «Mir! Ob ich schießen soll oder nicht.»

Anna Grigorjewna sah ihren Mann aus aufgerissenen Augen an.

«Ja, ja! Da erscheinen welche bei mir in der Bank, maskiert – Hände hoch! Ich habe einen Revolver auf dem Stehpult. Ja, ja!» Andrej Stepanowitsch schrie beinahe. «Das war eine Verfügung, alle haben einen bekommen! Also, auf wen würde ich schießen? Vielleicht auf so einen wie ihn?» Und Andrej Stepanowitsch, puterrot, deutete über den Tisch auf Sanka und hielt die Hand einen Augenblick so.

«Auf jeden Fall …», hob Anna Grigorjewna an.

«Nein, nein, nein!» Andrej Stepanowitsch schüttelte den Kopf. «Da kann man absolut gar nichts wissen!» Er neigte sich über den Teller. «Absolut! Absolut!» Tiktin stampfte das Wort mit der Stimme fest, obwohl gar niemand widersprach. «Absolut!»

Nadja hastete außer Puste über die Bretterstege, sprang herab, des Tempos wegen, damit die Entgegenkommenden sie nicht aufhielten, sie stolperte und spürte nicht, wie die Beine müde waren, aus dem Tritt kamen. Gleich, gleich – wenn er bloß zu Hause wäre. Oh, wäre er zu Hause.

«Filipp, lieber Filipp», flüsterte Nadja. «Soll er doch betrunken sein, soll er sein, wie er mag, soll er fluchen, ich komme und umarme ihn, umarme ihn mit aller Kraft» – unterm Tuch zuckten und hoben sich die Ellbogen. «Wie er gesagt hat: Ich geh allein, allein zu den Ladearbeitern, direkt, sollen sie mich umbringen, ich werde reden.» Und ihr fiel wieder ein, wie er halb abgewandt dagestanden hatte und den Kopf böse wegdrehte und mit der Faust auf den Stuhl hieb, auf die Lehne, die Kante, das tat doch weh. «Filipp!», seufzte Nadja im Laufen. Von der Pforte rannte sie quer über den Hof. Die Tür war nicht abgeschlossen. Den Flur versperrte hartnäckig Annuschka.

«Da kommt sie selber!», zischelte Annuschka. Noch nie hatte sie mit Nadja gesprochen. «Bringt ihn ins Unglück und kommt noch selber!»

Nadja blieb der Atem wie ein Pfahl im Hals stecken, ihre Augen weiteten sich. Sie stand und blickte auf Annuschka. Annuschka wiegte den Kopf, die Hände unter der Schürze.

«Geh nur, schau dir die Bescherung an!» Annuschka zog sich in die Küche zurück.

Nadja wusste nichts mehr, gleichsam mit einem Schritt hatte sie den Flur durchquert. Stieß die Tür. Ein untersetzter grauer Mann, undefinierbar, erhob sich sacht vom Stuhl, den Kopf zwischen den Schultern, und schaute, wie auf dem Sprung, Nadja blickte ihn einen Augenblick aus weit offenen Augen an, als wäre es Filipp – in wen hat er sich verwandelt? – und plötzlich machte sie kehrt.

«He! Halt, halt! Wohin? Madämchen!»

Nadja stürzte in den Flur. Wo Annuschka gewesen war, stand nun finster und massig ein Schutzmann.

Nadja lehnte sich gegen die Wand, bedeckte das Gesicht mit den Händen.

HAT EINE FAHNE

Warwara Andrejewna hatte Geburtstag. Wiktor klingelte um zwölf Uhr an der Tür. Das Mädchen nahm die Visitenkarte entgegen, und Wiktor stand im Vorzimmer, den in Papier eingeschlagenen Blumenkorb gegen den Uniformmantel gedrückt; drei Tage zuvor hatte er ihn im Blumengeschäft bestellt.

‹Zeigt sie sich? Zeigt sie sich nicht?›, orakelte Wiktor und lauschte.

Das Mädchen kam zurück.

«Stellen Sie das hierhin.» Sie deutete auf ein Tischchen im Salon.

Wiktor schritt auf Zehenspitzen und stellte vorsichtig den Korb ab. So graziös wie möglich, vielleicht guckt sie ja heimlich. Macht sie gern.

«Sie sind für heute Abend geladen, um neun», sagte das Mädchen, als Wiktor mürrisch zur Mütze griff. Das Mädchen ließ den Blick seltsam zu Boden schnellen – so was wie ein Lächeln, die gemeine Person. Dann mühte sie sich um Steifheit, sagte ihm ins Gesicht: «Zum Tee geladen!» Und griff nach der Tür.

‹Sicher ist schon etwas durchgesickert›, dachte Wiktor, und die Stufen und der rote Teppich, die Verfluchten, schauten böse.

«Ich komm ja gar nicht», sagte Wiktor verärgert und warf die Tür zwar nicht zu, aber zog sie doch mit aller Gewalt hinter sich ins Schloss.

‹Hat sicher gepetzt, der Halunke›, dachte er über Senkowski.

Und auf der Wache krallte ihn gleich Gratschek, zog ihn an der Schulter, am Ärmel schweigend zum Fenster und fragte dumpf:

«Kennst du Nadeschda Tiktina? Kannst du sie identifizieren?» Dabei schaute er über seinen Kopf weg und zur Seite und spielte mit den Backenmuskeln.

«Kann ich.»

«Hat sie dich gesehen?»

«Ja.»

Gratscheks Uniformmantel schlenkerte um die Biegung.

‹Aber das war ja die Alte, die alte Tiktina kenne ich, Nadeschda war gar nicht da, was rede ich?›, besann sich Wiktor, doch Gratschek war im Flur schon zu seinem Büro abgebogen. Zu peinlich, wie ein Bürschchen hinterherzurennen: ‹Onkel, hab geschwindelt, geschwindelt, hab angegeben› – hol sie der Teufel! Wiktor spuckte zu Boden, wollte den Uniformmantel ablegen und aufhängen, da winkte ihn Senkowski aus dem Flur schon von weitem und aufgeregt herbei. Wiktor ging hochmütig – Petzer, Dreckskerl!

«Komm, er selbst hat es befohlen. Dort ist ein Loch im Milchglas, da schau durch. Sie wurde gegenüber von dem Loch platziert. Wenn sie es ist», sagte ihm Senkowski unterwegs ins Ohr, «klopfst du zweimal an die Tür. Wenn nicht, klopf dreimal, er ruft sowieso: ‹Jetzt nicht, warten Sie.› Kapiert? Dann gehst du sofort, damit sie dich nicht sieht.»

Wiktor nickte mürrisch.

«Leise!», flüsterte Senkowski. «Hier, schau!» Er schob Wiktors Nacken mit der Hand hin. Wiktor schüttelte sie heftig ab. Er sah eine junge Frau im Profil, betrachtete sie – ‹Seh ich zum ersten Mal!›, ärgerte sich Wiktor.

«Aber das ist Ihnen bekannt, Frau Kudrjawzewa? Nein?», hörte Wiktor Gratscheks Stimme und sah seinen Ärmel und den Karton einer Fotografie, und die junge Frau drehte sich darauf zur Fotografie um und wurde für Wiktor direkt en face sichtbar, und plötzlich erkannte Wiktor – erkannte den alten Tiktin! Sie blickte ja finster, finster auf die Fotografie! Nur den Bart noch – und er ist es. Töl-pel!, hatte er doch geschrien. Und Wiktor pochte, ohne den Finger zu schonen, zweimal an den Türrahmen.

«Warten!», schrie Gratschek.

Wiktor stapfte zur Wachstube. Senkowski stand an der Barriere.

«Geh mal aus der Wache fort für eine ganze Stunde, er selbst hat es befohlen.»

Wiktor blickte verärgert an Senkowski vorbei, als habe er es nicht gehört, stapfte jedoch zum Ausgang und warf hinter sich die Tür zu.

«Wir sind hier nicht auf der Moskauer Wache!», schrie Senkowski von oben. Wiktor schlug noch kräftiger die Haustür zu, es klirrten die Scheiben, die sauber geputzten, blitzenden.

«Zum Teufel und seiner verflixten Großmutter!»

Um halb zehn Uhr kam Wiktor mit der Droschke zum Haus des Polizeichefs gefahren und rannte außer Puste die Treppe hoch. Er stand vor der Tür. Tappte auf dem Teppich und machte kehrt. Stieg die halbe Treppe hinab, machte kehrt, nahm einen Anlauf zur Tür und hieb mit dem Finger auf den Klingelknopf.

Schon im Vorzimmer hörte er Stimmen, gesittetes Geschirrgeklapper. Wiktor trat ein: der Polizeichef, Gratschek, Senkowski, Beamte aus der Verwaltung, elegante Damen. Wiktor begab sich zum Handkuss, zu Warwara Andrejewna.

Warwara Andrejewna stand mit dem Teekessel in der Hand und wedelte schon von weitem mit der freien Hand.

«Zu spät kommen ist unhöflich!» Sie wiegte belehrend das Köpfchen. «Was soll das? Provinzielle Wichtigtuerei?»

Sie reichte die Linke, schaute dabei auf die Tassen.

Das Mädchen wies Wiktor einen Platz neben einem Jungen in Matrosenjacke an.

«Herr Wawitsch! Kümmern Sie sich um Ihren Nachbarn», sagte Warwara Andrejewna über den Tisch, «Sie sind hier nicht im Séparée.»

Wawitsch errötete, dass ihm die Tränen kamen. Senkowski spähte aus zugekniffenen Augen über den Tisch.

«Ja, mit Verlaub», schwatzte Gratschek, «und die auf der Beerdigung, diese angebliche Bombe, ‹meine›, wie Sie sagen, das war das Signal. Die Ankündigung.»

«Siehst du», sagte Warwara Andrejewna, «Adam Franzewitsch hat immer alles im Voraus … Hexenmeister!» Sie nickte Gratschek zu und lächelte freundlich. Gratschek verneigte sich, und sein Gesicht bestand nur noch aus Schlitzen.

«Aha!» Der Polizeichef lehnte sich im Stuhl zurück und blickte auf die Damen. «Das heißt, jetzt kommen die echten Bomben!»

«Ja-ja-ja, mit Verlaub.» Gratschek schaute suchend über den Tisch, seine Nachbarin reichte ihm den Käse. «Ja, bald werden wir, so Gott will, auch ein Müsterchen erhalten.»

«Wie entsetzlich!», sagten die Damen. Und blickten reihum alle an.

Der Polizeichef lächelte zufrieden, und mit seinem Lächeln wies er die Damen auf Gratschek hin. Gratschek legte sich Käse aufs Butterbrot, schaute auf den Tisch.

«Und die von heute, was ist mit der?» Der Polizeichef warf einen Blick zu den Damen – hört nur zu.

«Welche?» Gratschek war mit dem Brotbelag beschäftigt.

«Na, die, das Fräulein Bäuerin, wie hieß sie. Mit Umschlagtuch, aber die Stiefeletten von Weiss.»

«Kudrjawzewa?» Gratschek hob die Brauen zu Wawitsch. Wiktor schob sich mit zitternder Hand ein Stück Napfkuchen in den Mund.

«Heißt sie denn Kudrjawzewa?», fragte der Polizeichef schallend.

«Wahrscheinlich heißt sie wirklich Kudrjawzewa. Eine dumme Gans, entschuldigen schon. Sollte Socken stopfen. Habe sie freigelassen. Hat keinen Zweck. Sind doch keine Wohltätigkeitsanstalt.»

«Ha, ha! Wohltätigkeitsanstalt!» Der Polizeichef warf den Kopf zurück, schüttelte sich.

Ihm nach lachten auch die Beamten, nicht laut, in Maßen.

«Gießen Sie doch Kognak in den Tee», sagte Warwara Andrejewna. «Danila! Gieß Adam Franzewitsch Kognak dazu.»

Der Polizeichef hob die Karaffe.

«Nein-nein!» Gratschek deckte die Hand übers Glas. «Nichts Alkoholisches. Erlassen Sie mir das.»

«Und auf das Geburtstagskind?» Warwara Andrejewna neigte den Kopf zur Seite.

Als Wiktor sich verabschiedete, sagte Warwara Andrejewna ziemlich laut:

«Ihr Alterchen, sagt man mir, scheint ja – zu süffeln.» Und sie nickte nachdrücklich.

Wiktor schaute, sperrte den Mund auf. Wollte etwas sagen. Aber ein Beamter schlängelte sich zum Handkuss und drängte Wawitsch ab.

Daheim befahl Wiktor Froska:

«Deck das Abendessen auf.»

Aber das Abendessen stand schon und wartete, mit umgedrehten Tellern zugedeckt. Froska machte das Licht an und schlappte in ihre Küche. Wiktor rückte lärmend die Stühle, ließ laut das Messer fallen. Grunja zeigte sich nicht.

«Agrafena», sagte Wiktor schließlich laut, «auf ein Wort.»

Wiktor öffnete die Tür zu Grunjas Zimmer und rief:

«Sehr wichtig, es gäbe hier etwas zu besprechen, und nicht ...»

Er brach im Satz ab, hörte, wie im Dunkeln das Bett quietschte, wie Grunja sich umdrehte. Sie erschien, blinzelte ins Licht, wieder hatte sie dieses gelbe Hauskleid an, schlurfte in nicht zugeknöpften Schuhen, nahm gegenüber Platz.

«Was ist?»

«Das ist», begann Wiktor und schob die Brauen hoch und runter, «das ist nämlich, dass Ihr Herr Papa – jawohl!»

Und Wiktor bog den Kopf zur Schulter und schnippte sich an die Gurgel. Es klang heftig, laut: klack!

«Ja, mit Verlaub! Man sagt mir: Hat eine Fah-ne.» Wiktor wiegte ein paarmal den Kopf und sah Grunja durchdringend an.

Grunja blickte finster auf ihre Knie.

«Hast du den Brief von deiner Mutter bekommen?» Verschlafen spähte Grunja zu Wiktor hoch.

Wiktor zuckte zusammen. «Ja, schon, ja.»

«Sie hat auch mir geschrieben. Sie schreibt, ich soll zum Entbinden zu ihnen kommen.»

«Und?» Wiktor blickte böse auf Grunja, auf das aufgedunsene Gesicht, auf die verschlafenen Betthaare mit den Fläumchen.

«Was heißt und?» Grunja sprach mit gleichmäßiger Stimme. «Ich frage dich.»

«Was soll ich?» Wiktor grauste es einen Augenblick, doch plötzlich durchzuckte ihn Hoffnung – allein! und nicht mehr diese zugekniffenen Augen, ihn ausspähenden Augen … manchmal würde er am liebsten mit dem Teller über den Tisch … Puh! Errät womöglich noch, dass er froh ist – und Wiktor blickte finster zu Boden und spürte, wie Grunja ihm auf die Stirn sah, er hätte die Stelle berühren können. «Wie du möchtest, mein Herz», sagte Wiktor nach einer Weile und warf unter den Brauen hervor einen Blick auf Grunja.

Grunja erhob sich langsam und ging, zurückgelehnt und mit den Absätzen schlurfend, in ihr Zimmer. Fest und leise schloss sie die Tür.

PIFF, PAFF

Es war noch ganz früh. Kolja war als Erster aufgestanden und putzte am Wasserhahn leise die Zähne. Plötzlich klingelte es. Kolja kam es vor, als hätte er nur darauf gewartet, dass es jetzt klingelte. Er legte die Zahnbürste auf den Herd und rannte auf Zehenspitzen, um aufzumachen.

Baschkin platzte mit Schwung seitwärts zur Tür herein.

«Kolja!», schrie Baschkin mit Straßenstimme.

«Psst!» Kolja hob den nassen Finger, wies mit dem Kopf nach hinten – wird noch geschlafen.

Aber in den Zimmern regte sich schon etwas.

«Komm, komm!», flüsterte Baschkin und zog Kolja in die Küche. «Kolja! Ich hätte eine Bitte, eine kolossale Bitte!» Baschkin stapfte vom Fenster zum Herd und zurück. «Kolja! Begleite mich zum Bahnhof, jetzt gleich. Ich reise jetzt gleich ab. Vielleicht für immer und ewig, wie ein Toter. Ein für alle Mal!» Und Baschkin, den Blick zum Fenster hinaus, stampfte mit dem Fuß.

«Ich muss zum Gottesdienst», sagte Kolja halblaut. «Sie schreiben auf, wer nicht da war.» Kolja griff zur Zahnbürste.

«Aber ich bitte dich darum!» Baschkin trat zu Kolja und hieb ihm mit Schwung auf die Schultern, drückte sie, schüttelte sie krampfhaft. «Schaffst du noch, mein lieber Junge, um halb acht geht der Zug.» Baschkin zog seine Uhr hervor und hielt sie Kolja hin, fast wäre sie unterm Wasserhahn nass geworden. «Es ist wichtig, unbedingt wichtig für mich, dass du dabei bist!»

«Wir verreisen vielleicht auch. Zu Papa. Nach Sibirien. Und verkaufen alles.» In Koljas Stimme klangen sogar Basstöne mit, er stellte umständlich die Zahnbürste ins Glas, schaute Baschkin nicht an. Gemächlich machte er das Zahnpulver zu. Schaute unablässig nach unten.

«Ich darf keine Minute länger bleiben.» Baschkin tappte erneut beim Herd auf der Stelle. Er nahm einen Kochlöffel vom Herd, drückte ihn gegen die Brust und schaute zum Fenster hinaus. Plötzlich drehte er sich um.

«Kolja! Es gibt doch einen Gott? Und sei es den jüdischen, wenigstens irgendeinen Gott?»

Kolja rieb sich das missmutige Gesicht mit dem Handtuch ab. Baschkin stand immer noch, weit vorgebeugt.

«Den Solomontschik haben sie umgebracht und seinen Papa auch. Alle, die in dem Laden waren, wo er sich versteckt hat. Sind tot.»

Kolja warf sich das Handtuch über die Schulter und verließ die Küche.

«Kolja! Kolja!» Baschkin winselte fast und stürzte hinterdrein.

«Was ist? Was ist denn los?» Koljas Mutter, halb angekleidet, blickte stirnrunzelnd aus dem dunklen Flur auf Baschkin. «Ah!» Sie zog sich von der Tür zurück. «Ich höre etwas und verstehe nicht, mit wem er da …»

«Ich will aber nicht mit ihm», hörte Baschkin Koljas Stimme aus dem Zimmer, «dann kommt wieder einer. Und ich muss sowieso in die Kirche. Es ist Sonntag.»

«Darf ich? Darf ich?» Baschkin klopfte an der Tür.

«Treten Sie ein.»

Baschkin stürzte so, wie er war, ins Zimmer, mit Mütze, Mantel, Galoschen.

«Kolja! Wir fahren mit der Droschke! Es kommt keiner. Der von damals sitzt im Gefängnis, wirklich wahr, im Gefängnis. Kolja! Er ist einfach ein Verrückter und ein Schurke, er sagt auch dort über mich Gemeinheiten … alle möglichen Gemeinheiten. Kolja! Auch zurück kannst du mit der Droschke fahren, Ehrenwort. Kolja, Lieber!»

«Was ist denn, Semjon Petrowitsch? Was ist passiert? Bin gleich da!» Die Stimme von Koljas Mutter hinter der Tür – hat wohl Haarnadeln im Mund, kleidet sich an.

«Meine Teuerste!», begann Baschkin hitzig, plötzlich verstummte er und ließ sich schwungvoll aufs Sofa fallen. «Ah, was soll's», hob Baschkin an, auf einmal mit fröhlicher Stimme. Er neigte sich vor, legte die Ellbogen auf die Knie. «Hab noch die Mütze auf wie ein Idiot!» Baschkin nahm die Mütze ab, hielt sie lächelnd, dann schleuderte er sie zur Decke. Fing sie ungeschickt, schnappte sie zwischen beiden Händen wie eine Motte. «Puh!» Und erneut warf er sich gegen die Lehne, streckte ein Bein zur Seite.

Er lächelte mit dicken Lippen, machte ironisch «Hm!» und bohrte mit dem langen Finger in der Nase.

«Meinst du», sagte Baschkin lachend, «ich hätte deinen Solomontschik umgebracht?»

Kolja ging hinein zur Mutter.

«Vielleicht werde nun ja ich umgebracht. Pi-iff! Pa-aff!», sagte Baschkin lang gezogen mit spöttischer Stimme. Er hörte, dass die Türklinke quietschte, und sprang auf. «Im Übrigen, hol euch der Teufel!» Er drehte der Tür den Rücken zu, sah noch aus dem Augenwinkel, wie Koljas Mutter hereinkam, und mit butterweichem Gang schlurfte er auf seinen Galoschen ins Vorzimmer, stieß mit der Schulter die Tür auf.

Zu allen Teufeln!,

sang Baschkin unter der Tür,

zu allen grünen
grünen Teufeln!,

und stampfte fest mit dem Fuß.

Vor dem Tor blickte Baschkin sich um. Mit langen Schritten ging er zu einer Droschke, in immer rascherem Tempo.

«Fahr zu, fahr zu!», schrie Baschkin und sprang hinein, ohne den Preis auszuhandeln.

«Ganz, wie du willst», sagte Aljoscha. Sanka merkte, dass Aljoscha ihn auf einmal behutsam anschaute, herzlich. «Wir finden einen zwölften Mann. Überleg es dir.» Und wieder schaute er so.

‹Ob sie wohl alle so sind zueinander – herzlich, behutsam?›, dachte Sanka. ‹Dabei geht unter ihnen der Tod um. Vielleicht deshalb so behutsam, des Todes wegen. Und alles muss echt sein, so gut ausgeführt, wie du irgend kannst. Weil es vielleicht das letzte Mal ist. Um gemeinsam zu sterben. Deshalb wissen sie auch, wie man leben muss.›

Sanka warf den Arm über die Banklehne, wandte sich Aljoscha zu.

Hinter der Bank aber trieb der Flieder den frischen Zweigen die Blättchen aus, Frische lag über dem Flieder. Und es kam Sanka vor, wenn es ans Sterben ginge, so bliebe doch der frische, fröhliche Flieder auf immer und ewig, und wenn er jetzt überlegte – er ist ewig, ewig, auch wenn das mein letzter Blick wäre. Und Sanka sog langsam, mit ganzer Brust, die Luft ein. Ewige Luft. Süß und ewig kam ihm der Augenblick vor. Und man könnte die reine Wahrheit sagen. Und als ob der Kopf mit einem Mal reiner würde, ruhiger.

«Und wie geht das?», fragte Sanka und wunderte sich selbst, mit was für einer gefassten, durchsichtigen Stimme.

«Entscheide dich, dann reden wir.» Aljoscha hob ein Steinchen vom nassen Parkweg auf, warf es auf der Handfläche hoch und schaute Sanka noch genauso sanft ins Gesicht.

«Ich habe mich entschieden», sagte Sanka, und der Atem stockte einen Moment in der Brust, und wie als Rückstoß ergoss sich in seinem Inneren etwas Heißes.

«Vielleicht überlegst du noch?»

«Nein-nein!» Sanka schüttelte den Kopf und packte fest die Banklehne.

Aljoscha ließ den Blick über das noch spärlich belaubte Gebüsch schweifen. Der Park war leer.

«Um zwölf Uhr dreißig in der Nacht geht ein Zug nach Kiew, ein Kurierzug. Im Gepäckwaggon befindet sich eine eiserne Kiste und darin dreihundertachtzigtausend von der Staatsbank.»

Aljoscha rückte näher.

«In dem Waggon sind ein Frachtarbeiter und ein Gendarm. Personenwaggons sind es sieben. In jedem Waggon ist einer von uns.»

Sanka spürte, wie die Aufregung ihm die Brust einschnürte, und wollte nicht, dass Aljoscha es merkte.

«Du besteigst den Zug. Nach zehneinhalb Minuten kommt eine kleine Brücke …»

Sanka hörte nur noch schlecht, was Aljoscha sagte – er sah sich selbst, wie er den Zug besteigt und wie er quasi gleichmütig aus dem Fenster schaut und auf diese letzte Minute wartet, jetzt muss die kleine Brücke unter den Rädern donnern …

«Was hast du gesagt?», fragte Sanka, tief Luft holend.

Aljoscha ließ die Augen ringsum schweifen. Sanka griff nach den Papirossy, holte sie aber nicht aus der Tasche, er fürchtete, seine Hand könnte zittern, wenn er eine anzündete.

«Ich habe gesagt: Du ziehst sofort die Notbremse. Es gibt zwei, eine im Waggon, eine auf der Plattform, im Vorraum. Hast du mal gesehen?»

Sanka nickte.

«Bleib im Waggon. Wenn irgendein Aas eingreifen will …»

«Na klar!», sagte Sanka, und es kam laut heraus, die Stimme machte von allein einen Sprung. «Wenn irgend so ein Offizier Tapferkeit zeigen muss, ein Georgsritter oder …»

«Dem verpass ich einen solchen Georg!» Aljoscha schüttelte die Hand, als hielte er einen Revolver. Und seine Augen wurden plötzlich kalt, die Brauen ruckten. «Du bekommst also», sagte Aljoscha ganz leise, «eine Waffe: Baller los. Will einer aus dem Fenster schießen: Baller los. Du verschwindest mit uns. Zivilkleidung geb ich dir. Nimm ein Pincenez und kleb dir Backenbärte an. Das kommt nie vor, dass Backenbärte angeklebt werden.»

«Gehn wir ein Stückchen», sagte Sanka flüsternd.

Sanka wandte sich ab, als er die Papirossa anzündete, quasi des Windes wegen, dabei war es völlig windstill.

Sanka ging nach Hause, und es kam ihm vor – da dröhnt und rattert die Straße, hasten die Menschen in den Droschken, und er schreitet außer Puste – ist schließlich ein Greis! – mit schweißgebadetem Nacken, er dreht und wendet den Kopf, schnappt nach Luft. Die Trottoirs voller Menschen, und alle sehen nichts, es ist etwas über sie gebreitet, sie mühen sich ab wie Käfer unter einem Tuch, der Himmel ist ihnen verschlossen, und plötzlich der Ruck einer Hand, reißt es fort, zack!, und alle verharren einen Moment und erblicken den Himmel und dass alles Unsinn ist, Quatsch, Humbug und leerer Wahn. Sanka kam es nun ganz so vor – er hat sich abgesondert von all diesen Leuten, er schaut wie ein Ausländer auf fremdes Gehetze, wie ein weiser und gutwilliger Fremdling. Und Sanka suchte sich dieses Gefühl und diesen Gang zu bewahren, sein Gang war nun ohne Hast, ganz ruhig. Sanka hätte am liebsten aus diesem neuen Geist heraus alles, alles neu betrachtet. Auch Tanja … Und im gleichen, ein wenig müden Spazierschritt begab er sich zur Dworjanskaja. Verhalten und gleichmäßig stieg er die Treppe hoch, drückte langsam auf die Klingel.

Es öffnete ein unbekanntes Mädchen im schwarzen Kleid.

«Was soll ich melden?»

«Zu Tatjana Alexandrowna», hob Sanka an, da trat aus dem Wohnzimmer Tanja, ganz in glänzendem Schwarz, das Kleid glänzte und schien nass zu sein, als ob etwas Nasses die Figur umschmiegte, und um den Hals ein fröhlicher Spitzenkragen. Tanja lachte übermütig und sehr freundschaftlich, sie nahm einen Anlauf und schlidderte über das Parkett.

«Sanka!»

Hinter ihr ein Herr. Hoch gewachsen, stämmig, suchte das Lachen auf den Lippen zu verbeißen. Das Sakko grau, weich, wohlwollend.

«Darf ich vorstellen!», rief Tanja. «Das ist mein Vater!» Und sie zog Sanka noch im Mantel ins Wohnzimmer, dem Herrn entgegen.

«Freut mich sehr! Rschewski.» Tanjas Vater schüttelte Sanka die Hand. «Freut mich sehr, denn – Sie müssen schon entschuldigen, aber wir streiten, Tanja und ich, keilen uns sogar. Vielleicht», sagte Rschewski bereits im Vorzimmer, während Sanka den Studentenmantel aufhängte, «vielleicht können Sie Frieden stiften. Richtig schlimm!» Rschewski stellte sich neben Tanja und legte ihr den Arm um die Taille.

Sanka kam plötzlich zu sich, ihm war, als hätte der Geist sich verflüchtigt, als würde er jetzt nicht passen.

«Wir haben gerade über diesen Raubüberfall gestritten. Den in der Asow-Bank, haben Sie gelesen? Ich las es noch im Zug. Setzen Sie sich doch.» Rschewski nickte zum Sofa hin.

«Nein, nein!» Tanja schlug den Vater mit der Faust auf den Arm.

«Nicht nein, sondern gib einfach zu, mein Herz, dass dir Kühnheit gefällt. Welches junge Mädchen hätte nie von Räubern geträumt. Stimmt doch? Hör mir auf, meine Liebe, alle Turniere beruhen einzig und allein auf den Blicken der Damen. Und wir Dummköpfe freuen uns auch noch, die eisernen Bratspieße gegeneinander zu ballern.»

«Alles Un-sinn!», sagte Tanja, sie wandte sich vom Vater ab, ging zum Fenster, und dabei drehte sie sich im Takt auf jedem Fuß. «Un-sinn!»

«Kein Unsinn», sagte Rschewski, «sondern schlicht die geschlechtliche Auslese. Sind Sie nicht Naturwissenschaftler?» Er neigte sich mit dem ganzen Rumpf Sanka zu.

Tanja wandte sich plötzlich um. «Er ist kein Naturwissenschaftler! Schau nur, wie er gerade dreinschaut, wie eine gutmütige Oma.»

«Na, na», rief Rschewski fröhlich, «gewiss! Aber auf dem

Ross» – Rschewski spreizte das Bein zur Seite, hob die Faust –, «mit Schwert, Feuer aus den Augen, blutrünstig die Fresse!» Und Rschewski verzog grässlich das Gesicht. «Schwierig, unsere Situation.» Er schlug Sanka leicht auf die Schulter. «Rauchen Sie?» Rschewski setzte sich geschmeidig neben Sanka und holte ein Zigarettenetui aus Schildpatt hervor.

«Un-sinn, Un-sinn!», trällerte Tanja leise.

«Die Politik ist das eine, die Turniere und Gladiatoren jedoch, meine Liebe, das ist altera pars.»

«Gut, aber ist dieser Geist nicht auch Politik, das heißt, macht er nicht Politik?» Sanka erschrak, ob das mal keine Dummheit war, und beschloss sofort – ist doch gleich, so muss es sein, ob Dummheit oder nicht.

Und er bemerkte: Tanja sah ihn vom Fenster aus an und hob die Hand zum Kinn.

«Wissen Sie» – Rschewski schürzte die Lippen und blickte auf seine Papirossa –, «wissen Sie, wenn man liest ‹Das Urteil wurde vollstreckt›, so würgt jeden, mich auf jeden Fall, die kalte Übelkeit … Ach, die meisten … Das ist, wissen Sie, auch eine Art Geist! Der auch seine Politik macht.» Und Rschewski blies mit trockenem Aufseufzen den Rauch zur Seite.

«Ja», rief Tanja, «doch diese Leute setzen sich darüber hinweg, und das macht viermal Politik, hundertmal! Ja, ja, ja!» Und Tanja klopfte mit der Hand auf den Flügel.

«Ich war nämlich Staatsanwalt», sagte Rschewski halblaut, «in der Kiewer Gegend. Und das gehörte zu meinen Pflichten. Öffentlich fand das statt. Einer bat mich, ich sollte mich so hinstellen, dass er mich sehen könnte, und ich sollte ihn ansehen bis zum letzten Augenblick. Ich versprach es natürlich. Und er schaute, hielt sich mit den Augen an mir fest, wandte nicht den Blick, als ob Eisenstäbe gespannt wären … Wie festgenagelt … Er hörte nicht, was vorgelesen wurde, auch ich hörte nichts und schaute nur. Das Gesicht weiß, der Bart, als wäre es nicht sein eigener, nur noch Augen, und aus den Augen ging alles in mich ein, was sich in ihm tat. Der Henker warf ihm die Kapuze über. Ich hörte auf zu atmen und schaute ihm noch immer in die Augen, das heißt dorthin, wo die Augen sein mussten, und konnte mich nicht abwenden. Fff!» Rschewski schüttelte den Kopf, blickte zu Boden.

Tanja legte die Ellbogen auf den Flügel, blickte in die Ecke.

Rschewski erhob sich, ging zum Trumeau, warf die Kippe in den Aschenbecher.

«Nun, Gott hab ihn selig. Hör mal, sag doch, dass uns Tee serviert wird.» Rschewski wanderte durchs Zimmer.

«Und wir spielen Karten», sagte Tanja mit tiefem Seufzer und ging hinaus, den Blick auf die Tür gerichtet.

«Verstehen Sie», sagte Rschewski und schritt über das Parkett, «was können wir schon ausrichten? Meinetwegen einer oder zwei oder drei. Oder tausend. Meinetwegen mit Keule, zumindest mit Schwert. Wir können einiges. Meinetwegen alles Gladiatoren. Sagen Sie, und was ...» Rschewski redete plötzlich laut, baute sich vor Sanka auf, die Beine kräftig breitgestellt. «Und was meinen Sie, angenommen, es erschiene ein Spartakus. Würde meinetwegen sogar siegen. Dann würden doch gleich am nächsten Tag» – Rschewski beugte sich zu Sanka vor –, «gleich morgen würden diese Gladiatoren im Zirkus auf den Bänken sitzen und zuschauen, wie die wilden Tiere die Herren Senatoren zerreißen. Ich versichere es Ihnen! Nein, sagen Sie? Sie wären die allertreusten Nachfolger der jetzigen Ordnung. Ich verbürge mich dafür!»

«Möglich, dass es damit begänne», sagte Sanka, um wenigstens etwas zu sagen, denn das bleiche Gesicht und die Augen und der Bart, als wäre es nicht sein eigener – all das stand in ihm wie ein Brett, er brauchte Luft, um zu schweigen und nachzudenken.

«Nicht nur möglich, sondern ich verbürge mich dafür!» Rschewski setzte sich erneut in Bewegung. «Nicht Menschen sollte man umbringen, sondern die Ordnung, und umbringen sollte man sie in den Gehirnen der Menschen.»

‹Wenn Tanja dastünde und ich könnte ihr, ihr in die Augen blicken›, dachte Sanka und schaute zum Flügel, wo Tanja gestanden hatte.

«Auf welche Weise allerdings» – Rschewski breitete die Arme aus. «Jedenfalls nicht auf dem Seil über den Niagara, nicht auf diese Weise. Was ist denn mit dem Tee?»

«Nein, verzeihen Sie, ich gehe.» Sanka erhob sich.

«Tanja, Tatjana!», rief Rschewski zur Tür hinaus. «Sie ist offenbar verschütt gegangen. Ich freue mich von Herzen, dass wir uns kennen gelernt haben.» Rschewski lächelte und drückte Sanka sehr fest die Hand.

Im Vorzimmer reichte er ihm selbst den Mantel.

Sanka wollte so schnell wie möglich in sein Zimmer, er sauste im Laufschritt die Treppe hinunter.

Sanka wollte sich schnellstens in seinem Zimmer einschließen, fest die Tür zu, um allein zu sein, dann käme es wieder, was im Park gewesen war und den ganzen Weg über, und alles würde stimmen, erneut würde die Brust dreimal so tief atmen wie zuvor. Sanka hastete im Laufschritt die Treppe hoch. Im Vorzimmer riss er sich den Mantel herunter. Da wird geredet im Esszimmer, na, sei's drum. Plötzlich zuckte Sanka zusammen: Tanjas Stimme!

«… rien qu'une provocation!», schrie Tanja. «Je suis sûre … pour les idiots que des conspirateurs, sapristi, commissaire de police lui disait, dieser Idiotin …»

Die Stimmen verstummten, es schlug eine Tür.

‹Jetzt im Wohnzimmer!› Sanka rannte ins Wohnzimmer.

Tanja stand da, rot im Gesicht, Anna Grigorjewna saß auf dem Sofa, die Brauen hoch in die Stirn gezogen, und sah von unten zu Tanja auf.

«Aha, aha!» Tanja kam auf Sanka zu. «Verstehst du, kaum war ich in der Küche, um das mit dem Tee zu sagen, da brachte am Hintereingang eine Idiotin ein Briefchen an, so was wie» – Tanja fuchtelte mit den Händen – «einen Rapport. Verstehst du» – Tanjas hitziges Flüstern war allein an Sanka gerichtet –, «Nadja war zu ihrem Ouvrier gegangen, und dort war schon alles vorbei und ein Hinterhalt gelegt. Sie behauptet, der Polizeihauptmann habe sie als Kudrjawzewa laufen lassen, so jedenfalls ihr – bin sicher, völlig albernes! – Pseudonym. Völlig albern, bin überzeugt. Und jetzt überlegt sie, wie sie diesen Filipp retten könnte. Und geht bestimmt, die Riesenidiotin, zu allen Adressen, die sie kennt, oder verschickt vielleicht solche Korrespondenzen. Hinter ihr ein ganzer Schwarm Spitzel. Bestimmt zehn. Dutzendweise haben sie die ausgeschickt. Die Riesenidiotin! Ach, die unselige Riesenidiotin!»

«Was tun? Was nur tun?» Anna Grigorjewna wiegte sich voll Schwermut hin und her.

«Was tun! Jetzt also ‹was tun›?» Tanja wies Sanka mit beiden Händen auf Anna Grigorjewna hin. Wies ihn wie einen Bundesgenossen auf sie hin, und Sankas Gesicht brannte Tanja entgegen. «Sie abfangen und irgendwohin zwangsverfrachten, und zwar jotwede, ‹zur Tante aufs Land›, was weiß ich! Auf eine unbewohnte Insel. Sie lässt doch alle hochgehen, die dumme Kuh. Ja-ja! Dumme Kuh!», schrie Tanja, aus vollem Hals, Anna Grigorjewna ins Gesicht.

«Ich weiß, ich weiß», flüsterte Anna Grigorjewna schmerzerfüllt. «Also, finden, sie finden!»

«Wie sie finden? Kannst du sie finden?» Tanja blickte Sanka ins Gesicht, und sie blickte ihn an, als stünde sie ihm sehr nah, näher als eine Schwester, näher als eine Ehefrau, alles, alles kann man so jemandem sagen. Sanka kam es vor, als wäre sein Herz aus der Brust hinausgesprungen, als läge es nun vor ihm, soll es Tanja doch nehmen, einfach mit den Händen nehmen wie ein Päckchen, braucht nicht mal hinzuschauen, einfach nebenbei, im Vorbeigehen. «Du findest sie, ja?», rief Tanja.

Sanka erschrak, sie könnte sich gleich abwenden, und sagte überstürzt:

«Vielleicht Baschkin!»

«Ah ja!», fuhr Anna Grigorjewna auf. «Baschkin!»

«Baschkins laufen jetzt hinter ihr her!» Und Sanka schaute Tanja auftrumpfend an.

«Hinter ihr laufen wahrscheinlich nicht die Baschkins her», sagte Tanja leise und sah zu Boden.

Plötzlich blickten beide zu Anna Grigorjewna. Sie weinte leise, fast lautlos, das Taschentuch vor dem Gesicht und zusammengekrümmt wie eine alte Frau – hatte sich auf langes Weinen eingestellt.

Sanka machte einen Schritt, wusste nicht, wie Tanja – aber Tanja lag im Nu auf den Knien, fasste Anna Grigorjewnas Hände.

«Hören Sie, Liebe, mein Herz, mein Goldstück» – sie umhalste die alte Dame leicht –, «Ehrenwort, noch heute finden wir Nadja und verstecken sie im dichten Wald, auf dem Land! Liebste, Herzensliebste! Ich sag es Vater, Vater tut alles für mich!» Tanja drückte ihr Gesicht an sie und küsste die graue Schläfe und das Ohr, wie man Kleinkinder küsst, ganz oft und schnell. «Vater hat solche Bekannte, er tut das, Ehrenwort!»

Anna Grigorjewna schaute aus nassen Augen auf Tanja, schaute wie ein Kind, wusste nicht, ob sie sich trösten sollte, traute sich nicht.

«Herzblättchen!» Und Tanja küsste lachend Anna Grigorjewna auf die Nase.

Anna Grigorjewna lächelte. Sanka saß daneben, er strich der Mutter über den Rücken, den Nacken und begegnete Tanjas herzlichen, zärtlichen Händen – bloß nicht absichtlich! auf gar keinen Fall! – und stahl sich Zärtlichkeit, stahl sie sich stückchenweise, und was kann das schon für ein Kummer sein, wenn es immer solche Hände gibt! Und Sanka war stolz, dass Mutter vielleicht dachte, das sei seine Tanja. Ein bisschen wenigstens. Die Hände seiner Tanja.

Tanja stand auf. Anna Grigorjewna blickte Tanja verlegen, immer noch lächelnd, ins Gesicht. Auf einmal begann sie mit dem Taschentuch, das sie noch in den Händen hielt, Tanjas Rock an den Knien abzustäuben und ließ ein kleines Lachen hören – ein fast glückliches Lachen.

Als Sanka Tanja in die Jacke half, sagte sie: «Eure Wohnung wird beobachtet. Bedenke das.»

«Tu ich», sagte Sanka. An der Tür stand Tanja halb abgewandt und schaute Sanka aufmerksam in die Augen, wach und nachdenklich. Streckte ihm langsam die Hand hin.

«Sei bloß …», sagte Tanja heftig, zog Sanka kräftig an der Hand her und küsste ihn, die Augen geschlossen, fest und ungestüm auf die Lippen. Drehte sich um und hatte im Nu die Tür aufgestoßen und zugeworfen.

Es war schon nach eins in der Nacht. Wiktor saß vor seinem Schreibtisch, stützte die Schläfen in die Hände und blickte auf das weiße Blatt – wie nur? wie schreiben? Und Wiktor trank aus dem Glas einen Schluck kalten Tee.

«Also dann!», sagte Wawitsch, richtete sich auf und holte eine Papirossa heraus. Rauchte, runzelte zum Denken die Stirn. Das Blatt lag friedlich auf dem roten Fließpapier.

‹Wüsste ich nur, ob sie zu mir heimfährt oder nicht!›, dachte Wiktor, Grunja im Sinn. ‹Was sie da für Märchen erzählen wird.›

«Ah, Teufel nochmal!», sagte Wawitsch laut und griff zur Feder.

«Meine liebe und teure Mamascha», schrieb Wiktor rasch, «habe so viel zu tun zurzeit, bis über beide Ohren, dazu noch alle möglichen Begebenheiten, sodass ich nicht einmal weiß, ob Grunja zu euch fährt. Vielleicht fährt sie, vielleicht fährt sie auch nicht.»

Wawitsch beugte sich tief über das Papier. Tatsächlich, weiß der Teufel. Sagt die mir: Sind hier nicht im Séparée! Schweinerei! Und der Alte freut sich und bechert seinen Wodka. Hat er nun davon. Sagt es vor allen. Dummkopf, was musste er hingehen! Wiktor haute auf den Schreibtisch, und die Asche fiel auf das Blatt. Alles dermaßen abscheulich – Wiktor blies die Asche fort; jedenfalls, Schweinerei, jetzt fangen bestimmt alle zu sticheln an und dann … die Vorstellung, sie versetzten ihn erneut auf die Moskauer Wache, und dort würden sie's ihm zeigen … Ach, zum Teufel!

«Ich meine», schrieb Wiktor mit fester Hand, und die Feder spritzte, «zum Teufel mit diesem ganzen Dienst und nicht nur, dass ich auf die Post, es wäre mir ja gar nicht um die Ehre zu tun, ich könnte auch als Kontorist auf den Güterbahnhof, mir wäre ganz gleich, was für eine gottgefällige Arbeit. Und dich anschauen, was ist das für ein Wunder mit dir, kann es gar nicht richtig begreifen, und mit Grunja wäre es dann auch einfach, dass alles wieder gut wird. Sie ist am Zweifeln zurzeit, irgendwie unverständlich. Und es gibt manchmal Juden, habe ich sogar selber gesehen, richtig wie Russen, sind sogar nicht mal beleidigt, sagen selber – bin a Jid und lachen. Da gibt es prima Kerle. Und einige lassen sich auch taufen, also, sind vollkommen wie Russen und schimpfen sogar auf die eigenen Leute. Und mit Taissa, das hat vielleicht sogar sein Gutes. Ich komme heim, und dann sehen wir. Suchen eine Stelle.»

Wiktor legte die Feder nieder, um zu verschnaufen. Und er

hatte die Vorstellung – er kommt heim, und Mutter ist auf den Beinen, dann sieht ihn der Vater mit einem Mal in Zivilkleidung … Ja, dann durch die Stadt, in so einem Tuchrock, und alle wissen, dass er Quartieraufseher war. Wurde davongejagt, werden sie sagen. Je mehr du widersprichst, desto mehr lachen sie. Ah, wie die damals mit der Bombe, sagt: Wahnsinniger, was tust du! Ist mir bestimmt nachgerannt. Muss was tun, muss irgendwas tun! Wiktor juckelte auf dem Stuhl und packte die Armstütze. Er müsste einen schnappen, den allerverwegensten. Alle rennen um die Ecke, während er, Wawitsch – bitte sehr! Prescht weiter, stur. Der andre schießt, paff! daneben, doch er – zack! hat ihn am Kragen und patsch! zu Boden wie einen Welpen. Und die Armstütze knackte unter der Hand. Ah! oh! – nein, weder ah noch oh, sondern – zum Teufel!

«Wahnsinniger!»

«Schon recht, wir kennen Sie, Gnädigste. Basta! Bemühen Sie sich anderweitig: Ich gehe. Wohin? Zum Teufel, mit Verlaub.» Wiktor ließ den Blick böse durch den Raum schweifen.

«Sie bekommen eine Medaille.»

«Verbindlichsten Dank!» Und Wiktor verneigt sich – absolut vernichtend.

Der Polizeichef lädt ihn in die Wohnung ein: Wie können Sie nur? Warum? Und natürlich ist die auch da, schaut mit Hundeaugen.

«Lassen Sie uns reden.»

«Wir sind nicht im Séparée, worüber sollten wir reden, Gnädigste?»

Wiktor schaute lange auf den Vorhang, und Warwara Andrejewna weinte schuldbewusst, flehentlich. Und immer das Köpfchen so vorgereckt.

«Hätten früher nachdenken müssen!», sagte Wiktor laut.

Trübselig blickte der Brief vom Schreibtisch. Als hätte nicht er ihn geschrieben. Zerreißen? Wiktor knüllte das obere Ende des Blattes in der Faust. Ließ los. Glättete das Blatt. Warf es in die Schreibtischschublade. Und kleidete sich rasch aus.

DAS IST ES

Sanka trug Backenbart, ein Pincenez mit schwarzer Kordel, einen schwarzen, sehr schicken schwarzen Hut und einen eleganten Zivilmantel, und er hatte sogleich gespürt, dass er nicht mehr er war, nicht Sanka, und dass er, so gekleidet, das tun müsste, nun ohne Unterlass das tun müsste, wozu alles diente. Wie wenn er zu den Soldaten gekommen und gleich in Uniform gesteckt worden wäre. Und es war Sanka, als säße er irgendwo drin, in einer Kutsche oder Kiste, und schaute aus einem Fensterchen wie aus einer Schießscharte. Sanka rief sogar mit anderer, gänzlich unbekannter Stimme nach einer Droschke. Und die Kälte im Inneren, wie sie gekommen war, so hielt sie sich auch, fest an einer Stelle, und jetzt musste er diesen Weg zurücklegen und wäre doch nur alles schnellstens zu Ende. Wie wenn er mit dem Schlitten von einem vereisten Berg herabsauste und sich schon abgestoßen hätte, jetzt in Fahrt käme, und nun fliegt er schneller und schneller, und jetzt gibt es kein Halten mehr, klammer dich nur fest und warte. ‹Im äußersten Fall erschieß ich mich›, und Sanka berührte mit der Hand seine Tasche: Schwer und hart lag darin der Browning. Ernst. Mit finsterer Miene.

Der Koffer war nicht groß, aus Leder, fremdländisch. Und Sanka selbst war eigentlich auch nicht da, an seiner Stelle war jemand anders, mit fremdländischen Manieren, redete sogar irgendwie durch die Nase. Fragte von allein, ohne ihn, ohne Sanka:

«Härr Zugbegleiter! Platz elf, wo ist das?»

In diesem Menschen, irgendwo in dem Kältegefühl war Sanka erstarrt und wartete, was wohl geschähe mit diesem Menschen mit Pincenez und grauen Wildlederhandschuhen.

Er spazierte durch den Gang des Waggons. Noch fünf Minuten bis zur Abfahrt. Dieser Mensch hatte Sankas Uhr, wie wenn er sie gestohlen hätte. Im Nachbarcoupé ein Offizier. Stabskapitän. Der Infanterie. Und das Herz pochte stark. Nur ein paarmal, und wieder drückte etwas auf die Magengrube wie ein Korsett. Die Notbremse hatte er gleich gesehen, da ist sie, mit der roten Endschlaufe. Er ging mit einer Papirossa zum Vorraum – da ist die andere. Ein Plömbchen am Bindfaden. In seinem Coupé ist er der Dritte. Zwei Damen, eine mit Kind. Ein Mädchen, vielleicht sechs. Das Mädchen hat Platz genommen, macht es sich gemütlich, zieht einen Plüschbären an, plappert dabei und wirft wie im Bilderbuch kokette Blicke auf den jungen Mann mit Pincenez.

Drei Klingelzeichen. Sie schlagen ein, pochen im Inneren, nie hat er einen Laut so gehört, wie ein Schlag von innen. Er wusste schon, hörte es gar nicht erst, dass der Zug pfiff. Anfuhr. Sanka hatte sich dort drinnen ganz klein gemacht, hatte die Augen zugekniffen und war erstarrt. Dieser andere Mensch schien ganz leer und allein zu bleiben.

Er ging hinaus zum Vorraum. Der Offizier rauchte im Gang. Vom Vorraum aus schaute er noch einmal – ja, da steht er. In zehneinhalb Minuten kommt die Brücke, es sind noch achteinhalb. Die Laternen vor dem Fenster werden seltener, und was draußen ist – unklar. Der Zug fuhr in vollem Tempo. Er muss den Browning aus der Hose in den Mantel stecken. Es sind noch – auf der Uhr wie im Kopf – genau gleich viel Minuten, als ob im Kopf eine Uhr wäre und der Zeiger im Schädel die Sekunden tickte. Dem jungen Mann stockte der Atem, und in diesem Augenblick:

Gurrach! gurrach! – die Brücke.

Und die Hand zog am Griff der Notbremse und spürte nicht, wie der Bindfaden riss.

Es krachte, kreischte vom Fahrgestell unten. Brachte den Zug zum Halt. Muss hinaus in den Gang. Der Offizier geht zum anderen Vorraum. Leute springen aus den Coupés.

«Was ist los? Was ist?»

Im Gang schon viele Leute. Muss zu dem Offizier. Puh, kaum noch Luft. Was soll's, alle sind erregt, unter der Coupétür die Dame, hat das Mädchen bei den Händen gefasst. Seltsamerweise wollen alle zum andern Vorraum, da, der Zugschaffner drängt sich zu diesem durch, wo die Notbremse ist. Noch zu schaffen. Ein Sprung zum Vorraum, schon hat die Hand blitzschnell den Griff der Notbremse zurückgeschoben, sie steht, wie sie war. Eine Menschenmenge im anderen Vorraum. Schwer durchzukommen, zum Offizier. Der Zug steht anscheinend.

«Herrschaften, lassen Sie mich durch, bleiben Sie nicht auf der Plattform stehen.» Der Zugbegleiter zwängt sich Richtung Tür, die Laterne hoch über den Köpfen.

Plötzlich ein Schrei, ein heftiger, von dort, von draußen, aus dem Dunkeln. Zu hören trotz des Stimmengewirrs und durch die Tür – im Befehlston:

«Niemand verlässt den Zug. Wir werden schießen. Bei Widerstand sprengen wir den Zug in die Luft!»

Schlagartig wird es still im Vorraum. Und von draußen Schreie, Stimmen dort im Freien:

«Der Fünfte hierher!»

Und plötzlich ein Schrei auch im Gang.

«Was sind das für Dreckskerle! Unbedingt werde ich schießen!»

Sanka stürzte in den Gang.

Der Offizier polterte mit dem Fuß gegen die Tür des Coupés. Zwei Damen hielten seine Arme fest.

«Ich flehe Sie an! Sie sprengen uns in die Luft! Ich habe ein Kind dabei!» Und über allen Stimmen das Geschrei des Mädchens. Ein Mann ruft:

«Sie sind nicht allein, Sie haben kein Recht! Sperren Sie nicht auf, sperren Sie das Coupé nicht auf!»

Schon ist der Offizier von einer dichten Menschentraube umschlossen.

Der Offizier, hochrot, schreit, heult:

«Zugbegleiter! Zugbegleiter!»

‹Die lassen ihn nicht durch, lassen den Zugbegleiter nicht durch, und sowieso hat die Tür ein Schnappschloss.›

«Gebt mir meinen Mantel!» Der Offizier stößt mit den Ellbogen die Passagiere weg.

«Er hat einen Revolver im Mantel!», ruft jemand vor Sanka. «Sie haben überhaupt kein Recht …»

Der Zugbegleiter nicht da, kommt auch nicht. Sanka geht zum Vorraum. Hier ist der Zugbegleiter auch nicht. Und von den Türen halten alle Abstand.

«Oh! Haben Sie gehört? Zwei Schüsse», sagte der Passagier neben Sanka flüsternd und hob vorsichtig den Finger. «Herrschaften», sagte er lauter, «besser, wir nehmen unsere Plätze ein.»

Sanka begab sich in sein Coupé. Die Dame presste, blass, das Mädchen an sich, drückte es mit aller Kraft.

«Sie werden durch die Waggons gehen. Macht aber nichts, macht nichts, mein Goldstück, sie tun uns nichts, kleinen Mädchen tun sie nichts, mein Sonnenschein.»

«Nein, nein, werden sie nicht», sagte Sanka auf einmal, er strich dem Mädchen über den Rücken, «werden sie nicht, mein Liebes.»

«Siehst du, sagt der Onkel auch, der Onkel lässt nicht zu, dass sie einem Mädchen was tun.»

Das Mädchen schluchzte, seine Schultern bebten.

«Lass ich nicht zu, lass ich nicht zu!» Sanka hatte Angst weiterzureden, die Stimme kam aus dem Takt, brach, hüpfte, das fehlte noch, dass er sich hinter dem Mädchen verschanzte, dann wäre aber alles aus. Sanka lauschte, mit allen Fasern seines Wesens horchte er nach draußen.

Unweit der Tür drängten sich Männer, jemand wiederholte heiser:

«Wir erlauben Ihnen nicht, erlauben nicht ... Bitte, verhaften Sie mich. Hinterher, bitte schön ... Bitte schön.»

Sanka ging hinaus zur Plattform.

Der Passagier von vorhin schnitt ihm mit dem Arm den Weg ab.

«Gehen Sie nicht», flüsterte er bebend, «wirklich wahr, alles ist möglich. Zur Toilette? Scheint besetzt zu sein.»

Ginge es doch schneller, schneller! Sanka befürchtete, noch eine Minute, anderthalb, und er hielte es nicht mehr aus, er würde die Tür öffnen, und die Füße würden ihn davontragen, weiter und weiter.

«Da wird aufgebrochen, Eisen aufgebrochen», flüsterte der Passagier. «Geben Sie mir eine Papirossa, weiß nicht, weiß nicht, wo ich meine habe. Uff!» Der Passagier holte tief Luft.

Plötzlich hörte Sanka einen dünnen Pfiff, lang und dann mit Unterbrechungen. Im Waggon verlosch das Licht.

‹Sie ziehen ab! Und jetzt? was jetzt?› Sanka tastete sich das Stück Gang entlang, vom Offizier zu dem älteren Passagier, elfmal ging er hin und her.

«Ich will zur Toilette!» Sanka ging an dem Alten vorbei. Die Toilette war zugesperrt. Sanka trat hinaus in den Vorraum.

«Psst! Psst!», mahnte der Passagier. «Zünden Sie keine Streichhölzer an. Und weiter vom Fenster weg!», rief er mit heiserer Flüsterstimme.

«Vielleicht ist gar keiner mehr da», sagte Sanka, die verfluchte Stimme war wieder seine eigene, wie zuvor. Er öffnete die Tür nach draußen. Hörte, wie hinter ihm der Passagier mit den Füßen scharrte. Sanka sprang von der Stufe herab. Als schwarze Wand stand der Zug, nur vorne bei der Lokomotive war die Erde rot.

‹So also sieht das aus!› Sanka schaute, wie der schwarze Zug in der Steppe schwieg. Es war geschehen, es gab kein Zurück. Plötzlich fuhr ihm die Angst schlagartig in alle Gelenke. Die Füße rissen ihn von der Stelle.

«Ja, tatsächlich, der Teufel soll …» Sanka erkannte die Stimme des Offiziers, er sprang schwerfällig auf den Bahndamm. «Sind Sie das?»

«Leise», flüsterte Sanka. Er hörte, wie über ihm unter der Tür halblaut gesagt wurde:

«Ich fahre sowieso nicht weiter, ich gehe zu Fuß zurück, sowieso, weiß der Teufel!»

«Leise! Himmel nochmal!»

Am Zug entlang bewegte sich eine Laterne.

Sanka sah, wie der Offizier sich im Dunkeln bückte und sich hinter die Puffer zurückzog. Oben wurde die Tür zugeschlagen. Sanka ging ein paar Schritte den Hang hinab. Nun war zu sehen, dass ein Zugbegleiter mit einer Laterne kam.

«Puh! Wir dachten, die wären das!», rief der Offizier.

«Wir dachten, die wären das!», sagte Sanka – soll seine Stimme doch zittern, sie zittert bei allen.

«Zugbegleiter!», rief der Offizier.

Die Passagiere begannen herabzuspringen, und sogleich fiel ein heiserer, verworrener Stimmenschwall über den Zugbegleiter her. An anderen Waggons schlugen die Türen. Sanka blieb noch ein paar Sekunden unter den Leuten, dann machte er zwei große Schritte ins Dunkle. Er machte sie leicht in dem moderigen Gras, dann schnell, schneller, und er überließ die Beine der Angst, und die Angst trug ihn über die Steppe in die Ferne, egal wohin, nur weiter, weiter.

Um zwei Uhr nachts steckte Sanka, bereits in Studentenuniform, den Schlüssel in die Tür am Hauseingang, traf aber nicht ins Schloss und schwankte leicht – sehr passend, das Schwanken, als käme er aus der Kneipe angetrollt. Sanka schaute die Straße auf und ab, während er mit dem Schlüssel hantierte. Ein Nachtwächter schritt friedlich über das leere Straßenpflaster. Der Wächter kam bis auf seine Höhe, sah her und machte kehrt.

Sanka konnte nicht an sich halten. «Was ist, wird es morgen regnen?», fragte er.

Der Wächter warf den Kopf zurück. «Nein, sieht nicht so aus.»

Sanka schwankte wie ein Betrunkener auf der leeren dunklen Treppe. Schwankte auch zu Hause, allein in seinem Zimmer. Er begann sich auszuziehen, plötzlich ging er ohne Stiefel ins Esszimmer, machte leise das Büfett auf und tastete nach der Karaffe. Die Hand hüpfte, als Sanka direkt aus der Karaffe trank. Nur schnell, schnell. Er trank alles aus und spürte den Wodka nicht, es flutschte wie Wasser. Sanka legte sich ins Bett, ohne die Hosen auszuziehen. Sprang wieder auf. Holte den Browning aus der Hosentasche. Sah sich im Halbdunkel um. Trat auf Zehenspitzen zum Schrank, legte die Hand mit dem Browning oben auf den Schrank, ließ sie einen Moment dort, nahm sie wieder herunter. Sah sich das ganze Zimmer an. Steckte den Browning unters Kopfkissen, zog sich aus und legte sich ins Bett. Den Kopf bettete er aufs Kissen und hörte auf einmal deutlich den gleichen dünnen, durchdringenden Pfiff. Er riss das Ohr vom Kissen hoch.

Das Bett quietschte erneut.

Morgens ging Sanka, ohne Tee zu trinken, direkt aus seinem Zimmer in die Universität. Sanka hatte noch nie so genau die Gesichter betrachtet, seine Augen hakten sich geradezu fest, am liebsten hätte er blitzschnell, mit einem Ruck, die Physiognomie herabgerissen, um zu erfahren – wer bist du? nicht ein Spitzel? Momentweise war ihm in dem Menschengewimmel, als wären alle Spitzel, als wuselten die Spitzel wie die Fliegen in Schwärmen hinter ihm und ringsumher. Sanka verlangsamte dann den Schritt, bog zu Schaufenstern ab. Im Universitätslabor pfiff Sanka möglichst fröhlich vor sich hin, er unterhielt sich, unterhielt sich eifrig, auch mit Leuten, die er nicht mochte.

‹Nein, alles wie gewöhnlich.› Und Sanka gab der Fröhlichkeit noch mehr nach. Doch die Zeit verging in Schüben. Es kam Sanka vor, als wäre es schon drei, dabei war es bestimmt noch keine zwölf. Sanka rannte aus der Universität. Im Schwung seiner Fröhlichkeit legte er zwei Straßenzüge zurück. ‹Das kommt mir nur so vor, als folgte mir jemand.› Doch die Beine stießen sich immer rascher ab, und Sanka blickte sich nicht um. Auf halber Treppe bei den Rschewskis blieb Sanka stehen. Wartete eine Minute – kein Mensch.

Tanja frühstückte mit dem Vater. Sie saß als Frau des Hauses am Tisch, und Sanka begriff nicht, wieso einzig Tanjas Gesicht über den Tisch leuchtete, strahlend leuchtete. Tanja erhob sich und rückte unmerklich den Kragen zurecht – es war «ihre Farbe», und Sanka erblickte sie zum ersten Mal an Tanja.

Rschewski lächelte gastfreundlich, zog sich die Serviette aus dem Revers, begrüßte:

«Sie kommen gerade recht! Setzen Sie sich.» Er schob einen Stuhl zurück und drückte auf die Klingelbirne. «Was hat sie denn? Ist sie eingeschlafen?» Raschen Schrittes verließ er den Raum.

«Tanetschka», seufzte Sanka aus tiefstem Herzen, «weißt du, ich muss …»

Tanja blickte ihm in die Augen, hielt einen Moment die Luft an, und plötzlich wedelte sie mit der Hand.

«Sag es nicht, Lieber, sag es niemandem, auch mir sag es nicht. Hörst du?»

Da kam Rschewski herein, hinter ihm stapfte hastig das Mädchen.

«Warum hat er noch kein Gedeck! Schöne Gastgeberin!», sagte Rschewski. «Haben Sie heute das ‹Extrablatt› gelesen?» Rschewski setzte sich, schaute Sanka an.

«Ich bin die Gastgeberin», sagte Tanetschka, «und ich möchte weder vom ‹Extrablatt› noch von Politik etwas hören!» Tanja pochte mit dem Messer auf den Teller. «Fröhliches, bitte schön.»

Sanka merkte, dass Tanja immer wieder hersah, wie er aß. Vier gebrochene Brotscheiben lagen bei Sankas Hand auf dem Tischtuch.

‹Das ‹Extrablatt›, also weiß es die ganze Stadt, jeder Mensch›, dachte Sanka. Und merkte gar nicht, wie er aß.

«287940»

«Den richtigen Riecher! Mach mir nichts vor! Von wegen Riecher!», schrie Gratschek. «Hier, riech mal.» Und Gratschek hielt Wawitsch die knochige rote Faust direkt vor die Nase.

Wawitsch wich zurück. Sie waren allein in Gratscheks Büro.

«Rede, was für Fäden hattest du? Na? Kam dir so vor? Wart nur, nehmen wir dich in die Mangel, kommt dir der Himmel nicht größer vor als ein Schafsfell. Weißt du das?»

Gratschek ging zum Fenster, ohne Wawitsch anzuschauen.

«Und warum hast du seinen Revolver zum Polizeichef gebracht und nicht hierher? Eine Finte? Vielleicht schwindelst du ja auch, dass die Nummer 287940 ist.»

Wawitsch schwieg und blickte bald zu Boden, bald mit finsterer Wut auf Gratschek. Gratschek schaute zur Wand.

«Also wie nun?»

«Ich ging hinter ihm bis zum nächsten Wachposten …» Wiktor drehte den Kopf hin und her.

«Kenn ich. Packte ihn von hinten an den Armen, stemmte ihm den Fuß in den Hintern. Der Wachposten durchsuchte ihn, und sieh da, ein Browning! In der Hosentasche, unterm Studentenmantel», brummte Gratschek zur Wand. «Und das hättest du gerochen? Was hab ich in der Hosentasche? Na?» Gratschek schlug mit der Hand gegen seinen Mantel. «Wahrsagerin! Und wer hat ihn dort noch durchsucht? Niemand? Gelogen. Ich weiß es. Bleib hier stehen.»

Gratschek schlurfte hinaus. Und Wiktor hörte, wie er vor der Tür sagte:

«Nicht herauslassen! Nicht hineingehen!»

«Nur zu, Dreckskerl!», flüsterte Wiktor. «Ich sag es Miller höchstpersönlich.» Um sich Mut zu machen, schritt er laut durchs Büro. Plötzlich quietschte die Tür, Senkowski hielt den Kopf herein.

«Bist ein Dummkopf!», sagte Senkowski laut flüsternd, dabei sah er sich jeden Moment um. «Dieser Greis, der Kirchenälteste aus der Peter-Paul-Kirche, sitzt bei uns nämlich im Wartezimmer.» Senkowski sah sich um und redete schneller. «Sagt, er hätte ihn schon früher in der Vorstadt gesehen, wie er auf den Glockenturm gestiegen ist, hätte da schon was vorgehabt – da hast du's!» Senkowski streckte die Zunge heraus und zog plötzlich den Kopf zurück, lehnte die Tür an. Plötzlich hielt er erneut den Kopf herein. «Wenn das mit der Nummer stimmt, red lieber freiwillig.» Und hatte auch schon die Tür zugeschlagen.

Wawitsch hörte, wie Gratschek durch den Korridor schlurrte.

«Und kommst zurück», hörte Wiktor, Gratschek hatte es gerufen, und schwere Schritte stapften zur Tür. Herein trat ein Truppführer, ein Riese, so einen gab es in der Polizei nur einmal.

«Wenn ich bitten darf, der Polizeichef lässt Sie rufen.»

Er riss die Tür auf, blieb bei der Tür stehen.

«Wenn ich bitten darf ...» Und hüstelte in die Hand.

Wawitsch ging ärgerlichen Schrittes hinaus. Senkowski drückte sich bei der Tür herum.

«Gicks bloß nicht rum, wird nur schlimmer», sagte Senkowski laut hinter ihm her.

«Tölpel», brummte Wawitsch. Er ging rasch, mit finsterer Miene, schaute geradeaus, und wie fremd huschten die Wände der Wache vorüber.

«Bäh!» Auf der Treppe spuckte Wiktor aus.

Der Schutzmann hastete hinterdrein.

‹Was soll das? Begleitet er mich? Wie einen Verhafteten?› Wiktor tat so, als bemerke er es nicht.

Zum Haus des Polizeichefs waren es zwei Schritte. Wiktor riss die Tür zum Treppenhaus sperrangelweit auf.

«In die Amtsstube, lautet der Befehl», sagte der Schutzmann von hinten.

«Aha!» Wawitsch ließ die Tür los. Sie schlug zu. Die Tür zur Amtsstube war daneben. Wawitsch rannte flink, mit betont geschäftigem Gang, die Treppe hinauf. Der Schutzmann schnaufte hinterdrein.

«Direkt in sein Büro», sagte unterwegs der Schutzmann halblaut und klopfte selbst an die Tür.

«Herein!» Der Polizeichef rollte das Wort mit sonorer Stimme. «Aha!» Auf Wawitschs Verbeugung nickte er langsam hinterm Schreibtisch vor. Der Schutzmann war vor der Tür geblieben.

«Was haben Sie, Freundchen» – der Polizeichef lehnte sich im Sessel zurück und verschränkte vor der Brust die Finger –, «was haben Sie mir vorhin eigentlich alles erzählt und sich derart ... derart als Held hingestellt?»

«Ich», begann Wawitsch laut, entschlossen schrie er: «Ich!»

Aber der Polizeichef hob die Hand.

«Darf ich? Habe die Schlüssel hier bei dir vergessen.» Wawitsch traute sich nicht, sich auf Warwara Andrejewnas Stimme umzublicken. Warwara Andrejewna hielt kurz inne, warf Wawitsch einen spöttischen Blick zu und begann sogleich, an dem hohen Rundschränkchen die Schubladen aufzuziehen. «Wo hab ich sie nur hin?»

«Also haben Sie mir hier etwas vorgelogen», sagte der Polizeichef, nun schon mit kräftigerer Stimme, «nichts haben Sie ‹gerochen›! Jawohl! Der Greis hat Sie draufgebracht, Herr Fomitschew! Aha, Sie kennen ihn!»

Warwara Andrejewna blickte sich kurz zu Wiktor um.

«Kirchenältester der Peter-Paul-Kirche und Betreiber einer Schenke der zweiten Kategorie. Stillgeschwiegen!», schrie der Polizeichef auf einmal. «Hier, bitte», schrie der Polizeichef weiter. «Er hat bereits ein Papier eingereicht» – der Polizeichef schüttelte ein dickes Blatt Elfenbeinpapier –, «das ist seine Darstellung und zugleich sein Gesuch, er bittet um Belohnung.»

Der Polizeichef pochte mit dem Blatt gegen den Tisch.

«Nicht Sie natürlich! Ein Wachposten hätte ihn festnehmen können. Schöner Held!»

«Hatte aber! einen Revolver! bei sich!», bellte Wiktor.

«Was hatte er bei sich?» Der Polizeichef beugte sich vor. «Was? Den von Sorotschenko? Dem ermordeten? Ja? Wer sagt das? Die Nummer? Müssen wir erst noch prüfen, Verehrtester. Kann natürlich sein», sagte der Polizeichef leiser.

«Hör mal», sagte Warwara Andrejewna auf einmal, «lass sie doch suchen, irgendwo müssen sie ja sein. Wechsle mir bitte zehn Rubel.» Sie wühlte im Portemonnaie.

«Außerdem» – der Polizeichef steckte die Hand in die Hosentasche –, «was musste er auf der Moskauer Wache eingeliefert werden, hätten Sie ihn nicht herbringen können? Könnte meinen, er hätte einen Tiger gefangen!» Der Polizeichef holte das Geld hervor, schaute in den Geldbeutel. «Ah ja, und den Revolver mussten Sie unbedingt mir persönlich abliefern.» Er schaute Wawitsch an. «Wie darf ich diesen Firlefanz verstehen?» Er reichte Warwara Andrejewna die Scheine. Sie stopfte sie in den Schlitz des Handschuhs und ging zur Tür, ohne Wawitsch anzublicken. «Ja! Was sind das für Kinkerlitzchen?», zischte der Polizeichef durch die Zähne. Er stand auf und pochte mit dem Finger auf den Schreibtisch. «Na? Weil Sie befürchteten, er würde auf der Kathedralenwache freigelassen? Was soll das? Wo tun Sie Dienst?»

Wiktor fürchtete, ihm könnten die Tränen hervorschießen, Tränen der Wut.

«Wo tun Sie Dienst?» Der Polizeichef kam hinterm Schreibtisch vor, machte einen Schritt auf Wawitsch zu. «Treten Sie ab!», sagte der Polizeichef, als ob er Wiktor direkt ins Gesicht spie.

Plötzlich warf Wiktor dem Polizeichef einen Blick zu, als ob er Steine schleuderte, er neigte sich weit zur Seite und spreizte ein Bein nach hinten ab – eine Haltung, so frei und dreist wie nur möglich. Der Polizeichef legte den Kopf zurück, die Brauen hüpften empor.

«In exakter Befolgung des Befehls» – und Wawitschs Stimme klang wie ein Hammer auf Eisen – «Seiner Hohen Exzellenz des Generalgouverneurs, Kavalleriegeneral Miller: Der Verhaftete ist auf die nächstgelegene Wache zu bringen! Die bei einer Durchsuchung gefundene Waffe ist im Amt des Polizeichefs abzuliefern oder beim Oberkommandierenden. Und meinen Dienst tue ich für Seine Kaiserliche Hoheit, Seine Majestät Zar Nikolaus den Zweiten Alexandrowitsch. So mein Diensteid!» Und Wiktor machte scharf kehrt und ging zur Tür hinaus.

Ohne Luft zu holen, schritt Wiktor durch die gesamte Amtsstube – ich geh zum General und erschieß mich!

‹Euer Hohe Exzellenz! Habe den Befehl Eurer Hohen Exzellenz mit gesetzesmäßiger Exaktheit erfüllt, doch man unterzieht mich …› Und Wiktor sah vor sich, wie er militärisch dasteht – das erkennt der sofort, als Militär, und der General blickt streng und aufmunternd.

Wawitsch polterte rasch die Treppenstufen hinunter, griff schon zur Tür, da kam von oben:

«Quartieraufseher! Wawitsch!»

Wiktor wollte nicht darauf hören, trat unter die Tür und blickte zurück: Ein medaillengeschmückter Kanzleidiener klapperte mit den Absätzen die Treppe herab.

«Der Herr Polizeicheff bittet Sie zurück. Er bittet.» Außer Puste, ist offenbar gerannt. Wiktor ging zurück, federnd und angespannt.

«Sie fühlen sich anscheinend gekränkt?» Der Polizeichef lächelte. «Setzen Sie sich. Nun setzen Sie sich doch, lassen Sie uns reden.»

Wiktor setzte sich, drehte den Kopf nach allen Seiten.

«Im Dienst zanken wir uns auch mal, ohne das geht es nicht. Darf man sich nicht alles zu Herzen nehmen. Sie wissen bestimmt, dass diese Nummer – was hatten Sie notiert?» Der Polizeichef suchte mit den Augen den Tisch ab.

«287940!», sagte Wiktor.

«Dass Sorotschenko diese Nummer hatte? Das wäre immerhin ein Zipfelchen. Wenn man sich überlegt, ein Tiktin, und dann, also wissen Sie …»

Wawitsch nickte, schaute an ihm vorbei, zum Fenster.

Wiktor saß lange auf dem Boulevard. Bald saß er breitbeinig, die Hände in die Seiten gestemmt. Bald verschränkte er fest die Arme und streckte die Beine aus, eines über dem anderen. Zum Essen begab er sich ins «Süden». Bestellte vom Teuersten. Abends gegen elf Uhr kam er nach Hause.

«Wartet gewiss schon seit acht», flüsterte Froska im Vorzimmer und nickte zur Tür von Wiktors Kabinett.

Doch die Tür ging schon auf. Senkowski spähte durch den Spalt.

Wiktor nahm erst den Mantel ab, als ob er nichts gesehen hätte.

«Ah! Was hast du zu sagen?» Wiktor rieb sich im Stehen die Hände und blickte streng auf Senkowski.

«Hol dich der Teufel! Bin schon drei Stunden hier, wäre fast eingeschlafen. Und deine Gemahlin … Was ist, seid ihr im Kriegszustand?»

«Wenn's dir nicht gefällt – hab dich nicht gerufen.» Wiktor trat zum Schreibtisch, öffnete die Tabaksdose.

«Gicks nicht rum!», sagte Senkowski flüsternd. «Ich würde ja gar nicht hier sitzen, hol dich wirklich der Teufel.» Er trat nahe zu Wiktor. «Sie heißt dich kommen, bis ein Uhr wird sie warten. Hörst du?»

«Ehem?», grunzte Wiktor und schaute zu, wie die Papirossa sich stopfen ließ. Fertig gestopft, sprang sie vom Maschinchen.

Senkowski griff nach der Papirossa. «Merci!»

«Leg das hin!», rief Wiktor.

«Das reinste Maschinengewehr!» Senkowski legte die Papirossa auf den Tisch. «Weißt du was? Zum Teufel mit dir, ich gehe, aber gicks du besser nicht rum, denn sonst, Bruder, ich sag dir unverblümt, sie werden dich im Handumdrehn» – und Senkowski fletschte die Zähne und rieb in der Luft die Handflächen aneinander – «ffft!» Senkowski pustete. «Ffft – und aus der Traum!»

«Ich erstatte Rapport bei General Miller», sagte Wiktor gemessen und zündete ein Streichholz an.

«Hol dich doch der Kuckuck!» Senkowski schritt ins Vorzimmer. Wiktor hörte, wie er sagte: «Verbrenn dir nicht die Finger!», und die Tür hinter sich zuknallte.

DAS SCHAFFE ICH FORT

Anna Grigorjewna saß auf Nadjas Bett und legte auf der Decke die Karten: Zum soundsovielten Mal schon legte sie um Herzdame, und immer kamen «Reisen» heraus, «Reisen». Im Vorzimmer klingelte es. Anna Grigorjewna fuhr erschrocken auf und bedeckte die Karten rasch mit einem Kissen. Sie schaute hinaus in den Flur. Da stand Baschkin, hielt den Hut in Gesichtshöhe und fragte Dunjascha flüsternd:

«Niemand da? Keine Gäste?»

«Ich bin allein, allein, Semjon Petrowitsch!» Anna Grigorjewna ging auf ihn zu.

Baschkin trat leise auf, blickte um sich.

«Anna Grigorjewna! Sie wissen von nichts?» Baschkin sprach flüsternd. «Gehen wir in Ihr Zimmer, ich komme vom Zug, wohne in einer Datscha. Kommen Sie, kommen Sie», flüsterte Baschkin.

Er fasste Anna Grigorjewna bei der Hand. Baschkins Hand zitterte, und er drückte heftig Anna Grigorjewnas Hand.

«Setzen wir uns», sagte Baschkin, immer noch flüsternd. Er schloss fest die Tür. «Machen Sie kein Licht, es reicht auch so.»

Er setzte sich Anna Grigorjewna gegenüber.

«Wissen Sie, Ihr Sohn wurde verhaftet.»

Anna Grigorjewna fuhr hoch und biss sich wie vor Schmerz auf die Lippe.

«Und zwar unter garstigen Umständen verhaftet.» Baschkin konnte nicht in dieses Gesicht sehen, er blickte zur Seite. «Ihn verhaftete ein Quartieraufseher auf der Straße, und in seiner Tasche wurde ein Revolver gefunden.» Baschkin hörte, wie unter Anna Grigorjewna der Sessel zitterte. «Das wäre nicht schlimm, nicht schlimm!», sagte Baschkin mit flehentlicher Stimme. «Aber der Quartieraufseher, Wawitsch, der ihn verhaftet hat, behauptet, es sei» – Baschkin flüsterte kaum hörbar – «der Revolver eines ermordeten Schutzmanns.»

Anna Grigorjewna drückte plötzlich die Hände gegen die Schläfen, beugte den Kopf zu den Knien und stieß den Kopf gegen die Knie, und mit dem Fuß klopfte sie in verzweifeltem Takt auf den Boden.

«Was ist das? Was ist das? Was ist das?», wiederholte Anna Grigorjewna immer lauter und lauter.

«Anna Grigorjewna! Nicht doch! Nicht doch!», sagte Baschkin plötzlich hart, schrie es fast. Er stieß Anna Grigorjewna gegen die Schulter. «Man muss handeln, sofort handeln!»

Anna Grigorjewna blickte aus weit offenen, wahnsinnigen Augen auf Baschkin.

«Denn jetzt gleich, noch nachts, können sie eine Haussuchung machen. Man muss alles, alles in seinem Zimmer durchsehen. Jetzt gleich!»

Anna Grigorjewna stand auf.

«Mein Gott, mein Gott!», sagte sie und ging mit Baschkin rasch in Sankas Zimmer.

«Dunjascha!», rief Baschkin in die Küche. «Lassen Sie außer dem gnädigen Herrn niemanden herein!» Er flüsterte: «Ich sichte, Sie ordnen ein.»

«Mein Gott, mein Gott!», wiederholte Anna Grigorjewna. Sie stand mitten im Zimmer, presste die Handflächen an die Schläfen, die Ellbogen abgespreizt.

Baschkin zündete beide Lampen in Sankas Zimmer an. Er riss die unverschlossenen Schreibtischschubladen heraus, durchwühlte und durchsuchte alles in krampfhafter Hast.

«Räumen Sie ein!», kommandierte Baschkin flüsternd. Und schon zog er die nächste Schublade heraus.

Mit weit aufgesperrten Augen legte Anna Grigorjewna akkurat die Sachen zurück, die Federhalter, Pinselchen und Glasröhrchen, und stieß dabei immer dasselbe hervor:

«Mein Gott, mein Gott!»

Baschkin warf mit einem Affengriff die Bücher auf der Etagere um. Er kam bis zum obersten Regal: Über den Büchern lag, eingeschlagen, noch ein dickes. Er packte es, wandte sich zum Schreibtisch, zur Lampe, zog rasch die Schnur herab, riss das Papier auf. Obenauf ein Einband, von einer Bibel, nicht festgeklebt! Und die Hände ertasteten sogleich Eisen. Baschkin musterte es vorsichtig, heftete die kurzsichtigen Augen darauf.

Anna Grigorjewna ließ das Räumen sein, blickte auf, halb erstickt.

Baschkin legte das eiserne Buch rasch hinüber aufs Bett – vorsichtig, behutsam.

«Was ist das? Was?», fragte Anna Grigorjewna flüsternd.

«Das schaffe ich fort!», sagte Baschkin.

Anna Grigorjewna schaute auf ihn, auf die Tür.

«Wie? Befürchten Sie, dass sie jetzt gleich kommen?»

«Sollen sie kommen!», rief Baschkin. «Ich sag, dass ich! Ich es gebracht habe. Ja! Jetzt gleich wickle ich es in Papier!» Baschkin raffte das blaue Packpapier vom Schreibtisch. «Hier!» Auf dem Bett packte er das eiserne Buch in das Papier. «Hier! Und schreibe drauf: Für Semjon Baschkin. Unterzeichne, es soll ruhig eine Unterschrift sein!»

Baschkin griff sich aus einem umgefallenen Glas einen Buntstift, schrieb in roten Buchstaben «S. Baschkin» und machte einen Strich darunter.

«Hier, bitte schön!» Er zeigte es mit beiden Händen vorsichtig Anna Grigorjewna. «Das ist nämlich eine Bombe!», sagte Baschkin Anna Grigorjewna ins Ohr. «Ich lege sie im Vorzimmer unter den Tisch. Ja! Und decke meinen eigenen Hut obendrauf.»

Anna Grigorjewna sah Baschkin schweigend nach.

Sie stand noch da und sah immer noch auf Baschkin, als dieser aus dem Vorzimmer zurückkehrte, und sie flüsterte unhörbar.

Baschkin neigte das Ohr. «Wie? Wie?»

«Das hat bestimmt der dagelassen ... Heute kam einer vorbei, als er nicht da war.»

«Das schaffe ich fort, schaffe ich fort! Weiter, weiter!» Baschkin stürzte zum Bett, bog die Matratze hoch, «Herrgott!», sagte Baschkin. «Herrgott! Warum habe ich, gerade ich, keine Mutter. Keine Mutter, nein.» Baschkin warf ungestüm die Kissen beiseite. «Wenn ich einen Moment, einen einzigen Moment nur eine hätte, ich würde alles dafür hergeben, wenn ich jetzt, eben jetzt eine hätte, jeder Lump hat eine, ja, eben jetzt. Nein, nein! Sie sind seine Mutter, und es wäre zehntausendmal besser für Sie, wenn ich mit zehn Bomben geschnappt würde als er mit einem Revolver. Nein, nein! Aber das ist es nicht! Nicht darum! Nicht darum!» Baschkin schrie es fast und warf Sankas Rock aufs Bett. «Mir würde nichts, würde nichts geschehen!» Baschkin saß auf dem Bett und verhaspelte sich beim Sprechen. «Ich würde an sie denken, wissen Sie, ich habe heute Nacht von ihr geträumt, wie sie gestorben ist, sie schloss die Augen und atmete nicht mehr, und ich stürzte hin – Mama! und sie fuhr auf und packte mich am Kopf und drückte mir einen Kuss auf die Lippen und – ihr Mund ist aber schon ein Leichenmund, ich überwinde mich und küsse sie, doch sie beißt mich mit ihrem einzigen Zahn in die Lippe. Tat grauenhaft weh – und ich wachte auf.»

Baschkin hob die Hand zur Lippe.

«Bringen wir es zu Ende, zu Ende!» Baschkin sprang auf. Er stürzte zu den Handtüchern, um sie durchzusehen. «Das war's! Das war's!», sagte Baschkin erregt. «Ihm droht nämlich das Kriegsgericht. Und dann beißt er Sie womöglich auch nachts in die Lippe.»

Anna Grigorjewna, zur Salzsäule erstarrt, sah Baschkin an.

«Anna Grigorjewna! Sie, ja, Sie, glauben Sie, dass ich Ihr Freund bin?»

Anna Grigorjewna hob langsam die Hände, streckte sie aus.

Baschkin griff zur Türklinke. Anna Grigorjewna streckte ihm die Hände hin – Baschkin reckte den Kopf vor.

«Und Warwara! Warwara, die verfluchte Polizeichefin, kennen Sie die? Hat ein Verhältnis mit Miller», sagte Baschkin flüsternd, klar und deutlich flüsternd. «Merken Sie sich das!»

Er ging hinaus. Anna Grigorjewna konnte sich nicht von der Stelle rühren.

Anna Grigorjewna lag in ihrem halbdunklen Schlafzimmer auf den Knien, und der heilige Nikolaus der Wundertäter hielt auf der Ikone immer noch die Hand so, als schöbe er sie fort – nein, nein, bitte erst gar nicht! Doch sie hatte die Finger verschränkt und drehte sie schmerzhaft gegeneinander und schlug die verschränkten Hände auf den Boden.

«Vollbringe ein Wunder! Ein Wunder! Ich flehe dich an! Ich flehe doch! Nimm mein Leben, hier, nimm es, nimm es!» Und Anna Grigorjewna schlug mit dem Gesicht auf den Boden.

Dunjascha trat auf Zehenspitzen ins Esszimmer und stellte, ohne zu klappern, den brodelnden Samowar auf den Tisch.

«Stimme ihn gnädig! Gnädig!», flüsterte Anna Grigorjewna, schwermütig wackelte der Kopf, die zusammengepressten Zähne knirschten. «Stimme ihn gnädig!»

Sie wusste – in diesem Augenblick war ihr Mann dort, beim Generalgouverneur.

«Stimme ihn gnädig!» Und Anna Grigorjewna wünschte sehnlich, dass mit diesem Seufzer auch ihre Seele entfleuchte, entfleuchte als Opfer, und dass der Bischof die unerbittliche Hand senkte.

AHA, MIT VERLAUB

«Und was wollen Sie damit sagen?» General Miller schaute mit strengem, bedächtigem Blick auf Tiktin. Schaute mit der Brust, dem strengen Wladimir-Orden am Kragen, mit den Achselschnüren, den schicklichen und akkuraten, und dem gelassenen Generalsstern. Würdig und kerzengerade ragten auf beiden Tischseiten wie Lanzen zwei Tintenfassdeckel aus Neusilber. Und eine ernste Lampe unterstützte die gleichmäßige, sichere Stimme mit amtlich grüner Gemütlichkeit.

Andrej Stepanowitsch pumpte die Brust voll mit Luft und schaute auf das riesige Büro, und aus dem Halbdunkel schaute daraufhin von der Wand das Porträt des Großfürsten Nikolai Nikolajewitsch, in Lebensgröße; von oben herab schaute er, den weißen Handschuh auf den Pallasch gestützt.

«Ich bestreite ja gar nicht, dass Sie prinzipiell, von Ihrem Standpunkt, vielleicht absolut Recht haben.» Andrej Stepanowitschs Miene war klug und düster. «Aber Sie werden doch auch tausend Zufälle einräumen» – Tiktin sah mit ernstem Nachdruck in die glänzenden blauen Augen –, «Zufälle, die zu einer verhängnisvollen Ungerechtigkeit führen können.»

«Verzeihen Sie!» Schicklich und fest klang im riesigen Raum die sonore Stimme. «Ich bin Soldat und begebe mich damit selbst in Abhängigkeit, unterstelle mich auf Dauer, jawohl!» – Miller legte die Hand auf den Tisch, eine weiche Hand mit kräftigen Fingernägeln und einem Siegelring mit blauem Stein – «auf Dauer der Militärgerichtsbarkeit. Ich selbst vertraue mich ihr an. Auf welche Weise könnte ich ...»

«Aber ein Student ist doch kein Soldat! Verzeihen Sie! Sie werden sagen, wir hätten Belagerungszustand und alle wären verpflichtet ... Aber man muss doch auch das jugendliche Alter berücksichtigen und die ganze Atmosphäre!» Tiktin beugte sich über den Tisch. «Aus diesen Leuten werden Politiker, Staatsmänner ...»

Tiktin sah einen Blick auf sich gerichtet, der vom Orden zu kommen schien, vom Stern, gerade, würdig und fest, in immer dem gleichen Glanz glänzend, und alles am General schaute aus den gleichen Augen. Tiktin warf die Haare zurück – aber es geht doch um einen Studenten! –, und Tiktins Hand fuhr über den Tisch hoch, dabei klirrte der Knopf an der gestärkten Manschette, ein wenig dreist. Und plötzlich fiel ihm ein, wie Anna Grigorjewna im Vorzimmer geweint hatte – ‹sie hängen ihn doch auf, unseren Sanka hängen sie auf, erwürgen ihn! Andrej!›.

«Das sind doch nicht einmal Kriegsgerichte! Nein!» Tiktin erhob die Stimme. «Das sind Standgerichte, wobei alles, jede Grausamkeit durch eine vollkommen unnötige Hast camoufliert wird, für die es keine Rechtfertigung gibt! Um zu bemänteln, dass Rache genommen, dass abgerechnet wird, und das ist eines Staates unwürdig. In Wirklichkeit ist das doch gar kein Krieg.» Tiktin stand auf.

«Verzeihen Sie», sagte Miller hart, als hätte er einen kräftigen, kantigen Backstein hingelegt, und Andrej Stepanowitsch blieben die Wörter in der Brust stecken. «Verzeihen Sie! Kein Krieg! Was glauben Sie, könnten Sie mir Sicherheit garantieren, wenn ich Sie jetzt auch nur nach Hause begleiten wollte? Wir gehen jetzt aus dem Haus, und ich begleite Sie zu Fuß bis nach Hause? Kehre ich zurück?»

Tiktin schwieg. Er stand immer noch, die hohle Hand an die Brust gelehnt.

«Aha, mit Verlaub. Wieso verlangen Sie dann, wir sollten Engel sein? Verzeihen Sie, noch ist das Reich Gottes nicht angebrochen, sodass Engel den Staat regieren könnten.» Miller lehnte sich auf dem Stuhl zurück, er zog die mittlere Schublade auf. Tiktin schaute zur Schublade.

Miller zog aus der Schublade eine dicke Trosse, deren Ende fest mit Draht umwickelt war.

«Gefällt Ihnen das? Mit so einem Ding rechnen Ihre Kinder – ich mag es noch nicht glauben – mit uns ab. Und das ohne alle Gerichte.» Miller stand auf und hielt das Ende der Trosse unter der Lampe fest in der Hand. «Das wurde einem weggenommen.» Miller nickte belehrend. «Zack! – und fertig ist die Laube! Von welchem Gericht wurde ich denn verurteilt, wenn die Nachfrage gestattet ist?»

Miller stand da mit der Trosse, schaute Tiktin in die Augen, schwieg eine Weile.

«Sodass – Sie sehen.» Miller setzte sich. Die Trosse legte er auf den Schreibtisch, über die akkurat geordneten Papiere. «Ich garantiere Ihnen, dass alle Maßnahmen zur Wahrung der Gesetzlichkeit, soweit es von mir abhängt, getroffen werden, aber wenn das Gerichtsurteil … Hören Sie», und Miller sprach mit tiefer Stimme, «Sie sind doch nicht gekommen, um von mir zu verlangen, dass ich gesetzwidrig handle? Selbst wenn dieser Mensch Ihr Sohn ist? Wissen Sie, jeder von uns hat oder hatte einen Vater …» Miller bewegte die Hand und schlug sich leicht auf den Schenkel. «Na, wollen wir hoffen, dass alles ein Missverständnis ist», sagte Miller lebhaft, kam hinterm Schreibtisch hervor und streckte die Hand aus.

Pjotr Sawwitsch hatte sich den stillen Brauch zugelegt, sonntags in der Stadt eine Teestube zu besuchen. Sogar Wodka bekam er schon hie und da heimlich kredenzt, weil sie ihn kannten in der Teestube. Der war dann sogar mit Tee gefärbt, «fürs Pläsier». Und Pjotr Sawwitsch rührte ruhig lächelnd mit dem Löffelchen um – sitzt nicht in der Schenke, nicht in der Schenke, Gott bewahre! Könnt ihn ja wer sehen. Auch so wird geredet. Und er brach sich Stück um Stück was von einem Kringel ab, kaute ohne Hast. Schaute sich die Leute an, die Leute blasen auf die Unterteller, blast nur, blast, ihr Lieben. Da kommen zwei Burschen rein, noch Jüngere, sind aber keine Plätze mehr frei. – Dürfen wir uns dazusetzen? – Warum sollten sie nicht? Aber bitte, von Herzen gern. Tee bestellen die Burschen, ist doch genug Platz, mein Gott, und ich geh ja auch bald.

Da sagt der eine etwas.

«Wie, was?» Pjotr Sawwitsch lächelt, ist bestimmt was Komisches. Und der andre, der Kleinere, Dunkle:

«Hören Sie. Bei Ihnen sitzt ein Politischer.»

Pjotr Sawwitsch schaufelte schnellstens sein Lächeln beiseite, setzte mühsam ein düsteres Gesicht auf.

«Na ja ... nicht nur einer», sagte Pjotr Sawwitsch und trank möglichst schnell sein Glas aus.

«Also, der muss ausbrechen. Keine Angst, niemand wird etwas wissen. Sie könnten es, er sitzt in Bau drei. Sagen Sie, wie viel tausend Sie möchten.»

«Wie, was, von wegen ... tausend?» Pjotr Sawwitschs Blick stemmte sich unter den Brauen hervor auf den Dunklen.

«Herr Sorokin», sagte der Dunkle mit gleichmäßiger Stimme, «wir können Ihnen dafür so viel geben, dass Sie überhaupt wegfahren können, und sei es ins Ausland, wir geben Ihnen einen Pass, und

Sie können leben, wo Sie möchten und wie Sie möchten. Können sich auf dem Land als Häusler niederlassen, nu, ein kleines Häuschen anschaffen. Sowieso werden Sie aus dem Dienst gejagt, das wissen wir» – und er redet und redet und gießt Tee nach, und der andere, der Größere, rotblond das Bärtchen, bestellt noch Warenje. Pjotr Sawwitsch schwieg, blickte dem Dunklen ärgerlich in die Augen.

‹Teufel, was sind das bloß für welche›, überlegte Pjotr Sawwitsch, ihm fiel ein – hat ja den Revolver nicht mitgenommen, der hängt am Nagel an der weißen Wand, die Revolvertasche am Riemen.

«Sie wären ein vollkommen freier Mann und könnten Ihrer Tochter helfen. Verstehen Sie – im Fall des Falles. Sie erwartet ein Kind. Und Ihr Schwiegersohn ...»

Pjotr Sawwitsch fuhr plötzlich hoch.

«Was, wie, von wegen Schwiegersohn!»

«Nicht so laut, das kann man alles leise und fröhlich sagen. Ihr Schwiegersohn ist ein Schurke, Sie gehen zu ihm ja nicht einmal auf Besuch ...»

Pjotr Sawwitsch fiel der Kopf plötzlich auf die Brust – der Schwips war fast verflogen gewesen, jetzt überflutete er den Kopf; Pjotr Sawwitsch wurde rot, geriet sogar ins Schwitzen, er wackelte mit dem gesenkten Kopf und flüsterte:

«Sogar die Leute wissen es, ein Schuft ist er, ja, ein Schuft. Da sagen Sie ein wahres Wort – ein Schuft.»

«Sie könnten sie zu sich nehmen!», fing mit Bassstimme der mit dem Bärtchen an. «Doch! Sie selber müssten sowieso bald Nachtwächter werden, Sie werden rausgeworfen, in einem Monat, höchstens zwei, ja, rausgeworfen. Sind doch schon in die allgemeine Kaserne überführt worden, oder?»

Pjotr Sawwitsch hörte nicht recht zu, was der mit dem Bärtchen sagte. Er starrte auf die Fettflecken am Tischtuch und dachte, wie das wäre, stimmt eigentlich, er käme zum Schwiegersohn: ‹Na,

Grunja, vielleicht mal zu mir? Auf Besuch? Na, pack zusammen!› Drauf er: ‹Was? Wohin?› – ‹Zum Vater! Auf Besuch!› Warum soll das nicht gehen? Nichts einfacher als das. Dann zurück – nun warte! Ruf nur, ruf nur! Hast sie nicht halten können, da hast du's, ätsch! – und Sorokin ballte die dicken Finger zur Feige und haute kräftig gegen die Tischkante.

«Möchten Sie nicht?», fragte der Dunkle. «Haben Sie einen Schreck bekommen?»

«Ich und einen Schreck?» Pjotr Sawwitsch richtete sich mit einem Mal gerade. «Ich? Soll ihn doch der Kuckuck holen. Quartieraufseher, und tut wie ein General!»

«Wenn Sie einverstanden sind – wie viel?» Der Dunkle heftete seine Augen auf ihn, und Pjotr Sawwitsch blinzelte mit den Augenbrauen, um seinen Verstand zusammenzuraffen.

«Möchten Sie fünftausend?»

Pjotr Sawwitsch wandte sich plötzlich auf dem Stuhl halb ab, haute die schwere Hand auf den Tisch.

«Zehn!»

Er blickte zur Seite, blinzelte immer noch mit den Augenbrauen und stülpte die Lippen vor.

«Hört zu, Burschen!» Pjotr Sawwitsch beugte sich auf einmal zum Tisch, er lächelte, die Äuglein zugekniffen wie bei Sonnenschein. «Gebt mir einen Tausender, Burschen … ach was! Bloß wenigstens fünf ‹Katherinchen›, und ich tu euch was anderes dafür. Viel brauch ich nicht, will kein Haus bauen. Hm? Wirklich wahr! Nein? Na, ich geh dann.»

Sorokin wollte sich erheben. Der Dunkle drückte seinen Arm auf den Tisch.

«Gehen Sie nach uns hinaus. Und überlegen Sie. Morgen um sechs könnten Sie im Park sein. Wir finden Sie. Aber falls Sie auch nur irgendwas … Nun, Sie wissen natürlich, mit wem Sie es zu tun haben.»

Der Dunkle lächelte plötzlich mit weißen Zähnen und irgendwie richtig herzlich.

«Überlegen Sie», sagte er, «Sie sind ein alter Mann, doch unser Kamerad ist jung, und ihm droht vielleicht ... Also dann!» Er klopfte Pjotr Sawwitsch auf die Hand, und Pjotr Sawwitsch, er wusste selbst nicht warum, lächelte andauernd, während sie bezahlten. Und es flimmerte ihm vor den Augen, wie wenn er im Gehen alle Menschen durch einen Lattenzaun sehen würde, irgendwie ein Gewusel.

«Der kommt nicht», sagte Aljoscha auf dem Weg von der Teestube.

«Und wenn er zehntausend verlangt, woher nehmen wir die? Hast du Ljowa gefragt?» Kneck schritt akkurat zwischen den Pfützen durch, schaute vor die Füße.

«Ljowa sagt, tausend seien sein Anteil, ich bin keiner von den Ideellen, sagt er, und ich habe gesagt, dass ich mitmache, aber zum Geldverdienen – ich will zum Studieren fahren, nach Zürich oder so.»

«Sind die Georgier schon abgefahren?»

«Gestern. Verstehst du, alle sind schon heimgefahren.»

«Es kann nicht sein, kann doch nicht sein, dass sie wegen diesen fünftausend einen Menschen aufhängen», flüsterte Kneck. «Das kann nicht sein, einfach nicht! Ich lass ihn jedenfalls wissen, dass die Genossen etwas für ihn tun. Bis morgen müssen wir noch fünftausend haben.»

«Ob wir seinen Vater fragen?» Aljoscha blieb plötzlich stehen. «Und wenn dieser Alte nun überhaupt nicht kommt?»

Kneck zog ihn am Ärmel.

«Bleib nicht stehen! Und wo ist das Buch, das ihm gegeben wurde? Das müssen wir ganz genau in Erfahrung bringen.»

Anna Grigorjewna öffnete selbst die Tür, sie blickte auf ihren Mann. Andrej Stepanowitsch ließ den verhaltenen Blick über die Wand gleiten, während er den Havelock ablegte.

«Sie hängen ihn doch auf! Hängen ihn auf!», schrie Anna Grigorjewna und schüttelte Andrej Stepanowitsch an den Schultern. «Sanka, Sanka, meinen Sanka!»

Plötzlich griff sie sich vom Tischchen den Hut, die Handschuhe, riss den Mantel von der Garderobe.

Anna Grigorjewna rannte beinahe durch die Stadt, sie stieß gegen Passanten, wich aufs Straßenpflaster aus, um ohne Aufenthalt, nur schnell, schnell, sie stolperte. Die Leute schauten sich nach ihr um, schauten, wem sie wohl nachsetzte; es kam Anna Grigorjewna nicht in den Sinn, eine Droschke zu nehmen. Mit völlig abgehetzter Stimme rief sie am Paradeeingang beim Generalgouverneur dem Unteroffizier durch die Scheibe der Tür zu:

«Lassen Sie mich ein, mein Bester, lassen Sie mich ein!»

Der Soldat hinter der Scheibe tappte von einem Fuß auf den andern, musterte ihr Gesicht.

«Wer sind Sie? Zu wem?»

«Zu Miller! Tiktina! Schnell, mein Bester!» Und sie trommelte rasch und fein mit den Fingern gegen die Scheibe, wie ein Schmetterling mit den Flügeln schlägt.

Der Soldat machte sich auf. Anna Grigorjewna sah, wie der graue Kammerdiener mit den Tressen den Soldaten anhörte, wie er sich aufmachte.

«Herr im Himmel, hilf! Hilf!», flüsterte Anna Grigorjewna laut. Die beiden Wachposten vor den Schilderhäuschen links und rechts blickten schweigend, unbeweglich. Anna Grigorjewna wiegte voll Schwermut den Kopf, rieb die Schulter am Glas. ‹Er kommt, er kommt! Ich höre, er kommt.› Der Unteroffizier lief die Stufen herab.

«Hat nicht geheißen, Sie zu empfangen!», rief der Soldat durch die Tür und blickte, die Stirn gerunzelt, auf Anna Grigorjewna.

«Lassen Sie mich ein! Lassen Sie mich ein!», schrie Anna Grigorjewna, und mit Altweiberfäusten haute sie gegen die Scheibe.

«Halte sie! Halte sie fest!», rief der Unteroffizier. Der Posten machte einen Schritt, nahm die Büchse zur Seite und schob Anna Grigorjewna mit der anderen Hand von der Tür weg.

«Lassen Sie mich!» Anna Grigorjewna widersetzte sich.

Ein knapper Pfiff schrillte hinter ihr, und schon umfing sie jemand von hinten um die Taille und zog sie zurück – ein Quartieraufseher.

«Ich gehe nicht! Gehe nicht!» Anna Grigorjewna wollte sich losreißen, das Hütchen wippte auf dem Kopf, Haare fielen über die Augen. Anna Grigorjewna wehrte sich, doch er zog und zog sie zurück.

«Gnädigste, machen Sie keinen Skandal! Aber, aber, nur keinen Skandal, ich sag Ihnen, sonst übernachten Sie auf der Wache, wirklich wahr!»

«Lass los!» Anna Grigorjewna zerrte erneut. Der Quartieraufseher hatte jedoch bereits gepfiffen, und vom Tor kam der Hausknecht gelaufen.

«Führ sie fort, führ sie fort!» Der Hausknecht packte Anna Grigorjewna fest und schmerzhaft am Ellbogen, stieß sie mit der Schulter.

«Vorwärts, vorwärts, vorwärts», murmelte der Hausknecht.

Anna Grigorjewna hörte auf, sich loszureißen, sie setzte einen Fuß vor den anderen, lief folgsam vor dem Hausknecht her; er führte sie übers Straßenpflaster, führte sie schon den zweiten Häuserblock entlang.

«Na denn, geh voran, Großmutter, sonst kommst du noch hinter Gitter. Geh! Geh!» Der Hausknecht stieß Anna Grigorjewna weiter und ließ sie los. Blieb noch stehen, schaute, wohin die Alte gehen würde.

Anna Grigorjewna ging lange auf dem Straßenpflaster, dann trat sie aufs Trottoir. Im Gehen ordnete sie sich das Haar, schob die Strähnen unter das Hütchen. Sie bog in einen Torweg, rückte den Mantel zurecht. Ging wieder hinaus. Glättete vor dem Schaufenster eines Geschäfts die Frisur. An der Ecke nahm sie eine Droschke.

«Zum Kathedralenplatz», sagte Anna Grigorjewna mit gefasster Stimme.

‹Wie heißt sie mit Vatersnamen? Wie nur?› Anna Grigorjewna zog plötzlich den Kutscher am Gürtel.

«Halt!»

Anna Grigorjewna sprang aus der Droschke.

«Gleich, muss in ein Geschäft, warte!» Sie schlüpfte zwischen den Passanten hindurch in einen Buchladen, die Kommis, die sie kannten, verneigten sich. «Das Adressbuch, schnell, um Himmels willen!»

Sie bekam es – wir schließen gleich, Madame Tiktina, es ist fünf vor elf.

«Andrejewna, Andrejewna!», flüsterte Anna Grigorjewna im Gehen. Und sauste schon zum Ausgang.

Am Haus des Polizeichefs ließ Anna Grigorjewna den Kutscher halten.

Vor der hell erleuchteten Tür spazierte ein Schutzmann auf und ab.

Anna Grigorjewna bewegte sich gemächlichen Schrittes auf die Tür zu.

«Mein Bester!» Mit ihrer damenhaftesten Salonstimme rief Anna Grigorjewna den Schutzmann.

Der Schutzmann kam munter angetrabt.

«Mein Bester! Melde doch bitte Frau Tiktina bei Warwara Andrejewna.» Und Anna Grigorjewna steckte ihm einen Silberrubel zu.

Der Schutzmann ließ den Rubel blitzschnell in der Hand verschwinden.

«Darf mich leider nicht von der Tür entfernen, belieben Sie doch, selbst zu klingeln, gehen Sie nach oben.»

‹Es regnet, es regnet!› Anna Grigorjewna freute sich. ‹Wie ich zur ersten Phonetikprüfung ging, regnete es, und wie gut ist sie gelungen!› Einen Moment erinnerte sie sich an den nassen Gehsteig der zehnten Linie unweit der Universität und an die Aufregung, wenn man gar nicht merkt, wie man geht, und Anna Grigorjewna stieg die teppichbelegten Treppenstufen hoch. Drückte auf die Klingel. Bekreuzigte sich.

«Könnte ich Warwara Andrejewna sehen? Melden Sie: Frau Tiktina», sagte Anna Grigorjewna leise zu dem Mädchen.

Das Mädchen ging. Anna Grigorjewna schaute sich um und bekreuzigte sich rasch noch einmal. Im gleichen Augenblick sagte das Mädchen von der Tür:

«Sie werden gebeten. Folgen Sie mir.»

Anna Grigorjewna schritt über unbekannte gebohnerte Böden, und an den Möbeln, am Bufett suchte sie zu ergründen, was für ein Mensch, wie sie war, diese Polizeichefin; sie sog durch die Nase den Geruch dieser Wohnung ein, und in einem Durchgang witterte sie nervösen Parfümduft – das Mädchen pochte an eine Tür.

«Herein!» Eine kräftige, kokette Stimme, und was die Stimme aussagte, erblickte Anna Grigorjewna dann auch.

Eine hübsche, rotwangige Frau schaute mit fröhlicher Neugier vom Sofa. Sie erhob sich nicht einmal, sondern betrachtete Anna Grigorjewna von unten, die Augen weit offen, voller Erwartung – nun wird es spannend.

«Setzen Sie sich!» Warwara Andrejewna klopfte neben sich auf das Sofa. «Sind Sie die Mutter jenes Studenten, den Wawitsch verhaftet hat? Erzählen Sie, erzählen Sie!» Die Polizeichefin setzte sich gemütlich hin. «Hören Sie, ist das wahr, dass er Sorotschenko ermordet hat, den Schutzmann Sorotschenko?» Und die Polizeichefin schob die geschürzten Lippen vor, als wollte sie gleich «Ho!» sagen.

Anna Grigorjewna schaute halb erstickt, schwieg einen Moment und warf sich plötzlich zu Boden, auf die Knie.

«Herr im Himmel, wenn Sie eine Frau sind, wenn Sie ein Herz haben, ein weibliches Herz ... Ich bin doch die Mutter, und ich schwöre Ihnen bei allem, was mir teuer ist, bei meinem Blut schwöre ich – er ist kein Mörder, mein Sohn ist kein Mörder, er hat niemanden ermordet, ich schwöre Ihnen bei allem, was Sie nur wollen!» Und Anna Grigorjewna presste die Hände, drückte sie an die Brust, die Finger knackten.

Warwara Andrejewna lehnte sich zurück und schaute aus glänzenden, neugierigen Augen, wie es weiterginge.

«Es darf nicht sein, darf nicht sein, dass sie meinen Sohn ...» – Anna Grigorjewna rang nach Luft – «auf... aufhängen! Nein! Das kann nicht sein, kann nicht sein!» Sie schlug die gefalteten Hände auf Warwara Andrejewnas Knie. «Warwara! Liebste Warja!», schrie Anna Grigorjewna plötzlich und bekam einen Moment einen Schreck – ich mach es kaputt, mach alles kaputt, gleichwohl! «Niemals, niemals!» Anna Grigorjewna schüttelte den Kopf.

«Nein, nein», sagte Warwara Andrejewna plötzlich, «setzen Sie sich, setzen Sie sich doch, ich fürchte, Ihnen wird unwohl.» Die Hand reckte sich zur Klingel.

«Nicht doch! Ich flehe Sie an!» Anna Grigorjewna schnappte nach der Hand und drückte diese Hand gegen die Lippen, saugte sich in leidenschaftlichem Kuss daran fest.

«Setzen Sie sich, setzen Sie sich doch!» Warwara Andrejewna riss die Hand nicht los. Mit der anderen stützte sie die alte Dame am Ellbogen. «Ihr Sohn ist Jurist? Was hat er denn ...»

«Nein, nein, er ist Naturwissenschaftler, er ist ein guter, lieber Junge. Er studiert», sagte, sich selbst ins Wort fallend, Anna Grigorjewna tränenüberströmt.

«Ein Junge? Und was hat er sich hier als Held! Stellen Sie sich vor», fiel Warwara Andrejewna ihr ins Wort, «er hat das hier erzählt, als hätte er einen Abreken aus dem Kaukasus gefasst. Und der Revolver?»

«Nein, nein!» Anna Grigorjewna schüttelte den Kopf. «Kein Revolver ...»

«Vielleicht hat er sich den Revolver ausgedacht?» Warwara Andrejewnas Gesicht schnellte plötzlich hoch. «Untergeschoben! Untergeschoben! Ja-a-a doch! Im Ernst!», flötete Warwara Andrejewna. Sie drehte Tiktina an den Schultern zu sich um, blickte ihr ins Gesicht. «Wäre ihm zuzutrauen! Er ist nämlich ein Rü-ü-pel!»

Anna Grigorjewna verstand gar nichts mehr.

«Nein, nein. Er ist bescheiden ...»

«Nicht Ihr Sohn, sondern Wawitsch, Wawitsch, der Quartieraufseher! Und er ist ein Dummkopf. Oh, was für ein Dummkopf! Doch ich weiß was, ich weiß was!» Die Polizeichefin sprang plötzlich vom Sofa auf, sie hüpfte und drehte sich über den Teppich, pochte mit dem Fuß. «Ich weiß was!» Und klatschte in die Hände.

Anna Grigorjewna beobachtete sie, beobachtete die Freude, und ihre Augen suchten nach Unterstützung bei den Gegenständen – die aber standen, fremd und widerspenstig, auf ihren Plätzen und lächelten mit ihrer Herrin. Anna Grigorjewnas Lippen flatterten und brachten keine Wörter heraus, sie wollte sich erneut auf die Knie werfen. Doch die Polizeichefin fasste sie plötzlich am Kopf, beugte sich herunter und sagte ihr rasch etwas ins Ohr.

«Ja … haben wir, ja …», murmelte Anna Grigorjewna zur Antwort, «ich glaube, einen Browning, bestimmt, ganz bestimmt.»

«Nur – psst!» Die Polizeichefin hob den kleinen Finger. «Und es geht nur heute. Jetzt!» Sie blickte auf das Porzellanührchen im Regal. «Oh, schon Viertel vor, und nach zwölf darf man nicht draußen sein. Einen Schutzmann … Nein! Ich habe ja Passierscheine, Nastja, meine Nastja wird mit Ihnen kommen. Doch nur», setzte Warwara Andrejewna mit geheimnisvollem Flüstern hinzu, «nur leise, leise, und einwickeln, am besten in einen Karton. Nein! In eine Hutschachtel, und mit Papier, mit Papier ausstopfen!» Sie knetete mit den Händen die Luft, knüllte Papier.

Anna Grigorjewna suchte mit tödlich verwundeten, flehentlichen Augen den Blick der Polizeichefin aufzuschnappen, die aber dachte verschmitzt vor sich hin und ließ die Augen über die Tapete gleiten.

«Ja, und mein Sohn, mein Sohn …», flüsterte Anna Grigorjewna.

Die Polizeichefin blickte der alten Dame mit einem Mal in die Augen, und für einen Moment erstarb ihr Lächeln. Sie beugte sich rasch vor und küsste sie fest auf die Wange.

«Alles, alles wird gut, Ehrenwort, meine Liebe. Wunderbar.» Und Warwara Andrejewna lachte verschmitzt. «Nur – gehen Sie, gehen Sie!», drängte Warwara Andrejewna, sie fasste Anna Grigorjewna am Ellbogen, hob sie vom Sofa, drückte auf die Klingel. «Nastja! Na-a-astja! Hu-hu! Hu-hu!», rief Warwara Andrejewna zur Tür hinaus.

«Ich bürge Ihnen», sagte Rschewski zu Nadja, «bürge mit allem nur Erdenklichen dafür, dass uns niemand folgt.»

Rschewski nahm fester auf dem Sitz des Einspänners Platz und fasste Nadja fester um die Taille. Nadja wandte sich ihm zu, wischte ihm mit den Hutfedern übers Gesicht.

«Pardon!»

«Keine Ursache. Sieh einer an, was für eine elegante Dame Sie sind. Aber ja! Mit solch einem soliden Kavalier!» Lachend warf Rschewski das Kinn hoch. «Unterwegs dann dieses Hütchen zum Fenster hinaus. Das hier in den Koffer, und Sie ganz schlicht und naiv. Zu Doktor Kadomzew. Noch zwölf Werst mit dem Fuhrwerk. Als Schwester ins Krankenhaus. Und bitte, unter eigenem Namen. Ich bitte darum. Sowieso wird nach Ihnen dort kein Hahn ... Und später – es wird Gras drüber wachsen, wissen Sie. Und Sie werden Päckchen wie auch Briefe – keine Sorge.»

Es wurde Nadja einen Augenblick ruhig ums Herz. Wirkt alles bei ihm so rund und ohne Kanten, wie schon seine Stimme, rollt gleichmäßig dahin, ruhig und rund.

Der Einspänner hüpfte weich auf den Gummirädern.

«Aber, Sie müssen mir verzeihen» – Rschewski schob sein Gesicht ein wenig näher an Nadjas Ohr –, «gefallen Ihnen diese Leute wirklich? Schon, schon, ich verstehe, trotz des kulturellen Unterschieds, in einen Räuber kann man sich verlieben, Teufel nochmal, für einen Piraten kann man entflammen, wirklich, sogar für einen Torero. Hier dagegen ...»

Nadja drehte sich heftig um, bog den Kopf, blickte ihm in die Augen:

«Sollte Ihnen die Arbeiterklasse etwa zuwider sein? Das Proletariat?»

Es war Nadja mit einem Mal zuwider, dass sie sich für jenen Augenblick beruhigt hatte, dass sie die Dienste dieses Advokaten mit Samt in der Stimme in Anspruch nahm.

«Ja, meine Liebe», und Rschewski drückte weich und vorsichtig auf die Taille, «nehmen wir mal die Sklaven. Eine Klasse? Doch gibt es ja auch unangenehme sklavische Klasseneigenheiten. Ja, ja, aufgrund der Sklaverei, wir sprechen doch von den Klasseneigen … Und wenn nun diese Klasseneigenheiten Ihnen gefielen – nach links, Kutscher!», rief Rschewski, «wenn die Sklaven Ihnen gefielen, dann würden Sie doch nicht alles daransetzen, damit es sie nicht mehr gibt.»

«Aber Sklaverei! Sklaverei!», rief Nadja.

«Na, hören Sie mal, ohne Sklaverei würden Sie auch keine Sklaven finden.»

«Sie würden sich verändern.»

«Da weiß ich nicht, ob sie Ihnen dann noch gefallen würden, Sie haben doch die Sklaven geliebt, und davon würde nichts mehr bleiben, keine Klasseneigenschaft, die Sie doch so … Ja, ja, zum Bahnhof!», rief Rschewski erneut.

Auf dem Bahnsteig flüsterte Rschewski: «Ich begleite Sie nämlich bis Iwanowka, unbedingt, unbedingt!» Und es wurde Nadja wieder ruhig zumute, ihr Arm war leicht und weich, untergehakt bei Rschewski.

Im Coupé breitete Rschewski für Nadja ein Plaid aus.

«Tanja hat Ihnen dort Konfekt hineingetan, nehmen Sie etwas davon.» Nadja holte das Konfekt hervor.

«Bitte sehr.» Rschewski hielt Nadja geschickt die Schachtel hin. «Tja», sagte Rschewski und spähte zur Tür, «Ihnen gefällt natürlich der Heroismus des Kampfes …»

«Hören Sie auf!» Nadja warf gereizt die Schachtel auf das Tischchen. «Diese Menschen kämpfen, ja, für die Sache des Proletariats.»

«Nicht so laut», sagte Rschewski halblaut, «ja, natürlich, sie kämpfen für ihre Interessen. Für ihre Interessen kämpfen alle, sowohl die Regierung wie meine Klienten. Nadeschda Andrejewna, seien Sie mir nicht böse, wenn ich so ungebildet bin.» Und Rschewski sah Nadja so aufrichtig und unmittelbar an, dass plötzlich Tanjas Augen aufblitzten, und Nadja lächelte, wurde sogar verlegen, wandte sich ab, öffnete die Schachtel und schob sich Konfekt in den Mund.

Rschewski blickte Nadja mit einem Kindergesicht an.

«Ach ja, ach ja!», sagte Nadja fröhlich. «Wer kämpft denn nicht für seine Interessen, für die seiner Klasse?» Nadja hätte selbst nicht erwartet, dass ihr so gutmütiger Spott gelingen würde.

«Eben die Gebildeten, denen ich mich natürlich nicht zuzurechnen wage» – Rschewski beugte sich zu Nadja –, «sie sterben für die Interessen einer fremden Klasse.»

«Sie sind keine Klasse!» Nadja antwortete leicht und obenhin, lutschte an einer Praline.

«Aber doch auch nicht die Arbeiterklasse? Und wenn sie gar keine sind, bräuchten sie auch nicht zu kämpfen und sich selbst die Schlinge um den Hals zu legen.»

Der Zug fuhr an.

«Wir sind zu zweit?» Nadja sah sich um.

«Die Fahrkarten wurden gekauft, aber die Passagiere fahren nicht.» Rschewski lächelte. «Hören Sie, letzten Endes könnte man sogar dafür kämpfen, dass die Klasse aufhörte, Klasse zu sein – welche Klassen kann es noch unterm …»

«Hören Sie, hat Papa Ihnen aufgetragen, mich zu agitieren, oder ist das Tanjas Idee?» Es gefiel Nadja selbst, wie spöttisch ihr das gelang, wie damenhaft.

«Folgendes, ich muss nämlich bald aussteigen. Sie haben eine Fahrkarte bis zur Endstation, steigen aber an der Abzweigung hinter Pawlowka aus. Dieser Kadomzew ist ein herzensguter alter Herr. Das ist wahre Bildung – fünfunddreißig Jahre in der Einöde, dabei ein höchst begabter Chirurg. Und seine Frau war ursprünglich wohl Lehrerin oder Feldscherin. Also, ich breche auf. Geben Sie mir Ihr Händchen.»

Nadja hielt seine Hand, zog sie her, damit Rschewski nicht die ihre küsste. Rschewski ließ sie nicht los.

«Ein Fuhrwerk finden Sie immer, feilschen Sie, das macht es noch natürlicher.»

Nadja hörte zu, und Rschewski beugte sich unauffällig vor und küsste ihr die Hand.

«Also, viel Erfolg!» Er winkte unter der Abteiltür mit dem Hut.

«Widerlich, widerlich», flüsterte Nadja, als der Zug weiterrollte. Sie riss den Hut herunter, versuchte das Fenster zu öffnen, stieß ihn mit den Füßen heftig unter den Sitz – zum Teufel damit! zum Teufel! «Nein, was für ein Schmusekater!», sagte Nadja laut und grimmig unterm Lärm des Waggons und stopfte den Manteau mit dem schwarzen Spitzenbesatz in den Koffer. «Wie er die Töne in der Kehle rollt: Sklaverei! Skla-aven!», äffte Nadja ihn nach.

Sie setzte sich in die Ecke, fest an die Wand, gerade wie ein Nagel. Die Hände verschränkte sie zu einem Knoten, legte Bein auf Bein und blickte, so finster sie nur konnte, um das ärgerliche Gefühl loszuwerden, was für ein gnädiges Fräulein sie abgegeben hatte, als sie vor Rschewski auf den Sprungfedern herumgewackelt war.

‹Und mit ihm machen sie dort vielleicht weiß der Teufel was›, warf sich Nadja insgeheim wütend vor, ‹während hier – bitte sehr …› Nadja richtete sich auf dem Polster auf. ‹Zurückkehren! und wenn alles zum Teufel!› Sie sprang auf die Füße. Ihr fiel ein, dass die Genossen, hoch oben, sogar die führenden, gesagt hatten: Ab mit dir! Ohne Verbindung, in eine andere Stadt. Nadja ging voll

Schwermut die zwei Schritte zur Tür und wieder zurück, kräftig drückte sie die Absätze ins Linoleum.

«Lieben Sie die Arbeiterklasse?», äffte Nadja ihn nach. «Und ich streite noch mit ihm! Dumme Gans! Dumme Gans!» Nadja hieb mit der Faust gegen das Tischchen.

DIE MATRATZE

«Alexander Wassiljewitsch Woronin, Revieraufseher an der Moskauer Polizeiwache», entzifferte Wawitsch im dunklen Treppenhaus mühsam an der Tür. Noch nie war Wawitsch bei Woronin gewesen: eine steile, schmale Treppe und das Geländer wie ein Kerkergitter. Von der schmutzigen Glühbirne an der Decke kam rostige Trübnis – von wegen Hilfe? Wawitsch wollte kehrtmachen. Plötzlich überzog Schwermut, dumpf und gleichmäßig, sein Herz, als wäre über ihm ein grauer Himmel und bliese feuchter Wind ihm entgegen, und unter den Füßen eine schmutzige Straße, und vor ihm, endlos vor ihm, spritzte auch noch Regen runter, auch das Ziel wäre kein fröhlicher Ort.

‹Ob ich klingeln soll?› Wiktor hob die Hand, hielt sie auf dem Knopf.

‹Wird mir noch Vorwürfe machen›, dachte Wiktor und war schon zornig auf Woronin, und die Klingel schellte – er hatte selbst nicht bemerkt, wie der Finger zudrückte, vor Zorn anscheinend.

«Nun brüll doch nicht, Sascha!», hörte Wiktor hinter der Tür Woronins Stimme. «Nun sei doch still!»

Woronin selbst öffnete einen Spalt die Tür.

«Oh! Hereinspaziert, hereinspaziert!» Er riss die Tür weit auf. «Nun seid doch still, ihr Teufel!», rief Woronin nach hinten – Kinderstimmen entfernten sich unter Geheul, Getrappel, Gekreisch.

Wawitsch legte den Uniformmantel ab, schritt ins Zimmer. Eine Frau schob einen Kinderwagen zur hinteren Tür hinaus. Sie nickte, ohne Wawitsch anzusehen:

«Guten Tag, guten Tag. Nun hilf doch, Sascha, was stehst du wie ein Ölgötze, wirklich wahr.»

«Die liebe Familie, du verstehst», sagte Woronin, als sie allein waren. «Die Familie, Saustall, das Haus ist voll von dieser Familie. Was guckst du denn wie ein Bügeleisen?»

«Siehst du, ich komme wegen einer offiziellen Bescheinigung.» Wawitsch setzte sich aufs Sofa; bedeutsam wollte er sich hinsetzen und hatte schon ein Bein über das andere geschlagen, da musste er – Teufel, was ist das! – einen Kegel unter sich vorziehen.

«Wirf ihn auf den Boden, das tut nichts», sagte Woronin und räumte das Spielzeug vom zerschlissenen Polster. «Worum geht es denn?» Woronin setzte sich neben ihn.

«Hör zu», begann Wawitsch, sah zu Boden und runzelte die Stirn, «du bezeugst schriftlich, dass der Revolver, der bei diesem da gefunden worden ist – hab ihn doch zu euch gebracht, und du hast doch noch gesagt» – Wiktor schaute, das ganze Gesicht gerunzelt, Woronin an –, «hast doch noch gesagt, das sei der von Sorotschenko, also, unterschreibst du mir, dass der Revolver der von Sorotschenko war, das heißt einfach: bestätigst, dass die Nummer 287940 war?»

«Ja richtig, das heißt, jetzt weiß ich die nicht mehr, damals hab ich verglichen, wo haben wir nur Sorotschenkos Empfangsbestätigung, doch, derselbe, der von Sorotschenko. Aber worum geht es denn?»

«Also, mehr ist gar nicht nötig.» Wiktor schüttelte den Kopf in Richtung Boden. «Beglaubige nur, dass der Revolver, der bei Durchsuchung … bei der persönlichen Durchsuchung des von Quartieraufseher Wawitsch verhafteten Studenten entdeckt wurde», sagte

Wiktor, als ob er diktierte, «ein Revolver des Modells Browning der Firma FN war, Fabriknummer 287940. Also, schreib.»

«Aber wozu das Ganze?» Woronin holte schnell eine Papirossa hervor, ratschte ein Zündholz, und über die Papirossa hinweg brummelte er schnell zu Boden: «Zu welchem Behuf denn? Zur Vorlage bei wem? Du hast den Revolver doch abgeliefert?», sagte Woronin und stieß Rauch aus.

«Und wenn ich ihn abgeliefert habe, fällt's dir denn schwer, das zu schreiben? Ist doch die Wahrheit! Fällt's dir schwer? Hast doch selber geschrien seinerzeit, dass Sorotschenko keinen Nagant, sondern einen Browning kriegen soll. Auf dem gefährlichen Posten. Weißt du noch? Nun?»

«Wem hast du den Revolver abgeliefert? Gratschek? Und jetzt ist die Nummer anders?»

«Schreibst du es?», schrie Wiktor ärgerlich.

«Ja, haben die denn völlig den Verstand verloren!» Woronin sprang auf, ging zur Tür. «Nun gebt doch endlich Ruh, um Gottes und des Heilands willen, das reinste Narrenhaus. Lass dieses alberne Glöckchen sein!» Zu hören war, wie Woronin den Kindern nachjagte.

«Auch ein Dreckskerl!», flüsterte Wiktor und tappte mit den Füßen, klopfte mit den Sohlen auf den Boden.

«Was ist, was hat es gegeben mit dir und Gratschek?», sagte Woronin und sperrte hinter sich die Tür zu. «Hm? Hör mal, Bruder, du tust mir Leid, ich rat dir nicht, und wie ich dir nicht rate, mit ihm … weder dir noch sonst wem rat ich … Lass sein, Bruder.» Woronin schritt durchs Zimmer, nahm von einem Stuhl den Deckel der Nähmaschine, deckte ihn darüber, drückte ihn fest, schleppte die Nähmaschine zum Fensterbrett. «Nein, Bruder, Bruderherz! nein, mein Bester, das, ich sag dir, das lass sein, lass sein, lass sein.» Und Woronin ließ die Nähmaschine aufs Fensterbrett plumpsen.

«Rat ich dir wirklich nicht» – er stand Wawitsch, halb zugewandt, gegenüber –, «empfehl ich dir nicht, Sauerei, und als Freund will ich dich – wie sagt man? sogar warnen.»

«Du schreibst es also nicht?» Wiktor stand auf.

«Nö, nö, Bruder», Woronin schüttelte den Kopf, «und dir sag ich: Lass sein.»

Wiktor schritt ins Vorzimmer und zog den Uniformmantel über, ohne Woronin anzublicken.

«Was musstest du auch deine Nase in diese Kathedralenwache stecken», sagte Woronin halblaut.

Wiktor trat auf die Treppe hinaus und drehte sich plötzlich um. Woronin hielt sich an der Türklinke und sah ihm bänglichen Blickes nach.

«Pass nur auf! Dass deine Mutter bis zur Galle und deine Muttergottes noch dazu!» Wiktor bleckte die zugebissenen Zähne und schüttelte die Faust. «Du denkst noch an mich!»

Woronin schlug die Tür zu.

«So ein Aas, so ein räudiger Hund», sagte Wiktor auf der Straße, «wart nur, dir blas ich noch den Marsch, Saukerl!» Wiktor drehte die kraftvoll geballte Faust in der Luft. «Im Dreck wirst du vor mir kriechen, Haderlump!» Wawitsch zog im Gehen einen Fuß über den Bürgersteig, schleuderte Woronin beiseite. «Bestimmt hat das Pack schon den Braten gerochen, und jetzt – mit eingezogenem Schwanz unter die Bank.»

An seiner Tür stocherte Wawitsch mit dem schmalen Schlüssel, traf aber nicht in den Spalt des Schnappschlosses.

Er klingelte nicht, sondern wummerte mit der Faust gegen die Tür.

«Sperr auf!», schrie er Froska durch die Tür zu.

Froska drückte mit der einen Hand irgendwelche Lappen gegen den Bauch. Im Flur lagen zerknüllte Zeitungen herum.

«Was ist das für ein Saustall!» Wiktor ging durch den Flur in die Küche – einfach um die Hände zu waschen! – und sah Licht aus Grunjas Tür. Aus dem Augenwinkel blickte er hinein. Beide Lampen brannten, der Kleiderschrank stand sperrangelweit offen. Unterhalb der Brust streifte ihn ein kalter Luftzug. Wiktor blickte immer noch mürrisch, er wusch sich am Wasserhahn Gesicht und Hals. «Hat die gnädige Frau zu Abend gegessen?», fragte Wiktor, die Zahnbürste im Mund.

«Was ist?» Froska kam hergesprungen.

«Hat die gnädige Frau», rief Wiktor, «zu Abend gegessen, frag ich!»

«Die gnädige Frau ist abgereist.» Froska drehte sich auf der Stelle um.

Wiktor schubste den Wasserhahn und ließ das Wasser heftig laufen.

«Keine zwei Stunden, dass sie abgereist ist», hörte Wiktor durch das Wasserrauschen, und diese verfluchte Froska muss auch noch extra mit den Tellern klappern. «Hat sich zum Bahnhof eine Droschke genommen.»

Wiktor verließ die Küche. Froska machte den Hahn zu – er hatte ihn einfach laufen lassen.

Gleich kam es ihm vor, als pochten die Schritte leer durch die Wohnung, puh, sogar bisschen grauslich, wie sie pochen.

Vor Grunjas Spiegel standen keine Flakons mehr. Blau gestreift schaute vom Bett die leere Matratze.

«Einen Revolver, was heißt das schon!», schrie Tanja. «Er hat doch auf niemanden geschossen, das müsste doch erst noch bewiesen werden! Ja!» Und Rschewski sah, dass eine Flamme, eine schwarze Flamme sich in ihren Augen bewegte.

«Tja, meine Liebe, du weißt sehr wohl, dass bei Belagerungszustand sowohl das Aufbewahren wie das Tragen verboten ist.»

«Und deiner?», schrie Tanja.

«Ich habe ja eine Genehmigung» – Rschewski holte ein Wildlederhalfter aus der Hosentasche, so klein wie ein Portemonnaie –, «und die habe ich immer dabei, bitte schön.» Er zog aus einem Seitentäschchen des Halfters ein Papier. «Und hier ist der Revolver.» Einen kleinen Damen-Browning wendete er in der Hand. «Ich habe Papiere meiner Klienten bei mir, ich reise damit, verständlicherweise. Der ist ja zur Selbstverteidigung, aber damit kann man natürlich auch einen Menschen auf der Stelle umbringen, und verständlicherweise sollte ohne Genehmigung ...»

«Ja, aber dort wird doch gefoltert! Was die dort machen, diese Schurken, einem gefesselten Menschen ...»

«Na-na-na!» Rschewski hob die Hand. «Die wissen sehr wohl, mit wem sie es ...» Rschewski wandte sich ab und bemühte sich, ruhigen Schrittes zur Etagere zu gehen, und dort hakte er den Finger in ein Buch.

«Ja, die drücken dort auf die Augen, drücken die Augen heraus, fesseln und ... Was erzählst du mir da!» Tanja sprang auf. «Ein Kamerad hat es Sanka selbst erzählt, ein Student, dem hat einer draufgedrückt! Ein Polizist! Die machen, was sie wollen ...»

«Ich bestreite nicht» – Rschewski wippte auf einem Bein, blickte auf die Buchrücken –, «natürlich, in diese Folterkammer zu geraten, da verteidigt die Macht sich selbst.» Er drehte sich zu

Tanja um, breitete die Arme aus. «Aber er ist im Gefängnis, nicht auf einer Wache. Nur eines habe ich in Erfahrung bringen können.» Rschewski sprach mit leiser, gedämpfter Stimme.

Tanja horchte argwöhnisch auf, sie sah dem Vater ins Gesicht, aber seine Augen waren nicht zu sehen, er schaute ernst und traurig in die Ecke.

«Erfahren musste ich, falls das natürlich die Wahrheit ist», sagte Rschewski laut und blickte Tanja fest an, «dass dies nämlich ein besonders unguter Revolver ist ...»

«Was? Der von einem ermordeten Schutzmann?», sagte Tanja rasch.

Rschewski nickte traurig, schaute von unten zu Tanja auf, und Tanja sah, dass er beobachtete, wie sie es aufnähme.

«Wer sagt das?», rief Tanja und trat nah zum Vater, und Rschewski konnte nicht anders, er musste den Blick heben – so überzog er seine Augen mit Glas und blickte wie von einer Fotografie.

«Sieh mal, da fällt es schwer, etwas Genaues zu wissen. Aber anscheinend stimmt die Nummer des Revolvers nicht mit der Nummer überein, die dieser Ermordete hatte, und anscheinend will dieser – wie heißt er nur!» Rschewski runzelte die Stirn, um die Augen niederzuschlagen. «Wie nur!» Er schnippte mit den Fingern. «Na, der, der ihn verhaftet hat, dieser Revierbeamte – Wawitsch!»

«Was? Was will er?» Tanja stemmte ihre Knie gegen die Knie des Vaters und schaute ihm unverwandt in die Augen. «Was will Wawitsch?»

Ganz wie seine Frau schaute sie, als er damals – wieso muss er auch immer solche Aufträge ausführen! –, damals ihr berichten musste, wie ihr Vater bei einem Eisenbahnunglück ums Leben gekommen war; von dem alten Herrn war bloß Brei übrig geblieben, nur anhand der Manschettenknöpfe wurde er identifiziert – ach, mein Gott!

«Tja», seufzte Rschewski, «tja, der behauptet, die Nummer sei gleich, und er will es auch irgendwie beweisen.»

«Und? Was dann?»

‹Und wie war sein Gesicht, war es ruhig?›, hatte seine Frau gefragt, dabei waren da nur noch Hirn und Splitter gewesen.

«Offenbar kommt es zum Prozess, höchstwahrscheinlich.»

«Und beweisen sie es? Beweisen sie es?» Tanja rupfte an seinem Rock.

Rschewski schaute zur Seite.

«Wenn dieser Quartieraufseher es beweist?»

«Ach, meine Liebe, was lässt sich da schon orakeln?» In Rschewskis Stimme klang Ungeduld.

Tanja trat beiseite, die Hände auf dem Rücken, wanderte sie durchs Zimmer, blickte auf ihre Füße.

‹Ganz wie ihre Mutter!› Und Rschewski umfing Tanja an den Schultern.

«Tanetschka, Tanetschka!», sagte Rschewski ein ums andere Mal und küsste Tanja auf die Schläfe. Tanja warf einen Blick – dem Vater standen Tränen in den Augen.

«Nein?», schrie Tanja. «Gibt es wirklich gar keine, gar keine Rettung? Wir können doch, wir bewegen uns doch» – Tanja schwenkte ausholend die Arme durch die Luft –, «während er dort gefesselt ist, uh!» Tanja zog die Schultern hoch, ihr Kopf zuckte wie vor Kälte. «Und schlag gegen diese Mauern, so viel du magst» – Tanja schlug die Luft mit der Faust –, «und dann kommen sie. Papa! Aber, Papa!», schrie Tanja plötzlich, sie zerrte den Vater am Ärmel, als wollte sie vor Verzweiflung einen Toten aufwecken.

Andrej Stepanowitsch hatte Schritte gehört, ein Hin und Her. Wohl in der Küche, oder war sie zurück? Er trat aus dem Kabinett, blickte in den Flur. Im Vorzimmer brannte nach wie vor Licht – nein, sie war es nicht. Andrej Stepanowitsch setzte sich erneut auf das Ledersofa und suchte erneut – zum wievielten Mal! – Boden unter die Füße zu bekommen, nicht Boden, sondern einzelne Thesen, so ebenmäßig und unbezweifelbar wie die blank gebohnerten Quadrate des Parketts; sie rutschten ihm unter den Füßen weg, und Andrej Stepanowitsch suchte sie erneut zusammenzuschieben, während sie auseinander glitten, als lägen die Parkettvierecke auf glattem Eis, und Andrej Stepanowitsch quälte sich, und erneut schoss plötzlich ein Gedanke auf: ‹Ja, richtig! Andruschewitsch ist sogar mit den Reihendorfs verwandt – Teufel! Es ist spät, jetzt kann ich nicht fahren. Nicht vergessen! Nicht vergessen! Andruschewitsch!› Und um es sich einzuprägen, sagte er laut:

«Andruschewitsch!»

‹Zu Professoren? Mein Gott, wie unsinnig!›

Und wieder antwortete Andrej Stepanowitsch zum zwanzigsten Mal schon Miller so, wie es hätte sein müssen. Ach, was war er für ein Dummkopf! So hätte es sein müssen, und er sah in Gedanken, wie Miller betroffen war. ‹Erlauben Sie, Euer Exzellenz, ich sehe darin keine Logik! Sie werden sich doch nicht weigern, die Logik anzuerkennen? Wir diskutieren hier doch auf der Ebene …› Und Andrej Stepanowitsch stürzte zum Schreibtisch – jetzt gleich musste er Miller schreiben, exakt, streng, und eben darüber! Ich Dummkopf, habe ihn sich herauswinden lassen!

«Euer Hohe Exzellenz!», schrieb Andrej Stepanowitsch auf ein großes Blatt. «Als wir gestern über den Fall meines Sohnes diskutierten, unterlief uns, wie mir scheint, eine Reihe von …»

Wer ist das – im Schlafzimmer?

Andrej Stepanowitsch legte die Feder nieder, blickte zur Tür hinaus.

«Ich bin's, ich bin's, komme gleich!», rief seine Frau aus dem Dunkeln, aus dem Esszimmer.

Andrej Stepanowitsch setzte sich aufs Sofa – wo kam sie her? Also über den Hintereingang, ohne zu klingeln. Andrej Stepanowitsch wartete auf dem Sofa, atmete stark. Anna Grigorjewna kam nicht.

Andrej Stepanowitsch ging durch die Wohnung. Trat vor Anna Grigorjewnas Zimmer. Versuchte es an der Tür – aha! hat sich eingeschlossen. Betet höchstwahrscheinlich. Andrej Stepanowitsch seufzte und ging in sein Kabinett.

Er begriff, dass er tief im Herzen ständig gehofft hatte, dass Anna Grigorjewna … dass Anna Grigorjewna was? – natürlich überhaupt nichts, betet natürlich …

DER KÄFIG

Wiktor saß im Hinterzimmer eines Kellerlokals, säuerliche Weinfeuchte stieg vom Erdboden auf. Die Petroleumlampe knisterte, war am Erlöschen, auf den geweißten Wandbrettern flackerte der Lichtschein.

Wiktor saß allein, noch jemand hereinzulassen, würde sich der Grieche nicht trauen. Aus einem zinkenen Quartkrug goss Wiktor sich Rotwein nach, und der Wein drückte den ganzen Körper fest gegen den Strohstuhl, gegen den feuchten schwarzen Tisch. Wawitsch brach noch ein Stück Schafskäse ab.

«Was soll's!», murmelte Wiktor. «Hol's der Teufel, dass die Polizei einen Verweis … von einem Weib, ein Verweis von einem Aas, von einer Schlampe! Von einer Schlampe!», schrie Wawitsch laut.

«Möchten Sie etwas?», fragte hinter der Brettertür der Grieche.

«Zum Teufel und seiner Großmutter!» Wiktor spuckte es aus. «Ein Verweis von einer Dirne, also, seif doch die Großmutter ein, heiliger Rockzipfel!», murmelte Wiktor. «Aber ich geh zum Staatsanwalt, zum Militärstaatsanwalt, lass es dort registrieren!» Wawitsch hieb mit der Faust in vergossenen Wein.

Die Lampe träufelte noch einmal letztes Licht, und wie Feuerlinien leuchteten die Umrisse der Bretter an der Zwischenwand auf.

Wiktor blickte aus betrunkenen Augen auf die Feuerrillen, und plötzlich war ihm, als herrschte Finsternis, überall ringsum Finsternis, in der ganzen Welt, und als säße er in der Finsternis in einem Feuerkäfig, und die Stäbe sind, statt aus Eisen, aus Feuer. Und verdoppeln sich noch, umzingeln ihn noch dichter.

«Ah!», brüllte Wiktor plötzlich und pochte verzweifelt mit dem Krug auf den Tisch, ließ ihn los, zog den Revolver aus der Tasche und schoss, ohne zu zielen, in die Luft.

Sogleich sprang die Tür auf, Licht fiel zur Tür herein, ein breiter Strom, und der Grieche plapperte:

«Is was Slimmes, Herr Quartieraufseher?»

«Zahlen!», sagte Wawitsch mürrisch, klopfte mit dem Browning gegen die Tischkante und erhob sich schwerfällig. ‹Geh ich noch wo hin?›, überlegte Wiktor. Auf der verschimmelten Uhr überm Tresen des Griechen – was ist es da? Erst zehn. Mir doch wurscht, dass es zehn ist, und Wiktor suchte sich den Weg, stieß an Tische, warf zwei Stühle um – der Grieche brachte ihn bis zur Treppe, half ihm, die glitschigen Stufen hochzuklettern.

«Aha!», sagte Wiktor, stand eine Weile schwankend auf dem Trottoir.

Ein frischer Wind zauste die Mantelschöße, schlug sie gegen die Stiefelschäfte. Wiktor musste hicksen.

«Puh! Wie das gut tut!» Er ging dem Wind entgegen, damit er ihm ins Gesicht blies, und das war gerade – die Richtung nach Hause.

Wiktor hieb mit dem Fuß gegen die Tür. Noch einmal, mit aller Kraft.

«He! Schläfst du? Froska! Ist abgehauen, Sauerei, zu ihren Kerlen, was hat die sich Böcke zugelegt.»

Wiktor schlug schwerfällig den Mantelschoß zurück, schnappte mit betrunkenen Fingern nach dem flachen Schlüssel, stocherte am Schloss, traf ins Loch – dass doch deine Mutter, meißel sie zu Tod! – und öffnete weit die Tür.

Im Vorzimmer brannte fahles Licht, als schwarzes Loch klaffte der leere Flur. Wiktor wandte den Kopf ab von der Leere und riss rasch an der Tür zu seinem Kabinett. Tastete mit der Hand – schnell, schnell, den Lichtschalter. Doch was ist das? Was ist das? Wiktor drehte sich alles im Gehirn – in der Fensteröffnung stand eine schwarze, eine Frau, oder was? Grunja mit einem Mal. Nein, nein! Und Wiktor wandte kein Auge von der Silhouette, die Finger tasteten hinter ihm rasch, wie Spinnenbeine, nach dem Lichtschalter. Die bewegt sich lautlos, bewegt sich auf ihn zu, es schnürte Wiktor die Kehle ab. Er griff nach dem Revolver in der Tasche, packte ihn fest. Hat sich ganz nah herbewegt, etwas stieß gegen seine Brust, und Wiktor riss die Arme hoch und glitt an der Wand zu Boden.

PAPA

Tanjas Finger drehten langsam, lautlos den Schlüssel im Schnappschloss, Tanja schaute zu, wie sie das machten, wie sie den Schlüssel aus dem Schloss fädelten, und die Tür knarrte nicht, wie sie innen am Schloss drehten und luftig die Tür zusperrten. Tanja hörte, wie der Vater im Esszimmer auf und ab ging, und im Takt seiner Schritte stahl sie sich auf Zehenspitzen in ihr Zimmer, warf unterwegs im Dunkeln Mantel und Hut ab, hängte sie tastend an die Garderobe. Hängte sie zum Absätzetrampeln des Dienstmädchens auf – sicher das Abendessen, sie deckt den Tisch zum Abendessen. Tanja atmete fast nicht. Sie legte sich vorsichtig aufs Bett und steckte sogleich, in einem Aufwallen, den Kopf zwischen die Kissen, da riss sich aus dem gesamten Körper die Hitze los und schwappte ins Gesicht, in den Kopf, Tanja schluckte rasch und heftig die schwüle Luft, und plötzlich fingen die Zähne unaufhaltsam zu klappern an.

«Aber der neue Mantel des Fräuleins hängt doch hier», hörte Tanja wie durch zehn Türen, «ohne Mantel geht sie nicht fort. Höchstens runter, zu den Juden. Soll ich nachsehen?»

Es schnappte das Schloss an der Tür. Und Schritte, auf ihr Zimmer zu, Papas Schritte. Tanja drückte sich noch stärker ins Kissen, da klackte der Lichtschalter.

«Du bist ja zu Hause?» Tanja richtete sich plötzlich im Bett auf, warf das Kissen beiseite.

«Da, da, nimm!» Tanja streckte Rschewski den kleinen Damen-Browning hin. «Nun nimm doch. Ich habe ihn umgebracht, diesen Wawitsch. Gerade eben.»

Rschewski wollte «Was?», sagen. Sagte aber gar nichts. Mit halb offenem Mund trat er rasch her, sah, dass es die Wahrheit war, setzte sich aufs Bett und steckte den Browning rasch in die Tasche. Er packte Tanjas Hände, zog die Tochter an sich und flüsterte ihr rasch in Ohr:

«Hat es jemand gesehen? Ja oder nein? Wo war es? Los, schnell!»

«Nein, niemand.» Tanja schüttelte den Kopf. Sie sprach mit trockenen Lippen. «Ich habe bei ihm zu Hause auf ihn gewartet. Das Hausmädchen ging, er kam. Es war niemand da.»

«War er auf der Stelle tot?», fragte Rschewski kaum hörbar.

Tanja nickte, und plötzlich spürte Rschewski, wie Tanjas Hände zu zittern begannen, und ein Zittern, ein Zittern durchzuckte den ganzen Körper. Rschewski presste Tanja kräftig an sich und küsste sie auf Wangen, Augen, Ohren und drückte sie kräftiger und kräftiger an sich. In dem Augenblick klingelte es an der Wohnungstür.

«Du bist krank!» Rschewski stieß Tanja auf die Kissen und schritt rasch hinaus.

«Ja, sie ist zu Hause», hörte Tanja die Stimme des Vaters, «kein Wunder, dass sie nicht reagiert hat, sie ist krank, und wir sind ja hier. Es ist jetzt bestimmt noch keine zehn. Sie treffen Berg noch an, eilen Sie zu ihm, hier haben Sie was für die Droschke.»

Tanja hörte, wie das Mädchen rannte, um sich etwas überzuziehen, wie aus der Küche die Alte angeschlappt kam.

Wie Papa das gesagt hat: ‹Es ist bestimmt noch keine zehn›, dachte Tanja im Fieber.

Nun die Augen schließen – das ist die Alte, die ihr die Stirn fühlt, «Essig», sagt, dabei möchte sie am liebsten in ein vernichtendes Gebrüll ausbrechen: Raus!

«Ziehen Sie sie aus, Omama. Ich helfe Ihnen.»

«Papa, Papa!», sagte Tanja. Wie gut, dass er den ganzen Kopf in seine Hände genommen hat und streichelt und tätschelt – wie er doch alles kann. Und Tanja fürchtete, ihr Papa könnte nur einen Augenblick den Kopf loslassen.

Spätnachts schloss sich Rschewski in seinem Kabinett ein. Er reinigte rasch den Browning. Im Magazin fehlte eine Patrone. Rschewski setzte eine neue ein. Schmierte den Revolver. Wischte ihn ab. Das Halfter lag, ein zerknautschtes Portemonnaie, tief in der Tasche. Rschewski legte den Browning akkurat hinein, klickte das Halfter zu und steckte es in die Hosentasche.

«Ich möchte zu Andruschewitsch!», rief Andrej Stepanowitsch mit heiserer, über Nacht fahl gewordener Stimme. Und pochte vorsichtig an die Tür. Lauschte. «Ich möchte zu Andruschewitsch», sagte

Andrej Stepanowitsch leiser und trat von der Tür zurück – ihm war, als hätte er gehört: «Na schön, na schön.»

‹Hab ihn vielleicht aufgeweckt, zu dumm.›

Andrej Stepanowitsch hatte zum ersten Mal plötzlich seine Hände erblickt, als er zum Stock gegriffen hatte, zu den Handschuhen – dicke Finger, wie Kinder, Kleinkinder. Nette und liebe, tun einem Leid. Und hatte die Handschuhe traurig darüber gezogen, behutsam.

«Anna Grigorjewna, da ist ein Billett oder so», sagte Dunjascha vor der Tür, vor der seit dem Vorabend fest verschlossenen Tür von Anna Grigorjewna. «Ein Brief, sozusagen, ein Mädchen hat ihn gebracht.» Und Dunjascha pochte mit einer Ecke des kräftigen Kuverts vorsichtig gegen die Tür.

Die Tür ging auf. Anna Grigorjewna mit unfrisiertem grauem Haar, im Zimmer Halbdunkel, die Vorhänge herabgelassen, und nur ein rosa Lichtschein vom Ikonenlämpchen oben in der Ecke. Dunjascha wusste nicht, wie sie der Alten in die trüben, geschwollenen Augen schauen sollte.

«Ein Billett» – Dunjascha schlug die Augen nieder –, «soll es übergeben.»

Anna Grigorjewna blickte Dunjascha an, als wollte sie etwas erfahren, blinzelte, nahm das Kuvert nicht in die Hand, und Dunjascha hielt es am einen Ende, wollte sich schon umdrehn und gehen, da hebt die Gnädige die Hand und packt es wie im Traum mit der Faust – wirklich, im Traum, könnte man meinen – und geht ins Zimmer hinein, lässt die Tür dabei offen.

Anna Grigorjewna drehte den Lichtschalter, las das blaue Briefchen und konnte nichts begreifen.

«Disziplinar. Deport. nach Wjatka. Kuss, W.»

Dunjascha lauschte bei der Tür. Stand seitlich, für alle Fälle. ‹Oh, sie kommt, scheint's! Die Pantoffeln schlappen!› Dunjascha machte einen großen Schritt, tat so, als rückte sie den Läufer zurecht, beugte sich vor.

«Dunjascha! Liebste Dunjascha!» Sie hört – hat Tränen in der Stimme, die Gnädige, nicht zu begreifen, ob wer gestorben ist oder ob sie nun völlig durchdreht, und Dunjascha richtete sich bänglich auf, da fällt ihr die Gnädige stürmisch um den Hals, mit beiden Armen, und weint und küsst sie, küsst sie ab. «Dunjascha, liebste, ach, meine Teuerste! Und die liebe Warja, sorgt für Sanka!» Und drückt sie, herrje!, erstickt sie noch regelrecht.

DER KNUFF

Pjotr Sawwitsch war geknufft worden, geknufft vor aller Augen – der Gehilfe des Chefs hatte ihn mit einem Knuff umgedreht, ihn gegen die Schulter gestoßen und nach rechts gedreht und hier! hier! geschrien, hierher! Hierher müsste er schauen, und weiter hatte er ihn vor sich her gestoßen, durch den Korridor bis zur Pforte – da, da hängen die Namenslisten! Hast dir schon die Augen aus dem Kopf gesoffen, schrie er, und …

Pjotr Sawwitsch wäre fast vom Mittagessen fortgegangen, ganz fort, immer der Nase lang. Also nein, so ein Schuft, wieso vor allen? Vor allen Leuten? Als Nächstes zieht er dich noch am Ohr! Nach seiner Wachschicht hat er dann vor lauter Kränkung, vor so viel Kälte – alle schauen nämlich grimmig, wie wenn sie Angst hätten, sich dreckig zu machen, höchstens, dass sie noch sticheln – hat dann vor lauter Kränkung sein Herz dem Wodka anvertraut, und der hat ihn nicht im Stich gelassen, hat ihn von innen warm gewärmt, und sanft und mit bitteren Tränen hat Pjotr Sawwitsch sich ihm anvertraut.

Es war noch nicht sechs, da führten ihn die Füße von allein –

nein, nicht die Füße, die Stiefel stapften von allein durch die Stadt, ist doch gleich, wohin, kann sowieso nirgends hin. Und nun war er im Park.

‹Sollen die ruhig kommen, warum nicht mal mit ihnen reden. Sieht man doch, dass es bessere Leute sind, von den Politischen. Und warum sollen die mich kränken›, dachte Pjotr Sawwitsch und schritt gemächlich die nassen abendlichen Pfade entlang.

Pjotr Sawwitsch setzte sich auf ein Bänkchen, wo weniger Leute waren. Schaute zu, wie die letzte Sonne es sich auf Pfad und Pfützen bequem macht, scheint die Augen zuzukneifen. Die Spatzen dagegen strengen sich an, was die für ein Gezeter machen. Matt und schlapp waren die Augen von der Sonne, ach, wenn er doch, wirklich wahr, einfach nur irgendwo so sitzen könnte, und Pjotr Sawwitsch brach hinter sich ein Reis ab und nuckelte an der bitteren Frische. Stützte sich auf, lehnte sich zurück, bettete die Arme auf die Lehne, und unterm Spatzengetschilpe wiegte leicht der Schlaf seinen Kopf.

Sand knirscht! Nein, irgendein Weib mit Bündel, geht, scheint's, zum Waschen. Ist in anderen Umständen, das Weib. Ach, wie es Grunja geht? Hab ihr nicht gesagt beim Abschied, dass der Landvermesser mich ja rausgeworfen hat. Hätte es ihr schon gesagt, aber wo soll sie denn sonst hin, fort von ihrem Schuft? Auf einmal trübten sich ihm die Augen, flimmerten vor Kummer und Kränkung. Pjotr Sawwitsch wandte sich seitwärts, biss auf das Reis, spuckte auf den Pfad. Und keine Kraft, noch irgendwas zu ändern. Sieh also zu, auch wenn du heulst, sieh zu.

Plötzlich gab ihm jemand von hinten einen Klaps auf die Schulter. Pjotr Sawwitsch drehte sich um, schaute ärgerlich – wer ist das? Der von gestern, ja-ja, der mit dem Bärtchen. Und Pjotr Sawwitsch ruckte bänglich mit dem Kopf.

«Gut, Alter, dass du gekommen bist. Hab keine Angst, ist niemand da, gut, dass du ohne Anhang gekommen bist.»

Pjotr Sawwitsch sperrte immer noch ärgerlich die Augen auf.

«Es ist bloß nicht mehr nötig.»

Pjotr Sawwitsch blickte noch unbeweglich, ernsthaft erschrocken.

«Hat sich von allein gelöst!» Aljoscha gab Sorokin einen Klaps aufs Knie. «Hier hast du ein ‹Katherinchen›, dafür, dass wir dir Umstände gemacht haben.» Und Aljoscha steckte seine Hand in die Tasche von Sorokins Uniformmantel. «Mach es gut, Alter. Aus dem Gefängnis werden sie dich sowieso rauswerfen.» Aljoscha stand auf. «Nicht unsretwegen. Weißt ja selbst.»

Sorokin blickte noch mit den gleichen Augen Aljoscha an.

Der schwieg einen Moment, blickte dem Alten in die Augen.

«Bist ein guter Kerl, wirklich wahr!» Und Aljoscha nahm Sorokins Hand von den Knien und schüttelte sie.

Pjotr Sawwitsch schaute Aljoscha die ganze Zeit nach. Wie roter Rauch brannten die Wolken durch die Zweige. Auf einen Schlag war es leer und kalt geworden im Park. Pjotr Sawwitsch stand auf, schlug den Mantel übereinander, und sein Kopf wälzte keine Gedanken, in der Bewegung gestockt hatte der Kopf, wie ein Mühlrad, mahlt nicht und lässt sich auch nicht wegbewegen. Und Sorokin trug seinen Kopf zurück, ins Gefängnis, in die Kaserne. In der Kaserne legte er sich mit den Stiefeln auf die Pritsche. Noch vor dem Abendessen kam der Oberaufseher, stellte sich im Durchgang auf und sagte laut durch den ganzen Raum:

«Dich, Sorokin, haben sie – die Order wurde gerade in der Amtsstube verlesen – haben sie an die Luft gesetzt, also, entlassen. Sodass du also …» Und die Hand wischte der Luft eins über.

«Niemanden reinlassen! Ich komme!», schrie Senkowski ins Telefon und hängte hart den Hörer auf. «Ein Schutzmann hat aus der Apotheke angerufen.» Senkowski sprach rasch, stieß zielsicher die Arme in den Uniformmantel. «Mit Wawitsch ist was passiert, sag es Gratschek, ich fahr los.»

Der Wachhabende zog die Brauen hoch, geleitete Senkowski mit dem Blick.

Senkowski raste mit zwei Schutzleuten in der Droschke. Verhielt kurz bei einem Haus, der eine Schutzmann sprang noch während der Fahrt ab.

«Sag dem Ermittlungsrichter, dass er gleich. Ich bin schon dort!» Die Droschke jagte weiter.

An der Wohnungstür drängten sich gewiss fünf Leute, redeten gedämpft. Senkowski riss die Haustür auf, und alle verstummten, schauten. Senkowski drückte auf die Türklinke.

«Aha! Verschlossen.»

«Das Mädchen sitzt unten beim Hausknecht», sagte jemand aus dem Häuflein.

«Stell dich hier hin! Niemanden reinlassen, bis der Ermittlungsrichter kommt.» Er zeigte dem Schutzmann: «Hier an die Tür!» Und rannte davon, der Hausknecht kam ihm schon entgegengelaufen.

«Euer Hochgeboren …»

«Wo ist sie?», schrie Senkowski. «Führ mich hin.»

Der Hausknecht lief voraus. Froska saß auf einem Hocker und plärrte laut, als Senkowski über die Schwelle trat.

«Alles raus hier!», schrie Senkowski.

Die Hausknechtsfrau zog einen Jungen am Arm, suchte nach dem Tuch.

«Los, los, dalli!» Der Hausknecht trieb sie vorwärts, schlug hinter sich die Tür zu.

Froska heulte.

«Schluss mit dem Heulen!», schrie Senkowski.

Froska schluchzte auf und schnaufte, den Mund aufgesperrt.

«Wie war es? Wo warst du?»

Froska hielt den Ärmel vor die Augen und begann wieder auf ein und demselben Ton. Senkowski riss den Arm mit einem Ruck weg.

«Rede, dumme Gans, sonst geht's dir schlecht. Wo warst du?»

«Morgens komm ich rein», schluchzte Froska, «da liegt der Herr im Kabinett, und die Hände so ... Och!» Froska heulte wieder.

Senkowski klopfte auf den Tisch.

«So! Und wann ist er gekommen? Gestern?»

«Ich war nicht zu Haus, wirklich wahr, bin Waschblau holen gegangen. Und da kam noch eine, ein Dämchen ... Die hat gewartet.»

«Und du hast sie allein gelassen, bist gegangen?»

«Bloß für einen Moment.» Und Froska beschloss offenbar, sich in solche Tränenströme zu stürzen, dass niemand zu ihr durchkäme.

Senkowski stand auf, schaute zum gardinenverhängten Fenster und verpasste Froska geschickt eine Kopfnuss. Das Geheul brach ab.

«Du Aas, wie konntest du sie reinlassen und selber fortgehn? Und wenn es eine Diebin war? Dafür wird dir ja – die Haut bei lebendigem Leib abgezogen!» Senkowski sprach halblaut, hatte sich nah zu Froskas Gesicht gebeugt. Nur ein einziges Mal schaute Froska Senkowski in die Augen.

«Ich hab doch ... hab doch ...», stotterte Froska.

«Hättest sie erst rauslassen müssen, dann hättest du weiß der Kuckuck wohin gehen können. Hast sie demnach nicht rausgelassen? Dir wird noch Hören und Sehen vergehen!»

«Hab sie rausgelassen, och, wirklich wahr, hab sie rausgelassen. Hab sogar die Tür aufgemacht» – und Froska bewegte die Hand, als stoße sie die Tür – «und: Gehen Sie hinaus, sag ich, gehen Sie hinaus!» Froska stieß etwas von sich weg.

«Hast sie also erst rausgelassen und bist dann Waschblau holen gelaufen», sagte Senkowski laut.

«Gehen Sie hinaus, gehen Sie hinaus, sag ich», flüsterte Froska und stieß etwas mit der Hand von sich weg.

«Und was hast du dem Hausknecht hier vorgelogen? Hm?» Senkowski stieß Froska unterm Kinn, der Kopf ruckte hoch. «Die gekommen ist, das war eine von den Liederlichen? Von den Schicksen?»

Froska starrte mit aufgerissenen Augen Senkowski an und nickte. Er spähte zum Fenster hinaus. Der Schutzmann kam mit dem Ermittlungsrichter hastigen Schrittes über den Hof gelaufen. Senkowski zog Froska am Arm.

«Also, du hast diese liederliche Schickse», sagte Senkowski im Hof, «hast diese Schickse, die Jüdin, somit rausgelassen, bist Waschblau holen gegangen, und weiter?»

Im Zimmer lag Wiktor bei der Tür am Boden, und der schwarze Schnauzbart sah im weißen Gesicht wie angeklebt aus. Der Ermittlungsrichter hob den weggeworfenen Browning auf.

«Der Schuss wurde ausgeführt … und die Patronen … Aha, eine fehlt im Ladestreifen. Schreiben Sie: Ein Arschin von der rechten Hand entfernt wurde ein Revolver des Modells Browning gefunden …»

Senkowski blickte lange in das weiße Gesicht, das linke Auge schien leicht geöffnet zu sein. Der Säbel lag schräg, ungelenk, tot wie der Verstorbene.

«Dummkopf!», flüsterte Senkowski und ging hinaus ins Vorzimmer.

Baschkin sauste in langen Sätzen die Straße entlang. Es war ein Uhr mittags. Viele Passanten. Baschkin wich mit großen Schritten Entgegenkommenden aus, er blickte nicht zurück und nicht einmal nach links und rechts.

«Soll es doch, soll es doch! Ein Patsch! und Schluss, bitte sehr! Bitte sehr!», flüsterte Baschkin im Gehen und lächelte – verwegen, schief, spöttisch. «Bitte sehr!»

Baschkin drückte fest die Mappe an die Hüfte, er spürte ständig durch den Mantel das Eisenbuch.

«Welch eine Order, so was aber auch!», flüsterte Baschkin. «In Begleitung des Überbringers dieses Schreibens haben Sie unverzüglich zu erscheinen … Ich erscheine! Erscheine!», sagte Baschkin laut und griff, sosehr er konnte, mit den Beinen aus – die Passanten blickten sich um. «Soll diesem Spitzel wenigstens die Zunge raushängen. Wenn Sie mich begleiten, was geht mich das an. Was geht das, mit Verlaub, mich an. Macht auch noch Andeutungen, dass ‹die sehr verärgert sind, weißt du, das wird bös enden›. Vielleicht liefer ich das ‹Muster› auch gar nicht ab, vielleicht auch nicht euch: ‹Hat mich so gegraust, es herumzutragen, drum habe ich es weggeschafft› – an einen andern Ort. Was seid ihr schon, schließlich und endlich …» Baschkin drosch mit den Füßen aufs Trottoir ein. «Ich habe doch gesagt, ich schaff es fort. Du Liebe! Und warum hast du mich nicht geküsst? Der Sohn! Dein Sohn würde hängen und mit den Füßchen, mit den Füßchen zappeln. Ihr entzückender Herr Sohn. Und vielleicht zappelt er ja noch.» Baschkin schüttelte zwischendurch den Kopf. «Nein, stellt euch vor! Und wenn ich direkt bei euch vorbeischaue und es hinbringe – bitte sehr! Im Ernst, weiß nicht, wohin damit» – Baschkin hob die Brauen und stülpte die Lippen vor. «Na, und dann?» Baschkin plinkerte bescheiden, als wollte er mit den Augendeckeln patschen. «Dann würde sich Gratschek, nicht die Unseren, sondern Gratschek die Sache vorknöpfen. Der allergrößte Dreckskerl. Machen Sie, Herr Rittmeister, mir vielleicht auch mit Gratschek Angst? Wird ‹bös enden›? Ich bring es ja eben zu Gratschek!» Baschkin bog auf den Kathedralenplatz ein. Er hörte hinter sich:

«Psst! Psst!»

«Hol mich erst ein, Freundchen!» Baschkin ging und stieß das Publikum auseinander, es kam ihm vor, als hätte er jetzt keinen Hut auf dem Kopf, als stünden ihm vielmehr die Haare zu Berge, ach, zum Teufel damit. Ist doch gleich, ist doch, zum Teufel, alles gleich. Auch sie, Sauerei, diese Frau Mama. Alle weinen, wenn ihnen wer auf die Zehen tritt, aber auf fremde treten – als gingen sie auf Parkett. Alle! Auch die Jungens, auch alle möglichen lieben Koljas, auch die Papas – alles Saukerle!

Baschkin sauste.

«Halt! Zur Seite!» Der Schutzmann stieß Baschkin gegen die Brust. In diesem Augenblick tat sich die Tür der Wache auf, ein glatzköpfiger Kurier rannte heraus, schlug die Plane am Einspänner zurück, und aus der Tür trat Gratschek, warf die Tür zu, schritt übers Trottoir durch die leere Gasse zum Einspänner, blickte aus roten Augenlidern, aus unsichtbaren Äuglein – auf niemanden, über alle hinweg. Baschkin schnellte vor.

«Herr Gratschek!», rief Baschkin mit bellender Stimme.

Gratschek schnellte, ohne hinzusehen, den Arm vor, und Baschkin strauchelte, prallte zurück. Plötzlich warf er sich vor, schwenkte die Mappe hoch und schleuderte sie Gratschek hinterher.

«Saukerle!», konnte Baschkin noch rufen. Die Explosion hörte er nicht mehr.

Es krachte die Luft, die Häuser spien gleichsam die Fensterscheiben aus, alles ringsum lag auf dem Boden, und wer konnte, sprang auf und rannte, rannte, bis er aufgehalten wurde, und noch lange konnte der Mensch kein Wort herausbringen, es stand ihm der Mund offen, und die runden Augen irrten umher.

Sechs Menschen waren umgekommen. Gratscheks beide Beine fand man am übernächsten Tag auf dem Dach der Kathedrale.

Rittmeister Reihendorf verzichtete darauf, anhand der blutigen Brocken Baschkin zu identifizieren.

POLKAN

Erst drei Wochen später waren die Nachforschungen so weit gediehen: Man fand die Adresse der Eltern. Per Amtsschreiben wurde eine Inventarliste geschickt: «... schlägt vor, persönlich zu erscheinen, um das von dem Verstorbenen hinterlassene Eigentum ausgehändigt zu bekommen»; und das Protokoll: «Am 28. April dieses Jahres gegen 10 Uhr abends in seine Wohnung, Nikolajewskaja Nr. 8, zurückgekehrt, hat der Verstorbene, so das Resultat der Ermittlung, in Abwesenheit der Bediensteten und, wie die Obduktion ergab, in nicht nüchternem Zustand seinem Leben durch einen Revolverschuss ins Herz ein Ende gesetzt, worauf augenblicklich der Tod eintrat»; und «Nr. 18. Brief, gefunden im Schreibtisch des Verstorbenen ...»

Grunja saß, den Jungen an der Brust, Glafira Sergejewna gegenüber. Sie erwarteten Israil; Taissa durfte schon Besuch bekommen, sie wollten ihm zureden, vielleicht ginge er ja hin. Das Amtsschreiben wurde gebracht.

«Auf deinen Namen, Grunja.» Glafira Sergejewna reichte es ihr, nahm den Jungen. Grunja machte es auf, fing an zu lesen, und plötzlich sprang sie auf, packte den Säugling, riss ihn Glafira Sergejewna aus den Händen, drückte ihn gegen die Brust, und die Alte sah: Sie erstickt ihn! erstickt ihn noch! Grunja drückte das Kind an sich und schrie:

«Witja! Witja!»

Die Alte hatte verstanden. Wsewolod Iwanowitsch hob das Amtsschreiben vom Boden auf – halt, halt! was ist denn? –, tastete nach der Brille; es zitterte das Papier, hüpften die verdammten Buchstaben, und auf einmal legte Wsewolod Iwanowitsch die Blätter verkehrt herum auf den Tisch, ging hastig hinaus, riss die Mütze vom Haken. Ging aus dem Haus, schritt auf das offene Tor zu und blieb beim Hund stehen. Der Hund streckte ihm die Schnauze hin, wedelte inbrünstig mit dem Schwanz.

«Polkan! Mein Polkan, du Armer, mein Ärmster!», sagte Wsewolod Iwanowitsch und tätschelte dem Hund den Kopf. Dann hob er auf einmal die Hand, winkte ab und trat hastig durchs Tor.

Am neunzehnten Mai schon war Tanja in Wjatka.

Zwischen Stillem Don *und* Doktor Schiwago

Bücher haben bekanntlich ihr Schicksal. In Russland geht dieses Schicksal bisweilen verschlungene Wege.

Boris Schitkow schrieb 1932 noch an *Wiktor Wawitsch*, da veröffentlichte bereits eine Leningrader Zeitschrift einige Kapitel. Es folgten Einzelausgaben des Ersten und Zweiten Buchs, und 1941 edierte ein Moskauer Verlag den gesamten Roman. Ob *Wiktor Wawitsch* damit tatsächlich *erschienen* ist, taugt indes als verzwickter Fall fürs juristische Seminar. Das Buch war zwar genehmigt, war gedruckt und gebunden, doch es wurde niemals ausgeliefert.

Im Sommer 1941 begann für die Sowjetunion der Zweite Weltkrieg, deutsche Armeen rollten auf Moskau zu. Der Verlag schickte, um sicherzugehen, dass er sich in diesen Kriegszeiten nichts zuschulden kommen ließ, das fertige Buch zur zusätzlichen Begutachtung an den Schriftstellerverband. Dessen Vorsitzender Alexander Fadejew bestätigte, der Roman sei von einem «höchst begabten Menschen» verfasst und biete eine Fülle «wunderschöner psychologischer Beobachtungen und Bilder aus dem Leben vor der Revolution». Zugleich weise er «kolossale Mängel» auf. Zum einen die Figur der Hauptperson, ein «dummer Karrierist, eine niedere Seele, jämmerlich und abscheulich». Dann die «Beschreibung von Polizeibehörden, von Ochrana und Verrat». Ein solches Buch sei «einfach nicht von Nutzen in unseren Tagen». Zumal auch der Klassenstandpunkt zu wünschen übrig ließ: «Der Autor hat zu den Parteien des vorrevolutionären Untergrunds keine klare Position. Die Sozialdemokraten versteht er nicht. Sozialrevolutionäres und Anarchistisches idealisiert er.»

So war das Schicksal von Schitkows Roman besiegelt, die Auflage wurde eingestampft. Allerdings wäre Russland nicht Russland, wenn es damit sein Bewenden gehabt hätte. Ein Exemplar landete trotz allem in der Leninbibliothek, und wie Lidija Tschukowskaja, die Chronistin dieser Ereignisse, in ihren Erinnerungen berichtet, gelangte dank der Drucker rund ein Dutzend Exemplare aus der Druckerei heimlich nach draußen.

Lidija Tschukowskaja war es auch, die sich in der Nachkriegszeit für *Wiktor Wawitsch* einsetzte. Ohne Erfolg. Das Verdikt war von zu «hoch oben» ausgesprochen worden, der Roman blieb geächtet. Und das, obwohl Boris Schitkow keineswegs zur «Unperson» geworden war. Seine Kinderbücher erlebten hohe Auflagen, mit *Sturmböen* oder *Mungo und andere Tiergeschichten* wuchsen auch DDR-Kinder auf.

Als in den späten Achtzigern Perestroika und Glasnost für eine Flut verbotener oder tabuisierter Literatur die Schleusen öffneten, warb die betagte Lidija Tschukowskaja erneut für *Wiktor Wawitsch* – nach ihrer Einschätzung immerhin der «stärkste Roman» der Sowjetliteratur aus der Zeit vor Solschenizyn. Die Leser stürzten sich damals auf die bislang vorenthaltenen Werke eines Pasternak oder Solschenizyn, eines Platonow oder Nabokov. Und auf Memoiren und Lagerliteratur, wollten sie doch endlich die Wahrheit über die vergangenen Jahrzehnte erfahren. Angesichts der Verbrechen der Sowjetgeschichte neigte man nun dazu, die zuvor verteufelte Zarenzeit zu idyllisieren; ein Roman wie *Wiktor Wawitsch*, der eher den Gedanken an gewisse historische Kontinuitäten nahe legt, wirkte während des sowjetischen Niedergangs, so steht zu vermuten, erneut als «einfach nicht von Nutzen in unseren Tagen».

Erst 1999, als die Schubladen und Truhen der russischen Literatur längst leer geräumt schienen, tauchte endlich *Wiktor Wawitsch* auf. Der Moskauer Verlag Nesawissimaja Gaseta veröffentlichte alle drei Teile in einem Band. Ein Rezensent schrieb: «*Wiktor Wawitsch* von Boris Schitkow ist eines jener Bücher, deren Lektüre einen auf den Gedanken bringt: Wären sie rechtzeitig veröffentlicht worden, hätten wir eine andere Kultur.»

Wer war dieser vergessene Klassiker des frühen 20. Jahrhunderts, den selbst belesene Russen bis heute als Kinderliteraten einordnen und womöglich gar dem Literaturkanon des sozialistischen Realismus zuschlagen?

Boris Stepanowitsch Schitkow wurde 1882 bei Nowgorod geboren, in einer Familie des liberalen Bildungsbürgertums; der Vater Mathematikdozent, die Mutter Pianistin. Aufgewachsen ist Schitkow allerdings in Odessa, der Hafenstadt, aus der eine ganze Plejade russischer Schriftsteller stammt (so Ilf/Petrow, Katajew und Babel, aber auch die Familie Pasternak). Schon der junge Boris ist berüchtigt für seine wagemutigen Segeltouren, teils mit selbst gezimmertem Boot; während der Studienzeit legt er ein Examen als Steuermann ab und heuert sommers gerne auf Schiffen an, gelangt nach Bulgarien, Griechenland, in die Türkei. Außerdem spielt Schitkow Geige, tanzt, fotografiert, dichtet natürlich – seine vielfältigen Begabungen zerren ihn geradezu in die unterschiedlichsten Richtungen, doch ist er vor allem wohl eine Abenteurernatur, ein unruhiger Geist.

1906 beendet er in Odessa sein Studium (Chemie und Biologie). Statt als Dozent an der Universität zu bleiben, nimmt er lieber an einer wissenschaftlichen Expedition teil, die den Fischbestand des Jenissej bis zur Mündung untersucht. 1909 schreibt er sich an der Petersburger Polytechnischen Hochschule zum Zweitstudium ein, diesmal interessiert ihn Schiffbau. Praktika führen ihn nach Kopenhagen oder Marseille und 1912 sogar um die halbe Welt, die Fahrt geht durch den Suezkanal, vorbei an Madagaskar, nach Indien, Ceylon und Japan. Während des Ersten Weltkriegs arbeitet er auf Werften, erst in Nikolajew am Schwarzen, später in Archangelsk am Weißen Meer. 1916 schickt die Kriegsmarine den jungen Ingenieur nach England, wo er Motoren für Flugzeuge und U-Boote abnehmen muss.

Nach der Revolution schlägt sich Schitkow in Odessa durch, unterrichtet Technisches Zeichnen, Chemie und Physik. 1923 versucht er wieder in Petrograd Fuß zu fassen, findet aber in der Industrie keine Stelle. Da rät ihm Freund Kornej Tschukowski, er solle die Geschichten, die er den Kindern so fesselnd zu erzählen versteht, doch einmal aufschreiben. So wird Boris Schitkow mit einundvierzig Jahren zum Schriftsteller. Genügend Stoff für den neuen Beruf hat er in seinem bisherigen Leben wahrhaftig angesammelt.

Von Maxim Gorki gingen in jenen Jahren starke Impulse zur Entwicklung einer sowjetischen Kinderliteratur aus. Der mit Gorki befreundete Dichter Samuil Marschak war in Leningrad der Motor dieses Aufbruchs. Als zuständiger Lektor im Staatsverlag führte er eine ganze Generation russischer Autoren der Kinderliteratur zu, so Daniil Charms, Nikolai Sabolozki und Jewgeni Schwarz. Und eben Boris Schitkow. In Zeitschriften wie *Worobej* (Spatz) und *Josch* (Igel) oder als Einzelausgaben erschienen nun in rascher Folge seine farbigen Seefahrer- und exotischen Tiergeschichten – mit dem Erfolg, dass er in den Dreißigern bereits als einer der Väter der sowjetischen Kinderliteratur angesehen wurde. Bahnbrechend war er jedenfalls in einer Subgattung, die womöglich erst aus heutiger Sicht auf den Begriff zu bringen ist: dem Sachbuch für Kinder. Niemand verstand es wie Schitkow, so spannend, eingängig und zugleich fröhlich darzustellen, wie der Telegraph oder die Lithographie funktioniert oder wie die Feuerwehr arbeitet. Zum Klassiker des Genres wurde sein letztes, 1939 erschienenes Werk, Was *ich gesehen habe*, eine Enzyklopädie für Vierjährige. (Kein Wunder, dass in Amerika unlängst ein Russisch-Lehrbuch mit Schitkow-Texten herauskam: Sein kraftvoller Einsatz russischer Verben wirkt noch heute beispielhaft.)

Von den Oberiuten weiß man, dass die Kinderliteratur eine Nische war, die ihnen, schlecht und recht, Unterschlupf bot und das Überleben sicherte, während sie ihre zu Lebzeiten meist nicht veröffentlichten Texte verfassten. Auch Schitkow schrieb eben in den Jahren 1929 bis 1934, als er sich in der Kinderliteratur einen Namen machte, diesen Roman, nach seinen Worten «die Hauptsache» in seinem Leben.

Und wie er ihn schrieb! Jewgeni Schwarz, der den älteren Kollegen schon zu Lebzeiten als Klassiker einstufte, berichtet in seinen Memoiren: «Am *Wawitsch* arbeitete Boris ungeduldig, unablässig, er las den Freunden einzelne Teile vor, kaum dass er sie beendet hatte, oft per Telefon. Einmal ließ er Olejnikow kommen, damit er sich ein neues Kapitel anhörte. Wie immer konnte er es nicht erwarten und holte ihn an der Trambahnhaltestelle ab. Noch auf der Straße drückte er ihm die in der Mitte gefalteten Manuskriptblätter in die Hand und befahl: ‹Lies! Ich führ dich an der Hand!›»

Das Schicksal seiner Freunde Charms und Olejnikow blieb Schitkow erspart, er wurde von der stalinistischen Repressionsmaschine nicht verbannt und nicht ermordet. Aber die den Alltag zerfressende Aggressivität der frühen Dreißiger, Vorbote des Großen Terrors, versehrte auch ihn. Als Mensch von unbeugsamem Charakter und eisernem Willen, stets auf dem Sprung und zum Angriff bereit, verstrickte er sich in ein auswegloses Zerwürfnis mit Marschak. 1934 zog er fort nach Moskau.

Dort starb Boris Schitkow 1938 an Lungenkrebs.

Die turbulenten Jahre zwischen Sommer 1903 und Mai 1906 – Zeit der Handlung von *Wiktor Wawitsch* – hatte Schitkow nicht nur als

Beobachter erlebt, er war auch Akteur. Odessa, die quirlige Hafenstadt, bildete im Revolutionsjahr 1905 eines der Zentren des Aufstands; Eisensteins «Panzerkreuzer Potjomkin» hält die Erinnerung daran lebendig.

Ohne dass Schitkow zu einer politischen Gruppe gehört hätte, konnte er, bei seinem draufgängerischen Naturell, natürlich nicht neutral bleiben. Er betätigte sich im Streikkomitee der Matrosen, und er segelte nach Konstanza und Warna, um für die Revolutionäre Waffen zu schmuggeln – vielleicht jene Browning-Pistolen, die gerade allenthalben Mode wurden und in *Wawitsch* dann eine so fatale Rolle spielten (Schitkow spricht stets von «Revolver», offenbar eine zeittypische Eigenheit). Die im Roman beschriebenen chemischen Experimente mit Sprengsätzen sollen ebenfalls auf eigene Erfahrungen zurückgehen.

Unmittelbar nach dem Zarenmanifest vom 17. Oktober 1905, das die konstitutionelle Monarchie in Aussicht stellte, schlug die Reaktion zurück und hetzte den Mob gegen die Juden, vielerorts unter dem Schutz von Polizei und Armee. Gerade in Odessa kam es zu entsetzlichen Ausschreitungen, das Pogrom forderte 800 Opfer. Mit einem bewaffneten Studententrupp suchte Schitkow damals die jüdischen Viertel zu verteidigen. Auch die schockierenden Pogrom-Szenen des Romans beruhen somit auf eigener Zeugenschaft.

Die Gesinnungen und politischen Gruppierungen in *Wiktor Wawitsch*, vom präfaschistischen «Bund des russischen Volkes» über den betulichen Liberalismus der Vätergeneration bis zum Sozialismus und Anarchismus der radikalen Studenten und Arbeiter, erklären sich wohl aus sich selbst und bedürfen keines Kommentars. Mit einer Ausnahme. In der Provinz wütete der Pöbel, wenn auch längst nicht so gewalttätig wie gegen die Juden, außerdem gegen die liberalen Semstwo-Leute. Die Semstwos, Organe einer regionalen Selbstverwaltung mit sehr eingeschränkten Befugnissen, galten unter den zarentreuen Monarchisten als «schuld» an Aufruhr und Meuterei. Zu den Aufgaben der Semstwos gehörten unter anderem der Straßenbau (darum die liberale Aura des Landvermesser-Berufs) und das Sammeln statistischer Daten. Weil dies die miserable Lage der Bevölkerung erst so recht offenbarte, wurde es von höchsten Staatsstellen besonders gern behindert und in Verruf gebracht – darum der Schlachtruf des aufgehetzten Mobs: «Schlagt die Statistiker!»

Ort der Handlung von *Wiktor Wawitsch* ist, neben einem nicht weiter bezeichneten russischen Provinzstädtchen, die Stadt N – seit Gogols *Toten Seelen* in der Topographie der russischen Literatur ein beliebter Ort. 1935, also kurz nach Schitkows ersten Romanauszügen, erschien Die *Stadt N* von Leonid Dobytschin.

Auf der Landkarte der russischen Literatur ist der Ort von Schitkows Roman hingegen noch längst nicht vermessen. Einige Wegemarken zur vorläufigen Orientierung:

Boris Pasternak habe *Wawitsch*, so berichtet Lidija Tschukowskaja, als das beste Buch über die russische Revolution bezeichnet. Für Andrej Bitow gehört der Roman mit Fug und Recht in die Lücke zwischen *Stillem Don* und *Doktor Schiwago*. Andrej Arjew, Verfasser des Nachworts zur russischen *Wawitsch*-Ausgabe, sieht Parallelen zu der in tiefster Provinz angesiedelten Prosa des frühen Samjatin. Ein anderer Hinweis Arjews führt zu jenen Schriftstellern, die sich in den Zwanzigern dem wachsenden Zwang zur Parteilichkeit entzogen, indem sie in ihrer Prosa den schwachen Helden bevorzugten. Juri Olescha zum Beispiel, dessen heftig umstrittener Roman *Neid* 1927 erschienen war; nicht von ungefähr dürfte im Namen «Wawitsch» ein Echo auf Oleschas Antihelden Babitschew zu hören sein. Lev Loseff wiederum, Dichter und in den USA lehrender Slawist, bemerkte schon in den Achtzigern, dass zwischen der Prosa der Petrograder Serapionsbrüder (unter anderem Soschtschenko, Lew Lunz, Schklowski und Kawerin) und den absurden Texten der Oberiuten eine Beziehung bestehe – «ebenso unbestreitbar wie wenig untersucht». Damit ist auf jeden Fall das Fadenkreuz genannt, in dem *Wiktor Wawitsch* zu verorten wäre.

Da die literarhistorische Würdigung von *Wiktor Wawitsch* also noch aussteht, kann sich der Leser umso unbeschwerter, unbelastet von sperrigem Deutungsgepäck, in die Lektüre stürzen und das Neuland dieses Romans erkunden.

Zum Schluss ein paar Beobachtungen aus der Übersetzerperspektive, sozusagen «von innen», aus der Insider-Kenntnis des Textes – und aus der nicht nachlassenden Begeisterung für den Text.

Schitkows Sprache – für den Übersetzer Freude und Qual. Schlank und muskulös ist diese Sprache, ohne jedes überflüssige Gramm Fett, dabei zupackend, energiegeladen. Stets nah am Gegenstand, beschreibt sie nicht, sondern greift auf und benennt, um sogleich weiterzuhasten. Sicher spielt eine Rolle, dass Schitkow die Schule der Kinderliteratur durchlaufen hat. Anfang 2000 schreibt ein russischer Kritiker, gleichsam kopfschüttelnd vor Verwunderung: «Schitkows Sprache ist auch für den heutigen Tag neu. Über eine solche Sprache wurde noch nicht geschrieben – wie sie gebaut, wozu sie notwendig ist. Sie *ist* einfach.»

Der Sprachökonomie entspricht Schitkows virtuose Ausspartechnik. Was er alles – und wie kunstvoll! – *nicht* erzählt. Wo er abbricht, zum nächsten Strang wechselt. Dabei hängen im weitmaschig Erzählten noch genügend kleine und feine Details, die womöglich erst bei zweiter Lektüre ins Auge springen und dann umso mehr genossen werden können. Nehmen wir nur einmal die Geste, die Wiktor sich für seine Offizierskarriere erträumt: Vorknöpfen will er sich jeden der Junker, der besseren Herren, die ihm die Fräuleins wegschnappen, «wink ihn herzu mit dem Finger. So richtig garstig.» Aber im späteren Leben wird immer nur er herbeigewunken, sei es, um abgekanzelt zu werden, sei es gar, um eine Folterszene zu beobachten. Solche Motive streut Schitkow allenthalben aus, sie verknüpft er zu einem minutiösen Andeutungsgeflecht. Ein Netz im Hintergrund, das Handlungssprünge absichert. Oftmals reimen sich Gegenstände oder Gesten in ganz unterschiedlichen Situationen, das Spiel mit den Papirossy zum Beispiel.

Und dann die Geräuschkulisse! Hundegebell und Pferdegetrappel, Kutschen rasseln übers Pflaster, Absätze klappern, Schritte quietschen im Schnee … Regelrecht eine Bühnenmusik, die Schitkow für seine Handlung komponiert hat.

Und erst – die Blicke! Sie *schauen* alle, die Personen des Romans, *sehen* aber nicht. Nehmen ihr Gegenüber nicht wahr, bemerken seine Verfassung nicht, missdeuten seine Absichten. Und so misslingt die Begegnung. Sei es, weil das Flackerlicht des Romans nicht ausreicht zur Erkenntnis, sei es die eigene Kurzsichtigkeit – oder weil Gefühle den Blick trüben. Paradoxe visuelle Effekte setzt Schitkow manchmal: «Wiktor drückte die Lider zu, um sehen zu können, wie Grunja kommt.» Oder, besonders krass: Baschkin studiert Buchtitel in einem Schaufenster, er ist froh gelaunt, hätte Lust, ein neues Buch zu lesen, vielleicht die «Untersuchung der äußeren Sinnesorgane beim Flussneunauge». Zugleich spiegelt sich in der Schaufensterscheibe, für Baschkin noch undeutbar, ein Polizeispitzel, Vorbote des Untergangs. Es ist kein Zufall, dass Gratschek, der Sadist in Polizeidiensten, nie jemanden anblickt, und seine Foltermethode besteht darin, dass er den Opfern die Augen in den Kopf presst.

Dabei schlittern regelmäßig die männlichen Helden in eine fatale Nichtbegegnung hinein; Schitkows Frauengestalten sind meist scharfsichtiger, lassen sich eher von Gefühlen leiten als davon verwirren, deshalb können sie so manche Katastrophe noch abwenden – sie und die Ausgestoßenen, die an den Rand der Gesellschaft gedrängt sind.

Ideologische Beweggründe interessieren Schitkow erstaunlich wenig. Man muss sich bei der Lektüre schon mal zwicken, um sich zu vergegenwärtigen, in welcher Zeit der Roman geschrieben wurde. Schließlich bildete sich eben um die Wende zu den Dreißigern in heftigen, teils sehr ruppigen Diskussionen der sozrealistische Kanon heraus. Mit all seinen politischen Implikationen. Bei Schitkow aber setzt eine Kette von Kränkungen die Handlung in Gang, Emotionen und Ängste sind die stärksten Triebfedern. Nicht politischer Ideale wegen nimmt Sanka an einem politisch motivierten Überfall teil, sondern um seinen inneren Schweinehund zu besiegen, und nicht seiner Tat wegen wird er festgenommen, sondern früherer Kränkungen wegen.

Wiktor Wawitsch lässt sich auf vielfältige Weise lesen. Natürlich als spannender Roman über zwei Familien in unruhigen Zeiten. Als Sprachgebilde, ein Wunder an Bündigkeit und knappster Skizzierungskunst. Als Studie über die menschliche Wahrnehmung. Als Panorama der Revolutionswirren des Jahres 1905, ein historischer Roman, der bereits mit verblüffender Klarsicht auf den Horror des blutigen 20. Jahrhunderts vorausweist.

Im Text sind viele Spuren ausgelegt, die noch andere Schlüsse zulassen. Ob Wiktor, der Abkömmling aus kleinen Verhältnissen, oder der großbürgerliche Sanka – sie ziehen beide aus wie der junge Held in Märchen oder Byline, gehen auf eine Reise, müssen Zweifel und Pein durchschreiten und eine Tat vollbringen, bevor sie ihre Angebetete erringen. Oder letztlich doch scheitern. So eine Reise kann einen jungen Mann auch durch die Verliese und Verhöre der Geheimen Staatspolizei führen, durch erbärmliche Qualen und Erniedrigungen, bis er schließlich, der verachtete Outcast, die wahre

Heldentat vollbringt. Die jungen Frauen müssen sich dem ebenfalls stellen in diesen Zeiten der aufkeimenden Gleichberechtigung, auch ihnen wird ein Weg abverlangt, eine mühselige Veränderung, bis sie zu sich selbst finden.

Nach anderthalbjährigem intimem Umgang mit dem Werk will es mir so vorkommen, als wären es ebendiese Reifeprozesse und Bewährungsproben gewesen, diese Stationen eines Abenteuer- und Entwicklungsromans aus den Anfängen eines gnadenlosen Jahrhunderts, die Boris Schitkow bei *Wiktor Wawitsch* besonders am Herzen lagen.

Rosemarie Tietze

Zweites Buch

Drittes Buch